HORN VENAIT LA NUIT

de la même autrice
chez d'autres éditeurs

TROIS CONCERTS
LES PINGOUINS DANS LA JUNGLE
DOUZE HISTOIRES D'AMOUR À FAIRE SOI-MÊME

LOLA GRUBER

HORN VENAIT LA NUIT

CHRISTIAN BOURGOIS ÉDITEUR

ISBN : 978-2-267-05023-3

Comme fantômes façonnés
par la fumée lorsqu'elle cherche
l'issue hors de la cheminée,
tout se dérobe
sans mémoire :
le Feu seul est éternel.

Matej Bor
1958

I

Les disparitions

1

Dans l'ancien Berlin-Est, Ilse reçoit une lettre

Sur l'enveloppe que la vieille Ilse a reprise en main, des adresses ont été inscrites puis rayées. Des rues balafrées, dans les anciennes villes – Bratislava, Vejprty, Dresde – les foyers qu'Ilse a connus puis quittés. À l'époque, ces rues portaient encore leurs cicatrices, peut-être les portent-elles toujours, Ilse n'en sait rien, tout cela n'existe plus depuis si longtemps. Ce qui est nouveau, c'est que depuis la lettre, le reste lui aussi a cessé d'exister – la vieille Ilse en jogging bleu contemple avec étonnement trois bouteilles en verre qui attendaient rincées sur l'égouttoir de la cuisine et se trouvent désormais sans destination. Quand l'enveloppe a valdingué dans un souffle sur le sol de l'entrée, Ilse a boité de toutes ses forces depuis l'autre bout du couloir. Personne ne lui écrit jamais. Il a fallu se baisser, sa hanche lui a fait mal.

La lettre serrée entre ses mains, dans sa cuisine de l'ancien Berlin-Est, Ilse voit soudain les murs nus, les meubles récents, pas vraiment choisis, rien de joli à part les rideaux en dentelles. Puis elle se souvient de ce qui devait être la suite ou le début de la journée, se rappelle vaguement qu'elle voulait aller chez le retoucheur turc pour y chercher la jupe en tweed du tailleur. À quoi bon, pense-t-elle maintenant – ce n'est pas la jupe mais le corps, le corps tout entier qu'il faudrait reprendre. Or, après un certain âge, rien ne peut plus être repris, il faut se faire à cette idée, et apporter la jupe à triturer chez les Turcs dans l'espoir qu'elle puisse encore servir à cacher ce qui reste, et n'en a plus pour très longtemps. *On ne devrait pas placer trop de ses espoirs dans un instrument qui, dès la naissance, est voué à se détériorer*, professait le docteur Hubka. Quel âge pouvait-il avoir à l'époque ? Sans doute guère plus de quarante ans, et il était pourtant déjà vieux. Mais qui ne l'était pas alors, à quarante ans ? Regarde-les aujourd'hui, à quarante ans, qu'est-ce qu'ils savent ? Avec le temps, pense Ilse, les âges ont perdu leur valeur comme les monnaies.

Pour les bouteilles, il devait y avoir une raison. Elles devaient aller quelque part, être utiles à quelque chose et Ilse le sait, puisque c'est elle qui les a rincées, qui a forcé dans leurs goulots les poils récalcitrants du goupillon. Peut-être, comme cela arrive souvent, a-t-elle fredonné sans même s'en rendre compte les chants qu'on a enfoncés dans son crâne – *C'est le temps de la jeunesse, nous construisons un monde nouveau ! En avant, en avant, en avant !* La douleur dans la hanche se propage, Ilse se retient de gémir, même si personne n'écoute. Les bouteilles n'iront plus nulle part, elles se sont figées sur l'égouttoir comme si leur raison d'être en ce monde venait d'être annulée. Leur arrêt de mort se trouve dans la lettre que la vieille Ilse tient sur ses genoux.

On n'a jamais caché à Ilse que son père avait été fondu avec un autre. Au contraire : le capitaine, dans sa volonté de bien faire, avait donné trop de détails. La scène a près de quatre-vingts ans, le souvenir devrait être aujourd'hui grisonnant et perclus, mais non, il se tient droit au garde-à-vous dans la tête d'Ilse avec une vigueur intacte. Le capitaine gigote, embarrassé, peut-être que ses habits de ville le gênent, il se plante devant le piano comme s'il s'apprêtait à dire des vers ou à chanter un lied. Dans les rayons obliques du soleil, les poussières ondulent et se mêlent aux effluves des compresses de vinaigre que la mère d'Ilse maintient sur ses tempes. Assise sur le tapis, Ilse regarde ses deux frères, puis lève les yeux vers le visage congestionné du capitaine, observe le menton rasé de trop près, les joues rougies et irritées semblent avoir été prises en traître par la lame, dénudées sans ménagement puis forcées de s'offrir au monde. Dans le silence qui se prolonge, le capitaine finit par se lancer, son récit obéit encore à la précision du style militaire, même si sa voix tremble un peu lorsqu'il en arrive aux détails, trop de détails : le jaillissement des étincelles, le désordre affolé de la fuite, l'odeur écœurante des fumées, jusqu'au craquement final qu'a fait entendre, dans sa débâcle, la lourde poutrelle chauffée à blanc. La voix du capitaine se coince dans les aigus lorsqu'elle approche elle aussi de sa chute, et qu'il faut expliquer à la famille que le docteur Küsser était dans le bureau quand les bombes ont commencé, comme on dit, à pleuvoir. Et… voilà, en s'écrasant, la poutrelle de fer l'a cuit et fondu avec un autre, un diplomate de Croatie qui avait eu lui aussi la malchance de se trouver là. C'est ce qu'on a déduit, ajoute, très gêné, le capitaine, parce que dans les décombres, on n'a retrouvé qu'un unique morceau, informe et incomplet, de chair brûlée. Ilse regarde vers le plafond : dans l'air, des couples de poussière et de vinaigre se forment et se déforment, ils se trouvent, se séparent. *Rida rida bom bom bom.*

Le souvenir est intact, à un détail près. Au coin de l'image, quelque part dans le salon, on aperçoit Edit, assise à sa façon furtive mais sans qu'on puisse pour autant l'ignorer. La vieille Ilse sait qu'elle se trompe, que son souvenir divague : bien sûr, Edit n'est arrivée que plus tard, avec le docteur Hubka. Mais la transition vers ce changement pourtant si radical s'est perdue. Une fois la guerre finie, ses frères ont dû partir, et c'est seulement alors qu'Edit est apparue pour devenir sa sœur – là-dessus, la mémoire d'Ilse ne flanche pas, même si elle ne peut pas dire à quel moment les chansons ont changé, ni comment les parfums sucrés de sa mère se sont volatilisés pour laisser place à un halo de camphre et de vinaigre.

Dans cette chronologie liquéfiée, une autre chose subsiste : le caractère singulier de la bombe. Toutes les bombes, fait-on comprendre à Ilse, ne se valent pas, et il y a une anomalie dans celle qui a fondu son père – son père qui, ce jour-là, n'avait aucune raison de se trouver à Prague. Mais justement, la bombe n'avait aucune raison de se trouver à Prague non plus. Il semble important de le comprendre. Cette bombe-là était bien différente de celles qui sont tombées ici sur la raffinerie Apollo au printemps dernier, explique doctement le capitaine. Celles-là, c'était fait exprès. Mais pas l'autre. Parce qu'il y avait, dans la raffinerie, du pétrole, alors qu'à Prague, il n'y avait rien – sinon des corps à fondre ensemble. Ce qui s'est passé, c'est que les Américains, s'en allant pilonner l'Allemagne, ont aperçu à travers les nuages une ville traversée par un fleuve. Alors ils se sont crus à Dresde, et ils ont lâché dessus leur mitraille. Leur erreur a duré neuf minutes, le temps de faire 701 morts. Pour Ilse, ce « 1 » est la preuve qu'on a compté avec soin – mais est-ce que son père et le Croate ont bien été comptés pour deux ? Personne ne pose la question – considérant tour à tour les trames fatiguées du tapis et les visages figés de ses frères, Ilse voit bien que ce n'est pas ça l'important. Après avoir présenté ses condoléances, le capitaine aux joues rasées à vif ajoute que c'est déjà un malheur d'être bombardé exprès dans la ville qu'on habite, un malheur immense, forcément, mais se trouver *par hasard* dans une ville bombardée *par erreur*, alors ça... Un silence épais tombe dès que le capitaine a achevé sa phrase, et il n'en faut pas plus pour que ces notions – le hasard et l'erreur – commencent à se façonner bien à leur façon dans l'esprit d'Ilse.

Il est très difficile de dire à quel moment ça naît dans votre crâne, comment ça se développe et se solidifie, mais les idées qu'on se fait ont elles aussi leur chronologie, elles ont leurs batailles, leurs défaites, et ces événements, pas moins que les autres, sont soumis eux aussi au hasard et à l'erreur, même s'ils ne s'accomplissent que dans l'ombre, même si leur cours est presque impossible à retracer.

Tout le reste, Ilse pourrait le raconter sans faillir : peu de temps après la visite du capitaine, il y avait eu la paix, et avec la paix, à cause d'elle, ses frères ont disparu. Après leur départ, sa mère elle aussi a commencé à disparaître, mais d'une autre manière, pas en une seule fois, elle s'est estompée petit bout par petit bout jusqu'à ce qu'il ne reste plus rien. Puis Edit est venue s'asseoir sur le tapis à côté d'Ilse, tandis que *Pán* Hubka s'installait dans le fauteuil de son père, dont toute trace a bientôt disparu elle aussi. En somme, il n'a fallu que très peu de temps pour que la maison allemande du docteur Küsser devienne la maison slovaque du docteur Hubka, et Ilse n'a rien trouvé d'étonnant à ce nouvel ordre des choses, qui ne faisait que confirmer ce qu'elle avait compris : parfois la vie vous sépare, parfois elle vous fond avec un autre.

2

Vienne la nuit, Simon s'est fait larguer deux fois

Elle se releva à nouveau, les yeux brillants de surprise, brandissant la bague entre ses doigts noircis. Derrière la vitre, Simon regardait. C'était la quatrième tentative qu'il observait depuis qu'il s'était hissé sur ce mange-debout devant la tablette du comptoir, où il avait la désagréable sensation de se trouver en vitrine, comme un objet à acheter.

Personne d'autre que lui ne prêtait attention à la Gitane, et il aurait été une cible idéale si elle avait regardé derrière elle. Exclu de son champ de manœuvre, il pouvait tranquillement contempler la séquence qui se reproduisait à l'identique : sur un minuscule périmètre de trottoir, la femme faisait d'abord quelques pas avant de se figer, captivée par une lueur au sol. Un bref sursaut et elle basculait d'un coup vers l'avant, puis, triomphante, se relevait, serrant entre ses doigts un mince trophée dont l'éclat se propageait comme un feu à son visage, offert à d'hypothétiques spectateurs. Mais pas un regard à accrocher, on se détournait d'elle, alors elle montait en puissance, coupait les trajectoires, alpaguait une épaule, plaidait et s'agitait pour faire voir sa magnifique trouvaille, son miracle – on devinait sans peine l'amorce du boniment : « C'est vous qui avez perdu cette bague ? Quoi ? Elle n'est pas à vous ? Je viens de la trouver là, par terre… » Peine perdue : les hommes feignaient de ne pas la voir, les femmes pressaient le pas vers la gare toute proche, les couples se serraient pour former une boule dure, filante, inabordable.

Quelle pouvait bien être la suite de la combine ? Aucun comparse en vue pour détrousser le pigeon occupé par la bague. Pas grande chance non plus de fourguer l'objet, un genre de chevalière piquetée de toc qui, même de derrière la vitre, avait l'air assez grossière. Simon ne comprenait pas. Plus d'une heure venait de s'écouler sans que la Gitane fasse la moindre touche. Pourquoi continuer ? Si cela avait été possible, il lui aurait volontiers proposé une somme correcte en échange d'une explication – l'argent du milliardaire slovaque ne pouvait être mieux employé qu'à acheter les rudiments d'une vieille arnaque gitane, se disait-il. Mais il aurait redouté de froisser cette femme, dont le travail, il le voyait bien, consistait tour à tour à duper et à croire, à croire et à duper – et on ne dérange pas un acteur au beau milieu de sa représentation pour lui demander comment il gagne sa vie. Et puis – ceci Simon ne l'avait perçu qu'à la troisième tentative –, si la combine semblait peu lucrative, un motif invisible venait la justifier. Les mouvements répétés de la Gitane, ses vêtements trop légers pour l'automne autrichien, crasseux mais assortis avec soin, sa chorégraphie aussi opiniâtre que distraite, son regard où alternaient la superbe et la supplication, tout cela était inscrit avec autorité dans un autre temps, indifférent aux époques et aux circonstances. On aurait dit le personnage d'une scène de genre : sur un large tricot vert fluorescent se fermait un gros gilet d'homme en cuir, contrastant avec la longue et fine jupe grenat qui traînait ses volants poussiéreux jusqu'au sol, pour s'épanouir en corolle lorsque la Gitane se jetait vers la bague, comme on le lui avait appris, comme on l'avait fait pendant des générations avant elle, aux abords des gares des grandes villes, et sans doute pareillement en pure perte, avec, à l'approche du soir, la même fatigue et la même insoucieuse fatalité.

Simon se dit que c'était sans doute ce qu'il avait vu de plus authentique à Vienne ce jour-là.

Après l'aéroport, il avait erré sans destination, prenant un tram après l'autre, le Ring, les monuments en chantilly à la pompe écervelée, les ruelles pimpantes. Il n'avait aimé ni les parcs ni leurs gloriettes, ni les cafés ni l'accent roulant des serveuses, tout lui avait semblé vieux, dépassé, bête, comme si la ville n'avait plus à offrir que sa caricature, continuant de déployer futilement ses chevaux de pierre qui pédalaient dans le vide, ses bronzes grandiloquents, sa morgue, au service d'une puissance dont elle était seule à ignorer la disparition. Cette ville ressemble à un paon vu de dos, s'était-il dit. Majestueux, ridicule, croupion gris.

Quant à la gare, elle lui avait tellement déplu qu'il avait préféré attendre ailleurs, dans ce café minable, sur un mange-debout. Ça, une *gare* ? Il n'y avait trouvé qu'une enfilade de boutiques, si brillantes qu'elles finissaient par ne plus offrir qu'une seule impression terne, celle d'un monde fermé, trop neuf et trop astiqué. Comme si le commerce avait absorbé tout entier le désir d'aventure, substituant l'envie de l'achat à celle du départ, un tiens vaut mieux que deux tu l'auras. Or Simon, justement, ne voulait rien acheter : il voulait se perdre. Dans les galeries prospères, au milieu des voyageurs affairés, il s'était mis à vaciller dans la résolution d'un voyage établi sur des bases déjà peu solides, et dont l'ironie lui était soudain apparue tout entière.

Soit, il s'était fait larguer deux fois. La première par le milliardaire slovaque, comme on pouvait s'y attendre, ça devait arriver un jour ou l'autre, Simon s'y était préparé. La deuxième fois par Mathilde – encore plus prévisible, pourtant Simon, loin de l'anticiper, se l'était pris en pleine gueule jusqu'à en rester sidéré. Et voilà qu'il avait cru tout résoudre en se larguant une troisième fois, en venant se larguer lui-même au beau milieu de cette gare viennoise. Il s'était senti bien stupide.

Mathilde avait choisi le jour où il avait dû vider son bureau, elle le lui avait balancé quand il était rentré à la maison avec sa petite caisse en carton. Ou peut-être que cette caisse lui avait justement fourni l'impulsion décisive – Tiens, ben pendant qu'on y est, s'était-elle peut-être dit. Il n'y avait eu ni larmes ni reproches. Ni rien – en fait il n'y avait même pas eu de séparation. C'était encore ça le pire : elle ne s'était même pas donné la peine de le larguer, s'était contentée d'annoncer qu'elle venait d'accepter un poste très bien rémunéré en Suisse, elle allait commencer dans deux mois. Cela signifiait aussi que Simon devrait se trouver un autre endroit où vivre – à moins qu'il ne souhaite garder l'appartement ? Non, il ne le souhaitait pas, il avait secoué la tête, dans l'embrasure de la porte d'entrée, sa caisse en carton dans les mains.

C'était raide, mais ça venait de loin. Deux ans plus tôt déjà, le diagnostic, sévère, était tombé : « Le problème avec toi, Simon, ce n'est jamais ce que tu fais, c'est ce que tu ne fais pas. »

Oui, oui, il savait, l'inertie. L'absence de projet, l'incapacité à prendre des décisions, à s'occuper de la chaudière, du fisc, des vacances, ça fait vingt fois que je te le dis, du robinet qui fuit, des sacs d'aspirateur, de la taxe foncière, des étrennes. Et puis les heures passées sur internet à nourrir les mêmes obsessions débiles – *Vingt Mille Lieues sous les mers*, *Casablanca*, les engrenages des machines de Rube-Goldberg… Mathilde se serait arrangée d'un érudit un tant soit peu sociable, s'il était allé dans des bibliothèques, s'il avait parlé à des gens, entrepris avec eux des choses, des projets, passe encore. Mais pas cette espèce, nouvelle, de geek nocturne et vain, rivé à son écran, tournant en rond dans des lubies anciennes, aussi incapable d'épuiser sa curiosité initiale que d'en faire œuvre utile. Et voilà qu'il venait par-dessus le marché de se faire virer du magazine où il travaillait, de se faire virer *par distraction*.

Alors non, Mathilde ne se donnait pas la peine de le quitter, et elle marquait ainsi que c'était désormais son tour de ne rien faire. À part peut-être enfoncer le clou : « Tu veux que je m'occupe de faire mettre tes affaires dans un box ? » Cette proposition, quoiqu'un peu brutale, était plus tendre qu'il n'y paraissait – Mathilde savait bien ce que ce genre d'opération (louer un box !) avait pour Simon d'insurmontable. C'était gentil, et il avait accepté sans états d'âme – après tout, autant capitaliser sur le reproche.

Des jours avaient suivi, de cohabitation absente, d'autres caisses avaient été scellées. Mathilde avait mis une station de jazz en fond sonore pour que le silence ne s'entende pas trop. Mais Simon se sentait s'effriter à chaque carton qu'il marquait d'une croix d'adhésif, comme si, par une mécanique inconnue, il se vidait d'un peu de lui-même à chaque carton empli. Livres, vêtements, babioles : ce qu'il possédait ne cessait de lui rappeler ce qu'il venait de perdre. Il aurait eu envie d'une scène, d'une crise. Mais rien. Même pas le moyen d'une petite baise cathartique ! Ç'aurait pourtant été la moindre des choses. Mathilde était douce, lasse, résolue à éviter tout éclat, semblant même exiger cette absence d'éclats comme la marque d'un respect venu trop tard. Du reste, c'était bien le fond de l'affaire : au cours des trois années que Mathilde et Simon avaient passées ensemble, quelque chose entre eux avait toujours peiné à démarrer. Pendant que ça rampait, ça n'avait jamais vraiment marché ; si leur relation avait pris forme humaine, elle aurait eu l'allure d'un être gauche et incertain, incapable de subvenir à ses propres besoins. Et Mathilde s'accrochait maintenant à cette mollesse comme à une planche de salut flasque.

Peut-être par vengeance, Simon avait eu l'idée de ce voyage. Le voyage, c'était l'action. L'action téméraire, mal préparée, idiote, mais concrète. Tout ça par hasard, à cause d'une envie soudaine qui avait pris corps pour s'installer dans le vide que les cartons laissaient, et dont Simon avait immédiatement voulu faire part à sa sœur. Envie inhabituelle – même si la maladie puis la mort de leur mère onze ans plus tôt les avaient rapprochés, Jeanne et Simon se parlaient peu. Ils se voyaient encore moins depuis six ans que Jeanne avait quitté Paris pour la Bretagne, un coin humide mais, paraissait-il, vivifiant, du Finistère, où les copies à corriger et l'éducation de trois enfants lui laissaient peu de loisirs.

Tournant le dos aux cartons empilés, Simon esquiva les questions liminaires, ne disant rien à Jeanne de la perte de son travail ou de la séparation d'avec Mathilde, pour en venir à la raison de son appel :

— J'ai envie de faire un test ADN.

— Pourquoi ? railla Jeanne. Tu crois que tu n'es pas le fils du père Ungar ? C'est une parano ou un espoir secret ? Parce que moi, je peux t'assurer…

— Mais non, interrompit Simon, pas un test ADN comme ça, un test, tu sais, d'origines. J'aimerais bien en faire un. Enfin, si ça ne t'embête pas.

— Pourquoi ça m'embêterait ? Tu fais bien ce que tu veux !

— Oui, mais si je sais d'où on vient, donc tu sauras aussi. Même si les gènes, ça peut bouger un peu entre un frère et une sœur…

— Ben oui, dit Jeanne, ça bouge tellement que je suis une femme et toi un homme. C'est dire si ça bouge.

— Oui, évidemment, concéda Simon. Mais en gros tu sauras…

— Je saurai quoi ? Qu'on est des juifs ? Que notre nom veut dire « hongrois » en allemand, mais qu'on peut venir de n'importe où ? Parce que c'est tout ce que ça va te dire. Ça va trouver « juif d'Europe centrale », ça te fera une belle jambe, et en attendant tu auras dépensé cent balles pour leur filer ton ADN, qu'ils vont revendre à prix d'or après. Faut être un petit peu con, excuse-moi.

Simon resta quelques secondes interdit :

— Mon ADN que qui va vendre à qui ?

— J'en sais rien, dit Jeanne. Mais je suis sûre qu'ils vont le faire.

— Qui ça « ils » ?

— Ben, les Américains, les Russes… Google… je sais pas, moi. La NASA…

Quoique habitué à certaines excentricités de Jeanne, Simon eut un instant de perplexité :

— La *NASA* ?

— Ça va, tu vois bien ce que je veux dire, coupa Jeanne. Et, au passage, tu remarqueras qu'il y a plein de juifs ashkénazes qui font ces tests, mais aucun juif séphararade. Ils savent très bien d'où ils viennent, eux.

À ces mots, l'inspiration s'empara de Simon, et il s'entendit dire, le plus posément du monde :

— Je pars la semaine prochaine à Olomouc.

Jeanne marqua un silence, avant de demander, un peu déconcertée :

— Pour quoi faire ?

— Voir, dit Simon. Juste voir. Tu n'as jamais eu envie d'y aller ?

— Non, dit Jeanne. Je vois vraiment pas ce qu'il y aurait à trouver là-bas.

Simon n'espérait rien trouver. Il se sentit déçu que Jeanne n'éprouve pas la même curiosité que lui. Ce nom l'avait toujours fasciné. Olomouc : l'outre du O roulait jusqu'au claquement abrupt de la consonne finale, et pouvait renvoyer n'importe où. Au Brésil, près de Pernambouc. Chez les Inuits, aux Philippines. En Sibérie, chez les Kalmouks. Enfant, il s'était amusé à le retourner dans tous les sens, l'avait transformé en Cuomolo, en Molokouc. Combien de fois avaient-ils, lui et Jeanne, dû inscrire ce nom étrange sur des documents officiels ?

Lieu de naissance du père : Olomouc, Tchécoslovaquie.

— Je me dis qu'il y a peut-être des trucs à trouver sur le grand-père Ungar, dit Simon.

— Ah, dit Jeanne – et ce « ah » pouvait signifier bien des choses – elle le tempéra en ajoutant sobrement : Ouais…

— Non, mais juste comme ça, plaida Simon, au cas où il y aurait, je ne sais pas, des traces… Ou quelque chose sur cette histoire des fusils dans le théâtre de Bratislava…

— Tu sais, je crois surtout que c'est des bobards du père Ungar, doucha Jeanne. Enfin, il y a peut-être du vrai dedans, va savoir… À part ça, c'est sûrement très joli, Olomouc, et puis c'est bien, ça te fera prendre l'air. Mathilde y va avec toi ?

— Non, dit Simon. Elle peut pas, à cause du boulot.

Il se rappela alors, un peu tard, qu'il était supposé en avoir un lui aussi, de boulot. Il sentit que Jeanne était gênée et eut peur de s'être découvert. Mais elle avait autre chose en tête :

— Dis donc, Simon… Le test ADN, le retour aux sources… Mathilde serait pas enceinte ?

— Non, non ! répondit précipitamment Simon. J'avais juste des RTT à prendre, continua-t-il, intrigué par son propre mensonge, continuant à mentir tout en ignorant ce que ce mensonge recouvrait, qui se révélait si bon camarade, si plein d'entrain, bien plus prometteur que la vérité.

Puis Jeanne prit les rênes de la conversation – il fut question des enfants, du peu d'aide que leur père fournissait sur le front domestique, d'une nouvelle circulaire de l'Éducation nationale, et, pour finir, du poids de toutes ces choses réunies. Aucune charge de ce genre ne pesait sur Simon. Il n'avait *pour de vrai* rien de mieux à faire, se dit-il, que de partir à Olomouc.

Le lendemain, il avait transformé son mensonge en vérité en achetant un billet d'avion pour Vienne. Après quoi, il avait immédiatement recommencé à travestir les faits : la décision impulsive, l'envie de fuir, l'attrait du passé face à un futur incertain, tout cela se trouva bientôt enseveli dans une fantaisie de justice immanente, qui offrait au voyage un motif légitime. Tout en faisant sa valise, Simon s'était mis à bâtir l'histoire, et il la trouvait, à chaque nouvel étage, un peu plus satisfaisante. Un milliardaire slovaque avait racheté son journal et il s'était fait virer ? Très bien. *Parce qu'il* s'était fait virer, et avec un joli paquet de pognon, il allait maintenant, avec son pognon slovaque, revenir au *shtetl* de Moravie d'où avaient été virés ses ancêtres. Et il irait comme ça à Olomouc, et à Bratislava, où les Ungar avaient jadis été des juifs miséreux, et bientôt réduits en fumée, il irait se prendre une chambre dans l'hôtel le plus chic de la ville, et il paierait cash, envoyant les billets du milliardaire local à la gueule de qui se trouverait là, hurlant intérieurement, triomphalement : « *Ungar is back, bitches!!!* »

Voilà ce qu'il allait faire à Olomouc.

Seul devant sa valise, Simon se mit à sourire : c'était presque biblique.

Mais ce projet avait perdu toute solidité dès qu'il s'était trouvé à la gare de Vienne. À nouveau, l'impression de son propre effritement l'avait saisi, il était sorti à toute vitesse en quête d'un bistrot, surtout pas l'un de ces plantureux cafés viennois, mais une petite échoppe anonyme, coincée entre un kebab et un magasin de photocopies. Qu'est-ce qu'il était venu foutre ici ?

La Gitane avait remis la bague dans sa poche et s'en était allée. Le soir était tombé, il faisait noir désormais. Vienne la nuit, pensa Simon. Poussant sa valise à roulettes, il sortit du café et se dirigea vers les lumières de Wien Hauptbahnhof. Vienne la nuit, sonne l'heure. Le train pour Olomouc partait dans vingt minutes.

3

Pas même les empires

Dans l'enveloppe que la vieille Ilse ne peut ni ouvrir ni lâcher se trouvent deux documents distincts : la photocopie grise, recto verso, d'une photographie aux bords crénelés et la lettre manuscrite. L'écriture semble prise au dépourvu par l'allemand qu'elle rencontre, le trait qui se hâte au long cours des mots cale parfois devant les majuscules dans un amas d'encre, avant de reprendre avec prudence : « *Nous espérons que vous êtes bien celle que nous cherchons. Nous avons trouvé quatre Ilse Küsser qui pourraient correspondre, et envoyons donc cette lettre en quatre exemplaires. Nous vous prions de nous excuser si vous n'êtes pas la personne qu'elle concerne.* »

Quatre Ilse Küsser... Comme en ouvrant les yeux on passe du noir aux embarras de la pénombre, la vieille Ilse commence maintenant à les apercevoir, autant de versions d'elle-même qui se sont succédé. L'une après l'autre, elles apparaissent dans sa cuisine berlinoise, une cuisine toute parfaite et propre, mais où elle a perdu l'envie de cuisiner. Recroquevillée sur sa chaise, l'enveloppe à la main, la vieille voit les autres Ilse flotter, trembler jusqu'à affirmer leurs contours. D'abord, de sous la table, surgit la toute première, la plus petite, elle rue entre les chaises de la cuisine puis fonce pour se cacher sous le fauteuil du salon. Une autre, l'inquiète, l'amoureuse, celle qui attendait Horn, qui guettait la lueur de la lampe à pétrole, la nuit, près du Danube, se tient haletante devant les rideaux en dentelles qui dissimulent la rue berlinoise, avec ses blocs d'immeubles carrelés de l'époque socialiste. Un peu plus loin, une Ilse jeune encore, en robe de laine et bottes de montagne, s'est assise, l'air moqueur au milieu de la pièce. Quant à la dernière, son visage déformé se reflète dans le cul poli des bouteilles vides, posées sur l'égouttoir de la cuisine et qui n'attendent plus rien. En retrait des autres, celle-là semble obéir aux rythmes du chantier dans une ruelle voisine, elle y obéit en cadence, comme une mécanique. On les discerne bien maintenant : quatre Ilse Küsser, elles se croisent et s'ignorent, entre les lances de lumière qui percent des rideaux de dentelles, tandis qu'Ilse, la vieille Ilse, assise toute raide dans son jogging bleu, la lettre entre ses mains, les regarde.

La petite courait trop. Elle ne tenait pas en place, il fallait toujours qu'elle grimpe, qu'elle quitte la chaise, qu'elle saute. Elle dérangeait ses frères, ses aînés si sérieux qui ne voulaient qu'étudier – Ilse croit pouvoir se souvenir des râleries de Georg – « Maman, Ilse *bouge* encore ! » – ou entendre les plaintes de Heinrich-Maria : « Je n'ai pas pu finir mon devoir, c'est parce que Ilse a *remué* tout le temps » – des voix sans doute trop vives pour appartenir au passé, il n'y a que le toc pour briller comme ça, les vrais souvenirs sont moins clairs, ils arrivent avec leur fatigue, à peine saisis s'écroulent, tombent en poussière.

Fidèles ou contrefaites, peu importe : Ilse entend leurs voix. Tout comme elle peut, avec netteté, suivre du regard Heinrich-Maria, qui remonte au pas de course la rue Dussilová jusqu'à la maison familiale, à Bratislava, un peu avant la guerre, il doit avoir cinq ou six ans, il porte encore des culottes courtes.

Sans reprendre son souffle, il passe la porte d'entrée, s'essuie à peine les pieds avant de filer dans le couloir jusqu'au cabinet de médecine. Dans sa main droite, il brandit le morceau de papier qu'il a trouvé par terre, il trépigne : le tract est écrit en allemand, il a réussi, tout seul, à le lire. Avec fierté, détachant avec soin les syllabes, il le relit maintenant à son père :

Im März macht der Führer scherz,
Im April macht er was er will,
Im Mai holt er sich die Tschechei,
Und im Juni wenn die Blumen blühn,
Ist Prag bereits so deutsch wie Wien[1].

Après une brève hésitation, le docteur Küsser se lève de son fauteuil, retire la feuille des mains de son fils, la déchire en morceaux qu'il laisse tomber au sol. Alors seulement, il regarde le garçon droit dans les yeux, et, d'un geste calme, sans colère, lui balance une gifle. Puis une autre, sur l'autre joue. Stupéfait, Heinrich-Maria vacille, il grimace mais se retient de crier. Son menton se met à trembler, son regard cherche une issue pour se dérober à celui de son père, sans y parvenir : toute la pièce s'est évanouie, et

1. « En mars, le Führer plaisante, En avril, il fait ce qui lui chante, En mai, il se rafle la Tchéquie, Et en juin, quand les fleurs reviennent, Prague est aussi allemande que Vienne. »

avec elle, le jour derrière les rideaux, les bruits étourdis de la maison, les tableaux au mur. Seuls demeurent, à terre, pâles et miroitants, les morceaux du papier déchiré par le docteur Küsser. Une minute se creuse. Le visage écarlate, les bras raidis le long du corps, Heinrich-Maria étouffe – Ilse croit pouvoir se le rappeler dans les moindres détails, planté là, suffoquant, au milieu de la pièce, elle se souvient même du tricot qu'il portait, à manches courtes, rayé vert et gris, elle revoit son frère, dont la culotte peu à peu s'assombrit, des gouttes lui glissent sur les cuisses et sur ses joues roulent maintenant des larmes, comme si tout ce petit être s'était mis d'un seul coup à se liquéfier et à se répandre. Une auréole sombre se déploie sur le tapis, s'étend lentement – les yeux écarquillés, Heinrich-Maria la fixe pour qu'elle n'existe plus, mais elle continue de progresser, elle infiltre le tapis jusqu'à rejoindre les lambeaux du papier déchiré, elle avance, avance, conquérante, tandis que, sans un mot, le docteur Küsser quitte la pièce. Plus tard Margita fera disparaître la tache avec du vinaigre coupé à l'eau de Seltz.

Ilse se souvient parfaitement de cette scène, alors même qu'elle sait bien que cela n'est pas possible. Elle n'a pas pu la voir : un an ou deux avant la guerre, la petite Ilse est encore dans un berceau, à discerner peut-être les formes vagues du plafond. Le parfum capricieux de sa mère s'est déjà fait plus rare que l'odeur de Margita, cette sueur tranquille aux relents de friture qui est l'odeur de tous les jours.

Dès qu'elle peut marcher, Ilse bouge trop. Cachée sous le fauteuil de son père, couverte de poussière, les ressorts lui grincent sur le crâne, elle vrille, se retourne sur le dos, puis sort la tête pour admirer la pièce sens dessus dessous : étalé dans le fauteuil en face, un gros monsieur au visage à l'envers fume le cigare, ses sourcils forment, sous les yeux ébahis, une moustache.

— Historiquement, *Herr Doktor*, ces provinces ont toujours fait partie de l'Empire germanique…

— « Toujours » ? interroge à mi-voix le docteur Küsser. Mais cher ami, rien n'existe depuis toujours. Pas même les empires…

— Disons alors depuis mille ans, depuis nos ancêtres Ottoniens… Mille ans, tout de même ! Jusqu'à ce grotesque traité de Versailles… D'un point de vue militaire, s'indigne le monsieur, c'est un véritable poignard slave qu'on a plongé dans les entrailles de l'Allemagne.

Tapie dans la sécurité de sa cachette, Ilse le répète pour elle-même : *Un véritable poignard slave. Plongé dans les entrailles.*

— Certainement, certainement, répond d'une voix distraite le docteur Küsser en portant sa tasse de café à ses lèvres, sans remarquer les boucles blondes de sa fille qui émergent sous les franges du fauteuil.

Toujours soucieux, le docteur, il ne la voit même pas. Alors Ilse remue. Elle rampe sous le bureau, se glisse entre les jambes de son père que terminent des chaussures bien cirées. Ilse décide de discuter avec elles. Les chaussures sont plus coopératives, elles veulent bien se prêter au jeu pendant que le docteur Küsser fronce le front en écoutant la radio tchèque, qui s'est mise à parler allemand :

« La science des races prouve que les Slaves ne sont pas une race mais seulement un groupe linguistique. Nous pouvons changer notre nationalité – cela est arrivé en Bohême bien souvent –, mais nous ne pouvons pas changer notre origine raciale. »

C'est la guerre, et Ilse le sait. Elle sait aussi que son père n'ira pas la faire, parce qu'une autre guerre lui a grillé les bronches, c'est ce que dit Margita, qu'on peut être docteur et malade à la fois.

« La question principale est de savoir si une personne parlant tchèque doit être racialement classée parmi les tribus connexes des Allemands, ou si elle doit être regardée comme appartenant à une race étrangère, continue la radio en grésillant. *On peut affirmer que les Tchèques sont devenus de plus en plus nordiques par suite d'un afflux constant de sang allemand. »* Les fronces s'accentuent sur le front de son père, mais sous le bureau, c'est Ilse qui fait la loi : sur la ligne de front, une chaussure est blessée, une chaussure est docteur et elle doit soigner l'autre.

En tordant la lessive, Margita explique à Ilse qu'après la Première Guerre, la Slovaquie a fait avec la Tchéquie un mariage arrangé. Pas un mariage d'amour, un mariage raisonnable, pour qu'on ne se retrouve pas *pris dans la mâchoire allemande*. Et voilà qu'il a quand même fallu se démarier, dit encore Margita en étendant le linge dans la cour à l'ombre des arbres du jardin de la voisine. Tout ça pour se remarier avec les Allemands. Margita coince la bassine de fer contre sa hanche : ça fait que les hommes sont de nouveau à la guerre, il ne reste en ville que des gamins et des vieillards, les femmes sont seules pour les récoltes du printemps, et maintenant la Slovaquie est indépendante, avec des Allemands dedans.

Que ce soit la postière, le commis de l'épicerie ou le pharmacien, et même parmi ceux qui ne le connaissent pas, il y a toujours quelqu'un pour dire que le docteur Küsser est un humaniste. On profère toujours ce mot en soupirant, soit avec tristesse, soit avec mépris, soit avec une nuance de regret. « Humaniste » veut dire que le docteur soigne tout le monde. Pourtant, hors de la maison, tout le monde ne le sait pas : s'il y a des gens qui passent la porte le jour et vont dans le cabinet de médecine, d'autres traversent la nuit le jardin de la voisine, la vieille Balážová. Sans faire de bruit, ils se glissent par la grille pour aller attendre dans la buanderie, on doit faire comme s'ils n'existaient pas. Personne ne doit le savoir, et la Balážová ne dira rien non plus, parce qu'elle a des cailloux de sang dans les jambes, que le docteur Küsser lui soigne.

« Actuellement, poursuit la radio, *les éléments les plus instruits de la population tchèque montrent presque les mêmes caractéristiques nordiques-dinariques que les tribus allemandes voisines. Les types orientaux les plus marqués s'observent seulement parmi les ouvriers et les paysans. Les Tchèques de notre temps, pénétrés de sang germanique, sont plus étroitement liés aux Allemands qu'aucun autre peuple slave. »*

Les jambes du docteur se sont mises à s'énerver sous le bureau, alors Ilse décide que le moment est venu de passer à l'offensive : la chaussure gauche va envahir la chaussure droite. Mais les chaussures ne se laissent pas faire, et Ilse en a bientôt assez – la guerre est finie : après avoir pulvérisé la chaussure droite, la gauche va se marier avec elle. C'est un mariage d'amour. Pour sceller cette union, Ilse défait avec précaution le lacet d'un côté pour le lier à l'autre, elle fait un nœud qu'elle serre très fort. Ce n'est qu'à ce moment-là que son père s'aperçoit de sa présence, et qu'avec lassitude il appelle Margita. En riant, la petite bonne saisit Ilse par les côtes et la charge comme un chat sur son épaule de toile pour l'emporter hors de la pièce.

*

Il n'y a que sa mère qui le comprenne : Ilse doit remuer, elle n'a pas le choix. C'est pour cette raison qu'elle arrive à courir très vite, qu'elle peut aussi sauter très haut. *Frau* Küsser le comprend, parce qu'avant son mariage elle faisait de la gymnastique – de la poutre, de la course, des figures de l'allégorie – il lui en reste le bâton terminé par un long ruban bleu. Certains jours, dans la chambre, elle le sort avec précaution du tiroir de la commode et fait danser sa fille sur le tapis, en lui apprenant les anciennes chansons :

« Avec la puissance du lion, avec le vol du faucon,
Nous allons de l'aaa-vant,
Et à notre chère patrie en offrande,
Nous aaa-pportons nos forces… ! »

Quand Ilse parvient à tendre tous ses muscles d'un coup, plus rien n'arrive dans son esprit, la vitesse l'emporte sur tout le reste. Sur le terrain de jeu au bout de la rue, elle arrive à battre des garçons. Dès qu'elle s'élance, ils s'écartent sur son passage, elle prend de l'allure, sa jambe s'envole au-dessus de la haie comme pour s'appareiller pour bien plus haut encore, s'accrocher à l'air, sous les regards éberlués des garçons, ils ne savent pas ce qui la fait tenir. Ilse y parvient parce qu'elle a peur, et que cette peur, seule la vitesse l'écrase. Mais il devient bientôt défendu de sortir de la maison, le docteur Küsser s'absente de plus en plus souvent, personne ne sait où il va, et Ilse se cogne contre les murs.

Durant ces premières années de guerre, *Frau* Küsser se montre encore joyeuse, elle peut même paraître exaltée quand elle encourage Ilse à s'exercer sur le tapis de la chambre – même si on ne doit plus faire la gymnastique tchèque du Sokol. Avant c'était obligatoire, ça apprenait à se défendre, on la pratiquait à l'école et ils la faisaient à l'armée – c'était encore la belle discipline de M. Tyrš, explique la mère d'Ilse, *pour la force et pour la beauté du peuple slave*. Elle lui fait scander la devise : « *Ni gloire, ni profit !* », et puis sauter au-dessus du ruban bleu qui serpente, sauter encore, toujours plus haut, pour *l'Idéal commun de l'Humanité universelle* et pour *la Paix entre les Frères*.

Mais Ilse continue d'avoir peur, depuis que son père n'est plus là, et que sa mère a peur aussi. Margita dit que ceux qui doivent avoir peur, c'est seulement les juifs. Les juifs, dit Margita en chassant la fumée du poêle, tout le monde dit que, dans leurs tavernes, ils faisaient boire les paysans slovaques pour pouvoir les ruiner, comme ça après ils leur rachetaient leurs terres trois fois rien. Mais moi, continue Margita, j'ai jamais vu qu'un Slovaque ait besoin de le pousser beaucoup pour qu'il boive, celui qui perd sa terre parce qu'il s'est saoulé la gueule, que Dieu le châtie et l'instruise, c'est pas la faute des juifs. En épluchant les pommes de terre, Margita raconte que des soldats allemands sont venus l'autre jour à la fabrique de chaussures Popper-Policky, et qu'ils ont tabassé le vieux Popper, détruit sa figure avec la crosse de leurs pistolets. On chasse les juifs et Dieu seul sait où ils s'en retournent, murmure Margita, le père Popper, sa femme, leurs fils, ils ont toujours été d'ici.

Ilse voit que Margita est inquiète, mais selon son frère Heinrich-Maria, il ne faut pas s'en faire pour les juifs : la Slovaquie leur a acheté du sucre en Suisse, du sucre par paquets, qu'ils peuvent récupérer à Vienne. On l'a dit à la radio.

Par temps clair, on voit briller dans le ciel les bombardiers américains, le plus souvent on ne fait que les entendre. Les bombes ne vont pas tomber ici, prédit d'un ton très sûr son frère Georg, les Américains vont à Vienne, et plus loin, en Allemagne. Ici, on est tranquilles.

Il ne nous arrivera rien, parce que votre père est allemand, explique *Frau* Küsser à sa fille, quand elle lui montre, dans le secret de la chambre, les exercices slaves du Sokol de M. Tyrš. En attendant, il faut bouger, ça entretient le corps mais aussi l'esprit, rien n'est plus grave ou plus dangereux que de *s'endormir sur le mol oreiller de la paresse*. Georg et Heinrich-Maria, eux, doivent aller à la gymnastique allemande, et ils deviendront quoi ? Des petits hommes allemands en uniforme ? Ni beauté ni noblesse là-dedans, marmonne Frau Küsser, mais c'est obligatoire. Pendant la Première Guerre, les Slaves étaient des frères, se souvient la mère d'Ilse d'un air rêveur, dans l'armée de l'Autriche-Hongrie, il y avait des gymnastes sokols – des Slovaques, des Slovènes, des Croates – qui préféraient passer du côté des Russes, qui tombaient dans les bras des Serbes, quand ils les entendaient chanter. De l'autre côté de la ligne de front, ça leur beuglait à tue-tête que l'esprit slave vivra à travers le temps, que le ciel de l'enfer menace en vain, et ces paroles portaient plus fort que tous les canons et que tous les empires. Le rocher éclate, dit encore la chanson, le chêne se tord, la terre en tremble, mais nous restons fièrement debout, tel un roc. Et maudit, maudit soit le traître à sa patrie ! La mère d'Ilse se transforme quand elle chante, ses yeux, son nez, sa bouche disparaissent, il n'y a plus que la chanson, qui emporte ses traits et les remodèle. Puis elle se tait, se décompose, Ilse la regarde s'effondrer dans le fauteuil, le ruban bleu à la main.

Le docteur Küsser, *l'humaniste*, n'est plus là quand, un matin de juin, ils bombardent la fabrique Apollo. Tout le monde cherche un médecin, mais entre ceux qui sont au front et les docteurs juifs passés Dieu sait où, qui est-ce qui reste, maintenant, pour soigner les gens ? La raffinerie était entourée d'un mur d'enceinte, un mur très haut – ça a pris feu d'un coup, dit Georg, les réservoirs d'huile ont explosé d'un grand boum, et derrière le mur, les gens se sont retrouvés piégés dans les flammes, devant ce mur bien trop haut pour qu'on puisse l'escalader, voilà ce qui est arrivé, quand la fumée noire a recouvert la ville. Et à la câblerie aussi, dit Georg, après avoir entendu l'alerte, au lieu d'aller dans les abris les gens se sont mis à courir dans tous les sens, des morceaux de fer brûlants tombés du ciel les ont décapités comme des poulets – *riiiss !* – Georg passe d'un geste vif son index sous sa gorge. Il dit que plein d'autres ont reçu des éclats de ferraille, qu'ils sont blessés et saignent encore, tout le monde s'agite et cherche un médecin, mais personne ne peut dire où se trouve le docteur Küsser.

Quelques mois plus tard, on apprend que le docteur était à Prague et n'en reviendra jamais, qu'il n'en est resté qu'un morceau, fondu avec un autre. Alors la mère d'Ilse entame à son tour sa disparition. Un matin, elle grelotte, elle se couvre d'un châle, puis d'un autre par-dessus. Passent les jours, elle ne fait plus que se plaindre du froid, et bientôt elle se ratatine sous le poids des châles accumulés. Lorsqu'elle les retire enfin pour se laver, Ilse découvre que sa mère a rapetissé pour de vrai, comme si elle avait fondu sous la laine. Une petite silhouette pâle, comme une brebis tondue, qui erre dans la maison sans savoir ce qu'elle cherche… Tout a changé et rien – le même visage, le même nez, la même bouche, mais tout ce qui animait ces éléments et les reliait ensemble a disparu. Ilse voit bien que sa mère n'est plus saine, ni d'esprit ni de corps, on ne doit pas faire de bruit et la laisser avec ses compresses de vinaigre sur les tempes. Un jour, Ilse tente de rouvrir le tiroir de la commode, elle s'agenouille sur le tapis au pied du fauteuil où sa mère reste prostrée sous ses châles, et comme un signal, agite le ruban bleu dans l'air vicié de la chambre. « Maman, chante, je veux encore sauter ! Chante, maman ! Réveille-toi ! » Mais le visage de sa mère reste fermé. D'un geste absent, elle caresse les cheveux blonds d'Ilse avant de détourner la tête, des larmes coulent de ses yeux clos.

Dans la cour, Ilse s'active et concentre ses forces pour arriver en haut du noisetier – il faudra être capable d'escalader le mur pour s'enfuir, sinon elle se retrouvera coincée, comme les autres. Il y a encore eu de la mitraille, cette fois, ils en avaient après la gare de Theben-Neudorf, ils ne l'ont pas eue mais ils ont détruit plein de maisons autour, avec les gens dedans. Ilse devra être forte, parce que ses frères seront un jour assez grands pour partir à la guerre, et ils la laisseront, comme sa Margita l'a laissée. Ilse a refusé de l'accompagner à la gare, elle est restée assise sur son lit à donner des coups de pied dans le vide, fixant avec obstination les chevaux de manège imprimés en relief sur le papier peint. Margita a dû partir dans le nord, dans les montagnes, aider sa famille pour les récoltes, il paraît que c'est trop loin pour revenir. « Sa famille, ça, c'est ce qu'elle raconte, mais la vérité, c'est que l'Allemagne va perdre la guerre et que la petite a de la jugeote : elle veut plus travailler pour des *Fritz* », lâche la vieille Balážová en se massant les varices, avant de s'en retourner de son côté de la grille. Ilse respire fort, ses bras tremblent, ses genoux se râpent aux branches. Concentrée sur son effort, elle chante les chansons de sa mère, celles du très vieil Empire : *Cette nuit, ma belle, je monte la garde, la guerre n'est pas venue pour s'amuser.* Frôlant l'écorce revêche, elle s'élance, jambes en avant, agile, vers les larges branches hautes. *Donnez-moi une vache et un cheval blanc, ma bien-aimée m'a supplié d'aller la retrouver. D'aller la rejoindre à Rózsahegy.* Au sommet, le ciel gris sale est calme, même s'il paraît que les Russes sont déjà à Dubravka, qu'on peut les voir à travers les arbres sans feuillage. Des réseaux révoltés palpitent dans les muscles d'Ilse comme de petites explosions, elle est à moitié dans le ciel, elle voit jusqu'au Danube. *Tu m'as écrit pour rien, ma poupée adorée, j'appartiens à l'armée, je ne peux pas la quitter.*

*

Quand les artilleurs russes ont voulu traverser la Morava pour rejoindre l'Autriche, on a entendu mitrailler derrière un remblai près de la gare, et Heinrich-Maria s'est échappé de l'abri pour voir à quoi ressemblaient les soldats. Dans le vacarme, il a couru puis rampé jusqu'à l'aire de jeux – des hommes et des chevaux morts plein les rues, ici un homme mort, là, un cheval, ce qu'il a trouvé à l'arrivée était bien loin de ce qu'il attendait : tout le terrain rempli de gaillards épuisés et crasseux sur leurs chars, avec leurs chevaux faméliques qui traînaient les canons. Heinrich-Maria écarquille les yeux quand il raconte qu'il a vu les flammes jaillir ; les jours suivants, il titube comme s'il avait attrapé une maladie. Pendant des heures, il reste immobile devant le mur, on dirait qu'il fixe un point devant lui mais son regard s'égare, fasciné par l'assaut des flammes, qui se sont éteintes et qu'il regarde encore.

Il paraît qu'avant de quitter la ville, les Allemands ont mis des mines partout. On dit qu'ils ont caché des bombes dans tous les grands bâtiments, mais qu'après, ils n'ont eu que le temps de s'enfuir par la route de Malacky. Seul le vieux pont a explosé. Au milieu du Danube, les piliers restent plantés comme des poissons de pierre aux gueules ouvertes, les rails de fer brisés net barbotent dans les eaux tournoyantes, filant vers Budapest.

Ilse a appris à allumer le poêle toute seule, à battre les matelas, à préparer la bouillie d'orge, pour le reste la fille de la postière l'aide, et en échange elle peut emporter un peu de verrerie ou de la vaisselle. L'ennui, c'est qu'elle a commencé à vouloir plus, à demander s'il y avait des bijoux, elle lorgne les robes de la mère d'Ilse, les longues jupes de taffetas sonore, les dentelles françaises. Il faudra bientôt lui céder quelque chose, si elle ne le vole pas d'ici là.

*

Un jour, à la toute fin de la guerre, croit se souvenir la vieille Ilse, Margita se tient devant la porte, les gouttes d'eau lui tombent en spirales sur le visage jusqu'à son manteau luisant de pluie, des boucles de cheveux sombres dépassent de son fichu brodé, noué avec fermeté sur la nuque. Seule dans le vestibule, Ilse voudrait courir lui ouvrir, mais la silhouette pourtant si familière qu'elle entrevoit derrière la vitre la tétanise. Elle marche à pas comptés vers la porte, le cœur battant, elle essuie ses mains moites sur sa jupe, se décide enfin à ouvrir. Et après... ? La vieille Ilse ne veut pas s'en souvenir, parce que les choses qu'on a le plus désirées, lorsqu'elles nous déçoivent, sont souvent pires que celles qu'on redoutait. Quand Margita la serre dans ses bras, ses joues sont fraîches mais son odeur a changé. C'est l'odeur, facile à reconnaître, de la peur, elle perce et vrille sous les caresses, mêlée à l'odeur du vinaigre qui hante le salon depuis des semaines. Ilse voit bien que malgré la pénombre des volets fermés Margita remarque la poussière, les auréoles saumâtres sur la moire des rideaux, la peinture du plafond qui pèle et rebique par endroits. L'attente dure, Frau Küsser ne descend pas de sa chambre. Ou peut-être que l'esprit d'Ilse défaille à nouveau ? Est-ce que sa mère a fini par les rejoindre ce jour-là ? Et où étaient ses frères ? Encore à la maison ? Dans ses pensées, Ilse revoit seulement Margita sur le divan ventru du salon, face au fauteuil vide du docteur Küsser ; à ses pieds, une tache claire dans la pièce obscure – le panier qui contient des œufs frais et du lait, recouvert d'un linge immaculé. Le ton de la causerie est joyeux mais Ilse sent une gêne, comme une saleté, et Margita se rend bien compte qu'elle n'arrive pas à donner le change. Le change de quoi ? se demande Ilse, en guettant le craquement de l'escalier, en continuant à espérer que sa mère descende. Devenue mauvaise actrice, Margita poursuit sa comédie, jusqu'au moment où sa voix tremble. Elle dit : quand les chars sont arrivés, les vaches ont été prises de panique, elles ne savaient plus où aller, et moi, je me suis mise à pleurer parce que je voulais les guider jusqu'à la maison... Mais elles étaient désorientées, pauvres vaches, elles hurlaient, elles piétinaient, à cause des Russes et des charrettes partout, elles étaient perdues… Les Russes, murmure Margita, sa poitrine se cambre puis s'affaisse d'un coup, son regard se contracte. Les Russes… Dieu nous garde !

*

La vieille Ilse ne se souvient pas du moment précis où le docteur Hubka est entré en scène. Une entrée s'accomplit dans un mouvement vif, serré, résolu, or *Pan* Hubka, dans la mémoire d'Ilse, fait tout le contraire : il se diffuse lentement, comme une brume, à peine a-t-on remarqué sa présence qu'il recouvre déjà tout le reste. Tout comme sa mère a progressivement disparu, le docteur Hubka n'apparaît pas en une seule fois. Ilse se rappelle qu'il est venu, le jour du tournoi, la féliciter sans chaleur. Après ça, les premières visites ont commencé, et avec elles des commérages tonitruants : pourquoi est-ce qu'il tourne, ce bon docteur, autour de la veuve de l'Allemand ? Qu'est-ce qu'il lui trouve ? Pas précisément une beauté, et puis elle n'a plus toute sa tête, peut-être qu'il la soigne ? Des veuves jeunes et en bonne santé, il y en a à la pelle, des jeunes filles à marier aussi, qu'est-ce qu'il serait allé s'enticher de cette *Allemande* ? À mi-voix, on murmure même pire : c'est peut-être la petite qui l'intéresse, on trouve qu'elle l'intéresse beaucoup. Et si c'était ça, le fond de l'histoire ? C'est la petite qu'il veut ? Mais on ne le murmure pas trop fort – Pan Hubka est un homme puissant, un héros du Soulèvement national, un bon copain des Soviétiques, prudence.

Non, la vieille Ilse se trompe encore, elle galope au-delà des époques : on est à peine sortis de la guerre, on peut encore dire ce qu'on veut. Les Soviétiques sont encore les

Russes, le Grand Pays Frère, une armée incohérente et débraillée – des ivrognes pleins de vermine, aux moustaches brunies par le tabac, aux dents pourries, ils puent, ils attrapent les femmes et leur brisent le dos en deux comme des allumettes, tout le monde le sait, ils l'ont fait aux Hongroises aussi, ils te violent et te refilent la vérole, et après ils te sortent la photo de leur mère ou de leur Svetlana chérie, avant de se mettre à chialer, c'est encore ça le plus dégueulasse.

Le docteur Hubka vient désormais régulièrement prendre le thé rue Dussilová. Ou plutôt, rue Galandová, c'est ainsi qu'on l'appelle maintenant. Depuis la fin de la guerre, presque toutes les rues de la colline ont changé de nom, et en écoutant les ragots des voisines, Ilse comprend que sa mère risque de changer de nom elle aussi. En attendant, le docteur parle peu, et il fait tout avec mesure – en fait de visite, il examine : il tâte les murs et les huisseries comme il observe Ilse et ses frères, comme un médecin observe des malades. Puis il rejoint la chambre de Frau Küsser.

Le premier bienfait du docteur est l'apparition d'une énergique mère de famille, forte comme un bœuf, qui fend les bûches dans la cour pour en gaver le poêle, fait bouillir le linge, et déloge de leurs métropoles les araignées régnantes. La maison est propre, et le monde aussi, le monde semble revenu sur ses rails, bientôt le vieux pont sera réparé, les Russes sont en train de le reconstruire, la vieille Ilse croit s'en rappeler.

Mais elle ne sait plus où placer la soirée au théâtre qui lui semble la fin et le début de tout. Elle revoit sa mère descendre l'escalier : la petite chose bêlante est redevenue une femme, ses épaules apparaissent immaculées au-dessus du bustier de satin noir, ses cheveux sont relevés par des peignes de nacre. Cette créature délicate, le docteur Hubka s'en va la promener aux yeux du monde, et Ilse a le droit de venir avec eux. Le *théâtre*, son cœur en éclate, celui des actrices de Prague et de Vienne, on va entendre *Les Noces de Figaro*, pour l'occasion on a retaillé à Ilse une robe de velours jaune pâle, avec un collier de velours assorti – c'est fabriqué avec l'ourlet – on le ferme par une broche en forme d'abeille.

Dans le souvenir de cette soirée n'apparaissent ni Edit, ni Georg, ni Heinrich-Maria. Sous le manteau de brume, on ne distingue qu'Ilse, une abeille serrée sur son cou, qui rêvasse en trottant aux côtés de sa mère, jusqu'aux feux du théâtre qu'on vient juste de rouvrir place Hviezdoslav. Quoiqu'un peu vacillante, *Frau* Küsser resplendit sous l'étole de fourrure aux reflets argentés, elle serre le bras du docteur Hubka. Les fourrures, plein de gens les avaient cachées sous le fond de leurs armoires ou enfermées sous les lattes des planchers. Maintenant elles dégoulinent de pluie dans le hall bruissant. Les visons mités sont sortis de leur tanière, et avec eux les hermines et les renards, les zibelines, les astrakans ébouriffés, ils sentent à la fois le renfermé et le moisi. Les pans des manteaux s'écartent pour révéler les lamés dorés, qui scintillent, intacts, sous le lustre bigleux aux ampoules manquantes, laissant loin derrière la horde de pelisses pendues dans les cages du vestiaire. Hommes du monde en habit et élégantes ont retiré leurs galoches pleines de boue – désormais, dans le grand hall de marbre, ne circulent que des êtres supérieurs ; tous appartiennent à cette vie d'avant guerre tant regrettée, une vie miroitante et mousseuse qu'Ilse a rêvée et ne connaît pas – éblouie, elle serre le bras poudré de sa mère.

Pendant que l'orchestre s'accorde, elle croit que l'attente va la tuer, et quand enfin le rideau s'ouvre, la scène se révèle plus merveilleuse encore que ce qu'on lui avait promis. Les arabesques et les piliers de la toile peinte se prolongent en voiles vaporeux, qui descendent mollement s'épanouir sur le damier du sol. Par la gauche, un bouquet de soubrettes jaillit sur scène, les danseuses virevoltent en portant des paniers de fleurs, et l'orchestre tournoie avec elles, tonne, monte en puissance, cette fois, venu de toutes parts, c'est un essaim d'arlequins qui fait son entrée et s'éparpille sur les cases du damier. Bientôt, des couples se forment, une onde de violons les entraîne, les arrache et les jette d'une étreinte à une autre, Suzanne et Figaro vont se marier, et Ilse se dit que la vie ne commence que maintenant. Abasourdie, elle regarde s'envoler la chambre des époux, qui disparaît pour devenir celle de la comtesse, plus rien n'existe que la scène, que la Hrnčířová qui chante. Chérubin est amoureux, il ne sait plus qui il est et Ilse non plus, elle n'est plus dans la salle, elle n'existe plus. « *Je parle d'amour en veillant, je parle d'amour en dormant,* chante Chérubin – Ilse, dans son ravissement, soupire avec lui : *à l'eau, à l'ombre, aux montagnes, aux fleurs, à l'herbe, aux fontaines, à l'écho, à l'air, aux vents qui emportent avec eux le son de mes cris inutiles. Et si je n'ai personne pour m'entendre, je me parle d'amour tout seul.* » Un sortilège succède à l'autre, Ilse s'y livre sans résistance, elle s'y abandonne tout entière. Et puis un tiraillement, un remous indistinct à sa gauche, l'extirpe de son rêve comme un coup de pied au cul : dans l'obscurité de la salle, un murmure vient de rompre le charme. Il prend de l'ampleur, la mince rumeur devient désordre, du rang de devant, des spectateurs se retournent, agacés. Alors que sur la scène paraît la comtesse, une tape fait tressaillir l'épaule d'Ilse. Dans le noir de la salle, sa mère s'est dressée parmi les spectateurs, elle a porté la main à sa tempe et commence à gémir, à grincer : « iiiiiik ». Ilse reste bouche bée devant la catastrophe. Le docteur Hubka s'est levé à son tour – il était plus facile de croire au château de fantaisie sur la scène qu'à la réalité qui se déroule, intraitable, il faut les suivre, s'arracher de son fauteuil, déranger un spectateur après l'autre, derrière sa mère qui flageole. Ilse a du mal à avancer, la honte et le collier de velours pâle l'étranglent, la broche en forme d'abeille s'enfonce un peu plus dans son cou – unanime dans sa réprobation, la rangée n'en finit pas de gronder, la honte pique un peu plus à chaque spectateur qu'on fait lever. Dans le dos d'Ilse, une splendeur invisible continue de se déployer, les chants, les chœurs continuent, *non più andrai*, lointains, perdus, ils persistent, pendant qu'Ilse se traîne derrière sa mère et le docteur Hubka, jusqu'à enfin atteindre la porte, qui s'ouvre en gémissant sur le couloir. Bientôt, on n'entend plus que des pas esseulés heurter le marbre du grand escalier. Pas un bruit dans le hall immense. Sorties de leur léthargie, les deux employées en uniforme du vestiaire dévisagent avec méfiance ce trio qui se tient là, comme si la salle venait de le recracher. Agrippée au bras de l'impassible Hubka, la mère d'Ilse grimace, les peignes de nacre ont glissé dans ses cheveux défaits, ils se dressent comme des cornes de part et d'autre de son front. Ilse jette un dernier regard au foyer du théâtre, lève les yeux vers le globe opulent du lustre, devenu l'astre immobile d'un univers indépendant. Tout un monde qu'il faut se résoudre à laisser derrière soi, la préposée traîne des pieds jusqu'aux portants dorés, il faut remettre son manteau encore mouillé, ses vieilles galoches de caoutchouc, et s'en aller, humiliée, dans la ville froide, dans la nuit.

La douleur de ce moment-là, la vieille Ilse la sent encore – une incision dans sa poitrine d'où s'écoule une boue de tristesse et de honte mêlées, comme si tous les chagrins de la vie avaient moisi dans ce creuset pour se fondre en un seul. Dans cette tristesse vivent Margita, Georg et Heinrich-Maria, et le docteur Küsser, et la mère d'Ilse au ruban bleu. Ils vivotaient là depuis longtemps quand Edit et Horn les y ont rejoints. Le théâtre est devenu le repaire de toutes les blessures passées et à venir, sans relâche elles s'y jouent, s'y rejouent – la scène n'est-elle pas faite pour cela ? *Et si je n'ai personne pour m'entendre, je me parle d'amour tout seul.* Mais cela fait trop mal, et la vieille Ilse doit quitter ces pensées. Dans la rumeur de l'après-midi berlinoise, elle retrouve son corps devenu lent et la lettre posée sur ses genoux.

L'enveloppe contient également la photocopie recto verso d'une photographie aux bords crénelés, qu'Ilse croit n'avoir jamais vue. On y voit une jeune fille blonde coiffée à la garçonne, le menton appuyé sur l'une de ses mains. Elle porte ce qui semble être un chemisier brodé, son regard se dérobe à l'objectif. Une jeune fille blonde, pensive, que la vieille ne reconnaît pas. Même pour l'époque, la photographie n'est pas de très bonne qualité. Sur le verso, on a inscrit au crayon : « Ilse Küsser, Bratislava, 1954. »

4

Né à Olomouc

Au bout de deux jours, Simon devait bien donner raison à sa sœur : il n'y avait, effectivement, pas grand-chose à foutre à Olomouc. Enfin, ni plus ni moins que dans toute ville de province où on ne connaît personne. C'était une chose de s'épuiser en vaines balades, Simon ne s'ennuyait pas trop, mais autre chose le troublait, qu'il aurait eu du mal à expliquer.

Pour autant qu'on puisse avoir l'esprit assez tordu pour *espérer une déception*, ce n'était pas celle qu'il avait escomptée. C'était bien trop joli, Olomouc. C'était joyeux, pimpant, propret. Au terme de sympathiques rues piétonnes, de vastes places se déployaient sous les arbres, bordées de façades rose pâle, vert amande, jaune citron, à la fois avenantes et un peu sottes – Simon avait l'impression qu'elles le narguaient. Cela ne cadrait pas du tout avec l'environnement qu'il avait toujours imaginé, qu'il s'était toujours plu à imaginer, autour de la famille de son père. Dans les rêveries de son adolescence, tout ce qui environnait les Ungar était sombre, ils ne faisaient qu'évoluer entre un sol bourbeux et un ciel plombé. Or Olomouc ne présentait rien de tel – l'air y était léger, la vie semblait légère. Simon restait déconcerté devant les marchands de glaces, devant la grande fontaine où même Neptune avait l'air d'un brave type, d'un placide moissonneur qui, en fin de journée, aurait par mégarde confondu sa faux avec un trident.

Comme dans toutes les petites villes se trouvaient là des choses à voir, des jardins plus ou moins botaniques, des églises, des points de vue pittoresques, mais seule l'*Orloj* avait piqué la curiosité de Simon. C'était, en un sens, un indice. Au XVIe siècle, des astronomes l'avaient rêvée, avaient observé, calculé, puis le grand projet avait vu le jour. Les uns avaient enfermé les planètes dans des cadrans, les autres creusé le bois pour offrir des autels aux puissances supérieures, aux éminences royales, célestes, divines. Pendant des siècles, l'horloge avait carillonné un ordre cosmique, drapé de volutes tendues et de mystères. Les années s'étaient ainsi écoulées jusqu'à un jour de mai 1945, où les merveilleuses mécaniques, le retentissant glockenspiel, saint Georges terrassant le dragon et les rois mages sur leurs chameaux avaient été pulvérisés par une grenade nazie. Salement amochée, l'horloge s'était alors arrêtée de battre pendant dix ans. Quand on s'était avisé de la reconstruire, on l'avait, en passant, remise au goût du jour – celui du réalisme socialiste. Fini, l'ermite qui sonnait la cloche, le moine égrainant son rosaire, la Vierge à l'enfant – la mécanique fonctionnait toujours mais les héros, les vénérables, n'étaient plus les mêmes. De part et d'autre des cadrans, des mosaïques de verre présentaient désormais un mécanicien agrippant une clé à molette et un chimiste en blouse qui scrutait l'avenir dans une fiole.

Sous les douze signes du zodiaque figuraient de nouvelles dates importantes, comme l'anniversaire de Staline, tandis que, du matin au soir, sportifs et ouvriers, mineurs et paysannes miniatures défilaient vingt-quatre fois par jour au rythme d'un carrousel. Les temps avaient changé mais pas les heures.

Tout cela, Simon l'avait appris sur internet, sans sortir de sa chambre d'hôtel. Depuis son arrivée, il n'avait parlé à personne.

Pas le plus luxueux de la ville, finalement, l'hôtel. Loin de là. Par la fenêtre du tramway qui descendait de la gare, Simon avait entrevu dans la nuit une enseigne lumineuse annoncer « Hotel Palac » au sommet d'une façade grise – la fatigue et la flemme de mieux l'avaient alors emporté. Sans plus attendre, il était descendu du tram – à cette heure tardive, la large avenue était déserte, comme l'étaient les rues alentour. Cela semblait pourtant être le centre-ville.

Le hall suffit à établir que l'endroit n'avait de palace que le nom – mais pas un bouge non plus : de la moquette grise aux savants arrangements d'orchidées en plastique, l'hôtel était morne et propre, typique seulement de banalité. Ses projets de luxe revus à la baisse, Simon rengaina avec eux les accents vengeurs du Grand Retour Ungar. Face à une jeune femme un peu endormie, il balbutia les quelques mots de tchèque appris dans l'avion, et laissa une empreinte de Carte bleue avant de monter sur la pointe des pieds vers sa chambre. Ne l'y attendaient que deux serviettes posées sur le lit, pliées avec art en forme de cygnes, une vue sur la blanchisserie de l'hôtel, et un écran plat gigantesque.

Et maintenant, il n'y avait rien à faire à Olomouc. Chercher quoi ? Des archives ? Passer des heures sur des registres sans espérer y trouver autre chose que son propre nom ? C'était quand même un peu ridicule, Simon devait bien se l'avouer… Et après ? D'ailleurs, avant de parler de l'après, restait tout de même l'avant : où aller, comment faire, avec trois pauvres mots de tchèque ? Rien que de dire bonjour et de commander un café suffisait à intimider Simon. Quelle aventure, en effet !

Désœuvré, il arpentait les places et les rues colorées, s'asseyait en terrasse pour siroter de la limonade à la framboise, rêvassant à ses ancêtres Ungar, sans parvenir à les placer dans le décor qui l'entourait. Impossible de penser qu'ils avaient jamais vécu là. Mais certaines choses peuvent disparaître sans laisser de traces, sans même se donner la peine de disparaître, il n'y avait qu'à considérer l'*orloj* socialiste pour s'en convaincre. Se mêlant à quelques rares touristes, Simon passa un certain temps à l'observer, comme si elle s'apprêtait à lui révéler un autre secret que celui de ses propres rouages. *Regarde, il n'y a plus rien à voir…* Envolés, indécelables, la Vierge, le rosaire, l'ermite carillonnant. Disparus, tout comme les Ungar et leurs semblables, que les nazis avaient eux aussi réduits en cendres, et dont les Tchèques avaient, par la suite, terminé d'effacer le souvenir. Même mécanisme, autres complications… Voilà pourquoi il n'y avait rien à voir à Olomouc…

Cette version des faits était plausible. Mais à peine Simon l'avait-il adoptée qu'il changeait à nouveau d'avis : pourquoi se complaire dans le drame ? Pourquoi ne pas imaginer des Ungar heureux ? *Imaginer des Ungar…* Tout le problème était là.

Jeanne avait raison, pensait encore Simon, ce voyage ne servait à rien, sinon à démontrer que même sur leurs terres natales les Ungar restaient insaisissables. Le demeuraient, comme ils l'avaient toujours été. Ils avaient été juifs, puis morts, Simon ne les avait pas connus, il n'en possédait ni lettres, ni photos, ni souvenirs. Cela ne le laissait pas en paix et il ignorait la raison de cette inquiétude. Il la comprenait d'autant moins que du côté maternel aussi ses ancêtres étaient juifs et morts. Et pourtant, sur ceux-là, les Painsquier, puisque tel était – enfin, à peu près – leur nom, il n'y avait jamais eu de questions à se poser.

Bien sûr, les parents de la mère de Simon n'avaient pas toujours été des Painsquier. Personne n'était Painsquier. Ils avaient été des Pinsky, pour le grand-père, et des Katz, pour la grand-mère – deux juifs polonais venus tenter leur chance à Paris dans les années trente. Une chance qui avait quelque peu *tourné* par la suite, dans ce pays investi des plus grandes espérances. Fin 1938, quand il était devenu manifeste que la chance pouvait *encore plus tourner*, le grand-père de Simon eut une idée qui disait assez bien son caractère et sa faculté d'anticipation. On ne pouvait plus rester Pinsky, avait-il décrété, c'était trop juif et trop risqué. Il entreprit donc pour *faire russe* de changer son nom en Pinkovsky. Les Russes, eux, n'avaient rien à craindre, on ne pouvait qu'être russe, le grand-père de Simon en était persuadé, une fois bien russifiée sa famille serait tranquille. Pinkovsky, ils se cachèrent en zone libre, Pinkovsky, ils y survécurent tant bien que mal, malgré leurs façons restées aussi juives que leurs accents yiddish. Moins prévoyants, les autres Pinsky n'eurent pas la même fortune. Pas plus, d'ailleurs, que les Katz. Ceux qui étaient restés en Pologne finirent à Treblinka. Quant à la tante Pinsky, à l'oncle Pinsky et aux cousins Pinsky qui avaient eu eux aussi l'espoir de faire leur vie en France, ils transitèrent par Pithiviers avant d'être renvoyés vers leur Pologne natale, à Auschwitz.

Après l'armistice, les Pinkovsky échaudés décidèrent de changer leur nom une dernière fois. À cela, la grand-mère de Simon avait beaucoup réfléchi, jusqu'à jeter son dévolu sur *Pasquier*. Des nuits durant, elle avait examiné ce nom en pensée, l'avait convoité comme un bijou, prononcé comme un bonbon qui fondait sous la langue. « Pasquier », c'était encore un peu Pinsky, mais plein d'avenir : les Pasquier devenaient tous médecins ou députés, ou grands professeurs, ou pianistes… Pasquier, c'était français en diable, français comme la brioche, c'était élégant, compliqué et simple. Hélas, le pain des Français devait une fois encore se refuser aux Pinsky – en dernière minute, un fonctionnaire crut bon de modifier ce patronyme parfait, y rajoutant, on ne sait pourquoi, un « i » et un « n ». Pasquier devint alors « Painsquier » – un pain d'une autre pâte, un pain bizarre, aussi difficile au palais qu'inconnu des annuaires. Un nom pas franc, qui signalait sans cesse son imposture, qu'il faudrait toujours corriger, rectifier, épeler et encore épeler : « Pasquier ? — Non, P*ain*squier. »

Des sept sœurs Katz de la grand-mère de Simon, seules deux furent rescapées. Après guerre, l'une s'établit en Israël et l'autre en Amérique. Quant à la nombreuse famille Pinsky, il en réchappa, on ne sait trop comment, une parente isolée, que Simon entendit toujours désigner sous le nom de « Cousine de Mexico » – il n'en fallait pas tant pour figurer un personnage d'opérette, si bien que la

Cousine de Mexico comptait à vrai dire pour du beurre. Sorti de ça, pour les deux familles, c'était tout.

Simon et Jeanne savaient cela. Racontée, détaillée, parfois folklorisée, l'histoire Katz-Pinsky-Pinkovsky-Painsquier était dure mais elle était connue. Elle allait sans mystères.

Côté Ungar, en revanche, c'était moins simple. Les Ungar étaient une histoire sans début ni fin, sans rime ni raison, sans voix ni visages, un épais entrelacs d'histoires et d'intrigues. Comme tout mystère, elle revenait vous tourmenter. Le père de Simon, Philippe Ungar (ou Moshe, c'était selon), n'en avait jamais livré que des bribes, souvent contradictoires, un tissu de lambeaux dépareillés. « Avant la guerre, on vivait à Bratislava, et quand on a tous dû partir, mon père est resté là-bas, résumait Philippe Ungar. Mon père, ajoutait-il, était un héros et un salaud. Il a combattu les nazis avec les partisans slovaques et les communistes. Et ensuite il a combattu *contre* les communistes, et après on ne sait pas ce qu'il est devenu. Mais moi je sais, ajoutait Philippe Ungar, qu'il a fait des choses héroïques. Je sais qu'il a caché des fusils dans un théâtre de Bratislava et qu'il a protégé un grand auteur hongrois de la police politique, je crois qu'il a même été en taule pour ça », affirmait avec emphase le père de Simon. Ces beaux récits, toutefois, manquaient vraiment de solidité dès qu'on les passait à la question. À commencer par le prénom du grand-père-ce-héros, qui devenait successivement Alexander, Shani ou Sandor. Venait ensuite « le grand auteur hongrois » qu'il aurait sauvé de la police, et qui s'appelait lui aussi Sandor – Bence Sandor –, ce qui provoquait une certaine confusion. « Un grand auteur » dont l'œuvre, sûrement magnifique, d'un incroyable courage politique sûrement, demeurait introuvable, même dans les anthologies les plus délurées. Pas plus de renseignements sur la profession qu'aurait pu exercer le grand-père Alexander Ungar, ou sur ces foutus fusils de la gloire cachés au théâtre de Bratislava. Cachés comment ? demandait Simon. Pour qui ? Pourquoi dans un théâtre ? Tout cela, comme beaucoup d'autres choses, variait au gré de la mémoire fantasque de Philippe Ungar.

Il n'y avait pas de fantasque en lui que la mémoire. Les rares récits que Simon put recueillir au cours de son adolescence changeaient avec les humeurs de son père, s'ornaient tout à coup de détails nouveaux, déviaient. Seul le squelette de l'histoire tenait bon : après avoir survécu pendant la guerre dans diverses planques en France et en Belgique, les frère et sœurs Ungar – un garçon et quatre filles – s'étaient retrouvés en 1945 dans le seul pays qui veuille bien les accueillir, et qui se trouvait être, assez ironiquement, l'Allemagne. C'était loin de l'Amérique dont ils avaient rêvé mais, durant leurs années de guerre, les jeunes Ungar avaient développé de considérables facultés d'adaptation. Privés de leur mère qui, bloquée en Belgique, ne parvenait pas à les rejoindre, miséreux et livrés à eux-mêmes, ils firent bientôt preuve de la plus grande industrie dans la fabrication de faux en tous genres. « Les faux billets, c'était trop difficile, et en plus c'était pas la peine puisque l'argent ne valait plus rien, racontait, les yeux brillants, le père Ungar. Mais il restait tout le reste. On a fait des faux coupons alimentaires, des faux tickets de rationnement. Et puis des faux papiers, bien sûr. Comme mes sœurs savaient coudre, elles ont confectionné des faux uniformes, en une nuit, pour nous tous, comme ça on faisait semblant d'être une organisation de charité américaine, il y en avait partout après guerre. » Simon écoutait ces histoires comme des récits d'aventures, pas moins palpitants que ceux de Jules Verne qui le passionnaient à l'époque. Sauf qu'ils étaient moins bien construits. Il y avait toujours un truc qui clochait, ou une articulation manquante. Comment est-ce qu'ils avaient appris à faire des faux ? Quel intérêt à se faire passer pour une organisation américaine ? Simon comprenait bien que c'était sans doute le plus gros truc, l'organisation américaine, le super coup qui rendait l'histoire héroïque, mais il ne voyait pas pourquoi. Ses questions incessantes dérangeaient son père – « Tais-toi, tu n'y comprends rien », s'irritait Ungar père en balayant ses objections, puis il reprenait ses récits.

En 1948, les enfants Ungar avaient pris l'un des premiers bateaux pour Israël. On les avait séparés à l'arrivée – les filles avaient été envoyées dans un kibboutz pour filles, le garçon dans un kibboutz marxiste. De là, Philippe Ungar était sorti rompu au matérialisme dialectique et fin prêt pour la lutte des classes – il l'avait prouvé, racontait-il, en devenant un syndicaliste de premier ordre dans l'usine de brosses à cheveux où il avait été embauché. Il y avait même si bien défendu les intérêts des travailleurs, pavoisait-il plus avant, que les patrons lui avaient proposé une somme rondelette pour qu'il déguerpisse – ce qu'il avait accepté sans hésitation. Grâce à ce pot-de-vin, il avait ouvert, se targuait-il, le premier golf miniature d'Israël. Au bout de six mois, faillite oblige, il dut le refermer. « C'était trop tôt, déplorait le père Ungar. À l'époque, les Israéliens étaient complètement obsédés par le sionisme, ils n'étaient pas encore mûrs pour le golf. » Pour échapper à ses dettes, Philippe Ungar s'était engagé dans la marine marchande, puis il l'avait quittée au bout de huit mois, prolongeant une escale à Gênes auprès d'une infirmière italienne. Il serait, disait-il, volontiers resté en Italie mais, puisque la Génoise ne voulait pas se marier, il l'avait quittée elle aussi, d'abord pour une Française et ensuite pour la France. À Nice puis à Paris, il avait exercé les professions les plus diverses, fort, disait-il, de tout ce qu'il possédait : le culot suprême de la *hutzpah* juive, le sens allemand de l'organisation, et l'art du boniment à l'italienne. Sans oublier l'arme absolue : la puissance de feu du marxisme *kibboutzim* des années cinquante. « Le marxisme, ça t'apprend qu'en tant que valeurs *toutes les marchandises ne sont que du travail humain cristallisé*, expliquait doctement le père Ungar à Simon. Et quand t'as compris ça, que t'as *vraiment* compris ça, t'as plus de souci à te faire. Surtout si tu peux l'emballer dans un peu de charme italien. »

Il s'agissait là d'une vue générale : le père Ungar ne limitait pas ses ressources à son seul labeur. Peu après son arrivée à Paris, le charme latin dans sa version ashkénaze et le sionisme dialectique lui permirent aussi d'emballer une jeune étudiante à la terrasse du café de Flore. Elle s'appelait Annette Painsquier et avait le chic d'une Parisienne, quoique de parents Katz et Pinsky-Pinkovsky. Quand ils se connurent mieux, Philippe Ungar la demanda en mariage, puis lui fit deux enfants avant de la planter là.

C'était toujours ainsi : le père Ungar avait le feu aux pieds. Peu après la naissance de Simon, filant son vieux rêve d'Amérique, il partit sur un coup de tête pour le Canada. Du jour au lendemain, on ne sut plus où le joindre. Comment faire ? Internet n'existait pas encore, Interpol ne recherchait pas les maris volages. Avec opiniâtreté, Annette Ungar née Painsquier mena l'enquête deux ans durant. Elle finit par découvrir que le père de ses enfants avait fondé en Ontario une nouvelle famille et une très rentable entreprise de décorations de Noël. Quand elle finit par l'avoir au téléphone, Annette en resta scandalisée : loin de s'excuser, Philippe Ungar exultait. Après une vie de magouilles, la chance lui avait enfin souri – il était devenu riche ! C'était à vrai dire une combinaison assez magique : des boules et des guirlandes fabriquées à bas coût à Hong Kong étaient importées par un juif apatride pour égayer à Noël les supermarchés canadiens. Ça marchait du tonnerre, Annette tombait à pic, il voulait divorcer. À cela, le père Ungar ajouta posément que maintenant qu'il avait réussi il se sentait enfin délivré des ratages qui avaient précédé. À l'entendre, sa vie antérieure, ou plutôt ses vies successives n'avaient été que des ébauches mal parties qu'il avait eu le bon sens d'abandonner à temps. Jeanne et Simon ne l'intéressaient pas. Il avait à nouveau refait sa vie, et la trouvait mieux refaite que les précédentes, dont il avait à coup sûr replâtré le récit pour sa nouvelle famille canadienne. Dans cette version remaniée, ses premiers enfants ne constituaient qu'une péripétie, un peu comme le golf miniature.

Le père Ungar ne revit sa progéniture que lors de brefs passages à Paris « pour affaires ». Si Jeanne en avait pris son parti, Simon s'obstinait. Il ne demandait pas à son père de s'intéresser à lui, non, il voulait juste comprendre, il voulait connaître les histoires. Pour les faux papiers, pour l'organisation américaine et les fusils cachés, pour le grand-père Alexander-Shani-Sandor résistant et salaud, en fait pour tout ce qui avait suivi la naissance de son père à Olomouc. Au fil des années, le père Ungar accorda à son fils quelques rendez-vous, en général en fin de journée, dans l'une ou l'autre des brasseries qu'on trouve entre la gare de l'Est et la gare du Nord. Se raconter, se mettre en scène, inventer un peu au passage paraissait l'amuser, pendant un temps. Mais quelque cours qu'aient suivi « ses affaires », le père Ungar ne répondit bientôt plus à l'appel. Vers la fin de l'adolescence de Simon, il finit par se fondre dans les neiges canadiennes. Les ponts semblaient coupés une fois pour toutes.

La technologie apporta sur le tard son lot de surprise – retrouvé grâce à Skype, « Phillip Ungar, Belle River, Canada » accepta contre toute attente de prendre un appel de son fils. Simon était nerveux : ils ne s'étaient pas parlé depuis plus de quinze ans. De l'autre côté de l'écran, il vit apparaître une figure amaigrie, hirsute, un peu effarée. « Qu'est-ce que tu veux encore ? Moi, j'ai fait ma vie sans mon père, cet enculé se souciait plus de politique que de ses propres enfants. Je te conseille d'en faire autant », avait professé, un peu confusément, Philip Ungar à son fils. Simon en avait profité pour demander à nouveau des détails sur le grand-père. Et n'avait récolté, une fois de plus, que les mêmes rengaines fumeuses. Devenu acariâtre et lent, Philippe Ungar avait ressorti dans une chronologie assez aléatoire les services rendus au « grand auteur Bence Sandor qui avait eu des problèmes politiques » et les fusils du théâtre de Bratislava. Avant de conclure : « Bon, je te raconte tout ça, mais je vois pas trop ce que ça peut te foutre. Qu'est-ce que tu voulais savoir d'autre ? » Simon ne savait plus, ne voulait plus. Avec tristesse, sans plus rien attendre de l'écran canadien, il avait mis fin à la conversation.

« Je t'avais bien dit que ça ne donnerait rien », avait commenté Jeanne le lendemain. Dans l'abandon qui les réunissait, elle semblait toujours plus avisée que Simon. *Il n'y a rien à trouver à Olomouc. Ça ne donnera rien. Tu viens de quelque part, mais de nulle part aussi, tu es une guirlande de Noël chinoise exportée par un juif, qui s'envole dans le vent neigeux, sur le fronton d'un supermarché d'Ottawa, voilà ce que tu es.* Six mois après la conversation sur Skype, le père Ungar était mort d'une crise cardiaque. Il fallut un embarras de succession pour que Simon et Jeanne l'apprennent de leurs demi-sœurs canadiennes, plus d'un an après l'enterrement.

*

Simon était sorti de bon matin pour le petit-déjeuner. Il commençait à avoir ses repères – une rue préférée, un café préféré dans cette rue, où maintenant la serveuse lui souriait. Le soir, il était plus timide, le plus souvent il mangeait un sandwich et restait dans sa chambre d'hôtel ; assis devant la grande photo en noir et blanc de la cathédrale d'Olomouc qui occupait presque tout un pan de mur, il regardait un peu internet, puis mettait la télé avant de se coucher tôt.

Il avait presque cessé de se demander ce qu'il faisait là. L'hiver qui pointait était doux, derrière la vitre du café, il contemplait les promeneurs de tous âges qui flânaient en mangeant des glaces. Après tout, se disait Simon, il était mieux ici qu'ailleurs. On était quoi, mardi ? Il avait perdu le fil. Oui, mardi, ils devaient être en plein bouclage au journal. Son ventre se crispa d'un coup : l'argent du milliardaire slovaque ne durerait qu'un temps, celui du chômage aussi. Il repensa brièvement à son travail perdu, avant de scruter d'un autre œil ses voisins de table et les promeneurs oisifs dans la rue. Pourquoi tous ces gens n'étaient-ils pas au travail ? Qu'est-ce qu'ils pouvaient bien faire, ceux-là, pour gagner leur vie ?

De son père, Simon avait hérité le don de réussir à travailler sans compétences précises ni réelle profession. Indécis, toujours plus enclin au court terme qu'à l'engagement, il avait suivi, plutôt qu'une vocation, ce qui s'offrait à lui par hasard, une attitude qui l'avait mené de-ci de-là – vu sa carrure, plutôt vers les basses besognes du secteur tertiaire que vers les chantiers ou les travaux de force –, jamais plus de quelques mois en tout cas. Il restait donc épaté d'avoir tenu si longtemps au journal malgré tout. Sept ans ! Pour Simon, c'était considérable.

Le plus dingue, c'est qu'il n'avait jamais vraiment appris le boulot. Il l'avait dégoté grâce au père d'une éphémère petite amie, un type bienveillant et un peu terne au premier abord, qui, heureuse surprise, s'était révélé plus marlou que prévu. « Ne t'inquiète pas, n'importe qui peut devenir chef de fabrication. Il suffit d'être un peu carré… » Simon avait acquiescé en fronçant le front d'un air grave, bien conscient pourtant que « carré » était pour lui tout à fait hors d'atteinte. Que « carré » – tout comme « rigoureux », « bien organisé », « méticuleux » ou « fiable » – ne pourrait jamais le qualifier. Ce genre de boulot technique n'était pas pour lui, il le savait. Mais il savait aussi qu'une lacune, si on se donne la peine de l'admettre, peut toujours se combler par un biais parallèle. « Je vais te prendre comme assistant au journal, on dira que tu as un peu d'expérience en imprimerie, comme ça je te montrerai comment faire. D'ici à ma retraite, ça nous laisse deux mois pour te mettre le pied dans la porte.

Ça n'a rien de sorcier, tu verras », avait promis le semi-beau-père. Au gré des confidences, il s'avéra que sans avoir l'air d'y toucher il appartenait lui aussi à la confrérie des bluffeurs, des imposteurs à demi, des pragmatiques. Dépourvu de charme italien ou de *hutzpah* israélienne, il tablait sur sa bonhomie, et sur la confiance qu'inspirait son air de père tranquille. « Quand ils m'ont embauché il y a quinze ans, ils m'ont demandé si je savais me servir d'un ordinateur. C'était nouveau, à l'époque. Bien sûr, j'ai dit que ça n'avait pas de secret pour moi, mais en fait j'en avais jamais vu de ma vie. Pour te dire : quand je me suis retrouvé devant la bête, tu sais ce que j'ai fait ? J'ai vérifié discrètement avec les pieds que ça n'avait pas de pédales. Alors tu vois… »

À l'époque, cette capacité d'esbroufe valait aussi pour une grosse partie de la rédaction de *Quorum,* un hebdomadaire éco-politico-sociétal fondé vers le milieu des années soixante-dix. Si la ligne éditoriale était plutôt conservatrice, la plupart des journalistes avaient gardé de leur jeunesse un côté flibustier. Tous avaient eu d'autres vies, avaient été marins, trappeurs au Canada, représentants de champagne, éleveurs de labradors ou peintres animaliers, ou fouille-merde pour la presse à scandale. À leur insu, ils incarnaient la fin d'une ère, le genre qui sait débusquer les histoires et extorquer des secrets, qui parle à tout le monde et aime boire jusque tard les soirs de bouclage en débitant des blagues salaces. Dans cet environnement complice, Simon put donner toute la mesure de sa nullité pour le métier de chef de fabrication.

L'essentiel avait été de se faire aimer de la bonne personne. C'était, en l'occurrence, la patronne de l'imprimerie, une accorte dame blonde de Saint-Quentin qui s'emmerdait entre des ouvriers taiseux, des commerciaux en sueur et des rotatives qui plantaient, se plaignait-elle, un peu trop fréquemment. Il avait suffi à Simon de prendre le temps de la connaître, puis de l'attendrir un peu en la lui faisant au charme – sans trop d'efforts, d'ailleurs, elle était sympathique – pour voir s'ouvrir à lui tout un monde de bienfaits. C'était simple, comme échange – en un sens même professionnel : il comblait sa lacune en l'amusant un peu, et elle comblait la sienne en lui sauvant un nombre de coups incroyable. Loin de s'étrangler des régulières conneries de Simon, elle l'appelait au dernier moment comme une providence mi-bourrue, mi-espiègle. « Dis donc, mon petit Simon, je lis "1 400 exemplaires" sur le bon à tirer… Il manquerait pas des fois un petit zéro au bout ? Ou deux ? », « Simon, pardon de te déranger, mais il est vingt et une heures, là, et je trouve pas le papier… Ce n'est pas du tout possible que tu aies oublié de le commander ? ». Dans ces cas-là, bien sûr, elle jouait un peu avec ses nerfs, mais cela faisait partie de leur badinage. « Oh merde ! Merde ! Merde ! Merde ! s'exclamait Simon. Merde, mais qu'est-ce qu'on peut faire ? » « Ben à part s'asseoir et pleurer, je vois pas trop… Je fais comment, moi, pour imprimer, si j'ai pas le papier ? » Simon en avait des sueurs froides, mais cela aussi faisait partie du jeu, l'imprimeuse finissait toujours par le sauver. « *Peut-être* qu'il me reste une ou deux bobines de derrière les fagots. Presque le même papier, t'as de la chance. Ça risque de gondoler un peu en sortie de rotative, mais ça restera entre nous. » Simon ne perdait rien de ces considérations expertes – quand les exemplaires arrivaient au bureau, il ne manquait pas de secouer la tête d'un air contrarié : « Il y a des problèmes d'ondulation, ça doit être la sortie de roto… C'est le papier qui se rétracte, je vais en dire un mot à l'imprimerie. » Il savait qu'il risquait très peu : les journalistes regardaient toujours leur article, jamais le papier.

Donc à défaut d'être carré, il avait appris à en avoir l'air. Ajoutant à ces angles postiches quelques rudiments appris sur le tas, il s'était longtemps maintenu sans problème à *Quorum*.

Et puis l'ambiance avait changé. Dans les premiers temps, les jeunes recrues de la rédaction, toutes issues dorénavant d'écoles de journalisme, se comportaient avec révérence envers leurs aînés. Ces jeunes gens se ressemblaient tous, ils avaient appris bien des choses mais ils avaient encore le lait à la bouche. Il leur manquait l'esprit d'aventure, la lueur de malice, la bonne blague utile, l'art de la question posée en douce, on ne leur avait pas appris ça à l'école. Dans l'ensemble, ils étaient tous façonnés sur le même moule, à la fois trop candides et pas assez marrants. Coincés entre leur formatage et leur besoin de s'intégrer, ils se calaient sur leurs aînés. Avec autant d'assiduité que de gaucherie, ils adoptaient leur argot millésimé, leur désinvolture, et apprenaient, un verre à la main, à entonner pour les pots de départs l'antique *À la* des typographes :

À la !... À la !... À la !...
À la santé du confrère,
Qui nous régale aujourd'hui.
Ce n'est pas de l'eau de rivière
Encore moins de celle du puits.
Pas d'eau-eau !... Pas d'eau-eau !... Pas d'eau-eau !

Au cours des années suivantes, les occasions de chanter l'*À la* n'avaient pas manqué : les départs en retraite avaient emporté les anciens les uns après les autres comme une maladie contagieuse. Alors que les vieux de la vieille quittaient le navire, Simon avait vu arriver une nouvelle espèce de jeunes diplômés. Pas pareils que les précédents. Plus durs, plus armés. D'un coup, les vieux étaient devenus vieux. Obsolètes. Ringards, largués, *has been*, *old*. La moquerie, le mépris plus ou moins apparent, avaient remplacé la révérence. À la rédaction, de nouveaux arbitres du cool faisaient la loi. Ils terrifiaient les derniers vieux, qui essayaient de se faire une place dans leur bande, comme des mômes dans une cour d'école. C'était une pitié de les voir d'un coup adopter des anglicismes barbares, ramer sur les réseaux en s'accrochant aux branches, et particulièrement aux branches les plus pourries. Les dinosaures étaient aux abois : pour deux sous de flatterie, les cadors du cool obtenaient d'eux ce qu'ils voulaient. C'est ainsi que, dans le cénacle autrefois défendu de la rédaction en chef, les anciens avaient intégré avec confiance leurs futurs assassins, sans même avoir le temps de dire : *« Et tu, Brute ? »*

Ils avaient bien raison de se sentir dépassés, ils avaient perdu pied, les nouveaux jeunes allaient trop vite. Impossible de les suivre : ils étaient en même temps sur LinkedIn, sur Facebook, sur Twitter, sur Messenger, sur WhatsApp, et sur la boucle d'une messagerie Slack dont personne n'avait les mots de passe, où ils discutaient passage en *pure player* et déclin du *print*, en bavant au passage sur tout le monde.

Simon savait qu'ils se foutaient de sa gueule, il connaissait les blagues qui circulaient sur lui. Ça ne volait pas bien haut : « Simon, avec ses disquettes et son Minitel », ce genre de chose. Il se protégeait tant bien que mal. Jusqu'à la catastrophe, le surnom et le reste. Jusqu'au milliardaire slovaque.

La nouvelle était tombée par mail : *Quorum* allait être racheté par Andrej Strodula. Pas de quoi paniquer, disait-on, une chaîne du câble et deux périodiques avaient déjà connu le même sort et ils se trouvaient, disait-on aussi, loin de s'en plaindre – M. Strodula, homme d'affaires slovaque francophile, cherchait à constituer un groupe de presse en France, rien de mal à cela.

Vaguement inquiet tout de même, Simon avait mené l'enquête à la cafèt' auprès de l'un des arbitres du cool – ce qui est pratique avec ce genre de types, c'est qu'à force de vouloir épater la galerie ils ne peuvent s'empêcher de cracher tout ce qu'ils savent.

— Strodula ? Il est lisse. Pas politique... Enfin, on n'a rien sur lui qui craigne vraiment. Bon, il est quand même marié à la fille d'un grand pote de Poutine, mais ça prouve rien. Voilà, c'est un Slovaque. Il a fait fortune dans les énergies du crade.

Simon avait eu un moment de flottement. C'était quoi, avait-il demandé avec candeur, *« les énergies du crade »* ? Un truc de porno tchèque ?

— Mais naan, avait rétorqué l'autre en lui riant au nez (*dépassé, has been, old*). Le crade, je veux dire le charbon, les fossiles, les centrales qui puent... Faut bien se chauffer à quelque chose en attendant la fin du nucléaire... D'ailleurs, au fait, Simon, à propos d'avoir chaud au cul, si Strodula continue à s'acheter des canards, il va peut-être avoir l'idée de centraliser la fab'... Du coup, ça deviendrait un peu limite pour toi, non ?

En haussant les épaules, Simon s'en était retourné, pensif, à son bureau. Pensif, le problème était sans doute venu de là. Il avait pensé au charbon, aux panaches noirs des usines slovaques, et à Bratislava, le berceau des Ungar.

Voilà sans doute ce qui s'était passé. Et pendant ce temps, il avait complètement oublié d'appeler l'imprimerie, de vérifier les livraisons, de donner les ordres. Des fumées noires s'élevaient dans son esprit, pendant que sur les rotatives de Saint-Quentin s'imprimait une page de publicité, qui annonçait la réédition d'un parfum mythique. Dans un brouillard charbonneux, le Danube prenait de la vitesse sous les ponts de Bratislava, Simon le contemplait en pensée, en pensées vivaces d'où étaient complètement exclus les cartons qui contenaient la carte parfumée, le *scent sceal* qui devait être collé sur la pub du cahier central, et n'attendait pour l'être que l'ordre de Simon. Mais Simon pensait à autre chose. Quand le journal parut la semaine suivante, la publicité si chère à l'annonceur n'offrait en son centre qu'un rectangle blanc et vide, au lieu de la fragrance attendue. *« Vous le sentez, il est de retour... »*, disait malheureusement le slogan. Mais non, on ne sentait rien. Les 140 000 cartes parfumées moisissaient encore dans leurs cartons à Saint-Quentin. Elles renfermaient l'essence du *travail humain cristallisé* qui venait de retrouver les rayonnages, un parfum baptisé « Je reviens ».

« Je reviens » : les jeunes caïds de la rédaction n'attendaient que ça. Ils s'en donnèrent à cœur joie pendant des semaines. Il suffisait que Simon quitte une pièce pour que tous se mettent à piailler : « Reviens ! Je t'en prie, reviens ! » Mêmes gloussements imbéciles lorsqu'il arrivait le matin : « Ouaaais, il est revenu ! » Il y avait des GIF animés sur la boucle Slack, des cochonneries sur l'air de « Ça s'en va et ça revient, c'est comme le porno tchèque » ou encore Simon en Terminator : « Planquez-vous, les gars, il va revenir ! »... Et ainsi de suite, *ad nauseam*.

Peu après, on avait annoncé le plan social. Désigné par sa bourde, Simon fut l'un des premiers à se faire virer, trois semaines après l'arrivée du milliardaire slovaque. Le gros chèque d'indemnités le consola un peu. Cette fois, il n'y eut ni *À la* ni pot de départ.

*

« Le général Patton est-il devenu une patate chaude ? » demandait le *Czech Monitor*, un journal en anglais qui traînait, fripé, sur la table du café. Sous la photo d'un géant de bronze en jodhpurs, cravache à la main, l'article expliquait qu'avait été posée, dans la ville de Bohême occidentale de Plzen, la première pierre d'une gigantesque statue du général américain George Patton, le grand libérateur du printemps 1945. Son dévoilement devait être l'un des points culminants des célébrations du 70e anniversaire qui allaient avoir lieu dans un an. Personne, s'exclamait l'article, n'aurait pu deviner que cette première pierre serait prestement déterrée quelques mois plus tard ! Et la ville de Plzen privée de statue ! En effet, il s'était avéré que le sculpteur, un artiste local, avait été un informateur de la police politique du régime communiste dans les années soixante-dix et quatre-vingt. Le sculpteur ne niait pas les faits, mais assurait avoir peu à se reprocher : au cours de ses entretiens réguliers avec la police secrète, assurait-il, il avait toujours fait en sorte de n'incriminer personne. Et voilà que maintenant, des artistes rivaux, par jalousie, déterraient ces vieilles histoires ! L'affaire tournait au vinaigre. Quoique la statue fût presque terminée, la mairie de Plzen, gênée aux entournures, avait annulé sa commande. Mais tout n'était pas perdu, concluait, optimiste, l'article, puisque le bronze de trois mètres venait d'être récupéré par la petite bourgade de Dysina (1 800 habitants), à quelques kilomètres de là. Grâce à la mairie du village et à son conseil paroissial, le grand Patton, sauvé de la ferraille, serait – à la fureur de la mairie de Plzen – érigé l'année prochaine devant l'école du village. Pour la maire de Dysina, l'œuvre ne rendait plus seulement hommage au libérateur, elle symbolisait aussi désormais « la liberté d'expression, la liberté de pensée et, par-dessus tout, la liberté d'opinion ».

Simon referma le journal. En se dandinant, il réussit à accrocher l'œil de la serveuse, avant d'articuler exagérément des lèvres le mot *« zaplatím »*, l'un des rares qu'il connaissait – il osait mimer les mots mais pas encore les prononcer. Il paya son café et son ersatz de croissant, et décida de prendre, du nord au sud d'Olomouc, la ligne de bus la plus longue jusqu'à son terminus – il en avait assez d'errer, dans le froid, dans cette ville en sucre, et puis ça tuerait bien une heure ou deux. Près de la gare se dressaient, aléatoires, quelques barres d'immeubles aux couleurs et aux inspirations confuses, comme si on avait livré des boîtes de Lego dépareillées aux appétits d'un enfant hyperactif. Mais Simon se sentit rasséréné par cette laideur, à cet instant elle le consolait et lui faisait oublier la joliesse crispante de la vieille ville. Il se blottit un peu plus contre la fenêtre du bus, puis repensa à la statue du général américain : si la cravache de Patton avait été plus longue… il aurait pu arriver à Prague avant les Russes, au lieu de s'arrêter comme un con à Plzen. Mais cela aurait-il changé la face du monde ?

Le bus traversa le centre-ville jusqu'au bloc décati de l'hôpital universitaire, puis, prenant de l'allure, dépassa les faubourgs. La ville s'effilochait, on sentait la campagne proche, un brouillard liquéfié commençait à engourdir le paysage. Il ne restait pour passagers que deux vieilles dames avec leurs charrettes à provisions et une grappe de lycéens taciturnes. Quand l'autobus parvint à un feu de signalisation, une camionnette blanche s'arrêta à sa hauteur. Simon sursauta, son pouls s'accéléra soudain – sous le dessin naïf d'un énorme trousseau de clés, le flanc de la camionnette affichait, en lettres rouges :

ŠIMON UNGAR, 76901 Holešov

Simon se leva d'un bond, juste au moment où le bus redémarrait. Projeté vers l'avant, il perdit l'équilibre, son nez vint heurter de plein fouet l'un des pilastres, la douleur fut si aiguë qu'il manqua de s'étaler. Sonné, il s'accroupit sur le sol brinquebalant, le temps de calmer sa respiration. Son nez s'était mis à pisser le sang, des gouttes au goût de métal lui tombaient dans la bouche. À peine remis sur pied, il tituba jusqu'à l'avant du bus et chercha des yeux la camionnette blanche du serrurier. Il eut juste le temps de l'apercevoir, qui filait, là-bas, loin devant sur la route. Puis elle disparut dans la brume.

5

La fille du docteur Hubka

Pour Ilse, une partie de la vie s'est jouée en un saut vers l'arrière. Il y a des phrases idiotes qu'on se répète comme ça pour se donner du courage, pas seulement les gymnastes – qu'il faut sauter de toutes ses forces comme si on se jetait dans l'inconnu, comme si on se propulsait vers son propre destin –, et si on arrive à s'en persuader, ça fera son petit effet. Pour autant, on ne s'attend pas à ce que cela se produise, en fait on ne le désire même pas – à l'arrivée, il est terrifiant de découvrir qu'un unique saut a décidé de tout – de l'amour et des chagrins à venir, de la maison sauvée, de la famille perdue. En prenant son élan, Ilse a précipité le docteur Hubka dans le lit de sa mère. Elle ne l'a compris que bien plus tard.

On ne devrait pas placer trop de ses espoirs dans un instrument qui, dès la naissance, est voué à se détériorer, professait le docteur. Mais, à douze ans, Ilse ne connaît rien de plus fiable que son corps. Six… cinq… quatre… à trois, son esprit s'est déjà envolé au-dessus de la table de saut placée au milieu de la pièce, il s'est élevé, très haut, bien avant son corps. Adossées aux espaliers, les autres filles suspendent leur souffle. Quatre pas, appel sur une jambe, saut, à l'arrivée les deux pieds joints sur le tremplin – envol à nouveau, tendue en un bloc pour atterrir sur la table, tout l'appui sur les bras, souple, regarde déjà au-delà, l'esprit qui doit atterrir en premier pendant que le corps vrille encore dans les airs, détache un bras puis l'autre pour tourner, réception dans l'axe.

Boucles, saltos, vrilles... Dans les airs, tout se passait bien, se rappelle la vieille Ilse. Restait le sol : à terre il faut de la grâce, les autres filles ont été aux cours de ballet, leurs mères leur font des frisettes au fer dans des papiers de soie, comme pour Shirley Temple, qui avait 56 boucles sur la tête, pas une de moins. Pour Ilse, à la maison, ni boucles ni papier de soie : c'est sa mère qu'on enveloppe chaque nuit, sa mère friable comme une fleur séchée, si on la touche, elle va se défaire, elle marine dans le camphre et le vinaigre. Dans les souvenirs d'Ilse, sa mère se mue peu à peu en un vide, perd ses contours puis ses couleurs, du gris sur du gris, puis plus rien. Elle n'est là ni pour les victoires ni pour les chagrins, ni au coucher ni au réveil. Mais ce qui se perd d'une main se gagne d'une autre : à la poutre, aux barres asymétriques, Ilse est la plus casse-cou, elle se jette la tête la première en avant, tout le monde sait qu'elle est intrépide et que les critiques ne la touchent pas. Voilà ce qui arrive quand on a grandi dans le vinaigre.

La plus intrépide, pas la meilleure. Pas la bonne morphologie, on le voit déjà à douze ans. Trop grande, le torse trop long, les hanches déjà trop larges. Mais les jambes sont fortes, musclées, les jambes ne laissent jamais tomber, les coudes non plus. Les autres filles ont passé leurs années à copier d'autres filles, Ilse s'est mesurée aux garçons pour devenir plus forte qu'eux, ses frères étaient plus puissants mais se décourageaient alors qu'elle continuait, même lorsqu'il n'y avait pas un muscle de son corps qui ne lui fasse pas mal. En vain, la vieille Ilse inventorie ses souvenirs : où sont passés ses frères ? Pourquoi ne sont-ils pas au gymnase ? Leur chambre est vide. On ne les entend plus dans la maison. Ilse s'épuise sur les barres, reste tard, personne ne l'attend. Parfois, elle pense que le mal a du bon, parce qu'il fait taire tout le reste, la poudre de magnésie s'infiltre lentement dans les crevasses des mains, dans les cloques qui éclatent, ensuite se forme un cal et puis on ne sent plus rien. Cinq heures d'entraînement tous les jours sur la mousse granuleuse du matelas, commence petit, commence au sol, la roue, il faut d'abord la faire sur un tapis, ensuite sur une ligne peinte au sol, puis sur la petite poutre entourée de matelas, après seulement, on peut se mesurer à la grande. Et là, augmente l'amplitude – sur la poutre, en pont, paumes coriaces enfoncées dans le bois, en appuis tendus, sauts périlleux, roule comme une balle de caoutchouc, les filles ont des maillots de corps cousus par leurs mères, des chaussettes que leurs grands-mères ont tricotées, ce n'est pas grave, il faut arriver à faire une pirouette parfaite, des semaines, tombe et recommence. Ilse incline d'un coup tout son buste en arrière, les jambes suivent, les autres filles murmurent et se collent aux espaliers, il n'y a que pour moi qu'elles font ça, observe Ilse, même si je ne suis pas la meilleure, rien ne se voit, ni l'enchaînement ni l'effort, seulement le mouvement, si le mouvement captive, on ne voit plus rien d'autre, des deux pieds sur la planche de tremplin, la tête la première en avant, bras tendus, lâche un bras, le regard accompagne l'autre bras victorieux.

*

Dès le début, cette alliance avait quelque chose de pas net. Dans le quartier, les bavardages retentissaient avec le naturel qui fait chanter les oiseaux dans les arbres – *c'est peut-être plutôt la fille qui l'intéresse, il la regarde d'un drôle d'œil* – mais le pire était ce qu'Ilse sentait, de moins simple, dans les manières du docteur Hubka, qui manifestait à son égard un mélange d'intérêt et de profonde indifférence. Il se comporte, comprenait Ilse, comme quelqu'un qui se voit forcé d'acheter quelque chose de cher et auquel il ne connaît rien – une automobile quand on ne sait pas conduire, un cheval quand on n'aime pas les chevaux, un frigidaire. Pourquoi ? se demande Ilse, alors que le docteur continue, tantôt avec méfiance, tantôt avec lassitude, à l'examiner. Ce n'est que beaucoup plus tard qu'elle s'était souvenue de la petite fille qui accompagnait le docteur Hubka au tournoi.

Ce jour-là, les grandes espéraient toutes être choisies pour l'équipe olympique tchécoslovaque. Pas seulement celles de Bratislava – des filles, il en était venu de toute la Slovaquie, par délégations, la pagaille dérangeait les rangs en sortant des vestiaires, et les concurrentes avançaient tendues, avec des sourires faux ou sans sourire du tout, jusqu'à une tribune installée à la va-vite dans la salle d'exercice. Sous les fanions et les drapeaux se tenaient les parents des autres, les familles chahutaient mais on ne plaisantait pas : des officiels s'étaient déplacés de Prague, et aussi des gens importants, comme le docteur Hubka.

Ils sont venus voir les grandes. Pour les petites comme Ilse, c'est seulement la démonstration de fin d'année, si elle ne fait rien, personne ne la regardera. Alors elle a conçu quelque chose d'impossible : elle approche la barre basse, saute vivement, debout regarde le gradin quelques secondes, puis virevolte d'un coup sec en arrière. Ses jambes s'écartent, d'un geste impétueux elle saisit la barre du haut, et quand ses hanches touchent la barre basse, l'élan la catapulte en l'air. Un remous secoue l'assistance, comme une vague figée dans sa crête, comme si tout le monde avait arrêté de respirer en même temps. Ilse l'a fait exprès : les gens ont peur, tous croient qu'elle va tomber... Mais non, elle se rattrape, se raccroche à nouveau – puis se propulse, s'envole en un tour parfait dans les airs, avant que ses mains ne reprennent la barre. En une flexion, elle retrouve le sol, se déplie, cambre et salue. Elle tremble, elle a encore les bras tendus vers le ciel quand elle sent des mains qui lui enserrent la taille, agrippent ses pieds, ses épaules. Les grandes se sont groupées autour d'elle, elles crient hourra-hourra-hourra, elles la portent en triomphe, rient et la lancent en l'air. Dans la tribune, on applaudit à tout casser, alors que le corps d'Ilse s'est relâché, que toute légèreté l'a quitté, maintenant elle pèse une tonne et se laisse catapulter par ces dizaines de mains complices, le bleu-vert du plafond décati de la salle d'exercice se rapproche puis s'éloigne, Ilse retombe dans la sécurité de ce trampoline joyeux, au milieu des filles glapissantes, dans l'odeur de leurs sueurs mêlées.

C'est en revenant vers les vestiaires qu'elle aperçoit la petite fille dans la tribune, l'air grave, cheveux enrubannés, à côté du docteur Hubka. Alors que tous les spectateurs la félicitent, l'applaudissent au passage, la petite fille brune ne lui sourit pas. Elle la regarde seulement de toutes ses forces, avec avidité, comme pour mieux la retenir, pour l'immobiliser. Lorsque Ilse, encore grisée, oblique vers la porte de sortie, elle sent les yeux plantés sur sa nuque, sur ses épaules, doit se retourner pour retrouver ce regard. S'éloignant du docteur Hubka, Edit se recroqueville contre le gradin comme pour se cacher, tandis que son visage rayonne, qu'elle sourit enfin à Ilse, avec audace, avec ferveur. Une autre, n'importe laquelle de ces donzelles de Banská Bystrica qui roulaient du derrière dans leur justaucorps, aurait deviné ce qui était si simple. Mais Ilse, qui n'a pas l'habitude d'être voulue, n'y comprend rien.

Ne pas être voulue, ça, en revanche, elle sait très bien ce que c'est. Le docteur Hubka, par exemple, ne la veut pas. S'il vient la féliciter après le tournoi, s'il l'ausculte, il le fait sans envie – difficile d'évaluer le cadeau de quelqu'un d'autre qu'on ne voudrait pas recevoir, cette *chose* qui va prendre tant de place, faire tant de bruit, qui ne pourra que causer des tracas. Sauf qu'Ilse n'est ni une automobile ni un cheval. Elle serait plutôt une grande poupée. Ou un chien.

Le docteur Hubka est prudent, ce jouet-là va lui coûter cher : un mois de visites assidues, des questions, des enquêtes, et par-dessus le marché un mariage – rapide, discret, mais mariage –, avec les complications qu'il implique. Tout cela pour qu'Edit puisse venir prendre sa place, à côté d'Ilse, sur le tapis du salon.

*

Un potin isolé ne veut rien dire, mais bout à bout les racontars finissent par construire une histoire entière. S'il savait soigner ou combattre, disaient les commères, le docteur Hubka n'avait ni l'attention ni la patience nécessaire à la fondation d'un foyer. Il était ambitieux et toujours trop pressé de changer de place. Avec la maison du docteur Küsser, tout lui était trouvé : pas seulement une compagne pour sa fille, mais aussi une enveloppe toute prête, il n'avait plus qu'à se glisser dedans, une maison de docteur déjà faite, avec à l'intérieur une nouvelle femme malade, à soigner ou à perdre.

Des voisines, Ilse n'a obtenu que la moitié de l'histoire. La femme de Hubka était hongroise, morte avant ou pendant la guerre – les commères croient savoir que c'était en mettant sa fille au monde, d'autres disent de maladie, d'autres encore contredisent : non, c'était bien plus tard, dans un bombardement. Mais en vrai aucune n'en sait rien. Ce qu'elles savent, en revanche, c'est qu'avant de rejoindre les partisans dans les montagnes à Donovaly, le docteur Hubka a fait passer la petite en Hongrie, dans la famille de sa femme. Et quand, après la guerre, il s'est retrouvé avec la gamine sur les bras, il ne savait tellement pas quoi en faire qu'au lieu de la mettre à l'école il l'a prise avec lui tout le temps, même à l'hôpital. Pendant qu'il auscultait ses malades, Edit restait assise dans un coin du cabinet, les bras croisés, sans rien dire, sans jouer, sans regarder les gens dans les yeux. Trop sage, trop silencieuse, elle écoutait tout et ne réclamait rien. Le docteur était, paraît-il, si désemparé qu'il avait même fait ausculter la petite par un de ses collègues. Mais rien ne clochait vraiment chez elle, et puis des gosses que la guerre avait rendus bizarres, qui étaient devenus mous, qui se taisaient, on en avait vu d'autres. Edit était comme eux jusqu'au jour où elle avait vu Ilse faire son fabuleux saut. Ce jour-là, elle aussi, à sa façon, s'était jetée la tête la première. Dans les clameurs du gradin, elle s'était soudain éveillée, elle avait désigné, voulu. Voyant enfin sa fille s'animer pour quelque chose, le docteur Hubka avait inspecté Ilse, pris des renseignements sur la maison, sur les frères, sur la veuve détraquée de l'Allemand humaniste. Et quelques jours plus tard, il avait commencé ses visites rue Galandová.

Mais ce que les commères ignoraient, c'est que si Edit paraissait avoir huit ou neuf ans, elle en avait en réalité douze, qu'elle avait formé son esprit, affûté son regard, et qu'elle comprenait beaucoup plus que ce qu'on imaginait. Elle avait son moyen pour ça. Les arts, les sciences, la guerre, les barres asymétriques : on sait à quoi la plupart des gens désirent exceller. Mais sur certains terrains, personne ne s'aventure, ces espaces vagues sont abandonnés à l'expertise de ceux qui les traversent par hasard. Pas plus qu'un artiste naturel ne peut expliquer d'où lui est venu son art, Edit s'était trouvé un don et l'avait reçu sans se demander d'où il était sorti, ou pourquoi d'autres ne percevaient même pas ce qui lui paraissait le plus important de l'existence – cette chose qu'il fallait à tout prix sauver sans jamais se donner la peine de la comprendre – la peau. Edit comprenait la peau mieux que personne.

*

Quand Edit est-elle arrivée ? Avant les Décrets, forcément. La lettre ouverte sur ses genoux dans sa cuisine de l'ancien Berlin-Est, devant la copie d'une photo d'elle-même où elle ne se reconnaît pas, la vieille Ilse hésite.

Les filles voulaient toutes entrer dans l'équipe qui irait aux Jeux olympiques à Londres l'année suivante, les officiels de Prague étaient venus pour ça. Mais Georg et Heinrich-Maria ne peuvent pas être dans la tribune et sa mère non plus. Et Ilse n'a pas pu sauter ce jour-là.

Quand Edit arrive, on ne doit déjà plus parler allemand à la maison, cela, Ilse en est sûre. Elle se rappelle aussi que sa mère, qui pendant toute la guerre avait promis aux enfants qu'il ne leur arriverait rien de mal puisque leur père était allemand, les assure désormais qu'ils sont en sécurité parce que leur beau-père est slovaque. Sauf que Georg et Heinrich-Maria ont disparu de l'image, leurs voix se sont tues, et si Ilse a oublié, mélangé tant de choses, ce n'est pas à cause de la vieillesse. Ce qu'elle a oublié, elle l'a oublié il y a longtemps, expulsé de sa mémoire. Une incision claire, dans une zone trop pourrie pour survivre.

Pour que la maison allemande du docteur Küsser devienne la maison slovaque du docteur Hubka, il a dû se passer un certain nombre d'événements. Pour que les livres allemands disparaissent et soient supplantés par des livres tchèques et slovaques, pour que les photos soient décrochées des murs et laissent les empreintes brunies de leurs cadres derrière d'autres photos, dans d'autres cadres, pour qu'enfin Georg et Heinrich-Maria disparaissent eux aussi de l'image, remplacés par Edit, minuscule sur le tapis du salon. Elle prend très peu de place. On voit bien qu'elle s'est développée comme elle a pu, enroulée sur elle-même, les arbres opèrent de même quand on les a plantés trop serrés, les plus frêles plient timidement leurs branches, ou alors les étendent comme ils peuvent, dans les minces interstices laissés par leurs imposants congénères.

Au début, Ilse s'agace qu'Edit la suive comme une ombre, une petite ombre fantasque qui l'imite sans vraiment lui ressembler. Elle dort dans la même chambre, sur le lit d'à côté, mais Ilse la retrouve souvent au matin, au pied de son lit à elle. Personne ne devinerait que les deux fillettes ont le même âge, Edit a l'air d'une gosse souffreteuse, Ilse d'une athlète, mais Ilse comprend bientôt qu'Edit est plus forte qu'elle. Un soir sur deux, à la nuit tombée, la vieille Balážová vient la chercher. Ou plutôt, elle attend dans l'ombre, les yeux brillants, un peu hagarde, derrière le grillage qui sépare les jardins. Puis la petite fille brune traverse la clôture pour suivre docilement la vieille dans la maison d'à côté. Elles ne se parlent pas. Cela ne dure jamais plus d'une heure, mais, au retour, Edit est en nage et file se jeter sur son lit.

— Qu'est-ce que tu vas faire chez la vieille ? se décide un soir à demander Ilse, sur le lit d'en face.

— J'enlève la douleur de ses jambes, murmure Edit. Ce n'est pas difficile, mais je suis fatiguée après.

— Comment « pas difficile » ? s'étonne Ilse Tu n'es pas docteur, quand même !

— Il n'y a pas besoin d'être docteur pour ça. Elle a vraiment très mal, tout le temps, la pauvre, alors je la soulage un peu...

— Et pourquoi est-ce que tu devrais soulager ce vieux bouc ? s'indigne Ilse. Ça ne te dégoûte pas ? Moi, ça me dégoûterait !

— Ce qui lui fait mal, ce n'est pas seulement ses jambes, répond Edit sur un ton d'excuse. C'est sa tête qui est trop crispée, elle s'est durcie.

— Tu y es allée, dans sa tête ? Comment tu le sais ?

— Ben, à la peau. Avec la peau, on peut toujours savoir.

Ilse a du mal à le croire. Elle regarde Edit, couchée en face d'elle dans son lit d'enfant, qui, avec des gestes ensommeillés, retire sa robe d'écolière pour passer sa chemise de nuit blanche. Un petit corps maigre, poitrine plate, épaules fines, sans muscles ni défenses. Et c'est ça, ce petit oiseau, qui va te soulager la tête de la voisine ? Sa tête bien dure, bien vache, dans laquelle marinent des vieilles pensées bien rances ? Et ses grosses cannes torves striées de bleu ? Ilse regarde ses jambes à elle, qui dépassent du short de gymnastique : cuisses blondes, musclées, fuselées, mollets durs et fiables. Puis elle observe à nouveau Edit à moitié endormie.

— Tu es une sorcière, conclut Ilse.

Les yeux mi-clos, Edit sourit. Puis elle se réveille et se redresse sur son lit.

— C'est parce que tu ne le vois pas. La peau, c'est un miroir. Tout ce qui se trouve dans le corps vient s'imprimer dessus, comme sur la page d'un livre. La tristesse, la peur, et toutes les pensées… Si tu sais le lire, ce n'est plus de la magie, c'est que seulement que tu sais lire. Comme pour l'alphabet russe, la musique, ou les mathématiques… Moi, ça m'est venu tout seul, mais n'importe qui pourrait l'apprendre.

— Non, tranche Ilse. C'est surnaturel.

Edit réfléchit un moment.

— Pas plus que n'importe quoi. La terre, les planètes et tout ça… L'électricité… On ne comprenait rien à ces choses. Et puis des savants les ont comprises, et ils les ont prouvées. Le jour où on prouvera le langage de la peau, il n'y aura plus rien de bizarre là-dedans.

— Alors le grand savant de la peau, ce sera toi, décrète Ilse en ne plaisantant qu'à moitié, en plaisantant pour ne pas montrer que c'est peut-être sérieux. Tu nous tireras tout ça au clair et après, pendant des générations, des étudiants devront bûcher sur « Les Secrets de l'enveloppe humaine, dévoilés par le professeur Edit Hubka de l'Académie des sciences », rigole Ilse.

Edit est songeuse, elle contemple le plafond, comme pour y déchiffrer un message important.

— Je ne sais pas si je veux passer tout le temps à ça. S'il y avait un autre moyen, moins épuisant, de faire que les gens se sentent mieux... Je veux bien le faire un peu... mais pas toute la vie. Et toi ? Tu feras quoi ? Championne de gymnastique ?

Ilse hausse les épaules, comme si ça allait de soi. En vrai, elle n'est pas sûre, et il y a autre chose. *Les danseuses qui virevoltent, portent des paniers de fleurs. Je parle d'amour en veillant, je parle d'amour en dormant, aux fleurs, à l'herbe, à l'air, aux vents qui emportent avec eux le son de mes cris inutiles.* Ilse hésite à se confier, elle a un peu honte – mais Edit est la seule personne qui ne se moquera pas d'elle et qui n'ira pas le répéter. Alors elle confesse, à mi-voix :

— Je voudrais aussi être actrice. Être dans le théâtre. Pas danseuse, parce qu'il faut de la grâce... Ni chanteuse – d'ailleurs, il faudrait connaître le solfège. Mais actrice, je pourrais. Il y a toutes sortes d'actrices, se justifie Ilse, on n'a pas besoin d'être la plus jolie.

— Tu seras celle qui a le moins peur, dit Edit, ses yeux sont pleins de confiance et d'admiration.

Comment résister à un public pareil ? Ilse abaisse sa couverture, tapote l'espace libre du drap et Edit jaillit hors de son lit pour se précipiter près d'elle. Pendant une minute, elle ne dit rien, elle se blottit contre Ilse, accroche son regard aux chevaux de manège imprimés en relief sur la frise du papier peint. C'est toujours comme ça quand elle rentre de chez la Balážová, elle y a laissé toutes ses forces.

— Tu as appris comment, pour la peau ? demande Ilse à voix basse.

Edit détourne les yeux, se recroqueville en cuillère contre Ilse.

— Je crois que c'était grâce à un chien. Pendant la guerre, chez mes tantes. Mes tantes ne m'aimaient pas, j'étais un poids, un ennui, pour elles, et je ne comprenais pas bien le hongrois qu'elles parlaient. Mais il y avait un chien, Baka, qui me suivait partout. Personne ne faisait vraiment attention à lui, c'était juste un bâtard au poil rêche qui traînait là. Dès que je me sentais un peu triste, il se mettait sur les pattes arrière en jappant, il bondissait et il faisait l'idiot jusqu'à ce que je sourie. Et quand j'étais très triste, quand je pleurais, parce qu'il m'arrivait souvent de pleurer, le soir, chez mes tantes, il venait se glisser contre moi, il mettait ses pattes maigres autour de mon cou et il collait son museau contre ma joue. Ou alors il me regardait, en inclinant la tête, comme pour m'implorer de ne plus être si malheureuse. Et je t'assure que pour le reste, ce n'était pas un chien bien malin, il était affreusement peureux, on n'en tirait rien. Mais mes tantes ne l'aimaient pas non plus, il n'avait que moi pour le caresser, pour jouer, et moi aussi je n'avais que lui. Pas malin, mais il savait toujours ce que j'avais dans la tête. Et si quelque chose de mauvais arrivait, je n'avais même pas besoin de l'appeler, il le sentait, et alors, je le voyais arriver au petit trot, comme quelqu'un qui se presse pour ne pas être en retard à un rendez-vous. Il comprenait toujours.

Ilse ne voit pas le rapport avec la peau, mais l'histoire du chien l'intéresse. Elle doit se retenir de demander à Edit ce qui la rendait si malheureuse, ou ce qui arrivait de si mauvais chez ses tantes pour que le chien lui devienne indispensable. Le chien, ça explique bien des choses, se dit Ilse en caressant les boucles brunes, en sentant ce corps, menu et épuisé, se blottir contre le sien. Ilse comprend que c'est comme un chien qu'Edit l'aime, en la suivant partout, avec la même confiance, la même loyauté. C'est le meilleur amour qu'elle ait reçu, pense Ilse, alors c'est celui qu'elle me donne, elle sait très bien ce qu'elle fait. Dès le début, c'est elle qui m'a apprivoisée, qui patientait, qui venait dormir au pied de mon lit. Elle y a mis toute sa puissance – comment résister à un sentiment aussi impérieux ? Malgré ses petites boucles mignonnes, ses poignets fins, ses yeux étonnés, elle est aussi vieille que moi, se rappelle Ilse. Aussi grande, intrépide autrement – un saut périlleux sur la poutre, même un saut en arrière, ça demande tout de même moins de cran que les vieilles jambes pourries de la Balážová.

— Ce qu'un chien sent, comprend, un humain peut le comprendre aussi. Pourtant, on l'admet bien plus facilement d'un chien que d'un humain, murmure Edit en s'endormant. Parce que les gens croient que c'est parler qui permet de comprendre, alors que le plus souvent ça complique tout. Toucher renseigne bien plus, parce que la peau ne ment pas. Si tu savais le nombre de fois où j'ai entendu les malades de mon père raconter des bobards... Il y a toujours quelque chose qu'ils ont honte de dire, alors la peau le dit à leur place.

Ilse hésite à le croire, mais l'existence d'un don rend toujours humble celui qui assiste à ses manifestations sidérantes. Ce qu'Edit savait faire, peut-être que c'était invisible, mais c'était plus impressionnant qu'un talent homologué, comme celui du violon, du dessin, d'une prouesse qu'on aime regarder. Tout comme Edit s'émerveillait de voir voler Ilse dans les airs au-dessus des barres, la vieille Balážová attendant comme une gosse Edit à la grille du jardin était pour Ilse une apparition prodigieuse. Difficile à croire, mais ça ne pouvait pas se nier. D'ailleurs, l'opinion s'était vite répandue dans le quartier : « Le docteur ne vaut rien, c'est la petite qui soigne. » Bientôt, toutes celles qui avaient mal demandaient. Et Edit racontait ensuite à Ilse ce qu'elle avait appris de leur peau – que la postière buvait beaucoup, c'était sûr, parce qu'elle avait des cratères, une peau très dure comme ça, c'est à cause de l'alcool. Que l'épicière, en fait, n'était pas une femme méchante, au contraire, elle se défendait parce qu'elle était très fragile à l'intérieur et elle ne voulait pas qu'on le sache. Toucher permet de tout apprendre, bien au-delà de la peau – il y a ce qu'Edit devine mais aussi tout ce qu'on lui raconte, parce que ces femmes ont besoin de parler. La plupart, elle crève d'envie de raconter tout. Leurs maris, leurs secrets, leurs ennuis d'argent et leurs rêves, ce que personne n'écoute, dans le secret des rideaux tirés, ces femmes se laissent aller sous les mains bienfaisantes, et elles parlent. Si Edit le voulait, elle pourrait leur tirer à toutes les vers du nez, elle pourrait tout apprendre, elle régnerait après sur le quartier, se dit Ilse. Edit qui est si petite, si douce, personne n'aurait l'idée de la craindre.

Pour remercier, la Balážová apporte des gâteaux. Toujours des *šúľance* au pavot, toujours mauvais. Comment peut-on les faire aussi mauvais ? Dans l'assiette qu'apporte la voisine avec dévotion, les nouilles roulées et grasses se tortillent comme des asticots, sous une pluie de pavot noir qui sent le moisi.

— Je parie qu'elle prend des patates gelées, dit Ilse. C'est dégoûtant, ça a le goût de mort.

— Tu exagères, réprimande Edit d'une petite voix, elle y met tout son cœur.

— Bien ce que je pense, répond Ilse en recrachant.

*

Une incision claire, dans une zone trop pourrie pour survivre : il y a des événements qu'Ilse a dû sectionner d'un coup net, qu'elle a tranché hors de sa vie. Mais alors qu'elle regarde la lettre, que l'enveloppe aux timbres exotiques, l'enveloppe-linceul, repose entre ses mains fatiguées, les images à demi effacées, grattées, bataillent pour réapparaître. Des dates se superposent à d'autres, *les filles s'entraînaient pour les Jeux olympiques, Ilse faisait partie des petites, elle n'y sera jamais, aux Jeux olympiques, même quand elle aurait l'âge, parce que tout le monde, derrière son dos, la traite déjà d'Allemande.* Trop grande, pas la bonne morphologie, *pas une morphologie tchécoslovaque,* mais Ilse se fiche de ce qu'on peut dire, les barres asymétriques sont au centre de la salle, les fenêtres grandes ouvertes dans l'étouffement de l'été, ce matin à l'entraînement, elle va refaire son saut arrière, elle l'a déjà refait trois fois. Elle prend son élan, barre du haut, propulsion par les hanches, passe les jambes, *hoppla !*, salto arrière, et…

Toutes les filles ont crié en même temps. Ilse regardait en l'air, vers l'avant, elle n'a pas compris ce qui était arrivé, elle ne le comprend toujours pas alors que ses jambes battent dans le vide, que ses coudes, par réflexe, s'arriment aux bords du plancher pour la maintenir au-dessus du cratère. Un bourdon de voix autour de sa tête, comme un halo, on la puise pour la glisser sur un matelas, l'odeur réconfortante de la mousse trempée de vieilles sueurs et de poudre de magnésie. Allongée sur le dos, Ilse ne sent plus ses jambes, elle ne sent que la douleur, toute sa hanche déchirée, la lame du parquet est restée plantée dedans comme celle d'un couteau. Au centre d'un cercle de visages blêmes, Ilse continue de glisser au sol, elle n'entend pas ce que disent les voix, seulement le matelas chuchoter sur le parquet, le long du couloir, les yeux encore grands ouverts vers le bleu-vert du haut plafond, écaillé par endroits, l'éclat blanc des barres qui s'éloignent, le short de gymnastique en lambeaux, Ilse est trempée de sang. Quand il a cédé, le parquet lui est rentré dans le corps. Le bois s'est fissuré, et il a fissuré Ilse en retour.

De cela, Ilse se souvient très bien. Comme elle se souvient des chevaux en relief sur la frise de papier peint, des pleurs et des gémissements qui se répondent. *Où est sa mère ? Où sont Georg et Heinrich-Maria ?* Ilse se souvient que sa mère hurle. Le lit, il faudra garder le lit *« pendant deux mois au moins, mais peut-être plus longtemps... »*. Elle remarchera, promet le docteur Hubka, mais l'os de la hanche est cassé, ça ne sera sans doute pas comme avant. Ilse se rappelle les bandages, le corset de plâtre, les pommades et la chambre, le temps infini de la chambre, mais plus que de tout, elle se rappelle Edit. La première et la plus puissante des images qui lui vienne à l'esprit, c'est le visage d'Edit, qui se projette, immense, sur le plafond de la chambre d'enfant. Ce visage compte tellement qu'Ilse s'agrippe à sa fierté. « Ce n'est pas mon corps qui a trahi. Tu aurais dû voir, Edit, mon saut, comme il était bien, il était parfait, même. C'est leur parquet pourri qui a trahi. Pas moi, pas mon corps. »

*

Quand la vieille Ilse est tombée le mois dernier, son fils a dû l'emmener au Franziskus-Krankenhaus, près de Tiergarten. C'est là qu'il a fallu retourner après, pour suivre la hanche, comme ils ont dit, les semaines suivantes. À *Budapeststrasse*. Non, c'est une blague ? s'est demandé Ilse. Pourtant, elle était souvent passée devant le gros bâtiment de brique rouge de l'hôpital, avait même observé que, sur le dessus, ils avaient trouvé le moyen de rajouter un étage, pas de la même couleur, pas le même style, on voyait bien que cette casquette d'acier n'avait rien à faire là, mais ils l'y avaient mise quand même. Est-ce que c'est aussi comme ça qu'ils réparent les gens ici, s'était demandé Ilse, ils te rajoutent un peu de métal, dans un tout autre style, et voilà ? Mais jamais auparavant elle n'avait porté attention au nom de la rue. Ou plutôt si, elle le connaissait, mais un nom de rue ne veut jamais rien dire. Place du marché, place aux Poules – et puis un jour, voilà qu'il faut l'appeler « Place de l'Empereur-Guillaume-II ». Et puis non, une guerre perdue plus tard, tout compte fait, ce sera la place de la République – puis celle de la Miséricorde – la miséricorde se trouve toujours une place, mais ça ne dure jamais bien longtemps : place Adolf-Hitler – puis place Josef-Staline... Il paraît qu'ils l'appellent maintenant *Place du Soulèvement national slovaque*, grand bien leur fasse, Ilse n'a pas remis les pieds à Bratislava depuis des décennies, mais c'est toujours la même vieille place, peu importe le nom qu'on lui donne ou ceux qu'elle a perdus. Ces noms, on aura beau les graver dans la pierre, ils se posent sans grande conviction. Parfois même ils gonflent, s'établissent, et pourtant ils effleurent à peine le lieu qu'ils devaient désigner. Une énorme artère où les voitures foncent vers un tunnel, on te l'appelle rue Budapest, et puis tu oublies, jusqu'au moment où tu dois t'en rappeler. Que Budapest c'est autre chose, qui n'a rien à voir avec cette rue, et tout à voir avec ta vie. Quelle ironie, a pensé Ilse. De tous les hôpitaux de Berlin, de toutes les villes du monde, il a fallu qu'elle se retrouve *rue de Budapest*. Et on voudrait faire croire que le destin n'existe pas…

Toujours est-il qu'ils étaient bien aimables, ces docteurs de Tiergarten, qui lui avaient expliqué ce qu'elle savait déjà depuis plus de cinquante ans, que la *médecine du Bloc de l'Est* n'avait pas bien fait les choses à l'époque. Que le corset de plâtre avait été totalement inutile, voire néfaste, et que si elle avait été mieux soignée, elle aurait pu ne pas boiter, cela merci, Ilse le savait. Mais sinon, bien aimables. À ce qu'il semblait, ils avaient tous reçu la même consigne : à chaque fois qu'ils devaient toucher Ilse sous sa blouse, le médecin, les infirmières, tous murmuraient très vite « Je me permets ». Ils disaient cela machinalement, sans vraiment y penser, sans attendre une réponse mais, invariablement, ils devaient le dire. Car ce n'est pas rien, de toucher un corps, quand bien même on n'a pas de temps à perdre pour demander la permission. Ce n'est pas rien d'entrouvrir une blouse pour y tâter un muscle ou y poser une électrode, et rappeler à Ilse au passage qu'il y avait un temps où entrouvrir la blouse c'était un cadeau qu'elle faisait, pas une honte à subir, qu'elle dévoilait une chair jolie, convoitée, pas une vieille peau affaissée. La rappeler à cela, en effet, ce n'était pas rien de se le permettre.

Le corps laissera toujours tomber un jour ou l'autre, Ilse revoit son lit dans la chambre d'enfant, elle entend les gémissements de sa mère. Puis elle sursaute dans sa cuisine, et doit corriger son souvenir.

Sa mère gémissait bien avant.

Sa mère grinçait et gémissait depuis longtemps, hasardait quelques pas jusqu'aux escaliers, puis le docteur Hubka la raccompagnait à sa chambre. À nouveau, Ilse bute et n'y voit plus : où sont ses frères ? Elle ne distingue plus leurs deux visages, comme s'ils s'étaient fondus en un seul. Pourquoi n'est-il pas parmi les autres, ce double visage, dans la tribune le jour du tournoi ?

Il ne pouvait pas y être.

Dans l'esprit de la vieille Ilse en jogging bleu, la tribune vient de s'écrouler d'un coup – crac ! –, la tribune elle aussi vient d'accomplir un triple saut vers l'arrière, pour s'écraser deux ans plus tôt, s'enfoncer dans l'année de débâcle qu'Ilse a sectionnée de sa mémoire comme un membre pourri.

Quand se préparent les Jeux olympiques de 1948, ses frères ont depuis longtemps disparu de l'image, et sa mère aussi. Ils n'y sont plus depuis bientôt trois ans.

La tribune avec ses fanions vient de se retourner cul par-dessus tête, c'est bien après que les filles s'entraînaient pour l'équipe olympique, et Ilse venait les voir cabrioler, comme des chats, sur les barres, les observait de loin, envieuse, avec sa patte folle. Son saut vers l'arrière, c'était juste après guerre, quand on la traitait de sale Allemande – sa mère est slovaque, et après ? Qu'est-ce que ça change ? Son père était le docteur Küsser, l'humaniste qui soignait tout le monde, et les Allemands aussi.

Or il a été décrété que :

— *Les ressortissants allemands et hongrois sont des traîtres, collaborateurs, ennemis des nations tchèque et slovaque.*

— *Leur sont retirés leur citoyenneté tchécoslovaque, leurs biens et leurs propriétés.*

La petite fille qui remue trop, la garçonne blonde de la photo, la jeune femme qui suit les cadences, la vieille Ilse, peu importe – toutes les Ilse Küsser savent la même chose, et s'en souviennent, même lorsqu'elles s'efforcent de renaître pour tout oublier.

Immobile sur sa chaise, dans le silence de sa cuisine, la vieille Ilse sait très bien que lorsque les filles s'échauffent dans les vestiaires en rêvant aux Jeux olympiques de 1948, tout le monde a déjà vu partir les Hongrois avec leur barda sur le dos. Et que les Tchécoslovaques, ce bon peuple modéré, et démocrate et doux, ils ont chassé les Allemands comme des brutes.

*

L'alliance n'était pas nette mais le marché était clair. À l'époque, on entendait toujours revenir la même phrase – *on a gagné la guerre mais il est encore possible de perdre la paix*, on le dit, mais le docteur Hubka, lui, sait très bien ce qui va se passer. Son offre est sans équivoque : si le foyer devient slovaque, celui d'un docteur patriote, un partisan qui a combattu l'armée allemande dans les Tatras avec ceux de l'Armée rouge, alors à ce moment-là… Pas un mariage d'amour, un mariage raisonnable. Un mariage pour garder Ilse – cela doit être négociable, le docteur a assez d'entregent – Ilse est bien l'enjeu du marché – allemande, elle ne l'est qu'à moitié, pour l'autre elle est ce que veut Edit. Le docteur promet qu'il fera en sorte qu'elle puisse rester. Quant à la maison, aucune raison de s'en inquiéter… si tant est qu'elle devienne celle du docteur Hubka. Le docteur est prêt à beaucoup pour sa fille. La mère d'Ilse aussi. Ce sont avant tout les filles qu'on va marier ensemble. La mère, la maison, s'offrent en plus. Une sorte de dot, pas négligeable.

Ainsi, le sort d'Ilse est réglé. Mais Georg et Heinrich-Maria… Ces garçons que tout le monde a vus tendre le bras dans leurs uniformes de jeunesse allemande ? Ilse n'a rien oublié : ce n'est pas arrivé en une seule fois. D'abord, ils ont porté le brassard marqué d'un « N » comme *Němec*, pour allemand. Puis il a fallu qu'ils rendent leurs vélos. Ce n'était que le début. Ilse se rappelle la dernière nuit, elle sait bien que ce n'est pas juste, qu'elle aurait dû partir aussi. De sa chambre au bout du couloir, elle entend les hurlements de sa mère, affolée, accroupie par terre, qui tente de remplir les valises qui attendent, leurs mâchoires ouvertes. Mais qu'est-ce qu'on peut mettre dans la valise de quelqu'un qui part pour toujours ? La mère d'Ilse sanglote, elle serre ses fils contre son ventre. Dans le vacillement de l'aube, Ilse entrevoit une dernière fois Georg, debout dans le jardin, sa casquette inclinée sur le front, et elle se souvient du tricot – à manches courtes, rayé vert et gris – que portait Heinrich-Maria, son frère aux yeux brûlés par les artilleurs russes.

Et le reste, elle l'a su aussi. Qu'au bout de deux jours ils n'avaient plus rien à manger parce qu'on leur avait volé leurs rations, il ne leur restait que le pain qu'ils avaient réussi à cacher sur eux, et bientôt ils n'ont rien trouvé d'autre que des fruits pas mûrs en bordure de route. Que d'autres sont morts pendant la marche parce qu'ils avaient bu l'eau contaminée des auges et des puits, et qu'il faisait si froid la nuit, que leurs valises, finalement, ils ont dû les brûler pour ne pas geler sur place. On lui a raconté aussi que les averses furieuses succédaient au soleil écrasant et en laissaient plus d'un, avec le visage bleu, sur le bas-côté. Pour les Tchèques, c'étaient des Allemands, mais l'Allemagne ne voulait pas d'eux non plus. Dans les villages, ils restaient assis des heures devant la porte des fermes en espérant y trouver refuge, couverts de suie, de plaies et de saletés, personne ne voulait être le premier à les accueillir. Ah, s'ils avaient été de la main-d'œuvre, alors le problème aurait été réglé, sauf que ce n'étaient pas des travailleurs étrangers qui arrivaient, mais des Allemands, chez d'autres Allemands, qui crevaient de faim eux aussi. On les avait accueillis avec des paroles blessantes, et comme ils restaient là tout de même, on avait fini par leur donner une pièce vide, sans même une ampoule électrique, on avait préféré mettre les meubles au débarras plutôt que de les leur laisser. Voilà ce qu'Ilse a su, et ce que sa mère a su aussi, qui n'est pas restée longtemps vivante pour continuer à le savoir – sa mère qui avait épousé un homme qu'elle n'aimait pas, pour sauver sa fille. Et après ça, il n'y a plus eu qu'Edit. Les commères de la rue Galandová concluaient ainsi leur verdict : « Le docteur Hubka ne vaut rien, c'est la petite qui soigne. Ce docteur, c'est peut-être un héros, mais... D'abord il a perdu une femme, et ensuite, il a perdu l'autre. »

En 1946, la maison allemande du docteur Küsser est devenue celle, slovaque, du docteur Hubka, et ses frères ont été expulsés. Dès le lendemain de leur départ, Ilse a commencé à les oublier. Leurs visages, elle les a grattés pour les faire disparaître de sa mémoire, jusqu'à ce qu'il ne reste que deux trous à leur place. Puis un seul. Pas le moindre écho de leurs voix, de leurs cavalcades dans les escaliers, de leurs pas dans le couloir. Comme si Georg et Heinrich-Maria n'avaient jamais eu ni visage, ni voix, ni pensées. Comme s'ils n'avaient jamais existé pour de vrai.

Dans un discours à la radio, le président Beneš annonce que les Tchécoslovaques peuvent se réjouir, car ce sera leur premier Noël sans les Allemands. Comme si de rien n'était, Edit et le docteur Hubka allument les bougies, le miel et les noix, *hourra, la neige est là !*, une carpe aux yeux vitreux divague dans la baignoire. Mais moi, pense Ilse avec angoisse, moi je suis une Allemande et je suis encore ici ! Une *orpheline*, pense Ilse, voilà ce que je suis aussi. Dans la maison enluminée, elle peut encore sentir le vinaigre et l'odeur de violette, encore suivre du doigt les rayures vertes et grises du tricot de Heinrich-Maria sur le tapis du salon, voir apparaître ses yeux sur les chevaux du papier peint de la chambre. Ilse se force à sourire et à lever son verre, *veselé Vianoce !*, mais elle tremble de peur : on la trouvera. Les Hubka ne sont pas sa famille, et ils la jetteront tôt ou tard. Il faudra qu'elle soit forte pour marcher seule sur la route, ses jambes ne laisseront pas tomber, même si chaque muscle de son corps lui fait mal, elle s'est assez entraînée pour ça. Dans les grincements du lit, dans les plis de l'oreiller, Ilse fait taire sa respiration trop rapide. Elle redoute le sommeil – on va venir la chercher, on la punira de s'être cachée, on la jettera à son tour avec sa valise sur la route, et maintenant, en Allemagne, ses frères la haïssent, parce qu'ils ont dû partir et pas elle. Et parce que sa mère, Ilse sait que les gens le disent, s'est prostituée au docteur pour sa fille, pas pour ses fils, pour sa fille seulement, et qu'elle en est morte. Ilse s'étouffe dans l'oreiller.

Quand tout semble perdu, Edit vient s'asseoir à côté d'elle. Sans un mot, elle passe ses bras autour du cou d'Ilse et la regarde en inclinant la tête, comme pour l'implorer de ne plus être si malheureuse.

*

Il faut faire avec la douleur : une piqûre d'antibiotiques, ça coûte le même prix qu'un kilo de café. D'ailleurs, du café, personne n'en boit – on se contente de la chicorée, des pissenlits, des glands. Prise dans le corset de plâtre, Ilse ne peut pas bouger du lit, et il lui semble qu'Edit est toujours là. C'est vrai, ce que disent les voisines, quand Edit veut faire du bien, elle touche d'une façon différente, comme personne, même pas comme elle-même. D'une façon qui n'est ni détachée ni personnelle, pense Ilse, Edit ne touche pas de la même façon quand elle cherche pour elle-même de la tendresse ou du réconfort.

— Tu n'as plus de raison de t'intéresser à moi, maugrée Ilse. Mes jambes ne valent plus rien, je ne pourrai plus sauter. Je ne serai ni une gymnaste ni une actrice, jamais, je ne serai rien qu'une boiteuse et c'est tout. Je ne vais rien devenir.

Mais Edit ne s'en laisse pas conter. Elle reste assise près d'Ilse.

— Ce que ton corps faisait, il ne le faisait pas seul. C'est seulement parce que ton esprit est fort que ton corps y arrivait. Tu devras compter sur lui encore plus, il devra travailler pour deux, s'entraîner à la place de ton corps. À la fin, tu verras, ça changera moins que ce que tu penses.

— Comment tu le sais ? s'énerve Ilse. C'est ma peau qui te l'a dit, ou c'est ton petit doigt ?

Edit ne répond pas, mais Ilse a appris à la croire, parce qu'on n'explique pas tout. Une des filles de la gymnastique racontait qu'à leur ferme, quand son frère allait dans les champs jouer de la flûte, les brebis accouraient de l'autre côté du vallon pour venir l'écouter – elles se rassemblaient, sérieuses comme au concert, et restaient là sans faire un bruit tant que son petit frère jouait. On ne sait pas pourquoi. Si on retient son souffle, les orties ne piquent plus. On ne l'explique pas non plus, c'est comme ça. Pour certaines choses, il n'y a pas de raison, conclut Ilse. Les religions, les ésotérismes et les sciences essaient de le justifier, mais rien n'explique vraiment pourquoi les brebis viennent écouter la flûte, ou pourquoi Edit peut soulager les jambes variqueuses de la voisine. Rien n'explique que les yeux brûlés de Heinrich-Maria soient restés plantés sur le papier peint de la chambre, ou pourquoi Ilse voit onduler les lignes grises et vertes de son tricot sur la trame du tapis. Les puissances, les pouvoirs, les spectres sont inconnus – ils existent, voilà tout ce qu'on peut, dans le meilleur des cas, en dire ou en penser.

« C'est la petite qui soigne », tout le monde le sait – dans son corset de plâtre, Ilse suit l'avis d'Edit comme celui d'un docteur. Au fil des jours, malgré la douleur, son esprit commence à compenser son corps. Ilse l'entraîne pour qu'il soit plus vif. Dans le temps dilué de la chambre de malade, il perçoit peu à peu le très lent déplacement du soleil sur le mur, les variations de teintes sur les feuilles au bord de la fenêtre, le développement soyeux d'une toile d'araignée sous le guéridon. Tandis qu'Ilse est immobile, son esprit se déplace de plus en plus vite, capte les plus infimes mouvements de la pièce qui le tient prisonnier. Il festoie de chaque mot des romans qu'Edit lui lit, les creuse, Ilse redemande leurs phrases. *À l'eau, à l'ombre, aux montagnes, à l'écho, aux vents qui emportent avec eux le son de mes cris inutiles...* Certains jours, les images deviennent d'une netteté insupportable : les franges effilées d'un nuage, la façon dont se gondole le papier du journal, la fine rupture d'une trame dans un linge de coton – tout cela a sa vie propre, et qui s'observe. Ilse inventorie les sensations de ses muscles, sépare le craquement du plancher de la griffe furtive d'une souris, ou s'exerce à défaire une odeur qui veut se confondre avec une autre. Les semaines passent. Parfois, Ilse se débat dans son corset, comme assiégée par tant de détails. Sa chambre de repos l'épuise mais son esprit se plie peu à peu à la discipline. Son esprit saute, cabriole. Il tombe et se relève.

6

No train Hulín

Des pommiers rabougris filaient par la fenêtre du train, solitaires en bordures des champs de blé et des champs de maïs. En apercevant de temps à autre les madriers entassés devant une scierie, le bulbe d'un clocher d'église, ou les ponctuations qu'inscrivaient dans le ciel les pâles panaches échappés des cheminées, on pouvait trouver au paysage un certain charme. Sorti de ça, la campagne morave n'était pas d'un attrait démesuré. Même agrémenté de vert, le gris restait du gris. Dans le train qui l'amenait à Holešov, Simon avait l'esprit ailleurs. Il ne pouvait se sortir une vieille chanson de la tête :

« La mer morte autrefois était bel et bien vivante.
Mais une fois qu'elle m'a pris dans une tourmente…
Je l'ai tuée… Car c'était bien mon droit ! »

Dans le disque de *Vingt Mille Lieues sous les mers*, le harponneur la chantait en embarquant sur la frégate américaine qui partait traquer le monstre des océans

– malgré le livre d'images dont on tournait les pages, Ned Land n'était qu'une voix, sans corps ni visage. Tandis que dans le film en Technicolor, c'était Kirk Douglas en pantalon moulant et marinière moulante, et même à six ou sept ans Simon comprenait que c'était ça qu'il fallait viser, même sans avoir jamais aucun espoir de l'atteindre. Dans le monde de l'aventure, de la vie comme elle devait venir, rien ne pourrait égaler un harponneur blond courageux, qui sait en plus jouer de la guitare. Pourtant, Ned Land n'intéressait pas Simon. Ned Land avait beau être cool, il était trop goy. Tout en lui était goy : les muscles, l'optimisme, le harpon… Tout comme étaient goys, voire goyissimes, le professeur Aronnax et son fidèle serviteur Conseil. S'il y avait un juif dans l'histoire, c'était le capitaine Nemo. Nemo, le farouche, qui taisait son secret terrible, qui s'était exclu du monde des hommes et de la société. Même son nom n'était pas un vrai nom, c'était un nom choisi pour signifier « personne ». Pour Simon, ça voulait dire juif.

Sa longue et bizarre obsession pour *Vingt Mille Lieues sous les mers* avait commencé avec un disque dit « de longue durée » – qualification très relative puisque ça ne durait jamais que dix minutes. On y retrouvait bien vite la terre ferme – quelques péripéties, à peine un jour de captivité, trois bouteilles à la mer et *« la grande aventure de Conseil, de Ned Land, et du professeur Aronnax, était heureusement terminée »*. Mais on pouvait la revivre à l'envi, il suffisait pour cela de retourner au tourne-disque. *« Mes chers petits amis, voici un disque tiré du film de Walt Disney. Je vais vous lire l'histoire de* Vingt Mille Lieues sous les mers, *que vous pourrez suivre avec moi dans votre livre. Vous saurez que le moment est venu de tourner la page, lorsque vous entendrez ceci...* – retentissait alors la sirène d'un bateau à vapeur – *Et maintenant, commençons...* »

Simon avait commencé et recommencé. Puis était venu un autre disque, un peu plus long, un peu plus effrayant – sauf que, de façon absurde, Jean Gabin y tenait le rôle de Nemo. N'importe quoi, pensait déjà Simon, Jean Gabin est français, tout ce qu'il y a de plus français, on ne mange pas du saucisson et du camembert sur le *Nautilus* ! Ensuite, il était passé ensuite au film de Walt Disney, et enfin au livre de Jules Verne – qu'il avait trouvé par endroits d'un ennui aussi abyssal que les profondeurs du *Nautilus* mais lu et relu tout de même. Déclinée, ressassée, l'histoire conservait une attraction intacte à ce jour, et, alors qu'il frottait ses mains pour les réchauffer devant le buffet fermé de la gare de Hodonín, Simon, avec une clarté nouvelle, en entrevoyait la raison.

Vingt Mille Lieues sous les mers était une aventure du temps des origines, *quand aucun avion ne sillonnait encore le ciel*, une histoire modèle, finalement rassurante, offerte à un enfant qui grandissait dans un environnement où l'aventure n'était pas une rêverie mais une injonction. Pour Simon comme pour Jeanne, il n'était pas question d'avoir de bonnes notes, d'intégrer un jour une grande école, de se marier et de prendre un prêt épargne-logement. Au contraire, il faudrait ne pas savoir et improviser, suivre ce qui se proposerait, quitter un amour pour un autre, un pays pour un autre, entrer toujours dans toutes les situations et savoir aussi s'en sortir. Il faudrait prendre des risques, y aller à l'esbroufe, savoir coudre des faux uniformes et cacher des fusils, vendre des guirlandes chinoises aux Canadiens, ou, à tout le moins, savoir feindre d'être chef de fabrication. Or Simon avait toujours la trouille. Il était timide et il le restait, dans ce matin d'hiver, au milieu d'un groupe de lycéens tchèques, attendant un train dans une bourgade morave inconnue, et peu hospitalière – même pas le moyen de se trouver un café, le gros « buffet » gris planté sur le quai semblait être fermé depuis quinze ans –, en route vers une autre bourgade inconnue qui ne promettait rien d'agréable non plus. Mais il n'avait pas le choix. Ne pas y aller aurait été désobéir à des sommations ancrées en lui depuis l'enfance, renier un principe fondateur : toujours tenter le coup, aller vers l'étranger, avec ou sans peur. Simon avait toujours fait *avec peur.* Alors que le train pour Holešov arrivait à quai, il se remémora le test ADN qu'il avait contemplé avant de partir et ne put retenir un ricanement : pas besoin d'un test pour en connaître le résultat, il le savait bien, ce qu'il était. Il était un aventurier craintif.

À l'arrêt d'Holešov, Simon quitta ses chimères avec peine, comme s'il devait s'extirper d'un coup de l'habitacle du *Nautilus*. À peine était-il descendu qu'un courant d'air froid lui cingla la nuque. Accompagné du roulis agaçant de sa valise, il sortit de la gare, une grosse bâtisse sur pilotis dont la couleur hésitait entre différentes teintes de crème sale, puis suivit l'artère principale qui versait vers le centre. La recherche sur internet n'avait rien donné, mais il ne devait pas y avoir ici des millions de serruriers, se rassurait Simon, avançant dans l'avenue dépeuplée. Rien d'aimable ne se signalait derrière les façades, qui exhibaient comme un gage de fantaisie leurs stucs et leurs balcons en sucre dur mais restaient taciturnes, bouchées, pas engageantes. Seules quelques voitures traversant la ville en vitesse venaient troubler le silence, tout semblait immobile et décidé à le rester. Malgré le lourd aplomb de leurs pierres, les bâtiments se serraient peureusement les uns contre les autres. On n'était pas à Olomouc, ici. Simon jeta un œil aux rues adjacentes, mélange de constructions récentes bâclées et de maisonnettes basses repliées sous leurs toits en croupe. Il faudrait peut-être se farcir ça rue par rue pour retrouver le serrurier, pensa Simon en traînant sa valise, et il renâclait déjà. Comme soufflé par le vent, presque imperceptible, un courant s'insinuait en lui, qui l'engourdissait et lui faisait perdre tout courage, qui le désarmait et le rendait triste. Sa peau n'y faisait pas obstacle. Depuis qu'il était descendu du train, il se sentait pris par une influence lente, déterminée, qui peu à peu lui retirait ses forces. À chaque pas, il se sentait peu à peu comprimé, comme si le ciel se baissait pour l'écraser, jusqu'à l'enfoncer dans le sol. *Va-t'en !* lui disait la ville, et Simon ne savait pas s'il s'agissait d'un avertissement ou d'un ordre. *Va-t'en !* répétaient à chaque coin de rue les façades opaques, alors qu'il cheminait tant bien que mal sous la chape du ciel, en essayant d'ignorer leurs appels.

Ceux qui commercent avec les esprits, ceux qui croient aux présages et aux spectres, savent comment faire en pareil cas. Simon, lui, se sentait dépourvu. Il ne croyait pas ce qu'il entendait, mais il l'entendait. Ce qui avait disparu d'Olomouc vivait encore ici, et maintenant qu'il l'avait retrouvé, Simon voulait le fuir. Une menace persistait, elle était dans le ciel, dans l'air, elle lui entrait dans les narines et descendait dans ses poumons, insensible, mais Simon la sentait. Parce qu'il la connaissait et pouvait la nommer. *Ungarland.*

Il passa deux merceries, un kebab, un bazar chinois, deux commerces illisibles aux vitres recouvertes de poussière. Pas de serrurier en vue. À leur jonction, deux grandes rues se coupaient à angle droit, l'une devait mener sûrement à une place centrale, avec son église, son encerclement de maisons pastel aux toits de tuiles brûlées, et peut-être au milieu un jet d'eau, une fontaine... Une brasserie, avec un peu de chance. Avec encore plus de chance, une brasserie ouverte.

Au bout d'une petite heure de vadrouille, l'acharnement porta ses fruits. Planquée au creux d'un supermarché Spar, la serrurerie Ungar semblait dormir sous ses stores baissés – on discernait cependant de la lumière à l'intérieur, et aussi du mouvement et des éclats de voix. Ne restait qu'à franchir la porte de verre. Le cœur de Simon battait vite, il attrapa son passeport dans la poche intérieure de sa veste et poussa la porte. Elle était verrouillée. Simon se mit alors à tambouriner. *Il était un aventurier, à la porte du* Nautilus. *Ouvrez ! Ouvrez donc, navigateur peu hospitalier !*

La porte s'ouvrit sur un type jeune et gros, en blouson d'aviateur.

— Vous êtes Šimon Ungar ? demanda Simon en anglais – il avait jugé plus sûr de ne pas utiliser son tchèque bredouillant, certes poli mais pas très efficace.

— C'est mon père, dit l'autre en le laissant entrer.

Dans l'atelier obscur, Simon distingua deux autres jeunes types gros aux cheveux taillés en brosse dure et, derrière le comptoir, un homme plus âgé revêtu d'un tablier de cuir.

— Hello, continua Simon, je viens de France. Et moi je suis aussi Simon Ungar !

Comme le vieil homme le toisait sans rien dire, Simon dégaina son passeport, désigna triomphalement le nom qui y était inscrit. Puis il agita son index d'un côté à l'autre du comptoir. Les jeunes se groupèrent autour de lui – accompagné de murmures indistincts, le passeport passa de main en main. Sur les visages austères quelques sourires flottèrent sans se poser.

— Marek Ungar, se présenta l'un des jeunes, celui qui avait ouvert la porte, le plus jovial du lot – ce qui ne signifiait pas non plus une cordialité débridée. Il désigna les autres : Eux, c'est mes frères, Honza et Toník.

— Tous Ungar, alors ! s'exclama Simon, avec un enthousiasme qui tomba complètement à plat. Après une pause gênée, il poursuivit :

— Mon père, qui s'appelait Philippe Ungar, est né dans la région dans les années trente. Alors, je me demandais s'il restait beaucoup d'autres Ungar de Moravie… Ou quelqu'un qui les aurait connus. De la famille, quoi…

— Ton père est né ici, à Holešov ? demanda Marek.

— Non, à côté, à Olomouc.

Les Ungar échangèrent un regard entendu. Marek traduisit à son père, qui regardait toujours le passeport, les coins de la bouche plissés vers le bas comme devant un ouvrage plus compliqué qu'à l'ordinaire. Après un bref examen, il le referma et le rendit à Simon. Puis, l'œil interrogateur, il esquissa un geste de la main, pouce posé sur l'index, poignet pivotant, et demanda quelque chose en tchèque. Simon ne comprit pas. Le vieux Ungar réitéra son geste et sa question.

— Les clés, dit Marek. Mon père demande où sont les clés.

— Les clés de quoi ?

— Vos clés. Vous avez vos clés ?

Par réflexe, Simon porta la main à sa poche, avant de comprendre :

— Je ne venais pas pour ça. Je veux dire, je n'ai pas de clés…

Marek traduisit, le père haussa les épaules puis baissa le nez vers son établi.

— C'est un magasin de serrurier ici, ajouta l'un des frères, en guise d'explication.

Simon hésita un moment, puis, aux trois Ungar qui le fixaient, il déroba son regard. Rien ne se passait. Ils semblaient tous attendre quelque chose. Après un temps, Simon comprit que ce qu'ils attendaient était simplement qu'il s'en aille. La conversation était finie. Alors il hocha la tête et se dirigea vers la sortie ; d'un geste gauche, il referma la porte restée ouverte derrière lui. *Voilà un voyage de longue durée, mes chers petits amis : en moins de dix minutes, la grande aventure de Simon Ungar était heureusement terminée.*

*

Maintenant, il avait le vent dans le dos. La petite ville était toujours aussi calme, aussi fermée. Pas envie d'aller voir le château, pas envie d'attendre au café. Attendre quoi ? Simon ne sentait rien d'autre qu'une grande lassitude, l'engourdissement de son corps qui précédait celui de ses pensées. Il était encore tôt mais le jour commençait déjà à décliner, mieux valait sans doute attendre le lendemain pour repartir. Rue Nerudová, Simon était passé devant ce qui semblait être l'un des seuls hôtels de la bourgade, il le retrouva sans trop de mal.

On avait décoré la réception dans un style cosmopolite : gros meubles indonésiens, lampes à moucharabieh, tapisseries indiennes… Sans parvenir à pousser l'exotisme dans une direction particulière, l'ensemble procurait tout de même une légère impression de dépaysement. Pas une mauvaise idée, songea Simon avec gratitude : quand on se trouve à Holešov, le mieux est encore de s'imaginer ailleurs. De vieilles images en noir et blanc de la ville s'incrustaient toutefois dans cet ensemble bigarré – on reconnaissait l'immuable place de l'église, le parc, le château et ses tourelles. À demi couverte par un éléphant en patchwork, la photo d'une imposante synagogue de style mauresque attira l'attention de Simon.

— C'est près d'ici ? demanda-t-il à la fille de la réception.

— Non, c'est détruit. Pendant la guerre, ajouta la jeune femme sur un ton d'excuse, les Allemands l'ont brûlée. Maintenant il y a un parking à la place. Mais il reste le cimetière juif. Beaucoup de touristes viennent pour ça, parfois d'Amérique. Elle agita ses mains dans un sens puis dans l'autre, à l'oblique, et expliqua en souriant : Les pierres sont toutes de travers.

Simon se figura les tombes, poussées par le ciel, chaque jour un peu plus, sous la terre. Il n'avait pas envie de visiter le cimetière.

Dans la chambre aussi, on avait voulu évoquer l'Orient, ou l'Asie, en tout cas l'ailleurs qu'Holešov. Le signalaient une vue du Taj Mahal et une ribambelle d'éléphants en papier mâché posés sur un guéridon. C'est l'intention qui compte, pensa Simon en inspectant la vue de la fenêtre – ça donnait sur une ruelle où s'alignaient les conteneurs des poubelles. Pour le reste, la chambre était atone et propre. Faute de trouver le moyen d'allumer la lumière de la salle de bains, il prit dans le noir une douche rapide avant d'aller s'étendre sur le lit. Bien vite, il s'assoupit, le sommeil entraînait son corps alors que son esprit tentait d'y résister, à nouveau cette sensation d'être aspiré, de s'enfoncer dans un abîme. Il s'y abandonna un instant, avant de se redresser dans un sursaut, ce qui eut pour effet inattendu de déclencher une ventilation et d'allumer toutes les lumières.

*

L'hôtel faisait aussi restaurant, ce qui tombait bien : Simon n'avait envie d'aller nulle part. En plus, l'endroit comptait, semblait-il, parmi les spots en vue – en ce début de samedi soir, dans la salle de brasserie bondée, il fallait parler fort – entre deux publicités, une radio débitait des vieux tubes américains, recouvrant le son du match de football. Le plus loin possible des odeurs de graillon de la cuisine, Simon réussit à dégoter une table d'où il pouvait voir la télé. C'était mal parti : quinze minutes après le début de la première mi-temps, le Sparta Prague avait déjà mis trois buts au fotbalový klub Teplice.

Sur la carte incompréhensible, il choisit le premier plat venu et se commanda avec une grande bière – il allait regarder Teplice se prendre la pilée puis il monterait se coucher. Bientôt, un serveur renfrogné posa devant lui une assiette où le brun le disputait au pâle. Flanqué de deux épaisses tranches de pâte molle, un morceau de viande indéchiffrable flottait dans une onde de sauce grasse. Pour Dieu sait quelle raison, l'ensemble était coiffé d'une cuillerée de confiture et d'un tortillon de crème chantilly. Simon posa ses couverts et but sa bière. Regardant autour de lui, il observa que l'assistance multipliait un unique modèle : tous petits, trapus, suintants. Les hommes portaient des jeans hirsutes et javellisés, les filles – minoritaires – des petits talons et des jupes courtes. Ils devaient être jeunes mais semblaient déjà vieux. En contemplant son assiette, Simon se dit que le contenu de l'une expliquait sans doute le physique des autres. Sans compter les litres de bière qui se débitaient à jet continu derrière le bar.

— *You like this? You like svíčková?*

Simon leva le nez. Penché vers lui, une chope mousseuse tanguant dans sa main, se tenait Marek Ungar. Dans ce nouvel environnement, il paraissait semblable à tous les autres buveurs : sourcils épais, visage rouge, bedaine naissante ou née. Et l'inévitable coupe en brosse bien dégagée derrière les oreilles. Déjà fort éméché, en tout cas plus souriant que dans l'après-midi, il désigna la chaise vide à côté de Simon, qui l'invita prestement à s'y asseoir.

— La *svíčková*, il vaut mieux que tu sois né avec... plaisanta Marek Ungar, devant l'assiette à peine entamée de Simon, où la graisse, en se figeant, avait fini par vitrifier la sauce.

Simon répondit par une grimace fataliste. Il sentait l'autre un peu fébrile, ses jambes s'agitaient sous la table.

— Alors donc tu es venu de France ?

— Oui. De Paris.

Marek Ungar hocha la tête, indiquant qu'il comprenait :

— Tu es venu de Paris à cause de ton nom, pour voir ici, c'est ça ?

— Non, répondit Simon avec prudence. Aussi pour voyager... Faire du tourisme...

Marek sembla tranquillisé. Il jeta un œil sur l'écran : Teplice bataillait ferme sans pour autant percer la défense pragoise, on en était maintenant à 4-0, et la remontada semblait mal engagée. Marek considéra Simon un moment, sembla hésiter, puis avala avec résolution une grosse rasade de bière.

— Tu sais ce qu'il signifie, ton nom ?

— Oui, ça veut dire « hongrois », « de Hongrie »…

Marek secoua la tête :

— Non. Mon nom à moi, il veut dire ça. Presque partout ailleurs, il veut dire ça. Des vrais Ungar, il y en a plein en Hongrie, et ailleurs. Mais pas si tu viens d'Olomouc.

Dans la salle surchauffée, Simon cru sentir à nouveau sur sa nuque la gifle glacée qui l'avait cueilli à la descente du train. Il s'agrippa à sa bière. Soutenant son regard, Marek sembla tergiverser intérieurement, puis il se décida à lancer :

— Il y a longtemps, il y avait un type à Olomouc…

Fusant de toute la salle, une clameur l'interrompit : Teplice venait d'obtenir un pénalty. Concédé plutôt par bonté d'âme, si on se fiait au ralenti. Marek indiqua du regard qu'il préférait attendre le tir avant de continuer son histoire. Envoyé sans conviction, le ballon atterrit pourtant au fond du filet – mais nulle explosion ne vint troubler l'ambiance : le but permettrait tout au plus à Teplice de sauver l'honneur, il laissa l'assistance tiède. Détournant son regard de l'écran, Marek Ungar poussa sa chaise et se rapprocha de Simon pour mieux se faire entendre. Il sentait la bière et la sueur.

— Il y avait un type, avant, à Olomouc, qu'on appelait « le cordonnier ». Tu sais ça ?

— Non…

— « Le cordonnier », répéta Marek un ton plus haut. Tu sais ce que ça veut dire ?

— Les chaussures… ?

— Non. Le cordonnier, c'était un fabricant de faux papiers. On l'appelait aussi comme ça, « Fabricant ».

De la radio retentirent quelques accords de synthé immédiatement reconnaissables – à ce signal des buveurs se levèrent de leurs hamburgers frites. Sans vraiment danser, ils oscillaient, frappaient le rythme du pied, attendaient. Il fallut le refrain pour qu'ils se lâchent, entonnant ensemble, d'une seule voix et le bras levé : *Booorn in the USAAAA / I was / Booorn in the USA.*

Marek dut vociférer dans l'oreille de Simon pour se faire entendre :

— Ce type, Fabricant, je ne sais pas son nom, ou même si vraiment il a existé. Mais c'est ce qui se raconte. On dit que c'était un *artiste* du faux papier, parce qu'il a appris avec les Russes de la Loubianka, à Berlin, dans les années trente. Ou alors à Moscou, peut-être… Ils lui ont donné les techniques, et après il est rentré ici et il a fait des faux papiers tout le temps : avant la guerre, pendant, et après sous les communistes…

— Pour qui ?

— Pour tout le monde. Pour tous ceux qui avaient besoin : les espions, les criminels, les juifs… Toi, tu es juif ?

Simon fit oui de la tête, Marek opina en retour. Dans les éclats du bar, sur fond de Bruce Springsteen, il y eut entre eux un vrai moment de silence. Puis Marek éloigna sa bouche de l'oreille de Simon et se recala dans son siège.

— Tu vois, ce type d'Olomouc, le cordonnier, il aimait pas beaucoup les juifs. Mais il y avait une chose qu'il détestait encore plus et c'était les Hongrois. Il pouvait vraiment pas les blairer, pas du tout, appuya Marek, en se pinçant emphatiquement le nez. Alors, tous les juifs, il a appelé Ungar. Et tous les autres aussi, quand il les aimait pas. Les truands, les mecs qui le paient pas assez, ils ressortent avec des papiers marqués « Ungar ». Et bien sûr, tous ils sont nés à Olomouc… En trente ans, le cordonnier a construit comme ça à Olomouc une *fabrique* de Ungar. Il en a fait tellement qu'il en reste partout, tu vois : même chez toi en France.

Simon accusa le coup. Il but lentement une gorgée de bière, puis une autre, jusqu'à vider son verre. *Eh ben merde, alors ça, c'est vraiment la meilleure. Voilà maintenant que je ne suis même pas un Ungar.* Il sourit au gros Marek, puis désigna leurs chopes vides avec le geste, universellement reconnu, d'en recommander deux autres.

Liquéfiés et battus 5 à 1, les joueurs du fotbalový klub Teplice quittaient le terrain, pendant que ceux du Sparta Praha gambadaient sur la pelouse dans un triomphe modeste.

Je suis Nemo, pensait Simon. *Je suis une guirlande de Noël chinoise.*

*

Dans le disque de *Vingt Mille Lieues sous les mers*, Conseil n'était plus le serviteur d'Aronnax mais son neveu, et il avait fallu des années à Simon pour trouver une explication plausible, ou en tout cas séduisante, à cette adaptation. Sur un forum internet, un autre obsédé du capitaine Nemo rappelait que l'enregistrement avait été fait dans les années cinquante, quand le syndicat des comédiens était encore en France majoritairement communiste. D'où l'internaute avançait l'argument suivant : se trouver séquestré au fond des mers par un psychopathe ne suffisait pas à abolir la lutte des classes. Assujetti par le rapport salarial, Conseil ne pouvait donc pas honnêtement seconder le *spécialiste bourgeois* Aronnax sans trahir le prolétariat, ou quelque chose du genre. Tandis que s'il n'était plus serviteur de la classe exploitante mais neveu, rien ne s'opposait plus à l'amitié entre les deux hommes – la servilité du jeune Conseil devenait une déférence normale envers son aîné. Simon avait trouvé cela merveilleux : il n'y a pas d'histoires vraies, s'était-il dit, il n'y a que de vraies histoires. Même les fictions mentent. Elles aussi ont leurs raisons de mentir.

Il s'était éveillé plein d'entrain, avant le jour : et maintenant, il allait se casser de ce bled pourri le plus vite possible. Son corps et son esprit sortiraient fortifiés de l'épreuve, il allait suivre le conseil murmuré par les pierres et quitter Ungarland, comme avant lui ses ancêtres, dont certains reposaient peut-être cent pieds sous terre à quelques encablures d'ici. Vrais ou faux Ungar, peu importe, il devait bien rester des traces. Pour ce que Simon savait, ce n'était pas à Olomouc ou à Holešov qu'ils avaient vécu mais à Bratislava – une vraie ville, une capitale, pas un pauvre trou de Moravie. C'était là qu'il fallait aller, là que Simon mènerait l'enquête. En bouclant sa valise, il fredonna entre ses dents la chanson de Ned Land : *« Une histoire du tonnerre, tonnerre de Brest, ça court dans la ma-ri-ne. Faut en prendre un peu et laisser tout le reste. Depuis Jonas et l'Arche de Noé, tout ce que les marins ont raconté, c'était fort de café… »*

Au comptoir de la réception, il ne trouva pas la jeune femme molle de la veille mais un type coupe-en-brosse-modèle-local à demi éveillé. Je m'en vais, se dit joyeusement Simon, en lui tendant sa carte de crédit, c'est terminé, je me tire d'ici. Mais le type fronça bientôt les sourcils en regardant le terminal :

— Ça marche pas, votre carte…

Bien sûr que si, ça marche, se rassura Simon, les intestins soudain agrippés par une pince – *ce n'est pas possible, mon compte est plein d'argent slovaque, plein du bon pognon du baron du charbon, de l'argent noir, crade, bien repu, assis en gros tas, sur mon compte.* Il fit une deuxième tentative.

— C'est peut-être le wi-fi, observa placidement le préposé. Parfois ça marche pas…

Et qu'est-ce qu'on fait dans ces cas-là ? Simon était saisi par une angoisse si féroce qu'elle dévorait tous les arguments de la raison – *ça va prendre cinq minutes, c'est l'internet qui rame, on peut toujours aller chercher de l'argent au distributeur* –, la sueur lui roulait sur la nuque, il ne pensait plus qu'une seule chose, avec urgence : « Je veux partir d'ici ! »

Quand, après un troisième essai, le ticket finit par sortir sous l'œil suspicieux du réceptionniste, l'angoisse n'avait pas disparu. À toute vitesse, Simon remonta l'avenue qui menait à la gare, contournant une flaque de gerbi givré qui constellait le trottoir dans le petit matin froid, ignorant le faciès renfrogné des maisons et le bruit des roulettes de sa valise, il filait vers la délivrance, tout le monde devait cuver à cette heure, l'avenue était déserte, mais malgré cela Simon courait comme un homme qu'on poursuit.

La gare, il était dedans, il était sauvé. Il se recomposa un peu et retrouva son calme.

Derrière la vitre de l'hygiaphone, il découvrit une femme assez âgée à la poitrine formidable. Des seins si massifs qu'ils occupaient l'entièreté de la tablette du bureau sur lequel ils s'étalaient et qu'ils débordaient même sur les bords. Il était difficile de regarder autre chose. Au-dessus de ce mol amoncellement, le visage était dur – c'était la première fois que Simon voyait un modèle féminin de la coupe en brosse courte et le contraste entre cet attribut viril et l'énorme giron avait quelque chose d'effrayant. Grâce au traducteur automatique du téléphone, il avait pu la veille répéter et apprendre sa phrase pour la dire avec assurance :

— *Dobrý den, prosím o jízdenku na vlak do Bratislavy.*

La préposée secoua la tête et se lança dans une réponse volubile dont Simon ne comprit pas un mot. Il secoua la tête.

— English ?

Elle parut agacée :

— *Vy neumíte česky?* English no.

Simon sortit son téléphone pour accéder au traducteur automatique mais internet ne répondait pas. S'affichait à la place un dessin naïf figurant une bouteille à la mer dans une nuit étoilée. Quel dessin de con, pensa Simon. L'angoisse semée le rattrapait. Il demanda à nouveau :

— *Vlak* Bratislava ?

Avec lassitude, la préposée agita ses bras en croix derrière la vitre.

— *No vlak. Vlak, no.*

Comment ça vlak no ?! s'étouffa Simon. Est-ce qu'il allait rester coincé dans ce bled de merde ? Depuis quand est-ce qu'une employée de chemin de fer refusait de vous vendre un billet ? C'était quoi, personnel ? Il tenta le mime : pourquoi no vlak ?

L'employée haussa les épaules au-dessus de ses seins énormes en marmottant :

— *Z Břeclavi jezdí.* Břeclav.

Elle lui faisait bien sentir que de ne pas parler tchèque faisait de lui un être totalement inutile, mais que, puisque son travail consistait à le renseigner, elle prenait la peine considérable de l'accomplir. Entourant un carré d'espace entre ses mains puissantes, elle entreprit donc d'expliquer :

— *Vlak* Hulín (premier carré). *Vlak* Břeclav (deuxième carré, un peu plus loin). Břeclav *vlak* Bratislava (carré très lointain, presque rectangle, carré slovaque). Hulín no (fin de la géométrie spatiale, bras croisés sous les seins). *No train*. Břeclav, *train*. *No train* Hulín.

Simon avait compris :

— *Train go* Hulín *Kaput ?*

Elle acquiesça lourdement, comme face à un élève peu doué : eh ben qu'est-ce que t'es lent, mon vieux… Puis elle grommela, énervée, pour elle-même, comme pour se justifier, et Simon comprit sans ambiguïté qu'une solution existait, que son salut aurait été possible s'il avait été foutu de comprendre, mais qu'elle estimait en avoir fait assez comme ça. Des deux, celui qui allait s'emmerder, ce serait lui.

— *Bus* Hulín ? hasarda Simon, avec un sourire qu'il voulait conciliant.

— *Večer*, répondit la préposée.

Voyant que Simon ne comprenait pas, elle écrivit sur un papier, qu'elle colla devant l'hygiaphone : 22:00.

Ah non, ça pas question, se dit Simon. Je ne reste pas là une heure de plus ! D'où il se tenait, il pouvait entrevoir les quais déserts et les voies ferrées. N'importe où d'un peu grand. Partout plutôt qu'ici.

— *When other train? All trains*, tenta Simon. *Any train?*

Cette fois, la préposée soupira avec un franc agacement. Comme tirée par un treuil invisible, son énorme poitrine se souleva avant de retomber de tout son poids sur le bureau. Inflexible, elle répéta :

— *No train* Hulín.

MERDE, cria Simon, merde merde et remerde à vous tous, vous me faites tous chier ! Je m'en fous, je me barre de votre PUTAIN DE TROU DE CONSANGUINS DÉBILES, et s'il faut faire trente bornes à pied jusqu'à Hulín, jusqu'à Břeclav, jusqu'à Bratislava, je m'en fous !

Agrippant la poignée de sa valise, il sortit en colère de la gare et se dirigea vers la route.

7

Ce qu'on a de plus cher

Menée au pas cadencé par sa propre chanson, la petite troupe de pionniers, chemises bleues, foulards rouges, traverse la place du théâtre. Puis, en rangs serrés, contourne la fontaine de Ganymède et s'engage dans la large rue Jesenského. Des gosses de sept ou huit ans, en sueur sous leurs uniformes dans la chaleur du printemps, les passants s'attendrissent sur leur passage, mais ils chantent comme des soldats, avec le même sérieux, pense Ilse en les regardant avancer.

Pour nous aujourd'hui le soleil apparaît
Qui illumine de rayons la fleur de la paix
Rejoignez-nous !
C'est l'appel des enfants heureux !
De la jeunesse forte naît un monde généreux !

En quatre ans, Ilse a appris à dissimuler son boitillement. La douleur lui cisaille la hanche gauche, lui pince les reins, avance pour se répercuter dans la jambe droite, mais ça ne se voit pas. Bien sûr, ça se voit encore trop pour pouvoir devenir actrice, Ilse le sait très bien alors qu'elle contourne à son tour la fontaine. Parvenue place Hviezdoslav, elle longe le mur du théâtre jusqu'à la sortie du local technique. Sur l'autre trottoir, minuscules sous les platanes, les enfants continuent de s'époumoner en agitant leurs drapeaux rouges :

Main dans la main, ensemble sur le bon chemin,
Comme nous, vous l'aimerez
La chanson de la paix, la chanson du pionnier !
Car tous on applaudit
Qui défend son travail
Qui défend son pays.
Rejoignez-nous !

Ilse les regarde qui s'arrêtent pour traverser – et aller Dieu sait où, collecter du carton, camper, planter des arbres… Comme au garde-à-vous, ils attendent, le nez en l'air, la harangue de leur responsable de groupe :

— Prêts pour l'édification et la défense de la patrie ?

— Toujours prêts ! répond la troupe d'une seule voix.

Les quittant du regard, Ilse trouve un coin d'ombre sur la place derrière le théâtre. Elle resserre sa jupe autour de ses jambes pour s'accroupir sur une marche. Quelqu'un finira bien par sortir, elle pourra observer à nouveau. Sans savoir ce qu'elle guette, elle vient malgré tout, tous les jours, le guetter quand même. On ne lui prête pas attention. Recroquevillée sur une marche, dissimulée par les passants, il n'y a pas un endroit en ville où Ilse aurait plus envie d'être.

Si on ne le contrarie pas trop, le docteur Hubka permet d'aller au théâtre – l'important, c'est qu'Edit soit contente. Ces sorties sont donc admises, et mieux, encouragées, même si Edit s'y ennuie la plupart du temps et ne les réclame que par gentillesse envers Ilse. Seules les pièces classiques lui plaisent un peu. Les autres, se plaint-elle, racontent toujours les mêmes histoires : on démasque un saboteur ; des paysans têtus refusent la collectivisation, grâce à un vieux sage membre du Parti ils finissent par comprendre leur erreur, la récolte est sauvée ; le courage des pompiers est admirable, jusque dans la mort ; membre du mouvement stakhanoviste, l'ouvrière Ludmila atteint rapidement des performances exceptionnelles de production, réussissant à superviser 150 machines au lieu du nombre standard de 8 et devient ingénieur certifié…

En plus, c'est toujours les *mêmes* acteurs dans les *mêmes* rôles, râle Edit. Ilse lui donne raison, sauf pour Obadalková, qu'elle estime en tout supérieure aux autres. Pendant les matinées du dimanche, Ilse et Edit l'ont vue jouer les reines, les paysannes, les métallurgistes, et à chaque fois elle était différente, dès qu'elle fait son entrée on sent qu'il va se passer quelque chose, on en a le cœur battant. Le soir, dans la chambre d'enfant, Ilse en chemise de nuit rejoue pour Edit les gestes qu'elle lui a vu faire en scène : la tête très haute, la bouche comme ci, les épaules comme ça, ou bien le menton un peu baissé. Les mines, on peut les refaire mais le sortilège demeure insaisissable. En scène, s'émerveille Ilse, Obadalková a l'âge qu'elle veut, la beauté ou la laideur qu'elle veut, cette magie ferait rêver n'importe qui. Parce que toutes les filles ont envie de jouer – tout le monde joue tout le temps et fait les choses un peu pour de faux – mais cela, Ilse le passe sous silence, car ce ne sont pas des choses qu'on dit. Ce qu'on ne peut pas dire non plus : qu'Edit aussi a fait semblant quand elle a récité son texte il y a deux ans, son serment – « *Je deviens membre de l'Union socialiste de la jeunesse pour participer par ma vie à l'édification et la défense de la patrie socialiste. Le pionnier aime sa patrie, il est fier de sa nation qui édifie le socialisme sous la direction de Klement Gottwald. Il aime sa démocratie populaire et son armée qui garantit la paix.* » Et c'était vrai, mais c'était faux aussi. Parce que la vérité dans tout cela, c'est que le père Hubka ne supporterait pas qu'on sache que sa fille est en retard sur les autres, qu'elle a seize ans et encore des problèmes pour lire, écrire, compter. Il préfère la faire passer pour une gamine, il la cache parmi des gamines qui ont cinq ans de moins qu'elle, et ça ne se voit pas. Edit cimente l'illusion avec docilité – elle joue à l'écolière, prend un air ingénu, elle se bande la poitrine comme son père le lui a demandé – elle a passé l'âge d'être une petite pionnière, n'est plus une enfant et le sait – mais elle obéit. Jupe bleue, chemise blanche, foulard rouge, *Toujours prêts !*, son père la regarde partir l'œil mouillé, comme si elle allait reprendre comme ça cinq ans d'enfance en plus.

Un arrangement de ce genre finit toujours par faire des victimes. En rentrant du camp de la jeunesse, Edit rapporte avec elle une tristesse qu'elle dissimule mal, des regards qui se perdent dans le vide, des sourires de façade, il faut des heures pour arriver à lui soutirer toute l'histoire.

— Rends-toi compte, plaide Ilse dans leur chambre d'enfant, je ne m'imagine que le pire. Comment peux-tu me torturer de cette façon ?

Sur son lit, Edit grimace, puis lui revient ce même air absent qu'elle traîne depuis son retour. Enfin, elle murmure :

— C'était triste surtout, et c'était de ma faute.

Intriguée, Ilse se lève, s'assied en tailleur sur le lit d'Edit et, là, ne la lâche plus du regard :

— Je promets de ne pas te juger. Je le jure sur ce que tu veux. Sur la tête du camarade Staline… Ou alors sur ce que j'ai de plus cher. C'est-à-dire toi.

Edit lève son regard malheureux vers Ilse avant de baisser les yeux :

— Au camp, tous les matins, je devais me lever à la dérobée, avant les autres, pour aller aux toilettes mettre les bandeaux sur mes seins. J'étais fatiguée tout le temps. Il y avait un petit garçon très sérieux, avec un bandeau sur l'œil, un bandeau que tout le monde pouvait voir, contrairement aux miens. Il disait qu'il devait faire travailler son œil paresseux, mais à la vérité, il passait son temps à ne rien voir, il était si maladroit que les autres se moquaient de lui, et comme il n'était pas non plus très fort pour la bagarre… Je crois qu'il a tout de suite senti que, comme lui, je ne pouvais jamais faire complètement corps avec les autres, même s'il n'en soupçonnait pas la raison. Cela paraissait si innocent au début ! Comme moi, il avait appris le code morse très vite, plus vite que les autres, mieux, alors je l'ai encouragé : « *taahtitaahti, taahtaahtaah taahtiti ti, taahtaah taahtaahtaah titaahti tititi* », un point en haut, un point en bas, c'était juste un jeu, tu comprends ? Je ne voulais pas être cruelle, au contraire, j'essayais de le protéger des autres. Un petit garçon de onze ans, tellement innocent, comment voulais-tu qu'il se doute ? Et puis, il a commencé à m'envoyer des messages loin des camarades avec sa lampe électrique. Au début, ce n'étaient que des bonjours, des petites blagues… Et je répondais. Mais quand le message est devenu autre chose, j'ai fait semblant de ne pas l'avoir vu…

— Est devenu quoi ? demande Ilse avec brusquerie.

— « Je t'aime », avoue Edit à voix basse, un souffle gonfle sa poitrine menue.

Puis elle se tait un long moment, avant d'oser enfin relever les yeux vers Ilse.

— Tu imagines ? Ce pauvre petit garçon à un œil, avec ses genoux égratignés… Je n'ai rien répondu et je l'ai ignoré, même si je me doutais du courage qu'il avait dû lui falloir. Il a attendu très longtemps, moi, j'ai cru qu'il était parti. Puis j'ai aperçu le faisceau à nouveau, qui indiquait « Terminé. Je n'attends pas de réponse. » Alors je me suis sentie méprisable, méchante et laide. Mais ma peine n'était rien comparée à la sienne. Ilse, il a eu tellement honte… Voilà tout ce que je lui ai donné : une honte qu'il n'avait pas, ajoutée à celle qu'il avait déjà. C'était si injuste, mais… Comment lui faire comprendre que je ne pouvais pas être la bonne amie d'un gamin ? Plus tard, j'ai vu, loin des tentes, qu'il continuait à envoyer ses messages lumineux, cette fois ils ne s'adressaient à personne, seulement à la nuit. Le même signal, celui que tout le monde connaît, répété et répété, de plus en plus faible, jusqu'à ce que la pile s'épuise : trois points-trois traits-trois points.

— Ça veut dire quoi ?

— « Venez vite, détresse. »

Edit reste silencieuse un moment, puis, d'une voix implorante, elle demande :

— Tu crois que mes seins pousseront quand même ? Et si je n'en avais jamais, à cause des bandeaux toute la journée ? Tu crois que c'est possible ?

— Évidemment que non ! s'empresse de répondre Ilse. Qu'est-ce que tu vas imaginer ! Si tu les comprimes, c'est bien qu'ils existent, non ?

Mais à vrai dire, Ilse n'en sait rien, elle doute. Et elle sent un malaise, un tiraillement léger, dissimulé dans son esprit qui refuse lui aussi qu'Edit grandisse trop vite. Qu'elle échappe au manège des chevaux de la chambre d'enfant pour se choisir un autre centre de gravité, un autre mouvement, un autre astre.

*

Toute la semaine, le théâtre avait joué *Tanya*, une pièce russe écrite avant la guerre. Ça racontait l'histoire de la femme d'un ingénieur qui laissait tomber ses études de médecine pour l'individualisme d'un intérieur petit-bourgeois. Tout volait en éclats quand son mari la quittait pour une collègue de travail – catastrophe d'autant plus terrible que Tanya-l'épouse bafouée était enceinte… Abandonnée, inutile à la société, elle se donnait alors tout entière à l'éducation de son fils. Sauf que l'enfant tombait malade et mourrait – anéantie, Tanya-la mère se laissait sombrer… Mais l'espoir et le goût de vivre lui revenaient lorsqu'elle découvrait dans la *Komsomolskaya Pravda* le célèbre appel lancé aux femmes par la camarade Khetagourova : « Vous qui aimez votre patrie, rejoignez l'Extrême-Orient ! » Établie dans *cette contrée vierge de travail et de difficultés*, Tanya-docteur se dévouait tout entière à ses malades. C'en était fini de l'étudiante énamourée, de l'épouse, de la mère… Elle était devenue une adulte spécialisée, qui trouvait son bonheur au service du peuple en aidant à construire, en Sibérie, une Cité de la jeunesse. Une fois encore, Obadalková, dans le rôle de la chef de brigade sibérienne, dominait, selon Ilse, le reste de la troupe. Quant à l'histoire… La pièce, résuma sagement Edit à la sortie du théâtre, démontrait qu'une femme peut échapper aux aléas de l'existence domestique en laissant le socialisme transformer sa destinée.

— Tu ferais ça, toi ? lui demande Ilse tout à trac. Tu irais en Sibérie soigner des scrofuleux ?

— Je n'aimerais pas être un vrai docteur, répond pensivement Edit. Seulement un docteur pour la beauté. Parfois, les femmes sont malades de se trouver laides. Même si ça n'est pas sérieux d'en parler, c'est sérieux pour elles, elles seraient prêtes à se tuer pour ça. Ce que je voudrais, c'est leur donner des médicaments pour la beauté, pas contre les maladies.

— Donc tu les laisserais mourir pour mieux les maquiller ensuite ? Mais alors, c'est embaumeuse de cadavres que tu veux être ! Allez... avoue-le ! Avoue, gentille enfant, sous tes airs d'angelot tu n'es pas l'avant-garde de la paix mais un sinistre croque-mort déguisé ! Avoue, ange de la mort ! menace Ilse en lui plantant ses doigts dans les côtes. Edit rosit, s'écarte en sautillant sur les marches du théâtre avec des petits cris choqués – elle rit de plaisir à ces piques comme le chien rapporte le bâton. Puis elle se rapproche et redevient sérieuse :

— Et toi, Ilse, qu'est-ce que tu vas faire ?

Ilse détourne le regard. Elle n'a pas été à l'école, et maintenant, elle est trop vieille pour le lycée professionnel. Avec sa hanche, elle ne peut pas tenir debout toute la journée, mais l'envie de bouger la tenaille encore, impossible de s'imaginer sur une chaise de bureau pour le restant de ses jours. Avant que des mesures ne soient prises par le docteur Hubka, il faudrait qu'elle fasse semblant d'avoir envie de quelque chose. Mais de quoi ?

En secret, Ilse est convaincue que, comme elle, tout le monde préférerait être acteur. Ceux qui disent le contraire, elle n'arrive à les croire qu'à moitié. Cela lui semble aussi naturel que d'avoir envie d'être beau, d'être aimé, d'avoir une bonne vie. Et si, acteur, tout le monde ne le devient pas, c'est uniquement parce que tout le monde ne peut pas l'être. Dans le tram du retour, Ilse s'imagine en blouse blanche, avec un stéthoscope. Dans son esprit, elle révèle à une cour d'auditeurs passionnés que puisque son père était médecin, son beau-père médecin, il lui a été très facile de comprendre Tanya. C'est pour cette raison qu'elle est si *vraie*, si émouvante dans le rôle, plus émouvante même que les plus grandes actrices russes. Puis le crissement aigu des freins du tram interrompt son discours et la ramène d'un coup place Šafárikovo. Sous les yeux inquisiteurs, tendres, d'Edit, elle a honte de s'abandonner à des rêveries aussi futiles.

*

Personne devant le théâtre. Personne derrière non plus. Ilse continue d'attendre. Quand un camion s'arrête au coin de la place en laissant ronfler son moteur, elle se met à surveiller avec une attention accrue les portes métalliques. Son pouls s'accélère : ça va s'ouvrir, ça s'ouvre ! D'entre les battants sort d'abord, monté sur son châssis, le mur de la cuisine petite-bourgeoise de Tanya. Puis deux machinistes transportent en ahanant jusqu'au camion un gros morceau de steppe, étincelant sur sa toile peinte. Un autre suit, puis des arbres en stuc, puis des rouleaux de chemin neigeux, jusqu'à ce que la Sibérie tout entière se retrouve entassée en morceaux dans la remorque, en route pour de nouveaux lointains. Les portes du théâtre vont se refermer quand un vieux type pointe le nez entre les portes pour jeter un dernier coup d'œil. Quand il avise Ilse, accroupie dans l'ombre, il laisse s'appesantir son regard, histoire de dire qu'il l'a reconnue. Puis il lui fait signe d'approcher. Sans bouger d'un pouce, Ilse le dévisage à son tour, soutenir ce regard lui coûte mais cela lui donne le temps d'anticiper un peu. Le vieux est dur à lire, maigre, une petite gueule sèche rehaussée de gros sourcils ébouriffés et d'une épaisse moustache blanche, plantés là comme pour dispenser un peu de chaleur dans une pièce froide.

— Encore toi ? Pourquoi est-ce que tu te caches, tu crois que je ne t'ai pas vue ? Qu'est-ce que tu fabriques ici ?

Ilse ne répond pas. Le vieux la jauge un instant, puis, avec lassitude, secoue la tête.

— Ah, tu veux être actrice toi aussi, c'est ça ? Tu as pris trois cours de ballet et maintenant tu veux faire la belle ? Que tout le monde t'admire ? Je me trompe ? Tu ne serais pas la première…

Il n'en faut pas plus. Avec dignité, Ilse se relève, époussette sa jupe, se tient un moment debout face au vieux. Puis, à pas lourds, elle approche, claudicante, des portes du théâtre. La tête haute, elle fait claquer le plus fort possible le bois de ses sandales orthopédiques contre le pavé, prenant son temps, la chute piteuse de la hanche, la patte gauche qui traîne, un peu plus lourd à chaque pas – kling-klong kling-klong –, elle avance en boitant vers le vieux tout en le défiant du regard : *Qu'est-ce que tu vas t'imaginer – tu vois un peu de quoi ça aurait l'air ?*

Parvenue à hauteur des portes, Ilse sort un mouchoir de la poche de sa jupe, s'essuie le front.

— Je me demandais comment était fait ce décor, dit-elle en se donnant l'air sérieux. Comment est-ce qu'on l'accroche, il faut le clouer au mur ? Est-ce qu'il faut être menuisier pour faire ça ?

Le visage sec du vieux se déplie un peu. Sous ses gros sourcils, il jette un œil, à droite à gauche, sur la place : personne.

— Allez, ça va, entre, dit-il à Ilse. Je vais te montrer.

*

De cette première visite, des décors gigantesques du drame historique, *La Bataille de Roncevaux*, qu'on appuyait sur scène, Ilse garde le souvenir d'un éblouissement, comme si on l'avait extraite avec une pince de la vie morne et poussiéreuse pour la lâcher au cœur battant de l'existence.

Le masque est tombé – jusqu'alors la salle majestueuse, la scène drapée dans ses velours sombres avaient tout occulté des coulisses du théâtre, de leurs murs lépreux, leurs carrelages ébréchés, de leur vie chaotique et ordonnée pourtant. Au pas de course derrière le vieux, Ilse traverse le bâtiment, et tout ce qu'elle y découvre, de moins doré, de fruste, l'émerveille. Dans les dessous machinés, dans les loges, tout en haut sur les passerelles du cintre, elle suit le vieux – elle ne l'appelle pas encore Oncle Adam – le long des longs couloirs, dans les hélices des escaliers étroits, saluant, frôlant quinze personnes, tandis que défilent sur des portants les costumes éclatants et les étendards de l'armée de Charlemagne en route pour le col de Roncevaux, passent des hommes en salopette avec des scies et des marteaux à la main, des dames bien coiffées sanglées dans des tailleurs, des hommes sérieux qui transbahutent des livres, les habilleuses en blouses avec leurs monts d'épingles au poignet. Ilse recommence à boiter moins : et si elle pouvait se faire une place ? En se grattant la moustache, le vieil Adam pérore – et ici le monte-charge jusqu'à l'atelier des décors, et ici les acteurs attendent de faire leur entrée, là-bas, c'est la pièce pour les armes, toutes les armes qui jouent sur scène doivent y être enfermées à clé, attention à ton pied, là, ne marche pas dessus, ce sont des projecteurs qui refroidissent – jusqu'à ce que la visite se termine au foyer-bar des artistes.

Tirée sur la fenêtre, une grille articulée occulte la lumière chaude de l'après-midi. La salle est grise, sombre, vide, mais on y sent de la joie, peut-être parce que là-haut, sur l'étagère, le long ruban d'un confetti est resté enroulé autour d'une bouteille de cognac, ou qu'une casquette d'ouvrier coiffe les boucles de plâtre d'un buste de Jules César. De gros projecteurs de théâtre sont suspendus au-dessus des banquettes tendues de velours marron qui s'alignent devant un bar en briques. Oncle Adam désigne un tabouret à Ilse et va lui chercher un verre d'eau derrière le bar. Pour lui-même, il verse une rasade d'on ne sait quoi dans une tasse en faïence.

— C'est ce que tu voulais voir ? Ça t'a plu ?

Face aux yeux vitreux du vieil homme, Ilse a l'impression que tout va se jouer en un mot. C'est son entrée. Si elle la rate, ce sera fini.

— Je voudrais travailler ici, dit-elle simplement.

— Ah bon, et qu'est-ce que tu sais faire ? demande le vieux d'un air moqueur.

Je sais observer, pense Ilse. Par exemple, je vois que toi, tu as la tremblote, que tes mains et tes genoux te font mal, et que tu parles beaucoup mais que personne n'écoute.

— Je n'ai que ma force de travail à offrir mais j'apprends vite. Et je ferai tout ce qu'on me dit, peu importe ce qu'on me donne, si c'est balayer, laver les vitres ou distribuer le courrier, toutes les tâches seront nobles.

Sous le buisson de sourcils, les yeux du vieux se plissent en un regard ironique :

— En avant, la jeunesse ! Honneur au travail !

Tout le monde l'appelait Oncle Adam, c'était le chef accessoiriste, un chef sans subalternes. Il commençait à boire dès sept heures du matin, l'arthrose lui déformait les mains, et il cherchait quelqu'un sur qui régner.

Ilse était si euphorique ce jour-là au théâtre que sa mémoire n'a gardé que cette euphorie. La joie, elle l'a placée à part, encadrée et placée à part, pour qu'elle scintille mieux. Moins reluisant, le reste se dissimule en coulisses : les tractations, les barguignages, tout cela n'est pas fait pour être vu. Dans le théâtre comme dans le souvenir, la magie est un leurre. Pour obtenir le poste, il a bien fallu écrire une biographie, père allemand-mère slovaque – mère slovaque mais tout de même père allemand, *nom allemand*, origine bourgeoise. Pour remédier à de telles tares, il a fallu creuser encore la dette envers le docteur Hubka. En revanche, du côté des cadres, c'était presque l'aubaine : le docteur dirige désormais l'hôpital universitaire, il a l'oreille de Prague, sinon de Moscou, un cacique du Parti et sa belle-fille veut… quoi ? Devenir assistante de l'accessoiriste d'un théâtre municipal ?

*

N'importe qui peut pas le faire, rabâchait l'Oncle Adam, debout la chope de bière à la main, s'adressant à une cantonade invisible – à sept heures du matin, dans le foyer-bar désert, il n'y a qu'Ilse sur un tabouret, personne n'ose pointer le nez au bar avant le milieu de la matinée.

— N'importe qui peut pas, répète l'Oncle, parce qu'il faut comprendre qu'un acteur, pour travailler, il lui faut le bon accessoire. Alors tu me demanderas, c'est quoi le bon accessoire ? Ben, c'est celui qui joue. « Est-ce que cet accessoire sait jouer ? » – c'est ça que tu dois te demander. Tu peux lire la pièce, tu lis qu'il y a une bouilloire, parfait, tu en trouves une. Et puis après ? Est-ce qu'elle est pas trop neuve ? Est-ce qu'elle doit plutôt se faire voir, cette bouilloire, ou se faire oublier ? Est-ce qu'elle va convenir à l'acteur qui doit la prendre en main ? Pas si simple, hein ? Bon, mettons que tu as compris ce que tu cherchais… Tu penses le trouver où ? Dans notre remise, si tu as de la chance, d'accord… Sinon… Les marchés, les greniers, les granges, faut aussi apprendre à le trouver, l'accessoire. Tu me croiras si tu veux mais c'est comme ça que j'ai passé une fois une nuit entière dans une ferme près de Kútiky, pour un candélabre que je voulais dans *La Nuit des rois*. Un machin en faux bronze, genre rocaille, il était parfait, je l'ai voulu dès que je l'ai vu. Mais le fermier, il voulait pas me le vendre, même si ça valait rien, il voulait même pas me le prêter le temps que j'en fasse une copie. Si bien que j'ai dû insister pour le convaincre. Et ça ne m'a pas coûté que de l'argent, tu peux me croire…

Du haut de son tabouret, Ilse regarde l'Oncle avec perplexité. Il a dû faire quoi, pour l'avoir, le chandelier ? Vendre son corps ? Donner un de ses organes ? Après un rapide examen, elle renonce à demander : sous la broussaille des sourcils, les yeux clairs sont partis loin loin loin, peut-être dans la campagne, dans la brume du matin, pas loin de Kútiky.

— Bon, qu'est-ce que je te disais ? Tu cherches ton accessoire… Tu l'as trouvé ? Bravo. Mais est-ce que ça suffit ? Imagine que tu voies l'acteur en scène – et ça m'est arrivé –, l'acteur est perdu dans son grand monologue, c'est bien beau, c'est Gorki, mais c'est long – on s'ennuie, l'acteur n'y arrive pas, et tu sais pourquoi ? Parce qu'il lui manque quelque chose. Normalement, c'est le metteur en scène qui doit le dire, mais le plus souvent ils y pensent pas. Alors, là, toi, tu entres en scène : « Qu'on donne un accessoire à ce malheureux ! » Et c'est comme ça que le vieux Martin, je lui ai sauvé son monologue avec un ravier. Rien qu'une petite coupelle où mettre des bretzels, mais avec ça, tout s'animait, tout le texte, on ne voyait plus rien d'autre, le ravier et le geste, qui était vivant, un acteur comme Martin, avec trois bretzels il sait le faire – il piochait dedans, il piochait pas, il le posait, il le reprenait ensuite – et il faisait comme ça tourner toute la salle au bout de ses doigts. Son monologue, c'était devenu le clou du spectacle, le public restait suspendu à ses lèvres, à cause du grand Gorki, bien sûr, mais aussi à cause du bretzel – il va le bouffer ou il va pas le bouffer ? Un prodige... Mais si Martin pouvait le faire, c'était d'abord parce que je lui avais trouvé le bon ravier, un ravier qui jouait. Les objets, c'est comme les acteurs, à un moment tu t'en rends compte : il y en a qui savent jouer et d'autres pas... Et ça, tu l'apprends qu'à l'usage, au début, on le voit pas à l'œil nu. Comme les acteurs : il y en a qui sont beaux, au premier regard, ils plaisent... sauf que ça sert à rien, parce qu'ils sont mauvais. Pas vivants. Ce ravier était doué et Martin pouvait jouer avec, c'est tout ce que je peux te dire. Pour une dague, pour un vase, une fourchette, ou n'importe quoi, une lampe, c'est pareil. Arriver à voir ça, c'est comme qui dirait l'élément principal. Pour le reste, tu dois toujours penser à ranger les choses, à rien oublier, à réparer ce qui casse, à salir ce qui est trop neuf, à faire que ça fasse vrai mais pas trop vrai non plus... Cette partie-là, tu l'apprendras vite. Ta chance, c'est que de nos jours on pratique, comme on dit, un théâtre réaliste – autrement dit un théâtre d'accessoires, et donc c'est bon pour nous, ça nous donne du travail. Figure-toi que, dans ma jeunesse, j'ai connu le symbolisme… Crois-moi que c'était une autre affaire, on passait pas notre temps à courir derrière des cannes à pêche. On te donnait Hamlet, tu avais son crâne en réserve, et voilà, trois épées, c'était fini. Tandis que maintenant… Maintenant qu'il faut refléter la vie, c'est peu dire qu'on chôme pas.

Tournant son petit visage marbré vers Ilse, lui envoyant au passage son haleine pleine de bière à la gueule, l'Oncle Adam baisse la voix :

— Mais entre nous, je déteste ça. Tout ce bric-à-brac, ces faïences, ces tableaux, ces casseroles, on n'a pas besoin de ça sur scène. D'autant qu'il y en a toujours une dans le lot qui sait pas jouer. Je t'assure, si tu prends n'importe quelle casserole, eh ben, dans la batterie, il y en a toujours une qui joue pas, et ça se voit. Des bibelots, des paniers, des pendeloques… Et des œillets… misère, tous ces œillets ! À une autre époque, on s'en passait très bien.

Ilse hésite à répondre, quand l'Oncle part sur sa lancée, mieux vaut encore le laisser dire. Mais comment ne pas se méfier – et s'il cherchait à la piéger ? Elle se pince les lèvres et ne dit rien.

— … Pour qui est-ce qu'ils nous prennent, pour des brocanteurs ? Moi, chuchote l'Oncle, je trouve qu'il faudrait laisser le naturalisme à la nature et le réalisme à la réalité.

Ilse continue à se taire, et le silence se met à gonfler, à prendre de l'épaisseur, jusqu'à inquiéter l'Oncle Adam. Tiré de son imprudente logorrhée, il pose sa chope sur le bar, revient brusquement à lui-même, la peur, comme une morsure, lui redresse le dos d'un coup sec. Ses yeux pâles se mettent à partir dans tous les sens, et même sa diction cesse d'être pâteuse :

— Répète à qui que ce soit que je t'ai dit ça, je te botte ton petit cul de boiteuse hors de ce théâtre, et je me fiche de savoir qui c'est ton beau-père, tu remettras plus jamais les pieds ici.

*

Pendant de longs mois, elles ont rêvé que ça pouvait continuer, qu'elles resteraient tranquilles, oubliées, rue Galandová. Chacune sur son lit, à rêver, dans la chambre d'enfant. Elles avaient beau sentir, savoir, qu'on n'avait probablement pas le droit de vivre ainsi, que ce n'était pas possible, elles en rêvaient tout de même.

— Et si les voisines font des commérages ? s'inquiète Edit en se relevant sur son lit.

— Qu'est-ce que tu veux qu'elles disent ?

— « Les deux filles se prélassent en bourgeoises dans une grande maison privée, personne ne les surveille et elles font comme bon leur semble… »

— Les voisines, tu les tiens toutes par leurs vieilles guiboles, tranche Ilse. Et en plus, elles ont peur de ton père. Et puis, qu'est-ce qu'il y aurait à raconter sur nous ?

— Personne ne nous surveille, c'est ça qui ne va pas.

— Ton père est censé le faire. Tout le monde croit qu'il le fait.

— Et s'il se remarie ? S'il se trouvait une femme, justement, pour nous surveiller ?

— Pas grave non plus, répond Ilse en se hissant à son tour sur son lit. S'il épouse une ennemie, on sera deux contre elle. S'il épouse une alliée, on sera trois contre lui. On aura le dessus, ne t'inquiète pas.

Et entre Ilse et Edit, qui a le dessus ? Parfois, dans le secret de ses pensées, Ilse s'imagine en invincible guerrier germanique, ses jambes et ses bras encore forts, elle dépasse Edit de deux têtes, elle a plus d'audace. Mais toute cette force ne sert à rien. Sans esquisser un geste, elle peut la rouler comme elle le veut dans la farine, la petite pionnière au foulard rouge. Qu'une seule ombre de tristesse passe sur son visage d'enfant et Ilse est mise à terre, incapable de se défendre. Quatre minuscules taches de rousseur sur ce petit nez ont plus de pouvoir qu'un arsenal entier. Ce qu'Ilse se sent capable de faire, pour la seule joie de voir ce nez-là se froncer de rire… Quand Edit cesse de jouer les gosses, elle se révèle bien plus sage, bien plus avisée qu'Ilse, pourtant Ilse pense encore qu'elle doit la protéger. Est-ce qu'il n'est pas plus fort que vous, celui à qui vous donnez, sans contrainte, toutes vos forces ?

Edit prépare l'école de coiffure, elle n'aime pas ça mais on peut aussi apprendre le maquillage. Futile, selon le docteur Hubka, il trouverait plus noble qu'Edit devienne masseuse professionnelle, mais ne peut rien lui refuser non plus.

— Tu te rends compte que pendant la guerre et encore juste après, dit Edit, les femmes se maquillaient avec n'importe quoi ? Mes tantes faisaient ça : elles se noircissaient les yeux au charbon d'allumette, elles mélangeaient de la peinture à du saindoux pour faire du rouge, elles se passaient les cheveux blancs au cirage. Ça veut dire à quel point la beauté est importante. Il y a des gens qui ont compris ça. À Paris, il y a des écoles spéciales où on t'apprend *le modelage du visage en 42 mouvements.* Ou alors, comment soigner les peaux en leur donnant les bons aliments…

— *« Pour la beauté de votre peau, la vieille Balážová fait les pires des gâteaux »*, raille Ilse, en imitant le ton solennel des actualités filmées. *« Vous serez toujours belle et très bien conservée, grâce à ses* šúl'ance *aux pommes de terre gelées ! »*

— Arrête de te moquer d'elle, la pauvre ! dit Edit en réprimant un rire.

— Avoue que tu n'as jamais rien goûté de pire que ses vieilles nouilles au pavot moisi. D'ailleurs, tu ne les manges même pas, hein ? Hein ?

— C'est vrai qu'ils ne sont pas fameux, dit Edit en rougissant un peu. Mais les intentions sont aussi bonnes que les gâteaux sont mauvais.

— Ah, tu l'admets enfin ! triomphe Ilse. C'est pas ses intentions qu'on mange.

Edit secoue la tête :

— Raconte-moi plutôt les beaux garçons du théâtre.

— Ce sont des hommes, ma chère, dit Ilse, pas des petits pionniers en culottes courtes. Dans les acteurs, le seul vraiment beau, c'est Borodáč, d'ailleurs c'est toujours lui qui joue les rôles romantiques. Mais toutes les filles lui courent déjà après, alors… Les machinos, ils sont tous gros… Les électriciens, bof…

— Il y en a bien un qui te plaît, insiste Edit.

Ilse se rapetisse sous les couvertures, elle ne répond pas, puis, après un moment, elle concède :

— Jan Zvarík.

— C'est qui, Jan Zvarík ? chuchote Edit.

— Un des régisseurs. Mais il est marié, alors on oublie.

Un autre silence se fait, puis Edit demande :

— Et la nouvelle pièce, alors ?

— C'est une pièce espagnole très ancienne, l'histoire d'un commandeur sanguinaire qui terrorise tout son village. Non seulement c'est un tyran, mais en plus il n'a pas d'honneur, il enlève toutes les filles avant leur mariage pour les violer. Jusqu'au jour où Frondoso – c'est Borodáč qui le joue – le menace avec son arbalète pour sauver sa fiancée. Sauf qu'après, le commandeur le met en prison. Et que j'ai pas le droit de toucher à l'arbalète, Oncle Adam la remet chaque soir dans la pièce aux armes, c'est la barbe.

— C'est juste ça la fin ? s'étonne Edit. Le héros meurt en prison ?

— Mais non ! Après, les paysans se révoltent contre leur commandeur-tyran, et ils le tuent.

Edit fronce les sourcils :

— Donc ça finit bien ?

— Pas complètement. Parce qu'après, les paysans vont voir le roi d'Espagne et ils lui demandent pardon. Alors le roi leur envoie un nouveau commandeur et voilà. À cause de ça, le Conseil de la planification dramaturgique a demandé des vérifications. D'un côté, le dramaturge de chez nous est formel : c'est une pièce marxiste. Parce qu'on voit bien comment la solidarité du peuple permet la victoire contre un pouvoir corrompu, et que la pièce célèbre le courage des villageois révolutionnaires, qui ne parlent pas, même sous la torture. Mais le *camarade-cadre*, lui, il trouve que la fin n'est pas optimiste, parce qu'après la révolte, les paysans, au bout du compte, ils sont toujours soumis au pouvoir du roi.

— Et toi, qu'est-ce que tu penses ? demande Edit.

— Je pense comme l'Oncle Adam : une pièce aussi ancienne et aussi espagnole, on peut bien lui faire dire tout ce qu'on veut qu'elle dise. Ilse étouffe un rire : Jan Zvarík, le régisseur dont je te parlais, il dit que la pièce ne parlera pas non plus, même sous la torture.

Ilse lance un sourire complice à Edit sur le lit d'en face, puis se penche pour éteindre la lampe. Dans le noir de la chambre d'enfant, elle murmure :

— Moi, je pense qu'il y a toujours quelqu'un de plus fort que toi, et au-dessus, quelqu'un de plus fort encore. Que même au-dessus du roi, il y a quelqu'un.

— Bonne nuit, Ilse, chuchote Edit dans la chambre obscure. Fais de beaux rêves.

On ne peut pas compter sur le sommeil, mieux vaut rêver les yeux ouverts, Ilse s'imagine ce qu'elle veut : que personne ne viendra les réveiller trop tôt de la quiétude de cette chambre, des deux lits d'enfants qui se font face, des secrets et des rires étouffés. Mais la rêverie n'est pas sûre non plus, Ilse s'en méfie assez pour tenter autre chose : *Vater unser, der Du bist im Himmel, geheiligt...* notre Père aux cieux, prie Ilse dans sa tête, fais que rien ne change, laisse-nous continuer comme nous sommes, nous ne faisons de mal à personne. Puis une autre prière : Camarade Staline, notre lumière combattante, notre espérance, notre avenir, au nom du socialisme et de la paix, fais que tout le monde nous laisse tranquille. Puis une dernière prière, les yeux fermés : *griffes de souris, branches d'automne, poussières cachées sous les matelas, chevaux brûlés du papier peint... Unissez-vous, forces de la chambre, visibles et invisibles, pour qu'il n'arrive rien de mal, qu'on me laisse travailler au théâtre. Et que je reste toujours avec ma petite Edit, ma chérie, mon petit monstre.*

*

« Même au-dessus du roi, il y a quelqu'un » – Ilse l'avait senti, elle l'avait dit elle-même. Mais rien, aucune intuition ne pouvait la préparer à la vision de ce soir-là, à son étrangeté : une jeune femme en blouse blanche qui descend en trombe l'escalier de la maison. Une jolie fille, très jeune, dans les seize-dix-sept ans, au visage ovale et aux abondantes boucles brunes, avec des taches de rousseur sur le nez. Ilse connaît ce visage, c'est même ce qu'elle connaît le mieux, mais comme il est inquiétant, ce soir-là ! Quand elle a poussé la porte de la maison, elle a trouvé le docteur Hubka qui attendait, nerveux, dans le vestibule. Il l'a à peine saluée, mais pas de cette façon absente qui est le plus souvent la sienne. Cette fois, il n'a pas l'esprit ailleurs, il fixe l'escalier : dans la précipitation, Edit a oublié ses gants. À peine rentrée du théâtre, Ilse interroge du regard le docteur, puis celui d'Edit métamorphosée – un autre jour, elle aurait plaisanté –, Edit changée en femme ? En blouse blanche ? *Que se passe-t-il, seriez-vous en route pour la Sibérie, docteur Tanya ?* – mais on le sent quand c'est grave, trop serré pour une blague, lorsque la toile est si tendue qu'un seul mot peut la déchirer. Avec des yeux suppliants, Edit fait non de la tête, elle dévale l'escalier ses gants à la main et passe devant Ilse sans rien dire, le docteur lui tend son manteau grand ouvert et la porte claque bientôt derrière eux.

Pendant des heures, Ilse fait les cent pas dans la chambre. Le craquement d'une fenêtre, le battement de l'aile d'un oiseau… Le moindre bruit se change en présage. La nuit est tombée depuis longtemps quand elle entend enfin la porte s'ouvrir, un conciliabule de voix dans l'entrée, puis enfin les pas d'Edit dans l'escalier. À peine retirée sa blouse blanche, elle se jette, en chemise, bras ouverts en croix sur le lit. Cet état-là, Ilse le reconnaît – le regard vide, le visage exténué. Il faut qu'Edit se repose, elle est rentrée, elle est là, c'est tout ce qui compte. Plus tard seulement, elle vient s'asseoir sur le bord du lit d'Edit et interroge tout bas :

— Où est-ce qu'il t'a emmenée ?

— À l'Hôtel Carlton, murmure Edit. Masser une dame…

Ah, se rassure Ilse, alors ça va. Mais elle regarde Edit qui respire bruyamment, les yeux fermés, sur le lit d'enfant, l'inquiétude la reprend :

— Quelle dame ? C'était qui ?

Edit se relève avec peine, se penche vers Ilse, chuchote :

— Tu as remarqué comme mon père est nerveux depuis deux jours ? C'est parce qu'il y a un général soviétique en ville. Evdokimenko, le conseiller de Budapest, c'est un ami de mon père, ils se connaissent depuis longtemps. Il est venu inspecter l'hôpital, la visite s'est bien passée, je crois, sauf que la femme du général est venue avec lui… C'est une Hongroise d'ici, et elle a le dos tordu. Alors mon père a pensé… Quand le général lui a dit que sa femme souffrait du dos, mon père a pensé que je pourrais la soulager… Il a dit que j'étais la meilleure… que je lui ferai du bien… C'était très important…

— Et alors ? s'inquiète Ilse. Ça s'est mal passé ?

— Non. Je l'ai détendue un peu, c'est vrai qu'elle avait mal, tout le haut de son dos était coincé, et les jambes aussi.

— Oui, bon, s'impatiente Ilse, mais alors qu'est-ce qui ne va pas ?

Edit hésite puis elle dit très bas :

— Il n'y avait pas que ça, tu comprends ?

Elle se blottit contre Ilse mais évite son regard.

— Mon père m'a demandé aussi… de la faire parler un peu, si je pouvais. Savoir ce qu'elle avait dans le crâne et tout ça. Ou ce que le général lui disait…

Ravalant son indignation, Ilse demande d'un ton neutre :

— Il t'a envoyée faire l'espionne ?

Les épaules d'Edit tremblent un peu :

— Je n'ai pas eu besoin de poser de questions… Ce que mon père voulait savoir… Cette femme est morte de peur, Ilse, c'est pour ça qu'elle a le dos bloqué. Elle a peur du matin au soir. Mais cette nuit, elle dormira bien, parce que sa peur, je la lui ai prise. Maintenant, toute sa peur est passée dans mon corps et c'est moi qui ai mal.

Cette nuit-là, Ilse reste à côté d'Edit et elle la berce jusqu'à ce qu'elle sombre dans le sommeil. Mais la peur est entrée dans la chambre et elle les empêche de dormir.

Deux jours après, Ilse a vu la valise en feu et le docteur Hubka qui pleurait.

*

Il ne l'avait pas voulu, se rappelle la vieille Ilse, alors qu'elle a dû se lever pour allumer les lampes dans sa cuisine, elle a toujours la lettre à la main. Quels qu'aient été ses défauts – l'inattention, l'impatience, l'ambition, l'envie d'être toujours ailleurs –, le docteur Hubka aimait sa fille. C'est justement parce qu'il l'aimait, pense Ilse, que le malheur est arrivé. *Le premier malheur. Le deuxième grand malheur d'Edit, c'est qu'Ilse l'ait aimée aussi.*

Ilse a compris dès qu'elle a vu, dans la chambre d'enfant, la valise ouverte. Le docteur avait les yeux rouges, cette façon qu'il avait de se frotter nerveusement les mains, il ne pouvait en vouloir qu'à lui-même, c'était sa faute, il avait offert ce qu'il connaissait de mieux, ce qu'il avait de plus cher, et comme ça, il l'avait perdu. La femme du général Evdokimenko avait redemandé « la petite jeune fille aux doigts de fée », elle s'était extasiée : personne n'avait un toucher pareil, jamais personne, aucun masseur, jamais, ne l'avait soulagée si bien. Et puis les compliments s'étaient changés en flèches empoisonnées… Mortifié, le docteur Hubka jure à Ilse qu'il n'a rien pu y opposer, Edit aura une bonne place à Budapest, la femme du général la veut, on ne peut rien y faire. Elle reviendra, dit le docteur en s'étranglant presque et Ilse a envie de hurler qu'il ne fallait pas l'envoyer – imbécile ! –, qu'il fallait la protéger et la garder ici, qu'il fallait mentir, dire que c'est encore une enfant, la cacher. Mais il est trop tard.

C'est Edit qui les calme. Elle empile jupes et chemisiers, plie avec soin son foulard de pionnière devenu pelucheux, effiloché aux bords, un simple morceau de mauvais tissu rouge. Edit est résignée et ne pleure pas. Sans rien dire, Ilse la regarde faire, puis ne peut plus et ferme les yeux. *Est-ce qu'il est encore temps de se graver ça, chaque geste, de se l'inscrire au couteau dans la tête pour pouvoir le garder ? Les longues nattes brunes. Le visage ovale. Les sourires d'enfant. Chaque tache de rousseur sur le nez.*

Comme liées par un sort silencieux, Edit et Ilse se sont changées en pierre, elles restent pétrifiées jusqu'à la gare, échangent du bout des lèvres des mots auxquels elles ne croient pas – on pourra s'écrire, se téléphoner, venir se voir – Ilse a tenu bon jusqu'à ce que le train parte, emporte Edit à Budapest, mais la douleur lui tenaillait le ventre. Budapest… Edit y sera si petite, si seule, parmi des étrangers. Ilse détourne les yeux pendant que le docteur Hubka pleure.

Au retour, la chambre d'enfant est vide, mais la peur y est toujours. Elle y prospère. Elle se glisse dans tous les recoins d'où Edit a disparu, descend lentement les escaliers jusqu'au salon, tout ce qu'elle trouve sur son passage, elle l'avale, tout ce qu'elle avale la fortifie. On ne peut rien opposer à une telle puissance, la peur suinte des murs maintenant, dans la maison obscure, dans le craquement des meubles, même l'appel bref des gouttes de pluie contre les carreaux l'encourage, et Ilse se recroqueville dans un coin du salon, derrière le piano dont plus personne ne joue depuis longtemps, devenu un rempart muet – mais on ne peut se protéger nulle part, les mots, les vieilles images jaillissent des murs, déferlent – *un morceau incomplet de chair brûlée, noué dans un long ruban bleu, la tête, plus toute sa tête, boum !* Ilse tente d'y échapper, mais c'est partout – dedans, dehors sous la pluie battante, *la pluie qui coule sur le visage de Margita, la toile d'un foulard blanc se déchire, crac !, douce pluie et parfum de violette tournent dans les airs, tournent au vinaigre, en une pluie de soufre, de camphre, de poudre de magnésie, la guerre n'est pas venue pour s'amuser, ma jolie, le mur est bien trop haut pour être escaladé.* Ilse a beau se couvrir les oreilles, rien ne fait taire les voix qui rugissent, qui complotent et qui scandent : *Maudit, maudit soit, le traître à sa patrie ! Il paraît que les Allemandes ont livré les femmes tchèques aux Russes pour qu'elles se fassent violer à leur place – Dehors, les Allemands ! L'armée soviétique, gardienne de la paix dans le bonheur !* Se faufilant entre les lames, les mots ressurgissent du plancher, serpentent et s'enroulent autour du cou d'Ilse, comme de longues tresses brunes, d'abord la caressent puis l'étranglent : *Reçois, pionnier, ton foulard sacré, un mauvais morceau de tissu rouge, rien de plus, sans plus de valeur qu'un serment mensonger. Qu'est-ce qu'on peut mettre d'autre dans la valise de quelqu'un qui part pour toujours ? Georg, casquette inclinée sur le front, dans le jardin, matin froid, couvert de rosée, puis de brume, disparu, plus de visage, comme Edit après lui. Qu'est-ce qu'ils feront, là-bas, à Edit ? – Ce qu'ils veulent, ils peuvent tout !* Les lames du parquet ricanent : *Tu te souviens de ce que ça fait, de te prendre l'une d'entre nous dans le ventre ?* Dehors, aux fenêtres, les lampes sont encore allumées dans toutes les maisons de la rue, à côté et en face, *les voisines savent, elles diront tout, malaxant leurs gâteaux empoisonnés, elles regardent – il y a toujours quelqu'un qui regarde.* Après s'être traînée jusqu'à l'étage, Ilse se tient debout, maintenant, devant les deux lits vides, *là où les yeux d'Heinrich-Maria brûlent encore le papier, tournez, petits chevaux, chevaux emballés, saute l'obstacle, salto avant – attrape la barre haute et crac ! tu n'attrapes rien du tout – tu t'es vautrée dans le vide, et Edit est là-bas, toute seule, là où il n'y a personne pour la défendre.*

*

« Vivons et travaillons dans la bonne humeur ! » clame la banderole accrochée au-dessus de la porte de la remise des accessoires. Hébétée, Ilse fait tout de travers, elle se trompe avec les épées, oublie la moitié des sacs de sable. Mais l'Oncle Adam ne dit rien, il ne la réprimande même pas : un alcoolique comprend quand il en voit un autre qui titube dès le matin. Il semble à Ilse qu'une moitié du monde continue sa vie et que l'autre a pitié d'elle. Est-ce que tout le monde sait déjà ? Qu'est-ce qu'il y a à savoir, au juste ? Que tout vient de s'arrêter ? Qu'une peur maintenant ne la quitte plus, celle de cette salope de Hongroise, qui a voulu Edit comme son jouet, qui réclame qu'Edit lui enlève tous les jours sa vieille peur dégueulasse, il a fallu qu'elle vous la refile à toutes les deux, et que cette peur vous sépare.

Dans la remise s'empilent les sacs de sable du fortin espagnol, s'alignent les fourches vengeresses de la révolte des paysans, rangées contre le mur en rangs coupants. Ilse ne s'arrête plus, la besogne la soulage. Venus du plateau des répétitions, des rires déferlent sans s'arrêter : la perruque brune de Vlasta, la jeune première, n'arrête pas de glisser. Devant une forêt peinte sur toile, la vertueuse héroïne vient d'échapper de justesse aux assauts du souverain : « *Combien de dagues n'ai-je pas vues levées sur ma poitrine ? Quelles monstruosités, quelles infamies, quelles insultes, quelles menaces, quelles atrocités criminelles pour faire céder ma chasteté à leurs ignobles appétits ! Mes cheveux ne le disent-ils pas ?* » Et là, bien sûr, la perruque retombe et à nouveau tout le monde s'esclaffe. Pourquoi est-ce qu'ils rient tous au lieu de travailler ? Qu'est-ce qu'elle fait, cette idiote d'habilleuse, c'est donc si compliqué de planter trois épingles à cheveux ? Et pour quelle raison est-ce qu'ils rient ? On a voulu prendre une femme de force, haha, tout le monde se fend les côtes, s'énerve Ilse. Mais sa colère est trop faible pour vaincre son chagrin, elle ne trouve aucune prise nulle part, elle glisse, bientôt Ilse doit se cacher à nouveau pour ne pas avoir encore à soutenir les regards.

Pendant la pause, le vieil acteur Martin, drapé dans sa cape écarlate, s'approche d'elle et interroge doucement :

— *Liebeskummer ?*

Le mot allemand est doux, consolant. C'est trop. Le visage grave du vieux Martin sous sa couronne de roi d'Espagne, il sent l'oignon et il sourit à Ilse – tout le monde sait bien ce que c'est, un chagrin d'amour…

C'est trop, il a suffi d'un mot pour fissurer Ilse et la fendre en deux. Elle ouvre la bouche pour répondre mais l'armure s'est ouverte, Ilse chancelle et doit se retenir au mur du théâtre, tout déferle d'un coup. Sur scène, les rires ont repris, pour autre chose cette fois, les projecteurs montent et descendent, aplatie contre le mur décati de la coulisse Ilse le comprend et ne comprend rien, elle espère seulement ne pas tomber. À nouveau, le vieux Martin, le roi, tente de lui dire quelque chose, Ilse ne l'entend pas. Elle ne peut plus se contenir : la valise, la valise d'Edit, elle la voit flamber, au milieu du décor de la pièce espagnole, devant l'actrice qui dit son texte – *« Et vous tous, quand Fernán Gómez m'a enlevée sous vos yeux pour me conduire chez lui, vous avez abandonné la brebis au loup, comme des bergers couards. Combien de dagues n'ai-je pas vues levées sur ma poitrine ? »* – Ilse est secouée de soubresauts incontrôlables, elle étouffe, le bras du roi d'Espagne se pose avec précaution sur ses épaules et la guide jusqu'à la remise électrique, les machinistes mettent toujours ces petites bandes blanches au sol pour qu'on ne trébuche pas sur un câble, toujours cette même odeur d'oignon, et la voix douce du vieil acteur, *still, mein Kind, ma petite fille*, maintenant les voilà seuls dans la remise électrique, un projecteur grésille et Ilse pleure.

Quand elle rouvre les yeux, le roi d'Espagne la regarde avec clémence. À l'étage au-dessus, des allées et venues secouent les planchers, ça cavale en coulisses, bruits de pas décidés, voix insouciantes. Ilse voudrait retrouver son souffle mais sa poitrine lui fait mal et sa hanche aussi, sa hanche a une façon bien à elle de se signaler, comme par un mouvement mécanique, la douleur est descendue des pensées d'Ilse jusqu'à ses reins, et maintenant elle brûle.

Le vieux Martin attend. Voyant qu'Ilse s'est calmée un peu, il décide de rompre le silence, et articule lentement, de sa voix grave :

— *Herz, mein berühmtes Herz, schlag an den Gegenwind: wie ich geh, wie ich geh und schneller die Stimme in mir, meine*[1]...

Ilse sourit sans comprendre – elle est assise sur un tas de câbles électriques, le vieux roi d'Espagne sent l'oignon et il lui parle allemand, coiffé d'une couronne de carton doré, incrustée de joyaux en pâte de verre. « C'est un poème de Rilke, dit le vieux Martin, comme pour s'excuser. Je l'ai dit à la radio il y a plus de vingt ans. Je l'ai tellement aimé, je le savais par cœur à l'époque, je ne m'en souviens presque plus maintenant. »

*

— Tu pourras bien sûr emporter ce que tu veux en souvenir, annonce le docteur Hubka.

C'est sans méchanceté qu'il le dit. Depuis le départ d'Edit, il est plein d'égards envers Ilse. Maintenant, il lui sourit, parfois même la contemple avec un œil de veau, comme si elle gardait un peu d'Edit imprimé en elle, c'est bien cela qu'il regarde. Nous sommes une famille, désormais, toi et moi, dit cet œil du docteur Hubka. Nous le sommes devenus quand nous avons échoué ensemble à protéger ce que nous avions de plus cher. Cet échec, désormais, nous unit, qui nous a privés de ce qu'on avait

1. « Cœur ; mon glorieux cœur, bats à contrevent : comme je vais, comme je marche / et plus rapide en moi la voix, la mienne. »

de plus cher, que nous n'avons pas su protéger et garder près de nous. Peu importent les nouvelles de Budapest – on a trouvé une bonne place pour Edit, aux bains du Grand Hôtel de l'île Marguerite, elle y est bien traitée, il ne lui arrivera rien de mal. Ce sont les nouvelles et elles ne veulent rien dire – qu'est-ce qu'on en sait ?

Et maintenant, c'est la maison entière qu'il faudrait enfermer dans une dernière valise. *Un souvenir ?* Ilse ne peut retenir un petit rire sec. Elle voudrait répondre au docteur que sa vie, son enfance, la famille qu'on a perdue, on ne peut pas les fourrer dans une valise. Qu'est-ce que ça doit devenir, déjà ? Un foyer pour les blessés de guerre ? Une maison des brigades de la jeunesse… ? Peu importe ce que ça sera. Quand le docteur Hubka prendra ses fonctions à Prague, la maison sera à tout le monde et personne, elle sera abattue, reconstruite, on dispersera utilement tout ce qu'elle a pu contenir. *Mais c'est à moi !* ne peut s'empêcher de penser Ilse, face au sourire affable du docteur Hubka.

Non, rien n'est à toi, depuis le temps, tu devrais le savoir. Adieu, jeunesse petite-bourgeoise – et au prolétariat de se réapproprier ce qui, de toute façon, ne t'appartenait pas.

Comme tes frères l'ont fait, comme Edit, emporte une seule valise, avec toute ta vie dedans.

L'avenir est à toi ! En route pour le progrès et le bonheur !

Les bijoux, les chenets précieux, les boîtes de nacre rose vif ou d'écaille translucide, les carafes en cristal de Bohême aux reflets irisés, tout cela, de toute façon, a disparu Dieu sait où depuis longtemps. Dans une malle, Ilse fourre rageusement ce qui lui tombe sous la main, n'importe quoi – une robe de bal en taffetas dont le bustier de velours a été mangé par les mites, un ouvre-boîte, trois pains de savons, elle veut seulement remplir la malle jusqu'à la gueule, avec une constance opiniâtre, comme elle rangerait la remise des accessoires. *Tout ce bric-à-brac, ces faïences, ces tableaux, ces casseroles, on n'en a pas besoin sur scène.*

— J'irai où ? demande Ilse.

— Chez *Tante*, à Petržalka, l'informe le docteur Hubka.

Tante... Ce n'est pas ce qui pouvait arriver de mieux, songe Ilse. Mais c'est toujours le pire qui arrive, se dit-elle en déchirant lentement un morceau de la frise du papier peint, les chevaux en relief, au passage quelques jambes arrachées, puis repliées au fond d'une poche.

Il faut bien que vienne le jour où tourner le dos à la maison. Les rayons du soleil tombent à l'oblique sur les arbres étagés de la colline, Ilse guette le pick-up dans la lumière pâle du matin. Il a été très facile de convaincre le séduisant régisseur, pas pour les beaux yeux d'Ilse mais parce qu'un technicien du théâtre doit toujours aider son collègue, c'est ainsi, on est une corporation loyale. Les acteurs ont leurs affaires, les cadres aussi, mais un technicien qui se respecte doit toujours en aider un autre, on n'a pas attendu les communistes pour ça, camarade. Jan Zvarík, à vrai dire, il n'est pas précisément beau, mais il y a cette robustesse, cette confiance, qui font qu'on a envie d'être avec lui – tu as un problème ? Je vais le résoudre. La malle qui pèse une tonne, il se la met sous le bras et la charge d'un seul mouvement à l'arrière de son pick-up, Ilse n'a même pas le temps de se retourner une dernière fois vers la maison – Allez, dit Jan, on y va, en route ! La fenêtre roulée, le biceps brun se contracte contre la manche de la chemise à carreaux, l'avant-bras large, une main puissante terminée par une cigarette, tandis que l'autre bat sur le volant au rythme de la musique guillerette sortie d'un transistor. Jan fredonne. Sur le pont, le pick-up accélère jusqu'à l'autre rive du Danube. Et voilà, pense Ilse, c'est fini.

— J'aime bien Petržalka, dit Jan Zvarík. Sur l'autre rive, c'est plus naturel, plus sauvage. Tu vas parfois te baigner au lac ?

Ilse secoue la tête, puis la retourne vers l'arrière, vers le château sur la colline. Droit devant s'annoncent les maisons basses, les marécages, Ilse plisse les yeux, le soleil lui arrive en pleine face. Sur la rive qui mène au port de l'hélice, les broussailles s'arc-boutent sous le vent léger, les roseaux s'inclinent au passage des lentes péniches qui remontent le cours du fleuve vers Vienne.

— Où tu m'as dit que c'était ?

— Rue Staline, répond Ilse, du côté de l'école.

Jan Zvarík se trouble un moment.

— Ah oui, je vois où c'est… C'est l'ancienne rue de Transdanubie…

D'un brusque coup de volant, il vire à droite sur un chemin bordé d'étroites palissades en bois. Dans les interstices apparaissent les baraquements bas de la caserne. Le pick-up saute sur un nid-de-poule, rebondit dans une flaque. Jan Zvarík se tourne vers Ilse avec un large sourire :

— Ce sera presque comme vivre à la campagne ! Une vie nouvelle !

8

Bratislava

Le vent avait chassé les nuages, mais rien n'avait chassé le vent et Simon cheminait depuis deux heures le nez baissé sur ses chaussures. Internet ne fonctionnait toujours pas, et il avait dû rater un embranchement de la route, il ne savait même plus laquelle. Après quelques kilomètres, il s'était retrouvé sur une nationale qui traversait les champs bordés d'arbres décoiffés. Pas grand-chose à admirer sinon un entrepôt de temps à autre. Sans destination, Simon pressait le pas, serré contre la glissière de sécurité pour éviter les rares voitures qui fonçaient sur la route déserte. Secouée par des terrains irréguliers, sa valise à roulettes lui renvoyait des vibrations dans tout le bras, qui lui remontaient jusqu'à l'épaule. Aucun village en vue, il lui fallut marcher encore un long moment avant qu'un espoir se fasse jour, sous la forme d'une enseigne qui promettait, à trois kilomètres, un *restaurace*. Mais l'espoir allant souvent de pair avec la crainte, le ciel s'était couvert à nouveau, et la possibilité d'une averse semblait bien plus proche que celle de ce restaurant. D'autant qu'il restait un bon bout de plus, selon les panneaux, avant d'atteindre la prochaine bourgade dont le nom – Spytihněv – n'augurait aucune réjouissance particulière. Pas que la France dite profonde en promette plus, pensa Simon. Dès qu'il sortait des villes, il se sentait toujours peu à l'aise, et pas très attiré franchement par l'annonce de « La Gueudre », du Meuneulon-Saint-Auvioux, ou plus avant de Ronvres, de Lisière, de Bugne ou de Fronçon. Aux guirlandes chinoises, aucune géographie, pensa-t-il en serrant la poignée de sa valise, aucun terroir… Il en était là de ses réflexions quand la saucée morave s'abattit d'un coup sur sa tête. Déterminée, la pluie tombait dru, clapotait sur sa valise et formait des flaques impromptues sur le béton défoncé du bord de route. Quelques minutes suffirent à tremper Simon de la tête aux pieds, un camion filant sa course acheva le travail en l'éclaboussant d'un seul jet au sortir d'un virage. Dégouttant, ralenti par son manteau qui pesait désormais une tonne, Simon aperçut enfin à travers le rideau de pluie l'enseigne du *restaurace*, où deux saucissons se croisaient dans un mouvement dansant autour d'une bouteille de bière. Sur le moment, c'était Walhalla. D'un pas pressé, Simon monta l'allée qui menait jusqu'à la bâtisse au toit de chaume. Devant la porte de la taverne, un chien dépenaillé au poil roux et filasse avait trouvé abri sous un auvent. À l'arrivée de Simon, il se releva d'un bond, sautillant, l'œil vif, avant de s'engouffrer derrière lui. Accélérant l'allure, remuant la queue, il le devança quand la porte s'ouvrit sur une grande salle carrelée de marron sombre, où seul un couple d'âge mûr terminait silencieusement son déjeuner. À peine entré, trottant au-devant de Simon, le chien se mit à aboyer avec fureur, sortant un barman de sa torpeur et précipitant l'arrivée d'une serveuse entre deux âges, au pas lent et aux cheveux teints en noir. Alors que le chien continuait d'aboyer de plus belle, menaçant, bas sur pattes, les employés se mirent à admonester Simon en tchèque – agrémenté de signes énergiques, tantôt vers le chien, tantôt vers la porte, le message semblait clair. Simon protesta comme il le pouvait – C'est pas mon chien ! Je le connais pas ! Je n'ai rien à voir avec lui ! Il regarda l'animal avec perplexité, tenta de l'éloigner, mais comme pour le démentir la bête vint alors se serrer peureusement contre ses jambes, offrant soudain toutes les apparences de la soumission. Plus Simon tentait de s'en dissocier, plus le chien au poil hirsute revenait vers lui. Il s'agitait, jappait... Puis bondit à nouveau en montrant les dents, en grondant, vers les aubergistes. Scandalisés, ceux-ci haussèrent le ton, bientôt rejoints par le couple de clients – les réprimandes se passaient de traduction... Encouragé par la serveuse, le barman finit par faire le tour du comptoir, dévoilant la puissance d'un torse de culturiste planté sur de petites jambes torses. À nouveau, le chien se réfugia, contrit, dans les mollets de Simon, comme un enfant cherche la protection des jupes de sa mère, puis il recommença à gronder. De ferme, le ton était passé à l'invective : le barman semblait maintenant hors de lui, le chien aboyait de plus en plus fort, et, dans le brouhaha, Simon se demanda qui il redoutait le plus : le type potentiellement violent ou la bête capable d'une telle duplicité. Alors que la pluie battait toujours aux fenêtres, Simon et sa valise durent reculer vers la porte, poussés par les aubergistes furieux, et le chien, feignant encore d'être aux ordres de son maître, suivit dehors dans la foulée. Une fois rendus à la pluie, sur le chemin qui surplombait la route, le chien regarda Simon avec un air mauvais, puis, secouant la tête comme avec mépris, ou bien déçu, trahi, s'en alla la queue basse. Simon le regarda s'éloigner sous la pluie et renonça à le poursuivre pour le bourrer de coups de pied – il avait peur. « Connard ! » aboya-t-il à son tour. Bête incompréhensible. Langue incompréhensible. Mais s'en serait-il vraiment mieux sorti à Vertre-les-Mille, à Gougnes ou à Bouillançon ? Il jeta un regard nostalgique sur les saucisses dansantes de l'enseigne puis soupira : encore au moins six kilomètres jusqu'à Spytihněv.

*

Déployé sur six étages, l'Hôtel Morava d'Otrokovice ne présentait aucun charme particulier – la façade moderne aux fenêtres carrées, où le blanc et le vert acide coexistaient dans une géométrie nébuleuse, donnait le ton de l'ensemble – on retrouvait d'ailleurs des touches de ce vert étrange un peu partout, en ponctuation de couloirs et de chambres qui n'avaient pour attrait que leur propreté. Sans lésiner, Simon s'était offert une « double Deluxe » avec balcon – pas spécialement bon marché, vu l'emplacement dans ce trou minuscule, le prix l'avait surpris. Mais tant que l'eau chaude coulait en abondance et que les serviettes de bain étaient plus épaisses que les murs… Rasséréné de retrouver internet (non sans s'être étonné que « 526 expériences vécues » qualifient leur séjour à l'Hôtel Morava d'Otrokovice de « fabuleux »), Simon y découvrit avec joie un train direct pour Bratislava le lendemain matin.

Épuisé par la marche et la pluie, il dîna rapidement au coin de la rue dans un improbable fast-food vietnamien. Autour des bancs de bois, des fleurs de lotus en plastique s'emberlificotaient sur des piliers, et, sous des photos en technicolor d'Hô Chi Min-Ville, les nems n'y étaient pas pires qu'ailleurs. En finissant sa bière, Simon se réprimanda : il ne pouvait pas continuer à errer ainsi sans projet. Pour Bratislava, il fallait qu'il muscle son jeu. Qu'il ait des pistes, qu'il parle à des gens. Rentré à l'hôtel, il passa un long moment sur internet, jusqu'à trouver un contact aux relations publiques du Théâtre national slovaque. Utilisant sa vieille adresse, pas encore désactivée, à la fabrication de *Quorum*, il pondit un long mail où il se présentait comme journaliste pour demander un rendez-vous.

Il enquêtait, expliquait-il, pour une série de longs articles (plausible) destinée aux numéros hors-série d'hiver (fantaisistes). La série en question portait sur les dissidents communistes dans les années cinquante (au risque de ne pas vendre beaucoup de journaux, donc), dans les domaines de l'art et du théâtre (pourquoi pas, tant qu'on y est), un sujet qui tenait particulièrement à cœur au public français (dans tes rêves). Cette série d'articles, continuait Simon, était bien entendu très importante pour le nouveau propriétaire du magazine, M. Andrej Strodula (ça, ça aurait même pu être vrai, pour ce qu'on en savait). Aurait-on, au théâtre, le temps de le recevoir pour qu'il puisse poser quelques questions ? Il s'agissait avant tout de rendre hommage aux grandes figures de la contestation dans le pays natal de l'éminent propriétaire de *Quorum*… Après de menues retouches, Simon relut le mail et, après avoir collé au bout un en-tête du journal, s'en trouva plutôt satisfait. Ce n'est qu'après l'avoir envoyé qu'il se demanda pourquoi il n'avait pas tout simplement dit la vérité.

Troublé, il sortit sur le balcon, contempla les quelques bâtisses flanquées de jardins arborés dans ce qui semblait être un morne quartier résidentiel. Sans parvenir à dégager une réponse claire, il trouvait la vérité plate, trouvait qu'elle manquait d'allure – « Une enquête » : voilà qui avait une autre gueule. Mais la vérité, s'estimant peut-être offensée, se mit à asticoter Simon à son tour. Alors que le soir tombait sur Otrokovice, il rentra dans sa chambre blanche aux plinthes vert acide. Sans trop savoir pourquoi, retournant à internet, il se mit à y chercher des Painsquier, puis des Ungar originaires de Bratislava. Il ne comptait pas vraiment en trouver et resta bientôt ébahi : il y en avait des tonnes. Il y avait même *les siens*.

Sur un site de généalogie, *quelqu'un* Dieu sait où dans le monde, en Israël peut-être, avait déroulé un fil jusqu'à Philippe Moshe Ungar de Belle River (Ontario), fils d'Alexander-Shani-Sandor Ungar. À côté de dates souvent approximatives, une suite de noms s'alignait. Simon peinait à le croire. Depuis tout ce temps, ils étaient là, sur internet, vagues, lacunaires, apparaissant à peine, comme avec précaution, mais là. Frères et sœurs, cousins, alliances et épouses, tout un monde Ungar inconnu se trouvait répertorié : Sarah (Serren) Templer, Katto (Katalin) Wiesel, Aladar (Vladamir) Zwebner, Roszi (Roza) Engel, Hedy (Hedwig) Liebgatt, Eugene (Yankel) Hofstadter… Simon resta un moment éberlué, il faillit appeler Jeanne, puis il se ravisa.

Continuant ses recherches, il trouva plus hallucinant encore : la photo d'une tombe. C'était, selon le site, celle de son arrière-grand-mère, Sprinze (Cecile) Guzik, mère de Shani-Sandor et de treize – treize ! – autres enfants. Jusqu'au lieu de cette sépulture qui était précisément indiqué : *Žižková 36, GPS : 48°8'33.89"N, 17°5'20.25"E, Bratislava, Bratislava Region, Slovakia.* Fasciné par l'écran, Simon massa son épaule engourdie par les vibrations de la valise à roulettes puis se mit à gamberger. Les coordonnées GPS d'une tombe de 1917... Cela lui paraissait une aberration, deux mondes qui n'auraient jamais dû se rencontrer. Mais la pensée de cette tombe le rendit heureux, et alors que le sommeil commençait à le prendre, dans les draps impeccables de l'Hôtel Morava, les noms continuaient à circuler dans son esprit – *Aladar (Vladamir) Zwebner, Katto (Katalin) Wiesel...* Trouver des pistes, parler à des gens, c'est ce qu'il ferait à Bratislava. *Visiter des gens, parler à des tombes...* Tandis que Simon fermait les paupières, les mots s'emmêlaient dans sa tête, où les morts continuaient à se nommer : Roszi (Roza) Engel, Hedy (Hedwig) Liebgatt, Sarah (Serren) Templer... Au-dessus d'eux tous, tout en haut du sapin de Noël ceint de guirlandes chinoises, étincelante, l'ancêtre Sprinze (Cecile) Guzik trônait comme un ange en plastique, opaque et inaccessible.

*

Certaines sympathies se décrètent immédiatement – Simon avait aimé Bratislava dès sa petite gare un peu crasseuse avant de traverser, joyeux, le pont de pierre décati pour descendre jusqu'au centre. Quoique pimpante, la vieille ville baroque, à moitié entourée de ses anciens remparts médiévaux, avait du charme (il manquait des moitiés), et même rénovée de frais, elle ne semblait pas vous ricaner au visage. Dès qu'on s'en éloignait, les rues devenaient tout à coup indécises, ne sachant plus si elles voulaient quitter le camp d'un passé devenu illisible pour celui d'un présent gouverné par l'aléatoire. Si une rue du Commerce persistait dans sa fonction, qu'on y retrouvait une agitation finalement sans âge, un sens de ce qui avait toujours dû être, le reste de la ville, étalé autour des hauteurs du château, partait de-ci, de-là comme ça lui chantait, un peu n'importe comment. D'anciens augustes hôtels particuliers dont le pastel s'écaillait par endroits se collaient à des toiletteurs pour chiens surpris de se trouver dans un ancien cinéma. Gonflée et frénétique comme une artère malade, une autoroute à trois voies s'incrustait sans tact en plein cœur de la ville, interrompant la douceur morne de ses trafics. Anciens cafés viennois, nouveaux kebabs huileux, tout cela s'accordait, s'acoquinait sans faire d'histoires, et, bordant le tout, tranquille et verdâtre, flottait le Danube. Pour une capitale, c'était aussi bordélique que modeste, décida Simon, suivant la berge du fleuve, en buvant son café au dans un gobelet de carton. Emblèmes communistes, barres d'immeubles modernes, ravalements hâtifs, autoponts n'importe où, tout avait remplacé autre chose et serait remplacé à son tour, comme si la ville était déterminée à se détruire et se construire en même temps, continuellement, sans trêve, au gré des forces, des caprices et des corruptions de l'époque. Même le fidèle Google Maps s'en affolait. La voix de synthèse qui avait si souvent guidé Simon se troublait dans ce méandre d'ancien et de nouveautés, alors que la rue filait droite, se mettait soudain à glapir : « Tournez sur Gajová ! Tournez sur Gajová ! » Puis elle bredouillait, épelait piteusement comme pour mieux se faire comprendre – « Gé-a-ji-ová » – avant d'intimer, défaite : « Retournez sur Klemensová ! » Cette défaillance, cette détresse attendrissaient Simon. C'était, pensait-il, tout à l'honneur de Bratislava que d'échapper à Google Maps. Bien sûr, pour obtenir cela, la ville était contrainte de se défaire constamment, pour cela elle ressemblait à une ancienne beauté qu'on aurait bourrée de coups dans la gueule et qu'une chirurgie bas de gamme aurait achevé de mal refaire. Mais le jeu n'en valait-il pas la chandelle ?

Suivant vers l'ouest le cours du Danube, Simon se trouvait maintenant au bord d'un quartier d'affaires neuf où ne s'affairait personne. Quelques mètres plus loin, il aperçut ce qu'il cherchait. En contrebas des anciennes fortifications, un haut parallélépipède noir s'enfonçait, très étroit, dans la butte herbeuse d'un talus. Après le passage du tramway, Simon traversa en courant, évitant les voitures qui fonçaient en tous sens. Sur l'herbe, un mince chemin posé comme une passerelle entre deux rampes menait à la porte grillagée du mémorial. Simon ouvrit la porte et se retrouva coincé entre les hauts murs noirs. Tout au bout de l'allée, assis sur une chaise pliante, un vieux type à barbe blanche portait un petit chapeau noir, un jean trop court effiloché aux ourlets et des crocs en plastique rose. L'ensemble déroutait : un costume de hasard, le bric et le broc finissant par inadvertance par devenir cohérent – somme toute, tout comme Bratislava, jugea Simon en s'approchant de lui.

— C'est vous qui avez appelé tout à l'heure ? demanda le vieil homme en anglais, sans se lever de sa chaise. Vous êtes de la Fondation Spielberg ?

— Oui, continua à mentir Simon. Je viens pour le nouveau repérage.

Comme il est précisé sur internet, la Fondation Chatam Sofer n'est pas un musée mais un lieu sacré de recueillement – on ne la visite que sur demande, laquelle doit être faite au préalable et dûment motivée. Pure forme : il ne s'agit jamais que d'éloigner les curieux de passage. Là encore, Simon aurait donc pu se contenter de la vérité

– famille, Ungar, juif… Mais la vérité, justement, lui était sortie de la tête lorsqu'il avait téléphoné :

— Bonjour, je représente la Fondation Steven Spielberg pour la Shoah, nous voudrions venir filmer bientôt.

Les mots lui étaient sortis tout seuls, avaient jailli de sa bouche, et maintenant le vieil homme aux Crocs roses, sur sa chaise pliante, se méfiait :

— Mais vous n'étiez pas déjà venus ?

— Je ne travaille pour la Fondation que depuis trois mois, improvisa Simon. Je m'occupe de la partie française…

— En Slovaquie ? interrogea le vieux en fronçant les sourcils.

— Oui, dit Simon en prenant un air grave. Évidemment !

Il n'y avait rien là de particulièrement évident, mais le vieil homme le tint pour suffisant.

— J'imagine que vous savez les choses…

Toujours assis, il se mit à débiter d'une voix monocorde, comme un guide blasé :

— Dans ce mémorial se trouve la tombe du célèbre rabbin Chatam Sofer, mort ici en 1839. Vous trouvez aussi les pierres tombales des grands rabbins, après je vous donnerai leurs noms. Quand les Allemands ont détruit le centre-ville, l'État fasciste du prêtre Monseigneur Tiso a permis qu'on conserve les pierres, encastrées dans du béton. Parce que la terre du cimetière, elle a été confisquée pour construire une route à la place. Le problème de la tombe du Rav Sofer, c'était le perçage du tunnel du tramway. Vous savez tout ça…

— Bien sûr, menti Simon. Les nazis ont aussi détruit la grande synagogue…

— Mais non ! s'exclama, irrité, le vieil homme en se levant enfin. Ça, c'était en 1969 ! En 69, ce sont les communistes qui ont détruit la synagogue pour faire le pont du Soulèvement national.

— Ce n'est jamais fini…, convint Simon, tentant de masquer sa confusion.

— Non, jamais, maugréa le vieil homme – maintenant qu'il s'était levé, le jean trop court et le petit chapeau de feutre noir lui donnaient une allure insolite de rocker sur le retour –, jamais fini. Vous avez vu le pont avant-hier ?

D'un futurisme désuet, le grand pont blanc à pylône déployé sur le Danube constituait l'un des principaux monuments de la ville. Impossible de le rater. Mais pourquoi avant-hier plutôt qu'aujourd'hui ? Dans le doute, Simon prit un air dégagé :

— L'architecture des années soixante a ses défauts…

— Non, s'impatienta le gardien, l'autre pont ! *Stary most*, le vieux pont, en métal ! Vous avez vu avant-hier ? Ce pont, en 45, quand les Allemands sont partis, ils l'ont fait exploser. Après l'Armée rouge l'a reconstruit en juste six mois, l'Armée rouge avec ses prisonniers allemands. Ils ont fait à la soviétique : comme l'acier leur servait encore pour faire des armes, ils ont construit en bois. Sur le pont, il y avait une voie de chemin de fer, mais au bout, il n'y a aucune suite, à aucun bout, aucune suite. Ça doit être provisoire et puis ça reste comme ça cinquante ans… Finalement aujourd'hui, le gouvernement voulait reconstruire… Mais quand on a enlevé les piliers en pierre sous le pont, on a retrouvé des bombes qui ont pas explosé en 45. Seulement avant-hier, ils ont trouvé ça ! Juste là, sous la surface du Danube ! Alors le pont ne fonctionne plus, et les travaux sont arrêtés.

Le vieil homme gratta sa barbe blanche, dévisagea Simon puis reprit d'une voix plaintive :

— Un jour, on fait un tramway, peu importe les tombes juives… Quatre cent cinquante tombes juives qu'on avait oubliées, on les trouve par hasard, et alors ? On les déplace et on les met ailleurs… Jusqu'à quand ? Vous le dites : jamais fini… Mais vous savez tout ça, vous venez justement pour filmer le témoignage. Je vais vous montrer…

Un peu honteux de son mensonge, Simon suivit le vieux qui clopinait vers la porte du mémorial. Passé l'escalier étroit, il se trouva dans une salle basse et aveugle, creusée comme une grotte sous le terre-plein. Éclairées par des spots, une vingtaine de pierres pâles, en partie détruites, s'y serraient les unes contre les autres. Gêné, il remarqua que se trouvait déjà là un jeune homme roux portant une kippa et qui se balançait d'avant en arrière. Mais Simon ne savait ni lire l'hébreu ni prier, il resta planté là comme un imposteur, sans savoir quoi regarder ou quoi faire. Puis, d'un coup, au-dessus de sa tête, il sentit la terre trembler. Le tramway. Tout se mit alors à vibrer, à frissonner, tout fut secoué d'un coup, jusqu'à la lumière crue des spots électriques. Seules les pierres ne fléchirent pas, et la sonnerie du tramway retentit sans troubler le jeune homme roux dans sa prière.

Revenu à la surface, Simon happa avec avidité l'air du matin. Son mensonge en cours lui évitait des émotions parasites, lui évitait aussi de se demander ce qu'il foutait là. Avec chaleur mais l'air pénétré, il remercia le vieil homme avant d'expliquer qu'il reviendrait bientôt avec son équipe. Il donna des détails, esquiva les questions, promit et éluda tout ensemble.

*

Coordonnées GPS mon cul ! Ce n'étaient pas celles de la tombe, ce n'étaient que celles du cimetière. Après avoir découvert non sans mal le petit escalier couvert de tags au bord de la voie rapide, Simon s'était retrouvé devant des tombes par centaines. Fin des bons offices du GPS. C'était immense, une forêt de pierres tombales, c'était l'île de Pâques… Va trouver ta tombe là-dedans ! D'abord épars dans le bleu du ciel, les nuages s'étaient regroupés et viraient au gris sombre. Combien de temps avant la pluie ? Son téléphone à la main, une pierre blanche dans l'autre, Simon décida de procéder avec méthode. Il regarda avec une attention renouvelée la photo de la tombe trouvée sur internet : une pierre rectangle, haute, à pointe, posée sur un socle, ça éliminait déjà toutes les autres formes – les basses, les dômes, les pas pointues. Une question qu'il n'avait pas osé poser au vieil homme le taraudait : et les os ? Quand ils ont retrouvé, déplacé, replacé les tombes, ils n'ont pris que les pierres ou les os avec ?

Rangée par rangée, Simon inspectait, éliminait, doutait – pas mal de pierres étaient brisées, d'autres gisaient à terre, si ça se trouvait, celle, pointue, de l'aïeule ne se dressait plus nulle part.

Malgré les menaces du ciel qui avait tourné au noir, il persistait, tandis que dans sa tête, incompréhensible, remuait une phrase, comme le vers d'un poème qu'il aurait appris des années plus tôt : *Le cahot du tramway fait trembler la tombe du grand rabbin* – non, ce n'était pas ça – *Le tramway roule sur la pierre tombale, gronde et file sur ses rails, une voie de chemin de fer, mais au bout, aucune suite, à aucun bout, une suite, tombes rondes, tombes carrées, tombes détruites…* Et puis il l'avait vue, elle se dressait là, parmi les autres, plus haute, intacte, l'arrière-grand-mère. Grisé, Simon se précipita vers elle. Une dernière fois, il compara la photo et la tombe. Même sans lire l'hébreu, aucun doute, c'était bien la même. Le ciel retenait sa pluie, Simon posa la petite pierre blanche sur la tombe de son arrière-grand-mère – il aurait aimé être solennel, mais la joie d'avoir trouvé son but avant l'averse l'emportait. Il se tenait là, euphorique, presque hilare. Et puis une nouvelle phrase prit corps dans son esprit, pas une charade cette fois, pas un poème oublié, une phrase, familière et fatale, répétée jusqu'à saturation, jusqu'à être vidée de tout sens. Dans le silence du cimetière, elle gonflait, mûrissait, changeait de couleur. Sans quitter la tombe des yeux, Simon fit un pas en arrière. Puis, regardant autour de lui, dans le cimetière désert, il la prononça à mi-voix, comme une incantation :

— Je reviens.

9

Mais les éclairs du tonnerre…

Ce matin, c'est la brosse à cheveux qui a disparu. Hier, c'étaient les chaussures. Dieu sait pourtant que les deux pièces sont petites mais Tante trouve à chaque fois un nouveau moyen de marquer sa désapprobation. Dès lors qu'un rangement n'est pas le sien, il la dérange. Selon Tante, la brosse à cheveux doit rester cachée dans le tiroir de la coiffeuse et les chaussures glissées sous le canapé – toute autre solution, toute initiative sera considérée comme une faute. *Pas comme ceci*, observe toujours Tante, d'une façon ou d'une autre, *comme cela*. Elle fait la loi dans les deux pièces, l'une est sa chambre, l'autre se partage entre salon et cuisine – une plaque à gaz et une glacière – Ilse y dort sur le canapé mais, pour qu'elle puisse se coucher, il faut que Tante se décide à quitter la pièce. Certains soirs, cela peut durer des heures. Le plus souvent, Tante palabre toute seule : feu son mari, homme héroïque, sa bru pragoise, l'écervelée – Ilse attend, ça n'en finit pas. Ta gueule, ta gueule, tu vas la fermer, oui, ta vieille gueule ? hurle Ilse dans sa tête. Mais Tante n'a pas fini. Elle voit très bien qu'Ilse a sommeil, Ilse peut toujours bâiller : « Pardonne-moi, je suis si fatiguée… — Mais quel éteignoir, cette jeunesse ! Où est donc passé l'enthousiasme ? Allons, parlons encore un peu, raconte-moi ce que tu as fait aujourd'hui au théâtre », s'exclame Tante, sans bouger d'un pouce, s'enfonçant au contraire plus profond dans le canapé. C'est toujours ainsi qu'elle procède : rien d'imposé ni de frontalement défendu, mais elle contrôle, quadrille, corrige, critique tout. Qu'Ilse épluche des patates, Tante lui retire, avec un sourire aigre, le couteau des mains, avant de poser sur la table l'économe piqueté de rouille qu'elle estime adéquat. S'il s'agit de recoudre un ourlet, elle vient se pencher sur l'ouvrage d'Ilse, rajuste ses lunettes sur son nez bourbon pour mieux inspecter, puis lève un sourcil avec dédain : « Beaucoup trop long, ce fil. Tu crois que tu vas gagner du temps avec des aiguillées de paresseuse ? Laisse-moi te montrer. » Et ainsi de suite, pour le linge, les bassines, le reste du ménage… Cette maudite volonté de toujours vous dicter votre conduite ! À l'esquisse du moindre geste, Tante demande : « Tu es sûre ? » – et cela suffit pour qu'Ilse commence à douter. Inversement, il suffit de suivre ses diktats pour que Tante se montre agréable ; comme à l'armée, tout rentre dans le rang pour peu qu'on obtempère, chaque chose à sa place, le manteau à sa patère, les sacro-saints-patins-de-feutre-de-ta-grande-pute-de-mère pour cirer le parquet. Quand on lui obéit, Tante peut même avoir l'air gentil – ou, à tout le moins, le prendre. Il faut dire qu'elle n'en a pas le choix : elle a besoin de compagnie et ses locataires la détestent. Car beaucoup de gens détestent Tante et se réjouissent de la voir tombée de son perchoir, déchue de son poste à l'université et désormais obligée de partager sa maison.

Quand ils ont récupéré les pièces du rez-de-chaussée, l'institutrice et son mari en ont profité pour confisquer la salle de bains – ils la ferment à clé et en ont bien le droit. Pas de quoi effrayer Tante... On se lavera dans une bassine, comme cela s'est fait pendant des siècles, a-t-elle proclamé, impériale – vigueur et frugalité ! Mais le problème, ce sont les toilettes : la salle de bains du rez-de-chaussée renferme les seules de la maison et pas moyen d'en installer à l'étage. Alors, tous les matins, Ilse et Tante doivent descendre l'escalier leurs *vases de nuit* à la main pour aller en verser le contenu répugnant dans la fosse du jardin. Pour qui connaît Tante, on n'aurait pu concevoir pire humiliation. L'institutrice jubile : et qui c'est, maintenant, la merdeuse ? Tante a conservé ses grands airs, elle descend l'escalier la tête haute... mais le pot de chambre à la main. Et bien sûr, elle se venge dès qu'elle peut – à la mesquinerie merdeuse de l'autre oppose sa mesquinerie comptable. Toujours les mêmes chamailleries : le bois, les bouteilles de gaz, le paiement de la lumière... Dans la maison, il n'y a qu'un seul compteur et une installation électrique capricieuse. Quant aux plombs, de vraies sauterelles, Ilse l'a appris à ses dépens en voulant brancher le fer à repasser. Mais cette fois-là, Tante ne l'a pas réprimandée car elle y a vu le moyen de s'en prendre à l'institutrice ; suivant l'étrange ordre des choses, les fautes du rez-de-chaussée sont plus grandes que celles d'Ilse et même les absolvent. Chaque mois, les trois ampoules d'espace commun donnent lieu à d'interminables empoignades. « Eh bien, faites le décompte vous-même, Madame la maîtresse d'école ! Ou est-ce que vous n'êtes pas capable de faire une simple division ? » Là, c'est le mari qui s'en mêle : si elle ne paie pas son tiers entier, Tante en paiera à la place *les conséquences*. Pas une menace en l'air : Ilse soupçonne ce type de surveiller la maison pour le compte du comité de quartier. Oh, inutile de se faire du mouron, il ne se passera rien : tout comme le gaz et le charbon du poêle, la haine entre le rez-de-chaussée et le premier étage se révèle un carburant précieux, qui réchauffe et qui entretient, qui fait qu'à la fin tout fonctionne.

Pour échapper à la maison, Ilse passe le plus de temps possible au théâtre, s'y lave, y mange, rentre tard le soir. Mais même passé minuit pas moyen d'être tranquille : partout veille encore l'œil grand ouvert de Tante, quand bien même celle-ci ronfle dans la pièce d'à côté. Glissant en silence sur les patins de feutre, Ilse découvre l'un après l'autre les reproches silencieux qui lui sont faits. Ici replié le torchon qu'elle avait laissé sécher sur l'appui de la fenêtre ; là, le livre qu'elle lisait, *Le Tour du monde en 80 jours*, sèchement refermé sur un marque-page et placé en hauteur dans la bibliothèque – pas *confisqué* mais désormais hors d'atteinte. « J'ai tout vu, lui dit Tante à travers ces objets. Je sais tout. Chacun de tes gestes, tes minuscules actions, la page que tu lisais et l'endroit où tu t'es arrêtée, rien ne m'échappe. Et une fois de plus, il a fallu tout reprendre derrière toi. »

Existe-t-il seulement, le moyen d'être irréprochable ? Je devrais faire plus d'efforts, se persuade parfois Ilse, filer doux, suivre les ordres, mieux cacher mon ennui quand elle radote ses vieilles histoires. Mais ces résolutions fléchissent sous les assauts continuels de Tante. Ilse s'impatiente, ça va faire près d'un an que ça dure, un jour ou l'autre, son torchon bien replié, elle va lui balancer à la gueule et les patins-de-ta-mère par-dessus. Seul un fil la retient de carburer à son tour au charbon de la colère, vieille bique acariâtre, je lis ce que je veux, déchet réactionnaire, grande-madame-je-sais-tout avec *son vase de nuit* – comment trouver le moyen de déguerpir et d'échapper à cela ?

Une fois de plus, la même pièce, un drame soviétique des années trente – prouesses des ateliers de la collectivisation, célébration du travail manuel – la mise en scène requiert un établi de menuisier. Pas bien difficile *a priori*, mais le scénographe n'en finit pas d'être tatillon : trop récent, pas assez soviétique, ou alors « trop raffiné pour un prolétaire », rien de ce que propose Ilse ne convient. On pourrait prendre n'importe quel établi et graver dessus « je suis authentique » qu'il lui reprocherait d'être un menteur, explique Ilse avec lassitude, trépignant intérieurement que Tante s'en aille et la laisse se coucher. Mais Tante n'en a pas l'intention. Par-dessus ses lunettes, elle lève les yeux, pince le nez, puis resserre son gilet autour de son cou. « C'est parce que tu n'y connais rien. D'abord, il faut que l'établi soit en chêne, ou à la rigueur en noyer… avec des jolies queues-d'aronde pour la jointure, si jamais un menuisier digne de ce nom l'a fabriqué. » Se levant du canapé, Tante pose avec minutie ses pieds sur les patins de feutre et sa tasse de thé sur la petite table devant le poêle. Ilse se prend à espérer : le moment de dormir est peut-être arrivé ? Non, faux espoir, Tante est partie pour continuer. Dans les airs, elle dessine maintenant avec précision l'assemblage de la table : « Comme ceci. Et s'il vous plaît, avec les manettes de serrage à bouts tournés ! » ajoute-t-elle d'un ton autoritaire, à l'adresse d'un serviteur invisible. Puis elle tapote ses cheveux blancs coiffés court qui n'ont pas bougé d'un millimètre, reprend sa tasse et se rassoit d'un bloc dans le canapé. « Évidemment, lance-t-elle à Ilse, puisque tu n'y entends rien, comment espères-tu trouver ? Un établi comme ça, mon mari en avait un dans le temps… Il doit même être encore dans la cabane de pêcheur. »

Ilse pose sa tasse à son tour, fait même très attention pour une fois de la poser comme Tante l'exige, bien au centre du dessous-de-verre. L'établi n'a plus d'importance, le sommeil non plus, Ilse s'en ficherait presque : qu'est-ce que c'est que cette cabane dont on ne lui a jamais parlé ?

C'était le paradis. En quittant la route, on y arrivait après un quart d'heure de marche sur un sentier frôlant la rive.

Suivant le dos décidé de Tante, Ilse avance dans les herbes hautes, écartant de temps à autre les branches folles qui ont envahi le chemin et viennent lui chatouiller le nez. Puis elle aperçoit, au loin, posé sur l'eau, un cube de bois rapiécé de tôle, une petite cheminée de guingois dansant au sommet. Face au fleuve, les branches où séchaient jadis les filets de pêche s'élancent à l'oblique vers le ciel et donnent à la cabane l'aspect d'un insecte aux antennes folâtres. Pour y accéder, il faut encore contourner les broussailles jusqu'à un tertre de cailloux et enfin traverser le mince ponton de planches disjointes. Quatre murs de bois et un toit de tôle, juchés sur une plateforme retenue par des filins, qui tremble légèrement au gré du courant. Pas d'autre bruit que celui des vaguelettes. Le chant d'un oiseau de temps en temps. Personne. De l'autre côté d'une barrière de remblai, de lourdes barges voguent à l'ombre des arbustes touffus de la rive d'en face.

Ilse sent une douceur irrésistible naître dans sa poitrine et s'y affirmer. Une tendresse qui l'a prise comme une chanson, entraînante et lente. Il lui a suffi d'un regard pour succomber à un mouvement très fort, rêveur mais résolu, cajoleur mais violent, qui oscille, sans fléchir, comme les planches du ponton. Dès le premier coup d'œil, avant même d'y avoir pénétré, elle a aimé la cabane – non pas comme on peut trouver du charme à un lieu ou à un paysage mais comme lorsqu'on se sent appelé et concerné par lui. Comme un amoureux prêt à tout risquer, Ilse en devient dingue. Elle la veut, elle doit l'avoir. Jusqu'à se figurer les choses les plus absurdes : la cabane la réclame, lui était destinée, l'attendait. Foutaises. Mais pas quand on y croit.

*

Même avec l'esprit seulement, je peux encore escalader des murs d'enceinte, même des murs très hauts, se persuade Ilse face au regard courroucé de Tante. En pensée, je peux sauter plus haut qu'elle, courir plus vite, tout ce qu'elle trouve à m'opposer, ce sont ses bras croisés fermes sous sa poitrine. Elle a peur et pas moi. *C'est le temps de la jeunesse, nous construisons un monde nouveau ! Allez de l'avant, forces du progrès !*

Mais comment en venir à bout ? S'il n'a pas été difficile de convaincre Tante de disposer du bric-à-brac qui moisissait dans la cabane – il y avait, après tout, de l'argent à se faire –, c'est une tout autre affaire que d'obtenir le droit d'y vivre. « Mais enfin, tu n'y penses pas ! C'est insensé ! s'indigne Tante. Une jeune fille, habiter là toute seule ? Tu auras peur ! Et l'hiver, quand viendra la neige ? Et si le Danube déborde, comme l'année dernière ? » Réfuter chacun de ces arguments serait rapide – le poêle fonctionne, un machino du théâtre saura bien dénicher de la laine de verre, et pourquoi avoir peur quand notre nation vaillante veille jour et nuit sur ses citoyens ? Mais Ilse se heurte à deux injonctions opposées. Pour obtenir la cabane, il faudrait entrer dans les bonnes grâces de Tante : feindre l'intérêt, fayoter un peu, obéir... Mais alors Tante ne voudra plus du tout qu'Ilse s'en aille. Comment alors la convaincre de loger plutôt la nièce de l'habilleuse, *une douce laborantine parfaitement ordonnée* ? Pour que ce plan fonctionne, il faudrait que Tante souhaite le départ de son actuelle locataire... D'un autre côté, si Ilse se rebelle ou se montre désagréable, tout sera perdu : il n'y aura pas de cabane, jamais. Depuis deux semaines, le problème reste entier, Ilse en retourne, sans solution, les données dans sa tête. De l'intervention du docteur Hubka jusqu'à une alliance avec le rez-de-chaussée, elle envisage tout. Mais elle a compris que les actions collectives ont toujours moins de chance d'aboutir, il finit toujours par s'y glisser un imprévu, une faille. Nuit après nuit, elle cherche ce qu'elle pourrait fomenter. Jusqu'à ce qu'un matin, le ventre de porcelaine lui apparaisse sous la première clarté du jour. Posé là devant elle, dans toute son opacité laiteuse... À peine éveillée, Ilse sourit : mais oui ! Bien sûr ! Une seule fois suffira. Sinon, pourquoi pas deux ?

Pour un être comme Tante, si affairé à régenter les choses, si anxieux de bâtir un monde où les objets comme les pensées se rivent à des clous pour ne plus en bouger, toute infirmité, même minime, conserve un caractère malséant. Bien sûr, elle ne l'exprime pas ouvertement, mais elle ne peut jamais tout à fait contenir sa répulsion lorsqu'elle voit Ilse avancer, claudicante sur ses patins, dans l'entrée ou au bout du couloir, dérogeant ainsi une fois de plus à l'Ordre du Monde selon Tante. « Ce n'est pas ainsi que l'on marche ! s'insurge malgré lui son visage. Une hanche ne devrait pas se conduire de cette façon ! » Or s'il est une chose qu'avec les années Ilse a appris à subir ou à exploiter selon les circonstances, c'est bien cette gêne-là. Il suffira de conjuguer une infamie avec une autre…

La veille, elle prépare le terrain en se plaignant plusieurs fois de sa hanche, la massant l'air de rien avec de brèves grimaces. La main appuyée sur les reins, geste furtif, bouche crispée, tout en souffrance contenue. Comme les acteurs : un peu, surtout pas trop – mais pas trop peu non plus : ils doivent le voir, là-haut, du deuxième balcon. Le matin venu, il a fallu attendre que s'ouvre la porte de Tante pour la précéder de quelques pas dans le couloir. Alors, lentement, Ilse traîne sa jambe jusqu'à la première marche, puis à la deuxième chancelle. Étouffant un cri, elle se déporte, perd l'équilibre, et pour ne pas dévaler jusqu'au sol, elle agrippe, dans l'urgence, un barreau de l'escalier, le vase de nuit en porcelaine lui a échappé des mains. Le voilà maintenant qui dégringole, rebondit, éclate et se brise en bas des marches. Sous les yeux incrédules du mari de l'institutrice, un étron glisse mollement sur le parquet, tandis que, s'infiltrant goutte à goutte dans la trame du tapis, le liquide répandu empeste. En haut de l'escalier, Tante s'est figée, son propre pot de chambre tremblant entre les mains. Ne reste qu'à soigner la fin de la scène : se relever avec maladresse, afficher l'air le plus contrit, le plus suppliant, et s'affairer, à genoux, à ramasser sa merde, *sa merde d'infirme*, le plus piteusement du monde, ramper sans parvenir à se relever. Tante retient un haut-le-cœur et détourne son regard. Elle ne peut voir comme Ilse, au-dessus des débris du pot de chambre, a les yeux qui brillent.

*

Ce n'est pas vrai que l'amour est aveugle, pense Ilse, en grattant au couteau le salpêtre des murs. L'amour voit très bien, mais il aime quand même. Il a tout vu des moisissures du bois, des dégâts de l'humidité, il mesure ce qu'il faudra comme chauffage pour sécher les murs et comme efforts pour maintenir à distance des légions renouvelées d'insectes, de mulots et de fouines. Il est déterminé et patient, l'amour – le savon et la brosse de fer, la puanteur des pastilles désinfectantes, les crachats de suie noire du poêle, rien ne le rebute. Quand Ilse s'assied devant la porte sur le tabouret de bois, entourée par les clapotis tranquilles du Danube, tout est oublié. Dans la main, elle a gardé une boule duveteuse de salpêtre. Il paraît qu'il faut mettre du sucre, qu'il n'y a rien de mieux pour sécher le sel. Sinon, il faudra essayer l'acide. Lestée par des bidons, la plateforme remue vaguement. Quatre murs de bois, ce matin Ilse a remplacé les attaches du panneau qui coulisse pour laisser entrer le jour. À défaut de vitre, on pourrait visser des charnières sur un côté, ça s'ouvrirait alors comme une vraie fenêtre. Ou plutôt non, peut-être qu'il ne faut surtout rien changer. Ilse ose à peine y croire : elle a le droit de vivre ici ! Et bientôt, il y aura sa malle, un lit, un réchaud, une lampe à huile, on peut déjà avoir des boissons fraîches en descendant au bout d'une corde le casier à bouteilles dans le Danube. En attendant, Ilse place ses chaussures au centre du plancher et pose le peigne par-dessus. Tu as bien raison, dit la pièce vide.

*

Ce printemps-là, Ilse a un flirt avec l'acteur Borodáč. C'est flatteur, parce qu'il est beau gosse et qu'il est très demandé, mais ça n'est pas vraiment autre chose, et il aurait mieux valu garder ses affaires loin du théâtre. Deux mois plus tard, elle fréquente quelques semaines un ouvrier de l'usine de pneus Matador qu'elle a rencontré à la baignade. Plus doux que l'autre, alors elle le laisse aller jusqu'au bout, mais on s'ennuie tout de même assez vite. Voilà, se dit-elle, c'est fait, et maintenant quoi ? Qu'est-ce qui a changé ? Tout ça manquait de passion, pense-t-elle, même si, à vrai dire, la passion, elle n'est pas sûre de savoir ce que c'est.

Un matin qu'elle était arrivée très tôt au théâtre, elle a surpris des râles qui montaient de l'atelier de décors. On ne sait pas quoi cognait contre les murs, chocs répétés, pas réguliers, comme si quelqu'un s'échinait à transbahuter une charge trop lourde, et puis des grognements encore. Ilse descendait déjà voir quand elle a compris juste à temps : *deux hommes ensemble*. Mieux vaut ne pas savoir qui c'est, elle a vite fait demi-tour. Sans mentionner l'incident à personne, elle y a repensé toute la semaine – il y a tant de choses qu'elle ignore… Borodáč et l'autre, elle ne saurait dire s'ils ont été de bons amants, l'ouvrier a fait attention, il ne lui a pas fait mal, il a veillé à ce qu'elle ne tombe pas enceinte, toujours ça. L'inattendu, les caresses, les compliments, tout lui a bien plu, mais Ilse n'a rien ressenti de mieux que de l'amusement. Ni l'un ni l'autre de ces types n'ont fait battre son cœur aussi fort que sa cabane, n'ont autant occupé ses pensées. Gentille petite cabane, dit Ilse quand elle se lève. Et le soir : comme je suis contente de te retrouver, ma petite cabane chérie ! À ni l'un ni l'autre type elle n'aurait parlé de cette façon.

Peut-être qu'il n'y a plus assez de place pour un homme dans le cœur d'Ilse. Que son cœur est devenu trop petit – un cœur qu'on a brisé, forcément, il en manque des morceaux. Sans faute, elle passe toutes les semaines chez Tante, elle espère à chaque fois, même s'il n'y a plus eu de lettres depuis des mois. Il n'y en a jamais eu que trois au cours de l'année écoulée. Trois malheureuses lettres, toutes brèves et à peu près semblables, mais Ilse était quand même heureuse de les avoir.

La première fois, désorientée, elle n'a pas compris. Si Edit avait griffonné un message en morse, un code en chiffres secrets, Ilse l'aurait vu, mais le procédé était beaucoup plus simple. À cause de cela, Ilse a mis du temps à comprendre ce qu'il fallait vraiment lire, et après, son esprit a passé encore un moment à refuser ce qu'il venait de découvrir. Elle avait tant espéré que la peur finirait par disparaître qu'elle n'avait pas voulu l'admettre. Que c'était le contraire. Que la peur avait pris ses aises. Désormais, elle ne laisserait plus rien passer, elle dominait tout, jusqu'à ces quelques lignes serrées, tracées d'une main consciencieuse et tremblante :

Ilse chérie,

Tout va pour le mieux ici à Budapest. En particulier le travail aux bains qui ne me fatigue pas trop. Mes collègues sont gentilles et ne se moquent pas constamment de mon mauvais hongrois. Je ne m'adapte pas avec difficulté à la vie dans cette grande ville, où je ne me sens pas trop seule. La seule chose qui me manque, ce sont les gâteaux délicieux (ce mot était souligné deux fois) *de notre chère voisine, Mme Balážová !*

Je t'embrasse, Ilse chérie

Ton Edit

*

Quand on admire, on a toujours peur : depuis plus d'un an qu'elle travaille au théâtre, Ilse n'a que très rarement adressé la parole à Zuzana Obadalková. Rien ne dessine ni ne matérialise les frontières entre les différents mondes qui coexistent à l'intérieur du bâtiment, ce qui sépare les techniciens des comédiens, ce qui maintient la caissière loin du dramaturge. Pour cette raison, ces frontières sont d'autant plus difficiles à franchir. Rongé d'un côté par l'alcool, de l'autre par l'arthrose, l'Oncle Adam ne travaille presque plus, Ilse fait tout, tous le savent. Elle a gagné ses galons et aucun acteur de la troupe ne l'impressionne. Sauf Obadalková – dans ce seul cas la distance est trop grande. Une actrice pareille, elle a trouvé l'accès à des vérités supérieures, Ilse en est persuadée, elle évolue dans les hauteurs les moins fréquentées de la vie et de la pensée, où on redouterait de troubler son séjour. Pourtant, Obadalková mange ses *knedlíky* comme tout monde, tousse, éructe et se racle la gorge comme tout le monde, ou arrive certains jours avec la gueule de travers. On ne fait pas plus aimable, pas plus simple, bien plus que d'autres comédiens d'ailleurs, elle n'hésite pas à traîner au foyer avec les vieux machinistes qui la connaissent depuis ses débuts et qu'elle gratifie chacun d'un surnom affectueux. Pourtant, rien n'y fait, Ilse n'ose pas. Déférence mais méfiance aussi : un être capable de telles transformations, on ne sait jamais ce qu'il vous réserve. Ilse l'a si souvent vue à l'œuvre, les magies envolées demeurent indélébiles. Par exemple, quand elle faisait Arkadina, l'actrice vieillissante de *La Mouette*, au moment de lancer : « Regardez-moi : je pourrais jouer une gamine de quinze ans », elle ne se contentait pas de la réplique. Tout d'abord, elle se tortillait un peu sur sa chaise, ses jambes croisées se mettaient à tressauter. Puis, se levant lentement, elle s'approchait jusqu'à l'avant-scène. Sa démarche n'était plus la même – moins assurée mais aussi plus légère, il avait suffi de quelques pas pour que s'évanouisse la femme d'âge mûr aux traits creusés, on voyait à la place une petite diablotine, qui lançait des œillades avant de baisser les yeux, qui badinait en riant sous cape. Tour à tour effrontée et farouche, finalement inconsciente d'elle-même, elle se laissait admirer tout en se dérobant : une gamine de quinze ans. Ça durait si peu de temps, vingt ou quarante secondes, et là, clac !, en un seul regard, Obadalková-Arkadina mettait fin au mirage. Toujours face au public, sans esquisser un geste, elle recouvrait toute son assurance de comédienne gâtée, et d'un pas victorieux elle retournait s'asseoir. Puis elle regardait à nouveau la salle, comme pour la prendre à témoin. Alors chaque spectateur se demandait s'il avait rêvé, et ce à quoi il venait d'assister lui paraissait tout à coup si inimaginable qu'il aurait tout donné pour le revoir.

À la ville, cependant, rien dans l'attitude d'Obadalková n'indique qu'elle puisse accomplir de tels prodiges. On ne voit qu'une petite dame râblée, assez quelconque, aux yeux ronds, au visage impassible. Comment ne pas se méfier un peu ? Dès qu'elle entre en scène, on ne regarde plus qu'elle et tous les sentiments qu'elle veut… Et dans la vie ? La camarade loyale, l'estimée vétérante distinguée si souvent par l'Union des artistes dramatiques… Était-il possible qu'elle accomplisse d'autres sortilèges à l'insu de tous ? Comment savoir quand elle jouait, puisqu'elle jouait si bien ?

C'est pourquoi Ilse se raidit un peu pendant la réunion du matin, lorsqu'elle remarque qu'à deux reprises Obadalková cherche à accrocher son regard, que le sourire s'éternise au-delà de la simple cordialité. Ça se confirme une heure plus tard : sortant de sa loge, l'actrice pas encore en costume lui emboîte le pas dans le couloir. Malgré son boitillement, Ilse marche d'un pas rapide, escomptant bien la semer tout en ne le souhaitant pas. Sans se démonter, l'autre la suit, la rattrape, lui arrive dans le dos jusqu'à lui taper sur l'épaule. Quand Ilse se retourne, elle se trouve face à une Obadalková immobile, à croire qu'elle n'a même pas pressé le pas.

— Je voudrais bien qu'on se parle un peu toutes les deux…

— Est-ce qu'il manque quelque chose sur scène ? demande Ilse en faisant un pas en arrière.

— Non, non ! Et puis c'est juste une répétition, ne t'en fais pas…

Obadalková sourit avec chaleur, lui tapote à nouveau l'épaule, d'une main ferme mais pourtant caressante.

— J'aurais bien aimé bavarder avec toi. Mais nous avons tellement de travail ce matin… Tellement de travail tout le temps…

Elle s'interrompt – il a suffi du passage de Jiřina, la costumière, pour que l'assurance se dissipe – la grande actrice n'est pas tranquille, elle baisse même d'un ton sa voix déjà rauque :

— Tu connais le salon de thé à l'entrée du parc Král' ? Ce n'est pas très loin de chez toi, je crois. C'est si calme, j'aime bien y aller le dimanche avant les matinées. On y est bien tranquille… Si d'aventure tu avais le temps, on pourrait s'y retrouver…

Pas un mouvement, pas un muscle qui bouge sur ce visage, où Ilse a vu passer toutes les nuances de l'amour, de la colère, les plus grands désespoirs et les héroïsmes insensés. Dans le couloir des loges, la petite dame replète, en jupe plissée et bottillons, attend une réponse. Grands yeux ronds et verts, bouche ronde aussi, charnue, fermée, creusée par des rides à ses coins.

— S'y *retrouver* ? finit par balbutier Ilse.

— Discuter un peu, entre camarades, se dépêche de répondre Obadalková qui, de toute évidence, redoute de s'éterniser dans le couloir trop passant. Après tout, tu es une des plus jeunes ici, et nous n'avons même pas vraiment fait connaissance. On passe nos journées à courir, à être dérangés, on ne trouve jamais le temps…

Le visage de l'actrice affiche une fraîcheur insouciante, aucun piège, une franche invitation. Si bien qu'intimidée, Ilse ne peut répondre qu'une chose – oui, bien sûr, elle ira au parc. Sans savoir pourquoi, elle pense qu'on n'est que vendredi et que l'inquiétude les tenaillera toutes les deux, sans lâcher, jusqu'au dimanche.

*

— Mon point faible, tout le monde le connaît, toi aussi, murmure Obadalková, alors qu'elles cheminent côte à côte elle s'est penchée assez près d'Ilse pour parler à mi-voix.

Après avoir ouvert par des politesses raides, puis touché tous les embarras d'une conversation guindée, elles ont abandonné leur table sous la verrière et fini leurs gâteaux pour partir se promener dans les allées du parc. Qu'est-ce que c'était, au juste, comme genre de rendez-vous ? Dans le doute, Ilse a troqué sa salopette et ses pantalons habituels pour une robe qui gratte sous les aisselles, l'a assortie de petites bottines à talons, et maintenant, elle se sent endimanchée et bête. Dans le brouhaha du dimanche, des enfants chahutent, se coursent, tombent, hurlent puis oublient leur peine, tandis que, hors du rythme nonchalant des autres promeneurs, les deux femmes marchent d'un pas rapide, comme pour semer leurs propres mots. Sans plus regarder Ilse, les yeux fixés au sol, Obadalková parle vite et bas :

— Tu as entendu parler de mon mari mais tu n'as jamais vu aucune de ses mises en scène. C'est comme… Tu sais le plus grand compliment qu'on m'ait fait avant guerre ? Un type, un ami de mon père, il a dit que me voir sur scène, c'était comme de regarder un boulanger faire du pain, ou un mécanicien démonter un moteur. Tu comprends ? Andrej, mon mari, ce qu'il sait faire avec une pièce, c'est la même évidence. Avant, tous les théâtres se l'arrachaient. À Vinohrady, au Théâtre national, même à Vienne. Jusqu'à ce que tu sais… Ce dont il a été accusé.

Ilse baisse la tête :

— Oui, on me l'a raconté.

— « Opportunisme, carriérisme, cosmopolitisme », énonce Obadalková. Mais qu'est-ce que cela veut dire au juste ? Celui qui ne saisit pas l'opportunité, quel genre de chance est-ce qu'il peut bien avoir ? Est-ce que tous les artistes ne sont pas des carriéristes ? Et *cosmopolitisme*, tu sais très bien ce que ça veut dire… Mais qu'est-ce qu'il y peut ?

À nouveau Ilse acquiesce. Un Juif, pense-t-elle, n'est au fond pas si différent d'une Allemande : tout le monde sait ce que vous êtes, mais vous devez quand même passer votre temps à le cacher.

— Depuis six ans, Andrej ne peut plus travailler que pour la radio, continue Obadalková comme si elle se parlait à elle-même. On a oublié… Il suffirait qu'il puisse à nouveau montrer ce qu'il vaut dans un théâtre. Mais comme on ne le laisse pas… Il s'est mis à boire beaucoup, et il devient morose. Si on ne lui redonne pas une chance bientôt… Parce qu'il s'est pris à espérer. Crois-moi si tu peux, il boit encore plus depuis qu'il espère. Depuis un an que le camarade Staline est mort…

Obadalková laisse sa phrase se suspendre, elle regarde un moment alentour puis s'adresse à nouveau à Ilse :

— Tu as entendu qu'ils vont monter *Hamlet* au théâtre régional de České Budějovice ?

Il y a de quoi s'étonner. Comme tout le monde au théâtre, Ilse sait que, plus qu'aucune œuvre de Shakespeare, le camarade Staline détestait Hamlet. On l'a assez répété – il le jugeait décadent, et même imbécile. Un héros pleurnichard – même pas fichu de savoir s'il veut être ou ne pas être ! Et qui prétend renverser le régime corrompu d'un pays tout entier *à lui seul* ? Comme si une révolution pouvait se faire sans s'attacher les masses ! Ainsi, sur ordre suprême, les pourritures du royaume du Danemark ont été menées vite fait aux asticots, et la pièce a disparu des théâtres. Hormis quelques représentations discrètes dans un chef-lieu de province, depuis Février victorieux, elle ne s'est plus donnée en Tchécoslovaquie. Mais les temps changent, ils frémissent et tout le monde avec, d'autres célèbres noms bannis commencent à circuler à nouveau – Faust, Tartuffe, Peer Gynt –, certains auraient déjà reçu l'autorisation du Comité de la planification dramaturgique… Cela se sait sans se savoir ; Obadalko n'est pas le seul à espérer. Soudains remous dans les limbes : alors comme ça Hamlet revient d'entre les morts ? Tiens tiens… Une résurrection pourrait peut-être bien en conjurer une autre… Plusieurs ? Alors on verrait fleurir des résurrections en pagaille, comme une épidémie, pas vrai ?

Jusqu'ici, Ilse s'était contentée d'assentir du bout des lèvres, attendant de découvrir ce qu'on pouvait lui vouloir. Mais ça y est, elle a compris. Cela ne lui offre qu'un peu de temps avant que l'autre ne se déclare, mais cette courte avance lui permet un instant d'inventaire. Pourquoi moi ? se demande Ilse. C'est une actrice célèbre, elle a bien d'autres accès, sans doute même meilleurs – des membres haut placés du Parti, des ministres, des gloires nationales, des admirateurs qui l'attendent au Carlton après la représentation… Mieux qu'une autre, elle maîtrise le jeu, tous les jeux, pas moi. Moi, je ne suis rien. Obadalková se prépare à plaider, Ilse le sent, elle peut le voir, elle n'a plus peur de regarder la grande actrice dans les yeux. *C'est parce que je ne suis rien, justement. Rien de visible ni d'officiel, rien de connu. En cas d'échec, personne ne va le savoir.*

— C'est mon beau-père qui t'intéresse, c'est ça ?

Obadalková s'arrête net dans l'allée du parc, ferme un instant les yeux. Puis elle se reprend :

— Je mesure ce que je te demande. Je sais que c'est un très grand service. Mais si on laissait Andrej, rien qu'une fois, mettre encore une pièce en scène au théâtre, ce serait l'occasion pour lui de se racheter. C'est vrai qu'il a été trop orgueilleux, qu'il a fait preuve d'individualisme. Mais il a fait publiquement son autocritique, il a compris maintenant…

Ilse regrette d'avoir mis la robe. Si elle portait sa salopette comme d'habitude, cette conversation serait plus facile à mener. Obadalková ne lâche pas prise, sa voix grave s'écharpe, le ton se fait suppliant :

— Si on le laissait seulement en donner la preuve ! Avec une pièce facile, bien connue… Peu importe quoi, du répertoire, surtout pas de controverse. Si ton beau-père pouvait dire ça à quelqu'un au Comité central… Et bien sûr, moi, je te le rendrai au centuple, si jamais il y a quelque chose que je peux faire pour toi ou si…

— Je ferai ce que tu me demandes, interrompt Ilse. Je parlerai à mon beau-père.

Toujours figée dans l'allée, Obadalková s'apprête à la remercier mais Ilse le lui défend du regard. *Je t'en prie, laisse-moi oublier que tu es devenue mon obligée. Surtout ne me joue aucune comédie, surtout ne me laisse rien voir de vrai. Toi la plus grande, toi que j'admirais tant.*

*

Tous les Polonais connaissent *La Morale de Madame Dulska*. Ils en ont même fait un concept : la dulskitude. Ce mot-là est comme une pâte à merde, plus on l'étale, plus se fondent ensemble les plus infectes turpitudes bourgeoises : vanité et avarice, absence de compassion et vulgarité, hypocrisie, intolérance, malpropreté morale. À la fin, ça vous donne quelque chose de très large et de bien dégueulasse. C'est une tragédie comique, drôle mais sans gaîté, pour cette raison sans doute les Tchèques eux aussi l'apprécient. Passent les régimes, tonnent les guerres, reste Madame Dulska. Un classique de hasard, écrit – un peu à la va-vite sans doute – à l'orée du siècle par une Polonaise que tout le monde a oubliée. L'intrigue peut tenir en quelques mots : derrière la façade bourgeoise de l'immeuble que possède Madame Dulska se trament les arrangements les plus vils. Sans pitié pour ses locataires, *mégère familias*, ce monstre comme tout le monde en connaît est prêt à tout pour empêcher son fils d'aller soir après soir faire la bringue. Pour le garder dans son giron, la mère Dulska n'hésite donc pas à lui prostituer Hanka, la bonne de la maison. Mais lorsque cette dernière se trouve enceinte et que son fils est prêt à l'épouser, la carne se démène pour éviter la mésalliance. Sans la moindre pitié, elle congédie Hanka, et fait peu de prix de sa vertu : une maigre poignée de billets de banque en guise de dédommagement. Déshonorée, la pauvrette s'en retourne à sa campagne, espérant y trouver un mari malgré tout. Et la « morale » est ainsi sauve…

Une pièce de genre, il n'y a, pour un théâtre, que de bonnes raisons de la monter. Jadis, on appelait ça un « Kassastück », un truc pour faire tourner la caisse. Mais l'honnête divertissement, explique à la troupe réunie le dramaturge, ne doit pas nous faire oublier qu'il s'agit d'une pièce *idéologiquement pure,* où, avec naturel, presque avec naïveté, une jeune dilettante a su saisir et épingler les vices cachés de la bourgeoisie. Avec la perspective historique, l'étude de mœurs est devenue un récit édifiant. N'oublions pas qu'à Varsovie, ça s'est joué plus de cinq mille fois.

Par ailleurs, ça, personne n'irait le claironner, la pièce comporte six rôles de femmes, de quoi satisfaire peu ou prou les appétits de la troupe, frustrés par les drames militaires sur Stalingrad ou Kronstadt qui ne laissent que peu de place aux actrices. Bien sûr, Obadalková a hérité du rôle principal, elle le méritait de toute façon, que son mari dirige ou pas. En revanche, Mimi Tomasová a trouvé le moyen de réclamer, tout le monde sait avec qui elle couche et comment elle a obtenu son rôle, qui lui convient si peu. Mimi en veut toujours plus, d'autant qu'elle n'en a pas le talent, toutes les occasions lui sont bonnes pour montrer ce qu'elle ne sait pas faire. Joli brin de fille, sauf qu'elle joue comme un manche elle minaude, elle oublie son texte, et par-dessus le marché elle passe son temps à se plaindre, comme si les autres étaient responsables de sa nullité. D'ailleurs, Obadalko n'en voulait pas, affirment en coulisses les machinistes. Mais elle couche avec qui elle couche, ce qui lui a valu ce rôle au nom imprononçable – Juliasiewiczowa – qui lui va comme un habit trop large. Le personnage réclame précisément ce qui lui fait défaut : l'intelligence subtile d'une femme bientôt mûre… À peine commencées les premières lectures que déjà tout le monde s'en rend compte : Mimi n'a pas la moindre idée de ce qu'elle joue. Elle n'y comprend rien, et, autour de la table, les cinq autres actrices, vachardes, s'en délectent.

Pour les deux rôles d'homme, en revanche, la distribution s'est imposée d'elle-même – depuis que Borodáč est parti pour Prague, les jeunes premiers sont joués par Julius Pöss, il fera donc le fils prodigue. Quant au mari de Dulska, heureusement qu'on avait sous la main le vieux Martin. *« Allez au diable, tous autant que vous êtes ! »* – voilà l'unique réplique qu'il ait à dire, le pauvre, à la fin de l'acte II. Le restant de la pièce, le père Dulsko passe son temps à grogner ou à regarder sa montre. Selon Obadalko, on doit penser que, dominé jusqu'à la moelle, il a jeté depuis longtemps l'éponge – dans le grand éventail des lâchetés, il a choisi le mutisme, indique la pièce. En souriant pour elle-même, Ilse se rappelle ce que disait Edit, *« les gens croient que c'est parler qui permet de comprendre »*, cela est vrai aussi au théâtre. Seuls les acteurs en quête d'épate exigent de grands monologues. Malgré ce qui se murmure dans les loges – *le pauvre, il est devenu gâteux ? Il oublie ses répliques, maintenant ?* –, le vieux Martin en connaît assez pour voler la scène à qui il veut, et surtout au jeune Pöss qui ne se méfie pas. Il n'a pas besoin de texte pour ça.

Reste qu'on contemple la paille pour oublier la poutre – les habituelles mesquineries de troupe offrent cette fois une diversion bienvenue. Car il a suffi qu'Obadalko mette un pied au théâtre pour déstabiliser tout le monde. À croire que c'est ici qu'on joue *Hamlet* – *Qui va là,* disent les regards peureux, *un roi ou bien un spectre ?* Comme toujours, les coulisses n'en finissent pas de bruisser : les coucheries de Mimi, la pièce polonaise vieillotte, les origines allemandes du jeune premier Pöss, ça jase, ça jase comme jamais, mais du metteur en scène, on n'ose pas dire un mot. Obadalko, tous le connaissaient. Pas un qui ne l'ait renié. Et le voilà revenu, personne ne sait pourquoi. Au bras de sa femme, il est entré rayonnant dans la salle de répétitions, comme si de rien n'était. Va savoir comment réagir.

*

Une chatterie par ici, une vacherie par là... Les comédiens, les comptables ou les machinistes, Obadalko a des façons bien à lui de se les mettre dans la poche, à chaque fois par un moyen différent. L'autre jour, le scénographe voulait absolument une toile peinte en fond de scène, l'autre l'en a dissuadé avec les arguments les plus incongrus : et si on laissait plutôt voir le mur nu du théâtre ? Même les extincteurs d'incendie ? s'est étouffé le scénographe. Et pourquoi pas le pompier de service, tant qu'on y est ? Mais Obadalko sait y faire : « L'idée de la pièce, c'est qu'on expose au public ce qui se cache derrière la façade, n'est-ce pas ? Eh bien, allons-y nous aussi ! » *Laisser voir le fond de scène ?* Blêmissant, le scénographe a rappelé les conventions, le quatrième mur, a ressorti avec ferveur ses leçons de réalisme soviétique datant des années trente. Sans l'interrompre ni le contredire, Obadalko attendait. Puis, comme pour exprimer son assentiment, il a dit tout à fait autre chose : « Le public aime voir les coulisses. C'est un comble, mais c'est ainsi. Nous faisons de notre mieux pour lui épargner la misère de nos escaliers, l'effritement de nos murs, nous nous employons à nous montrer supérieurs, meilleurs que nous ne le sommes, nous nous obstinons à en mettre plein la vue. Et, en un sens, nous avons tort. À force de tendre au réalisme… nous lui tournons le dos ! Les spectateurs veulent voir les coulisses, les maladresses de la peinture, ils veulent connaître les trucs du magicien. Une fille économise des mois pour se payer une robe dorée pour plaire à son amant, mais elle sait bien que c'est nue qu'il la préfère. Enlevons notre robe dorée, nous rendrons heureux notre public. Notre vieux théâtre, est-ce qu'il n'est pas beau, lui aussi, dans sa nudité ? Devrions-nous en avoir honte ? »

Depuis son arrivée, Obadalko travaille ainsi au corps chaque membre de l'équipe, l'un après l'autre jusqu'à rallier chacun à sa cause. Avec l'acteur Pöss, autre tactique : le metteur en scène attend le moment de l'entraîner loin de la table, s'excuse en aparté de ne pas lui consacrer beaucoup de temps. Il chuchote : « *Toi,* tu sais parfaitement ce que tu fais… Mais les autres, tu vois bien… C'est pourquoi je dois m'occuper moins de toi. » D'un air pénétré, Pöss acquiesce, le metteur en scène lui fera peut-être d'autres réflexions en privé, s'amuse Ilse, il a tout de suite compris que s'il le vexait devant les autres, il n'en tirerait jamais rien de bon.

Mais ce qu'elle admire plus que tout le reste, c'est la façon dont Obadalko a su résoudre le problème de Vlasta, que tous les metteurs en scène rencontrent. Une fille adorable, la moins capricieuse des actrices, elle ne réclame jamais rien, et pourtant, il faut toujours s'en occuper en premier. Parce qu'elle est trop belle, c'est le problème, le texte peine toujours à rivaliser. On ne peut qu'être captivé : le front un peu large sous la frange blonde, la surprise des immenses yeux bleu ciel, la bouche douce et bombée, la grâce de chacun de ses mouvements... Personne ne parvient à s'en remettre, même pas les électriciens du théâtre qui la connaissent par cœur et inventent sans cesse de nouveaux stratagèmes pour l'épier quand elle se change ou va prendre sa douche. Sa beauté distrait, elle rend contemplatif, rend rêveur, Vlasta n'est pas assez bonne actrice pour la faire oublier, elle le sait. On s'abîme à la regarder, elle n'y peut rien, elle s'en excuse presque. Avec une docilité extrême, elle pose gentiment sur scène son port de danseuse, va où on lui dit, n'oublie jamais une réplique ni ne se décale de ses marques. Qu'on lui demande de reproduire un geste cinquante fois de suite à l'identique, elle s'exécute au battement de cils près, comme si c'était vraiment la moindre des choses qu'elle puisse faire pour compenser.

Eh bien, Obadalko a eu le flair de lui confier le rôle de Hanka, la petite bonne paysanne que Madame Dulska livre à son fils. On pouvait s'étonner de ce choix – une si belle fille, un garçon n'attend pas les encouragements de sa mère pour avoir envie de lui sauter dessus – mais Obadalko a su déceler chez Vlasta autre chose, et c'est justement ce qu'il lui fait jouer : la beauté vécue comme une malédiction, supportée avec lassitude, et ses conséquences, toujours les mêmes, accueillies avec mélancolie. Autant que la petite bonne, Vlasta subit les appétits et les animosités qu'elle suscite. Les hommes la désirent, les femmes la jalousent – c'est son fardeau. Il n'y avait pas beaucoup à gratter pour que cela se révèle, sauf qu'il a fallu attendre Obadalko pour le faire. Le résultat épate tout le monde : Vlasta, la fille la plus regardée du théâtre, on ne l'avait jamais vue comme ça.

*

Quand l'acteur Pöss l'a rejointe après la répétition à la sortie du théâtre, sans vraiment courir mais d'un pas empressé, cela a suffisamment flatté Ilse pour qu'elle accepte de l'accompagner à une fête chez des amis, où se trouveraient, a-t-il précisé, « surtout des artistes ». Pour autant, Pöss, qui est beau garçon, ne lui plaît pas. Ilse en est sûre à cause de la dent de devant.

Chacun possède plusieurs sourires, grands et petits, polis ou tendres. Mais seul l'un d'eux n'a pas d'égal, c'est le plus spontané, le plus large, celui qu'on ne peut pas retenir. Or celui de l'acteur Pöss révèle une dent déplaisante, une incisive en haut qu'on surprend soudain en train de chevaucher l'autre, ça lui fait d'un coup une face de rat, d'ailleurs il ne sourit jamais de cette façon sur scène, Ilse l'a observé. Ce qu'elle a observé aussi, c'est que la dent n'a pas d'importance. C'est la joie, le problème. Car Pöss ne laisse voir ce sourire – et cette dent affalée sur l'autre, et ce museau de rongeur – qu'au moment de ses plus grandes joies. Chez un autre, Ilse sait qu'à cause de la joie elle aurait supporté, oublié, *aimé* même n'importe quelle disgrâce. Mais puisqu'elle trouve la joie de Pöss laide, cela signifie que même s'il est bel homme et qu'il lui fait la cour, ça ne donnera jamais rien de bon. La dent reste fichée dans son esprit, alors qu'ils cheminent dans la rue froide et qu'elle s'efforce de ne pas boiter, soulagée de voir s'éloigner le retour à la cabane où le poêle tire mal depuis trois jours et où l'humidité, la nuit, lui glace les jambes. Pöss reparle des répétitions et des difficultés de la belle Mimi. Selon lui, si elle n'arrive pas à dire ses répliques, c'est la faute d'Obadalko, qui ne s'occupe que de diriger sa femme, préférence d'autant plus idiote que cette dernière ne l'écoute pas et se dirige très bien toute seule. Mimi, au contraire, réclame de l'attention, et mieux, de la gentillesse.

— Il y va trop dur avec elle, conclut l'acteur Pöss. Alors qu'elle est si douce, si fragile. Cette fille, c'est de la pure sensibilité montée sur des pattes. On se doit d'avoir quelques égards pour ça.

Alors qu'elle trotte en silence à ses côtés, Ilse sent l'agacement l'envahir. Des *égards* ? À l'abri de la lumière incertaine des lampadaires, dissimulant une grimace, elle renifle, puis considère sans indulgence l'acteur qui marche près d'elle. Je t'en ficherais, moi, « de la sensibilité sur des pattes » ! Ils passent leurs journées à se prélasser, et après ça, il faudrait les dorloter encore un peu plus ? Et les autres, les carrossiers, les tourneurs, les métallurgistes, les employés d'usine, qu'est-ce qu'on en fait de leur sensibilité, à ceux-là ? Pöss continue de pérorer, se plaint qu'on ne comprend rien à son rôle, que le fils de Madame Dulska est avant tout un rebelle contre l'ordre bourgeois, bien plus conscient des réels enjeux de la lutte des classes que tous les autres personnages de la pièce. *Tout en sautant la petite bonne pour la laisser tomber finalement quand il l'a mise en cloque,* fulmine Ilse sans rien dire, en marchant à ses côtés. Lorsque, place Staline, ils doivent attendre un long moment que le feu passe au rouge, Pöss sourit à Ilse et lui tient le coude avec galanterie, sans révéler sa dent, sans voir qu'Ilse regarde à travers lui. Margrit, l'habilleuse, lui a dit qu'il portait une gaine, il la porte en scène, ça, elle le sait, c'est elle qui les achète, mais elle soupçonne aussi qu'il sort avec certains soirs, parfois elle ne les retrouve plus après le spectacle, elle est assez délicate pour ne pas demander et faire mine de les avoir égarées. Est-ce qu'il porte la gaine, là maintenant, est-ce qu'il rentre son petit ventre pour me plaire ? se demande Ilse.

Un vent froid commence à souffler, Ilse et Pöss pressent un peu le pas. Alors qu'ils accélèrent, Ilse sent une douleur étincelante irradier de sa hanche gauche jusqu'au mollet, et quand ils tournent dans la rue du Commerce pour remonter vers l'université, elle doit déployer toutes ses forces pour ne pas se mettre à boiter trop fort. Tout le côté gauche lui fait mal. *Je t'en foutrais, moi, de la sensibilité sur des pattes.* Pöss continue à jacasser sans s'apercevoir qu'il lui a brisé le cœur, son cœur qui vient de changer de situation et descend maintenant, brisé, le long de sa jambe. Il ne s'est pas brisé pour l'acteur Pöss, ce jeune premier un peu fat, avec sa dent déplaisante. Il s'est brisé sous la pression d'un inutile effort, on lui a demandé toutes ses forces – ne pas se plaindre passe encore, mais ne pas boiter, boiter moins, exige une vigilance de chaque instant. Et voilà que cela, cet exploit, n'est rien comparé à la merveilleuse fragilité de cette gourde de Mimi.

On entend de la rue les rires et la musique de jazz au troisième étage, des buveurs titubent dans l'escalier. Plein à craquer, le petit appartement bourdonne des conversations mêlées, Pöss salue à la ronde tandis qu'ils se fraient un chemin dans le groupe compact des convives, indique d'un air important à Ilse qu'il s'agit d'un écrivain, d'une actrice, d'un journaliste. Puis apparaît la dent déplaisante. Offrant à Ilse l'éclat de son sourire de rongeur, il lui désigne un dos, assis devant la table de la cuisine :

— Oh, chouette, Horn est là, on va rigoler un peu ! Ce type est fou à lier, tu vas voir.

Mais tout d'abord, Ilse ne voit rien. Ou plutôt, elle voit un tas de cendres. Elle voit, et de cela elle se rappellera sans doute jusqu'à la fin de son existence, un tas de cendres bouger, s'animer jusqu'à prendre forme humaine. Comme si elles avaient mis un terme à leur dispersion, les cendres se sont retrouvées, peut-être pour revenir à leur état précédent, peut-être pour former un ordre nouveau. Ilse, fascinée, contemple le résultat, mais rien ne peut abolir sa vision précédente, elle a vu ce qu'elle a vu. Et elle continue à le voir, alors même que les cendres se sont muées en un manteau de laine gris-vert, flottant lentement jusqu'à se redresser pour laisser poindre une tête, très petite, à son sommet.

— Qui c'est ? murmure Ilse à l'adresse de Pöss.

— Un Hongrois. Un type d'ici mais il vit à Budapest. Il se fait appeler Horn. Tu ne l'as jamais croisé au théâtre ? Il livre les tissus des costumes. Depuis la guerre, il lui manque une tasse dans le placard. Complètement siphonné ! Mais parfois drôle. Très drôle, certains soirs.

Ilse regarde Horn et tente de décomposer son visage en plusieurs parties : un front, un nez, etc. Elle n'y parvient pas. Il a bien forme humaine, et pourtant ce n'est encore qu'un tas de cendres réanimées : elle a beau regarder cet homme, ce semblant d'homme, parler, sourire et boire, elle n'y voit toujours pas un homme. Seulement une créature étrange, qui, par un prodige qu'elle ne comprend pas, saurait parler, sourire et boire.

On se bouscule, dans l'appartement, où Pöss, jouant des coudes, a rejoint le cercle de ses amis. Des hommes en veste de velours, des jolies filles, maquillées et chics à la mode de Prague, cheveux bouffants, sourires enjôleurs. Reculant un peu, Ilse se détache du groupe pour garder un œil sur la cuisine, elle veut continuer à regarder Horn. Sans rien dire, il fixe le vide d'un œil absent, puis contemple la table de bois. Alors qu'Ilse hésite à venir s'asseoir près de lui, elle est devancée par le jeune type à pipe d'écaille que Pöss a désigné comme « écrivain ». Debout contre le mur du couloir, vacillant au gré des allées et venues, elle se tient assez proche pour suivre leur conversation et entendre que l'écrivain s'adresse à Horn avec une sorte de faux sérieux, comme on parle aux enfants quand on veut qu'ils se sentent importants.

— Alors comme ça, tu es de retour… Comment se fait-il qu'on te voie encore par ici ?

— Qu'est-ce que tu voudrais que je fasse d'autre ? répond Horn avec innocence. Je viens avec le camion de Miklós, je repars avec le camion de Miklós. Il n'arrête pas de dire que le jour où il aura la radio dans le camion, il prendra un costaud à ma place pour l'aider à porter le chargement. Sauf qu'en attendant, on n'a pas la radio. Il n'a que moi pour l'empêcher de s'endormir au volant, alors il me garde.

— Mais pourquoi est-ce que tu travailles ? Ta pension, elle ne te suffit pas ?

— Dans notre démocratie populaire, même les invalides peuvent se rendre utiles, dit Horn en hochant plusieurs fois la tête. Honneur au travail ! J'aime bien

Miklós, j'aime bien le camion, j'aime bien regarder le paysage. Je l'ai dit au psychiatre.

L'écrivain demande avec douceur :

— Pourquoi tu n'as pas émigré comme les autres ? Tu aurais pu aller en Amérique…

— Oh non, dit Horn, c'est trop grand, beaucoup trop grand. Je préfère nos petits pays, même si nos petits pays ne me préfèrent pas. Est-ce qu'on y peut quelque chose quand l'affection n'est pas réciproque ? Au fond, ce n'est pas si grave.

— Mais enfin, puisque tu es juif, pourquoi tu n'es pas parti en Israël ?

— Parce qu'il y fait trop chaud. Je le déplore mais ça compte. Comment je pourrais vivre sans neige et sans montagnes ?

L'air fataliste, il sourit doucement. Puis retombe dans son mutisme. Ilse remarque soudain la présence de Pöss, qui, dans la cohue, la frôle et lui demande ce qu'elle veut boire.

— Un cognac s'il y en a, répond Ilse, souriant malgré la douleur qui continue à lui scier la hanche.

À son nouvel auditoire, Pöss réitère qu'on ne le laisse pas le jouer comme il l'entend son personnage du fils Dulska : en pourfendeur de la morale petite-bourgeoise réactionnaire. Alors que c'est tout l'intérêt de la pièce ! Il n'y a que cet embrumé d'Obadalko pour refuser de l'admettre ! Pendant ce temps, Ilse ne quitte pas des yeux l'étrange petit personnage qui vient de se lever pour saluer quelqu'un. De loin, elle le regarde enlever son chandail. En se penchant autant qu'elle peut le faire sans vaciller ou hurler de douleur, elle l'entend. Une rasade du cognac que Pöss lui met entre les mains la revigore un peu.

— Tu as vu ma chemise ? dit Horn. C'est Zdenka qui me l'a cousue, elle l'a taillée dans un sac à patates. Admire cette beauté…

Il fait un tour sur lui-même. C'est vrai qu'elle est belle, cette chemise, pense Ilse, avec une mélancolie que d'abord elle ne comprend pas. La coupe a été bien faite, et tant qu'on ne le sait pas, on ne voit que des motifs bleus sur un fond de toile crème, on ne pense pas aux patates. D'un coup, Ilse se met à envier toutes ces filles qui savent coudre, elle regrette sa mauvaise volonté, ses aiguillées de paresseuse.

— Zdenka est un génie, conclut Horn en se rasseyant. Elle est même trois fois un génie : un génie de l'idée du sac à patates, un génie de sa réalisation, et un génie de la gentillesse d'avoir fait ça pour moi.

— Elle a aussi eu le génie de te quitter, à ce qu'il paraît, observe l'un des buveurs.

Horn hausse les épaules, puis admet en grommelant :

— C'est un génie bien plus fréquent.

À ces mots, Ilse sent quelque chose lui faire mal, qui n'est plus sa hanche. Elle réalise qu'elle a, pendant le bref moment qui vient de s'écouler, cru avoir découvert l'Amérique, que tout le monde a découvert avant elle, et elle en a honte. Quelle idiote ! Quelle pitoyable imbécile ! Il ne lui a fallu que quelques secondes pour décréter qu'elle et elle seule pourrait aimer cette créature, qu'elle était la providence envoyée à ce gnome, ce semi-homme. Qu'elle seule avait vu, au-delà de disgrâces bien plus grandes qu'une pauvre dent crochue dans la mâchoire d'un jeune premier, ce qui était caché et meurtri. Qu'elle était bête ! Ce qu'elle voyait, d'autres l'avaient vu depuis longtemps, et elles cousaient des chemises, les malheureuses ! Des chemises, il devait y en avoir un paquet ! Ilse se sent faiblir, elle s'adosse au mur, et se laisse submerger par le bla-bla de l'acteur Pöss.

— Eh, Horn, crie tout à coup par-dessus la musique une voix venue du salon, raconte-nous encore une fois comment ils t'ont déclaré débile...

Pöss s'interrompt, tourne la tête. Son visage s'illumine quand il voit que l'homme-tas de cendres gigote jusqu'à se mettre sur ses pieds, puis, grognant un peu, se traîne hors de la cuisine. Venu du fond du couloir, un sifflement retentit. Quelqu'un a coupé la musique, les conversations s'étiolent.

— Il ne faut surtout pas rater ça..., chuchote l'acteur Pöss à Ilse, c'est un numéro de première !

La créature fait quelque pas et, une fois rétablie, prend un semblant de forme humaine pour se placer au milieu du salon face aux convives qui sont venus s'installer devant elle. On se presse, on emprunte même les coussins du canapé pour se trouver une bonne place par terre comme à un premier rang, les filles s'agenouillent en tirant sur leurs jupes. Entraînant Ilse par le bras, Pöss se faufile derrière elles.

— Ce n'est pas drôle, et je vous l'ai déjà raconté *maintes fois*, se plaint Horn, tout en prenant ses marques afin de s'assurer que tout le monde peut bien le voir.

— Allez, Horn, lance une voix dans l'assistance, te fais pas tant prier, allez, raconte encore ! Refais-nous ton grand discours !

Pour obtenir l'attention de tous, Horn se racle la gorge et attend que le silence se fasse. Quand tous les bruits de la fête ont cessé, qu'on n'entend plus que des murmures, qu'on commence même à se parler en langage des signes pour se trouver un verre, il retrousse les manches de sa chemise en sac à patates avant de prendre une visible inspiration. Cela fait, pour créer plus de tension encore, il marque une dernière pause avant de se lancer, comme un acteur l'aurait fait, observe Ilse, un vrai acteur.

— Eh bien, comme je vous l'ai déjà raconté, commence Horn – sa voix est devenue à la fois plus aiguë et plus assurée –, à la toute fin de la guerre, j'ai eu l'infortune de rester enseveli plusieurs jours sous les décombres d'une maison. J'étais dans cette maison abandonnée, en train de vaquer tranquillement à mes affaires, lorsqu'une bombe a eu l'indélicatesse de nous pulvériser, la maison et moi-même. Quand je me suis réveillé à l'hôpital, la guerre était finie depuis longtemps. Mais on m'a bombardé encore, cette fois avec des questions. « Qu'est-ce que tu faisais, toi, dans cette maison, qui n'était pas la tienne ? » – J'ai répondu ce qui était : que je n'étais occupé à rien d'autre qu'à ne pas achever trop vite mon existence. « Ton accent est bizarre, qu'est-ce que tu peux bien être ? m'ont encore demandé nos médecins. Un Juif, un Hongrois… un *Souabe* ? Ou alors un des nôtres qui aurait pris un gros coup sur la tête ? » J'ai répondu que, respectueusement, c'était une question bien difficile. Car pour ce que j'en savais, mes ancêtres étaient venus d'on ne sait trop où pour atterrir dans ce qu'il était commun à l'époque d'appeler la Haute-Hongrie. Et s'ils n'avaient certes pas franchi le col des Carpates en 895 avec les tribus du pays magyar, *rida rida bom bom bom*, mes aïeux étaient pourtant bel et bien devenus hongrois au bout d'un certain temps. En tout cas, ils l'étaient quand le Compromis de 1867 avait fait d'eux des sujets de la double monarchie – cela, j'en étais absolument sûr, vu que mon père avait combattu dans l'armée austro-hongroise pendant la Grande Guerre, et gagné la Médaille de la bravoure en perdant son pied droit en Italie, dans la débâcle de Doberdò.

On boit maintenant à gorgées silencieuses, le silence s'est fait dans la pièce. Horn lui aussi s'est arrêté et contemple, essoufflé, son public.

— La suite ! beugle quelqu'un, au fond de l'assistance. La suite !

Horn avale une rasade de bière, s'essuie le front de sa manche et reprend son récit :

— Comme je vous le disais, mes parents pensaient bien être hongrois. Mais voilà-t-y pas que quelques années avant ma naissance, *platty platty bum bum bum*, en 1920, pour punir la Hongrie et asseoir sa défaite, le traité de Trianon lui avait enlevé une bonne partie de son territoire, une partie comparable à un bras et une jambe, pour rester dans l'anatomie, ou alors les amputations, que les docteurs qui m'interrogeaient devaient sûrement bien connaître. Dès lors, quatre ans avant que je naisse, nous étions devenus de cette façon des citoyens tchécoslovaques. Et à vrai dire, mes amis, je devais me sentir moi-même un petit peu slovaque sur les bords, c'était scientifiquement indéniable, étant donné que j'avais la chair de poule dès que j'entendais chanter *Au-dessus des Tatras brille l'éclair.* Cela signifiait que je m'étais déjà copieusement partagé. Qu'est-ce qui me prenait de m'émouvoir d'un hymne écrit par des Slovaques *contre* les Hongrois justement ? Allez savoir, bonnes gens, les mystères de soi-même : tout hongrois que j'étais un peu, cet hymne, je le chantais tout de même volontiers. C'est ce que j'ai expliqué aux docteurs, juste après la guerre. Et même maintenant, maintenant que nous ne sommes plus une nation minuscule et isolée mais, *brom brom brom*, un bastion valeureux sur le mur de la paix, même si, j'en suis convaincu, la Tchécoslovaquie, épaulée par notre grand frère soviétique, doit lutter avant tout pour l'amitié entre les peuples, je dois quand même avouer que cet hymne, il me fait encore quelque chose, même s'il n'est plus à la mode aujourd'hui.

Il s'arrête quelques secondes, et, du bout des lèvres, comme pour lui-même, se met à chanter :

Notre Slovaquie a depuis trop longtemps profondément dormi.
Mais les éclairs du tonnerre… Mais les éclairs du tonnerre…
Bientôt la réveilleront.

— Laisse donc ça tranquille, raille un type au dernier rang. On le sait bien, ce que tu es…

Les visages, contrariés, se retournent vers le fond de la pièce.

— Oh, ça va, fous-lui la paix ! s'énerve une femme.

Un murmure. Encore électrisée par les éclairs au-dessus des Tatras, l'assistance retient son souffle. Horn dévisage le type au fond du salon. Ils restent là, à se jauger. On attend.

— *Quant au fait d'être juif*, reprend finalement Horn en appuyant chaque mot de sa voix aiguë, j'ai rappelé aux docteurs que, *pukk pukk pukk*, on ne savait jamais quels ennuis ça allait vous causer. Déjà, avant la guerre, on m'avait rapporté qu'à Budapest un fantaisiste nain, un clown qui faisait chaque soir son numéro dans le cirque du Bois de la ville, s'était vu privé de son emploi au motif très étrange qu'« un juif ne peut pas être nain ». Alors j'avais déjà compris que c'étaient des choses bien difficiles à arbitrer. J'ai donc rappelé aux docteurs que, respectueusement, dès le début de la guerre, j'avais perdu le droit de prendre le tramway à Prague parce que j'étais juif. Mais que maintenant que la guerre était finie, le tramway de Prague, voilà qu'on venait de me dire que c'étaient les Hongrois qui n'avaient plus le droit de le prendre. Alors j'ai ajouté que, sans connaître les pourcentages scientifiques en moi-même de juif, de hongrois ou de slovaque – car en vérité, il se pouvait bien qu'à l'examen on trouve un peu de tout ça –, j'espérais que la médecine, dans sa grande sagesse, ferait pencher la balance du côté, quel qu'il soit, où je pourrais prendre le tramway, car le tramway s'avère un moyen bien pratique de se rendre d'un endroit à un autre.

Dans la clameur qui accueille ces mots, Ilse remarque qu'elle a cessé d'avoir mal à la hanche. Depuis que Horn a entamé son discours, même la douleur a cédé devant le spectacle de cette petite silhouette dansante.

— Et ensuite ? Et ensuite ? réclame l'un des convives.

— Ah oui, dit Horn d'un air distrait, ensuite ils m'ont demandé où et quand j'étais né. *Csip-csöp, csip-csöp*, pas facile non plus ! J'ai répondu qu'il me semblait bien avoir eu des papiers tout ce qu'il y a de plus en règle, qui indiquaient que j'étais né à Rózsahegy, le 16 avril 1924. Sauf que j'en avais possédé d'autres, tout aussi crédibles, qui me faisaient naître trois cents kilomètres plus loin, à Břeclav, quinze jours plus tard. Comment savoir ? J'ai dit que, respectueusement, puisqu'on avait tué mon père, ma mère et mes trois sœurs aussi, parce que tout ce beau monde était trop juif pour être hongrois avant de devenir trop hongrois pour être slovaque, je ne pouvais guère leur demander des renseignements et revenir à la source de mes informations. D'où il découlait que mon origine s'était perdue en route, et que, pour les raisons précédemment évoquées, on ne la retrouverait sûrement pas dans un tramway, *rida rida bom bom bom*.

« On a tué mon père, ma mère et mes trois sœurs aussi » : la phrase a été lâchée en passant, la voix n'a pas

tremblé ou presque. Horn l'a dite, comme le font, pense à nouveau Ilse, les bons acteurs, comme Obadalko indique : « Si c'est dramatique, vraiment dramatique, alors on ne doit surtout pas en faire un drame. »

Horn vient d'arrêter à nouveau son récit pour boire, et Ilse se prend à espérer de toutes ses forces que ce ne soit pas fini. Rien de tel ne l'anime pendant les représentations des pièces soviétiques sur la naissance de l'homme socialiste ou pendant les répétitions de *Madame Dulska*. Pour que Horn continue, elle aurait pu crier « Encore ! », taper du pied, elle comme tous les autres, comme Pöss qui sourit de toute sa dent, le public est fasciné, il est pris.

— Et après ? Et après ? relancent les convives.

— Oh, après..., fait planer Horn en se détournant vers la cheminée, comme pour couper court à son propre monologue.

Dos au public, il boit une nouvelle, longue, gorgée de bière, mesurant bien l'attente que cette diversion crée. Puis, d'un bond, il se retourne et poursuit :

— Après ? Après, ils m'ont posé une question encore plus difficile : ils m'ont demandé mon nom. Ah ça, c'était vraiment la colle... J'ai dit : en toute obéissance, messieurs les docteurs, des noms, j'en ai eu trente-deux, je ne sais plus moi-même lequel est le vrai. Mais peu importe, j'ai répondu aussi, parce que nous tenons la solution : je crois que je devrais m'appeler Janíkov. Et pourquoi donc ? m'ont demandé nos médecins interloqués. Eh bien, j'ai dit, il paraît que pas loin de là où j'ai grandi, la petite ville que les Hongrois appelaient Éberhárd a eu, l'année dernière, l'honneur d'être libérée par le généralissime soviétique Rodion Malinovsky. Et on m'a expliqué que grâce à ce formidable événement, Éberhárd avait dorénavant la joie de s'appeler Malinovo. *Pif paf*, voilà qui me donne une très bonne idée ! ai-je expliqué aux médecins. Car il se trouve que moi aussi, l'année dernière, j'ai eu l'honneur d'être libéré – pas de l'armée allemande mais de la maison qui m'était tombée sur la tête –, ce qui, quand on y réfléchit, est peut-être un peu la même chose. Libéré, moi, je ne l'ai pas été par le généralissime Malinovsky, mais par un simple ferrailleur qu'on appelait, je crois bien, Janík. J'imagine qu'en s'aventurant dans la maison en ruine il espérait découvrir quelque chose d'un peu plus précieux que moi, enfin, disons, d'un peu plus échangeable. Mais cet honnête chrétien, ce vaillant prolétaire, veux-je dire, ayant repéré une forme humaine, a eu la bonté d'âme de la sortir de sous les gravats, et de traîner ce qui en restait dans sa charrette jusqu'à un hôpital. Comme vous pouvez le constater, il en restait beaucoup plus que ce qu'on pouvait croire : une fois rafistolé, me voici presque neuf et plus échangeable que prévu. Donc, vous en conviendrez, ai-je dit aux autorités de la médecine corporelle et mentale qui me faisaient la grâce de m'examiner, si Éberhárd libérée est devenue Malinovo, il semblerait normal que moi aussi je porte le nom de mon libérateur. On peut donc m'appeler Janíkov.

— Et à ce moment-là, qu'est-ce qu'ils t'ont répondu ?

— À ce moment-là, surmontant une envie manifeste d'envoyer un coup de pied dans mon derrière fraîchement rafistolé, mais par égard peut-être pour les efforts considérables que la médecine avait fournis pour réparer le derrière en question, sans parler du reste, les bons docteurs se sont enfin décidés à me poser des questions plus faciles : « Le radium est-il plus lourd que le plomb ? », « Croyez-vous à la fin du monde ? ». Là, je connaissais les réponses, et j'ai pu leur déclarer en toute obéissance que, premièrement, du radium, je n'en avais jamais pesé, et, deuxièmement, que cette fin du monde, il faudrait d'abord que je la voie, mais que ça ne serait pas pour demain, et qu'il était donc fort probable que je ne vive pas jusque-là.

L'auditoire, qui a reconnu dans ce discours les célèbres âneries du brave soldat Chveïk, s'esclaffe de plus belle. Horn sourit brièvement, comme un acteur qu'on applaudit au milieu de sa scène mais qui ne doit pas se laisser emporter jusqu'à perdre le fil. Les rires l'encouragent à se hâter vers sa conclusion :

— Là-dessus, les autorités de la médecine se sont accordées pour me déclarer faible d'esprit. Et elles conservent cet avis à ce jour. *Rida rida bom bom bom !*

Il y a quelques sifflets amusés, quelques rires, puis des applaudissements. Mais Ilse s'est figée. C'est comme si elle vivait à nouveau la détresse de sa première soirée au théâtre, quand on l'avait sortie avec brutalité de son rêve, au beau milieu des *Noces de Figaro*. Le salon est redevenu un salon, les visages des visages, le brouhaha des conversations, encore réduit à un murmure, reprend peu à peu. Parmi les rires qui s'amenuisent, Horn opère à nouveau un demi-tour sur lui-même, de larges taches de sueur brunissent maintenant sous les aisselles de la chemise en sac à patates. Comme pour une révérence, il abaisse un genou, incline le buste, et, d'un large geste, ôte de sa tête un chapeau à plumes invisible, avant de murmurer, en français :

— *Serviteur !*

Lorsqu'il se remet debout, son corps a repris son allure affaissée. Sa voix a baissé d'un ton quand il lance à la cantonade :

— Honneur au travail ! Et maintenant, bonnes gens, qui va me chercher un verre ?

Quelques instants plus tard les hommes en riaient encore, mais pas les femmes. Il était difficile de dire si Horn en avait conscience : quand les femmes le regardaient, Ilse le voyait bien, c'était sans rire, sans coquetterie, leurs yeux inquiets et tendres promettaient un monde de consolation. Elles avaient toutes le même visage.

10

Le vin du souvenir

Rentré à l'hôtel, Simon envoya par texto à sa sœur une photo de la tombe de leur aïeule et regarda, par la fenêtre de sa chambre, la pluie tomber. Cette fois, il avait assuré ses arrières et élu domicile dans un établissement assez chic de la rue Clemenceau – Klemensová, selon l'usage local. Tous les noms de rues se déclinaient au féminin, et aux yeux ignares de Simon cela apportait à la ville une certaine douceur de caractère. Nerudová, Einsteinová, Smetanová… Dans une nouvelle chambre propre et fade, calfeutré sous l'édredon plantureux d'un lit *king size*, Simon rêvassait à une ville de femmes, où les grands hommes perdaient de leur superbe, de leur dureté, de leurs angles.

Puis comme si quelque chose en lui avait cédé, il se permit pour la première fois depuis le début de son voyage de songer à Mathilde, à Mathilde qu'il avait perdue.

Trois ans plus tôt, et ça n'avait pas changé depuis, les fameux « dîners en ville parisiens » relevaient pour Simon de la légende urbaine. Mais s'il sortait peu, il en savait assez sur les usages du monde pour comprendre que lorsque deux célibataires se voient appariés lors d'un dîner de couples, on tente de fomenter quelque chose. Et peut-être même qu'un mot lui avait été glissé dans ce sens par la maîtresse de maison, une amie de jeunesse de Jeanne – oui, elle avait, croyait se souvenir Simon, suspendu comme un appât « la jeune traductrice très sympa » qui serait présente à ce dîner.

À Mathilde, Simon l'avait appris plus tard, on avait présenté les choses de façon plus frontale. Passé un certain âge, on dit d'un homme qu'il est libre et d'une femme qu'elle est seule – la liberté est désirable, la solitude, non. On avait donc signalé à Mathilde l'ajout d'un « célibataire charmant » comme une attention portée à sa situation problématique, comme on aurait pensé à ne pas cuisiner de viande pour un végétarien.

Dès son arrivée ce soir-là, Simon avait repéré avec certitude la compagnie qu'on lui réservait. Lancé de l'autre côté du salon où la conversation allait déjà bon train, le regard de Mathilde avait traversé l'édredon des couples pour venir se ficher dans son front. Privées de l'innocence de leur développement spontané, ces situations-là se décident vite : tout sembla être joué dans ce premier regard, très concentré d'abord puis, à l'évidence, déçu. Quand il partit se planter ailleurs, Simon en éprouva une rancune immédiate. Vexé, il s'évertua alors à réduire Mathilde à une série d'objections : trop froide, trop lisse, trop bourge, trop blonde, non. Là-dessus, on était passés à table.

Pendant l'entrée, Simon affina son diagnostic. Cette fille, décida-t-il, était un chef-d'œuvre de travail humain cristallisé. Il n'y avait qu'à la regarder pour voir comment le pognon vous transforme n'importe quel matériau de base passable en produit de luxe. Sans les leçons de danse, le bon coiffeur, la peau soignée, les ongles polis, le goût achevé des vêtements et du vocabulaire, sans le port de tête gracieux et les manières de table, franchement… Éclusant un verre de rouge après l'autre, Simon continua son auscultation vengeresse pendant l'épaule d'agneau. Mais Mathilde elle aussi buvait vite, buvait peut-être sa déception du « célibataire charmant » qu'on lui avait promis, et, à l'orée du dessert, une question distraite sur son travail de traductrice flanqua le dîner hors des rails. Pas traductrice, interprète, rectifia avec humeur Mathilde, avant d'expliquer que ces choses ne pouvaient pas être confondues. Elle offrait sa voix aux autres, et ce travail, ou plutôt cette mission, n'allait pas, elle y tenait, sans une noblesse particulière. Les politiques, la publicité, les journaux, tous passent leur temps à tordre le langage pour lui faire dire autre chose que ce qu'il dit, s'énerva Mathilde. Moi, je fais l'inverse. On m'a placée entre des gens qui désirent vraiment communiquer, donc je dois m'effacer pour qu'ils puissent se comprendre, revenir à la racine du sens, au plus vrai de leur propos. Personne n'avait dit le contraire, ni ne tenait à en apprendre plus sur le sujet, mais Mathilde continua, sans remarquer qu'elle immobilisait la maîtresse de maison qui s'apprêtait à te porter les assiettes sales à la cuisine pour passer au dessert. S'exaltant de plus en plus, elle confisqua la conversation – à laquelle aucun des convives ne tenait d'ailleurs tant que ça, où chacun s'était contenté jusqu'ici de verser son écot, une longue anecdote ici, un bon mot là, une objection de pure forme ou un assentiment d'ambiance. L'impatience générale devint alors palpable, d'autant que la maîtresse de maison continuait d'attendre, debout, les assiettes sales à la main, trépignant d'aller chercher sa tarte à la cuisine. Tout le monde s'en était aperçu mais Mathilde, sans y prêter attention, se mit à développer, à approfondir. Avant tout, on devait séparer la traduction consécutive et la traduction simultanée, deux modes d'interprétariat totalement distincts, selon elle, dans leur expérience. Pour la consécutive, bon, il fallait surtout de la mémoire ou, à défaut, de bonnes capacités de prise de notes, mais la simultanée, c'était autre chose, c'était de l'adrénaline pure, aussi palpitant que le saut à l'élastique ou le vol à voile, expliqua-t-elle – on voyait bien qu'elle était un peu bourrée, elle s'était décoiffée en parlant. L'étonnement de Simon grandissait à mesure qu'il la voyait se défaire de sa bonne éducation, que ses joues rougissaient jusqu'à s'empourprer, dans le silence général, où, inconsciente, et d'une façon de plus en plus incongrue, elle continuait à s'enflammer toute seule. La simultanée, rappelait Mathilde, impliquait le corps autant que l'esprit, des mots rentraient dans son oreille tandis que d'autres sortaient, en très léger différé, de sa bouche, c'était donc avant tout une opération sensuelle, charnelle, un exercice physique, d'où cette impression de glissade, de flottement... Comme un état de semi-conscience... mais en très alerte, précisa-t-elle à l'auditoire embarrassé dont elle ne percevait toujours pas l'embarras. Pendant ce temps, Simon retirait l'une après l'autre ses objections : Mathilde, en se débraillant, commençait à lui plaire. Jetant l'un après l'autre ses oripeaux argentés, elle finissait par apparaître, et elle tranchait à vif dans ce dîner convenu. Il faut s'imaginer, continuait-elle, les émotions fortes – quand je repense à ce conférencier qui tout à trac s'est mis à citer Baudelaire au beau milieu de sa phrase –, c'était sorti de nulle part, et moi, j'étais lancée, je tenais bien mon rythme, et d'un coup, paf, Baudelaire ! Ça a fait comme un à-pic, le trou, vertigineux : *« N'es-tu pas l'oasis où je rêve, et la gourde où je hume à longs traits le vin du souvenir ?* » Va traduire ça, d'un coup, au débotté, *en allemand !* se souvenait Mathilde, rouge, ébouriffée, ça m'a fait déplaner direct, et c'est bien là le danger : la simultanée, ça envoie dans deux endroits en même temps, mais il suffit d'en quitter un pour perdre immédiatement les deux.

Simon comprenait cela. Il le comprenait d'autant mieux qu'il vivait lui aussi à cet instant une expérience simultanée : alors qu'une moitié de lui écoutait l'histoire de la citation de Baudelaire, l'autre observait Mathilde dévoiler son naturel non transformé, qui semblait à Simon bien plus aimable que l'autre. Pendant que la phrase s'inscrivait, intraduisible et brisée, dans son esprit – *la gourde où je hume à longs traits* –, Simon observait la décristallisation du travail humain opérer en simultané avec la cristallisation de son désir. Parmi les convives qui attendaient que ça passe, il resta bientôt seul à écouter Mathilde. Personne d'autre n'aurait pu venir à sa rescousse tandis qu'elle échouait à caractériser « cette sensation voluptueuse », comme un étourdissement… enfin… une suspension… ou…

— … Une disparition ?

Mathilde regarda Simon, un peu effarée. Sans le lâcher des yeux, elle réfléchit un instant puis, avec gravité, fit un signe d'acquiescement. Entretemps, la tarte avait enfin pu arriver sur la table et la soirée reprendre son cours. Simon était troublé : il ignorait lui-même ce qu'il avait voulu dire. D'où est-ce qu'il avait sorti cette *disparition* ? Ce mot avait suffi à déjouer le premier regard, il avait provoqué la rencontre qui n'avait pas eu lieu, scellé une alliance, mais une alliance étrange, comme conclue dans le noir, et dont la nature demeurait mystérieuse à qui l'avait voulue. Pourquoi cette femme ne lui était-elle apparue complètement qu'au moment précis où elle évoquait ses disparitions ? s'était demandé Simon dans le taxi qui le ramenait chez lui.

Lorsqu'ils se revirent, quelques jours plus tard, ce n'était encore, selon les standards de Simon, qu'un « rendez-vous paprika ». C'est ainsi qu'il voyait la chose. Soit : une pincée de paprika peut changer le goût et la couleur d'un tout bien plus grand que cette pincée, et qui peut être, éventuellement, des patates. Rouges, appétissantes, épicées, mais patates. De même, une pincée de séduction peut rendre passionnantes des rencontres où précisément la passion n'a pas cours.

Quand il aperçut Mathilde à travers la vitre du café proche de la Sorbonne où ils s'étaient donné rendez-vous, il fut touché de la voir assise l'œil vague, les épaules voûtées, désaffectée, comme à l'arrêt. L'attente, le soin visible qu'elle avait pris à se préparer, et peut-être aussi l'espoir semblaient l'avoir terrassée, lui laissaient les yeux vides devant sa tasse de thé, le dos affaissé sur la banquette de cuir rouge du bar. Puis, toujours sans apercevoir Simon derrière la vitre, elle se reprit, redressa le dos, et, se mordant les lèvres, jeta quelques regards anxieux à la ronde. Cette vision volée, cette guirlande de Noël – Mathilde éteinte-Mathilde allumée –, attendrit Simon avant même qu'il ne vienne à sa rencontre. La conversation s'en trouva plus facile, plus douce, elle se passa des mondanités d'usage et tout se déroula comme un charme.

Encouragée par Simon, Mathilde se raconta volontiers : une enfance expatriée dans une famille de diplomates, principalement au Moyen-Orient, trimballée tous les trois ans d'une ville à l'autre, d'une villa protégée à l'autre, où d'invariables ventilateurs à hélice surplombaient la version luxueuse du tapis local. Enfant unique, parents absents, écoles puis lycées français, gouvernantes libanaises quittées et regrettées. « J'avais l'impression de ne jamais vivre dans la vraie vie », confiait Mathilde en s'entrebâillant un peu plus, tandis que son chemisier blanc s'entrebâillait lui aussi et laissait entrevoir à la dérobée la courbe timide d'un sein pâle. Évitant de fixer le chemisier entrouvert, Simon, un peu tendu, se contentait d'écouter, il ne tenait pas tant que ça à parler de lui-même ou à s'appuyer la compassion postiche que sa condition d'orphelin ne manquait pas de susciter. Après le thé, ils avaient commandé du vin. Encouragée à la confidence, Mathilde continua de décrire le monde guindé de son enfance puis de son adolescence, fait d'émotions tues, de rues populeuses, défendues et brûlantes, contemplées par la vitre de voitures climatisées. Les frontières ne changeaient rien à ce monde, où même l'air était soumis à condition, et où les petits fours tenaient lieu de plat national. À cause des déménagements successifs, expliqua-t-elle encore, il avait fallu apprendre à se faire aimer très vite. Simon sourit, se pencha vers Mathilde. Mais aussi, ajouta-t-elle, à cultiver de moindres surfaces d'adhésion. Arriver, trouver quelques points d'attache, repartir. S'attacher sans trop s'attacher. Simon, recevant l'avertissement, recula malgré lui. Pas d'amitiés durables, continua Mathilde, personne avec qui grandir, personne avec qui se voir grandir. Pas de miroir où se voir changer. Sans avoir vraiment conscience de soi-même, il fallait s'adapter, se réadapter constamment, résuma-t-elle avec un soupir, dévoilant à nouveau le sein blanc pris dans la dentelle d'un soutien-gorge couleur chair. Légèrement ivre après le deuxième verre de vin, Simon sentait, de l'autre côté de la table, le parfum élégant de ses cheveux ondulés, *l'oasis où je rêve, où je hume à longs traits le vin du souvenir.*

— C’est de là que ça t’est venu, la traduction ? demanda-t-il.

Mathilde sourit, confirma – rien ne lui était plus naturel que de se traduire. Pour elle, ce n’était pas une profession mais une nécessité très profonde, très ancienne. Isolée dans des villes étrangères, ne se sentant liée à aucun pays natal, elle avait passé des années à tenter de se fondre. Simon hocha la tête, il comprenait cela. Rien d’étonnant donc, conclut Mathilde, à ce qu’elle se soit trouvé un travail qui consistait à être fondue. Simon, qui, quoique différemment, commençait à être fondu lui aussi, trouva le moment propice pour rappeler le sésame de leur première rencontre :

— Les disparitions ?

Mathilde eut un sourire léger, timide, puis avec gravité répondit simplement :

— Oui.

Et elle se tut pour laisser planer ce seul mot, qui augurait sans ambiguïté d’un plus vaste consentement.

Quelque temps plus tard, cette rencontre au café était devenue leur acte fondateur, leur scène inaugurale. Sans le désavouer complètement, ils avaient par accord tacite un peu gommé le dîner. La rencontre du café convenait mieux que la première, elle était plus jolie, plus pure. Au cours des mois suivants, ils l’avaient souvent revécue ensemble, chacun en donnant son rapport, la pimentant d’un détail que l’autre ignorait (« je me suis dit : “ah merde, elle boit du thé”, “tu louchais tout le temps dans mon décolleté” », etc.). Le dîner aussi, ils en avaient reparlé, mais moins volontiers. Évidemment, Simon s’était bien gardé d’avouer son impression première sur le produit passable que le pognon magnifiait. Pour le reste, il avait restitué assez fidèlement l'effet qu'avait produit sur lui l'apparition soudaine de Mathilde entre l'épaule d'agneau et le dessert – passionnée, vulnérable, vivante… Mathilde, quant à elle, avait avoué qu'à ses yeux aussi Simon avait surgi au milieu de ce dîner sans consistance : tout à coup, quelqu'un était là, et qui la comprenait… Quoique Simon s'en souvienne parfaitement, cela lui semblait une tricherie tout à fait acceptable que Mathilde omette de mentionner sa déception initiale. Mais peut-être l'avait-elle oubliée.

Ces confessions révisées étaient arrivées en temps voulu, quand la relation, qui durait depuis quelques semaines, prenait à l'évidence un tour plus sérieux. Ce n'était plus une *aventure* mais une *vraie histoire* : ils la racontaient. Simon et Mathilde savaient très bien ce qu'ils faisaient en se remémorant tel malentendu ou telle intuition, en se mettant d'accord sur leur version de la chose et en l'établissant ensemble. Sous le masque de leurs confidences se cachait bel et bien un projet. À l'heure où s'institue le récit commun, l'aventure se termine et commence l'histoire. C'est ainsi. Tout comme les familles, les camaraderies créent puis ressassent leurs légendes, comme les pays procèdent par élimination pour se bâtir un récit national, ce que Simon et Mathilde sédimentaient ainsi n'était pas tant leur récent passé que leur pérennité, leur avenir.

Mais l'ennui, avec les histoires, c'est que sur leur lancée elles finissent toujours par entrer en collision avec d'autres.

Ainsi, lorsqu'au bout de trois mois Simon avait été présenté aux parents de Mathilde lors d'un dîner que cette dernière avait qualifié sans ambages de « corvée à se taper », la diplomatie en avait pris un coup. Bien qu'auréolée de toutes les apparences formelles de la bourgeoisie, cette rencontre manqua de confort dès son début. Ils en étaient encore aux poignées de main que la mère de Mathilde s'était répandue en excuses :

— Écoutez, c'est complètement idiot, je suis vraiment confuse : j'ai fait du lapin.

— Ah, avait dit Simon sans comprendre le problème, ah bon.

— Je suis tellement désolée, continua la mère. Mais Mathilde ne nous avait pas dit que vous étiez... enfin que vous étiez...

Que j'étais quoi ? n'osa pas demander Simon. Il regarda sa compagne qui parut tout à coup mal à l'aise, et sa perplexité s'accrut. Qu'est-ce que Mathilde avait bien pu taire... ? Puis révéler ? Quel rapport avec le lapin ? Elle n'avait quand même pas inventé qu'il était végétarien ? Pendant qu'il se creusait la tête, la mère continuait à se tordre les mains, avec sa phrase qui restait suspendue dans le vide.

— Que vous étiez...

Que je suis ? Ben oui, je suis. Je suis bien obligé d'être, sinon on serait pas là. Coincé dans l'entrée, son manteau encore sur le dos, Simon s'aperçut que la mère de Mathilde commençait à devenir vraiment contrariée, et que le motif de sa désolation n'était plus le lapin mais sa phrase, sa phrase qui continuait à se balancer, remuante et incomplète, comme un petit animal qu'il conviendrait d'achever. C'était d'autant plus malheureux que Simon, dans sa position de gendre, était prêt à toutes les politesses pour la tirer d'affaire. Mais il ne voyait pas le problème.

— Que vous *étiez...*, tenta une dernière fois la mère, avec ce qui ressemblait maintenant à de l'exaspération.

Devant cette colère rentrée, Simon comprit enfin ce qui se passait : elle lui demandait de prononcer à sa place un mot inconvenant, et il lui refusait cette courtoisie. Il le comprit d'autant mieux que cela expliquait l'attitude du père, qui, malgré ses états de service au Quai d'Orsay, se révélait fort peu diplomate. Certaines communications se passent assez bien de paroles – sans un mot, mais tout, du regard à la poignée de main, le signifiait –, il avait fait savoir à Simon qu'on pouvait s'amuser un peu, qu'on était tolérant ici, mais que sa fille Mathilde ne risquait pas de s'appeler un jour Ungarn – ou Unger – *comment le prononcez-vous ?* –, et encore moins de donner naissance à une lignée de la même mosaïque. Simon regarda les parents, retrouvant le bas du visage de Mathilde chez la mère, les yeux brun clair, très clairs, chez le père et il dit d'un ton neutre que ce n'était pas un problème, pour le lapin, il mangeait de tout.

Quelques minutes plus tard, enfermé aux toilettes avec son téléphone, il trouva une réponse sur torah-box.com. Selon le chapitre 11 du Lévitique, les seuls animaux dont il est permis de consommer la chair sont les ruminants ayant le sabot fendu. Mais, expliquait Rav Élie Munk *online*, lapin et lièvre expulsent des boulettes humides qu'ils remangent, puis ré-expulsent ensuite sous forme des boulettes sèches. C'était donc, concluait le rabbin, une forme tout à fait *hétérodoxe* de rumination – sans parler des « spécificités » merdeuses de la régurgitation – et une fois établi que le lapin ne ruminait pas, il n'était plus nécessaire de se référer à l'absence de sabot fendu, qu'Hachem vous protège et vous bénisse.

Ce processus de digestion peu ragoûtant n'empêcha pas Simon de manger le lapin – c'était plutôt bon, il s'étonna seulement de trouver des lardons dans la sauce – tant qu'à faire, pourquoi la mère n'avait-elle pas prévenu *aussi* pour les lardons ? L'incident aurait très bien pu vivre dans le silence où il s'était déroulé, mais, le médoc aidant, Simon se sentit obligé d'en remettre une couche. Deux couches, à vrai dire, puisqu'il arriva à mettre sur la table *Vingt Mille Lieues sous les mers* (un sujet qui intéressait autant le bon peuple que la traduction simultanée), et pire encore, le film de Disney de 1954. Ce qu'il y a de merveilleux dans ce film, c'est que les héros sont joués par des juifs ashkénazes, s'étala Simon en regardant l'un après l'autre les parents dans les yeux. Par exemple, le professeur Aronnax, du Muséum national d'histoire naturelle de Paris, est joué par Paul Lukas – alias Pál Lukács, un comédien *juif* hongrois qui faisait les belles heures des théâtres à Budapest dans les années trente. Son serviteur, le Flamand Conseil, est lui aussi joué par un *juif*, Peter Lorre, né László Löwenstein, à Rózsahegy, au pied des Carpates, durant l'Empire austro-hongrois. Mais le pompon, s'exclama Simon en se resservant un verre, c'était tout de même d'avoir donné à Kirk Douglas le rôle du harponneur canadien Ned Land. *Kirk Douglas !* Né Issur Danielovitch Demsky. Des gens aussi cultivés que les parents de Mathilde ne pouvaient ignorer qu'il était le fils d'un chiffonnier *juif* de Biélorussie ? Cela dit, Simon posa avec soin un par un les petits os du lapin sur le bord de son assiette, et sentant que les parents seraient soulagés de passer à autre chose il poursuivit plus avant. Il le fit avec d'autant plus de plaisir que Mathilde le soutenait de ses regards complices, fière que Simon ait fini par prendre le lapin par les cornes et ravie, semblait-il, de son choix et de l'opposition qu'il provoquait. Ce qui était génial, ajouta donc Simon, c'était que Walt Disney, pour se payer Kirk Douglas, avait dû débourser plus qu'il ne l'avait jamais fait pour aucun autre acteur : 175 000 dollars au bas mot ! Du jamais-vu ! (oui, mon vieux, *les juifs et l'argent*, c'est bien vrai, ce qu'on t'a raconté, disait le regard de Simon à celui du père de Mathilde). Et c'était ça le plus fabuleux, ajouta Simon. Après avoir planté un clou à chaque fois qu'il prononçait le mot « juif », il enfonça avec conviction le pieu final dans le dîner de famille : ce qui est merveilleux, c'est que Jules Verne est un antisémite – quand on lit ce qu'il fait de ses personnages juifs, vraiment, pas de doute là-dessus. Pour Walt Disney, c'est moins tranché, mais si on regarde sa version des *Trois Petits Cochons* de 1933, où le loup est un colporteur au gros nez et à l'accent yiddish, franchement... Toujours est-il que, pour raconter leur histoire, ces deux antisémites-là ont quand même eu besoin de se payer trois juifs. C'est une bien belle morale, non ?

Au moment de prendre congé, alors que, sur le pas de la porte, il remerciait pour cette charmante soirée, Simon passa un bras propriétaire autour de la taille de Mathilde, et regarda le père une dernière fois bien dans les yeux. Il le défiait. Poursuivant la communication muette, mais sans équivoque, qu'ils avaient engagée au début de la soirée, il envoya à son tour son message – eh oui, que ça te plaise ou non, c'est comme ça : je la tiens, ta fille, mon lapin... Et maintenant, mange ta merde !

Dans l'intérieur ouaté de la chambre d'hôtel de la rue Klemensová, le téléphone portable vrombit deux fois, sortant Simon de sa nostalgie. Se relevant puis secouant sa torpeur, il crut d'abord que Jeanne réagissait à la photo de la tombe. Mais c'était autre chose, et presque inespéré : dans un anglais à la fois boitillant et formel, le service des relations publiques du théâtre de Bratislava lui proposait un rendez-vous le lendemain.

*

Essoufflé, il s'arrêta un instant avant de franchir la double porte en verre. Il avait commencé par se planter de théâtre. Impossible de rater l'autre, le gros bâtiment néo-Renaissance à l'austro-hongroise, un peu ventru mais pas sans grâce, dont le toit argenté se fondait comme pour s'y prolonger dans les reflets métalliques des nuages. Parvenu place Hviezdoslav, Simon en avait fait trois fois le tour avant de relire le mail et de filer, affolé, dans l'autre sens, quelques rues plus loin. Le grand bâtiment austère de l'étroite rue Laurinská, il avait dû passer quinze fois devant depuis son arrivée sans lui prêter attention. Pour la première fois, il remarqua les vitraux poussiéreux du premier étage, illisibles depuis la rue. Nues comme la pierre, les deux cariatides encadrant la façade semblaient se les geler sur la balustrade qui surplombait l'entrée. Simon était gêné d'être en retard, sa bévue s'expliquait facilement mais puisqu'il était désormais journaliste, il se sentait idiot de l'avouer. Deux femmes l'attendaient dans le hall du théâtre. La première, qui se signalait d'entrée de jeu comme l'interlocutrice principale, était une petite dame d'un certain âge, trapue, dont les cheveux blancs, courts et frisés serré, formaient une boule dure autour de son crâne. Dans le visage rond, un petit nez, une bouche mince et des yeux bruns alertes quoiqu'un peu rapprochés s'efforçaient de prendre le moins de place possible. La dame tendit la main, mais ses traits ne s'animèrent pas. « Mme Dysko ne parle pas très bien l'anglais », expliqua d'une voix douce la deuxième femme, plus jeune, vêtue d'un pull et d'un pantalon noir et qui se tenait en retrait. Sa volonté de s'effacer était manifeste, mais elle devait tout de même mener la discussion, car Mme Dysko n'avait toujours pas ouvert la bouche.

En montant les escaliers derrière elles, Simon tenta d'engager la conversation pour se donner une contenance :

— De quand date ce bâtiment ?

La jeune fille se troubla un instant :

— Eh bien, en 1941, la banque nationale slovaque l'a financé. Mais à cause de la guerre, il a été détruit plusieurs fois pendant les travaux de la construction.

— En pleine guerre, on a fait construire un théâtre ? s'étonna Simon en suivant les deux femmes dans une salle de réunion obscure.

Semblant comprendre la question, Mme Dysko lâcha une phrase interminable entre ses dents, puis elle s'assit sur l'une des chaises avant de désigner à Simon la sienne, bien plus lointaine, presque à l'autre extrémité d'une très longue table de réunion. Restée debout près de sa chef, la jeune fille s'empressa de traduire :

— En 1941, on a construit un peu des murs, et un squelette en béton. Pendant le front, ça a été détruit plusieurs fois. Alors la construction s'est arrêtée. On a voulu la reprendre après, mais il y a eu d'autres problèmes.

— Lesquels ? demanda Simon, son regard passant sans cesse de l'énigmatique Mme Dysko – dont le visage n'avait toujours pas bougé – à celui de la jeune fille.

L'une parlait, l'autre écoutait, comment être poli avec les deux ?

— En 1950, le toit pas fini s'est ouvert et il a fait des fuites d'eau jusqu'à la cave. Comme on ne trouvait pas les personnes pour faire une toiture en Tchécoslovaquie, on a dû demander à Vienne. Mais c'étaient d'autres problèmes, il fallait attendre pour les quotas d'exportation et pour les visas des Autrichiens. Donc les travaux n'ont pas pu commencer avant 1955.

Semblant satisfaite de la traduction, Mme Dysko opina de son casque bouclé vers la jeune fille. Son visage restait parfaitement impassible – ni sourire ni grimace, pas un pli. Quel âge peut-elle avoir ? se demanda Simon. Elle a dû connaître un bon bout de communisme… Peut-être pour cette raison, le visage immobile ? Une habitude prise de ne pas montrer ses sentiments ?

— Justement, dit Simon, en sortant le bloc-notes et le stylo qu'il avait achetés pour faire plus journaliste, ce sont les années cinquante qui m'intéressent. Il y a eu des troubles politiques au théâtre ?

Sans rien exprimer de lisible, Mme Dysko esquissa un haussement d'épaules. Les antidépresseurs, pensa Simon. Les antidépresseurs aussi, ça peut donner ce genre de visage mort.

— Pendant mon enquête, j'ai entendu parler d'un auteur dramatique, un nommé Bence Sandor qui était un opposant au régime… Vous avez joué ses pièces ici ?

Les deux femmes échangèrent un regard étonné, puis quelques mots, le nom de Sandor revint une ou deux fois avant que la jeune ne décrète :

— Non, nous n'en avons pas entendu parler… C'est un nom hongrois. Peut-être plutôt un auteur hongrois… ?

— Mais dans ce théâtre, il y a bien eu des opposants, n'est-ce pas ? interrogea Simon avec aplomb. Tout le monde sait qu'on y a même caché des fusils !

Sur ce point, la discussion entre les deux femmes se fit plus vive, dura, sembla connaître des étapes. Puis la jeune s'éclipsa de la salle de réunion. Un peu gêné de se trouver seul face à la minérale Mme Dysko, Simon tenta bêtement de sourire. Il se retint de pianoter sur la table puis détourna son regard vers la fenêtre. Des antidépresseurs *couplés* à la période communiste, finit-il par trancher – une chose appelant l'autre et depuis son visage ne bouge plus.

La jeune femme fit son retour dans la salle de réunion accompagnée d'un vieux type en salopette. Une discussion totalement incompréhensible pour Simon s'ensuivit. Au cours des semaines écoulées, il avait appris à dire quelques mots de tchèque mais le slovaque, à la fois proche et différent, avait pulvérisé ces maigres connaissances. Il réussit cependant à noter un désaccord manifeste entre le vieux type en salopette, devenu véhément, et Mme Dysko. Entre eux, un mot revenait sans cesse, quelque chose comme « *janzvarik* ». Puis la jeune fille donna sa traduction de synthèse :

— Ce monsieur est l'un de nos plus anciens machinistes. Il se souvient qu'il y a bien eu une affaire de fusils ici, mais ce n'était pas une affaire politique. Dans les années cinquante, un des régisseurs du théâtre a fait un trafic d'armes ici au théâtre. Il a été arrêté et mis en prison pour cela.

Avec énergie Mme Dysko ajouta une précision.

— Petit criminel, bandit, pas politique, traduisit diligemment la jeune fille.

— *Janzvarik ! Janzvarik !* renchérit le type en salopette.

— Alors les politiques, qui étaient-ils ? demanda Simon.

Face aux trois visages qui le contemplaient maintenant avec un mélange d'incompréhension et de scepticisme, il sentit son siège s'enfoncer dans la moquette de la salle de réunion.

— Quelqu'un a bien eu des problèmes politiques avec le régime ! C'est en tout cas ce qu'affirme M. Strodula. Est-ce qu'il n'y a personne ici qui pourrait me parler de cette période ?

Le nom de l'enfant du pays n'eut pas d'effet miraculeux mais un long conciliabule occupa les trois employés du théâtre. Mme Dysko proposait quelque chose en secouant avec énergie son casque de boucles blanches, les autres hésitaient, une objection suivit l'autre, jusqu'à ce que la jeune fille, toujours debout, soit autorisée à résumer :

— Il y a un metteur en scène, lui, il a eu des problèmes avec le régime. Et il connaissait des Hongrois, peut-être celui dont vous parlez. Peut-être demandez-lui. Il est encore vivant mais vieux, il vit tout seul, très près d'ici, de l'autre côté du Danube. Vous pouvez le contacter mais ça dépend des jours. Souvent, il est très fatigué. Peut-être il veut bien vous voir, peut-être non, vous voyez ? Il aime parler le français, il parle bien.

À nouveau, Mme Dysko marqua son accord d'un signe de tête, puis l'impossible se produisit : elle adressa soudain à Simon un large sourire et dit :

— Gérard Philipe…

Un peu interloqué, Simon l'entendit continuer, dans un français très sûr :

— Le plus grand des acteurs français, mais sa grand-mère était de Prague, vous saviez ? Il était si aimé ici. Tous les hommes voulaient un manteau comme lui. Impossible d'en trouver dans les magasins, chacun allait voir son tailleur pour ça, on demandait le *manteau français*. Quand la Comédie-Française est venue jouer à Bratislava, Gérard Philipe était la vedette de la ville. Des jeunes filles venaient semer des feuilles blanches sur le perron de son hôtel pour conserver une trace de ses pas.

Le sourire de Mme Dysko disparut comme il était venu, mais dans son regard fixe un peu de mélancolie persista.

— C'était en quelle année ? demanda Simon.

D'un geste de la main, Mme Dysko indiqua « loin derrière », puis elle murmura :

— J'étais une jeune fille.

*

Au téléphone, le français du vieux metteur en scène n'était pas seulement bon – il était bien meilleur que celui de beaucoup de Français. La maîtrise de la conversation téléphonique pouvant être considérée comme une aptitude linguistique supérieure, Andrej Obadalko parlait un français épatant – précis, précautionneux, construit – dont il semblait flatté de faire la démonstration. Simon devait être tombé sur un bon jour. Heureux de répondre, le vieux lui posa fort peu de questions sur ses motivations. « Je cherche des gens qui auraient connu le poète Bence Sandor », ajouta Simon sans trop y croire. « Oui, dit la voix cassée, un peu lasse. Oui, j'ai connu Bence. » Simon se retint de hurler de joie : il tenait une piste ! Il avait retrouvé Bence Sandor ! Le poète que son grand-père avait aidé existait réellement, des gens l'avaient connu ! Qu'il s'agisse du poète ou de tout autre chose, manifestement, le vieil homme se réjouissait à la seule idée d'une visite, même celle d'un étranger. Il proposa un rendez-vous dès le lendemain, Simon accepta avec enthousiasme. Le lendemain… C'était fabuleux !

*

En traversant le Danube pour rejoindre Petržalka sur l'autre rive, Simon jeta du tramway un regard sur le vieux pont d'acier où les travaux n'avaient pas repris. Cette ville commençait à se faire comprendre. Détruit, construit, pas fini, déconstruit… Passé le pont futuriste pour lequel on avait rasé la synagogue, le tram s'enfonça dans la banlieue où se dressaient, gigantesques, des barres d'immeubles à perte de vue. Cette fois, c'était comme si une usine entière de Lego était tombée aux mains d'une horde d'enfants hystériques, gavés de sucre et d'adrénaline. Des kilomètres, des hectares de cités-dortoirs… Éparpillée autour de pelouses pelées s'élevait une jungle de clapiers aux couleurs hideuses, mauve cerclé de rouge, saumon tirant avec violence sur le brun, gris fer et rouille… On devinait, sous le béton, les mauvaises finitions, les murs trop minces, les étanchéités douteuses, les ascenseurs en panne. Le tram fila plus avant en bordure d'une forêt, contourna une zone industrielle, puis atteignit enfin la petite ville de banlieue, Ruzovce, que le metteur en scène avait indiquée. Alors qu'il descendait, Simon sentit le téléphone vibrer dans sa poche et craignit que le vieux n'ait décidé d'annuler au dernier moment. Il se sentit soulagé en voyant s'afficher le nom de Jeanne.

— Tu as vu la photo de la tombe ? demanda Simon, avançant au hasard dans les petites rues désertes.

— Justement, dit Jeanne, c'est pour ça que je t'appelle. Il s'est passé un truc de dingue.

— Oui ? demanda distraitement Simon – impossible de se servir de Google Maps pendant la conversation, ne sachant plus où aller il se résigna à faire le tour du pâté de maisons.

— J'ai eu une fuite d'eau dans le salon…

Dingue, en effet, pensa Simon.

— Donc, j'ai appelé le plombier…

— Humhan…

— Mais pas le plombier de d'habitude, il est parti pour les vacances…

— Quelles vacances ?

— Ben la Toussaint, s'impatienta Jeanne.

On est déjà en novembre ? s'étonna Simon. Il passa pour la deuxième fois devant la pizzeria, l'école, le dispensaire, tourna à nouveau au même coin de rue.

— Donc ce plombier, je le connaissais pas. Et comme il était complètement séfarade et qu'il avait une chaîne avec une énorme étoile de David et tout, j'ai eu une inspiration, je lui ai demandé s'il lisait l'hébreu.

— Pour quoi faire ?

— Mais pour la tombe ! s'exclama Jeanne. Pour qu'il traduise ce qu'il y avait marqué dessus. En fait c'est un poème sur le nom de notre ancêtre. Comment tu appelles ça… Pas une charade, mais quand tu prends la première lettre de chaque mot…

— Un acrostiche, dit Simon.

Renonçant à un troisième tour du pâté de maisons, il s'engagea dans une petite rue pavillonnaire au bout de laquelle pointait le clocher de l'église. Non loin de là devait se trouver le petit immeuble bleu de trois étages que le vieux lui avait décrit au téléphone comme « le seul du carrefour qui ne ressemble pas à une ferme ».

— Un acrostiche, c'est ça, dit Jeanne. Je te le lis :

« Femme vertueuse, couronne de son époux, sa voie était délectable

Hélas, quel malheur pour ma maison que son âme a subitement délaissée

Treize enfants sont demeurés privés de mère

Elle est décédée à l'issue de Roch Hachana et a été enterrée le jour du jeûne de Guédalia l'an 5675 du petit comput – mercredi 23 septembre 1914, ça, c'est le plombier qui l'a rajouté – *Que son âme soit liée au bouquet de la vie. »*

Simon commença à s'agiter. Si intéressant que ça puisse être, si réconfortante que soit la voix de sa sœur dans ce faubourg slovaque, ce n'était pas le moment d'un poème funéraire.

— Tu pourrais pas plutôt m'envoyer ça par mail, Jeanne ? Parce que là…

— Mais attends, interrompit sa sœur, je t'ai pas encore dit le truc dingue. Quand j'ai voulu faire son chèque au plombier – il y en avait pour 300 euros quand même –, il m'a dit : « Ne le mets pas à ordre. L'argent que tu me dois, je vais le donner pour toi à la synagogue. Parce que la France, on ne sait jamais, peut-être que bientôt que tu auras besoin de te rapprocher de ta communauté. Et à ce moment-là, tu pourras aller les voir, parce que tu t'en seras déjà rapprochée grâce à cette donation. » J'en suis restée comme deux ronds de flan. Déjà, à Trégourez, des Séfarades, je savais pas qu'il y en avait… alors une synagogue…

— À Trégourez ? demanda Simon.

— Non, à Brest. Mais elle existe vraiment. Le plombier m'a dit : « Pour les impôts, les 300 euros, tu pourras les déduire, ils te feront un Cerfa. »

Après avoir raccroché, Simon resta troublé un moment. Son excitation de rencontrer le metteur en scène était retombée, s'était muée en inquiétude. Comme dans un kaléidoscope, des fragments se combinaient, se heurtaient, se chevauchaient puis changeaient de place : la voix de Jeanne dans les rues de Ruzovce, le manteau de Gérard Philipe chez les tailleurs de Bratislava, la synagogue de Trégourez, et celle d'ici qu'on avait démolie… Tout se mélangeait. Aussi imprévisibles que celles des barres d'immeubles de Petržalka étaient les couleurs du « bouquet de la vie »…

Les doutes revinrent : qu'est-ce qu'il était venu foutre ici ? Qu'est-ce qu'il cherchait ? *L'oasis où je rêve, où je hume à longs traits le vin du souvenir. Les disparitions…* Pris de vertige, Simon s'adossa un instant au mur du petit immeuble bleu et resta immobile le temps de retrouver ses esprits. Puis il se décida à sonner chez Andrej Obadalko.

Si au téléphone il avait semblé vif et impatient de parler, Simon se trouva, au seuil de la porte du deuxième, face à un vieillard aux aguets. Quel âge pouvait-il bien avoir ? Plus de quatre-vingts ? De quatre-vingt-dix ? Les yeux très clairs semblaient ne plus trop y voir. Recroquevillé, il devait, pour se déplacer, s'appuyer sur une canne, et cela le rendait méfiant. Il aurait suffi d'une pichenette pour le flanquer à terre, mais le pire était de révéler que son besoin de parler était plus grand que sa peur. Parler à n'importe qui, même à un inconnu. Toute cette vulnérabilité offerte… Le vieillard n'avait pas d'autre choix que de la laisser voir. Et maintenant, il en avait honte.

De son côté, Simon hésitait aussi. Comme si son vêtement d'aventurier s'accrochait par un fil à une écharde, il hésitait au seuil de la porte ouverte. Le fil obstiné, la demande des yeux pâles le retenaient de s'adonner à son mensonge. En pénétrant dans le petit appartement, Simon tenta de ne pas fixer trop ouvertement les nombreuses photos encadrées, si nombreuses qu'elles se chevauchaient presque sur le mur tendu de tissu vert sombre, où des taches d'humidité ouvraient comme des fleurs leurs auréoles brunes, comme pour obéir à un motif décidé par la nature. À l'examen, les photos ne révélaient rien d'indiscret – presque toutes des souvenirs de théâtre : saluts, bouquets de première, perruques, visages grimés… Quand on pose chez le photographe en affectant le naturel, on se laisse souvent surprendre dans ce que l'on a de plus gauche, mais des acteurs dans leur décor, quand bien même leur visage maquillé serait leur seul décor, ne peuvent être pris en défaut.

Se rappelant à son propre rôle, Simon resservit sans flancher son baratin sur *Quorum* et les dissidents slovaques.

— Des gens en France s'intéressent à ça ? demanda le vieux metteur en scène avec étonnement.

Reprenant sa marche recroquevillée, il se baissa avec peine pour atterrir sur l'énorme canapé de cuir marron un peu avachi qui trônait au centre de la pièce et, d'un geste, invita Simon au fauteuil d'en face, du même cuir et du même marron désastreux.

— C'est grâce à M. Strodula. Il tient à remettre la Slovaquie au cœur du débat… Au cœur de l'Europe, improvisa Simon. Et il veut que certaines injustices soient publiquement réparées.

— Un peu tard pour ça… Mais si vous dites…

— Je crois que pour Bence Sandor, on peut parler d'une injustice… Ses écrits lui ont valu tant de problèmes…

Le vieil Obadalko sembla s'absenter un moment, son œil pâle s'enfonça dans les crevasses du canapé, puis revint, un peu perdu, à Simon.

— Oui, j'ai connu Bence. Pauvre Bence… Ce n'était pas ce qu'il écrivait, le problème. C'était sa capacité de résistance.

— Au régime communiste ? demanda Simon à tout hasard.

Le vieux metteur en scène parut dérouté, il dévisagea Simon de ses yeux laiteux :

— Non, je ne parlais pas de ça. Bence a pensé qu'il pourrait rester ici malgré tout, sa résistance, il l'a toujours trop estimée. On ne lisait pas ce qu'il écrivait. Il ne cherchait pas à faire jouer ses pièces, et pour ses poèmes… j'imagine qu'on aurait pu les qualifier de réactionnaires, mais comme il les gardait le plus souvent pour son tiroir, qui ça embêtait ? Ce n'est pas ça qui lui a causé des problèmes. C'est… comment dites-vous… *L'entêtement*. Il n'imaginait pas sa vie ailleurs qu'ici. Son père avait des terres dans la région de Žilina, une vieille famille hongroise, ils parlaient l'allemand, l'anglais et le français à table. Plus tard, Bence a fait partie d'un groupe d'intellectuels qui écrivaient des journaux en hongrois à Ostrava, au milieu des années trente – à l'époque, la grande idée, c'était encore le front populaire…

Simon prit de l'élan :

— Est-ce qu'il n'y avait pas parmi eux un certain Alexander Ungar ? Ou Shani Ungar ?

Le vieil homme hésita, puis il secoua la tête :

— Je ne connais pas ce nom-là. Mais je ne connaissais pas tous les gens de ce groupe. Après la guerre, tous ont eu le bon sens de retourner en Hongrie… Sauf Bence. Tous ses copains hongrois de Tchécoslovaquie sont partis, les démocrates tchécoslovaques les ont jetés dehors. Et ceux qui n'étaient pas rentrés tout de suite, quand les communistes sont arrivés, ils passaient le plus souvent un sale quart d'heure en rentrant en Hongrie. Les interrogatoires à n'en plus finir… *Quelle est votre origine sociale ? Quelle est votre appartenance politique ? Avez-vous servi dans les organes de terreur fascistes ? Quelles distinctions avez-vous obtenues chez les fascistes ?* Cela pouvait durer des semaines. Et à la fin, un flic illettré inscrivait à sa façon la déclaration de ces poètes, de ces distingués journalistes, de ces philosophes : « Auparavent j'ai pas vécu en Hongrie, j'ai pas deumander la nazionalité hongroise, j'ai pensé que je pourré mintégrer même si je suis chetshokozlovac. »

Tchécoslovaques ? Hongrois ? Hongrois de Slovaquie ? Un peu perdu, Simon préféra dissimuler son ignorance. Il irait voir sur internet plus tard.

— Donc Bence, lui, voulait rester ?

— Oui, opina le vieil homme. Et ceux qui restaient, ils n'avaient plus qu'une vie d'enfer.

— Même les communistes ?

C'était la bourde : à nouveau, Simon vit l'incompréhension s'étaler sur le vieux visage.

— Nous étions tous communistes ! Mais Bence, c'était un Hongrois... Et puis, au fond de lui, il restait un esprit aristocratique. Je crois qu'il a toujours méprisé le peuple. Plus tard, il disait : « Même lorsqu'on ne croit plus que la cause que l'on sert mérite d'être servie, la noblesse, c'est de ne pas renier par peur l'image qu'on s'est faite de soi. C'est absolument gratuit mais, sans cela, on ne peut plus tenir debout. » De belles idées... Il a peut-être conservé sa noblesse, mais il a été cassé quand même...

— Donc il n'y croyait plus ? À la cause ?

Le vieux metteur en scène haussa ses épaules grêles :

— La *cause* ? Ceux qui y ont cru les premiers ont aussi été les premiers à s'en méfier. Vingt ans avant les purges et les grands procès, dès les années trente, nous savions que ce n'était pas complètement catholique – ou *casher*, comme vous voudrez. Mais on ne regarde pas du même œil une adolescente boutonneuse et une vieille putain vérolée.

Il était un peu difficile d'approuver cela sans réserve – Simon marqua un temps, puis, d'un air grave, il fit signe qu'il comprenait.

— Alors tout le monde gardait le silence et écrivait pour son tiroir... Moi, j'ai eu le tort de croire que ça s'arrangerait quand Staline est mort. D'autant que Klement Gottwald, notre président, a crevé en rentrant de ses funérailles. Probablement à cause de la syphilis et aussi de l'alcoolisme, dans ces cas-là le voyage en avion n'est pas recommandé. Ou alors il a pris froid : Moscou au mois de mars... Mais ni l'une ni l'autre mort n'ont arrangé les choses...

Après un moment de lutte contre les profondeurs du canapé, le vieux metteur en scène se redressa :

— Moi, je n'ai rien pu mettre en scène pendant quinze ans. *Quinze ans...*

— Qu'est-ce qu'on vous reprochait ?

— D'être moi, tout simplement. D'être ! Vous connaissez la blague : trois types se font virer de la même usine et se retrouvent en prison. « Qu'est-ce que tu as fait ? demande le premier au deuxième. — J'habite loin, mon train est toujours en retard, je n'arrivais jamais à l'heure, ils m'ont accusé de sabotage. Et toi ? — Moi ? répond le premier, j'habite juste à côté, j'arrivais toujours en avance, on m'a accusé d'espionnage. — Ah ça, c'est incroyable, s'exclame le troisième, moi qui étais toujours à l'heure, ils m'ont viré pour conformisme petit-bourgeois ! » Si on voulait vous reprocher quelque chose, on trouvait toujours. Surtout pour le théâtre, où on est plus surveillé qu'ailleurs parce que c'est naturellement l'endroit de *poburovanie*... pardonnez-moi, *Aufruhr*... comment dites-vous déjà ? La sédition. C'est cela.

— La *sédition* ?

— Oui !

— À cause du public, de l'effet d'entraînement ?

— Non, non, sourit le vieux. Je ne parle pas des pièces mais des bâtiments. Les pièces, bah... En vérité, les bâtiments des théâtres sont la sédition. Il y a toujours dedans des coins cachés, toujours une entrée dérobée, un endroit secret, toujours une combine. Seulement dans un théâtre, on peut cacher un prêtre et dire que c'est un acteur en costume. Parce que tout est faux, c'est dangereux.

Simon risqua à nouveau la gaffe :

— Mais vous avez tout de même pu refaire de la mise en scène ?

— Je l'ai pu seulement parce que ma femme était une actrice populaire, que les gens l'aimaient. Elle a eu assez de courage pour aller plaider ma cause auprès des cadres du Parti, sans se soucier des conséquences. Elle a pris le risque d'aller trouver Zdeněk Nejedlý en personne, le *camarade plénipotentiaire président du Conseil du théâtre et de la dramaturgie et de la Commission de promotion du théâtre, de la planification de la dramaturgie, des activités théâtrales et la direction pédagogique des comités nationaux* ou autres noms importants qu'il avait…

Obadalko secoua la tête avec dérision et répéta :

— … *La planification de la dramaturgie !*

Il se tut un instant, regarda autour de lui les acteurs dans leurs cadres, puis son regard s'arrêta quelques secondes sur l'une des photos avant de revenir à Simon.

— Ma femme n'a pas hésité à mettre sa carrière en jeu. Et j'ai pu monter comme ça *La Morale de Madame Dulska*, une pièce pourtant inoffensive… Puis ils me l'ont fait payer, et à ma femme aussi, elle a payé très cher. Après on m'a miraculeusement laissé reprendre mon *Richard III* de 1949, et moi, j'ai saisi l'occasion pour dire ce que je pensais du régime… Et les gens m'ont acclamé. Ça a été un scandale. Alors après, plus rien, même plus la radio. On m'a envoyé travailler dans une usine de céramiques jusqu'à ce que ça me détraque les poumons… C'était comme ça.

Il s'interrompit, regarda dans le vide, puis énonça, avec une certaine grandiloquence :

— Le plus fort, monsieur, c'est que je crois encore que Lénine a raison, et que plus les gens s'émanciperont, plus ils auront besoin du socialisme. Je crois encore ça. Dans votre journal, vous pouvez écrire que je crois encore ça. Mais la croyance et la pratique, ce sont des choses différentes. En pratique, on mange du poisson et on s'étouffe sur une arête. Et c'est à ce moment-là que quelqu'un vous demande si vous aimez le poisson. Je vous demande : même si on l'aime, est-ce que c'est le bon moment pour répondre ?

— C'est aussi ce que pensait Bence Sandor ? C'est de là que sont venus ses problèmes ?

— Non. Lui avait un ennemi, tout simplement. Je ne sais plus qui, à la Maison des écrivains. Un type qui le détestait, je ne sais pas pourquoi.

L'histoire qui se dessinait plaisait à Simon, il embraya illico, espérant la poursuivre.

— Une rivalité littéraire ?

Le vieil Obadalko écarta la question d'un geste de la main :

— Ou peut-être que Bence avait couché avec sa femme, pour ce que je sais. Si vous vouliez nuire à quelqu'un à l'époque, ce n'était pas difficile. Je me souviens que Bence avait cet ennemi parmi les écrivains, et que cet ennemi avait un ami dans la police, un nazi, un ancien fasciste.

— Dans la police communiste ? s'étonna Simon.

— Bien sûr ! Il y en avait plein, de ces types, ceux qui sévissaient déjà avant guerre, du temps de l'amiral Horthy. Vous ne saviez pas ça ? Pour la police, dans les années cinquante, ils étaient très utiles, parce qu'ils détestaient les communistes, ils les avaient toujours détestés, alors, vous comprenez, ils n'avaient pas le risque de flancher devant un ancien camarade. Des brutes, des canailles… Vous devez avoir dans l'idée qu'à cette époque, pendant les procès, pendant les purges, c'était un moment rêvé pour les criminels. Plus de surveillance, plus de filatures : les voyous étaient peut-être les seuls qu'on laissait tranquilles, pendant que les prisons étaient remplies de communistes et d'officiers de police ! Si ce pauvre Bence a fini par avoir la paix, c'est seulement parce qu'au bout du compte ce fasciste lui-même a eu des problèmes. Je crois qu'on dit en français « des emmerdes » ?

Obadalko sourit puis il répéta ce mot avec gourmandise :

— … des *em-merdes*. Vous connaissez bien sûr cette chanson ?

À la plus grande stupéfaction de Simon, il s'extirpa en un coup de canne du canapé marron, et, debout, se mit à chanter :

Mes relations, ah mes relations, sont vraiment, ah vraiment
Haut placées, très haut placées, décorées, très décorées
Influents, très influents…

Simon contempla, interdit, le vieil homme debout dans son salon de Ruzovce qui tapait du pied, tentait maintenant de se déhancher, et martelait les mots avec, c'était encore cela le plus frappant, un certain swing :

Mais près d'eux, tout près d'eux
J'ai toujours le regret de
Mes amis, mes amours, mes emmerdes…

Embarrassé – il se demandait s'il devait lui aussi se lever et se mettre à chanter en chœur, utiliser Charles Aznavour comme cri de ralliement –, Simon attendit que le vieillard ait réintégré le canapé pour ressusciter la conversation.

— Vous parliez d'un policier fasciste…

— Ah oui, le fasciste, répéta Obadalko un peu essoufflé par sa danse. Je me rappelle maintenant : le fasciste avait lui-même un ennemi, chez les Soviétiques. Et les ennemis de nos ennemis sont nos amis, n'est-ce pas ? Donc le fasciste a disparu du tableau, grâce à ça le pauvre Bence a eu la paix un temps. Mais on a trouvé le moyen de le mettre en prison par la suite.

— Pour quoi est-ce qu'on l'a condamné ?

— Oh, je ne sais plus... Quelle importance ? Personne n'était dupe. Je pense quelque chose comme « délit d'activité antipopulaire ». *« L'accusé est fils de grands propriétaires terriens tchécoslovaques, trois ans de prison à titre de peine principale, interdiction de tout exercice public pour dix ans, confiscation de ses biens au titre de peine secondaire.* » Au nom de la république populaire ! Amen ! Une semaine avant le réquisitoire, le verdict était déjà prêt, on se contentait de... comment dites-vous ?... vieillir la date. Pour ce pauvre Bence, même le rapport de la police qui l'accusait a été rédigé *après* le verdict. Pourtant, il a dit et écrit ce qu'on lui demandait : *« Je sais que pour la réalisation du socialisme, il n'existe pas d'autre voie que celle suivie actuellement par les partis communistes, etc. »*, et ils l'ont envoyé six ans en prison, et il en est sorti un homme brisé. Après, ils ont encore traîné pour régulariser sa situation, et pendant des années, ils l'ont réduit à une existence misérable. En prison, sa santé s'était très affaiblie mais, comme moi, il n'a pu trouver que du travail physique dur. Lui, un intellectuel ! Un poète ! Il logeait chez une dame yougoslave qui ne posait pas de questions, c'est tout ce qu'il avait trouvé, et il devait encore voyager en train cinq heures par jour pour aller à son travail – il déplaçait des briques dans la cour d'une briqueterie, et cela le diminuait un peu plus chaque jour. Autour de cette époque-là, je n'ai plus eu de ses nouvelles. On m'a dit qu'il a encore écrit des pièces, après la chute du Mur... Je ne sais pas ce qu'elles valaient.

— Vous dites qu'il avait des ennemis, reprit Simon avec prudence. Mais il devait bien aussi avoir quelques amis, non ? Des gens qui l'ont aidé ? Enfin... Vous-même... Je veux dire, ici à Bratislava, est-ce que des gens ont pu l'aider, avant son procès... Ou après ?

Le vieillard regarda Simon sans comprendre :

— *Ici ?*

Simon sourit, un peu penaud :

— Ou dans la région... ?

— Mais qui vous a parlé d'ici ? Ce n'est pas ce que je viens de vous dire ! Bence n'a pas été jugé ici, pas mis en prison ici. Vous avez écouté ce que j'ai dit ?

— Oui, bien sûr, dit Simon. Mais j'ai dû mal comprendre...

— Bence Sandor était *hongrois*, comme un *Hongrois* il a dû retourner en *Hongrie*, martela le vieil homme en détachant les syllabes comme si Simon avait du mal à comprendre le français. *Là-bas,* ils ont jugé, et mis en prison.

— Où ça ? demanda Simon, ahuri.

— Mais à Budapest ! répondit Obadalko.

— À Budapest..., répéta lentement Simon.

Puis il le dit une nouvelle fois, à mi-voix, pour lui-même : À Budapest !

11

Le point de vue du bélier

« Chez Madame Dulska : une salle à manger bourgeoise. Des tapis, mobilier solide. Des reproductions dans des cadres dorés s'alignent sur les murs : cornes d'abondance, faux palmiers, un paysage composé au crochet et encadré sous verre… Également, une étagère ornementale en ébène avec un petit paravent de style Empire, une lampe à abat-jour en papier, des tables d'appoint sur lesquelles sont posées des photos encadrées, une pendule… »

Voilà pour les didascalies. Selon Obadalko, c'est bien, très bien, mais pas encore assez. Pour sa mise en scène, il veut d'abord tout ce bazar et après il en réclame plus. Peu lui importent les détails – pour l'ébène, pas besoin de s'embêter, un vernis suffira, Ilse peut le fabriquer avec de la laine d'acier et du vinaigre – en revanche, il veut voir sur scène le double de ce qui est mentionné, le triple, deux pendules, trois pendules, il faut qu'on étouffe, qu'on suffoque sous les objets, qu'on croule sous les bibelots, autant de choses inutiles que possible, des tapis qui recouvrent des tapis, une cheminée pour coiffer le tout, une tête de cerf. Ou un cerf entier…

En temps normal, ce travail supplémentaire ferait plaisir à Ilse. Obadalko lui demande plus, lui demande mieux que les autres, elle s'ingénie à trouver des idées biscornues, comme rajouter deux pieds à une table. Devant tout le monde, le metteur en scène la prend dans ses bras, la soulève de terre et l'embrasse, s'exclame que cette petite est un génie, qui lui a pondu une table à six pieds. C'est flatteur, cela devrait combler Ilse. Mais non. Rien ne la comble.

Platty platty, une poussière de cendres se rassemble pour s'infiltrer dans les plis de l'abat-jour en papier, s'insinue dans la laine de verre et vient polluer le vinaigre. Fini, le temps normal, pas la peine de remonter la pendule, il suffit de lui tourner les aiguilles pour que *pukk pukk pukk*, elle choisisse d'indiquer une tout autre heure que celle qu'on venait de régler. Et il en va de même des faux palmiers, des bibelots, du tableau qui présente la corne d'abondance – remplie de cendres, la corne d'abondance, *tu auras beau frotter, ça ne servira à rien, rida rida bom bom bom…* Depuis une semaine, Ilse dort mal, tout l'excède, même sa cabane chérie ne la protège plus. Devant la plateforme, les eaux vertes du Danube virent au jaune et poursuivent leur cours pour elles-mêmes. Aucune occupation, aucun compliment ne peut plus combler Ilse, parce que depuis la fête elle ne pense plus qu'à Horn, et que Horn n'est nulle part.

Ni la nuit ni le jour, ni dans la vieille ville ni sur les bords du fleuve et pas au marché non plus. Parmi les beaux esprits du café Štefánka, Ilse a bien repéré un soir l'écrivain à la pipe, mais Horn n'était pas là, et elle est restée un long moment dehors dans le froid, figée, à regarder entre les longs rideaux par la vitre qui s'embuait, à attendre sans oser entrer. Cela fera bientôt une semaine qu'elle cherche partout, au théâtre et en ville, en vain. Et que, dans la nuit de la cabane et dans les brumes de l'aube, la poignée de cendres continue de se répandre. Puis les cendres se regroupent, prennent une forme, la perdent – *pif-paf.*

À qui demander ? Depuis la fête, l'acteur Pöss s'est trouvé une autre fille – mais Ilse l'a vexé, si elle lui parle de Horn, il se vexera encore plus, rien à en tirer. Questionner Jiřina, l'imposante costumière, n'a mené à rien non plus – redoutant d'en révéler plus qu'elle n'en apprendrait Ilse a avancé de biais : « Le tissu des robes sera de quelle couleur ? Ce serait bien que je le voie, pour assortir… Tu vas le recevoir quand ? Qui te l'amène ? » À ce jeu-là, elle n'a gagné qu'un sourire à la fois coupable et réjoui, celui du gros chat qui vient de se goinfrer le canari. « Les tissus, c'est mon affaire », a rétorqué Jiřina, fermant à double tour son gros visage, mais sans pouvoir se retenir d'ajouter, les yeux brillants : « Toi aussi, tu l'as vu, hein ? Ils sont meilleurs que ceux qu'on trouve en ville, ils tiennent, ils ne peluchent pas, ne grattent pas les acteurs. » Sentant une brèche possible, Ilse a prétendu s'intéresser, jusqu'à inventer qu'elle voudrait se faire une robe, si jamais il y avait une chute, un coupon qui restait… si le fournisseur des tissus voulait bien, pouvait peut-être… ? Mais là encore, elle n'a rien appris sur Horn ni où le trouver. Sinon que ces tissus, venus de Budapest, empruntaient des voies souterraines. Qu'on ne les obtenait que par faveur, par fidélité. Quelle fidélité ? Ilse ne sait pas quoi faire. Elle trépigne et enrage.

*

Ça faisait comme un œil, glissé entre les portes arrière du théâtre, un œil cerné de velours cramoisi, et qui la regardait. Et puis, très lentement, Ilse finit par comprendre le reste de l'image : un long rouleau de tissu rouge posé sur une épaule, et à côté, comme par erreur, une tête. Et dessus, un visage – celui qu'elle a cherché toute la semaine, celui de Horn. Là, sur son territoire, entre les portes battantes du théâtre.

Ilse est aussi rouge que le velours, elle s'est mise à courir dès qu'elle a vu le camion aux plaques d'immatriculation hongroises garé sur la place, elle a foncé si vite qu'elle a failli se prendre le rouleau de tissu en pleine figure. D'abord, elle s'est bien gardée de faire un geste, elle s'est concentrée sur les rouleaux qui allaient et venaient, chargés sur l'épaule, avant de retourner à sa remise.

Penchée sur son ouvrage dans le magasin des accessoires, elle compte – peut-être trente pas jusqu'au camion, puis vingt pas de plus jusqu'à la réserve des costumes, pendant ce temps elle prétend vaquer à ses occupations, sa jambe tremble, ses joues brûlent, elle a assez vu faire les acteurs, elle connaît leurs trucs, il faut qu'elle se persuade qu'Obadalko attend ses meubles et que c'est à ça qu'elle pense, mais tandis qu'elle les dispose avec une minutie outrancière sur un chariot, elle ne fait que guetter les pas d'un bout à l'autre du couloir, jusqu'au signal : *crriic* – la charnière des portes grince pour la prévenir. Elle se relève d'un bond, sort de la remise. Au bout du couloir, devant les portes du théâtre, la frêle silhouette qu'elle n'a même pas osé regarder se tient immobile, toujours aussi imprécise.

— Il faut soulever un peu à gauche sinon ça ne se ferme pas, lance Ilse de loin (si elle attend, ce sera trop tard, si elle court jusqu'aux portes, on verra trop qu'elle boite). À gauche ! La poignée !

Horn tourne la tête vers elle. Puis vers la porte. Ahuri, il lâche la poignée, puis lève les mains en l'air, comme pour s'innocenter. Poussant son chariot d'accessoires, Ilse est arrivée à sa hauteur – *presque déçue : un nez, deux yeux, une bouche – qu'est-ce qu'il y aurait eu d'autre à voir ?* –, elle secoue légèrement la tête, plisse les yeux comme si un souvenir lui échappait.

— Ah, ça y est, ça me revient ! On s'est vus l'autre jour, à la fête… J'étais là quand tu as fait ton petit discours.

— Ah oui, dit Horn. Je m'en souviens, j'étais là moi aussi.

Déroutée, Ilse se lance :

— On m'a dit : celui-là, c'est un fou, un débile… Les gens, à la fête, c'est ce qu'ils ont dit… Mais moi, ce que j'ai entendu, je n'ai pas pu croire une seconde que c'était le discours d'un idiot. Ce n'était pas idiot du tout, au contraire…

Ilse sait qu'elle parle trop vite, tout lui sort de la bouche d'un seul trait, pas comme elle l'aurait voulu. Mais Horn hésite devant les portes entrouvertes et il est essentiel pour Ilse qu'il reste captif du théâtre, de ses odeurs protectrices de colle et de bois fraîchement scié, de soupe et de chou bouilli, de détergent et de raticide, elle n'a pas le temps d'attendre.

— … Alors je me suis demandé si tu jouais la comédie… C'était bien ça, non ? Tu jouais la comédie ?

— Et ça ? coupe Horn en désignant le bazar Dulska qu'Ilse tient aligné dans le chariot (trois lampes, des tableaux, un pouf, la fameuse table à six pieds, une carafe, ce n'était que le début). Ça aussi, c'est une comédie ?

D'instinct, Ilse s'éloigne du chariot, se passe une main dans les cheveux, se redresse :

— La pièce, *Madame Dulska*, l'auteur la présente comme une « tragi-farce ». C'est ce qui est indiqué sous le titre. Alors c'est ce que nous jouons.

— Tragi-farce, répète lentement Horn d'un air songeur – puis il s'anime, et part d'un petit rire grêle : Haha, c'est épatant ! Ça me semble même parfait ! À partir de maintenant, d'ailleurs, c'est ce que je dirai : « Ma vie est une tragi-farce. » Et celle des autres aussi.

La remarque met Ilse mal à l'aise. Qui joue, maintenant ? Et à quoi ? Elle hésite avant de répondre :

— Tu ne prends donc rien au sérieux ?

Horn regarde Ilse d'un air ingénu puis il hausse les épaules – étroites, les épaules, pâles, les yeux, une large cicatrice verse comme une tranchée au coin du gauche –, il y a tant de choses qu'Ilse peut désormais contempler, qu'elle aimerait continuer à voir, elle préférerait que ce soit Horn qui parle pour pouvoir mieux écouter son accent, pas vraiment hongrois, un accent traînant qui tire la voix aiguë vers les graves. Mais elle doit se ressaisir, sinon il va partir, franchir les portes bienfaitrices du théâtre et se dissoudre à nouveau dans l'air. *Combien de temps est-ce qu'il reste ? C'est la seule chose qui importe. Mais maintenant les pendules se détraquent dès qu'on les touche.*

— Tu viendras quand même voir la pièce ?

— Pour quoi faire ? demande Horn – il a sorti un mouchoir de sa poche, s'en essuie le front et la nuque. Du théâtre, en ce moment, je ne vois que ça. Il n'y en a jamais eu autant, partout. Mais c'est encore au théâtre qu'il est le plus mauvais.

— Obadalko est un grand metteur en scène, bredouille Ilse, offensée, c'est une pièce très connue, et qui a fait ses preuves, rien qu'en Pologne on l'a jouée plus de cinq mille fois…

À nouveau, Horn lève ses mains en l'air, paumes offertes – serré entre le majeur et l'index, le mouchoir en tissu gris mauve pendouille, comme coupable.

— Je n'y connais rien, proteste Horn, je ne suis que le type du camion, le *kocsikísérő*, je ne sais même pas conduire. Je m'y connais seulement en tissus.

Baissant lentement les bras, il prend le mouchoir entre ses deux mains en coupe, et le garde là comme pour l'y bercer.

— Regarde : il y a là tout ce qu'on veut savoir. Bien plus qu'au théâtre.

Sans comprendre, Ilse se rapproche d'un pas et examine avec circonspection le bout de tissu grisâtre, elle tremblote, ses joues continuent de brûler. Penché vers l'avant, Horn fixe le mouchoir entre ses mains, la contemplation l'absorbe tout entier et Ilse est si proche qu'elle peut même sentir son haleine, un peu sucrée. Horn se tient tout près d'elle, et pourtant hors d'atteinte.

— Au Xe siècle, les marchands juifs vendaient déjà de la toile en Bohême. Ils l'échangeaient, elle mesurait tout… C'est pour cela qu'en tchèque le mot qui signifie toile, *plátno*, a donné le verbe *platit*, qui veut dire payer. La toile a toujours fixé le prix, tu savais ça ?

Ilse lève les yeux, fait signe que non. Mais Horn n'attendait pas de réponse, il ne la regarde pas mais divague, les yeux rivés à la trame du mouchoir qui repose entre ses mains. Qu'est-ce qu'il y a là à voir, à part un bout de tissu, et les mains de Horn, qu'Ilse trouve bizarrement grandes, qui sentent la graisse de moteur et qu'elle voudrait toucher.

— Après, au XIVe siècle, les marchands hongrois ont importé de Venise le coton qui venait de Syrie et des Indes. Après encore, on a fait venir des dentelles… *Pif-paf*, un point au-dessus, un point au-dessous. Les dentelles aussi, elles ont leur importance, on peut voir le monde au travers, je l'ai fait une fois… La toile tend le monde et le tient droit. Fil contre fil, tu vois comme c'est serré ?

Ensemble, les regards d'Ilse et Horn remontent, s'entrechoquent, puis chacun baisse les yeux. D'un geste rapide, Horn referme dans son poing le tissu gris-mauve, puis il dissimule sa main dans sa poche.

— Je t'ai fait regarder mon mouchoir sale, pardon.

Gênée, Ilse recule, elle n'arrive plus à jouer la comédie parce qu'elle n'a plus idée de son rôle ; elle est perdue, seule au milieu de la scène, son texte, elle l'a oublié. Pendant ce temps, Horn a franchi la double porte et s'est dispersé dans la rue. Là-bas, vers Jesenského, il en reste un point, un autre, à chaque pas un peu moins. Ou est-ce que c'est Ilse qui a commencé à disparaître à son tour, plantée là dans le couloir, devant son chariot débordant d'objets inutiles ?

Ni l'un ni l'autre : les doubles portes s'ouvrent à nouveau sur le régisseur Jan Zvarík. Pendant quelques secondes, Ilse s'accroche à tout ce qu'il représente et qui lui plaisait tant : solide, brun, biceps, un problème-une solution.

— Ce guignol des tissus, ce Hongrois ! s'exclame Zvarík en rigolant. Je viens de le croiser sur la place. Encore une chance qu'il se soit souvenu de nous livrer ce matin… Je l'ai vu hier au *Biergarten* à Petržalka… dans un état ! La vache, qu'est-ce qu'il tenait !

*

Le plus souvent, du reste la pièce le suggère, Madame Dulska est présentée comme un personnage comique. Dans la première scène, elle apparaît au saut du lit, des papillotes de papier dans les cheveux, vêtue, selon le texte, « d'un caftan blanc d'une propreté douteuse et d'un court jupon de laine déchiré en son milieu ». C'est une indication, une de plus, que la Dulska cache son intime saleté aux yeux du monde – on la verra quelques scènes plus tard en maîtresse de maison, cette fois dans de coquets atours festonnés jusqu'au ridicule.

Un caftan blanc, un jupon déchiré, des frisettes de papier : le costume que porte Obadalková obéit strictement aux indications de l'auteur, pourtant personne n'a envie de rire. Les hanches vers l'avant, le pas lourd, grotesque, avec cette façon violente de prendre les objets – avide, sans grâce –, les papillotes mal mises laissant çà et là des cheveux hirsutes rebiquer par endroits... Dans l'interprétation d'Obadalková, le comique a disparu, on ne voit plus que la saleté, et son entrée provoque un recul, comme seule la vraie saleté sait le faire. Même du deuxième balcon, on a l'impression qu'elle sent mauvais. Puis elle devient mielleuse, et ce mélange de dureté et de fausse innocence, de candeur contrefaite et de voracité, la rend plus effrayante encore. Aucune rondeur, rien que des aspérités sous le bavardage patelin. Bête et méchante, sa Dulska ne fait preuve d'intelligence que dans la fourberie, la pique vipérine, l'ingénuité mauvaise.

Et ça ne s'arrête pas là. Tout sur le plateau crée le malaise. Sous la direction d'Obadalko, même le bon vieux Martin embarrasse – on aimerait tant qu'il parle, on souffre du silence qu'il trimballe d'un pas douloureux, tout au long de la pièce, d'un bout de la scène à l'autre.

Transformée en fardeau, la beauté lumineuse de Vlasta elle aussi devient gênante, on se prend à avoir honte de la contempler, et comme on ne peut pas s'en empêcher, on ne la regarde plus qu'en voyeur, qu'elle consente à se montrer n'y change rien. Quant au jeune premier Pöss, Obadalko a tiré le meilleur parti de sa fatuité naturelle, de sa haute taille et de ses cheveux ondulés, privant ainsi le fils de Dulska de toute possibilité de rédemption. En scène, Pöss ne regarde que lui-même mais, au lieu de corriger ce défaut, Obadalko l'encourage, le pousse – il en faut peu – à s'écouter parler, à se regarder faire. De sorte que ce qui pouvait encore émouvoir dans le personnage du jeune débauché qui entrevoit soudain ses responsabilités n'a plus cours – ses scrupules comme ses grandes envolées idéalistes, tout sonne faux. Au fil des répétitions, à mesure qu'Obadalko soustrait, ajoute ou rectifie, la farce ne cesse de s'assombrir – rudesse du décor, vilenie des caractères, la comédie devient chaque jour plus grinçante et gentiment insupportable.

La seule chose qui fasse encore rire, malheureusement, c'est cette gourde de Mimi, qui ne le fait pas exprès. Rien ne s'est arrangé depuis les premières lectures à la table, de fait, c'est de pire en pire, maintenant qu'elle doit se mouvoir dans le décor, elle ne trébuche plus seulement sur le texte. Son pire moment de ridicule arrive toujours pendant la grande scène où elle dissuade le fils Dulska d'épouser la bonne. « Comment ferez-vous pour vivre ? » demande Mimi à Pöss en roulant des yeux de commissaire politique attendant le détail d'un plan quinquennal. Sans la regarder, le jeune premier se laisse tomber dramatiquement dans le fauteuil et donne sa réplique dans un souffle :

— Je prendrai un crédit… ou deux…

À ces mots, Mimi, on se demande pourquoi, se transforme en oracle. Plantée face au public, un bras tendu vers le sombre avenir, elle se met à déclamer son texte comme une pythie de tragédie grecque :

— Ta maman mettra tout le monde au courant, on ne te jettera même pas des miettes. Personne ne te fera crédit. Il faudra bien trente ans d'ici à ce que tes parents meurent, tu serrrras dans la misèrrrre pendant de longues années…

Même les machinistes en coulisses ricanent et se pincent le nez : *Tu n'es pas Iphigénie, ma toute belle, tu es une petite-bourgeoise polonaise !* Mais Mimi ne veut rien entendre, et après avoir épuisé en vain le charme, la manière forte, la ruse, Obadalko semble en avoir pris son parti.

— Laisse-moi tranquille ! hurle Pöss en levant les yeux au ciel – c'est vraiment ce qu'il doit répondre, mais on croirait qu'il supplie Mimi de la fermer. Du reste, il sait que le pire est à venir, car Mimi, pas moyen d'empêcher ça, fait un pas de plus vers l'avant-scène, et, avec une passion emphatique, prend toute la salle vide à témoin :

— Si l'on pouvait seulement dire cela à la vie : « Laisse-moi tranquille ! »… Mais elle revient, elle s'accroche à votre dos comme une hydre et elle… vous étrangle.

Douze fois ou quinze, avec le plus grand tact, Obadalko a demandé à Mimi de renoncer au mime. « On voit ce que c'est qu'une hydre, je crois vraiment que le… geste n'est pas nécessaire… Et tu sais, le verbe "étrangler" est très fort, on imagine très bien sans que tu… » Mais non, l'autre cloche est persuadée de tenir là son grand moment dramatique, il faut la voir chevaucher l'air, s'arc-bouter cuisses ouvertes pour s'accrocher à un dos invisible… Là, serrant toujours sa proie par-derrière, elle étrangle jusqu'à ce que mort s'ensuive – sans remarquer que, de la scène aux coulisses, tout le monde s'étrangle avec. Répéter la scène pendant des heures n'a rien arrangé, n'a fait qu'entraîner toute l'équipe dans une sorte de maladie nerveuse collective. Il suffit que Mimi entame la phrase fatidique – « Si l'on pouvait seulement dire cela à la vie… » – pour que chacun rougisse et se congestionne d'avance, redoutant l'apparition de l'hydre. Au fil de la journée, les nerfs commencent même à lâcher plus tôt : dès que Pöss prononce son « Laisse-moi tranquille ! », on s'évite du regard, on tressaute. On continue, on fait son travail, on tâche d'être imperturbable, pendant que les larmes commencent à vous poindre aux coins des yeux – *elle revient, elle va s'accrocher, ça recommence !* – les yeux écarquillés de Mimi, puis les mille tentacules levés de l'hydre, qui évoquent fâcheusement un mille-pattes secoué par une crise de colique… « Si l'on pouvait seulement dirrrre cela à la vie : "Laisse-moi tranquille !" bêle Mimi, tandis que chacun se plie en deux. Mais elle rrrrevient, *errrrr*, elle s'accrrrrroche à votrrrre dos… » Et on ne peut pas lutter, quand brusquement elle vous étrrrangle, tout le théâtre s'écroule de rire.

*

De Biergarten à Petržalka, il n'y en a jamais qu'un de possible. Une vingtaine de tables dans le jardin recouvertes de nappes à carreaux, parfois de l'accordéon, des couples qui dansent, des bières, rien que des gens normaux, des ouvriers, des familles, Ilse n'aurait jamais cru pouvoir y trouver Horn. Mais maintenant elle le guette, elle s'est maquillée dans une loge du théâtre, et elle a mis une robe. Elle porte aussi ses escarpins à petits talons, sauf qu'elle a dû ranger ses chaussures de travail dans un gros havresac en toile pour rentrer plus tard à la cabane, et que ça ne fait pas du tout le petit sac à main qu'il faudrait. Il fait encore jour, le ciel pâle promet la pluie d'automne. Errant d'une table à l'autre sans oser s'asseoir seule, Ilse a déjà dû refuser trois propositions de compagnie, ces types qui s'imaginent charmeurs, cheveux peignés en arrière, ventres en avant, il faudra bien qu'elle accepte le quatrième si Horn ne se montre pas. Disséminés sur les bancs en bois traînent quelques groupes de filles, chignons crêpés, rubans dans leurs cheveux, les jambes bien croisées à l'oblique, parmi elles des anciennes de la gymnastique, certaines saluent Ilse d'un geste de la main, mais aucune ne l'invite.

Tapie sous un coin de la tonnelle, elle continue de fixer l'encadrement de bois tressé qui marque l'entrée du jardin, elle boit à petites gorgées sa limonade à la framboise, elle sait qu'elle a l'air d'une fille qu'on fait attendre mais elle s'en fiche, parce qu'elle vient de repérer Horn.

Mais il n'est pas seul.

Ils devaient être là depuis un moment, Ilse ne les a pas vus entrer et ce qu'elle contemple la sidère : au fond du jardin, un peu cachés par les danseurs de polka, Horn et la grosse costumière Jiřina tiennent une sorte de colloque ému. Jiřina ? Cette grosse vache ? Ilse n'en revient pas de la voir pencher avec coquetterie sa large tête bouclée dans un sens, puis dans l'autre, pendant que Horn pose sa main sur son épaule potelée, d'un air bouleversé. Deux ivrognes bras dessus bras dessous passent devant Ilse et la bousculent, quand elle peut voir le fond du jardin à nouveau Horn a joint les mains et il s'incline vers Jiřina en signe de reconnaissance. Qu'est-ce qu'il peut bien lui dire ? Ilse se hausse sur la pointe des pieds, les danseurs virevoltent et lui dissimulent à nouveau une partie de la scène, puis ils galopent en biais comme la ligne d'une armée, l'accordéon joue plus fort, quelqu'un s'est mis à chanter :

Un soldat se tient au poste de guet, poste de guet
Dans un manteau, manteau en haillons,
Du soir jusqu'au matin, jusqu'au matin,
Une rosée tombant, tombant sans cesse sur lui.
Tra-la-la-la, tra-la-la-la
la-la-la-la la-la-la la-la-la

Posant sa limonade presque vide sur une table, Ilse se lève, un bras d'homme lui encercle la taille et l'entraîne, *un poêle est utile en hiver, en hiver, tout le monde n'a pas un édredon en plumes, tra-la-la-la, tra-la-la-la*, Horn et Jiřina ont disparu de son champ de vision, rien que des danseurs qui rient et s'amusent, le type cavale et la serre fort, il sue, un énorme sourire aux lèvres. Trois pas, hop, trois pas, hop-hop, Ilse a la tête qui tourne, elle se doutait bien qu'il y aurait des rivales, mais Jiřina ? Qu'est-ce qu'on peut bien lui trouver, à ce gros tas ? Quand la musique s'arrête, Ilse lisse un peu sa robe, s'essuie le visage et refuse le verre et la conversation que le danseur gominé voulait lui offrir. Jiřina a disparu. Ne reste que Horn, seul, devant le bar. Ce ne serait pas si difficile d'aller le voir mais Ilse a perdu tout courage, elle doit s'y forcer, elle sait bien que ça ne donnera rien de se planter devant lui et de dire :

— Salut !

— Salut ! répond Horn avec un air étonné.

Puis, il tourne la tête dans l'autre sens, vers la bière qu'il attend. Ilse ne bouge pas. Le seul fait de voir Horn accomplir les gestes les plus simples la sidère.

— Je voudrais bien en apprendre plus sur les marchands de tissus, finit-elle par bredouiller.

— Excuse-moi encore, répond Horn. Parfois, j'ai la tête qui s'égare, je me mets à raconter n'importe quoi.

Sa bière récupérée, il fait un signe de la main à Ilse, puis s'éloigne d'un pas rapide et la laisse plantée là. La nuit froide est tombée, on allume une guirlande de lampions, tandis que personne ne la regarde Ilse s'en va en boitant.

Avant d'aborder le chemin étroit entre les roseaux, elle a sorti la torche électrique et lacé serré ses bottines de travail. D'ici, on entend déjà les grenouilles et les remous du Danube, elle n'a jamais eu peur la nuit, mais c'est différent depuis que le vent de cendres s'est levé, comme de porter en permanence un secret qui vous pèse et vous leste vers le sol. Qu'est-ce qu'elle aurait dû dire, faire de plus ? Attendre seule sur un banc, en lançant des œillades comme les filles de la gym ? Ça ferait venir du monde, mais pas Horn. Prétendre être intéressée par ces gommeux pour se faire désirer, alors ? Non… Quelques gouttes de pluie tombent, légères, l'averse va bientôt s'abattre, Ilse presse le pas, s'écorche les mollets dans les ronces. S'il va y boire tous les soirs, au Biergarten, eh bien, elle ira aussi. Elle y sera la première, au diable cette vieille matrone de Jiřina ! Reste qu'Ilse n'a pas idée de ce qu'une fille peut bien dire à un homme pour montrer qu'il lui plaît. Comment est-ce qu'on s'y prend ? Elle ne peut tout de même pas marcher droit sur Horn et lui dire qu'il a des beaux yeux, une jolie robe, ou le genre de trucs que les garçons vous servent. Une fille ne fait pas ça. Maintenant la pluie tombe dru, entre les roseaux le faisceau de la lampe torche devient incertain, Ilse s'essouffle, encore un bon bout jusqu'à la cabane, elle ressasse, ressasse. Puis, comme si une nostalgie ressuscitait l'autre, l'appelait doucement et en obtenait une réponse, elle se souvient : si, les filles le font parfois. Rabattant les cheveux plaqués de pluie qui lui tombent sur le front, le visage baissé, Ilse court jusqu'au refuge de la cabane – elle sait ce qu'une fille peut faire pour montrer qu'elle aime, elle l'a vu faire, elle sait comment ça agit sur vous. Oui… Ilse sourit dans la nuit, dans le vacarme de l'averse – demain, elle retournera au Biergarten, et elle suivra Horn comme un chien.

*

Il suffit de se rappeler comment Edit faisait – sans honte, avec confiance, avec envie. Ilse suit Horn au bar et le suit à sa table, puis reste là, dans un coin à attendre, sans demander à ce qu'il lui parle ou qu'il fasse attention à elle. Alors qu'elle se conduit ainsi, une sensation très douce la prend tout entière – elle n'est plus seulement occupée à séduire Horn mais aussi à ressusciter Edit. Avec émotion, elle retrouve un geste, un mouvement de la tête, sent un demi-sourire qui n'est pas le sien prendre possession de son visage, lorsqu'elle dévore des yeux – celui de Horn. *Une sensation qu'elle mettra longtemps, trop longtemps à comprendre – si seulement elle l'avait comprise à temps ! Si seulement !* Se transformer en chien, c'est se transformer un peu en Edit, et parce que Edit est ce qu'Ilse a jamais connu de plus aimable, ce voile d'attitudes la cuirasse. Car si Ilse conçoit assez facilement qu'on ne veuille pas d'elle, ne pas vouloir d'Edit lui paraît tout à fait impossible. Sans se soucier des regards, elle insiste de plus belle, assise en silence dans l'herbe du Biergarten – quand il le faut, elle se lève et se poste même pour attendre devant les toilettes des hommes, les mains sur les hanches, la tête un peu penchée.

Maintenant il sait ce qu'il y a à savoir. Marchera, marchera pas, c'est la seule chose à faire, Ilse en est persuadée. Tant qu'elle peut contempler Horn, cela lui convient.

Quand Ilse commence son siège, Horn ne semble guère surpris. Il continue cependant à l'ignorer, lui souriant gentiment de temps en temps sans pour autant l'inviter à sa table, même lorsqu'il est seul. Ilse ne parle à personne, ne danse avec personne, la plupart du temps elle préfère s'agenouiller par terre plutôt que de s'asseoir sur une chaise. Plus besoin de robe, de talons, de déguisement, Ilse porte ses pantalons et ses chaussures de travail. On garde son orgueil comme on peut. Prétendre s'amuser l'avait humiliée. Mais maintenant qu'il est manifeste qu'elle ne s'abaisse pas à faire semblant ni ne suit aucune règle, sa fierté demeure intacte. Horn paraît ne pas s'en soucier. De temps à autre, il semble remarquer qu'elle est encore là. C'est tout.

À un moment ou un autre de la soirée, il parvient toujours à la semer, Ilse se trouve alors démunie et rentre simplement chez elle. Tant que Horn ne change pas ses habitudes et qu'elle le retrouve le lendemain soir au Biergarten, elle est tranquille.

Ce manège dure cinq jours.

*

— Mais qu'est-ce que tu veux, à la fin ?

Ilse sursaute, puis s'accoude, silencieuse, à côté de Horn, au bar du Biergarten.

Après cinq soirs passés à le contempler, elle a pris de l'assurance. Comme on se fait à un paysage étranger, elle maîtrise mieux les éléments – deux yeux, un nez, une bouche, le corps maigre qui semble toujours sur le point de s'effriter –, elle commence à apprivoiser tout cela, elle a moins peur. La preuve, elle a à peine tressailli quand Horn lui a enfin adressé la parole. Ce qu'elle veut ? Il n'est plus si facile de le dire, moins facile qu'au début.

— Je voudrais que tu me connaisses un peu.

— Mais je te connais ! dit Horn, et il la regarde bien en face.

— Non, répond Ilse avec calme, tu ne sais rien de moi.

Le trac l'a reprise, parler avec Horn lui apparaît comme une chose fabuleuse, et, un prodige en entraînant un autre, le bar se met à bouger. La longue planche de bois s'allonge d'un coup à l'oblique vers le lointain, éteignant au passage le bruit de la musique de danse et le raffut des buveurs de bière. Ne subsiste que la voix pointue de Horn, comme une piqûre d'aiguille :

— Si, je te connais. Je sais tout ce qu'on dit de toi : que tu étais une gymnaste prometteuse jusqu'au jour où tu t'es cassé la hanche en ratant un saut. Que ton beau-père est un type important au Comité central et que c'est à ça que tu dois ton embauche au théâtre. On m'a parlé aussi de tes parents : je sais que ton père était faible, que ta mère était folle, et qu'elle s'est suicidée en avalant tous les médicaments de la trousse de docteur de ton beau-père. On m'a dit aussi que tu avais un mauvais rapport avec le système socialiste, que tu t'étais désintéressée des gens de ton quartier au point d'aller habiter comme une sauvage dans une cabane insalubre des marais. Que tu arrives le matin couverte de piqûres d'insectes, et que c'est au théâtre que tu te laves… Quand tu te laves. J'ai appris aussi que tu en pinces pour le régisseur Jan Zvarík et que tu crois que personne ne l'a remarqué. Sinon, on ne te connaît pas d'autres affaires que celle de l'acteur qui t'a larguée parce que tu voulais garder ta virginité – là-dessus, on trouve que tu as bien fait. Tu vois, c'est ton dossier : tout ce qu'il y a à savoir.

Ilse voudrait hurler : ce n'est pas vrai ! Agrippée à la planche mouvante du bar, elle se sent si exposée qu'elle a honte, comme si on l'avait dénudée – mais pas pour révéler le corps appétissant d'une femme, non, comme si on avait trouvé le point précis du sommet de son crâne et de là pelée à vif, jusqu'aux pieds, en quatre quartiers égaux. Seule une chose la rassure : Horn ne sait rien d'Edit. *J'ai aimé quelqu'un et il ne le sait pas*, pense Ilse, elle se demande si elle doit le cacher ou le dire, mais elle est soulagée qu'il l'ignore. Elle marmonne :

— Je ne l'avais pas raté, mon saut. C'est leur plancher pourri qui a cédé.

Horn ne dit plus un mot, cette fois il a commandé une chope de bière pour Ilse. Petit à petit, le bar retrouve ses dimensions. Ilse trottine derrière Horn qui s'éloigne dans le jardin.

— Tu sais, murmure Horn, un jour, j'ai lu le mien. Dans mon cas, ce n'était pas vraiment un dossier, seulement une fiche qu'on avait faite sur moi, un ami l'a volée pour me la montrer. Je n'ai jamais rien lu de plus révoltant.

— Qu'est-ce que ça disait ?

Horn s'arrête de marcher, et récite d'une voix morne :

— « D'origine hongroise. 1 m 72, allure frêle et ramassée, dos étroit mais raide, cage thoracique proéminente et tête rejetée en arrière, visage émacié, front large et haut, cheveux châtain peignés en arrière, sourcil gauche relevé, large cicatrice au coin de l'œil gauche, yeux gris-bleu, marque de naissance sur la joue droite à hauteur de la pommette. Porte éventuellement des lunettes, démarche rapide mais aisée, petits pas (démarche de pieds plats). La plupart du temps, la main droite dans la poche, ce qui provoque un relèvement de l'épaule droite. Expression de physionomie, mimiques et gestes de type juif (Europe centrale), voix aiguë, parle l'allemand, le français et l'anglais avec un accent slave ou hongrois. »

Ilse grimace, elle a mal. Parce que tout cela aussi est exact et faux à la fois, et que cette description la blesse : il lui a fallu cinq jours pour parvenir à un tel inventaire – ce qu'elle a eu tant de peine à conquérir, chaque mot de ce résumé le lui reprend.

— Après avoir lu cela, je n'ai plus mis ma main dans ma poche droite, plus peigné mes cheveux en arrière, et je n'ai plus porté de lunettes, observe Horn. Voilà. Maintenant, tu en sais autant que moi. *Rida rida bom bom bom…*

Cela ne vient qu'alors à l'esprit d'Ilse : les gens aiment les commérages, mais il a bien fallu que Horn demande. La cabane, le saut en arrière, Jan Zvarík… Ilse retient un sourire de triomphe : Horn a demandé au théâtre, interrogé des gens. Sur elle. Cette seule idée lui donne de l'audace.

— Pourquoi est-ce qu'on avait fait cette fiche sur toi ?

— Parce que tu n'es pas la seule à me suivre… Pour cette raison *aussi*, il faut que tu arrêtes.

— Arrêter quoi ? demande Ilse, mais elle sait maintenant que le siège a porté ses fruits, qu'elle a réussi à s'infiltrer dans la tête de Horn. Il sera très difficile d'arrêter un pareil mouvement. Elle est entrée, il lui parle. Le reste, peu importe.

Dans l'allée du Biergarten, Horn se tient tout près d'elle, à peine plus grand, il la fixe. Elle espère qu'il va l'embrasser, mais non, il lève une main, l'approche lentement de son visage, Ilse a les yeux mi-clos, les lèvres entrouvertes quand elle sent le doigt s'introduire comme un bélier dans sa bouche. Elle sursaute, Horn ne l'a pas quittée des yeux et le doigt est toujours là, sec, le goût âcre du cambouis, maintenant il règne en maître, s'enfonce, vit, fouille, conquiert dans la bouche d'Ilse comme indépendant de Horn. Là, devant tout le monde, les couples qui passent, les ivrognes, *du soir jusqu'au matin, jusqu'au matin, tra-la-la-la*, le doigt indécent va et vient, s'infiltre sous la joue et caresse la gencive tandis que les yeux de Horn racontent une autre histoire, se sidèrent puis reviennent à leur innocence, *une rosée tombant, tombant sans cesse tra-la-la-la, le doigt est toujours là, fait ce qu'il veut, tralala, joue avec ta langue, tralala*, « tu comprends, tu comprends », disent les yeux de Horn, tandis qu'Ilse palpite, puis se raidit, comme paralysée, elle veut que le doigt reste et qu'il s'en aille, il a perdu son goût d'origine et appartient à la bouche d'Ilse, qu'il envahit, où il danse, maintenant, frôle, insiste, virevolte, sous les lampions, le monde passe et personne ne voit rien. Puis Horn retire son doigt. Ilse a gardé la bouche ouverte, tout son corps réclame que le doigt revienne, ses genoux vont plier, elle peine à tenir debout. Horn pince les lèvres, secoue la tête, *tsssss*, s'apprête à tourner les talons, puis, comme s'il venait de se rappeler un objet oublié distraitement sur une table, se reprend et essuie avec douceur, lentement, son doigt mouillé de salive sur la joue brûlante d'Ilse. *Tralala.* Abasourdie, tremblante, elle le regarde s'éloigner. Elle haletait.

*

Mais le lendemain, il était encore là, accoudé seul au bar du Biergarten.

Ilse voudrait courir vers lui, puis se ravise, sa hanche la retient. La voyant arriver, Horn lève le camp, se hâte loin d'elle vers l'autre bout du jardin. Il en faudrait plus pour dissuader Ilse, elle se faufile entre les tables, vers Horn, l'œil brillant. La poursuite reprend : il marche, elle marche, reste un peu en retrait, à pas comptés, à pas prudents.

— Boite, dit finalement Horn, tu en as bien le droit. Mon père aussi boitait, je te l'ai dit ? Il avançait, clopin-clopant, *platty-bum, platty-bum*, un pied en chair, l'autre pied en bois. Chacun faisait un bruit différent…

Horn retourne à ses pensées, fait encore quelques pas, puis il s'arrête dans la pénombre humide du jardin. Sur son front, les lampions de la guirlande projettent leurs lumières multicolores.

— Qu'est-ce que tu es revenue faire ici ? Tu n'as donc pas compris ? Je ne veux pas qu'on me connaisse.

— C'est parce qu'il y en a une autre, c'est ça ? demande Ilse. À cause de Jiřina ?

Horn, l'air surpris, réfléchit un moment puis il secoue la tête :

— Jiřina est une chic fille, elle veut bien me rendre un grand service. Ce n'est pas ce que tu crois.

Soulagée, Ilse se plante face à Horn et recommence à faire le chien. Mais le regard qu'il lui renvoie est celui du maître désolé de devoir administrer une réprimande :

— Écoute, ça ne sert à rien. Je n'aime pas les gamines.

— Je ne suis pas une gamine ! Je ne suis plus vierge, proteste Ilse.

— Et dans quel autre domaine, mademoiselle, est-ce que vous iriez vous vanter d'une expérience de vingt minutes ?

Ilse reste silencieuse, il lui semble que Horn peut voir jusqu'à la chambre de l'ouvrier de l'usine des pneus Matador, que c'est parce qu'il la voit avec la plus parfaite netteté, qu'il voit l'ouvrier ronfler, allongé sur le dos sur le matelas dans la petite chambre grise aux murs nus, que Horn se permet de lui sourire de cette façon, un peu tendre, un peu moqueuse, avant de lui asséner le coup de grâce :

— Et puis, je n'aime pas les Allemandes.

— Il ne s'agit pas d'amour, répond précipitamment Ilse.

— Ah non ?

— Non, répond Ilse en mentant.

Horn cesse alors de sourire, et il s'adresse à Ilse avec la plus grande gravité :

— Mademoiselle, vous avez le droit à un homme entier.

La phrase fait tressaillir Ilse. Elle se risque à demander :

— Ça veut dire que depuis ton accident, tu ne peux plus… ?

Horn l'interrompt d'un rire bref :

— Rassurez-vous, jeune fille, de ce côté-là tout marche encore. Mais il y a bien des façons d'être incomplet. Toutes sortes de choses que vous seriez en droit d'exiger, celles-là, je ne peux pas vous les donner, tout simplement parce que je ne les possède plus. Pour cette raison, je ne dois pas être avec qui que ce soit. Des femmes plus âgées comprennent cela, elles le voient tout de suite.

— Je m'en fiche, dit Ilse.

— Non, répond Horn, ce n'est pas vrai. Vous êtes assez intelligente pour le savoir.

— Je ne crois pas être spécialement intelligente, se défend Ilse. Je suis simplement observatrice, alors je fais des rapprochements.

Horn éclate de rire :

— La parfaite définition que voilà !

Puis, à nouveau, il regarde Ilse avec une grande douceur, coulée puis noyée dans une lassitude qui semble plus grande encore, qui semble immense.

— Écoute, ma petite, c'est très simple : je ne veux pas de toi. Laisse-moi tranquille !

À cela, Ilse sait répondre, elle l'entend depuis des semaines, cette fois, elle connaît le texte par cœur. Avec un regard victorieux, elle se tourne vers Horn et approche son visage du sien :

— Si l'on pouvait seulement dire ça à la vie aussi : « Laisse-moi tranquille ! »... Mais elle revient toujours, elle s'accroche...

Ilse attend, et personne n'a envie de rire parce que cette phrase n'a jamais été dite avec autant de vérité. Horn l'agrippe par les épaules, lui empoigne les hanches, et, avec voracité, l'embrasse.

*

Horn venait la nuit.

Aujourd'hui, c'est tout ce dont la vieille Ilse peut se souvenir. Elle a oublié le nombre de nuits, ou plutôt non, elle a travaillé des années durant, des dizaines d'années, à ce que ces nuits se fondent en une seule. Dès le premier soir, avant même que, main dans la main, ils prennent le chemin de la cabane, Ilse a accepté toutes les règles : ne poser aucune question sur ce que fait Horn avant de venir chez elle ni sur ce qu'il fera le lendemain venu, ne pas faire de projets, ne pas sortir, ne plus se montrer nulle part ensemble, ni au théâtre, ni au Biergarten, ni ailleurs, ne pas demander la raison de ces règles, ne pas connaître à son amant d'autre nom que Horn.

Tout cela est dur mais, en un sens, lui convient. On ne peut aimer Horn qu'ainsi. Dire qu'elle aurait préféré en aimer un autre et une vie normale reviendrait à dire qu'il aurait été plus pratique d'habiter un appartement en ville avec l'eau courante plutôt qu'une cabane de pêcheur. Ilse aime la cabane de façon d'autant plus farouche qu'elle sait qu'elle devra la quitter pour peu que l'hiver se fasse trop rude, et alors elle ne sera plus nulle part, et la cabane comme la liberté qu'elle abrite lui manqueront cruellement. À quoi bon lutter puisque c'est ainsi, pense Ilse, qu'est-ce qu'on peut y faire ? C'est ainsi depuis toujours. Déjà, pendant la guerre, après le bombardement de la raffinerie, les cheveux d'un voisin étaient devenus blancs en une nuit, tout le quartier s'en était ému, mais cela n'avait pas surpris Ilse : après tout, la ville elle aussi pouvait, du jour au lendemain, devenir entièrement blanche – la peur, la perte sont aussi naturelles, aussi soudaines, aussi inéluctables, pense Ilse, que la neige. Et il en va de même avec Horn – il pourra demain se trouver un trente-troisième nom, s'engouffrer dans une autre nuit ou repartir dans le camion, on peut le perdre d'un jour à l'autre. Alors les jours, mieux vaut ne pas les compter. Les nuits, les nuits merveilleuses, sont la seule chose qui importe. Pour ne pas qu'elles semblent trop peu de chose, Ilse a réussi à les tisser ensemble dans sa mémoire, à les tresser pour les fondre en une seule. Un long morceau de nuit comme l'épais rouleau d'une étoffe qui se déploie lentement, au fil des gestes et de la voix de Horn, au fil des étreintes et des souvenirs mêlés.

Pourtant, à chaque fois elle avait peur. Non pas la peur, finalement simple, qu'un soir Horn ne vienne pas, elle redoutait bien pire. Chaque soir, elle se prenait à craindre que Horn n'existe pas. « Existe, je t'en supplie, existe ! » : voilà ce qu'Ilse implore tandis qu'elle guette, dans le croassement des grenouilles, qu'elle suit les reflets argentés de la lune sur les eaux du Danube. L'attente la torture d'autant plus que sa prière s'annule d'elle-même, se dilue dans son propre doute – *je t'en supplie, je t'en prie, existe pour de vrai !* C'est en pure perte qu'Ilse retrouve dans la chambre le trésor d'un mégot de cigarette, qu'elle s'accroche à une bouteille de bière posée la veille sur la table, ou à toute autre trace que Horn a pu laisser au matin derrière lui. Même l'odeur de sa peau encore captive des draps ne témoigne de rien. Alors Ilse ressort guetter le tremblement de la flamme parmi les herbes hautes du chemin, *existe, existe, je t'en supplie !* Jusqu'à ce qu'enfin, rougeoyante au lointain, apparaisse la lueur de la lampe à pétrole que porte Horn au côté *(démarche rapide mais aisée, petits pas, démarche de pieds plats)*, un peu tremblante au bout de son bras. Ilse court à sa rencontre, anxieuse – ce n'est jamais sûr – de retrouver son étreinte, sa voix *(aiguë, accent hongrois ou slave)*, cet homme miraculeux par sa simple existence, qui la prend dans ses bras, et l'entraîne dans la douceur de la cabane, où leur nuit peut enfin reprendre.

Horn venait la nuit, et il partait à l'aube.

*

Si elle avait pensé qu'il serait étrange de toucher Horn, ce qu'elle découvre est plus étrange encore : qu'il lui devient immédiatement difficile de faire la différence entre le corps de Horn et le sien. Qu'il n'y a rien de plus familier, de plus facile, que le contact de ce corps éreinté, couturé de partout, comme s'il avait besoin d'une autre peau pour le compléter au point d'annexer tout autre corps qui l'accoste. Ilse cesse vite de s'en étonner, elle perd toute gêne, toute pudeur, le corps de Horn près du sien, enfoui dans le sien, dans son immobilité comme dans ses mouvements, est la chose la plus naturelle du monde, il va de lui-même comme le corps d'un animal.

C'est parler qui est moins simple, parce qu'Ilse a envie de se taire. Pendant que brûle, tantôt bleue, tantôt jaune, la mèche de la lampe à pétrole, alors qu'ils sont allongés sur le lit, sur le plancher qui tangue, elle se risque à demander :

— L'autre soir au Biergarten, tu as dit que quelqu'un te suivait. C'est qui ?

— Chut, répond Horn. Ne demande pas.

— Pour que je ne demande pas, il faut m'en dire un peu, plaide Ilse. Seulement un peu. Comme ça, après, je ne demanderai plus.

Horn s'assied sur le lit, remonte la couverture sur les épaules d'Ilse, allume une cigarette à la lampe à pétrole. L'ombre de son profil se projette, immense, sur le mur de bois de la cabane.

— Je surveille quelqu'un et quelqu'un me surveille. Mais moi, je surveille mieux que l'autre, parce que je sais pourquoi je le fais. Le pauvre type qui me suit, on lui a donné un ordre et il obéit sans demander pourquoi. C'est le maigre avantage que j'ai sur lui. Là, en ce moment, il dort.

— Qui lui a donné l'ordre ? demande à nouveau Ilse.

— Un type de chez moi. Un nazi.

— Un Allemand ?

— Un Hongrois d'ici. N'en demande pas plus.

Ilse hoche la tête, puis elle chuchote :

— Tu sais, la première fois, à la fête, j'ai eu une vision. C'était ton manteau sur une chaise, mais d'abord, j'y ai vu un tas de cendres, des cendres qui…

— Non, coupe Horn.

— Quoi ? Qu'est-ce qu'il y a ? demande Ilse, interdite.

— Je t'en prie, ne me raconte pas. Je ne veux pas que tu me racontes, et tu sais pourquoi.

Alors Ilse, sans un mot, se retourne dans le lit. *Pas de début, pas de fin, seulement la nuit.* Mais elle désobéit, les yeux fermés elle se fait pour elle seule le récit défendu, se repasse les images : le discours pendant la fête, l'œil de tissu rouge dans le couloir du théâtre, le Biergarten soir après soir, et ainsi de suite, jusqu'à tresser et serrer un événement avec l'autre, jusqu'à aboutir à l'instant où elle ferme les yeux. Chaque soir, l'histoire s'allonge, Ilse y ajoute un nouveau moment de nuit – un mot ou une caresse, un sourire émerveillé, une morsure. Horn s'est endormi, il respire doucement, et Ilse reprend le fil : d'abord le manteau gris des cendres apparaît, puis il s'effrite et se reconstitue. Il couvre, découvre, Ilse s'endort.

*

« Je ne veux pas qu'on me connaisse », a prévenu Horn, et il défend l'avenir au point que même le présent s'en trouve oblitéré. Mais, cela étonne d'abord Ilse, pour le passé, on peut. En tirant un fil après l'autre, Horn en déploie des lambeaux entiers dans la nuit de la cabane de pêcheur. Et Ilse, après, rapièce. Cela a déjà été fait. Horn se tient en entier lorsqu'on recoud un morceau avec l'autre – le corps, les récits, pareil. La couture est grossière, elle est mal faite mais elle résiste. Elle tient, et Horn avec.

— Les histoires que tu racontais à la fête, elles étaient vraies ?

— Bien sûr, dit Horn, en jouant tendrement avec l'un des seins d'Ilse. Pour autant que je le sache.

— D'où est-ce que tu viens ?

— Comme je l'ai dit, d'une petite ville qu'on appelait Rózsahegy – c'est son nom hongrois, et c'est hongrois que nous voulions être. Bien avant ma naissance, mon père avait changé notre nom juif – *pukk pukk*, peu importe ce nom – pour un nom hongrois – peu importe ce nom-là aussi. C'était encore l'époque où les Blum devenaient Virág, les Weiss, Féher, et qu'est-ce que ça faisait, tout ça ne trompait personne, mais mon père y croyait. Il pensait que, pour vivre en paix, il suffisait de chausser des bottes vernies, de porter des gants de cuir glacé, et de crier avec l'empereur « Tout pour le peuple, rien avec le peuple ! ».

Ilse réfléchit, pense à *Madame Dulska* : le besoin de chacun de se construire une façade, de tout sacrifier aux apparences… Déjà en ce temps-là, à Rózsahegy ? Elle pose sa tête sur la poitrine de Horn.

— Mais alors, ton père s'était détaché des autres ? Il les avait reniés ?

— Pas du tout, répond Horn, au contraire. Beaucoup de juifs pensaient comme lui. Et comme lui, à chaque shabbat, à chaque fête juive, ils s'en allaient à la synagogue écouter, debout devant le tabernacle ouvert, le rabbin qui disait *en hongrois* la prière pour le roi et la patrie, avant de louer François-Joseph, notre monarque-prophète. Et après, tout ce beau monde récoltait de l'argent pour le Fonds national juif de Hongrie, tu ne devineras jamais pourquoi… Pour créer une école de *rééducation juive spéciale de civilisation* des Polacks arrivés de Galicie, ces pouilleux à papillotes *enfoncés dans le marécage du fanatisme religieux,* et qui discréditaient, selon mon père, une communauté tout entière.

Horn s'arrête, se perd dans ses pensées. Il caresse les cheveux d'Ilse, puis reprend :

— La communauté en question, elle a fini par faire une chair à canon tout à fait valable quelques années plus tard – mon père était si honoré d'en être qu'il est parti avec enthousiasme à la guerre en 14. Et que, *pif-paf*, il s'en est allé sauter sur une mine dans la grande boucherie de Doberdò. Après, il a considéré son pied comme une caution. Il l'a cru jusqu'au bout : avec un pied perdu en Italie pour l'Empire, on n'allait jamais lui envoyer l'autre dans la tombe pour Hitler… Pied perdu, honneur gagné, garanti à vie !

Horn place ses mains en cornet devant sa bouche, imite avec dérision la sonnerie d'un clairon : *taria-titi, taria-titi, taria-titi-tataaaaaa*, puis il secoue la tête avant de conclure :

— L'imbécile.

Quand il reprend, Ilse entend à nouveau la cadence du récit mis au pas, comme si la répétition l'avait rendu immuable, fixé jusque dans ses respirations et ses silences, comme de la musique.

— Il s'était pris aussi un coup de baïonnette en pleine poitrine, et dès qu'il avait bu un coup de trop le soir, il nous faisait voir la blessure, sur son torse, à droite – mes sœurs et moi on en reculait de dégoût. Il nous soufflait son haleine puante au nez, et là, dépoitraillé, il braillait : *Gott erhalte Franz, den Kaiser, Unsern guten Kaiser Franz!*, notre empereur bien-aimé, que les lauriers lui fleurissent sur la tête… Tu t'imagines ? Il était fier d'avoir fait partie de la plus grande défaite des régiments hongrois. Comme un titre inversé de gloire : pas une petite défaite, non, il fallait à mon père *la plus grande.* Tout ça pour un pays qui ne l'aimait pas… Des années après le traité de Trianon, il répétait encore qu'il n'y avait rien de mieux que d'être magyar.

— Ta mère aussi ? demande discrètement Ilse.

— Non, ma mère pensait qu'il était seulement mieux de ne pas être juif… Elle avait ses deux pieds, elle, elle était terre-à-terre…

Horn marque un temps.

— Mais cela ne l'empêchait pas d'être rêveuse par moments. Je veux dire qu'elle respectait des magies auxquelles elle ne croyait pas elle-même. Tout en ne croyant en rien, elle s'inclinait devant ce qu'elle ne comprenait pas. C'est elle qui m'a emmené au théâtre quand une troupe de Budapest est venue jouer *Bánk Bán.* Elle était bien moins éduquée que mon père, ce n'était qu'une couturière, pourtant le théâtre lui paraissait important, même si elle ne l'aimait pas, à cause des magies. À l'époque, on ne cherchait pas comme aujourd'hui à se monter réaliste, au contraire, le théâtre était bienheureux d'avoir l'air faux, il cherchait à l'être. Et alors on pouvait y voir des morceaux de vérité entière se détacher des toiles peintes, *plak-plak*, comme arrachées à une roche. Je me rappelle que je ne m'intéressais pas beaucoup à l'histoire du noble palatin Bánk… Jusqu'au moment où il a commencé à proférer des malédictions. Là, dans la salle, les mots m'ont atteint en pleine tête, l'espace d'un instant j'avais tout oublié, même ma mère et mes sœurs. Et après, je me souviens d'être resté très silencieux, ces malédictions, je ne savais pas pourquoi mais il me les fallait, je voulais les apprendre pour pouvoir les dire et les répéter, comme d'autres des prières. Le lendemain, j'ai demandé à ma mère de me procurer le livre et elle s'est donné beaucoup de mal, elle est allée en train jusqu'à la plus grande ville voisine pour me le trouver, parce qu'elle avait senti que c'était important. Sans le partager, elle comprenait cela.

Horn se recale dans le lit, allume une cigarette, et continue, sans regarder Ilse :

— Mais moi, par contre, elle ne me comprenait guère.

Un petit Horn, un garçon incompris – comme il est doux, et douloureux aussi, pour Ilse, de l'imaginer. Quant à le comprendre… Le seul émerveillement qu'il existe, qu'il soit vivant et chaud, blotti contre elle, suffit.

— Ma mère, mon père, mes sœurs, poursuit Horn en passant gentiment sa main sur la cuisse d'Ilse, je crois que je n'ai jamais été pour eux qu'une énigme – mais, ha, c'était aussi une énigme pour moi que d'en être une pour eux. Ils semblaient toujours attendre que je leur donne quelque chose que je n'avais pas. Pour finir, comme on ne savait pas quoi faire de moi à la maison, on m'a envoyé ailleurs.

— Où ça ?

— Chez mon oncle, à Prague. J'étais supposé apprendre avec lui à tenir des livres de comptes. Bien sûr, je n'y comprenais rien, mais ça arrangeait tout le monde. Je me faisais à peu près à Prague, même si cette ville n'avait rien à voir avec moi, je veux dire que c'était une ville aimable, mais avec ses amis seulement, et de ces amis-là, je ne faisais pas partie. Et puis le temps s'est gâté… On a refermé les livres de comptes – la seule chose qui restait à compter, c'était le nombre des jours qui nous séparait d'une catastrophe. Mais haha, où aller ? Depuis longtemps, Budapest n'était plus sûre non plus – on savait que des patrouilles de Croix fléchées faisaient baisser leur pantalon aux hommes dans le quartier juif – s'ils étaient circoncis, ils les abattaient sur-le-champ, en pleine rue, d'un coup de pistolet. Bien sûr, moi, ils ne m'auraient pas tué de cette façon. Mais avoue que c'est trop peu de peau pour se sentir en sécurité…

— Comment ça ? demande Ilse.

— Je te l'ai expliqué : je dois mon pénis chrétien à l'Autriche-Hongrie. Vive l'empereur ! Que les glands reconnaissants lui fleurissent le crâne !

Avec gêne, Ilse esquisse un sourire et se recroqueville sous le couvre-lit – elle ne comprend pas. Amusé, Horn la dévisage :

— Parce que je ne suis pas circoncis !

Ilse hésite : est-ce que les pénis sont si différents que ça les uns des autres ? Ce n'est que le deuxième qu'elle touche. Toujours hilare, Horn attrape la main d'Ilse sous la couverture et la pose sur son sexe avant d'expliquer avec sérieux :

— Cette petite peau, là, on l'appelle prépuce. Et on la coupe, dans leur berceau, aux fils d'Abraham. Tout de même tu savais cela ?

Ilse retire vite sa main, elle se sent écrasée de honte, oui, oui, elle le savait, on le lui avait dit. De là à… Mais rien n'arrête plus le rire de Horn : un petit ricanement haut perché, *hi-hihi ! hi-hihi !*

— Eh bien, pour une Allemande… Vous auriez fait une bien mauvaise nazie.

C'est trop : Ilse se détourne, ce n'est pas drôle.

— Pardon, murmure Horn – il a cessé de rire, il prend Ilse dans ses bras, l'embrasse dans les cheveux –, pardon, ma douce, ma petite Ilse. Excuse-moi.

Pendant la nuit, il s'est mis à pleuvoir sur le toit en tôle de la cabane, les gouttes tombent avec un bruit sec, comme des giclées de gravier. Debout à demi nu devant le réchaud à gaz, Horn chantonne en hongrois : *Túrót észik a cigány, duba, Veszekédik azután, léba...*

— Je ne comprends pas le hongrois, rappelle Ilse.

— Ce n'est qu'une chanson, dit Horn, qui ne veut pas dire grand-chose. « Le Tzigane mange du fromage caillé, *duba*. Après, il cherche querelle à tous, *léba*. Il dit qu'il va m'en coller une, *duba*. Qu'il en colle une à son grand-père, *léba...* »

Ilse se redresse dans le lit :

— Tu pourrais me l'apprendre...

— La chanson ? s'étonne Horn en attrapant sa chemise sur le lit. Tout en la reboutonnant, il reprend sa traduction : « Un bouton d'églantier... Penche au-dessus du chemin, *rida rida bom bom bom...* Penche au-dessus du chemin... »

— Non, dit Ilse, le hongrois. Tu pourrais me l'apprendre.

— Ah ça, ce n'est pas possible, répond Horn. Parce que je serais trop tenté de te donner tous les mots de travers. Par exemple, je t'apprendrais à dire *« egy pillangó »*, qui veut dire « un papillon » au lieu de *« egy pillayat »*, qui veut dire « un instant ». Et après, je l'oublierais, et tu te retrouverais alors à parler une langue totalement incompréhensible, une langue que toi seule comprendrais.

Encore un instant, pense Ilse, encore un papillon, il n'y aura jamais assez de temps, il n'y a le temps de rien, sinon de cet instant. Dès le début, elle l'a compris – d'ailleurs pour cette raison, même si c'est stupide, elle n'a pas peur du tout que Horn la mette enceinte. Pas la peine de boire des décoctions d'herbes amères, de guetter la pleine lune ou autre truc de bonne femme, car il semble que, par la seule pensée, Horn a déjà sectionné quelque chose à l'intérieur de lui-même. Quand Ilse regarde le corps rafistolé de son amant, cela lui semble une évidence : il ne peut rien en naître.

*

Des gens l'ont remarqué, au théâtre, Ilse flotte dans sa joie secrète. Ils ont bien fini par le voir, alors elle doit faire croire que c'est Obadalko qui l'enthousiasme, cette pièce polonaise, si différente de ce qu'on produit d'habitude, Ilse dit cela à une habilleuse, à l'acteur Pöss, à qui veut l'entendre, par les temps qui courent, il faut bien un motif officiel pour être si heureuse. Son travail, elle le fait mieux qu'à l'accoutumée, toute son énergie coule comme serrée dans un boyau pour se déverser dans les accessoires du salon de Madame Dulska, pendant quelques heures, Horn n'existe plus, et ainsi Ilse oublie qu'elle ne fait qu'attendre qu'il soit l'heure de retourner l'attendre.

La nuit venue, alors qu'ils reposent assouvis, encore imbriqués l'un dans l'autre dans le lit bercé par le Danube, Ilse espère que le récit va reprendre. Sur le visage de Horn, elle guette les signes qui précèdent la confidence. Si ça ne vient pas, elle tente un geste, un regard, elle force un moment d'abandon. Dès que la défense est percée, elle sait qu'elle n'a plus qu'à attendre encore un peu, comme si le récit trépignait, indépendant de Horn, de se faire entendre. Seulement à ce moment-là, quand la vibration encore contenue du récit emplit la cabane, qu'on peut déjà la sentir se cogner sur le salpêtre des murs et s'agiter dans le silence, elle demande :

— La maison… Celle qui t'est tombée dessus… Tu t'étais retrouvé là comment ?

— J'avais voulu rentrer chez moi, dit Horn. C'était idiot.

Il cherche à tâtons une cigarette au bord du matelas, l'allume et après une première bouffée reprend peu à peu la cadence de son récit :

— Il n'y avait pas plus d'espoir à Rózsahegy qu'à Prague, mais je pensais avoir encore une chance de revoir ma mère et mes sœurs, et même si cela n'avait plus aucun sens, je voulais être près d'elles. La maison, je marchais déjà depuis plusieurs jours quand je l'ai découverte, isolée, à la sortie d'un bois. Apparemment la famille qui habitait là était partie en catastrophe, le couvert était encore mis dans la cuisine, plein des reliefs d'un repas qu'on n'avait pas pris le temps de finir. Je n'ai jamais osé débarrasser. Comme si les habitants de cette maison étaient encore là et qu'ils me regardaient, je les sentais sans qu'ils apparaissent. Souvent, surtout la nuit, il devenait vraiment difficile de dire qui était là et qui ne l'était pas, peut-être que c'était fou mais à force de ne plus parler à personne, je n'en étais plus sûr. Est-ce que ce n'était pas par hasard moi qui étais devenu un fantôme, pendant que ces gens, invisibles à mes yeux, continuaient, eux, leur existence ?

Comme sous un charme, Ilse suit les phrases qui glissent le long du profil de Horn sur le mur de la cabane, se confondent avec l'odeur de pain grillé de ses aisselles. Mais une phrase trop souvent répétée, il y a toujours quelque chose qui lui manque. Ces récits tombent trop bien, Horn les a déjà faits et refaits, sans doute à d'autres femmes, comprend Ilse avec un pincement au cœur. Peut-être même hier, qui sait, dans la journée ?

Continuant d'écouter, elle chasse ces craintes, se serre contre le corps de son amant. Peu importe. Il est à elle, maintenant.

— Dans la cave, j'ai trouvé des bocaux de légumes en saumure préparés pour l'hiver, tout ce vinaigre a fini par me donner des coliques, mais j'ai vécu là-dessus un moment. Pendant la journée, j'osais à peine sortir, je marchais dans la maison sur la pointe des pieds et j'observais, à travers les rideaux de dentelle, une compagnie de chats qui rôdait dans les parages. Ces chats se battaient tout le temps, et pourtant, ils formaient bel et bien un groupe – assez vite, j'en ai identifié les parties. Gros matou blanc tacheté de brun, mâle dominant, chat allemand. Puis venait un autre mâle à la gueule un peu aplatie, gris, lourd, bas sur ses pattes, comme toujours rabaissé, précautionneux, violent – lui, bien sûr, c'était le hongrois. Il y en avait parfois un autre, un tigré, qui est vite devenu mon préféré. Il était plus léger, plus maigre, mais il arrivait souvent à se faufiler entre les deux autres. Moins fort, mais ingénieux, parfois, il parvenait à leur dérober une proie, il ne cherchait ni à se battre ni à régner – c'était, je l'avais décidé, le chat tchèque. Je l'avais pris en affection, je me réjouissais de la moindre de ses victoires, quand il avait pu chiper quelque chose aux autres pour le manger en lieu sûr, je poussais un hourra derrière ma fenêtre. Ce n'est qu'au bout d'un certain temps que j'ai remarqué le dernier chat, il devait pourtant être là depuis le début, un petit chat noir efflanqué, aux yeux jaunes, plus maigre encore que le tchèque, mais aussi plus rapide, par la force des choses. Il ne savait pas se battre, seulement courir très vite et se fondre dans la nuit. Aucune solidarité entre ces chats errants, ils ne se toléraient qu'au prix de leur hiérarchie de misère, de crachats et de coup de griffes, où le chat noir faisait figure de paria. Pour moi, là encore, pas de doute : dans cette compagnie, le chat noir était le juif.

Horn dégage le bras qu'il tenait serré autour des épaules d'Ilse, détourne la tête. Il attrape une nouvelle cigarette, son profil flamboie un instant dans la pénombre de la cabane, puis, au rythme de la pluie, il reprend sa chanson : « Un bouton d'églantier, penche au-dessus du chemin, *rida rida bom bom bom*. Petit Jeannot passe par là, *tralala, tralala*. Et il en cueille un brin, *rida rida*, et il en cueille un brin. »

*

Au fil des nuits, il est de plus en plus difficile à Ilse de s'extirper chaque matin de l'abri de la cabane pour retourner travailler au théâtre. Faute de pouvoir quitter son rêve, elle rêvasse tout le temps. Dans l'entrelacs des ombres qu'ajustent les éclairagistes sur les murs de la salle de répétitions, elle projette, immense, le profil de Horn. Bombé du front, ligne du nez, comme un fil jusqu'au menton, *un bouton d'églantier, penche au-dessus du chemin, tralala*, elle le déploie en pleins puis en creux pour mieux le contempler. Sur scène, tout est prêt, mais Ilse a perdu la confiance qu'elle avait placée dans les objets. En somnambule, elle continue de réunir des morceaux de récit, d'entrelacer les nuits *(parfois les cendres se retrouvent, parfois elles restent des cendres)*, les objets lui échappent des mains, ils se sont mis à perdre de leur solidité. Parfois, le présent la cueille avec une acuité insupportable, comme un myope voit le monde se resserrer lorsqu'il met ses lunettes, chaque paysage devenu coupant, fait seulement de limites.

— C'est formidable mais ça ne suffit pas, décrète Obadalko, assis à sa table du troisième rang, devant sa lampe. Il nous manque encore quelque chose…

À ses côtés, les assistants confèrent à voix basse, tandis que sur le plateau ça commence à râler. Les acteurs qui ont déjà du mal à se mouvoir dans le bric-à-brac de l'appartement de Dulska se découragent. Personne n'ose rien dire franchement. Sauf la femme du metteur en scène…

— Quoi encore ? s'énerve Obadalková dans son accoutrement de mégère. Une main en visière, elle cherche l'œil de son mari dans le noir de la salle. On a déjà beaucoup de mal à dire son texte sans se cogner dans quelque chose. Qu'est-ce que tu voudrais encore nous rajouter ?

— Je cherche, ma chérie, je cherche… Il manque encore… Je ne sais pas… Une entrave, un… un empêchement…

Sur la scène, Obadalková lève les yeux au ciel :

— Passe-nous donc les menottes à tous, et qu'on en finisse !

Les assistants chuchotent, les acteurs s'ennuient sur le plateau. Ilse observe Obadalková, sa façon d'être dans le rôle et d'en sortir, cette autorité qui ne recherche jamais que plus d'autorité, qui devient un but en elle-même, au-delà des vétilles qu'elle réclame. Tante, s'amuse Ilse, on dirait Tante. Comme cela semble loin… Tante, avec ses rangements, ses ordres, ses chaussures sous le lit et sa… Ilse bondit de son strapontin. Puis elle descend l'allée, vite vite, au petit trot. Comme poussée par son idée, elle se faufile entre les fauteuils de velours pour arriver dans le dos d'Obadalko, jusqu'à lui chuchoter à l'oreille :

— De la cire. Si le parquet doit être ciré…

Obadalko se retourne vers elle, sourcils froncés. Puis l'image qui s'est formée dans la tête d'Ilse glisse lentement jusqu'à atteindre celle du metteur en scène. Il n'est pas fréquent que deux esprits s'absorbent ensemble dans la contemplation d'une même chose invisible mais, dès lors que ce prodige s'accomplit, on ne peut que l'admirer, on ne peut plus le remettre en cause. Un cataclysme vient de fondre sur le plateau, qu'Ilse et Obadalko sont encore seuls à voir, et, dans la pénombre de la salle, le regard qu'ils échangent se teinte d'une solennité presque mystique.

Obadalko garde longtemps le silence. Puis, aux acteurs à l'arrêt sous les projecteurs, il lance :

— Chaussez vos patins, camarades ! On va ouvrir une patinoire.

*

La longue nuit avance, ses heures comptent double ou triple, ou alors se dérobent – qu'est-ce qu'on connaît vraiment de la durée d'un rêve ? Horn est allongé sur le dos, dans la lumière de la lampe à pétrole. Et Ilse croit qu'elle peut se constituer un trésor en alignant une tache de naissance près de la pommette droite avec l'arc relevé d'un sourcil, un grain de beauté saillant, un peu rose, sur la hanche droite ; sur la poitrine, à droite, un croissant sombre de peau striée comme un cœur mal placé – *on l'a déjà pillé, il y a longtemps, ton trésor, rappelle-toi*, mais elle s'en fiche, elle collectionne. Horn sourit, dévisage Ilse, l'attire à lui, puis il ferme les yeux. Collé à elle dans les draps encore chauds, il se détourne un instant. À demi nue, Ilse se lève pour éteindre la lampe à pétrole et retrouve sa place près de Horn, sur le lit bercé par l'onde du fleuve. Clapotis, clapotis... Bientôt, le silence se fait mais les amants ne dorment pas.

— Tu m'as demandé un jour si j'étais un idiot, finit par dire Horn dans le noir de la cabane. Je n'en suis pas un, ce n'est pas ça.

Horn se tait, se racle la gorge. Puis reprend :

— En vérité, il m'a toujours manqué quelque chose qu'on trouve en abondance chez d'autres. Cette absence, on peut la désigner comme de la folie – c'est en tout cas ce qu'a fait le psychiatre qui m'a interrogé. Et j'ai eu confiance en cette opinion, parce que j'avais trouvé cet homme intelligent, et aussi perspicace, car il semblait avoir deviné bien des choses que je ne lui avais pas dites.

Dans l'obscurité, Ilse se relève sur un coude, regarde le corps de Horn reprendre ses contours.

— Il m'a expliqué qu'à son avis j'avais été cassé bien avant la guerre. Par cassé, il entendait que mes engrenages n'étaient pas semblables à ceux que l'on trouve chez une personne normalement faite, une roue qui tourne et en entraîne une autre et ainsi de suite, tout cela, selon lui, s'était grippé chez moi très tôt et lui paraissait défaillant. Soit ça ne se mettait pas en marche, soit une roue manquait d'entraîner l'autre, je ne sais plus, mais à son avis ça ne datait pas d'hier. Selon ses estimations – c'était son opinion scientifique et elle m'a semblé tout à fait crédible – je ne m'étais pas cassé quand une maison m'était tombée sur la tête. Bien au contraire, il pensait que si j'avais survécu c'était probablement parce que j'étais déjà cassé avant, depuis longtemps. Dans les mêmes circonstances, m'a-t-il dit, un autre serait sans doute mort ou bien serait sorti avec l'esprit détruit. Peut-être que ni les roues de l'espoir ni celles du désespoir ne se sont mises à tourner, pendant que j'étais là, sous les décombres, que c'est ce qui m'a sauvé, je me garderais bien d'en affirmer autant, mais le psychiatre, avec son regard doux, persistant, mais un peu absent aussi, comme s'il pensait sans arrêt à autre chose alors qu'il m'observait pourtant avec la plus grande attention, je l'ai trouvé intelligent quand il m'a dit que j'étais fêlé depuis le début, et que je devais, sans doute assez ironiquement, mon salut à cette faille. Peut-être qu'un autre n'aurait pensé qu'à sa survie, se serait débattu, épuisé, et aurait perdu tout courage, au lieu d'écouter, comme je l'avais fait, tout ce qui vivait encore. Le plâtre changé en pluie qui s'écoulait, je pouvais l'entendre, d'on ne sait où, ça filait doucement comme d'un sablier, et puis, à force, crac boum, quelque chose de plus gros finissait par céder sous la pression continue de ce léger tambourin de sable qui me berçait. Moi, le tissu en dentelles des rideaux de la fenêtre m'avait été soufflé sur le visage, alors je pensais à cette trame, je ne la voyais plus mais je la sentais, on avait dessiné des fleurs au crochet, l'aiguille pif en dessus, paf en dessous, je me figurais un monde vu pour toujours par-dessous ce canevas, *pif-paf*, les fleurs cousues de fil en fil me dicteraient désormais le dessin du jour, les yeux de ces fleurs devenus mes seuls hublots sur le monde, c'est à cela que je pensais, quand je pensais, quand je cessais de me demander ce qu'avaient pu être les dernières choses qu'avaient contemplées ma mère et mes sœurs, dont j'étais certain, je ne sais pas pourquoi, qu'elles n'étaient plus en vie. Chez tout autre que moi, m'a expliqué le psychiatre, de telles idées sur ma mère et mes sœurs en auraient entraîné d'autres, d'autres qui auraient enfoncé leurs sillons dans mon esprit et m'auraient affaibli un peu plus à chaque passage – mais on ne peut pas détruire ce qui est déjà détruit, alors je me portais mieux qu'un autre, c'était son opinion scientifique, et humaine aussi, car il se donnait beaucoup de peine pour me comprendre. Un autre, disait-il, ne serait pas resté avec des fleurs de fil couvertes de plâtre sur le nez à se demander si les chats avaient survécu. Chat brun tacheté de blanc, chat dominant, chat allemand. Chat tigré, furtif, farceur, chat tchèque aux yeux pervenche, tu aimes que les autres te laissent tranquille, c'est encore ce qui te convient le mieux. Où es-tu passé, chat noir aux yeux jaunes, maigre chat juif, agile, efflanqué et craintif, est-ce que tu m'en veux de t'avoir préféré un moment le petit chat tchèque ? Car cela, Ilse, c'est vraiment arrivé : sous les gravats, je ne sais pas pourquoi, je m'inquiétais plus du petit chat tchèque que du juif. Minet, minet, petit chat tchèque aux yeux pervenche, je ne pensais plus à l'autre, et en même temps, je me pardonnais mal cette préférence. D'ailleurs, pour tout te dire, elle me tourmente encore aujourd'hui.

Horn penche la tête, sa voix se résout à un murmure.

— Pendant des heures, c'est à cela que je pensais, alors qu'il n'était plus possible de déterminer si la nuit avait succédé au jour, et que j'entendais chanter, murmurer le plâtre qui ruisselait, ça et le labeur continu, imperturbable, des insectes qui se fichaient bien des bombes. Je pensais beaucoup aux chats, quand je pensais, au fait qu'ils ignoraient la guerre, un jour de survie après l'autre, pour eux c'était tout et bien assez – le chat allemand restait le plus fort mais s'il n'y avait pas de nourriture à se disputer, il laissait le chat tchèque tranquille.

Horn se tait un moment, épuisé. Puis, dans le demi-jour, se retourne et contemple, surpris, le visage d'Ilse, comme s'il le découvrait.

— Quand le ferrailleur m'a trouvé, j'étais à moitié mort de soif, du plâtre, j'en avais avalé beaucoup, il m'en était rentré plein les poumons, mais je ne me souviens pas d'avoir été à moitié mort puisque l'autre moitié était évanouie. Quand est-ce que mon esprit s'est éteint ? Sans doute petit à petit, d'épuisement, dans mes souvenirs, jusqu'à la fin, j'appelais encore les chats en pensée – *gyere, gyere, kis mascka !* –, je les appelais en hongrois mais pas de chat hongrois en vue, le gros matou gris taciturne, le chat hongrois, pattes prudentes, échine basse, je l'appelais et il ne venait pas, c'est ce que j'ai raconté au psychiatre, qui m'écoutait en hochant la tête, et avait l'air de me comprendre. Pour cette raison, je me suis rangé à son diagnostic. J'ai décidé avec lui que j'avais été cassé plus tôt, bien longtemps avant, et que je le restais, voilà toute l'histoire.

*

Au fil des jours, la salle du théâtre est devenue une nuit elle aussi. Comme pour une cérémonie secrète, il n'y brille que la lampe de la table de travail d'Obadalko au troisième rang. Sur la scène, tout a trouvé sa place. Maintenant, la troupe est de bonne humeur. Glissant dans les embûches du décor sur leurs patins de feutre, les acteurs s'amusent. Jusqu'au vieux Martin qui s'en trouve tout revigoré – *un acteur de cette trempe, donne-lui un accessoire et il revit.* Quand arrive enfin le moment de son unique réplique, à la fin de l'acte III, l'esprit du jeu le saisit, il se met à hurler : « Allez au diable, tous autant que vous êtes ! », et ni une ni deux, *vlam*, il attrape les deux patins de sous ses pieds et, avec une rage éclatante, les balance droit dans la cheminée – comme une énorme gifle assénée à tous en même temps. Dans la surprise, Mimi trébuche, Pöss laisse échapper un cri. Même Obadalková en a eu un frémissement.

*

Comme tout le linge de la cabane, le couvre-lit sent le moisi. La fin de l'été est froide et l'humidité avance comme un ennemi patient, grignotant un peu plus de territoire chaque jour. Les draps, les serviettes, la lessive… Le poêle a beau cracher, rien ne sèche. Malgré la pénombre protectrice, Ilse a rabattu le couvre-lit sur sa hanche pour dissimuler la longue flèche pâle, laide, qui court jusqu'au bas de sa cuisse – les stries, ils ont fait ça comme ils ont pu, pas beau à voir. Horn sourit :

— Tu n'as pas besoin de la cacher, puisque je l'ai vue. Et en plus, j'aime les cicatrices. Parce que j'aime les histoires. Regarde-moi, dit-il en riant, je suis une encyclopédie…

Ilse a appris à connaître les nombreuses cicatrices de Horn comme la géographie accidentée d'un pays où on voudrait vivre, avec la diligence discrète d'un émigré qui se familiarise avec un terrain inconnu.

— C'est quand la maison t'est tombée dessus ? demande timidement Ilse, en désignant la tranchée au coin de l'œil gauche.

— Pas celle-ci, dit Horn. Je l'avais bien avant, c'est la plus ancienne. Je crois que je n'avais que quatre ou cinq ans. Il y avait chez nos voisins un bélier qui m'intéressait beaucoup. Mais ce n'était pas réciproque, alors je me suis pris un coup de corne.

S'enhardissant, Ilse désigne, sur le côté droit de la poitrine de Horn, l'arc sombre de peau striée qui s'arrondit en pointe vers le bas, comme un cœur mal placé :

— Celle-là, c'est la maison ?

Pendant quelques longues secondes, Horn ne dit rien. Puis reprend sur un ton très enjoué :

— Non, ça, c'était une branche d'arbre. Une branche d'acacia. Elle m'a griffé si profond qu'elle a… Qu'elle s'est incrustée, à force, dans la chair. On a dû faire venir un docteur, un spécialiste de la morsure des arbres pour la retirer, avec de grandes pinces… des pinces à acacia…

— Tu inventes ! s'offusque Ilse.

— Bien sûr que j'invente, répond Horn avec un sourire tranquille. Ce n'est rien, ce n'est qu'une marque de naissance…

Mais non, cela n'est pas vrai non plus : Ilse a suffisamment touché cette peau lacérée, creusée comme par une lame, pour le croire. Agacée, elle détourne la tête.

— Qu'est-ce que ça peut faire, au juste, si j'invente ? plaide Horn, en taquinant l'épaule d'Ilse. Un morceau de peau, avec une histoire dessus… Ça ne te dira jamais ce que tu veux savoir. Que ce soit une branche d'acacia, une tache de naissance ou autre chose… Qu'est-ce que ça change ?

— Ça change tout ! explose Ilse en se relevant sur le lit, qu'elle ne peut se résoudre à quitter – elle reste assise au bord du matelas, les coudes appuyés sur ses genoux, la tête baissée vers les planches de la cabane qui tangue mollement au gré du fleuve. Bientôt, elle sent la caresse sur sa nuque, les doigts apaisants, cajoleurs, puis la voix qui ne perce qu'avec précaution le silence :

— Tu sais, c'est ma mère qui m'a raconté cette histoire du bélier. J'étais trop petit, je ne m'en souviens pas. Ce n'est qu'une histoire, tu comprends ? Et même si je m'en souvenais, il nous manquera toujours le point de vue du bélier… Il n'y a pas d'histoires vraies, il n'y a que de vraies histoires, et elles ne durent qu'un temps, parce que même les histoires meurent… Je peux même te dire exactement quand elles meurent, parce que j'y ai beaucoup réfléchi. Elles meurent quand le temps du récit a excédé celui de l'action qu'il racontait. Quand on les a trop racontées, les histoires se figent, et là, elles perdent leur pouvoir et puis elles meurent. La marche que tu as ratée, cela n'a pris qu'une seconde, tu l'as racontée des heures durant. Le parquet qui s'est rompu et qui t'a entaillé la hanche, ce n'est pas ça l'histoire, n'est-ce pas ? L'important, c'est ce qui a suivi et dont tu ne parles pas, la façon dont cette histoire et ce morceau de bois te sont rentrés ensemble dans le corps. Les histoires finissent toujours par tuer ce qu'elles racontent. Je me suis souvent demandé si, finalement, ce n'était pas précisément leur fonction.

Horn prend Ilse dans ses bras, la serre tendrement contre lui. Elle veut parler, elle a du mal, la question finit par lui sortir de la bouche en un petit cri étranglé :

— Alors donc, pour toi rien n'est vrai ?

— Bien sûr que si, dit Horn avec un sourire triste.

Il secoue la tête, sa main effleure à peine la hanche gauche d'Ilse, puis il murmure :

— Les cicatrices... Les cicatrices sont vraies.

12

Auberge authentique

Pour sa dernière nuit en Slovaquie, Simon avait passé des heures sur internet avant de trouver ce qu'il cherchait. Pas encore un de ces hôtels interchangeables, si moelleux soient-ils, cette fois il voulait du solide, de l'ancien, du typique. Il avait fini par élire, non loin de la frontière hongroise, une pension millésimée, le bus serait à trois kilomètres de marche le lendemain mais ça les valait. Entièrement peint en rose, le petit bâtiment se détachait comme un cochon placide, accroupi dans la verdure du paysage, tandis que sa cheminée s'envolait, guillerette, tirebouchonnant vers le ciel grisâtre. S'il s'avéra que le lit avait pour particularité d'être coincé sous une soupente – mieux valait ne pas s'en lever d'un bond sous peine de se prendre le toit en plein crâne –, la salle de restaurant ne décevait pas. Dans un luxe de boiseries, de petits boxes séparés par des cloisons aux vitres fumées travaillées en vitrail renvoyaient à un autre âge – retours de chasse, soupers clandestins, galanteries impériales. Le rouge sombre de la moquette épaisse, les lourds rideaux damassés, les globes des lustres qui illuminaient diffusément la salle : tout tendait vers le réconfort, annonçait des viandes copieuses, des fromages gras, des vins charnus, tandis qu'un rien de campagnard dans l'épaisseur des meubles et les motifs enfantins des nappes apportait une touche d'innocence et de molle bonne franquette. Un endroit idéal, pensa Simon en sirotant sa bière devant son ordinateur. Désert, mais à part ça idéal.

Il ne partait pas sans biscuits à la conquête de Budapest. D'abord, Obadalko lui avait donné le nom – Lajos Féher – d'un ami de Sandor qui était peut-être encore de ce monde et quelque part à Budapest – c'était ténu mais pourquoi pas. Ensuite, après des heures sur internet, Simon avait abouti à la vie et aux œuvres de Michel Fekete.

Au terme de ses longues années de *go-between* entre deux cultures qu'il chérissait également, cet intellectuel franco-hongrois, d'abord journaliste indépendant, était devenu l'un des historiens les plus respectés des crises de l'Europe centrale, lisait-on çà et là. Malheureusement, il était mort il y a cinq ans… Mais une précision sur sa fiche Wikipédia avait attiré l'attention de Simon : « Le château de Feketevárcsurgó, près de Feketefehérvár, abrite désormais les archives de Michel Fekete (livres, articles, coupures de presse, documents personnels). Depuis son décès, des chercheurs, principalement français, sont autorisés à les consulter sur place. » Il n'en avait pas fallu plus pour que Simon se métamorphose en chercheur de profession. Dans la salle déserte du restaurant, il avait opté pour la Sorbonne – quoi de plus parisien, de plus connu ? Se décernant quelques diplômes dans la foulée, il avait ouvert Photoshop et, grâce à un logo en haute définition – téléchargé avec une facilité déconcertante –, il se confectionnait maintenant une carte de visite. Pas bien difficile, Simon peaufinait – 30 % de cyan dans le noir, bien aligner, maintenant, au centre du rectangle. Prise dans le serpent du S, la coupole du Panthéon se détachait joliment. *Simon Ungar, chercheur postdoctoral, professeur d'histoire contemporaine.* Il prit du recul, contempla le résultat : oui, c'était pas mal. Pourtant quelque chose clochait, il n'aurait su dire quoi. Le logo était bien au centre, les couleurs travaillées pour l'imprimerie, même pour un Copytop ça devrait passer… Alors quoi ? Simon regarda la carte de visite à nouveau, puis il secoua la tête : *Simon Ungar*. C'était ça. C'était le nom qui n'allait pas. Après avoir commandé une nouvelle bière, il en essaya d'autres : François Lefrançois. Jean-François Périgord. Christian Périgaulle. Jean-Pierre Bourgeois. Francis Leterroir… Il hésitait encore quand il s'aperçut que quelqu'un le regardait.

Dans un box voisin, une jeune femme blonde, assise elle aussi face à un ordinateur portable, lui souriait. D'abord faite de regards et de hochements de tête complices (« Ah, que nous sommes seuls dans cette salle, ah qu'il est difficile de rester concentré sur son écran »), la conversation s'établit très vite. Quelques banalités suffirent à ce que la jeune femme vienne s'installer *(« with pleasure! »)* à la table de Simon. Il apprit bientôt qu'elle s'appelait Ilona, qu'elle étudiait la sociologie, et qu'après une brève visite à des cousins elle s'apprêtait à reprendre les cours à l'université de Banská Bystrica. De son côté, elle trouva incroyable que le hasard l'ait mise face à un professeur, de la Sorbonne qui plus était, au moment même où elle renâclait à travailler sur son mémoire. De fil en aiguille, ils avaient fermé les ordinateurs puis commandé à dîner. Elle refusa de l'embêter avec son sujet d'étude (« Les évolutions du logement social dans la Tchécoslovaquie communiste »). De son côté, Simon (qui s'était présenté comme Francis) avait justifié par des inventions agréables sa présence dans l'auberge. Pour des travaux qui suivaient sa thèse, il faisait des recherches sur Bence Sandor, un auteur jamais traduit en français.

— Mais comment l'avez-vous lu, alors ? demanda innocemment Ilona. Vous parlez le hongrois ?

Pris sur le fait, Simon expliqua que non, justement, il travaillait là-dessus avec un collègue de l'Institut des langues orientales. Il se sentait joyeux, cette fille était charmante. Souvent, pensait Simon, la conversation entre des étrangers ressemble à un sac rempli de pierres qu'on s'échange avec peine de part et d'autre d'une table. Alors que là, rien de tel. Au contraire, un sujet en chassait un autre, ils avaient déjà éclusé la moitié d'une bouteille de vin quand Ilona demanda :

— Et sur quoi avez-vous fait votre doctorat ?

Simon réfléchit vite – entre ce qu'il s'était déjà mis dans le cornet et la légère excitation de ce dîner avec une inconnue, il fallait un sujet qu'il maîtrise bien. Tout à trac, il lança :

— La perception de l'étranger au prisme du film *Casablanca*.

— Oh, s'étonna Ilona, ça semble très intéressant !

Ah oui, passionnant, répondit Simon. Dépourvu de la pudeur des vrais doctorants, il se mit à lui en donner le pourquoi dans les moindres détails. Personne ne joue ce qu'il est dans ce film, s'émerveillait Simon. Un Autrichien et une Suédoise prétendent être tchécoslovaques, un Britannique cockney joue le général de police français, et Conrad Veidt fait le nazi. Conrad Veidt ! C'était avant guerre l'un des grands noms du cinéma expressionniste allemand, le funambule du *Cabinet du docteur Caligari*, expliqua Simon. Comme il s'était engagé contre Hitler et qu'il était marié à une juive, il avait dû fuir l'Allemagne. Il s'était retrouvé à Hollywood... où il n'avait incarné que des nazis. Jusqu'à en mourir d'une crise cardiaque en 1943.

Ilona ouvrit de grands yeux, les baissa sur son hamburger, puis elle secoua la tête :

— Fascinant.

Tout à son affaire, Simon-Francis parla alors des acteurs hongrois de *Casablanca* – pas seulement Peter Lorre mais aussi le jovial Szőke Szakáll, et du réalisateur, hongrois lui aussi, Michael Curtiz né Mihály Kertész. Fait encore moins connu : il existait une version allemande du film qui n'était sortie qu'en 1952, amputée d'une demi-heure. Et pour cause : toute référence au nazisme avait été supprimée, et le résistant tchèque Victor Laszlo y était devenu Victor Larsen, un physicien atomique norvégien pourchassé par Interpol. Cela plut beaucoup à Ilona, mais Simon eut tout à coup l'impression d'avoir trop parlé. Il retourna la conversation vers l'habitat social tchécoslovaque, espérant rendre la politesse.

À vrai dire, il n'espérait pas que ça. Cette jeune femme providentielle, qui semblait même intéressée par *Casablanca*... Son esprit s'était mis à vagabonder : et si quelque chose se nouait, là, dans cette auberge de hasard ? Pendant qu'Ilona lui racontait avec obligeance la construction d'un parc de 500 logements sociaux à Bratislava dans les années cinquante, les espérances de Simon cavalaient carrément. Une jeune Slovaque, une rencontre presque miraculeuse... Il s'entendait raconter la scène à des tiers : « Elle m'expliquait que les Hongrois et les Allemands partis, on avait dû faire venir des Slovaques des campagnes pour repeupler Bratislava, et moi, dans cette auberge intemporelle, je mesurais déjà ce qui se passait. » Puis il se voyait, quelques mois plus tard, un peu mélancolique, face au même tiers, en train de ne pas trop se plaindre : « Ilona va bientôt revenir, elle doit rester là-bas pour soutenir sa thèse, c'est important… C'est un peu compliqué parfois, avec la distance, heureusement qu'on a Skype. » S'abîmant dans l'idée, il tressaillit d'un coup : comment est-ce qu'il ferait pour justifier son mensonge ? Expliquer qu'il s'appelait Simon, pas Francis, et qu'il n'avait jamais mis les pieds à la Sorbonne ? À la va-vite, il bricola en pensée une confession. Avide d'en savoir assez pour renseigner les tiers invisibles de son esprit, il interrogea :

— Mais toi, tu es complètement slovaque ?

— Complètement, non, dit Ilona. Papa de Slovaquie, maman tchèque. Alors un peu des deux.

— Est-ce qu'il y a tant de différences que ça entre les Tchèques et les Slovaques ?

— Oh oui… dit Ilona. Les Slovaques sont plus… traditionnels. Plus religieux, conservateurs, ils aiment la famille… Mais plus joyeux aussi, plus chaleureux. Les Tchèques, ils sont plus fins, souvent plus cultivés, plus drôles. Mais sauf que c'est plus froid. Tu vois, ils ont l'humour mais ils ne sont pas gais.

J'ai compris ! J'ai compris ! se dit triomphalement Simon : les Slovaques sont les Séfarades des Tchèques ! Il repensa au plombier de Jeanne et à la synagogue de Brest, dont une fuite l'avait rapprochée. Pendant ce temps, Ilona continuait :

— Je crois que dans toute l'Europe il n'y a rien de plus athée qu'un Tchèque. Moi, je suis au milieu, dit-elle en souriant, mais pas très conservatrice.

Les libres mœurs des filles de l'Est… Simon en avait vaguement entendu parler. Ça pouvait donc se faire comme ça, simplement ? Détaillant le visage derrière les ondes de cheveux blonds, il commença à angoisser un peu : et si ça se concrétisait pour de vrai ? Il n'avait pas baisé depuis des mois. Plus compliqué encore, il n'avait baisé qu'avec Mathilde au cours des trois années écoulées. Un peu excité, il regarda Ilona qui souriait, demandait s'il voulait plus de vin. Soudain, il se figea, son couteau dérapa sur l'assiette : *et si c'était une pute ?* Mais oui, se dit-il, quel con, quel con, c'était trop facile ! Tes délires sur *Casablanca* ont toujours emmerdé tout le monde, tu aurais dû t'en rendre compte plus tôt, elle croit que tu l'as compris depuis le début. Qu'est-ce qu'elle fout là, à ton avis, dans cette auberge perdue ? Elle cherche des clients ! Évidemment ! Puis il se raisonna : et alors ? Si c'était une pute, ou disons, une vraie étudiante qui arrondissait ses fins de mois, qu'est-ce que ça aurait finalement de si répréhensible ? Pourquoi pas ? N'oublie pas que tu as de l'argent, se rassura-t-il. D'ailleurs, dans l'absolu, tu as plus d'argent qu'elle, de l'argent d'origine slovaque en plus. Tu lui donnerais sans problème 100 euros pour la dépanner. Ouais, dans l'absolu, mais ça n'avait rien d'absolu, là. Au contraire, c'était très relatif. Oh, et puis quoi… Mais l'inquiétude le reprit ailleurs. Comment je saurais combien il faut donner ? Comment il faut le donner ? *Elle*, elle saura, elle t'expliquera, professa une voix rassurante dans la tête de Simon – probablement celle de Francis Leterroir, professeur émérite à la Sorbonne.

Ilona suivit Simon dans sa chambre aussi simplement qu'elle avait engagé la conversation. Soudain embarrassé de son propre corps, Simon cherchait, sans le trouver, le prétexte d'un rapprochement. « Pardon, je dois vérifier mon billet de train pour demain », interrompit Ilona en sortant son téléphone de son sac. Puis elle afficha une moue désappointée devant l'écran éteint : oh non, plus de batterie ! Je peux essayer avec le tien ? Un peu méfiant, mais de plus en plus excité, Simon lui tendit son iPhone. Elle le prit en main, puis, les bras en l'air, l'agita dans tous les sens en riant : ça ne capte pas ! Simon regarda ses seins se soulever, regarda ses fesses, jolies et hautes sous le jean, alors qu'elle partait vers la salle de bains. Elle fit la tête : ça ne capte toujours pas ! Puis elle ferma la porte. Simon attendit, le téléphone disparu le rendait anxieux. Elle faisait quoi, là ? Inquiet, il trépignait, mais l'idée de cette jolie fille, peut-être en train de se dévêtir dans la salle de bains proche, le faisait durcir à en avoir mal. La porte se rouvrit, Ilona sourit en lui rendant le téléphone puis se planta face à lui. Aucun argent ne fut demandé.

Quand il ouvrit les yeux dans la lumière du matin, elle était penchée sur lui, déjà habillée, tentant d'éviter la soupente.

— Francis, il fait jour, je dois partir maintenant.

Simon ouvrit les yeux :

— Tu t'en vas ?

— Oui, je dois prendre le train, dit Ilona, et elle l'embrassa rapidement sur la bouche.

— Alors au revoir…, balbutia Simon.

Ilona s'éloigna en lui adressant un clin d'œil :

— C'était sympa !

Quand elle s'éclipsa, Simon s'apprêta à se rendormir. Puis se releva d'un bond et se prit la soupente en plein crâne – Aïe ! Merde ! Le cœur battant, il courut inspecter ses affaires. Par miracle, rien ne manquait : ni son téléphone, ni son ordinateur, ni sa carte de crédit… Son pouls ralentit, les palpitations cessèrent. Honteux, il partit se recoucher en se massant le crâne. Quel gros con ! Parano ! Il ne pouvait pas accepter que les situations ne réservent aucune embrouille ? Qu'elles soient, au contraire, simplement agréables ? Il se remémora la nuit – tout avait été si naturel. Comme la conversation, un geste amenant l'autre, sans passion peut-être, mais sans embarras non plus, cette fille était fraîche, pas compliquée. Sans beaucoup d'ardeur, ni d'audace, mais cool. Un peu trop propre et savonnette pour le goût de Simon, un peu trop claire. Mais charmante. Et ne dissimulant rien.

Quelques heures plus tard, sur le perron de l'auberge rose, il avait repris en main la poignée de sa valise. Il se sentait revigoré : l'aventure… Des choses pouvaient arriver. Cheminant sur la route, il aperçut le fleuve, et au lointain sur l'autre rive, la Hongrie. Plus que quelques centaines de mètres jusqu'au pont qui marquait la frontière. Dans la lumière un peu hâve de la fin de la matinée, Simon pressa le pas. Là-bas, le Danube filait vers Budapest.

13

Doberdò

— Tu crois ça, toi ? demande Horn, penché sur le journal ouvert sur la table de la cabane. Tu crois, toi aussi, que « la rangée des travailleurs s'apprête à enjamber le creux des vieilles fautes humaines, les caniveaux du bureaucratisme, et les caillasses de la mauvaise foi » ?

D'un geste las, il replie le journal avant, d'un geste bien plus vif, de l'envoyer valser au sol.

Dans la nuit de la cabane, Ilse n'a rien à répondre, ce n'était pas une question. Sous la même forme, Horn en a posé une autre un peu plus tôt, quand il a remis à sa place, avec beaucoup d'égards cette fois, le livre qu'il avait pris sur l'unique étagère :

— Moi aussi, j'ai aimé lire *Le Tour du monde en 80 jours*. Tu sais, nous autres Hongrois pensons que c'est l'un de nos auteurs. On l'appelle « Verne Gyula », et dans nos éditions rien ne mentionne que c'est traduit du français. Mais laisse-moi te demander une chose : tu trouves normal, toi, de ne pouvoir faire le tour du monde que dans un vieux livre ? De ne jamais avoir vu la mer, de ne pas pouvoir partir la voir, ni demain, ni après-demain, ni peut-être jamais ? Il est vrai que chez nous, Verne est un écrivain de fantaisie… Mais s'en aller aux Indes ou en Amérique, est-ce vraiment aussi irréalisable que de s'envoler vers la Lune ou descendre au centre de la Terre ?

À cela aussi, Ilse a préféré ne pas répondre. Sans un mot, elle a passé sa robe de chambre et ses bottes pour sortir sur le perron contempler les eaux sombres du fleuve. C'est de sa faute, elle n'aurait pas dû y revenir. Qu'est-ce qui lui a pris ? Un silence de trop, les yeux fixes de Horn qui ne la regardaient plus, elle s'est mise à poser les questions défendues :

— Qui c'est, ce type qui te suit ? Un type des services ?

— Les services, a grincé Horn entre ses dents, services *à qui* ? Tu sais, moi, un jour, et plus qu'un jour, même, j'ai vraiment cru que le marxisme était la seule chose qui pouvait offrir de l'espoir aux gens. Dur comme fer, j'étais persuadé que rien d'autre ne nous retiendrait, collectivement, de basculer dans la catastrophe. Avant la guerre, je l'ai cru, et même après encore. Mais quand le grand frère soviétique s'est mis à massacrer ses juifs, eh bien, là, j'ai cessé de croire. Car, que cela plaise ou non, ce sont des juifs, mademoiselle, qui ont bâti le communisme, un système qui permettrait enfin l'égalité entre les peuples, il fallait bien, pardon, des juifs pour le penser. On a passé la guerre à nous exterminer, presque tous, sauf qu'il en restait, travail pas terminé… Et voilà que trois ans après, ça recommence ? Mais cette fois, nos bienfaiteurs soviétiques s'en chargent. L'égalité… La paix entre les peuples… Quelle sinistre *blague* ! Quoi, pas de réponse ? *Pukk pukk*, la petite fille est devenue bien silencieuse ! Elle la voulait, pourtant, cette conversation ! De quoi a-t-elle peur ? Du bastion généreux de la paix qui la protège en lui défendant de voyager ? En lui interdisant Hemingway, Charlie Chaplin, et les revues de mode françaises ? En lui demandant d'inspecter la pureté idéologique de sa voisine et de compter les verrues sur le cul de son voisin ? En choisissant ce qu'elle a le droit de dire et en lui retirant le droit de penser ? Le droit de penser, mademoiselle… !

Ilse ferme la porte et rentre dans la cabane, où Horn est toujours assis à la table. Il ne faut pas répondre, surtout pas, seulement interroger à nouveau, avec obstination :

— Qui c'est, ce type qui te suit ?

Cette fois, c'est Horn qui ne répond pas. Aucune expression n'anime plus son visage. D'un pas lent, il s'en va repêcher le casier à bières qui flotte dans le Danube, ouvre une bouteille, en verse dans deux verres et en tend un à Ilse. Puis il s'assied à nouveau, loin d'elle, sur la chaise, et fixe le sol.

— Tu sais, avant de fuir, la plus âgée de mes sœurs a pu me faire parvenir une carte postale à Prague. Elle y disait seulement qu'elle devait partir, et de ne pas s'inquiéter de sa maison, tout était en ordre, mis à part la gouttière qui aurait besoin d'être nettoyée. C'était un message clair.

En silence, Ilse acquiesce – elle aussi a reçu ce genre de lettres – *La seule chose qui me manque, ce sont les gâteaux, les gâteaux* délicieux *de notre chère voisine !*

— Quand je suis revenu après la guerre, poursuit Horn, une famille d'inconnus vivait dans sa maison. Ils attendaient que je montre mes couleurs pour être hostiles – lorsqu'il est devenu clair que je ne prétendais à rien d'autre qu'à une échelle, je peux même dire qu'ils se sont montrés à peu près aimables. Assez, en tout cas, pour me prêter l'échelle. De la gouttière, j'ai réussi à repêcher une jarre pleine d'eau, avec un minuscule sac de toile qui flottait dedans, il contenait les bijoux de ma mère et de mes sœurs. Pendant que je montais à l'échelle, un petit attroupement s'était formé dans mon dos, quelques voisins étaient venus voir, pour la plupart je les connaissais et ils détournaient les yeux. Mais ce n'était pas par honte de croiser mon regard, pas par honte de la façon dont ils s'étaient conduits, dont, du jour au lendemain, ils s'étaient transformés en ennemis et avaient, en se frottant les mains, regardé partir les convois. Non, ce qu'ils voulaient cacher, c'était leur colère, leur envie impuissante, puisque je venais, sous leurs yeux, de récupérer ces bijoux qui pendant des années avaient flotté là à leur insu. Et alors, les inconnus qui habitaient la maison de ma sœur, un peu gênés, m'ont révélé autre chose – comme une arrière-pensée, ils m'ont tendu une petite valise cabossée, dans laquelle se trouvaient une nappe brodée aux initiales de ma famille et un service de table en argent. Ils m'ont dit que c'était tout ce qui restait de ma sœur. Alors j'ai attendu là, un peu hébété, je tenais le sac de bijoux serré dans mon poing, et je regardais les fourchettes, les couteaux à poisson, la nappe, posés là dans l'herbe, comme si je contemplais les vestiges d'une civilisation disparue et incompréhensible, j'attendais je ne sais quoi, que ces objets reprennent vie, d'une façon ou d'une autre, mais la seule chose vivante, c'était une fourmi égarée qui traversait lentement la nappe damassée, qui errait sur la toile épaisse en escaladant avec peine les reliefs de broderie du monogramme de ma famille. C'était la fourmi et elle seule que je regardais lorsque j'ai entendu tout à coup l'un des voisins s'exclamer dans mon dos que, haha, c'était lui qui avait offert ce service à ma sœur. Qu'il lui avait offert pour son mariage, et que, puisqu'elle n'était plus en vie, et, héhé, son mari non plus, c'était à lui, et pas à moi, de le récupérer. Alors j'ai remis les couverts en argent dans leur boîte, refermé le couvercle du service de table et je le lui ai rendu sans un mot. Ce que j'ai emporté en m'éloignant était beaucoup plus lourd qu'un service en argent. Je le porte encore aujourd'hui. C'est ce jour-là, je crois, que j'ai compris que rien n'était fini.

Horn se lève de la chaise, se met à tourner en rond dans la cabane.

— Mais tes parents ? demande Ilse d'une voix douce. Tu ne m'as pas dit...

Avec un soupir, Horn retourne s'asseoir sur la chaise. Il se recroqueville, baisse la tête.

— Mon père a dû partir dans les premiers convois, indigné, sa médaille de la bravoure accrochée à la poitrine. C'est ce qu'on m'a raconté, c'est comme cela que je l'imagine. Son amulette de charlatan, la fameuse *Tapferkeitsmedaille*, celle qu'il était allé gagner pour l'empereur à Doberdò... Il a dû penser jusqu'au bout que ça le sauverait... Quel imbécile ! Mais aussi bête que d'autres, tant d'autres, aussi bête que de penser que Dieu, ou Lénine, va te sauver. Sa médaille ne l'a protégé de rien, je suppose que les nazis l'ont fondue quand il est arrivé au camp, pour nourrir leur trésor de guerre... *« Tout n'est que fumée. Tout va au même endroit. Les cendres aux cendres et l'or à l'or... »* Qui c'est, déjà, qui a dit ça ? Karl Marx ?

Horn ricane, puis il continue :

— Mes sœurs avaient fui bien plus tôt, elles se sont cachées dans un couvent, des nonnes les protégeaient, elles auraient peut-être pu survivre si on ne les avait pas dénoncées. Mais elles l'ont été et je sais par qui. Alors non, ce n'est pas fini. On me dit que la guerre est terminée depuis longtemps, seulement, respectueusement, moi je ne suis pas en paix. Parce qu'à l'heure où je te parle, ce type qui a dénoncé mes sœurs se balade tranquillement à Budapest, où il fait partie de la police. Et où il continue à nuire. Il y a peu de temps, il s'en est pris à un de mes amis, un poète, un type de chez moi, qui ne fait qu'essayer de survivre. Bientôt, il sera brisé. Et pourquoi ? Pour quelle *raison* ? Parce qu'il paraît qu'on ne fait pas d'omelette sans casser des œufs ? Ah, je vois bien les œufs cassés, mais où est l'omelette ? Alors non, je ne laisserai pas faire.

— C'est dangereux, se borne à dire Ilse en resserrant le col de la robe de chambre.

— Pas de la façon dont tu l'entends. Plus maintenant. Parce que je me suis trop souvent préparé à mourir, dit Horn. Pas à mourir un jour, mais à mourir là, maintenant, sous ces gravats ou sous ce pistolet. Parce que j'ai déjà regardé un mur en faisant le compte de ses briques, de ses aspérités et de ses poussières, persuadé que ça se terminerait là. Une autre fois, c'est arrivé dans un verger où j'avais voulu voler des framboises, devant un arbre, le type me tenait en joue et moi je reculais, vers cet arbre, sauf que j'ignorais de quelle race il était, et qu'à l'instant de mourir cela me tracassait beaucoup. Je pensais : « Ça aurait été rudement mieux que ce soit un noisetier, un pin ou un platane, un arbre que je connaisse. Je vais mourir sous un arbre dont j'ignore le nom. » Ce n'est qu'à cela que je pensais, quand, *pouf,* va savoir pourquoi, le type au pistolet a changé d'avis et a baissé son arme.

Il est trop tard, pense Ilse, debout au milieu de la cabane glaciale qui s'est mise, sous le vent, à ballotter sur ses bidons. Bientôt, il fera trop froid. Bientôt, tout sera fini. Deux sabliers ont commencé à s'écouler de façon contraire : la première de *La Morale de Madame Dulska* est dans deux mois, on ne pense plus qu'à ça au théâtre. On ne peut plus arrêter le temps et Ilse sent bien, même si elle en ignore la cause, que sa nuit avec Horn va prendre fin dans le même mouvement, elle ne sait pas comment mais il a suffi d'un sablier pour entraîner l'autre, pour lier deux sas de verre opaques qui seront bientôt renversés. Le sable file, le temps presse, Horn continue de parler :

— Tant qu'à faire, plutôt qu'en prison, j'aimerais mieux qu'on me remette à l'asile de fous, parce que j'y ai déjà été. Tout comme j'aurais trouvé plus acceptable d'être abattu sous un platane plutôt que sous un arbre inconnu, l'hôpital psychiatrique, je sais comment c'est, alors j'aimerais mieux. Ils peuvent bien me renvoyer là, ils le feront peut-être un jour ou l'autre de toute façon. De leur point de vue, ce ne serait que finir le travail. Parce qu'ils ne l'ont pas fini et moi non plus. Tu dis que c'est dangereux… Mais, en ce qui me concerne, la seule chose dangereuse, ce serait de ne pas finir. Voilà pourquoi je garde un œil sur ce type.

— Pour faire quoi ?

Horn pâlit, il évite à nouveau le regard d'Ilse. Sous la table, l'une de ses jambes s'est mise à battre.

— Je ne le sais pas encore. Mais ça viendra… Tu te souviens des malédictions de la pièce hongroise ? Celle que j'avais vue enfant ? Quand je les ai apprises par cœur, je ne savais pas pourquoi je le faisais, je ne pouvais pas imaginer que je serais le seul à survivre. Et encore moins qu'il me faudrait trouver une raison à cette survie. C'est seulement après la guerre que j'ai compris. Un jour, ça m'a traversé l'esprit comme une révélation – ces malédictions, j'ai su pourquoi je les avais gardées tout ce temps dans un coin de ma tête : je les avais retenues pour retenir avec elles mon ennemi. Maintenant, je sais ce que tout ça signifie.

Horn commence à réciter, non pas en détachant avec emphase les syllabes comme le ferait un acteur, mais vite, machinalement, intimement, comme un dévot :

— *Que la fureur qui dévore mon corps s'empare cent mille fois de ton âme. Que ma douleur, dans toute son acuité, soit une bagatelle en comparaison de la tienne. Que les aliments te soulèvent le cœur, que ta boisson soit remplie de vers, que la faim te tourmente au point que tu veuilles arracher les cadavres de leurs tombes. Que mon spectre défiguré te suive partout et sanglant, soit debout, auprès de toi durant ton sommeil, à ton réveil.*

*

Dans la trame de la nuit, le jour a fini par entrer, et cette déchirure-là ne peut être recousue. C'est sans remède, Ilse l'a compris. Un soir, lorsqu'elle aperçoit, au loin dans les herbes hautes, le rougeoiement de la lampe, elle voit tout de suite que quelque chose a changé. Tout d'abord, elle ne comprend pas puis l'image se précise : une deuxième lampe. Portés par le vent, des éclats de voix. Deux hommes ? Trois ? Devant sa cabane, Ilse s'immobilise. Puis la deuxième lampe s'éloigne et c'est bien Horn qui s'approche mais la silhouette familière va de travers, déséquilibrée, elle n'a pas la même foulée élastique (petits pas, démarche de pieds plats), et bientôt Ilse discerne dans la nuit deux longs sacs de toile noire.

— Qu'est-ce que c'est que ça ?

— Rien qui vous concerne, jeune fille, dit Horn en posant, avec un cliquettement métallique, les longs sacs sombres dans l'herbe.

Mais on le devine, ce que c'est, et Ilse sent sa colère monter. *Si je suis mêlée à ça j'y suis mêlée. Un fil, serré contre un autre. J'y suis mêlée, maintenant. J'ai voulu l'être.*

— Qu'est-ce que tu comptes en faire ?

— Rien. Je dois les mettre en lieu sûr, c'est tout. Ne t'inquiète pas, Ilse.

— Si ! se met à hurler Ilse. Si ! Bien sûr que je m'inquiète ! On peut être pendus pour ça, l'un comme l'autre. Alors j'ai le droit de demander !

— … moins tu en sauras… Ne demande pas.

— Je demande, continue Ilse, furieuse, je demande ! Je demande que tu arrêtes de me traiter comme une gamine ! Je ne sais pas ce que tu fabriques pendant la journée, ce que tu fabriques avec Jiřina, et les autres, je m'en fous. Je ne veux pas savoir à qui tu racontes encore et encore tes vieilles histoires, en espérant comme ça les faire crever une fois pour toutes ! Tes vieilles rengaines pas encore épuisées, les vraies, les fausses, et toutes les autres ! Je ne sais pas ce que tu trafiques, je ne le sais pas et je m'en fous ! Mais arrête de penser que je ne connais rien à la vie.

— Calme-toi, demande doucement Horn, je t'en prie.

— Depuis quand est-ce que les gens se calment quand on leur a dit de se calmer ? reprend Ilse de plus belle.

Énorme, la lune illumine le Danube qui miroite et murmure. Dans les herbes, les deux longs sacs noirs restent étalés, immobiles, comme des serpents repus. Frissonnant sous sa robe de chambre, Ilse se tient, bras croisés, devant l'entrée éclairée de la cabane. Attitude défensive, qu'un souffle dissiperait – une caresse, le frottement d'une hanche –, il en faudrait bien peu à Horn pour l'apaiser. Mais ce n'est pas ce qu'il choisit.

Passant la tête basse, il se faufile et entraîne Ilse à l'intérieur avant de fermer la porte derrière eux. Avec soin, il place la chaise et le tabouret devant le poêle, s'éloigne puis les réajuste, comme pour fixer un décor. Ensuite, il enlève sa veste, son pull, prend sa marque sur le tabouret. Il grelotte sous sa chemise, attendant qu'Ilse vienne se placer face à lui ; on dirait que tout est prêt pour un interrogatoire. Il est facile de jouer lorsqu'on connaît son rôle : par-dessus sa robe de chambre, Ilse enfile son manteau, en remonte le col avec sévérité. Elle s'assied sur la chaise et se borne à un mot :

— Alors ?

Un crépitement du poêle lui répond. Puis Horn se racle la gorge avant de murmurer :

— Il y a des histoires dangereuses à dire. C'est pour ça qu'on les laisse tranquilles. L'ennui, c'est que ça ne sert à rien. Parce que le silence devient comme un agent de leur puissance. Au lieu de se taire, elles… fermentent. Quand on les enferme dans le silence, au lieu de disparaître elles se mettent à proliférer, alors on les entend d'autant plus fort, sans les connaître ni les comprendre. C'est pour ça qu'il faut bien se résoudre à les dire…

Le regard d'Ilse ne lâche pas, il continue d'interroger : alors ?

Horn baisse la tête, puis déboutonne avec précaution sa chemise.

— Le jour de mes douze ans, je ne sais ce qui m'a pris, alors qu'il faisait à peine jour, je suis allé directement au lavabo, j'ai pris le rasoir de mon père, et, sans l'avoir même pensé, je l'ai porté, là, sur ma poitrine, à droite. La forme de sa cicatrice, je la connaissais parfaitement, je n'avais pas besoin du miroir. Tu ne peux pas imaginer la sensation…

La voix de Horn se coince dans les aigus, il se racle à nouveau la gorge :

— … la sensation de joie que cela m'a procurée. Comme si le rasoir permettait d'expulser enfin quelque chose qui couvait là depuis trop longtemps. Ça ne faisait même pas mal – je pensais à la baïonnette, à Doberdò, à mon père saoul et à rien, je creusais encore la plaie quand ma mère m'a trouvé par terre, dans la salle d'eau, souriant comme un idiot, la poitrine pleine de sang.

À nouveau, Horn s'interrompt. Quand il se remet à parler, Ilse remarque une cadence différente, plus heurtée. Cette fois, Horn cherche ses mots, et il redoute de les trouver.

— Je t'ai dit qu'elle était couturière… mais elle avait aussi d'autres activités. Bien avant la guerre déjà, elle gagnait de l'argent comme passeuse. Divers services l'ont utilisée, à ce que je sais, comme courrier. Elle s'était fait comme ça une réputation – les déserteurs, les gangsters, les agents russes, le tout-venant qui avait besoin de faux papiers et d'une escorte finissait par atterrir chez elle. Il faut que tu saches que personne n'avait un bagout plus impressionnant que ma mère – peu de gens possèdent une telle capacité à inventer une histoire sur-le-champ, à s'y tenir ou à la faire au contraire complètement dévier si la situation l'exige. Ajoute à cela qu'elle parlait six langues sans aucun accent – elle pouvait comme elle voulait se faire passer pour une commerçante viennoise ou pour une grande bourgeoise de Budapest, raconter qu'elle avait appris le français avec sa nurse ou alors laisser croire qu'elle était une simple paysanne de Moravie qui n'y comprenait rien… Elle avait le sang froid. Ce n'est pas – haha – forcément une qualité chez une mère, mais c'était bien utile dans son autre partie… Pas un barrage, pas une frontière qu'on ne pouvait franchir avec elle, *pif-paf*, elle se dépêtrait de tout. Pour les faux papiers, elle était en cheville avec un type d'Olomouc, un agent des Russes qu'on appelait le cordonnier, ou Max, ou Fabricant, un type qui travaillait pour le Komintern depuis les années vingt. Le jour où elle m'a trouvé étendu sur le sol de la salle d'eau, son sang, qui était aussi le mien, répandu sur le sol en carrelage, son sang n'a pas flanché. Sans un mot, elle a soigné ma blessure, l'a pansée, et quand j'ai eu repris mes esprits, elle a compris qu'il fallait tout me dire…

Aux gestes nerveux de Horn, Ilse devine qu'il voudrait une cigarette, mais aussi qu'il se la refuse. Chemise ouverte, il se balance, vers l'avant-vers l'arrière, entraînant avec lui le frêle tabouret de bois qui grince sur le plancher de la cabane. À droite, sur sa poitrine, pointe vers le haut, se dresse la cicatrice, cœur inversé, cœur mal placé, haut-le-cœur.

— Quelque temps avant ma venue au monde, m'a-t-elle raconté, elle avait un de ces *rendez-vous* près de la frontière, dans la remise d'une ferme. En arrivant, elle a trouvé un vagabond, sale, mat de peau, aux sourcils épais et à la barbe très noire. Elle a dit qu'il ressemblait à un de ces juifs de Smyrne qu'elle avait vu passer quelques années plus tôt, il ne parlait ni le tchèque ni le russe, seulement un peu d'allemand, et encore, très mal. Tout chez cet homme, m'a-t-elle dit, indiquait une misère morale si profonde qu'on n'aurait pas voulu lui en extorquer le récit, il était épuisé et maigre, tremblant dans un gros manteau de laine rapiécé, et sans le moindre bagage. La poignée de billets qui servirait à payer son passage, c'était apparemment tout ce qui lui restait. Ma mère a eu pitié de lui. Elle m'a dit qu'elle avait voulu, d'instinct, le réconforter, comme on réconforterait un pauvre chat perdu. Mais le vagabond, cela s'était révélé assez vite, n'était pas un petit chat mais encore un homme, et bientôt d'autres instincts s'étaient imposés et avaient supplanté les précédents. Bref, il s'était passé ce qu'il s'était passé, sans que personne sache vraiment pourquoi mais aussi avec une sorte d'évidence, puis, comme convenu, ils avaient traversé la frontière ensemble, elle avait pris l'argent et elle était rentrée, par une autre route, à la nuit tombée. Ce n'est que le lendemain, m'a dit ma mère, qu'elle avait mesuré les possibles conséquences de son acte et que l'angoisse avait commencé. Pendant quelques semaines, elle s'était donc montrée très entreprenante avec son mari, bien plus qu'à l'accoutumée – sur ce front-là, il ne se passait plus grand-chose, ou rien, m'a-t-elle confié, depuis la naissance de ma troisième sœur. Quand plus tard elle s'est trouvée enceinte, son angoisse a pris un nouveau visage – celui du vagabond –, maintenant elle redoutait plus que tout que l'enfant naisse avec le teint bistre et les cheveux noir corbeau du juif de Smyrne. Or il se trouve qu'il n'en a rien été, puisque je suis, pour ainsi dire, son portrait craché, son portrait *à elle*. Mais elle m'a expliqué ce matin-là que cette ressemblance entre nous ne devait rien au hasard. Je t'ai dit qu'elle s'inclinait parfois devant les magies… Elle m'a soutenu qu'elle avait demandé à ses ancêtres de se liguer pour me maintenir hors de danger et exclure les ancêtres de l'autre, le vagabond obscur. Qu'elle avait, plus tard, influencé la courbe de mon nez et celle de mon sourcil gauche, fait s'élargir mon front, éclaircir mes cheveux, et même pâlir les prunelles de mes yeux. Par la force de sa volonté, prétendait-elle, elle avait réussi cela. Tandis qu'elle me dévoilait son secret, je n'avais pas bougé du lit, je regardais le visage de ma mère en tâtant, sous le pansement, ma nouvelle blessure – pas si nouvelle que ça, s'avérait-il. D'un coup, tout devenait clair : j'avais fini le travail. C'était l'étranger, le juif de Smyrne, que j'avais réussi à expulser en m'ouvrant la poitrine au rasoir, c'était lui qui tapait, là, depuis tout ce temps, du mauvais côté de ma poitrine, comme un deuxième cœur.

Ilse se lève et, entre elle et Horn, l'histoire s'épaissit, forme maintenant une bulle molle, infranchissable. Horn se tait un moment, puis lève vers Ilse ses yeux clairs :

— Tu sais, je ne l'avais jamais raconté à personne. Pas même au psychiatre.

Il cesse de se balancer et baisse les yeux. Son dos s'est courbé et Ilse ne se souvient pas de l'avoir jamais trouvé aussi fragile, comme s'il pouvait, d'un instant à l'autre, tomber en poudre comme un morceau de bois vermoulu.

— J'ai demandé à ma mère si elle savait ce qu'était devenu l'étranger, et elle m'a répondu qu'on n'en savait pas plus sur là où il s'en était allé que sur là d'où il était venu. Qui était cet homme ? Même Fabricant n'en savait rien. Il lui avait fourni de nouveaux papiers, et si je voulais, je pouvais toujours rechercher un juif du nom d'Ungar né à Olomouc, j'en trouverais probablement des centaines, car Fabricant ne chômait pas.

Horn s'arrête puis prend une inspiration :

— Ce n'est pas tout. Quand la guerre a commencé, ma mère et Fabricant ont plus que jamais continué leurs activités. Lui a confectionné des *Kennkarten* de toutes les couleurs – grises pour les faux Polonais, bleues pour les faux Russes, ainsi de suite… Et ma mère a repris ses voyages… Jusqu'en 1942, je crois, quand elle a été arrêtée à Bruxelles par l'Abwehr. Et après, c'est pour eux, pour l'espionnage nazi, qu'elle a continué à travailler. Même procédure, autre destination : direct dans la gueule du loup… Elle a été abattue par des partisans l'année suivante. À ce qu'il paraît. Je n'en sais rien de plus. C'est ce qu'on m'a dit, alors je le crois.

Comme dans le conte où la princesse crache crapauds et serpents, Horn contemple avec horreur les mots sortis de sa bouche. Les crapauds bondissent dans la pièce, sautent sur les murs de bois rongés par le salpêtre, les serpents se faufilent, disparaissent, et Horn, la bouche ouverte, regarde dans le vide.

— Je le crois certains jours. D'autres jours, je n'y arrive pas. L'absence de détails… Peut-être que ma mère est encore vivante. Peut-être qu'à l'heure actuelle elle vit en Chine et qu'elle mange avec des baguettes. Ou qu'elle est morte dans un camp, avec les autres. Je n'y pense pas si souvent, à vrai dire.

Un peu plus tard cette nuit-là, quand Horn attire Ilse contre lui, quand il l'entraîne sur le lit et l'embrasse, elle sent que quelque chose a changé. Comme si Horn voulait seulement – seulement ! – lui donner, à cet instant, tout ce que son corps et ses pensées peuvent offrir, être avec elle autant qu'il le peut, et cela n'a plus rien à voir avec les sentiments ou le plaisir. Ilse le voudrait aussi, mais elle n'y arrive pas, parce qu'il est vrai que certains mots doivent être considérés comme des produits dangereux, ils peuvent être, brièvement, le remède à quelque chose, comme de la soude ou de l'arsenic, mais on ne doit les manier qu'avec les plus hautes précautions. Maintenant, le mal est fait. Les révélations ont envahi la pièce, et continuent de flotter, comme le plancher de la cabane sous le matelas trop fin. *Tu t'es choisi un homme qui part, qui part en morceaux,* dit la cabane, pendant que Horn va et vient en Ilse. *C'était ce que tu cherchais, n'est-ce pas ? Il a cru t'avertir, il t'a dit : « Mademoiselle, vous méritez un homme entier.* » Les hanches de Horn cognent contre celles d'Ilse, il grogne, gémit, lui mord la nuque. *Il va et vient, s'en vient et part, il s'en va par morceaux. Comme Margita, comme Edit sont parties. Horn aussi va partir, tu sais à quoi ça ressemblera, tu t'en souviens, debout dans le jardin, une casquette inclinée sur le front, un tricot à manches courtes, rayé vert et gris. Il est déjà en train de disparaître, comme ta mère, un petit peu plus chaque jour.* Ilse serre Horn dans ses bras et le retient contre elle, rien à faire, les voix continuent : *un tas de cendres, tu l'as vu et tu l'as voulu. Il y manque quelque chose, tu en étais prévenue.* Sous les assauts de Horn, sous les caresses, Ilse s'agite en vain, puis s'énerve, une autre fois, cette rage aurait pu donner quelque chose, mais la longue nuit a pris fin, il fera bientôt jour. Désormais, le charme est brisé, les ombres de la cabane tournoient et ricanent au nez d'Ilse : *haha, ce n'est pas si facile d'être fondu avec un autre !*

Ilse voudrait se transformer en glaise pour que Horn la malaxe, jusqu'à ce qu'elle redevienne la côte qu'il pourrait remettre à sa place. Quand elle aurait enfin retrouvé sa forme initiale, il suffirait qu'il ouvre la cicatrice sur sa poitrine, et la range, à sa place, avec les autres côtes, dans sa cage thoracique. Ou plutôt non, Ilse voudrait remonter plus loin : que le mouvement se fige puis s'interrompe, pourvu qu'elle puisse trouver dans un vide sa résidence, et rester là, ni dedans ni dehors, comme demeure la douleur d'une côte manquante.

Quand arrive l'aube, tout a changé. Ilse n'est plus une gamine. Dans le jour pâle à peine levé, elle sort de la cabane. C'est elle qui prend les décisions.

— Je connais une cachette plus sûre que toutes les autres. Personne d'autre n'a la clé.

— Non, dit Horn C'est beaucoup trop dangereux pour toi, je ne veux pas.

Ilse ne l'écoute pas – il n'y a pas de meilleure solution, à quoi bon y revenir ? Elle boutonne son manteau, ferme derrière Horn le cadenas de la porte de bois. Avec obstination, il continue de faire non de la tête.

— Tu ne voudrais pas en plus que je me fasse la voix de la raison ? lance Ilse, un peu agacée.

Horn semble surpris :

— En plus de quoi ?

Sur ses épaules, il porte les deux longs sacs noirs, un de chaque côté. Alors qu'Ilse a déjà atteint la rive, il les pose et s'assied en tailleur sur les planches du ponton, le regard perdu vers le fleuve.

— C'est pour ça que je ne voulais pas de toi, dit Horn, en contemplant avec tristesse les eaux verdâtres du Danube. Je ne voulais pas que ça commence et c'était pour ça. Dès le début, j'étais sûr d'avoir mal.

À cette heure-ci, il n'y a encore personne au théâtre. Après les avoir sortis des deux longs sacs noirs, Ilse range les fusils, les enchaîne sur un râtelier vide de la pièce aux armes. Quatre de plus, qu'est-ce que ça peut faire ? Des fusils, il y en avait déjà là une bonne vingtaine... Ceux de Kronstadt, ceux de Leningrad, ceux de Tchekhov. De la place pour en accueillir, il y en aura toujours, et puis, au bout du compte, tous les fusils se ressemblent. La pièce est vaste, assez pour les munitions de tous les âges, pour l'énorme arbalète de la pièce espagnole, les lances, les baïonnettes, les épées empoisonnées de Hamlet. Pour la dague acérée de Macbeth et pour les pistolets du suicide d'Hedda Gablerová. Mais, se rappelle Ilse, on ne doit plus jouer *Hedda Gablerová*, car c'est une pièce démoralisante et bourgeoise.

*

Il y a un lien entre ce qu'on attend et ce qu'on redoute, Ilse ne sait pas comment mais il a suffi d'un sablier pour entraîner l'autre. Sa dernière naïveté aura été de croire que la confession de Horn marquait le début d'une ère nouvelle. Comment a-t-elle pu penser qu'à partir de ce moment les choses se passeraient normalement ? Que désormais Horn la considérerait comme une adulte, qu'ils vivraient, iraient et viendraient ensemble, librement, aux yeux de tous ?

Deux mois avant la première de *Dulska*, Ilse a compté si longtemps par la suite, a fait et refait, désespérée, le compte des jours. La pièce, la fébrilité, elle s'en souvient, jamais un spectacle du théâtre n'avait été aussi important pour elle, jamais elle n'en avait aimé un à ce point. Mais au décompte de ces jours venait se mêler un autre, Ilse le sentait – quand le rideau se lèverait enfin, quand le décor se révélerait, Horn allait s'évanouir. Comme un tour de magie, sans qu'on comprenne comment : apparition, hop, disparition, Ilse se souvient de cela. Mais elle ne se rappelle plus que vaguement de la fin, de cette nuit, deux mois avant la première, où Horn est resté les bras croisés, la tête basse sur le seuil de sa cabane, sans manifester l'intention d'entrer.

— Le type dont je t'ai parlé, le fasciste, celui de Budapest, il sera bientôt ici.

— Pour te chercher ?

— Non, dit Horn, ils ne font que passer. Sa femme est malade, elle vient prendre l'air des montagnes.

— Et après ? demande Ilse (mais le cauchemar, ou le rêve, est déjà à pied d'œuvre dans son esprit, cette sensation de reconnaître confusément quelque chose d'inconnu, « c'est déjà arrivé, ça se répète », souffle une petite voix dans la mémoire d'Ilse, « cela se produit à nouveau »).

Est-ce qu'il est encore temps de graver chaque geste, de se l'inscrire comme au couteau dans la tête pour pouvoir plus tard le contempler à nouveau ? L'arc étonné du sourcil. La large cicatrice au coin de l'œil pâle, visage émacié, front large et haut. Aine et aisselles qui sentent le pain grillé, pénis large, non circoncis, d'un ton plus foncé que les cuisses, caresses douces comme celles d'une plume, cela, la fiche de police ne le disait pas.

— Après, il repartira à Budapest, et moi aussi.

Ilse se fige sur le seuil, devant la porte entrouverte :

— C'est pour ça que tu es resté ici si longtemps ? Pour l'attendre ?

— Oui, dit Horn d'une voix plate. C'était pour ça.

Mais dans la nuit, ses yeux disent autre chose, protestent. Il caresse, lentement, la joue d'Ilse. Elle baisse la tête :

— Et les fusils ? Qui viendra les chercher ?

— Pas moi, dit Horn. Je ne pourrai pas revenir.

— Qu'est-ce que tu vas faire là-bas ? réussit à demander Ilse.

— Je ne le sais pas encore, il faut que je réfléchisse, murmure Horn comme pour lui-même – loin du vacarme des démons qui, dans le pauvre esprit d'Ilse, s'en donnent à cœur joie.

Tout ça ne te rappelle rien ? Allons allons ?

Allons, cherche, souviens-toi : une femme malade, venue ici pour qu'on la soigne, elle avait peur et mal.

Un homme puissant, il aime sa femme et sa femme est malade. C'est un point faible. Elle connaît tous ses secrets.

Non, ça ne te rappelle rien ?

Et après ton amour est parti. Parti à Budapest.

Cela se produit à nouveau. C'est en train d'arriver. Mais cette fois, tu connais le moyen de le retenir : un fil, lié à un fil. Un fil de plus, pris dans la large toile. Glissé, tressé serré aux autres.

Quand, bien des années plus tard, il a été permis de voyager, Ilse a toujours pris soin d'éviter Budapest. Elle en a fait une zone effacée de toutes les cartes, un double vide de part et d'autre du Danube… Non, pas double, triple. Un soir, dans un dîner, quelqu'un a dit ça, d'un ton léger : « Ce que je préfère, à Budapest, c'est d'avoir deux villes en même temps. — Trois ! a alors rétorqué quelqu'un, avec la modestie affectée de celui qui est plus malin. Buda, Pest et Óbuda : ce ne sont pas deux villes mais bien trois, qu'on a réunies en une seule ! » Ilse a sursauté, *trois*, soudain l'envie de vomir, le dîner lui est devenu insupportable. Quels ravages peut faire l'ignorance, a-t-elle pensé alors. *« Pas deux, mais trois… »* Si elle avait su cela, à l'époque… Si elle avait seulement su cela, avant de commettre sa plus grande erreur, que rien, jamais, ne pourrait réparer, devant la porte de la cabane qu'elle a tenue grande ouverte pour Horn, en disant :

— Viens. J'ai une idée. Je connais quelqu'un à Budapest. Une jeune fille…

*

Tous les officiels s'étaient déplacés pour la première de *La Morale de Madame Dulska*. Plus une place de libre dans la grande salle, les gens étaient venus tôt, soirée élégante. Dehors sur le parvis, au buffet ou devant les vestiaires, un même sentiment d'excitation déferlait dans les allées du théâtre, les pendentifs des dames faisaient de l'œil aux pampilles des lustres, on trépignait en savourant l'attente, on faisait durer le plaisir en s'énervant. À cela, entre les murs décatis des coulisses, répondait un calme martial. On ne s'affairait pas. Au contraire, on s'entraînait à aller plus lentement qu'il n'était nécessaire, à ne pas parler trop fort, à ne céder surtout à rien. Depuis la générale, l'angoisse avait pris le dessus. À la fin de la représentation donnée devant le personnel réuni, même si tout s'était parfaitement déroulé, un malaise s'était propagé dans le théâtre, et tous étaient passés d'une vague euphorie à des doutes d'autant plus cruels qu'ils étaient vagues aussi. Chacun avait donné à son angoisse une forme différente : l'une craignait pour son texte, l'autre pour son mari, le technicien s'inquiétait d'une faiblesse de machinerie à la fin du IIIe acte, l'éclairagiste de ses poursuites… Mais sous ce voile de craintes légitimes s'agitait une appréhension plus secrète que sans un mot tous partageaient. Une production de théâtre, si tous y travaillent avec ferveur, si chacun estime son collègue et lui donne sa confiance, on n'en connaît pas la valeur avant que le public ne soit là. Les petits problèmes, on les aperçoit encore mais le tableau général, on ne sait jamais vraiment ce qu'il vaut quand on le présente à une salle vide, parce que le besoin de s'exalter ensemble a été trop grand – est-ce que ce ne serait pas par hasard un coup de génie qui s'apprête à se faire entendre ? Quand le rideau se lève enfin, on peut tout y gagner, sentir soudain tout le plateau s'animer et vivre. Malheureusement, l'inverse est possible aussi. Devant une salle pleine, tout ce que l'on avait si ingénieusement monté en neige peut s'effondrer net, se liquéfier, se répandre. Il suffit de quelques minutes pour se rendre compte que non, ce n'est pas un coup de génie, c'est une catastrophe, qu'il va falloir en plus traîner pendant deux heures, et ensuite saluer, main sur le cœur, sourire, tout est raté, piteux, rideau.

La catastrophe, c'est bien ce que pressent Ilse. Elle redoute désormais de croiser le regard d'Obadalková, ce qu'elle a demandé et obtenu de l'actrice vaut trop cher. Cela va faire deux mois que ça dure, depuis que Horn a passé cette dernière nuit dans la cabane, depuis qu'Ilse a mis en marche un monstre. Tous les matins, dans le froid glacé de la cabane de pêcheur, elle se réveille avec des pressentiments terribles, se réveille après quelques heures seulement de sommeil, elle dort en robe de chambre son manteau par-dessus, l'angoisse lui tord les boyaux et elle boit du cognac dès le réveil. Elle en boit aussi le soir, beaucoup, mieux vaut boire seule, parce que l'alcool rend bavard et qu'il n'y a personne à qui parler. Seul l'ordre des accessoires de *Dulska* l'a maintenue sur ses jambes, sa hanche la torture, ses pensées la torturent – ce qu'elle a fait et demandé, ce qu'elle a mis en marche...

Le murmure interloqué qui accueille la découverte du décor de *Dulska* donne le ton. C'est le mur noir du théâtre qui ne passe pas. Les patins de plancher font merveille, chaque acteur est parfait, et le résultat est implacable, parce qu'on voit ce qu'il y a à voir : des individus entravés qui se plient à des déplacements absurdes, qui suivent des logiques inhumaines, qui les rendent à chaque pas, à chaque souffle, un peu plus mauvais, qui les rendent égoïstes et veules. Rien de beau à voir là-dedans. Rien de drôle non plus. Les spectateurs sont gênés : tout le monde connaît Madame Dulska, le *Kassastück*, on était venus pour rigoler, qu'est-ce que c'est que cette sale blague ? C'est sinistre ! Pendant le début du premier acte, quelques rires se font bien entendre, mais plus la pièce progresse, plus ils vont diminuant : plus nerveux, plus rares, plus du tout.

Derrière les rideaux des coulisses, le camarade-cadre fait les cent pas. À la dérobée, il observe avec inquiétude les visages contrariés des officiels. Dans la douleur, les actes défilent, la comédie grince, grince ; au centre du plateau, Obadalková domine, magnifique et grotesque, et la salle, tétanisée, se crispe de plus en plus. Quand le rideau se referme, les applaudissements tombent grêles comme un filet d'eau froide. C'est cela, une catastrophe.

Sidérés, les officiels quittent leur loge d'honneur tandis que le reste du public sort en silence, furtivement, dans un froissement d'étoffes, tous filent laissant les victuailles flétrir dans le buffet désert. Pour Ilse, c'est presque un soulagement. Elle suit du regard les rares spectateurs qui traînent encore dans les allées – *rassure-toi, la catastrophe est arrivée, la voilà, tu n'as plus à la craindre !* – mais ses boyaux se serrent encore et son pouls bat trop vite – quand la salle sera enfin vide, elle pourra aller sur le plateau remettre de l'ordre pour demain. Si on joue demain, pense-t-elle. Replacer la carafe, les patins, la table à six pieds renversée, l'abat-jour de la lampe, Ilse se concentre sur sa tâche, il y a tant à faire, elle ne voit pas tout de suite qu'il reste au fond de l'orchestre un unique spectateur. Crâne chauve, visage livide, il se tient immobile, dos aux portes de velours rouge, tout au fond du parterre. Sur le plateau, Ilse s'immobilise à son tour quand elle reconnaît le docteur Hubka.

En ménageant sa hanche, elle enjambe le bord de scène, suit l'allée en boitant, la tête basse. Elle a plaidé pour la pièce et la pièce a déplu. Elle a défendu Obadalko et Obadalko ne méritait pas de retravailler. Cela va lui causer des problèmes. Mais Ilse, à cet instant, se réjouit qu'une sanction l'attende. Toute sanction, pense-t-elle, sera douce, elle marche vers son châtiment sans flancher. Jusqu'à ce qu'en se rapprochant elle découvre que le docteur Hubka n'a plus de visage, seulement un amas de chair livide où les traits ont été comme délavés. Et lorsqu'il se jette presque sur elle, qu'il s'effondre et la serre dans ses bras, elle s'aperçoit qu'il n'a plus de corps non plus. Les bras ne sont plus reliés aux épaules, la poitrine comme décomposée – il serre Ilse à l'en étouffer, avant de prononcer quelques mots à voix basse, d'abord Ilse n'entend pas, ou ne veut pas entendre, puis ces mots à nouveau, qui lui envoient un courant électrique dans tout le corps – chaque muscle, chaque tendon trop tendu, la moindre terminaison nerveuse explose.

— Edit est morte.

*

On a confié au docteur Hubka la clé du bureau des comptables au troisième étage. C'est étrange, pense Ilse, jamais je ne me suis assise dans ce bureau. Rien ne m'y est familier, ni les livres de commandes reliés de toile, ni la lampe verte, ni l'imposante machine à écrire. Qui savait qu'ils gardaient ici encadrée cette vieille affiche des *Noces de Figaro* ? Ilse n'y avait jamais prêté attention. Elle la contemple maintenant avec avidité. Dans le cataclysme, on a besoin de détails, seuls une fourmi, un chat, le nom d'un arbre, des arlequins dansants sur le damier jauni d'une affiche peuvent encore vous retenir au bord du précipice. De part et d'autre du bureau, Ilse et le docteur ne disent rien, ce silence les lie, il les absorberait s'il n'était pas strié par les éclats de voix furieux qui s'infiltrent sous la porte, venus du bureau du camarade-cadre au fond du couloir. Ilse reconnaît les voix du dramaturge et d'Obadalko, couvertes par d'autres voix, inconnues, indignées. Ça barde. Et puis après ? pense Ilse. Cela n'a plus d'importance.

— Le corps est encore à la morgue, dit le docteur. Ils l'enterreront là-bas, en Hongrie.

Quand certaines choses anormales se produisent trop souvent, on finit par perdre de vue leur scandale. Vivants ou morts, ils n'ont pas de tombes, mes disparus, pense Ilse, ils n'en ont jamais. Les seules funérailles où je suis allée, c'étaient celles du camarade Staline, sur la place avec tout le monde, et celles de Gottwald juste après. *Mais pour les miens, ni tombes ni cérémonies solennelles. Un morceau incomplet de chair brûlée, fondu avec un autre. Disparus à l'aube, tricot rayé, casquette sur le front. Emportées dans un train, fichu blanc sur les cheveux noirs, foulard rouge autour du cou. Évaporé, flambé, dans la lueur d'une lampe à pétrole. Rida, rida bom bom bom.*

— Il faut que je prévienne sa mère, dit le docteur d'une voix blanche.

— *Sa mère ?* Mais… mais elle est…

— Non, répond Hubka, en jouant machinalement avec une agrafeuse posée sur le bureau du comptable. Je crois qu'elle vit à Budapest. Elle était partie avec un… un bonimenteur, un de ces marchands ambulants. Un Hongrois. La petite n'avait que quelques mois. Elle l'a laissée.

Cela surprend Ilse de pouvoir réagir – dans son être engourdi, un point vivant s'indigne encore : comment le docteur a-t-il pu… ? *Un mensonge pareil ?* Mais Ilse n'est plus personne pour donner des leçons, elle se tait.

— Je ne voulais pas que ça se sache, bredouille Hubka d'une petite voix.

Puis il appuie sur l'agrafeuse sans même s'en rendre compte, la transforme en une mâchoire qui ne fait que mordre, comme affamée, dans le vide.

Et après ? Cela n'a plus d'importance… De l'autre côté du bureau, le docteur a posé l'agrafeuse et pris sa tête entre ses mains. Penché sur le buvard du comptable, il n'ose pas regarder Ilse.

— On m'a dit… Officiellement, il s'agit d'un accident de la circulation. Mais…

Quand paierons-nous nos crimes ? se demande Ilse tout en se demandant d'où elle sort cette question, qui s'agite dans sa tête avant de sauter sur le damier jauni des *Noces de Figaro. Quand allons-nous payer,* léba*, la somme de nos méfaits,* duba *?*

— Je suis allé à Budapest. Mais on ne veut pas me dire… Edit… Il semble qu'elle fréquentait un… Un *individu surveillé*. Elle s'est trouvée impliquée dans je ne sais quelle affaire, quelque chose de très grave. Mais elle n'y était pour rien, c'est ce type qui la tenait ! Je ne sais pas ce qu'il lui a promis en échange, qu'ils allaient partir, qu'il l'emmènerait… Elle l'a attendu cette nuit-là, et il n'est pas venu la chercher. La police politique est venue à sa place.

C'est à ce moment que tout s'arrête : il n'y a plus de bureau du comptable, plus de docteur Hubka, plus d'éclats de voix tonnant du bureau du camarade-cadre, plus la terreur de penser à ce qui est arrivé. Ce qui est arrivé à Edit par sa faute, par la faute de Horn et la sienne. Il n'y a plus rien. Seuls les mots insistent, violents comme de la soude, mortels comme l'arsenic – *Que le spectre défiguré te suive partout, et sanglant soit debout, auprès de toi durant ton sommeil, à ton réveil.*

Dans une cuisine berlinoise où le jour a baissé sous les rideaux de dentelle, une vieille dame en jogging bleu tient à la main la reproduction d'une photo aux bords crénelés.

La vieille se lève lentement, retourne la feuille à plat sur la table de la cuisine – cette jeune fille, là, cette blonde coiffée à la garçonne, le menton appuyé sur l'une de ses mains, qui porte un chemisier brodé, n'est pas elle. Ce n'est plus elle sur la photo, invisible désormais, seulement la photocopie d'un carré de carton jauni, où subsiste, un peu délavée, une inscription au crayon « Ilse Küsser, Bratislava, 1954 ».

Des Ilse Küsser (ou Küsserová), nous en avons trouvé quatre, continue de dire la lettre, *nous vous prions de nous excuser si vous n'êtes pas la personne qu'elle concerne. À qui de droit, nous avons la grande tristesse d'annoncer le décès d'une vieille connaissance.*

II

Les témoins

1

Budapest

À Paris, quand le temps s'assombrit, tout vire au gris, à Budapest, tout vire au marron. Peut-être à cause des collines de Buda, où, vues de l'autre rive, les branches nues des arbres se confondaient en cette saison en une lande hirsute et indistincte. Ou alors du ciel qui pouvait rester bouché une semaine entière. Peut-être à cause de la suie qui couvrait çà et là les immeubles, et sous la suie la peinture, et sous la peinture, les briques éraflées.

À son arrivée, Simon avait loué, un peu au petit bonheur, un appartement sur Airbnb dans un quartier renfrogné de Pest. Sans rien connaître de la géographie de la ville, il l'avait élu pour la proximité de l'immeuble avec les célèbres bains du Széchenyi et pour les restes de sa façade grandiose, témoin d'une splendeur disparue mais pas moins splendide dans son délabrement actuel. L'armature d'acier pointait d'entre les colonnes ébranlées des bow-windows, où, sous la poussière, le plâtre surgissait par endroits, tandis que deux atlantes épuisés gardaient la large porte aux ferronneries rouillées. À part ça, l'appartement était calme, fonctionnel et propre.

Pendant les premières semaines, Simon s'était comporté en touriste assidu – les bains thermaux, le château, les anciens cafés à la mode de Vienne briqués sous leurs dorures, les immenses squats transformés en pubs après la chute du mur qui, encaissés dans le quartier juif, subissaient désormais les afflux d'enterrements de vie de garçon *low cost* – Allemands, Anglais, Français ou autres avaient élu sans discernement la capitale hongroise pour venir y dégueuler pas cher. Dépourvu dans la ville repliée sur elle-même, Simon avait bien vite oublié ses plans de rechercher Lajos Féher ou de poursuivre les archives de Michel Fekete pour retrouver la piste de Bence Sandor. En attendant ce qui ne viendrait pas, il avait été à l'opéra, mangé du goulasch, admiré les coupoles néogothiques, flâné sur les bords du Danube, traversé les ponts dans l'ivresse du paysage ouvert, entre Buda et Pest qui se regardaient en chiens de faïence.

Puis l'engourdissement l'avait pris, et autre chose aussi, de plus souterrain. La ville le fascinait, il avait l'impression qu'elle lui voulait quelque chose, et qu'elle le lui hurlait dans une langue inconnue. Sans but mais sans relâche, il avait alors arpenté les rues, sidéré et conquis par le mélange de dureté et de fantaisie, d'élégance et de ruine, de fierté et de résignation. Les rues, les cours, les allées : chaque recoin en protégeait un autre, se montrait à demi pour mieux se dérober, une cour dans une cour dans une arrière-cour, les pas de Simon s'étaient mis à dévier, arrêtés par un visage de pierre qui surgissait souriant d'entre deux fenêtres, par une frise paysanne noircie surmontant une banque indifférente, ou par des anémones de céramique fleurissant un fronton. Il avait sillonné des quartiers miséreux, des banlieues affluentes, des marchés blafards où la graisse d'oie flottait sous les néons fluo des armoires à glace. Il avait pris des trams jusqu'à leurs terminus, tourné en rond, passé des jours sans dire un mot à quiconque. À son arrivée, il avait envoyé quelques cartes postales aux copains de Paris les plus proches (« Quelle ville surprenante ! » « Bons baisers d'Autriche-Hongrie ! »), quelques coups de fil amicaux l'avaient pris au dépourvu, et puis le téléphone avait cessé de l'appeler. Était-il possible que le monde l'oublie si facilement ? Comme hébété, Simon marchait des jours entiers. Toutes les deux semaines, il renouvelait mécaniquement par internet la location de l'appartement, se sentant à chaque fois comme sauvé d'un danger qu'il ne savait pas nommer. Mathilde n'avait pas donné signe de vie. Jeanne le croyait rentré. Il se perdait de vue lui-même.

Un matin, devant les tourelles pointues du château au Bois de la ville, il avait vu se découvrir l'immensité opaline de la piste de glace bientôt envahie par les colonnes sombres des patineurs. Avaient ensuite surgi de toutes parts des décorations de Noël – guirlandes *made in Hong Kong*, néons, étoiles apatrides... Dans le centre de Pest, l'odeur complice et un peu écœurante du vin chaud à la cannelle flottait dans l'air froid. Personne n'attendait Simon nulle part – Noël était venu et passé. Au Nouvel An, sur un grand boulevard menant au centre de Pest, Simon se mêla à une foule d'ivrognes, visages roses gelés sous les bonnets de laine, ils n'interrompirent leurs beuveries que pour chanter à minuit le funèbre hymne hongrois, une main sur le cœur.

*

Une fois de plus, Simon s'était doublement perdu, dans ses pensées d'abord, dans les petites rues de Nouveau Pest ensuite. Enroulés dans des écharpes, dans des doudounes, emmitouflés sous des bonnets, les seuls passants finissaient par présenter tous la même silhouette balourde, de bulbes, de boules, de personnages de *South Park*. Simon jeta vers l'épaisseur des nuages un œil désormais averti : la saucée n'allait pas tarder et le bus n'allait jamais venir, il avait déjà connu des jours comme ça : quand la pluie et la nuit s'abattaient ensemble au beau milieu de l'après-midi, ça vous collait quand même un cafard noir. Dans ce contexte, un taxi descendant l'artère principale sembla un signe venu du ciel, Simon se précipita vers lui.

Si la langue tchèque avait semblé vaguement aimable, le hongrois s'était avéré une autre paire de manches. À Olomouc ou à Bratislava, quelques mots bredouillés, une phrase, vous octroyaient parfois un sourire ou un signe de reconnaissance. Rien de tel à Budapest – pas de points en plus pour l'effort, on vous répondait en anglais comme s'il n'avait servi à rien d'essayer. En gros, il fallait bien l'admettre, le Hongrois à jeun était particulièrement peu loquace. Simon fut donc surpris que le chauffeur engage la conversation dans un excellent anglais, et il se trouva content de répondre, fût-ce par les banalités d'usage – il était français, il était touriste, Budapest lui plaisait beaucoup.

— Ah ? dit le chauffeur. Vous ne trouvez pas ça un peu sale, un peu triste dès qu'on sort des beaux quartiers ? C'est ce que disent beaucoup d'étrangers…

Simon réfléchit un moment :

— Je crois que je n'aime pas les villes trop propres. Ou quand elles ont été restaurées, repeintes comme il y a un siècle. C'est joli, mais ça ne veut plus rien dire. Ça ne dit rien sur le présent, et finalement ça ne dit rien sur le passé non plus.

Bloqué puis se faufilant derrière un camion, le chauffeur mit un temps avant de répondre :

— Je comprends. C'est comme ma belle-sœur. Quand elle était jeune, elle était très jolie, très fine, mais après deux enfants elle s'est trouvée un peu grosse… D'ailleurs, c'était vrai, elle était grosse. Alors elle a fait un régime hyperstrict, pendant six mois, elle a fait du sport avant d'aller au travail et elle ne mangeait plus que de la salade. À la fin, elle avait l'air malade. Mince, mais malade. Et tout le monde a pensé qu'elle était mieux avant, quand elle était trop grosse.

Il décéléra avec souplesse, puis, tournant à gauche vers les voies rapides qui longeaient le Danube, se trouva arrêté par un policier en uniforme qui interdisait le passage. Dans la clarté de leurs intentions, les jurons sont peut-être ce qui est le plus inutile à traduire, Simon comprit sans peine à quel point le taxi était contrarié.

— C'est bouché, c'est bouché. Ça doit être encore ces putains de travaux qu'ils font partout.

Cherchant une voie dans la confusion qui s'était créée au carrefour, le taxi fit demi-tour et la voiture se trouva bientôt prise dans un embouteillage sans horizon. Grognant puis tambourinant sur le volant, le chauffeur sembla finalement en prendre son parti et décider que la conversation dissiperait un peu l'ennui de l'attente. Il se retourna vers Simon :

— Vous faites quoi, comme profession ?

— Je travaille dans un journal. Enfin, j'y travaillais.

— Vous n'y travaillez plus ? demanda le chauffeur, étonné. Pourquoi ?

Cela faisait si longtemps que Simon n'avait parlé à personne que la vérité lui surgit des lèvres :

— On m'a viré.

Le chauffeur de taxi partit d'un petit rire sec, puis se reprit :

— Moi aussi je travaillais dans un journal et on m'a viré. On t'a viré pour quoi ?

Simon avait bien entendu, sous la neutralité de l'anglais, qu'on était soudain passé de vous à tu, qu'un autre ton, plus complice, s'était établi. Encore une fois, la vérité lui faisait envie. Se rappelant un peu d'argot anglais, il en donna un résumé concis :

— J'ai merdé.

— Tu étais journaliste ? demanda le chauffeur de taxi.

— Chef de fabrication.

Le chauffeur hocha la tête et Simon sentit s'affirmer cette supériorité imperceptible qui place, bien au-delà des frontières, une profession au-dessus d'une autre :

— Moi, j'étais journaliste.

Le chauffeur se tut un temps.

— Mais avec notre Premier ministre, des journalistes, il y en a de moins en moins. Avant, si on écrivait certaines choses, on vous mettait en prison. Maintenant, c'est seulement moins direct. Il paraît qu'on a la liberté d'expression, mais il suffit d'un montage financier en coulisses pour qu'un jour ton journal soit vendu dans ton dos à un bon copain du pouvoir. Et voilà, c'est fini.

Il sembla à Simon que, phrase après phrase, le chauffeur de taxi se trouvait à son tour pris dans l'engrenage de la vérité. Il continuait :

— Un jour, une radio cesse d'émettre, un autre jour, un nouveau journal apparaît pour chanter les louanges de notre gouvernement. Personne ne veut l'acheter, mais il est rentable parce qu'il est rempli de pub, de la pub payée par des entreprises que notre Premier ministre a offert à ses bons copains. Comme ça, le cercle est complet…

— Donc, c'est une dictature, conclut Simon.

— Non, parce que j'ai encore le droit de dire ça dans mon taxi sans aller en prison. Mais je ne peux plus informer sur les magouilles de notre gouvernement, parce qu'un copain de notre Premier ministre a racheté le journal où je travaillais.

— C'était qui ?

— Un milliardaire tchèque.

Simon se rapprocha du siège du conducteur et tendit sa main au chauffeur de taxi :

— Moi, j'ai été viré par un milliardaire slovaque.

Lâchant le volant, le chauffeur se retourna vers Simon, un sourire amer aux lèvres, lui serra la main puis se présenta :

— Biró.

— Simon, dit Simon.

Le trafic avait repris doucettement mais on n'avançait guère. Soucieux peut-être de ne pas prolonger les effusions, Biró soupira une fois de plus :

— Bon, c'est quoi, cette merde ?

Il descendit la vitre de sa fenêtre pour interroger un conducteur de la file d'à côté ; la réponse qu'il reçut sembla l'accabler. Secouant la tête, il fixa les lointains d'un air morne.

— On risque d'être bloqués des heures, il y a une manifestation place de la Liberté.

— Contre le gouvernement ?

— Non – Biró secoua la tête avec agacement puis leva les yeux au ciel : un défilé des irrédentistes de Trianon.

— Des quoi ?

— Des demeurés qui veulent le retour de la Hongrie dans ses frontières d'avant la Première Guerre. D'avant le traité de Trianon. J'imagine qu'ils ont aussi bouclé de l'autre côté… Descends ici si tu veux, tu pourras prendre un autre taxi après avoir dépassé la place, ça sera bien plus rapide. Avec les processions et tout le bordel, on n'est pas près de passer…

— En fait, j'aimerais bien voir ça, dit Simon.

La voie se dégagea un peu, Biró avança de quelques mètres. Puis il donna un brusque coup de frein, d'un geste décidé vira le volant à droite et, quittant soudain le boulevard, s'engagea à toute vitesse dans une rue perpendiculaire.

— En fait, moi aussi, je veux voir ça.

*

Éparpillés sur la place, des cortèges brandissaient au bout de perches de bois des blasons dorés. Ils avaient revêtu d'antiques vestes à brandebourgs, s'étaient drapés dans des peaux de moutons, coiffés de chapeaux paysans, de toques d'astrakan, de feutres noirs. Certains, d'un air sombre, agitaient de mystérieux drapeaux : des bandes rouges alternant avec des bandes blanches, une étoile et une lune renversée sur un fond bleu strié de jaune… Presque uniquement des hommes, nota Simon, qui suivait Biró vers le centre de la place, dans la rumeur indistincte des voix sortant des mégaphones.

— Regarde-moi un peu ces tarés, dit Biró. Chacun de ces blasons, c'est une province perdue… Quels abrutis ! À quoi bon, on ne va pas refaire l'histoire… Aujourd'hui, ça appartient à la Roumanie, à la Slovaquie, on n'en parle plus. Ça n'empêche pas notre Premier ministre de mettre un autocollant Grande Hongrie sur sa voiture, mais en vrai, personne n'y croit.

— À Bratislava, je logeais dans un hôtel de la rue Clemenceau, confessa Simon à mi-voix.

Avec une douceur qui l'étonna, Biró posa une main chaleureuse sur son épaule :

— Ce n'est pas la faute de la France, personne ici ne le pense... À part quelques abrutis. Ça s'est trouvé comme ça, voilà tout... Je suis désolé, mais le type qui a dessiné la frontière avec la Roumanie, lui aussi c'était un Français. Tu savais ça ?

Simon secoua la tête.

— Emmanuel de Martonne, continua Biró. Apparemment, pendant qu'il faisait les tracés, il a eu des problèmes avec la police hongroise – il paraît qu'il a dérouillé, peut-être qu'il s'en est un peu vengé par la suite. Enfin, on n'est pas sûrs... Ce qui est sûr, par contre, c'est qu'il y a plusieurs rues en Roumanie qui portent son nom, et que tu n'en trouveras pas une seule en Hongrie. Voilà, ça peut se comprendre.

Simon regarda une nouvelle fois la troupe des manifestants, les voix s'étaient tues dans les mégaphones et on n'entendait plus maintenant qu'une mélodie plaintive sortant d'une clarinette, donnant le rythme d'une marche triste et lente.

— Mais ils demandent vraiment la restitution des territoires ?

— On s'en fout, de ce qu'ils demandent, ils ne représentent rien, assura Biró. C'est juste une poignée de tarés qui pleurnichent. Officiellement ils commémorent, mais tu vois cette pancarte ? Elle dit : « Rien n'est perdu à jamais. Trianon n'est pas éternel ». Biró se mit à grommeler : rien n'est éternel... à part des types comme eux ! Ils vont se réveiller quand ? La Haute-Hongrie, la Transylvanie, les montagnes, c'est fini depuis 1920 ! Mais eux, même pour ceux qui sont nés bien après, ils sont comme les gens à qui on a coupé la jambe et qui croient encore la sentir. C'est ça, leur Grande Hongrie : c'est comme un membre fantôme…

Simon considéra Biró, qui lui semblait changé depuis qu'ils étaient sortis de la voiture. Pas très grand, assez fort, plutôt râblé, un visage large et pâle, le front haut et bombé, les yeux bleus, clairs, sincères, portaient un regard accablé plus que réprobateur sur la troupe qui défilait, engourdie, en silence, au son nasillard de la clarinette. Simon et Biró se préparaient à suivre lorsqu'un couple vint à leur rencontre. Vêtue d'un ensemble manteau et toque d'une même fourrure bleutée, la femme, une assez belle blonde d'une quarantaine d'années, les dévisageait d'un œil hostile, tandis que son compagnon, l'air réjoui, semblait plein d'entrain :

— Excusez-moi, vous parlez anglais ? demanda-t-il, hurlant par-dessus la clarinette avec un accent américain tonitruant. Qu'est-ce que c'est, ce truc ? Ça a l'air fantastique, mais c'est quoi ? Un spectacle folklorique ?

Biró haussa les épaules, tout en promenant son regard sur les manifestants aux poitrails recouverts de peaux de mouton.

— Trianon…, résuma-t-il avec lassitude. Après la guerre, la Hongrie a perdu les deux tiers de son territoire…

L'Américain consulta d'un air grave sa compagne muette, regarda à nouveau la troupe en fronçant les sourcils, puis il se pencha vers Biró et lui dit avec chaleur :

— Ah, oui, c'est terrible ! Salaud d'Hitler !

*

Jamais Simon n'aurait osé pousser la porte de cette gargote, dont la salle, occultée par de lourds rideaux, se dissimulait aux regards des passants. À l'intérieur, on n'y voyait une fois de plus que du marron : les lambris de bois du bar se détachaient à peine du chocolat sombre des banquettes, et même si, à l'examen, la moquette se révélait vert foncé, seules les bières claires dans les verres offraient ici et là quelques touches lumineuses dans la semi-pénombre. La fumée des cigarettes désormais bannies semblait encore flotter dans l'air et, quoique assez pauvre en gent féminine, l'ambiance restait cependant chaleureuse. Simon avait suivi, content, Biró sur l'une des banquettes. Il avait presque l'impression de boire un coup avec un vieux copain, et le seul fait de ressusciter ainsi un semblant de convivialité lui procura une légère ivresse avant même que ses lèvres n'aient touché son verre. L'alcool fit le reste : sa pinte n'était pas terminée qu'il avait tout raconté à Biró : le voyage, le grand-père Ungar, Bence Sandor, les fusils, les mensonges et le reste.

— Bence Sandor ? Jamais entendu parler de ce type-là, fit Biró. Mais ça devrait pouvoir se trouver. Si j'ai bien compris : il avait un ennemi parmi les écrivains, qui avait un ami dans la police politique. Et ces deux-là se sont mis ensemble pour l'emmerder… C'est bien ça ?

Simon opina :

— Oui. Mais il y a aussi quelqu'un qui l'a aidé, et c'était peut-être mon grand-père.

— Des histoires comme ça, tu en trouveras des centaines, observa Biró sans enthousiasme. Je ne comprends pas ton intérêt là-dedans… Pour ce qui est de ton grand-père, tu n'en es même pas sûr. Tu n'as rien à voir avec ce Sandor, et tu n'enquêtes pas réellement…

Discernant à nouveau la légère nuance de mépris du journaliste envers le pékin moyen, Simon ne put refréner un large sourire. Loin de le vexer, cette hiérarchie retrouvée le réconfortait – si ténue fût-elle, elle se traduisait et le ramenait en terrain connu. Dès lors, la Hongrie cessait brièvement de lui apparaître aussi fermée, aussi inaccessible.

Biró but lentement sa bière puis demanda d'un ton abrupt :

— Ces gens sont morts depuis des années. Tu n'as connu aucun d'entre eux. En quoi est-ce que tout ça te concerne ?

— Je ne sais plus trop, admit Simon en reculant malgré lui sur le cuir tendu de la banquette. J'ai vécu tellement longtemps avec ces histoires que j'ai besoin de savoir si ce sont des histoires ou non. Rien que d'apprendre que Bence Sandor a réellement existé, de parler à quelqu'un qui l'a connu, ça change beaucoup de choses. Tout à coup, ça donne de la réalité à tout le reste.

— C'est quoi, tout le reste ?

Mon existence, faillit répondre Simon, mais il n'était pas encore assez bourré pour ça. Il se contenta de hausser les épaules et, se retournant vers le bar, il fit signe au serveur d'en apporter deux autres.

— Et l'autre type, celui dont m'a parlé Obadalko, Lajos Féher... Ce nom ne te dit rien non plus ?

Biró eut l'air amusé :

— Des Lajos Féher, je dois bien en connaître trois ou quatre. Tu en trouveras des milliers en Hongrie...

— Mais toi, tu ne connaîtrais pas des gens qui auraient pu fréquenter des cercles intellectuels dans les années cinquante ? Des cercles de dissidents... ou des gens qui auraient lutté en secret contre le régime...

— *Lutté en secret contre le régime ?* répéta Biró avec une ironie marquée. Va savoir ce que ça veut dire… Tu sais, ma belle-sœur, celle dont je parlais, celle qui était grosse ? Elle fumait aussi beaucoup, deux paquets par jour, elle se foutait la santé en l'air mais impossible d'arrêter. Bien sûr, elle l'a fait pour ses gosses, mais juste le temps de les avoir. Après, elle a repris dès qu'elle a pu, les deux fois. Quand elle voulait perdre ses kilos, elle s'est mise à courir mais, même là, rien à faire : elle partait cracher ses poumons une heure au parc, et dès qu'elle avait fini son tour, hop, elle s'allumait une clope… Eh bien quand notre Premier ministre a mis la main sur les tabacs et qu'il les a offerts à l'un de ses bons amis, là, elle a stoppé net. Du jour au lendemain, définitivement. Ça peut te sembler dérisoire, mais c'est sans doute sa façon à elle de *lutter en secret contre le régime*. Parfois, on ne peut rien faire de plus, parce qu'on a avant tout besoin de vivre. Alors, petit à petit, on s'arrange avec ce qu'on a… C'est comme de vivre dans un mauvais mariage. On se révolte un jour, on se résigne le lendemain, on se révolte à nouveau et puis on se fatigue… Je crois que c'était déjà vrai avant, sous les communistes, avant la révolution de 56 comme après, la majorité des gens n'était ni pour ni contre le régime… Et ça n'a pas changé. Aujourd'hui, on va trouver les Gitans quand il y a des élections, on les mène devant le bureau de vote et là on promet de leur filer trois ou quatre douzaines d'œufs s'ils votent pour le parti en place. Et les Gitans le font, parce qu'ils pensent qu'en attendant, leur vie ne sera ni meilleure ni pire. Ou que, quoi qu'il arrive, elle sera meilleure ce soir avec une omelette.

— Mais toi, insista Simon, tu n'écrirais jamais pour un journal du régime ?

— Non, admit Biró. Mais pendant qu'un coin de mon esprit est révolté, il y a aussi un coin de mon estomac qui pense à son omelette. Et l'estomac, c'est plus grand que l'esprit.

Biró contempla un moment son verre de bière sans rien dire, puis il releva les yeux vers Simon.

— Enfin, pour en revenir à tes affaires... Tu peux toujours parler à quelques vieux intellectuels ici. Les associations, les cercles... Dans les années cinquante, ils se connaissaient tous.

Il hésita, se passa la main sur le front, puis, comme à regret, finit par ajouter :

— Si tu veux, je peux te faire rencontrer Ferenc Szilárd. Je l'ai interviewé il y a longtemps, s'il n'est pas devenu complètement gâteux depuis, il se souviendra... Mais, je te préviens, tu risques de passer l'heure la plus déprimante de ton existence.

— Ferenc... Szilárd ? répéta Simon.

Biró le dévisagea avec stupéfaction :

— Tu connais quelque chose à la littérature hongroise ?

*

À sa grande honte, Simon découvrit sur internet que Ferenc Szilárd avait été traduit en français. Et dans quinze autres langues. Son nom revenait même périodiquement sur les listes du prix Nobel de littérature. Écrit cinq ans après la guerre, son premier roman, *Un captif*, n'avait été publié en Hongrie que dix ans plus tard, et presque aussitôt interdit par la censure. En grande partie autobiographique, il racontait l'histoire d'un jeune juif hongrois qui, après avoir réchappé de peu à l'Holocauste, est incapable de se lier à d'autres ou de raconter ce qui lui est arrivé, si bien qu'on le considère comme un demeuré dans son village natal. Seul un vieux mutilé de la Première Guerre s'aperçoit que le gamin est parfaitement lucide et comprend la raison de son mutisme. Dans une longue tirade, il tente sans succès de l'expliquer aux autres. *« Il se tait parce que les récits sont devenus des choses trop graves. S'il parvenait à raconter, tout le monde alors saurait l'histoire, chacun pourrait la partager, la prendre en héritage. Mais nous ne racontons que comme nous le pouvons, et c'est bien cela le drame : les mots sont le fil de l'étoffe dont se drapent les monstres, et les contes fantastiques ne pèsent rien à côté. »* À la toute fin du livre, le jeune héros finit par avouer au vieux qu'à la Libération il a participé au tabassage à mort de l'un de ses tortionnaires. Reproduit dans les extraits de Google Books, le récit du meurtre collectif pour le coup était rude – détaillé de façon factuelle, besogneuse, anatomique, sans le répit d'une image ou d'une ellipse, l'acharnement des anciens prisonniers sembla à Simon inutilement atroce. Mais frappant. Lorsque la description de la torture du garde se termine, le jeune garçon soutient le regard effrayé du vieux et sa dernière phrase vient conclure ensemble le livre et le récit du crime : « L'ennui, c'est que n'importe qui, dans ma situation, y aurait pris du plaisir. »

Voilà pour la prose de Ferenc Szilárd… Simon comprenait mieux l'avertissement de Biró sur les heures déprimantes qu'il pouvait réserver. Un peu échaudé, il chercha une photo de l'écrivain et s'étonna de lui découvrir, quelle que soit l'époque ou la circonstance, le même visage doux, au regard rêveur, au gentil sourire triste.

*

— C'est loin, expliqua Biró deux semaines plus tard au téléphone. Au-delà de Budapest, dans la campagne, près du lac de Velence. Je veux bien t'y emmener mais ça va te coûter cher, je préfère te prévenir. Szilárd parle bien anglais, tu pourrais y aller seul, mais c'est mieux si je suis là, il préfère. S'il oublie un mot, ou s'il se fatigue… Mais c'est loin. En taxi ce sera cher.

Simon avait attendu avec tant d'impatience le coup de fil de Biró qu'aucune objection n'entrait plus en ligne de compte – celle du prix de la course était négligeable. Aucune importance, bien sûr, il paierait.

— Aller-retour, ça risque quand même de faire dans les 30 000 forints, insista Biró. Ça dépendra du trafic. Ou alors on se met d'accord avant, comme tu préfères…

Encore une fois, cette question semblait parfaitement futile, d'autant que ça faisait quoi ? Moins de 100 euros au total ? D'ailleurs Simon n'aurait vu aucune objection à débourser plus. Mais lorsque Biró passa le prendre comme convenu pour l'emmener chez Ferenc Szilárd, quoique Simon se fût assis d'emblée sur le siège avant, la discussion au sujet de l'argent recommença.

— Écoute, dit Simon, c'est idiot. Là, tu n'es pas en train de faire le taxi…

Biró secoua la tête, et, pour toute réponse, démarra la voiture en mettant en marche le compteur. Mais Simon, qui avait eu le temps de gamberger, lui proposa son nouveau plan :

— On pourrait décider que tu es mon fixeur. Et donc, sur cette base, on conviendrait d'une somme qui correspond à ton travail. Rien d'inhabituel là-dedans, il doit y avoir des tarifs, les journalistes étrangers emploient tout le temps des fixeurs…

— Ouais, dit Biró, sauf que toi, tu n'es pas journaliste. Et que moi, je suis taxi. Donc on ne peut pas faire comme ça.

— Mais pour obtenir ce rendez-vous avec Szilárd, ce que tu as fait pour moi, c'est bien un travail de fixeur, argumenta Simon, alors que le véhicule s'engageait à vive allure sur le pont des Chaînes, vers Buda plongée dans le brouillard. Ce serait normal de te payer pour ça en plus. D'autant qu'il y aura peut-être d'autres pistes après, et que dans ce cas, j'aurais à nouveau besoin de ton aide... Je dois te payer pour ça, tu n'es pas un amateur, tu es journaliste professionnel...

— Je ne suis ni fixeur ni journaliste, je suis chauffeur de taxi, répéta Biró, inflexible. Si tu as besoin d'un taxi, je te conduis, tu me paies, c'est tout.

Pourquoi refuser de l'argent ? Est-ce qu'il se tramait là une particularité hongroise dont Simon ignorait l'existence ? Une réticence envers de l'argent gagné au noir, ou alors une lubie spécifique à Biró ? Simon ne comprenait pas, il se le tint pour dit mais il était gêné. Alors qu'ils sortaient de Budapest pour s'engager sur l'autoroute, l'humeur dans la voiture avait viré taciturne.

— Au fait, dit Biró, ne te présente surtout pas comme journaliste. Szilárd n'est pas n'importe qui, il voudra savoir pour quel journal tu travailles, quand l'interview va paraître, il verra tout de suite que tu mens. J'ai dit que tu étais chercheur pour une université... J'espère que ça te convient.

Simon baissa le nez en signe d'approbation. Ils roulèrent un bon moment dans la campagne, une tension désagréable se faisait toujours sentir dans le véhicule. Baigné de brume, le paysage ne se prêtait pas volontiers aux commentaires, Simon eut beau s'ingénier à poser des questions sur la bourgade où ils se rendaient, tendre des perches polies pour ressusciter la conversation, rien ne parvint à dégeler l'ambiance, et il se trouva bientôt à court d'inspiration. Puis Biró, quittant la nationale pour s'engager dans une bretelle, consentit finalement à desserrer les dents :

— Au fait, Szilárd connaît ton type. Bence Sandor, lui et sa bande, il les a tous connus.

Puis, comme si de rien n'était, il fixa à nouveau la route.

*

Ce qui frappa le plus Simon, ce fut l'immédiate métamorphose de Biró dès qu'il aperçut Ferenc Szilárd sur le seuil de la petite maison verte cachée dans les arbres, terrée sous son toit de brique pentu aux angles vifs. En un instant, le chauffeur de taxi revêche s'était mué en un homme affable, au visage ouvert et intelligent, qui serrait avec effusion la main du vieil homme. Sans rien comprendre de la conversation hongroise, Simon suivit Biró et Szilárd dans le modeste vestibule, puis dans le salon douillet à l'ancienne où attendaient du thé et des petits gâteaux. On peut saisir beaucoup d'une situation même sans parler une langue : il s'agissait là de deux hommes éduqués, qui s'estimaient et ne s'étaient pas vus depuis longtemps ; le plus jeune déférait au vieux, l'ancien manifestait une indulgence curieuse à l'endroit de la jeunesse, Simon captait tout ça. Les deux murs dévolus à une vaste bibliothèque apportaient eux aussi une indication, de même que les napperons placés sous les photos, les bibelots, colifichets, vilaines cruches en biscuit évoquaient prosaïquement la présence d'une femme. Médiocre travail de détective : encadrée aux côtés de Ferenc Szilárd, la dame en question souriait à plusieurs endroits de la pièce sur des photographies qui attestaient ensemble d'un compagnonnage au long cours et de la fugacité des modes capillaires.

— Mon ami Biró dit que vous cherchez des gens qui auraient connu Bence Sandor ?

Sorti de son observation du salon, Simon sursauta : Szilárd avait parlé en anglais et le regardait maintenant avec attention, le détaillait à son tour comme s'il était lui aussi un salon, un terrain d'indices intrigants et contradictoires.

— Des collègues de mon département à l'université s'intéressent aux intellectuels hongrois et slovaques, avança Simon en ignorant le regard noir de Biró. Le nom de Sandor est revenu plusieurs fois dans les revues d'études, mais en ce qui concerne sa vie, il est difficile de démêler le vrai du faux, de savoir ce qui lui est arrivé... La vérité...

À ce mot, Szilárd ouvrit de grands yeux, puis il demanda d'une voix douce :

— Quelle vérité ? La vérité de qui ?

La question prit Simon au dépourvu :

— Eh bien... La vôtre... évidemment...

— Cela ne fait jamais que soixante ans que j'écris sur le sujet ! s'amusa Szilárd. Et ma conclusion, si j'en ai une, c'est que la vérité ne doit être dite qu'assez rarement. Pour remédier à ce problème, nous avons des récits. Je crois qu'on peut dire que c'est la question centrale de mon œuvre, ajouta-t-il d'un ton moqueur, alors que Biró donnait, avec énergie, de grands signes d'assentiment.

— Tout de même, tenta Simon, il y a certaines réalités incontournables...

— Et des mythes, interrompit Szilárd. L'art consiste à les combiner pour obtenir ce qu'on veut. Dans les assemblées nationales, les livres de classe ou les chambres à coucher, je reconnais partout mon propre travail d'écrivain : pas d'autres vérités que des choix, des lambeaux de l'histoire qu'on laisse sur le côté pour que le récit soit plus pur, plus lisible, ou pour qu'il plaise au plus grand nombre. Pareil partout : on ne présente pas des faits mais des *agencements de faits*. Je vous donne un exemple : « Après la guerre, on a arrêté de tuer des juifs en Europe centrale. » C'est ce qu'on vous a appris, non ? C'est le récit. Il est là pour que vous puissiez y croire, pour que tout vous semble plus simple, il doit être là. Mais est-ce qu'il n'y a pas eu un pogrom meurtrier à quelques heures d'ici, en 1946, sur la place du marché de Kunmadaras ? Est-ce qu'en Slovaquie, à Teplicany, on n'est pas venu accuser un médecin juif qui vaccinait les enfants de l'école de les empoisonner pour pouvoir faire du boudin avec leur sang ? Et est-ce qu'il n'y a pas eu ce jour-là des centaines de citoyens slovaques déchaînés contre les juifs, avec l'aide de la garnison ? Et à la même époque, à Kielce, en Pologne, est-ce que la police n'a pas un peu prêté main-forte à la foule d'émeutiers qui lynchait les rescapés aux cris de « Mort aux juifs ! » pour ne pas restituer ce qu'ils leur avaient volé ? Est-ce que tout cela n'aurait pas eu lieu dans la paisible après-guerre ? Dans la paix retrouvée… Hein ?

Laissant Simon sans voix, Szilárd le fixa longuement avant de sourire :

— Vous comprenez ce que je suis en train de faire… J'agence les faits, comme n'importe qui.

Satisfait de sa démonstration, il prit une gorgée de thé puis se recala dans son fauteuil.

— Je veux bien vous parler de Bence, mais n'allez pas prendre ce que je vous dirai pour la vérité.

Là-dessus, Biró intervint en hongrois, Szilárd l'écouta avec attention, hochant la tête de temps à autre, puis il revint à Simon :

— Vers 1954, dans l'entourage de Bence Sandor, il y avait toute une bande de littérateurs, mais aussi des musiciens, des peintres… Pas des génies, mais ils étaient plus âgés que moi, ils m'impressionnaient. Ils me toléraient dans leur petite coterie parce que j'étais inoffensif et jeune, je ne faisais d'ombre à personne. Leurs noms ne vous diraient rien aujourd'hui : Kovács Álmos, Apor Péter, Anda Gábor…

D'une moue dubitative, Biró confirma à Simon que ce bataillon lui était largement inconnu.

— Parmi eux, continua Szilárd, il y avait un poète qui se nommait László Menyhárt. Il venait du même patelin que Bence Sandor, dans l'ancienne Haute-Hongrie, ils étaient des amis d'enfance et par la suite collègues dans les journaux d'Ostrava. Ce n'est que mon impression, peut-être pas la vérité, mais je crois que Menyhárt a toujours été jaloux du talent de Bence. Qu'il avait pour lui ce genre d'admiration, vous savez, dangereuse, surtout quand elle devient un peu obsédée… Il y a le talent, il y a le succès, et il y a un talent qui est celui de savoir se placer pour obtenir du succès. Menyhárt n'avait que ce deuxième talent, et Bence avait l'autre. Bence était un bourgeois, Menyhárt un prolétaire, ils avaient grandi comme ça, étaient devenus amis puis communistes comme ça mais, après la guerre, les tables se sont renversées. Quand Bence est rentré à Budapest, Menyhárt, qui avait les bonnes grâces du Parti, ne l'a pas accueilli en ami. Au contraire, il a pris ses distances. Pas franchement, il le saluait dans la rue s'il le croisait, il était aimable, il buvait un café avec lui, mais jamais rien de plus, rien de professionnel, aucune aide. Menyhárt s'est débrouillé pour ne pas voir Bence, et aussi pour le tenir loin de toute possibilité de publication. Ça, c'étaient les apparences. Mais il y avait bien pire : il était déterminé à lui nuire et à le discréditer, quitte à le faire mettre en prison…

— Grâce à un ami qu'il avait dans la police politique ? posa Simon, content de lui.

— Oui, confirma Szilárd, vous êtes bien renseigné. Menyhárt était resté proche d'un autre type de leur patelin, un ancien fasciste dont la famille s'était approprié là-bas les biens de la famille de Bence. L'alliance peut vous sembler bizarre mais vous comprenez les intérêts que l'un et l'autre trouvaient à la situation… Et puis un jour, cet ancien fasciste s'est lui-même retrouvé en prison, à cause d'un plus puissant que lui.

— Un Russe, c'est bien ça ? dit Simon.

— Non, un *Soviétique*, corrigea le vieil écrivain. On l'a foutu en taule, il y est mort, et les ennuis de Sandor se sont calmés un temps.

— C'était quand ? intervint Biró.

— En 1955, je pense, dit Szilárd. Ou déjà en 54 ? Après la mort de Staline, avant la révolution de 56. À ce moment-là, Bence s'est cru plus libre. Il a lu les poèmes qu'avaient écrits les Polonais, des merveilles comme le *Poème pour adultes* d'Adam Ważyk, il a senti une effervescence. On réclamait la fin de la censure, les gazettes, les cercles intellectuels revivaient… Il a cru qu'il avait là-dedans un rôle à jouer. Peut-être qu'il a écrit des choses, moi je n'ai rien lu mais on l'a prétendu, et après, le bruit a couru que Bence Sandor avait été un « cinquante-sizard ». Et il s'est trouvé à nouveau isolé, d'une autre façon…

Comme si, autour de lui, l'air s'était raréfié d'un coup. Des amis ne le saluaient plus, faisaient semblant de ne pas le voir, ils changeaient de trottoir dans la rue. Alors, pour respirer à nouveau, il a accepté la perche que lui a tendue Kovács, une autre de ses vieilles connaissances, et il a écrit un poème de commande pour un journal d'État, un poème grandiloquent et bête, qui condamnait la révolution de 56. Vous voyez le genre… « *Ô ce jour qui lacère mon cœur, quand la populace a foulé aux pieds l'étoile sacrée du Parti, le sang a coulé, blanc comme neige, et les cendres des livres s'envolaient dans le vent. Mais même à cet instant, je le savais : Lénine est vivant !* »

La voix de Szilárd s'était mise à chevroter avec ironie, et comme s'il escomptait se rassurer par la réalité de sa chair, il se massait nerveusement la cuisse, tandis que sa petite tête balançait, instable, au sommet de son corps frêle – un ballon sur un jet d'eau.

— À vos yeux, c'était une capitulation ? demanda Simon.

Szilárd échangea avec Biró un regard sceptique.

— Il serait facile aujourd'hui de le condamner, dit finalement Szilárd, mais moi, je refuse de dire s'il a eu raison ou tort d'écrire cela. Il l'a fait pour pouvoir respirer à nouveau. Est-ce qu'on peut avoir tort de vouloir respirer ? Le pire, c'est que ça ne lui a servi à rien. Parce que Menyhárt, qui était resté tranquillement les bras croisés à attendre de voir comment le vent allait tourner, a saisi cette occasion pour l'enfoncer. À un dîner de l'Association des écrivains, devant cinquante personnes attablées, il s'est moqué ouvertement du poème de Bence, il l'a lu sur un ton emphatique pour faire rire l'assistance, avant de décréter que si Bence n'était pas un réactionnaire, un contre-révolutionnaire ou pire, sa poésie, elle, l'était, et que les intentions les plus nobles n'excusaient pas une aussi mauvaise littérature. Ce soir-là, Bence s'est trouvé à nouveau mis à l'index, pas comme un opposant mais comme un objet de moqueries. Ce qui n'empêche pas qu'un an plus tard ils ont trouvé le moyen de le mettre en taule. Je crois que c'est là toute l'histoire… À sa sortie de prison, il était cassé, et le travail à la briqueterie l'a cassé encore un peu plus physiquement. Et puis, il a fini par rencontrer une femme gentille, une femme plus jeune, qui a pris soin de lui jusqu'à la fin. Vous voyez, la vie, ce n'est pas toujours une histoire de politique… Ou alors est-ce que c'est à nouveau mon agencement particulier des faits ? J'ai entendu dire que sur la fin Bence avait écrit des pièces, qu'elles avaient même été données en Allemagne. On a dû me dire ce que ça valait, si ça avait eu du succès ou non mais je l'ai oublié. Tout ce dont je me souviens, c'est qu'à son enterrement il neigeait et que nous n'étions pas nombreux.

Au moment où le silence tombait dans la pièce, un discret chuintement de feutre se fit entendre. Bientôt, dans l'embrasure de la porte se tint une fine silhouette – le visage, désormais entouré d'une couronne de boucles grises, présentait l'état le plus récent des photographies du salon. La femme de Szilárd portait une robe de chambre en polaire mauve et des pantoufles de feutre qui murmuraient sur le parquet ciré. Elle était fluette, un peu courbée, ses yeux rieurs agrandis par les loupes de grosses lunettes en plastique couleur corail. Adressant à Biró et Simon un salut discret, elle resta debout, en retrait, sans prononcer un mot.

— Tout de même, reprit Simon en hésitant – l'arrivée silencieuse de Mme Szilárd l'avait un peu décontenancé –, j'ai du mal à comprendre. Si Bence n'écrivait même plus, pour quelle raison est-ce que ce Menyhárt le haïssait tant ?

— Pourquoi aurait-il eu besoin d'une raison ? s'étonna le vieil écrivain. La raison n'a rien à voir là-dedans !

Jetant un coup d'œil circonspect à sa femme, il se redressa dans le fauteuil, et Simon entendit dans sa voix des accents nouveaux, moins distraits, plus magistraux :

— Cela me surprend toujours : on vous dit facilement amoureux de quelqu'un, toute affection un peu forte se voit rationalisée dans cette case. Une case qui implique beaucoup de choses : la possession physique, l'association aux yeux du monde, est-ce que je sais, la fondation d'une famille, l'obsession jusqu'à la folie… Ce grand mouvement mystérieux, l'amour, où les âmes les plus frustes, où l'absence d'âme même trouvent la sidération, devient le fourre-tout des autres inexplicables. Mais je remarque souvent qu'aucune case similaire n'est prévue pour les ennemis, pour toutes les nuances subtiles qui vont de l'agacement à la haine, rien de rassurant n'est défini pour cette obsession-là, elle n'a pas d'endroit où aller. Peut-être que si on pouvait la discuter aussi tranquillement, d'une façon aussi socialement admise que les amours, elle ne s'épanouirait pas dans le secret des pensées avec une telle vigueur.

Là-dessus, Szilárd regarda à nouveau sa femme, comme s'il attendait d'elle un signe d'assentiment. Derrière leurs carreaux grossissants, ses yeux immenses s'allumèrent, puis elle hocha presque imperceptiblement la tête. Simon observa à nouveau les photos du salon et le manège des circulations entre les époux. Dès qu'il quittait des yeux la vraie Mme Szilárd, l'un de ses doubles photographiques lui souriait depuis son cadre. Elle était partout. Simon se racla la gorge et en vint au grand-père Ungar :

— Je cherchais aussi des renseignements sur un ami de Sandor, quelqu'un qui l'aurait vraiment aidé, au moment de ses problèmes avec la police. Sans doute pas un écrivain… Un type de chez lui, ou alors plutôt de Bratislava… Peut-être quelqu'un qui aurait travaillé dans un théâtre ? Qui se serait appelé Ungar ou alors circulait sous un autre nom… Ça ne vous dirait rien ?

— Avant 56 ?

Le vieux Szilárd réfléchit, plissa les yeux, un souvenir très vif sembla lui revenir en mémoire :

— Vous voulez dire le bon génie ? C'est de lui que vous parlez ?

Simon ne parlait de personne mais il n'en opina pas moins avec fébrilité.

— Je n'ai jamais oublié ce type, dit Szilárd. Il y avait à l'époque un café qui s'appelait Intim, un de ces vieux *presszo* au plafond moisi, avec une enseigne de néon à l'extérieur où il manquait le M, entre nous, on l'appelait « Inti ». Un jour j'ai trouvé Bence là en grande conversation avec un type bizarre… presque… difforme. Un petit bonhomme étrange avec une cicatrice sur le visage, Bence l'a présenté comme un type de chez lui. Je m'en souviens très bien, parce qu'il y avait chez ce petit homme quelque chose d'intrigant, de vraiment inhabituel, il ressemblait presque à un gnome, mal fagoté, il s'exprimait d'une petite voix aiguë. Mais Bence lui répondait avec révérence, comme à une altesse. Quand il est parti, il m'a dit que ce petit homme était son protecteur, qu'il allait peut-être même lui sauver la vie – « mon bon génie », c'est l'expression qu'il a employée… Je me souviens encore de mon grand étonnement, parce que rien chez ce petit homme ne m'avait paru génial, au contraire, n'importe qui aurait pensé que c'était plutôt lui qui aurait eu besoin de protection. Mais peut-être qu'il était un génie d'un autre ordre, un pur esprit comme ceux des lampes des Mille et Une Nuits… Vous savez qui était cet homme ?

— Non, admit Simon. J'aimerais bien le retrouver.

— Il doit être mort depuis longtemps, trancha Szilárd. Tout cela a disparu. Il y avait aussi le café Saucisse-de-foie, le café Plan Quinquennal, le Quick de la place Vigado, le café Darling… Quand on était pauvre, on pouvait y commander un demi-café pour un demi-forint. Quand on était riche, on demandait au serveur un « café-carton », parce que sous le carton on glissait un billet pour être sûr d'avoir du vrai café et pas de l'ersatz…

Gardienne du foyer, gardienne du grand homme, la femme de l'écrivain n'avait pas bougé, elle se tenait toujours en sentinelle, debout dans l'embrasure de la porte, son visage s'était fait soucieux. Simon sentit qu'elle voulait mettre fin à l'entretien. Sa présence pleine d'autorité et de retenue encouragea Szilárd à une dernière salve. Il se pencha vers Simon :

— Vous savez, je ne regrette pas. Rien, pas même les cafés que j'ai aimés. Les regrets, c'était bon pour les autres siècles, quand on pensait aux arbres qui continueraient de croître, dit-il avec une légère emphase. Moi, je vais quitter ce monde en me frottant les mains, bienheureux de partir avant les catastrophes, emportant avec moi le bon temps qu'on regrettera, si je ne suis pas parvenu à me faire aimer, moi, assez pour qu'on me regrette.

Un léger sourire passa sur les lèvres de sa femme qui, emportant le thé sur un plateau, donna sans ambiguïté le signal du départ.

*

— Bon, dit Biró, tu en as appris un peu plus…

Le chauffage était mis au maximum dans la voiture, Simon jeta un œil par la vitre embuée.

— Oui, mais ça ne suffit pas. Qui est le bon génie ? C'était peut-être mon grand-père… Et ce flic, l'ennemi de Bence ? On devrait pouvoir retrouver sa trace… Ou au moins son nom…

Placide, Biró fixait son attention sur l'autoroute – encore quinze kilomètres d'ici à Budapest.

— Ce serait plus facile si on savait ce que tu cherchais…

— Sur le flic, on a plein d'éléments, médita Simon. Un flic de Haute-Hongrie mis en prison entre 53 et 56 ? Il ne doit pas y en avoir tant que ça non plus… Tu crois que tu pourrais me trouver des anciens de la police politique ?

Cette fois, Biró paru franchement agacé :

— Mais qu'est-ce que tu crois, que c'est si facile ? Un flic, tu ne te rends pas compte ! Pire : un ancien de l'ÁVO ? Ça, c'est beaucoup plus dur. *Beaucoup beaucoup* plus dur.

Son énervement se transmit aussitôt à sa conduite, passant d'une file d'autoroute à l'autre, il eut quelques coups de freins abrupts avant de klaxonner avec un juron.

— Je peux te payer, rappela Simon.

— Pour aller où ? demanda Biró. Moi, je suis chauffeur de taxi.

2

En avant, en avant !

Le théâtre défile en 31e position, loin derrière les fleurons de l'industrie, l'usine de chimie, les coopératives. Dans la marée des drapeaux rouges, Ilse a perdu le cortège en s'arrêtant pour acheter une orangeade dans une guérite au bord de la route. Elle crevait de chaud.

Depuis ce matin, sa hanche lui fait mal, elle a eu trop d'orgueil pour réclamer les égards dus à une invalide, mais il n'empêche qu'elle boite, et la marche au pas, lente, si lente, la torture. Couvrant le tumulte et la cohue, les haut-parleurs pendus aux coins de rues s'égosillent :

C'est le temps de la jeunesse
En avant, en avant, en avant !

Je ne veux pas aller en avant, pense Ilse, qui court maintenant en se tenant la hanche, se fondant parmi les drapeaux et les enseignes pour rattraper la formation du théâtre arrêtée quelques rues plus loin. Je voudrais revenir en arrière, je voudrais qu'on me rende le passé.

Son bouquet de tulipes rouges à la main, un petit pionnier lui aussi s'est perdu et il cherche, affolé, à retrouver sa troupe. Petite brebis traînarde oubliée du troupeau. Petite brebis rêveuse… Ilse lui sourit mais, comme pris sur le fait, le garçonnet détourne la tête sans lui rendre son sourire.

Qui veut aimer et bâtir doit venir avec nous
Nous construisons un monde nouveau
Et nous regardons vers l'avenir
En avant, en avant, en avant !

Un monde nouveau : c'est bien cela. En septembre, la moitié du théâtre a déménagé à l'annexe, dans l'immeuble de la banque, rue Laurinská, dont le toit venait enfin d'être achevé. En revanche, la troisième muse de la façade n'a pas tenu l'hiver, elle s'est tellement effritée qu'ils ont préféré abandonner les deux autres à leur sort, de part et d'autre des vitraux. Seuls l'opéra et le ballet se joueront encore sur la grande scène au vieux bâtiment place Hviezdoslav, le reste tiendra très bien dans la nouvelle salle – bonne machinerie, moderne, ce n'est pas qu'on y travaille moins bien, raisonne Ilse, au contraire, seulement tout est plus petit. « Nous quittons un bâtiment historique inadéquat pour un nouveau théâtre moderne ! » ont pavoisé les officiels. Mais cela signifie aussi autre chose : plus de lustres, plus de dorures. Plus de haute façade au toit argenté s'élevant certains soirs dans le ciel couleur d'ardoise jusqu'à s'y confondre, comme hissée vers le paradis par l'inspiration des muses en pierre de sa corniche. Plus de grandeur ni de rêve. Plus de coulisses lépreuses, à l'odeur familière de colle et de bois fraîchement scié, de soupe et de chou bouilli, de détergent et de raticide, plus de grincements familiers de la vieille machinerie datant des années trente. Plus de souvenirs.

Et bien sûr, on a dû attendre le moment le plus chaud de l'été pour déménager les magasins, les armures et les casques nazis, les cruches, les lampes à huile, les seaux et les parapluies par dizaines – ceux qui savent jouer et ceux qui ne savent pas –, les nappes, les torchons, les grappes de raisin en plastique et les centaines d'œillets en tissu. *Lorsque le peuple s'éveillait, rouge œillet, ce fut ton sourire qui nous dit que tout renaissait…* Ce sont de vraies fleurs qu'on agite dans les rues aujourd'hui, dont on a orné les balcons et les tribunes des orateurs, elles ont l'air aussi vraies que les fausses.

Mais c'est ainsi, pense Ilse en boitillant, en avant toute. Derrière, tout le reste.

Quand la neige et le gel sont arrivés, la cabane de pêcheur aussi, il a bien fallu la quitter, se rappelle Ilse, qui rejoint en se pressant le cortège du théâtre, en 31e position, derrière le Conservatoire de musique. D'abord le poêle a rendu l'âme, puis le salpêtre a rongé le sol, creusant des vides entre les planches. Va de l'avant, rien ne reste. *Rida rida bom bom bom.*

Depuis la fin avril, l'atelier des décors n'a fait que fabriquer des banderoles sous les directives des propagandistes : *En route pour le progrès et le bonheur !* Dans la chaleur écrasante, le rouge coule et dégouline de partout. À quelques pas d'Ilse, arrêté à un carrefour, un groupe d'ouvrières de la papeterie Považské Cellulózky a encore de la peinture rouge plein les mains, elles ont commis l'erreur d'essuyer sur leurs blouses, et maintenant on dirait qu'elles reviennent d'une boucherie. Drapeaux rouges aux fenêtres, fleurs, fleurs, fleurs. C'est la fête. *En route pour la joie de travailler !*

En décembre, sans y croire, Ilse a déposé une demande pour un logement dans le complexe à peine achevé des 500 Appartements. En principe, ils sont réservés aux familles, aux méritants venus des campagnes de Slovaquie, les ingénieurs, les professeurs, les chimistes, les mères de famille qui plantent avec une inentamable vigueur des arbres et des légumes pour le jardin collectif. De la famille, Ilse n'en a pas. Elle veut habiter seule et cette bizarrerie, sans être considérée comme une tare, demeure suspecte. Elle n'avait aucun espoir d'obtenir un appartement dans le nouveau complexe, elle n'a dû cette aubaine qu'à un malentendu. Quand ils ont vu le nom d'Ilse, ils ont cru bien à tort qu'ils devaient considérer comme allant de soi que c'était le docteur Hubka qui demandait. Refuser ça à un homme qui a l'oreille du Château, à Prague ? Pas prudent. Sur cinq cents appartements, sûrement, on en trouvera bien un trop petit ou trop mal foutu pour loger une famille, heureusement qu'on peut encore compter sur l'incurie des architectes. Comme ça, en un temps record, on a alloué dès janvier à Ilse vingt mètres carrés au premier étage d'une petite maison de brique. Cuisine, eau courante, tout. S'ils restent assez méfiants, les voisins sont polis. Un jour, la voisine du dessous est venue jeter un œil sous le premier prétexte, Ilse l'a vue détailler avec réprobation les murs nus, l'absence de soins décoratifs, de détails, tout ce qui signifiait l'inverse d'un foyer. Alors, au théâtre, elle a récupéré deux vieilles affiches de saison, un rocking-chair et un tapis dont personne ne voulait, comme ça, c'est respectable, ça donne l'impression de vivre. À dix minutes en tram du théâtre, l'appartement est parfait, inespéré. C'est un rêve et Ilse ne l'aime pas.

Avant, ils mettaient les discours à l'arrivée du défilé – l'année dernière, à la fin de l'après-midi, ça n'avait toujours pas commencé. En haut lieu, on a trouvé que *« malgré les efforts de la jeunesse, des Milices populaires, des enfants et des pionniers placés tout au long du parcours, le reste du défilé manquait d'enthousiasme »*. Épuisés par l'attente, par les longues stations debout en plein soleil de mai, surtout ceux qui étaient venus de loin et poireautaient comme ça depuis sept heures du matin, les gens tombaient de fatigue. À l'arrivée, alors que les orateurs prenaient la tribune, les cortèges serrés se délitaient les uns après les autres, parce qu'on a beau célébrer le travail, il y a aussi un temps pour se désaltérer, tous se dispersaient vers les stands de bière et de limonade. Ce matin, ils ont mis les discours au début – beaucoup moins longs que l'année dernière, les discours, a estimé en se caressant le menton un machiniste debout à côté d'Ilse. Mais il restait encore tout le cérémonial, les saluts et les compliments aux dignitaires de passage, les écoliers récitant les poésies, la chorale, les fanfares, la remise de récompenses à ceux qui avaient accompli des prodiges pour dépasser les plans de production. Pendant tout ce temps, Ilse pensait que sa hanche allait la tuer.

Tout a changé et rien. Une saison après l'autre, on est déjà en mai. Quand la présentation du programme a eu lieu, on venait de passer dans le bâtiment neuf de la rue Laurinská. Eh bien, voyons un peu ce que nous réserve l'avenir, lance à la cantonade le nouveau camarade-cadre, parachuté vite fait de Prague après la chute du précédent. Dans la salle de réunion vide du premier étage, il a fallu s'asseoir en rond autour du vide – la plupart des meubles ne sont toujours pas arrivés. Sur des chaises, les directeurs, les acteurs de la troupe, metteurs en scène, dramaturges, comptables. Sauf que des chaises, il n'y en avait pas pour tout le monde, alors les techniciens, qui n'écoutaient d'ailleurs que d'une oreille distraite, ont dû rester debout.

— Selon la planification des représentations, décidée en accord avec le Comité régional du Parti, lit le nouveau camarade-cadre qui, faute de table, tient ses dossiers sur ses genoux, nous présenterons pour cette saison 1955/1956 :

Le brouillard se lève – un drame porteur d'un message très actuel, examinant les problèmes spécifiques du fermage collectif ;

Le Bastion perdu – Selon le Comité régional du Parti, cette pièce représente l'effondrement du monde bourgeois et dépeint, avec une clarté vraie, les attitudes correctes et incorrectes des intellectuels.

Regards à la ronde, assentiments. Le camarade-cadre allume une cigarette et poursuit :

— *L'Histoire d'un amour* – Le Comité considère cette pièce comme, je cite : « *un drame rempli de situations psychologiques intéressantes, qui dissèque avec une saine objectivité le problème du mariage en Union soviétique* ». S'agissant de la suivante, *Invasion,* le Comité remarque que « *l'auteur, Leonid Leonov, donne ici à voir un épisode méconnu de la lutte héroïque du peuple soviétique. On y fait apparaître le contraste entre le marchand de gros, qui a mis de côté son humanité, et le combat plein d'optimisme et d'esprit constructif d'un groupe de partisans* ».

Devant les équipes réunies, le nouveau camarade-cadre se racle la gorge, sonde les visages. Il en manque. Ilse croit discerner les vides qu'ils ont laissés. On les voit, qui manquent.

Pöss. Vlasta. Oncle Adam. Le vieux Martin. Zuzana Obadalková…

— *Conversations avec la jeunesse*, poursuit le nouveau camarade-cadre : selon le Comité, cette comédie présente les vies ensoleillées et les hautes convictions morales d'un groupe de scientifiques soviétiques…

En février, l'année dernière, Pöss, ses cheveux ondulés et sa dent de rongeur, ont quitté le théâtre et Bratislava pour une modeste scène régionale de Moravie. Cause principale du déplacement : une plantureuse et prometteuse actrice blonde, récemment recrutée par ladite scène régionale de Moravie. « Oh, bien sûr, ce n'est pas *la Comédie-Française*, a reconnu Pöss en rassemblant ses affaires. Mais parfois, il faut savoir faire passer la vie avant l'art. »

En mars, Vlasta, la belle Vlasta, est partie à Prague pour faire du cinéma. Ilse a été voir le film, une comédie, quand il est passé Salle de la Paix. Sur toute la largeur de l'écran s'affichait le visage adorable de Vlasta, toujours aussi mélancolique, plus parfait que jamais. Mais le noir et blanc échouait à en rendre la magie entière, manquaient le rose vif de la bouche, le pervenche incroyable des yeux, et cela a rendu Ilse si malheureuse qu'elle n'a pas réussi à rire une seule fois, même lorsque c'était drôle. « Dans la scène du dancing, on arrive à voir ses nichons », a lancé le régisseur Jan Zvarík à la cantine, il l'a dit assez fort pour que, dès le lendemain, tous les techniciens aillent voir le film. Il a perdu sa belle prestance, Jan Zvarík, il a mal vieilli. Avec le temps, ce qui apparaissait comme une virilité tranquille s'est mué en une virilité épaisse, pesante

– à force d'être démonstrative, elle ne convainc plus. Il paraît que Vlasta en a tourné un autre, de film, et qu'il a été interdit. Pas pour le contenu, mais parce que le réalisateur a profité de la coproduction avec l'Allemagne et la Suède pour passer en RDA. Vlasta a fait pareil, mais en Suède. Selon la rumeur, elle aurait épousé là-bas un gynécologue et tourné dans un autre film qui s'appelle *FBI contre l'œillet chinois*. De ça, personne n'est sûr, ce qui n'empêche pas que circulent des blagues, assez sales, sur le mariage avec le gynécologue suédois.

On ne sait pas trop quand l'Oncle Adam est mort, on ne sait même pas de quoi; de l'usure de tout son corps, à ce stade-là, peu importe quelle partie a cédé la première. Le vieux Martin a dû prendre sa retraite en avril, il ne pouvait plus jouer. Ses jambes lui faisaient mal dès qu'il restait trop longtemps en scène, et puis il s'endormait et oubliait son texte tout le temps.

Rue des Défenseurs de la Paix, Ilse, à bout de souffle, retrouve enfin sa petite troupe en sueur. Quelqu'un lui plante d'autorité un drapeau rouge dans les mains. La hampe poisse, tout le monde a sué des paumes dessus. Agitant sur leurs tiges des nuées de colombes en carton, des enfants sautillent au passage du défilé. Dans la cohorte du théâtre, une matrone coiffée de fleurs en tissu cherche le regard d'Ilse et, l'ayant trouvé, rompt le mince rang de la colonne pour défiler près d'elle : Jiřina, la costumière. La perte, rien de tel pour rassembler…

Après la débâcle de *La Morale de Madame Dulska*, on n'a plus jamais vu le camion de Budapest. Désormais, les costumes du théâtre sont faits comme partout ailleurs, avec des tissus bon marché qui grattent et qui tiennent mal le nettoyage.

Deux mois après *Dulska*, n'en pouvant plus de ne rien savoir, Ilse s'est décidée à descendre au magasin des costumes. Où était passé Horn ? Qu'est-ce qu'il avait pu faire ? Est-ce qu'il était mort ou vivant ? Est-ce qu'il allait revenir ? Ni Ilse ni Jiřina n'osaient même prononcer son nom. Puisqu'elle n'avait pratiquement rien à confesser, sinon un peu de galanteries et quelques chatouilles, Jiřina a tout raconté à Ilse ; Ilse, qui en savait trop, n'a rien raconté à Jiřina. Cela ne les avançait guère.

— Après le jour où il est passé prendre son uniforme, je ne l'ai plus jamais revu, avoue tristement la grosse costumière, son fer à repasser à la main.

— Quel uniforme ? demande Ilse, elle en tremble.

Elle est si visiblement affolée que l'autre, levant à peine les yeux de son ouvrage, lui dit la vérité sans se faire prier :

— Il m'avait demandé de lui coudre un uniforme d'employé du gaz, explique-t-elle, un peu piteuse, s'absorbant dans son repassage pour ne pas regarder Ilse en face.

Sur sa table s'étale une chemise blanche à jabot, tachée de faux sang et soigneusement taillée en lambeaux. *On a capturé le héros, on l'a torturé, roué de coups*, clame la chemise. *Mais il est vivant !*

— Il a dit que c'était pour son ami Bence Sandor, continue Jiřina en repassant les lambeaux. Il a dit qu'on allait enfin monter une des pièces de ce type, là-bas à Budapest. *La Turbine*, ou un truc comme ça – une histoire d'oléoduc pour symboliser l'amitié entre les démocraties populaires. Il a expliqué que c'était formidable pour son ami, sauf que la production n'avait pas d'argent – ce n'était qu'un tout petit théâtre et il leur manquait des costumes… Alors j'ai fait pour lui celui de l'employé du gaz. Il m'a dit que l'acteur était à peu près aussi grand que lui, pas très gros, et peu importait que ça tombe mal, parce que les vrais uniformes des Hongrois, ils tombaient mal aussi. Alors… Il m'a apporté le tissu et une photo d'un magazine pour que je sache à quoi ça ressemble, et je lui ai cousu un uniforme à peu près à sa taille, voilà…

— Mais comment tu as pu croire une chose pareille ? murmure Ilse, accablée. Tu ne vois pas que ça ne tient pas debout ? Enfin, qu'est-ce que la construction d'un oléoduc a à voir avec les employés du gaz ?

— Ben, je lui ai pas demandé…

Pensive, Jiřina repose le fer à repasser brûlant sur l'appui métallique de la table :

— J'en sais rien, peut-être pour montrer les masses. Tu sais, le genre de pièce où on voit tout le monde, depuis les dirigeants qui imaginent l'oléoduc avec les ingénieurs jusqu'aux gens chez eux qui allument leur gaz… Enfin, sur le moment, j'y ai pas réfléchi…

— Et tu lui as fabriqué un uniforme…, répète Ilse avec consternation.

— Je vois pas où était le mal… Qu'est-ce qu'il allait en faire ?

Idiote de Jiřina !

— Mais enfin, tu te rends compte ? Voler, tromper, s'introduire chez les gens ! Voilà ce qu'on peut en faire ! se met à crier Ilse.

— Oh ça non, la tranquillise en riant la costumière. Avec cet uniforme-là, crois-moi, tu rentres nulle part, peut-être même pas sur scène.

Secouant la tête, elle donne un dernier coup de fer puis ajuste avec soin les plis de la chemise en lambeaux avant de l'enfiler sur un cintre du portant, à côté d'une chemise identique, celle-là encore intacte.

— Rassure-toi, ça avait bien l'air d'un costume. Tu aurais vu la casquette ! Je lui ai dit, d'ailleurs : même d'un peu loin, personne ne va y croire. Il a ri et il a dit : c'est aussi bien, tant mieux, après tout, le théâtre doit avoir l'air de théâtre.

La Turbine ? La construction d'un oléoduc ? Ilse, troublée, hésite à le croire – quelques confidences de Horn, imprécises, lui reviennent, *« Ma mère, pendant la guerre, cousait de faux uniformes »*, est-ce qu'il n'a pas dit ça un soir ? Oublie ça, peu importe, à quoi bon, pense-t-elle, un moment plus tard, en regagnant sa réserve. Tout passe, il est trop tard.

Avec Jiřina, elles n'en ont pas reparlé depuis. Mais maintenant, la grosse costumière brise le rang de la colonne pour défiler à côté d'Ilse. *Bats-toi pour la Paix ! Dépasse les objectifs du plan quinquennal !*

Depuis que Vlasta-la-trop-belle est partie, l'autre conne de Mimi a repris tous ses rôles, joue toujours aussi mal mais couche encore plus haut. Ilse aussi couche, quand et avec qui elle veut. Qu'elle soit boiteuse ne l'empêche pas de plaire aux hommes, au contraire, à cause de ça ils pensent tous qu'ils sont les seuls à s'y intéresser. Plus gênant, il y a le fait qu'elle n'ait plus tout à offrir. Quand la danse devient un peu serrée, qu'une main se pose sur sa hanche, qu'un regard se prolonge un peu, avant que ça aille plus loin elle l'annonce d'entrée de jeu, comme une leçon durement apprise : « Il va y avoir des choses que tu pourrais vouloir, et moi, je ne peux pas te les donner, tout simplement parce que je ne les possède plus. Je ne peux pas complètement être avec qui que ce soit. » Au début, la plupart des hommes, ils s'en fichent de ne pas avoir une femme complète, ils répondent qu'au contraire, on est juste là pour prendre du bon temps. Mais au bout d'un moment, ils trouvent toujours le moyen de s'en plaindre.

Quand il a fallu quitter le vieux bâtiment, Ilse a perdu ses repères et le profil de Horn. Longtemps, elle avait réussi à le maintenir, immense, sur les murs familiers de la salle de répétitions où elle l'avait inscrit. Avec un peu d'efforts, elle pouvait le retrouver – bombé du front, ligne du nez, puis comme un fil jusqu'au menton, *un bouton d'églantier, tralala.* Dans le nouveau bâtiment, cela n'est plus possible.

La Morale de Madame Dulska, Obadalková l'a payée plus cher que tous les autres. Ils auraient pu la congédier, la faire disparaître ; ils ont fait pire. Ils lui ont assuré d'un ton doucereux que ce théâtre était sa maison, qu'on n'aurait pas l'idée de l'en chasser, on la respectait trop pour ça. Et après, ils l'ont mise à la caisse. Maintenant, elle porte un masque de pierre, son visage reste figé tout le temps qu'elle travaille, exposée tous les soirs comme une reine déchue, avec sa photo en noir et blanc encore suspendue sur le mur du couloir, parmi celles des acteurs de la troupe. Parfois, quand elle tend les tickets, un spectateur suspend son geste machinal, gêné, croit la reconnaître, fronce les yeux puis s'en va, d'un pas rapide, sans oser dire un mot. C'est comme ça tous les soirs. Tout le monde se presse pour ne pas rater le début de la pièce, pendant qu'Obadalková trie les souches, et compte l'argent dans le hall vide, où lui parviennent les échos de la représentation, des autres qui sont sur scène.

Pour une raison inconnue, le défilé a encore ralenti, on piétine, on patine, personne ne sait si c'est permis de s'arrêter ou s'il faut trouver le moyen de marcher encore plus lentement. Ou alors soulever les pieds sur place pour faire semblant ? Assommée par la chaleur, une femme enceinte s'assied jambes écartées sur le bord du trottoir en s'éventant de son bouquet de drapeaux. Ilse s'essuie le front, sa main est pleine de peinture rouge, elle a dû s'en mettre sur le visage. Le défilé repart. Et, comme à pleins poumons, triomphants dans le ciel de mai, les haut-parleurs chantent :

La tête haute, pressons le pas
Qu'on essaie seulement de nous remettre des chaînes.
Nous ne sommes plus une classe d'esclaves !

3

Parc Papillon

À la mi-février, le propriétaire de l'appartement budapestois avait fini par proposer à Simon de louer au mois – on économiserait ainsi la commission d'Airbnb, le loyer baisserait en proportion. Cet arrangement comblait les deux parties : plus de draps à changer pour le propriétaire et Simon avait désormais l'impression d'être chez lui. La petite impulsion à donner pour soulever la fenêtre de la salle de bains dont, avec le froid, la guillotine avait tendance à se gripper, le rot étrange, un peu sardonique, de la machine à laver en fin de course, le simple fait d'acheter du liquide vaisselle ou de remplacer une ampoule dans le couloir lui rendaient l'impression de mener une vie normale, quoi que cette expression ait pu signifier. Cédant aux usages locaux, il avait sacrifié l'élégance de son manteau gris à chevrons pour le confort d'une informe doudoune noire. Il ne recevait plus de coups de fil, plus de mails, cela aussi le soulageait. Car chaque jour passé à Budapest creusait l'écart un peu plus ; dès lors que Simon envisageait ce qu'il aurait eu à faire en rentrant à Paris

– se trouver un endroit où vivre, un moyen de subsistance, et, pourquoi pas, un peu de compagnie –, le retour lui paraissait insurmontable. Il se rassurait comme il le pouvait : le professeur Aronnax et son serviteur Conseil avaient parcouru vingt mille lieues sous les mers en dix mois ; Simon, lui, n'en était qu'à six. *Mais pour le capitaine Nemo, il n'y a pas de retour. Nulle terre au monde n'attend cet homme farouche qui a voulu confier le secret de sa vie aux mystérieuses profondeurs de l'océan.*

En attendant, sans savoir ce qu'il attendait, Simon faisait comme chez lui, retrouvant ses vieilles obsessions et ses insomnies passées à contempler sur internet le mouvement inéluctable de diverses machines de Rube Goldberg. Réactions en chaîne, le plus tortueux chemin d'une action à une autre : la bille roule dans son rail jusqu'à faire s'écrouler les dominos, le dernier, dans sa chute, cogne contre une quille, qui s'envole à son tour au bout d'une ficelle grâce à un contrepoids pour venir frapper le marteau, qui enfonce un cliquet… et ainsi de suite. Quand ça ne suffisait pas, Simon sortait un moment prendre l'air froid de la nuit sur le petit balcon de la cuisine, ouvert sur une minuscule cour grise en forme de U. Aux petites heures, il y avait toujours quelqu'un d'autre, au troisième étage, qui n'arrivait pas non plus à dormir. À la fenêtre illuminée, Simon ne voyait jamais personne, pas même une silhouette, mais il se plaisait à l'imaginer, puis rêvassait au bon génie balafré, son possible grand-père Ungar, arpentant peut-être cinquante ans plus tôt les rues voisines. Pas de nouvelles de Biró, mieux valait sans doute ne plus y penser. Penser à quoi, d'ailleurs ? Biró avait raison : Simon ne savait pas ce qu'il cherchait, ce qu'il aurait escompté trouver. Mais jusque-là, sa quête l'avait tenu, maintenu, il avait cru tendre vers un but… et maintenant ? *Combien de temps vais-je conserver ma belle assurance ? Nous voici au milieu de février, les longues-vues fouillent l'horizon, toujours en vain. Après l'enthousiasme des premiers jours, l'équipage se laisse aller au découragement...*

Il en était là quand, au début du mois de mars, alors que les jours sombres commençaient imperceptiblement à rallonger, Biró refit surface. Absorbé une par machine de Rube Goldberg intitulée « Comment mettre vingt minutes pour presser un citron » *(la porte du micro-ondes s'ouvre et fait tomber une planche, la planche s'abat sur une louche, qu'elle envoie valdinguer assez fort pour actionner au passage le robinet de l'évier...)*, Simon, pris au dépourvu, coupa le son de l'ordinateur et se précipita sur le téléphone.

— Je t'ai trouvé ce que tu voulais, ronchonna Biró. Apparemment, ce salaud de Vladimir Berei est encore en vie. Tu peux aller le voir si ça te chante. J'imagine que tu ne sais pas qui c'est ?

Non, évidemment non. Simon laissa passer un silence.

— C'était l'un des chefs de l'ÁVO, la police politique. Sous le gouvernement de Rákosi, ajouta Biró, c'est-à-dire au pire moment des années cinquante. Tu voulais un flic, en voilà un. Une bonne ordure, un bon vieux tortionnaire pur jus. Aujourd'hui, il joue les victimes, il prétend qu'à l'époque il ne savait pas à quel point le système était pourri. Mais moi, je peux te dire qu'il a eu de la chance d'être déjà en taule en 56, sans quoi il aurait fini pendu à un lampadaire...

Tout en écoutant Biró, Simon continuait de contempler, fasciné, l'enchaînement des conséquences : *le robinet remplit la cruche à ras bord, jusqu'à ce qu'elle déborde et vienne remplir la tasse. En se renversant, la tasse fait rebondir une balle rouge, qui se propulse dans les airs vers une armée d'osselets...* Puis il revint à la conversation : sans blague, il pourrait *sérieusement* rencontrer un ancien de la police politique hongroise... ? Pour de vrai ? Il bredouilla :

— Mais quel âge est-ce qu'il peut avoir ? Il doit être très très vieux...

— Je croyais qu'il était mort, renifla Biró. Ou alors, je l'espérais. Mais il faut croire que la saloperie, ça conserve, il a quatre-vingt-neuf ans, le vieux bâtard, et maintenant, il a même un mail. Je te l'envoie, et tu te présenteras comme tu veux. Il y a vingt ans, il parlait volontiers à la presse – et après, comme on n'avait pas écrit ce qu'il voulait dans le journal, il faisait des procès en diffamation. Il les a tous perdus, ses procès. Je ne sais pas ce qu'il peut encore avoir à raconter... Moi, j'attends qu'il confesse que quand sa police l'a interrogé et lui a fait goûter à sa propre médecine, quand ils lui ont brisé toutes les dents une par une avant de lui pisser dans la bouche, il a encore trouvé le moyen de crier « Vive Staline ! ». Si tu arrivais à en obtenir ça, j'aimerais bien entendre l'interview.

— Mais de toute façon, tu viendras avec moi ? s'inquiéta Simon sans lâcher l'ordinateur des yeux : *la théière roule-boule sur son axe, son bec culbute la pile d'assiettes, paf !*

— Ah ça non, dit Biró. Je n'ai aucune envie de voir ce salopard. Son petit numéro, je le connais par cœur, depuis plus de trente ans qu'il le fait. Attends-toi à une dose de mégalomanie – il a fini comme un petit fonctionnaire que tout le monde méprisait, alors il faut bien qu'il rappelle que pendant un moment c'était lui le maître du monde. Mais en même temps, un maître du monde totalement innocent, il te dira aussi qu'il ne savait même pas qu'il avait les mains sales. Qu'il n'était qu'un pauvre et fidèle communiste qui travaillait à la reconstruction du pays et à l'abolition de l'injustice... Il fait le coup à chaque fois...

À cet instant, Simon se sentit par avance submergé par sa propre incompétence. Et déçu, aussi : il aurait eu envie de voir Biró. Il insista :

— S'il raconte des salades, c'est d'autant plus important que tu sois là...

— Ah non, tu te débrouilles seul, je ne veux pas écouter ce mec, c'est trop sale. Et je ne vois vraiment pas à quoi je pourrais te servir. D'ailleurs il parle anglais. Pas aussi bien que le russe, mais il le parle très bien. Écris-lui aujourd'hui et je t'y conduirai. Il habite dans une cité à Zugló, pas loin du stade Puskás.

— Biró, on ne va recommencer, plaida Simon. Soit j'y vais tout seul, soit je te paie comme journaliste...

À l'autre bout du fil, un soupir se fit entendre. Suivi d'un long silence.

— Alors j'y vais tout seul, s'exclama Simon, piqué. Si tu ne fais pas l'entretien avec moi, j'irai tout seul. Je n'ai pas besoin d'un taxi pour aller au stade Puskás, je vois très bien où c'est !

— Seul, tu ne trouveras jamais, répondit Biró avec son laconisme habituel. Tu vas te perdre.

Là, Simon se sentit franchement insulté :

— Je commence à connaître Budapest, je ne suis pas plus idiot qu'un autre. Si c'est de l'argent que tu veux, je t'en donnerai bien volontiers, pour faire le travail particulièrement qualifié qui est le tien.

— Je t'envoie l'adresse mail de Berei, conclut Biró sans broncher. Tu me raconteras.

*

Je ne trouverai jamais, se dit Simon.

En descendant du bus sous le ciel plombé, il avait suivi Google Maps jusqu'à de hautes barres blanches barbouillées de couleurs à la fois défraîchies et criardes, que flanquaient, un peu épars, des jardins transis. Là, Google s'était affolé puis avait déclaré forfait. Manifestement construits au fil d'époques et d'inspirations différentes, les blocs de bâtiments se succédaient et on ne voyait aucun numéro nulle part.

Dans le mail envoyé à Berei, les mensonges de Simon avaient atteint des dimensions inédites – les longues heures, l'oisiveté… – il en avait fait des caisses. Grisé par un en-tête qu'il avait particulièrement réussi sur Photoshop, il avait prétendu faire partie du ministère des Affaires étrangères et mener une enquête interne. Il s'agissait d'établir l'identité d'un mystérieux collaborateur hongrois qui aurait eu des *contacts* avec la France entre 1953 et 1955. Simon avait nappé sa requête d'éléments qui brassaient divers souvenirs de lecture – du *Canard enchaîné* à John le Carré en passant par S.A.S – formant, à force d'être touillés, une sauce hétérogène mais finalement emballante. Ainsi écrivait-il que, d'après ce qu'on croyait savoir *au Quai*, l'honorable correspondant des *services* français, un Hongrois originaire de Slovaquie, avait probablement été démasqué à l'époque des faits par un général russe – Simon effaça ce mot, puis inscrivit à la place « soviétique ». Mais la véritable identité de l'agent ainsi que les détails de son arrestation en Hongrie n'avaient jamais été pleinement connus des services français (bien nazes dis donc, lesdits services, mais peu importait, estima Simon). Or, dans le cadre de *l'harmonisation des intelligences européennes*, il était aujourd'hui essentiel de connaître ces détails et de clore le dossier. Sans nul doute, M. Berei savait de qui il s'agissait et pourrait permettre de faire la lumière une fois pour toutes sur cette vieille affaire ? Cela en toute discrétion, loin des déplorables pesanteurs du cadre officiel ?

C'était un peu gros, Simon l'admettait, mais enfin, l'aventure, c'était l'aventure... Il n'en resta pas moins soufflé que jean-françois.perigord.gouv.fr@protonmail.com reçoive une réponse dans la demi-heure.

C'était bref : *« M. Périgord, in reply to your recent request, this no more confidential information in Hungary. I know the man you must mean and I think it was NOT Sénási Árpád. Maybe someone trying to pass as him. Cordially. »*

L'air de rien, c'était super : la couleuvre en plastique avait été avalée, le plus dur était fait. *Sénási Árpád* – le facho avait désormais un nom ! Grisé, Simon était déjà prêt à parier que cet Árpád Sénási était bien l'ennemi fidèle de Bence Sandor. Il se souvint du visage immobile de Mme Dysko au théâtre de Bratislava, du vieil Obadalko dansant sur sa canne, de l'écrivain nobélisable dans sa campagne gelée, et une chose lui parut alors évidente : la lassitude n'y fait rien, les vieux ont envie de parler, envie qu'on les écoute. Du tac au tac, il renvoya un mail proposant une rencontre – demain ? après-demain ? – et sentit son cœur cogner dans sa poitrine quand arriva la réponse. *« OK. You can come tomorrow. I live Pillangó Park – Butterfly (Pillangó) park 4/d. 3rd staircase (lépcsőház), VIII/12b. (floor/flat no.). 2 o clock (afternoon) would be good. »*

Eh ben, pour un flic, il est pas trop parano, le vieux, s'était réjoui Simon. Pas plus compliqué que ça ? Il en restait éberlué. Seul dans l'appartement, il avait soudain envie de danser, de chanter à tue-tête.

Mais le lendemain, il déchantait – Biró avait vu juste : il ne trouverait jamais. Massifs et muets, les groupes de tours montaient vers le ciel plombé, distincts les uns des autres, certes, mais pas numérotés. Barres blanches polluées de rouge et de jaune. Stries vert foncé sur fond vert pomme. Giclées d'orange sanguine sur barrières de corail… Simon contourna un jardin pour enfants désert à cette heure, dans le désert plus vaste du Parc Papillon. Très loin, là-bas, une vieille promenait un chien. Les immeubles le toisaient, il fit demi-tour, suivit une frêle allée pavée tout en virages absurdes, et se retrouva dans une partie plus ancienne, plus basse, de la cité, en brique et béton brun. Mais toujours pas un numéro de bâtiment en vue. Rebroussant chemin à nouveau, il aperçut en s'éloignant que tout en haut du flanc de l'une des tours vertes s'affichait une énorme inscription : Pillangó Park 5. Ragaillardi, il se dirigea d'un pas vif vers la barre suivante – le Pillangó 4 ne pouvait pas être loin du 5, c'était sûrement celui d'à côté… Sauf que ça ne l'était pas : quand Simon recula de façon à entrevoir le haut de l'immeuble, il fut consterné d'y lire « Pillangó Park 12 C/B. » Dérouté, il se remit en marche. Les tours les plus anciennes, les gris-marron, n'étaient pas numérotées du tout, certaines l'avaient peut-être été un jour mais leur coffrage en béton avait disparu, exposant les parois nues dans toute leur rugosité. Quant à la barre jaune, elle voyait sa numérotation latérale à demi effacée totalement occultée par l'entrelacs des branches d'arbres. Simon fut content de trouver un banc, l'air de rien cela faisait plus de quarante minutes qu'il tournait en rond. Quand il vit passer une jeune femme poussant un landau, il bondit à sa rencontre – heureusement qu'il avait appris à dire les chiffres, malheureusement le quatre – *négy* – se trouvait être le seul un peu difficile à prononcer :

— Pillangó Park 4 ?

À contrecœur, la jeune femme arrêta sa poussette, mais Simon devait avoir l'air si perdu que le visage soucieux, auréolé de la capuche fourrée d'un anorak, s'adoucit bientôt quelque peu. Puis la main gantée de laine verte indiqua : zigzag, zigzag, le 4 est à perpette du 5, réussit à comprendre Simon, le 5 est à côté du 8, zig, attention, quand on tourne, ça n'est plus Pillangó Park 4 mais rue Dongó 11, zag, même si c'est le même immeuble.

Cette brève interaction, quelques secondes, laissa Simon à la fois ragaillardi et affligé ; elle lui avait permis de mesurer soudain l'ampleur de sa solitude des derniers mois. Un demi-sourire, une brève sollicitude, le petit geste – au revoir ! – du gant de laine verte qui s'éloignait vers l'aire de jeux… Cette simple civilité lui avait fait l'effet de bien plus – une obole délicieuse, un cadeau. Comment en était-il arrivé là ?

Quand il atteignit enfin le bâtiment, qu'il eut fini d'errer dans trois halls différents à la recherche du mystérieux « troisième escalier », longé le couloir vert d'eau jusqu'à la porte lambrissée de l'appartement 12b (le 12a se trouvait bien entendu de l'autre côté mais il avait fallu faire le tour de l'étage pour le déduire), on n'était pas loin de 3 o clock (afternoon), et Simon se sentait déjà épuisé.

*

Même recroquevillé, sec et bouffi ensemble, à quatre-vingt-neuf ans, Vladimir Berei conservait une allure menaçante. On sentait le molosse : grosse tête chauve posée sur un cou de taureau, et il vous regardait par en dessous tout en vous rentrant dedans. Il y a des types comme ça, pensait Simon, tandis que le vieux revenait de la cuisine lui apportant sans cérémonie une tasse de Nescafé, ils occupent l'espace en envahissant le vôtre, vous démontrent physiquement leur puissance en vous toisant, même s'ils sont plus petits, surtout s'ils sont plus petits, il y en avait un comme ça au service commercial de *Quorum*, comme des roquets toujours prêts à mordre. Dès l'entrée, Berei avait jaugé Simon en bombant ce qui lui restait de torse. Puis l'avait fait passer devant lui dans un petit couloir sombre encombré de manteaux et de ce qui semblait être des accessoires de randonnée – pieux et jumelles, bâtons et chaussures de marche – débouchant sur un salon lumineux aux murs recouverts de papier peint jaune pâle. Pas un tableau au mur, pour seule décoration de larges auréoles d'humidité, ouvertes en corolles, venaient près du plafond obscurcir le papier peint comme des crépuscules sales. Toutes fenêtres fermées, la pièce surchauffée puait le tabac froid, et derrière les rideaux de polyester, le jour baissait déjà sur Pillangó Park. Avant que le vieux flic ne parte faire le café, Simon s'était vu désigner l'un des seuls meubles du salon, un vaste canapé de skaï beige. Il profita de ce moment pour se composer le visage neutre d'un agent secret.

— J'ai réfléchi à votre affaire, dit Berei en lui tendant la tasse que Simon attrapa, confus – il n'y avait pas de table où la poser.

Puis le vieux s'assit comme un interrogateur dans le fauteuil du même skaï qui lui faisait face.

— Votre informateur, je ne sais pas qui c'était. À mon avis, cet homme qui prétendait renseigner la France était un imposteur, ou un agent provocateur, quelque chose dans ce genre… En tout cas, pas un type de chez nous, je l'aurais su. Et sûrement pas Sénási.

— Pourtant, inventa Simon, c'est bien son nom qui a été mentionné dans nos rapports. Un membre de la police politique, originaire de Slovaquie, membre du parti communiste hongrois…

— Sénási n'était pas communiste, coupa Berei. Moi, je l'ai toujours été, pas lui. Moi, je l'étais dès la naissance quand mes parents m'ont appelé Vladimir.

Simon descendit d'un trait le café – plutôt de l'eau marron, à vrai dire – et, faute de mieux, posa sa tasse par terre. Mal à l'aise dans le canapé trop vaste – ça le désavantageait – il chercha une diversion dans la pièce, mais tout le renvoyait au vide… Contre le mur de droite, une planche sur des tréteaux, un ordinateur dessus, une chaise devant – des courriers épars, en piles défaites, même pas un journal, pas un livre. Hormis quelques photos de famille trônant sur le manteau de la cheminée, il n'y avait à peu près rien à remarquer. Sinon que, dans l'un des cadres, la photo en portrait d'un chien témoignait d'une sentimentalité inattendue.

— Ils m'ont appelé comme ça à cause de Vladimir Ilitch Lénine, appuya Berei dans le silence qui se prolongeait.

Simon montra qu'il avait compris, comme l'autre ne le lâchait pas des yeux il tenta de masquer sa confusion en adoptant un air grave. *Il ne croit pas un mot de mon histoire d'espion français. Il sait bien que je mens, il le voit.*

— Mais Sénási, jusqu'à quel point vous le connaissiez ?

Berei alluma une cigarette, toussa, s'étrangla un peu.

— Je l'ai côtoyé dans les rangs de l'ÁVO, j'étais même là le soir où il a été arrêté. C'est ce que vous pourriez appeler connaître quelqu'un…

Il sait que je mens, mais il s'en fout. Va savoir pourquoi, il s'en fout. Se ratatinant dans le canapé, Simon promena à nouveau son regard dans la pièce presque vide. *Un cendrier par terre, même pas de table. Répond aux mails immédiatement. Personne ne vient jamais ici. Il a envie de parler, de radoter. Il s'ennuie.*

— Je ne sais pas ce qu'on a pu vous raconter mais, jusqu'en 1947, il y avait beaucoup d'hommes de valeur dans la police politique, dit Berei d'un ton docte, son anglais était rocailleux mais précis. Des gens honnêtes et intelligents, idéalistes, convaincus de ce qu'ils faisaient.

— Mais justement, intervint Simon, vous venez de dire que Sénási n'était pas communiste…

— Bien sûr, admit Berei, il y avait aussi des carriéristes qui dérivaient avec la marée, et il y avait aussi des sadiques. Mais ils n'étaient pas caractéristiques de l'ÁVO. Sénási était un sale type, un opportuniste, et peut-être qu'il avait eu des liens pendant la guerre avec la police fasciste de l'amiral Horthy, mais c'était un patriote – aujourd'hui, c'est comme ça qu'on le qualifierait. Sûrement pas un agent américain comme on l'a prétendu. Et, je suis désolé pour vous, pas un agent français non plus. Dès le début, les accusations qui l'ont visé m'ont paru absurdes, je n'y ai jamais cru et je n'étais pas le seul. Beaucoup de mes collègues et de mes chefs se sont dit : « OK, nous avons sûrement bien des choses à lui reprocher, mais de là à l'accuser d'être un espion… ! » S'il avait été cela, il aurait fallu qu'il trompe tout le monde à l'ÁVO et au Parti, pendant des années… Or nous savions à quoi nous en tenir sur son compte…

Le vieux flic fit une pause puis son regard s'étrécit :

— Je ne sais pas comment ça se passe en France mais, pour moi, être flic, ça n'est pas persécuter les gens. C'est tout savoir. Et tout comprendre.

Lâchée pour faire effet, avec lenteur, cette dernière phrase se teintait d'intonations sinistres. Pour l'appuyer, le vieux flic tira une longue bouffée de sa cigarette avant de l'écraser, avec une cruauté démonstrative, dans le cendrier posé sur l'accoudoir : *Et je tourne dans un sens, et je tourne dans l'autre, et je t'écrase la gueule.*

— Qu'est-ce qui accusait ce Sénási, alors ? Qui ? demanda Simon sans se démonter – il avait du mal à détacher ses yeux du mégot ratatiné. C'était quoi, un complot ? Une purge ?

Berei plissa la bouche :

— Je n'ai jamais su pourquoi on avait ordonné la fouille dans son appartement. En tout cas, des agents de l'ÁVO ont trouvé chez lui des liasses de devises étrangères : presque 4 000 dollars dans une valise sous le lit. Et, si je me souviens bien, Sénási a été transféré le soir même à la prison de la rue Gyorskogsi. Mais tant que j'étais sur l'affaire, il n'était pas traité aussi sévèrement que les autres.

Simon, qui recommençait malgré lui à s'affaler dans le canapé, se redressa :

— Traitement de faveur pour un collègue ?

— Non, dit Berei. Je n'y croyais tout simplement pas. D'abord parce qu'un type aussi malin que Sénási aurait trouvé un lieu plus sûr où cacher son argent. Admettons qu'il n'en ait pas eu le temps, il aurait forcément prévu une feinte, tenté de s'en sortir, inventé une histoire. Là, il tombait des nues ! Et il n'a rien avoué du tout, même quand les choses ont mal tourné pour lui… Le soir de son arrestation, mon chef m'a convoqué dans son bureau. Là, j'ai trouvé Evdokimenko, le général soviétique du MGB, le conseiller en chef. Mon supérieur m'a demandé d'interpréter en russe, et Evdokimenko a dit : « Sénási est un ennemi. Le camarade Rákosi a ordonné qu'il soit battu, quitte à ce que tous ses os soient brisés, jusqu'à ce qu'il avoue qu'il était un espion à la solde des Américains. » Evdokimenko insistait particulièrement pour qu'on le fasse. Il m'a dit amicalement à quel point j'avais été naïf, qu'on n'aurait pas dû nommer un homme aussi jeune et inexpérimenté que moi dans une division du renseignement. « Nous avons découvert un réseau d'espionnage. Et savez-vous quel est le plus gros problème ? Vous pensiez que vos hommes déployés dans les pays occidentaux travaillaient pour vous, alors qu'en réalité ils étaient les liens d'Árpád Sénási avec les services de renseignement américains. » C'était totalement impensable, mais il n'en a pas moins énuméré les noms de quatre personnes, dont trois avaient déjà été arrêtées, on m'a chargé de rédiger un rapport à leur sujet. Avec mon chef, nous avons répondu que nous connaissions bien Sénási, et qu'il n'était pas le genre d'homme à être brisé par la torture ou les coups. Evdokimenko nous a rétorqué que cela n'avait aucune importance – l'ordre d'en haut devait être exécuté. Mais Sénási s'est tout de suite écrié qu'il n'avouerait jamais un crime qu'il n'avait pas commis. Les hommes qui ont été choisis pour le battre étaient des jeunes recrues, parmi les plus dangereux. Ceux qu'on avait fanatisés dès le plus jeune âge, la revanche de la classe ouvrière. Ceux-là tabassaient avec une vision, persuadés de faire partie du Camp du Bien. Ils pensaient réellement qu'ils travaillaient pour les masses, ça les rendait redoutables.

Soudain songeur, Berei baissa les yeux. Puis revint à Simon :

— Un sadique, quand il a trouvé son plaisir, il est rassasié. Un demi-sel peut avoir son moment de honte, ou de lâcheté, ou de doute. Votre chef est allé boire un verre au bistrot et vous avez un coup de fatigue… ou un sursaut de dignité. La cuirasse se fissure… Mais ces gars-là ne flanchaient jamais, c'étaient des experts dans l'art de battre les gens, ils étaient dressés comme des chiens.

L'air de rien, ça l'excite, Papy, de parler des anciens tortionnaires, il croit que ça ne se voit pas, mais il en a encore les yeux qui brillent. Simon se sentait un peu dégoûté, mais, c'était encore ça le plus gênant, un peu excité lui aussi.

— Au bout d'une heure, continua Berei, on est venu nous dire que Sénási ne se sentait pas bien, qu'il avait besoin d'un médecin. Et là, comme par hasard, il s'est avéré que le médecin-chef se trouvait encore dans le bâtiment. Lorsqu'il est revenu, il a dit : « Je l'ai examiné et je lui ai fait une piqûre. Rien de sérieux. Vous pourrez continuer à le battre dans une heure. » Vous voyez comme les choses se passaient en réalité…

— C'était tout à fait illégal…

— Tout l'était. La pourriture était dans le fruit dès la naissance.

Berei fit une pause dramatique, puis se leva pour allumer une lampe halogène derrière le canapé. La lumière fit cligner Simon des yeux. Avec placidité, le vieux s'alluma une nouvelle cigarette et regagna son fauteuil.

— Personne ne s'en souvient mais l'ÁVO a été créée par une ordonnance du Conseil des ministres qui constituait déjà en elle-même une violation de la loi. C'était précisément le 1er janvier 1950. Un mois plus tard, une décision du secrétariat du Parti a établi que *la loi et l'ordre de l'ÁVO* et *la loi et l'ordre du Parti* ne formaient qu'une seule et même chose. Donc, notre travail consistait à exécuter les instructions du camarade Rákosi et de la direction centrale. Nous n'étions jamais contrôlés, ni en interne ni en externe, la question de la légalité n'était tout simplement pas *évoquée* dans nos rangs. Ce qui fondait nos actes, et je reconnais que j'ai moi-même non seulement employé mais aussi approuvé ce terme, c'est *l'implacable cruauté révolutionnaire.* Peut-être que ça vous choque mais, pour un communiste comme moi, à cette époque, c'était tout à fait naturel. Sauf que, cette fois-là, les tortionnaires professionnels de l'ÁVO qui se sont occupés de Sénási sont allés trop loin. Ordre de Rákosi ou pas, ils l'avaient à moitié crevé, on se demandait tous s'il passerait la nuit. En rentrant à la maison, pour la première fois de ma vie, j'ai raconté à ma femme ce qui s'était passé. Et avant de le faire, je suis allé dans la salle de bains et j'ai pleuré. Ce n'était pas pour Sénási que je pleurais. Le plus terrible pour moi, c'est que je n'avais pas compris avant ce soir-là combien ce système de pouvoir n'avait rien de commun avec la théorie, avec les idées socialistes que j'avais absorbées dès mon enfance et que je pensais comprendre.

Au ton assuré de cette dernière phrase, Simon crut discerner l'antienne, le refrain souvent entonné. Puis la voix de Berei se fit plaintive :

— Tout d'un coup, je venais de réaliser dans quoi je m'étais fourré, et aussi que j'aurais dû faire quelque chose pour l'empêcher. Mais comment faire ? Rien n'aurait pu empêcher ça…

Ah, pensa Simon avec détachement, on y est, c'est le moment de l'innocence, Biró m'avait prévenu que ça viendrait tôt ou tard.

— Si c'est ce que vous pensiez, pourquoi êtes-vous resté dans la police ?

— Je ne dis pas que c'est seulement par peur…, admit Berei – il tira goulûment sur sa cigarette. En 1953, j'avais déjà vu beaucoup de choses que je trouvais discutables, mais je n'ai pas démissionné, je n'ai pas quitté le corps. Peut-être que c'était de la lâcheté de ma part ? C'est ce que vous pensez ?

— Je ne pense rien, répondit Simon. Vous ne m'avez pas dit ce qui est arrivé à Sénási…

— On l'a trouvé mort le lendemain. Et le conseiller soviétique n'a plus jamais posé de questions sur l'affaire.

Berei croisa les bras, attendit les questions. Mais Simon commençait à avoir trop vu ce gros visage, commençait à se sentir mal. L'odeur de tabac froid, la chaleur dans la pièce et peut-être autre chose avec lui soulevaient le cœur. Ce petit vieux tout à coup repentant, chevrotant mais, dans ses yeux encore, même pas dissimulée, une lueur mauvaise, vivante, avide d'action. *L'implacable cruauté révolutionnaire.*

— Vous ne comprenez pas ? trépigna Berei, qui sentait l'attention de Simon s'éloigner au moment crucial. Sénási était devenu extrêmement dangereux ! Il avait été impliqué dans les secrets d'accusations fabriquées de toutes pièces. S'il avait commencé à parler, il aurait pu exposer Rákosi, l'ÁVO et même les Soviétiques ! Il aurait entraîné tout le monde avec lui !

— Qui a décidé de sa chute ? demanda Simon – tout à coup, il se prenait à espérer : *Et si c'était le bon génie ? L'ami du poète, mon gnome balafré…*

Berei eut un geste impatient, comme s'il chassait de la fumée ou souffletait un air devenu indocile :

— Peu importe. Soit Evdokimenko a lancé l'affaire, soit Rákosi a donné l'ordre d'assassiner Sénási en accord avec Evdokimenko. Ils voulaient tous les deux se protéger. Un mois après la mort de Sénási, mon chef s'est suicidé. On venait de le convoquer au ministère pour lui demander, au nom de Rákosi, pourquoi il avait recommandé Sénási alors que ce dernier était un agent américain. La question valait pour sentence : mon chef savait très bien ce qui arrivait aux gens à qui on posait des questions comme celles-là. Alors il est rentré à son bureau, il a pris le pistolet qu'il était officiellement autorisé à porter et il s'est tiré une balle dans la bouche.

Comme pour laisser résonner le coup de feu, Berei se tut un instant.

— Six mois plus tard, c'est moi qu'ils ont commencé à « entendre ». J'avais dit à mes supérieurs que je voulais quitter l'ÁVO mais on m'a répondu sèchement que je ne pouvais démissionner que si le Parti l'estimait judicieux. C'est juste après qu'ils ont lancé contre moi des accusations absurdes – encore une fois, c'était bâclé. Il n'y avait aucun mobile pour les actes criminels dont j'ai été accusé, je l'ai fait remarquer tout de suite. Le procureur a répondu que j'avais raison mais qu'il en trouverait un avant le procès. Ce qu'il a effectivement fait. Le motif qu'ils ont inventé était le *carriérisme*. Si on m'avait poursuivi pour crimes contre le peuple, là, j'aurais sans doute pris mes responsabilités. Mais laissez-moi vous dire qu'il y aurait eu du monde, à ce procès-là, dans le box des accusés. À commencer par le camarade Rákosi lui-même. Il y aurait eu bien d'autres noms avant le mien !

Tout plutôt que s'éterniser : Simon en avait assez entendu, il aurait voulu bouger mais le canapé et le regard de Berei l'engluaient, il se sentait nauséeux, il avait envie de fuir – peut-être parce qu'il ne pouvait s'empêcher de s'imaginer dans le cendrier, à la place du mégot.

Dehors, derrière les rideaux fins, la nuit était maintenant tout à fait tombée. Jamais le répit d'un soir ici, pensa-t-il. Le jour est fini à quatre heures et la nuit tombe comme un hachoir. Pour se tranquilliser, il commença à préparer dans sa tête des conclusions bidon qu'il s'imaginait protocolaires – *Eh bien, je vous remercie de votre coopération. Je ne manquerai pas de mentionner à ma hiérarchie que blabla. Nos services apprécieront que bla. La France blablabla.* Mais sa gorge restait serrée, il n'arrivait pas à articuler un traître mot. Et Berei, qui en était enfin venu à son propre cas, se dévidait maintenant en logorrhée :

— J'ai été condamné à douze ans d'emprisonnement ! J'en ai fait six, après ma libération, on m'a convoqué au siège de la police de Budapest. Là, le chef du département des enquêtes du ministère de l'Intérieur s'est montré très amical : « Attendons que les choses se calment un peu, Vladi, et ensuite je t'aiderai à trouver un travail. » Il faut dire que je vivais un moment particulièrement difficile, parce qu'au jour de ma sortie de prison ma femme m'avait quitté. J'ai d'abord travaillé comme commis aux salaires, puis comme économiste d'usine, jusqu'à ma retraite en 1976. Cet appartement est la seule chose que je possède.

Cette fois, Simon était déterminé à partir. Rassemblant toute son énergie, il s'extirpa de ce canapé de malheur. Mais l'autre n'en avait pas fini. Encore une fois, la tactique de l'occupation de l'espace – il se leva à son tour pour barrer la route à Simon, et d'un ton lourd de sous-entendu, chuchota :

— Il est dans l'intérêt de divers individus et groupes de conspirer contre moi.

— Qui ça ? s'enquit Simon avec une politesse froide.

Il se demandait où était sa doudoune. Où est-ce qu'il l'avait posée en arrivant ? Dans l'entrée ? Berei continuait à obstruer la porte ouverte du salon, ignorant avec résolution les signes évidents du départ – *Je ne vous ai pas invité à venir sur le* Nautilus, *mais puisque vous y êtes, vous demeurerez à l'intérieur de mon navire.*

— Depuis soixante ans, les responsables de condamnations à mort et d'actes incomparablement plus graves que les miens ont vécu en paix, ou vivent encore heureux. Certains se sont retirés de postes élevés avec toutes sortes de décorations et de récompenses, d'autres ont été enterrés cérémonieusement comme vétérans du mouvement ouvrier. Moi, je suis l'éternel bouc émissaire, je suis l'os qu'on a jeté aux chiens !

— Je comprends, dit emphatiquement Simon, en montrant qu'il cherchait à passer, je comprends.

Mais le vieux restait planté là, les poings sur les hanches : Simon l'écouterait qu'il le veuille ou non.

— Est-ce qu'on se pose les vraies questions ? Non. Même aujourd'hui, personne ne sait qui étaient les véritables chefs de l'ÁVO. Il ne vient même pas à l'esprit des gens d'examiner ce qui s'est réellement passé, qui en a été responsable.

Il barrait toujours la route du couloir à Simon, qui hésitait maintenant à l'écarter carrément pour passer en force – non mais, il va se décider à bouger, ou est-ce qu'il faudra d'abord que je le foute par terre, avec sa grosse tête chauve ? *La pieuvre dans un mouvement lent et irrésistible ramenait sa proie dans sa gueule béante. Ned Land, n'écoutant que son courage…* Simon repensa aux bâtons de randonnée qu'il avait aperçus en entrant. Peut-être qu'il pouvait s'en servir comme harpons ?

Un interstice suffirait : dans l'intervalle minuscule qui se dessinait entre le vieil homme et l'encadrement de la porte, Simon se faufila prestement dans le noir, dans le goulot sombre. Il récupérait sa doudoune à tâtons quand la rude lumière d'un plafonnier s'alluma. Reculant vers la porte d'entrée, il se retourna. L'éclairage un peu cru accusait la fatigue des traits du vieux flic. *Molosse encore prêt à bondir, tu n'es pas l'os mais le chien, tu n'as jamais été l'os…*

— C'est une bonne chose que des gens comme vous aient envie de tirer ces vieilles affaires au clair… Mais il va falloir se dépêcher, car il y a de moins en moins de témoins vivants. Et pour une mystérieuse raison, les écrits et documents officiels, même s'ils ne contiennent qu'une fraction de la vérité, sont eux aussi en train de disparaître.

Après un silence, Berei avança jusqu'à la porte, et la déverrouilla pour laisser sortir son captif.

— Croyez-moi sur une chose, murmura-t-il lentement, en guise d'adieu. Quand elles ont été tenues secrètes, les actions sales du passé réservent toujours une surprise à l'avenir.

*

De l'air, il fallait de l'air, même celui, glacé et triste, d'une nuit de mars sur un boulevard venteux de Budapest. Alors que les voitures fonçaient sur les trois voies, Simon pressait le pas, inattentif aux changements du paysage urbain, sans même un regard pour l'extravagante façade Art nouveau de l'Institut national pour les aveugles qu'il ne manquait habituellement jamais de contempler. Tout juste nota-t-il au passage les formes arrondies et presque orientales de la grille de fer forgé qui ceinturait le bâtiment, enregistrant machinalement leur présence comme un signe que la maison, le repos, l'oubli, n'étaient plus très loin.

Après une longue douche très chaude, il se sentit un peu mieux. Mais même après deux bières, il lui restait dans la bouche comme un goût dégueulasse.

Outre une petite chambre lumineuse, l'appartement se composait d'un salon arrondi avec cuisine ouverte, conçu comme un cocon, orienté, pelotonné même, vers l'écran plat d'un téléviseur. Simon aimait bien. En sus de la télé hongroise, on recevait un bouquet assez hétéroclite de chaînes d'infos bas de gamme, de dessins animés polonais, de feuilletons espagnols. Simon ne regardait rien de précis, se contentait de zapper pour s'abrutir quand le téléphone sonna. C'était Biró. Rien de ce que Simon lui raconta ne sembla le surprendre (d'autant que, prudence tardive, crainte du ridicule, la partie « services secrets français » avait été écartée du récit).

— Cette histoire est connue depuis longtemps, dit Biró. Berei l'a déjà racontée trente fois. On ne va pas pleurer non plus sur Sénási, c'était vraiment une ordure. Et si c'était bien lui l'ennemi de Bence Sandor, ça a dû être une providence d'en être enfin débarrassé.

— Justement, Berei n'a jamais su qui avait dénoncé Sénási.

— Simon, dit Biró après un silence, il y a une chose que tu devrais arrêter de faire…

— Quoi ?

— Croire. Tu es tellement content qu'on te donne la moindre information que tu es prêt à croire tout ce qu'on te dit. N'importe quoi, tu l'avales. Tu sais que, parfois, les gens se souviennent de travers ? Et, je suis désolé de te l'apprendre, parfois aussi les gens mentent. Ils ne mentent pas, en France ?

Encaissant sans rien dire la réprimande, Simon demanda :

— Tu crois que c'est possible que « le bon génie » ait quelque chose à voir là-dedans ?

Au silence à l'autre bout de la ligne, il se rendit bien compte que son espoir était fantaisiste, naïf. Romanesque. Biró répondit simplement :

— Non.

Sur l'écran de la télé muette, un télé-achat proposait un vélo d'appartement équipé d'élastiques pour les bras. On se muscle tout le corps, démontrait, gestes à l'appui, une enthousiaste blonde peu vêtue. Engourdi par la bière, Simon la regardait en rêvassant.

— Ce mec, Berei, il m'a mis vraiment mal à l'aise... Physiquement. Tu vois, d'ailleurs, je dis « ce mec », pas « ce vieil homme ». Il ne m'a inspiré aucune compassion, aucune... circonstance atténuante. Juste un certain dégoût...

Biró marqua un temps avant de répondre :

— *« Je te l'avais bien dit »* est une phrase que personne n'aime entendre, dans aucune circonstance, jamais.

Simon sourit pour lui-même, continua à jouer avec la télécommande. Au télé-achat succéda un match de basket. Puis un reportage sur des inondations dans un pays asiatique indéterminé.

— J'ai peut-être quelqu'un d'autre pour toi, dit Biró, elle dit qu'elle a connu la femme de Bence Sandor. Une ancienne professeur de français en plus...

Mais Simon n'écoutait plus que d'une oreille distraite : Bogart et *Casablanca* venaient d'apparaître sur la ZDF. Est-ce que c'était la fameuse version allemande amputée de 1952 ? Celle sans nazis ? Non, sans doute pas... Mais il n'y avait pas de sous-titres. Donc ils diffusaient *Casablanca* en allemand ? Quelle merveille !

— Je ne peux pas te garantir qu'elle l'ait vraiment connue, disait Biró, parce qu'elle est un peu... enfin, elle est...

Peter Lorre venait de laisser les sauf-conduits sous le couvercle du piano de Sam. Les fameuses « lettres de transit », qui n'ont jamais existé que dans *Casablanca*, se souvenait Simon. Non seulement il n'écoutait plus Biró, mais il souffrait presque physiquement de devoir poursuivre la conversation au lieu de regarder le film.

— Tu veux que je m'en occupe quand même ? demandait Biró.

— De quoi ?

— De cette dame ! On l'appelle Tante Gizi, *Gizi Néni*. Même en hongrois, c'est difficile de lui parler au téléphone. Mais si jamais je la croise… Je t'arrange un rendez-vous avec elle ou pas ?

— Oui, oui, bien sûr – Simon décolla avec peine ses yeux de l'écran, se reprit un peu : Enfin, oui. Oui, oui, ce serait formidable.

— OK, dit Biró, je te dirai.

À peine le téléphone reposé, Simon ralluma le son de la télé. Fasciné, il écouta avec avidité d'abord Rick puis Ilsa, en allemand. Barmen, touristes, réfugiés, pickpockets, Bogart, tous parlaient allemand et cela changeait tout. *Spiel es einmal, Sam.* Chose étrange, les nazis, eux, en paraissaient ainsi beaucoup moins allemands. Sans en perdre une miette, Simon partit chercher une bière dans le frigo. Il connaissait le film par cœur, devinait ses dialogues chéris sous la langue qu'il comprenait peu – *Pourquoi êtes-vous venu à Casablanca, Rick ? — Pour ma santé, je suis venu prendre les eaux. — Quelles eaux ? On est au milieu d'un désert ! — J'ai été mal renseigné.*

Puis arriva le moment préféré de Simon : *La Marseillaise*. Lui qui, dans la vraie vie, était toujours mal à l'aise dès qu'on en appelait aux enfants de la patrie, lui dont les rapports avec l'État, le sentiment national, le drapeau étaient circonspects dans un bon jour, quand ils n'étaient pas carrément inquiets – *La Marseillaise* de *Casablanca* lui mettait à chaque fois les larmes aux yeux. Pour l'émouvoir, il fallait qu'elle soit chantée à Hollywood par une poignée d'acteurs émigrés, imposteurs d'un décor oriental en carton-pâte. Là enfin elle sonnait vrai. Ravalant leurs gros chants, les Allemands tournaient le dos en maugréant, tandis que les clients du bar, galvanisés, se levaient les uns après les autres pour entonner de toute leur fibre l'hymne national. Tout allait bien : Ilsa admirait son mari mais elle aimait encore Rick, les Français aimaient leur pays plus que tout et défiaient les nazis aux cris de « Vive la France ! ». Bercé par les images familières, Simon sortit brusquement de sa rêverie avec le coup de sifflet du capitaine Renault. Il venait de remarquer une chose. Une chose qui, au bout d'innombrables visionnages de *Casablanca,* lui apparaissait pour la première fois. C'était ça, le comble du patriotisme ? Des Français chassant les Allemands *du Maroc* ? Il y avait de tout, dans ce café : des résistants, des collabos, des fuyards, des Américains, des juifs, des nazis, des Bulgares, une police française corrompue, un pianiste noir… Mais que diable fabriquaient les Arabes ?

4

Tous nos crimes

Quand elle récupère sa veste sur le portemanteau de la cantine du théâtre, Ilse trouve dans sa poche un mot inscrit sur la souche d'un ticket. Ce n'est pas signé. « Devant le salon de thé du parc Král', ce dimanche à onze heures ? Si c'est possible pour toi, fais-moi un signe en passant. » Un peu plus tard, dans les toilettes, Ilse ressort le papier de sa poche, le déchire en très petits morceaux, et jette soigneusement chacun d'entre eux dans la cuvette.

Tout au long de la journée, enfermée dans la réserve des accessoires, elle tente de ne pas y penser et reprend la préparation de la prochaine pièce. Revernir une table, choisir un porte-revues, des revues, un service à thé, un samovar… Qu'est-ce qu'on peut bien mettre sur scène pour *« un drame rempli de situations psychologiques intéressantes sur le mariage »* ? Le temps passe lentement jusqu'à l'heure de la représentation. Ilse reste sur ses gardes, elle redoute la fin de la journée et pourtant s'impatiente, contemple les objets, pas les bons, excédée. Avant l'entrée des spectateurs, elle trouve un prétexte pour sortir et se faufiler devant la caisse. En la voyant hocher la tête, juste un peu, sur le côté, Obadalková change de visage. Une seconde ou même moins, le temps que dure une lueur. Ilse reconnaît ce qu'elle voit : l'espoir.

Dans la froide matinée qui annonçait le mois d'octobre, elles se sont saluées de loin avant de se rejoindre, silencieuses, pour marcher côte à côte dans les allées du parc. Il a fallu un bon moment pour qu'Obadalková se décide à parler :

— On dirait la reprise d'une vieille pièce, tu ne trouves pas ?

Ilse se tait, elle ne trouve pas. Dans les cris des enfants qui se coursent autour des fontaines, elle a mal rien que d'y repenser, à cette époque perdue où tout semblait ouvert, quand elle venait d'emménager dans sa cabane, qu'Obadalková régnait sur la scène, et que là-bas, à Budapest, Edit était vivante. Nous avons changé de rôles, se retient-elle de dire. Au lieu de ça, elle s'emmitoufle un peu plus dans sa veste fourrée et baisse le nez sur ses chaussures.

Obadalková a remis son masque de pierre. Pressée d'en finir, elle parle vite, sans amitié, d'un seul trait, sans reprendre son souffle :

— Écoute, il y a un an, je t'ai demandé un grand service, et tu me l'as rendu. Après ça, tu m'as demandé à ton tour un service, et si je n'ai jamais vraiment su de quoi il retournait, je te l'ai rendu sans rechigner. Tu pourrais estimer que, de cette façon, nous sommes quittes. Peut-être que ce que tu as fait pour moi était moins bizarre que ce que tu m'as demandé… Mais ce n'est pas la question. Je voudrais te demander encore une chose, je comprendrais que tu refuses.

— Qu'est-ce que tu veux ? demande Ilse d'un ton plat, elle se persuade que l'autre a encore trop à perdre, elle n'ira rien raconter à personne, elle l'a promis.

Mais maintenant, Ilse tremble, et pas à cause du froid. Sur son socle, une statue au nez cassé la fixe au passage de ses yeux de calcaire, comme pour dire : « Je sais ce que tu as fait. »

— Ne t'inquiète pas, dit Obadalková en scrutant le visage d'Ilse alors qu'elles accélèrent ensemble le pas. Les secrets entre nous resteront des secrets, je te le promets. Je sais que tu aimes bien mon mari, et ce que je te demande, c'est pour lui.

Soudain, Obadalková se décompose, l'ancien visage se faufile sous le masque, ses traits se crispent d'émotions mêlées. Elle s'arrête net dans l'allée du parc.

— Ils veulent bien lui redonner une chance ! Il vient d'obtenir la permission de travailler, de reprendre une vieille mise en scène. Son *Richard III*, tu t'en souviens ?

Ilse fait signe que non, puis, sans s'attarder, reprend la marche, forçant l'autre à lui emboîter le pas.

— Il l'avait monté au Théâtre national, à Prague, en 49, et à l'époque, tout le monde était d'accord pour dire que c'était un prodige. Que ce qu'il avait dépeint, ce n'était rien de moins que le triomphe du socialisme sur le régime fasciste, les critiques les plus connus ont écrit ça. Qu'on voyait bien qu'à travers le personnage du tyran Richard III il s'agissait en fait d'Hitler. Quand Richmond apparaissait à la fin tout vêtu de blanc, les gens se levaient pour applaudir, ils reconnaissaient en lui le sauveur du pays, l'arrivée d'un nouveau système politique…

Bon, convient Ilse du regard, tu as récité ton texte. Et après ? Où est-ce que tu veux en venir ?

— Ilse, c'est un spectacle qui a répondu à toutes les attentes du Parti, et mon mari a promis de ne rien y changer : même mise en scène, mêmes décors, et en plus, ce seront presque les mêmes acteurs, plaide dans le vide Obadalková. Comme ça, il ne pourra pas y avoir le moindre problème… La seule chose qui change, c'est que le théâtre est beaucoup plus petit. Ce n'est pas une vraie scène, seulement un pauvre théâtre de marionnettes et ils n'ont rien : à peine quelques projecteurs, leurs seuls rideaux de velours sont mangés aux mites… Alors, si tu pouvais…

Ah, voilà, se dit Ilse, nous y sommes.

— Tu n'aurais presque rien à faire, juste sortir un peu d'éclairage – quelques découpes, trois poursuites… Aussi un ou deux pendrillons, ce que tu peux… Les gars de l'autre théâtre, ils viendront les prendre avec leur camion discrètement, on s'arrangera, et ils te les ramèneront ensuite. Personne ne l'apprendra jamais.

Sondant sans succès les yeux suppliants d'Obadalková, Ilse hésite. Il y a un piège. Il n'y a pas de piège.

— Pourquoi tu me demandes ça à moi ? Les techniciens ont leurs principes, tu le sais très bien, d'une équipe à l'autre, ils s'entraident, ils comprendront si tu demandes ça. Tu es dans ce théâtre depuis plus de vingt ans, les machinistes, les électriciens, les régisseurs, tout le monde te connaît (« tout le monde t'admire », manque d'ajouter Ilse, mais elle se retient juste à temps), je suis sûre qu'ils feront ça pour toi.

— Plus maintenant, coupe Obadalková. Maintenant, ils ont peur, ou alors ils ont honte, c'est tout juste s'ils veulent bien me donner l'heure qu'il est. Alors prêter du matériel… Et puis, il y a autre chose : ils ont tous des femmes, des familles, des bons copains, ils boivent et ils bavassent… Je n'ai pas confiance.

Tandis que moi, pense Ilse en baissant le nez dans la doublure fourrée de sa veste, je n'ai personne, tout le monde le sait. Un peu froissée, elle demande :

— Et il est où, ce théâtre ?

— À Ružomberok, dit Obadalková. Tu vois où c'est ?

Bien sûr qu'Ilse voit. Là-bas, en montant vers l'est, juste au pied des Tatras, une petite ville que les Hongrois appelaient autrefois Rózsahegy. Comment ça faisait déjà ? *Donnez-moi une vache et un cheval blanc, ma bien-aimée m'a supplié d'aller la retrouver…* Cette fois, c'est le masque d'Ilse qui tombe, lorsqu'une petite voix dans sa tête insinue : « Souviens-toi, souviens-toi : c'est de là que vient Horn. » *Juste au pied du massif de la Grande Fatra…* Et l'espoir, qui est bien plus aveugle que l'amour, se met à tournoyer au-dessus du parc Král', il gonfle ses plumes et ouvre grand son bec vorace, peut-être qu'il y a encore là-bas une trace, un murmure, quelque chose dans l'air, un peu de Horn qui reste. Dans l'esprit d'Ilse se faufile un vieux chant des Hussards d'avant la Première Guerre, une chanson que sa mère chantait : *Donnez-moi une vache et un cheval blanc, ma bien-aimée m'a supplié d'aller la retrouver. D'aller la rejoindre à Rózsahegy…* Ilse sursaute – écarquillant les yeux, elle fixe entre les arbres la fine silhouette d'une jeune pionnière, qui marche d'un pas dansant devant elle, juste là, dans l'allée. Une pionnière aux nattes brunes, lacées de rubans rouges. « Ne te retourne pas, je t'en supplie, ne te retourne pas ! » implore Ilse dans sa tête. *Ma bien-aimée m'a supplié d'aller la retrouver. D'aller la rejoindre à Rózsahegy. Tu m'as attendu pour rien, ma poupée adorée…*

*

Un mois plus tard, au soir du 23 octobre, un peu avant la représentation de *L'Histoire d'un amour*, tout le monde a rejoint les coulisses pour se rassembler autour de la radio, il n'y a qu'au foyer des comédiens que le poste reçoit les longues ondes. Les cadres aussi sont descendus, pâles parmi les acteurs qui viennent de passer leurs costumes. Même les ouvreuses et les femmes de ménage écoutent, la bouche ouverte.

— *L'objectif principal des ennemis du peuple,* déclare dans le poste le dirigeant hongrois, *est aujourd'hui de saper le pouvoir de la classe ouvrière, de dénouer les liens entre notre parti et le glorieux parti de l'Union soviétique... Nous condamnons ceux qui ont profité des libertés démocratiques que notre État assure aux travailleurs pour organiser une manifestation de caractère nationaliste.*

Il y a un blanc, l'une des habilleuses, qui connaît le hongrois, traduit. On échange des regards ébahis. Puis la voix du speaker se fait à nouveau entendre : *Et maintenant, musique de danse...*

Les jours suivants, on ne parlait plus que de l'insurrection, de ce qui se passait à Budapest.

— C'est bestial, ce qu'ils sont en train de faire là-bas, bestial... Un saccage ! La statue de Staline décapitée ! Jetée à terre ! Des policiers pendus aux réverbères ! tempête Jan Zvarík, à coups de gestes excédés devant un machiniste en salopette, sa scie à la main. Et tu vas voir qu'ils ne vont pas s'arrêter en si bon chemin, non, non, maintenant, ils vont vouloir rattacher notre Slovaquie à leur Grande Hongrie, ils vont venir s'en prendre à nous. Mais moi, je m'en fous, je suis prêt à les combattre. En attendant, j'espère que les frontières sont bien fermées.

— Vous vous rendez compte qu'ils ont envahi les librairies pour brûler les livres russes en place publique, balbutie le dramaturge en plein couloir.

Prenant à témoin l'administratrice, il frémit, rajuste ses lunettes :

— Je vous le demande : qui, à part les fascistes, brûle ainsi des livres ?

Dans les marchés, dans les cafés, au théâtre, on rapporte des incidents, des arrestations, à Bratislava mais aussi à Nitra, à Komarno… À Košice, un ivrogne a hurlé qu'il était hongrois, qu'il allait se battre pour la Hongrie, tuer tous les Slovaques et en faire du salami ; dans une taverne de Banská Bystrica, un autre a chanté l'hymne hongrois avant d'attraper un couteau de cuisine et de lancer aux clients tétanisés : « Vous, les sales communistes, bientôt vous allez tous vous balancer au bout d'une corde ! », et après, il a continué à menacer tout le monde de son couteau en disant qu'ils avaient bien fait là-bas de couper la gorge aux membres de leur police politique, et qu'on devrait en faire autant ici.

Les gens sont émus, ils ont peur. Un soir, au buffet du théâtre, des fonctionnaires à peine revenus d'une excursion près du lac Balaton ont raconté d'une voix tremblante comment ils s'étaient retrouvés bloqués à Budapest au premier jour de l'insurrection. Épouvantés, ils s'étaient terrés dans leur hôtel. L'ambassade tchécoslovaque, parlons-en, renifle une dame en tripotant nerveusement son collier de perles, ils n'ont pas levé le petit doigt pour nous aider à rentrer ! Elle en a encore les larmes aux yeux, quand ils ont pu enfin repartir, le chauffeur, pour plus de sûreté, a démonté l'étoile rouge en haut du bus.

Ilse regarde les photos dans le journal, regarde les fusils. À Budapest, les révolutionnaires se sont regroupés devant les bâtiments de la radio pour demander que leurs revendications soient lues à l'antenne. Quand la direction a refusé, il y a eu des tirs, du tumulte, des morts. Mais certains membres de l'armée, appelés en renfort, ont soudain viré de bord et rejoint la révolution, certains ont même donné leurs armes aux manifestants. Les jours suivants, ils avaient tous des fusils, surgis d'on ne sait pas où, même des gamins de douze ans les portaient crânement en bandoulière près de la place Corvin. D'où pouvaient-ils les tenir ? se demande Ilse.

*

Des admirateurs, Obadalko en a encore. Ils se sont donné le mot. Pour la reprise de *Richard III*, il en est venu de partout. Ilse aussi voulait voir, elle s'est coincée entre un électricien et une des jeunes actrices dans la camionnette de l'assistant du scénographe – personne ne voulait rater ça, quitte à se recroqueviller pendant trois heures de route jusqu'à Ružomberok et retour. Jamais on n'a vu une telle affluence dans ce petit théâtre de marionnettes provincial, la salle n'est pas pleine à craquer, elle craque – une bousculade qui brasse des connaisseurs arrivés de Moravie, de Bohême, du fin fond de la Slovaquie, des curieux, des intellectuels, des enthousiastes… On se serre à en étouffer dans le théâtre minuscule, dont les employés, dépassés et en sueur, après avoir tenté sans succès de maintenir un semblant d'ordre dans les rangs, ont finalement préféré s'avouer vaincus. Dans la cohue, Ilse a perdu son groupe. Petits avantages d'être boiteuse, elle trouve facilement une place près d'un monsieur élégant, qui, tout en se poussant pour la laisser s'asseoir près de lui, trouve d'un seul regard froid le moyen de garder ses distances. Dès que se révèle le décor – la large place publique créée en 1949, dans une version visiblement rabotée de moitié pour tenir sur la scène minuscule –, plus un bruit. Une concentration fervente accompagne l'entrée de Richard III. L'ambitieux courtisan n'a pas fini d'avouer ses machinations d'une voix perfide qu'entre à son tour Clarence, puis Hastings, qui lâche sa réplique dans le silence vibrant de deux cents respirations retenues :

Quelle pitié que l'aigle soit en cage, quand les milans et les buses pillent en liberté.

À ces mots, quelqu'un dans la salle ne peut retenir un cri. Un cri incongru, sauvage, comme étonné de s'entendre lui-même. Un glapissement aigu dont la salle se prend l'écho de plein fouet, qu'elle couvre en grondant, sans savoir encore si elle le pousse à s'enterrer ou à rejaillir. Sur scène, coupés dans leur élan, les acteurs se figent – ils venaient à peine de commencer. Un silence sur la scène, ils attendent que ça passe. Ça ne passe pas, pas vraiment, le cri vibre encore dans la salle, qui hésite, prête à basculer, comme si elle oscillait d'avant en arrière. Un peu freinée, la pièce reprend laborieusement… Déstabilisés, les comédiens restent sur le qui-vive. Rien de tel n'était arrivé quand ils ont joué la pièce en 1949…

Car tout n'était pas encore arrivé, comprend Ilse, en 1949, quand la pièce a rencontré toutes les exigences du Parti. Aujourd'hui, personne ne pense plus à Hitler. Tous les gages rassurants du Moyen Âge anglais n'y font rien : chacun reconnaît sa vie. Mon Dieu, pense Ilse, Obadalko n'a pas menti, il n'a pas voulu tromper le monde, et il a tenu parole, il n'a touché à rien – c'est bien la même mise en scène, les mêmes acteurs, le même Richard et le même Shakespeare… La seule chose qui a changé, c'est tout le reste ! Et rien ne peut plus arrêter le mouvement qui fait tanguer la salle depuis que la pièce est lancée, qui la fait monter et se contenir comme les vagues se soulèvent, chacun trépigne que l'écume d'un nouveau double sens s'offre à ses oreilles, espère qu'un autre cri se fasse entendre. Ça monte... Puis un reflux, le calme... Mais cinq minutes plus tard, le vent se lève de plus belle, la salle gonfle à nouveau et se met à gronder. Conscient de la réaction qu'il risque de produire, le comédien qui joue le Deuxième Citoyen peine à réprimer un rictus quand il s'avance sur scène pour donner sa réplique :

À vrai dire, la crainte remplit tous les cœurs.
Vous ne pouvez parler à personne qui n'ait l'air accablé et rempli d'effroi.

D'abord un crépitement, comme celui d'un feu de branches qui commence à prendre jusqu'à se propager. De proche en proche, les applaudissements éclatent, puis enflent, puis exagèrent, bientôt la salle entière se met à applaudir, de plus en plus fort, puis en cadence, sans s'arrêter, c'est comme un défouloir, les acteurs en perdent leur contenance, poussés hors de leurs rôles ils se regardent, effarés, sous les maquillages. Même le monsieur correct assis à côté d'Ilse s'est levé. Une pause, ça rejoue, la salle se reprend un peu. Jusqu'à l'arrivée du greffier.

Voici l'acte d'accusation, écrit en gros de ma plus belle main afin que lecture en soit faite aujourd'hui. J'ai mis onze heures à le copier, cet acte, car c'est hier soir qu'il m'a été envoyé. On avait bien mis autant de temps à rédiger l'original, et pourtant il n'y a pas cinq heures que Lord Hastings vivait, ni encore accusé ni interrogé. Libre, au grand air ! Qui donc serait assez grossier pour ne pas voir cette supercherie ? Mais qui donc aussi serait assez hardi pour ne pas dire qu'il ne la voit pas ? Le monde est bien troublé ; et tout doit aller mal quand d'aussi viles actions ne doivent être vues que par la pensée.

Plus personne ne se retient. On se croirait à un match de boxe, chaque réplique comme un coup de poing envoyé dans la masse d'un ennemi invisible. Sous les cris et les piétinements, la salle explose, elle flambe, se repaît de ses propres flammes. Dans un silence ou dans un sifflement, battant des mains ou bourrant le plancher de coups de pied, chaque spectateur déborde à sa façon, chacun contamine l'autre et est contaminé en retour. Emporté dans le délire, le voisin d'Ilse sort un mouchoir de sa poche et, par-dessous ses lunettes, s'essuie aux coins des yeux. Sur le parchemin que tient à la main le greffier, tous connaissent les actes d'accusation. *Le parjure, le parjure, au plus haut degré, le meurtre, le meurtre cruel, au plus atroce degré, tous les crimes, poussés au suprême degré, se pressent à la barre criant tous : Coupable ! coupable !* vocifère Richard III, et la salle entend les voix de la radio, revoit les inquisiteurs des procès truqués, les visages des spectres, des emprisonnés, des pendus. Les voilà d'ailleurs réunis maintenant sur la scène, les fantômes des victimes du tyran.

J'ai créé un centre de conspiration contre l'État, composé d'éléments capitalistes, nationalistes et bourgeois à la solde des services d'espionnage impérialistes, souffle une voix dans l'esprit de chaque spectateur.

Je reconnais avoir collaboré avec des pouvoirs impérialistes occidentaux dans le but de déstabiliser le gouvernement communiste élu démocratiquement, murmure une autre.

J'avoue avoir mené un mouvement de résistance antipatriotique contre le gouvernement communiste démocratiquement élu dans l'intention d'aider les impérialistes occidentaux à saper notre intégrité nationale. J'avoue, j'avoue, j'avoue.

Mon Dieu, pense Ilse, elle porte une main à sa bouche. Perdue dans l'exaltation de la salle, elle se retourne vers les rangs sombres pour y apercevoir son groupe de camarades. Mais tous les visages sont déformés, méconnaissables.

— On a eu peur de devoir arrêter avant la fin, raconte une heure plus tard Richmond, torse nu, à moitié démaquillé, encore tremblant. J'ai jamais vu un truc pareil de ma vie.

L'excitation subsiste dans les loges exiguës où tout le monde s'est précipité – acteurs, amis, collègues, étudiants… Certains sont sonnés de joie, d'autres restent médusés. Chacun l'a senti, pense Ilse, qui cherche en vain l'assistant du scénographe ou les machinos pour rentrer. Dans son esprit, dans ses veines, chacun sait qu'il y a un Richard parmi nous, et qu'il peut faire de nous ce qu'il veut. Ilse s'apprête à sortir des coulisses pour aller attendre devant le théâtre quand son regard accroche le bord d'une jupe de laine. À côté du miroir, assise les bras croisés sur un tabouret, Obadalková ne parle à personne. Laissant se dérouler les effusions, elle regarde au-delà des silhouettes qui s'enlacent, des acteurs à moitié dévêtus, la perruque de travers sur la tête. Ce qui vient de se produire, personne ne peut le lui enlever. Elle jubile.

*

Le salaud, tout ça pour rien. Le dégueulasse. Il a eu ce qu'il voulait, non ? Six projecteurs et deux rideaux de velours, qu'est-ce que ça pouvait bien lui faire ? Et puis les mots, blessants, pires que le reste : « On ne va pas faire affaire, finalement, parce que ça ne m'a pas plu. Ça ne me dirait rien d'y regoûter. »

Est-ce qu'il avait prévu de dire ça dès le début ? Pour l'humilier un peu plus ? Dans le local de régie qu'un seul néon éclaire, Ilse se redresse en frottant son dos qui s'est écorché sur la planche de la table à tréteaux. Puis elle cherche à tâtons sur le linoléum pour retrouver sa culotte, ses bas, ses chaussures.

— Je suis désolé, Ilse…, dit Jan Zvarík en allumant une cigarette après s'être reboutonné.

Il s'approche à nouveau d'elle, lui ébouriffe les cheveux d'un geste désinvolte, puis, comme une plaisanterie, lui souffle la fumée au visage. Ilse se détourne pour remettre sa culotte, et le reste.

— … Mais, si on réfléchit, c'est beaucoup trop sérieux pour que je passe l'éponge. S'il n'y avait eu que les projos, je dis pas… Ce serait déjà pas terrible, mais bon, ça restait dans le théâtre. Sauf que tu sais comme moi qu'il y a beaucoup plus grave.

Est-ce que tout finit là ? se demande Ilse en grelottant. Toujours la même rengaine, à peine augmentée : *Quand allons-nous payer*, léba*, la somme de tous nos crimes,* duba. *Au plus atroce degré, tous les crimes,* duba…

Sous la lumière bleutée de l'unique néon, Ilse cherche en vain un point où river son regard. Des marteaux accrochés à des clous. Lampes torches, lampes frontales, tournevis. Perceuse. Visseuse. Le tournevis, elle s'en emparerait bien pour le planter entre les yeux de Jan Zvarík. Un bon gros cruciforme, juste là, à portée de main. Mais elle n'a pas ce genre de courage.

— Quand on a déménagé, poursuit Jan, c'est moi qui ai fait l'inventaire de la pièce aux armes. Avant, une seule personne avait la clé, et c'était toi. Qu'est-ce que tu comptais foutre avec tous ces fusils ? Reprendre à toi seule le pays pour les Boches ? Lundi, je parlerai aux autres.

Et puis vient la sentence, lâchée avec un gros sourire, comme si elle était clémente :

— Tu y as quand même mis du tien, je ne parlerai que des projos.

*

« Cette fois, je ne peux rien faire », avertit le docteur Hubka, embarrassé, au téléphone. Il est redevenu fuyant, et se comporte avec Ilse comme un étranger. La mort d'Edit aurait dû les rassembler – dans le chagrin, à deux, ils auraient pu la faire vivre encore un peu, dans les pensées, dans les souvenirs. S'il n'y avait pas eu l'immense mensonge… Mais la vérité ne pardonne pas, et le docteur Hubka non plus – depuis qu'il a dû lui avouer que la mère d'Edit était encore vivante, il en veut à Ilse. Il maugrée au téléphone : « Tu aurais dû faire plus attention… Là, je ne peux plus t'aider. Avec tout ce qui s'est passé à Budapest… » La phrase est malheureuse et elle tombe mal : il s'est passé autre chose, à Budapest. Cela fera bientôt deux ans, pense Ilse, et depuis, rien n'est pareil. « Je veux dire, avec l'insurrection…, se reprend le docteur. Il n'y a pas le choix, tu vas devoir quitter le théâtre. Le mieux serait que tu partes très loin. Le plus loin possible. En Bohême, par exemple. Ça, je peux m'en occuper. »

Ilse a appris par cœur la lettre que lui ont fait passer les dramaturges, et qu'il va falloir dire debout, devant tous les autres, dans la salle de réunion du premier étage. Tiens, ils y ont enfin mis une table, pense-t-elle, distraitement, pour tenter de chasser le trac qui lui tord le ventre. Tout le monde sait ce qu'Ilse a fait et ce dont elle écope, tout le monde s'en passerait bien. Comptables, habilleuses, machinistes, électriciens, acteurs, tous se sont fait leur opinion depuis longtemps. Certains sont désolés, ou gênés, d'autres avaient simplement mieux à faire ce matin-là. Une corvée générale de plus… À quoi bon tout ce cirque ? Cette bonne grosse Jiřina renifle dans son mouchoir. Mais avec le cirque viennent les émotions fortes, et au milieu de l'arène, Ilse ne peut pas s'extraire du jeu. Et si elle se trompait ? Si elle avait un trou au beau milieu de son texte ? Le couperet est déjà tombé – elle n'aura plus jamais le droit de travailler dans un théâtre –, elle n'a plus rien à perdre mais ça ne change rien, elle crève de peur. Devant tous les autres qui l'encerclent et la dévisagent, ses jambes tremblent et sa voix aussi :

— J'ai grandi dans un environnement bourgeois, qui était étranger au peuple travailleur. Et en tant que bourgeoise, je n'ai pensé qu'à assurer mes propres intérêts et ma propre carrière. J'avoue que j'ai mis en danger la production du théâtre, que j'ai trompé la confiance de mes camarades, que j'ai considéré le matériel d'un théâtre du peuple comme ma propriété privée…

J'avoue, j'avoue, j'avoue…

5

Rubik's Cube

— Le jardin, c'est parfait parce que c'est vivifiant !

La vieille dame avait prononcé le mot français en savourant chaque syllabe : *vi-vi-fiiant.* En fait de jardin, c'était plutôt une courette de gazon, délimitée par quelques arbres fruitiers rabougris. Quant à être vivifiant, c'était même un peu plus : si un rayon de soleil tombait, oblique, devant la petite maison des hauteurs de Buda, on se caillait quand même à rester assis dehors. Mais Simon lui aussi était content de parler français. Cela faisait si longtemps…

Accoudée à sa table de jardin, une tasse de thé depuis longtemps refroidi à la main, Gizi Néni – « Tante Gisèle », comme elle l'avait traduit – portait un ensemble kaki molletonné, pantalon et veste zippée sur un col roulé rouge – le genre de vêtements que les vieux désignent sous le nom générique de « sport » et qui pourtant ne semblent adaptés qu'à l'inaction. Quoique assez âgée, Gizi Néni offrait toutefois dès le premier regard une impression de tonus, de dynamisme – après tout, elle devait promener son chien au moins trois fois par jour. C'était cela, disait-elle, qui la maintenait en forme. Dans un genre plus défraîchi, elle avait conservé sans adaptation les moues séductrices et les attitudes coquettes qui avaient dû charmer à un autre âge et qui, maintenant, lui donnaient par moments un air inquiétant de vieille fillette égarée.

— Joci ! *Nem !* Joci, *elég ! Ülj !* cria-t-elle à l'adresse du gros chien blanc et chocolat au lait qui tournait joyeusement sur lui-même à la poursuite de sa queue depuis cinq minutes.

Comme pour démentir ce spectacle folâtre, elle précisa :

— Les collies sont les plus intelligents des chiens.

Puis elle intima à nouveau :

— Joci ! *Okos !*

À son ordre, le chien cessa de tourner et vint se planter, langue pendante, devant Simon. Il haletait, attendait, comme s'il espérait quelque chose.

— Les collies savent tout faire… sauf rien, déplora Gizi Néni. Ils ne restent pas en place, ils sont nés pour rassembler les troupeaux… Tout le monde vous le dira, ce sont des génies. Vous savez qu'un collie peut identifier jusqu'à 122 jouets différents ?

Eh merde, pensa Simon, nous voilà repartis sur le clébard.

— Je ne peux pas venir avec toi, lui avait expliqué Biró au téléphone. Si je fais ça, je suis mort. Sa fille habite à Debrecen, son fils ne vient jamais la voir… Tu comprends ? Si je mets un pied chez elle, après je lui porte ses courses, je répare son ordinateur, je dois installer Skype et ensuite lui apprendre à s'en servir…

— Mais je croyais que c'était une amie à toi ?

— Pas exactement. C'est juste une connaissance du chien.

— Une quoi ?

— Quand je vais promener mon chien, elle va promener son chien, son chien aime bien le mien, on se connaît comme ça. Toi, un jour tu t'en iras. Tandis que moi, si je mets un pied là-bas, c'est un pied dans la tombe – je fais ça, je suis fini. Tu peux y aller de ma part, elle sera contente de te voir et de parler français. Mais tu devras parler fort parce qu'elle est un peu sourde.

Il n'y avait pas que ça : depuis une heure qu'il se pelait dans le jardin avec Tante Gisèle, Simon avait toutes les peines du monde à lui faire garder le fil. Alors qu'il en savait déjà plus qu'il ne l'aurait voulu sur l'intellect hors pair des border collies, il tenta par la bande de revenir au motif de sa venue :

— On parlait des difficultés de la vie dans les années cinquante…

— Les difficultés ? demanda Gizi Néni d'un air innocent. Je ne sais pas ce qu'on a pu vous raconter. Moi, il me semble qu'on vivait tout à fait normalement, le plus normalement du monde. Même si, en vérité, très peu de gens étaient pour le communisme.

— Mais personne ne le disait…

— On le disait à la maison, et au restant du monde, on le disait à sa façon… Dans l'école où je travaillais, le matin avant les cours, chacun devait apporter un article de journal et le commenter. Parfois, quelqu'un choisissait un article sur Cuba ou le Vietnam, mais la plupart du temps, pour ne pas prendre de risque, c'étaient des petites choses locales, vous voyez… « *Vingt-deux jeunes garçons ont consacré tout leur dimanche à Sopron pour rabattre les taupinières sur huit hectares de champs pendant onze heures ! Et douze pionniers ont travaillé aux champs de la coopérative voisine.* » Toujours des chiffres – les kilomètres de tissus fabriqués, le nombre d'œufs pondus par jour, de tonnes de charbon extraites… Très fastidieux. Moi, je n'ai jamais apporté d'article. On savait que je n'étais pas communiste. Et alors ? Alors je suis toujours restée professeur de français de premier échelon.

Elle s'interrompit brutalement en voyant que Joci s'apprêtait à lever la patte sur un plant de bégonias.

— Joci ! *Nem !* Joci, *okos ! Gyere ide !*

Secouant sa tête intelligente, ses larges oreilles battant dans l'air froid, Joci renonça pour se soulager un peu plus loin, avant de revenir vers sa maîtresse en gambadant, museau en l'air.

— Et donc, vous connaissiez la première femme de Bence Sandor ?

— Oui, je vous disais, c'était une collègue de l'université. La pauvre, elle est morte jeune, elle a eu le cancer de… comment dites-vous… *hashártya…* La péritive ? Le cancer de la péritive ?

Croyant avoir entendu « cancer de l'apéritif », Simon rectifia prudemment :

— Un cancer du foie ?

— Mais non ! se fâcha Gizi Néni en trépignant un peu, le périton… la chose qui est l'enveloppe dans le ventre… Enfin, bon, elle en est morte. Mon mari aussi. Je veux dire, lui aussi est mort, mais pas de la même chose. C'était un écrivain, comme Sandor Bence. Pour gagner de l'argent, il faisait des lectures aux travailleurs.

— Bence Sandor ?

— Non, Gyorgy, mon mari, faisait ça. Il partait avec deux compagnons officiels et il faisait la tournée du pays. Pour les gens des coopératives, des usines… Dans une salle de classe, le soir, il devait leur parler de livres soviétiques. Des livres comme *Les Récits vrais d'un tractoriste,* ce genre-là. Bien sûr il inventait, la plupart du temps, il n'avait pas vraiment lu, ou ce n'était même pas des vrais livres. Mais ça n'avait pas d'importance parce qu'en fait tout le monde dormait… Les ouvriers qui sortaient du travail étaient trop fatigués, les accompagnateurs officiels, tous avaient la tête qui se penchait vers le bas.

Elle but une gorgée de thé froid, puis son esprit prit un nouveau chemin de traverse :

— Bence, c'était un bel homme, vraiment, même après la prison, il avait, on pourrait dire… une *belle allure*. Mais avant la prison, évidemment, il était mieux encore.

— Il paraît qu'il passait souvent son temps avec des amis dans des cafés, qu'il y avait comme une petite bande, avança Simon pour la remettre sur les rails. Vous en faisiez partie ? Vous vous souvenez de ces cafés ?

— Oh oui. Il y avait toujours les rideaux en voilage devant. Parfois aussi des plantes en plastique, précisa inutilement Gizi Néni. Mais vous ne trouverez plus ça aujourd'hui à Budapest. Les serveuses portaient des grandes bottes blanches avec les lacets et des talons coupés pour être debout longtemps… Quand on rentrait, les murs étaient toujours du même brun socialiste, et il y avait tout le monde : les ouvriers qui jouaient aux dominos, des vieilles dames qui mangeaient des gâteaux avec leur petit chapeau sur la tête…

Une fois encore, Simon dut raccrocher le wagon à sa locomotive perdue :

— Et des intellectuels comme Bence Sandor…

— Oui, fit la vieille dame. Ils étaient tous là. Et aujourd'hui, ils sont morts. Ou alors, comme les cafés, ils sont devenus autre chose… Le Fény, sur Margrit körút, il a été vidé, ils ont mis dedans à la place un prêteur sur gage qui fait le commerce des bijoux.

Il fallait à tout prix endiguer la nostalgie qui menaçait de s'abattre. Sans plus y mettre les formes, Simon demanda :

— Dans la bande de Bence Sandor, vous n'auriez jamais vu un petit homme, un homme étrange, un peu difforme, avec une cicatrice sur le visage ?

Gizi Néni plissa les yeux, puis les sourcils, puis perdit son regard sur le gazon du jardinet.

— Difforme ? Non... Je ne me souviens pas... Il y avait les amis habituels, Kovács Álmos, Apor Péter et sa femme, Menyhárt László... Vous savez bien sûr qu'en hongrois nous prononçons le nom avant le prénom ?

Simon fit signe que oui – depuis son arrivée à Budapest il s'était souvent esclaffé devant des affiches de théâtre annonçant *Pan Péter, Gabler Hedda* ou encore *III. Richárd.*

— Vous n'avez pas voulu apprendre le hongrois ? Trop difficile, n'est-ce pas ?

Le piège : si on partait sur les difficultés du hongrois, on n'était pas sortis de l'auberge et on risquait encore de perdre Tante Gizi pendant dix minutes. Simon s'en tint donc au minimum :

— Les mots hongrois sont très longs, c'est le problème. Avec tous ces préfixes, ces suffixes...

— Oui, nous agglutinons, sourit Gizi Néni comme s'il s'agissait là d'une habitude singulière dont on pouvait se féliciter. Un peu comme le cube de Rubik. Vous savez, le Rubik, c'est un *Hungarikum*, inventé ici, une chose typique de chez nous. Et notre langue hongroise ressemble un peu au *Rubik-kocka*, vous ne trouvez pas ?

Content qu'une flatterie facile s'offre à lui, Simon s'empressa d'approuver :

— Vous le résumez parfaitement : le hongrois ressemble *tout à fait* au Rubik's Cube – des milliers de combinaisons possibles et à peu près aucune chance de trouver la bonne...

Gizi Néni pencha la tête sur un côté, puis l'autre comme une adolescente flirteuse.

— Votre ami Biró, pourquoi est-ce qu'il ne vient pas me voir ? Chaque fois, je l'invite, il dit qu'il viendra la prochaine fois, et la prochaine fois c'est jamais. Vous connaissez Kaïro ?

— Le Caire ? La capitale de l'Égypte ? hasarda Simon.

— Non, Kaïro, c'est son chien, je n'aime pas cette bête. Fox-terrier, ratier, un chien de chasse. Pas un gentil chien comme mon Joci… *Gyere, Joci, gyere ide !*

Au petit trot, le chien arriva du fond du jardin, un os en caoutchouc dans la gueule. Remuant la queue, il se campa croupe en l'air devant sa maîtresse, lui jetant des regards suppliants. Avec une facétie à peine obscurcie de réelle cruauté, Gizi Néni secoua la tête, le fit tourner en bourrique jusqu'à ce qu'il en jappe d'impatience. Puis, cédant aux supplications, elle s'empara du jouet d'un geste étonnamment alerte, l'envoya au loin vers les arbres et regarda, attendrie, Joci bondir à sa poursuite.

— Excusez-moi, reprit Simon, mais ce petit homme dont je parlais… Vous êtes sûre, vous ne l'avez jamais vu ? Celui avec la cicatrice ?

— Et quand je l'aurais vu ?

— Vers 1954 ? Sans doute un peu après la mort de Staline…

— Je me souviens parfaitement de la mort de Staline ! protesta la vieille. C'était une telle… comment dit-on déjà ? Une *liesse*. J'étais dans un café de la rue Pozsony, et quand nous avons vu les images à la télévision, nous sommes tous sortis en même temps dans la rue en criant de joie. On se prenait dans les bras, on s'embrassait !

— À la mort de Staline ? demanda Simon, interloqué. Ce n'était pas dangereux de faire ça en public ?

— Mais non, c'était la joie ! Ça peut sembler… bestial, mais quelle délivrance quand tout le monde a vu les cadavres à la télévision. Lui et sa femme, enfin ils étaient morts !

Simon était si stupéfait qu'il prit le chien à témoin. Mais Joci opinait, le nonosse dans la gueule, sa queue battait comme un assentiment.

— On a vu la femme de Staline morte à la télévision ?

Un silence tomba sur le jardin. Gizi Néni baissa les yeux.

— Oh pardon, je pensais à la mort de Ceauşescu. Je confondais.

Un peu honteuse, elle bouda de la bouche en enfant grondée. Puis, comme pour se racheter et établir le parfait état de sa mémoire, elle releva le menton avec fierté :

— Je me souviens de la cicatrice. Sur le côté de l'œil.

Pendant ce temps, le chien s'était remis à attendre. Frétillant sans succès, il finit par lâcher son os à terre, et s'étira, en bâillant, sur le gazon.

— Je crois que le petit homme dont vous parlez, c'était le bon ami de la coiffeuse, affirma la vieille dame. Il fréquentait Bence, je les ai vus ensemble. Cet homme était petit et bizarre, oui. Et la petite coiffeuse aussi, je me souviens très bien d'elle parce que j'allais souvent faire mes cheveux dans son appartement.

— « Sa bonne amie », vous voulez dire qu'ils étaient ensemble ? Comme un couple ?

— Ils arrivaient et ils partaient ensemble, pour le reste je ne sais pas ce qu'ils faisaient… Je me souviens qu'ils étaient tous les deux petits de taille, et un peu comme des enfants, comme des enfants qui ont l'air de s'aimer. Quand deux enfants se trouvent ensemble et qu'ils sont de grands amis, ou alors un frère et une sœur, on le voit tout de suite.

Le cœur de Simon se mit à battre plus fort :

— Elle est encore vivante, cette coiffeuse ?

— La petite Ivet ? Oh non ! La pauvre ! Une chose affreuse est arrivée : ils l'ont écrasée, devant chez elle. Une voiture de l'ÁVO, la police secrète.

Gizi détourna les yeux :

— Terrible histoire.

Elle était si absorbée dans ses pensées qu'elle ne vit même pas le chien qui se roulait sur le dos, ventre offert à l'unique rayon du soleil, et tentait d'attirer son attention.

— Là-bas, à Angyaföld, j'allais me faire les cheveux chez elle…

Gizi Néni releva les yeux, but une gorgée de thé, et regarda Simon à nouveau :

— Angyaföld, c'est un quartier ici à Budapest, dans le XIIIe arrondissement. Ce nom signifie « Terre des anges », alors je disais : « Je vais voir mon petit ange ! » Elle faisait ça si bien, avec beaucoup de raffinement – on voyait qu'elle travaillait dans un grand hôtel. Elle faisait la manucure, l'épilation, un peu de maquillage… Elle était aussi experte en massage, mais ça, elle ne voulait pas faire en plus le dimanche, parce qu'elle massait déjà toute la semaine sur l'île Marguerite. Une jeune fille très douce, timide. Chez elle, à la maison, ça ne coûtait presque rien et le travail était beaucoup plus soigné qu'à la coopérative.

— Mais on avait le droit de travailler chez soi comme ça ?

— On avait le droit de tout, qu'est-ce que vous croyez ? Enfin, il était *toléré* de le faire. Dans l'immeuble d'Ivet, il y avait déjà des artisans, un plombier, un serrurier, je ne sais plus, alors, dans une discrétion générale, on laissait aussi travailler la petite. Pauvre petite, si jeune…

À nouveau, son regard dériva et se perdit dans l'herbe.

— Personne n'a pu me dire ce qui s'était passé… Les voisins ont raconté qu'elle avait peut-être glissé sur du verglas, il avait neigé, ce jour-là. Peut-être que la voiture l'a écrasée par accident. Une petite biche comme ça, innocente, qu'est-ce qu'on aurait pu lui reprocher, elle n'aurait fait de mal à personne. À chaque fois, quand je passe devant cet immeuble, je m'en souviens.

— Où est-ce exactement ?

— Mais je vous ai dit déjà, à Angyaföld ! Attendez... Je peux vous chercher...

D'un mouvement souple, Gizi Néni se leva et traversa le jardin vers la porte d'entrée du rez-de-chaussée. Le chien la talonna en sautillant. Quand elle l'envoya paître, il tourna ses attentions vers Simon qui venait de se lever lui aussi. Aboyant avec autorité, il lui tournait et lui retournait autour comme pour le pousser vers la maison. Il me prend pour une brebis égarée, se dit Simon, en tentant de détendre ses membres endoloris par le froid tout en échappant aux injonctions du chien. D'un geste circonspect, il se pencha pour faire ami-ami, flattant ses flancs du bout des doigts – une dose de méfiance subsistait, deux heures plus tôt, Joci l'avait accueilli par une démonstration de force, menée à coups d'aboiements obstinés. Gentil, gentil, murmura Simon en lui tapotant la tête sans enthousiasme, bon chien.

Quand Gizi Néni réapparut elle tenait entre ses mains un petit objet impossible à identifier. Il fallut qu'elle le pose sur la table du jardin pour que Simon comprenne : nom de Dieu, un *Rolodex* ! Qui avait encore ça ? Il avait même oublié que ça existait. Une antiquité : sur le pied de ferraille, on discernait encore, un peu effacées, les lettres noires de la marque « Zeus », et le carrousel des cartes classées par ordre alphabétique ressemblait au fossile d'une vieille brosse desséchée tant les cartons avaient racorni, noirci sur leurs bords.

— Voilà, c'est magnifique... ça doit être encore là, dit Gizi Néni en faisant tourner la roue de carton. Ivet...

voyons, j'avais dû ranger à son nom… Mais je ne me souviens plus… Peut-être alors à *fodrász*, coiffeuse, c'est rangé… *nna*. Voilà : Frangepán utca, 6, c'est bien cela. Un de ces immeubles pour les ouvriers, ils étaient nouveaux dans les années cinquante. Ils sont vieux maintenant, ils sont un peu ruinés. Mais c'est encore là.

Avec une énervante lenteur, elle détacha la fiche de l'axe du Rolodex pour la tendre à Simon. Il l'étudia un instant, puis il releva les yeux, perplexe :

— Vous êtes sûre que c'est la bonne fiche, Gisèle ? Vous m'avez dit qu'elle s'appelait Ivet, mais là, il y a marqué « Edit »…

— Oui, sourit la vieille dame, c'est bien cela : Edit. Hubka Edit. Pauvre petite…

*

Lorsque, plus tard ce jour-là, Simon trouva en rentrant chez lui le mail de la Fondation Michel Fekete, ce fut d'abord à Biró qu'il pensa. Depuis des mois qu'il les harcelait de demandes, les archives du journaliste venaient enfin de lui répondre, s'excusant du délai, dû, lui expliquait-on, à d'impérieux travaux de réfection au château de Feketevárcsurgó. Maintenant qu'on avait résolu ce problème de gel de canalisations, on serait heureux de pouvoir être utile au département d'histoire de la Sorbonne. Dès la semaine prochaine, si cela lui convenait, Francis Leterroir serait le bienvenu pour consulter le fonds Fekete – « dans une température clémente », précisait-on avec un smiley. Sans savoir ce qu'il espérait trouver là-bas, Simon se réjouissait : plus de soixante kilomètres séparaient Budapest de Feketefehérvár.

— Pourquoi tu ne prends pas plutôt le train ? demanda Biró – le pire, c'est qu'il semblait sincère.

Simon faillit jeter le téléphone par terre. Exaspéré, il se leva du canapé pour sortir prendre l'air sur le balcon de la cuisine.

— Si je te conduis, ça te coûtera dans les 40 000 forints. Et en train, 1 500 forints. Je ne vois pas l'intérêt pour toi.

— Mais pour toi, il y en a un évident, d'intérêt, non ? Tu gagnes bien de l'argent en conduisant des gens d'un point à un autre ?

— OK, répondit Biró sans chaleur. Tu me dis quand tu veux y aller. On ne sait jamais, il y a peut-être quelque chose à trouver là-bas… Au fait, et Gizi Néni ? Ça a donné quelque chose ?

Et comment ! pensa Simon. Il ne lui en fallut pas davantage. Avec une agitation qu'il pouvait mal contenir, il déballa l'histoire de la coiffeuse, avant de déverser sans retenue des torrents de conjectures. Puis il résuma les hypothèses fébriles qu'il emboîtait et déboîtait dans son esprit depuis trois heures :

1 Bence Sandor est menacé par Sénási, le fasciste planqué de la police politique ;
2 Le bon génie promet de venir à sa rescousse ;
3 Sénási est arrêté et tué par ses propres employeurs ;
4 La compagne du bon génie meurt à son tour, écrasée par une voiture de l'ÁVO…

Ça commençait à faire beaucoup de coïncidences, non ?

— Ça pourrait devenir intéressant, admit Biró du bout des lèvres. Tu as comparé les dates ?

— Les dates de quoi ?

Biró s'impatienta :

— Celles de l'arrestation de Sénási et de la mort de la jeune fille…

— Ben je les ai pas, avoua piteusement Simon.

— Quand notre ami le flic t'a raconté son affaire, tu ne lui as pas demandé la date de l'arrestation de Sénási ? Tu es sûr de ne pas avoir ça quelque part dans tes notes ?

Le ton était préoccupé. Simon baissa le nez vers la cour. Observa, avec désolation, l'un des voisins qui sortait ses poubelles, on entendit bientôt le cliquetis de bouteilles en verre. *Quelles notes ? Un agent de la DGSE n'en prend pas…* Il se mordit les lèvres.

— C'est pas possible, comment tu veux qu'on travaille comme ça ? À quoi ça te sert, sinon, d'aller voir ce vieil enculé ?

Là, Biró était franchement dégoûté.

— Tu sais qu'on a de la chance que Sénási soit connu et de pouvoir peut-être retrouver ça sur internet. Sinon, tu mériterais d'y retourner. Et la coiffeuse, c'est quoi son nom, elle est morte quand ?

— En tout cas pas en été, bredouilla Simon. Gizi a dit que cette nuit-là, il y avait du verglas…

— Et tu n'es pas allé à Angyaföld pour voir si quelqu'un se souvenait de ça ?

— Comment veux-tu, plaida Simon, avec trois mots de hongrois…

Il y eut un blanc, très long. Dans la cour, la porte du local poubelles se referma.

— Bon, dit Biró. On va y aller ensemble. Je t'accompagne.

— Mais pourquoi tu ferais ça ? demanda Simon, interloqué.

À l'autre bout de la ligne, Biró lâcha un long soupir :

— Parce que je suis journaliste.

6

Sourires de calcaire

La vivacité de l'air la surprenait encore tous les matins, quand elle sortait de la maisonnette en bois, avec ses sapins plantés de chaque côté de guingois, un peu tordus, comme des sentinelles tête en l'air. Quand il n'y avait pas trop de brume, l'horizon se dégageait sur les coteaux et on apercevait au loin le village du Ruisseau Noir et jusqu'à la torpeur glaciale du mont du Cerf. Ilse partageait le petit chalet de bois avec la vieille dame du premier étage, mais celle-ci ne se mêlait pas de sa vie, se contentant de répéter un jour sur deux : « Quel dommage que tu ne puisses pas skier ! » De temps en temps, elle demandait à Ilse de lui rapporter un magazine de tricot de la bibliothèque ou de l'aider pour les poubelles, rien d'autre. Ici, personne n'embêtait personne, et on ne manquait pas de place, Ilse avait le rez-de-chaussée pour elle seule.

Vejprty, ou Weipert comme on l'avait appelée durant des siècles, était une ancienne petite ville minière à la frontière allemande. Si elle avait perdu de sa splendeur, elle conservait quelques restes usés d'opulence, comme son imposante gare aux murs décatis qui avait longtemps été le seul point de passage de la frontière à travers les Monts métallifères. Depuis l'armistice, aucun train ne circulait plus vers la Saxe, et, faute de passagers, on avait bouché la moitié de la majestueuse entrée principale. À part le petit tortillard rouge qui faisait deux fois par jour l'aller-retour vers Chomutov trente kilomètres plus loin, on n'y voyait plus guère passer que la déneigeuse. Construite tout entière sur un plateau de conifères, la petite ville ne semblait finalement qu'un tribut offert à la montagne, sous laquelle elle se blottissait comme pour s'excuser de ses clochers. Même les anciennes usines de charbon dressaient leurs hautes cheminées vers les cimes avec humilité.

Tous les matins, Ilse descendait jusqu'à la place par un chemin en pente qui longeait les prés, et saluait au passage les mêmes personnes : le docteur sur sa motocyclette Babetta, les trois paysans, la fille du professeur de mathématiques et son mari… Dans les rues bariolées se dandinaient de petits immeubles à l'allemande, dont l'austérité avait été recouverte de joyeuse peinture tchèque. Continuant son chemin, Ilse arrivait sur la place, où, dominant d'un étage un modeste jardin pour enfants, l'attendait, placide, l'immeuble en brique où se trouvait la bibliothèque. Ici, personne ne saluait jamais par le réglementaire « Honneur au travail ! ».

Comme ils aiment se prélasser, se disait Ilse, comme ils sont tchèques. Ils ne pensent qu'à leur *pohoda*, à profiter de la vie et à rester tranquilles, à de bons édredons en rentrant de la montagne, à skier et faire de l'escalade, à manger des glaces toute l'année, travailler mais pas trop, voilà leur rêve, l'expression répétée de leur doux manque d'ambition. Dancing le samedi pour les jeunes, église le dimanche pour les vieux, et des litres de bière pour tout le monde…

À la bibliothèque, Ilse n'avait que peu à faire, une dame âgée et silencieuse, également responsable de la comptabilité, s'occupait seule de l'épais rayon de livres russes. À la directrice de l'école, fer de lance du corps enseignant local, revenait le privilège de commander la plupart des livres – personne ne le lui enviait. Comme rien n'est jamais parfait en ce monde, il fallait tout de même subir tous les jeudis soir les cours de matérialisme dialectique pour adultes, que dispensait le directeur de l'économat du lycée. Éteints et distraits après leur journée de travail, le petit groupe *d'éléments perfectibles* dont Ilse faisait partie récitait sa leçon. — *Quel est le but de l'homme nouveau ?* — *La création d'une société communiste s'administrant elle-même, où l'abondance des biens matériels et spirituels enfantera une société où chacun recevra selon ses besoins, travaillera selon ses capacités et participera à l'administration…* — *Bien bien.* On ne devait pas se tromper de réponse mais on pouvait répondre en bâillant, si bien qu'il semblait par moments que tout ça n'était guère plus qu'une blague que tout le monde prenait au sérieux.

L'autre calamité, aussi éternelle que les rats et le gel en hiver, c'étaient les hommes.

Les hommes, depuis le néon bleu du local de régie, Ilse n'en veut plus. Mais sans qu'elle ait le moins du monde recherché de compagnie, il n'a pas fallu beaucoup de temps pour qu'on lui tourne autour. D'abord le tombeur local – le marchand de fruits et légumes – a développé un goût soudain pour la lecture. Se sont pointés ensuite le pompier, le garagiste, et deux trois autres, mariés ou pas, qui n'avaient pas l'air de grand-chose. Leurs ardeurs ont vite été douchées, et il s'est répété bientôt que la boiteuse prenait de grands airs et que ça n'en valait pas la peine. « Celle-là, elle finira vieille fille » – « Et de toute façon, elle peut pas skier ».

Il avait fallu un ivrogne éconduit pour beugler un soir sous sa fenêtre ce que bien d'autres devaient penser tout bas : que c'était bien la peine d'avoir viré les Allemands d'ici en 45 pour en voir revenir aujourd'hui. « Et si t'avais pu la peloter à ta guise, tu l'aurais trouvée trop allemande ? » avait gueulé pour le faire partir la vieille dame du premier, qui semblait avant tout furieuse d'avoir été tirée de son sommeil. Le problème ainsi réglé, elle était partie se recoucher, et le lendemain, en croisant Ilse, n'y fit pas la moindre allusion.

Pour le reste, la plupart du temps, on laissait Ilse tranquille et la vie se passait bien. Enfin, elle passait.

*

Il n'y avait rien à faire ici, seulement des choses à refaire. À son arrivée, la vieille du premier avait offert à Ilse deux paires de bottes qui avaient appartenu à sa fille. Une paire en cuir et l'autre en caoutchouc. Quand il faisait froid, Ilse mettait les bottes en cuir. Quand il pleuvait, elle mettait celles en caoutchouc. Il en allait de même pour tout, si d'aventure se posait un choix, il était simple, et la plupart du temps ne s'en posait pas du tout. Même manteau, mêmes promenades, mêmes gestes reproduits tous les jours à la bibliothèque, mêmes rares visages – car qui avait envie de lire, dans ce patelin ? Mêmes conversations, comme en connaissent toutes les petites villes de province – le temps qu'il fait, celui qu'il fera, un changement – estimé chaque fois à la baisse – de la qualité du pain, les champignons qu'on allait bientôt retourner cueillir… Selon certains observateurs, la fille du professeur de mathématiques avait un peu pris du cul depuis son mariage – ou alors était déjà enceinte, pronostiquaient les observatrices.

Au fil des mois, cette répétition vide de toute intention finit par prendre un sens, devient pour Ilse une forme de paix. L'ironie, pense-t-elle en regardant les herbes poussées hautes entre les rails de la voie ferrée, c'est que le plus grand des choix, il est là sous mes yeux, à deux pas et tout le temps : une frontière. Il suffirait de se laisser un jour vaciller de l'autre côté pour que tout bascule. Quel plus grand choix pourrait-il bien y avoir ?

*

Restaient les livres. Ilse avait eu vite fait d'engloutir tout le rayon théâtre, qui avait réservé une joie inespérée. Serré dans la maigre colonie des classiques se réfugiait un petit volume tendu de toile bistre doré à la tranche : la traduction tchèque de *Bánk Bán*, la fameuse pièce hongroise qu'avait vue Horn enfant. D'une main tremblante, Ilse avait sorti le livre du rayon, le cœur battant d'une euphorie imbécile – on ne l'avait pas emprunté, attestait la fiche, depuis 1948. Elle l'avait gardé sur son bureau au milieu des boîtes et des dossiers d'inventaire, pendant les longues longues heures, elle avait appris par cœur à son tour les malédictions du palatin : *Que mon spectre défiguré te suive partout. Que ma douleur, dans toute son acuité, soit une bagatelle en comparaison de la tienne. Rida rida bom bom bom...*

Un jour de rangement des rayonnages du sous-sol, sous un vieux carton de livres scolaires, elle fit une autre découverte encore plus merveilleuse : dans une bourse en tissu, quatre romans d'Hemingway et deux de Steinbeck, traduits en allemand. Comme s'ils n'attendaient qu'elle, là dans leur poussière, avec leurs couvertures démonstratives aux couleurs passées – un taureau déchaîné, trois avions dans l'orage d'un ciel de guerre, une femme à demi dévêtue, étendue de façon provocante sur la souche d'un arbre... Cinq clandestins qu'Ilse réussit à exfiltrer comme des saboteurs dans la doublure de son manteau.

Son dernier trésor n'a rien d'illicite, ce n'est qu'un vieux livre de tourisme à la large couverture rouge cartonnée. On y voit les ruines de Pompéi, et ses habitants engloutis par la lave du Vésuve. Une photo montre deux corps calcinés, encore serrés dans leur étreinte bien au-delà de la mort. Ilse n'arrive pas à en détacher ses yeux (ses yeux qui ne vont habituellement que de la fenêtre au bureau, du bureau à la fenêtre et qui, soudain, trouvent là de quoi se nourrir). Elle en est si frappée qu'elle en parle même à la directrice de l'école : comment est-ce que la lave a pu les conserver ainsi, ces deux-là ? La directrice sourit poliment, puis elle explique à Ilse qu'elle n'a rien compris : c'est le vide qui est resté. Pas les gens. On avait versé du plâtre dans l'empreinte laissée par la décomposition de leurs corps, et obtenu comme ça un moulage. Loin de la décourager, cette explication ne fait qu'accroître la fascination d'Ilse pour les corps calcinés de Pompéi. Elle garde le livre sur son bureau.

Parfois, le visage qu'elle doit en permanence présenter aux autres l'épuise, lui cause un mal que même la solitude ne parvient pas plus tard à soigner. Car il faut, pour chaque circonstance – les collègues, la voisine, les cours de *diamat* – ne laisser voir que ce qui convient, ne présenter à chaque fois que la plus correcte version de soi-même, se battre comme un jeu de cartes jusqu'à ce que sorte la bonne figure. Certains soirs, en rentrant chez elle, Ilse s'effondre de s'être ainsi adaptée à mort, battue jusqu'à ce que ne subsiste plus aucune fidélité à son être original – ces soirs-là, même dans le silence, dans la nuit, il n'en reste rien.

*

Un matin qui ressemble à tous les autres, Ilse voit dépasser du livre de Pompéi une frange translucide, comme une excroissance végétale poussée pendant la nuit. Quand elle ouvre le livre, elle découvre, glissé sous la couverture, un petit paquet de feuilles transparentes tenu par des rivets et plié en deux dans sa largeur – du papier pelure dactylographié en bleu, enveloppé dans une autre feuille sur laquelle on a inscrit à la machine : « Lire dans la nuit, puis remettre derrière la lettre W de la section Économie. »

Depuis trois ans qu'Ilse moisit à Vejprty, rien n'est jamais arrivé d'aussi exaltant. Sûrement, la personne qui a glissé ces pages sait bien quel miracle représente ce minuscule accroc dans la monotonie. Mais le choc vient plus tard, à l'abri des regards, quand, dans sa chambre tapissée de lambris, Ilse déplie le paquet de papier. En haut de la page est écrit en lettres capitales :

Adam Ważyk, *Poème pour adultes*, Varsovie, 1955.

Ilse parcourt fiévreusement le long poème, qui lui fait l'effet d'un coup de poing dans le ventre, comme si tout ce qui se murmure venait soudain d'être hurlé, toute la pourriture, toute la crasse, *les putains aux sourires de calcaire...* Tout ce qu'il est aujourd'hui défendu de dire ou même de penser, cela fait déjà cinq ans que quelqu'un, là-bas à Varsovie, a osé l'écrire.

Ils boivent l'eau de la mer
Et s'écrient :
— C'est de la limonade !
Ils rentrent chez eux en catimini
Vomir,
Vomir.

Elle passe la moitié de la nuit à lire le poème, l'autre à le recopier. Parfois la feuille blanche se trouble, des larmes lui viennent aux yeux. *« Je crois qu'une table a seulement quatre pieds, je crois que chimère est un cinquième pied. »*

Le lendemain, elle remet le fascicule à l'endroit indiqué, mais l'emplacement du rayon est invisible depuis son bureau, impossible de vérifier tant qu'il y a du monde. Ilse guette, ne voit rien, attend. Le soir, quand elle y retourne, les feuillets ont disparu. Mais dans la tête d'Ilse, les mots restent imprimés, indélébiles.

Il faut attendre un mois pour que la main invisible se manifeste à nouveau. Ilse n'y croyait plus, elle retient un cri de joie quand, sous la couverture rouge de Pompéi, plié serré, se cache *Le Docteur Jivago* (« Lire dans la nuit, puis remettre derrière la lettre P des manuels de mécanique automobile »). Le lendemain, Ilse doit ruser pour éviter les intrus, la vieille comptable taiseuse du côté des livres russes, le lycéen puceau qui s'attarde toujours, sans but, le vendredi. À moitié endormie, elle repense à sa nuit comme à une nuit d'amour, elle a dû lire trop vite, à chaque séparation de Iouri et Lara, elle redoutait, elle, le lever du jour qui la priverait à jamais de sa lecture. Elle pensait à cela, tournant à toute vitesse les pages mal dactylographiées, avec leurs coquilles et leurs mauvais sauts de lignes, à cela et à d'autres choses aussi, malgré elle, elle pensait à Horn dont le livre interdit lui parlait – *« Tant que les creux de mes bras se souviendront de toi, tant que tu seras encore sur mon épaule et sur mes lèvres, je serai avec toi. »*

Rien le lendemain, ni les jours suivants. Et puis, deux mois plus tard, une deuxième salve. *La Ferme des animaux. Le Maître et Marguerite.* Pourquoi faut-il toujours les rendre le matin venu ? C'est si cruel, on ne peut rien savourer ! Chacun de ces livres merveilleux est comme un amant clandestin qui doit partir à l'aube pour ne jamais revenir, on ne peut jamais les prendre assez. Ilse se saoule de spéculations. Qui peut bien lui prodiguer en même temps une telle consolation et une telle brutalité ? Peut-être la femme qui tient le magasin de mercerie, son fils fait des études de philosophie à Ostrava. Pendant le cours de matérialisme dialectique, la pharmacienne a un œil qui cligne tout le temps, peut-être qu'elle le cligne exprès ? Et la secrétaire de la mairie, pense Ilse, je suis sûre que c'est la secrétaire de la mairie, elle a une machine à écrire et elle semble tout le temps épuisée – à coup sûr, c'est bien elle qui s'acharne, la nuit, sur cette lettre v qui ne s'imprime pas, ou sur le k qui, pour une raison mystérieuse, ne peut être tapé qu'en rouge. Ou alors un soupirant ? Un homme qui la courtiserait à coups de textes interdits ? Deux mois plus tard, nouvelle éruption à Pompéi : Vladimir Nabokov, *Lolita*. (Lire dans la nuit, puis remettre à la lettre N derrière les ouvrages de Base matérielle et technique du communisme.) Après sa nuit scandaleuse avec *Lolita*, Ilse est sûre d'une chose : ça ne peut être qu'un homme. Sans doute un vieux cochon. Les vieux cochons, en ville, ce n'est pas ça qui manque, on finit par les connaître tous. Mais ce cochon-là sait lire.

Devant le miroir de l'armoire, Ilse s'examine sans se reconnaître – cela fait longtemps qu'elle ne se regarde plus. Elle voit une jeune fille aux longs cheveux blonds, à la bouche charnue, torse trop long, un peu plat, mais pour cela aussi il y a des amateurs. Elle cambre les reins, rentre le ventre. Longues jambes, cicatrice laide, qui file en pointillé du ventre jusqu'à la cuisse comme une voie de chemin de fer. Puis elle s'habille, toujours la même robe bleue, les mêmes bas de laine noirs dix fois ravaudés, les bottes, ce soir, elle ne veut pas rester seule.

Passant le café de la place de l'église rempli de ses éternels poivrots, elle choisit plutôt le bar de l'Hôtel Moscou, un peu plus haut sur la colline, avec sa petite salle blanche au plafond bas et aux murs chaulés, décorée de plantes en plastique flétries et de têtes de cerf. Ça ne rate pas : à une table, un trio de buveurs la remarque assez vite. Puis, au bout d'un moment, l'un d'eux – pourquoi est-ce que c'est toujours le plus laid ? – se lève et se dirige vers elle :

— On s'ennuie un peu quand on est seule, pas vrai ?

On s'ennuie encore plus en mauvaise compagnie, pense Ilse, alors que l'autre commence son baratin. Même planté à un mètre de distance, ce type a une haleine épouvantable, à vider la pièce, comme le résultat d'une macération tonitruante. Bien sûr, ce n'est pas lui qui glisse les pages dactylographiées dans Pompéi, mais Ilse ne sait pas ce qu'elle a, ce soir, elle le laisse débiter ses fadaises, par lassitude, elle s'intéresse, fait semblant de s'intéresser. Avec délicatesse elle réfrène un mouvement de recul – qu'est-ce qu'il a pu bouffer pour empester comme ça ? De la charogne ? Buvant à petites gorgées son verre de bière, elle est déjà triste, parce que sa délicatesse, quoiqu'elle n'ait pas pour but d'être remarquée, n'est pas remarquée, et qu'elle la regarde se dilapider pour le confort d'un être qui manque de délicatesse.

Sous les regards goguenards des deux comparses restés à la table voisine, Ilse en est encore à se laisser saouler quand une femme, un fichu sur la tête, tout en manteau de fourrure, en bottes de neige et en fureur, débarque comme un bolide dans la salle de bar endormie et vient se planter devant le beau parleur en bouillonnant, en débordant comme une casserole de lait.

— Comme par hasard, c'est là que je te trouve. Tu ne m'avais pas dit que tu serais rentré à sept heures ?

— Excuse-moi, ma chérie, plaide le type déconfit, j'allais rentrer tout de suite, je m'apprêtais à…

— Mais je t'en prie, je t'en prie ! grince la femme. Surtout n'interromps pas pour moi ta conversation avec mademoiselle.

Elle décoche à Ilse un sourire aigre, esquisse une révérence d'un roulement de bras parodique :

— Bonsoir, *mademoiselle*, qui que vous soyez…

Il ne se passait rien, il n'allait rien se passer, veut protester Ilse, mais elle n'a pas le temps d'ouvrir la bouche que la femme continue :

— Toutes ces poules… Tu t'en trouves toujours une nouvelle…

— Mais bien sûr que non, ma chérie ! Enfin, tu sais bien que je suis fidèle ! Jamais tu n'en trouveras un plus fidèle que moi dans toute la Bohême, chevrote l'empuanteur en se lançant à la poursuite de la femme qui tourne les talons pour sortir de l'hôtel.

À leur table, les autres rigolent :

— C'est comme ça entre eux presque tous les soirs, explique l'un d'eux à Ilse. Lida est jalouse, elle vient lui faire des scènes mais, en fait, elle n'y croit pas vraiment. Lui ne fait jamais rien de mal, c'est juste les scènes qu'il veut. Comme ça, il est sûr qu'elle l'aime. Faut l'excuser…

— Ça fait plus de vingt ans que ça dure, s'esclaffe l'autre, en essuyant la mousse de sa moustache. Ah, la vie conjugale !

*

En partant pour sa promenade du dimanche, Ilse repense un instant à sa vie ancienne. À une époque, se rappelle-t-elle en chaussant ses bottes en cuir sur le perron, toutes les filles du théâtre rêvaient de se procurer les fameux escarpins « Budapest Woman », avec leurs semelles faites de pas moins de trois peaux épaisses et leur profil ouvert en tête de requin. Le dernier cri – c'est ce qui se disait – dans la Hongrie voisine. Bien sûr, on ne produisait rien de tel dans les usines socialistes de Tchécoslovaquie, on les cherchait en vain dans les magasins. Mais certaines malignes arrivaient à s'en faire fabriquer sur mesure. D'ailleurs, peut-être, pense Ilse en ajustant les bottes sur ses mollets, que les chaussures Budapest Woman n'ont jamais existé autrement en ce monde que sous forme de copies mal faites pour des filles de Bratislava.

À la sortie de la petite ville, elle suit la route qui monte en pente abrupte vers les tourbières, encore praticable en cette saison, un peu dure pour sa hanche mais là-haut, au milieu des sapins, elle est tranquille. Juste quelques randonneurs qui agitent parfois leurs bâtons au loin et le chant des oiseaux. Elle n'est plus un jeu de cartes, elle est Ilse Küsser, et si elle ne dit rien, elle a encore des pensées. C'est toujours à Horn qu'elle pense. Elle lui parle dans sa tête, elle lui dit des malédictions. Pas les vieilles de la pièce hongroise, mais bien celles d'Ilse Küsser, vingt-cinq ans, bibliothécaire, Vejprty.

Que tous tes plaisirs soient ternis, dit la vraie Ilse. *Qu'il te manque toujours quelque chose, qu'il te manque par exemple un gant, et après le gant la poche où se serait réchauffée ta main gelée. Que tous tes plaisirs soient trop courts, tes rires, tes baisers, tes jouissances, éprouve-les juste assez pour qu'ils te semblent décevants, un peu décevants seulement, trop courts d'une ou deux secondes. Qu'il te manque à chaque fois le sel dans la soupe ou le soulagement du soupir. Et qu'à chaque fois, ce manque soit moi.*

Seule, sous les sapins, elle entonne ces imprécations silencieuses avec une telle ferveur qu'elles commencent à ressembler à des prières. Et puis, comme des prières, finissent par devenir mécaniques. Au gré de sa marche, Ilse les pense comme on fredonne, sans même plus s'en apercevoir. *Que tous ceux qui t'entourent soient dévisagés, que leurs visages ne cessent de disparaître, même sous le feu cru de la torche, la nuit venue. Qu'il ne te reste plus que ce qui t'échappe. Que ta volonté soit défaite, sur la terre comme au ciel.*

Mais, à la fin, c'est Ilse qui est défaite.

Au fil des jours, et sans que le moment précis de cet entendement se signale, elle réalise que ces incantations, loin de s'adresser à Horn, ne font que décrire sa propre vie. Elle comprend qu'elle ne parle plus qu'à elle-même, qu'elle ne parle plus que d'elle-même.

Horn lui manquait toujours, si bien qu'au cœur même de son silence, elle finit par se taire.

7

Le gang

Un peu ruiné : l'immeuble du Frangepán utca 6 correspondait tout à fait à la description qu'en avait donnée Gizi Néni. Selon les étages, on y voyait à l'œuvre différentes étapes de négligence ; les coffrages de pierre ou le crépi usé révélaient la brique nue, la suie s'était incrustée dans les moulures comme une gale, et il semblait que, même neuf, l'ensemble n'avait jamais été qu'une mauvaise imitation de l'ancien. Comme pour offrir une vague apparence de standing, on avait semé sans envie quelques motifs pseudo-grecs sur la façade et bâclé des frises en béton, qui, suivant un rythme aléatoire, venaient souligner la morne cadence des fenêtres carrées.

Quand Simon et Biró passèrent le porche, la cour intérieure s'ouvrit devant eux, étroite, tout en galeries, quasi carcérale. Dans l'air gris de la fin de matinée s'étalait en arc de cercle un vaste mélange de vie et de déréliction – la peinture des murs brunis s'était tellement écaillée avec les années que le plâtre y apparaissait comme une calamité de la nature, un chiendent fantasque. Seuls les bacs de géraniums et de chrysanthèmes qui s'égaillaient sur les rambardes semaient çà et là quelques couleurs vives. Chaque appartement de l'immeuble était desservi à l'extérieur par la coursière et, sur leurs paliers, les habitants buvaient leur café, remontaient leurs vélos, faisaient sécher leur linge.

Biró lança un œil à la ronde :

— Comme ça, tout le monde sait ce que fait tout le monde…

— Comment on appelle ces cours ? demanda Simon.

— Le mot qu'on utilise est *gang*, dit Biró.

Il tourna la tête alentour, sa démarche, son regard s'étaient faits plus doux, tout ce qu'il y avait chez lui d'ostensiblement bourru s'était estompé dès qu'il était entré dans la cour. Presque un beau mec, en fait, pensa Simon. Un peu épais, un peu pâle, mais pas mal. D'un regard rapide, Biró inspecta les boîtes aux lettres, les escaliers. Puis il se rapprocha de Simon :

— Tu ne dis rien, tu me laisses parler. Je ne sais pas encore ce que je vais dire.

D'un pas assuré, il se dirigea vers la loge de la concierge et frappa au carreau de la porte. Une dame d'un certain âge, épaisse, trapue, se pointa, un torchon à la main. Elle portait un jogging turquoise à bandes jaunes, dont le tissu tentait sans conviction d'imiter le velours. De tout son large corps, elle occupait le maigre espace de l'entrée, le tournait dans un axe délibéré de façon à obstruer toute vue de la loge, d'où filtrait une indiscrète odeur d'oignons. Un dialogue incompréhensible s'engagea ; Simon perçut seulement que Biró insistait, avec amabilité mais insistait, et que la femme, méfiante, lui répondait avec la mauvaise volonté de qui veut manifester qu'on le dérange. La conversation durait. Deux à trois fois, d'un geste éloquent, Biró désigna Simon qui restait planqué en retrait. Plissant les yeux, la femme le dévisagea, s'essuya les mains et fourra grossièrement le torchon dans sa poche. Puis, un peu contrariée, elle s'enfonça dans les profondeurs invisibles de la loge.

— J'ai dit que la coiffeuse, c'était la sœur de ton père, siffla Biró entre ses dents quand elle eut le dos tourné. Que ton père était passé en France en 56, et qu'il n'avait jamais voulu te raconter. Ce serait possible. Plausible, même. Très plausible.

Quelle ironie, pensa Simon : depuis sa rencontre avec les Ungar d'Olomouc, il avait décidé de ne plus mentionner ses origines. Il avait menti et menti encore. Et voilà que maintenant on évoquait enfin sa famille, c'était pour mentir de plus belle. Mais ce mensonge-là coûtait plus cher.

Lorsque la concierge revint, une femme beaucoup plus âgée, noueuse et courbe, l'accompagnait avec peine, à petits pas incertains. Sur une robe noire, elle portait une blouse à larges motifs géométriques, son fichu noué à la paysanne laissait entrevoir de rares cheveux blancs et découvrait un grand front ridé. Sa fille – elles avaient le même visage – sortit une chaise et la vieille s'assit dans un souffle. Biró s'agenouilla près d'elle et reprit son petit discours. Sans parler hongrois, se dit Simon, on était livré à la spéculation mais pas entièrement, c'était un peu comme de regarder un film muet où les inflexions des voix, leurs mélodies, auraient remplacé la musique. Doucement, avec constance, Biró interrogeait, encourageait dans un murmure, *igen, igen*, oui, oui. La vieille sembla peinée lorsqu'elle lui répondit.

— Elle dit qu'elle se souvient très bien de l'accident, traduisit Biró à mi-voix, parce qu'à l'époque ça a causé une grande émotion dans l'immeuble. Edit, la coiffeuse, habitait au troisième. Mais seuls les gens dont les fenêtres donnaient sur la rue ont vu ce qui s'est passé. Et même parmi ceux-là, personne n'a vraiment vu, parce qu'il y avait du brouillard, cette nuit-là.

À ces mots, la vieille dame ajouta quelques phrases chevrotantes destinées à Simon.

— Elle dit que tout le monde aimait ta tante, qu'elle était sérieuse et travaillait dur, qu'elle ne faisait de problèmes à personne.

Biró posa une nouvelle question – la dame se leva péniblement, donna de la voix pour appeler sa fille – Klari ! Klari ! – mais il s'avéra que cette dernière, tout en faisant mine de s'en retourner à ses affaires, ne s'était pas éloignée plus loin que l'embrasure de la porte. Les deux femmes parlèrent un moment, jusqu'à ce que la fille se dirige vers l'escalier dont elle monta les marches d'un pas lourd jusqu'au troisième étage. Toujours avec la même mauvaise grâce, comme à regret, elle emprunta la coursive, la suivit jusqu'à l'une des portes de l'aile droite où elle se décida à frapper.

— Une voisine de l'époque habite encore ici, chuchota Biró à Simon. Apparemment, elle connaissait assez bien Edit Hubka. Beaucoup de femmes dans l'immeuble faisaient des soins de beauté chez elle…

Simon restait en arrière. S'il lui était désagréable de se reposer entièrement sur Biró et de n'être qu'un accessoire de la situation, il trouvait aussi un avantage à cette passivité. Elle l'innocentait : puisqu'il ne faisait rien, il ne faisait donc rien de mal. Ils attendirent, la concierge piétinait, frappa à nouveau. Puis une femme âgée, elle aussi en blouse de travail et foulard de paysanne, ouvrit la porte.

À nouveau des flots de paroles. Mais, cela frappa Simon, de grands silences aussi. Profonds. Appuyés. Lourds. Puis la vieille femme les laissa un peu pénétrer dans son corridor, à peine, pas complètement, recula juste assez pour les laisser faire quelques pas à l'intérieur. Cette fois, Biró ne disait plus rien, c'était la concierge qui interrogeait. Tout en lui répondant à jet continu, la vieille du troisième jetait des regards furtifs aux deux intrus.

— Elle dit que juste avant l'accident, Edit est venue la trouver, c'était très tard dans la soirée, déjà la nuit. Elle dit qu'Edit lui a confié du matériel, des fers à friser, des bigoudis, des trucs de manucure… Cette dame dit aussi qu'on voyait que la fille avait peur. Qu'elle était très inquiète et ne tenait pas en place…

Derrière lui, sur la coursive, Simon entendit un bruit de pas. Se retournant, il vit un vieux qui s'avançait, suivi par une femme très âgée elle aussi. Bientôt, ils furent rejoints par d'autres aussi vieux qu'eux, descendus des étages supérieurs. De chaque escalier, lentement, il en montait encore, frissonnant sous leurs robes de chambre, ils semblaient affluer de toutes parts, serrés bientôt en une grappe de vieillards agglutinée devant la porte du troisième étage. Un bouquet, non, un banc de grabataires, lents et dépenaillés. Reculant légèrement, Simon les contempla, mal à l'aise, sans même savoir comment les saluer. *Comme ils sortent tous de leur tanière. Comme tirés de leur sommeil. Comme des spectres.*

À la dame du troisième, Biró posa une question, la précisa. *Nem, nem,* la voisine du troisième secouait catégoriquement la tête.

— Elle dit qu'elle n'a jamais vu Hubka Edit avec un homme. Petit ou grand, personne. Edit ne ramenait pas d'hommes chez elle. C'était une fille sans histoires.

Biró posa une autre question, désigna Simon. La voisine se troubla, s'agita, d'autant plus que les vieux de la coursive, réunis devant sa porte, l'observaient. Baissant la tête, elle raconta alors quelque chose d'assez long. *Ertem, ertem*, je comprends, répondait Biró – son visage ne trahissait aucune expression, et Simon, qui, lui, ne comprenait pas, se demanda pourquoi la femme s'éloignait pour revenir un instant plus tard, chargée d'un escabeau.

— Edit lui a aussi laissé autre chose ce soir-là. Elle lui a demandé de le garder, elle a dit qu'elle viendrait le récupérer si elle revenait un jour.

Écartant d'un geste la sollicitude de Biró, la vieille dame déplia son escabeau, grimpa avec une vigueur inattendue jusqu'à la dernière marche pour atteindre un placard dissimulé dans le faux plafond. Sans cesser de murmurer entre ses dents, elle farfouilla un temps avant de redescendre un carton scellé dans les bras. Il fallut encore chercher un couteau dans la cuisine, écarter des châles, des marmites, puis la voisine trouva ce qu'elle cherchait : une boîte rectangle, en fer noir et brillant. D'un geste dramatique, roulant presque des yeux, elle la tendit à Simon. Il la remercia en hongrois, aussi poliment qu'il le pouvait, mais le regard qu'il reçut en retour lui parut aussi désagréable que difficile à déchiffrer. S'y mêlaient du défi, peut-être du mépris, peut-être aussi de la honte. Simon sentit se crisper son sourire, il serra la boîte dans ses mains. Sur le couvercle noir courait un liseré doré qui se poursuivait au centre en arabesques semées d'étoiles. Comme un rameau d'or, une ligne diagonale servait de branche à des perroquets virevoltants, aux plumes de couleurs vives, surmontés d'une inscription en relief : « KNUPERSGOLD, *Feinste Mandel und Nuss Pralinen, seit über 65 Jahren* ».

Figés devant la porte, les anciens attendaient en grommelant, une petite troupe hirsute vêtue de pyjamas de flanelle, de blouses, de robes d'intérieur, certains appuyés sur des cannes, cheveux rares et dents mauvaises, visages fatigués. Je suis sûr qu'ils savent tous, pensa Simon, personne n'a oublié. Sentant des dizaines d'yeux se poser sur lui, il tenta d'ouvrir la boîte, mais le fermoir résistait. Il récupéra le couteau de cuisine, l'inséra dans le pli du métal, un murmure réprobateur se fit entendre, mais il persévéra, retourna la boîte pour une meilleure prise et poussa en faisant levier jusqu'à ce que le couvercle cède. Avant qu'il ne puisse les retenir, des photos s'en échappèrent lentement, voletèrent avec légèreté dans l'air froid pour se poser sur le linoléum du corridor.

Simon les ramassa avec empressement. Quatre vieilles photos en noir et blanc, aux bords crénelés. Années cinquante, probablement. La première avait été prise dans ce qui ressemblait à la salle d'un gymnase. Au centre, une jeune fille blonde aux cheveux courts, le visage crispé par la concentration, se tenait en équilibre sur une poutre, une jambe tendue en l'air, torse incliné, les bras en balancier. C'était sans conteste la même jeune fille qu'on retrouvait sur la deuxième photo, coiffée à la garçonne, le menton appuyé sur l'une de ses mains, elle portait un chemisier brodé et souriait largement à l'objectif. La troisième photo que Simon regarda était la plus étrange : elle était à peu près identique à la précédente, sauf qu'on avait soigneusement pratiqué un trou rectangulaire à l'endroit du visage, ne restait qu'un bout du chemisier. Même jeune fille encore sur la dernière photo – elle posait cette fois en compagnie d'une adolescente aux nattes brunes, revêtue de l'uniforme et du foulard des pionniers. Abandonnant sa contemplation, Simon se rendit compte qu'il était maintenant encerclé par les vieux habitants du gang. De leur assemblée impromptue monta une rumeur, puis une question répétée. Sans bouger, sans un mot, Biró décocha à Simon un regard éloquent – *Fais-leur voir les photos, abruti !* Comme un enfant rappelé à l'ordre, Simon les tendit à la ronde, on se les passa. Marmonnant, grommelant, les vieux voisins ne s'attardèrent que sur la petite pionnière brune, tous la désignaient d'un doigt énergique. Si la photo découpée intrigua un peu, les autres clichés n'eurent pas le même succès, quelques murmures et des moues indifférentes indiquèrent que personne n'identifiait la blonde.

Sous les regards insistants des vieux du gang, Simon ouvrit grand la boîte de pralines pour montrer qu'il ne s'y trouvait plus qu'un petit carnet tendu de toile rose. Il y eut un temps de flottement. La voisine du troisième replia l'escabeau, puis, regardant les voisins, elle se lança dans un long discours, au flux d'abord un peu heurté puis ralentissant, montant, jusqu'à ressembler à une plainte.

— Elle dit qu'à l'origine, il y avait aussi des clés et une broche dans la boîte, une petite broche en forme d'abeille, dit Biró. Les clés, on les a balancées, on n'a pas trouvé ce qu'elles ouvraient. Et, au bout de tant d'années, comme personne n'était venu la réclamer, elle a donné la broche à une de ses filles. Elle s'excuse, pour la broche.

Se fourrant la boîte de pralines sous le bras, Simon sourit, fit un signe maladroit pour signifier que tout allait bien, que ce n'était pas grave. Puis il se le reprocha : et si la broche avait vraiment appartenu à sa famille, est-ce qu'il adopterait cette attitude pacificatrice, ce regard dégagé ? Après tout, peut-être que Jeanne aurait bien voulu l'avoir, cette broche. Maintenant, il en voulait à la voisine. D'ailleurs, elle ne pavoisait pas, sans savoir ce qui se disait en hongrois, Simon voyait bien qu'elle était pressée d'en finir et de les pousser dehors. Peut-être même avait-elle peur que Simon ne demande à récupérer le bijou.

Lorsqu'ils ressortirent sur la passerelle, la concierge en jogging s'éloigna d'un pas pressé. Mais les vieux ne bougeaient pas. L'une des femmes s'approcha, véhémente :

— Moi, j'ai vu de ma fenêtre. Quand la voiture est arrivée, j'ai compris tout de suite, parce que j'avais grandi en Russie, traduisit Biró d'une voix lente. Là-bas, ils appelaient ça le *Chariot chorny*, et tout le monde le savait, on disait « le wagon grognon vient chaque nuit ». Ma mère me l'avait expliqué : c'est une camionnette noire fermée pour emmener les gens. On ne sait jamais qui ils vont prendre.

Autour d'elle, les vieux hochaient vigoureusement la tête. Biró continua de traduire :

— On ne l'apprenait que le lendemain, dans la cuisine, quand quelqu'un ne revenait pas. Quand j'ai demandé à ma mère ce que ces gens avaient fait, elle a dit : « Comment diable pourrais-je le savoir ? Je ne suis qu'une simple paysanne. » Eh bien, ici, c'était la même chose. Tout le monde avait attrapé « le mal de la sonnette » : lorsqu'on sonnait le matin chez vous, on ne savait jamais si c'était le facteur ou un agent de la sécurité. La Pobeda noire venait la nuit. Tout le monde savait ça… La voiture viendra la nuit, comme les cauchemars, comme… *Zsákos Bácsi*… Biró s'interrompit : Il vole les enfants et il les emporte ?

— *Boogeyman*. Croque-mitaine, chuchota Simon.

Sur la passerelle du gang, les vieux regroupés avaient tous quelque chose à dire. Seule une femme se tenait à l'écart, silencieuse, une petite femme aux yeux très clairs et aux pommettes hautes. Détachée du groupe, elle fixait le sol, pendant que l'autre vieille continuait son récit et que Biró, les yeux mi-clos comme un médium en transe, poursuivait sa traduction simultanée :

— Edit avait une fenêtre sur la rue. En voyant la voiture arriver, elle a compris que c'était pour elle. D'abord, elle s'est précipitée chez Maria, la voisine qui t'a donné la boîte, et après, elle a voulu s'enfuir. Moi, j'avais aussi une fenêtre sur la rue, et je l'ai vue, Edit, qui courait sur le trottoir couvert de neige, vers la voiture qui avançait, elle courait comme une folle et d'un coup elle a glissé et elle est tombée. Je me souviens du bruit qu'ont fait les freins de la voiture, mais je n'ai pas vu l'impact. Je ne sais pas si c'était un accident, d'ailleurs personne n'a vraiment réussi à voir ce qui s'était passé. Si la Pobeda l'a écrasée par accident, à cause de la brume, ou s'ils l'ont fait exprès. Ou si Edit s'est jetée dessous…

Il y eut à nouveau un long moment de silence. Pendant ce temps, dans le gang, d'autres habitants plus jeunes ou plus récents vaquaient à leurs affaires. Certains, descendant l'escalier, jetaient un regard étonné sur l'étrange assemblée réunie au troisième. Puis, parmi les vieux, un murmure s'éleva, d'abord confus puis univoque.

— Ils veulent voir le carnet, sourit Biró.

Simon le sortit de la boîte. Sans oser s'approcher, les vieux étaient curieux comme des chouettes. En dénouant le ruban du carnet, on découvrait une série de pages écrites à l'encre brune, une suite de notations précises, chiffrées, tracées d'une main assidue.

— Ce n'est pas du hongrois, dit Biró en fronçant les sourcils. Peut-être du tchèque…

Il regarda plus attentivement :

— Du tchèque… avec des fautes. Elle n'avait peut-être pas été beaucoup à l'école… Même moi, je vois qu'il y a des fautes… *Csehül van !* annonça-t-il à l'assemblée, dérobant le carnet aux curiosités.

— *Szlovákul*, intervint une voix.

C'était la petite femme aux yeux clairs qui s'était jusque-là tenue à l'écart. Elle fixait maintenant Simon d'un air grave, en se malaxant les mains, en hésitant. Puis elle prit la parole.

— Elle dit qu'Edit venait de Slovaquie, traduisit Biró, de Pozsony – Bratislava aujourd'hui. Cette dame dit aussi que son mari travaillait dans cet immeuble comme serrurier, et qu'elle a bien connu Edit.

S'approchant de Simon, la vieille dame aux yeux clairs toucha d'un geste affectueux la manche de sa doudoune, puis retira brusquement sa main, comme si elle venait de toucher une surface brûlante. Simon regarda Biró, qui inspectait encore le carnet, il l'avait retourné pour l'ouvrir à la dernière page, où étaient manuscrites quelques lignes irrégulières.

— Ça, par contre, c'est du hongrois, fit Biró en déchiffrant : *Türot eszik a Czigány, duba, Veszekëdik azután, léba*. Ça doit être un poème…

À ces mots, l'une des vieilles s'exclama quelque chose puis se mit à fredonner.

— Elle dit que c'est un chant, un chœur pour enfants de Kodály, je ne le connais pas.

Biró continua de lire :

— Ça dit : « Le Tzigane mange du fromage blanc, *duba*. Après, il engueule tout le monde, *léba*. Il dit qu'il va me donner une beigne, *duba*. Qu'il en donne une à son grand-père, *léba*… Un bouton de… d'un arbre… Penche au-dessus du chemin, Penche au-dessus du chemin… »

La vieille femme s'était mise à chanter avec enthousiasme : *Csipkefa bimbója, kihajlott az útra, rida rida bom bom bom… rida rida bom bom bom.*

Biró referma le carnet, puis entreprit de prendre congé de tout ce monde. Simon en fut soulagé : il commençait un peu à étouffer, dans ce gang, à se sentir mal à l'aise. À cause de son mensonge, et de la femme du serrurier, qui continuait à le fixer, tristement, de ses yeux pâles.

— Pour le carnet, je connais un professeur de langues slaves, murmura Biró. Tchèque, slovaque, polonais, il parle tout. On sort et je l'appelle.

Lorsqu'ils descendirent l'escalier, les regards embués des anciens du gang rassemblés au troisième les suivaient, leur enveloppaient la nuque, diffus et humides comme une brume. Levant les yeux, Simon vit les anciens lentement se disperser, regagner leurs étages et leurs appartements, un chuchotement de chaussons martelé par des cannes.

— On a appris plein de trucs, chuchota Simon.

Biró fit la grimace :

— Tu trouves ? Pour le moment, on ne sait rien de plus. Une fille sans histoires. Elle aimait les mélodies de Kodály. Et peut-être même aussi qu'elle aimait le fromage blanc...

— Quand même, insista Simon... Si jamais elle s'est jetée sous une voiture de la police, ça veut dire qu'elle avait un secret. Ou alors, elle savait quelque chose, et elle avait peur de parler. Personne n'est sans histoires.

Comme il l'avait déjà fait à de nombreuses reprises, Biró secoua la tête d'un air fatigué :

— Ce serait plus facile si on savait ce que tu cherchais...

*

En attendant que le professeur Vizvary rappelle, Biró préconisa d'aller boire une bière. Cette fois encore, sa prédilection se porta sur une taverne sombre et improbable – il y avait tout de même un ivrogne au bar qui parlait seul sans que ça dérange personne.

Tandis qu'ils se faufilaient jusqu'à une petite table de bois, Simon, suivant Biró, lutta pour se donner une contenance. Encore une fois, la clientèle était exclusivement masculine. La seule fille que Simon repéra devait avoir une vingtaine d'années. Assise sur les genoux d'un jeune homme déjà bedonnant, elle semblait assez amoureuse, ou assez bourrée pour ne pas remarquer qu'à part la serveuse elle était la seule femme dans le bar. Quant à la serveuse, c'était le genre Robocop. Dure à la tâche, impassible, étanche à toutes humeurs.

— Moi, annonça Biró lorsque les bières furent arrivées, je ne crois pas à ton histoire de bon génie. En fait, ça pourrait même être tout à fait l'inverse. Voilà ce qui se déroule : ce petit type bizarre que personne ne connaît se fait une place dans la bande de Bence. Et quand Sénási disparaît, il disparaît avec lui. En laissant sa petite copine dans la merde... Et si ce n'était pas un bon génie mais tout simplement un indic ? Ce serait plus probable, parce que la saloperie est beaucoup plus fréquente que la bonté. Elle s'explique mieux. Peut-être un indic par la force des choses, un brave type, bien intentionné, mais entretemps ils ont trouvé quelque chose sur lui, alors il est obligé de balancer quelqu'un pour sauver sa peau... En l'occurrence cette jeune fille sans histoires, qui n'avait probablement rien à se reprocher...

Simon ressortit la boîte de pralines et contempla à nouveau les photos. Son esprit se mit à dériver. *La brune, la blonde, une broche en forme d'abeille...* Puis il observa Biró qui buvait sa bière en silence. Taxi, journaliste... Bon génie, indic... Combien de personnes peuvent être une seule et même personne ? Chercheur en Sorbonne, conseiller de la Fondation Spielberg, journaliste à *Quorum*, agent de la DGSE… Il se remémora la voix confidentielle de Biró lorsqu'il traduisait les vieilles voisines, une voix patiente et inconnue, murmurante.

D'une bourrade, Biró le sortit de sa torpeur :

— Hé, Simon, tu es encore parmi nous ? À quoi tu rêves comme ça ?

Aux disparitions.

Clignant des yeux dans la salle mal éclairée de la gargote, Simon revint à lui et rangea les photos dans la boîte. Il s'aperçut qu'il avait eu le temps de vider son verre. Biró le regardait, goguenard.

Simon repensa à la façon dont le chien de Gizi Néni l'avait regardé deux jours plus tôt, secouant sa tête joyeuse pour montrer qu'il avait envie de jouer. Cette fois, se dit-il, ce n'est pas un nonosse en caoutchouc qu'il faut lancer mais un vrai os de mon squelette. Pour nettoyer tout ce mensonge avec une dose de vérité, il faut une confidence sincère. Il croisa les bras, hésita un moment, puis il n'hésita plus parce qu'il avait besoin de parler.

— Pendant que tu traduisais, là-haut, dans le gang, j'ai repensé à un truc… La fille avec qui j'étais avant, à Paris, était traductrice. Enfin « interprète de conférence », elle tenait beaucoup à cette distinction. Elle m'a raconté qu'un jour elle avait travaillé pour un colloque franco-allemand dans une université. On l'avait appelée pour traduire un intellectuel allemand, je ne sais pas qui, un philosophe ou un écrivain, je ne sais plus.

Biró s'était mis à le regarder avec une grande attention, et il portait son verre à ses lèvres sans faire de bruit.

— Au départ, poursuivit Simon, on l'avait engagée pour une traduction consécutive, elle devait attendre que le type ait fini de parler puis traduire, mais comme tout avait pris du retard, on lui a demandé si, pour gagner du temps, elle ne pouvait le faire plutôt en simultané. Évidemment, c'est beaucoup plus difficile en allemand, à cause du verbe à la fin de la phrase. Le verbe allemand à la fin de la phrase emmerde particulièrement les traducteurs, et tout le monde aussi – d'ailleurs, j'imagine que là, à l'heure où nous parlons, des millions d'Allemands sont en train d'attendre qu'un verbe tombe enfin à la fin d'une phrase.

Biró sourit :

— C'est pour ça que je déteste cette langue. Je déteste devoir attendre pour interrompre.

— Certains arrivent à ne pas attendre, dit Simon. Mathilde, la fille avec qui j'étais, disait qu'elle avait fini par développer une sorte d'intuition pour les verbes, elle disait que lorsque les éléments de la phrase commencent à s'accumuler, on finit par sentir qu'ils ne peuvent plus aller que dans une seule direction. Et puis aussi, elle aimait l'adrénaline de la traduction simultanée, donc elle a accepté. Tout se passait bien jusqu'au moment où le philosophe s'est trompé. Elle me l'a décrit comme un de ces intellectuels verbeux, ceux qui alourdissent leur pensée comme pour gonfler leurs plumes, pour se rendre encore plus sérieux qu'ils ne le sont hélas déjà. Et quand celui-là a dit, de façon typique, pour citer un fragment de Novalis : « Nous sommes liés de plus près au visible qu'à l'invisible », elle a eu une seconde d'arrêt. Ça n'avait aucun intérêt, elle a bien compris que c'était forcément l'inverse, qu'il s'était pris les pieds dans le tapis. Donc, elle a rectifié dans sa traduction en français – « Nous sommes liés de plus près à *l'invisible* qu'au visible » et, au passage, elle l'a regardé discrètement pour lui signifier qu'elle l'avait sorti d'affaire… Après ça, elle a cru sentir comme une connexion entre eux…

— Comme s'ils s'étaient liés d'une façon invisible ? plaisanta Biró.

— Si tu veux.

Simon sourit, puis reprit son récit :

— À cause de cette connexion, elle n'est pas étonnée quand il lui a demandé de venir dîner avec lui après le colloque. C'était avant qu'elle me connaisse…

— Il la draguait, quoi…

— C'est ce qu'elle a cru. Mais lorsqu'ils sont arrivés à destination, elle a compris qu'elle s'était trompée. Ce dîner était en fait une grande affaire, chez des Parisiens de la rive gauche, des gens très chics, c'était un vrai dîner mondain servi par des extras en gants blancs. La maîtresse de maison a fait la gueule de voir arriver un convive de plus au dernier moment, on a rajouté de mauvaise grâce un tabouret et un couvert à côté du grand intellectuel allemand, et Mathilde s'est trouvée là, un peu coincée, à côté de ce type qui ne faisait plus du tout attention à elle… C'est quand le dîner a commencé qu'elle a compris : il ne l'avait pas invitée pour la draguer, mais pour qu'elle continue à le traduire…

Simon se tut un moment. À quelques coudées de là, au bar, à grand renfort de gestes ralentis, l'ivrogne poursuivait sa conversation imaginaire.

— Ah merde ! Et elle l'a fait ? s'étonna Biró.

— Oui. Parce qu'elle était déçue, et qu'elle ne voyait pas comment se sortir autrement de la situation. En plus, elle n'avait presque pas le temps de manger parce que le grand intellectuel allemand parlait tout le temps, et au bout d'un moment, elle était tellement contrariée qu'elle ne faisait même plus attention à ce qu'elle disait, qu'elle trouvait, au passage, pompeux, les grandes opinions du grand homme sortaient de sa bouche et elles lui déplaisaient, mais elle continuait de les proférer d'un ton neutre : « J'ai toujours trouvé que Nietzsche était un homme efféminé. J'en parle d'ailleurs dans l'essai que j'ai consacré à la virilité des philosophes », je pense ceci, j'ai écrit cela, je je je, etc. Et puis, comme elle n'en pouvait plus de traduire sans relâche, qu'elle avait la bouche sèche et qu'elle crevait de chaud, elle s'est tout de même autorisée à dire : « Je voudrais un verre d'eau. » Et là, sur un geste de la maîtresse de maison, on a rempli le verre du grand homme.

*

Le professeur Vizvary habitait dans le quartier de Corvin. Après avoir enclenché le compteur d'un air entendu, Biró conduisait nerveusement dans la nuit qui tombait, redescendant vers le centre de Pest par une avenue animée longeant les voies ferrées. Arrivant devant le bâtiment austère de la Clinique Semmelweis, il vira vivement sur la droite, puis suivit de petites rues sombres jusqu'à se garer devant un petit immeuble composite, mélange de brique, de béton et de bois, des balcons carrés lui sortaient sur la rue comme des mentons proéminents. Si absurde que cela lui paraisse, Simon paya sans commentaires la course à Biró avant de sortir du véhicule.

Passé le grésillement de l'interphone, ils franchirent une grille de fer, puis ils montèrent à pied jusqu'au deuxième étage. La femme qui leur ouvrit la porte était souriante, quarante ans environ, peut-être moins, en jean et bottes.

Plutôt séduisante, son naturel compensait un manque de soin général – les racines blanches repoussant la teinture brune, les dents emberlificotées, dévoilées par un sourire qui n'en était pas moins franc et agréable. Elle salua Biró avec chaleur et tourna les talons vers la cuisine ouverte d'où émanait une odeur de soupe aux légumes. Sur une tablette-bar centrale s'empilaient des Tupperware remplis de diverses préparations opaques. « La fille de Vizvary, Borbála », expliqua Biró en guise de présentations. Puis il abandonna Simon dans un coin, comme on laisse en entrant un sac ou un parapluie, et partit s'installer sur l'un des tabourets. Embarrassé, Simon suivit sans mot dire. Quand il parlait à la jeune femme, Biró retrouvait son visage et ses allures de journaliste, il se détendait, ses yeux clairs se faisaient sincères, engageants, curieux. Tandis que Borbála débarrassait les Tupperware pour les ranger, suivant un ordre sévère, dans le réfrigérateur, ils échangèrent quelques mots comme deux personnes qui se connaissent bien. Simon s'en fit sa propre idée : « Tu es venu voir le vieux ? Ah, tu t'occupes de lui, tu lui prépares ses repas comme une bonne fille obéissante – ouais, soupir, pas facile tous les jours. » Mais peut-être s'agissait-il de tout à fait autre chose.

Émergeant discrètement du couloir, le professeur Vizvary, un petit monsieur en survêtement polaire et chaussettes, sortait à peine de sa sieste. Manifestement, il avait mal au dos, il se hissa avec difficulté sur l'un des tabourets devant la tablette-bar. Les verres, la bière, les mini-bretzels… Simon dut patienter un petit moment avant que Biró ne l'autorise d'un regard à sortir le carnet de la boîte de pralines. Il enclencha l'enregistreur de son téléphone. Pendant que Borbála étudiait les photos de la blonde et de la brune, le vieux attrapa les lunettes repliées sur le col de son survêtement, et s'empara du carnet avec gourmandise. Puis l'intérêt flétrit sur son visage :

— C'est une… recette pour un baume.

D'une voix plate, il énuméra :

— *Lanoline (20 g) Vaseline blanche (57 g) Paraffine (3 g) Eau distillée de fleurs d'oranger (20 g) Parfum (0,6 g)*

— Ça pourrait être un code ? intervint Simon.

— Ou une recette pour un baume, trancha Biró d'un ton légèrement autoritaire.

— Après, il y a des instructions pour combien de temps faire reposer, comment le mélanger, l'appliquer sur le visage…

Le vieux professeur continua à tourner les pages du carnet avec une moue dubitative. Plissant les coins de sa bouche comme devant un mets peu appétissant, il désigna la suite :

— « Onguents de plantes », « Pâte modelante pour le corps », je traduis ?

Biró secoua la tête. Et Vizvary, déçu, reposa le carnet sur la tablette de la cuisine. Sans regrets ni formalités, comme si on était immédiatement passés à autre chose, la conversation hongroise reprit. Bon, pensa Simon, ils avaient fait chou blanc, voilà tout… Sans commentaire, il mit fin à l'enregistrement, et, perché sur son tabouret, exclu de la conversation, il contempla, penaud, le salon Ikea en pin clair.

— Oh ! s'exclama soudain Borbála.

D'entre les pages du carnet, elle venait de retirer une mince carte postale ancienne qui était restée prise dans la tranche.

Sur le recto, une vue en noir et blanc présentait une luxueuse salle à manger de restaurant construite en arc de cercle. À la lumière de grandes fenêtres, des tables dressées, flanquées d'élégantes chaises cannelées, attendaient les clients. *Grand Hôtel, Margrit sziget*, disait la légende. La carte passa de main en main. Au verso, on ne trouvait ni destinataire ni timbre, seulement quelques mots, qui terminaient fortissimo en lettres capitales. Le professeur rajusta les lunettes sur son nez puis déchiffra lentement :

— Ilse chérie, tout va très bien. NE T'INQUIÈTE SURTOUT PAS !

Perplexe, il tendit la carte à Biró, qui la repassa à Simon, qui l'observa, pensif. Quoi de plus maladroit ? Un message de ce genre, c'était le moyen le plus sûr d'inquiéter quelqu'un… Quand il leva les yeux, Simon vit Borbála changer d'expression : vers la fin du cahier, entre les pages blanches, se dissimulait une double page manuscrite. On distinguait deux entrées qui ne devaient pas dater du même jour : l'une, à l'encre bleue, sur la page de gauche, l'autre, moins régulière, plus serrée, hâtive, griffonnée au stylo bille noir sur la page de droite. Borbála repassa prestement le cahier à son père et fit signe à Simon d'enregistrer à nouveau. Le vieux se racla la gorge, puis, d'une voix patiente, un peu atone, pas la même voix que durant la conversation, il commença à lire. Simultanément, Biró reprit lui aussi sa voix de traduction. Un silence tendu s'était fait dans la pièce alors que l'un devançait en hongrois, l'autre suivait en anglais, les voix se chevauchaient parfois, ou se confondaient. Sur un même ton plat, désaffecté, elles disaient :

Ilse chérie, la vie est si difficile ici à Budapest. En particulier le travail aux bains qui m'épuise. Au bout d'un temps, l'humidité, l'odeur du soufre, c'est comme si ça te rentrait sous la peau et on a l'impression qu'on va devenir liquide et disparaître dans la buée. Les autres filles sont méchantes, elles m'en veulent parce que des clientes me réclament alors c'est moi qui ai les...

Ses mains malaxant dans le vide comme pour saisir ce qui se dérobait à son esprit, le vieux Vizvary chercha le mot. Il oscillait de la tête : *paraszolvencia... hálapénz...*

— *Tippeket ?* proposa Biró.

Il se relâcha un instant, et sortit de sa tension pour indiquer à Simon :

— Des pourboires.

Vizvary acquiesça puis reprit, le visage de Biró retrouva sa concentration.

Mais je t'assure, disaient tour à tour leurs voix entremêlées, *que je leur donnerais volontiers cet argent, ou les petits cadeaux que je reçois, en échange de quelques mots de gentillesse ou d'un simple moment de compassion humaine. Elles me parlent durement, quand elles me parlent, et se moquent constamment de mon mauvais hongrois. Cette ville est trop grande, inhospitalière, je m'y sens étrangère. Quand, en rentrant le soir, je traverse le pont Staline au-dessus du Danube, je peine à croire que c'est ce même Danube sur les bords duquel nous étions si heureuses, toutes les deux. Ilse chérie, tu me manques tant. Ne m'oublie pas. Ne m'oublie pas.*

Quand Biró eut terminé de traduire, Vizvary leva les yeux et interrogea du regard à la ronde. Les bras croisés sur sa poitrine, Borbála souriait tristement, regardant le sol en secouant la tête. Son père prit une inspiration, puis, s'assurant que Biró était prêt, passa à l'entrée de la page suivante :

Ilse chérie, tu seras tellement en colère contre moi, je vais t'écrire cette lettre et jamais je ne l'enverrai. Je voudrais tant pouvoir t'expliquer, mais comment t'expliquer ce que je ne parviens pas moi-même à comprendre ? Peut-être que deux personnes qui s'aiment plus que tout au monde une même personne peuvent finir...

Vizvary ralentit, s'excusa en fronçant le nez, puis, hésitant sur les premiers mots, il rectifia :

Peut-être que deux personnes qui aiment *plus que tout au monde une même personne* ne peuvent *finir que par s'aimer entre elles, surtout quand on les a privées de l'objet de leur amour. Et que comme ça, toute la tendresse perdue qui ne savait plus où aller trouve enfin sa destination. Alors il ne s'agit plus d'amour mais de consolation. Sans tendresse, on ne peut tout simplement pas vivre. Non, je me cherche des excuses.*

Vizvary fit une pause pour boire une gorgée d'eau, Biró l'attendait, les yeux mi-clos.

Mais tu es toujours avec nous, pas entre nous mais avec. Même invisible, tu ne nous quittes pas. Peut-être que tu pourras un jour le comprendre et le pardonner. Ilse chérie, je n'ai plus toute ma tête ce soir, je n'arrive plus à penser clairement. Même si cela semble impossible, si nous arrivons à passer…

Vizvary stoppa net, et désigna, sur la page, un mot biffé à plusieurs reprises : là, je n'arrive pas à lire. Il éleva le carnet à la lumière de la lampe et tenta de déchiffrer.

— Je crois qu'il y avait marqué « en Italie », conclut-il en anglais pour Simon. « Si nous arrivons à passer *en Italie* ».

Il but une nouvelle gorgée d'eau, fit un signe à Biró, et ils prirent ensemble la traduction du dernier paragraphe :

Je l'avais imaginé mais je n'ai fait que rêvasser, je n'ai rien osé dire, et hier ce n'est pas moi mais lui qui l'a dit le premier : si nous passons, Ilse doit venir avec nous, Ilse doit venir nous rejoindre. Et je l'espère et le crains à la fois, même si tout cela est fou, je l'espère tant, que nous y arriverons, et qu'un jour tu seras là, avec nous, que tu viendras nous rejoindre.

Il ne restait plus qu'une seule ligne, qui flottait, seule et détachée en bas de la page. Après un coup d'œil attentif, Vizvary brossa l'air de la main d'un geste fataliste, puis referma le carnet. D'une voix désabusée, il traduisit directement en anglais :

— J'ai peur j'ai peur j'ai peur j'ai peur.

*

Plutôt que de rentrer chez lui, Simon demanda à Biró de le déposer près du pont Marguerite, à l'arrêt initial du tram n° 2, celui qui suivait le Danube. Dans la nuit, sur l'autre rive, brillaient les lumières du château. Simon tira les écouteurs de sa poche et se repassa l'enregistrement, une voix aiguë, une voix grave, une voix d'homme âgée, l'autre plus jeune : « *Toute la tendresse perdue qui ne savait plus où aller trouve enfin sa destination. Alors il ne s'agit plus d'amour mais de consolation. Sans tendresse, on ne peut tout simplement pas vivre.* »

En regardant flotter les bateaux de croisière sur le Danube, Simon s'abandonna. Il laissa ses pensées suivre leur cours jusqu'au port qu'elles voulaient atteindre, vers Mathilde. Dans un coin de son esprit, il avait pensé à elle toute la journée. *L'oasis où je rêve, où je hume à longs traits le vin du souvenir*, l'odeur, la peau, Mathilde qu'il avait aimée et perdue. La traduction le berçait, accompagnait les lueurs du paysage nocturne, puis le tram quitta la rive, bifurqua pour déboucher sur le Parlement. À cette heure, la place était déserte. Deux gardes en uniforme se tenaient immobiles aux portes de l'immense bâtiment néogothique qui hérissait ses tourelles pointues vers le ciel. « Les acteurs aussi interprètent, disait Mathilde, tout le monde sait qu'ils disent les mots de quelqu'un d'autre, mais on se met d'accord pour l'oublier. Ils se servent de leurs propres émotions pour se fondre dans leur rôle. Se perdre dans leur rôle, peut-être. Comme eux, disait Mathilde, je dois être là et me faire oublier, apparaître et disparaître en même temps. On doit voir que c'est faux et, en même temps, accepter de croire. C'est pour ça qu'un acteur sans artifices devient immédiatement artificiel. Et c'est pareil pour l'interprète. »

Retrouvant le cours du Danube, le tram dépassa le Pont aux chaînes, puis descendit lentement dans un tunnel. « Un traducteur littéraire peut se contenter de la maîtrise de la langue, disait encore Mathilde. Mais nous, si on ne s'intéresse qu'aux mots, on devient perfectionniste et on se crispe – là, tout à coup, la technique commence à se voir et l'illusion est rompue : si le processus de traduction se fait sentir, c'est qu'il est mal fait. Toutes les feintes qu'on apprend, pour respirer, poser sa voix, pour dominer son trac, toutes ces choses qui nous servent de costumes et de maquillage n'y feront rien. C'est seulement si on se coule dans les idées, dans l'esprit de l'autre, qu'on peut bien faire son travail, c'est-à-dire accomplir une forme de prodige : devenir complètement invisible alors même que l'on parle. »

Dans la nuit froide, Simon descendit sous le pont Petöfi et reprit le tram dans l'autre sens pour rentrer chez lui. Comme un appel lointain, comme montées des profondeurs du fleuve, les voix d'hommes, impassibles, continuaient de se succéder et de lui chuchoter à l'oreille : *« Je l'espère et le crains, même si tout cela est fou, je l'espère tant. Que nous y arriverons, et que tu viendras nous rejoindre. »*

8

Nous irons sur Vénus

Quand ils montaient dans les bus avec leurs habits du dimanche, les habitants de Vejprty se comportaient comme s'ils n'étaient jamais sortis de leur ville, des pionniers de six ans partant aux camps de la Jeunesse auraient eu l'air moins inquiets qu'eux. Pourtant, on ne va pas bien loin, juste à trente kilomètres, grossir les rangs jugés trop maigrelets l'année dernière du défilé de Chomutov. Même assurés que le bus les ramènera chez eux après la dernière fanfare, beaucoup agissent comme s'ils partaient pour les mers du Sud. Pour accomplir ce périlleux voyage, ils ont prévu des paniers remplis jusqu'à la gueule des victuailles nécessaires à leur survie, qu'ils gardent jalousement sur leurs genoux. Dans le fond de l'autobus s'amoncellent les pancartes, les banderoles, les sempiternels œillets. Sans succès, le directeur de l'économat du lycée bataille avec l'une des fenêtres, qui s'avère bientôt ne pas s'ouvrir. D'ailleurs, aucune dans ce bus ne s'ouvre. « Dans cinq minutes, on va rôtir », se désole la pharmacienne qui cligne de l'œil, se retenant d'ajouter ce que tout le monde pense : « Si seulement on avait pu rester chez nous ! » Assise du côté de l'allée près de la vieille comptable laconique de la bibliothèque, Ilse s'endort à moitié, sa tête lui pèse une tonne. Comme il serait doux, pense-t-elle, d'avoir une épaule où la poser.

Sur le parking de Chomutov, les autobus sont déjà si nombreux que le temps mis à se garer est presque aussi long que celui du trajet. Pendant que le chauffeur lutte avec ses manœuvres, un mouvement de révolte fomente parmi les passagers : « Mais laisse-nous donc descendre, imbécile, tu nous mets tous en retard ! Tu n'entends pas que les discours ont déjà commencé ? » Ça monte le ton et ça parlemente jusqu'à ce que, enfin libérés de leur *joug mobilitaire*, les habitants de Vejprty se précipitent hors de l'autocar, leurs pancartes et leurs drapeaux de travers dérapant de sous leurs bras, puis se cognent les uns dans les autres, peinant à agripper d'une même main leurs sacs à provisions et la large banderole, qui s'entortille par terre autour des pieds de la pharmacienne – *L'URSS a donné à la paix plus d'espace ! La paix a donné plus d'espace à l'URSS !* Cette petite troupe grotesque est bientôt rejointe par d'autres, déversées par d'autres bus rameutés des villages voisins, clopinant elles aussi accrochées à leurs fanions, leurs tulipes, leurs vols de colombes en crépon. En avant toute !

Ilse boite, c'est son excuse. Elle ne peut pas courir. Où est-ce qu'ils croient qu'ils galopent, comme ça ? Vers le radieux avenir ? Ce n'est encore et toujours que la même chose.

Là-bas, sur la place centrale, la foule est déjà en train de cuire.

— Joie du peuple dans tout le pays ! exulte, solennel, l'orateur à la tribune, devant l'horizon tendu de rouge. Grande explosion de l'initiative au travail : en l'honneur du premier vol de l'homme dans l'espace, l'équipe mécanique de Litvínov s'engage, en plus des prévisions, à transporter *mille fois* le poids du vaisseau *Vostok* !

Hourras, vivats. Ilse tente de retrouver son groupe. Ballottée par l'arrivée en trombe d'une délégation des professeurs du village de Jirkov (proclame leur pancarte), elle perd l'équilibre, se retient à une épaule anonyme, s'éponge le front en attrapant discrètement le bout d'un drapeau rouge qui pendouille devant elle.

— Une équipe des industries chimiques de Lovosice promet de produire *4 275 kilos d'acide sulfurique supplémentaires par jour !* Soit le poids du vaisseau spatial avec le cosmonaute à l'intérieur ! s'emporte l'orateur, extatique, comme s'il n'y croyait pas lui-même.

Applaudissements déchaînés, Ilse rêverait d'une chaise. Ga-ga-rine ! Ga-ga-rine ! scandent les pionniers.

*

Quand on a eu fait trois fois le tour de la petite ville décorée comme une mariée, Ilse a pu se reposer sur l'herbe, un peu à l'écart, sous les branches basses d'un hêtre. Sur la place, quand elle se réveille, garçons et filles en costumes traditionnels dansent sur les chars allégoriques. Ilse se redresse en bâillant, s'étire, se frotte les yeux, regarde quelques secondes le spectacle, puis tourne la tête vers l'auditoire… Quel auditoire ? Il n'y a plus personne ! Où est-ce qu'ils sont tous passés, se demande Ilse, mal sortie de sa torpeur. Soudain pleine d'anxiété, elle se relève d'un bond. Seuls deux ou trois couples âgés dansent encore sur la place déserte, au milieu du sol encombré de résidus déchirés de guirlandes et de fanions rouges. Quand la musique s'arrête, le silence qui règne donne une impression de fin du monde. Sur l'estrade, les enfants qu'on a fait monter ont beau déplier leurs banderoles et piailler en chœur – *Qui n'apprend rien à l'école – restera cloué au sol ! – Plus besoin d'un autobus – quand nous irons sur Vénus !* – il n'y a plus personne pour répéter leurs devises, seules quelques molles voix, clair-semées, leur font écho sans conviction. Mon Dieu, se dit Ilse, tout le monde est parti sans elle ! Qu'est-ce qui a bien pu arriver ? Suivant l'allée des arbres, elle retourne au parking en clopinant à toutes jambes, laissant s'éteindre derrière elle le bruit faiblard des festivités.

Tous les autobus aussi ont disparu. Le parking est vide. Ne reste qu'un grand type brun en veste de cuir qui s'acharne sur le démarreur de sa moto.

— Tout le monde est parti ? Qu'est-ce qui s'est passé ? lui crie Ilse, encore essoufflée.

Sans lâcher son guidon, le type met un pied à terre :

— Pendant le défilé, il y a eu une discussion un peu vive entre les chauffeurs – il y en avait deux-trois qui râlaient que les autres s'étaient garés n'importe comment et qu'ils les empêcheraient de sortir. Donc ils ont commencé à manœuvrer pour se ranger et se rapprocher du défilé. Mais quand ils les ont entendus démarrer, les gens se sont affolés, ils ont cru que le moment était venu de repartir et ils se sont précipités pour ne pas rater leur bus. Donc quand les allégories sont arrivées, il y avait plus personne pour les voir…

Catastrophe, pense Ilse, plus moyen de rentrer. Le train ne circule pas le 1er mai, et demain, c'est jour de congé. Qu'est-ce que vont dire les autres ? Le type brun la regarde en souriant, amusé :

— Tu étais partie où, pendant ce temps, camarade ? Cueillir des coquelicots dans les prés ?

— Je me suis endormie, avoue Ilse, consternée, en serrant les pans de son gilet sur sa robe légère.

— Et tu as rêvé d'un sauveur qui te ramènerait chez toi sur son char ?

Abandonnant un instant le guidon de la moto, il se plante devant elle en roulant un peu des épaules :

— Il est où, jolie dame, ton village ?

— À trente kilomètres, en allant vers la frontière.

— En route vers la frontière, alors. Si j'arrive à démarrer la fusée…

Ilse respire, s'illumine. Content de son effet, le type la reluque un peu, flirte du regard quelques secondes. Grand, brun, tout en muscles noueux, les yeux noirs.

— Je te préviens, tu vas avoir froid, dit le type pendant qu'Ilse grimpe derrière lui, dans le grondement graillleux du moteur. Colle-toi à moi si tu veux, ça te tiendra chaud.

D'un coup de pied sec, il replie la béquille, et la moto part en filant au long de la route déserte. Plus besoin d'un autobus, pense Ilse, elle sourit, la joue appuyée contre le dos de cuir.

*

Il s'appelait Stefan, il vivait cinquante kilomètres plus loin en pleine campagne – avec la moto il pouvait aller au travail comme il voulait. Tu n'es pas d'ici, avait remarqué Ilse, il vient d'où, cet accent ? Pologne, avait répondu

Stefan. Cette fois, sur le perron de bois de sa maison, c'est Ilse qui s'était mise à flirter un peu :

— Il y a vraiment des Polonais grands et bruns aux yeux noirs ?

— Il y a toutes sortes de Polonais.

Après l'avoir ramenée chez elle, Stefan avait demandé un baiser – sur la joue –, il méritait bien ça. Ilse le lui avait donné de bonne grâce. Il était revenu le surlendemain. Ni l'un ni l'autre n'avaient joué à mentionner la possibilité d'aller en ville ou de boire une bière pour sauver la face. Ilse était affamée – de baisers, de sexe, d'une odeur d'homme, d'un simple contact – et il le sentait.

À compter de ce jour-là, les visites étaient devenues régulières. Ce n'étaient que des visites et c'était bien comme ça.

Il travaillait comme contremaître dans une scierie, à quelques kilomètres au nord de Chomutov. Le plus souvent, il arrivait après le travail, toujours impeccablement douché et les ongles propres. Il savait arriver, rester, et partir. Une seule fois, alors que les jours du printemps progressaient vers l'été, étendu dans le lit, il avait lancé :

— Un de ces jours, si ça te tente, je pourrais t'emmener faire une balade à moto un dimanche. Il commence à faire chaud, ça fait du bien de sentir un peu d'air pur et du vent dans ses cheveux.

— Pourquoi pas, s'était contentée de répondre Ilse, en posant la tête sur sa poitrine.

À vrai dire, elle ne voulait rien de plus que ce qu'elle avait à cet instant. Mais oui, le vent dans les cheveux… Elle avait ajouté : « Faisons ça un jour » et ils n'en avaient plus reparlé. Ils ne se parlent pas beaucoup, en général.

Reste qu'à mesure que les jours réchauffent, alors que son regard s'alanguit, se traîne du bureau à la fenêtre grande ouverte de la bibliothèque, Ilse pense à Stefan de plus en plus souvent. Étrangement, il lui rappelle Edit : il y a des gens comme ça, qui ont reçu en ce monde un don véritable pour une seule chose, un don immense, et personne ne l'explique.

*

Il ne vient jamais les mains vides. Il dit : « J'ai un copain qui travaille sur la ligne de chemin de fer, la vieille ligne de Berlin, celle qui a jamais fermé. Il passe tout le temps des trucs. » Ilse adore ces cadeaux, ou plutôt ces choses que Stefan lui apporte : des boîtes de pêches en conserve qu'elle range dans la glacière, du shampoing étranger, des clous, des objets de hasard. Ils lui plaisent d'autant plus qu'ils ne résultent d'aucune intention, d'aucun besoin immédiat, d'aucun désir. Un jour, il lui apporte même fièrement dix rouleaux de papier toilette. « Ben quoi, se défend Stefan en voyant qu'Ilse est un peu choquée – quand même, comme genre de galanterie, c'est différent – tu seras bien contente quand un beau jour on n'en trouvera plus. » Stefan attire Ilse sur ses genoux. « Tu sais pourquoi il est en double épaisseur, le papier cul ? Non ? » Il s'esclaffe, lui chuchote à l'oreille : « Pour envoyer une copie à Moscou ! »

Plus tard ce soir-là, alors qu'ils se reposent dans la chambre, Stefan fixe Ilse un long moment, puis lui prend le menton entre le pouce et l'index.

— Combien d'hommes t'ont eue avant moi ?

Ilse est d'abord gênée, mais il n'a pas l'air du genre à porter des jugements, juste curieux. Elle n'a jamais fait ce compte, elle hésite. Elle dégage son visage, remonte machinalement le drap sur ses seins nus. Il y a eu Horn. Puisque ce n'est pas allé jusqu'au bout, elle exclut l'acteur Borodáč. Restent le premier – celui de l'usine de pneumatiques – et les cinq ou six autres (six) pendant ses dernières années au théâtre. Donc on arrive à huit. Le neuvième, sous le néon, elle refuse de l'inclure, ça ne compte pas. Elle répond :

— Six.

Affalé dans les draps, Stefan sourit d'un air appréciateur.

— Et combien de fois sur six est-ce que c'était sérieux ?

— Une seule, dit Ilse.

Son amant semble satisfait de cette réponse. Elle se garde bien de lui retourner la question, elle a là-dessus plus qu'une idée : on le voit tout de suite. Sans illusions, elle sait à qui elle a affaire. Malgré tout, elle n'a pas envie d'entendre qu'elle est le cinquantième trophée, ou le centième, qu'il accroche à son tableau de chasse. Comme Edit, ce que Stefan sait faire, personne ne lui a appris, il ne sait pas ce qu'il sait, ni ne pourrait l'enseigner. Il attend qu'une femme lui donne ce qu'il veut avec la confiance de celui qui se commande une bière dans une taverne : sans imaginer une seconde que ça pourrait ne pas venir. Peut-être pour cette raison, ça vient toujours. Stefan est un amant compétent comme il y a des fonctionnaires compétents – ça n'arrive jamais d'en rencontrer, on ne l'espère plus, et tout à coup, on se trouve en face de quelqu'un de capable, et tout ce qui vous tourmentait a disparu.

La seule chose qui gêne vraiment Ilse, ce n'est ni le manque de conversation, ni les manières un peu rudes, ni le caractère limité des visites. C'est le parfum. Sans doute après sa douche à la scierie Stefan se vaporise d'on ne sait quoi à visée hygiénique, qui soulève le cœur. Rien ne sent comme ça dans la nature, à chaque fois Ilse se demande ce que c'est supposé imiter. Peut-être le chèvrefeuille… Et puis Stefan se jette sur elle et elle ne pense plus à l'odeur. Ou plutôt, elle s'y habitue comme à un bruit de fond, celui d'une soufflerie ou d'un moteur dans la pièce voisine, insupportable mais avec le temps on finit par ne plus le remarquer. Le parfum s'évapore, plus tard, dans le souvenir, comme on ne pense plus par après à la verrue un peu dégoûtante qu'avait fichée sur le front le formidable fonctionnaire. Seuls demeurent le soulagement, l'immense tranquillité du problème résolu.

Mais la tranquillité, on l'épuise, même la douce insouciance des Tchèques ne peut pas vous la garantir. Il a suffi qu'Ilse aille un jour boire une bière en ville avec Stefan pour que les commérages commencent. Et un soir au début de l'été, Ilse trouve la fille du professeur de mathématiques qui l'attend debout sur le perron de sa maison.

— Écoute, on ne se connaît pas bien, tu vas trouver que je me mêle de tes affaires, dit la fille très gênée, tout en jouant avec ses cheveux. Mais nous avons le même âge, et si je n'étais pas mariée, j'aurais pu me laisser prendre moi aussi. Enfin… tu mérites qu'on te prévienne, alors je suis venue te voir. C'est à propos de Stefan… Tu sais, il est connu dans la région. Ce type est fou, il est dangereux, j'ai hésité à venir, et puis j'ai estimé qu'il fallait que tu le saches.

Allons bon, pense Ilse, sans s'alarmer. Des fous, elle en a connu d'autres. Qui peut dire qui l'est ou ne l'est pas ? D'un pas tranquille, elle invite la jeune femme à la suivre à l'intérieur de la maison. On crève de chaud, Ilse sort deux bières de la glacière de la cuisine, tire les rideaux. Même si elle préfère boire sa bière à la bouteille, elle sort deux grands verres du placard pour avoir l'air plus raffinée, et écoute, debout, ce que l'autre est venue lui dire.

— Il a fait le coup plusieurs fois, mais ce n'est jamais le même coup, explique la fille du professeur de mathématiques. Zdena, une des ouvrières de la scierie, elle rêvait d'avoir un potager avec des poules. Alors pendant des semaines, il a fait des plantations dans son jardin en jouant au type qui s'implique, et des poules, il s'est débrouillé pour lui en trouver. Quand tout a commencé à prendre tournure, dès que les premiers légumes ont commencé à pousser, il est parti comme un malpropre, sans un mot. Après, Zdena a tout fait pour qu'il la reprenne, elle s'est traînée, humiliée, mais ça ne servait à rien, il en avait déjà une autre et il faisait maintenant ce que voulait celle-là. Zdena était si désespérée qu'elle a laissé crever les poules. Il y a eu pire, susurre la fille du professeur de mathématiques d'une petite voix plaintive. Une autre fois, il s'était mis avec une infirmière d'Ostrava, une fille qui voulait plus que tout avoir un enfant. Et il était d'accord pour lui faire. Ce n'est pas seulement qu'il lui a promis de l'épouser – juste ça, ce serait somme toute banal. Lui, il a emmené cette fille jusqu'en Pologne pour la présenter à ses parents. Ils y ont passé une semaine, on choisissait déjà le nom de l'enfant, on se chamaillait même sur l'endroit du baptême. Et au retour, sans explication, il l'a laissée choir.

Ilse écoute, et elle n'écoute pas, elle suit des yeux une grosse mouche noire enfermée dans la pièce, qui bute contre la fenêtre fermée, puis oblique en rase-mottes pour se cogner contre les lambris de bois. *Bzz Bzz. Bzzzzzz.* Ce que disait la fille du professeur de mathématiques, c'est que c'était pareil avec toutes les filles, mais à chaque fois différent. Parce que Stefan savait sentir ce qu'elles voulaient, le leur donner et après leur reprendre. Et là, elles restaient malheureuses jusqu'à ce qu'il le leur donne à nouveau, de temps à autre. *Bzz Bzz*, la grosse mouche s'écrase encore contre la vitre, puis se pose, en silence, sur la table, et nettoie sa tête entre ses pattes. La fille du professeur de mathématiques est en sueur, elle essuie ses mains moites sur sa robe d'été, boit une gorgée de son verre de bière. Comme à l'écoute, la mouche ne bouge plus. Ilse devait se méfier, disait encore la fille du professeur de mathématiques, Stefan pouvait sembler rustique mais ses pièges étaient fins. *Bzz.* Toutes racontaient la même chose. *Bzzbzz*, la mouche s'envole. Elles disaient que les femmes, Stefan savait si bien les aimer avec son corps qu'elles finissaient par croire qu'il les aimait pour de vrai, alors qu'en fait, son corps était la seule chose qu'il avait pour aimer, son corps aimait d'autant mieux que ni son esprit ni son cœur n'étaient de la partie. Voilà, finit par dire la fille du professeur de mathématiques, tu es prévenue.

Ilse réfléchit puis se retourne pour sortir deux autres bières de la glacière. De façon un peu abrupte, elle remercie la fille du professeur de mathématiques de s'être donné la peine de venir, mais que celle-ci se rassure : elle ne veut rien d'autre de Stefan qu'un peu de bon temps au lit, et peut-être une virée à moto à la montagne un de ces jours. Elle s'estime ainsi à l'abri.

*

Coïncidence peut-être : depuis qu'Ilse a commencé à fréquenter Stefan, elle n'a plus trouvé de papiers translucides dans son livre de Pompéi. Plus de quatre mois déjà…

Si, au cours de l'année écoulée, il est bien arrivé que la source tarisse, ça n'avait jamais duré aussi longtemps.

Ça veut dire que c'était un homme, conclut Ilse avec un peu d'amertume, un homme qui escomptait quelque chose en retour, et qui serait venu un jour le réclamer. Puis, contemplant les rayonnages inertes de la bibliothèque, une hypothèse plus dérangeante lui vient à l'esprit : *quelqu'un qui avait confiance en moi glissait ces textes dans mon livre, quelqu'un qui connaît mon amant, et qui n'a pas confiance en lui.* Pendant des semaines, Ilse se tourmente, elle n'a parlé des livres interdits à personne. Est-ce qu'il y en aurait d'autres au courant ? Mais qui dans cette petite ville pourrait avoir lu Boulgakov et le *Poème pour adultes* ? Pendant le cours du jeudi, Ilse jette des regards fureteurs autour de la table, on ne peut jamais savoir ce que les gens pensent, ce qu'ils se disent chez eux, à la maison, dans le secret des familles, une fois le soir venu. Leçons apprises, visages de calcaire. « *Qu'est-ce qui distingue la méthode dialectique, selon Marx, du vulgaire matérialisme évolutionniste ? — La méthode dialectique est la garantie d'une démarche matérialiste véritable. — Bien bien.* »

À force de conjectures, le livre salvateur devient l'objet de toutes les angoisses. Maintenant, quand Ilse arrive à la bibliothèque, elle se précipite sans prudence sur le livre rouge de Pompéi, et à chaque fois il n'y a rien à y trouver. Rien d'autre que le spectacle des ruines en larges photographies noir et blanc. Jour après jour, rien. Un matin, tandis qu'Ilse, assise à son bureau, soulève avec espoir la couverture du livre, elle sent un contact dans son dos. Son corps entier se contracte pour faire face au danger… Mais ce n'est qu'une main qui lui tapote l'épaule. Levant les yeux, elle voit, penché vers elle, le vieux visage de la comptable silencieuse. *Les livres russes*, pense Ilse, *elle est la seule à s'en charger. De là à imaginer une seconde…* Sans dire un mot, la vieille comptable referme avec autorité le livre de Pompéi. Son regard est doux mais sans appel – « Tu n'en as plus besoin, maintenant », croit y lire Ilse. Mais sait-on jamais ce qu'on lit ?

*

— Par là, crie Stefan en tournant son visage vers l'arrière, faut surtout pas y aller, ça pue.

Une de ses mains lâche un instant le guidon pour désigner un point dans les montagnes.

— C'est interdit de le dire mais tout le monde sait qu'ils extraient de l'uranium pour la bombe russe.

Les cheveux d'Ilse flottent au vent, s'envolent et retombent sur ses épaules que la robe d'été à fleurs roses laisse découvertes. Elle a dû la remonter un peu haut pour pouvoir monter à califourchon sur la selle, elle a les cuisses à moitié nues alors la ČZ couleur café accélère pour monter en lacets serrés vers un sentier qu'on appelle encore « Petit Jésus ». La vitesse lui plaît, ne l'effraie pas. Dans les virages, Ilse se penche très bas en suivant Stefan, lui enlace la taille, la sensation de son corps contre le sien est devenue familière, chaleureuse, désirée tout le temps.

Sur le petit terre-plein, il l'aide à descendre en la soulevant dans ses bras, demande avec égard : « Ça ira, pour la hanche ? Ça fait mal ? » Ilse sourit : rien ne fait mal. L'air à la fois piquant et tiède lui emplit les poumons, le souffle glacé des montagnes à l'unisson de celui de l'été, dans l'odeur des sapins, toutes cimes dressées, la vallée resplendit. Quand le sentier se fait un peu trop raide, Stefan tient la main d'Ilse, l'aide à descendre ou à monter, et passe un bras protecteur autour de ses épaules lorsqu'ils croisent d'autres promeneurs.

— Depuis le temps qu'on devait se la faire, cette balade ! Rassure-toi, j'irai pas jusqu'à te demander de grimper tout là-haut...

Parvenus sur un plat, ils s'arrêtent et s'assoient sur un banc taillé dans la pierre, où Stefan attire Ilse auprès de lui. D'un air songeur, il contemple la vallée offerte, puis, pesant bien ses mots, il dit :

— Il n'y a vraiment rien à faire ici, on tourne en rond. Je vais partir.

Reste calme, pense Ilse. Ce n'est rien. Si ce n'est que ça, le mauvais tour qu'il te réservait, tu t'en tires à bon compte. « Toi, la boiteuse, tu voulais une balade ? Eh bien tu rentres à pied toute seule. » Rien de grave, elle pourrait presque en rire. Mais Stefan n'a pas bougé d'un pouce.

— Tu vas partir où ça ?

D'un geste du bras, Stefan pointe le nord d'un air entendu.

— Allemagne. J'ai une combine, dit-il en regardant au lointain.

Lorsqu'ils reprennent leur marche, Ilse se trouble. La crainte idiote de se retrouver seule sur le sentier de randonnée cède peu à peu à un sentiment plus lent, moins compréhensible.

— Tout fonctionne mieux là-bas, poursuit Stefan. Tout est plus grand. Ou alors c'est ici que tout est trop petit. Petit pays, petites ambitions. Bornés, bornés, bornés... Je vais partir.

Ilse avance prudemment sur le sentier escarpé, sans cesser de regarder où elle met les pieds, elle ne porte que des petites sandales, au lieu des chaussures de marche qu'il aurait fallu. Ce que c'est, de vouloir faire la belle... D'un ton détaché, elle demande :

— C'est à l'Ouest que tu veux partir ?

— Non. J'y ai pensé longtemps. Mais maintenant qu'ils ont construit leur mur de merde la semaine dernière, c'est fini, on ne pourra plus passer. Ce gros connard d'Ulbricht, il les a bien eus, quand même... « Qui, moi ? Construire un mur ? Vous ne croyez quand même pas qu'on va demander ça à nos ouvriers, alors que leur boulot le plus urgent, c'est de bâtir tous ces logements qui manquent au peuple ? » Et pas deux mois après, paf, dans la nuit : un mur. Tu t'imagines les maçons à Berlin, emmenés de force en camion, en secret ?

Ilse ne dit rien, elle profite du soleil sur ses épaules, de l'immensité du ciel bleu.

— Est, Ouest, à mon avis, à l'arrivée, ça ne change pas grand-chose, conclut Stefan. Avec ou sans les Soviétiques, des Allemands ça reste des Allemands.

Quand ils redescendent de la montagne, à peine passée la porte entre les deux sapins complices, Stefan entraîne Ilse dans la chambre. Dans la chaleur de cette fin d'après-midi d'été, Ilse a le feu en elle, quelque chose qu'elle retenait n'y tient plus, et ce n'est pas de l'impudeur mais autre chose, de plus puissant, de plus profond, qui la fait se donner sans réserve, tout son corps mais aussi toute sa tête, toutes ses pensées qu'elle doit cacher tout le temps, qui n'aboutissent plus qu'à la peau de cet homme, à son regard, à ses mains, à son sexe. Il affleure une seconde dans l'esprit d'Ilse que quelque chose vient de céder et que Stefan le sent aussi, il en est parfaitement conscient. Mais quoi ? Pourquoi aujourd'hui ? Parce que, pour la première fois, il s'agit d'autre chose qu'une *visite* ? Puis cette pensée, comme toute pensée, la quitte, il n'y a plus que le plaisir qui s'annonce, qui monte, qui éclate et fait tout oublier.

C'est un instant après qu'elle comprend : le parfum. C'était ça. Pas le parfum, mais son absence. On est dimanche, Stefan ne sort pas de la scierie, le mortel chèvrefeuille, c'est sans doute là-bas qu'il le garde, il n'en a pas mis aujourd'hui.

Stefan se relève du lit, allume une cigarette, scrute avec attention le visage d'Ilse. Puis il dit :

— On devrait se mettre ensemble pour de vrai.

9

Chacun de nous est une brique

À la veille de son rendez-vous au château de Feketevárcsurgó, Simon ne pouvait pas dormir. Aucun cliquet, aucun domino, aucune poulie de Rube Goldberg ne captait son attention, il avait pioché sans envie dans la box en carton de nouilles chinoises, qu'il avait fini par abandonner à demi pleine. Trois heures et demie du matin, impossible de dormir, demain, il serait crevé. La télé polonaise, les feuilletons texans doublés en turc, rien ne l'amusait ni ne parvenait à l'abrutir. Il sortit regarder la cour. Encore une fois, la lumière était allumée au troisième étage, où son double invisible veillait lui aussi. Il eut beau scruter, toujours personne en vue, pas même une ombre rapide, pas l'ombre d'un mouvement. Insaisissable bon génie… Simon se frotta les yeux, puis l'image se renversa dans son esprit – l'espace d'un instant il crut que c'était lui qu'on observait, qu'on guettait de l'autre côté de la cour.

*

Dans le froid givré du matin, le taxi mit un bon bout de temps à redémarrer. On étouffait dans la voiture, et Biró paraissait de très mauvaise humeur.

— Tu veux qu'on s'arrête prendre un café ? proposa Simon. Si tu veux, on laisse tourner le compteur…

Biró secoua la tête, tourna une nouvelle fois les clés dans le contact et lorsque le moteur finit par répondre, l'esquisse d'un sourire passa enfin sur son visage. Arrivé au carrefour, il tourna d'un coup sec vers la large rue Dráva, encore peu animée à cette heure. Devant les hauts immeubles modernes, les habitants de Budapest, emmitouflés dans leurs doudounes, attendaient le tram pour aller travailler. Confronté au silence et à la mine renfrognée de Biró, Simon n'osait rien dire. Pas le moment. Ça pouvait attendre. Ils en avaient pour plus d'une heure de route.

Ils rejoignirent bientôt les rives du Danube, où, côté Buda, se faisaient enfin voir de timides signes avant-coureurs du printemps – pour l'instant, seules quelques feuilles hésitantes se risquaient à poindre aux arbres – enfin, c'était un peu plus vert, quoi. Roulant à vive allure, ils atteignirent le pont Marguerite sous un pâle soleil qui peinait à percer les nuages. Simon profita de l'arrêt à un feu rouge pour ouvrir la conversation :

— À ton avis, pourquoi la photo a été découpée ? La photo de la blonde…

Biró tapota le volant avec impatience :

— Peut-être que la gentille Edit ne supportait plus de voir sa copine en peinture. Qu'elle se sentait morveuse de lui avoir piqué son fiancé. C'est ce que moi j'ai compris.

— Tu crois que c'est « Ilse chérie », la blonde de la photo ?

— Je n'en sais rien, dit Biró. Quelle importance ? Tu peux être sûr que, depuis le temps, Ilse chérie, elle a pris vingt kilos, elle a fait quatre gosses, et que ça fait un moment qu'elle a oublié ses amourettes d'adolescence.

— Ou pas, objecta Simon. Qui oublie son premier amour ?

Biró-taxi redevint Biró-journaliste le temps de concéder :

— Personne.

Quand le feu passa au vert, le visage de Biró redevint indifférent et Simon décida de laisser tomber. Un peu endormi, il contempla au passage les beautés inusables de la ville, il les connaissait maintenant par cœur et ne s'en lassait pas : d'abord le Parlement à gauche, bientôt le château à droite, puis le taxi sembla s'envoler sur le pont Élisabeth, vers les collines de Buda. Au faîte du mont Gellert, la Liberté, ses cheveux de bronze au vent, brandissait à deux mains une feuille de palmier vers le ciel. Elle était à l'origine accompagnée d'un soldat soviétique avec un drapeau et une mitrailleuse, avait lu Simon quelque part. Mais le soldat s'en était allé depuis longtemps.

— Je ne comprends pas ce que tu espères trouver dans les papiers de Fekete, dit Biró tout à trac, lorsqu'ils atteignirent la sortie de la ville. Qu'est-ce qui t'intéresse ? Au début, ton obsession, c'était Bence Sandor et le bon génie. Et maintenant c'est quoi ? On est passés à la coiffeuse et sa petite copine ?

— Je ne sais pas, je suis des pistes, tempéra Simon. Ne sois pas défaitiste.

— Je *suis* défaitiste, fit Biró avec un rire amer : je suis hongrois. Tout le monde dit qu'on est une nation de pessimistes…

— C'est que vous avez tout de même perdu deux guerres…, rappela Simon d'une petite voix.

— Et toutes les batailles, compléta Biró.

Avec un temps de retard, il manœuvra habilement pour suivre un panneau qui indiquait Györ/Wien/Balaton. Bientôt, le taxi se retrouva coincé dans une file à l'entrée de l'autoroute. Biró lâcha un grognement, et se mit à maugréer pour lui-même :

— Les Roumains nous détestent à cause de la Transylvanie… Les Tchèques nous détestent parce qu'on a donné le coup de main aux Soviétiques pour les écraser en 68. Maintenant, les Européens nous détestent à cause de notre charmant Premier ministre… Et bien sûr, les Slovaques nous détestent encore plus que tous les autres réunis, à cause de la Haute-Hongrie.

Petit à petit, la file des voitures devint plus fluide, la voie se libéra et Biró s'engagea sur l'autoroute.

— Tu sais, une fois, à Bratislava, j'étais avec un photographe en reportage, on a pris un taxi pour rentrer à notre hôtel. Quand le chauffeur nous a entendus parler hongrois, ça l'a mis en rage. Il le parlait aussi bien que nous, mais il nous détestait tellement qu'il a failli en écraser sa voiture contre un arbre. Pour rentrer en un seul morceau, on a dû continuer notre conversation en allemand.

Simon sourit avant de s'endormir :

— Les chauffeurs de taxi sont des cons.

*

Quand il se réveilla, ils venaient de sortir de Székesfeketevar, et traînaillaient sur une route de campagne, coincés par le large derrière d'un bus.

— Tu peux te rendormir, dit Biró, il y en a encore pour vingt kilomètres.

Mais Simon préféra regarder le paysage, qui s'animait jusqu'à devenir presque accueillant. Roulant toujours au pas faute de pouvoir dépasser le bus, ils tournèrent dans une épingle étroite, sur une route défoncée par endroits, bordée de sapins et de petites maisonnettes aux toits de brique, aux cheminées fumantes. Puis parvinrent à une fourche où régnait une vague animation – un snack-bar.

— Si j'ai bien compris, tu peux monter par là jusqu'au château, dit Biró, désignant une allée qui grimpait la colline.

L'autobus dégagea enfin leur horizon avant de partir s'arrêter un peu plus loin.

— Tu vois, tu aurais pu le prendre, ce bus, glissa Biró avec un soupçon de perfidie. Il y avait un arrêt juste ici. Il y en a forcément un pour rentrer, tu peux encore changer d'avis, ça te coûterait moins cher.

— Tu es sûr que tu ne veux pas venir avec moi ? tenta une dernière fois Simon en se penchant pour fermer la portière. Il va y avoir plein de trucs en hongrois dans les archives, ça m'aiderait que tu traduises…

Biró secoua la tête. Après avoir promis de revenir le chercher à cinq heures, il laissa Simon devant l'allée du parc.

Somme toute, ce château était assez laid. Très chic, ripoliné, mais laid. Enflé. Simon n'aimait ni ses gros flancs couleur beurre soutenus par des colonnes, ni les jardins – français, sévères, rigides –, seule la placide fontaine trouva grâce à ses yeux. Désormais, l'édifice se louait principalement à d'improbables et luxueux congrès – des touristes viennent d'Autriche, de Serbie, d'autres gens viennent pour affaires, détailla la jeune fille en uniforme de la réception qui, au pas de course, baladait Simon de pièce en pièce. Sommé d'admirer, il obtempéra sans entrain, lâchant quelques exclamations de courtoisie. Oh, bien sûr, ça en jetait ce qu'il fallait, parquet au point de Hongrie, lustres et bois lustrés, du haut de leurs cadres les anciens châtelains peints à l'huile examinaient avec dédain les visiteurs. Marbres, boiseries, tapis profonds, plafonds inaccessibles, ce qu'il fallait d'équilibre entre le clinquant et l'austère, tout cela vous toisait et vous en imposait, tout en vous rotant discrètement à la gueule. Mais sans convaincre, pensa Simon. Les témoignages redorés de l'historique n'y faisaient rien, on aurait dit une copie. Une fois de plus, tout était refait de trop neuf pour témoigner de grand-chose, comme ces visages trop liftés où peine à persister un reste d'expression. Mais la réceptionniste n'attendait pas de commentaires, n'avait pas de temps à perdre : un groupe de Chinois, expliqua-t-elle, devait arriver bientôt, si Francis Leterroir voulait bien, on allait passer à la cave. Au bout d'un couloir, ils accédèrent à un escalier serré en colimaçon. Simon dut se baisser pour ne pas se cogner le crâne contre la voûte de pierre.

Moins rutilant, l'entresol, propre sans être entretenu, sentait le moisi et la pierre humide. Ici et là, des accrocs du carrelage avaient été rafistolés avec des bandes de gros scotch de chantier, et, comme pour accompagner le changement de standing, la température venait de chuter d'au moins cinq degrés. Frissonnant sous son uniforme léger, la réceptionniste s'accroupit en lissant sa jupe, hésita, puis souleva une pierre posée sur la dalle :

— Nous cachons la clé ici…

Quand elle ouvrit la porte et alluma les néons se dévoila une large cave basse aux murs de brique. De part et d'autre, un peu à la diable, s'alignaient des rayonnages de dossiers, des piles de cartons, des revues, des livres, au milieu desquels, solitaires, trônaient avec humilité un petit bureau et une chaise.

— J'ai mis le radiateur ce matin pour vous mais ça ne chauffe pas beaucoup, déplora la jeune femme.

Simon repensa au mail, à la « température clémente » et à son smiley mensonger. Canalisations réparées ou pas, la cave était glacée.

— Voilà, conclut la jeune femme, polie mais impatiente de remonter guetter ses Chinois. Maintenant, c'est à vous. Remettez seulement bien la clé sous la pierre en partant.

*

Une rapide inspection suffit à Simon pour se faire une idée. Au bout d'une heure passée à ouvrir et refermer des dossiers, il tenait déjà sa conclusion : si les archives de Michel Fekete témoignaient de quelque chose, c'était avant tout de l'état du monde avant internet. Des années passées à décortiquer la presse, à découper et coller, à joindre avec des trombones, dans des classeurs, dans des sous-enveloppes, dans des chemises. Des cartons entiers d'une correspondance élégante, enveloppes comprises, *pardon de ne pas avoir écrit depuis Noël, j'ai bien reçu votre dernier ouvrage, tous mes vœux pour cette convalescence, mes meilleurs souvenirs à Violette.* Des monceaux d'extraits de l'Argus. De la paperasse sur tous papiers, des tonnes de données périmées et de faits négligeables, tapés à la machine sur du papier pelure transparent… Bref, tout ce qui était indispensable à un journaliste du siècle dernier… Simon remit la doudoune qu'il avait eu la naïveté d'enlever et s'installa près du radiateur.

*

Ça l'avait diverti quelques heures, puis il était sorti manger son sandwich dans le parc, près d'un étang, ravi de retrouver un peu la lumière du jour. De toute évidence, venir ici n'avait servi à rien. Qu'est-ce qu'il allait bien pouvoir foutre tout l'après-midi, d'ici au retour de Biró ? Au fil des jardins à la française, il rentra tout de même vers sa cave, la clé sous la pierre, la petite porte basse…

Mais le contenu des archives n'avait rien de plus à offrir qu'une heure auparavant. Des manuscrits annotés de Fekete. Des tapuscrits millésimés des amis de Fekete. Des interviews du même, annotées et corrigées… Le plus embêtant, c'était la température, sinon il y avait assez à lire pour passer le temps. Devant l'une des bibliothèques, Simon découvrit des revues soigneusement empilées ; la plupart avaient cessé de paraître depuis longtemps. Dans le numéro 6 de *L'Érudit*, on trouvait une étude assez fouillée, intitulée « Jules Verne, figure centre-européenne ». Fekete y avait contribué par un article où il expliquait que le nom de l'écrivain ayant été, dès les premières parutions en Hongrie, traduit par « Verne Gyula », beaucoup le considéraient encore comme un auteur autochtone. Simon s'assit par terre contre la bibliothèque, puis, se ravisant, il se traîna jusqu'au radiateur pour lire la suite du dossier. Un peu réchauffé, il attrapa son sac, en sortit une banane. L'article d'ouverture racontait comment *Le Pilote du Danube*, publié en 1908, s'était transformé quatre-vingts ans plus tard en *Beau Danube jaune,* roman sans grand relief, complété et affadi à la fois par la plume rébarbative du fils de Verne. Venait ensuite une analyse d'un roman que Simon aurait préféré oublier, *Le Château des Carpathes*. L'extrait qu'on en donnait en encadré était sans appel :

« Quel était le propriétaire de cette auberge ? Un juif du nom de Jonas, brave homme âgé d'une soixantaine d'années, de physionomie engageante, mais bien sémite avec ses yeux noirs, son nez courbe, sa lèvre allongée, ses

cheveux plats et sa barbiche traditionnelle. Obséquieux et obligeant, il prêtait volontiers de petites sommes à l'un ou à l'autre, sans se montrer exigeant pour les garanties, ni trop usurier pour les intérêts, quoiqu'il entendît être payé aux dates acceptées par l'emprunteur. Plaise au ciel que les juifs établis dans le pays transylvain soient toujours aussi accommodants que l'aubergiste de Werst.

Par malheur, cet excellent Jonas est une exception. Ses coreligionnaires par le culte, ses confrères par la profession – car ils sont tous cabaretiers, vendant boissons et articles d'épicerie – pratiquent le métier de prêteur avec une âpreté inquiétante pour l'avenir du paysan roumain. On verra le sol passer peu à peu de la race indigène à la race étrangère. Faute d'être remboursés de leurs avances, les juifs deviendront propriétaires des belles cultures hypothéquées à leur profit. »

Pour illustrer le tout, on avait dégoté une photo d'un jeune Verne, un Verne d'avant la barbe blanche, assez différent du célèbre portrait de Nadar. Cheveux plats, raie sur le côté. Fine moustache, bouc prolongé en collier de barbe. Œil brillant, un peu narquois, le visage légèrement penché, l'air de dire : « Je suis plus malin que ça. » *Nez courbe, lèvre allongée, obséquieux et servile.* Connard ! fulmina Simon. Putain de gros connard d'antisémite bien français de ta race ! Il referma la revue et la balança avec colère à l'autre bout de la cave. Puis, s'en repentant, se leva pour la ramasser et la replacer précautionneusement dans sa pile.

De plus en plus dépité, il fit quelques pas pour se réchauffer. Il tournait en rond. Si seulement on pouvait passer toute cette cave au tamis et la secouer un bon coup, peut-être alors qu'il en tomberait quelque chose de valable… Tandis que Simon flânait sans but entre les rayonnages de classeurs, son regard fut attiré par un carton posé de travers sur une étagère : « Agendas M. Fekete ». Il renfermait une série de minces carnets en cuir granuleux, Simon en piocha un au hasard. Sur la page de garde, on pouvait lire la marque « Rendez-vous » et l'année, 1976, sous le dessin désuet d'une femme en robe à volant et bonnet Second Empire à qui un gentleman – canne, haut de forme, redingote – tenait la main avec galanterie. Quant à l'agenda lui-même, il ne renfermait pas grand-chose sinon un monde perdu de cartes de visite en bristol, de rendez-vous réguliers chez un tailleur avenue de la Grande-Armée, de déjeuners au Cercle automobile ou d'un mémento de Marie-France Garaud *(« avec ses remerciements et ses compliments »)* à en-tête de l'Institut international de géopolitique… *Mardi 4 mai, 9 h tél. Anna, intervention d'Aron à la B., Garage Volvo…* En 1977, c'était toujours le même modèle d'agenda, c'était toujours le même tailleur. Itou 1978. Et ainsi passaient les années…

Dans le carton, Simon trouva également un très vieux guide touristique d'Amsterdam et – merveille ! – un index des rues de Paris datant d'avant le RER. C'était peut-être un comble mais vu son état de fatigue, dans la cave glacée du château de Feketevárcsurgó, la lecture en était particulièrement réconfortante. Du magma poisseux de son esprit émergeaient des souvenirs : *avenue de la Grande-Armée, drugstore Publicis, France-Soir…*

Il fouilla à nouveau dans le pêle-mêle du carton et y fit une autre trouvaille : une photo, seule, sans légende. On y voyait un type un peu difforme, assis avec un regard à la fois détaché et défiant aux commandes d'une gigantesque linotype. Mon Dieu, pensa Simon, depuis quand est-ce que ça a disparu, ça aussi ? Avec son clavier colossal, ses cadrans, ses leviers, ses écumoires et ses bacs à limaille, la vieille bête devait faire au moins six mètres de haut. Un dinosaure de l'imprimerie, avant l'ère de l'offset, quand on composait chaud... On en trouvait encore une, antique, dans la cour de l'imprimerie de Saint-Quentin ; les plus vieux ouvriers, en blouse bleue, en donnaient la légende avec l'accent popu des rengaines d'atelier : *« Les linos, ils râlaient déjà quand il a fallu passer en "surpro" – de 120 lignes de plomb à l'heure à 160, imagine un peu quand ils ont fini à 200. Les typos t'attendaient de pied ferme, et derrière, si par malheur un gars repérait une coquille sur la morasse, c'était tant pis parce que les gros bras de la roto, dans le genre après l'heure c'est plus l'heure, ils te faisaient pas de cadeau. »* Tout un univers, un pays perdu, avec son jargon et ses héroïsmes, ses devises et ses coutumes, balayé par le numérique, aujourd'hui aussi dérisoire que les précieuses coupures de presse de Michel Fekete.

Simon regarda plus attentivement la photo. Ce qui le frappait surtout, c'était la différence de gabarit et de forces entre la machine et le petit homme frêle. Grosse tête, menton trop long, épaules maigres, jambes torses, disproportionné. Un taiseux de la typo, le bon génie de personne. Un petit homme difforme et qui le savait assez pour n'avoir pas envie d'être pris en photo. Petit à petit, dans le crâne hébété de Simon, cette image disparaissait pour laisser place à une autre, qui s'y superposait et lui imprimait un tout autre décor. *Devant les baraquements, à droite.* Cette deuxième image était récurrente, elle avait déjà persécuté Simon lors du déjeuner désastreux à l'imprimerie avec les ouvriers du livre, quelques années avant la catastrophe parfumée qui lui avait valu son renvoi.

« Méfie-toi, avaient plaisanté les vieux journalistes de *Quorum,* il n'y a rien de plus dangereux que des ouvriers qui savent lire. » Mais Simon se réjouissait d'y aller, il aimait le pittoresque et il partait sans crainte. Pour les imposteurs, la maîtrise du jargon est une compétence primordiale : au fil du temps, il avait appris religieusement les patois et l'argot des typographes.

Son invitation à déjeuner était une bonne manière de sa sainte patronne, la directrice de l'imprimerie de Saint-Quentin – « Ce serait bien que tu connaisses un peu mieux les gars, on sait jamais, au cas où je suis pas là. Viens un jour où ils font leur bouffe. » Conscient qu'il avait tout intérêt à cultiver le plus d'amitiés possible à l'imprimerie, Simon ne s'était pas fait prier et on l'avait reçu à bras ouverts. C'était, apprit-il, une tradition maison : tous les deux mois, les ouvriers se réunissaient pour se taper la cloche, on invitait en sus deux ou trois des anciens, et aussi, de temps en temps, les clients qu'on avait à la bonne. Pour l'occasion les ouvriers s'étaient sapés, à la fois orgueilleux et modestes, cheveux gominés-peignés, chaussures rutilantes. On vous a gâté, avait dit l'un des types, regardez : sur la table trônait une énorme tourte feuilletée tout en hauteur, percée d'une cheminée.

— Canard, pigeon, foie gras du Périgord annonça fièrement le gars. Trois étages ! Vous serez pas venu pour rien.

— La vache ! s'était exclamé Simon, admiratif. Mais ça m'a tout l'air d'une tuerie ! Qu'est-ce que c'est ?

Les ouvriers se marraient – eh ben, en voilà un qui est jamais sorti de Paris…

— Un Pithiviers.

Simon hésita. Le nom lui était familier.

— Ah ben oui, Pithiviers, bien sûr, s'exclama Simon, c'est là que…

Il s'était arrêté net, juste à temps, devant les types joyeux de passer à table qui le regardaient, le nez en l'air, attendant tous la fin d'une phrase qui devait heureusement ne jamais venir. *« Mais oui, bien sûr, c'est là qu'a été déportée toute la famille de ma mère ! Hébé, sacré vieux Pithiviers ! »* Sa phrase inachevée en travers de la gorge, Simon avait mangé avec peine, incapable de prononcer un mot de plus. Toute la jovialité qu'il s'était échiné à créer en arrivant avait disparu. Tandis que les autres plaisantaient, se passaient le sel et le poivre, il restait muet et avait l'air ingrat et désagréable. Il fallait dire quelque chose, Simon le sentait bien, seulement il ne pouvait chasser de son esprit l'image qui revenait, insistante, jusqu'à l'absorber tout entier. Une photographie trouvée sur internet, prise en 1941 au camp de Pithiviers. Devant les baraquements, on y voit trois prisonniers en mouvement. Le premier, coiffé d'un béret, porte en rigolant plusieurs larges miches de pain. Les deux autres transportent ensemble une lourde bassine, sans doute la soupe du soir, suspendue à une branche qui fait office de poignée. Si on ne distingue pas le visage de l'homme de droite, c'est qu'il baisse la tête, tout à son effort. Mais l'autre, à gauche, a repéré l'objectif, et il a le réflexe de se couvrir le visage de sa manche trouée. Tout mais pas ça, supplie ce bras. Il ne voulait pas qu'on le prenne en photo, pensait Simon, on voit qu'il serre le poing autour de la poignée de fortune. C'est à lui, à cet homme sans visage, farouche, humilié, que Simon pensait pendant le déjeuner, en contemplant dans son assiette les gras reliefs du Pithiviers. *La vache ! Mais ça m'a tout l'air d'une tuerie !*

Le soir, rentré chez lui, il l'avait dégueulé, le Pithiviers. Il l'avait vomi tout son saoul. Mais bon, se força-t-il à tempérer pour Mathilde le lendemain, pas besoin non plus d'en faire toute une histoire – après tout, ce n'étaient peut-être que les excès conjugués de l'alcool, du beurre et de la viande.

Sur la photo qu'il regardait maintenant, l'ouvrier difforme de la linotype, lui, s'était fait prendre. Contre son gré, on le voyait bien, et il dévisageait Simon à son tour : regarde-moi, alors, puisque tu l'as voulu. Simon ferma les yeux et glissa la photo dans la poche intérieure de sa doudoune. Elle ne manquerait à personne.

Puis il se releva et continua à errer parmi les rayonnages. Maintenant, il avait le blues. Désœuvré, il inventoria les étiquettes des classeurs. *Congrès Parti communiste hongrois 1956, 1958, 1989. Minorités juives (415) Roumanie 1953-1963 (416) Yougoslavie 1958 (416.2) Serbie 1941-1945 (417).* Non, pas le blues, se corrigea-t-il, le mal du pays. Il pensa à Paris et à ses avenues, Paris où il n'habitait plus, où ses quelques affaires moisissaient elles aussi dans une cave. *B2 Étymologie/Histoire des langues B3 Problèmes de traductions et de vocabulaire.* Le mal du pays, mais de quel pays ? Celui de Jules Verne et du Pithiviers ? *C1 Théâtre (300) Hongrie (417) Tchécoslovaquie.* Simon s'arrêta, intrigué : Fekete s'intéressait au théâtre ? Ah tiens. Il sortit le dossier de l'étagère.

C'était encore le même fatras de coupures de presse obsolètes, auxquelles venaient cette fois s'ajouter quelques programmes de spectacle, sans doute ceux auxquels Fekete avait lui-même assisté. Adossé à la bibliothèque, Simon les passait distraitement en revue quand lui échappa un petit cri de surprise : une pièce de Bence Sandor ! Dans un théâtre de Budapest, en 1954 ! Ça alors ! Ça n'était pas la découverte du siècle mais tout de même… Pourquoi est-ce que tout le monde l'avait oublié ? Comme s'il s'agissait d'une vieille connaissance, Simon s'empara du programme avec enthousiasme et passa le titre hongrois dans le Google Trad du téléphone. La pièce s'appelait *La Turbine* et racontait semblait-il des histoires de culture de maïs dans une coopérative agricole. Sans doute appartenait-elle à la période « ligne générale » de Sandor, quand il tentait en vain de se racheter une réputation… Retournant au téléphone, Simon en traduisit un peu plus : maïs, maïs, maïs à perte de vue… Il est vrai que ça n'avait pas l'air complètement foufou, *La Turbine*… Au bout de quelques pages, Simon se sentit bête : à quoi bon regarder ça ? Il n'en comprenait pas un traître mot. Aiguillonné par l'espoir d'une photo, il continua de feuilleter le programme. Qui sait, il retrouverait peut-être là la gymnaste blonde des papiers d'Edit. Et si « Ilse chérie » avait été une actrice ?

Et si, et si… Et si que dalle ! Il n'y avait là que du texte imprimé. En hongrois. La nuit d'insomnie, la fatigue commençaient à se faire sentir, Simon piquait du nez. Ses yeux, qui avaient envie de se fermer, se perdirent dans le gris. Jusqu'à ce qu'une chose étrange se produise : comme habitués à la pénombre, ils finirent par discerner quelque chose entre les lignes. Simon plissa les yeux, se releva, le programme à la main. Réveillé tout à coup, il fonça vers la lampe du bureau pour mieux regarder à la lumière. Mais oui ! Toutes les deux lignes, une lettre un peu plus grasse que les autres sautillait légèrement, comme pour se démarquer et échapper au parangonnage. Cela apparaissait avec d'autant plus de netteté quand on ne lisait pas le texte, qu'on ne faisait que le regarder. Une lettre, toutes les deux lignes. Comme la tombe de l'aïeule… Un acrostiche.

Le cœur battant, Simon sortit un stylo et se mit à relever les lettres avec application :

K-O-V-Á-C-S-Á-L-M-O-S-T-É-G-L-A

Bon. Il resta un moment songeur, puis il sortit son téléphone et entra ce monstre – kovácsálmostégla – dans le traducteur automatique. Vu la longueur de certains de ces mots agglutinés, toujours possible. Après avoir mouliné pendant quelques secondes insoutenables, une réponse s'afficha :

Brique de mortier

Juste en dessous, avec de petites étoiles, le logiciel suggérait : « Essayez plutôt avec cette orthographe : Kovács Álmos Tégla ». Les doigts tremblants, Simon s'exécuta. « Forgeron Somnolent Brique », répliqua le traducteur. Simon tenta de ruser : Google Trad était fantasque, parfois, il fallait le piéger. Il essaya de nouvelles combinaisons : Álmos Tégla, Kovács Tégla, et ainsi de suite… Là encore, les résultats, quoique variés, furent décevants : brique de litière, forge d'Álmos, pomme de brique de forgeron, forgeron endormi…

Mais c'était tout de même sacrément intrigant, Simon trépignait de montrer sa trouvaille à Biró. Un quart d'heure plus tôt que prévu, il alla l'attendre, comme convenu, devant la petite cahute du snack-bar de béton rose en bord de route. Le temps lui parut long.

*

— Surtout, ne deviens jamais journaliste.

Biró leva les yeux du programme que Simon avait soustrait aux archives, et qu'il venait d'étudier longuement à la lumière du plafonnier de la voiture. Cette fois, il était vraiment fumasse.

— Qu'est-ce qu'il y a ? demanda Simon, penaud. Qu'est-ce que j'ai fait ?

— *Kovács Álmos !* tonna Biró. Tu ne t'en souviens pas ? Ça t'arrive de noter parfois quelque chose ou jamais ? Quand je t'ai emmené chez Szillard, au lac de Velence, il t'a donné la liste des amis de Bence Sandor : Apor Péter, Anda Gábor… *Kovács Álmos*, c'est le mec qui lui a commandé le poème lyrique pour condamner 56. Ce n'est pas un forgeron, mais un mec de sa bande. Kovács c'est forgeron, c'est comme Smith ou… Vous n'avez pas ce nom-là, en France ? Et Álmos, c'est un prénom.

— J'ai cru comprendre que ça voulait dire « endormi », se justifia Simon, « qui a envie de dormir ». Tu parles d'un prénom…

— Ça vient du mot « rêve », s'énerva Biró. Et si jamais la Hongrie t'intéresse, apprends qu'Álmos est le père du grand prince Árpád, le premier chef des tribus magyares.

— Et « Brique » ? persifla Simon, vexé. Brique aussi, c'est un prénom ?

Biró leva les yeux au ciel et laissa échapper un geste, agacé, d'impuissance. Puis il démarra la voiture, enclencha le compteur, et prit lentement la route qui redescendait vers Székesfeketevar. Il fallut un bon moment avant qu'il ne parle à nouveau.

— Ce n'est pas un prénom. Et dans ce contexte, ce n'est pas exactement une brique non plus. *Just another brick in the wall*, tu comprends ? Une brique, qui en tient d'autres, et comme ça elles tiennent toutes… Je me demande bien qui a laissé ce message, et pour mettre en garde qui…

Simon le regarda sans comprendre.

— Chacun de nous est une brique. Une brique parmi les autres dans le grand mur de la Paix… *Tégla*… C'est comme ça qu'on appelait un indic. C'est de ça qu'il prévient, le message : « Álmos Kovács est un indic. »

Fendant la campagne humide, le taxi rejoignit l'autoroute et Biró reprit son visage taciturne. Hormis l'animation occasionnelle des lumières d'une station-service ou d'un Burger King, l'horizon demeurait désespérément plat. Simon n'en pouvait plus de se taire.

— Mais dans ce cas-là, finit-il par exploser, il faut absolument retrouver ce type ! Savoir ce qu'il est devenu. S'il est encore en vie… Sinon, il y a sûrement des gens qui l'ont connu…

— Ouais, dit Biró sans enthousiasme. On devrait faire ça.

Il jeta un œil courroucé à Simon, puis accéléra rageusement, sans motif, jusqu'à doubler un camion lointain. Simon gigota sur son siège.

— Tu ferais vraiment un mauvais journaliste. Tu es comme ma belle-sœur : il suffit qu'on lui donne un coupon gratuit pour qu'elle en oublie tout et achète n'importe quoi. Et après, elle s'extasie comme une conne : « Il y avait un coupon ! » Toi, c'est pareil, tu es comme un môme, il suffit qu'on te donne une boîte de pralines et tu es content.

— Qu'est-ce que la boîte de pralines vient faire là-dedans ? demanda Simon stupéfait.

— Tu étais tellement content qu'on te la donne que tu t'es arrêté à ça ! Quand on était dans le gang, tu n'as même pas remarqué que la femme du serrurier hésitait à parler. Qu'elle savait des choses. Elle aurait peut-être parlé, mais pas devant les autres.

— Attends, se défendit Simon, et toi, alors ? Si tu t'en es aperçu, pourquoi est-ce que tu n'as rien fait ?

Impassible, Biró mit son clignotant pour dépasser, de façon plutôt sportive, une berline basse qui lambinait.

— Je corrige ce que j'ai dit tout à l'heure : tu ne ferais pas un mauvais journaliste, tu ferais un *très* mauvais journaliste. Tu es comme un *exemple* de ce qu'il ne faut pas faire. Une *suite d'exemples*. Mais enfin, tu crois quoi ? Que tu peux te pointer, comme ça, chez des gens, et tout obtenir d'eux juste en claquant des doigts ? « Bonjour madame, on ne se connaît pas, racontez-moi maintenant l'histoire de votre vie, de vos pires trahisons, merci, au revoir » ? Tu crois que ça se passe comme ça ? Non. C'est *long*. Ça prend du temps. Quelle raison elle aurait, d'ailleurs, de faire confiance ?

Aucune, pensa Simon, il n'osait plus regarder Biró. Il pensait : je suis timide, je suis nul, je ne vois rien, je me débrouille comme un manche. Mais Biró ne lui prêtait plus attention. Crispé sur le volant, il ruminait, ses pensées avaient changé de destination. Alors que les premiers panneaux annonçaient Budapest, il reprit sa voix la plus basse, son murmure :

— Mais là, en ce moment, je te garantis qu'elle y pense, la femme du serrurier. Dans sa petite tête, depuis quelques jours, ça travaille, c'est en train de travailler – « Pourquoi est-ce que je n'ai pas parlé alors que j'étais prête à le faire ? Pourquoi je n'ai rien dit ? » Et peut-être, avec un peu de chance, si on revient, elle sera prête. Mais peut-être pas. Peut-être que ça prendra un mois, ou trois. Ou jamais…

Maintenant ou jamais, pensa Simon, c'était une perche à saisir :

— Alors il faut qu'on retourne dans le gang.

Biró grommela ce qui ressemblait à un assentiment.

— Et qu'on retrouve la trace d'Álmos Kovács, aussi.

Là, sans daigner répondre, Biró passa ostensiblement une vitesse et appuya de tout son poids sur l'accélérateur.

10

L'homme sauvage

Tout est laid. Les petits vases, l'étagère ornementale, le hérisson en carton mâché, les glaïeuls en plastique… Ilse déteste chacun des objets de la pièce, jusqu'au plumeau qu'elle tient et qui les dépoussière. Ils ont un goût pour les couleurs criardes ici, comme s'ils avaient du mal à voir et qu'il leur fallait tout souligner au néon. Objets faux, qui jouent mal, imposteurs, enrage Ilse en passant le chiffon à poussière sur les lutins en plâtre, en grattant à l'éponge les grosses fleurs orange de la toile cirée. Toujours gros, comme leurs goûts, ils ont de gros goûts ici, et ils en sont fiers. Les Tchèques, eux, aiment les *petites* fleurs, ils parsèment, ils suggèrent, ils dispersent avec discrétion. Ici, plaf, grosse fleur. Des pommes en plastique derrière une vitrine, à quoi bon ? Ilse se rappelle la maison du docteur Küsser, on y enfermait les objets fragiles, les nacres perdues, les poudriers translucides en forme de coquillages, les verres à liqueur en cristal tremblants, avec leurs fins liserés dorés. Pourquoi protéger d'une vitre des pommes en plastique ? Que de la camelote, qui joue mal son rôle. Même dans un théâtre de province, ils n'en voudraient pas. Objets de merde, ils racontent une vie de bonheur domestique et personne n'y croit. D'ailleurs cette vie appartient à d'autres. L'appartement avait été attribué à un couple vraiment marié, et puis ils sont partis et Stefan a réussi à intriguer pour vivre là, dans leurs objets. On ne peut toucher à rien, on ne peut rien mettre à soi. « Qu'est-ce qu'il te faudrait de plus ? Il y a déjà tout. » Tout. Oui, c'est bien ça. Ilse déteste tout de cette vie domestique, où elle doit constamment servir. Servir les objets, servir la soupe, servir des nouvelles de sa santé et de son ménage aux voisines parce qu'on n'a le droit de parler de rien. Ce n'est pas une vie, mais un échange de domesticités. Stefan soupire, il n'écoute qu'à moitié.

— Tu n'es jamais contente, rien ne trouve grâce à tes yeux.

— Si, plein de choses. Mais pas ici. Ici tout est sans légèreté, sans charme, et sans humour.

— J'en connais une autre qui est comme ça, dit Stefan, puis il retourne à sa bière et à la contemplation muette du canapé en peluche, qui ressemble à un canari moutarde obèse, tombé de tout son poids dans le salon marron.

Ilse se sent mal à Dresde. Il aura suffi de monter s'établir trente kilomètres au nord pour qu'elle cesse d'être allemande et qu'elle devienne enfin entièrement tchécoslovaque. L'allemand qu'on parle ici sonne à ses oreilles comme une langue étrangère qu'elle se trouverait comprendre pour une raison inconnue. Elle peine, pour répondre, elle balbutie, les mots sont à la fois trop familiers et trop étranges. Quand elle était enfant, chaque village de Slovaquie avait son patois germanique bien à lui. Mais Ilse ne se souvient ni des accents de son père ni des voix de ses frères. Elle ne se fait pas non plus aux manières locales, cette façon qu'ils ont d'être directs – c'est ce qu'ils doivent croire « direct », il y aurait d'autres façons de qualifier ça. Où est la délicatesse ? Où est le tact ?

— C'est bien ma veine, dit Stefan, pour aller en Allemagne, je m'étais dégoté une Allemande, et voilà que tout le monde la trouve trop tchèque. J'aurais dû attendre d'en trouver une sur place.

— C'est bien ce que tu fais, non ? demande Ilse en lui décochant un regard noir.

Stefan répare des téléviseurs. Pas dans une usine, il va chez des gens quand leur poste ne marche plus. Dieu sait où il va. Maintenant, ce n'est plus le chèvrefeuille qu'il sent quand il rentre le soir mais des parfums pour femme, rudes comme du tord-boyaux, est-allemands, gros parfums. Parfois il ne rentre pas.

*

Ilse ment : la ville est magnifique, ce qui en reste, magnifique comme un rêve perdu. Peut-être qu'elle existe en vrai, la vie qu'on lui a fait miroiter, faite de promenades alanguies d'un bord de l'Elbe à l'autre, sur les places immenses, dans les splendeurs baroques, les théâtres…

Tout ça pour se retrouver en banlieue, enfermée dans cet appartement toute la journée, elle ne connaît personne ici, et la ville est trop grande. Pas une bibliothèque qui veuille d'elle, si ça continue il faudra bien qu'elle se résigne à prendre un emploi qui va lui massacrer la hanche. Stefan répète que ça peut encore aller, il ne dit pas pour combien de temps.

Ilse n'a pas mis les pieds dans un théâtre depuis huit ans – maintenant, ils l'intimident. Un jour, elle est descendue du tram pour regarder de près le bâtiment du Théâtre d'État. Énorme, gonflé, monumental. Allemand. Il était fermé à cette heure, en passant sous les arches elle a pu entrevoir un bout du grand hall, les fûts des colonnes blanches ceintes de dorures, la moitié d'un lustre, elle a admiré ce qu'elle a pu en collant son visage contre une vitre de la billetterie. Mais lorsqu'elle a fait le tour du bâtiment, il y avait justement des gars devant leur camion en train de charger un décor, et là, elle a reculé parce que ça faisait trop mal. Le soir, elle n'en a rien raconté à Stefan.

Lui, il se plaît, ici, et il pourvoit à tout, sauf à l'irrationnel. Il protège, il paie les factures, même il soigne et dorlote. Mais tout cela, il le fait par convention, il joue son rôle d'homme de la maison et le joue d'autant mieux que ce n'est qu'un rôle. C'est le rôle qu'il aime, et il est reconnaissant à Ilse parce qu'elle lui permet de le tenir, comme tout acteur reconnaît vaguement celui qui signe son contrat, le reconnaît, va jusqu'à le bichonner parfois mais ne l'aime pas – pourquoi l'aimerait-il ? L'acteur estime que seules ses qualités d'artiste lui ont valu son engagement. Tout comme Stefan pense bien qu'Ilse aurait pu signer avec un autre, mais qu'elle l'a choisi, lui, et cela non par bonté d'âme mais dans l'intérêt du spectacle.

Alors les pensées d'Ilse ont retrouvé le chemin de leur destination habituelle, sont retournées vers Horn comme elles l'ont toujours fait.

Horn revient la nuit. Quand Stefan n'est pas là, quand tout s'est tu et qu'Ilse colle son poignet contre son oreille pour ne plus rien entendre que le sang tressaillir dans ses veines, alors Horn revient. Lorsque le sang se met à battre, sonore, comme un code, il finit enfin par se manifester.

Les cendres éparses voltigent des quatre coins de la pièce, du plafond, se rassemblent et interrompent enfin leur longue et minuscule errance dans les airs. Comme si Horn se tenait toujours tenu là, tapi sous la peau, *platty platty*, en attendant son heure...

L'absence aussi a ses récits, ses événements, l'absence a ses horaires et sa chronologie – il peut se passer des semaines ou des mois, des années, mais elle arrive toujours, capricieuse et fidèle, l'heure de Horn, la nuit. Pour Ilse, ces moments ne sont pas placés hors du temps, ou dans une banlieue de la vie. Au contraire, ils attendent que les apparences et les mensonges du jour se dissipent pour qu'enfin la vraie vie commence. Et parfois, Ilse se demande si elle n'a pas choisi Stefan justement parce qu'il est incapable de soupçonner cela, si elle ne l'a pas élu comme l'homme le plus prosaïque, le plus inaccessible à sa liaison silencieuse, à son commerce invisible et nocturne. Un homme qui, puisqu'il en réfute par chacun de ses actes l'existence, ne peut rien déranger de cette vie-là, et la lui laisse intacte.

*

Aucun patron n'aurait pu faire preuve de plus de bonté que Herr Minge. Rien, ni la guerre ni le socialisme, n'altérait les traditions familiales qui lui avaient été transmises, exprimées par une gouvernance paternaliste à l'ancienne, mélange d'autorité et de bienveillance dont les dosages variaient selon les aléas de l'exercice du magasin de chaussures – la sévérité ayant tendance à prendre le dessus quand arrivaient les changements de saison et l'inventaire. Le reste du temps, il veillait au bien-être et à la bonne humeur de ses employés comme à un élément important de son commerce, se montrant aussi ferme que compréhensif. Qui est heureux de venir travailler travaille mieux, et le bonheur des deux vendeuses et du commis incombait donc à leur patron, estimait Herr Minge. Il s'adressait à chacun avec la plus formelle politesse, et donnait à tous l'impression de se soucier réellement de leur confort. Ainsi il défendait à Ilse de faire trop d'efforts sur les échelles, le commis devait transbahuter à sa place les boîtes en carton, et si on ne pouvait vraiment pas éviter qu'elle s'agenouille pour chausser les clients, elle avait ordre de se reposer et de s'asseoir lorsque sa hanche lui jouait des tours. Du reste, deux vendeuses étaient bien assez pour servir les rayonnages souvent à moitié vides, où le produit, pour la plus grande désolation de Herr Minge, n'était plus que d'une qualité inférieure.

Autre confort réservé aux employés – Ilse, Alma, une mère de famille toujours épuisée, et un jeune et pâle commis de dix-sept ans nommé Hartmut –, une partie de la réserve avait été aménagée en salle de déjeuner avec coin cuisine à l'arrière. Cet arrangement, jugeait Herr Minge, renforçait la cohésion du personnel. On aimait à y prendre ses repas ensemble, chacun avec son rond de serviette comme en famille, sans craindre de laisser libre cours à une certaine liberté de ton.

Ilse attend toujours le déjeuner avec impatience car, le temps d'une heure, il règne d'un côté à l'autre de la petite table en formica une forme d'insouciance, de confiance et de communauté, même s'il ne s'agit que de se passer la moutarde avec politesse en écoutant les actualités à la radio.

— Moi, je l'aimais bien, Khrouchtchev, dit Alma. Je trouve que c'est pas juste, ce qu'ils lui font. C'est pas parce que son maïs a pas poussé qu'il fallait forcément le dégager.

— On ne pourra pas vivre éternellement derrière un mur, lâche entre ses dents le jeune Hartmut.

Herr Minge secoue la tête avec une aimable condescendance :

— Selon moi, le véritable mur, il est désormais entre les générations, entre ceux qui ont vécu la guerre et vous autres les jeunes.

Il se tourne vers Ilse :

— Vous avez connu des bombardements à Bratislava, *Fräulein* Küsser ?

Sans dire un mot, Ilse fait un signe furtif d'acquiescement puis se lève pour aller déposer son assiette dans l'évier. L'apprenti se lève à son tour et éteint la radio, mais Herr Minge continue sa pensée, et son visage, perdant sa jovialité coutumière, s'assombrit :

— Le lendemain des bombardements ici, j'ai vu une foule en train de prendre d'assaut un entrepôt. Tout le monde hurlait et se piétinait, les gens s'engouffraient par les fenêtres, et ils ressortaient les bras chargés de poignées de porte. Qu'est-ce qu'ils pouvaient bien vouloir faire avec ça dans une ville où la moitié des portes n'existaient plus ? Tout était en ruine ! Mais ils pillaient tout ce qu'ils savaient, comme des possédés, comme des animaux, et ils se battaient entre eux sans aucune décence. J'ai vu un type faire un croche-pied à une jeune fille pour lui arracher les poignées qu'elle portait dans les bras, et lui donner des coups de pied ensuite, après l'avoir mise à terre. Il l'a frappée jusqu'au sang, et après ça, il s'est enfui à toutes jambes. Et puis, à mi-course, comme si la raison lui était enfin revenue, il a jeté les poignées de porte au sol avec dégoût. Il les a jetées loin de lui, le plus loin possible. Moi j'estime qu'il y a un mur entre ceux qui ont vu de telles choses et les autres.

*

La doctoresse en blouse blanche recale sur son nez les lunettes rondes à monture d'écaille puis, saisissant son scalpel, elle ouvre d'un seul trait, à l'endroit de l'aine. Les pieds calés sur les étriers, Ilse tente de relever la tête pour voir, alors que la doctoresse plonge sa main dans la fente et en ressort un enchevêtrement de minces tubes translucides, qui ressemblent à des chaînes de vélo.

— Ah, voilà ce que c'était donc ! C'est un désamour, diagnostique la doctoresse, satisfaite.

Ilse n'est rassurée que parce que la doctoresse semble l'être – au moins, on sait ce qu'elle a – est-ce qu'il suffisait de l'extraire ? Contemplant la pelote poisseuse que la doctoresse tient en main, elle se demande si on peut le soigner. Puis se réveille en sueur.

Des rêves comme ça, elle en fait toutes les nuits. La veille, Stefan était devenu un nain tonitruant aux pieds et aux mains immenses. Demain, ce sera encore autre chose…

Hier, elle les a vus dans la rue, pas loin du magasin de chaussures. Toujours la même blonde un peu grasse, Stefan ne cherche plus à se cacher.

Ce qui fait le plus mal à Ilse, ce n'est pas qu'il la trompe, c'est qu'une autre connaisse ses secrets. Tout ce que Stefan sait faire et les plaisirs qu'il donne, ce que c'est de les attendre et de ne plus pouvoir s'en passer, cette autre femme le sait aussi. Maintenant, elle peut regarder Ilse en face, la détailler de la tête aux pieds, et en savoir long sur son compte, de ces choses qui, selon Ilse, ne doivent être partagées qu'entre les amants. Ilse se sent humiliée. Quand elle le confronte, Stefan hausse les épaules : « T'en fais pas, au lit, tu es meilleure qu'elle. Mais pour la danse, évidemment elle te bat. »

De temps à autre, il lui fait encore l'amour, d'une façon vite expédiée, un peu brutalement, ou, ce qui est pire, distraitement. Un peu comme une corvée à laquelle il faut bien se résoudre, comme on fait la vaisselle. Ce qui est pire encore est le souvenir des caresses que Stefan sait qu'Ilse préfère, et dont désormais il s'abstient.

*

Les collègues du magasin ont été les premiers à s'en apercevoir : un matin, en ouvrant son casier, Ilse trouve un petit paquet en carton. À l'intérieur, une paire de minuscules chaussures, pas des chaussons, de vraies chaussures, taillées dans une seule pièce de cuir, avec des semelles et des lacets.

— Je les avais sauvées d'un très vieux stock, chuchote Herr Minge, elles datent *d'avant*, on n'en fait plus de comme ça.

Faisant cercle autour d'Ilse dans la réserve encombrée par les piles de cartons à chaussures, Alma, Hartmut et le patron lui sourient avec affection, un peu en retrait, embarrassés.

— J'espère que nous n'avons pas été indiscrets, s'inquiète Herr Minge, une main sur le cœur comme posée là pour tous.

Ilse est trop émue pour répondre. Balançant par leurs lacets les chaussures minuscules devant ses yeux elle sourit.

— Évidemment, une si petite personne ne marche pas encore mais, avec une socquette, ça gardera les pieds bien au chaud, assure Herr Minge, attendri, tandis que Hartmut se précipite chercher un mouchoir en papier et il le tend à Ilse pour qu'elle essuie ses larmes.

Le soir, Ilse attend Stefan sur le canapé moutarde. Devant elle, sur la table du salon, les petites chaussures posées au centre d'un napperon.

— Depuis quand ? demande Stefan d'un ton neutre, d'un ton plein de sang-froid.

Ilse ne lui répond que par haussement de sourcils, excédé : « Ça fait un certain temps qu'on n'a pas fait l'amour, compte toi-même. » En vrai, c'est arrivé par accident. Jusque-là, Ilse a toujours fait très attention. Le temps de s'en rendre compte, il était déjà tard.

Mais le visage de Stefan a changé, un sourire extatique le transforme, l'adoucit, un sourire qu'Ilse ne lui a jamais vu. Il s'approche d'elle, la serre avec tendresse dans ses bras.

— C'est magnifique, on va avoir un enfant ! Quel merveilleux cadeau ma chérie !

Plus tard dans la soirée, il s'assied sur le lit et, d'un air résolu, explique à Ilse que c'est un signal, tout doit changer maintenant. Il va trouver un vrai appartement, un endroit bien à eux pour accueillir l'enfant et devenir une famille. Quelque chose de bien, de propre, plus près du centre, il va s'occuper de tout, et ils attendront cet enfant là-bas. Il va se reprendre en main, arrêter ses conneries, avec l'enfant ça change tout, il n'ira plus en voir d'autres. Il prend Ilse dans ses bras et dit qu'il est heureux, il va devenir un père, il est follement heureux.

Il tient parole. Bientôt Ilse visite le petit appartement, au nord de la ville, dans un quartier cossu, calme, un peu campagnard, qui porte un nom étonnant : L'Homme Sauvage. Selon une vieille légende, il a été donné après la guerre de Trente Ans à un ermite venu au secours du souverain qu'un brigand tentait de détrousser. Mais beaucoup d'autres disent que la légende est fausse, qu'elle a été inventée des siècles plus tard par l'aubergiste du coin pour sa publicité. L'auberge est toujours là, Stefan emmène Ilse au Biergarten le dimanche. Ses mains encore couvertes de peinture, écorchées par les travaux, se posent, tendres, attentives, sur le ventre arrondi d'Ilse. Il a trouvé un berceau, bricolé une table pour les langes, accroché des rideaux protecteurs dans la chambre de l'enfant repeinte en vert amande. Ce serait enfin ça, la douceur de vivre ? Au départ, Ilse n'était même pas sûre de vouloir cet enfant, maintenant elle le désire plus que tout. Au Biergarten vient souvent un petit orchestre qui joue de vieux airs de danse et elle se laisse aller, joyeuse, la tête en arrière, les mains croisées sous son gros ventre.

Il faudra qu'elle arrête bientôt de travailler, c'est dommage, tout le monde au magasin la couvre d'attentions, on est si gentil avec elle, et Stefan est plus gentil que tous, pense Ilse, s'endormant dans le confort de la chambre douillette, avec ses larges fenêtres à l'anglaise, dans le quartier paisible de l'Homme Sauvage.

*

Et puis viennent les mois chauds, Ilse a mal à la hanche, il lui devient pénible de se déplacer. Elle est allée seule chez le docteur : « Il faut que votre bébé se retourne, madame, sinon, on va devoir faire une césarienne. » Dans la large avenue, sur le chemin du retour, Ilse peine, elle s'inquiète, elle ne veut pas de la césarienne. Quelques mètres plus loin, des ouvriers défoncent la chaussée à coups de marteaux-piqueurs, *vrrrr*, l'odeur du goudron chaud parvient jusqu'à Ilse et lui donne la nausée. *Vrrrrrr*, quelque chose de pas net est en train d'arriver. Hier

Stefan s'est comporté toute la soirée d'une façon étrange, sa grande jambe battait nerveusement sous la table. « Je vais prendre l'air, marcher un peu, je ne sais pas… j'ai la bougeotte », il a embrassé Ilse sur le front et est rentré trois heures plus tard, sombre, sans dire un mot. *Bzzzzz,* flottant au-dessus d'une mer d'étincelles, le vacarme du pilonnage des marteaux-piqueurs, pourquoi est-ce qu'il faut toujours que les villes soient détruites ? L'odeur écœurante du goudron, Ilse traîne la jambe dans l'avenue, sous le soleil qui tape. Soudain une douleur intense l'envahit, plus possible de faire un pas, la douleur est si cuisante qu'elle annihile tout, qu'Ilse est même incapable de comprendre si elle vient de son corps ou de son esprit. Peut-être qu'elle continue à poser un pied, puis l'autre, elle ne sait même plus si elle avance, il lui semble bien voir se succéder des vitrines, qui ne reflètent plus personne. Là, dans l'avenue allemande, d'un coup, Ilse ne sait plus qui elle est, elle se sent partir, et l'enfant avec elle. Il faut qu'elle appelle sa famille… sa mère, Ilse veut appeler sa mère, lui parler tout de suite, sa mère sait qui elle est, elle se souviendra d'elle. *Bzzzzz,* insistent les marteaux-piqueurs, *bzzzz*. C'est donc ainsi que cela se produit ? On sent d'abord que l'on va s'évanouir, s'évanouir entièrement, on a le temps de s'en rendre compte, ce n'est pas le corps qui s'en va le premier mais l'esprit, la conscience qu'on avait de soi-même se dissout, quitte ce monde, fondue par le soleil, s'évapore d'un coup, *hoppla !* Pas tout à fait encore : dans la brume, la chaleur, Ilse aperçoit, qui vient vers elle, le serpent jaune du tram numéro 3. Elle oublie qui elle est, mais elle se rappelle où va ce tram.

Ballottée avec son gros ventre au gré des rails, parmi les passagers en sueur, le bras tendu en l'air pour agripper la poignée, quelqu'un propose sa place, mais Ilse ne peut plus bouger, elle se cramponne là-haut à la poignée de cuir. *« J'ai la bougeotte, je ne tiens pas en place. » Non, pas* la bougeotte, *pas un mouvement nerveux, instinctif. Mais au contraire un mouvement ralenti, presque jusqu'à l'arrêt, devenu imperceptible au long fil des longues longues années...* Rien ne va plus, dans le tram brinquebalant, Ilse se demande si elle va mourir. Un long mouvement tortueux, maîtrisé, amorti, un ruban d'années resserre maintenant sa prise autour de corps, comme un python, pour l'étouffer. *Pif-paf, c'est en train d'arriver, ça arrive,* chuchote la voix de Horn. *Il attendait seulement que tu veuilles quelque chose, que tu le veuilles vraiment.* Bzz Bzz, *rappelle-toi... la fille du professeur de mathématiques, les lambris de la petite maison...* pukk pukk pukk, *petite Ilse, les gens restent ce qu'ils sont, le même coup à chaque fois... Ça te revient ?* Bzzzzzzzzzz ! *On se chamaillait déjà sur l'endroit du baptême... et quand le jardin a commencé à porter ses fruits...* bzz *non, ce n'est pas ça... et quand les légumes ont poussé...* Ilse sait ce qui arrive, ce qui va arriver, et en même temps elle ne sait plus d'elle-même qu'une chose : qu'il y a un cœur qui bat en elle, un deuxième cœur tourné à l'envers, et qui n'est pas le sien.

Tout le reste existe encore, le tram remonte la rue, longe le cimetière, puis il descend l'avenue, vers l'immense place de l'Opéra, qu'il dépasse. Dans la rue Leipziger, à droite, se dresse tout esseulé un petit immeuble rose de trois étages, égaré là comme s'il avait perdu les siens. Puis les étangs, puis un autre théâtre, là le tram tourne à droite et il file en avant jusqu'à son terminus, jusqu'à l'Homme Sauvage, un bouton d'églantier penche au-dessus du chemin, *rida rida bom bom bom*, penche au-dessus du chemin.

11

Musique chinoise

Quand elle ouvrit la porte de la loge et tomba nez à nez sur Simon et Biró, la concierge de la rue Frangepán manifesta la plus vive contrariété, coulée tout entière dans une exclamation plaintive, et aussitôt réprimée. Il était évident qu'après leur précédente visite elle espérait bien ne plus jamais les revoir. Son visage se fit moins hostile quand elle comprit que cette fois, il s'agissait seulement de leur indiquer l'appartement de la femme du serrurier.

Tandis que, dans les rumeurs du gang où les habitants se préparaient à dîner, ils grimpaient l'escalier délabré, Biró se rapprocha de Simon :

— Ce serait bien que tu parles un peu quand même, juste pour la mettre à l'aise, qu'elle entende ta voix. Dis n'importe quoi, je ne pense pas qu'elle comprenne l'anglais. Si tu dis une connerie, je traduirai autre chose.

Des fleurs bleues en bouquets, imprimées sur le blanc d'un foulard, s'esquissèrent d'abord, frémissantes, au-dessus du rideau en dentelle qui ne dissimulait qu'en partie l'intérieur aux regards. Puis la porte s'entrouvrit. En les reconnaissant, la vieille dame eut d'abord un bref mouvement de recul et saisit d'instinct la petite croix argentée qui pendait à son cou. Puis elle rajusta son fichu et hocha la tête, comme si Simon et Biró étaient une sorte de calamité inévitable, comme la pluie depuis longtemps annoncée par les nuages, qui tombe sans méchanceté ni volonté de nuire. Tandis que Biró saluait et commençait son introduction, la dame ne quittait pas Simon des yeux. À contempler son air accablé, ses yeux clairs qui s'embuaient de résignation, il se sentit triste, il avait envie de s'excuser.

En frottant ses mains sur son tablier à carreaux, la dame les fit entrer. L'appartement s'ouvrait par une petite cuisine assez négligée, où un faitout était en train de bouillir sur la plaque à gaz. Sur la table en formica, un économe et quelques patates parmi leurs épluchures – l'ouvrage interrompu par leur visite importune. Comme si elle avait compris qu'on en avait pour un moment, la vieille éteignit le feu sous la marmite, et les précéda dans la petite salle à manger sans âge, envahie par de lourds meubles en bois sombre ouvragés, de toute évidence conçus à un autre siècle et pour des pièces plus vastes. Poussés aux quatre coins du séjour, bahut, buffet, vaisselier écrasaient de leur présence la pauvre table à manger et ses chaises, qui se terraient comme avec soumission dans le peu d'espace restant.

Après avoir fait asseoir ses visiteurs, la vieille dame rajusta à nouveau son fichu, puis elle massa machinalement ses mollets recouverts de bas de laine noire. Biró parlait doucement, mais elle ne l'écoutait que d'une oreille distraite. C'était Simon qu'elle regardait. Quand elle parla enfin, il comprit bien avant que Biró ne traduise.

— Elle ne savait pas qu'Edit avait un frère. Elle te demande s'il vivait ici à Budapest. Dis que tu n'en sais rien, que ton père ne parlait jamais de la Hongrie. Dis ce que tu veux et je m'arrangerai…

En écoutant la réponse, la vieille dame lui sourit avec compassion – quel malheur, quelle tristesse, comprit Simon. Aimable, même protecteur, Biró commença alors, d'un air dégagé, à poser des questions.

À deux reprises, Simon entendit revenir le nom d'Edit et il discerna également plusieurs fois *Október.* Puis, il lui sembla qu'on avait changé de sujet, conversation plus légère, Biró taquinait, charmait, la femme du serrurier se relâcha un peu, esquissa en retour un sourire, furtif, mais Simon le vit passer.

— Elle dit qu'elle se souvient très bien de ce jour-là, en octobre 54. Elle dit qu'elle ne sait plus la date exacte mais que ce serait facile de la retrouver, parce que c'était un dimanche et qu'il y avait un grand match de foot ce jour-là au Stade du Peuple – Biró s'interrompit lui-même : On l'appelait comme ça à l'époque, depuis, il est devenu le stade Puskás que tu connais. Ce jour-là, la Hongrie a battu la Tchécoslovaquie, c'est Sándor Kocsis qui a marqué et il a battu un de ses propres records. Elle trouvait que Kocsis était vraiment un bel homme, elle dit qu'il plaisait beaucoup aux femmes. Puskás non, mais Kocsis lui plaisait.

Simon sourit à la vieille dame – après son émoi initial en les découvrant à la porte, elle s'était un peu détendue. Biró en profita pour revenir à la charge – et l'atmosphère vira de quelques tons plus sombres. Observant que la femme du serrurier prenait une inspiration longue, qui indiquait une décision, Biró se voûta un peu, aux aguets, retrouvant son attitude de traducteur simultané, son regard quitta les visages pour se fixer ailleurs, nulle part, sur un point du sol en linoléum.

— Edit était masseuse à l'hôtel de luxe de l'île Marguerite – un endroit réservé aux gens importants : les membres du Comité central, la haute bureaucratie, les militaires... À part le massage, Edit faisait aussi des soins de beauté, et de l'épilation. De l'épilation à la cire... Et c'est parce qu'il y avait la cire, toujours là, à portée de main...

La vieille dame se troubla, s'interrompit, elle sembla revenir en arrière comme si elle avait oublié un élément important :

— On ne peut pas dire que c'était une bonne masseuse, c'était beaucoup mieux que ça, c'était...

Biró attendit pour reprendre, la vieille n'avait pas de mots. Ses mains à la peau translucide dessinaient dans l'air des formes insaisissables, elles tournaient, s'envolaient, erraient...

— Une fois, je me suis fait très mal au dos, reprirent ensemble la vieille puis l'interprète. Edit s'est occupée de moi. Ce qu'elle vous faisait... Ce n'était pas de la médecine mais de la magie. Un prodige ! Alors qu'elle avait de si petites mains, comme des menottes d'enfant... D'abord, la douleur disparaissait, et ensuite... C'était comme de sentir son âme quitter son corps. Et j'ai compris pourquoi, aux bains, les femmes des hauts fonctionnaires la voulaient toutes, pourquoi elles la gâtaient et lui donnaient des choses qui venaient des magasins réservés, les seuls où on pouvait trouver ce qui était rare ou de bonne qualité. Parfois, elles lui ramenaient une orange d'une réception officielle, parfois un rouge à lèvres qui ne leur allait pas, elle recevait toujours des cadeaux. Ces femmes, Edit savait les faire parler parce qu'elle était très douée pour se taire. Elle posait une question, jamais deux. Celles qui s'inquiétaient pour leurs maris, celles qui étaient les plus cruelles… Edit avait fini par savoir tout des secrets que les unes cachaient aux autres…

La dame poussa un long soupir, regarda Simon, lissa une fois encore ses jambes voilées de noir, puis vérifia que Biró était à nouveau prêt à traduire :

— Un jour, je l'ai su plus tard, Edit est venue trouver mon mari. Elle lui a demandé de reproduire des clés. C'est à cause de ces clés que tout le malheur est arrivé. Elle a dit à mon mari qu'elle avait perdu son trousseau, celui qu'elle utilisait aux bains pour ouvrir le vestiaire le matin ou pour fermer quand, ce qui arrivait souvent, elle était la dernière à partir. Elle a dit que quand on allait s'en apercevoir, les conséquences seraient terribles, qu'il la sauverait s'il lui refaisait son trousseau de clés, elle l'en a supplié. Mon mari a tout de suite compris qu'elle mentait. Mais il a vu aussi que son inquiétude était réelle, elle avait vraiment peur, sur ce point, il sentait qu'elle ne mentait pas. Alors, c'est ce qu'il m'a dit, plus elle s'enferrait dans le mensonge, plus il se sentait disposé à l'aider. Edit risquait très gros, il en était convaincu. Ce que ça pouvait être, ça, il ne voulait surtout pas le savoir, mais c'était bien une question de vie ou de mort, et on se sent toujours humble lorsqu'on est confronté à des choses aussi graves. Alors il a attendu un peu avant de répondre qu'il ne pouvait rien faire pour elle, parce qu'une clé, pour en faire un double, encore faut-il l'avoir. Et c'est à ce moment-là qu'elle lui a sorti l'empreinte de cire de son sac.

Tandis que le récit continuait, Biró décrocha un instant, puis posa une question. La vieille dame aux yeux clairs infirma, secoua la tête. Puis elle lui fit signe de traduire.

— Peu de temps après, un dimanche, dans l'après-midi, la police est venue pour interroger mon mari. Je m'en souviens très bien parce qu'il y avait ce match de football dont j'ai parlé, des voisins l'écoutaient à la radio, ici sur les passerelles du gang – il y avait des vivats à chaque fois que Kocsis marquait. Mon mari, ce jour-là, il était parti chez ses parents à la campagne. J'ai menti aux policiers, je leur ai dit qu'il était au stade avec les autres et qu'ils pouvaient toujours aller le chercher là-bas s'ils voulaient, ou alors l'attendre, mais que, victoire ou défaite, mon mari irait après boire avec ses copains et qu'ils risquaient de l'attendre un bon bout de temps. Alors, ils sont partis en disant qu'ils reviendraient. J'étais très inquiète. J'ai vu qu'ils allaient aussi sonner chez Edit, et en passant, j'ai vu que la concierge, la vieille qui vous a parlé l'autre jour, elle attendait en les regardant le nez en l'air depuis sa loge. Je savais pourquoi elle attendait.

La dame fit une pause, puis elle changea de ton, expliqua.

— Des policiers, des hommes, traduisit Biró, tout de même, ils n'avaient pas le droit de fouiller une jeune fille, il fallait qu'ils paient une femme pour faire ça. Et c'est ça que la concierge attendait, d'aller fouiller Edit au corps pour quelques forints. Peut-être 30 forints ? La nuit, son tarif était plus élevé.

La vieille haussa les épaules :

— Si elle ne l'avait pas fait, ils auraient trouvé quelqu'un d'autre… Tout le monde avait besoin d'argent. Mais Edit n'était pas chez elle, et moi, j'étais de plus en plus inquiète. Alors je suis allée au café pour téléphoner, et personne n'a fait attention à moi parce que tout le monde était encore occupé à écouter le match à la radio. J'ai réussi à joindre mon mari pour lui dire de ne pas rentrer et de passer plutôt la nuit chez ses parents. Lui, il m'a dit qu'Edit avait fait quelque chose de très grave, qu'il fallait à tout prix que je la prévienne dès son arrivée pour qu'elle foute le camp, et qu'elle pourrait peut-être encore comme ça sauver sa peau. Selon lui, il n'y avait plus d'autre solution. Je l'ai dit à Edit dès qu'elle est rentrée, le dimanche soir. Elle avait l'air perdue, affolée mais, en même temps, elle était très calme. Et je le comprenais parce que j'étais calme moi aussi, même si j'étais morte de peur en même temps. Dans une situation tellement grave, d'un coup, tout votre sang refroidit, et à partir de ce moment, tout ce que vous faites, vous le faites froidement. Edit préparait sa valise. Je lui ai dit qu'il n'y avait plus le temps pour ça, qu'elle devait déguerpir au plus vite, que la police allait revenir pour elle. Mais elle répétait qu'elle attendait quelqu'un, que le camion allait les emmener. Quel camion ? Aucun camion ne va venir ! Puis, au bout d'un moment, je n'ai plus insisté. Elle aurait peut-être eu le temps de s'échapper… Mais au lieu de ça, elle guettait, elle guettait, je ne sais pas quel camion qui n'est jamais venu. À la place, c'est la Pobeda noire qui est arrivée. Edit n'a eu que le temps de donner quelques affaires à Maria, son matériel de coiffure, la boîte que vous avez reçue…

La femme du serrurier promena un index accusateur, d'un geste circulaire en direction de la cour. Puis elle parla d'une voix confidentielle et Biró baissa la tête avant de traduire :

— Après l'accident, plusieurs voisins sont venus prendre des choses dans l'appartement, tout ce qui avait un peu de valeur, ils se le sont distribué… Et plus tard, la police a emporté le reste. Mon mari, ils l'ont interrogé pendant deux jours. Il a dit et maintenu qu'il n'avait rien à voir dans cette histoire, qu'Edit lui avait bien demandé de faire des clés mais qu'il avait refusé, et ils ont fini par le laisser partir. Ce n'était ni un politique ni un criminel, ce n'était qu'un serrurier et il n'intéressait personne.

Profitant d'un silence, Simon demanda via Biró :

— Elle ne se souvient d'aucun autre détail sur le camion qu'attendait Edit ? Sur qui pouvait le conduire ?

À la question traduite, la dame secoua la tête, mais elle tenait à ajouter autre chose :

— Le lendemain, vers midi, un type est venu pour Edit, traduisit Biró. Un fou, il la cherchait.

— Demande s'il était petit avec une cicatrice, ajouta fiévreusement Simon.

Biró roula des yeux pour masquer sa contrariété, puis traduisit à mi-voix sa propre, prudente, version de la question. La vieille femme s'exclama, se mit à agiter les mains devant son propre visage, à mimer des formes monstrueuses, comme des bosses, ou des excroissances.

— Elle dit que c'était bien plus qu'une cicatrice : il avait tout le visage tuméfié, déformé, détruit, on l'avait rossé. Avant ce jour-là, elle n'avait jamais vu cet homme, il était étrange et il n'arrêtait pas de demander où était Edit, en glapissant d'une petite voix aiguë. Elle dit qu'elle a eu peur de lui. Elle n'avait pas confiance, alors elle ne lui a rien dit.

Sa phrase achevée, la femme du serrurier se tut, croisa les bras. Puis elle les décroisa pour tendre vers Simon sa main vieille et tavelée et lui toucha le coude d'un geste affectueux.

— Elle dit qu'elle est désolée de ce qui est arrivé à ta tante, traduisit Biró.

Gêné, Simon sourit, tandis que la vieille dame continuait à lui tapoter le coude. Profitant de l'effusion, Biró amorça une nouvelle conversation en hongrois, cette fois-ci sans traduire. Commentaire sur ce qui précédait, spécula Simon. Commisération, peut-être… Dans un silence, Biró faufila une question, puis une phrase légèrement appuyée, et la vieille dame pâlit sous le blanc du fichu semé de fleurs. Jetant de vifs coups d'œil à droite à gauche comme pour se dérober, elle se mordit les lèvres, tout son visage ridé se serra un instant en un rictus douloureux, puis il se détendit. Après s'être recomposée un peu, elle indiqua à Biró qu'elle voulait qu'il traduise à nouveau, mot pour mot.

— Ce n'est que des années plus tard que mon mari m'a dit pour les clés, et pour ce qu'Edit avait fait, avouait la vieille dame, tout en tournicotant la petite croix d'argent de son pendentif entre ses doigts. Elle avait commis un grand crime. Vous comprenez, elle massait si bien qu'elle pouvait très facilement relaxer quelqu'un totalement, jusqu'au point de l'endormir. D'ailleurs, assez souvent, c'est ce que ses clientes lui demandaient. D'abord, elle détendait tous leurs muscles des pieds jusqu'à la tête – la tête, elle finissait par ça, doucement, elle massait le crâne, sous les cheveux, lentement, avec ses doigts d'enfant, elle chassait le bruit infernal de leurs pensées et elle les faisait glisser dans le repos, dans l'oubli, une heure ou deux. Souvent, Edit endormait de cette manière une dame puissante, la femme d'un général soviétique, qu'elle massait presque tous les jours. Ce n'était pas une Russe mais, comme Edit, une Slovaque de Bratislava. Edit était déjà allée faire des massages chez elle, elle savait où cette dame et son mari habitaient, là-haut à Buda, dans une villa de la colline des Roses. Mais cette villa n'était pas gardée par des miliciens comme les autres demeures des gens importants, parce que son mari n'avait pas confiance dans les miliciens hongrois, il n'avait confiance en personne et elle non plus. Edit savait cela quand elle a pris les clés dans le sac de la femme endormie et qu'elle en a collecté des empreintes avec sa cire d'épilation. Ce sont ces clés-là que mon mari a reproduites, en partant du moulage dans la cire. Il ne me l'a avoué que des années plus tard. Il avait honte de me le dire, à cause du risque énorme qu'il nous avait fait prendre, mais aussi, et c'est de cela je crois qu'il avait le plus honte, parce qu'il était incapable d'expliquer pourquoi il l'avait fait. Il disait qu'il était évident qu'Edit avait une raison supérieure de lui demander ces clés, que c'était une question de vie ou de mort, et, comme je le disais tout à l'heure, devant l'arrivée de la vie ou de la mort, même si ce n'est pas la première fois, nous nous sentons toujours humbles et démunis. Il a reproduit ces clés sans demander ce qu'Edit comptait en faire, pourquoi elle les voulait. Pas pour voler, mon mari était persuadé de ça. Il a dit qu'elle avait conscience du danger, qu'elle avait prévu de prendre la fuite, mais qu'au dernier moment quelqu'un l'avait appris et l'avait dénoncée. C'est ce que m'a raconté mon mari, bien des années après la mort d'Edit. Et je crois que c'est tout ce qu'il savait.

Alors que Simon allait ouvrir la bouche, que Biró allait intervenir, la vieille dame montra qu'elle voulait continuer à être traduite :

— Vous allez demander comment elle a pu faire une folie pareille…

Sortant un instant de son rôle d'interprète, Biró signala à la dame que oui, c'était bien la question qu'il se posait. Elle reprit, et Biró s'entendit répondre :

— Moi-même, je me suis posé cette question pendant des années. Et je crois qu'il y avait sans doute beaucoup de raisons à cela, y compris des raisons qu'on ne pourra jamais connaître ou comprendre. Mais ce qu'a dit Edit à mon mari, c'est que cette dame, l'épouse du général soviétique, celle-là qui lui offrait de temps à autre une orange, un jour, il y a longtemps, lui avait tout pris. Qu'elle l'avait privée de tout ce qu'elle aimait, de tout ce qu'elle avait de plus cher. Et qu'il était donc juste qu'elle, Edit, lui prenne quelque chose en retour, d'autant que la valeur de ce qui serait dérobé ne pouvait être qu'inférieure à ce qui lui avait été enlevé à elle, et qui était tout. Ce n'était donc pas un crime, ni même une vengeance, mais une justice qu'elle se rendait à elle-même. Une jeune fille si douce, si apeurée, il m'a été difficile de croire qu'elle puisse avoir en elle ce genre de force, ce genre de tempérament. Mais les gens les plus doux peuvent aussi abriter de la violence. Les actions les plus insensées, les plus courageuses, parfois ce ne sont pas les plus braves qui les accomplissent, mais les apeurés. Ou les inconscients.

Fatiguée, la dame cessa de parler. En hongrois, en anglais, on échangea encore quelques mots, rares et embarrassés. Simon et Biró prirent congé peu après.

*

Cette fois, ni l'un ni l'autre n'avait envie d'aller boire une bière. Côte à côte dans le taxi à l'arrêt, ils restaient en silence, dans le noir, chacun absorbé ailleurs, dans ses pensées, dans sa langue.

— Il se peut que ça concorde, annonça Biró en remettant le téléphone dans sa poche. Le 20 octobre, Sénási est arrêté, et le 24, c'était le match de foot. Ça ne prouve rien mais les dates coïncident. Admettons : grâce aux clés reproduites par Edit, le Bon Génie s'introduit chez le Ruskoff pour y prélever va savoir quoi, peut-être de quoi le faire chanter. En tout cas, juste après, le Ruskoff fait arrêter Sénási, dont le Bon Génie voulait débarrasser Bence. Billard à trois bandes. Le coup a réussi. Sauf qu'entretemps quelqu'un se doute de quelque chose et les balance…

— Álmos Kovács, la brique, affirma Simon.

— Tu n'en sais rien. Je trouverais ça bizarre. Un intellectuel comme Kovács n'aurait été qu'un petit indic – on trouve un truc sur lui et on le contraint à balancer du menu fretin : « Machin a chez lui des revues étrangères, Untel écoute en secret Radio Free Europe. » Là, on parle quand même d'un complot contre un agent de l'ÁVO et un général soviétique…

— Ce qui me trouble, c'est Edit, dit Simon. Par amour, par vengeance… Peut-être. Mais tout de même… Elle savait ce qu'elle risquait, non ?

Ça n'avait pas l'air de troubler Biró :

— Au début, quand j'ai commencé à faire des enquêtes, je cherchais toujours à comprendre les gens. Pourquoi il a fait ça ? Qu'est-ce qui a bien pu lui passer par la tête ? Mon rédacteur en chef, lui, trouvait que c'était une perte de temps. La psychologie, il n'y comprenait rien. C'était une chose aussi incompréhensible pour lui que… la musique chinoise. Ça m'énervait beaucoup, à l'époque. Mais aujourd'hui, je pense que, d'une certaine manière, il avait raison. Une fois que tu as écarté les motifs les plus fréquents – le sexe, l'argent, le pouvoir, l'idéologie fanatique –, il n'y a le plus souvent rien à comprendre. Parce que, tous les jours, des gens font des choses incompréhensibles, incompréhensibles pour eux-mêmes. Quand ils y repensent après, ils sont incapables d'expliquer ce qui leur a pris.

Là-dessus, Biró démarra la voiture et le compteur. Dans la nuit tombée sur les faubourgs d'Angyaföld, le taxi rejoignit mollement le trafic. Biró était redevenu maussade.

— Et donc, c'est quoi, maintenant, ton programme ? Tu peux toujours retourner à Bratislava et y chercher des choses sur Edit Hubka… Bence Sandor, Sénási, la femme du Soviétique, ils viennent tous du même coin. Il me semble que c'est de là-bas que ça vient. Tu pourrais y retourner. Ce n'est pas si loin que ça, mais trop cher pour y aller en taxi…

— N'oublie pas qu'à Bratislava, il y a aussi la piste des fusils cachés au théâtre, ceux dont mon père m'a parlé si souvent, dit Simon, puis il ajouta avec fermeté : Mais avant tout, ici, il faut chercher la trace d'Álmos Kovács. Et on n'a pas retrouvé non plus ce type dont le metteur en scène Obadalko m'a parlé, Lajos Féher.

Avec lassitude, Biró le dévisagea un long moment. Ce regard n'avait pas besoin de traduction.

Mais qu'est-ce qui t'intéresse dans ces vieilles histoires ? Qu'est-ce que tu en espères ?

Qu'est-ce que tu fous encore ici à Budapest, au lieu de rentrer chez toi ?

Combien de temps est-ce que tu vas rester là, à me jouer ta musique chinoise ?

Quelques pâtés de maisons plus loin, Simon crut préférable d'anticiper l'objection :

— Je sais, je sais : ce serait bien plus facile si on savait ce que je cherchais…

Sans y prêter attention, Biró secoua la tête :

— On ne trouvera jamais rien, ce que tu cherches n'existe pas. Tu le sais et pourtant tu t'entêtes à le chercher, alors même que *tu sais* que ça n'existe pas. Ou alors justement pour cette raison ?

Sans attendre de réponse, il tourna à droite pour remonter la rue Dráva qui menait à l'appartement de Simon.

— Laisse-moi te raconter un truc…

Simon se renfrogna, se résigna à subir une énième leçon de journalisme, ou une nouvelle parabole de la belle-sœur. Contemplant la rue obscure devant lui, il n'écoutait plus qu'à demi mais Biró était lancé :

— Quand j'ai perdu mon boulot il y a deux ans, je venais de divorcer. À cause des enfants, c'est ma femme qui a gardé l'appartement, ce n'était pas forcément juste mais c'était plus simple comme ça. En attendant, je n'avais pas d'autre solution que de retourner vivre en banlieue chez mon père, dans une tour à Békásmegyer. Lui, il se lève à quatre heures du matin pour aller pêcher, il rentre et il dort, on se voyait à peine. À ce moment-là, j'étais perdu. Tout ce que j'avais mis des années à bâtir venait de s'effondrer et j'étais tombé si profond que je ne voyais pas comment m'en sortir. Pendant un moment, je me suis enfoncé : je restais devant internet toute la journée, je ne me rasais plus, je buvais seul. Et surtout, je ressassais : la famille, le boulot, notre Premier ministre… Jusqu'au moment où j'ai même arrêté de ressasser, tout me semblait tellement bloqué que je n'avais plus envie de penser à rien. Et quand on veut tout oublier, on commence par s'oublier soi-même, c'est logique – j'essayais seulement d'avoir l'air présentable les jours où j'emmenais les enfants au parc… Enfin bon, c'était une sale période…

Continuant de regarder droit devant lui, Biró ralentit pour s'arrêter au feu rouge. Jamais il n'avait mentionné une femme, des enfants ou quoi que ce soit de sa vie. Simon s'aperçut que sa curiosité ne s'était jamais aventurée jusque-là, que Biró lui était toujours apparu comme utile, de bonne ou de mauvaise composition, sympathique ou pas, mais utile, et il en eut honte.

— Au bout d'un moment, continua Biró, je me suis un peu repris. Pas tant que ça non plus : j'ai décidé qu'il fallait au moins que je m'aère au lieu de rester dans l'appartement toute la journée. Donc je me suis forcé à faire des balades, au moins deux heures dehors, même quand il faisait moche ou si j'avais la gueule de bois. Petit à petit, ces balades sont devenues une sorte de dignité, et même si je n'allais nulle part, j'ai fini par bien les aimer. Grâce à ça, j'ai repris un peu mes esprits, et j'ai fini par m'apercevoir d'une chose dont, pendant des semaines, j'avais été à peine conscient. Je dis « une chose » mais, en fait, ça se bornait à un regard. Tous les soirs, en rentrant, quand j'arrivais devant la tour, je m'arrêtais et je reculais pour observer la fenêtre de notre appartement. Et à chaque fois, en levant les yeux, je sentais comme une sorte de déception. C'était si machinal qu'il m'a fallu un moment avant de m'en rendre compte, et aussi pour comprendre ce que je guettais là-haut. Ce n'était pas pour voir si j'avais oublié d'éteindre en partant ou si le vieux était rentré plus tôt que prévu de sa pêche. Ce que je cherchais, ce que j'espérais voir à la fenêtre, c'était moi. Bien sûr, je n'étais pas devenu fou au point de croire que c'était possible. Mais tout de même, à chaque fois, je levais les yeux vers la fenêtre.

Biró se tut et continua de conduire en silence. Puis il reprit :

— Tout à l'heure chez la vieille, j'ai compris que toi, ton enquête, c'est pareil. Tu es en bas, dans la rue, et, même si ça n'a pas de sens, tu regardes la fenêtre là-haut et tu te demandes si tu es là.

Pendant quelques minutes, le silence se fit dans la voiture. Biró obliqua, il ne restait plus que quelques centaines de mètres avant l'immeuble où logeait Simon.

Quand ils furent arrivés, Simon leva les yeux vers le compteur, sortit l'argent de sa poche et le tendit sans un mot.

— Si je t'ai raconté ça, ce n'était pas pour te faire des reproches, murmura Biró, tandis qu'il empochait les billets. Au contraire, c'est parce que je le comprends. Ça peut paraître dingue, ça ne te mènera nulle part, mais je comprends.

Simon hocha la tête, jeta un mince sourire à Biró avant d'ouvrir la portière et, traînant le pas, rentra chez lui.

12

Dans les ruines

Un enfant, lorsqu'il vient au monde, peut devenir un monde à lui tout seul, il peut remplacer le monde. Il peut s'infiltrer dans chaque minuscule repli de la vie, se glisser dans les fissures, dans les gouffres, et les remplir.

Avant même qu'on ne lui mette son nouveau-né dans les bras, Ilse lui a déjà assigné cette mission. Même si au fond cela lui déplaît, elle a choisi de l'appeler Gregor Stefan, comme ça, il aura au moins quelque chose de son père. Un enfant, on doit faire les choses pour lui, pas pour soi-même.

Ainsi, dès sa naissance, Gregor occupe toute la place vacante, béante, dans la vie d'Ilse. On se demande comment le temps passe, mais un demi-sourire qui gonfle d'un seul côté le moelleux de la joue, la crête blanche et dure d'une dent qu'on commence à apercevoir sur la digue rose de la gencive, qu'on sent ensuite s'affirmer comme une agacerie sous l'index, chacune de ces menues déflagrations remplit l'esprit d'Ilse, ses journées, son cœur.

Dans la petite chambre d'enfant, comme une ombre ondulant sur le liseré bleu entrecoupé de colombes, Horn vit avec eux. Ilse a accroché son profil au plafond en même temps que le mobile en forme de manège : bombé du front, ligne du nez, puis comme un fil jusqu'au menton, tous les soirs, il tourne et tourne sur lui-même au-dessus des épaisseurs tièdes et pelucheuses du berceau, encourageant la respiration régulière de Gregor. *Platty bum platty platty bum*, il s'en va dans un sens, suspendu, revient dans l'autre, comme les cycles rassurants d'une berceuse.

*

— Pourquoi est-ce qu'il pleure comme ça tout à coup ? demande Ilse, exténuée, au pédiatre. Depuis une semaine, dès que je quitte la pièce, il se met à hurler.

Berçant d'un geste machinal Gregor dans son couffin, elle décrit en détail les pleurs, ils sont plus vifs qu'avant, insiste-t-elle, plus durs, plus vigoureux... furieux même, dès que je m'absente quelques secondes, qu'est-ce qui se passe ?

— Il vient seulement de comprendre que maman ne s'évanouit pas dès qu'elle sort de la pièce, répond le pédiatre en croisant d'un geste tranquille ses bras sur sa poitrine. Il y a une semaine, il ne le savait pas encore. Mais maintenant, il sait qu'elle continue, ailleurs, son existence. Et c'est pour ça qu'il crie, c'est pour la faire revenir.

Étonnée, Ilse regarde Gregor dans le couffin, qui dort en serrant dans ses petits poings la couverture brodée de coccinelles. Puis un souvenir ancien lui revient – ou plutôt un écho, comme un son très lointain persistant à travers les époques. Une plainte éperdue, lancée il y a des années, qui aurait enfin rencontré son obstacle pour faire le chemin inverse et lui revenir dans l'oreille. Alors qu'elle dévisage le pédiatre, incrédule, Ilse elle aussi vient seulement de comprendre – *les soirs, la cabane du pêcheur sur le Danube, quand elle guettait la lueur de la lampe parmi les herbes obscures, qu'elle appelait Horn, comme une enfant, une si petite enfant, la même prière, fiévreuse, nuit après nuit – « Existe, je t'en supplie, existe pour de vrai. »*

*

Gregor n'a que trois ans quand ils déménagent pour qu'Ilse puisse travailler comme documentaliste à l'Institut du Théâtre qui vient de s'ouvrir à Berlin-Est. Cet emploi à ses yeux relève du miracle mais, comme souvent, en cherchant bien, on découvre que le miracle s'explique – le directeur de l'Institut est lui aussi un Allemand de Slovaquie, il a préféré prendre quelqu'un qui lui ressemble. Quand, après des semaines de paperasse, d'espoir qui lui pendouillait là sous le nez comme une côtelette devant la truffe d'un chien famélique, Ilse a été finalement engagée, elle a dû lutter pour retenir ses larmes. Là-bas, dans le bureau repeint de frais, un monde cultivé, inaccessible et perdu s'était ouvert à nouveau. Au beau milieu des meubles encore entassés en vrac et recouverts de housses en plastique, ces gens raffinés l'avaient accueillie parmi eux comme l'une des leurs, on lui témoignait de la considération, elle aurait un bureau bien à elle, des dossiers suspendus, une machine à écrire, elle passerait des heures à classer des photos de théâtre, d'opéra, de ballet, on la paierait pour cela, et elle pourrait bientôt retourner au spectacle autant qu'elle le voudrait : il y avait un quota de places gratuites pour les gens de l'Institut.

Quand elle sort de là, à la nuit tombée, Ilse a le vertige. Dans le tram du retour, ses genoux cèdent presque sous elle, et quand elle peut enfin descendre, les sanglots la secouent comme avec colère, comme pour lui faire payer d'avoir été retenue si longtemps. « Toutes les larmes de son corps », c'est comme cela qu'on dit – mais comment peut-on dire quand tout à coup les larmes débordent votre corps et le submergent, voilà ce qui se produit tandis qu'Ilse titube jusque chez elle, dans le soir qui enveloppe la large avenue, qu'elle dévale la pente du trottoir, repliée sur elle-même sous les tilleuls dépouillés de l'automne, comme emportée en avant par le torrent de ses propres larmes.

En rentrant dans le grand ensemble gris où tous les bâtiments se ressemblent, elle s'arrête un long moment contre l'un des murs du hall, monte en claudiquant une volée de marches, puis s'assied un instant dans l'escalier pour s'essuyer le visage.

D'ici à ce que Gregor aille à l'école, Ilse a trouvé dans l'immeuble une jeune émigrée hongroise timide qui, pour une somme modique, lui sert de nounou. Si discrète qu'elle ne parle jamais que dans un murmure, toujours effrayée de mal faire, elle interrompt en rougissant sa chanson quand Ilse les trouve dans la chambre – la jeune fille s'est tue, mais Gregor, agrippé à sa jambe, continue de balbutier la petite ritournelle qu'ils chantaient ensemble quelques secondes plus tôt.

— Pardon, je suis désolée, les seules chansons d'enfant que je connais sont en hongrois, dit, dans son allemand fautif, la jeune fille, en fourrant les mains dans les poches de sa jupe. Je ne sais pas si c'est permis. Ou si ça vous dérange…

Ilse se baisse pour prendre son fils dans ses bras, retrouve avec délice l'odeur de levure, de laine mouillée de salive. *Oh oui, apprenez-lui quelque chose en hongrois ! Surtout, apprenez-lui à ne pas confondre le mot* pillangó *qui veut dire « papillon » avec l'autre,* pillayat, *qui veut dire « un instant »...* Mais Ilse préfère répondre que ça n'est pas grave, au contraire. Quand elle était petite elle-même, elle entendait toutes sortes de langues, et c'est une très bonne chose, ça vous forme l'esprit, assure-t-elle en plongeant son nez dans l'odorant duvet de cheveux blonds. Au fait, qu'est-ce qu'elle raconte, cette chanson ?

— C'est quelqu'un qui demande à un oiseau de ne pas se poser sur son toit, explique la jeune Hongroise. Il dit : petit oiseau – je crois qu'on dit « mésange » – ne te pose pas ici, tu vas tout faire s'effondrer. Ensuite il dit pareil à un escargot : va-t'en de là, ne marche pas sur mon sol, ou alors il va rompre.

Reculant, gênée, vers le mur de la chambre d'enfant, la jeune fille continue, pensive :

— Je ne sais pas si ça veut dire que même ce qui a l'air solide est en vrai très fragile, ou alors au contraire, que tout être vivant, même un minuscule comme l'escargot, il peut tout faire changer.

*

À la fin de l'été 1968, deux collègues de l'Institut, le visage grave, courent dans le couloir jusqu'au bureau d'Ilse et la conduisent à toute vitesse jusqu'à un hall austère de l'un des bureaux du troisième, où siège un énorme poste de télévision. Il y a déjà du monde. Venus de tous les étages, encore essoufflés pour certains, les employés en bras de chemise contemplent les images, les visages sont figés, personne n'ose dire un mot.

— C'est chez toi, non ? chuchote l'un des collègues d'Ilse.

Ilse regarde les formes vagues se préciser sur l'écran noir et blanc. Du bout des lèvres, elle répond :

— C'est Prague. Moi, je viens de Bratislava.

Puis elle appuie sa main contre sa bouche ouverte.

— Ah c'est pour ça, s'étonne un peu fort l'une des secrétaires en se tournant face à Ilse pour la dévisager. Puis elle ajoute : Je n'ai presque jamais vu de Tchèques émigrer. Les Hongrois, bien sûr, les Roumains, évidemment, peut-être donc les Slovaques, mais pas les Tchèques. En général, ils aiment trop le confort de leurs vies, commente étourdiment la secrétaire, devant l'évidence du contraire, celle de la douceur de vivre comme on en a envie, de ne rien faire que se laisser vivre, écrasée par l'avancée des chars russes.

Deux ans plus tard, Ilse est dans sa cuisine en train de faire la vaisselle – dans les remous de l'évier, on ne discerne que vaguement les voix qui sortent de la radio allumée. Dès qu'elle entend qu'il s'agit encore de Prague, Ilse cesse d'entrechoquer les assiettes et ferme prestement le robinet.

— C'était un dimanche, le bombardement n'a fait que des victimes civiles, dit l'un des invités de la radio, mais il est clair que les Américains nous ont menti et que même aujourd'hui, vingt-cinq ans plus tard, ils continuent. Vous pensez vraiment que 62 bombardiers B-17 de la 8e armée de l'air ont pu se tromper ? Le 14 février 1945 à midi, il faisait un temps clair sur Prague. Contrairement à ce qu'ils continuent de prétendre, les Américains ne l'ont pas bombardée par erreur. Vue du ciel, Prague ne ressemble aucunement à Dresde. Et Dresde était déjà en flammes, d'ailleurs tous les pompiers de Prague avaient été dépêchés là-bas la veille, sans savoir qu'ils laissaient leur propre ville sans défense.

Ilse s'est assise à la table de la cuisine, sa brosse à vaisselle à la main. Sur les poils en synthétique, le savon continue de mousser, de petites bulles translucides se forment, se joignent, éclatent, pop ! *Que faisait son père, à Prague, un dimanche, par temps clair, avant qu'un obus ne le fonde avec un diplomate croate ?* Sur les poils blancs de la brosse, la bave de bulles molles continue de gonfler, de plus en plus fine, de plus en plus faible. *Pourquoi est-ce qu'ils reparlent de tout ça aujourd'hui ?*

— Ce qui rend la macabre découverte d'hier encore plus scandaleuse, dit un autre invité, c'est que ce sont de nouvelles *victimes de l'impérialisme* que les ouvriers ont retrouvées par hasard dans les décombres de cet immeuble. Ils ont dénombré vingt-trois squelettes ! Des corps piégés là depuis 1945 !

Ilse se lève, éteint la radio.

*

À un certain moment de l'existence, estime Ilse, une femme a bien le droit d'arrêter de s'ingénier à séduire. Couper les cheveux devenus gris, préférer les chaussures confortables, les vêtements amples, ne plus sourire que quand elle veut, refuser en somme toutes les fatigues, tous les soucis qu'il fallait se faire pour plaire à un homme et le garder. Des hommes, elle estime qu'elle en a connu assez comme ça – quelques-uns ont réussi à trouver un moment leur place en se faufilant entre Gregor et Horn mais, maintenant, Gregor est assez grand pour faire sa vie, et Ilse ne veut plus s'occuper de personne. Dans le vaste et bruyant réfectoire que l'Institut du Théâtre partage avec les autres entreprises de l'immeuble, elle déjeune parfois avec des collègues mais, malgré le bruit, elle préfère tout de même rester seule avec un livre.

Puisque Ilse est une dame qu'on ne regarde plus, il lui a fallu des semaines pour remarquer les attentions du gros monsieur un peu chauve. Jusqu'à ce qu'il devienne impossible de ne pas le voir : à chaque fois qu'il l'aperçoit, ce monsieur, plus tout jeune lui non plus, lui lance un regard insistant, embarrassé de lui-même mais audacieux, plein d'espoir, Ilse observe tout ce que ce regard doit surmonter pour arriver jusqu'à elle, par-dessus les plateaux de la cantine, le brouhaha des larges tablées, il finit toujours par la trouver, et son but atteint, laisse éclater une étincelle de joie. Il y a quelque chose de particulièrement touchant dans la timidité de cet homme mûr, si bien qu'au fil des semaines le regard devient signe de tête, reconnaissance, s'enhardit jusqu'à devenir un petit geste de la main, de part et d'autre du réfectoire. Au fil des jours, le gros monsieur va même jusqu'à balbutier de loin « Bonjour ! » ou « Bon appétit ».

Parfois, une demande muette convainc plus qu'une demande éloquente – à l'évidence, quelque désir qu'ait cet homme de faire sa connaissance, il aime mieux se taire plutôt que de risquer d'importuner Ilse, et cette délicatesse plaide pour lui. Alors, un jour, quand il passe dans la travée d'en face avec son plateau, Ilse se lève et lui désigne, d'un geste qu'elle veut sans façon, la chaise devant elle. Comme un éblouissement traverse alors le visage du monsieur en costume-cravate, il la rejoint à pas légers, élastiques, avec l'entrain d'un gosse, son plateau tremblant légèrement entre ses grosses pognes. Au cours de ce déjeuner, Ilse apprend qu'il se nomme Hans Mayer, qu'il travaille à la Commission de l'énergie, qu'il est veuf, et, il insiste sur ce point, qu'il n'est pas un homme très intéressant. Dans le vacarme du réfectoire, il faut hurler un peu pour se faire entendre mais, lors de ce déjeuner comme de ceux qui vont suivre, Ilse constate avec soulagement que Hans ne se soucie pas du silence. Lorsque la conversation s'épuise, il la laisse tranquille un moment, comme un buveur, qui, constatant que son verre est vide, attend d'avoir soif pour se resservir. De ses petits yeux bleus, il scrute le visage d'Ilse, puis détourne le regard comme pour se réprimander. Sans malice, maladroit, inquiet, il se laisse voir autant qu'il observe, mesurant ses gestes, se tamponnant sans cesse la bouche de sa serviette comme s'il avait peur que n'en sorte une parole inconvenante, puis pétrissant avec insistance la même serviette, pour étouffer les mots qui seraient restés dedans. Ilse a pitié de la serviette. Une très jeune et très pure envie, se dit-elle, un peu attendrie, persiste chez ce monsieur chauve et ventripotent qui passe ses journées à rédiger des rapports sérieux sur le charbon et la bauxite. Quelque part en lui gît encore un combustible qui lui est presque inconnu, et Dieu sait pourquoi, c'est pour moi qu'il brûle.

Sans avoir été décrétée comme une habitude, leur fréquentation au réfectoire se passe bientôt de formalités. Un jour, Hans s'empourpre, il se sauve presque à toutes jambes lorsqu'il voit qu'Ilse est descendue avec des collègues ; sa déception semble si grande qu'Ilse se prend à la partager.

Une semaine plus tard, Hans arrive à la table de réfectoire sans plateau, se frottant les mains avec nervosité. Sans s'asseoir, ses yeux montant malgré eux vers le plafond du réfectoire pour ne pas rencontrer ceux d'Ilse, il dit qu'il a acheté deux billets d'opéra pour *Les Noces de Figaro* samedi prochain. Bien sûr, dit-il avec une certaine brusquerie, c'est un peu tard pour demander, mais il serait heureux qu'elle accepte de l'y accompagner, même si elle a sûrement mieux à faire. Avant même qu'Ilse puisse répondre quoi que ce soit, il s'empresse d'ajouter :

— Cette invitation, je dois dire que je la fais seulement parce que je vous ai entendue l'autre jour parler de cet opéra avec vos collègues. Je ne voudrais pas que vous pensiez qu'aller à l'opéra fait partie de mes habitudes, ce ne serait pas correct de vous le laisser croire. Et je dois dire aussi que ce ne sont pas d'excellentes places, mais il ne restait plus grand-chose à la location. Et bien sûr, si ça ne vous intéresse pas, oubliez ça tout de suite. Oubliez ça tout de suite ! répète-t-il, d'un ton presque impérieux.

Aucun cadre n'aurait pu convenir plus lamentablement à une telle invitation que cette cantine aux murs verts, avec ses odeurs indistinctes de viande grasse et de légumes bouillis, ses bousculades, et le bruit, amplifié par l'écho, des roues des chariots de métal et du claquement des assiettes. Hans, Ilse le voit, est à la torture. Elle comprend qu'elle a devant les yeux un homme très mesuré qui, pour former ce projet, pour le concrétiser en achetant les billets, a dépensé toute son audace d'un coup. Maintenant, de l'audace, il ne lui en reste plus une goutte pour inviter Ilse, et il se tient là, à la fois agressif et mortifié, comme son débiteur.

Après la représentation, ils avaient prolongé la soirée dans un bar modeste près de la Friedrichstraße, où Hans avait osé avancer sa main vers celle d'Ilse, posée sur la nappe en papier, devant un petit vase d'où s'échappait un rameau de fleurs en plastique. Six mois plus tard, elle était venue s'installer chez lui.

*

Dès le début, Gregor l'avait détesté.

Mais Gregor, se dit Ilse, est devenu dur. Il ressemble à son père. Ilse a eu beau invoquer les sortilèges comme la mère de Horn avant elle, rien n'a infléchi les traits de son fils, ni éclairci la couleur de ses yeux – il a grandi brun, sec, noueux, avec des cheveux noirs et fournis qui se détachent par plaques, comme des plumes de corbeaux. Sans avoir connu Stefan, il en a hérité la rudesse, qui se double de la rudesse de son époque ; Gregor parle l'allemand des autres et maintenant, il habite avec une fille désagréable dont Ilse ne comprend même pas le métier.

— Je te l'ai déjà expliqué vingt fois, s'énerve Gregor quand elle l'appelle au téléphone. Elle donne des cours de *self-help* et de développement personnel.

Self-help ? s'indigne Ilse. Qu'est-ce que c'est encore que cette nouvelle mode, « Aide-toi, le ciel t'aidera » ? Maintenant, on gagne sa vie en donnant aux gens des cours d'égoïsme ? Gregor est persuadé, il le dit sans cesse, que le communisme n'en a plus pour longtemps, mais alors, s'inquiète Ilse, ils vont le remplacer par quoi ? Par *ça* ? Le *self-help* ? Gregor perd patience, il ne vient plus la voir, un jour Ilse apprend que la développeuse personnelle est enceinte depuis plus de quatre mois, ce sera un garçon et ils vont l'appeler Timeo. *Timeo ?* Mais ce n'est pas sérieusement un prénom, ça ! C'est un nom pour un animal de compagnie ! Et les autorités vont accepter une chose pareille ?

— Merde, s'énerve Gregor au téléphone, tu ne t'entends pas parler, on dirait Hans.

Encore des remontrances sur Hans, pense Ilse, attendrie, des jalousies. Oui, Hans est conservateur, prudent, à cheval sur les convenances, mais quelle injustice de faire si peu de cas de la générosité, de la gentillesse, comme si elles coulaient dans ce monde comme l'eau d'une fontaine.

— Tu ne l'aimes pas parce qu'au fond tu voudrais encore avoir maman pour toi tout seul, taquine Ilse.

Mais Gregor n'a pas envie de plaisanter, il dit :

— Ça n'a jamais été le cas. Tu as toujours eu la tête ailleurs, dans ton passé, dans tes secrets. La seule vraie qualité de Hans, c'est qu'il a compris ça et qu'il laisse ton silence tranquille.

Gregor se trompe. Ce que Hans a offert, aucun autre avant lui ne l'avait donné de cette façon. Ce qu'il voulait, c'était prendre soin d'Ilse, cette dame qui, au beau milieu d'un réfectoire grouillant, lui était apparue comme « toujours dans ses pensées » – Hans respecte ces pensées, et, pour peu qu'elles reviennent vers lui de temps à autre, il veille à ce qu'elles puissent continuer sans accident leurs vagabondages. Une présence, un compagnonnage, il ne demande rien de plus. Dès le début, il s'est enquis de ses désirs, de ses rêves, comme d'un cahier des charges, avec le plus grand sérieux : retourner à l'opéra, bien sûr, nous y retournerons, voir la mer, entendu, voir un jour, en vrai, Pompéi – la mer et Pompéi vont de pair, observe-t-il d'un air concentré, et je suis actuellement bien vu par mes supérieurs. Sans être mariés, ce sera plus difficile évidemment, mais nous pourrions sans doute obtenir des passeports.

Hans donne toujours plus qu'il n'en réclame. Certaines choses, Ilse a avoué très vite qu'avec l'âge l'envie lui en avait passé, mais il a répondu que, pour lui, ce n'était pas si important que ça. Sans doute, a pensé Ilse, que ça ne l'avait jamais vraiment été : celui-là, il se faisait la police jusque dans ses plaisirs, il était appliqué et raide, il avait honte de ce qu'il aimait. Les gens se racontent ce qui les arrange – sa pudibonderie, Hans la tenait pour du respect envers Ilse. Alors, ils le faisaient une ou deux fois par mois – ces besoins-là, tout le monde en a, sinon on ne serait pas normal. Mais Ilse se surprend elle-même en vérifiant chaque jour à quel point elle aime se blottir dans la chaleur de ce gros corps, contre cet homme si brave, qui ne lui demande jamais rien.

Oh, il a ses manies, comme chacun a les siennes, ce qu'on doit faire ou pas – évidemment le fait qu'Ilse ne veuille pas se marier est ce qui revient le plus souvent. Mais il y a aussi les détails, le pain dans la huche, les coudes sur la table, ne marche pas avec tes chaussures sur la moquette beige, les reproches parce que Ilse s'obstine à ranger les boîtes de conserve au frigidaire, ce genre de chose. Parfois, cela met Ilse hors d'elle, cette façon qu'il a d'insister pour que chaque chose soit à sa place et n'en bouge pas, de constamment calculer, prévoir, de détester chaque imprévu, parfois je me croirais revenue à dix-sept ans chez Tante, s'agace Ilse. Mais Hans secoue la tête, puis, comme s'il livrait là une conclusion depuis longtemps tirée, il dit :

— Ce qui sera toujours un problème, c'est que tu me reproches précisément ce que tu apprécies chez moi. La confiance, la tranquillité, la ponctualité, tous les jours, cela te rassure et t'ennuie à la fois. Au fond de toi, tu as encore des rêves et je suis un homme sans aventures. Mais c'est comme cela, Ilse, tu ne peux pas tout avoir. Et, même si ce n'est pas à proprement parler une aventure, je trouverai le moyen de t'emmener à Pompéi comme tu me l'as demandé. Parce que c'est un rêve raisonnable, que je me suis engagé à le concrétiser, et que si je manque à ma parole, tu n'auras plus aucune raison de vouloir partager ta vie avec moi.

Lorsqu'ils arrivent à Naples, Ilse s'émerveille d'abord, se grise comme sous l'effet d'un alcool fort – les palais ! les châteaux ! l'azur ! – mais bientôt, l'ivresse tourne et lui remonte empoisonnée dans la gorge, la chaleur l'accable, comme un refrain qui joue d'abord gaîment en sourdine, puis qui monte en puissance et devient insupportable, tout lui devient trop. Dans l'entrelacs des rues étroites et populeuses, Ilse prend peur – les piailleries et la crasse, ces femmes dont les seins lourds débordent des corsages, cette marée de boucles brunes et de lèvres fardées, ces grappes de tomates comme toutes prêtes à gicler et ces gamins de six ans qui ont déjà l'air de brutes… Elle sursaute comme une poule au moindre coup de klaxon d'un scooter qui passe, et il en passe tout le temps, tout le monde hurle, Ilse se raccroche à Hans. Jamais auparavant elle n'avait trouvé le moyen de chérir sa raideur germanique, toute concentrée en un gros bloc que même le soleil brûlant n'entame pas, pas plus que le chaos de la ville, même si Hans se tient aux aguets parce qu'il a lu dans le guide que les pickpockets y sévissaient partout. Ses manies les plus stupides, les plus exaspérantes, apparaissent comme autant de refuges – *une banane, on doit l'éplucher puis la manger sur une assiette, avec des couverts ; l'eau de Cologne, si l'on en porte, il faut alors qu'elle vienne vraiment de Cologne…* Comme elle sent bon, comme elle est rassurante dans le chaos de Naples, cette eau de Cologne – *4711, fabriquée en Rhénanie depuis le* XIX*e* *siècle* –, se collant contre Hans, Ilse s'en emplit les narines pour échapper aux vapeurs de pétrole du port, alors qu'ils se fraient un chemin, dans la cohue, jusqu'à atteindre le bord de mer.

— Demain matin, promet Hans, avant qu'il ne fasse trop chaud, nous irons à Pompéi.

Hans a trouvé un hôtel dans une rue calme, bien tenu mais où persiste une odeur tenace de renfermé. Dans la chambre biscornue, on a hissé le lit sur une mezzanine pour qu'il soit face à une lucarne, permettant d'entrevoir la baie – « c'est pour cette raison que j'ai choisi, a dit Hans, pour le même prix, il y avait mieux. Mais, évidemment, sans la mer... »

*

Déjà dans le petit train de banlieue qui ceinture la ville, Ilse commence à nouveau à se sentir anxieuse, maintenant qu'ils sont en route, elle a peur d'avoir trop attendu. Son regard s'agite, passe, sans trouver où se poser, du couple de touristes scandinaves endormis sur la banquette d'en face au paysage de campagne qui se déploie, insouciant, passé les faubourgs. Peu d'images ont exercé sur Ilse autant de fascination que celles de Pompéi, elle les a regardées si souvent qu'elle a pensé avec naïveté qu'en arrivant elle retrouverait un paysage connu, rien ne l'a préparée à autant d'étrangeté – quelque chose se dérègle, en passant sous l'arche de la porte Marine et en s'engageant dans les allées, comme si ses émotions s'accéléraient et se figeaient en même temps, parmi les colonnes brisées des temples, entre les murs de pierres brûlantes dévorés par le lierre et les bosquets de lauriers-roses. Dans le livre qu'Ilse a tant aimé, les photos étaient en noir et blanc, elle est presque choquée par le bleu effronté du ciel, le rouge charnu des fresques – et à nouveau, ce sentiment d'affronter une chose qu'on a déjà vécue, de sentir sans pouvoir l'expliquer qu'elle se reproduit. Dans le grincement obstiné des cigales, Ilse se cramponne au bras de Hans, se repose sur lui à chacun de ses pas qui achoppe sur les pavés irréguliers, on ne pourra pas tout voir, à cause de la hanche d'Ilse, c'était une ville entière, on ne pourra que la parcourir à moitié, en profiter tout en sachant qu'on n'en profitera pas entièrement. De ces fragments, on ne verra qu'un fragment, pense Ilse, tandis que quelque chose se disloque en elle, se perd dans les allées étroites où les herbes pointent entre les pavés. Bientôt, elle fatigue, Hans lui trouve un coin d'ombre, un petit banc sous un pin parasol, les touristes passent comme des vols d'oiseaux migrateurs, par vagues, dans un Babel de langues indiscernables, et Ilse s'essuie le visage – au bout d'une heure, elle dit à Hans qu'elle ne tiendra pas beaucoup plus longtemps, il faut qu'il la mène aux moulages maintenant.

Sur les planches du Jardin des Fugitifs, les corps étendus ont gardé leur couleur de cendre. Étalés à plat ventre, recroquevillés à l'ombre du mur de pierres irrégulières. Ilse n'a que le temps de penser « Tiens, je les imaginais plus grands » que son cœur lui remonte dans la bouche, elle lâche le bras de Hans pour se couvrir les yeux, comme s'ils avaient fait tout ce long voyage seulement pour cela, pour que, devant les corps, elle ferme les yeux, se détourne et s'enfuie à toutes jambes, en clopinant, loin de l'enclos des moulages. Pour qu'elle se retrouve prise dans la cohue des guides et des petits vendeurs ambulants – *une orange, qui veut une orange !* –, pour qu'elle s'éloigne, seule, dépasse les temples démantelés, les buissons de lauriers-roses, qu'elle se perde, sous le soleil inclément, et que, dans son esprit, toutes les images se mêlent – le petit chien en mosaïque cambré, prêt à bondir, les accouplements obscènes, à demi effacés au-dessus des portes du lupanar, la Maison du Bracelet doré, vingt-trois squelettes, piégés là depuis 1945, trois fûts de colonnes sectionnés, *ici se tenait le tribunal*, les ombres qui se croisent et se fondent sous la porte Marine, les petits gamins bruns et faméliques qui courent, *une orange, qui veut une orange !...*

Quand Hans, en sueur et affolé, la retrouve enfin, assise dans un coin à l'entrée du Jardin des Fugitifs où elle a fini par revenir, il ravale ses reproches sans même les avoir proférés. Sur le chemin du retour, il achète de l'eau et des boules de riz frit au fromage dans des cornets de papier qu'ils mangent à l'ombre, sur le quai de la gare aux murs roses. Après avoir jeté les papiers tachés de gras et s'être lavé les mains au lavabo, Hans revient s'asseoir près d'Ilse. De sa poche, il sort un petit appareil en plastique orange, en forme de croissant, comme un ocarina.

— Si tu regardes dans l'œilleton, tu peux faire défiler des diapositives, dit Hans. Il y a tous les monuments les plus importants : le temple d'Apollon, le forum, les corps aussi. J'ai pensé que tu aimerais l'avoir en souvenir.

*

Le soir venu, ils avaient dîné en silence, dans le vacarme joyeux des autres, sur une place grouillante. Puis, se tenant par la main, ils avaient remonté l'avenue dans la cohue jusqu'à leur hôtel. Dans la chambre, après avoir revêtu le bas de son pyjama à carreaux en flanelle, Hans rejoint Ilse sur la mezzanine. Ni l'un ni l'autre ne parvient à trouver le sommeil et, au bout de quelques heures, il faut bien que l'un des deux s'aventure à parler.

— Depuis que nous nous connaissons, tu ne m'as jamais raconté beaucoup de choses de ta vie passée, murmure

Hans. Et cela n'a jamais été un problème pour moi, cela m'a parfaitement convenu, je crois, jusqu'à aujourd'hui.

Ilse se relève, dans le lit. Elle ne porte qu'une mince chemise de nuit en nylon, mais il fait très chaud, même dans la nuit, si près du plafond. Parce qu'elle redoute d'allumer la lampe, elle cherche à tâtons, dans l'obscurité, le visage de Hans, les joues rebondies, le cou large, puis, prenant garde au plafond, elle se redresse complètement et s'adosse à la tête du lit. Maintenant, ses yeux se sont habitués à la pénombre, elle discerne sans peine la table de chevet, l'encadrement de la fenêtre, et les yeux de Hans, qui brillent. Quelques images de la journée, et d'autres, plus anciennes, passent l'une après l'autre dans son esprit, comme défilent les diapositives dans le petit appareil orange – tandis qu'elles se succèdent, que l'une, ancienne, vient chasser l'autre, récente, Ilse prend en elle-même une décision.

Regardant tantôt Hans, tantôt vers la fenêtre qui donne vers la baie, elle lui raconte alors comment elle a vu disparaître l'un après l'autre les membres de sa famille. Et comment, après ça, de tout son cœur, elle a aimé une jeune fille, que les circonstances lui ont enlevée, plus ou moins les mêmes circonstances, dit Ilse. Puis elle raconte à Hans qu'elle a ensuite aimé un homme, si fort et si peu de temps que les frontières se sont mises à se brouiller entre sa propre peau et celle, couturée, de cet homme, comme s'il lui était entré dans la peau sans pouvoir jamais en sortir, Ilse explique à Hans qu'à l'époque elle était si jeune, si malléable que cet homme lui a, en un sens, donné sa forme définitive.

Cognant contre la fenêtre de la chambre, le battement des ailes d'un oiseau la fait sursauter, elle s'interrompt et Hans, qui ose à peine respirer, lui tend le mouchoir en tissu imbibé d'eau de Cologne qu'il gardait sur la table de nuit. Ilse passe le mouchoir sur ses tempes, puis elle raconte encore que ces deux êtres qu'elle a aimés et perdus, elle avait trouvé un moyen insensé de les réunir, loin d'elle, comme s'il y avait eu là, confusément, une opération mathématique – une opération que, comme les mathématiques, elle n'a jamais vraiment comprise, quelque chose comme deux et deux font trois, dit Ilse. Comme si les réunir était rester avec eux et les perdre un peu moins. Mais Ilse n'a jamais su compter, et c'est l'inverse qui s'est produit, elle n'a fait que les perdre beaucoup plus, si tant est que l'on puisse perdre encore ce qu'on a déjà perdu. Loin d'elle, ils s'étaient connus, et elle ignore à ce jour ce qui s'est vraiment passé entre eux. Elle s'en tient à deux hypothèses, explique-t-elle à Hans, alors que le jour commence à poindre, rose, sur la baie de Naples qu'on entrevoit au loin, par la lucarne de la chambre d'hôtel. La première possibilité, c'est que ces deux-là, une fois réunis, n'avaient plus besoin d'elle.

À ces mots, Ilse s'arrête un instant, et Hans, avec un visage grave, pose une main sur son épaule :

— Oui, je comprends. Une trahison de ce genre a dû être une chose très douloureuse…

— Peut-être, interrompt Ilse. Mais qu'ils m'aient trahie ensemble ne m'a jamais semblé la pire des possibilités. D'ailleurs, à elle, comme à un enfant, j'aurais pardonné n'importe quoi sans condition. Et puis, à qui la faute ? Je crois que je savais bien ce qui se passerait si je les réunissais là-bas, loin de moi, personne ne m'a forcée à le faire. Ce qui était pire à imaginer, finit par dire Ilse, et l'est resté, c'est que cet homme que j'aimais se soit servi d'elle, de sa naïveté, et qu'il l'ait ensuite abandonnée à son sort. Mais la pire des trahisons, c'est encore autre chose, dit Ilse en regardant Hans dans ses yeux bleus, qu'elle discerne sans peine dans le jour qui s'est levé et qui vient peu à peu lui dorer le visage. La pire des trahisons…, recommence-t-elle, sa voix s'est mise à chevroter, elle reprend son souffle, puis elle achève sa phrase dans un murmure rauque : C'est que, quoi qu'il se soit passé, cet homme qui m'était entré dans la peau y est resté, je t'ai dit dans la peau, mais dans l'esprit aussi, je n'ai jamais pu cesser de l'aimer, pas un seul jour, quoiqu'il ait un jour senti ou pas pour moi, quoi qu'il ait pu faire par la suite.

Ilse s'interrompt à nouveau parce qu'elle est sortie un instant de son récit, juste le temps de regarder Hans, qui, sans un mot, attend. N'importe quel autre homme, pense Ilse, de ceux que j'ai connus, demanderait : « Et moi ? Est-ce que tu m'aimes autant ? » Mais Hans, quoi qu'il puisse penser, s'en abstient, et Ilse en ressent pour lui une immense gratitude. Derrière le mur de la chambre s'est déclenchée depuis quelques minutes une soufflerie, et avec elle, quelque part dans l'immeuble, monte une odeur opulente de pain frais et de sucre. Après une pause, Ilse raconte encore que, comme s'il était écrit qu'elle devait à chaque fois tout perdre, on l'a un jour chassée du théâtre qui était devenu son foyer, parce qu'elle avait commis une faute, une faute professionnelle, qu'elle avait cru pouvoir dissimuler cette faute en commettant une faute encore plus grande, cette fois une faute morale, et que pour finir elle s'était retrouvée sans rien, loin de tout ce qu'elle avait connu, au pied des Monts métallifères. Et qu'en rétrospective, cette période avait peut-être été l'une des plus heureuses de sa vie, parce qu'on ne pouvait plus rien lui prendre.

Alors qu'il fait maintenant grand jour dans la chambre, que le soleil commence là-bas à jouer sur les écailles des vagues, elle dit à Hans qu'elle n'appellerait pas de l'amour ce qu'elle a senti pour le père de son fils. Elle dit qu'elle est tombée sur celui-là comme on est attiré par un objet brillant dans l'herbe, qu'on ramasse en pensant que c'est peut-être précieux, et puis il s'avère que non, ça ne valait rien, ce n'était qu'un bout de verre et il vous a tailladé le poignet au passage. Mais de l'amour, l'être humain en a besoin pour vivre et elle a ensuite adoré son fils, peut-être plus qu'une mère ne le doit – l'amour d'un enfant peut vous combler, pour cette raison il est dangereux, parce que même une mère sait que l'amour immense d'un enfant doit un jour se déplacer ailleurs, et si on n'y prend pas garde, quand l'enfant cesse d'en être un, il ne vous reste plus qu'une empreinte vide. Alors que l'odeur de pain, chaude et un peu écœurante, enveloppante, continue à monter, se répand dans la chambre comme si elle saupoudrait de sucre le récit que fait Ilse, elle explique qu'en grandissant Gregor en a eu plus qu'assez de sa mère et de son amour envahissant et qu'il s'est dépêché de s'éloigner, de la rejeter, comme les pays envahis et occupés pendant des années rejettent leur occupant pour célébrer leur indépendance – et qu'aujourd'hui encore, il continue de garder ses distances comme pour apurer l'excédent de ce qu'il a reçu. Il est devenu un homme fait, un type bien, mais, confesse Ilse, ses mots à peine audibles sous le sucre qui se dépose sur eux comme un voile jusqu'à ce qu'un nouveau souffle l'emporte, l'enfant que Gregor a été lui manque encore tous les jours, l'enfant qui était tout à elle, aucun type bien ne pourra jamais le remplacer, pas même celui-là qui aujourd'hui ne répond pas quand elle l'appelle au téléphone et qui a parfois encore le même sourire, la tête légèrement inclinée, et le même pas sautillant que lorsqu'il s'éloignait vers l'école, son enfant adorable, avec son petit foulard de pionnier. Bien sûr, reconnaît Ilse, sous la rosée de sucre, il est sain que Gregor s'absorbe dans son travail et qu'il distribue son amour ailleurs, à cette dinde qui fait du *self-help* et à l'enfant qui va bientôt naître, et qu'ils ont déjà affublé d'un prénom ridicule. Elle dit aussi à Hans que la mer est le plus grand cadeau qu'on lui ait jamais fait, mais que, contrairement à ce qu'il imagine, elle ne rêve pas à une vie d'aventure, elle désire seulement l'apaisement, confie-t-elle, avant de sombrer dans le sommeil, en sentant le gros corps de Hans s'enrouler autour du sien, l'envelopper, le recouvrir de sa tendresse.

*

Quelques années après la Réunification, un soir, Ilse ment à Hans. Avec toutes sortes d'arguments mal improvisés, elle le dissuade de venir au théâtre avec elle, prétexte que c'est une sortie obligatoire pour l'Institut mais qu'on va sûrement s'ennuyer, c'est une pièce sans intérêt, d'ailleurs, il n'y a plus de places à vendre, Ilse s'emmêle un peu, parce que tout ce qu'elle raconte est faux et qu'elle n'a pas l'habitude de mentir. D'ailleurs, pourquoi se serait-elle habillée, maquillée avec tant de soin – les chaussures avec un petit talon, peut-être qu'elle les supportera une soirée entière ? –, pourquoi s'angoisser autant sur l'horaire jusqu'à arriver devant le théâtre avec une heure d'avance, tout ça pour une pièce insignifiante ?

Non, cette soirée n'a rien d'insignifiant, en secret Ilse l'attend depuis des mois – depuis qu'elle a vu sur le programme de saison d'un théâtre qu'on allait jouer une pièce, une création, de l'auteur hongrois Bence Sandor.

Bien sûr qu'il reste des places à vendre, la salle est loin d'être pleine, ce genre de chose n'attire pas les foules. Donnée dans l'un de ces nouveaux théâtres modernes tout en béton, la pièce – intitulée « Trois fois deux » – se révèle vite affreusement ennuyeuse : une assez plate parodie de Pinter, où des couples jouent et rejouent la même histoire, parfois l'un avec la femme de l'autre, puis l'inverse, puis les deux femmes, ils se parlent de leurs meubles, de leurs emplois et de leur chien, et après ça recommence… Mon Dieu, mais qui cela intéresse ? se demande Ilse.

Ce qui n'arrange rien : les acteurs sont très jeunes, inexpérimentés. Ilse s'y est faite : quand, après des années, elle est enfin retournée au théâtre, tous les héros étaient désormais plus jeunes qu'elle. Autrefois, c'était l'inverse. Tout en s'ennuyant sur son siège, Ilse se demande si l'intérêt de la chose ne demeurait pas dans ce décalage qui s'est aujourd'hui inversé. Avant, les histoires se déroulaient comme autant de destins qui pourraient arriver, Ilse les absorbait, avide d'avoir son tour de vivre. Aujourd'hui, tout le monde est plus jeune qu'elle, et d'ailleurs, pas seulement les héros de théâtre ou de cinéma mais aussi les médecins, les notaires, même les ministres… Maintenant, elle sait bien qu'elle ne sera jamais cette femme qui trompe son mari, ou se trompe de mari, ou – on ne comprend rien – décide que c'est la femme de son amant qu'elle aime. Ilse trouve le temps long, rien ne lui plaît sur cette scène. Ni la coquetterie des acteurs, ni le décor apprêté, ni cette façon mesquine de couper les cheveux en quatre, ou, puisque c'est écrit ainsi, en « trois fois deux ». Ces héros et ces héroïnes, avec leurs peaux de lait, ne lui refilent que de la nostalgie. Mais enfin, pense Ilse en se tortillant sur son siège, est-ce qu'on va devoir entendre ces pauvres turpitudes trois fois ? Six fois ? Ces discussions sur qui va garder la maison la plus grande, sur ces pauvres orgueils et ces vanités écornées ? Elle s'en étouffe d'indignation : c'est pour écrire et regarder *ça,* ces petites vétilles bourgeoises, qu'il a fallu tant lutter ? Des gens ont pris des risques, sont allés en prison pour *ça* ? Pour qu'on nous serve sur scène de l'individualisme et du *self-help* ? Mon Dieu, pense Ilse en frémissant, au fond, je suis une communiste.

Peut-être soulagés que l'affaire se termine, les spectateurs applaudissent avec chaleur, s'applaudissent peut-être eux-mêmes de leur patience, et vient enfin le moment pour lequel Ilse est venue. Quand arrivent les saluts, toute amertume la quitte, elle se crispe : c'est maintenant. Les comédiens, le metteur en scène, puis le scénographe, le costumier, tous sont trop jeunes pour pouvoir être Bence Sandor. Après des mois, Ilse attend encore, mais non, le rideau tombe, l'auteur n'est pas venu à sa première berlinoise. Tout cet espoir, ce maquillage, pour rien.

Il n'y a pas grand monde, un quart d'heure plus tard, pour le champagne au foyer des comédiens. Non, lui explique l'administratrice du théâtre, l'auteur est âgé, il voulait venir, mais sa santé ne l'a pas permis, il a dû rester à Budapest. Alors qu'elle se dirige sans faire de bruit vers la sortie, Ilse entraperçoit à quelque pas devant elle une haute silhouette vaguement familière. Puis le souvenir devient de moins en moins vague : les cheveux ondulés se sont faits rares, ils ont éclairci… Sur ses petits talons, Ilse poursuit l'homme en pardessus sombre, presse l'allure jusqu'à le dépasser pour lui faire face. Les regards hésitent, jusqu'à ce que se dévoile un immense sourire.

— Pöss, tu as fait changer ta dent !

L'homme d'âge mûr hésite, il n'y croit pas encore. Cela fait quoi… quarante ans ? Il bégaie, puis s'emmêle :

— Mon Dieu… Ilse ! C'est vraiment toi ? Quelle merveille de te voir ! Comment vas-tu ? Il faut que tu me racontes tout, il faut que tu viennes me voir à Vienne, je joue une pièce de Bernard Shaw.

— Comme tu es resté *acteur*, s'amuse Ilse – son espoir, qui partait se cacher comme un chien battu, redresse la tête devant l'acteur Pöss, qui pérore comme au bon vieux temps, il a pris l'accent chantant de Vienne.

Dans un recoin défendu du cœur d'Ilse, la nostalgie dans ce qu'elle a de plus tendre sort de sa cachette, tout à la contemplation du visage vieilli, de la silhouette familière, là, dans ce couloir d'un théâtre allemand trop neuf… Ce bon vieux Pöss ! Ilse n'écoute même pas ce qu'il raconte – *Václav Havel, quel génie, révolution* de velours, *divorce* de velours, *ces Tchèques, tout de même, ces Tchèques !* Elle n'écoute pas mais elle est heureuse.

— Et qu'est-ce que tu as pensé de la pièce ? lui demande tout à coup l'acteur Pöss.

Ilse se retient de donner sa sentence : théâtre petit-bourgeois – toutes les apparences de la pensée, seulement des apparences. Puis elle ne peut se retenir plus longtemps :

— L'auteur, Bence Sandor, c'était bien un ami de Horn, n'est-ce pas ?

— Ah bon ? remarque distraitement Pöss. Je ne savais pas… Mon Dieu, Horn, j'avais presque oublié… Quel type aussi, celui-là…

Dans le méandre des couloirs éclairés au néon, Ilse et Pöss se dirigent ensemble, comme dans leur jeunesse, vers la sortie des artistes. Avec tous les efforts qu'il lui faut pour se maîtriser, Ilse se retient... Mais, tout à coup, elle s'entend dire :

— Tu te souviens de Horn ?

— Ah ça... Si je m'en souviens ! s'exclame Pöss. On n'oublie pas un type pareil ! Une fois, à Bratislava, au Biergarten, il m'avait raconté sa vie... Quelle histoire cela aurait faite !

— Tu n'as jamais pensé..., hésite Ilse. Horn, voilà quelqu'un qui aurait dû écrire des pièces...

Poussant la porte coupe-feu pour sortir du théâtre, Pöss éclate soudain de rire :

— Lui ? Écrire une pièce ? Notre bon vieux Horn-le-demeuré ? Enfin Ilse ! Tu imagines ? Pöss continue de rire : Ça nous aurait donné un fameux résultat !

Ilse passe la porte derrière lui, mortifiée. Où a-t-elle été chercher ça ? Alors que Pöss la précède, encore amusé, ne craignant plus de dévoiler sa dent de devant qui désormais est tranquillement rangée à sa place, elle est vexée. Les gens ont toujours pris Horn pour un imbécile.

« Ilse Küsser », répète Pöss en secouant la tête, il n'en revient pas de la voir, alors qu'ils se retrouvent loin de la protection du théâtre, dans la grande rue berlinoise, venteuse mais pas assez pour les envoyer dans l'une ou l'autre direction, et qu'ils restent là, sans se décider à se diriger ensemble quelque part ou à se séparer, dans la nuit d'hiver.

— Je n'ai jamais pu croire que c'était un idiot, poursuit Ilse avec prudence. Tu te souviens de son grand numéro, celui qu'il avait fait, à la fête, là où tu m'avais emmenée ?

Pöss hoche la tête, et avec une gravité inhabituelle, il dit :

— Horn est l'un des êtres les plus intelligents que j'aie jamais rencontré. Mais sans aucune idée qu'une action entraîne des conséquences. Alors comment veux-tu qu'il puisse écrire une pièce ? Il y a des gens, comme ça, dont la vie est une sorte de coq-à-l'âne permanent. Un *type* comme ça, il ne fait que passer d'un point à un autre, parce qu'il est construit, ou plutôt détruit comme cela, observe Pöss comme s'il réfléchissait à un personnage de théâtre. Horn m'a toujours semblé faire partie de ces types totalement inutiles, pas parce qu'ils sont idiots, au contraire, parce que leur intelligence les déporte tout le temps. Pour cette raison, continue Pöss, Horn était le plus intrépide d'entre nous et un bon à rien. Le rien pouvait lui suffire : il y voyait toujours autre chose que du rien…

Toujours immobile sur le trottoir, Ilse sent les larmes lui monter aux yeux, Horn n'est pas un *type,* pense-t-elle, elle s'insurge. Mais en même temps, elle voudrait prendre dans ses bras l'acteur Pöss et elle n'ose pas. Perdu dans ses propres pensées, il rit à nouveau, secoue la tête :

— Un type comme ça… écrire des pièces ! Tu sais que je l'ai revu, il y a quelques années ?

— Où ? arrive à balbutier Ilse. *Comme si on avait trouvé le point précis du sommet de son crâne et de là pelée à vif en quatre quartiers égaux.*

— À Vienne ! À la gare centrale ! À l'époque, j'étais déjà passé à l'Ouest depuis pas loin de dix ans… Tu imagines un peu ? J'étais là, devant la gare, et là, qui est-ce que je vois ? Enfin, on a eu le temps de boire un coup… Et c'était bien le même Horn !

Pöss sourit, marque une pause, puis son sourire s'efface :

— Et à la fois, ce n'était plus le même, évidemment…

— Tu sais ce qu'il lui est arrivé ? demande Ilse d'une voix tremblante.

— J'ai cru comprendre qu'il avait eu des problèmes en Hongrie, dit Pöss. Enfin bon, il a réussi à passer… À mon avis… Un type comme ça, ils ne l'ont pas brisé, il s'est brisé tout seul. Pas brisé, mais éteint. Je dirai, comme si quelque chose en lui ne s'allumait plus, tu vois, comme un briquet dont la pierre est cassée.

Ilse s'est mise à grelotter, elle demande maintenant à l'acteur Pöss :

— Et qu'est-ce qu'il t'a dit d'autre ?

— Ah mais oui, j'allais oublier le meilleur ! se rappelle triomphalement Pöss. Parce que ça, c'est encore le plus fort : alors que je lui demandais de me raconter un peu ce qui s'était passé depuis tout ce temps, il m'a dit d'un ton solennel qu'il avait perdu le droit de m'en dire un mot. Parce que, accroche-toi, son histoire, il l'avait donnée à un autre. Encore un truc de dingue, voilà ce qu'il m'a dit : un soir, dans une taverne à la frontière yougoslave, il était tombé sur un type qui pleurait à chaudes larmes dans un coin. Alors il était allé voir ce malheureux pour lui demander ce qui clochait, et là, entre deux sanglots, le type lui avait répondu qu'il ne se souvenait plus de rien. Qu'il avait bu pendant trois jours sans discontinuer, qu'après ça, il avait dormi tout son saoul, et qu'au réveil il avait tout oublié. Pas seulement ses jours de beuverie, mais tout : son père, sa mère, il avait oublié jusqu'à son propre nom… Horn m'a dit qu'il avait pris cette affaire très au sérieux. Et qu'après avoir bien réfléchi au problème, il avait dit au vagabond : « Écoute, j'ai une idée, voilà ce que nous allons faire : je vais te donner mon histoire. Moi, je n'en ai plus besoin. » Il m'a dit qu'il avait passé comme ça toute la nuit jusqu'à l'aube à raconter sa vie à ce type pour qu'il puisse la lui prendre, et que, d'après les termes de leur pacte, cette vie n'était donc plus la sienne. Et que je pouvais bien rire et me moquer si je voulais, mais qu'entre eux cela avait été un arrangement des plus définitifs, et que ce pacte, au matin, ils l'avaient même scellé par une sorte de cérémonie sauvage. Il avait demandé au type s'il était juif – en général, a dit Horn, celui qui a oublié son nom et son histoire, il y a de fortes chances par nos contrées que celui-là, ce soit un juif. Le type n'était pas sûr, il avait oublié ça aussi, mais la réponse, on l'avait vite trouvée au fond de son pantalon. Je vais te donner un de mes noms, a dit Horn, nous avons le choix, parce que des noms, j'en ai eu trente-deux, et je ne sais plus moi-même lequel est le vrai. Donc, au petit matin, Horn a pris le ciel à témoin et il a dit : « Notre Dieu… préserve cet enfant… et que son nom soit appelé en Israël… » Puis au vagabond, il a dit : « Je te baptise Ungar, né à Olomouc. » Et voilà, a dit Horn, *pif-paf*, le tour était joué. Il a ajouté qu'il n'avait aucune idée de ce que ce type avait bien pu devenir, mais que, de son côté, il respectait sa part du marché : en offrant son histoire, il avait renoncé à jamais au droit de la raconter – et il a fini par dire qu'il semblerait qu'on gagne toujours à aider son prochain parce qu'il se trouvait bien mieux comme ça…

L'ancien jeune premier Pöss secoue la tête avec admiration :

— Sacré Horn !

Ilse vacille sur ses petits talons, parce que pendant qu'il racontait Pöss n'a pas pu s'empêcher de jouer. Et elle a retrouvé avec un choc au ventre les mimiques et les accents de Horn – *la petite voix aiguë, une main dans la poche provoque un relèvement de l'épaule droite…* Mais cela a duré si peu ! À peine le récit terminé, les cendres réunies se sont dispersées d'un coup. *Pif-paf !* Et dire que Pöss, sans même y penser, se tient là, devant elle, encore capable de cette magie… *Je t'en prie, je t'en prie, fais l'acteur, donne-le-moi à voir, encore, juste un instant…*

Mais Ilse ne peut pas demander cela. Elle murmure seulement :

— Et après ?

— Après ? Ben, il a pris son train et moi le mien, répond Pöss en haussant les épaules.

Dans le froid, il s'est mis à battre des pieds, à guetter, par-dessus la tête d'Ilse, à droite, à gauche, les trams qui passent de l'autre côté de la rue.

— Tu te souviens où il allait ?

— En Grèce. Ou en Italie ? L'un des deux, répond Pöss, je ne sais plus.

Ilse demande à nouveau :

— En Grèce ou en Italie ?

— Je ne sais plus, répète Pöss. Oh après tout, quelle différence... ?

Ilse insiste, la différence lui importe beaucoup, elle importe même énormément, mais le vieil acteur Pöss ne se souvient plus.

13

Mon idiot !

Et tout à coup, la ville s'était ouverte.

Dès les premiers jours du printemps, Budapest avait changé de physionomie ; Simon en restait aussi abasourdi que quelqu'un qui verrait une vieille connaissance se départir d'un invariable naturel maussade pour se montrer enfin de bonne humeur. Les places s'étaient peuplées de terrasses, des guinguettes s'ouvraient en corolles sur les bords ensoleillés du Danube. Au détour de ses balades familières, Simon découvrait soudain dans un parc, dans une cour, qu'un immense café avait semé dans la nuit ses tables, l'air s'emplissait soudain d'effluves engageants et de musique. Dévoilant enfin tout leur charme, les sombres collines de Buda verdoyaient avec opulence. Plus d'écharpes ni de doudounes, les habitant-boules avaient repris forme humaine, on voyait s'agiter des jambes, se galber des mollets, se soulever des poitrines, s'envoler des cheveux…

Alors qu'il parcourait, un peu sonné, cette nouvelle ville si hospitalière, accueillante comme une créature lunatique qui aurait troqué sa longue dépression pour une poussée d'euphorie, Simon pensait au compte des jours. Est-ce qu'il prévoyait de passer l'été là ? – le propriétaire de l'appartement avait besoin de le savoir assez vite – on pouvait prolonger encore, expliquait-il, mais l'été constituait sa principale source de revenus et il aurait préféré pouvoir disposer de l'appartement à un tarif plus élevé. Sans rien annoncer de catégorique, il lui faisait comprendre qu'il serait bientôt temps de lever les voiles… Rien de grave, pensait Simon – il quitterait l'appartement fin juillet. Cette limite, même si elle ne signifiait pas forcément le retour, le réconfortait et lui enlevait une part d'angoisse. Si jamais il en venait encore à se demander ce qu'il fabriquait surgissait désormais une réponse toute trouvée : il était là jusqu'à juillet.

Dans la cuisine de l'appartement, le propriétaire avait accroché au mur un de ces tableaux de liège qu'on voit souvent dans les appartements loués aux touristes. À côté du code wi-fi s'étalaient, punaisés sur des Post-it multicolores, les compliments convenus des hôtes de passage, agrémentés de dessins – fleurs vite faites et cœurs – « *THX for this wonderful stay in Budapest! We hope to come back!* » « *XOXO Amy and Tim – from Melbourne, Australia* »… Simon les avait retirés pour pouvoir faire comme les enquêteurs des séries américaines. D'abord, il avait punaisé une carte sur le liège, avant d'enrouler à la diable sur les têtes d'épingle une ligne de ficelle rouge qui flottait, pas vraiment tendue, entre Olomouc, Bratislava et Budapest. Ensuite, il avait accroché à côté deux photos – celle de la blonde et de la jeune pionnière, celle avec le trou à la place de la tête – qu'il avait reliées avec des élastiques trouvés dans un des tiroirs de la cuisine. Évidemment, comme ça, le maigre ensemble ne donnait pas grand-chose… Alors, les jours suivants, il avait rajouté d'abord la photo du handicapé à la linotype, puis, un peu par caprice, une photo de la tombe de son arrière-grand-mère à Bratislava. Mais ça ne produisait toujours pas l'effet escompté, d'autant que les photos, qu'il ne voulait pas endommager en les perçant avec les épingles, finissaient toujours par glisser et se casser la gueule sur le carrelage, entraînant les élastiques dans leur chute.

Enquêteur défaillant, Simon avait aussi repris ses notes. D'une lecture décousue, elles ne racontaient rien d'autre que les errances elliptiques de son voyage : *« Orloj ? Holešov-Bratislava, deux changements, départ 8 h 15… Bratislava, rdv 10 h Mrs Dysko, responsable public relations. Fusils au théâtre ? … "Janzvarik ! Janzvarik !"… manteau Gérard Philipe… »*

*

« Je crois qu'on l'a retrouvé !! Il a envie de parler en ce moment, j'arrange ça ? » disait, laconique, le texto de Biró. Il s'accompagnait d'un lien vers l'article d'un quotidien britannique. Alors qu'il sirotait une limonade au parc, Simon lut, comme électrisé, le titre et le chapeau : *Lajos Fehér visé par une campagne de dénigrement. À 83 ans, le biologiste est pris pour cible par les journaux favorables au pouvoir. Après l'avoir été par le régime communiste, l'occupant nazi et le régime fasciste ayant précédé.*

« Ceux qu'ils ne peuvent pas acheter se transforment en ennemis », affirmait le mois dernier à notre journal l'ancien directeur de l'Académie des sciences de Budapest. Aujourd'hui, après avoir accusé publiquement le Premier ministre nationaliste d'entretenir un climat antisémite en Hongrie, l'ex-dissident, né en 1931 au sein d'une famille

juive de Bratislava, fait à présent l'objet d'une campagne de diffamation sans précédent dans les médias proches de l'exécutif. Tribunes et articles se succèdent afin de discréditer Lajos Fehér. Les parutions, proches du chef du gouvernement qui souhaite instaurer une « nouvelle ère culturelle conservatrice » le qualifient tour à tour de « personnage pitoyable et ridicule », ou encore l'accusent d'être un « anti-hongrois, aux limites de la trahison ». Une tribune parue jeudi dernier dans un journal proche du pouvoir va même plus loin : « Le monde sera-t-il plus beau et plus humain une fois que Lajos Fehér ne sera plus en vie ? À cette question embarrassante, un chrétien ne peut apporter qu'une réponse embarrassante : oui. » Pour mémoire, précisons que Lajos Fehér a connu la répression du régime de l'amiral Miklós Horthy, l'occupation nazie, puis fut emprisonné du temps de l'Union soviétique. Limogé en mars dernier, le spécialiste mondialement réputé pour ses travaux en biologie moléculaire, fondateur notamment de l'Institut de biologie de Budapest, a annoncé dans la foulée sa décision de quitter la Hongrie. « Après le "communisme à visage humain", voici maintenant l'antisémitisme à visage humain ! Puisque notre pays est membre de l'Union européenne, son Premier ministre ne peut pas encore laisser tuer quelqu'un. Mais puisqu'il semble déterminé à mener jusqu'au pourrissement sa haine des quelques esprits libres encore actifs dans notre pays, je préfère m'en aller pourrir dans un climat plus apaisé », a déclaré Fehér, joint au téléphone par notre rédaction.

*

— Pourquoi tu ne m'avais pas dit que c'était ce Lajos Féher-là ? râlait Biró en secouant la tête, alors que le taxi remontait une large rue plantée d'arbres feuillus dans le quartier bohème et prospère de Újlipótváros. Situé près du Danube face à l'île Marguerite, cet arrondissement de Pest était connu comme le repaire de l'intelligentsia budapestoise, ou ce qui en restait, la fine fleur des artistes et des esprits cultivés de la capitale vivait dans ces grands immeubles élégants, tantôt Arts déco tantôt néobaroques, tantôt classiques tantôt Bauhaus, au pied desquels fleurissaient de petits cafés chaleureux, à la fois charmants et sans prétention.

— Tu m'as dit que des Lajos Fehér, tu en connaissais des flopées. Je ne pouvais pas savoir, se justifia Simon.

— Ouais, ce que tu sais, toi..., grommela Biró entre ses dents, le visage tourné vers l'arrière en manœuvrant pour se garer. Fehér a dit qu'il voulait bien nous voir mais qu'il avait peu de temps. Cette fois-ci, je n'ai pas donné de prétexte. J'ai dit : je suis journaliste, ce qui vous arrive m'intéresse, j'ai avec moi un collègue français qui recherche un ami de Bence Sandor. Tu n'ajoutes *rien* à cette version, d'accord ?

Simon hocha la tête : ce n'était pas une question mais un ordre. Biró éteignit le compteur, prit l'argent de Simon et lui lança d'un ton impérieux :

— Et pour l'amour du ciel, prends des notes.

Ils montèrent au dernier étage d'un imposant immeuble de la rue de Pannonie, où la porte était grande ouverte sur un désordre indescriptible. Trébuchant à leur rencontre, enjambant des cartons dont on n'avait fait qu'amorcer le remplissage, un homme grand et svelte en costume de tweed, portant beau les cheveux gris qui lui tombaient presque à l'épaule, vint les accueillir avec un large sourire. Fehér semblait encore dans la fleur de l'âge – difficile de croire qu'il était de la même génération que le vieil Obadalko de Bratislava qui l'avait présenté comme son ami... Alors qu'ils pénétraient, évitant les obstacles, dans le grand chamboulement de l'appartement, Simon, déstabilisé par le chaos des lampes, des parapluies, des casseroles enchevêtrées qui semblaient avoir jailli de leurs placards après une explosion, ne put retenir une crainte totalement incongrue : « Ils n'arriveront jamais à emballer tout ça ! » Suivant la silhouette de tweed, cernés par les cartons empilés, les deux visiteurs parvinrent à se faufiler en file indienne dans le couloir jusqu'à un salon qui avait dû, avant l'amorce du déménagement, être spacieux et confortable. Belle cheminée ancienne en faïence, rideaux lourds – les nombreux tapis roulés et appuyés à l'oblique contre les murs avaient dû apporter à l'ensemble de la gaîté et de la douceur. Autour des vastes bibliothèques vides, différents tableaux manquaient aux murs où restait la trace de leurs cadres, tandis qu'ils reposaient posés à terre, comme déchus, réduits au silence derrière leurs emballages de papier bulle.

Profitant du très haut plafond du salon, on avait construit une mezzanine pour créer un espace de bureau. S'y affairait une jeune femme en jean, pieds nus, qui, soulevant des nuages de poussière, vidait d'autres bibliothèques pour transférer leur contenu dans des cartons. D'en bas, on la voyait de profil, agenouillée devant une étagère à moitié vidée, les cheveux recouverts d'une chatoyante écharpe de soie, nouée derrière la nuque à la paysanne. Souriante mais épuisée, elle s'approcha de la rambarde et leur fit de la main un geste éloquent, désignant à la fois l'ampleur de la tâche qui lui restait à accomplir et son propre état – une énergie à la fois opiniâtre et exténuée, « je n'en peux plus mais je continue quand même », disait le visage encadré par le foulard de soie.

— Nous allons devoir nous asseoir sur ces cartons, les meubles sont déjà partis, s'excusa Fehér en anglais, d'un ton délibérément jovial. Mais ce qu'il y a dedans est assez solide ! Que de la science, de la philosophie et de la bonne littérature ! Qu'on ne vienne plus me dire que ça ne sert à rien ! Tenez, dit-il, plaisantant à demi en désignant à Simon un carton ventru posé à l'horizontale devant lui : voulez-vous vous asseoir sur le marxisme ?

Un peu gêné, Simon s'installa puis sortit son carnet tandis que Biró choisissait quant à lui de se poser sur les œuvres de Darwin. Ils se retrouvèrent ainsi de part et d'autre de Féher, qui siégeait un peu en hauteur entre les périlleuses piles, dans la forêt des cartons qui obstruaient la pièce.

— Vous partez où ? demanda Biró.

— Mais à Berlin, comme tout le monde ! répondit Fehér avec bonne humeur. C'est assez ironique, n'est-ce pas ? Vous savez, j'ai de la famille en Israël. Là-bas, un de mes neveux est danseur de profession, il était dans une compagnie à succès, mais il ne supportait plus le climat politique, alors il s'est résolu à partir. Son compagnon est danseur lui aussi, c'est un Polonais. Évidemment, pas question pour le Polonais homo de rentrer chez lui, en plus avec un juif, vous imaginez bien. Et alors, où ils vont ? À Berlin ! Juifs, Polonais, pédés, intellos hongrois, unissez-vous ! Au secours, tous à Berlin ! rugit Fehér en riant, un rire qui trouva son écho sur la mezzanine où la jeune femme – peut-être un peu trop jeune pour être la sienne mais c'était possible aussi, estima Simon – était venue à bout d'une première étagère et s'attelait maintenant, en ahanant, à la suivante… C'est la dernière fois que je quitte la Hongrie…, ajouta Fehér avec mélancolie. Jusqu'à présent, j'avais toujours trouvé le moyen de revenir…

— Combien de fois ? demanda Biró. Je ne connais pas tout de votre histoire…

Se rasseyant à cheval sur son carton, Fehér écarta les jambes pour se trouver dans une position plutôt virile mais qui semblait particulièrement inconfortable.

— En 1942, on allait me déporter quand un ami de mon père a réussi à me faire passer à Londres. Après la guerre, je suis rentré… Je n'ai pas pu obtenir une place à l'université, mais j'ai réussi à travailler tout de même, et finalement à reprendre mes études. Ça s'est gâté plus tard… Après 56, je n'ai plus eu le droit d'exercer à la faculté ni de faire de la recherche… On m'a suivi, on m'a convoqué quinze fois, on a surveillé mes activités les plus inoffensives et on les a transformées en délits… On n'appréciait ni ce que je faisais ni, ce qui est plus difficile à saisir, ce que je ne faisais pas… Selon le principe totalitaire, tout ce qui n'est pas obligatoire est interdit, et tout ce qui n'est pas interdit est obligatoire. Donc, ils m'ont foutu en taule. À la sortie, des amis en Australie m'ont invité pour un séminaire dont il était évident pour tout le monde que si jamais j'y allais, je n'en reviendrais pas… On m'a laissé partir. Mais je suis revenu tout de même ici, chez moi, en 1990 et j'ai pu fonder l'Institut de biologie. Vous savez qu'on nous avait engagés, moi et mes collègues de la faculté des sciences, pour réfléchir aux nouveaux noms des rues ? Il allait de soi qu'il fallait débaptiser le pont Staline ou que la gare Karl-Marx devait redevenir la gare de l'Ouest… Mais *quid* des boulevards du Progrès, des rues de la Liberté, ou de ces innombrables places de la Paix ? Qu'est-ce qui était communiste… et qu'est-ce qui était à tout le monde ? Nous devions très doctement nous pencher sur ces épineuses questions !

Fehér sourit, secoua ses cheveux gris :

— Et il n'a pas fallu quinze ans pour que ça recommence... Maintenant, ils renomment à nouveau les rues, mais cette fois-ci au nom des bons vieux fascistes nationaux. Depuis l'année dernière, dans tout le pays, on inaugure des bustes de l'amiral Horthy... Vous imaginez, lança-t-il à Simon, si on faisait la même chose avec votre Pétain ? Pour le reste... C'est comme une reprise de la bonne vieille « tactique du salami » des communistes : voilà à nouveau qu'on débite les oppositions jour après jour, tranche par tranche... Enfin... Peut-être qu'il est inscrit dans mon destin que je dois être un juif errant. Je suis triste à l'idée que je ne mourrai pas chez moi, mais... *C'est la vie,* dit-il en français à Simon, avant de quitter sa position à cheval, à l'évidence peu tenable, pour s'asseoir en croisant les jambes sur le carton.

— Mais ça va tout de même mieux maintenant que pendant le communisme ? Les gens vivent mieux aujourd'hui, non ? tenta Simon pour dire quelque chose. Depuis son arrivée, il avait noté fiévreusement dans son carnet et s'efforçait maintenant d'avoir l'air impliqué dans la conversation.

Comme s'il réagissait à la question naïve d'un étudiant de première année, Fehér lui sourit avec indulgence. Puis, prenant Biró à témoin, il se tourna vers Simon, dans l'intention manifeste de l'instruire.

— Maintenant, on idéalise le capitalisme, mais qu'est-ce qu'on en voit ici sinon le pire ? Ailleurs, en Australie, par exemple, quoi qu'on en dise, le capitalisme est *aussi* une civilisation. Mais nous, pour le moment, nous en subissons avant tout les tares. La corruption, le racket... Seule la démocratie peut tempérer un peu les méfaits du capitalisme, et ici, la démocratie disparaît un peu plus chaque jour. Je ne comprends pas pourquoi les gens continuent d'y croire... Il fallait vraiment le communisme pour arriver à transformer le capitalisme en utopie sociale, je trouve cela tout simplement prodigieux.

— Mais tout de même, c'est encore une démocratie... argua Simon d'un ton prudent.

— Vraiment ? demanda Féher en rabattant ses cheveux longs derrière son oreille.

Juché sur son carton de livres, il se redressa pour se pencher de toute sa hauteur vers Simon comme s'il interrogeait l'auditoire d'un large amphithéâtre :

— Quand on met à mal le droit de grève ou qu'on interdit la création d'un syndicat, est-ce que c'est encore la démocratie ? Quand on interdit aux pauvres de ramasser du bois mort pour se chauffer en hiver ou qu'on force des chômeurs à travailler sans salaire, est-ce que c'est encore la démocratie ? Quand on impose des cours de religion aux enfants, qu'on prend le contrôle des universités, qu'on persécute les homosexuels, ou qu'on veut diminuer la retraite des femmes qui n'ont pas procréé, c'est quoi ? Je pourrais continuer ainsi longtemps... Mais ce n'est pas de cela que vous vouliez me parler, n'est-ce pas ? Il paraît que vous vous intéressez à Bence Sandor ?

— Oui, c'est ça, dit vivement Simon, il en avait un peu assez d'être l'abruti étranger qui ne comprend rien.

Consultant Biró du regard, il ajouta :

— Pour des raisons familiales, je cherche à retrouver un de ses amis. Un type étrange, de petite taille, avec une cicatrice sur le visage qui l'aurait fréquenté vers 1954...

Étonné, Fehér réfléchit un moment, puis il secoua la tête :

— Non, ça ne me dit rien... D'autant que... J'ai fréquenté un peu Bence, mais à cette période et après aussi d'ailleurs, si une chose le caractérisait, ce n'étaient pas les amis, justement. Ses amis, il n'aurait pas pu les compter sur les doigts d'une main, surtout après le jour où son collègue László Menyhárt l'a humilié à la Maison des écrivains.

— Oui, dit Biró, Ferenc Szilárd nous a raconté cette histoire. Il a dit que, selon les témoins, ça avait été comme une mise à mort sociale.

— C'était exactement ça. J'y étais, dit calmement Fehér. J'étais à ce dîner, avec un ami, ce soir-là. Mais moi, ce qui m'a paru assez ironique, c'est qu'après la parution de son poème sur 56, Bence ne m'a plus donné signe de vie... Il essayait de rentrer dans le rang et j'étais devenu une fréquentation déconseillée... Après cette histoire à la Maison des écrivains, il m'a appelé, comme il a appelé tout le monde, il voulait ma version des faits. Peut-être que j'ai montré plus de compassion que d'autres, ou qu'il avait seulement besoin de se confier, en tout cas il m'a raconté une chose que j'ai trouvée terrible. Quand il a entendu que Menyhárt l'avait ridiculisé sans motif devant toute une assemblée d'intellectuels, il l'a appelé pour lui demander une explication. Comme on pouvait s'y attendre, Menyhárt a louvoyé, il n'a pas vraiment répondu et s'est seulement empressé d'écourter la conversation. Mais peu de temps après ce coup de fil, Bence a reçu une lettre de lui. Il y avait deux pages. La première, c'était un torrent d'excuses : Menyhárt ne savait pas comment il avait pu faire une chose pareille, il était mortifié, les mots lui étaient sortis de la bouche, etc., il suppliait Bence de lui pardonner. Et sur l'autre page, il n'y avait qu'une phrase : « Entre nous, ton poème, nous le savons tous les deux, ce n'est vraiment que de la merde. » Voilà... C'était le genre de relations qu'ils avaient. Si on refusait d'entrer dans ce genre de jeu, on se retrouvait vite très isolé.

— Rétrospectivement, intervint Biró, vous trouvez que les intellectuels ont manqué de courage ?

— J'en ai manqué moi-même quand je suis parti en Australie, dit Fehér. Et j'en manque encore aujourd'hui en abandonnant la partie…

Il regarda avec une lueur de malice les deux hommes venus l'interroger :

— Vous savez, je n'ai pas connu beaucoup de gens dont j'ai admiré le courage. Mais celui qui m'a le plus impressionné, ce n'était pas du tout un grand intellectuel, juste un pauvre type, sans doute taré, que j'ai croisé au poste de police le lendemain de mon interrogatoire. Je peux vous raconter cette histoire ? Cela nous éloigne un peu de notre sujet, mais…

Assis chacun sur leur carton, Simon et Biró, pris au dépourvu, se turent. Pendant quelques secondes, on n'entendit plus que la jeune femme qui continuait à s'affairer sur la mezzanine, *pit-a-pat, pit-a-pat*, et le crissement du scotch qu'on tendait sur le dérouleur. Alors que Féher promenait un regard fatigué sur la pièce encombrée et défaite, Simon repensa aux quelques jours de son déménagement de chez Mathilde, à la sensation de vide intérieur qu'il avait éprouvée à mesure que les cartons se remplissaient.

— À l'automne 1954, dit Fehér, la police m'avait convoqué une première fois, puis ils avaient décidé de jouer avec mes nerfs et avaient mis un terme à l'interrogatoire. Officiellement, c'était terminé, mais on me faisait encore attendre, dans une petite salle sombre au plafond bas, et cette attente sur un tabouret durerait peut-être des heures, ou alors ils décideraient de m'interroger à nouveau. Et je ne pouvais bien sûr prévenir personne… Et puis, ils ont tout à coup remonté des cellules du sous-sol une dizaine de types, des prisonniers de droit commun qu'ils ont fait asseoir sur le banc en face de moi. L'un d'entre eux était tellement amoché qu'ils l'ont assis à part, un petit type très frêle, on lui avait détruit le visage et sans doute aussi le dos, parce qu'il se tenait… ou plutôt, il était brisé, il n'arrivait plus à se tenir, sur le banc, dans la salle glaciale. Si bien que même l'un des policiers a eu pitié et lui a apporté une tasse de café. Là, il s'est passé une chose qui m'a semblé tout à fait incroyable. Le petit homme est parvenu à lever l'un de ses bras, puis, de la main, au lieu de prendre le café qu'on lui tendait, il a écarté le majeur et l'index, comme pour faire le V de la victoire. Et au policier qui le regardait sans comprendre, il a dit, d'une petite voix aiguë : « Je le prends avec deux sucres. » Vous imaginez la stupeur… Sur le petit visage, qui malgré tout tentait de perdurer sous les plaies et les bosses, qui portait comme un maquillage la pellicule de sang, de morve et de larmes mêlés, il y avait un sourire. Bien sûr, le policier a fini par lui balancer le café brûlant à la gueule, mais rien n'y a fait, sous le brun du café on voyait encore l'éclat des dents, le sourire était encore là. Et c'était merveilleux à voir… Il fallait être totalement idiot pour faire une chose pareille, et à la fois, je n'ai pas souvent vu quelqu'un faire preuve d'autant de dignité. Après ça, le petit type s'est de nouveau effondré, et il a perdu connaissance. Quand les policiers ont quitté la salle, j'ai demandé aux autres si quelqu'un savait qui était ce gars-là, ou ce qu'il avait fait, et on m'a dit que ce n'était personne, juste un pauvre fou qui avait agressé sans raison un policier en pleine rue. Mais pendant des années, j'ai repensé très souvent à ces deux sucres. À ce geste, minuscule et insensé, de résistance…

Lajos Fehér croisa les bras et regarda Simon et Biró d'un air mélancolique.

— J'ai appris bien plus tard que ce qu'il avait réellement fait était inimaginable… Si vous saviez…

— Il avait fait quoi ? demanda Biró.

Fehér secoua la tête :

— Une folie. Je l'ai su pas loin de trente ans plus tard. Peu après mon retour à Budapest, après la chute du Mur, j'étais un jour dans le tram. Et là, quelques banquettes plus loin, assis devant moi, qui est-ce que je vois ? Mon idiot ! Pas de confusion possible, c'était bien lui, c'était le type des deux sucres. Je l'ai reconnu immédiatement. Pourtant, cet homme, je ne l'avais jamais vu que dix minutes dans mon existence, mais depuis des années il faisait partie de ma vie, ou même, je pourrais dire, de ma « mystique »… Je suis allé le trouver, et à l'arrêt suivant on est descendus ensemble du tram pour aller boire une bière. C'est comme ça que j'ai su tout le reste de l'histoire. J'ai soupçonné qu'elle était fausse, pour tout vous dire, j'en doute encore, mais je crois qu'au fond peu m'importe, parce que j'ai envie qu'elle soit vraie. Il m'a expliqué que le jour où je l'avais croisé il s'était retrouvé au poste parce qu'il avait couru, et qu'en courant il avait manqué de trébucher sur une plaque de verglas. Au moment de perdre l'équilibre, il s'était raccroché à la première chose qui lui était tombée sous la main, et qui s'était malheureusement révélée être l'épaulette d'un policier qui passait tout près de lui. En l'agrippant pour retenir sa chute, il l'avait arrachée – voilà comment il s'était retrouvé au poste… Il a dit que ce geste de hasard lui avait peut-être sauvé la vie, mais que sa vie, pendant un moment, sa vie, il n'en avait plus vraiment voulu, parce que le fait qu'il ait été arrêté cette nuit-là avait eu pour quelqu'un d'autre des conséquences terribles...

Fehér sonda les visages de ses interlocuteurs comme pour vérifier qu'il les tenait. Assuré de leur attention, il ramena derrière son oreille une longue mèche de cheveux gris qui lui était tombée sur le visage, puis, rajustant son derrière sur le podium de carton, poursuivit :

— Le type m'a ensuite raconté qu'à l'époque où je l'avais croisé, il avait un ennemi dans la police politique, un nommé Sénási. Et qu'il avait fini par apprendre que cet ennemi avait un ennemi encore plus puissant que lui, un général soviétique dont j'ai oublié le nom. Ça, il avait pu le savoir parce que les femmes de ces deux-là se détestaient, elles aussi,, et qu'elles se faisaient toutes les deux masser aux bains de l'île Marguerite par la même jeune fille, une jeune fille qu'il connaissait justement.

Sans échanger un regard, Biró et Simon avaient sursauté, chacun sur leur carton. Fehér avait dû percevoir, sans se l'expliquer, un changement dans leur attitude, il se sentit tenu de préciser :

— Moi aussi, cela m'a paru bizarre, j'ai objecté que c'était tout de même une coïncidence incroyable. Mais le petit homme a secoué la tête d'un air catégorique, et il a dit que non, non, pas du tout, cela n'avait rien d'une coïncidence, au contraire. Cela faisait partie d'un plan et tout était bâti là-dessus.

Conscient de son effet, Fehér regarda Biró et Simon qui attendaient la suite, masquant leur impatience.

— Quand elle massait les dames, reprit Fehér, la jeune fille les faisait bavarder, et elle avait ainsi appris de la femme de Sénási que son mari était mal vu, qu'il était dans le collimateur des Soviétiques. Dans la même cabine de massage, la femme du général avait confirmé : on savait que Sénási était un fasciste. Il ne croyait pas pour deux sous au socialisme et il pouvait toujours se vendre au plus offrant – son mari avait commencé à constituer un dossier sur lui qu'il s'apprêtait à transmettre en haut lieu. La masseuse connaissait bien la femme du général, elle avait même été plusieurs fois dans sa villa et, au passage, en avait profité pour repérer les moindres détails, l'entrée de service et l'emplacement des tiroirs fermés à clé, elle savait aussi que rien n'était gardé. Elle avait même dit à son complice que cette splendide villa de la colline des Roses était crasseuse parce que le Soviétique et sa femme ne faisaient confiance à personne, même pour le ménage. Apparemment, la femme du général restait toujours sur ses gardes, elle ne faisait pas non plus confiance au personnel de l'Hôtel des Bains, et pour cette raison elle gardait son sac avec elle jusque dans la cabine de massage. Beaucoup de précautions inutiles, parce que, en fait, la seule personne en qui elle avait confiance, c'était précisément celle dont elle aurait dû se méfier : la petite masseuse. Après les soins, profitant d'un moment où la femme du général s'était endormie, la fille a trouvé les clés dans son sac et elle en a fait une empreinte avec sa cire d'épilation pour en fabriquer une copie. Grâce à ça, mon idiot, c'est ce qu'il m'a raconté, a pu s'introduire par la porte de service dans la villa de la colline des Roses. Il a pu fouiller le bureau, ouvrir les tiroirs, et il a cherché en vain le dossier Sénási… Mais ce qu'il a trouvé à la place a dépassé ses espérances : 4 000 dollars en liquide ! En l'écoutant, ajouta Fehér, je n'en revenais pas moi non plus : est-ce que ce Soviétique s'était vendu à l'Ouest ? Est-ce qu'il avait confisqué cet argent à quelqu'un et l'avait ensuite gardé pour lui ? Mais mon idiot ne s'était pas le moins du monde intéressé à cette question, ni à l'époque ni plus tard, même l'argent, il s'en fichait, tout ce qui l'intéressait c'était de compromettre Sénási, c'était son idée fixe. Et celui-là, le fasciste de l'ÁVO, il faisait beaucoup plus attention que l'autre. Ses voisins avaient peur de lui. Quant à son épouse, elle se méfiait aussi mais elle se méfiait mieux. Contrairement à ce que pensait la femme du Soviétique, le vestiaire des bains était une véritable forteresse, et Mme Sénási avait le bon sens de garder son sac en sûreté là-bas. Alors mon idiot avait trouvé un autre moyen de s'introduire chez lui. Et ce moyen, totalement téméraire, suicidaire si l'on veut, était tout de même particulièrement ingénieux. Il découlait d'une faille de la police politique elle-même. Ces gens de l'ÁVO étaient redoutables, mais c'étaient des balourds. Comme ils agissaient tranquilles en toute illégalité, ils se souciaient à peine de préserver les apparences. Je vous donne un exemple : dans un petit village près de Budapest, pour surveiller un dissident, ils avaient envoyé leurs espions déguisés en employés des services de l'eau, qui prétendaient faire un relevé des canalisations. Tout contents de leur stratagème, ils avaient monté une tente, puis ils étaient restés trois jours à surveiller leur proie – en toute discrétion, c'est ce qu'ils estimaient. Eh bien figurez-vous que, loin de passer inaperçues, leurs activités avaient suscité une *certaine dose* d'étonnement… parce que personne au village n'avait l'eau courante. Et qu'il n'y avait pas l'ombre d'une canalisation dans tout le voisinage ! Des histoires de ce genre, on en entendait régulièrement. C'est ce qui avait donné son idée à mon idiot, comme il me l'a expliqué : « Pour m'introduire chez Sénási, je me suis fait faire un uniforme d'employé du gaz par une costumière de théâtre. Et quand je suis arrivé chez lui, cet uniforme avait l'air tellement faux qu'on n'a pas cru une seconde que j'étais un véritable employé du gaz. Personne parmi les voisins ne l'a pensé. Quand ils ont vu mon déguisement ridicule, et parce que je me comportais avec une certaine arrogance en exigeant qu'on m'ouvre immédiatement la porte de l'appartement de Sénási, où j'affirmais qu'on soupçonnait une fuite de gaz, ils ont pensé la seule chose vraisemblable : que j'étais moi aussi un membre de l'ÁVO. Et personne ne voulait pour rien au monde se trouver au milieu d'un règlement de comptes entre des membres de la police politique ! J'ai donc pu agir à ma guise, et j'ai eu vite fait de fourrer dans une valise les dollars du général. Il fallait que j'agisse vite, parce que le général était peut-être déjà rentré chez lui, peut-être même qu'au moment précis où je sortais l'argent de ma sacoche de faux employé du gaz pour le fourrer dans une valise sous le lit de Sénási, il avait déjà ouvert son tiroir et trouvé, au lieu de ses dollars, le petit mot que je lui avais laissé. Il disait simplement : “C'est Sénási qui a pris ton fric.” Donc, j'ai fait vite, et cette partie du plan a fonctionné, puisqu'ils ont arrêté Sénási le lendemain… Je savais que le général serait déchaîné, parce que, pour récupérer son argent, il aurait fallu qu'il vienne le chercher lui-même, et il ne le pouvait pas. Après la fouille chez Sénási, les dollars se trouvaient dans les coffres de l'ÁVO, et le général soviétique ne pouvait bien sûr pas révéler que c'étaient les siens… » J'ai écouté toute cette histoire incroyable, en me demandant à chaque seconde si je la croyais, reprit Fehér, et puis j'ai dit que je comprenais mieux le V de la victoire qu'il avait osé faire au policier quand il avait réclamé les sucres. Mais mon idiot a secoué la tête, a dit que ce n'était pas ce que je croyais. Qu'à ce moment-là au poste de police où il s'était retrouvé par hasard, il se doutait déjà qu'il avait perdu, qu'il pouvait le deviner et le conclure, alors à ce moment-là, il aimait autant se laisser battre, il lui était égal qu'ils le battent à nouveau, ce qu'ils avaient fait jusqu'à ce qu'ils se délassent un moment pour écouter le match de football à la radio. Tout de même, je lui ai demandé, dit Fehér, cet argent, cette somme colossale, pourquoi tu ne l'as pas gardé pour toi ? Là, mon idiot a abandonné toute la forfanterie réjouie dont il avait fait preuve en me racontant ses exploits et nous sommes redevenus deux vieux dans une taverne sombre de Margrit körút. Il m'a dit : « J'en avais gardé juste assez pour que nous puissions nous acheter des passeports et partir, la masseuse et moi, et aussi une amie à nous. Je connaissais un type, à Olomouc, qui faisait des faux papiers. Avant de passer à l'action, je suis parti le trouver, mais il lui fallait tout de même pas loin d'une semaine. Le jour de mon retour d'Olomouc, j'ai mis l'argent et les passeports en lieu sûr, dans un casier à la gare de l'Ouest. Mais à ce moment-là, on m'avait déjà dénoncé, et la masseuse aussi. Je l'ai su parce qu'en passant devant l'un des cafés que je fréquentais, un de mes amis, Álmos, est venu en courant à ma rencontre et il a dit qu'il ne savait pas pourquoi mais des policiers étaient venus plus tôt dans la matinée et nous cherchaient, la petite et moi. Alors je me suis mis à courir vers l'île Marguerite pour aller la prévenir, peut-être qu'on aurait eu encore le temps de s'enfuir comme prévu, j'avais un camarade qui devait nous emmener dans son camion jusqu'à Bratislava, où nous devions chercher notre amie. Mais en courant, j'ai glissé sur une plaque de verglas. Et tout ce que j'ai trouvé pour me retenir dans ma chute, assez ironiquement, s'est trouvé être l'épaulette d'un policier. L'autre ironie, c'est que pendant que les agents me cherchaient, j'étais enfermé dans le seul endroit où ils ne pensaient pas à regarder : dans un poste de police, parmi les petits criminels. Mais la masseuse, par contre, ils savaient où la trouver, et c'est là que l'histoire cesse d'être drôle. »

Quand il eut terminé, Fehér observa avec incompréhension Simon qui tentait d'attirer l'attention de Biró en dessinant avec frénésie un carré autour de sa propre tête avec son index. « Le trou dans la photo, articulait-il en silence, à la place de la tête, le trou. »

Intrigué, Fehér le dévisagea en fronçant les sourcils. « Pour le passeport ! » continuait d'articuler Simon sans émettre un son ni cesser de gesticuler pour tracer le carré autour de sa tête. Un coup de sonnette interrompit ensemble le mime, la perplexité de Fehér et la besogne de la jeune femme sur la mezzanine. Abandonnant son carton ouvert, elle se précipita pour descendre le petit escalier de barreaux, tandis que Fehér se levait lui aussi pour sortir de la pièce.

— Je suis désolé, dit-il à ses visiteurs, on va devoir s'arrêter là, ils viennent emporter les bibliothèques…

Dans une certaine confusion, tout le monde voulut passer dans le couloir en même temps, et, tandis qu'on prenait congé de loin en loin en file indienne, Biró et Simon, parvenus au seuil de la porte, s'effacèrent pour laisser entrer les déménageurs.

14

Un peu d'enthousiasme

Quand Hans était tombé malade et qu'il avait fallu se préparer au pire, Ilse, en dépit de sa détresse, n'avait pu s'empêcher de ressentir un étrange soulagement. D'abord, elle en avait eu honte, jusqu'à ce qu'elle comprenne que ça n'avait rien à voir avec Hans ou sa maladie, mais que la vie se vivait aussi à rebours et qu'à présent l'avenir s'enchevêtrait dans le passé. Pour une fois, celui-là, Ilse pourrait prendre soin de lui et l'accompagner jusqu'au bout.

Les longues heures de veille derrière les stores baissés de la chambre du malade, Ilse les passe aussi auprès de ses ombres, comme autant de tardives réparations, reconnaissante de pouvoir, à celui-là, humecter les lèvres avant qu'elles ne gercent, caresser le front quand il gémit, répondre quand il appelle. On dit que les gens partent en emportant leurs secrets dans la tombe, mais, se désole Ilse, Hans va partir sans emporter les siens, ceux dont elle a voulu le préserver, les petits cailloux coupants sur lesquels, chaque jour, elle s'est habituée à marcher.

Certaines choses sont trop dures à dire, certaines histoires sont trop néfastes, on les laisse tranquilles. Le danger, c'est que cette exclusion devient un agent de leur puissance, parce que ces histoires qu'on a tues se mettent à fermenter et en contaminent d'autres, donc il faut bien un jour se résoudre à les dire, même si ce n'est qu'en silence, dans sa tête, en tenant la main tachetée de Hans, qui respire encore, dans sa chambre de malade. Sans émettre un son, il faut lui raconter comment le néon bourdonne dans la pièce de régie, au-dessus de la tête de Jan Zvarík. Il a un nez en bec d'aigle, observe Ilse, je ne l'avais jamais vraiment remarqué. Il devait déjà l'avoir quand il était tout petit, pense-t-elle encore, quand on va avoir ce genre de nez-là, ça se voit dès le début, même chez certains bébés, pense Ilse, assez fort pour ne pas entendre ce que lui dit le régisseur, pour éviter encore un peu de comprendre ce qui va se passer.

Quand les gars du théâtre de Rózsahegy ont rapporté les projecteurs après *Richard III*, Jan Zvarík était là pour les accueillir. Il n'attendait que ça. Une fois qu'ils les ont eu rangés, il a dit à Ilse qu'il fallait qu'ils aient une petite conversation tous les deux. Et ils sont descendus au local de régie.

— Mais qu'est-ce que tu croyais ? dit Jan Zvarík. Que personne n'allait s'en rendre compte ? Que tu pourrais bien tranquillement faire ton petit coup en douce et que personne ne l'apprendrait ?

— Et alors ? se défend Ilse, tout autant à l'adresse du régisseur qu'à la petite voix, au fond d'elle-même, qui lui susurre qu'elle a déjà perdu la partie. Ces projecteurs, quand ils étaient là-bas, ils n'ont manqué à personne. Au fond, c'est quoi, le problème ?

— Le problème, sourit Jan en se plantant, les mains sur les hanches, au milieu de la pièce, c'est que t'as pas suivi les règles. Et donc je peux pas laisser passer.

Puis il s'approche d'elle :

— Tu sais bien qu'il y a un moyen agréable pour que j'oublie tout ça.

Ilse se raidit, elle sent la sueur qui commence à lui couler dans le dos, pendant que Jan Zvarík s'approche.

— Ne fais pas l'innocente, entre toi et moi ça fait déjà un moment que ça aurait dû arriver. Tu te souviens, quand tu n'étais qu'une gosse, et que je suis venu te porter tes affaires à Petržalka ?

Le pire, c'est que c'est vrai, pense, Ilse, et elle continue de le penser en retirant lentement ses chaussures. Elle le pense encore quand Jan Zvarík la balance sur la table à tréteaux, lui enlève sa culotte, lui écarte les jambes et fourre sa tête entre ses cuisses. Marteaux accrochés à des clous, lampes torches, lampes frontales, tournevis, perceuse, visseuse, inventorie Ilse en regardant le mur, alors qu'entre ses cuisses Jan, vorace, dévore et bave. Mais s'il peut le faire aujourd'hui, alors il pourra l'exiger à nouveau n'importe quand, s'inquiète une voix à l'intérieur d'Ilse, pour en faire taire une autre, la plus cruelle de toutes, qui rappelle que cet homme, Ilse l'a voulu un jour, comme une petite fille, à l'époque où le désir, elle savait à peine ce que c'était, bras bruns musclés, *un problème-une solution, rida rida bom bom.* Il s'est déboutonné, il est entré en elle, Ilse pourrait y échapper dans sa tête si elle passait en revue tous les accessoires qui sont en scène pour jouer *Le Bastion perdu* : *À jardin, une petite table à thé, un jeu de cartes, quatre chaises en rotin. À cour, un fauteuil à bascule, un nécessaire de tricot dans un panier d'osier… Mais il te plaisait, rappelle-toi,* interrompt la petite voix cruelle, *peut-être même que tu lui as donné des idées, non ?* Un coup de reins, un autre, Ilse oublie, la sueur, le pilonnage, elle n'a plus mal, elle se laisse faire, ça sent la sciure de bois ici, le néon bourdonne. Jan se retire, excédé, d'un coup sec.

— Merde, j'ai l'impression de baiser une planche ! Tu ne pourrais pas y mettre un peu d'enthousiasme ?

Ilse le regarde se détourner, se terminer tout seul au milieu de la pièce, crispé, son sexe écarlate à la main. Puis ça jaillit enfin, en silence, mais Jan reste énervé, il l'est encore plus qu'avant peut-être. Sur la table à tréteaux, parmi les outils, il attrape un chiffon, le jette à Ilse, et lui désigne sans un mot les petites giclées blanchâtres par terre, sur le linoléum. Alors elle se rajuste, s'accroupit et nettoie.

— Finalement, dit Jan Zvarík en se reboutonnant, on ne va pas faire affaire, parce que ça ne m'a pas plu. Ça me dirait rien d'y regoûter.

Mais, raconte en pensée Ilse à Hans, qui respire paisiblement sous les draps et les couvertures impeccables de sa chambre de malade, il n'y a pas eu que ça. Parce qu'ensuite nous avons remonté l'escalier jusqu'aux coulisses, où l'un des machinistes était en train d'éteindre, l'une après l'autre, les lampes, avant de tirer les grilles et de fermer le théâtre. Lorsqu'il nous a aperçus en se retournant, il a eu un petit sourire complice avant de nous lancer : « Bonne nuit, les amoureux ! » Et cette phrase, avoue silencieusement Ilse à Hans endormi, cette phrase a été de loin le pire de la soirée. Et je dois te le dire, elle me hante encore aujourd'hui.

Se recalant dans son fauteuil de garde-malade, aussi dévouée qu'Edit l'avait été pour elle quand elle était figée dans son corset de plâtre, dans la chambre d'enfant de

Bratislava, entourée par les chevaux de manège du papier peint, Ilse confie silencieusement le reste. Quand ils sont sortis par l'entrée des artistes, Jan a demandé à nouveau, sérieusement cette fois-ci, d'où venaient les fusils et ce qu'Ilse avait compté en faire. Pour gagner du temps, alors qu'elle sentait encore la langue de Jan Zvarík entre ses cuisses, Ilse a répondu que les fusils, elle avait seulement accepté de les cacher là un moment parce qu'elle avait besoin d'argent, mais que le type qui l'avait payée pour ça n'était jamais revenu les chercher – qui sait, peut-être même qu'il était mort… Quand elle a eu planté l'idée de l'argent dans sa tête, elle a vu Jan Zvarík se mettre à calculer et à changer d'idée. Il a demandé qui était ce type et Ilse a répondu : « Personne que tu connaisses. Un juif d'Olomouc, il a dit qu'il s'appelait Ungar. » Et après ça, pendant qu'ils remontaient dans le brouillard d'hiver la rue Laurinská déserte, ils n'ont plus parlé. Mais quand ils ont atteint le bout de la rue, en arrivant au gros carrefour de la place Šafárikovo où Ilse espérait pouvoir enfin courir attraper le tram, Jan a demandé autre chose :

— Quand même, il y a un truc que je comprends pas… Qu'est-ce qui t'a pris ? Obadalková, pourquoi tu as fait ça pour elle ? Tous les autres avaient refusé. Enfin, tu te doutais bien que ça allait te retomber sur la gueule…

Ilse détourne le regard. Pour répondre à cela, il faudrait qu'elle remonte à contre-courant dans le creuset jusqu'à un point encore à vif, une incision pas encore suturée dans sa poitrine, d'où s'écoule une boue de tristesse et de honte mêlées, comme si tous les chagrins de la vie s'étaient réunis là pour y moisir. Il faudrait remonter deux ans plus loin, jusqu'à un soir fiévreux, devant la cabane du pêcheur qui flottait sur le Danube comme une petite bestiole effrontée, avec sa cheminée de guingois, ballottant sur les planches de bois qui amorçaient seulement alors leur pourrissement. Ilse tremble sous son manteau ; Horn dit qu'il va partir, il se tient sans entrer devant la porte. La lampe à pétrole balance dans sa main, elle projette ses lumières dans l'herbe.

— Entre, lui dit Ilse, j'ai une idée. Je connais quelqu'un à Budapest. Une jeune fille…

Le lendemain matin, avant la répétition, Ilse va trouver Obadalková dans sa loge. L'actrice a déjà passé son costume pour la première scène – caftan blanc, un jupon déchiré, les cheveux hirsutes rebiquent par endroits parmi les frisettes en papier.

— Tu m'as dit, commence Ilse dans un murmure, que puisque je t'avais rendu un service, si un jour tu pouvais, tu me le rendrais au centuple…

Sous le maquillage grotesque, le visage de la comédienne se contracte :

— Oui…

— Alors je voudrais te demander quelque chose… Ce n'est pas très…

— Qu'est-ce qu'il faut faire ? demande Obadalková d'une voix plate.

— Rien… Pas grand-chose… Du théâtre…, chuchote Ilse avec la peur au ventre.

— Du théâtre, ce n'est pas rien !

La comédienne hausse un sourcil. Sans réelle méchanceté, elle fait peser sur Ilse toute la crasse menaçante de Madame Dulska, rajuste ses frisettes, son jupon maculé. Puis se retournant vers le miroir entouré de sa couronne d'ampoules, elle remarque :

— Tout de même, tu n'as pas perdu de temps pour venir me demander la monnaie.

Mais elle a tenu parole, explique silencieusement Ilse à Hans, et je l'ai retrouvée deux jours après loin du théâtre, dans un petit salon de thé excentré de Petržalka, pour qu'elle me fasse son rapport, qu'elle me dise si ça avait marché. Il n'y avait pratiquement personne dans la salle, mais même dans la sécurité de notre box de bois on baissait d'un ton dès que passait la serveuse, et on faisait semblant d'avoir l'air de dames qui mangent leurs gâteaux. Je crois me souvenir qu'Obadalková portait même un petit chapeau, ce jour-là. D'abord, elle m'a tranquillisée : tout s'était bien passé comme je l'avais demandé. Dans ses habits et son attitude de dame malade, elle s'était rendue au Carlton – officiellement, à l'époque, c'était devenu l'Hôtel Moscou, mais tout le monde continuait à l'appeler comme ça. À l'heure que j'avais indiquée, elle s'était assise sur le banc en bois devant la fontaine, et comme elle le faisait tous les jours depuis son arrivée en ville, Mme Sénási était bientôt venue s'asseoir sur ce banc-là elle aussi. Et puis avait commencé le petit jeu qu'on avait anticipé, où Obadalková faisait semblant que la dame la dérangeait, elle avait lâché quelques plaintes jusqu'à ce que l'autre, malgré elle, se mette à l'observer, qu'elle lui donne toute son attention, Obadalková savait obtenir cela – bien entendu, au bout de quelques minutes, elle l'avait ferrée. Mais, chuchotait la comédienne en se penchant vers Ilse au-dessus des gâteaux, ça n'avait pas été si facile que ça non plus.

— Tant qu'elle était mon public, je me débrouillais, mais après il a fallu qu'elle entre avec moi dans le jeu. Tu comprends, quand on improvise avec un acteur, on communique, chacun joue avec l'autre. Là, elle ne me proposait rien, j'étais toute seule. Heureusement qu'il y avait le banc, sinon je ne suis pas sûre que j'y serais arrivée, dit Obadalková. Parce que ce banc, on était toutes les deux appuyées dessus, et quand elle me parlait, je pouvais le sentir qui vibrait dans mon dos, je sentais sa voix, qui courait le long des lattes de bois, et ça me disait tout ce qu'il y avait à savoir. Moi, quand j'ai dit mon texte, j'ai pris soin de me décaler du banc, j'ai raconté comment j'avais toujours mal dans le dos et dans les jambes, et là, je l'ai laissée commisérer – un peu, pas trop – et puis, avant qu'elle ne commence à se plaindre elle-même, j'ai expliqué que rien ne me soulageait plus depuis que ma petite masseuse était partie à Budapest...

Ilse veut interrompre, mais Obadalková la devance :

— Ne t'inquiète pas, j'ai bien dit ce qu'il fallait, que c'était bien plus qu'une simple masseuse. Pas une masseuse mais une guérisseuse et une fée... Tout comme tu m'avais dit.

Alors que le débit de l'actrice s'accélère, elle s'anime, et Ilse observe que malgré tout, elle s'est prise au jeu. Ce service, elle l'a rendu sans demander quels ennuis il pouvait lui causer ; elle n'a même pas feint de gober les explications d'Ilse – Edit avait besoin là-bas de clientes, de quelqu'un d'important pour la protéger. Avec le père qu'elle a, des protections, Edit en a de plus sûres que la femme d'un policier fasciste, Zuzana Obadalková le sait bien, elle a eu raison de se méfier. Mais une actrice reste une actrice : si compromettante que soit la situation, cela ne change rien au fait que, loin des yeux du monde, elle vient de donner une représentation magistrale, et elle ne peut pas s'empêcher de triompher un peu.

— Et puis j'ai fait semblant de ne pas vouloir lui donner l'adresse, j'ai inventé toutes sortes de choses – que je ne connaissais pas Budapest, que j'avais oublié, je me suis vraiment défendue jusqu'à ce qu'elle s'en ulcère, qu'elle en vienne presque à me supplier : « Oh non, je vous en prie, madame, faites un effort… Vous ne vous rappelez vraiment pas… ? » Et je te l'ai laissée mariner ce qu'il fallait avant que l'Hôtel des Bains de l'île Marguerite me revienne soudain comme une illumination.

Son rapport terminé, Obadalková recule de quelques centimètres sur la banquette du box et elle reprend son masque. Son visage se vide de toute expression pendant que ses yeux verts et ronds plongent sans flancher dans ceux d'Ilse :

— Bon. Ça a réussi. Tant mieux. Donc nous sommes quittes ?

Ça a réussi, qu'est-ce qui a réussi ? Les jours suivants, pendant les répétitions de *La Morale de Madame Dulska*, tous les matins, dans le froid glacé de la cabane de pêcheur, Ilse se réveille avec des pressentiments terribles, elle dort en robe de chambre, son manteau par-dessus, l'angoisse lui tord les boyaux et elle boit du cognac dès le réveil. Elle en boit aussi le soir, beaucoup, mieux vaut boire seule, parce que l'alcool rend bavard et qu'il n'y a personne à qui parler. Par moments, même l'alcool ne calme rien, Ilse se couche sur le côté et serre sa main entre ses genoux, comme dans un casse-noix, jusqu'à se faire mal, écrase les petits os, les jointures, rien d'autre ne l'apaise. Il y a pire que la peur, la peur est presque belle, elle est pure, elle est légitime. L'autre démon est un damné et persécute dans le noir. Ilse n'y peut rien : la jalousie la possède des pieds jusqu'à la tête, et elle la dévore. Elle sait bien ce qu'elle a fait. Elle a offert ce qu'elle avait de plus cher, et comme ça, l'a perdu. Sous les mains d'Edit, la femme du policier dira tout ce qu'on veut savoir. Sauf que ce n'est pas seulement la femme de Sénási qu'elle a envoyé dans les bras d'Edit. Elle a aussi envoyé Horn.

Parce que Horn aimera Edit, et il n'y a rien à faire à ça, il l'a aimée la première, quand Ilse s'est mise à le suivre comme un chien pour mieux lui plaire, imitant ce qu'elle avait jamais vu de plus aimable. Elle a fait voir Edit, et Horn l'a voulue.

Et Edit… Comment pourrait-elle ne pas vouloir Horn quand c'est Ilse qui le lui envoie ?

Est-ce que Horn ferait ça ? Ilse n'en sait rien, elle n'a jamais su le lire. Est-ce que c'est pour cette raison qu'elle pense à lui sans cesse ? Et si elle n'avait rien compris ? Edit saura mieux qu'Ilse qui Horn est réellement, il lui suffira de le toucher pour tout savoir. Ilse ne sait pas lire la peau, ne comprend rien. Est-ce qu'Edit pourrait lire Horn rien que par la peau, et puis l'abandonner au bout d'une heure, comme on repose un mauvais livre ?

La peau, se tourmente Ilse, les cicatrices. Ils savent tous les deux quelque chose que j'ignore. Est-ce qu'ils se parlent en hongrois ? Dans la pénombre de la chambre de malade, sans qu'un mot vienne troubler le silence, Ilse raconte à Hans la torture de ces jours où elle ne sait rien de ce qui se passe, là-bas à Budapest, trois villes réunies en une seule. Ces jours fiévreux d'avant la première de *Dulska*, où elle redoute désormais de croiser le regard d'Obadalková, jusqu'à la catastrophe finale.

Et après, explique silencieusement Ilse à Hans dans la chambre de malade aux stores tirés, ça ne se termine pas, ça ne fait que continuer. Le flot des souvenirs se déverse selon son cours naturel, filant comme les eaux du Danube d'un pays à l'autre – Ilse se retrouve en 1956, devant la radio du foyer des comédiens, on annonce cette fois que les chars russes sont entrés dans Budapest, que l'insurrection est matée. Pour une fois, il n'y a pas un bruit dans cette pièce où d'habitude résonnent les gamineries de la troupe en plein cabotinage. Dans l'esprit d'Ilse, par contre, ça n'arrête pas de gueuler. Elle reconnaît une voix mauvaise, celle de sa furie du saccage, qui exulte. Qui danse et désigne les fusils, là, juste à côté, dans la pièce aux armes, enchaînés à leurs râteliers, pendant qu'on en avait besoin dans les rues de Budapest. Ivre de dévastation, la démone déroule dans l'esprit d'Ilse une large banderole : devant le parc des Héros, parmi les débris de la statue de Staline, fusils en bandoulière, Edit et Horn déambulent, bras dessus, bras dessous, ou alors main dans la main, radieux. Et même si Edit est morte depuis deux ans, la démone impudente ricane : « Bien fait ! Bien fait pour eux ! Allez, avoue-le, Ilse : est-ce que tu n'es pas un peu contente que leur révolution ait échoué ? »

Dans le silence de la chambre de malade, Ilse repense au mensonge qu'elle a dit à Hans, à Naples, au milieu de tout ce qui était vrai, dans une autre chambre silencieuse. *« À Edit, comme à un enfant, j'aurais pardonné tout sans condition. »* Ce n'était pas vrai. Même si, de tout son cœur, Ilse l'aurait voulu. Comme j'aurais voulu t'aimer toi, confesse-t-elle en silence à Hans, j'aurais voulu t'aimer bien plus, toi qui le méritais tant et ne m'as jamais trahie. Mais peut-être que si l'on n'a pas le choix de ce qu'on est, l'impossibilité de pardonner, si injuste soit-elle, pour continuer à vivre, il faut se la pardonner aussi. Ce qu'on ne peut pas, on ne le peut pas, il faut parfois se contenter de ce que l'on voudrait être, pense Ilse, en tapotant avec dévotion les lèvres gercées de Hans de son mouchoir humide.

15

Place de la Liberté

Alors qu'il sortait de chez lui de bon matin, le soleil bienveillant dans son dos, Simon décida de faire une longue promenade dans Pest et de descendre, peut-être, déjeuner dans l'un des restaurants à la mode de l'ancien quartier juif. Il avait passé de longues heures à contempler les photographies du panneau de liège – la jeune pionnière aux nattes brunes, la blonde au visage manquant et l'ouvrier difforme avaient fini par composer une sorte de photo de famille, un tableau que Simon regardait comme le seul signe véritable de sa présence dans l'appartement où il venait de passer plus de quatre mois. Il n'y avait presque plus rien à découvrir, pensait-il, même si Biró avait promis d'aller se renseigner aux archives pour voir si on y avait conservé un dossier sur Álmos Kovács. Mais ce qui taraudait Simon, alors qu'il s'approchait de la place de la Liberté, croisant au passage un bronze grandeur nature de Ronald Reagan, c'était autre chose. Dans ses plus frénétiques calculs, ses rêveries, son désir plus ou moins avoué que l'idiot génial soit son grand-père Ungar, il avait mis de côté une assez importante donnée de base, en l'occurrence lui-même. Car en comparant les dates, il fallait bien, pour que Simon existe, que son propre père soit né – ce qu'il avait eu l'obligeance de faire en 1935. Mais était-il possible que le bon génie, qui au gré des récits apparaissait comme un élément sans cesse mouvant et insaisissable, ait laissé des enfants, dont Philippe Ungar, derrière lui ? Bence Sandor, Bratislava, le cordonnier d'Olomouc… Tout concordait ou presque, mais… En somme, la seule chose qui ne tournait pas rond, c'était encore une fois le père Ungar… Décidément, on pouvait toujours compter sur lui pour tout faire foirer.

Simon en était là de ses réflexions lorsqu'il aperçut une grande agitation au bout du long rectangle de la place. S'approchant quelque peu, il discerna une haute palissade, devant laquelle différents groupes discutaient avec animation. À une femme en robe d'été bleue qui distribuait des tracts, il demanda prudemment en anglais :

— Qu'est-ce qui se passe ?

— Derrière cette palissade, notre gouvernement va, de façon tout à fait illégale, construire un monument révisionniste, répondit la femme avec calme.

Puis elle fouilla dans sa besace en cuir avant de se désoler :

— Je n'ai plus de tracts en anglais… Mais c'est important que tout le monde sache…

De la besace, elle tira une pochette transparente qui contenait des dessins qu'elle sortit les uns après les autres pour les montrer à Simon.

— Voilà ce qu'ils veulent construire, dit-elle. Vous voyez, ici, il y a un grand aigle méchant qui doit symboliser les nazis, et il attaque l'Ange Gabriel, qui, lui, représente la pauvre Hongrie innocente.

Se penchant sur la figure angélique qui se tenait au centre du dessin de préfiguration, Simon fronça les sourcils :

— Qu'est-ce qu'il tient à la main ?

— Le globe du commandement du roi. Il ne le tient pas, regardez mieux, ça lui échappe des mains… C'est pour montrer qu'il n'a plus le pouvoir sur la Hongrie. Et là, au-dessus des colonnes, il y aura écrit : « Monument dédié aux victimes de l'occupation allemande ».

Alors qu'on entendait grincer et tambouriner, derrière la palissade, les scies et les marteaux des ouvriers à l'œuvre, la femme dut monter le ton, pour poursuivre, indignée :

— Les juifs de Hongrie, 60 000 juifs de Hongrie, sont morts et des Roma aussi. Ils ont été déportés pas par les nazis allemands, par des Hongrois, des gendarmes, des fascistes des Croix-Fléchées… Vous voyez ce qu'il fait ? Il raconte que la Hongrie a été victime, que les victimes et les perpétrateurs, c'est les mêmes ! C'est une falsification de l'histoire, il insulte les morts…

Autour d'eux, un petit attroupement commençait à se former, bientôt un type à casquette orange se querellait avec un autre, tandis que la femme en robe bleue tentait de maintenir le calme. Alors que le soleil commençait à lui cogner sur la nuque, Simon avait pris en main les dessins et continuait de regarder le projet de monument, avec ses colonnes et son portail à l'antique qui encadraient l'affrontement des deux figures, dans un mélange cauchemardesque de kitsch baroque viennois et de réalisme socialiste.

Il fut bientôt arraché à sa contemplation, pris à partie en anglais par le type à la casquette orange :

— D'abord, ils ont déboulonné les Habsbourg, ensuite ils nous ont collé un Staline de huit mètres de haut, et puis en 56 les gens ont fini par le foutre par terre. Mon père, il est allé en tôle pour ça, comme plein d'autres, les gars qui avaient déboulonné, on les surnommait « les métallurgistes ». Et ça continuera comme ça jusqu'à la prochaine merde qu'ils vont encore nous chier. Là-bas, poursuivit-il, en désignant un obélisque dressé à l'autre bout de la place, on a encore le monument des morts de l'Armée rouge. On peut me dire pourquoi elle est encore là, cette saloperie ? Qu'est-ce qu'on attend encore pour s'en débarrasser ? S'il y avait des vrais corps à l'intérieur, ça se respecte, mais là, il y en a même pas… Est-ce qu'on est encore les caniches des Russes ?

L'un des hommes de l'attroupement, un peu plus âgé que les autres, grommela quelque chose avec humeur. Le type à la casquette l'ignora.

— Il dit qu'ils nous ont libérés, traduisit-il pour Simon, puis il secoua la tête, agacé. Ah ça oui, nous avons été libérés ! Nous avons été libérés de nos biens, nos femmes ont été libérées de leur honneur, et ensuite les Russes n'ont oublié qu'une chose : rentrer chez eux.

Comme pour lui faire écho, un bruit de scie à métaux retentit derrière la palissade.

La militante en robe bleue prit le bras de Simon et l'éloigna du groupe pour désigner, par terre, face au chantier dissimulé du monument, ce qui apparaissait au premier abord comme un ruisseau de cailloux.

— Il faut qu'on le sache à l'étranger, dit-elle, qu'on sache ce qui se passe ici. Le mois dernier, nous avons réussi à faire suspendre les travaux, mais ils ont repris. Chaque soir, nous protestons, et nous construisons ici notre contre-monument populaire, le Monument vivant. Regardez… Les vrais témoins, ils déposent ici leurs reliques.

En observant plus attentivement, Simon vit que les petites pierres portaient des inscriptions. Au feutre, au pinceau, on y avait inscrit le nom de villes – Pécs, Kalosca, Debrecen – mais aussi des patronymes, des prénoms, des dates de naissance et de mort… Accrochés à un fil barbelé tendu comme une corde à linge pendaient sous le soleil des chaussons d'enfants en grosse laine tricotée, étaient suspendues des dizaines de photos, des fleurs. On avait posé ici une valise, là une paire de lunettes brisées, plus loin un étui à violon défoncé… Des documents anciens, préservés dans des pochettes de plastique, portaient leur description en plusieurs langues : notices d'expulsion, d'expropriation… D'autres martelaient en grosses lettres rouge vif : *This monument is a lie!*

— Tous les jours, dit la femme, nous amenons ces objets. Chaque soir les ouvriers les enlèvent, ils les déposent dans des cartons, et nous, le lendemain, nous les rapportons, et nous demandons aux gens d'en amener d'autres.

Simon regarda derrière lui : dans le vacarme du chantier invisible derrière la palissade, la vive discussion faiblissait, d'autres passants arrivaient, insouciants, sur la vaste place arborée, où l'attroupement se dispersait. Les yeux de Simon revinrent se poser sur les objets fragiles du Monument vivant. Sous un portrait de femme en noir et blanc, une petite pancarte en carton disait : « Ma mère a été tuée à Auschwitz. Merci, Ange Gabriel ! »

16

L’endroit de la blessure

Peu après l’enterrement de Hans, Ilse avait cédé aux instances de Gregor et accepté de se déplacer désormais avec une canne. Évidemment, la symbolique de la chose n’avait pas échappé à la professeure de *self-help*, qui y était allée de son couplet à la noix sur *l’appui métaphorique* que sa belle-mère venait de perdre. Ilse avait laissé dire – à quoi bon ? – tandis que l’autre serinait ses âneries : il fallait s’accepter, se reconstruire, cultiver la gratitude et autres foutaises. *S’accepter ?* Ah ça... Ilse connaît parfaitement les manies qu’elle a prises et ne cherche plus à les changer. Cela fait trop longtemps qu’elle met tout au frigo, même les oignons et les boîtes de conserve, entre autres habitudes bizarres, qui se sédimentent à mesure que lui devient défendu de faire des choses qu’elle aime, des choses aussi simples que de courir ou de boire de la bière. À tort ou à raison, la vieille Ilse se réfugie dans ce qu’elle a toujours fait, elle dit : « Je suis comme ça. » Quand on était jeune, cette phrase signifiait tout autre chose, le triomphe étonné de la découverte – un jour, on le comprenait : « Voilà qui je suis, ce que j'aime. Je suis comme ça ! » Aujourd'hui, ce n'est qu'une conclusion, éventuellement grincheuse, éventuellement déçue : rien d'autre à en tirer, trop tard, fermez le ban... Aller expliquer ça à cette pimbêche de Birgit, qui l'examine avec dédain, comme un vieux meuble pas à son goût. Depuis quand est-ce que les belles-mères doivent faire bonne impression à leurs brus, et plus l'inverse ? Ilse s'énerve, se vexe, et dit « Je suis comme ça. »

Mais depuis qu'elle tient dans sa main tremblante la lettre reçue au courrier du matin, cette défense-là ne fonctionne plus, un refuge est perdu, Ilse en est terrifiée. Parce qu'il est si tard dans la vie, il a fallu enfermer les histoires à double tour pour qu'elles cessent de lui faire mal. Il est trop tard pour modifier le récit secret de la trahison et de l'oubli, proteste, dans sa cuisine, la vieille Ilse en jogging bleu. Plus maintenant, elle est trop usée – usée et *comme ça*.

Demain, se défend-elle comme face à un ennemi invisible, elle portera à la consigne les bouteilles qui attendent sur l'évier. Comme si de rien n'était, elle ira chercher la jupe en tweed retaillée par le couturier turc. Il n'y aura pas de condoléances, pas de couronne mortuaire à la porte de la maison, pas de brassard de deuil serré sur son bras comme pour en mesurer la tension. Ilse gardera ses secrets, rien n'avertira le monde. Et demain ils la trouveront dure, ou revêche, ou renfrognée, ou mieux : ils ne la trouveront pas.

C'est ce qu'a résolu Ilse. Sauf que ça peut pas se dérouler ainsi, parce que, dans sa main, la lettre est vivante, et elle refuse de laisser faire. Tu vois, dit-elle, je suis arrivée, et que tu le veuilles ou non, je change tout.

Si l'on pouvait seulement dire à la vie : « Laisse-moi tranquille ! »... Mais non, elle revient, elle s'accroche...

Rien à faire, Ilse la tient, la lettre tant attendue, celle qui aurait pu passer n'importe quelle censure, contenir n'importe quel message – *un poêle est utile en hiver, en hiver, comme me manquent les gâteaux, le Tzigane mange du fromage blanc...* Une lettre, une carte postale, dont le texte serait sans importance, puisque tous les mots de toutes les langues voudraient enfin dire la même chose, tous les dictionnaires auraient disparu, et toutes les phrases se seraient traduites pour dire : « Je suis vivant et je me souviens. »

La lettre est arrivée ce matin, portée par l'irréprochable poste berlinoise, avec cette photo où, d'elle-même, la vieille Ilse ne reconnaît que la blouse. Pour le reste, le texte dit :

> *« Chère Madame,*
>
> *Nous espérons que vous êtes bien celle que nous cherchons. Nous avons trouvé quatre Ilse Küsser (ou Küsserová) qui pourraient correspondre, et envoyons donc cette lettre en quatre exemplaires. Nous vous prions de nous excuser si vous n'êtes pas la personne qu'elle concerne.*
>
> *À qui de droit, nous avons la grande tristesse d'annoncer le décès d'une vieille connaissance.*
>
> *Quand Philippe Pessach Hornfeld est arrivé il y a plus de cinquante ans dans notre petite ville de Gorizia, il a très vite su s'y faire une place, se rendre populaire et*

devenir une figure dans la communauté. Nous comprenions que, comme beaucoup d'émigrés, il avait laissé derrière lui une vie sans doute douloureuse, et avons toujours respecté son souhait de ne jamais l'évoquer.

Entouré de son épouse Bianca, et de ses filles Livia et Paola, Philippe est parti paisiblement, dans son sommeil, dans la nuit du 28 juin dernier.

Fuyant la dictature communiste, Philippe était arrivé clandestinement en Italie, et il lui a été bien difficile de régulariser sa situation pour obtenir, en 1977, d'être naturalisé. Il n'a laissé aucun document, aucune volonté testamentaire, et n'a jamais fait mention d'une famille qui lui aurait survécu, que ce soit en Hongrie ou en Slovaquie. Quand, après son décès, nous avons trouvé cette photo [de vous] dans son portefeuille, nous avons supposé qu'elle devait revêtir pour lui une importance toute particulière, puisqu'elle était la seule qu'il avait conservée. D'où cette démarche, dont nous espérons qu'elle n'est pas importune et qu'elle trouvera sa destinataire.

Avec, chère Madame, nos sentiments les plus chaleureux dans ce deuil qui nous réunit,

Famille Hornfeld-Pozzi. »

Voilà ce qu'il y a d'écrit dans la lettre qu'Ilse peine à lire à travers ses larmes, et qu'elle serre contre sa poitrine.

Peut-être que demain elle ira voir, qu'elle vérifiera, mais pour l'heure elle n'en a pas besoin. Sans même regarder mieux les timbres étranges que la lettre porte au côté, elle s'imagine très bien où ça se trouve, Gorizia. Quelque part au nord de l'Italie, dans les montagnes, pas loin de Doberdò. Ilse l'a deviné depuis longtemps.

Depuis sa rencontre de hasard avec l'acteur Pöss, il lui a suffi d'entendre mentionner l'Italie pour comprendre que Horn était retourné là-bas, à l'endroit de la blessure, près du champ de bataille de la plus grande défaite, pour y passer en paix la fin de sa vie, la fin de sa vie et sa mort.

Bien sûr, la hanche d'Ilse qui n'attendait que ça s'est mise à gueuler, mais c'est dans le vide qu'elle gueule, pendant que la vieille Ilse en jogging bleu, soufflant entre ses dents, transpirant, extirpe l'escabeau de la penderie du couloir, et, en boitillant, le transporte avec peine pour le déplier devant le placard de la cuisine. Là-haut, derrière les services à thé qu'elle n'utilise plus depuis des années, derrière les passoires et les vases, se dissimule la boîte de pralines en métal noir, sur laquelle court un liseré doré.

Sa hanche grince, mais Ilse trouve la force de remettre l'escabeau à sa place, de remettre tout en ordre avant de poser le tombeau sur la table de la cuisine. Une boîte de métal noir parcourue d'un rameau d'or et de perroquets aux couleurs vives, *Les meilleurs chocolats aux amandes et aux noix, depuis plus de 65 ans…* Mais la boîte semble à Ilse bien plus âgée encore quand elle l'ouvre et en extrait avec cérémonie le contenu. Les objets, elle les aligne avec soin, trouve à chacun sa place sur la nappe en toile cirée de la cuisine, où chaque minuscule déplacement revêt soudain la plus haute importance, au millimètre et à la seconde près, comme une opération de chirurgie sur un cœur ouvert. Puis, épuisée et satisfaite, elle contemple son œuvre. Ils sont encore là, avec elle. Ils l'ont toujours été. Et maintenant, ils sont au complet.

Un très vieux ruban bleu, de la gymnastique sokol d'avant les deux grandes guerres, piqueté ici et là de taches brunes – *Ma mère.*

Un morceau de papier peint jauni, déchiré, replié, momifié, on discerne encore en relief les chevaux d'un manège – *Mes frères.*

Une boucle de cheveux bruns dans une minuscule enveloppe de papier cristal, écrit au dos, au crayon, en code morse : « Pense à moi. » – *Ma sœur.*

Une paire de minuscules chaussons en cuir, avec des lacets – *Mon tout-petit.*

Un petit appareil en plastique orange, à la forme arrondie en croissant d'un ocarina, quand on actionne la molette sur le côté et qu'on regarde dans l'œilleton, on y voit défiler les images de Pompéi, y compris celle des corps pris ensemble par la lave – *Mon père. Et un peu Hans aussi.*

Avec précaution, d'une main caressante, Ilse place à leurs côtés la lettre, dans son enveloppe blafarde, couverte de cicatrices. *Mon amour.*

17

Nemo

« On se retrouve directement après-demain à 9 h chez Álmos Kovács. Je t'expliquerai là-bas », disait, plus laconique que jamais, le texto de Biró. L'adresse – 21, rue Balzac ! – qui suivait sans rien compléter se trouvait une fois encore dans le quartier de Újlipótváros, à quelques pâtés de maisons seulement, révéla Google Maps, de chez Lajos Fehér. Biró devait être occupé, ou alors pas d'humeur, il ne répondait pas au téléphone. Ne restait plus à Simon qu'à ronger son frein et à remuer en vain des questions dans sa tête : comment est-ce que Biró avait retrouvé Kovács ? Qu'est-ce qu'il avait appris de plus ? Est-ce que c'était lui, cette pomme de brique de forgeron, qui avait trahi le bon génie et la masseuse ? Alors qu'il tournait en rond, sans réponses, dans son appartement, Simon en voulait à Biró : ils avaient avancé ensemble, ce serait sans doute leur dernier entretien… Et maintenant, sans plus d'égards, il le tenait exclu de l'enquête ? C'était un peu salaud, quand même…

Le jour rallongeait, la nuit se faisait attendre, Simon, sur un coup de tête, décida de faire ses bagages. Il lui restait pourtant encore une semaine dans l'appartement, mais, comme porté par une nécessité supérieure, comme s'il avait soudain à cœur d'effacer toute trace de son passage, Simon s'y employa avec un soin maniaque, retira les photos du panneau de liège, remit même sa brosse à dents, dont il comptait pourtant se servir le lendemain, dans sa trousse de toilette. Évidemment, maintenant, avec le manteau et la doudoune, la valise à roulettes ne fermait plus. Simon eut l'envie bizarre de jeter les deux vêtements ensemble à la poubelle, y renonça et les laissa en souffrance dans le placard à balais en espérant les y oublier. À quatre heures du matin, il n'arrivait toujours pas à dormir. Il sortit prendre l'air de l'été sur le balcon de la cuisine. Pour la première fois, il ne vit aucune lumière en face à la fenêtre du troisième étage.

*

Alors qu'il faisait les cent pas depuis dix minutes devant la haute porte ouvragée du 21, rue Balzac, Simon reçut enfin un texto de Biró : « J'ai un problème de dernière minute. Tu y vas seul, il parle anglais. Prends des notes. » C'était tout, et pas assez. Qu'est-ce qui se passait, bordel, sur ce coup-là ? Merde ! Simon, exaspéré, tenta d'appeler mais, comme il le craignait, il tomba à nouveau sur le répondeur. Alors il piétina devant la façade, à l'ombre du large balcon de pierre du premier étage, en se demandant comment il allait faire. La décision se prit en somme d'elle-même quand la porte de l'immeuble s'ouvrit derrière lui pour laisser sortir un homme pressé avec un casque et un blouson de motard – croisant à peine un regard derrière la visière, sans plus réfléchir Simon s'engouffra dans le hall. Il s'apprêtait à sonner quand il s'aperçut que la porte du deuxième étage gauche était déjà ouverte, et il entra, un peu mal à l'aise, chez Álmos Kovács.

Simon jeta d'abord un œil en l'air : ici encore, sous le plafond démesuré, on avait installé une mezzanine. Puis son regard redescendit… Simon laissa échapper un cri et refusa pendant quelques secondes de comprendre ce qu'il contemplait.

Sur le parquet, en bas de la mezzanine, gisait à plat ventre le corps d'un vieil homme aux cheveux blancs, en pantalon de velours vert olive et gilet bordeaux. Une flaque de sang encore liquide s'élargissait au coin de son crâne, suivant la pente du sol elle filait comme un ruisseau vers les franges du tapis. Simon recula en tremblant, tout en lui tremblait, s'entrechoquait, il mit du temps à comprendre que son téléphone tremblait lui aussi, dans sa poche. Tout en continuant à reculer avec stupeur vers la porte, il l'attrapa à tâtons, mais il tremblait tellement que l'appareil lui échappa des mains, il dut se baisser à hauteur du cadavre pour le ramasser et lire le message qui s'y affichait : « Partez. N'appelez personne. Inutile d'essayer de joindre Biró, il ne répondra pas. Vous viendrez me retrouver à 11 h au Bringo Büfé, au nord de l'île Marguerite. Valentin. »

*

Deux heures à attendre, une torture. Encore sous le choc, Simon passa une heure à errer sans savoir quoi faire de lui-même, et il lui passait par la tête toutes sortes d'idées absurdes – *ambassade de France, consulat, avion pour le Pérou, n'importe quoi, la bille pousse le cliquet, fait tomber la poêle sur la quille* –, aucune pensée cohérente ne parvenait à se former dans son esprit, où revenaient sans cesse le crâne ouvert sur le parquet, le mélange des couleurs, comme un barbouillage : rouge, bordeaux, vert olive... Après un premier cognac vite avalé au comptoir d'un café, puis un deuxième à la terrasse d'un autre, il hésita à se bourrer complètement la gueule puis y renonça à contrecœur. Qui que soit Valentin, il comptait évidemment sur l'état d'angoisse que ces heures ne manqueraient pas d'amplifier, et si l'alcool pouvait y remédier sur le moment, ça ne durerait pas. Simon voulait arriver au rendez-vous avec l'esprit clair.

*

Sous le pont de l'île Marguerite, au long du sentier qui bordait le Danube, Simon pressa le pas, jetant de temps à autre un regard inquiet dans son dos. Mais il n'y avait personne pour le poursuivre, seulement quelques joggeurs essoufflés qui parvenaient de temps à autre à sa hauteur, et la coupole énorme du Parlement qui l'observait depuis la rive. Simon pensa qu'il aurait aussi bien pu se bourrer la gueule : même la toute petite fille qui trottinait sans aplomb, une énorme touffe de barbe à papa à la main, avait pris un aspect funeste. Même les arbres, les pucerons, les innocents nuages, tout ce qui s'offrait à son regard semblait devenu inaccessible, comme recouvert d'une pellicule transparente. S'accrochant à Google Maps, à la familière voix de synthèse qui lui intimait de continuer tout droit, Simon tentait en vain de mettre de l'ordre dans son esprit pour y réconcilier son impatience et sa terreur. Calme, se répétait-il. Calme, solide, composé. Ne panique surtout pas.

Comme l'avait indiqué son berger numérique, le Bringo Büfé n'était qu'un kiosque de bois ventru posé sur le chemin des promeneurs, et cette petite cahute ronde paraissait dérisoire dans une situation qui, pour Simon, avait tout de monumental. Il inspecta les tables hautes où des familles faisaient halte le temps d'un cornet de frites, d'où les enfants faisaient tomber leurs glaces… Puis il aperçut enfin, seul à une table, un petit homme d'âge mûr, coiffé d'une casquette en toile qui, devant son journal, buvait une bière en solitaire. Il portait une chemise et une cravate sous un coupe-vent bleu ciel, et quelque chose – sans doute la cravate – le signalait à part des autres clients. Simon sonda son regard puis comprit qu'il avait vu juste : l'homme retira sa casquette, et lui fit signe de venir à sa rencontre.

Alors qu'il se hissait, tremblant, sur le haut tabouret, Simon regarda le visage un peu plus attentivement. Sans la casquette, un début de calvitie lui faisait un front immense, ponctué çà et là de quelques poils follets. Des oreilles en pointe, des petits yeux pâles. Avec un rien d'obséquiosité, il sourit, puis tendit la main à Simon :

— Valentin, enchanté.

D'une façon qui sembla fuyante, trop rapide, il déroba sa main à celle qu'il venait de serrer pour tendre son index vers le kiosque de bois :

— Je vous conseille d'aller vous chercher à boire. Ils ne servent pas. Personne ne viendra.

Déjà à moitié juché sur le tabouret haut, Simon perdit l'équilibre en faisant marche arrière et se dirigea comme il put vers la cahute. L'attente pour la bière devant le kiosque le mit au supplice, en plus le gars ne trouvait pas de monnaie, il dut s'en aller un long moment fouiller dans l'arrière du kiosque avant de revenir avec une poignée de forints, pendant que Simon, dont le calme s'était fracassé, observait Valentin, qui, sans plus se soucier de lui, avait repris la lecture de son journal.

— Heureux de faire enfin votre connaissance, dit Valentin dans un français traînant et impeccable, quand Simon revint s'asseoir. Mais nous nous connaissons déjà un petit peu…

Calme, solide, composé. Simon attendit la suite.

— Nous aussi, poursuivit Valentin, nous interrogeons le passé pour voir comment il peut être utile à l'avenir…

Yoda, se dit Simon en tentant de ne pas avaler sa bière d'un seul trait. Voilà à qui il me fait penser. Une sorte de Yoda brun hongrois, un peu patelin, avec sa diction lente, ses poils qui lui sortent des oreilles, ses petites jambes qui battent loin du sol.

— Figurez-vous que nous aussi nous nous intéressions à Bence Sandor et à ses relations avec Árpád Sénási. Alors, quelle n'a pas été notre surprise de vous voir débarquer de France pour poser à votre tour des questions sur lui ! Voyez-vous, à nos yeux, Sénási a été victime d'une injustice… Il faut faire savoir cela. Le réhabiliter. Parce que les pays, dans leurs nouvelles jeunesses, ont besoin de réparations du passé. De légendes, de nouveaux héros… D'amitiés ravivées entre les citoyens de la Transdanubie, comme les Hongrois et les Slovaques. Nous en sommes convaincus.

— Excusez-moi, bégaya Simon, mais quand vous dites « nous », de qui est-ce que vous parlez ?

— Ah mais cela, mon cher, répondit avec douceur Valentin, vous n'êtes plus du tout en position de le demander. Quand vous avez pointé le nez dans nos affaires, dont Bence Sandor fait partie, nous avons pensé qu'il serait intéressant de garder un œil, une oreille sur vous.

Quand vous avez quitté Bratislava, nous sommes donc entrés comme on dit « dans votre *cloud* ». Nous voulions savoir ce qui se tramait, dans votre ordinateur, dans votre téléphone... Dans votre tête ! Reconnaissez que nous avons choisi le moyen le plus agréable pour vous d'obtenir cela...

Avec stupeur, Simon comprit à quoi Valentin faisait allusion. *La poitrine qui se soulevait, l'ondée de cheveux blonds... « Oh zut, ça ne capte pas ! Je vais dans la salle de bains... »*

— Rassurez-vous, tempéra Valentin, Ilona aurait pu s'en tenir à la fin de la soirée. Sa nuit ne constituait pas un service commandé.

— Mais pourquoi moi ? demanda Simon, abasourdi.

— Pourquoi pas ? Vous étiez en quelque sorte « à saisir », fit Valentin d'un ton badin.

Il se tut un moment, puis il reprit :

— Vous êtes *malléable*. Vous vous adapterez très bien. Il est utile pour nous d'avoir du personnel en France... des alliés. Ce qui sera dorénavant votre cas.

— Du *personnel* ?

Le bon Yoda changea d'attitude : il se redressa, cessa de sourire, et récapitula avec sévérité :

— Vous avez menti à tout le monde, vous vous êtes présenté partout sous de fausses identités, vous avez même usurpé un ministère de votre pays en produisant des documents falsifiés. Et vous venez de laisser vos empreintes partout dans l'appartement de quelqu'un qui *peut-être* n'est pas mort d'une façon naturelle...

Observant son effet – les mains de Simon qui tremblaient, incontrôlables, alors qu'il tentait de porter la bouteille de bière à ses lèvres –, Valentin continua :

— Pauvre Kovács... Nous le cherchions, Biró a eu l'obligeance de le retrouver avant nous. Mais nous voulions seulement le tranquilliser, lui dire qu'il ne restait plus aucune trace officielle de ses vieux arrangements avec Sénási, qu'il fallait vraiment oublier tout ça… Il semble y avoir eu un accident malheureux. En arrivant sur les lieux, vous nous avez permis de tuer deux oiseaux avec une seule pierre…

— *Tuer…* ? répéta Simon dans un murmure.

— Ce n'est qu'une façon de parler, coupa Valentin, mais il avait abandonné toute rondeur, le ton s'était fait dur, déplaisant.

— Je ne comprends pas, dit Simon.

Il s'épongea le front de sa manche, il suait de partout. Comme pour attirer leur attention, il scruta avec détresse les promeneurs en tenue d'été, les enfants dans leurs poussettes, leurs parents réjouis qui admiraient le panorama. Puis, comme un gosse obstiné, il répéta :

— Je ne comprends pas.

— Alors je vous explique clairement, appuya Valentin. Votre vie, telle qu'elle se déroulait jusqu'ici, est terminée. Il vous faut maintenant en prendre acte. Et la question que je vous pose c'est : que pouvons-nous faire pour vous ? Qu'est-ce que vous voulez ? Un travail ? Nous nous en occuperons. Peut-être, par exemple, que ce serait une bonne chose si vous retourniez travailler dans l'un des médias que possède désormais M. Strodula. Nous pouvons l'arranger… Quoi encore ? Un logement ? Nous trouverons cela aussi. Qu'est-ce que vous voulez d'autre ? De quoi êtes-vous inquiet ?

Mais de tout ! De la vie entière ! hurlait Simon en lui-même. Je ne comprends pas ce qui est en train de m'arriver et je suis mort de peur ! Malgré la chaleur, il se mit à claquer des dents. Sans qu'il puisse plus la contrôler, sa mâchoire bougeait seule, tremblait, et le vacarme de ses dents se réverbérait dans son crâne comme pour y marteler un code indéchiffrable.

— Dites-moi ce que vous voulez ! Laissez-moi vous aider à trouver une stratégie de sortie pour que vous ayez une vie à nouveau ! continuait Valentin, enthousiaste. Comment pensez-vous vous tirer de cette déplorable situation où – excusez-moi de le rappeler – vous êtes allé vous fourrer tout seul ?

Simon ne répondait plus. *Tourne tourne, roue du destin*, il suivait avec une attention décuplée le flux toujours renouvelé des joggeurs, la course innocente des vélos qui avançaient sur les sentiers de l'île Marguerite. Incontrôlables, ses dents continuaient de claqueter, et pendant qu'il les sentait, il avait aussi l'impression de les voir, comme si elles venaient de bondir sur la table et que, désormais indépendantes de son corps, elles tressautaient devant ses yeux, entraînées par un tourniquet mécanique de farces et attrapes. Elles grésillaient, grinçaient : *L'aventure, c'est l'aventure ! L'aventure, c'est l'aventure ! Rida rida bom bom bom !*

— Vous n'allez plus pouvoir vivre comme avant, vous le comprenez ? martela Valentin, sans quitter Simon de ses yeux pâles.

La panique laissait peu à peu place à l'engourdissement, la mâchoire se calmait. Oui, Simon avait compris. Mais il pouvait encore voir ses dents sur la table, comme si elles étaient définitivement expulsées de son corps, et qui claquetaient, caquetaient : *Rida rida bom bom.*

— Bien, dit Valentin, revenu à sa légèreté précédente. Donc nous sommes en paix avec cela.

— Je vais devoir faire quoi ? finit par demander Simon à voix basse.

— Mais qu'est-ce que vous allez vous imaginer ? le gronda Valentin, tout en ouvrant les bras dans un large geste débonnaire. Nous n'allons pas faire de vous un tueur à gages ou un trafiquant d'armes ! Tout ce que vous aurez à faire c'est de circuler... De nouer des liens. Nous vous aiderons à vous introduire ici et là, et vous pourrez alors engager toutes sortes de relations amicales. Avec des journalistes, de tous bords, des fonctionnaires, des gens intéressants... Vous nous tiendrez comme ça un petit peu au courant de ce que ces gens font, de ce qu'ils pensent. Vous rédigerez quelques rapports de temps en temps. Et nous, nous saurons apprécier vos efforts... Rien de plus ! Considérez cela comme une opportunité. Je suis sûr qu'après une bonne nuit de sommeil, vous en arriverez à voir les choses sous un jour beaucoup plus favorable.

Vidé par la tension, Simon s'était éteint, il se raccrochait à sa bouteille de bière vide comme à une ancre pour s'empêcher de sombrer. De façon tout à fait accidentelle, son regard croisa celui de Valentin quand ils se surprirent à admirer ensemble le même cul de joggeuse moulé d'éponge rose – cela créa entre eux une complicité gênante mais pas pour autant malvenue.

— Si vous le souhaitez, glissa Valentin, je peux vous trouver un peu de compagnie pour ce soir...

Simon ne répondit rien. Pour la première fois, il prêta attention à la musique assommante qui sortait du kiosque, une sorte de vieille polka remixée au goût du jour. *Est-ce qu'ils venaient de la mettre ou est-ce que ça jouait depuis son arrivée ?*

— Et Biró ? finit-il par demander. Lui aussi, c'est vous qui l'avez envoyé ?

L'air amusé, Valentin secoua la tête comme s'il venait d'entendre une énormité.

— Qu'est-ce qui va se passer pour lui ? demanda encore Simon.

— Je pense personnellement qu'il serait souhaitable qu'il retrouve sa profession de journaliste, dit Valentin. Mais c'est à lui d'en décider.

Il se détourna de Simon, bâilla, porta son regard vers le ciel bleu. L'horrible musique de manège continuait de grésiller. *L'insupportable insouciance de ces gens qui s'inquiètent du retard de leurs hot-dogs,* pensa Simon en regardant un couple en tenue fluo de cyclistes, avant de revenir à lui-même, à sa situation sidérée. Puisque Valentin avait détourné la tête et l'ignorait depuis un moment, il en conclut que l'entretien était terminé. Agrippé au bord de la table, il s'apprêta à se relever, sans porter à ses jambes confiance excessive. Par-dessus la musique et le brouhaha du kiosque, son esprit continuait de grincer : *L'aventure ! Le moment est venu ! Envole-toi au vent mauvais, guirlande chinoise !* Les jambes répondaient, vivaient, Simon constata avec gratitude qu'il allait parvenir à se lever et à faire quelque pas.

— Une dernière chose, le retint Valentin. Pour nos échanges à venir, il faut que nous vous trouvions un nom…

Simon se retourna. Sans avoir besoin de réflexion, immédiatement, tout de suite, son nouveau nom lui vint aux lèvres, comme une pièce de puzzle fatidique s'emboîte dans le dessin général.

— Nemo. Je crois que c'est comme ça que je veux m'appeler.

Volant à sa rescousse pour faire taire la polka infernale du kiosque, lui revint la chanson familière du disque de son enfance – *Vous n'savez pas pourquoi… L'Pacifique est pacifique… Eh ben, c'est moi… Qui l'ai charmé à coups de triques...* Plutôt que de s'enfoncer sous les mers, Simon se sentit prendre de la hauteur jusqu'à flotter au-dessus de la situation. Il contempla d'en haut la petite table perchée du buffet de l'île Marguerite, observa les poils qui sortaient comme des antennes d'insecte des oreilles de Valentin, et répéta :

— Nemo...

— Oh non, c'est un peu trop..., répliqua Valentin avec une moue. Non, c'est trop... *convenu*, vous voyez ? « Nemo », je le sais bien, cela signifie en latin « personne »... Mais, mon cher, vous ne serez pas personne ! Au contraire ! Si c'est ce que vous avez voulu signifier...

— Pas du tout, répondit Simon, je pensais à *Vingt Mille Lieues sous les mers*, à Jules Verne...

— Verne ! le coupa triomphalement Valentin. Verne ! En voilà un nom parfait ! Ce bon vieux Verne Gyula ! Quelle excellente idée ! Va pour Verne, adopté !

Étouffant un haut-le-cœur, Simon revit en pensée la photo de l'écrivain encore jeune qui avait semblé le toiser dans la revue de Michel Fekete – *cheveux plats, raie sur le côté, l'œil narquois, connard d'antisémite bien français de sa race.* Mais une fois passée la vague d'écœurement initial, il y réfléchit un instant. Il y va de l'ironie comme de l'amertume, on en a le goût ou pas, que l'on boive son café avec ou sans deux sucres. Au fond Valentin avait raison, ce nom était parfait.

— Très bien, va pour Verne, concéda-t-il en se levant.

— Alors, mon cher Verne, à bientôt, répondit avec jovialité Valentin.

Puis sans lever les yeux, il déplia son journal.

Valentin et Verne, Verne et Valentin..., se répéta Simon sans se résoudre à quitter des yeux le petit homme. Son nouveau… Qu'est-ce qu'il fallait dire ? Son référent ? Son officier de liaison ? Son *acolyte* ? Cette petite silhouette aux oreilles pointues faisait donc déjà partie de sa vie ? Avant de tourner les talons, il eut presque envie de lui lancer, comme à la fin de *Casablanca* : « Je crois que c'est le début d'une belle amitié ! »

Au lieu de quoi, il s'éloigna, sonné, titubant dans les sentiers de l'île Marguerite. Sur les pelouses, des familles faisaient s'envoler des nappes à carreaux avant de les déployer pour le pique-nique. Inaccessibles au monde, des amoureux s'enlaçaient sous les pins couverts de sève, Simon les contemplait comme s'il prenait congé, les enviait. Puis il fixa son œil au loin, vers le Danube. Les phrases d'un guide ancien lui revinrent, par fragments, en mémoire – il ne se souvenait pas de les avoir lues : *« C'est là que se croisent les voies routières de la grande plaine hongroise, de la région montagneuse du Nord, et de la région mamelonnée de Transdanubie, c'est le Danube qu'empruntaient les transports d'ambre venant du Nord et les divers objets faits en coquillages marins venant du Sud. »* Devant les piscines du Palatinus, une foule en sueur, désordonnée, attendait, piaillait dans l'odeur molle de l'été. Alors qu'il continuait à avancer sous le soleil en direction du pont, semant les cris, les échos réjouis des plongeurs qui en éclaboussaient d'autres ou les poussaient dans les profondeurs des bassins, Simon se sentait la proie de mouvements contradictoires, comme si ses émotions s'accéléraient et se figeaient en même temps. Tandis qu'il laissait derrière lui comme un paysage vu d'un train les randonneurs en bermudas, les jets d'eau, les chiens et leurs maîtres, les couples de vieux à l'allure ralentie qui se promenaient en se donnant le bras, il aperçut au loin la silhouette imposante de l'élégant Hôtel des Bains, et le vieux guide oublié reprit à cet instant, comme un refrain, dans sa tête : *« L'hiver, toutes les eaux stagnantes et même le puissant Danube sont pris par les glaces. Les sources thermales, ces bienfaits de la nature, ne comprennent pas la politique humaine. Elles continuent de jaillir, en annonçant la vie, l'avenir encourageant. »*

Au moment où il montait les escaliers qui rattachaient l'île au pont Marguerite, Simon se rendit compte qu'il s'estompait peu à peu. Que ce qui restait encore de lui – Simon Ungar, né à 93 Les Lilas, un léger duvet de sueur sur la nuque – était en train de disparaître, tandis qu'émergeait une autre version encore inconnue de lui-même. Valentin l'avait fait naître en lui donnant le nom de Verne et il était devenu impossible de l'ignorer : à chaque pas que faisait Simon Ungar sur ce pont de Budapest, Verne rétorquait par un autre. Ainsi, d'une foulée à la suivante, surplombant le cours rapide du Danube, Verne se séparait d'Ungar, et rien n'arrêterait plus les grands ciseaux de cette séparation, car il s'agissait là d'un mouvement très ancien, dont ce n'était nullement la première manifestation mais tout au contraire l'avènement, que Simon aurait voulu saisir, sauf que, précisément, l'opération elle-même – l'effacement de son être et son remplacement par un autre – devenait invisible à mesure qu'il tentait d'en prendre conscience.

Des altérations minuscules et irréversibles l'emportaient, il les sentait à l'œuvre alors qu'il avançait entre les platanes le long du grand boulevard, dépassant le théâtre de la Gaîté, puis longeant les façades poussiéreuses des magasins de chaussures, les tables prêtes des cafés, les échoppes de fleurs et les marchands de journaux, lorsque son regard s'attardait malgré lui pour saisir son reflet dans une vitrine, ou qu'il accélérait pour laisser derrière lui une grappe de touristes égarés. Il était Verne et ne s'appartenait plus. Cela ne l'inquiétait pas. Résolu, il s'en allait dans Pest sans plus entendre ses pensées, qui murmuraient que son voyage n'avait eu pour but que ce moment précis, et qu'il venait enfin de le conduire à sa destination, à ce divorce d'avec lui-même, sous le ciel bleu de l'été hongrois.

Traversant le boulevard en courant pour éviter le tramway, Simon obliqua sur la droite et laissa ses pas le mener rue Honvéd jusqu'à la place de la Liberté. À vive allure, il dépassa l'obélisque du *Mémorial aux héros soviétiques libérateurs de la Hongrie* qui dominait le nord du jardin pour atteindre l'autre côté du square. Les palissades avaient disparu de la rue étroite. Face à la mince rivière de cailloux, de tracts et de photos jaunies, le monument était enfin visible. Sous l'arc de son tympan s'alignaient des colonnes aux fûts menottés de clous et, en son centre, l'aigle aux larges ailes de ferraille s'apprêtait à fondre sur l'Archange Gabriel. On approchait de midi, le soleil tapait fort, en face du mensonge monumental des enfants jouaient dans les fontaines. Simon les contempla distraitement puis se remit en marche. La place était bondée, il se fondit bientôt dans le flux des passants.

Notes

Tout est inventé dans cette fiction où presque tout est vraisemblable – sauf dans les cas où la romancière s'est trompée. On y trouvera toutefois ici et là quelques morceaux entiers de réalité.

À l'exception des œuvres de Bence Sandor, toutes les pièces de théâtre mentionnées ont bel et bien existé, tout comme certaines des aventures de mise en scène relatées dans ce roman.

Ainsi la formidable idée des patins de parquet dans *La Morale de Madame Dulska* de Gabriela Zapolska (1906) n'est-elle pas due à Ilse Küsser mais à Lidia Zamkow, dans sa mise en scène de 1967 au théâtre Slowacki de Cracovie (comme le mentionne utilement l'édition anglaise de la pièce établie par Teresa Murjas – Intellect Books, 2007).

La réception « en deux temps » du *Richard III* d'Obadalko s'inspire du sort de la mise en scène de Kálmán Nádasdy, donnée en 1947 puis en 1955 au Théâtre national de Budapest. Cette histoire, ainsi que l'exposé des rapports particuliers entre Shakespeare et les régimes communistes, sont tirés du passionnant *Socialist Shakespeare Productions in Kádár-regime Hungary, Shakespeare Behind the Iron Curtain* de Veronika Schandl – Edwin Mellen Press, 2009.

La vie et les opinions de Bence Sandor recoupent en bien des points celles de Georges Szekeres, telles qu'on peut les trouver dans *Salamandre : Une vie confrontée à la Gestapo française et à la police politique hongroise* de Vera Varsa-Szekeres (traduit par Paul Remetean et Thierry Loisel – L'Harmattan, 2016).

Horn emprunte à l'écrivain Panaït Istrati (1884-1935) l'image des œufs cassés qui ne produisent pas d'omelette.

Les propos de Vladimir Berei ressemblent à s'y méprendre à ceux de l'ancien chef de l'ÁVO, Vladimir Farkas, dans une interview donnée à l'historien Gyula Kozák en 1988.
http://server2001.rev.hu/oha/oha_document.asp?id=547&order=1&lang=e

La description physique de Horn s'inspire beaucoup d'une fiche établie par la Sûreté française au sujet du chef de l'Orchestre rouge, Leopold Trepper, le 22 septembre 1942.

Le récit des bijoux retrouvés dans la gouttière et de la repossession du service de couverts reprend celui de Judit Váradiné Csapó, « Le cadeau de mariage réclamé », déposé sur le site hongrois Mémoire vivante.
http://kiallitas.elevenemlekmu.hu/a-visszakert-naszajandek-varadine-csapo-judit/

Le récit du pillage de l'usine de poignées de porte a été consigné après le bombardement de Hambourg par le major britannique A. J. Forrest dans un mémoire dactylographié. Ce témoignage, tout comme un certain nombre de faits mentionnés dans ce roman, est tiré du livre de l'historien Keith Lowe, *L'Europe barbare* (traduit par Johan-Frédérik Hel-Guedj – Perrin, 2013).

La campagne menée par le régime hongrois contre Lajos Fehér évoque hélas très fidèlement celle qu'a subie l'écrivain György Konrád, et l'article de presse du roman est à peu de détails près celui écrit par Blaise Gauquelin dans *Le Monde* du 13 septembre 2018.

Œuvres citées

Textes littéraires

Foirade II, Samuel Beckett, Minuit, 1976
Comme Fantômes, Matej Bor, extrait de *La Trace de nos ombres,* traduction de Marc Alyn, Seghers, 1958
Fuenteovejuna, Lope de Vega, 1619 – traduction Louis Combet – Garnier-Flammarion, 1992
Retour de Judith, Rainer Maria Rilke, 1911 – traduction Marc de Launay – Bibliothèque de la Pléiade, Gallimard, 1997
La Chevelure, Charles Baudelaire, *Les Fleurs du mal* – Auguste Poulet-Malassis, 1861
Bánk Bán, József Katona, 1820 – traduction Charles de Bigault de Casanove – Honoré Champion, 1910
Extrait d'un poème au titre inconnu de József Fodor, *circa* 1956
Les Œillets rouges, Louise Michel, 1871
Richard III, William Shakespeare, 1633
Poème pour adultes, Adam Ważyk, 1955, adaptation française d'Armand Robin dans *Poésie non traduite volume II* – Gallimard, 1958

Le Docteur Jivago, Boris Pasternak, traduction collective non signée – Gallimard, 1958
Vingt Mille Lieues sous les mers, Jules Verne – Pierre-Jules Hetzel, 1870
Le Château des Carpathes, Jules Verne – Pierre-Jules Hetzel, 1892
Les Bains de Budapest, André Medriczky – Officina Kiadó, 1942

L'un des derniers paragraphes du roman s'inspire si délibérément de *La Fuite dans les ténèbres* d'Arthur Schnitzler qu'il est nécessaire de le mentionner (ainsi que la traduction de Jean-Pierre Lefebvre pour l'*Anthologie des littératures européennes du XIe au XXe siècle* – Hachette, 1995).

Musique et chansons

Túrót eszik a cigány (Le Tzigane mange du fromage blanc), chœur d'enfants de Zoltán Kodály, d'après son collectage d'une mélodie populaire du comté de Nógrád en 1922, Editio Musica Budapest
À la... des typographes, Adda-Dorgel et Paddy, date inconnue
Les Noces de Figaro, livret de Lorenzo Da Ponte, 1786
Adaptation française, très libre et non signée, des paroles de Norman Gimbel pour la chanson *A Whale of a Tale* tirée du film *Vingt Mille Lieues sous les mers*, 1954
Červená Zástava (Drapeau rouge), paroles de Mináčová Libuša, date inconnue, traduction fournie par l'Institut français de Slovaquie
Pieseň šťastných detí (La Chanson des enfants heureux), paroles de Soňa Cónová, date inconnue, adaptation française de Louis Chevaillier
Nad Tatrou Sa Blýska (Au-dessus des Tatras brille l'éclair), hymne national slovaque, paroles de Janko Matuška, 1844
Mes emmerdes, Charles Aznavour, éditions musicales Djanik, 1976

Autres citations, directes ou indirectes

Allocution du professeur Müller, radio de Prague, 21 novembre 1942, citée dans *Le Problème allemand en Tchécoslovaquie (1919-1946)*, Pierre George – Librairie Droz, 1947

Témoignages tirés de « Bratislava pendant la Seconde Guerre mondiale », reportage de Jacques Holflack pour Radio Slovaquie internationale, 2015

Témoignages tirés d'*Expulsions des Allemands des Sudètes : expressions d'une identité atrophiée dans la littérature*, thèse de Jessica Moreno-Bachler – université Michel de Montaigne-Bordeaux III, 2015

Discours d'Ernő Gerő à la radio hongroise, 23 octobre 1956

Témoignages à leur propre charge des accusés des Procès de Prague, novembre 1952

Une déstalinisation manquée, *Tchécoslovaquie 1956*, Muriel Blaive – Complexe, 2004

Rituel du 1er mai en Tchécoslovaquie, Roman Krakovsky – L'Harmattan, 2004

Au nom de la classe ouvrière, mémoires du préfet de police de Budapest Sandor Kopásci – Robert Laffont, 1978

Le Temps, autobiographie inédite d'Annie Bentoia, traduite du roumain par Monica Constandache

« Moi Paul Lancelot typographe », par Georges Guitton, Revue *Place Publique*, Rennes, mars-avril 2014

Remerciements

Ce roman a eu la chance de bénéficier du Programme Stendhal de l'Institut français, dont je tiens à souligner l'immense utilité. Un tel livre n'aurait pu s'élaborer sans tous ceux qui, en République tchèque, en Slovaquie et en Hongrie, m'ont reçue avec générosité et enthousiasme, pendant une période où les restrictions liées au Covid-19 ne facilitaient pas les échanges.

Mes plus vifs remerciements :

À Brno : à Barbara Gregorova, qui, contredisant la prédilection tchèque à s'embêter le moins possible, m'a ouvert tout grand les portes des théâtres Reduta et Mahen, à Iva Mikulová et Vít Hloušek.

À Bratislava : à l'Institut français de Slovaquie (Jean-Marc Cassam Chenaï, Daniela Gálová, Miloš Stankoviansky), à la formidable Zuzana Uličianska, à Karol Misovic et Zuzana Koblišková.

À Budapest : à l'Institut français de Budapest (Frédéric Rauser, Florent Héridel), à Angelica Karoly et au Château de Fehérvarsurgo, à Veronika Shandl, Annette Roman, Bénédicte Williams, Gábor Schein, à Marie Heller. À László Altschach, *sparring-partner extraordinaire*, aux amis Ágnes Tótfalusi, Kata Juhász et Tamás Lóky.

En Suisse : au Château de Lavigny, où une résidence m'a permis de travailler à la préparation de ce livre, et que je remercie pour son merveilleux accueil – tout particulièrement Sophie Kandaouroff.

En France : à Lynda Allouche, Christophe Perrusson, Nicolas Weill, Roman Krakovsky, Soad El-Massnaoui. Au camarade Olivier Truc dont le « tu devrais écrire un roman d'espionnage » a gentiment mis le ver dans le fruit.

À Muriel Blaive, qui a répondu avec autant d'indulgence que de pédagogie à mes questions les plus béotiennes et qui, outre sa rigueur d'historienne, a fait preuve d'un indiscutable flair de romancière.

À Šimon Voseček pour sa précise relecture tchèque et ses encouragements chaleureux.

À l'indispensable Carole Fierz.

À Louis Chevaillier, pour son soutien au long cours, ses conseils, ses relectures précieuses et ses innombrables apports à ce livre. Merci pour tout, pour tant.

Table

I
Les disparitions

1. Dans l'ancien Berlin-Est, Ilse reçoit une lettre....... 11
2. Vienne la nuit, Simon s'est fait larguer deux fois...... 17
3. Pas même les empires 27
4. Né à Olomouc 48
5. La fille du docteur Hubka 71
6. No train Hulín.. 98
7. Ce qu'on a de plus cher....................................... 116
8. Bratislava 149
9. Mais les éclairs du tonnerre… 163
10. Le vin du souvenir 204
11. Le point de vue du bélier..................................... 236
12. Auberge authentique.. 283
13. Doberdò 292

II
Les témoins

1. Budapest 321
2. En avant, en avant ! 349
3. Parc Papillon 362
4. Tous nos crimes 387
5. Rubik's Cube 402
6. Sourires de calcaire 415
7. Le gang 429
8. Nous irons sur Vénus 453
9. Chacun de nous est une brique 469
10. L'homme sauvage 489
11. Musique chinoise 502
12. Dans les ruines 518
13. Mon idiot ! 548
14. Un peu d'enthousiasme 568
15. Place de la Liberté 579
16. L'endroit de la blessure 584
17. Nemo 590

Notes 605

Œuvres citées 608

Remerciements 611

Composition et mise en pages
Nord Compo Villeneuve-d'Ascq

Impression sur Roto-Page en novembre 2023
par l'Imprimerie Floch à Mayenne
Dépôt légal : janvier 2023
N° d'édition : 2623 – N° d'impression : 103740
Imprimé en France

Vorwort

Dieses Handbuch möchte den Angehörigen künstlerischer Berufe, ihren Beratern und den auf diesen Gebieten tätigen Juristen eine praktisch handhabbare Übersicht über alle für Künstlerinnen und Künstler wesentlichen Rechtsfragen bieten. Besondere Berücksichtigung finden hierbei die Bereiche der bildenden Kunst, der darstellenden Kunst, der Fotografie, des Films, des Designs, der Literatur und der Musik. Aber auch Architekten, Galeristen, Informatikern, Journalisten, Künstleragenten, Kunstsammlern und Lehrern will das Handbuch dienen. Vom Arbeitsrecht bis zum Urheberrecht werden die in der Praxis wichtigen Rechtsgrundlagen dargestellt und somit eine in dieser Form bisher nicht vorliegende Gesamtschau ermöglicht.

Nur zu oft werden die Anliegen künstlerischer Berufe zu wenig beachtet. Die mit diesem Handbuch erstrebte Integration von Wissenschaft und Praxis will dazu beitragen, schwerpunktmäßig Hinweise für kunstfreundlichere Lösungen zu geben. Der damit verbundene Wechsel der Darstellungstiefe wird bewußt in Kauf genommen und durch weiterführende Literatur- und Rechtsprechungshinweise kompensiert.

In die Entstehungszeit des Handbuches fällt die Deutsche Vereinigung. Soweit dies angesichts der fließenden Entwicklungen noch möglich war, haben wir das deutsch-deutsche Übergangsrecht miteinbezogen und in diesem Zusammenhang auf einige Regelungen des Rechts der DDR hingewiesen, die den Schutz der Künstler bezweckten und zu ihrer Existenzsicherung beitrugen. Die insoweit zum Teil durch den Einigungsprozeß ausgelöste Schlechterstellung der Künstler in den neuen Bundesländern wirft die Frage nach der Verletzung von unter der verfassungsrechtlichen Eigentumsgarantie stehenden, schützenswerten Besitzständen auf.

Auch auf Europarechtliche Aspekte sind wir eingegangen und darauf, welche Gefahren mit der europäischen Einigung verbunden sind, z.B. infolge einer drohenden Nivellierung des Urheberrechtes auf europäisches und damit gegenüber dem deutschen Recht geringeres Niveau.

Der Integration von Kunst und Recht sind die Mehrzahl der Autoren des Künstlerhandbuches aufgrund eigener beruflicher Erfahrungen im besonderen Maße verpflichtet:

Hermann J. Fischer war bis zum Zusammenschluß von Gewerkschaft Kunst und IG Druck und Papier zur IG Medien Geschäftsführer der Gewerkschaft Kunst und hier insbesondere mit dem Arbeitsrecht der Künstler sowie dem Künstlersozialversicherungsrecht befaßt.

Assessor Ralf Grünert promoviert an der Freien Universität Berlin im Europarecht.

Rechtsanwalt Harro von Have arbeitet in Hamburg vorrangig auf dem Gebiet des Film- und Wettbewerbsrecht.
Frau cand. jur. Ulrike Presting beabsichtigt, im Steuerrecht zu promovieren.
Prof. Dr. Hartmut Reeb ist auf dem Gebiet des Wirtschaftsrechts an der Fachhochschule für Wirtschaft in Berlin tätig und spielt nebenher hervorragend Tenorsaxophon.
Die Anwaltstätigkeit von *Steven A. Reich,* Berlin, erstreckt sich insbesondere auf Urheber-, Film- und Musikrecht sowie das „Entertainment Law". Auch er ist ein ausgezeichneter Musiker.
Prof. Dr. Artur Wandtke lehrt an der Humboldt-Universität in Berlin Urheber- und Arbeitsrecht. Vor Beginn seiner juristischen Laufbahn war er als Choreograph und Ballettänzer tätig.
Die Autoren und Herausgeber sind der Rechtsanwältin Jutta Behrens, Berlin, für ihre Hilfe bei der Erarbeitung miet- und wohnungseigentumsrechtlicher Problemstellungen, für wertvolle Hinweise und Anregungen dem Rechtsanwalt Dr. Wolfgang Maaßen, Düsseldorf, auf dem Gebiet des Designrechts, dem Komponisten Norbert Schultze auf dem Gebiet der musikalischen Praxis, den Referendaren Wolfram Herrmann und Michael Lohmann sowie Frau stud. jur. Petra Siddig und Frau Ingeborg Michel für ihre wissenschaftliche Mitarbeit und Hilfe bei der Bearbeitung der Texte und Fundstellen dankbar.

Wir erhoffen uns weitere Anregungen aus Kunst, Wissenschaft und Praxis.

Düsseldorf, Berlin, im November 1991 Die Herausgeber

Bearbeitungsverzeichnis

Es haben bearbeitet:

Fischer	Die Freiheit der Kunst nach dem Grundgesetz; Der rechtliche Status der Künstler; Arbeitsrecht im Überblick; Steuerrecht; Das Künstlersozialversicherungsgesetz
Grünert:	Europarechtliche Aspekte
v. Have:	Gewerblicher Rechtsschutz; Übersicht über ausgewählte Verträge, Film
Presting:	Steuerrecht
Reeb:	Rechtsgrundlagen für Verträge und deren inhaltliche Gestaltung; Vertragsstörungen
Reich:	Kunstfreiheit und Lärmschutz; Urheberrecht; Verwertungsgesellschaften; Übersicht über ausgewählte Verträge
Wandtke:	Urheber im Arbeitsverhältnis; Leistungsschutzrechte im Arbeitsverhältnis; Übersicht über ausgewählte Verträge, Darstellende Kunst; Der rechtliche Status der Künstlerinnen und Künstler in den Gebieten der ehemaligen DDR

Inhaltsverzeichnis

Bearbeitungsverzeichnis VII

Abkürzungsverzeichnis XXI

Literaturverzeichnis XXV

1. Kapitel: Kunst und Recht 1

§ 1 Einleitung 1

§ 2 Die Freiheit der Kunst nach dem Grundgesetz 2

I. Inhalt und Schranken der Kunstfreiheit des Art. 5 Abs. 3 GG 2
1. Die Regelung des Art. 5 Abs. 3 GG 2
2. Der verfassungsrechtliche Kunstbegriff 2
3. Der Schutzbereich der Kunstfreiheit 4
a) Sachlicher Geltungsbereich 4
b) Persönlicher Geltungsbereich 5
4. Die Schranken des Grundrechts 5
a) Keine Einschränkung durch Gesetze 5
b) Schranken aus dem Konflikt mit anderen Verfassungsgütern . . . 5
(1) Freiraum der Kunst 5
(2) Ausschluß einer Güterabwägung 6
(3) Abwägung zwischen Verfassungsgütern 6

II. Kunstfreiheit am Beispiel der Straßenkunst 7
1. Wozu sind die Straßen da? 7
2. Straßenkunst als geschützte Kunstform 7
3. Gemeingebrauch oder Sondernutzung 8
a) Kommunikativer Verkehr 8
b) Erlaubnispflicht 9
c) Spontan- und Aktionskunst 9

III. Kunstfreiheit und Lärmschutz 10
1. Rechtliche Grundlagen 10
a) Öffentlich-rechtliche Vorschriften 10
b) Ordnungsrecht und Bußgeldvorschriften 11
2. Zivilrechtliche Vorschriften 13
3. Drittwirkung der Grundrechte 13
a) Grundrechte des musizierenden Künstlers 13
b) Allgemeines Persönlichkeitsrecht des ruhesuchenden Nachbarn . 13
c) Abwägungsergebnis 13
4. Einzelfälle 14
5. Vertragliche Vereinbarungen 15
a) Mietvertrag 15
b) Hausordnung 15
c) Wohnungseigentum 15
6. Rechte aus dem Mietvertrag 16
a) Ansprüche des musizierenden Mieters 16
(1) Minderung 16
(2) Besitzschutzanspruch 16

b) Ansprüche des Vermieters und der Nachbarn 16
7. Besonderheiten in Wohnungseigentümergemeinschaften 17
a) Anspruch gegen den musizierenden Wohnungseigentümer 17
b) Anspruch des musizierenden Wohnungseigentümers 18

2. *Kapitel: Urheberrecht und gewerblicher Rechtsschutz* 19

§ 3 Urheberrecht 19

I. Einführung 19
II. Die Bestimmungen des Urheberrechtsgesetzes 20
1. Werkerschaffung, gesetzlicher Werkbegriff und Bearbeitung 20
a) Persönliche geistige Schöpfung 20
b) Bearbeitung 22
c) Weiteres 22
2. Schutzfähige Werke 23
a) Übersicht 23
b) Werke der bildenden Kunst 23
(1) Definition 23
(2) Zweidimensionale Darstellungen 24
(3) Räumliche Strukturen 25
(4) Gebrauchsgegenstände 26
c) Designwerke 27
d) Lichtbildwerke 28
e) Sprachwerke 29
f) Werke der darstellenden Kunst 31
(1) Bühnenwerke 31
(2) Einzelbeiträge 32
g) Filmwerke 33
h) Werke der Musik und der Klangkunst 33
(1) Grundlagen 33
(2) Musikalische Bearbeitung 35
3. Die Gemeinschafts- und Gruppenschöpfung 36
a) Überblick 36
b) Gemeinsame Werkschöpfung 36
c) Werkverbindung 39
4. Vermutung und Beweis der Urheberschaft 41
a) Gesetzliche Vermutung der Urheberschaft 41
b) Beweis der Urheberschaft 42
5. Persönlichkeitsschutz des Urhebers 43
a) Grundlagen 43
b) „Droit moral" und die wichtigsten Einzelrechte 43
(1) Das Veröffentlichungsrecht 44
(2) Recht auf Anerkennung der Urheberschaft 45
(3) Entstellungsverbot 46
aa) Voraussetzungen 46
bb) Beispiele 48
6. Das Werk und die Rechte zu seiner Benutzung im Schaffensprozeß . 49
a) Überblick 49
b) Einzelheiten 49
(1) Änderung, Bearbeitung und freie Benutzung 49
(2) Veröffentlichung und Erscheinen 51
(3) Besonderheiten und Beispiele in den verschiedenen Werkkategorien 52

7. Verwertungsrechte 55
a) Übersicht 55
b) Einzelne Verwertungsrechte 56
(1) Vervielfältigungsrecht 56
aa) Definition 56
bb) Beispiele 56
(2) Verbreitungsrecht 57
(3) Ausstellungsrecht 58
(4) Vortragsrecht 58
(5) Aufführungsrecht 59
(6) Vorführungsrecht 59
(7) Senderecht 60
8. Sonstige Rechte des Urhebers 61
a) Übersicht 61
b) Einzelheiten 61
(1) Zugangsrecht 61
aa) Grundlagen 61
bb) Beispiele 62
(2) Beteiligung des Urhebers am Erlös des Kunsthandels 63
(3) Vermiet- und Verleihtantieme 64
9. Die Werknutzung durch andere 64
a) Übersicht 64
b) Vererbung des Urheberrechts 64
c) Nutzungsrechte 65
(1) Einfache Nutzungsrechte 65
(2) Ausschließliche Nutzungsrechte 66
(3) Unbekannte Nutzungsarten 66
(4) Zweckübertragungsgrundsatz 67
aa) Grundlagen 67
bb) Beispiele 67
(5) Weiterübertragung von Nutzungsrechten 68
(6) Katalog der Nutzungsarten 69
10. Besondere Bestimmungen zum Schutz des Urhebers 70
a) Überblick 70
b) Einzelne Bestimmungen 71
(1) Beteiligung des Urhebers an außergewöhnlichen Erfolgen . . . 71
aa) Gesetzliche Grundlage 71
bb) Anspruchsgegner 71
cc) Grobes Mißverhältnis 71
dd) Angemessenheit 72
ee) Verjährung 72
ff) Auskunftsanspruch und sonstiges 72
gg) Filmwerke 73
(2) Verträge über künftige Werke 73
aa) Übersicht und gesetzliche Grundlagen 73
bb) Fallgruppen 73
cc) Schriftform 73
(3) Rückrufsrechte 74
aa) Überblick 74
bb) Rückrufsrecht wegen Nichtausübung 74
aaa) Gesetzliche Grundlagen 74
bbb) Nichtausübung 74

ccc) Mißbrauchsverbot 76
ddd) Fristen 76
eee) Erklärung 77
fff) Entschädigungspflicht 77
cc) Der Rückruf des Nutzungsrechts aus gewandelter Überzeugung 77
aaa) Überblick und gesetzliche Grundlagen 77
bbb) Überzeugungswandel 78
ccc) ultima ratio – Grundsatz 78
ddd) Sicherheitsleistung 78
eee) Wiederverwertung 79
fff) Sonstiges 79
11. Schranken des Urheberrechts 79
a) Überblick 79
b) Einzelheiten 80
(1) Schutzfristen 80
(2) Weitere Beschränkungen 81
aa) Das Zitatrecht 81
aaa) Grundlagen 81
bbb) Lücken 81
ccc) Beispiele 82
bb) Die Privilegierung der aktuellen Berichterstattung 83
aaa) Berichterstattung über Tagesereignisse 83
bbb) Reden, Rundfunkkommentare und Zeitschriftenartikel 84
cc) Die Privilegierung der Werknutzung zu Schul-, Kirchen-, behördlichen und Justizzwecken 84
dd) Vervielfältigung zu privatem oder sonstigem eigenen Gebrauch 85
ee) Ausnahmen für Tonträger und Aufzeichnungen von Funksendungen 86
ff) Bildnisse und Werke an öffentlichen Plätzen 87
gg) Bestellte Bildnisse und Lichtbildwerke 87
12. Urheber im Arbeitsverhältnis 88
a) Vorbemerkung 88
b) Der Arbeitsvertrag im Verhältnis zu anderen arbeitsrechtlichen Rechtsformen 88
c) Das Nutzungsrecht des Arbeitgebers 90
d) Die Vergütung des Urhebers im Arbeitsverhältnis 92
13. Leistungsschutzrechte 94
a) Überblick 94
b) Die Rechte der Interpreten 95
(1) Überblick 95
(2) Zu den Werkgattungen 95
(3) Persönlichkeitsrecht des Interpreten 96
(4) Verbotsrechte 97
(5) Vergütungsansprüche 98
(6) Einwilligung und Geltendmachung von Rechten durch Ensembles 98
aa) Überblick 98
bb) Einzelfälle 98
(7) Leistungsschutzrechte im Arbeitsverhältnis 99

aa) Überblick 99
bb) Inhalt und Umfang der Nutzungseinräumung 99
cc) Die Vergütung der ausübenden Künstler 102
c) Leistungsschutzrechte der Veranstalter 102
d) Der Schutz des Tonträgerherstellers 103
e) Der Schutz des Sendeunternehmens 104
f) Schranken der Leistungsschutzrechte 104
14. Rechtsverletzungen 105
a) Überblick 105
b) Vermeidung von Rechtsverletzungen 106
c) Folgen der Rechtsverletzungen 107
(1) Mögliche Ansprüche 107
(2) Einzelheiten 107
aa) Verwertungsverbot 107
bb) Vernichtung 108
cc) Bereicherungsanspruch 108
dd) Unterlassungsanspruch 109
ee) Auskunftsanspruch 109
ff) Schadensersatzanspruch 110
(3) Klage 112
aa) Antrag 112
bb) Zuständigkeit 112
(4) Strafrechtliche Konsequenzen 112

§ 4 Verwertungsgesellschaften 113

I. Überblick 113

II. Verwertungsgesellschaften und ihre Wahrnehmungsbereiche 114
1. Die GEMA 114
2. Die GVL 118
3. Die VG Wort 120
4. Die VG Bild-Kunst 121
5. Weitere Verwertungsgesellschaften im Filmbereich 122

§ 5 Gewerblicher Rechtsschutz 122

I. Das Geschmacksmustergesetz 122
1. Grundzüge 123
2. Schutzgegenstand 123
3. Gewerbliche Verwertbarkeit 124
4. Neuheit und Eigentümlichkeit 124
5. Schutzumfang 124
6. Schutz typografischer Schriftzeichen 125
7. Abgrenzungen gegenüber anderen Schutzrechten 125
a) Urheberrecht 125
b) Abgrenzung gegenüber dem Patent- und Gebrauchsmusterschutz 126

II. Wettbewerbsrechtlicher Schutz 126
1. Die Anwendung des Gesetzes gegen den unlauteren Wettbewerb auf Werke angewandter Kunst 126
2. Grundlagen des wettbewerbsrechtlichen Schutzes 128
3. Schutzvoraussetzungen nach dem UWG 128
4. Fallgruppen 129
a) Unmittelbare Leistungsübernahme 129
b) Herkunftstäuschung 130
c) Rufausbeutung 130

d) Erschleichen – Vertrauensbruch 131
e) Der Schutz von Modeneuheiten 131
f) Schutz geschäftlicher Bezeichnungen 132

III. Kennzeichenschutz nach dem Warenzeichengesetz 133

IV. Titel- und Namensschutz 134
1. Der Schutz der Künstlernamen 134
2. Titelschutz 134
a) Urheberrechtlicher Schutz 134
b) Schutz nach dem Gesetz gegen den unlauteren Wettbewerb 135

3. Kapitel: Erwerbstätigkeit *138*

§ 6 Der rechtliche Status der Künstler 138

I. Künstler und Arbeitsrecht 138

II. Künstlerinnen und Künstler in der Arbeitnehmerrolle 139
1. Der Arbeitnehmerbegriff 139
a) Erbringung von Arbeit 140
b) Privatrechtlicher Vertrag 140
c) Persönliche Abhängigkeit 141
2. Beispielsfälle aus den einzelnen Schaffensbereichen 142
a) Künstlerisch tätige Mitarbeiterinnen und Mitarbeiter bei Rundfunkanstalten 142
b) Künstler und Künstlerinnen der bildenden Kunst 144
c) Designer 144
d) Darstellende Künstlerinnen und Künstler 145
e) Musikerinnen und Musiker 147

III. Künstlerinnen und Künstler als arbeitnehmerähnliche Personen 151
1. Einführung 151
2. Der Begriff der arbeitnehmerähnlichen Person 152
a) Der allgemeine Begriff 152
b) Die Regelung des § 12 a) TVG 152
(1) Der Inhalt der Bestimmung 152
(2) Entstehung und Bedeutung der Norm 153
3. Tatbestandliche Voraussetzungen des § 12 a) TVG 153
a) Die wirtschaftliche Abhängigkeit 153
(1) Ausschließliche oder überwiegende Tätigkeit für einen Auftraggeber 153
(2) Einkommensabhängigkeit bei Künstlern 154
b) Die soziale Schutzbedürftigkeit 154
c) Dienst- oder Werkvertrag 155
d) Persönliche Leistungserbringung 156
4. Rechtsfolgen 156
a) Anwendung arbeitsrechtlicher Regelungen 156
b) Anspruch auf Urlaub 157
c) Zuständigkeit der Arbeitsgerichtsbarkeit 157
d) Anwendbarkeit des Betriebsrentengesetzes 157
e) Unfallversicherungsschutz 157
5. Inhalte von Tarifverträgen gem. § 12 a) TVG 158
a) Beispiel Rundfunkanstalten (WDR) 158
b) Beispiel Design-Studios 159

IV. Künstlerinnen und Künstler als Selbständige, freie Mitarbeiter, Freiberufler und dgl. 159
1. Der Begriff des selbstständigen Künstlers 159
a) Definitionen 159
b) Persönliche und wirtschaftliche Unabhängigkeit 159
2. Rechtsfolgen 160
3. Beispielsfälle 160
a) Künstler als Lehrer oder Dozenten 160
b) Künstlerinnen und Künstler in Rundfunkanstalten 162
c) Bildende Künstler 163
d) Darstellende Künstlerinnen und Künstler 163
e) Musikerinnen und Musiker 163
f) Autorinnen und Autoren 164

§ 7 Arbeitsrecht im Überblick 164

I. Arbeitsvertrag und Arbeitsverhältnis 164
1. Der Arbeitsvertrag 164
2. Der befristete Arbeitsvertrag 165
3. Pflichten von Arbeitnehmer und Arbeitgeber aus dem Arbeitsvertrag 166
4. Die Arbeitsvergütung im Krankheitsfalle 166
5. Der Urlaub 167
6. Der Erziehungsurlaub 168
7. Arbeitsvergütung an Feiertagen 169
8. Der Arbeitsunfall 169

II. Die Beendigung des Arbeitsverhältnisses 170
1. Die Anfechtung 170
2. Die Befristung 171
3. Der Aufhebungsvertrag 171
4. Die Kündigung 171

III. Kündigungsschutz 173
1. Der Kündigungsschutz nach dem Kündigungsschutzgesetz 173
2. Der Kündigungsschutz im Berufsausbildungsverhältnis 175
3. Arbeitsplatzschutz für werdende Mütter und Wöchnerinnen 175
4. Der Arbeitsplatzschutz beim Wehr- und Zivildienst 176
5. Der Sonderkündigungsschutz für Schwerbehinderte 177

IV. Arbeitnehmerschutzrecht 178
1. Arbeitszeitschutz 178
2. Der Jugendarbeitsschutz 178

V. Der Tarifvertrag 179
1. Abschluß, Inhalt und Kündigung des Tarifvertrages 179
2. Geltungsbereich des Tarifvertrages und Tarifbindung 180
3. Die Allgemeinverbindlichkeitserklärung 182
4. Inbezugnahme eines Tarifvertrages 182
5. Der Inhalt des Tarifvertrages 182

VI. Betriebsverfassungsrecht 183
1. Geltungsbereich des Betriebsverfassungsgesetzes 183
2. Die Wahl des Betriebsrats 184
3. Amtszeit und Geschäftsführung des Betriebsrats 186
4. Die Betriebsversammlung 186
5. Die Beteiligungsrechte des Betriebsrats 187

6. Der Tendenzschutz 188
7. Die Jugend- und Auszubildendenvertretung 189
8. Der Schutz der Betriebsverfassungsorgane 189

VII. Rechtsstreitigkeiten im Arbeitsrecht 190
1. Die Arbeitsgerichtsbarkeit 190
2. Schiedsverfahren 191

4. Kapitel: Vertragsrecht 192

§ 8 Rechtsgrundlagen für Verträge und deren inhaltliche Gestaltung 192

I. Marktbeziehungen und Vertragsfreiheit 192

II. Grundregeln des Vertragsschlusses 194
1. Die Willenserklärung als Grundlage jeder vertraglichen Bindung . . 194
2. Die Auslegung von Willenserklärungen und die ergänzende Vertragsgestaltung 195
3. Die fehlerhafte Willenserklärung 196
a) Der einseitige Irrtum 197
b) Der beiderseitige Irrtum über die Geschäftsgrundlage 199
c) Arglistige Täuschung und widerrechtliche Drohung 200
4. Das Vertragsangebot und dessen Annahme – der Übereinstimmungstatbestand 202
a) Die Zugangsproblematik 202
b) Bindungswirkung des Vertragsangebotes 203

III. Vertrag und allgemeine Geschäftsbedingungen 204

IV. Die Auflösung des wirksam zustandegekommenen Vertrages 206

V. Die im künstlerischen Bereich zentralen Vertragstypen 207
1. Der Dienstvertrag 208
2. Der Arbeitsvertrag 210
3. Der Werkvertrag 210
4. Der Ausstellungsvertrag 211

§ 9 Vertragsstörungen 212

I. Einführung 212

II. Der Künstler erbringt die von ihm geschuldete Leistung aus in seiner Person respektive in seinem Bereich liegenden Gründen nicht 213
1. Die sogenannte „physische" Unerbringbarkeit der vertraglichen Leistung 213
2. Die sogenannte „psychische" oder „moralische" Unerbringbarkeit der vertraglichen Leistung 216

III. Der Künstler kann seine Leistung aus Gründen nicht erbringen, die in der Sphäre seines Vertragspartners liegen 217

IV. Der Künstler erbringt seine Leistung verspätet 219

V. Die Fälle der „Schlechtleistung" durch den Künstler 219
1. Schlechterfüllung im Dienstvertrag 220
2. Schlechterfüllung im Werkvertrag 221

VI. Die Vereinbarung von Vertragsstrafen oder von pauschaliertem Schadensersatz für die Fälle von Leistungsstörungen seitens des Künstlers 223

VII. Ansprüche des Künstlers bei Nichtzahlung respektive verspäteter Zahlung des Vertragshonorars durch seinen Vertragspartner 224

§ 10 Übersicht über ausgewählte Verträge 226

I. Einleitung 226

II. Vertragsbeziehungen zwischen Künstlern 226
1. Einführung 226
2. Urheberrechtliche Regelungen 226
3. Gesellschaftsrechtliche Regelungen 227

III. Verträge über Auftragswerke 228

IV. Verträge mit Vermittlern und Repräsentanten 229

V. Verträge aus den einzelnen Schaffensbereichen 232
1. Schriftwerke 232
a) Verlagsvertrag 232
b) Herausgeber-Verlagsvertrag 234
c) Verträge von Miturhebern untereinander 234
d) Wahrnehmungsvertrag 235
2. Bildende Kunst – Design 235
a) Bestellvertrag über ein Design- oder Kunstwerk 235
b) Der Ausstellungsvertrag 236
c) Der Kunstverlagsvertrag 237
d) Der Illustratoren-Verlagsvertrag 238
e) Der Bildagenturvertrag 238
3. Musik 239
a) Wahrnehmungsverträge 239
b) Miturheberverträge 239
c) Gesellschaftsvertrag einer Musikgruppe 239
d) Konzertvertrag 240
e) Tonträgerproduktionsvertrag 241
(1) Überblick 241
(2) Vergütung 242
(3) Ausschließlichkeit 243
f) Tonträgerlizenzvertrag (Bandübernahmevertrag) 243
g) Musikverlagsvertrag 244
h) Subverlagsvertrag 246
4. Darstellende Kunst 247
a) Ausgewählte Probleme des Bühnenarbeitsvertragsrechts 247
(1) Rechtsgrundlagen 247
(2) Abschluß des Arbeitsvertrages 248
(3) Beschäftigungsanspruch des Bühnenmitglieds 249
(4) Verlängerung und Nichtverlängerung des Arbeitsvertrages des Bühnenmitgliedes 250
(5) Kündigung des Arbeitsvertrages 252
b) Stückvertrag für Bühnendarsteller 253
c) Bühnen-Regievertrag 254
5. Film 255
a) Drehbuchvertrag 255
b) Film-Regievertrag 256
c) Verfilmungsvertrag 257
d) Anstellungsvertrag für Filmschaffende 259
e) Filmmusikvertrag 260

5. *Kapitel: Steuer- und Sozialversicherungsrecht* 263

§ 11 Steuerrecht 263

I. Einkommensteuer 263
1. Einführung 263
2. Steuertechnik 264
a) Steuersubjekt 264
b) Steuerobjekt und Ermittlung der Einkommensteuer 265
3. Die Künstler als Steuerschuldner und ihre Einkünfte 265
a) Künstlerinnen und Künstler als selbständig Tätige 265
(1) Selbständige Arbeit 265
aa) Abgrenzung zur nichtselbständigen Arbeit 266
bb) Mischtätigkeit 266
(2) Künstlerische Tätigkeit 266
aa) Abgrenzung zur gewerblichen Tätigkeit 267
bb) Mischtätigkeit 267
cc) Einzelne Berufe 268
(3) Schriftstellerische Tätigkeit 269
(4) Abgrenzung zur Liebhaberei 269
(5) Steuerfreie Einnahmen 270
(6) Einkünfteermittlung 272
aa) Betriebseinnahmen 272
aaa) Der Begriff der Betriebseinnahmen 272
bbb) Der für die Betriebseinnahmen maßgebliche Zeitraum 273
bb) Betriebsausgaben 273
aaa) Der Begriff der Betriebsausgaben 273
bbb) Die betriebliche Veranlassung 273
ccc) Absetzung für Abnutzung (AfA) 274
ddd) Höhe der Betriebsausgaben 274
eee) Einzelfälle 275
fff) Nicht abzugsfähige Ausgaben 278
b) Einkünfte aus nichtselbständiger Tätigkeit 278
(1) Einkünfteermittlung 278
(2) Arbeitslohn 279
(3) Werbungskosten 279
aa) Überblick 279
bb) Einzelne Werbungskosten 280
cc) Pauschalbeträge 281
c) Mehrere Künstler als BGB-Gesellschaft 282
d) Einkünfte aus Vermietung und Verpachtung 282
4. Weitere Abzüge 283
a) Gesamtbetrag der Einkünfte 283
(1) Altersentlastungsbetrag 283
(2) Ausbildungsplatzabzugsbetrag 283
(3) Steuerabzug nach § 34 c Abs. 2, 3 EStG 283
b) Einkommen gem. § 2 Abs. 4 EStG 284
(1) Sonderausgaben 284
(2) Außergewöhnliche Belastungen 285
aa) Außergewöhnliche Belastungen in besonderen Fällen . . . 285
bb) Pauschbeträge für Behinderte, Hinterbliebene und Pflegepersonen 285
cc) Kinderbetreuungskosten 286

c) Zu versteuerndes Einkommen 286
(1) Kinderfreibetrag 286
(2) Haushaltsfreibetrag 286
d) Steuerermäßigung 286
5. Ehegattenbesteuerung 287
a) Getrennte Veranlagung 287
b) Zusammenveranlagung 287
c) Besondere Veranlagung für den Veranlagungszeitraum der Eheschließung gem. § 26c EStG 287

II. Umsatzsteuer 288
1. Systematik 288
2. Steuersubjekt 288
3. Steuerobjekt 289
a) Lieferung 289
b) Sonstige Leistungen 289
c) Leistungsaustausch 289
d) Leistungsort 290
e) Eigenverbrauch 290
f) Einfuhrumsatzsteuer 290
g) Steuerbefreiungen 291
(1) Einrichtungen des Staates 291
(2) Schul- und Bildungszwecken dienende Einrichtungen 291
4. Steuersatz 292
a) Der niedrigere Steuersatz von 7% 292
(1) Künstlerische Leistungen 292
(2) Leistungen der Filmwirtschaft 292
(3) Umsätze aus der Einräumung, Übertragung und Wahrnehmung von Rechten 292
b) Der Steuersatz von 14% 293
5. Vorsteuerabzug 293
a) Voraussetzung 293
b) Verfahren 294
c) Eigenverbrauch 294
6. Besteuerung von Kleinunternehmern 294

III. Gewerbesteuer 294

IV. Verfahren 294
1. Einkommensteuer 294
a) Einkommensteuererklärung 295
(1) Frist 295
(2) Erklärungspflicht 295
aa) Unbeschränkt Steuerpflichtige 295
bb) Beschränkt Steuerpflichtige 295
(3) Form 296
(4) Einkommensteuervorauszahlung 296
b) Lohnsteuerjahresausgleich 296
(1) Frist 296
(2) Durchführung durch den Arbeitgeber 296
(3) Veranlagung nach § 46 EStG 296
(4) Lohnsteuerkarte, Lohnsteuerklassen 296
c) Rechtsbehelfe 297

2. Umsatzsteuer . . . 297
a) Besteuerungsverfahren . . . 297
b) Umsatzsteuererklärung . . . 297

§ 12 Das Künstlersozialversicherungsgesetz . . . 298

I. Grundzüge . . . 298

II. Die einzelnen Bestimmungen des Künstlersozialversicherungsgesetzes . 299
1. Der Kreis der Versicherten . . . 299
a) Einführung . . . 299
b) Künstler und Publizist . . . 299
c) Selbständige Künstler und Publizisten . . . 300
d) Erwerbsmäßige und nicht nur vorübergehende Ausübung der Tätigkeit . . . 300
e) Das erforderliche Mindestarbeitseinkommen . . . 301
f) Beschäftigung von Arbeitnehmern . . . 303
g) Tätigkeit im Inland . . . 304
2. Versicherungsfreiheit in der Rentenversicherung . . . 304
3. Versicherungsfreiheit in der Krankenversicherung . . . 305
a) Versicherungsfreiheit gem. § 5 KSVG . . . 305
b) Befreiung von der Krankenversicherungspflicht auf Antrag . . . 306
c) Beitragszuschuß der Künstlersozialkasse für Privatversicherte und freiwillig Versicherte . . . 307
4. Regelungen für Berufsanfänger . . . 308
a) Kein Mindestarbeitseinkommen in Anlaufphase . . . 308
b) Befreiung von der Krankenversicherungspflicht auf Antrag . . . 308
c) Beitragszuschuß der Künstlersozialkasse für Privatversicherte . . 309
d) Zahlung eines Mindestbeitrages . . . 309
5. Kündigungsrecht gegenüber privaten Krankenversicherungsunternehmen bei Eintritt in die Künstlersozialversicherung . . . 309
6. Beginn und Dauer der Versicherungspflicht . . . 310
a) Beginn der Versicherungspflicht . . . 310
b) Ende der Versicherungspflicht . . . 311
7. Auskunfts- und Meldepflichten der Versicherten . . . 312
a) „Anmeldung" zur Künstlersozialkasse . . . 312
b) Die Jahresmeldung . . . 312
(1) Meldung des voraussichtlichen Arbeitseinkommens . . . 312
(2) Schätzung des Arbeitseinkommens . . . 313
(3) Änderungsanträge für die Zukunft . . . 314
c) Weitere Auskunftspflichten der Versicherten . . . 314
d) Verletzung der Auskunfts- und Meldepflichten . . . 314
8. Die Beiträge . . . 314
a) Grundsatz der Finanzierung der Künstlersozialversicherung . . . 314
b) Beiträge der Versicherten zur Renten- und Krankenversicherung . 315
c) Beiträge bei vorgezogenem Krankengeld . . . 316
d) Fälligkeit der Beiträge . . . 316
e) Rückständige Beiträge . . . 317
f) Beitragserstattungen . . . 318
g) Jahresabrechnung der Künstlersozialkasse . . . 318
9. Das Zusammentreffen unterschiedlicher Beschäftigungsverhältnisse . 318
a) Selbständige künstlerische oder publizistische Tätigkeit und abhängige Beschäftigung . . . 318
(1) Geringfügige Beschäftigungen . . . 318

(2) Unständige Beschäftigungen 319
(3) Ständige abhängige Beschäftigungen 319
b) Selbständige künstlerische oder publizistische Tätigkeit und anderweitige selbständige Erwerbstätigkeit 320
10. Die zur Künstlersozialabgabe verpflichteten Unternehmer 320
11. Die Künstlersozialkasse 321
12. Verfahrensvorschriften 322

III. Regelungen für die Künstler und Publizisten in den neuen Bundesländern 323

6. Kapitel: Europarecht und Rechtslage in den Gebieten der ehemaligen DDR 324

§ 13 Europarechtliche Aspekte 324

I. Europa und Kultur 324

II. Der Waren- und Dienstleistungsverkehr zwischen den Mitgliedsstaaten der Europäischen Gemeinschaft (EG) 324

III. Das Leben und Arbeiten im anderen Mitgliedsstaat der EG 325
1. Freizügigkeit und Niederlassungsfreiheit 325
2. Die Auswirkungen der europäischen Einigung auf das Steuerrecht . 326
3. Der Anspruch auf staatliche Unterstützung 327
a) Stipendien und Förderungsprogramme 327
b) Sozialversicherung 328

IV. Urheberrecht und Europarecht 329

V. Rechtsschutz 331
1. Europäischer Gerichtshof 331
2. Gerichte der Mitgliedsstaaten der EG 331

VI. Europäische Kulturpolitik und Förderungsprogramme 332

§ 14 Der rechtliche Status der Künstlerinnen und Künstler in den Gebieten der ehemaligen DDR 332

I. Vorbemerkung 332

II. Die Rechtslage nach dem Einigungsvertrag 333
1. Ersatz durch bundesdeutsches Recht 333
2. Einigungsvertrag und Urheberrecht 334
a) Schutzfristen 334
(1) Urheberrechte 334
(2) Verwandte Schutzrechte 336
b) Urhebervertragsrecht 337
3. Weitergeltung rechtlicher Regelungen der ehemaligen DDR 339

III. Weiter anzuwendende Versorgungsregelungen 340
1. Gewährung einer berufsbezogenen Zuwendung an Ballettmitglieder 340
2. Gewährung zusätzlicher Versorgungen für künstlerisch Beschäftigte in Theatern, Orchestern und staatlichen Ensembles bei Erreichen des Rentenalters, bei Invalidität und Berufsunfähigkeit 342

Sachverzeichnis 345

Abkürzungsverzeichnis

a. A.	anderer Auffassung
a. a. O.	am angeführten Ort
ABA	Arbeit, Beruf und Arbeitslosenhilfe
AfA	Absetzung für Abnutzung
AFG	Arbeitsförderungsgesetz
AfP	Archiv für Presserecht
AGB	Allgemeine Geschäftsbedingungen
AGBG	Gesetz zur Regelung der Allgemeinen Geschäftsbedingungen
AGD	Allianz deutscher Designer e. V.
AiB	Arbeitsrecht im Betrieb
Alt.	Alternative
AMRY	Gesellschaft für mechanische Vervielfältigungsrechte
AO	Abgabenordnung
AP	Arbeitsrechtliche Praxis
AplSchG	Arbeitsplatzschutzgesetz
ArbGG	Arbeitsgerichtsgesetz
AVGebV	Arbeitsvermittlergebührenordnung
AZO	Arbeitszeitordnung
BABl	Bundesarbeitsblatt
BaföG	Bundesausbildungsförderungsgesetz
BAG	Bundesarbeitsgericht
BAT	Bundesangestelltentarifvertrag
BB	Betriebs-Berater
BBiG	Berufsbildungsgesetz
BErzGG	Gesetz über die Gewährung von Erziehungsgeld
BeschFG	Beschäftigungsförderungsgesetz
BetrAVG	Gesetz zur Verbesserung der betrieblichen Altersversorgung
BetrVG	Betriebsverfassungsgesetz
BFH	Bundesfinanzhof
BGB	Bürgerliches Gesetzbuch
BGH	Bundesgerichtshof
BGHZ	Amtliche Sammlung von Entscheidungen des Bundesgerichtshofes in Zivilsachen
BlStSozArbR	Blätter für Steuerrecht, Sozialversicherung und Arbeitsrecht
BOSchG	Bühnenoberschiedsgericht
BStBl	Bundessteuerblatt
BUrlG	Bundesurlaubsgesetz
BVerfGE	Entscheidungen des Bundesverfassungsgerichtes
BVerwG	Bundesverwaltungsgericht
CR	Computer und Recht
DAG	Deutsche Angestellten-Gewerkschaft
DB	Der Betrieb
DBV	Deutscher Bühnenverein

DGB	Deutscher Gewerkschaftsbund
d. h.	das heißt
DJV	Deutscher Journalisten-Verband e. V.
DOV	Deutsche Orchestervereinigung e. V.
DÖV	Die Öffentliche Verwaltung, Zeitschrift für öffentliches Recht und Verwaltungswissenschaft
DRK	Deutsches Rotes Kreuz
DStR	Deutsches Steuerrecht
EFG	Entscheidungen der Finanzgerichte
EStDV	Einkommensteuerdurchführungsverordnung
EStG	Einkommensteuergesetz
EStR	Einkommensteuerrichtlinien
EuGH	Gerichtshof der Europäischen Gemeinschaften
e. V.	eingetragener Verein
evtl.	eventuell
EzA	Entscheidungssammlung zum Arbeitsrecht
f.	folgend
ff.	fortfolgend
FeiertagslohnzahlungsG	Gesetz zur Regelung der Lohnzahlung an Feiertagen
Fußn.	Fußnote
GDBA	Genossenschaft Deutscher Bühnenangehörigen
GebrMG	Gebrauchsmustergesetz
gem.	gemäß
GEMA	Gesellschaft für musikalische Aufführungs- und mechanische Vervielfältigungsrechte
GeschmMG	Geschmacksmustergesetz
GG	Grundgesetz
ggf.	gegebenenfalls
grds.	grundsätzlich
GRUR	Gewerblicher Rechtsschutz und Urheberrecht
GRUR Int	Gewerblicher Rechtsschutz und Urheberrecht, Internationaler Teil
GÜFA	Gesellschaft zur Übernahme und Wahrnehmung von Filmaufführungsrechten m.b.H.
GVL	Gesellschaft zur Verwertung von Leistungsschutzrechten m.b.H.
GWB	Gesetz gegen Wettbewerbsbeschränkungen
GWFF	Gesellschaft zur Wahrnehmung von Film- und Fernsehrechten m.b.H.
HGB	Handelsgesetzbuch
h. M.	herrschende Meinung
HRG	Hochschulrahmengesetz
HS	Halbsatz
IFPI	International Federation of Phonogramm and Videogramm Producers
IG Medien	Industriegewerkschaft Medien, Druck und Papier, Publizistik und Kunst
i. S. v.	im Sinne von
i. V. m.	in Verbindung mit
JArbSchG	Jugendarbeitsschutzgesetz
KG	Kammergericht
KSchG	Kündigungsschutzgesetz

KStG	Gesetz zur steuerlichen Förderung von Kunst, Kultur und Stiftung sowie zur Änderung steuerlicher Vorschriften
KSVG	Künstlersozialversicherungsgesetz
KUG	Kunsturhebergesetz
LAG	Landesarbeitsgericht
LohnFG	Lohnfortzahlungsgesetz
LStDV	Lohnsteuerdurchführungsverordnung
LUG	Gesetz betreffend das Urheberrecht an Werken der Literatur und der Tonkunst
m. Anm. v.	mit Anmerkung von
m. a. W.	mit anderen Worten
M. E.	Meines Erachtens
m. Nachw.	mit Nachweisen
MünchKomm	Münchener Kommentar (BGB)
MuSchG	Mutterschutzgesetz
m. w. Nachw.	mit weiteren Nachweisen
NJW	Neue Juristische Wochenschrift
NJW-RR	NJW-Rechtsprechungs-Report Zivilrecht
Nr.	Nummer
NV (z. B.: Solo)	Normalvertrag
NVwZ	Neue Zeitschrift für Verwaltungsrecht
o. ä.	oder ähnliches
o. g.	oben genannt
OLGZ	Entscheidungen der Oberlandesgerichte in Zivilsachen
OWiG	Ordnungswidrigkeitengesetz
p. a.	per anno
PatG	Patentgesetz
PrPG	Gesetz zur Stärkung des Schutzes des geistigen Eigentums und zur Bekämpfung der Produktpiraterie
RBÜ	Revidierte Berner Übereinkunft zum Schutz von Werken der Literatur und Kunst
Rdnr.	Randnummer
RGZ	Amtliche Sammlung von Entscheidungen des Reichsgerichts in Zivilsachen
RVO	Reichsversicherungsordnung
Rz.	Randziffer
s.	siehe
S.	Seite, Satz (bei Rechtsnormen)
Schulze LGZ	Schulze, Rechtsprechung zum Urheberrecht, Entscheidungen des BGH, des KG, der Oberlandesgerichte und Landgerichte
SchwbG	Schwerbehindertengesetz
SDSt	Verein Selbständige Designer-Studios e. V.
s. o.	siehe oben
sog.	sogenannt
SprAuG	Sprecherausschußgesetz
StEK	Steuererlasse in Karteiform
StGB	Strafgesetzbuch
TVG	Tarifvertragsgesetz
TVK	Tarifvertrag für Kulturorchester
u. ä.	und ähnliches
u. dergl.	und dergleichen

UFITA	Archiv für Urheber-, Film-, Funk- und Theaterrecht
usw.	und so weiter
u. U.	unter Umständen
u. v. m.	und vieles mehr
UWG	Gesetz gegen den unlauteren Wettbewerb
v.	vom, von
VdM	Verband deutscher Musikschulen
VdO	Vereinigung Deutscher Opernchöre und Bühnentänzer e. V.
VerlG	Verlagsgesetz
VFF	Verwertungsgesellschaft der Film- und Fernsehproduzenten m.b.H.
VG	Verwertungsgesellschaft
VGF	Verwertungsgesellschaft für Nutzungsrechte an Filmwerken m.b.H.
vgl.	vergleiche
VHS	Volkshochschule
VKA	Vereinigung der kommunalen Arbeitgeberverbände
VO	Verordnung
vorb.	vorbenannt
WahrnG	Wahrnehmungsgesetz
WDR	Westdeutscher Rundfunk
WEG	Wohnungseigentumsgesetz
WissHG	Gesetz über die wissenschaftlichen Hochschulen (des Landes Nordrhein-Westfalen)
WRP	Wettbewerb in Recht und Praxis
WZG	Warenzeichengesetz
z. B.	zum Beispiel
ZBT	Zentralstelle für Bibliothekstantiemen
ZDF	Zweites Deutsches Fernsehen
ZDG	Zivildienstgesetz
Ziff.	Ziffer
ZPÜ	Zentralstelle für private Überspielungen
ZUM	Zeitschrift für Urheber- und Medienrecht/Film und Recht
z. Z.	zur Zeit
zzgl.	zuzüglich
ZPO	Zivilprozeßordnung

Literaturverzeichnis

Baumbach/Hefermehl, Wettbewerbsrecht, Kommentar, 16. Auflage 1990
Brandmüller, Künstlersozialversicherungsgesetz, Kommentar, Stand: November 1989
Bühnengenossenschaft, Zeitschrift der Genossenschaft Deutscher Bühnen-Angehörigen
Esser, Schuldrecht, Allgemeiner Teil, 6. Auflage 1984
Fohrbeck/Wiesand, Der Künstler-Report, 1975
Fohrbeck/Wiesand/Woltereck, Arbeitnehmer oder Unternehmer? Zur Rechtssituation der Kulturberufe, 1976
Fromm/Nordemann, Urheberrecht, Kommentar zum Urheberrechtsgesetz und zum Urheberrechtswahrnehmungsgesetz, 7. Auflage 1988
Gagel, Kommentar zum Arbeitsförderungsgesetz, Stand: 1990
Germelmann/Matthes/Prütting, Arbeitsgerichtsgesetz, 1990
Giloy, Die Steuern des Künstlers, 1983
Gloy, Handbuch des Wettbewerbsrechts, 1986
Hagemeier/Kempen/Zachert/Zilius, Tarifvertragsgesetz, Kommentar für die Praxis, 2. Auflage 1990
Höfer/Abt, Gesetz zur Verbesserung der betrieblichen Altersversorgung, 2. Auflage 1982
Hubmann, Urheber- und Verlagsrecht, 6. Auflage 1987
Knigge/Ketelsen/Marschall/Wittrock, Kommentar zum Arbeitsförderungsgesetz, 2. Auflage 1988
Larenz, Allgemeiner Teil des Deutschen Bürgerlichen Rechts, 7. Auflage 1989
Larenz, Geschäftsgrundlage und Vertragserfüllung, 3. Auflage 1963
Larenz, Lehrbuch des Schuldrechts, Allgmeiner Teil, 14. Auflage 1987
Larenz, Lehrbuch des Schuldrechts, Besonderer Teil, 13. Auflage 1986
Leibholz/Rinck/Hesselberger, Grundgesetz, Band I, 6. Auflage 1980
Littmann u. a., Das Einkommensteuerrecht, Kommentar, 15. Auflage 1988
Maaßen, Kunst oder Gewerbe?, 1991
Medicus, Bürgerliches Recht, 12. Auflage 1984
Mestmäcker/Schulze, Kommentar zum deutschen Urheberrecht, Stand: 1989
Münchener Vertragshandbuch, Band 3, Wirtschaftsrecht, 2. Auflage 1987
Musik-Almanach 1990/91, Deutscher Musikrat, 1989
Nordemann/Vinck/Hertin, Internationales Urheberrecht, Kommentar, 1977
Palandt, Kommentar zum BGB, 50. Auflage 1991
Peter, Umsatzsteuer, Kommentar, 5. Auflage 1989
Reichert/Dannecker/Kühr, Handbuch des Vereins- und Verbandsrechts, 4. Auflage 1987
Rittner, Wirtschaftsrecht, 2. Auflage 1987
Schaub, Arbeitsrechts-Handbuch, 6. Auflage 1987
Schmidt, Einkommensteuergesetz, 9. Auflage 1990
Schricker, Urheberrecht, Kommentar, 1987
Staudinger, Kommentar zum BGB, 11. Auflage 1958
Ulmer, Urheber- und Verlagsrecht, 3. Auflage 1980
von Mangoldt/Klein/Starck, Das Bonner Grundgesetz, Band I, 3. Auflage 1985
Wenzel, Urheberrecht für die Praxis, 2. Auflage 1990
Wiedemann/Stumpf, Tarifvertragsgesetz, 5. Auflage 1977

Wolf/Horn/Lindacher, Kommentar zum AGB-Gesetz, 2. Auflage 1989.
Ziebeil, Künstlersozialversicherungsgesetz, 1989

1. Kapitel: Kunst und Recht

§ 1 Einleitung

Kunst und Recht müssen sich keineswegs feindlich gegenüberstehen. So sichert das Recht – richtig angewandt und nutzbar gemacht – der Künstlerin und dem Künstler die Ansprüche auf finanzielle Honorierung ihrer Leistungen und damit ihre Lebens- und Schaffensgrundlage. Oftmals finden hier dieselben Gesetze Anwendung, wie sie auch für nichtkünstlerische, z.B. handwerkliche Leistungen, gelten. Mitunter sind auch besondere gesetzliche Regelungen, z.B. die Bestimmungen des Urheberrechtsgesetzes zu beachten. Künstler als Arbeitnehmer können sich selbstverständlich auf die allgemeinen Normen des Arbeitsrechts berufen wie andere Berufe.

Andererseits lassen sich bestimmte künstlerische Sachverhalte und Verhältnisse nicht oder nur sehr bedingt rechtlich regeln. Dies gilt insbesondere für die Bewertung künstlerischer Arbeit und deren Konsequenzen. Hier kann es kaum objektive rechtliche Parameter geben, die verallgemeinernd wirken, wie dies bei materiellen Erzeugnissen oder standardisierten Dienstleistungen üblich ist. Dort gelten Kriterien wie Gebrauchseigenschaft, Vollständigkeit u.dgl., und finden rechtliche Regelungen wie Wandelung, Minderung, Nachbesserung usw. Anwendung. Ob aber z.B. eine Theaterinszenierung aus der Sicht des einzelnen Besuchers als gelungen oder nicht gelungen angesehen wird, führt nicht zu rechtlichen Folgerungen. Der zwischen Theater und Besucher abgeschlossene Vertrag bezieht sich auf die zu erbringende Vorführung als Opern-, Schauspiel- oder Ballettinszenierung, nicht aber auf die Art und Weise der Interpretation, der Ausstattung, der Regie usw. Damit wird zugleich auf die Grenze der rechtlichen Einflußnahme hingewiesen. Das Nichtnormieren kultureller Lebenssachverhalte hat, so paradox es erscheinen mag, ein konstituierendes positives Moment des Rechts. Dies drückt sich auch im Rahmen der Kunstfreiheitsgarantie aus, wo ein normativer Kunstbegriff abzulehnen ist.

Dabei muß der Spielraum künstlerischer Freiheit durch das Recht selbst gewährleistet sein. Entscheidend ist hierbei die Frage, ob die rechtlichen Gestaltungsmöglichkeiten und Rahmenbedingungen den Bedürfnissen des Kunstlebens entsprechen und zur Förderung von Kunst und Kultur beitragen. Ein Prüfstein hierfür sind die Regelungen, die unmittelbar die Arbeits- und Lebensverhältnisse der Künstlerinnen und Künstler betreffen. Bei der rechtlichen Bewertung künstlerischer Inhalte ist dagegen Zurückhaltung geboten.

§ 2 Die Freiheit der Kunst nach dem Grundgesetz

I. Inhalt und Schranken der Kunstfreiheit des Art. 5 Abs. 3 Grundgesetz

1. Die Regelung des Art. 5 Abs. 3 Grundgesetz

1 *Kunst und Wissenschaft, Forschung und Lehre sind frei.* So formuliert das Bonner Grundgesetz in seinem Art. 5 Abs. 3 S. 1. Diese verfassungsrechtliche Garantie der Freiheit der Kunst, die im Anschluß an Art. 142 der Weimarer Reichsverfassung in das Grundgesetz aufgenommen wurde (vgl. v. Mangoldt/Klein/Starck, GG, Art. 5 Rdnr. 185), gewährt als Grundsatzregelung für das Verhältnis Staat – Kunst allen an der Darbietung und Verbreitung von Kunstwerken Beteiligten ein **individuelles Freiheitsrecht vor Eingriffen der öffentlichen Gewalt** (so Leibholz/Rinck/Hesselberger, GG, Art. 5 Rz. 1021).

2 Neben diesem abwehrenden Element wohnt Art. 5 Abs. 3 S. 1 GG aber auch die dem Staat, der sich als Kulturstaat versteht, obliegende Aufgabe inne, ein freiheitliches Kunstleben zu erhalten und zu fördern (vgl. BVerfGE 36, 321 ff. [331] = NJW 1974, 689 ff.). Dieser **kulturpolitische Aspekt** soll hier nicht unerwähnt bleiben, da er jedenfalls im Grundsatz die Kulturschaffenden von der immer wieder geforderten angeblichen Rechtfertigungsnotwendigkeit ihrer Förderungswünsche an Kommune, Land und Bund entbindet.

2. Der verfassungsrechtliche Kunstbegriff

3 In der Erkenntnis, Kunst generell zu definieren ist unmöglich, beschränkt sich das Bundesverfassungsgericht zunächst darauf, zwischen **Kunst** und **Nichtkunst** zu unterscheiden, ohne also eine Niveaukontrolle im Hinblick auf höhere, niedere, gute oder schlechte Kunst vorzunehmen (vgl. die Entscheidung hinsichtlich des Beleidigungscharakters von **Hachfeld-Karikaturen** über **Strauß**, BVerfGE 75, 369 ff. [377] = NJW 1987, 2661 f.).

4 Einen ersten grundlegenden Versuch der Grenzziehung des Kunstbegriffes zur Nichtkunst unternahm die Rechtsprechung in der **Mephisto-Entscheidung**. Der Erbe **Gustaf Gründgens** hatte klageweise erreicht,

daß dem Verleger verboten wurde, den Roman Klaus Manns, „Mephisto, Roman einer Karriere", zu vervielfältigen, zu verteilen und zu veröffentlichen. In diesem Roman wurde erkennbar die Karriere Gustaf Gründgens zum Inhalt gemacht. Der Roman verletzte nach Auffassung der Gerichte dessen Ehre, Ansehen und Andenken. Die Verfassungsbeschwerde des Verlages unter Berufung auf die Kunstfreiheit blieb erfolglos, das Buch weiterhin verboten, da sich unter den Verfassungsrichtern keine Mehrheit finden ließ und eine Patt-Situation bestand. Das Werk konnte allerdings in der DDR gekauft werden, ein Ausweg, der sich nun für vergleichbare Fälle nicht mehr anbietet.

Das Bundesverfassungsgericht wählte in dem Mephisto-Beschluß eine **5**
eher **material-** oder **werkbezogen** zu nennende Definition, indem u.a. das Wesentliche der künstlerischen Betätigung in der freien schöpferischen Gestaltung gesehen wird, in der Eindrücke, Erfahrungen, Erlebnisse des Künstlers durch das Medium einer bestimmten Formensprache zu unmittelbarer Anschauung gebracht werden. Die Auslegung des Kunstbegriffes hat dabei nach Auffassung des Verfassungsgerichtes von den vom Wesen der Kunst geprägten, ihr allein eigenen Strukturmerkmalen auszugehen (vgl. BVerfGE 30, 173 ff. [188 f.] = NJW 1971, 1645 ff.).

Modifiziert wurde dieser Definitionsversuch aus Anlaß der Entschei- **6**
dung zum **Anachronistischen Zug**, der im Bundestagswahlkampf 1980 als Aktion gegen den damaligen Kanzlerkandidaten Strauß diente. Gegenstand der Verfassungsbeschwerde war die Frage, ob eine Verurteilung wegen Beleidigung im Rahmen eines politischen Straßentheaters mit der Kunstfreiheitsgarantie des Art. 5 Abs. 3 S. 1 GG in Einklang steht. Das Gericht hat in diesem Fall der Kunstfreiheit Vorrang eingeräumt. Zum Kunstbegriff verweist die Entscheidung auf insgesamt **drei mögliche Definitionsansätze**. Einmal erinnert das Verfassungsgericht an die Ausführungen zum **Mephisto-Beschluß**, sodann hält es auch den Ansatz für möglich, von **formalen Kriterien**, wie Werktypus, auszugehen, die also an Tätigkeit und Ergebnisse des Malens, Dichtens usw. anknüpfen. Schließlich kann man die künstlerische Äußerung darin sehen, der Darstellung wegen der Mannigfaltigkeit ihres Aussagegehalts durch **fortgesetzte Interpretation** immer weiterreichende Bedeutungen zu entnehmen (BVerfGE 67, 213 ff. [226 f.] = NJW 1985, 261 ff.). Obwohl diese gesamten Definitions-Konstruktionen unvollkommen erscheinen und mit Schwächen behaftet sind, liefern sie doch ausreichende Kriterien, eine **Einzelfallentscheidung** vornehmen zu können (so Henschel NJW 1990, 1937 ff. [1939]). Nicht zu verkennen ist dabei die **Ausweitung** des **Kunstbegriffes**.

Insbesondere die Kollision zwischen **Kunstfreiheit** und **Strafrecht** hat **7**
zu vielerlei juristischen Auseinandersetzungen geführt, in denen die Frage nach Kunst oder Nichtkunst im Vordergrund stand. Hier ist häufig das

Begriffspaar **Kunst – Pornographie** dominant. Diese beiden Begriffe wurden bisher im Sinne einer **Exklusivität** verwendet, d.h. entweder handelte es sich um Kunst oder um Pornographie und damit um Nichtkunst (vgl. BGH NJW 1990, 3026 ff. [3026]). Der Bundesgerichtshof hält in der vorzitierten Entscheidung, die **Henry Miller's Opus Pistorum** betrifft, daran fest, daß eine derartige Grenzziehung für den Regelfall nach wie vor zutrifft. Die Rechtsprechung des Bundesverfassungsgerichtes gebietet nach seiner Auffassung aber, in **Grenzbereichen** von **Überschneidungen** auszugehen (BGH a.a.O.). Dem ist zuzustimmen, da nur dann, wenn man von Kunst ausgeht, über den noch darzulegenden Weg der Abwägung sachgerechte Lösungen gefunden werden können (vgl. Sieger ZUM 1989, 567 f.). Das Bundesverfassungsgericht hat die Auffassung des Bundesgerichtshofes in seiner **Mutzenbacher-Entscheidung** (BVerfG NJW 1991, 1471 ff.) bestätigt und klargestellt, daß Kunst und Pornographie sich nicht ausschließen.

8 Bis in die jüngste Zeit bereitet es darüberhinaus der Rechtsprechung Schwierigkeiten, mit der **Kunstform Satire** den rechten Umgang zu finden. Vor allem Instanzgerichten gelingt es im Zusammenhang mit möglicherweise strafrechtlichen Vorgängen allzuoft nicht, die mögliche Interpretation als Satire hinreichend in Erwägung zu ziehen und zu prüfen, so daß, wie im Falle von **Hitler-Satiren**, das Bundesverfassungsgericht die notwendige Korrektur vornehmen muß (vgl. BVerfG NJW 1990, 2541).

3. Der Schutzbereich der Kunstfreiheit

a) Sachlicher Geltungsbereich

9 Schon in der Mephisto-Entscheidung hat das Bundesverfassungsgericht darauf hingewiesen, daß die Kunstfreiheitsgarantie sowohl den **Werkbereich** als auch den **Wirkbereich** der künstlerischen Arbeit umfaßt. Also nicht nur das unmittelbare **Schaffen** des Künstlers ist geschützt, sondern gleichermaßen **Darbietung** und **Verbreitung** des Kunstwerkes, da dieser Wirkbereich den Boden der Kunstfreiheit darstellt und sie ohne seinen Schutz inhaltsleer wird (vgl. Henschel a.a.O. [1939]). Das Gericht hat die Kunstfreiheitsgarantie in einer Entscheidung aus dem Jahre 1974 ausgedehnt auf die **Medien**, die durch Vervielfältigung, Verbreitung und Veröffentlichung die unmittelbare Mittlerfunktion zwischen Künstler und Publikum ausüben (BVerfGE 36, 321 ff. [351] = NJW 1974, 689 ff.).

10 Das Abbilden und Tragen von FDJ-Hemden (Problematik des § 86 a) StGB) im Rahmen einer Plakataktion und einer Mahnwache vor der Aufführung des **Herrnburger Berichts** von Bertolt Brecht stellte das Bundesverfassungsgericht vor die Frage, ob auch die **Werbung** für ein Kunstwerk dem Schutzbereich der Kunstfreiheit unterfällt. Das Gericht hat diese Frage bejaht und die Werbung den Kommunikationsmitteln zuge-

ordnet, die zum Wirkbereich künstlerischen Schaffens gehören und damit grundgesetzlich gesichert sind (BVerfGE 77, 240 ff. [251] = NJW 1988, 325 ff. m. Anm. v. Würkner).

b) Persönlicher Geltungsbereich

Ebenso wie beim sachlichen Geltungsbereich der Kunstfreiheit gilt auch hier, daß sowohl der Werk- als auch der Wirkbereich der künstlerischen Arbeit in den Grundrechtsschutz einbezogen sind, da die vielfach notwendige **Vermittlung** zwischen Künstlerinnen sowie Künstlern und dem Publikum des gleichen effektiven Schutzes bedarf (vgl. Henschel a.a.O. [1939]). Am Beispiel von **Schauspielerin** und **Schauspieler** wird dies deutlich, da sie auf der einen Seite das Kunstwerk vermitteln, andererseits ihre schauspielerische Leistung selbst Kunstausübung darstellt. 11

Die Verfassungsgarantie können somit u.a. Verleger, Veranstalter von Theateraufführungen, Schallplattenproduzenten und der Zeitungsredakteur in gleichem Umfange wie die Künstler für sich in Anspruch nehmen und auch gerichtlich geltend machen. Sie sind insgesamt **Träger des Grundrechts** aus Art. 5 Abs. 3 S. 1 GG (vgl. Henschel a.a.O. [1939 f.]). 12

4. Die Schranken des Grundrechts

a) Keine Einschränkung durch Gesetze

Während Meinungs- und Pressefreiheit des Art. 5 Abs. 1 GG ihre Schranken in allgemeinen Gesetzen, den gesetzlichen Bestimmungen zum Schutze der Jugend und im Recht der persönlichen Ehre finden, Art. 5 Abs. 2 GG, enthält die Verfassung für die Freiheit der Kunst **keinen Vorbehalt** in diesem Sinne. Angesichts des klaren Wortlauts und des Sachzusammenhangs läßt sich ein solcher Vorbehalt auch nicht konstruieren (vgl. Bethge ZUM 1989, 492 ff. [495]). Dennoch kann es nicht zweifelhaft sein, daß **Kunstfreiheit nicht schrankenlos** ist. 13

b) Schranken aus dem Konflikt mit anderen Verfassungsgütern

(1) Freiraum der Kunst

Bereits die Mephisto-Entscheidung war für das Bundesverfassungsgericht Anlaß, der Kunstfreiheit insoweit Schranken zu setzen, als **andere Verfassungsgüter** betroffen sind (BVerfGE 30, 173 ff. [193] = NJW 1971, 1645 ff.). Die Schranken müssen sich somit aus der Verfassung selbst und als ein Ergebnis von **Einzelabwägungen** ergeben (BVerfGE a.a.O. [195]). Die überragende Bedeutung der Kunstfreiheitsgarantie betont das Verfassungsgericht in diesem Zusammenhang dadurch, daß zunächst ein **Vorprüfungsschritt** vorzunehmen ist. Danach ist durch eine **werkgerechte Beurteilung** des Kunstwerks zu ermitteln, ob überhaupt eine Beeinträchtigung anderer Verfassungsgüter vorliegt oder sie angesichts des Frei- 14 raums der Kunst hinnehmbar erscheint, bevor sich die Frage der Güterabwägung stellt (vgl. BVerfGE 75, 369 ff. [376 ff.] = NJW 1987, 2661 f.). Sehr deutlich stellt sich diese Aufgabe für die Gerichte wiederum bei der Beurteilung von Satire, wobei nicht immer eine sachgerechte Lösung festzustellen ist. So hat sich das Bundesverfassungsgericht in der Entscheidung über die Ehrverletzung von Strauß durch die bereits genannten Hachfeld-Karikaturen vorab damit befaßt, ob die Vorinstanz im Rahmen der werkgerechten Beurteilung hinreichend untersucht hat, inwieweit sich die beanstandeten Zeichnungen in **dem der Satire gestatteten Freiraum** halten (BVerfGE 75, a.a.O. [378]). Verfahrenstechnisch geht dabei die Rechtsprechung dergestalt vor, daß der eigentliche Inhalt ermittelt werden muß, somit das satirische Gewand zu entfernen ist. Sodann bleiben bleiben Aussagekern und seine Einkleidung gesondert zu überprüfen. Im Hachfeld-Fall sahen die Gerichte die Karikaturen als ehrverletzend an.

15 In einer jüngeren Entscheidung weist das Bundesverfassungsgericht demgegenüber ausdrücklich darauf hin, daß auch immer der **mögliche andere Inhalt**, der künstlerische Aspekt also, in die Interpretation miteinzubeziehen ist. Im konkreten Fall gelangt das Gericht zum Ergebnis, daß die vorgeworfene **Verunglimpfung** der **Hymne der Bundesrepublik Deutschland** nicht gegeben war (BVerfG NJW 1990, 1985 f.).

(2) Ausschluß einer Güterabwägung

16 Tangiert das Kunstwerk andere Verfassungsgüter, scheidet eine Einzelfallabwägung aus, wenn es sich um eine **schwerwiegende Beeinträchtigung** anderer **Verfassungsgüter** handelt. Dies ist der Fall bei Eingriffen in den durch Art. 1 Abs. 1 GG geschützten Kern menschlicher Ehre. Eine derartige Beeinträchtigung der Würde des Menschen wird von der Kunstfreiheitsgarantie nicht mehr gedeckt (BVerfGE 75 a.a.O. [380]). Gleiches gilt für einen Eingriff in die Intimsphäre als Teil des **allgemeinen Persönlichkeitsrechts** gem. Art. 1, 2 GG. Die Rechtsprechung läßt sich ferner nicht auf eine Abwägung ein, wenn fremdes Eigentum benutzt wird, wie dies der Fall bei der Frage war, ob die Auslieferung des **Sprayers von Zürich** in die Schweiz rechtens geschehen konnte. Kategorisch führt das Verfassungsgericht aus, daß sich die Kunstfreiheit nicht auf die Inanspruchnahme und Beeinträchtigung von Eigentum anderer erstreckt (BVerfG NJW 1984, 1293 ff. [1294]).

(3) Abwägung zwischen Verfassungsgütern

17 Von diesen Ausnahmen abgesehen bleibt in der Regel zwischen der Kunstfreiheit und dem Schutz des anderen, der ein Verfassungsrecht für sich reklamieren kann, sei dies eine Person oder auch der Staat, abzuwägen. Kollidiert z.B. eine **satirische Darstellung** (Collage) der **Bundesflagge** mit dem **Strafanspruch des Staates** gem. § 90 a) Abs. 1 StGB, keine Verunglimpfung der Flagge zuzulassen, ist zu entscheiden, welchem

Verfassungsgut der Vorrang einzuräumen ist. Dabei darf in Fällen dieser Art keinem Verfassungsgut von vorneherein eine übergeordnete Stellung eingeräumt werden (vgl. BVerfG NJW 1990, 1982 ff. [1984]). Dies ist Ausdruck einer gewandelten Rechtsprechung, insbesondere des Bundesverwaltungsgerichtes, das den seinerzeitigen Grundsatz: „Kunst geht vor Jugendschutz" nicht mehr aufrechterhält. Seine Entscheidungen, die den Umschwung beinhalteten, erfolgten im Zusammenhang mit Indizierungsverfahren der **Bundesprüfstelle** für jugendgefährdende Schriften – **Der stählerne Traum** und **Josefine Mutzenbacher** – (vgl. BVerwG NJW 1987, 1429 ff. [1430] und NJW 1987, 1435 f.; s. auch BVerfG NJW 1991, 1471 ff.).

II. Kunstfreiheit am Beispiel der Straßenkunst

1. Wozu sind die Straßen da?

Das Bild der Fußgängerzonen unserer Städte wird von Straßenkünst- **18** lern geprägt, seien es nun z.B. Musiker, Akrobaten, Pflastermalerinnen, Pantomimen, Aktionskünstler, seien es Berufskünstler oder Amateure und seien es Künstlerinnen und Künstler aus der Bundesrepublik oder aus dem Ausland (vgl. Würkner NVwZ 1987, 841 ff. [841]). Zur Regel gehört gleichermaßen das Klagen der Anlieger über Lärmbelästigung und Monotonie des Vortrages, wie auch das Erscheinen der Ordnungshüter und die Reglementierungen durch die Städte. Zu fragen ist also, wie in diesem Zusammenhang die Kunstfreiheit des Art. 5 Abs. 1 S. 1 GG einzuordnen ist und welche Auswirkungen sie z.B. darauf hat, welchen bürokratischen Hindernissen Straßenkünstlerinnen und -künstler ausgesetzt werden dürfen.

2. Straßenkunst als geschützte Kunstform

Die Straßenkunst macht im Rahmen der Bestimmung des Kunstbegrif- **19** fes keine gesonderte Betrachtung notwendig, sie wird daher von der Kunstfreiheitsgarantie des Art. 5 Abs. 3 S. 1 GG in der Regel erfaßt. Einschlägig sind damit auch die Bemerkungen zu dieser Thematik, insbesondere zur Erstreckung der Kunstfreiheit auf den **Werk-** und **Wirkbereich** (vgl. oben Rdnr. 9 f.).

Verkauft z.B. eine **Scherenschnittkünstlerin** ihre in einer Fußgänger- **20** zone angefertigten Silhouetten an die porträtierten Passanten, gehört dieser Verkauf zum geschützten Wirkbereich der Kunst (BVerwG NJW 1990, 2011 ff. [2011] m. Anm. v. Würkner). Das Bundesverwaltungsgericht bestätigt in dieser Entscheidung, daß auch das Herstellen von Profilschattenbildern die Merkmale eines **Kunstwerkes** erfüllt, da u.a. ein eigenschöpferischer Gestaltungsprozeß stattfindet. Ausschließen von der

Kunstfreiheitsgarantie will das Gericht allenfalls ganz dilettantische Werke, die keinerlei schöpferische Ausstrahlungskraft besitzen (BVerwG a.a.O.).

3. Gemeingebrauch oder Sondernutzung

21 Aufbauend auf dem Bundesfernstraßengesetz enthalten auch die Straßengesetze der Länder die Aufteilung der Straßennutzung in **Gemeingebrauch** und **Sondernutzung**. Danach gestattet der Gemeingebrauch jeder Bürgerin und jedem Bürger, Straßen im Rahmen der Widmung und der verkehrsbehördlichen Vorschriften zum Verkehr zu nutzen, während jede Nutzung, die darüber hinausgeht, als Sondernutzung erlaubnispflichtig ist (vgl. Würkner NJW 1987, 1793 ff. [1796]).

a) Kommunikativer Verkehr

22 Zunächst stellt sich daher die Frage, was als **Verkehr** im Sinne des Straßenrechts zu verstehen ist, da, sollte auch das Darbieten und Verkaufen von Straßenkunst unter diesen Begriff fallen, kein Fall der Sondernutzung und damit der Notwendigkeit zur Erlaubniseinholung vorliegen würde. Es ist anerkannt, daß der Verkehrsbegriff nicht nur eng auf die Fortbewegung und den Transport zu beschränken ist, Straßen sind auch **Stätten der Begegnung** und **Mitteilung**. Auch dieser kommunikative Verkehr ist Gemeingebrauch (vgl. Würkner a.a.O.).

23 Es liegt nahe, dem Begriff des kommunikativen Verkehrs die Ausübung der Straßenkunst zuzuordnen. Die Rechtsprechung des Bundesverwaltungsgerichts folgt dieser Überlegung allerdings nicht und verweist darauf, daß die künstlerische Betätigung im öffentlichen Straßenraum zu Konflikten mit Verkehrsteilnehmern, Anliegern und anderen Straßenkünstlerinnen und -künstlern führen kann, so daß kein Gemeingebrauch vorliegt (BVerwG a.a.O. [2012]). Das Bundesverfassungsgericht trägt diese Rechtsprechung mit (vgl. Beschluß des Ausschusses gem. § 93 a) BVerfGG v. 19. 6. 81 – 1 BvR 183/81 – unveröffentlicht).

24 Diese Auffassung überzeugt nicht. Die nicht durch Künstlerinnen und Künstler „belebte“ Fußgängerzone wird als tot, unvollständig und unattraktiv empfunden. Damit wird Straßenkunst als zum kommunikativen Verkehr gehörend angesehen. Ausgehend von dieser **rechtstatsächlichen Entwicklung** verliert das Argument des Konfliktpotentials erheblich an Gewicht, dem wiederum eine gewisse Beliebigkeit anhaftet, da Kollisionsmöglichkeiten auch beim sog. gemeinverträglichen Verhalten nicht ausgeschlossen werden können.

25 Nicht ausreichend berücksichtigen die Gerichte ferner, daß eine vergleichende Betrachtung zum **Versammlungsrecht** und zur **politischen Meinungsäußerung** notwendig ist, um eine adäquate Gewichtung der

Grundrechte sicherzustellen (vgl. Würkner in Anm. zu BVerwG NJW 1990, 2011 ff. [2013]). So wird die politische Werbung z.B. durch Verteilen von Flugblättern und Info-Material als Gemeingebrauch charakterisiert. Schließlich hat das Bundesverfassungsgericht selbst in seiner Entscheidung zum Anachronistischen Zug (1984) betont, daß angesichts der **hohen Bedeutung der Kunstfreiheit** eine geringfügige Beeinträchtigung anderer Schutzgüter oder die Möglichkeit einer schweren Beinträchtigung nicht ausreichen, die Freiheit der Kunst zurücktreten zu lassen (BVerfGE 67, 213 ff. [228] = NJW 1985, 261 ff. [262 f.]). Insbesondere Straßennutzung und Anliegergebrauch vermögen keine derartigen überragenden Schutzgüter im vorgenannten Sinne darzustellen.

b) Erlaubnispflicht

Folgt man hingegen dem Bundesverwaltungsgericht, sind z.B. **städtische und kommunale Regelungen**, die ihre Rechtsgrundlage in entsprechenden Bestimmungen landesrechtlicher Normen finden (Landesstraßengesetze), nicht zu beanstanden, die eine **Beschränkung** der **Kunstausübung** auf bestimmte Standorte und Zeiten beinhalten und Standortwechsel verlangen. Fehlen „Anweisungen“ dieser Art, haben die Straßenkünstler zuvor eine **Erlaubnis** einzuholen. In jedem Falle stehen sie bei Unkenntnis der örtlichen Handhabung oder Unterlassen der Erlaubnisbeschaffung in der Gefahr, wegen einer **Ordnungswidrigkeit** belangt zu werden. **26**

Daß hierdurch die künstlerische Arbeit erschwert wird, verkennt auch das Bundesverwaltungsgericht nicht. Das Gericht hält aber Tröstung insoweit bereit, als im konkreten Fall das Landesstraßengesetz für Baden-Württemberg das Zurückgreifen auf **Ortsgebräuche** zuläßt, eine bestimmte Straßenkunst als Gemeingebrauch zu bestimmen, und im übrigen den Gemeinden die Möglichkeit gibt, bestimmte Sondernutzungen von der Erlaubnispflicht freizustellen (vgl. BVerwG a.a.O. [2012]). Darüberhinaus weist das Gericht darauf hin, daß in der Regel ein **Anspruch auf Erlaubniserteilung** besteht, da in den meisten Fällen die künstlerische Darbietung die Grundrechte z.B. der Verkehrsteilnehmer oder der Anlieger nicht ernstlich beeinträchtigen wird (BVerwG a.a.O.). **27**

c) Spontan- und Aktionskunst

Wird der Gang zur Erlaubnisbehörde allerdings nicht nur zur lästigen Pflicht, sondern macht er wie im Falle der Spontan- bzw. Aktionskunst die Kunstausübung praktisch unmöglich, erwägt die Rechtsprechung eine **Erlaubnisfreiheit**. Könne die straßenkünstlerische Vorführung nur spontan, aktuell und nicht wiederholbar erfolgen oder gar nicht, wäre die Notwendigkeit einer Erlaubnis nicht zulässig (so BVerwG a.a.O.). Stellt sich dieser Hinweis als ein Ansatzpunkt für das Überdenken der bisheri- **28** gen Entscheidungskriterien dar, so daß die bürokratischen Hindernisse für die Straßenkünstlerinnen und -künstler zukünftig entfallen könnten, ist er zu begrüßen. Handelt es sich hingegen lediglich um ein sektorales Zugeständnis, mag das für die Betroffenen akzeptabel sein, insgesamt gesehen kann dieser Betrachtungsweise aber nach wie vor nicht gefolgt werden, da nicht die Kunstfreiheitsgarantie Maßstab Überlegungen dieser Art ist, vielmehr praktische Probleme den Ausschlag geben.

III. Kunstfreiheit und Lärmschutz

1. Rechtliche Grundlagen

29 Das Beispiel des **Musizierens in der Wohnung** zeigt, wie Interessenkonflikte angesichts einer Vielzahl von diesem Bereich nicht gerecht werdenden Regelungen nur durch Rückgriff auf die Normen der Verfassung gelöst werden können. Denn ob und ggf. mit welcher Dauer und in welcher Lautstärke in der Wohnung musiziert werden darf, ist gesetzlich nicht ausdrücklich geregelt. Die mit diesem Problem befasste Rechtsprechung muß hierbei Vorschriften auslegen, die keine Regelung der Musikausübung bezwecken. Hierbei ist zu beachten, daß das Musizieren in der Wohnung zu dem von Art. 5 Abs. 3 GG geschützten Werkbereich der Kunstausübung zählt, ja mitunter auch zum Wirkbereich („Hauskonzerte"), der durch einfache Gesetze, etwa das Bürgerliche Gesetzbuch (BGB), oder durch Verordnungen (z.B. Landeslärmschutzverordnungen) nicht eingeschränkt werden darf. Nur wenn gleichrangige Verfassungsgüter auf Seiten des Nachbarn erheblich berührt sind, erfährt dieser Bereich Einschränkungen, etwa wenn die Gesundheit der Nachbarn durch anhaltende, überlaute Musik auf Dauer in Gefahr gerät.

a) Öffentlich-rechtliche Vorschriften

30 Es gibt öffentlich-rechtliche Vorschriften, in denen in Phon oder Dezibel gemessene Lärmpegel als Richtwerte bzw. Höchstwerte angegeben werden, die von immitierenden Geräuschen nicht überschritten werden dürfen. Bei diesen Normen handelt es sich um die schalldämmtechnische Baunorm DIN 4109, die TA-Lärm, die sich auf gewerblichen Arbeitslärm bezieht, und die VDI-Richtlinien 2058, die Höchstwerte für die von **gewerblich genutzten Anlagen** auf die Nachbarschaft einwirkenden Geräusche festlegt. Da sich diese Vorschriften auf die Lärmbelästigung beziehen, die von Gewerbetreibenden und technischen Anlagen ausgeht, finden diese Normen unmittelbare Anwendung zunächst im Verwaltungsrecht bei der Erteilung von Genehmigungen oder Auflagen, z.B. nach

dem Bundesgaststättengesetz, der Gewerbeordnung oder des Bundesimmisionsschutzgesetzes. Von den Zivilgerichten werden sie für die Beurteilung einer Lärmbelästigung durch Hausmusik allenfalls als **Erfahrungswerte** herangezogen, denen lediglich indizielle Bedeutung zukommt.

b) Ordnungsrecht und Bußgeldvorschriften

Möglicherweise wird der in seiner Wohnung musizierende Künstler 31
konfrontiert mit einer Anzeige der Nachbarn, aufgrund der die zuständige Ordnungsbehörde u.U. einen Bußgeldbescheid erläßt. Die Grundlagen für ein solches Vorgehen liefern die bundes- und landesrechtlichen **Lärmschutzverordnungen**. Gemäß § 117 Ordnungswidrigkeitengesetz (OWiG) handelt ordnungswidrig, „*wer ohne berechtigten Anlaß oder in einem unzulässigen oder nach den Umständen vermeidbaren Ausmaß Lärm erregt, der geeignet ist, die Allgemeinheit oder die Nachbarschaft erheblich zu belästigen oder die Gesundheit eines anderen zu schädigen. Die Ordnungswidrigkeit kann mit einer Geldbuße bis zu DM 10.000,00 geahndet werden...*“. Da § 117 OWiG lediglich ein Auffangtatbestand ist, wie sich aus der Subsidiaritätsklausel des § 117 Abs. 2 OWiG ergibt, werden in der Regel die konkreter gefaßten Lärmbekämpfungsvorschriften der Bundesländer Anwendung finden. Diese verbieten zum Schutz der **Nachtruhe**, in der Nachtzeit von 22.00 Uhr bis 7.00 Uhr Lärm zu verursachen, durch den andere Personen in ihrer Nachtruhe gestört werden können. Mitunter ist es zum Schutz der **Abend- und Sonntagsruhe** außerdem an Werktagen von 20.00 Uhr bis 22.00 Uhr (Abendzeit) sowie an Sonn- und gesetzlichen Feiertagen verboten, Lärm zu verursachen, durch den andere Personen in ihrer Ruhe objektiv unzumutbar gestört werden können. Tonwiedergabegeräte und Musikinstrumente dürfen im übrigen zu keiner Zeit in einer Lautstärke benutzt werden, die geeignet ist, unbeteiligte Personen objektiv unzumutbar zu stören. In manchen Ländervorschriften kommt noch die **Mittagsruhe** von 13.00 Uhr bis 15.00 Uhr hinzu. Ordnungswidrig handelt, wer vorsätzlich oder fahrlässig diesen Verboten zuwiderhandelt. Die Ordnungswidrigkeit kann mit einer Geldbuße geahndet werden.

Nun steht aber das Musizieren als „Kunstausübung“ unter dem beson- 32
deren Schutz unserer Verfassung und ist deshalb nicht schon dann automatisch verboten, wenn es von anderen Personen in der Nähe vernommen werden kann, sei es auch während der besonders geschützten Ruhezeiten. Voraussetzung ist schon bei anderen Geräuscheinwirkungen, daß unbeteiligte Personen dadurch **objektiv unzumutbar gestört** werden. Das hier entstehende Problem erkannte schon Wilhelm Busch, der schrieb: „*Musik wird als störend oft empfunden, da sie mit Geräusch verbunden*“. Nun lebte dieser in einem wesentlich ruhigeren Zeitalter als dem unsrigen, das man angesichts des Großstadt-, Kfz- und Flugzeug-

lärms wohl als das Lärmzeitalter bezeichnen könnte. Angesichts dieser in der Regel als „sozialadäquat“ hingenommenen Lärmbelästigungen sträubt sich der musikalische Verstand gegen die Gleichsetzung von Musik mit „Lärm“. Die Kunstfreiheitsgarantie gebietet es, dem Musiker nicht nur zu gestatten, was jedem Mopedfahrer gestattet ist, nämlich in fremden Wohnungen hörbare Geräusche zu verursachen. Sie gebietet auch, die Musikausübung in ausreichendem Maße zu ermöglichen und nur soweit einzuschränken, wie der Schutz der Nachbarn vor Gesundheitsschädigung geht. Der oft bemühte Begriff der Zimmerlautstärke ist hier keiner akzeptablen Abgrenzung dienlich. Ob das Musizieren eine objektiv unzumutbare Störung ist, hängt überdies im Einzelfall von **Ort und Zeit** des Musizierens ab. Die Anwohner in einer stark lärmbelasteten Gegend können mit weniger Recht auf ihre Ruhe pochen als die Bewohner eines ausgesprochen ruhigen Viertels. Grundsätzlich wird zulässige Hausmusik auch außerhalb des bespielten Raumes hörbar sein. In diesen Fällen sollte in der Zeit der Nachtruhe, also nach 22.00 Uhr, ganz auf das Musizieren verzichtet werden, da in dieser Zeit schon geringe Geräuschimmisionen als unzumutbare Störung des Schlafes angesehen werden können. Dies gilt aber nicht, wenn das Wohnhaus z.B. an einem Großflughafen mit Nachtflugbetrieb liegt, da dann die Musik neben den Störungen von außen objektiv nicht als Störfaktor ins Gewicht fällt.

33 In Anlehnung an § 117 Abs. 1 OWiG wird die **Unzulässigkeit** oder die **Vermeidbarkeit** der Lärmerregung als Kriterium zur Auslegung der ausfüllungsbedürftigen Tatbestände herangezogen. Die Vermeidbarkeit zielt in erster Linie auf die praktisch-technischen Möglichkeiten einer Lärmverhütung oder Lärmverhinderung ab, also auf die technischen Möglichkeiten einer Schalldämpfung. Die Belästigung der Allgemeinheit durch Lärm soll auf das nach den Umständen vermeidbare Maß beschränkt werden. Derartige Überlegungen sind jedoch zur Einschränkung des Grundrechts der Kunstfreiheit nicht geeignet, da sie der Auslegung einfacher Gesetze entstammen. Der Verhältnismäßigkeitsgrundsatz ist vielmehr dort zu beachten, wo ein Verbot der Musikausübung durch weniger einschneidende Mittel vermieden werden kann. Danach wird u.a. als unzulässige bzw. vermeidbare „Lärm-“erregung das „überlaute Klavierspiel bei offenem Fenster“ angesehen.

34 Unbeachtet bleibt im Bußgeldverfahren der Einwand, daß sich die Musikausübung im Rahmen des **vertragsgemäßen Gebrauchs der Mietsache** halte. Nur in dem besonderen Fall, daß sämtliche Nachbarn in Hörweite der Musikausübung zugestimmt haben, muß von diesem Grundsatz eine Ausnahme gemacht werden. Eine Zustimmung allein des Vermieters zum Musizieren reicht dabei keinesfalls aus.

2. Zivilrechtliche Vorschriften

Bei Streitigkeiten zwischen dem musizierenden Künstler einerseits und dem Vermieter oder den Nachbarn andererseits wird aufgrund zivilrechtlicher Gesetzesbestimmungen entschieden. Ob ein unzulässiges Musizieren vorliegt, ist keiner dieser Normen zu entnehmen. Sie müssen, wenn sie als Beurteilungsgrundlage herangezogen werden sollen, unter Beachtung der geschützten Verfassungsgüter ausgelegt werden. Die Gerichte haben in einer umfangreichen Rechtsprechung diese **Auslegung** vorgenommen. 35

3. Drittwirkung der Grundrechte

a) Grundrechte des musizierenden Künstlers

Zur Auslegung der jeweils ausfüllungsbedürftigen Tatbestandsmerkmale werden die Grundrechte des musizierenden Wohnungsinhabers auf freie Entfaltung seiner Persönlichkeit, Art. 2 Abs. 1 GG, und die Kunstfreiheit, Art. 5 Abs. 3 GG, angeführt. Danach sollen ihm ein ungestörtes Privatleben und Gelegenheit zur Entspannung und Erholung in seiner Wohnung gewährleistet werden. Darüberhinaus soll ihm die Möglichkeit gegeben werden, den privaten Interessen ungestört nachzugehen, die in der Ausübung von Hausmusik bestehen können. Diese kann einen wesentlichen Teil des Lebensinhaltes bilden und von erheblicher Bedeutung für die Lebensfreude und das Gefühlsleben sein. 36

Der Tatsache, daß bei **Berufsmusikerinnen** oder **Musikstudenten** das Musizieren nicht nur der freien Entfaltung der Persönlichkeit dient, sondern unabdingbare Voraussetzung der Berufsausübung und damit Lebensgrundlage für die betreffenden Musiker ist, führt nur dann zur Zulässigkeit erweiterter Übungszeiten (auch an Feiertagen und zu Ruhezeiten), wenn dies dem Vermieter bei Vertragsschluß bekannt war (so LG Duisburg ZMR 1956, 46). 37

b) Allgemeines Persönlichkeitsrecht des ruhesuchenden Nachbarn

Auf Seiten des ruhesuchenden Nachbarn entfaltet das allgemeine Persönlichkeitsrecht, Art. 1 Abs. 1 S. 1 u. Art. 2 Abs. 1 GG, **mittelbare Drittwirkung**, indem sein Recht auf Ruhe und Entspannung in der von ihm gewünschten Form berücksichtigt wird. 38

c) Abwägungsergebnis

Die Abwägung der Rechtsgüter führt zur Zulässigkeit einer **eingeschränkten Musikausübung**, die mit folgender Faustregel umschrieben werden kann: Während der Nachtruhe von 22.00 Uhr bis 7.00 Uhr wird die Ausübung von Hausmusik nicht, während der sonstigen Ruhezeiten 39 eingeschränkt und mit Ausnahmen an Wochenenden zugelassen. Die Ausnahmen sollen dem Bedürfnis Rechnung tragen, Musik auch im Beisein von Gästen und aus Anlaß persönlicher Ereignisse ausüben zu können. Für die verbleibende Zeit räumen die Gerichte in der Regel, unabhängig davon, ob es sich um ein Miethaus, ein Reihenhaus oder eine Wohnungseigentumsanlage handelt, **zwei bis vier Stunden täglichen Musizierens** ein (siehe z.B. OLG Hamm, NJW 1981, 465; BayObLG, WM 1986, 148). Entscheidend sind aber immer die Umstände des Einzelfalles.

4. Einzelfälle

40 In einem Reihenhaus kann es zulässig sein, unbeschränkt **Klavier** zu spielen, wenn in den nachbarlichen Reihenhäusern das Klavierspiel nur in Form eines schwachen Musikklanges zu vernehmen ist. Zum Teil wird aber auch zum Klavierspiel die Einhaltung der Mittags- und Abendruhe angeordnet, weil der ansonsten als unbedeutend einzustufende Geräuschpegel zu dieser Zeit, zu welcher sich der Mensch üblicherweise zur Ruhe begeben kann, zu einer wesentlichen Beeinträchtigung wird. Für das **Klarinetten-, Saxophon- und Trompetenspiel** sind aber darüberhinausgehende Einschränkungen veranlaßt, da die Töne dieser Instrumente wesentlich durchdringender sind, so daß die Tonfolge in entfernteren Räumen noch deutlich vernommen werden kann.

41 Bei der Beurteilung der Frage, ob die Störung durch Musizieren als unzumutbar einzustufen ist, ist der **allgemeine Geräuschpegel** zu berücksichtigen. Wenn beispielsweise fahrende Autos oder Fluglärm sehr deutlich zu hören sind, oder eigene Geräuschquellen, wie Stimmen, Tritte oder Fernsehapparat des Nachbarn vorhanden sind, die den Musikklang deutlich übertönen, wird der Lärmbelästigung durch Musik geringere Bedeutung zugemessen. Auch die **Art des Musikspiels** lassen die Gerichte u.U. ins Gewicht fallen. So kann die Spielzeit auf 1 1/2 Stunden täglich reduziert werden, wenn es sich um „nervende Tonleiterübungen" handelt. Allerdings dürfte die Feststellung, welcher „Art" das Musizieren ist, in Streitfällen schwierig sein. Das Klavier nur mit Moderator zu benutzen, kann nicht verlangt werden. Der musiziernde Wohnungsinhaber muß die Möglichkeit haben, sein Spiel gemäß den Anweisungen des Komponisten künstlerisch zu gestalten.

42 Die Rechtsprechung hat sich bisher lediglich zum Musizieren mit **„traditionellen" Instrumenten** wie Klavier, Geige, Baß, Klarinette, Saxophon und Trompete geäußert. Auch andere Musikinstrumente, die nicht zu den Hausinstrumenten zählen, dürfen in der Wohnung gespielt werden. Sehr lautes Spiel z.B. eines Schlagzeuges ist aber zu vermeiden.

5. Vertragliche Vereinbarungen

Die Zulässigkeit von Hausmusik kann auch durch vertragliche Vereinbarungen geregelt sein. Es gilt der Grundsatz, daß ein Verbot oder die Einschränkung der Musikausübung in der Wohnung gegen den Willen, also ohne das erklärte Einverständnis des Wohnungsinhabers, nicht wirksam ist. 43

a) Mietvertrag

Eine Klausel im Formular-Mietvertrag, daß Hausmusik nicht ausgeübt werden dürfe, bindet den Mieter also nicht, denn sie würde eine nach Treu und Glauben unzumutbare Benachteiligung darstellen, § 9 des Gesetzes zur Regelung der allgemeinen Geschäftsbedingungen (AGBG). Im übrigen wäre ein pauschales Musizierverbot sittenwidrig und damit nichtig, § 138 BGB. Die entgegengesetzte Regelung, daß dem Mieter die Ausübung von Hausmusik in einem bestimmten, den üblichen Rahmen übersteigenden Umfang, etwa auch während der Abendruhe von 20.00 Uhr bis 22.00 Uhr, gestattet werde, bindet lediglich den Vermieter, nicht aber die übrigen Mietparteien. Da das Bürgerliche Gesetzbuch (BGB) den Vertrag zu Lasten Dritter nicht kennt, bleibt der Mieter den übrigen Mietparteien verpflichtet, die gebotenen Ruhezeiten und erforderlichen Beschränkungen einzuhalten. 44

b) Hausordnung

Enthält die Hausordnung ein ausdrückliches Musizierverbot, so wird der Mieter nach einer häufig vertretenen Ansicht diesem unterworfen, wenn er die Hausordnung bei Abschluß des Mietvertrages kennt. Eine formularmäßig abgefaßte Hausordnung bindet den Mieter hinsichtlich eines darin enthaltenen Musizierverbots nicht (s.o. Rdnr. 44). Nachträgliche Beschränkungen können jedoch gegen seinen Willen nicht durchgesetzt werden. Allgemein gehaltene Klauseln wie die Regelung, daß jeder ruhestörende Lärm zu vermeiden sei und daß auch Hausmusik nicht zur Störung der anderen Hausbewohner führen dürfe, werden vom Gericht entsprechend den allgemeinen Grundsätzen ausgelegt. 45

c) Wohnungseigentum

Das eben Gesagte gilt für den Wohnungseigentümer entsprechend. Ist bei Erwerb der Eigentumswohnung eine Einschränkung der Musikausübung in der Hausordnung, der Teilungserklärung oder einer sonstigen Vereinbarung enthalten, so ist sie ihm gegenüber wirksam, da er sich auf diese Einschränkung einstellen kann. Nach Erwerb der Eigentumswohnung kann ein Mehrheitsbeschluß der Wohnungseigentümer ihn gegen seinen Willen nicht binden. 46

6. Rechte aus dem Mietvertrag

a) Ansprüche des musizierenden Mieters

(1) Minderung

47 In Betracht kommt ein Minderungsrecht des musizierenden Mieters gemäß § 537 BGB wegen **Hellhörigkeit** der Wohnung, die aus Rücksichtnahme auf die Nachbarn zu einer größeren Einschränkung beim Musizieren führt. Allerdings stellt die Hellhörigkeit der Wohnung nur dann einen Mangel dar, wenn die Schalldämmung nicht den schalldämmtechnischen Baunormen des Errichtungszeitpunktes entspricht. Dafür trägt der Mieter die Beweislast. Der Beweis kann unter Umständen durch ein Schalldämmgutachten eines vereidigten Sachverständigen für Akustik geführt werden. Da bei Neubauvorhaben wohl häufiger als gemeinhin vermutet die Schalldämmerfordernisse nicht eingehalten werden und den Bauaufsichtbehörden mitunter die Einhaltung der Bestimmungen vorgetäuscht wird, können entsprechende Gutachten überraschende Ergebnisse haben. Der Vermieter ist für diesen Fall zur Verbesserung der Schalldämmung verpflichtet. Eine Verpflichtung des Vermieters, das Mietobjekt veränderten Baunormen anzupassen, besteht aber nicht. Störaktionen der Nachbarn, die mit Klopfen gegen Wände und Heizungsrohre oder durch anderen „Gegenlärm" das Spiel auf dem Instrument verhindern wollen, berechtigen zur Minderung der Miete, wenn der Mieter im zulässigen Rahmen musiziert.

(2) Besitzschutzanspruch

48 Die musizierende Mieterin kann vom Nachbarn in jedem Fall Unterlassung der Störaktionen gemäß §§ 858, 862 BGB fordern. Unabhängig davon, ob sich die musizierende Mieterin im Rahmen des Zulässigen hält oder nicht, darf der gestörte Mieter nicht zum Gegenangriff übergehen. Die Regelung des § 859 BGB räumt ihm lediglich das Recht ein, sich gegen Lärmbelästigung zur Wehr zu setzen, nicht aber Gegenmaßnahmen vorzunehmen. Dies stellt verbotene Eigenmacht im Sinne des § 858 BGB dar. Wenn eine geeignete Abwehr der Besitzstörung dem gestörten Mieter mit eigenen Maßnahmen nicht möglich ist, so hat er sich rechtlicher Mittel zu bedienen.

b) Ansprüche des Vermieters und der Nachbarn

49 Der Mieter, der in seiner Wohnung musiziert, kann vom Vermieter oder durch die sich gestört fühlenden Nachbarn auf **Unterlassung** in Anspruch genommen werden, sofern die Störung objektiv unzumutbar ist. Möglicherweise versucht der Vermieter mit einer **fristlosen Kündigung** gemäß §§ 553, 554 a BGB gegen den musiziernden Mieter vorzugehen. Doch selbst wenn das Gericht feststellt, daß die Grenzen der zulässigen

Musikausübung überschritten wurden, so berechtigt das den Vermieter nicht ohne weiteres zur fristlosen Kündigung. Gemäß § 553 BGB muß zu dem trotz Abmahnung fortgesetzen vertragswidrigen Gebrauch der Mietsache noch eine erhebliche Verletzung der Rechte des Vermieters hinzukommen. Die Bestimmung des § 554 a BGB fordert eine so nachhaltige Störung des Hausfriedens, daß dem Vermieter die Fortsetzung des Mietverhältnisses nicht zugemutet werden kann. Diese Voraussetzungen werden in der Regel nur dann als erfüllt angesehen, wenn durch das Musizieren regelmäßig die Nachtruhe, die um 22.00 Uhr beginnt, gestört wird. Ein Grund zur fristlosen Kündigung wird auch dann bejaht, wenn der Mieter trotz gerichtlicher Feststellung bzw. trotz eines Vergleichs die als zulässig festgestellten bzw. anerkannten Zeiten, in denen musiziert werden darf, nicht einhält. Die gestörten Mieter können aufgrund der Lärmbelästigung, sofern sie sich nicht im zulässigen Rahmen hält, ihre Miete gemäß § 537 BGB mindern. Wegen dieser finanziellen Einbuße kann der Vermieter beim dem Mieter, von dem die Störung ausgeht, Regreß nehmen.

7. Besonderheiten in Wohnungseigentümergemeinschaften

a) Anspruch gegen den musizierenden Wohnungseigentümer

Der gestörte Wohnungseigentümer, der das Musizieren unterbinden will, wird u.U. zunächst einen **Mehrheitsbeschluß** der Wohnungseigentümerversammlung herbeiführen, der die Musikausübung untersagt oder doch wenigstens erheblich einschränkt. Sollte dieser Beschluß nicht befolgt werden, wird er gerichtliche Schritte einleiten. Eine auf die §§ 1004, 906 BGB gestützte Unterlassungsklage wird jedoch keinen Erfolg haben, da ein Mehrheitsbeschluß, dem der musizierende Wohnungseigentümer nicht zugestimmt hat, diesen nicht bindet. Zwar ist grundsätzlich ein Beschluß nur dann ungültig, wenn er in einem gerichtlichen Feststellungsverfahren gemäß § 43 Abs. 1 Nr. 4 Wohnungseigentumsgesetz (WEG) für ungültig erklärt worden ist. Verstößt der Beschluß jedoch gegen eine Rechtsvorschrift, auf deren Einhaltung wirksam nicht verzichtet werden kann, ist er nichtig, § 23 Abs. 4 S. 2 2. HS WEG. In diesem Fall kann sich der musizierende Wohnungseigentümer jederzeit auf die Ungültigkeit berufen. Die Feststellung der Ungültigkeit im Verfahren nach § 43 Abs. 1 Nr. 4 WEG ist nicht notwendig, sollte aber vorsorglich immer beantragt werden. 50

Die Rechtsprechung (vgl. OLG Hamm NJW 1981, 465) hält einen Beschluß dann für nichtig, wenn er gegen § 138 BGB verstößt, also sittenwidrig ist. Die Sittenwidrigkeit wird angenommen, wenn die in dem Beschluß getroffene Regelung einem **Musizierverbot** gleichsteht. Ein solches Verbot stellt eine Verletzung der Grundrechte auf freie Kunstaus- 51 übung, Art. 5 Abs. 3 GG, und auf freie Entfaltung der Persönlichkeit, Art. 2 S. 2 GG, dar und sprengt die Grenzen der gebotenen gegenseitigen Rücksichtnahme. Ein angemessener Ausgleich der einander entgegengesetzten Interessen an ungestörter Ruhe einerseits und der Musikausübung andererseits ist nicht mehr gegeben. Als Musizierverbot wird es angesehen, wenn in dem Beschluß Einschränkungen der Musikausübung vorgenommen werden, die sich nicht im Rahmen der oben (s. Rdnr. 39) genannten Faustregel halten. Selbstverständlich kommt es auch hier entscheidend auf die Umstände des Einzelfalles an. Die Regelung in der mit Mehrheit beschlossenen Hausordnung, das Klavierspiel sei nur zwischen 10.15 Uhr und 11.30 erlaubt, ist sicherlich nichtig. Aber auch die wesentlich großzügigere Erlaubnis, das Musizieren sei zwischen 10.00 Uhr und 20.00 Uhr gestattet, kann schon eine zu weit gehende Einschränkung der Gebrauchsrechte des Wohnungseigentümers darstellen. Bisweilen wird aber von Gerichten schon eine Begrenzung auf 1 1/2 Stunden Spielzeit täglich als zulässige Einschränkung angesehen.

b) Anspruch des musizierenden Wohnungseigentümers

52 Der musizierende Wohnungseigentümer kann aber auch die Ungültigkeit des Beschlusses durch das Gericht feststellen lassen und ist nicht darauf beschränkt, die Unterlassungsklage abzuwarten und erst in diesem Prozeß die Nichtigkeit des Beschlusses einzuwenden. Für diesen **Feststellungsantrag** ist grundsätzlich erforderlich, daß der Antrag auf gerichtliche Entscheidung innerhalb eines Monats seit der Beschlußfassung gestellt wird. Diese Frist braucht gemäß § 23 Abs. 4 S. 2 2. HS WEG aber nicht eingehalten zu werden, wenn der Beschluß gegen § 138 BGB verstößt, also nichtig ist. Das berechtigte Interesse auf Feststellung gem. § 256 Zivilprozeßordnung (ZPO) folgt daraus, daß dem musizierenden Wohnungseigentümer durch den Beschluß seine aus dem Grundrecht der Kunstfreiheit folgende Rechtsposition streitig gemacht wird.

Reich

2. Kapitel: Urheberrecht und gewerblicher Rechtsschutz

§ 3 Urheberrecht

I. Einführung

Die rechtliche Beurteilung eines Werkes auf dem Gebiet der Literatur, Wissenschaft und Kunst erfolgt zuerst durch das Urheberrecht, das dem Urheber bei Vorliegen der gesetzlichen Voraussetzungen Schutz vor der Nachahmung und Ausbeutung seiner Leistung bietet. Daneben werden über das urheberrechtliche Leistungsschutzrecht auch die Leistungen der ausübenden Künstler, der Fotografen und Filmhersteller geschützt. 1

Das Urheberrecht steht jedoch nicht für sich allein, sondern ist in ein Rechtsschutzsystem einbezogen, zu dem der gewerbliche Rechtsschutz gehört. Grundsätzlich wird zwischen dem technischen und nichttechnischen Sonderrechtsschutz unterschieden. Für den Schutz technischer Leistungen kommt das Patent- und Gebrauchsmustergesetz in Frage. Im Bereich der Literatur, der angewandten Kunst, des Designs und der Mode bieten neben dem Urheberrecht die zum gewerblichen Rechtsschutz zählenden Bereiche des Geschmacksmuster- und Schriftzeichenrechts, des Kennzeichen- und des Titelrechts den erforderlichen Sonderrechtsschutz. Auch das allgemeine Persönlichkeitsrecht, das Namensrecht und der Bildnisschutz werden mitunter relevant. Die genannten Gesetze werden auch unter dem Begriff des Immaterialgüterrechtsschutzes zusammengefaßt. Zunehmend an Bedeutung für den Schutz nichttechnischer Erzeugnisse gewinnt aber auch der wettbewerbsrechtliche Leistungsschutz. Während die zu dem Immaterialgüterrechtsschutz zählenden Gesetze dem Werkschöpfer Ausschließlichkeitsrechte an seiner Leistung verschaffen, wird durch das Wettbewerbsrecht u.a. die Frage danach beantwortet, ob die Art und Weise der Nachahmung erlaubt ist, oder als gegen die Gesetze des fairen Wettbewerbs verstoßend untersagt werden können. Das Urheberrecht ist für jeden von grundlegender Bedeutung, der kreativ schaffend auf künstlerischem Gebiet tätig wird, also z.B. für die bildende Künstlerin, den Industrie-Designer, die kreative Fotografin, den Autoren schöngeistiger, wissenschaftlicher oder journalistischer Werke, die Komponistin, den Dichter von Liedtexten, die Computerprogrammiererin, den Filmemacher und viele andere mehr. Das Urheberrecht schützt deren Werke vor fremdem Zugriff und sichert ihnen eine Beteiligung am wirtschaftlichen Nutzen, der aus ihren Werken gezogen wird. Diejenigen, die als Interpreten die Werke anderer darbieten, z.B. die Musikerin, der Schauspieler, die Ballett-Tänzerin und andere mehr, genießen Leistungsschutzrechte, die ebenfalls, wenn auch weniger ausgeprägt als die Rechte der Urheber, eine unbefugte Verwendung der Leistungen verbieten und eine Beteiligung am wirtschaftlichen Nutzen ermöglichen. Wer seine Urheber- und Leistungsschutzrechte bewußt und gezielt wahrnimmt, wird einen höheren wirtschaftlichen Ertrag erzielen als derjenige, der sich nur den Zeitaufwand für die Herstellung eines Werkes oder für die Erbringung der Interpretation ohne Rücksicht auf den Umfang der späteren Nutzung bezahlen läßt.

Einfachere Arbeiten, denen der Urheberrechtschutz versagt bleibt, können unter bestimmten Voraussetzungen als Geschmacks- oder Gebrauchsmuster, als typographische Schriftzeichen oder Warenzeichen geschützt sein. Mit der Vereinigung der beiden deutschen Staaten ist im Gebiet der ehemaligen DDR auch das bundesdeutsche Urheberrechtsgesetz (UrhG) in Kraft getreten. Damit wird sowohl für Urheberrechte als auch für die in dem früheren Urheberrechtsgesetz der DDR sehr schwach ausgeprägten Leistungschutzrechte im gesamten Staatsgebiet der gleiche Schutz gewährt. Es gibt allerdings Übergangsregelungen, und zwar auch für die gewerblichen Schutzrechte.

Das deutsche Urheberrechtsgesetz schützt die Leistungen deutscher, ausländischer und staatenloser Urheber. Die Werke deutscher Urheber sind geschützt, . . . *„gleichviel, ob und wo die Werke erschienen sind, . . .“* § 120 Abs. 1 UrhG. Ausländische Urheber genießen den urheberrechtlichen Schutz für ihre in Deutschland erschienen Werke, § 121 Abs. 1 UrhG. Hier nicht erschienene Werke sind nach den Staatsverträgen, insbesondere der Revidierten Berner Übereinkunft und dem Welturheberrechtsabkommen, geschützt (siehe dazu insbesonere Nordemann/Vink/Hertin, Internationales Urheberrecht). Staatenlose Urheber mit gewöhnlichem Aufenthalt in Deutschland genießen für ihre Werke den gleichen urheberrechtlichen Schutz wie deutsche Staatsangehörige, § 122 UrhG.

Die noch weitergeltenden Bestimmungen des Kunsturhebergesetzes (KUG), §§ 22, 23, regeln als Ausprägung des allgemeinen Persönlichkeitsrechts das Recht am eigenen Bild.

II. Die Bestimmungen des Urheberrechtsgesetzes

1. Werkerschaffung, gesetzlicher Werkbegriff und Bearbeitung

a) Persönliche geistige Schöpfung

2 Die Vielfalt der uns begegnenden **Werke** menschlicher Schöpfung sieht sich seit dem 1.1.1966 mit den gesetzlichen Bestimmungen des Urheber-

rechtsgesetzes konfrontiert. Danach genießen die Urheber von Werken der Literatur, Wissenschaft und Kunst für ihre Werke Schutz nach Maßgabe dieses Gesetzes, § 1 UrhG. Werke im Sinne dieses Gesetzes sind nur persönliche geistige Schöpfungen, § 2 UrhG. Dieser Werkbegriff schließt die Erscheinungsformen nicht persönlicher und nicht geistiger Schöpfungen vom Schutz durch das Urheberrechtsgesetz aus. So sind die **Schöpfungen der Natur**, die Künstlern immer wieder als Vorbild dienen, keine persönlichen geistigen Schöpfungen. Präsentiert etwa jemand einen an einer steinigen Meeresküste aufgefundenen Stein, dessen Form an einen weiblichen Torso erinnert, als Kunstwerk, so wird er hierdurch nicht zum Urheber (vgl. auch das Beispiel einer Föhrenwurzel bei Schricker/Loewenheim, Kommentar zum Urheberrecht, § 2 Rdnr. 4). Tiere sind keine Personen im Sinne des Gesetzes und können keine schutzfähigen Werke schaffen. Auch anonyme Kollektive von Menschen scheiden als Schöpfer im Sinne des Urheberrechtsgesetzes aus. Zum sog. Allgemeingut gehörende Werke sind daher urheberrechtlich nicht schutzfähig, weil sie sich nicht konkreten Schöpfern zuordnen lassen. Auch maschinelle Schöpfungen, etwa durch **Computer** geschaffene Werke sind nicht vom Urheberrechtsgesetz geschützt. So sind z.B. durch einen Übersetzungscomputer erstellte Übersetzungen in eine andere Sprache keine schutzfähigen Werke (Beispiel aus Schricker/Loewenheim a.a.O. § 2 Rdnr. 5). Sofern der Schöpfer ein Computerprogramm lediglich als Werkzeug benutzt, genießt das so geschaffene Arbeitsergebnis jedoch nach den allgemeinen Kriterien urheberrechtlichen Schutz.

Die Bestimmung des § 1 UrhG stellt ferner klar, daß Werke der **Technik,** sofern sie nicht zugleich der Literatur, Wissenschaft und Kunst zuzuordnen sind, keinen urheberrechtlichen Schutz genießen, unabhängig von ihrem geistigen Gehalt, ihrer Schöpfungshöhe und Originalität. Hiervon ausgenommen sind **Darstellungen wissenschaftlicher** oder **technischer Art,** § 2 Abs. 1 Nr. 7 UrhG. 3

Keine **geistigen Schöpfungen** und deshalb keine Werke im Sinne des Urheberrechtsgesetzes sind daher die Resultate nicht vom menschlichen Geist beeinflußter Vorgänge und **Zufälle.** 4

Beispiel:
Wer mittels eine Würfels eine Tonfolge festlegt, hat diese nicht komponiert (Beispiel nach Fromm/Nordemann, Urheberrecht, § 2 Rdnr. 10). Die gestaltende Einbeziehung des Chaos – z.B. die aus sog. Fraktalen geschaffenen Computergrafiken – oder des Zufalls in künstlerische Formen ist jedoch ohne Schaden für die Schutzfähigkeit möglich.

Voraussetzung des urheberrechtlichen Schutzes ist ferner eine gewisse **Schöpfungshöhe** des Werkes. Damit verlangt das Gesetz jedoch nicht eine Bewertung des ästhetischen oder künstlerischen Niveaus, sondern lediglich ein gewisses Maß an **eigenpersönlicher Prägung,** welche den 5 individuellen Geist des Schöpfers erkennen läßt. Hier ergeben sich viele Abgrenzungsfragen. Unstreitig ist jedoch, daß auch die sog. **kleine Münze** – mit diesem Ausdruck werden die einfacheren Schöpfungen des menschlichen Geistes bezeichnet – urheberrechtlich geschützt ist.

b) Bearbeitung

6 Das Gesetz schützt auch **Bearbeitungen,** § 3 UrhG, sowie **Zusammenstellungen,** § 4 UrhG, von Werken, soweit die Bearbeitungen oder Sammlungen an sich ebenfalls persönliche geistige Schöpfungen sind, und zwar unbeschadet des Urheberrechts an den hierfür verwendeten Werken. Zu den Bearbeitungen zählen grundsätzlich die **Übersetzungen,** § 3 UrhG. Die Bearbeitung ist von der bloßen **Kopie** oder **Interpretation** einerseits und von der freien Benutzung **einer Vorlage** zur Schaffung eines neuen Werkes andererseits abzugrenzen. Die bloße Kopie, sei sie auch mit handwerklichen Mitteln angefertigt, ist eine Vervielfältigung. Die Interpretation eines Werkes ist von § 73 UrhG gesondert erfaßt und gilt deshalb nicht als Bearbeitung. Im Gegensatz zur **freien Benutzung** ist die Bearbeitung durch einen wesentlich engeren Bezug zur Vorlage gekennzeichnet. Die Bearbeitung bleibt immer von der Vorlage geprägt. Das in freier Benutzung entstandene neue Werk läßt dagegen die Vorlage gegenüber dem neu geschaffenen Werk zurücktreten. Die Vorlage verliert ihren bestimmenden Einfluß und wird nebensächlich. Der gesetzliche Begriff der Bearbeitung setzt ferner voraus, daß der Bearbeitung ein **Werk** im Sinne des Urheberrechtsgesetzes zugrundeliegt. Ist die Vorlage kein Werk im Sinne des Gesetzes, so gilt die Bearbeitung als ein Originalwerk. Sofern die Vorlage geschützt ist, also z.B. innerhalb der gesetzlichen Schutzfrist, ist das Recht des Urhebers hieran zu respektieren. Dies bedeutet, daß der Urheber des Originals die Benutzung der Bearbeitung von seiner Einwilligung abhängig machen kann. In der Praxis sind die Bereiche von der bloßen (nicht schutzfähigen) Kopie bis zum überaus originellen und ausdifferenzierten Werk fließend. Literatur, Wissenschaft und Kunst sind nicht im Vakuum entstanden, sondern durch die Weitergabe tradierter Formen und Themen und durch Interaktion mit anderen Schöpfern. Vorbilder und wechselseitige Anregungen sind unabdingbare Voraussetzungen im Werdegang jedes Schöpfers, der im Zuge seiner Entwicklung von Kopien über Bearbeitung bis hin zu von anderen inspirierten Werken die gesamte Palette des Schaffens durchläuft.

c) Weiteres

7 Der urheberrechtliche Schutz beginnt mit der **Entstehung** des Werkes. Ein schutzfähiges Werk im Sinne des Gesetzes erfordert seine mit den Sinnen erkennbare Form. Die innere geistige Vorstellung von dem Werk oder die originelle **Idee** an sich sind nicht geschützt und **nicht urheber-**

rechtlich schutzfähig (siehe z.B. Hubmann ZUM 1988, 4 ff. [7]). Um den Schutz des Urheberrechts einsetzen zu lassen, müssen diese vielmehr in wahrnehmbarer Form zu Tage treten. Unter diesen Voraussetzungen greift der Urheberrechtsschutz, ohne daß es weiterer Umstände wie Veröffentlichung, Registrierung oder sonstiger Formalien bedarf. Auch ist eine **Festlegung** des Werkes, z.B. eine Aufzeichnung desselben, **nicht nötig**.

Nicht geschützt sind **Gestaltungstechniken**, selbst wenn diese das 8
Werk prägen. Nur das Werk in seiner konkreten Form wollte der Gesetzgeber schützen, nicht jedoch die Monopolisierung künstlerischer Techniken zulassen, was sicherlich auch der Kunstfreiheitsgarantie des Grundgesetzes, Art. 5 GG, widersprochen hätte.

2. Schutzfähige Werke

a) Übersicht

Beispielhaft führt § 2 Abs. 1 UrhG auf, welche Werke nach dem Urhe- 9
berrechtsgesetz geschützt sind. Danach zählen zu den geschützte Werken der Literatur, Wissenschaft und Kunst insbesondere Sprachwerke, wie Schriftwerke und Reden sowie Programme für die Datenverarbeitung, Werke der Musik, Pantomimische Werke einschließlich der Werke der Tanzkunst, Werke der bildenden Künste einschließlich der Werke der Baukunst und der angewandten Kunst und Entwürfe solcher Werke, Lichtbildwerke einschließlich der Werke, die ähnlich den Lichtbildwerken geschaffen werden, Filmwerke einschließlich der Werke, die ähnlich wie Filmwerke geschaffen werden, Darstellungen wissenschaftlicher oder technischer Art wie Zeichnungen, Pläne, Karten, Skizzen, Tabellen und plastische Darstellungen.

b) Werke der bildenden Kunst

(1) Definition

Die Frage: **Was ist Kunst?** wird sehr kontrovers beantwortet, wobei 10
manche eine allgemeingültige Antwort hierauf nicht für möglich halten. Indessen muß diese Frage zur sachgerechten Auslegung und Anwendung des Urheberrechtsgesetzes nicht beantwortet werden; denn es kommt nach dem Willen des Gesetzgebers nur darauf an, ob eine eigenpersönliche Schöpfung von gewisser Schöpfungshöhe gegeben ist. Diese Frage läßt sich noch am ehesten objektiv und ohne Rücksicht auf persönlichen Geschmack beantworten. Der verschiedentlich vom BGH bemühten Definition von „Kunstwerken“ als dem, was *„nach den im Leben herrschenden Anschauungen“* (BGHZ 27, 351 ff. [356]) oder *„nach dem durchschnittlichen Urteil des für Kunst empfänglichen und mit Kunstdingen einigermaßen vertrauten Menschen“* (BGH GRUR 1981, 517 ff. [519] –

Rollhocker) Kunst sei, bedarf es streng genommen nicht; denn es kann keinen normativen Rechtsbegriff der Kunst geben. Zwar findet der Begriff „Kunst“ in der Liste der gesetzlichen Beispiele Verwendung. Daß der Urheberschutz nach der Aufzählung in § 2 Abs. 1 UrhG z.B. auch technische oder wissenschaftliche Darstellungen oder Datenverarbeitungsprogramme umfaßt, zeigt aber, daß der Urheberschutz nicht auf „Kunst“ beschränkt ist.

11 Demnach versteht man unter Werken der bildenden Kunst im weitesten Sinne **optisch wahrnehmbare, schöpferisch gestaltete Gegenstände**. Ferner ist zwischen zweidimensionalen Darstellungen, räumlichen (dreidimensionalen) Darstellungen, sowie nach der Zweckbestimmung, nämlich nach Gebrauchsgegenständen oder Gegenständen der bloßen ästhetischen Betrachtung zu unterscheiden. Die Übergänge zwischen nicht schutzfähigen Darstellungen oder Objekten und schutzfähigen Werken sind auch hier fließend. Sofern es sich um Gebrauchsgegenstände handelt und eine Schutzfähigkeit nach dem Urheberrechtsgesetz verneint wird, kommt ein Schutz nach dem Geschmacks- oder nach dem Gebrauchsmustergesetz in Betracht (s. § 5 I).

(2) Zweidimensionale Darstellungen

12 Im Bereich der **zweidimensionalen Darstellungen** beginnt das Spektrum bei ganz simplen geometrischen Formen. Diese gehören zum Allgemeingut und sind nicht schutzfähig. Sehr einfache symbolartige Darstellungen, z.B. **Logos** oder der Information dienende **Zeichen** können ausnahmsweise, wenn sie besonders neuartig, originell, aber auch genügend komplex sind, nach dem Urheberrechtsgesetz geschützt sein. In der Regel wird aber ein ganz simples Logo keinen Urheberrechtsschutz genießen. Hier kommt nur ein Schutz nach dem Wettbewerbsrecht vor unlauterer Nachahmung und Verwendung durch andere in Betracht (s. § 5 II 4).

13 Die Frage der Schöpfungshöhe bzw. der Komplexität stellt sich nicht bei der exakten **Kopie** von Gemälden. Selbst der komplexesten Kopie fehlt die eigenpersönliche Prägung, so daß aus diesem Grunde kein schutzfähiges Werk gegeben ist (vgl. BGH NJW 1966, 542 f. – Apfel-Madonna). Die Grenze zum schutzfähigen Werk kann schon dann überschritten sein, wenn die Kopie die Transformation in eine andere Darstellungstechnik beinhaltet. Diese ist ebenso wie die Transformation vom dreidimensionalen Vorbild zum zweidimensionalen Abbild ohne eigenpersönliche Prägung des Schöpfers kaum denkbar. Hier ist regelmäßig eine (schutzfähige) Bearbeitung gegeben (vgl. Hubmann, Urheber- und Verlagsrecht, § 17 I 2).

14 Schutzfähige Werke sind in der Regel dann gegeben, wenn die Werke der **Phantasie** ihrer Schöpfer entspringen. Der theoretisch oft diskutierte Fall der sog. unbewußten **Doppelschöpfung** wirft praktisch kaum Pro-

bleme auf, denn in der Wirklichkeit ist es so gut wie unvorstellbar, daß zwei gleiche Darstellungen unabhängig voneinander von verschiedenen Künstlern geschaffen werden.

Beispiele:
Die Darstellung eines Dreiecks oder Kreises ohne besondere Zutaten ist mangels genügender Schöpfungshöhe nicht schutzfähig. Dagegen mag eine kreativ gestaltete Anordnung farblich abgestufter simpler geometrischer Grundformen durchaus nach dem Urheberrechtsgesetz schutzfähig sein. Dies ist unzweifelhaft der Fall, wenn einfache Grundformen zu sehr differenzierten Bildkompositionen zusammengefügt werden, wie z.B. im späteren Schaffen Victor Vasarely's.

Keine Werke sind einfache Symbole, wie z.B. Unternehmenskennzeichen, etwa die aufstrebende Diagonale im Quadrat, der plakativ gestaltete Schriftzug oder abstrakte Symbole auf Hinweisschildern. Schutzfähig sein können aber komplexere Symbole, z.B. Wappen wie das geflügelte Pferd der GEMA. Der Verbindung des durch bestimmte Schrifttypen grafisch gestalteten Namenszuges „Die Grünen" in Verbindung mit der Darstellung einer Sonnenblume hat das OLG München den urheberrechtlichen Schutz versagt (OLG München ZUM 1989, 423 ff.). Die auf dem bekannten Aufkleber „Atomkraft? Nein danke" abgebildete Sonne genießt jedoch Urheberschutz (LG Frankfurt UFITA 94, 334).

Die von Kunststudenten zu Studienzwecken angefertigten Kopien der Werke großer Meister sind als bloße Reproduktionen nicht schutzfähige Werke. Das Urheberrechtsgesetz gewährt hierfür auch kein Leistungsschutzrecht, anders als z.B. für die Interpretation des darstellenden Künstlers.

Die Schutzfähigkeit von Schriftzeichen nach dem Urheberrechtsgesetz hat der BGH wiederholt verneint (BGHZ 22, 209 – Europapost und BGHZ 27, 351 – Candida-Schrift). Dem Schutz solcher Zeichen dient das Schriftzeichengesetz (s. § 5 I 6).

Die Schutzfähigkeit eines Stoff-Musters „Brombeeren" hat der BGH verneint (BGH GRUR 1983, 377 f.).

(3) Räumliche Strukturen

Im Bereich der räumlichen Strukturen sind zunächst einfache **geometrische Formen** wie Kugeln, Pyramiden und Würfel mangels Schöpfungshöhe und eigenpersönlicher Prägung keine schutzfähigen Werke, wobei diese aber durch originelle Oberflächengestaltungen oder Anordnungen und Kombinationen ihrerseits Bestandteile schutzfähiger Werke sein können. 15

Unter ganz **alltäglichen Gegenständen** versteht man solche Gegenstände, die ebenfalls keinerlei eigenpersönliche Prägung erkennen lassen und deshalb nicht zu den schutzfähigen Werken zählen können. Probleme in der Akzeptanz dieser Regel entstehen jedoch offenbar dann, wenn derartige alltägliche Gegenstände von Künstlern zu „Kunstwerken" gewidmet werden. Wenn hier keine originelle Kombination von gewisser Schöpfungshöhe entsteht, fehlt es am schutzfähigen Werk im Sinne des Gesetzes. 16

Beispiele:
Interessant, aber auch höchst umstritten, sind die Fälle, in denen alltägliche Gegenstände auf nicht alltägliche Weise kombiniert werden (J. Beuys: Notenständer mit Sauer-

kraut; Picasso: Stierkopf, bestehend aus Fahrradsattel und Lenkstange). Zum einen kann die Werkeigenschaft wegen des in der Kombination zum Ausdruck kommenden originellen Gedankeninhaltes, nämlich der originellen Sichtweise, bejaht werden, zum anderen liegt die Originalität in der durch ein ungewöhnliches Medium transportierten Aussage. Das bloße „Readymade" (Beispiel: Marcel Duchamp's Flaschenöffner) ist jedoch noch keine Schöpfung und deshalb nicht nach dem Urheberrechtsgesetz schutzfähig (so auch Schricker/Loewenheim a.a.O. § 2 Rdnr. 96). In Betracht kommt lediglich ein Schutz durch das allgemeine Persönlichkeitsrecht, etwa vor entstellender Wiedergabe (Fromm/Nordemann/Vinck a.a.O. § 2 Rdnr. 7).

17 Im Bereich der **dreidimensionalen Darstellungen** finden sich ferner die der **Natur nachgebildeten Objekte**, seien es Steinformen, Tiere, Pflanzen, Menschen oder Landschaften. Man mag fragen, worin die „eigenpersönliche Schöpfung" bei der genauen Kopie einer vorgegebenen Form, z.B. der eines Tieres oder eines menschlichen Kopfes liegt, zumal ja die Kunst darin zu bestehen scheint, dem Original möglichst nahe zu kommen. Hier zeichnen sich die künstlerischen Arbeitsergebnisse dadurch aus, daß ein in der Natur vorhandener Gegenstand auf geschickte Weise in ein Gestaltungsmedium, z.B. Gips oder Bronze umgesetzt wird. Diese **Transformation** läßt soviel Raum für eigene Entscheidungen, Deutungen und Gestaltungen, daß in der Regel das Ergebnis eine den Anforderungen des Urheberrechtsgesetzes genügende eigenpersönliche Prägung des Schöpfers nicht zu verkennen ist. Etwas anderes gilt nur im Falle der Erstellung einer Replik, die optisch vom Original nicht zu unterscheiden ist.

Beispiele:
Menschen oder Tiere darstellende Plastiken sind vom künstlerischen Ausdruck des Schaffenden geprägt und deshalb Kunstwerke. Dagegen ist die exakte Replik einer Plastik oder z.B. des mit Bildern versehenen Teils der Grotte von Lascaux kein schutzfähiges Werk, sondern bloße Kopie. Zur Schutzfähigkeit stilisierter Glastierfiguren nach dem Urheberrechtsgesetz vgl. BGH ZUM 1989, 239 ff.

18 Die dreidimensionalen Gebilde mit größerer Gestaltungsfreiheit und -höhe bis hin zu reinen **Phantasiegebilden** sind sicherlich urheberrechtlich problemlos schutzfähig.

19 Soweit im Bereich der Kunstrepräsentation auch Handlungselemente Bedeutung erlangen, z.B. bei einem sog. **Happening**, genießen diese urheberrechtlichen Schutz, sofern die Vorgänge von schöpferischem Handeln des Aktionskünstlers gesteuert werden (BGH GRUR 1985, 525 – Wolf Vostell). Welcher Werkgattung das Happening zuzurechnen ist, läßt der Bundesgerichtshof offen. Hierauf kommt es für die Schutzfähigkeit auch nicht an.

(4) Gebrauchsgegenstände

20 Das Gesetz macht ferner deutlich, daß auch **Gebrauchsgegenstände**, (zur Unterscheidung von Kunst aus Gebrauchsgegenständen s.o. Rdnr.

11) bei Vorliegen der oben erwähnten Voraussetzungen schutzfähige Kunstwerke sind. Die Verbindung des Künstlerischen mit dem Nützlichen schließt einen urheberrechtlichen Schutz also nicht aus. Die Bereiche der Gebrauchskunst reichen von der Baukunst über die Landschafts- und Gartengestaltung bis hin zu Designs von Mode und Gebrauchsartikeln. Hier gilt wie für alle anderen optisch wahrnehmbaren Kunstwerke, daß eine eigenpersönliche Prägung und eine gewisse Schöpfungshöhe gegeben sein müssen und bloß alltägliche und nicht individuell geprägte Objekte keinen Urheberrechtsschutz genießen.

Beispiel:
Der gewöhnliche Vorgarten des Hobbygärtners ist kein schutzfähiges Werk. Der nach höchsten ästhetischen Kriterien geschaffene japanische Landschaftsgarten ist ein schutzfähiges Kunstwerk, auch wenn es der Gestaltung der Natur möglichst nahe zu kommen trachtet. Dem steht nicht entgegen, daß das Werk aus organischen Stoffen, nämlich Pflanzen und Gräsern, besteht (vgl. OLG Düsseldorf GRUR 1990, 189 ff. – Grünskulptur).

Die Rechtsprechung fordert für die Schutzfähigkeit von Gebrauchsgegenständen, daß deren Gestaltung einen über den Gebrauchszweck hinausreichenden **„ästhetischen Überschuß"** aufweist (BGH GRUR 1972, 38 ff.). So ist die urheberrechtliche Schutzfähigkeit eines besonders gestalteten Vasenleuchters (BGH a.a.O.) und von Bühnenbildern (BGH GRUR 1986, 458 ff. und BGH GRUR 1989, 106 ff. – Oberammergauer Passionsspiele I und II) bejaht worden. (Zur Schutzfähigkeit nach dem Gebrauchs- und Geschmacksmustergesetz s. § 5 I). **21**

c) Designwerke

Designarbeiten werden im Urheberrechtsgesetz nicht ausdrücklich erwähnt. Sie sind aber als Werke der angewandten Kunst geschützt, soweit sie eine individuelle schöpferische Leistung darstellen. Unter dieser Voraussetzung besteht ein Urheberrechtsschutz für die Arbeiten der **Grafik-Designer**, ebenso z.B. für Lampen, Möbel, Modeschöpfungen und Textilmuster. Allerdings stellen die Gerichte strenge Anforderungen an die Individualität und die künstlerische Gestaltungshöhe solcher Arbeiten. Nur wenn sich ein Werk aus der Masse des Alltäglichen durch seinen „ästhetischen Gehalt" heraushebt und seine Gestaltungselemente nicht durch den Gebrauchszweck oder aufgrund technischer Gegebenheiten weitgehend festgelegt ist, hat es die Chance, als individuelle schöpferische Leistung anerkannt zu werden. **22**

Wegen dieser besonderen Anforderungen, die nirgendwo präzisiert werden, ist gerade bei Designarbeiten nur selten eine sichere Aussage über die urheberrechtliche Schutzfähigkeit möglich. Grafik-Designer arbeiten ebenso wie **Industriedesigner** oder **Mode-** und **Textil-Designer** in der permanenten Ungewißheit, ob ihre Werke in Streit- oder Zweifelsfäl- **23** len als schutzfähig anerkannt werden oder nicht. Alle Versuche, diese Unsicherheit durch eine klare gesetzliche Regelung zu beseitigen, sind bisher ohne Ergebnis geblieben. (Zum Geschmacksmusterschutz von Designs s. § 5 I 2).

d) Lichtbildwerke

24 Sofern Fotografien ein gewisses Maß an Schöpfungshöhe aufweisen, handelt es sich hierbei um schutzfähige Lichtbildwerke (vgl. z.B. BGH GRUR 1971, 525 ff. – Petite Jacqueline). Damit ist die künstlerische Fotografie von Rechtsprechung und Gesetz anerkannt. Zugleich aber hat das Gesetz die nichtkünstlerische Fotografie, die sogenannten bloßen **Lichtbilder**, der künstlerischen Fotografie mit § 72 UrhG fast gleichgestellt, wonach *Lichtbilder und Erzeugnisse, die ähnlich wie Lichtbilder hergestellt werden,... in entsprechender Anwendung der für Lichtbildwerke geltenden Vorschriften des ersten Teils geschützt werden.* Der Unterschied besteht im wesentlichen in den gegenüber Lichtbildwerken kürzeren Schutzfristen. Diese betragen für Lichtbilder 25 Jahre seit dem Erscheinen oder bei nichterschienenen Lichtbildern 25 Jahre seit der Herstellung. Falls es sich um Dokumente der Zeitgeschichte handelt, beträgt die Schutzfrist entsprechend 50 Jahre. Lichtbildwerke dagegen bleiben bis 70 Jahre nach dem Tod des Urhebers geschützt. Das schutzfähige Lichtbild im Sinne dieser Vorschrift ist die von einer natürlichen Person angefertigte **ursprüngliche Abbildung**. Die weiteren Kopien sind dann nicht gesondert schutzfähig. Es wäre nur gerecht, wenn der Gesetzgeber künftig hinsichtlich anderer Leistungen, z.B. für einfache Grafik-Design-Arbeiten ebenso ein Leistungschutzrecht schaffen würde. Mit einer solchen Regelung, die eine Anwendung der urheberrechtlichen Vorschriften auch auf weniger kunstvolle Grafikerleistungen ermöglicht, ist aber wohl kaum zu rechnen.

25 Damit ein Lichtbild**werk** angenommen werden kann, muß der Fotograf dem Foto darüber hinaus sein individuelles Gepräge gegeben haben.

Beispiele:

Das blind vom Automaten ausgelöste Foto ist weder Lichtbildwerk noch Lichtbild im Sinne des Gesetzes. Das ohne gestaltende Beeinflussung des Motivs oder ohne originelle Sichtweise angefertigte Foto ist bloßes Lichtbild. Dagegen spricht die Mitgestaltung des Motivs durch Beleuchtungsmittel, Regieanweisungen, Kostüme, Masken oder nach Art eines Stillebens für die Eigenschaft eines schutzfähigen Werkes, ebenso wie die durch Wahl des Motivs, die Verteilung von Licht und Schatten, durch eine ungewöhnliche Perspektive, die Bildschärfe etc. ein Lichtbildwerk geschaffen werden kann (Schricker/Loewenheim a.a.O. § 2 Rdnr. 113). Die **Gegenstandsfotografie**, die darauf abzielt, die Vorlage möglichst unverändert naturgetreu wiederzugeben, stellt keine schöpferische Leistung im Sinne des § 2 Abs. 1 Nr. 5 UrhG dar, sondern ist bloßes Lichtbild im Sinne des § 72 UrhG (BGH GRUR 1967, 315 f. – skai-cubana).

e) Sprachwerke

Das Spektrum sprachlicher Äußerungen des Menschen beginnt bei einzelnen Wörtern und zieht sich hin zu umfassenden Sprachwerken höchster Ausdifferenzierung. Damit sprachlich ausgedrückte Gedanken urheberrechtlichen Schutz beanspruchen können, müssen die Mindestanforderungen an die **Schöpfungshöhe** und die **Individualität** gegeben sein. Einzelnen Worten oder kurzen Wortgruppen oder Satzteilen, z.B. Buchtiteln oder Werbeschlagwörtern fehlt die Schöpfungshöhe. Aber auch komplexere Darstellungen sind urheberrechtlich nicht schutzfähig, wenn sie keinerlei Individualität aufweisen, wenn also der Verfasser keinerlei persönliche Gestaltungsfreiheit hatte oder hiervon keinen Gebrauch gemacht hat. Ein Beispiel für den ersteren Fall ist eine wissenschaftliche Aussage, die auf eine bloße Formel reduziert ist. Ein Beispiel für letzteren Fall wären alltägliche briefliche oder mündliche Mitteilungen. Für die Frage der Schutzfähigkeit ist dagegen nicht von Bedeutung, ob die sprachliche Äußerung eine ästhetische Wirkung hat oder haben soll. **26**

Im Folgenden sollen einige der wichtigsten **Fallgruppen** besprochen werden: **27**

Zur **Bearbeitung** s. oben Rdnr. 6. Keine Bearbeitungen und deshalb nicht schutzfähig sind in der Regel bloße Kürzungen oder Streichungen sowie auszugsweise Veröffentlichungen (so auch Schricker/Loewenheim a.a.O. § 3 Rdnr. 11).

Kurze Werk**bestandteile** sind ebenfalls für sich nicht schutzfähig. So verneint das OLG Düsseldorf (GRUR 1978, 640) die urheberrechtliche Schutzfähigkeit der Liedzeile „Wir fahr'n, fahr'n, fahr'n auf der Autobahn", da in dieser Textzeile eine in sich abgeschlossene persönliche geistige Schöpfung nicht erkennbar sei und die Zeile nur ein unselbständiges Formelement darstelle. Schutzfähig sei nur der Liedtext als ganzes.

Bei Äußerungen in **Briefen** hängt die Schutzfähigkeit vom Niveau der Darstellung ab. Sofern hier eine gewisse Schöpfungshöhe erreicht wird, die es rechtfertigt, den Brief als literarische Schöpfung anzusehen, besteht Urheberschutz. So hat z.B. das LG Berlin (UFITA 56, 349 ff. [352]) zwei Briefe des Kritikers Alfred Kerr als urheberrechtlich geschützte Werke gewertet. Bloße alltägliche Mitteilungen sind dagegen nicht schutzfähig. Der Schutz vor Veröffentlichung wird dort unter Umständen durch das allgemeine Persönlichkeitsrecht gewährt.

Computerprogramme sind dann schutzfähige Sprachwerke, wenn der Programmierer kreativ über vorbekannte Programmgestaltungen hinausgehende Lösungen verwirklicht hat. Daran fehlt es, wenn die technischen Gegebenheiten keinen Spielraum für individuelle Lösungen lassen oder der Programmierer alltägliche Lösungen wählt (zur Problematik vgl. BGH GRUR 1985, 1041 ff. – Inkasso-Programm und OLG Frankfurt

ZUM 1990, 89). Der Schutzfähigkeit von Computerspielen tut keinen Abbruch, daß der Spieler in das Spielgeschehen selbst eingreifen kann (OLG Hamm, NJW 1991, 2161 f.).

Geschichten, Romane, Bühnenwerke, Hörspiele, Filmdrehbücher usw. sind geschützt, wobei bei derart komplexen Werken eine Ausnahme von der urheberrechtlichen Schutzfähigkeit kaum vorkommen dürfte. Sogar für ein nur eine Schreibmaschinenseite umfassendes Filmexposé, welches genügend formbildende Elemente für die spätere Ausgestaltung des Films enthielt, bejahte der Bundesgerichtshof die urheberrechtliche Schutzfähigkeit (GRUR 1963, 42).

Improvisierte oder **spontane Äußerungen** sind bei einem Minimum an individueller Prägung und einer gewissen Schöpfungshöhe schutzfähig. Nicht schutzfähig dürften daher einsilbige Antworten auf ein Interview sein, schutzfähig dagegen improvisierte Live-Reportagen und Interviews, improvisierte Wortbeiträge kritischer oder kreativer Natur, wie z.B. in Kommentaren oder im Rahmen von Diskussionsrunden oder Bühnenveranstaltungen, oder z.B. das aus dem Stegreif gesprochene Gedicht und die Stegreifrede (Fromm/Nordemann/Vinck a.a.O. § 2 Rdnr. 28).

Liedtexte sind in der Regel schutzfähig, sofern sie den eingangs geschilderten Mindestanforderungen genügen.

Für **Nachrichten** und **Berichte** gilt § 49 Abs. 2 UrhG. Danach sind *„unbeschränkt zulässig...die Vervielfältigung, Verbreitung und öffentliche Wiedergabe von vermischten Nachrichten tatsächlichen Inhalts und von Tagesneuigkeiten, die durch Presse oder Funk veröffentlicht worden sind...“*. Urheberrechtlich geschützt sind jedoch die Beiträge, die über bloße Berichte hinausgehen und eine individuelle und persönlich gestaltete Äußerung darstellen, z.B. Kommentare, Kritiken und Reportagen.

Programme für Veranstaltungen sind ebenfalls in der Regel nicht als persönliche geistige Schöpfungen anzusehen und deshalb nicht geschützt. Lediglich aus der Einteilung und Anordnung des Stoffs sowie aus den begleitenden Texten kann sich die Schutzfähigkeit ergeben (Schricker/Loewenheim a.a.O. § 2 Rdnr. 70). Im übrigen kommt nur ein wettbewerbsrechtlicher Schutz in Betracht (s. § 5 II und BGHZ 27, 264 ff).

Werbe-**Slogans** wird in der Regel die nötige Schöpfungshöhe nicht zuerkannt (s. z.B. OLG Frankfurt GRUR 1987, 44 f. für den Slogan „das aufregendste Ereignis des Jahres“), es sei denn, es handelt sich um Wortgebilde höherer Komplexität und Originalität wie z.B. Slogans in Vers- oder Liedform, etwa „Fröhlich wie ein Frühlingsfalter fühl ich mich im Forma Büstenhalter“.

Bei Werk**titeln** ist in der Regel kein Raum für eine persönliche geistige Schöpfung genügender Schöpfungshöhe. So ist z.B. der Titel der Filmserie „Der 7. Sinn“ nicht urheberrechtlich schutzfähig (BGHZ 68, 132 ff.

[134]). Nur in seltenen Ausnahmen ist daher ein Werktitel als urheberrechtliches Werk geschützt. Schutz vor Mißbrauch und Ausbeutung durch Dritte bietet hier regelmäßig nur das Wettbewerbsrecht (s. § 5 IV 2).

Verträge und **juristische Äußerungen** können ebenfalls als Sprachwerke geschützt sein, wenn ein Mindestmaß an eigenschöpferischer Leistung darin zum Ausdruck kommt. Zur Schutzfähigkeit anwaltlicher Schriftsätze s. BGH GRUR 1986, 739 ff., zur Schutzfähigkeit eines Gesellschaftsvertragsentwurfes siehe LG Frankfurt GRUR 1987, 168 f.

Wissenschaftliche Schriftwerke sind trotz des Grundsatzes von der freien Zugänglichkeit zur wissenschaftlichen Lehre hinsichtlich ihrer konkreten Gestaltung und Darstellung geschützt (BGH GRUR 1981, 352 f.).

f) Werke der darstellenden Kunst

(1) Bühnenwerke

Die darstellende Kunst beschäftigt sich im wesentlichen mit der **szenischen Darstellung.** Im Urheberrechtsgesetz findet sich hierfür kein entsprechender Begriff. Die szenische Darstellung wird als Kombination verschiedener Kategorien, insbesondere von **Sprachwerken** mit **pantomimischen Werken, Werken der Tanzkunst** sowie als **Filmwerk** gesehen. Letzterem wird vom Urheberrechtsgesetz eine detailliertere und besondere Regelung (§§ 88 bis 94 UrhG) zuteil, das **Bühnenwerk** dagegen findet keine besondere Würdigung. Obwohl die das Bühnenwerk auslassende Aufzählung in § 2 UrhG nur beispielhaften Charakter hat, fehlt offenbar in Rechtsprechung und Rechtslehre die Bereitschaft, das Bühnenwerk in seiner Eigenständigkeit voll zu erfassen und zu würdigen. So wird in der Regel das Bühnenwerk in seine Bestandteile (Sprachwerk, mimische Darstellung) zerlegt. Das Textbuch wird (zutreffend) als Sprachwerk angesehen, das Spiel der Schauspieler nach den Anweisungen der Regie als bloße Interpretation, Bühnenbild und Kostüme unter Umständen als Werke der bildenden Künste angesehen. Die Inszenierung als solche sei bloße Interpretation, der Regisseur daher (nachschöpfender) Interpret, nicht selbst Schöpfer. Dem kann nicht gefolgt werden, denn die Inszenierung ist ein sehr komplexes Werk; sie verbindet die verschiedensten Einzelleistungen zu einem fertigen Ganzen. Ein starker, aber bei weitem nicht der einzige oder allein erforderliche Bestandteil einer Inszenierung ist das Textbuch. Hinzutreten müssen die Konzeption der szenischen Darstellung, der schauspielerischen Einzelleistungen, zu denen sprachliche und mimische Darstellung zählen, und die Ausstattung (wie z.B. Bühnenbild, Kostüme, Maske etc.). Erst die schöpferische Gestaltung und Kombination dieser Einzelleistungen ergibt die **Bühneninszenierung.** Diese hat seit altersher die Tendenz zum Gesamtkunstwerk. Ihre Realisierung und zugleich Interpretation ist die **Aufführung.** Vor 28 diesem Hintergrund sollte es daher der Rechtsprechung und -lehre keine Schwierigkeiten bereiten, die schöpferische Leistung des Bühnenregisseurs als **Regiewerk** urheberrechtlichem Schutz zu unterstellen. Angesichts des Umstandes, daß in anderen Bereichen schon vergleichsweise weitaus weniger anspruchsvolle schöpferische Leistungen urheberrechtlichen Schutz genießen, stellt es einen krassen Wertungswiderspruch dar, der Regieleistung diesen Schutz zu versagen. So wird der Filmregisseur vom Gesetzgeber und von der Rechtslehre zu Recht als der eigentliche Urheber des Filmwerks angesehen, auch wenn er das von einem anderen geschaffene Drehbuch verfilmt. Weshalb soll aber für den Bühnenregisseur und die Inszenierung des Textbuches nicht das gelten, was auch für den Filmregisseur gilt, zumal das Bühnenwerk kulturhistorisch der Vorläufer des Filmwerkes ist? Für diesen Wertungswiderspruch gibt es nicht die geringste Rechtfertigung, so daß die gesetzliche Bestätigung der Schutzfähigkeit des Regiewerks im Bühnenbereich wünschenswert ist. In der Rechtsprechung hat soweit ersichtlich bisher lediglich das LG Frankfurt (UFITA 77, 278 – Götterdämmerung) einer Regieleistung urheberrechtlichen Schutz zuerkannt. Diese Entscheidung wurde in der zweiten Instanz aufgehoben. Das OLG Frankfurt führte in seiner Entscheidung (GRUR 1976, 199 ff. [201] – Götterdämmerung) hierzu allerdings aus, der Regisseur könne einen Urheberschutz an seiner Regieleistung ausnahmsweise dann erwerben, wenn es sich um eine grundlegende schöpferische Neugestaltung der bühnenmäßigen Ausdrucksmittel handele. Auch die Rechtslehre verneint meist die Werkqualität der Regieleistung und sieht diese als bloße Interpretation an (s. Ulmer, Urheber- und Verlagsrecht, § 28 IV 2; Schricker/Loewenheim a.a.O. § 3 Rdnr. 17; Hubmann a.a.O. S. 280).

(2) Einzelbeiträge

29 Wie bereits erwähnt, ist die Bühnenaufführung auf die verschiedensten schöpferischen Beiträge angewiesen. Auch diese **Einzelschöpfungen** genießen urheberrechtlichen Schutz. Hierzu zählen die **Bühnenbilder** (BGH GRUR 1986, 458 ff. und BGH GRUR 1989, 106 ff. – Oberammergauer Passionsspiele I und II), **Kostüme**, die **Masken** (BGH GRUR 1974, 672 ff. [674] – Celestina), die **Bühnenmusik**, die **Choreographie** (LG München GRUR 1979, 852 f. – Godspell) und die originelle **Einzeldarstellung**. In letzterem Bereich sehen Rechtsprechung und -lehre Raum für Zweifelsfälle. So wird zwar die pantomimische Darstellung, also das stumme Spiel, als eigenständiges Werk in § 2 Abs. 1 Nr. 3 UrhG aufgezählt. Das mimische Spiel des (sprechenden) Schauspielers dagegen wird nicht als dessen eigene schöpferische Leistung aufgefaßt, sondern als bloßer Bestandteil des Vortrages eines vorgegebenen Sprachwerkes. Dem kann in dieser Ausschließlichkeit nicht gefolgt werden. Das Textbuch gibt zur Mimik und Gestik kaum konkrete Anweisungen. Die gelungene Darstellung zeichnet sich aber gerade durch entsprechende Leistungen des Schauspielers aus. Nicht selten werten große Schauspielerinnen und Schauspieler so Texte geringeren Niveaus in der Darstellung auf. Urheber dieser originellen Gestik und Mimik ist der Schauspieler, mitunter auch der Regisseur.

Sportliche und **akrobatische Leistungen** müßten persönliche geistige 30
Schöpfungen sein, um Urheberschutz genießen zu können. Daran fehlt es in der Regel (vgl. Schricker/Loewenheim a.a.O. § 2 Rdnr. 87).

g) Filmwerke

Das Filmwerk findet in § 2 Abs. 1 UrhG besondere Erwähnung. Das 31
Medium Film hat die darstellende Kunst von der Bühne und die Sicht des Betrachters vom Sitzplatz im Auditorium durch die Perspektive der Kamera ersetzt und die gesamte Umwelt und darüber hinausgehend die vielfältigen Möglichkeiten des Tricks bis hin zur Computersimulation als Aktionsbasis gegeben. Verbunden mit der Darstellung optisch und akustisch wahrnehmbarer Ereignisse ordnen sich die verschiedensten Werke dem Gesamtkunstwerk, dem **Filmwerk,** unter. So enthält das Filmwerk alle anderen Werkformen. Auf den Herstellungsprozeß selbst kommt es hierbei nicht an, sondern nur darauf, ob in eigenschöpferischer Weise eine zusammenhängende Komposition von Bildfolgen geschaffen wird. Daher sind auch primitivere technische Formen von Bildfolgen (Ton-Bildschau), aber auch optisch dargestellte Ereignisse geschützt, die vom Betrachter selbst mitbeinflußt werden können (wie z.B. bei **Video-Spielen** und **Computersimulationen**). Kein Filmwerk ist jedoch gegeben, wenn auf bloß handwerklich-technische Weise, aber ohne kreativ gestaltende Hand **Geschehnisse abgefilmt** werden (vgl. LG Berlin GRUR 1962, 207 f. – Maifeiern). Das Gesetz, § 95 UrhG, spricht hier – sprachlich etwas verunglückt – von „Laufbildern". Dagegen ist es unerheblich, ob die filmische Darstellung festgelegt wird oder nicht. Auch die Live-Sendung kann deshalb Filmwerk sein. Der Gesetzgeber hat die Rechtsverhältnisse an Filmwerken in den §§ 88 bis 94 UrhG besonderen Bestimmungen unterworfen, deren Sinn und Zweck darin besteht, die Rechtsposition der Filmhersteller bei der Auswertung von Filmen zu stärken. Auf diese Bestimmungen wird jeweils an entsprechender Stelle unter dem Stichwort „Film" eingegangen. Auf diese Weise soll das Urheberrecht das Filmschaffen fördern. Die „Laufbilder", also die bloßen Filme, werden entsprechend den Filmwerken geschützt, § 95 UrhG.

h) Werke der Musik und der Klangkunst

(1) Grundlagen

Das Gesetz erwähnt beispielhaft **Werke der Musik** als schutzfähig im 32
Sinne des Urheberrechtsgesetzes. Dies bedeutet jedoch nicht, daß die

Frage, was Musik denn eigentlich sei, in diesem Zusammenhang beantwortet werden muß. Denn auch sonstige eigenschöpferisch gestaltete **Klang-** und **Geräuschkombinationen** sind bei ausreichender Schöpfungshöhe schutzfähig. Für die Schutzfähigkeit entscheidend ist zunächst die Frage, ab welchem Grad der Ausdifferenzierung musikalischen oder klanglichen Erscheinungen die erforderliche Schöpfungshöhe zuerkannt wird. Einem einzelnen Trommelschlag, einem einzigen Akkord, oder einem isoliert stehenden Klangeffekt fehlt sicherlich die nötige Schöpfungshöhe. Die Abgrenzung kann anhand einer **Parallele zu den Sprachwerken** getroffen werden. Dort gilt, daß einzelne Buchstaben und ganz kurze Wortkombinationen noch nicht schutzfähig sind. Analog hierzu wird man im Bereich der Musik- und Klangwerke die Schutzfähigkeit bei der schöpferischen Kombination mehrerer Motive einsetzen lassen müssen. Die einzelnen Noten, Akkorde oder Rhythmen, sowie kurze Motive sind für sich allein betrachtet nicht schutzfähig.

33 Die musikalischen Anforderungen sind relativ gering, so daß auch nicht besonders originelle Schlager nach herrschender Meinung schutzfähig sind (sog. kleine Münze) (BGH GRUR 1981, 267 – Dirlada; BGH GRUR 1988, 811 – Fantasy).

34 Auch kommt es nicht darauf an, ob die Ton- oder Klangfolgen festgelegt werden. Die **Live-Improvisation** ist im Moment ihres Enstehens geschützt (so auch Hubmann a.a.O. S. 93; Fromm/Nordemann/Vinck a.a.O. § 2 Rdnr. 28; Schricker/Krüger a.a.O. § 73 Rdnr. 37). *„Urheber und ausübende Künstler in einer Person sind diejenigen, die das Werk schöpferisch (mit)gestalten und außerdem bei dessen Vortrag oder Aufführung künstlerisch mitwirken, wie z.B. der Stegreifdichter oder der improvisierende Jazzpianist. Sofern diese Leistungen – mögen sie auch zeitlich zusammenfallen – ihrem Wesen nach etwas Verschiedenes sind und demzufolge sachlich auseinandergehalten werden können, besteht für dieselbe Person nebeneinander sowohl Urheber- als auch Leistungsschutz“* (BGH GRUR 1984, 730 ff. [732]). Nicht schutzfähig sind dagegen die nicht von Menschen geschaffenen Klänge und Geräusche (Vogelgezwitscher, Meeresbrandung, Wind) und das anonyme Volkslied. Sofern der Natur oder dem Zufall überlassene Klangereignisse ohne maßgebliche kreative Strukturierung zum Gegenstand eines „Konzertes“ gemacht werden, entsteht noch kein Werk. Werden dagegen durch Zufall, Natur oder Maschinen erzeugte Klangerscheinungen eigenschöpferisch kombiniert, so besteht kein Anlaß, ab einer gewissen Schöpfungshöhe diesen Klangkombinationen den urheberrechtlichen Schutz zu versagen.

35 Die technischen Medien der Ton- oder Klangerzeugung sind für die Beurteilung der Schutzfähigkeit unbeachtlich. Es mag sich hierbei um die herkömmlichen Musikinstrumente, oder um **Computer, Sequenzer, Synthesizer**, oder mittels **Soundsampler** gespeicherte **Naturgeräusche** han-

deln. Maßgeblich ist allein die eigenschöpferische Kombination akustischer Phänomene. Die Sampling-Technik bringt es z.B. mit sich, daß Motivfetzen bestehender Tonaufnahmen zu neuen Tonaufnahmen kombiniert werden können. Wenn diese Kombination schöpferisch gestaltet und individuell geprägt ist, entsteht so ein neues schutzfähiges Klangwerk. Sofern die notwendige Schöpfungshöhe nicht erreicht wird, kommt wettbewerbsrechtlicher Schutz in Betracht. So scheidet ein urheberrechtlicher Schutz bestimmter Sounds, Baß- oder Schlagzeugrhythmen oder bestimmter Keyboardregistrierungen aus. Auch der Verkauf des berühmten James Brown – Schreis über Sound-Datenbanken an Dritte wäre kein Verstoß gegen das Urheberrecht, sondern könnte allenfalls gegen das allgemeine Persönlichkeitsrecht und gegen das Wettbewerbsrecht verstoßen (vgl. den Aufsatz von Thomas Holren „Sounds von der Datenbank" GRUR 1989, 11 ff.).

(2) Musikalische Bearbeitung

Der Bereich der **musikalischen Bearbeitung** ist ebenso reich wie der der Originalschöpfungen. Auch hier sind die Übergänge fließend. Viele Kompositionen gehen auf früher bestehende Melodien zurück und ähneln diesen in Teilen so sehr, daß sie insoweit Bearbeitungen der Vorlagen sind. Bearbeitungen finden sich auch im Bereich der Instrumentierung, des Arrangements und der die bloße Interpretation übersteigenden kreativen Ausführung z.B. beim Generalbass-Spiel. Im Bereich des Jazz ist der Interpret zugleich Schöpfer, indem er spontan komponiert („improvisiert"). So geht die Jazz- Interpretation eines Themas oft weit hinein in den Bereich der freien Benutzung und der Werkverbindung, wenn das Thema lediglich den Auftakt zu mit ihm nicht mehr verwandten und nur über ein gemeinsames harmonisches Schema verknüpften Improvisationen bildet. 36

Die **Transposition** ist kein Werk sondern bloße Kopie in Gestalt der Übertragung in eine andere Tonart. Die **Orchestration** ist ebenso wie das **Arrangement** schutzfähige Bearbeitung. Die **Variation** eines Themas ist mindestens Bearbeitung, meist aber in selbständiger Benutzung geschaffenes neues Werk. Die Variation eines kurzen, aus wenigen Noten bestehenden Motivs ist immer eigenes Werk, da ein solches Motiv mangels ausreichender Schöpfungshöhe nicht für sich allein schutzfähig ist. Der **„sound"** einer Band für sich allein ist ein urheberrechtlich nicht schutzfähiges Werk. Die **Jazzimprovisation** ist selbständiges Werk. Wenn der Improvisation ein vorbestehendes Thema vorangestellt wird, ist dieses häufig nur Musikzitat, oder es besteht Werkverbindung mit diesem, das Thema selbst wird in Form der Bearbeitung vorgestellt. **Programmierte Bestandteile** wie z.B. Rhythmen, automatische Begleitfiguren u.ä. sind noch nicht eigenständige Werke, sondern gehen in neu enstehende Werke oder Interpretationen ein. 37

Reich

3. *Die Gemeinschafts- und Gruppenschöpfung*

a) Überblick

38 Die Realität des schöpferischen Schaffens kennt vielfältige Erscheinungsformen des Zusammenwirkens mehrerer Urheber in einem Schöpfungstadium. Vom Zusammenwirken zu unterscheiden ist das Nacheinanderwirken, wie im Falle der Bearbeitung eines vorbestehenden Werkes oder der freien Benutzung. Mitunter bedient sich der Urheber handwerklicher Hilfskräfte, um das Werk herzustellen. Diese Gehilfen des Urhebers, z.B. der Bronzegießer, die Notenkopistin, der Fototechniker, folgen strikt und ohne Gestaltungsfreiheit den Anweisungen des Urhebers und erwerben deshalb keinerlei Urheberrechte. Vielfältig sind die Möglichkeiten der Verbindung von Werken, z.B. die Verbindung von Musik und Text oder Musik und Bild. Zu solchen Verbindungen kommt es teils mit Wissen und Wollen der Urheber selbst, teils aufgrund anderer Umstände. Schließlich gibt es den Bereich des gemeinsamen untrennbaren Schaffens mehrerer Urheber, durch den echte Gemeinschaftsschöpfungen entstehen.

b) Gemeinsame Werkschöpfung

39 Für die letztgenannte Fallgruppe trifft das Urheberrechtsgesetz in § 8 eine besondere Regelung. Danach sind mehrere, die ein Werk gemeinsam geschaffen haben, ohne daß sich ihre Anteile gesondert verwerten lassen, **Miturheber** des Werkes. In diesem Fall erbringen die Urheber sich ergänzende Beiträge zu dem **übergeordneten Zweck**, ein **gemeinsames Werk** zu schaffen. Miturheber ist nicht, wer ein bestehendes Werk bearbeitet oder wer lediglich dem Urheber assistiert. Eine gemeinsame Schöpfung setzt jedoch nicht voraus, daß jedes einzelne Element des Werkes gemeinsam geschaffen worden ist. Es reicht aus, wenn die Urheber ihre individuellen Beiträge zur Schaffung des Gesamtwerkes miteinander verknüpfen. Beispiele hierfür aus der Kulturgeschichte sind die Kinder- und Hausmärchen der Brüder Jacob und Wilhelm Grimm und die „ruhende Venus", deren Gestalt von Giorgini und deren Landschaft von Tizian stammt.

40 Das so geschaffene Werk muß **einheitlich** sein. Dieses schon vor Entstehen des Urhheberrechtsgesetzes von der Rechtsprechung entwickelte Kriterium wird in der Weise definiert, daß sich die Anteile des Werkes nicht gesondert verwerten lassen dürfen (vgl. BGH GRUR 1959, 335 – Wenn wir alle Engel wären). Da sich oft den Anteilen eines Miturhebers entsprechende Bestandteile eines Werkes isolieren und isoliert verwerten lassen, muß dieses Kriterium so verstanden werden, daß damit eine Verwertung gemäß dem ursprünglichen von den Urhebern beabsichtigten Zweck gemeint ist. Die Theorie von der Unmöglichkeit der gesonderten Verwertung stößt ferner dann auf Schwierigkeiten, wenn das Werk in sich verschiedene Kunstgattungen vereint. Dies ist bereits beim Lied, aber auch im Schauspiel oder Film so. Daher schränkt die herrschende Meinung den Begriff des einheitlichen Werks weiter dahingehend ein, daß dieses Werk nur **einer Kunstgattung** angehören dürfe (so Hubmann a.a.O. S. 123 und Fromm/Nordemann a.a.O. § 8 Rdnr. 12). Handelt es sich um mehrere Kunstgattungen, so wird eine Werkverbindung angenommen. Bei sich ergänzenden Beiträgen mehrerer Urheber innerhalb derselben Kunstgattung wird dagegen von einem einheitlichen Werk gesprochen. Diese Differenzierung ist wegen der unterschiedlichen Rechtsfolgen von erheblicher Bedeutung. Denn die besondere Regelung des § 8 UrhG findet nur Anwendung auf gemeinsam geschaffene Werke, nicht jedoch auf Werkverbindungen. Wird etwa – wie bei einem Musical oder Lied – ein Werk der Musik mit einem Sprachwerk verbunden, so ist nicht § 8 UrhG sondern § 9 UrhG anzuwenden (vgl. Mestmäcker/Schulze, Kommentar zum deutschen Urheberrecht, § 8 Rdnr. 2). Deutlich wird die Problematik auch am Beispiel des Filmwerkes, welches die unterschiedlichen Werke mehrerer Urheber zu einem Gesamtkunstwerk verschmelzen läßt. Dennoch bleiben Einzelwerke gesondert verwertbar, so z.B. die Filmmusik, aber auch der Film ohne den Originaldialog in synchronisierter Fassung, einzelne Bilder hieraus u.ä. Hier besteht Streit, ob die §§ 8 und 9 UrhG überhaupt anwendbar sind (Fromm/Nordemann a.a.O. § 8 Rdnr. 13 halten das Filmwerk für ein Gesamtkunstwerk besonderer Art, auf das die §§ 8, 9 UrhG nicht anwendbar sind).

Sofern eine Werkverbindung gemäß § 8 UrhG besteht, steht das Recht **41**
zur Veröffentlichung und zur Verwertung des Werkes den **Miturhebern zur gesamten Hand** zu, § 8 Abs. 2 Satz 1 UrhG. Die Gesamthandsgemeinschaft der Miturheber gilt kraft Gesetzes für die Zeit, für die das Werk besteht, jedoch höchstens bis zur Dauer der gesetzlichen Schutzfrist. Dieser Folge können sich die Miturheber nicht – auch nicht durch eine vertragliche Vereinbarung – entziehen. Welche Konsequenzen dies hat, sagt § 8 Abs. 2 UrhG: Grundsätzlich haben die Miturheber über die Veränderung, Veröffentlichung und Verwertung des gemeinsam geschaffenen Werkes gemeinsam und einvernehmlich mit Einwilligung aller Beteiligten zu befinden. Einwilligung bedeutet die vorab erteilte Zustimmung, § 183 BGB. Folglich ist der einzelne Miturheber an eigenmächtigen Verfügungen über das Werk gehindert. Er kann zwar auf seinen Anteil an den Verwertungsrechten verzichten, dieser **Verzicht** kann jedoch nur gegenüber und zu Gunsten der anderen Miturheber erfolgen, **nicht** aber **zu Gunsten Dritter**, z.B. der Nutzer, § 8 Abs. 4 UrhG.

Aufgrund des strengen Erfordernisses der Einwilligung aller Miturhe- **42**
ber besteht die Gefahr, daß die **Verwertung** des gemeinschaftlichen Werkes blockiert wird. Deshalb bestimmt das Gesetz, daß die **Einwilligung nicht wider Treu und Glauben verweigert** werden darf. Dieses Krite-

rium stammt aus § 242 BGB. Die ebenso gängige wie nichtssagende Definition der Rechtsprechung lautet, daß gegen Treu und Glauben verstößt, was dem Anstandsgefühl aller billig und gerecht Denkenden widerspricht. Im Ergebnis hat das Gesetz hier ein Einfallstor für unterschiedlichste Interessenabwägungen und für umfangreiches Rechtsprechungsrecht („Case-Law") geschaffen. Wann daher die Verweigerung zur Einwilligung zur Veröffentlichung, Verwertung oder Änderung des gemeinsam geschaffenen Werkes treuwidrig ist, wird im Streitfall aufgrund einer Interessenabwägung zu entscheiden sein. Hierbei sind die schutzwürdigen Interessen der beteiligten Urheber gegeneinander abzuwägen. Dies bedeutet, daß die Verweigerung der Einwilligung zumindest schlüssig begründet werden muß. Denn die grundlose, willkürliche Verweigerung vermag dem Begehren der Miturheber nichts entgegenzusetzen. So hat z.B. das OLG Frankfurt (Schulze OLGZ 107, 16) das Begehren des Miturhebers eines „Taschenbuchs für Wehrfragen" gegenüber den Miturhebern und -herausgebern, die Fortführung des Sammelwerkes einzustellen, als „treuwidrige Verweigerung" zurückgewiesen. In der Praxis läuft diese Regelung darauf hinaus, daß im Streitfall der sich **weigernde Miturheber auf Einwilligung** verklagt werden muß (der Anspruch auf Einwilligung kann eingeklagt und nach § 894 ZPO vollstreckt werden). Bis zur rechtskräftigen Entscheidung über die Klage, die Jahre auf sich warten lassen kann, sind die die Einwilligung begehrenden Miturheber in ihren Auswertungsbemühungen gelähmt, zumal die Einwilligung wegen der Vorwegnahme der Hauptsache kaum durch einstweilige Verfügung erzwungen werden kann. Überdies müssen die Kläger dann beweisen, daß die Versagung der Einwilligung treuwidrig ist. Dies bedeutet, daß praktisch gegen den Willen auch nur eines Miturhebers nur schwer etwas auszurichten ist und die Miturheber sich im Zweifel besser auf einen Kompromiß einigen, insbesondere wenn es sich um Werke handelt, die möglicherweise bis zu einer rechtskräftigen Gerichtsentscheidung schon nicht mehr aktuell wären.

43 Immerhin läßt sich vertreten, daß in **Notfällen** jeder Miturheber auch ohne Zustimmung der anderen Entscheidungen treffen kann, die zur Werterhaltung des gemeinsamen Werkes notwendig sind. Diese Fallgruppe ist zwar von § 8 UrhG nicht geregelt, findet aber ihre Grundlage in den Bestimmungen über die Gemeinschaft, §§ 741 ff., 744 Abs. 2 BGB. Hierbei ist die Rechtslage umstritten, die ensteht, wenn ein Partner in der Verwertung des gemeinschaftlichen Werkes (z.B. ein Verleger) **Anlaß zur fristlosen Kündigung** des Verwertungsvertrages aus wichtigem Grund bietet. Nach allgemeinen Rechtsgrundsätzen muß die Kündigung aus wichtigem Grund innerhalb von vierzehn Tagen nach Entstehen bzw. Bekanntwerden des Kündigungsgrundes erfolgen. Wäre hier bei Uneinigkeit der Miturheber untereinander zunächst eine Zustimmungsklage erforder-

lich, so würde die Kündigung möglicherweise erst Jahre nach Entstehen des Grundes ausgesprochen werden können. Der Anlaß zur Kündigung bietende Verwertungspartner könnte dann möglicherweise gegenüber der Kündigung einwenden, der ursprüngliche Kündigungsgrund sei längst entfallen. Bis auch dieser Streit entschieden wäre, wären möglicherweise alle oder erhebliche Chancen anderweitiger Verwertung vereitelt. Der BGH (GRUR 1982, 41), der ein Notverwaltungsrecht einzelner Miturheber verneint, hat für den Fall der außerordentlichen Kündigung eines Musikverlagsvertrages über ein verbundenes Werk (Text, Melodie) entschieden, daß den einzelnen Urhebern immerhin eine angemessene Frist zur Beschaffung der erforderlichen Zustimmung der übrigen Urheber eingeräumt werden müsse, die Zwei-Wochen-Frist des § 626 Abs. 2 BGB also nicht anwendbar sei.

Für den Fall, daß das **Urheberrecht** der Miturheber **verletzt** wird, **44**
sieht das Gesetz, § 8 Abs. 2 S. 3 UrhG, eine schnellere Aktionen ermöglichende Regelung vor. **Jeder Miturheber** kann ohne Einwilligung der anderen Ansprüche aus Verletzungen des gemeinsamen Urheberrechts geltend machen, wobei er Leistung nur an alle Miturheber verlangen kann. Die anderen Miturheber können sich dem Prozeß zwar später anschließen, jedoch nicht gesondert einen Prozeß gegen den Verletzer führen.

Die **Erträgnisse** aus der Nutzung des Werkes gebühren den Miturhe- **45**
bern nach dem **Umfang** ihrer **Mitwirkung** an der Schöpfung des Werkes, wenn nichts anderes zwischen den Miturhebern vereinbart ist, § 8 Abs. 3 UrhG. Im Streitfall verlangt das Gesetz damit eine reine **Quantifizierung** der Schaffensanteile, bei der die Bedeutung dieser Anteile unbeachtlich ist. Es kommt demnach auf den nach äußerlichen Kriterien zu bestimmenden Anteil jedes Schaffensbeitrages an dem Gesamtwerk an. Die Kriterien mögen Zeit (Dauer bei Musikwerken) oder Umfang, z.B. bei Schriftwerken, sein. Ein Miturheber kann auf seinen Anteil an den Verwertungsrechten verzichten. Der Verzicht ist den anderen Miturhebern gegenüber zu erklären. Nach der Erklärung wächst der Anteil den anderen Miturhebern zu, § 8 Abs. 4 UrhG.

c) Werkverbindung

Nicht mit gemeinsam geschaffenen Werken im Sinne des § 8 UrhG zu **46**
verwechseln sind die **Verbindungen von Werken verschiedener Gattungen**. Sofern diese Verbindungen von den Urhebern nicht beabsichtigt waren, ist die zwanglose Trennung möglich. Anders dagegen wird die Fallgruppe der von den Urhebern verschiedener Werke bewußt und zum **Zwecke gemeinsamer Verwertung** eingegangenen Werkverbindungen beurteilt. Hier ist in der Regel eine **Gesellschaft bürgerlichen Rechts** entstanden, da die Urheber zur Erreichung eines gemeinsamen Zweckes

sich ergänzende Beiträge liefern. Ein Beispiel hierfür ist die Zusammenarbeit zwischen Komponistin und Textdichterin. Die Gesellschaft bürgerlichen Rechts ist in den §§ 705 ff. BGB geregelt. Gemäß § 709 BGB steht die Führung der Geschäfte der Gesellschaft den Gesellschaftern gemeinschaftlich zu; für jedes Geschäft ist die Zustimmung aller Gesellschafter erforderlich. Die Bestimmung des § 9 UrhG bringt nun für das Urheberrecht ergänzend die Regelung, daß jeder Urheber eines verbundenen Werkes vom anderen dessen Einwilligung zur Veröffentlichung, Verwertung und Änderung der verbundenen Werke verlangen kann, wenn die Einwilligung dem anderen „nach Treu und Glauben zuzumuten" ist. Gemeinsam verwertet werden kann nur das Gesellschaftsvermögen, welches das gemeinschaftliche Vermögen all der Urheber ist, die ihre Werke zur gemeinsamen Verwertung verbunden haben, dies folgt aus § 718 BGB. Zu diesem Vermögen zählt nicht das Urheberrecht als solches, welches gemäß § 29 S. 2 UrhG grundsätzlich nicht übertragbar ist. Ob die Urheber verbundener Werke einander tatsächlich Verwertungsrechte im Sinne der §§ 15 ff. UrhG einräumen oder lediglich dem gemeinsamen Verwertungszweck entsprechende Nutzungsrechte, §§ 31 ff. UrhG, mag nur von rechtsdogmatischem Interesse sein. Entscheidend ist die Frage, inwieweit die Urheber verbundener Werke dem Urheberrecht entspringende **Nutzungrechte einbringen**. Nach dem vertragliche Beziehungen im Urheberrecht regelnden Zweckübertragungsgrundsatz (siehe unten Rdnr. 132 ff.) kann eine Rechteübertragung nur insoweit angenommen werden, als diese zur gemeinsamen Verwertung erforderlich ist. Sofern danach der Gesellschaft Rechte gemeinschaftlich zustehen, entfaltet § 9 UrhG seine Wirkung und gewährt unter der genannten Voraussetzung einen **Anspruch auf Einwilligung**. Hier ergibt sich wie in § 8 UrhG das Problem, daß eine Interessenabwägung streitentscheidend wird und bei einer Versagung der Einwilligung zunächst eine Klage auf Einwilligung erhoben werden muß. Sofern ein Urheber einen wichtigen Grund zur außerordentlichen Kündigung eines mit ihm als Miturheber eines verbundenen Werkes geschlossenen Nutzungsvertrages, z.B. eines Verlagsvertrages, hat, muß er die Kündigung nicht binnen zwei Wochen aussprechen, sondern ihm verbleibt eine „angemessene" Frist, um die Zustimmung des Urhebers des anderen Werkes einzuholen (BGH GRUR 1982, 41; zur Verpflichtung des Urhebers des anderen Werkes zur Einwilligung s. BGH GRUR 1982, 743 f.). Hinsichtlich des Notverwaltungsrechts gilt das oben zu § 8 UrhG Gesagte (s.o. Rdnr. 43) entsprechend. Die Werkverbindung endet mit der Erreichung ihres Zweckes, sofern die Urheber keine andere Vereinbarung getroffen haben. Wenn die **Schutzfristen** der unterschiedlichen miteinander verbundenen Werke zu verschiedenen Zeiten ablaufen, fallen die frei werdenden Werke aus der Gesellschaft bürgerlichen Rechts heraus, ggf. löst sich die Gesellschaft durch Fortfall ihrer Grundlagen auf (§ 726 BGB).

Reich

4. Vermutung und Beweis der Urheberschaft

a) Gesetzliche Vermutung der Urheberschaft

Das deutsche Urheberrecht schützt die Rechte des Urhebers an seinem Werk mit der Entstehung desselben. Eine Festlegung, Urheberbezeichnung oder gar **Registrierung ist nicht erforderlich**. Doch freilich nützt dieser umfassende Schutz dem Urheber, wenn seine Urheberschaft von einem Dritten bestritten wird, nichts, wenn er seine Urheberschaft nicht beweisen kann. In diesem Zusammenhang ist § 10 UrhG von Bedeutung. Danach wird die Urheberschaft desjenigen, der auf den Vervielfältigungsstücken eines erschienen Werkes oder auf dem Original eines Werkes der bildenden Künste in der üblichen Weise als Urheber bezeichnet ist, bis zum Beweis des Gegenteils vermutet. Dies bedeutet, daß derjenige, der seine Urheberschaft in der in § 10 UrhG beschriebenen Weise dokumentiert hat, seine Urheberschaft nicht beweisen muß. 47

Zur Bezeichnung als Urheber in der üblichen Weise genügt auch die Verwendung von **Pseudonymen** oder **Kürzeln**, die allerdings Probleme aufwerfen mag, auf die noch eingegangen wird. Da das Urheberrechtsgesetz einen möglichst weitgehenden Schutz des Urhebers anstrebt, darf im Zweifel angenommen werden, daß eine vorhandene Urheberbezeichnung auch in „üblicher Weise" angebracht ist. Lediglich vollkommen versteckte Bezeichnungen dürften unüblich sein und den Anforderungen des § 10 Abs. 1 UrhG nicht genügen. 48

Die Vermutung des § 10 Abs. 1 UrhG soll jedoch nur dem zugutekommen, dessen Werk, sofern es sich nicht um ein Originalwerk der bildenden Künste handelt, **erschienen** ist. Erschienen ist ein Werk, welches in einer Mindestanzahl von Vervielfältigungsstücken der Öffentlichkeit zugänglich gemacht worden ist (s. dazu ausführlicher unten Rdnr. 77 ff.). Sofern ein Werk also nicht erschienen ist, sondern lediglich gewissermaßen als Originalwerk der Öffentlichkeit präsentiert wird, soll die Vermutung des § 10 UrhG nicht gelten. Dies ist ein Mangel des Gesetzes (so auch Schricker/Loewenheim a.a.O. § 10 Rdnr. 5 und Fromm/Nordemann a.a.O. § 10 Rdnr. 4). Dieser Mangel ist inzwischen mittelbar durch Art. 15 der Revidierten Berner Übereinkunft (RBÜ), der auch die Bundesrepublik Deutschland zugestimmt hat, behoben. Diese Bestimmung knüpft die gesetzliche Vermutung der Urheberschaft nicht an das Erscheinen des Werkes, sondern läßt die bloße Urheberbezeichnung ausreichen. Zwar gilt diese Regelung nach der RBÜ für alle den Konventionsstaaten angehörenden Urheber, mit Ausnahme der in der Bundesrepublik enstandenen Werke Deutscher. Es gilt dennoch als richtig, der nach Inkrafttreten des Urheberrechtsgesetzes entstandenen Bestimmung des Art. 15 RBÜ Vorrang gegenüber § 10 UrhG einzuräumen, damit nicht Inländer gegenüber Ausländern benachteiligt werden (so auch Fromm/Nordemann a.a.O. § 10 Rdnr. 5). 49

50 Im Bereich der **Decknamen** und **Künstlerzeichen** bringt § 10 Abs. 1 letzter Teilsatz UrhG Auslegungsschwierigkeiten, indem er für die vom Urheber verwendete Bezeichnung fordert, daß diese **bekannt** ist. Ersichtlich kann hier nicht gemeint sein, daß der Öffentlichkeit bekannt sein muß, wer hinter dem Decknamen oder Künstlerzeichen steckt. Pseudonyme dienen ja in der Regel dazu, den wahren Namen zu verbergen. Bedenklich ist es auch, daß das Gesetz in § 10 UrhG fordert, das Pseudonym müsse bekannt sein. Soll denn z.B. der junge Autor, dessen Pseudonym erstmals verwendet wird und noch keineswegs bekannt ist, nicht in den Genuß der Vermutung des § 10 UrhG kommen? Auch hier wird richtigerweise der inzwischen geltende Art. 15 RBÜ vorrangig zu beachten sein, wonach es ausreicht, daß das vom Urheber angenommene Pseudonym keinen Zweifel über seine Identität aufkommen läßt (Fromm/Nordemann a.a.O. § 10 Rdnr. 20 f.).

51 Es kommt auch vor, daß der **Urheber nicht** auf Werk- und Vervielfältigungsstücken **genannt** wird. Dies tut seiner Urheberschaft zwar keinen Abbruch, ermöglicht es jedoch auch nicht, ihm die Vermutung des § 10 Abs. 1 UrhG zugutekommen zu lassen. Dem Urheber dennoch zusätzlich einen gewissen Schutz zu geben, ist das Anliegen des Abs. 2 des § 10 UrhG. Hiernach wird dem Herausgeber, oder falls kein Herausgeber angegeben ist, dem Verleger das Privileg gewährt, die Rechte des Urhebers geltend machen zu dürfen, ohne sich durch den unbewiesenen Einwand blockiert zu sehen, er sei nicht hierzu ermächtigt.

b) Beweis der Urheberschaft

52 Trotz der oben besprochenen Regelungen der Beweisvermutung empfiehlt es sich für den Urheber mitunter, zusätzliche **Beweissicherungen** seiner Urheberschaft in die Wege zu leiten. Der beste Weg besteht darin, **vor** einer **Veröffentlichung** oder Mitteilung des Werkes an andere, ein Werkexemplar oder Vervielfältigungsstück bei einem Notar zu hinterlegen und dort seine Urheberschaft eidestattlich zu versichern **(notarielle Prioritätsverhandlung**, Formular: s. Münchener Vertragshandbuch, Band 3, Nordemann, IX 1). Damit ist jedenfalls bewiesen, daß zur Zeit der Hinterlegung der Urheber im Besitz eines Werkstückes oder Vervielfältigungsstückes war. Die zu dieser Zeit abgegebene, einem Eid gleiche Bekräftigung hat dann großes Gewicht, wenn eine konkrete Anmaßung der Urheberschaft durch Dritte zu dieser Zeit nicht ersichtlich war. Weniger empfehlenswert ist der insbesondere im anglo- amerikanischen Recht empfohlene Weg, sich Werkexemplare oder Vervielfältigungsstücke per Einschreiben an die eigene Anschrift senden zu lassen, um diese dann ungeöffnet aufzubewahren. Hiernach soll der Poststempel in Verbindung mit dem Inhalt der ungeöffneten Postsendung beweisen, daß das Werk

z.Z. des Postversandes im Besitz des Urhebers war. Hier bleibt nämlich der Fälschungseinwand möglich.

Wenn der Urheber keine der vorbeschriebenen Beweiserleichterungen zur Verfügung hat, bleibt im Streitfall noch die Beiziehung **weiterer Beweismittel**. Hierzu gehören **Originalaufzeichnungen** und **-abbildungen, Tonaufnahmen, Abbildungen** und „last *and* least" **Zeugen**, denn diese gehören erfahrungsgemäß zu den schlechtesten Beweismitteln. 53

5. Persönlichkeitsschutz des Urhebers

a) Grundlagen

„Das Urheberrecht schützt den Urheber in seinen geistigen und persönlichen Beziehungen zum Werk und in der Nutzung des Werkes", § 11 UrhG. Damit hat das **allgemeine**, jedem Menschen gegebene **Persönlichkeitsrecht** seine Entsprechung im Urheberrecht. Man spricht hier vom **Urheberpersönlichkeitsrecht**. Dem Konzept dieses Urheberpersönlichkeitsrechts liegt die in unserer Kultur herrschende Vorstellung zugrunde, daß Kunst eine höchste **Entfaltung der Eigenpersönlichkeit** sei. Kulturhistorisch sind wir zu dieser Wertung allerdings erst in dem allmählichen Prozeß der Lösung des Individuums aus den Einengungen der Identifikation mit der gesellschaftlichen Zuordnung zu bestimmten Ständen, Gruppen u.ä. gelangt, der in der Epoche der Renaissance begann. Noch Robert Schumann sagte: *„Sei bescheiden! Du hast noch nichts erfunden und gedacht, was nicht andere vor dir schon gedacht und erfunden. Und hättest du's, so betrachte es als ein Geschenk von Oben, was du mit Anderen zu theilen hast."* 54

Es gilt der Grundsatz, daß **niemand** das **allgemeine Kulturgut** für sich **monopolisieren** kann und **darf**, indem er ihm gewissermaßen nur den eigenen Stempel aufdrückt und so zu seinem Besitz erklärt. Nur die eigenpersönliche Prägung, nicht aber der kulturelle Stoff, in den hinein diese Prägung erfolgt, wird zu Gunsten des Urhebers geschützt. Daraus folgt der allgemein geltende und anerkannte Grundsatz, daß nur das **Werk** in seiner **konkreten Form** urheberrechtlichen Schutz beanspruchen kann, nicht aber bestimmte Werktechniken (vgl. auch Hubmann, „Die Idee vom geistigen Eigentum", ZUM 1988, 4 ff. [7]). 55

b) „Droit moral" und die wichtigsten Einzelrechte

So gilt auch, daß das Urheberrecht den Urheber (nur) in **seinen** geistigen und persönlichen Beziehungen zum Werk schützt, § 11 UrhG. Die Regelung des § 11 UrhG unterscheidet die nicht materiellen persönlichkeitsrechtlichen Beziehungen des Urhebers zum Werk **(droit moral)** und das **Recht zur Nutzung** des Werkes. Soweit im Werk die Eigenpersönlichkeit des Urhebers zum Ausdruck kommt, genießt der Urheber in sei- 56 ner Beziehung hierzu absoluten Schutz. Dieses **Urheberpersönlichkeitsrecht** ist **nicht übertragbar**. Andere können lediglich ermächtigt werden, es für den Urheber auszuüben, wobei sie aber stets dessen Willen befolgen müssen. Dem Urheber verbleiben auch bei Verfügungen über die Nutzungsrechte stets persönlichkeitsrechtliche Befugnisse, wie der Anspruch auf Anerkennung seiner Urheberschaft und das Recht, gegen Verstümmelung oder sinnentstellende Wiedergabe seines Werkes vorzugehen (vgl. BGHZ 15, 249 ff. [257] – Cosima Wagner). Zum Urheberpersönlichkeitsrecht zählen die Rechte des Urhebers, über das ob und wie der Veröffentlichung, über die Anerkennung seiner Urheberschaft, die Nennung des Urhebers und die Bearbeitungen (**Entstellungsschutz**) zu bestimmen, sowie über das Zugangsrecht. Ferner gehören hierzu der Schutz der gewandelten Überzeugung durch ein Rückrufsrecht und die Unpfändbarkeit des Urheberrechts und beschränkte Pfändbarkeit der daraus entspringenden Nutzungsrechte, die nur mit Einwilligung des Urhebers zulässig ist. Das OLG Hamburg (GRUR 1989, 666 – Heinz Ehrhardt) führt dazu aus, daß das Persönlichkeitsrecht *„eines durch sprachliche Darstellung in Wort und Stimmklang bundesweit bekannt gewordenen Schauspielers... auch das Recht (erfaßt), einer Verwendung dieser künstlerischen Eigenart in der Werbung mit Hilfe eines Sprachimitators entgegenzutreten.“* Auf diese Rechte kann der Urheber auch nicht verzichten. Im Gegensatz hierzu kann im Bereich der materiellen Nutzung des Werkes der Urheber Nutzungsrechte an Dritte übertragen.

(1) Das Veröffentlichungsrecht

57 Der Urheber hat das Recht zu bestimmen, ob und wie sein Werk zu veröffentlichen ist, und ihm ist es vorbehalten, den Inhalt seines Werkes öffentlich mitzuteilen oder zu beschreiben, solange weder das Werk noch der wesentliche Inhalt oder eine Beschreibung des Werkes mit seiner Zustimmung veröffentlicht ist, § 12 UrhG. Diese Entscheidung trifft der Urheber **höchstpersönlich** (BGHZ 15, 257 – Cosima Wagner; BGH NJW 1974, 1381). Sie ist unwiderruflich, d.h., wenn und soweit der Urheber sich zur Veröffentlichung seines Werkes entschließt, ist seine Entscheidungsbefugnis verbraucht. Dieser **Verbrauch des Veröffentlichungsrechts** geht aber immer nur so weit, wie die Form, in der das Werk veröffentlicht ist. Dies bedeutet, daß die Veröffentlichung in einer Form (z.B. als akustisch vernehmbares Sprachwerk) noch nicht die Veröffentlichung des Sprachwerkes in Form einer Schrift, auf Tonträger oder in einem sonst völlig anderen Sachzusammenhang erlaubt (vgl. KG GRUR 1981, 742 – Totenmaske). Das LG Berlin (GRUR 1983, 762 – Porträtbild) hat ausgeführt, daß die Zustimmung des Urhebers zur Verwendung seines Werkes in einem Farbfilm nicht die Verwertung im Fernsehen zuläßt, da dort wegen des unterschiedlichen Formats und des teilweisen Empfangs

mit Schwarzweiß-Geräten die gewollte ästhetische Wirkung nicht eintreten könne (vgl. auch LG Düsseldorf ZUM 1986, 158: Die der GEMA an einem Musical eingeräumten Aufführungsrechte umfassen nicht das Recht zur Verwertung dieses Musicals in der Hörfunkwerbung für branchenfremde Erzeugnisse). Bestehen Zweifel am Umfang dessen, was der Urheber gestattet, so gehen diese zu seinen Gunsten. Im Zweifel kann eine Erlaubnis nicht angenommen werden.

Oft stellt sich die Frage, ob der Urheber die Veröffentlichung wirklich **58**
erlaubt hat, da die Erlaubnis mitunter nicht ausdrücklich erteilt wird, sondern auf andere Weise. Das Recht kennt hier die Fallgruppe des rechtlich **schlüssigen Verhaltens**. Dies bedeutet, daß in bestimmten Situationen sogar wortloses Verhalten als rechtlich wirksame Willenserklärung angesehen werden kann. Keinesfalls bedeutet dies jedoch, daß dem Schweigen an sich die Rechtswirkung der Erlaubnis zukommt, von der Ausnahme des Schweigens auf ein Bestätigungsschreiben im geschäftlichen Verkehr (vgl. § 363 HGB) abgesehen. Wer vorbehaltlos Rechte überträgt, die die Veröffentlichung in bestimmter Weise zwingend voraussetzen, erlaubt schlüssig insoweit die Veröffentlichung des Werkes. Die Rechtsprechung sieht daher in der **vorbehaltlosen Einräumung von Nutzungsrechten** die Erlaubnis zur Veröffentlichung (BGHZ 15, 249 ff. [258] – Cosima Wagner). Entsprechendes gilt bei Veräußerung von Werkstücken der bildenden Kunst, § 44 Abs. 2 UrhG für das Ausstellungsrecht und bei der Errichtung eines Bauwerkes. Die Bestimmung des § 12 Abs. 2 UrhG behält ferner dem Urheber vor, vor Veröffentlichung des Werkes dessen Inhalt öffentlich **mitzuteilen**. Der Grund für diese Regelung besteht darin, daß bereits die Mitteilung des Werkinhaltes den Urheber in eine Situation bringt, die weitreichende Konsequenzen für das Werk und für ihn selbst haben kann, insbesondere Kritik oder Voreingenommenheit hervorrufen und damit Rückwirkungen auf den Urheber und das Werk auslösen kann. Sich dieser Situation auszusetzen, soll ausschließlich dem Urheber selbst durch Ausübung des Veröffentlichungsrechts vorbehalten bleiben (vgl. BGH a.a.O. und BGH NJW 1974, 1381). Ist das Werk jedoch veröffentlicht, so können Dritte hierüber Mitteilungen machen. Probleme entstehen dann, wenn die Mitteilung so umfangreich oder dem Werk nachempfunden ist, daß es sich nicht nur um eine eigenständige Zusammenfassung sondern um eine Art Bearbeitung des Werkes handelt, die (ohne Einwilligung des Urhebers) nicht veröffentlicht werden darf (so schon RGZ 129, 252 ff. [256] – Operettenführer).

(2) Recht auf Anerkennung der Urheberschaft

Der Urheber hat das Recht auf Anerkennung seiner Urheberschaft am **59**
Werk. Er kann bestimmen, ob das Werk mit einer Urheberbezeichnung zu versehen und welche Bezeichnung zu verwenden ist, § 13 UrhG. Da-

mit hat der Urheber das unabdingbare Recht, sich auf seine Urheberschaft zu berufen, entsprechendes Bestreiten oder entsprechende Anmaßungen Dritter abzuwehren und das ob und wie seiner Bezeichnung als Urheber, beispielsweise als Komponist, Herausgeber, Bearbeiter, Arrangeur, Übersetzer, Designer zu bestimmen. In der Regel finden sich immer vernünftige Möglichkeiten, den Urheber zu bezeichen, z.B. in einem Programmheft, durch Ansage, durch Anbringung an Werkstücken, im Vor- und Nachspann des Films (vgl. zum Nennungsanspruch des Verfassers des Filmexposés: BGH GRUR 1963, 40 ff. [42] – Straßen gestern und morgen) u.ä., so daß die Ausrede, die Urheberbezeichnung sei unmöglich gewesen, kaum jemals gelten dürfte. Umgekehrt kann der Urheber auch die Nennung seines Namens verbieten und sich hierzu vertraglich verpflichten, wie z.B. im Fall des Ghostwriters (vgl. Fromm/Nordemann/Hertin a.a.O. § 13 Rdnr. 3). Entsprechend kann der Urheber auch darauf **verzichten**, als solcher genannt zu werden. Im Hinblick auf die weitreichenden Folgen eines solchen Verzichts ist jedoch nicht davon auszugehen, daß die bloße **Branchenüblichkeit** automatisch einen entsprechenden Verzicht indiziert.

(3) Entstellungsverbot

aa) Voraussetzungen

60 Der Urheber hat das Recht, eine Entstellung oder eine andere Beeinträchtigung seines Werkes zu verbieten, die geeignet ist, seine berechtigten geistigen oder persönlichen Interessen am Werk zu gefährden, § 14 UrhG. Die besondere Problematik dieser Regelung besteht darin, daß sehr umstritten ist, was unter einer Entstellung oder einer anderen Beeinträchtigung im Sinne dieser Vorschrift zu verstehen ist. Verschärft wird diese Problematik dadurch, daß § 14 UrhG im gewissen Widerspruch zu anderen Grundregeln des Urheberrechts steht. Grundsätzlich darf nämlich jedermann die Werke anderer Urheber verändern, bearbeiten und im Wege der freien Benutzung zur Anregung für neue Werke dienen lassen. Dies folgt aus der Kunstfreiheitsgarantie und aus dem Fehlen eines entsprechenden Verbots im Urheberrechtsgesetz. Einschränkungen bestehen grundsätzlich erst bei **Veröffentlichung**, §§ 23, 24 UrhG. Eine Veröffentlichung setzt § 14 jedoch nicht ausdrücklich voraus. Der Sinn dieser Vorschrift wird richtigerweise so zu verstehen sein, daß hierin grundsätzlich nichts über die Befugnis zur Veränderung eines Werkes ausgesagt wird. Vielmehr enthält § 14 UrhG eine Art **Vetorecht des Urhebers**. Dieser soll nach § 14 UrhG berechtigt sein, ausnahmsweise Veränderungen seines Werkes bei Gefährdung seiner berechtigten geistigen oder persönlichen Interessen am Werk zu verbieten.

61 Nach Rechtsprechung und Rechtslehre ist unter einer Entstellung eine **Verzerrung** oder **Verfälschung** der wesentlichen Merkmale des Werkes

zu verstehen (BGH GRUR 1954, 80; Fromm/Nordemann/Hertin a.a.O. § 14 Rdnr. 2). Eine Entstellung sei stets geeignet, die berechtigten Interessen des Urhebers zu gefährden, so daß eine besondere **Interessenabwägung** nicht notwendig sei. **Andere Beeinträchtigungen** des Werkes dagegen könne der Urheber dann verbieten, wenn die Interessenabwägung zu seinen Gunsten ausfällt. Trotz dieser scheinbar klaren Unterscheidung wird doch in der Praxis so verfahren, daß bei der Beurteilung dessen, was eine Entstellung ist, bereits die Interessenabwägung in die Definition des Begriffs der Entstellung einfließt. Wenn Rechtsprechung und Lehre zur Annahme einer Entstellung noch nicht einmal Änderungen am Werk selbst fordern, sondern sogar die **Art seiner Nutzung** ausreichen lassen wollen, so bedeutet dies im Ergebnis nichts anderes, als daß bei der Bestimmung dessen, was als Entstellung gilt, lediglich die **Beeinträchtigung der Urheberinteressen** maßgeblich ist.

Es kommt daher immer auf eine Interessenabwägung an (so auch Hub- **62**
mann a.a.O. S. 165; Schricker/Dietz a.a.O. § 14 Rdnr. 5; Fromm/Nordemann/Hertin a.a.O. § 14 Rdnr. 5). Zu Gunsten des Urhebers wird angenommen, daß dessen Interesse am Schutz seines Werkes vor Verfälschung oder Verzerrung oder sonstiger Beeinträchtigung zu respektieren ist. Dieses Interesse mag dann gemindert sein, wenn der Urheber selbst die Veränderung, beispielsweise durch eine Bearbeitungserlaubnis, zunächst gestattet hat. Dort stehen den Interessen des Urhebers die **Interessen des Bearbeiters** gegenüber. Ferner kommt es vor, daß Werkstücke oder Vervielfältigungsstücke einem anderen gehören. Dann stehen den Interessen des Urhebers die **Interessen des Eigentümers** gegenüber, die darin bestehen, mit „seiner" Sache zu verfahren, wie er will. Besonders gewichtige Eigentümerinteressen sieht die Rechtsprechung in den Fällen, in denen **Kunstwerke an oder in Gestalt von Bauwerken** bestehen (vgl. BGH NJW 1974, 1381 – Schulerweiterung und OLG Düsseldorf GRUR 1990, 189 ff. [191] – Grünskulptur). Dagegen berücksichtigen Rechtsprechung und Lehre nicht die **Interessen der Kunst und Kultur als solche**. Vielleicht liegt dies daran, daß der Gesetzgeber das künstlerische Schaffen in seiner Gesamtheit vom konkreten Urheber repräsentiert sieht. Andererseits zeigt die Geschichte der Kunst und des menschlichen Schaffens, daß oft die einen als Entstellung anprangerten, was für die anderen eine neue und höhere Stufe künstlerischen Schaffens ist. Der „soziale Bezug" des geistigen Eigentums (vgl. BVerfG NJW 1979, 2030 und Hubmann ZUM 1988, 4 ff.) schließt das gesamte Kulturschaffen ein. Dieser entspricht der Sozialbindung des Sacheigentums, Art. 14 GG. Hieraus folgt, daß der Bestandsschutz eines bedeutenden Kunstwerkes vorrangig gegenüber den Interessen des einzelnen Sacheigentümers und des einzelnen Urhebers ist. Sehr unterschiedliche Anschauungen bestehen oft auch darüber, ob Bearbeitungen oder Veränderungen „gelungen" sind. Der Begriff der Entstel-

lung selbst fordert **Werturteile** geradezu heraus, ebenso wie die Synonyme „Verzerrung“ oder „Verfälschung“.

bb) Beispiele

63 In der **bildenden Kunst** gelten **Verstümmelung** und **Übermalungen** als Entstellungen, die der Urheber verbieten darf (RGZ 79, 397 betr. die Übermalung nackter Personen auf einem Wandfresko im Treppenhaus). Die **Vernichtung** von Werken der bildenden Kunst gilt mitunter nicht als Beeinträchtigung, da das Werk als solches nicht verändert würde (!) (s. Hubmann a.a.O. S. 165 f.; KG GRUR 1981, 742 – Totenmaske). Da die Vernichtung des Werkes in besonderem Maße die berechtigten Interessen des Urhebers am Werk verletzt, ist diese Bewertung falsch. Man spricht hier zutreffend von einer „anderen Beeinträchtigung“, die der Urheber verbieten darf (so Ulmer a.a.O. S. 220; Schricker/Dietz a.a.O. § 14 Rdnr. 38; Fromm/Nordemann/Hertin a.a.O. § 14 Rdnr. 3). Probleme ergeben sich hier bei der Abwägung mit den Eigentümerinteressen, die mitunter in den Bauwerksfällen als vorrangig angesehen werden.

64 **Designwerke** und **Werke der Gebrauchskunst** genießen, sofern es sich um urheberrechtlich schutzfähige Werke handelt, den gleichen Schutz vor Änderungen und Entstellungen wie andere Kunstwerke.

65 In der **darstellenden Kunst** kann die Veränderung der Texte von Theaterstücken, z.B. durch erhebliche Streichungen, Entstellung sein. Die heutzutage sehr beliebte **Verfremdung** und **Interpretation** des Inhalts durch Inszenierungsmittel, die den Intentionen des Autors fremd sein dürften, mag nicht immer nur „zeitgemäße Darstellung“ sein, sondern mitunter auch „andere Beeinträchtigung“, wenn nicht gar „Entstellung“ sein (BGH GRUR 1971, 35 ff. – Maske in Blau). Fraglich ist, ob in Stellungnahmen zu Werken oder deren **Wiedergabe in wesensfremder Umgebung** eine „andere Beeinträchtigung“ zu sehen ist. Dies wird verschiedentlich bejaht (vgl. LG Düsseldorf ZUM 1986, 158 zur Verwendung eines Musikwerkes in der Werbung).

66 Für **Werke der Literatur** gilt entsprechendes.

67 **Werke der Musik** sind oft Gegenstand geschmacklosester Bearbeitungen, die aber nur insoweit Entstellungen i.S. von § 14 UrhG sein können, als die Urheber diese nicht selbst veranlaßt oder ständig geduldet haben. Die Wiedergabe des Musikwerkes in unveränderter Form, aber in werkfremden oder vom Urheber nicht intendierten Zusammenhängen (Werbung, Pornofilm), kann berechtigte Interessen des Urhebers verletzen.

68 Die **Urheber von Filmwerken** können nur **gröbliche Entstellungen** oder **Beeinträchtigungen** verbieten, § 93 UrhG.

6. Das Werk und die Rechte zu seiner Benutzung im Schaffensprozeß

a) Überblick

Durch die Benutzung eines Werkes zur Schaffung eines geänderten, bearbeiteten oder völlig selbständigen neuen Werkes und die Herstellung von Beziehungen zum Publikum durch Veröffentlichung und Verwertung des Werkes geraten mitunter die Rechte des Urhebers des vorbestehenden Werkes mit den Interessen des Bearbeiters in Konflikt. Das Gesetz versucht diesen Konflikt mit den Regelungen in den §§ 23 und 24 UrhG dadurch zu lösen, daß es dem Urheber des letztendlich dominierenden Werkes die Veröffentlichung vorbehält. 69

b) Einzelheiten

(1) Änderung, Bearbeitung und freie Benutzung

Unabhängig von der bereits erörterten Frage, unter welchen Voraussetzungen urheberrechtlich schutzfähige Bearbeitungen vorliegen (s. o. Rdnr. 6), geht es hierbei um die **Befugnis** zur Änderung, Bearbeitung und freien Benutzung vorbestehender Werke. 70

Unter einer **Änderung** ist **jede Veränderung der konkreten Erscheinungsform** des Werkes zu verstehen, ohne daß es darauf ankommt, daß die Veränderung selbst als schöpferischer Beitrag gelten und urheberrechtlichen Schutz beanspruchen kann. Es gilt der Grundsatz, daß **jeder das schutzfähige Werk** eines anderen ohne dessen Einwilligung **verändern darf. Einschränkungen** (Einwilligungserfordernis, Entstellungsverbot) ergeben sich grundsätzlich erst, **wenn** das geänderte Werk **veröffentlicht** oder **verwertet** werden soll. Dem steht auch § 39 UrhG nicht entgegen, der bestimmt, daß der Inhaber eines Nutzungsrechts das Werk, dessen Titel oder Urheberbezeichnung nicht ändern darf, wenn nichts anderes vereinbart ist, denn die Regelung des § 39 betrifft lediglich einen Ausnahmefall im Rahmen der Rechtsbeziehungen des Urhebers zu einem Nutzungsberechtigten. Gegenüber jedermann, also gegenüber Personen, die mit dem Urheber nicht in Rechtsbeziehungen stehen, gilt § 39 UrhG nicht. Grundsätzlich gilt vielmehr die Regelung des § 23 UrhG, wonach Bearbeitungen oder andere Umgestaltungen des Werkes nur mit Einwilligung des Urhebers des bearbeiteten und umgestalteten Werkes veröffentlicht oder verwertet werden dürfen, es sei denn, es handelt sich um eine **Verfilmung des Werkes**, um die Ausführung von Plänen und Entwürfen eines Werkes der **bildenden Künste** oder um den Nachbau eines Werkes der **Baukunst**. Hier bedarf bereits das Herstellen der Bearbeitung oder Umgestaltung der Einwilligung des Urhebers, § 23 Abs. 2 UrhG. Der Urheber kann daher einer ausschließlich privaten Bearbeitung oder Veränderung seines Werkes, die im privaten Kreis stattfindet, nicht entgegentreten (vgl. Hubmann a.a.O. S. 166). Unter **Umgestaltung** im Sinne des 71

§ 23 ist **jede Veränderung** eines Werkes zu verstehen, die **nicht** als **Bearbeitung** gelten kann. Unter einer **Bearbeitung** hingegen versteht man eine **schöpferische Veränderung**, die aufgrund ihrer Schöpfungshöhe **selbst** ein **schutzfähiges Werk** ist.

72 Veröffentlichung und Verwertung sind im Falle der Änderung und Bearbeitung nur mit **Einwilligung** des Urhebers zulässig. Gemäß § 183 BGB bedeutet Einwilligung **vorherige Zustimmung**, im Gegensatz zur Genehmigung, der nachträglichen Zustimmung. Die Einwilligung kann beschränkt, bedingt oder befristet erteilt werden und ist widerruflich, falls nicht etwas anderes vereinbart ist.

73 Dieses Erfordernis entfällt erst dann, wenn das ursprüngliche Werk in seinen Wesenszügen soweit hinter dem neu geschaffenen Werk zurücktritt, daß der Begriff der Bearbeitung dem neu geschaffenen Werk nicht mehr gerecht würde und stattdessen von einer **freien Benutzung** gesprochen werden muß. Ein selbständiges Werk, das in freier Benutzung des Werkes eines anderen geschaffen worden ist, darf ohne Zustimmung des Urhebers des benutzten Werkes veröffentlicht und verwertet werden, § 24 Abs. 1 UrhG. Als Faustregel kann gelten, daß eine freie Benutzung gegeben ist, wenn das vorbestehende Werk lediglich der Inspiration diente, in seinen wesentlichen Zügen jedoch nicht übernommen wurde oder übernommen werden konnte. Regelmäßig ist dies z.B der Fall bei der Verwendung des Werkes einer **Kunstgattung** zwecks Schaffung eines neuen Werkes in einer anderen Kunstgattung, beispielsweise die Schaffung eines Musikwerkes inspiriert durch ein Sprachwerk (Gedicht oder Roman). Sofern ein vorbestehendes Werk für ein Werk einer gleichen oder ähnlichen Werkgattung benutzt wird, gilt als Grundsatz, daß die **Wesenszüge** eines Werkes schwächerer Eigenart eher gegenüber einem prägnanten Werk verblassen als umgekehrt und entsprechend hoch die Voraussetzungen für die Annahme einer freien Benutzung sind (zur Rechtsprechung vgl. BGH GRUR 1958, 402 ff. [404] – Lili Marleen; BGH GRUR 1981, 352 – Staatsexamensarbeit; BGH GRUR 1981, 267 – Dirlada; OLG Hamburg ZUM 1989, 359 ff. – Pillhuhn).

74 Unabhängig von der freien Benutzung eines geschützten Werkes darf bearbeitet oder frei benutzt werden, was nicht mehr geschützt ist. Das bedeutet, daß die Einschränkungen der §§ 23 u. 24 UrhG nicht für **gemeinfrei gewordene Werke** gelten, also für Werke, deren Schutzfrist abgelaufen ist.

75 Ferner darf benutzt werden, was nicht **schutzfähig ist**, also wissenschaftliche Erkenntnisse und Theorien, Vorbilder der Natur, künstlerische Arbeitstechniken und historische Geschehnisse, anonymes Geistesgut, dessen Urheber niemals festgestellt wurde, ja sogar der Tatsachengehalt der Lebensgeschichten, „Memoiren“ einzelner Personen (vgl. Fromm/Nordemann/Vinck a.a.O. § 24 Rdnr. 1 a), wobei die Schranke

hierbei das allgemeine Persönlichkeitsrecht der dargestellten Person errichtet.

Im Bereich der in den verschiedensten Werkgattungen vorkommenden **Parodien** hängt es vom Einzelfall ab, ob und wann keine Bearbeitung sondern eine freie Benutzung angenommen wird. Maßgeblich sind die oben erwähnten allgemeinen Kriterien (vgl. BGHZ 26, 52 ff. [57] – Sherlock Holmes). **Plagiat** und **Fälschung** unterliegen dagegen einem Verwertungsverbot, wie § 96 Abs. 1 UrhG klarstellt. 76

(2) Veröffentlichung und Erscheinen

Das Veröffentlichungsrecht gehört zum Urheberpersönlichkeitsrecht (Näheres hierzu oben Rdnr. 57 f.). Was unter den zentralen Begriffen Veröffentlichung und Erscheinen zu verstehen ist, bestimmt § 6 UrhG in Verbindung mit § 15 Abs. 3 UrhG. Danach ist ein Werk **veröffentlicht,** wenn es mit Zustimmung des Berechtigten der **Öffentlichkeit zugänglich gemacht** worden ist, § 6 Abs. 1 UrhG. Die Wiedergabe eines Werkes ist öffentlich, wenn sie für eine Mehrzahl von Personen bestimmt ist, es sei denn, daß der Kreis dieser Personen bestimmt abgegrenzt ist und sie durch gegenseitige Beziehungen oder durch Beziehung zum Veranstalter persönlich untereinander verbunden sind, § 15 Abs. 3 UrhG. Ein Werk ist **erschienen**, wenn mit Zustimmung des Berechtigten **Vervielfältigungsstücke** des Werkes nach ihrer Herstellung in genügender Anzahl der **Öffentlichkeit angeboten** oder **in Verkehr gebracht** worden sind. Ein Werk der **bildenden Künste** gilt auch dann als erschienen, wenn das Original oder Vervielfältigungsstück des Werkes mit Zustimmung des Berechtigten bleibend der Öffentlichkeit zugänglich ist, § 6 Abs. 2 UrhG. 77

Wie intensiv die Personen miteinander verbunden sein müssen, damit eine nicht-öffentliche Veranstaltung anzunehmen ist, sagt das Gesetz nicht. Die Rechtsprechung hält **Familienfeiern** und **Betriebsfeste von Kleinunternehmen**, nicht dagegen Veranstaltungen von größeren Unternehmen oder Vereinen für nicht-öffentlich (vgl. BGHZ 17, 376 ff. [379] – Betriebsfeier; OLG Koblenz NJW-RR 1987, 699 ff. – Lehrveranstaltungen an einer Hochschule). Für eine interessengerechte Auslegung wird man wohl fordern müssen, daß die persönlichen Beziehungen sehr familiär sein müssen, um das Vorhandensein von Öffentlichkeit auszuschließen. 78

Das Gesetz, § 6 Abs. 1 UrhG, stellt ferner klar, daß die **Veröffentlichung** nur mit **Zustimmung** des Berechtigten möglich ist. Damit geht es von einem anderen Begriff der Veröffentlichung aus als der allgemeine Sprachgebrauch, der auch die vom Willen des Urhebers oder Berechtigten nicht gedeckte „Veröffentlichung“ kennt. 79

Hat der Urheber einmal sein Werk ganz oder auch nur teilweise veröffentlicht, und sei es auch vor einem noch so begrenzten Kreis an noch so 80 entlegener Stelle, so gilt dieses Werk oder der Werkteil unwiderruflich für die Dauer der Schutzfrist als veröffentlicht. Man spricht vom **Verbrauch des Veröffentlichungsrechts** (Näheres hierzu oben Rdnr. 57 f.).

81 Unter einem **Erscheinen** versteht das Gesetz eine **qualifizierte Veröffentlichung**. Die danach geforderte „genügende Anzahl von Vervielfältigungsstücken" wird in der Regel bei **50 Exemplaren** angenommen, mitunter sogar bei weniger Exemplaren, sofern die Zahl genügend ist, um wenigstens öffentliche Bibliotheken oder Archive hiermit zu versehen. Diese Exemplare müssen der Öffentlichkeit z.B. durch Werbung angeboten oder durch Vermieten (vgl. BGH NJW 1975, 1219 – Te Deum) in Verkehr gebracht werden. Der Begriff des Erscheinens ist identisch mit dem des **Verbreitens** in § 17 UrhG und dort von erheblicher praktischer Bedeutung. Für Werke der bildenden Künste gilt gemäß § 6 Abs. 2 UrhG bereits die **bleibende Ausstellung** als Erscheinen. Hierunter ist zu verstehen, daß die entsprechenden Werke der Öffentlichkeit dauerhaft zugänglich sein müssen. Nicht erforderlich ist, daß sie tatsächlich immer sichtbar sind (vgl. Fromm/Nordemann a.a.O. § 6 Rdnr. 3).

(3) Besonderheiten und Beispiele in den verschiedenen Werkkategorien

82 Bei der **bildenden Kunst** enststehen häufig Probleme im Rahmen der Nachahmung von Figuren und grafischen Gestaltungen. Von einer prägnanten Comic-Figur wird sich eine Nachahmung schon recht weit entfernen müssen, ehe von freier Benutzung gesprochen werden kann (vgl. BGH GRUR 1958, 500 – Mecki Igel I; BGH GRUR 1970, 250 – Hummelfiguren III; OLG Frankfurt GRUR 1984, 520 – Schlümpfe II; OLG Hamburg ZUM 1989, 305 ff. – Schlümpfe). Dagegen genügen bei weniger prägnanten grafischen Darstellungen (z.B. einer Palme, eines Hauses) oder bei sonstigen symbolartig reduzierten Abbildungen geringere Änderungen den Anforderungen an eine freie Benutzung.

83 Beim **Grafik-Design** liegen die Probleme ähnlich wie in der bildenden Kunst. Im **Industrie-Design** sind die Fallgruppen der durch konstruktiv-technische Erfordernisse bedingten Änderungen und die Produktpiraterie beachtenswert. Erstere sind u.U. im Hinblick auf den Zweck des Entwurfs als vom Designer gebilligt anzusehen (Grenze: unzumutbare Änderungen). Die Produktpiraterie tritt z.B. als gewerbsmäßiges Plagiat oder als gewerbsmäßige unerlaubte Vervielfältigung in Erscheinung und ist jüngst aufgrund des **Gesetzes zur Stärkung des Schutzes des geistigen Eigentums und zur Bekämpfung der Produktpiraterie (PrPG)** mit empfindlicheren Strafen bedroht als bisher.

84 Im Bereich der **Baukunst** entstehen mitunter Probleme, die die Beantwortung der Fragen, ob ein schutzfähiges Werk der Baukunst überhaupt vorliegt und ob ein solches Werk in unzulässiger Weise geändert oder bearbeitet und gebaut worden ist, nötig machen. Hierbei ist zu beachten,

daß die Verwendung bloßer Werkbestandteile, die der Baukunst allgemein bekannt und geläufig sind, noch keine Urheberrechte verletzt, so z.B. die Verwendung allgemein bekannter Giebel-, Fenster- oder Eingangsgestaltungen. Gerade in dem Bereich der leider sehr häufig gewordenen mehr oder weniger banalen Gestaltung von Massenbauwerken dürfte es häufig schon an einem schutzfähigen Werk fehlen (vgl. BGH GRUR 1980, 853 – Architektenwechsel und BGH GRUR 1989, 416 – Zur Frage der Urheberrechtsschutzfähigkeit einer als Rundbogen gestalteten Bauaußenkante).

In der **Darstellenden Kunst** sind die bloße Interpretation eines vorbe- **85**
stehenden Textes durch den Schauspieler und der Tanz nach der Choreografie nach h.M. noch keine Bearbeitung oder Veränderung des Werkes.

Ein **Filmwerk** ist erst dann im Sinne von § 23 S. 2 UrhG geschaffen, **86**
wenn die Verfilmung selbst geschehen ist, nicht schon mit Erstellung eines vorbestehenden Werkes, z.B. des Drehbuches. Die in dem Ursprungswerk verwendeten Figuren und Charaktere dürfen, sofern diese in schutzfähiger Weise gestaltet sind, in Fortsetzungen ohne Erlaubnis des Urhebers des Originalwerks nicht aufgegriffen werden. Damit ist die Fortsetzung ohne Einwilligung des Urhebers praktisch unzulässig, da diese immer die Verwendung der ursprünglichen Charaktere bedingt (vgl. hierzu die Entscheidung des LG Köln ZUM 1985, 455 ff., wonach der Film „Der weiße Killer" den zuvor produzierten Filmen „Der weiße Hai I und II" in wesentlichen Teilen ähnlich war und deshalb nicht ohne Erlaubnis des Produzenten der letztgenannten Filme veröffentlicht werden durfte).

Aufgrund der Dominanz, die das Wort in unserer Kultur hat, ist insbe- **87**
sondere im Bereich der **Literatur** die Gefahr groß, Texte zu übernehmen oder zu bearbeiten, die bereits bestehen, mag der Autor sich dessen auch nicht bewußt sein. Andererseits ist gerade bei schriftlichen und mündlichen Äußerungen der Bereich dessen, was nicht schutzfähig ist, weil alltäglich und deshalb frei benutzbar, besonders groß. Alltägliche sprachliche Äußerungen, Nachrichten, Märchen, Fabeln und andere anonyme Werke, sowie die Werke der länger verstorbenen Urheber nach Ablauf der Schutzfrist dürfen daher in bearbeiteter oder veränderter Fassung veröffentlicht werden.

Im Gegensatz zu den anderen Werkarten hat der Gesetzgeber den **88**
Schöpfern von Werken der **Musik** in § 24 Abs. 2 UrhG eine besondere Fessel angelegt. Danach darf ein Werk der Musik nicht veröffentlicht werden, in welchem eine Melodie erkennbar einem geschützten vorbestehenden Musikwerk entnommen und dem neuen Werk zugrundegelegt wird. Zulässig ist es allerdings, einzelne Stellen eines Musikwerkes in einem selbständigen Werk anzuführen (Musikzitat, vgl. auch Hertin, Das Musikzitat im deutschen Urheberrecht, GRUR 1989, 159 ff. [161]). Der

starre Melodienschutz fand sich bereits in dem Vorläufer des Urheberrechtsgesetzes, dem Landesurhebergesetz, § 13 Abs. 2. Das Motiv für diese Einschränkung des kompositorischen Wirkens mag auf die Epoche der Romantik zurückgehen, die der Melodie, nicht der Variation den höchsten Schöpfungsrang zugemessen hat. Dieser starre Schutz der Melodie geht weit über das hinaus, was zum Schutz der legitimen Interessen des Urhebers erforderlich und ohnehin im Gesetz verankert ist. Außerdem knüpft das Gesetz den starren Melodienschutz an Begriffe, die weder musikalisch, musikwissenschaftlich, erkenntnistheoretisch noch rechtswissenschaftlich definiert sind. Es ist völlig unklar, was eigentlich eine „Melodie" sein soll. Robert Schumann bemerkte dazu: *„Melodie ist das Feldgeschrei der Dilettanten und gewiß, eine Musik ohne Melodie ist gar keine. Verstehe aber wohl, was jene darunter meinen, eine leicht faßliche, rhythmisch-gefällige gilt ihnen allein dafür."* Die Unsicherheit in der Auslegung dieses Begriffes in der Rechts- wie in der Musikwissenschaft (hierzu s. auch Schricker/Gerstenberg a.a.O. § 25 Rdnr. 23) zeigt, daß hierüber kein Konsens besteht und es unklug war, gesetzliche Konsequenzen an einen scheinbar so einfachen, in Wirklichkeit aber so von subjektiven Empfindungen und Vorstellungen verwaschenen Begriff zu knüpfen. Aber auch um das Kriterium der Erkennbarkeit steht es nicht viel besser. Bei raffinierter Einbindung in einen neuen und größeren Zusammenhang bleibt die als eine Kompositionsgrundlage dienende Melodie dem Zuhörer mitunter verborgen, dem ausgebildeten Komponisten aber durchaus erkennbar.

89 Nicht billigenswert ist auch die hinter dem starren Melodienschutz stehende **gesetzgeberische Intention**. Diese will ausschließen, daß geschützte Melodien zur Grundlage öffentlich verwertbarer neuer musikalischer Werke gemacht werden. Bei dieser Rechtslage wäre beispielsweise ein großer Teil des Schaffens von Bach, Beethoven, Mozart und vielen anderen Komponisten nur unter Verstoß gegen das Urheberrechtsgesetz verwertbar gewesen; denn diese bedienten sich gern volkstümlicher Melodien, um sie verfeinert zur Grundlage ihrer Werke zu machen. Hier hat der Gesetzgeber die Freiheit des musikalischen Schaffens unzumutbaren gesetzlichen Einschränkungen unterworfen. Schneider (Freiheit der Kunst und freie Benutzung urheberrechtlich geschützter Werke, UFITA 93, 63 ff.) hält daher zu Recht den § 24 Abs. 2 UrhG im Lichte der Kunstfreiheitsgarantie für **verfassungswidrig**. Es verwundert auch nicht, daß der starre Melodienschutz in der kompositorischen Praxis kaum Beachtung findet und häufig bestehende Melodien erkennbar neuen Werken zugrundegelegt werden. Sowohl die sog. ernste als auch die sog. leichte Musik kommen gar nicht ohne den Reichtum des bisherigen musikalischen Schaffens aus. In der kreativen musikalischen Verwendung vorbestehender Melodien ist nichts Verwerfliches zu sehen. Um aber die unlau-

tere Ausbeutung fremden Schaffens durch den Plagiator zu unterbinden, bedarf es nicht des starren Schutzes der Melodie, der „Diebstahl“ fremden Geistesgutes durch den Plagiator ist anerkanntermaßen auch in anderen Kunstgattungen rechtswidrig, ohne daß dort Bestimmungen, die dem starren Melodienschutz entsprechen, gegeben wären (zur Frage der Melodienentnahme in der Rechtsprechung des Bundesgerichtshofs siehe die Entscheidungen in GRUR 1971, 266 ff. – Magdalenenarie; GRUR 1988, 810 ff. – Fantasy; GRUR 1988, 812 ff. – Ein bißchen Frieden). Im übrigen sind die alten Volkslieder ebenso wie die inzwischen gemeinfrei gewordenen Kompositionen der öffentlichen Benutzung durch jedermann zugänglich.

7. Verwertungsrechte

a) Übersicht

Die Verwertung des Werkes in körperlicher und unkörperlicher Form 90
bleibt dem Urheber vorbehalten. Die in den §§ 15 bis 22 UrhG geregelten Verwertungsrechte sind untrennbar mit dem Urheber verbunden, § 29 Satz 2 UrhG. Das Bundesverfassungsgericht (NJW 1971, 2163) hat ausgesprochen, daß die grundsätzliche Zuordnung des vermögenswerten Ergebnisses der schöpferischen Leistung an den Urheber und seine Freiheit, in eigener Verantwortung darüber verfügen zu können, zu den konstituierenden Merkmalen des Urheberrechts als Eigentum im Sinne der Verfassung gehören und den grundgesetzlich geschützten Kern des Urheberrechts ausmachen. Von den Verwertungsrechten zu unterscheiden sind die Nutzungsrechte, geregelt in den §§ 31 bis 44 UrhG, die der Urheber anderen (natürlichen oder juristischen) Personen einräumen kann. Die Stellung des Urhebers nach dem deutschen Urheberrecht entspricht daher der eines Sacheigentümers, der aber anders als dieser sein Eigentum nicht veräußern kann, sondern lediglich anderen dessen Nutzung gestatten kann, z.B. durch Miete, Nießbrauch, Pacht. Die Unveräußerlichkeit der Verwertungsrechte entspricht der Unveräußerlichkeit des Urheberrechts und folgt aus der geschichtlich gesehen noch recht modernen Erkenntnis, daß es unzureichend wäre, dem Werk des Urhebers zwar ideellen, nicht aber materiellen Schutz zuteil werden zu lassen. Aus der untrennbaren Verbindung der Verwertungsrechte mit der Person des Urhebers folgt, daß sämtliche Verwertungsarten, auch die neu entstehenden, mit ihrem Entstehen ausschließlich dem Urheber vorbehalten sind. Gleichwohl vermag der Grundsatz der Unveräußerlichkeit der Verwertungsrechte nicht zu verhindern, daß Urheber sich mitunter durch entsprechend gestaltete Formularverträge sämtlicher bekannter Nutzungsrechte begeben, wodurch im Ergebnis der Urheber weitestgehend der materiellen Früchte seines Werkes verlustig gehen kann. Der Grundsatz der Unveräußerlich-

keit der Verwertungsrechte allein genügt nicht, um das erstrebte Ziel, dem Urheber die materiellen Erträge seines Werkes zu sichern, zu erreichen. Mit dem Hinweis auf die Vertragsfreiheit ist diesem Problem nicht zu begegnen (vgl. hierzu § 8 I). Es fehlt eine Regelung des Urhebervertragsrechts und der besonderen Problematik der formularmäßigen Nutzungsverträge. Dies beweist die Praxis (s. hierzu Nordemann, Vorschlag für ein Urhebervertragsgesetz, GRUR 1991, Heft 1, 1 ff. [Sonderdruck]). Gleiches wie für die Verwertung in körperlicher Form gilt für die öffentliche Wiedergabe, die eine Verwertung im weiteren Sinne, nämlich in unkörperlicher Form darstellt.

91 Das Gesetz zählt beispielhaft in § 15 UrhG die Verwertungsrechte auf. Danach hat der Urheber das **ausschließliche Recht**, sein Werk in körperlicher Form zu verwerten; das Recht umfaßt insbesondere das **Vervielfältigungsrecht**, das **Verbreitungsrecht** und das **Ausstellungsrecht**. Der Urheber hat ferner das ausschließliche Recht, sein Werk in unkörperlicher Form öffentlich wiederzugeben **(Recht der öffentlichen Wiedergabe)**; dieses Recht umfaßt insbesondere das Vortrags-, Aufführungs- und Vorführungsrecht, das Senderecht, das Recht der Wiedergabe durch Bild- oder Tonträger und das Recht der Wiedergabe von Funksendungen.

b) Einzelne Verwertungsrechte

(1) Vervielfältigungsrecht

aa) Definition

92 Das Vervielfältigungsrecht definiert das Gesetz als das Recht, **Vervielfältigungsstücke des Werkes herzustellen**, gleichviel, in welchem Verfahren und in welcher Zahl, § 16 Abs. 1 UrhG. Eine Vervielfältigung ist auch die Übertragung des Werkes auf Vorrichtungen zur wiederholbaren Wiedergabe von Bild- oder Tonfolgen (Bild- oder Tonträger), gleich ob es sich um die Aufnahme einer Aufführung des Werkes auf einem Bild- oder Tonträger oder um die Übertragung des Werkes von einem Bild- oder Tonträger auf einen anderen handelt, § 16 Abs. 2 UrhG. Eine Vervielfältigung ist jede **körperliche Festlegung eines Werkes**, die die unmittelbare oder mittels technischer Geräte erfolgende Wahrnehmung des Werkes ermöglicht. Ein „Vielfaches" von Festlegungen ist nicht Voraussetzung einer Vervielfältigung im Sinne des Urheberrechts. Vervielfältigung ist aber nicht die bloße Vervielfachung der Wahrnehmbarkeit durch nicht-körperliche Medien, z.B. Live-Sendungen.

bb) Beispiele

93 In der **bildenden Kunst** ist Vervielfältigung schon die einmalige Kopie eines Bildes durch Abmalen oder Fototechnik. Vervielfältigung ist auch die Herstellung der Negativform für den Abguß der Skulptur.

Entsprechendes wie für Werke der bildenden Kunst gilt auch für **Design-Werke**. Im Bereich des computer-aided-design (CAD) ist zu unterscheiden: Das Einscannen in den Computer-Speicher ist Vervielfältigung, das im Computerprogramm erstellte, erstmals gezeigte bzw. ausgedruckte Design ist ein Original, da es zunächst einmal sichtbar gemacht werden muß. 94

Für die **Musik** gilt, daß bereits die erst- und einmalige Aufnahme auf Tonband oder andere Tonträger eine Vervielfältigung darstellt. 95

Im Rahmen der **Literatur** ist die Herstellung der Bandaufnahme einer Lesung ebenso Vervielfältigung wie die Herstellung der Druckvorlage für den Buchdruck. 96

In der **szenischen Darstellung** ist Vervielfältigung die Festlegung der Bühnenaufführung auf Videoband und Film. 97

Dagegen ist die Herstellung des ursprünglichen Filmnegativs noch keine Vervielfältigung, sondern erst die Herstellung des **Filmwerkes**, da das Filmwerk eine körperliche Festlegung auf Magnetband, Negativ oder anderen körperlichen Medien begrifflich voraussetzt. 98

Im Bereich der **Baukunst** sind die Wiederaufbaufälle von Interesse. Der Wiederaufbau des zerstörten Originalbauwerks ist eine Reproduktion, also eine Vervielfältigung im Sinne des § 16 UrhG (zur Herstellung eines Bauwerkes nach Bauplänen als Vervielfältigung s. BGHZ 24, 24 ff. [69] – Ledigenheim; OLG Hamburg UFITA 65, 290 ff. [295] – Skizze). 99

Für **Bearbeitungen** gilt, daß die erste Bearbeitung, die ja von der Vorlage abweicht, aufgrund der besonderen Regelungen in § 23 UrhG nicht als Vervielfältigung angesehen wird. Vervielfältigung ist hier vielmehr erst die Kopie der Bearbeitung. 100

(2) Verbreitungsrecht

Das Verbreitungsrecht ist das Recht, das Original oder Vervielfältigungsstücke des Werkes der **Öffentlichkeit anzubieten** oder **in Verkehr zu bringen**, § 17 Abs. 2 UrhG. Die Verbreitung im Sinne dieses Gesetzes setzt eine körperliche Festlegung des Werkes in Werkstücken voraus (BGHZ 11, 144; BGHZ 33, 41; BGH GRUR 1963, 215). Diese müssen einem als Öffentlichkeit zu qualifizierenden Publikum (dazu oben Rdnr. 77 ff.) angeboten oder in Verkehr gebracht werden. Die Sendung ist keine Verbreitung im Sinne von § 17 UrhG. 101

Die **Weiterverbreitung** der durch **Veräußerung** in Verkehr gebrachten Werke kann der Berechtigte nicht untersagen. Dies bestimmt § 17 Abs. 2 UrhG. Weiterverbreitung ist jede **Weitergabe der Werke**, gleich in welcher Weise, z.B. durch Vermieten oder Verschenken. Soweit die Zustimmung des Berechtigten zur Verbreitung gegeben wird, gilt diese auch für die Weiterverbreitung. Berechtigter ist nicht nur der Urheber, dem das Verbreitungsrecht aus § 17 UrhG ja unveräußerlich zusteht, sondern auch 102 jeder Inhaber eines aus § 17 UrhG abgeleiteten Nutzungsrechts. Die Zustimmung kann zeitlich, räumlich und inhaltlich beschränkt werden. Möglich ist z.B. die Beschränkung auf den Absatzweg des Sortimentbuchhandels unter Ausschluß der Verbreitung über Buchgemeinschaften (vgl. BGH GRUR 1959, 200 – Heiligenhof). Bei befristeter Einräumung des Verbreitungsrechts darf nach Fristablauf z.B. die noch nicht abgesetzte Restauflage weder verkauft noch verschenkt werden (Fromm/Nordemann/Vinck a.a.O. § 17 Rdnr. 133). Die Zustimmung zur Verbreitung führt dazu, daß sich das Verbreitungsrecht insoweit erschöpft. Dieser **Erschöpfungsgrundsatz** gilt jedoch nur insoweit, als das Werk bzw. dessen Vervielfältigungsstücke durch Veräußerung in Verkehr gebracht worden sind. Veräußerung bedeutet **Eigentumsübertragung**, § 929 BGB, gleich aus welchem Rechtsgrund, nicht jedoch bloße Übertragung des Besitzes oder der Herrschaftsgewalt, z.B. durch Miete oder Leihe (vgl. BGH NJW-RR 1986, 1183 – Schallplattenvermietung). Wer z.B. Filmkopien an Filmtheater nur vermietet, kann die weitere Verbreitung dieses Materials untersagen (Schricker/Loewenheim a.a.O. § 17 Rdnr. 17). Innerhalb der **Europäischen Gemeinschaft** kann das Verbreitungsrecht mit Rücksicht auf den Grundsatz der Freiheit des Warenverkehrs zwischen den EG-Staaten (Art. 30 EWG-Vertrag) nicht räumlich unter Ausschluß eines Teils der EG-Mitgliedsstaaten beschränkt werden. Dies führt dazu, daß die mit Zustimmung des Berechtigten erfolgte Verbreitung in einem EG-Staat die Weiterverbreitung in jedem anderen EG-Staat zuläßt. Hierdurch können durch Reimporte auch innerstaatliche räumliche Beschränkungen unterlaufen werden (vgl. Wenzel, Urheberrecht für die Praxis, Rdnr. 4.36)

(3) Ausstellungsrecht

103 Das Ausstellungsrecht ist das Recht, das Original oder Vervielfältigungsstücke eines unveröffentlichten Werkes der bildenden Künste oder eines unveröffentlichten Lichtbildwerkes **öffentlich zur Schau zu stellen**. Der Sinn dieser Bestimmung besteht darin, im Unterschied zum früher geltenden Kunsturhebergesetz klarzustellen, daß dem Urheber die Erstveröffentlichung eines Werkes dieser Gattung durch Ausstellung vorbehalten ist. Dies ergibt sich indessen bereits für alle Werkgattungen aus dem Veröffentlichungsrecht, § 12 UrhG.

(4) Vortragsrecht

104 Zum Bereich der unkörperlichen Verwertung gehört das Vortragsrecht. Dieses ist das Recht, ein **Sprachwerk** durch persönliche Darbietung **öffentlich zu Gehör zu bringen**, § 19 Abs. 1 UrhG, z.B. also die Lesung eines Buches und der Vortrag eines Gedichtes. Hiervon mitumfaßt ist das Recht, Vorträge und Aufführungen außerhalb des Raumes, in dem die persönliche Darbietung stattfindet, durch Bildschirm, Lautsprecher oder

ähnliche technische Einrichtungen öffentlich wahrnehmbar zu machen, § 19 Abs. 3 UrhG.

(5) Aufführungsrecht

Das Aufführungsrecht ist das Recht, ein **Werk der Musik** durch persön- 105
liche Darbietung **zu Gehör zu bringen** oder ein **Werk öffentlich bühnenmäßig darzustellen**, § 19 Abs. 2 UrhG. Unter einer Aufführung versteht das Gesetz die Darbietung oder Darstellung von Musik- oder Bühnenwerken durch natürliche Personen, also nicht durch technische Gerätschaften, wobei aber das Recht, die Aufführung außerhalb des Raumes, in dem sie stattfindet, durch technische Einrichtungen, z.B. Bildschirm oder Lautsprecher, wahrnehmbar zu machen, mitumfaßt ist, § 19 Abs. 3 UrhG. Das Aufführungsrecht betrifft insbesondere die **Bühnenaufführung**, also die optisch wahrnehmbare szenische Darstellung. Wenngleich hierfür ein Bühnenwerk nicht erforderlich ist, so muß es sich doch um eine Darstellung handeln, die ein über sprachliche und mimische Mittel hinausgehendes bewegtes Spiel enthält. Insbesondere im Theaterbereich dürfte die Übertragung nach § 19 Abs. 3 UrhG eine Rolle spielen, etwa wenn für Wartende die Bühnenaufführung durch Videomonitore wahrnehmbar gemacht wird.

Im Bereich der **Musik** ist die Unterscheidung von bloßer Musikaufführ- 106
rung zur Aufführung eines musikdramatischen Werkes bedeutsam. Das Recht zur musikdramatischen Aufführung wird **„großes Recht“** genannt. Anders als die bloße Musikaufführung, **„kleines Recht“**, wird es nicht von der GEMA wahrgenommen, sondern in der Regel von den Bühnenverlegern, mitunter auch von den Urhebern selbst. Die üblichen Vergütungssätze für die Einräumung des „großen Rechts“ finden sich in einer „Regelsammlung der Bühnenverleger“ und sind dort nach Größe und Bedeutung der Bühnen gestaffelt. Nicht zum „großen Recht“ zählt die bloße musikalische Begleitung einer Bühnendarstellung, z.B. einer Eisrevue (vgl. BGH GRUR 1960, 604 – Eisrevue I).

(6) Vorführungsrecht

Das Vorführungsrecht ist das Recht, ein **Werk** der bildenden Künste, 107
ein Lichtbildwerk, ein Filmwerk oder Darstellungen wissenschaftlicher oder technischer Art **durch technische Einrichtungen öffentlich wahrnehmbar zu machen**, § 19 Abs. 3 UrhG. Das Vorführungsrecht betrifft nur die **optisch wahrnehmbare Vorführung**, z.B. eines Filmes, Fotos oder einer projizierten Zeichnung auf Klarfolie. Das Vorführungsrecht hiernach umfaßt nicht jedoch die öffentliche Tonträgerwiedergabe, die besonders in § 21 UrhG geregelt ist und vom Gesetzgeber als gesonderte „Zweit“-Verwertung anerkannt und dem Urheber vorbehalten ist. In der Praxis werden die Zweitverwertungsrechte den Verwertungsgesellschaften übertragen (s. § 4).

(7) Senderecht

108 Das Senderecht ist das Recht, das Werk durch **Funk**, wie Ton- und Fernsehrundfunk, Drahtfunk oder ähnliche technische Einrichtungen, der **Öffentlichkeit zugänglich zu machen**, § 20 UrhG. Hiermit verwandt ist das Recht, Funksendungen des Werkes durch Bildschirm, Lautsprecher oder ähnliche technische Einrichtungen öffentlich wahrnehmbar zu machen, § 22 UrhG. Unter einer Funksendung oder einer ähnlichen Einrichtung ist jede Form der unkörperlichen Übertragung abstrakter Informationszeichen mit Lichtgeschwindigkeit von einer Sendestelle zu einer Empfangsanlage zu verstehen. Die häufig vorgenommene Eingrenzung auf elektromagnetische Wellen ist im Zeitalter der Glasfaserkabel wohl überholt. Voraussetzung für eine Sendung ist daher eine Sende- und eine Empfangseinrichtung. Trotz dieser einfach klingenden Definitionen sind viele konkrete Einzelfragen gerade auch im Zusammenhang mit den **„neuen Medien"** strittig, wie die nachfolgenden Beispiele veranschaulichen.

109 Die Übermittlung von einer Rundfunksendeanlage zu einem mit Empfangsantenne ausgerüsteten Empfangsgerät wirft entsprechend der obigen Definition keine Auslegungsprobleme auf, da die Sendeanlage ausschließlich Signale aussendet, die Empfangsanlage dagegen diese Signale aufnimmt, dekodiert und hör- oder sichtbar macht. Bereits die **Gemeinschaftsantenne** aber geht über dieses einfache Grundmuster hinaus, indem sie von einer Empfangsstelle aus die empfangenen Signale an viele Geräte weiterleitet, diese Signale also vervielfacht. Inzwischen existieren Anlagen, die über das Empfangsvermögen einer klassischen Dachsammelantenne weit hinausgehen, z.B. die von der Post verwendeten großen Satellitenempfangsschüsseln. Angesichts der Weiterverbreitung der empfangenen Signale z.B. durch Einspeisung in ein Kabelnetz zur Versorgung ganzer Städte und Landstriche spricht man von **Weitersendung**.

110 Der Streit entfacht sich in der Praxis angesichts der mächtigen **Interessengegensätze** (einerseits die kommerziellen Interessen von Rundfunk- und Fernsehsendern, andererseits die Interessen der Urheber und Leistungsschutzberechtigten und schließlich die Interessen der politischen Kräfte) vor allen Dingen an der Frage der **Vergütungspflicht** dem Grunde und der Höhe nach. Bei den entsprechenden Auseinandersetzungen und Diskussionen sollte nicht vergessen werden, daß die Aufzählung der Verwertungsrechte im Urheberrechtsgesetz nur beispielhaft ist, wie § 15 UrhG durch Verwendung des Wortes „insbesondere" deutlich macht. Demnach ist grundsätzlich eine Verwertung immer dann anzunehmen, wenn Beziehungen zwischen Sendern und Nutzern hergestellt werden, gleich auf welchem Wege. Werden die Nutzungsmöglichkeiten erweitert, so ist grundsätzlich eine Verwertungshandlung im Sinne des Urheberrechtsgesetzes gegeben (so auch Fromm/Nordemann/Vinck a.a.O. § 20

Rdnr. 3). Dies folgt schon aus allgemeinen Grundsätzen. Es stellt sich dann die Frage, in welcher Höhe die Verwertung vergütet werden muß. Die Regelung der Vergütungen erfolgt durch Auseinandersetzungen der Verwertungsgesellschaften mit den Verwertern (Sendeunternehmen und -anstalten). Mitunter werden allerdings auch Weitersendungen nicht als eigenständige Verwertung angesehen, wenn diese in „Abschattungsgebieten" erfolgen, d.h. in Gegenden, die den Antennenempfang nur gestört oder überhaupt nicht zulassen (vgl. die Entscheidung zum Kabelfernsehen in Abschattungsgebieten BGHZ 79, 350 und BGH NJW 1988, 1020 – Kabelfernsehen II).

Von den Sendungen und Weitersendungen zu unterscheiden, ist der Be- **111**
reich der **öffentlichen Wahrnehmbarmachung** von Funksendungen, z.B. durch öffentlich zugängliche Monitore oder Lautsprecheranlagen, wie sie in Hotels, Gaststätten, Supermärkten, aber auch an Schulen, in Betrieben und anderen öffentlichen Einrichtungen üblich ist. Auch hierin ist eine dem Urheber vorbehaltene Verwertung zu sehen, wie § 22 UrhG ausdrücklich bestimmt. Wer Funksendungen öffentlich wiedergibt, muß daher die entsprechenden Vergütungen an die GEMA entrichten.

8. Sonstige Rechte des Urhebers

a) Übersicht

Die Regelungen der §§ 25 bis 27 UrhG versuchen der besonderen Inter- **112**
essenlage gerecht zu werden, die sich ergibt, wenn der Urheber das Original veräußert hat oder keinen Zugang zum Original oder Vervielfältigungsstück hat. Danach hat der Urheber das Recht auf Zugang zum Original, § 25 UrhG, das Recht auf Beteiligung an den Erlösen, die sein Werk im Kunsthandel erzielt, § 26 UrhG, und das Recht auf Beteiligung an der Nutzung von Vervielfältigungsstücken seines Werkes durch Verleihen und Vermieten, § 27 UrhG. Es handelt sich hierbei nicht um Ausschließlichkeitsrechte sondern um schuldrechtliche Ansprüche (Wenzel a.a.O. Rdnr. 4.48).

b) Einzelheiten

(1) Zugangsrecht

aa) Grundlagen

Der Urheber kann vom Besitzer des Originals oder eines Vervielfälti- **113**
gungsstückes seines Werkes verlangen, daß er ihm das Original oder das Vervielfältigungsstück zugänglich macht, soweit dies zur **Herstellung** von **Vervielfältigungsstücken** oder **Bearbeitungen** des Werkes erforderlich ist und berechtigte Interessen des Besitzers nicht entgegenstehen, § 25 Abs. 1 UrhG. Der Besitzer ist nicht verpflichtet, das Original oder

das Vervielfältigungsstück dem Urheber herauszugeben, § 25 Abs. 2 UrhG. Wo die Herstellung von Vervielfältigungsstücken nicht an Ort und Stelle möglich ist, muß das Werkstück auf Kosten des Urhebers an eine geeignete Stelle gebracht werden. Sofern der Urheber Bearbeitungen anfertigen möchte, dürfen diese nicht am Werkstück selbst vorgenommen werden. Der Zugang kann versagt werden, wenn dem berechtigte Interessen des Besitzers entgegenstehen. Der Besitzer müßte dann beweisen, daß seine Interessen mehr Gewicht haben als die Interessen des Urhebers am Zugang und daß es keinen weniger einschneidenden Weg zu deren Schutz gibt, als den Zugang zu verweigern.

bb) Beispiele

114 In der **bildenden Kunst** kann der Maler Zugang zu dem veräußerten Original verlangen, um von diesem z.B. Fotos oder sonstige Kopien anzufertigen. Der Bildhauer kann zu einem entsprechenden Zweck (Anfertigung von Fotos oder einer Replik) Zugang zur Original-Plastik verlangen. Will er allerdings einen weiteren Abguß herstellen, so stellt sich die Frage, ob hierdurch eine Wertminderung des Originals eintreten könnte, die ein berechtigtes Interesse des Besitzers an der Verweigerung des Zuganges begründen könnte. Unerhebliche Wertminderungen können jedoch nicht zur Verweigerung des Zugangs berechtigen. In der Regel überwiegen die Interessen des Urhebers (OLG Düsseldorf GRUR 1969, 550 f.; vgl. auch KG GRUR 1983, 508 f. – Totenmaske). Wenn mehrere Vervielfältigungsstücke oder Werkstücke vorhanden sind, steht es im Ermessen des Urhebers, gegenüber welchem Besitzer er sein Zugangsrecht ausübt.

115 Der **Designer** kann Zugang zu den Originaldesigns verlangen, um hiervon Kopien zu fertigen. Dies beinhaltet ggf. auch den Zugang zum Computerspeicher zur Anfertigung einer Kopie auf Diskette.

116 Im Bereich der **Musik** kann der Komponist Zugang zum Original-Manuskript verlangen, falls er dies, was heute nur selten vorkommen dürfte, aus der Hand gegeben hat, ohne eine Kopie anzufertigen. Der Urheber kann ferner verlangen, daß er Zugang zu einer Tonaufzeichnung seines Werkes erhält, um sich eine Kopie hiervon anzufertigen, falls ihm nicht vorher eine Kopie überlassen wird.

117 Die **Autorin** kann ebenso wie der Komponist Zugang zwecks Anfertigung einer Kopie ihres Manuskriptes oder des sonst ihr nicht zugänglichen Vervielfältigungsstücks verlangen.

118 Neben der Zugänglichmachung des Manuskriptes sind bei der **darstellenden Kunst** die Fälle der Aufzeichnung einer Inszenierung denkbar, die unbeschadet der umstrittenen Frage, ob hier auch ein Urheberrecht des Regisseurs gegeben ist (s. oben Rdnr. 28), jedenfalls dem Autoren ein Zugangsrecht gibt.

Für die an einem **Filmwerk** beteiligten Urheber ist die Anfertigung von Kopien ihrer Beiträge, aber auch des fertigen Filmwerkes insgesamt sicherlich von beruflichem Interesse. Andererseits können hier dem Zugang zur „O-Kopie“ des Films zwecks Anfertigung von Kopien beträchtliche, den hohen Produktionskosten entsprechende Sicherheitsinteressen des Filmherstellers entgegenstehen. Der Konflikt könnte am sinnvollsten dadurch gelöst werden, daß den Urhebern gegen Kostenerstattung Kopien z.B. auf Videoband ausgehändigt werden. 119

Im Bereich der **Baukunst** hat der Architekt ein Zugangsrecht zu dem urheberrechtlich geschützten Gebäude oder Gebäudeteil, sofern dieses nicht ohnehin einer öffentlichen Straße zugewandt ist, vgl. § 59 UrhG. 120

(2) Beteiligung des Urhebers am Erlös des Kunsthandels

Mit den §§ 26 bis 27 UrhG erstrebt das Gesetz, den Urheber an Erlösen zu beteiligen, die aus der Nutzung seiner Werke gezogen werden, ohne daß aber hierbei an die Vervielfältigung selbst angeknüpft wird, vgl. § 16 UrhG. Die Beteiligung des Urhebers an den Erträgen des Kunsthandels, die mit seinem Original erzielt werden, fordert die **Revidierte Berner Übereinkunft** in Art. 14ter, wonach hinsichtlich der Originale von Werken der bildenden Künste und der Originalhandschriften der Schriftsteller und Komponisten, der Urheber ein unveräußerliches Recht auf Beteiligung am Erlös aus Verkäufen eines solchen Werkstücks nach der ersten Veräußerung durch den Urheber hat. Das **Ausmaß der Beteiligung und das Verfahren** regelt für Deutschland § 26 UrhG, der im wesentlichen bestimmt, daß bei Weiterveräußerung eines Originalwerkes der bildenden Künste unter Beteiligung eines Kunsthändlers oder Versteigerers als Erwerber, Veräußerer oder Vermittler, der Veräußerer dem Urheber einen Anteil in Höhe von **5 % des Veräußerungserlöses** zu entrichten hat, sofern dieser nicht weniger als 100,— DM beträgt. Der Urheber hat ferner einen **Auskunftanspruch**, der aber ebenso wie der Beteiligungsanspruch selbst nur durch eine Verwertungsgesellschaft geltend gemacht werden kann, § 26 Abs. 5 UrhG. 121

Der Beteiligungsanspruch besteht **nur für Werke der bildenden Künste**. Darunter ist nicht die Baukunst und das Kunstgewerbe zu verstehen. Unter einem Originalwerk ist ein vom Urheber selbst hergestelltes Werk zu verstehen, wobei es nicht schadet, wenn der Urheber sich bei der Herstellung eines Gehilfen bedient hat. 122

Die **Problematik** dieser Bestimmung liegt in dem Verfahren der Geltendmachung dieses Folgerechtes, das die Lobby der Kunsthändler angeblich zum Schutze der im Kunsthandel unter anderem aus „steuerlichen Gründen“ beliebten Geheimniskrämerei durchgesetzt hat. Dieses Verfahren ist der Kontrolle des einzelnen Künstlers dadurch entzogen, daß es die Einschaltung einer Verwertungsgesellschaft zwingend voraus- 123 setzt, die darüberhinaus den Angaben der Händler oder deren Wirtschaftsprüfern Glauben schenken muß und keine weiteren Kontrollmöglichkeiten hat.

(3) Vermiet- und Verleihtantieme

124 Die Bestimmung des § 27 UrhG regelt die Verpflichtung zur Zahlung der Vermiet- und Verleihtantieme. Hierdurch wird der Urheber an einer Nutzung durch Vermieten oder Verleihen der Vervielfältigungsstücke seines Werkes beteiligt, gleich, ob die Exemplare von einer Bibliothek unentgeltlich (Leihe) oder z.B. von einem privaten Vermietunternehmen entgeltlich (Miete) anderen zur Verfügung gestellt werden. Lediglich bei ausschließlich zum Zwecke des Vermietens oder Verleihens erschienenen Werken oder beim Verleih vom Arbeitgeber zur Erfüllung der Arbeitsverpflichtungen besteht kein Anspruch auf Zahlung des früher so genannten **Bibliothekgroschens**, der im übrigen auch nur von Verwertungsgesellschaften geltend gemacht werden kann, § 27 Abs. 1 Satz 2 UrhG, dort allerdings zu erheblichen Einnahmen führt.

9. Die Werknutzung durch andere

a) Übersicht

125 Das Urheberrecht ist abgesehen vom Ausnahmefall einer Erbauseinandersetzung nicht übertragbar, § 29 Satz 2 UrhG. Dritte, die das Werk des Urhebers rechtmäßig nutzen wollen, müssen sich daher vom Urheber Nutzungsrechte einräumen lassen. Die Einräumung von Nutzungsrechten regeln die §§ 31 ff. UrhG. Die Vererbung und Übertragung des Urheberrechts von Todes wegen regeln die §§ 28 bis 30 UrhG.

b) Vererbung des Urheberrechts

126 Das Urheberrecht ist vererblich, § 28 Abs. 1 UrhG. Der Urheber kann durch letztwillige Verfügung die Ausübung des Urheberrechts seinem Testamentsvollstrecker übertragen, § 28 Abs. 2 UrhG. Das Urheberrecht kann in Erfüllung einer Verfügung von Todes wegen oder an Miterben im Wege der Erbauseinandersetzung übertragen werden, § 29 Abs. 1 UrhG. Der Rechtsnachfolger des Urhebers hat die dem Urheber nach diesem Gesetz zustehenden Rechte, soweit nichts anderes bestimmt ist, § 30 UrhG. Die vorstehenden Bestimmungen ermöglichen es dem Urheber, sein Urheberrecht einer Person seiner Wahl als Erbe zu übertragen oder, dies käme insbesondere bei einer Mehrheit von Erben in Frage, einen Testamentsvollstrecker mit der Ausübung seines Urheberrechts zu beauftragen, und zwar für die Dauer der gesetzlichen Schutzfristen (70 Jahre ab dem Tode des Urhebers).

c) Nutzungsrechte

Der **Rechtsverkehr** hinsichtlich der Nutzung urheberrechtlich geschützter Werke erfordert zum einen die **Einräumung von Nutzungsrechten**. Diesen Aspekt regelt das Urheberrechtsgesetz. Zum anderen unterliegen die Verträge über die Einräumung von Nutzungsrechten den allgemeinen Grundsätzen, wie sie im BGB, aber auch in anderen Gesetzen, z.B. dem AGBG geregelt sind. Das Urhebervertragsrecht ist also bisher noch nicht einheitlich geregelt, obwohl der Gesetzgeber des Urheberrechtsgesetzes dies beabsichtigte und obwohl dies auch dringend notwendig ist (vgl. Nordemann, Vorschlag für ein Urhebervertragsrecht a.a.O.). Die vorliegende Darstellung setzt sich im folgenden zunächst mit der besonderen Problematik der Einräumung von Nutzungsrechten nach dem Urheberrechtsgesetz auseinander. **127**

Im Gegensatz zu den Verwertungsrechten, die unveräußerlicher Bestandteil des Urheberrechts sind, können Dritten Rechte für einzelne oder alle bekannten Nutzungsarten als einfache oder ausschließliche Rechte räumlich, zeitlich oder inhaltlich beschränkt oder unbeschränkt **eingeräumt** werden. Dieser Vorgang ähnelt der Belastung dinglicher Rechte. Man spricht deshalb auch von einer **Belastung des Stammrechts** (vgl. Wenzel a.a.O. Rdnr. 5.2). Die Dritten übertragenen Befugnisse fallen automatisch an den Urheber oder dessen Erben zurück, falls sie z.B. nach Ablauf der Nutzungsfrist erlöschen. Einer besonderen Rückübertragung bedarf es dann nicht. Insoweit ähnelt die Rechtslage der Situation des Eigentümers, der einem Dritten für eine bestimmte Zeit ein Besitzrecht (z.B. durch Miete oder Leihe) einräumt. Auch dort erlischt das Besitzrecht mit Zeitablauf. Nutzungsrechte dürfen nur mit **Zustimmung des Urhebers weiterübertragen** werden. Nutzer, die ihre Befugnisse von Dritten, also nicht direkt vom Urheber selbst ableiten, müssen im Zweifel zum Nachweis ihrer Befugnis die lückenlose Übertragungskette darlegen und im Bestreitensfall beweisen. Sind die Nutzungsarten nicht einzeln bestimmt, so bestimmt sich der Umfang des Nutzungsrechts nach dem Zweck des Vertrages (**Zweckübertragungsgrundsatz**). Ein Nutzungsrecht berechtigt seinen Inhaber, das Werk in einer bestimmten Art und Weise zu nutzen. Ein konkretes Nutzungsrecht wird daher durch die zugrundeliegende Nutzungsart definiert. Das Gesetz unterscheidet zwischen **einfachen** und **ausschließlichen** Nutzungsrechten. **128**

(1) Einfache Nutzungsrechte

Das einfache Nutzungsrecht berechtigt den Inhaber, das Werk neben dem Urheber oder anderen Berechtigten auf die ihm **erlaubte Art** zu nutzen. Der Inhaber eines einfachen Nutzungsrechts kann also andere berechtigte Nutzer nicht von der Nutzung ausschließen, § 31 Abs. 2 UrhG. Andererseits aber schützt das Gesetz den Inhaber eines einfachen Nut- **129** zungsrechts, der vor einem Inhaber eines ausschließlichen Nutzungsrechts sein Recht erworben hat, vor Verlust seiner Rechtsposition gegenüber dem zeitlich später hinzutretenden Erwerber; denn ein einfaches Nutzungsrecht, das der Urheber vor Einräumung eines ausschließlichen Nutzungsrechts eingeräumt hat, bleibt gegenüber dem Inhaber des ausschließlichen Nutzungsrechts wirksam, wenn nichts anderes zwischen dem Urheber und dem Inhaber des einfachen Nutzungsrechts vereinbart ist, § 33 UrhG. In der Rechtslehre ist umstritten, ob der Inhaber des einfachen Nutzungsrechts eine **dingliche Rechtsstellung** erlangt oder nur einen **schuldrechtlichen Anspruch** auf ungestörte Nutzung gegenüber dem Berechtigten. Nach der ersteren Ansicht (vgl. Hubmann a.a.O. S. 207) könnte der Rechtsinhaber sein Recht gegenüber jedermann verteidigen, nach letzterer Ansicht (vgl. Fromm/Nordemann/Hertin a.a.O. §§ 31/32 Rdnr. 1) besteht seine Berechtigung nur gegenüber dem Vertragspartner, er hat deshalb kein eigenes einklagbares Recht gegenüber einem Verletzer.

(2) Ausschließliche Nutzungsrechte

130 Das ausschließliche Nutzungsrecht berechtigt den Inhaber, das Werk unter **Ausschluß aller anderen Personen sowie des Urhebers** auf die ihm erlaubte Art zu nutzen und einfache Nutzungsrechte einzuräumen, § 31 Abs. 3 UrhG. Der Inhaber eines ausschließlichen Nutzungsrechts hat eine absolute Rechtsposition, die es ihm z.B. ermöglicht, gegenüber allen unberechtigten dritten Nutzern aus eigenem Recht zu klagen. Er kann ferner mit Zustimmung des Urhebers Dritten einfache Nutzungsrechte einräumen.

(3) Unbekannte Nutzungsarten

131 Im Interesse eines möglichst weitgehenden Schutzes des Urhebers bestimmt § 31 Abs. 4 UrhG, daß die Einräumung von Nutzungsrechten für noch nicht bekannte Nutzungsarten sowie Verpflichtungen hierzu unwirksam sind. Durch diese Bestimmung wird der Urheber daran gehindert, sich der Rechte für noch nicht bekannte Nutzungsarten zu für ihn nachteiligen Bedingungen zu begeben. Erst wenn eine Nutzungsart soweit bekannt geworden ist, daß sich ein Markt entwickelt und ein Marktpreis gebildet hat, kann der Urheber angemessene Bedingungen aushandeln. Folglich darf sich die Definition dessen, was **bekannt** in Sinne des § 31 Abs. 4 UrhG ist, nicht am Stand der Technik und Wissenschaft orientieren, sondern muß darauf abstellen, ob und inwieweit eine Nutzungsart im **wirtschaftlichen Verkehr bekannt** ist (so Fromm/Nordemann/Hertin a.a.O. §§ 31/32 Rdnr. 3.). Bis zur politischen und wirtschaftlichen Wende war in der ehemaligen DDR z.B. die Videoauswertung von Filmen im Ostblock wirtschaftlich nicht bekannt.

(4) Zweckübertragungsgrundsatz

aa) Grundlagen

Einen weiteren Schutz vor der Übervorteilung des Urhebers durch einen Ausverkauf seiner Rechte bringt § 31 Abs. 5 UrhG. Sind bei der Einräumung des Nutzungsrechts die Nutzungsarten, auf die sich das Recht erstrecken soll, nicht einzeln bezeichnet, so bestimmt sich der Umfang des Nutzungsrechts nach dem mit seiner Einräumung verfolgten Zweck. Damit schreibt das Gesetz einen Auslegungsgrundsatz fest, der früher bereits von der herrschenden Meinung und Rechtsprechung als „Zweckübertragungstheorie" anerkannt und praktiziert worden war (vgl. BGHZ 9, 262 ff. [265] – Lied der Wildbahn). Danach verbleiben dem Urheber im Zweifel alle Rechte zur wirtschaftlichen Nutzung seines Werkes, die nicht dem Nutzer im Hinblick auf die vertraglich bezweckte Nutzung übertragen werden müssen. Die Einräumung von Nutzungsrechten an Dritte muß, um wirksam zu sein, das Nutzungsrecht im einzelnen bezeichnen. Die pauschale Einräumung von Nutzungsrechten, etwa „für alle Nutzungsarten", ist unwirksam. Der Zweckübertragungsgrundsatz gilt für alle Arten der Einräumung von Nutzungsrechten, also auch für die Weiterübertragung oder Bestimmung des Umfanges von Nutzungsrechten sowie begleitender Rechte (z.B. des Eigentums an Werkstücken), für die Verpflichtung zur Rechteübertragung (schuldrechtlicher Verpflichtungsvertrag) ebenso wie für die Rechteeinräumung selbst. Im Zweifel sind also Umfang und Tragweite der Rechteeinräumung nach dem **Vertragszweck** zu bestimmen. Unter dem Vertragszweck sind die von den Parteien übereinstimmend gewollten naheliegensten Nutzungen zu verstehen. Nutzungen, an die die Parteien nicht gedacht haben oder wegen derer der Vertrag nicht geschlossen worden wäre, gehören nicht zum Vertragszweck. 132

bb) Beispiele

In der **bildenden Kunst** erlaubt das Recht zur Nutzung eines Kunstwerkes zu Ausstellungszwecken noch nicht die Anfertigung von Reproduktionen (z.B. Fotografien) oder deren Vervielfältigung und Verbreitung, mit Ausnahme eines Ausstellungskatalogs, § 58 UrhG. 133

Für **Designer** gilt, daß das Recht zur Nutzung einer Grafik für eine Zeitschriftenillustration nicht deren Nutzung in einem Werbeprospekt erlaubt (vgl. OLG Hamm UFITA 28, 352 ff. [357]). 134

Die berechtigte Nutzung einer **Fotografie** als Postkarte läßt nicht die Herstellung von Postern zu (vgl. OLG Hamm a.a.O.). 135

Das Recht zur Nutzung des **Textbuches für Aufführungszwecke** erlaubt noch nicht die Aufzeichnung oder Fernseh-Sendung des Bühnenstückes. 136

137 Das Nutzungsrecht zur Erstellung einer **festgebundenen Buch-Ausgabe** erlaubt nicht die Taschenbuch- oder sonstige Billigausgabe (vgl. BGH GRUR 1968, 152 – Angelique I).

138 Das Nutzungsrecht zum Zwecke der Herstellung und Verbreitung von **Tonträgern** erlaubt noch nicht die Nutzung als Filmmusik, das Recht zur Nutzung als Hintergrundmusik enthält nicht das Verlags- und Bühnenaufführungsrecht (vgl. BGH GRUR 1971, 480 ff. [481] – Schwarzwaldfahrt).

139 Für den **Film** bestimmt § 88 UrhG, daß in der Gestattung des Urhebers, sein Werk verfilmen zu lassen, **im Zweifel** die Einräumung einer Reihe von für eine Dauer von zehn Jahren ausschließlicher Nutzungsrechte an einer einmaligen Verfilmung zu sehen ist, nämlich das Werk unbearbeitet oder bearbeitet zur Filmherstellung zu benutzen, das Filmwerk zu vervielfältigen und zu verbreiten, es öffentlich vorzuführen, sofern es hierfür bestimmt ist, den Film durch Funk zu senden, wenn er hierfür bestimmt ist, und Übersetzungen und andere filmische Bearbeitungen oder Umgestaltungen im gleichen Umfang wie dieses zu verwerten. Im übrigen gestattet die Befugnis zur Filmtheaterauswertung nicht die Fernsehsendung und diese nicht die Video-Auswertung oder Auswertung im PAY-TV.

140 Die Erstellung des **Architektenplans** für ein Einzelhaus gestattet nicht dessen Nutzung zur serienweisen Herstellung von Fertighäusern.

(5) Weiterübertragung von Nutzungsrechten

141 Einfache und ausschließliche Nutzungsrechte sind durch den Berechtigten weiterübertragbar. Die Regelung des § 34 UrhG bestimmt jedoch, daß *„ein Nutzungsrecht ... nur mit Zustimmung des Urhebers übertragen werden (kann).“* Der Grund für dieses Zustimmungsrecht des Urhebers besteht darin, daß es dem Urheber möglich bleiben soll, die seinen Absichten zuwiderlaufende Nutzung seines Werkes durch Personen zu untersagen, die nicht sein Vertrauen genießen. Dem liegt die Überzeugung zugrunde, daß die Art und Weise der Nutzung auf das Werk selbst „abfärben“ kann. Andererseits erfordert die wirtschaftliche Auswertung von Werken häufig deren Nutzung durch Dritte, die meist nicht selbst Vertragspartner des Urhebers sind, sondern die erforderlichen Nutzungsrechte vom Ersterwerber eingeräumt erhalten. Sofern der Ersterwerber sich vertraglich nicht die Zustimmung des Urhebers hierzu hat geben lassen, wird § 34 Abs. 1 Satz 2 UrhG bedeutsam, wonach der Urheber seine Zustimmung nicht wider **Treu und Glauben** verweigern darf. Grundsätzlich wird die bloße Verweigerung der Zustimmung nicht als treuwidrig anzusehen sein. Die willkürliche Verweigerung der Zustimmung oder die Verweigerung der Zustimmung nach Handlungen, die bereits eine Zustimmung erwarten ließen, wird jedoch als treuwidrig anzusehen sein. Das Zustimmungsrecht des Urhebers kann durch Vereinbarung (Vertrag)

ausgeschlossen oder beschränkt werden. Im Rahmen der **Gesamtveräußerung eines Unternehmens** oder von Unternehmensteilen können Nutzungsrechte ohne Zustimmung des Urhebers übertragen werden, § 34 Abs. 3 UrhG. Werden mit dem Nutzungsrecht an einem **Sammelwerk** Nutzungsrechte an den darin aufgenommenen einzelnen Werken übertragen, so genügt hierfür die Zustimmung des Urhebers des Sammelwerkes, § 34 Abs. 2 UrhG.

Zum Schutz des Urhebers bestimmt § 34 Abs. 5 unabdingbar: „*Ist die Übertragung des Nutzungsrechts nach Vertrag oder kraft Gesetzes ohne Zustimmung des Urhebers zulässig, so haftet der Erwerber gesamtschuldnerisch für die Erfüllung der sich aus dem Vertrag mit dem Urheber ergebenden Verpflichtungen des Veräußerers.*“ Den Zweiterwerber treffen also die gleichen Verpflichtungen gegenüber dem Urheber wie den Ersterwerber, den sich der Urheber ja – so jedenfalls die Idealvorstellung des Gesetzes – aussuchen konnte. 142

In der Praxis kommen ganze **Erwerbsketten** vor, bei denen der Nutzer seine Berechtigung von mehreren Zwischenerwerbern herleitet. Hier gilt der Grundsatz, daß der Nutzer am Ende der Kette nicht mehr Rechte erwerben kann, als das schwächste Glied der Kette innehat. Der **gutgläubige Erwerb** von Nutzungsrechten ist **nicht möglich**. Der Erwerber von Nutzungsrechten muß deshalb den Rechteerwerb jedes Zwischenerwerbers genau nachprüfen, um sich Klarheit darüber zu verschaffen, ob er tatsächlich die vertraglichen Rechte erwerben kann. Risiken, z.B. daß Rechte nicht oder nur beschränkte Zeit bestehen usw., gehen immer zu Lasten des vermeintlichen Erwerbers, der sich u.U. sogar dem Vorwurf fahrlässiger Verletzung von Urheberrechten aussetzt, sofern er sich nicht sorgfältig die lückenlose Erwerbskette hat nachweisen lassen. 143

(6) Katalog der Nutzungsarten

Im Hinblick auf die erhebliche Bedeutung der verschiedenen Nutzungsarten zur Bestimmung der übertragenen oder zu übertragenen Nutzungsrechte soll der nachstehende Katalog der Nutzungsarten eine Orientierung erleichtern, ohne vollständig sein zu können. Grundsätzlich korrespondieren den in §§ 15 bis 22 UrhG genannten Verwertungsrechten entsprechende Nutzungsrechte und Nutzungsarten. Dies sind insbesondere die Vervielfältigung, die Verbreitung, die Ausstellung, der Vortrag, die Aufführung, die Vorführung, die Sendung, die Wiedergabe durch Bild- oder Tonträger, die Wiedergabe von Funksendungen. Im Bereich der einzelnen Kunstgattungen und -richtungen ergeben sich u.a. die nachfolgend aufgeführten Nutzungsarten: 144

Im Bereich der **bildenden Kunst** die Reproduktion durch Abzeichnen oder Abmalen, durch fotografische Mittel, Verleih und Vermietung von Werkstücken oder Vervielfältigungsstücken, Druck, Verbreitung und Ver- 145 vielfältigung von Reproduktionen für verschiedene Zwecke, z.B. zur Verwendung als Postkarte, Poster, Kalender, Wanddekoration, als Bühnenbild oder im Film, in Werbeprospekten, Werbeplakaten oder als Werbegeschenk.

146 **Design-Werke** werden z.B. für Illustrationen, u.a. von Zeitschriften und Büchern, für Plakate, für Werbedrucke, zur Herstellung von Gebrauchsgegenständen und Modeartikeln verwendet.

147 **Fotografien** dienen häufig der Illustration von Büchern und Zeitschriften, der Herstellung von Postkarten, von Plakaten, von Werbeprospekten u.a.

148 Bei der **darstellenden Kunst** sind neben der Inszenierung die Lesung, der Druck, die Vervielfältigung und die Verfilmung des Textbuches, sowie die Nutzung fremdsprachlicher Übersetzungen (Bearbeitungen) zu erwähnen.

149 **Literatur** wird durch Buch, Taschenbuch, Zeitschrift, Zeitung, Sendung, Vortrag, Aufnahme in Schulwerk, Fotokopie, Aufzeichnung und Verbreitung auf Tonträgern und Aufzeichnung in Datenspeichern genutzt.

150 Nutzungsarten der **Musik** sind Aufführung, Aufzeichnung auf Tonträger, Nutzungen für verschiedene Sendezwecke, Verbreitung auf den verschiedenen Arten von Tonträgern (LP, CD, DAT, Musikcassette) und der Verwendung für Filme, z.B. Video, Spielfilm und Werbefilm, Aufführung als musikdramatisches Werk im Ganzen oder auszugsweise in Teilen oder nur einzelner Werkbestandteile, z.B. der Musik selbst.

151 Beim **Film** sind die Vervielfältigung, Vorführung und Sendung denkbar, z.B. auf bzw. mit Hilfe von fotografischem Material, Magnetband, Bildplatte, die Vorführung des Films bei einem Filmtheater, durch Videogeräte, im Fernsehen (PAY-TV), synchronisiert in Fremdsprachen, auszugsweise oder im Ganzen. Weitere Nutzungen sind Reproduktionen von Standbildern oder Büchern zum Film, sowie die Nutzung der Figuren oder Hauptdarsteller für die verschiedensten filmischen oder außerfilmischen Zwecke.

152 **Architektenpläne** können durch Bau, Nachbau, Serienbau, durch Reproduktion der Pläne selbst zu den verschiedensten Zwecken (Nachbau, Unterricht, Werbung) genutzt werden.

10. Besondere Bestimmungen zum Schutz des Urhebers

a) Überblick

153 Das Urheberrechtsgesetz hat eine Reihe von Bestimmungen zum Schutz des Urhebers getroffen, die keine Parallelen in anderen Gebieten des Zivilrechts haben. Es handelt sich hierbei um den „Bestsellerparagraphen“ § 36 UrhG, der eine angemessene Beteiligung des Urhebers an aus-

sergewöhnlich erfolgreicher Nutzung seines Werkes ermöglicht, ferner um die Einschränkung der Möglichkeit zur Einräumung von Nutzungsrechten an künftigen Werken gemäß § 40 UrhG, sowie um die Bestimmungen der §§ 40 und 41 UrhG, die dem Urheber unter den dort genannten Voraussetzungen den Rückruf von Nutzungsrechten ermöglichen.

b) Einzelne Bestimmungen

(1) Beteiligung des Urhebers an außergewöhnlichen Erfolgen

aa) Gesetzliche Grundlage

Die Bestimmung des § 36 UrhG gewährt dem Urheber einen Anspruch 154
auf Vertragsänderung, wenn der Urheber einem anderen ein Nutzungsrecht zu Bedingungen eingeräumt hat, die dazu führen, daß die vereinbarte Gegenleistung unter Berücksichtigung der gesamten Beziehungen des Urhebers zum Vertragspartner in einem groben Mißverhältnis zu den Erträgen aus der Nutzung des Werkes steht. Diese Bestimmung bezweckt die **angemessene Beteiligung** (vgl. Schricker a.a.O. § 36 Rdnr. 15) des Urhebers an den Erträgen aus der Nutzung seines Werkes im Falle eines **weit überdurchschnittlichen und nicht voraussehbaren Erfolges**. In der Vergangenheit hatte nämlich die Rechtsprechung jede zusätzliche Beteiligung des Urhebers an den Erträgen seines Werkes in derartigen Fällen unter Hinweis darauf abgelehnt, daß der Urheber gemäß der vertraglichen Vereinbarung vom Nutzer abgefunden worden war. Eine Veränderung der ursprünglichen Vereinbarung wegen einer erheblichen Änderung der Geschäftsgrundlage hatte die Rechtsprechung abgelehnt. Der daraus folgende Rechtszustand war für den Urheber im Falle außerordentlicher Erfolge höchst unbefriedigend.

bb) Anspruchsgegner

Der Wortlaut des § 36 UrhG enthält ein Redaktionsversehen; denn im 155
Falle einer **Weiterübertragung** der vom Urheber abgeleiteten Nutzungsrechte besteht kein direkter Vertrag zwischen dem Urheber und dem Nutzer. Nach richtiger Ansicht (so Fromm/Nordemann a.a.O. § 36 Rdnr. 2; vgl. auch Katzenberger GRUR Int 1983, 410 ff. [420] auf der Grundlage von §§ 413, 404 BGB mit dem gleichen Ergebnis) gewährt § 36 UrhG dem Urheber in einem solchen Falle einen Anspruch auf Abschluß eines Vertrages zu angemessenen Bedingungen gegenüber dem Nutzer, der von dem herausragenden Erfolg des Werkes profitiert.

cc) Grobes Mißverhältnis

Beim § 36 UrhG handelt es sich um eine **Ausnahmeregelung**. Zu deren 156
Anwendung genügt nicht, daß ein Werk erfolgreich ist. Der Erfolg muß vielmehr so überdurchschnittlich sein, daß im Verhältnis zu der Erwartung der Parteien bei Vertragsschluß ein grobes Mißverhältnis zwischen

den Brutto-Erträgen (vgl. Schricker a.a.O. § 36 Rdnr. 10) der Werknutzung und den dem Urheber nach dem Vertrag zustehenden Beträgen entsteht. Dies wird bei einer Vertragsgestaltung, die eine laufende Beteiligung des Urhebers an den Erträgnissen vorsieht, kaum der Fall sein können. Dagegen ist ein grobes Mißverhältnis dann wahrscheinlich, wenn der Urheber für die Einräumung des Nutzungsrechtes mit einem relativ bescheidenen **Pauschalhonorar** (Schricker a.a.O. § 36 Rdnr. 9) abgefunden worden ist. Ob demgegenüber der Verwerter besondere Leistungen bei der Vermarktung des Werkes erbracht hat oder seine wirtschaftliche Lage, etwa im Hinblick auf geringe Erträge oder Verluste in anderen Bereichen ein starkes Interesse an der Einbehaltung der Erträge des besonders erfolgreichen Werkes weckt, ist für die Beurteilung des groben Mißverhältnisses unerheblich.

dd) Angemessenheit

157 Welche Beteiligung angemessen ist, mag sich aus einem Vergleich mit den **marktüblichen Bedingungen** (BGH GRUR 1986, 885 f.; Schricker a.a.O. § 36 Rdnr. 12) ergeben. Wenn marktübliche Bedingungen nicht ermittelt werden können oder ebenfalls unangemessen wären, besteht weitgehende Ermessensfreiheit des entscheidenden Gerichts. Im Idealfall ist der Urheber so zu stellen, wie wenn von vornherein ein Vertrag zu durchschnittlichen, angemessenen Bedingungen geschlossen worden wäre.

ee) Verjährung

158 Zu seiner Durchsetzung verlangt § 36 UrhG vom Urheber große Wachsamkeit. Der Anspruch hieraus verjährt bereits innerhalb von **2 Jahren**, nachdem der Urheber vom Entstehen des groben Mißverhältnisses zwischen seiner Vergütung und den mit seinem Werk erzielten Erträgen Kenntnis erlangt hat, spätestens aber in **10 Jahren** nach Entstehung des groben Mißverhältnisses, ohne Rücksicht darauf, ob der Urheber hiervon wußte. Die Kenntnis des Urhebers muß vom Verwerter bewiesen werden. Allerdings wird gerade im Fall eines Welterfolges ein branchenkundiger Urheber kaum Unkenntnis desselben schlüssig behaupten können. Schwierigkeiten bereitet die Beurteilung der Frage, zu welchem Zeitpunkt der Werkverwertung aus einem Mißverhältnis ein „grobes“ Mißverhältnis wird. Da dieser Begriff einen Ermessensspielraum zuläßt, kann insoweit eine Rechtsunsicherheit auftreten.

ff) Auskunftsanspruch und sonstiges

159 Damit der Urheber erkennen kann, ob ihm ein Anspruch aus § 36 UrhG zusteht, ist ihm (ungeschrieben) ein Anspruch auf Erteilung entsprechender **Auskünfte** und Vorlage von **Abrechnungen** (Wenzel a.a.O. S. 103; Ulmer a.a.O. S. 396 sowie Fromm/Nordemann a.a.O. § 36 Rdnr. 8) gegenüber dem Nutzungsberechtigten gegeben. Wenn hiernach ein Anspruch auf Vertragsänderung oder -abschluß gegeben ist, wird eine Klage auf Einwilligung des Vertragspartners hierzu möglich.

gg) Filmwerke

Für Urheber von **Filmwerken** gilt § 36 UrhG nicht, § 90 Satz 2 UrhG, wohl aber zu Gunsten der Urheber vorbestehender Werke, also z.B. des Drehbuches, Exposè's oder der Romanvorlage. 160

(2) Verträge über künftige Werke

aa) Übersicht und gesetzliche Grundlagen

Den Ausverkauf des Schaffens eines Urhebers bis in die ferne Zukunft hinein will § 40 UrhG verhindern, der bestimmt, daß ein Vertrag, durch den sich der Urheber zur Einräumung von Nutzungsrechten und künftigen Werken verpflichtet, die überhaupt nicht näher oder nur der Gattung nach bestimmt sind, der schriftlichen Form bedarf und von beiden Vertragsteilen nach Ablauf von 5 Jahren seit dem Abschluß des Vertrages mit einer Frist von sechs Monaten gekündigt werden kann. Auf das Kündigungsrecht kann im voraus nicht verzichtet werden. Andere vertragliche oder gesetzliche Kündigungsrechte bleiben unberührt, § 40 Abs. 2 UrhG. Wenn in Erfüllung des Vertrages Nutzungsrechte an künftigen Werken eingeräumt worden sind, wird mit Beendigung des Vertrages die Verfügung hinsichtlich der Werke unwirksam, die zu diesem Zeitpunkt noch nicht abgeliefert sind, § 40 Abs. 3 UrhG. 161

Sinn und Zweck dieser Bestimmung ist es, den Urheber vor der Gefahr zu schützen, in Zukunft aufgrund nicht mehr zeitgemäßer, nachteiliger Bedingungen tätig sein zu müssen. Voraussetzung für die Anwendung des § 40 UrhG ist, daß die Werke **nicht konkret bestimmt** sind. Nicht konkret bestimmt sind die nur der Gattung nach bestimmten Werke des Urhebers. Entsprechend gilt § 40 für die zukünftige Verfügung über das Eigentum an noch nicht bestimmten **Werkstücken** (Fromm/Nordemann a.a.O. § 40 Rdnr. 4 d). 162

bb) Fallgruppen

Verfügungen über künftige Werke trifft der Urheber in folgenden Fällen: Bei Abschluß von **Wahrnehmungsverträgen** mit Verwertungsgesellschaften hinsichtlich der darin genannten Nutzungsrechte an künftig entstehenden Werken; bei Verträgen, worin sich der Verwerter die **Option** auf künftige Werke einräumen läßt; in **Arbeitsverträgen**, sofern darin urheberrechtliche Nutzungsbefugnisse vor Entstehen entsprechender Werke geregelt sind; bei **Werkverträgen**, die u.a. die Übereignung noch nicht existierender Werkstücke vorsehen. 163

cc) Schriftform

Derartige Vereinbarungen bedürfen zu ihrer Rechtswirksamkeit der **schriftlichen Form** und sind nach 5 Jahren Laufzeit innerhalb einer Frist 164 von 6 weiteren Monaten (falls nicht eine kürze Frist vereinbart ist) kündbar. Eine Verlängerung dieser Fristen durch Vertrag läßt das Gesetz nicht zu.

(3) Rückrufsrechte

aa) Überblick

165 Neben der regulären Beendigung der Nutzungsberechtigung durch Zeitablauf, ordentliche oder außerordentliche Kündigung hat das Urheberrechtsgesetz mit den Rückrufsrechten wegen Nichtausübung und wegen gewandelter Überzeugung zu Gunsten des Urhebers besondere Möglichkeiten zur Beendigung des Nutzungsvertrages geschaffen.

bb) Rückrufsrecht wegen Nichtausübung

aaa) Gesetzliche Grundlagen

166 Übt der Inhaber eines ausschließlichen Nutzungsrechts das Recht nicht oder nur unzureichend aus und werden dadurch berechtigte Interessen des Urhebers erheblich verletzt, so kann dieser das Nutzungsrecht zurückrufen, § 41 Abs. 1 UrhG. Diese Bestimmung ist eine Ausprägung des **Rechts auf Wirkung** (Fromm/Nordemann a.a.O. § 41 Rdnr. 2). Der Urheber soll davor geschützt werden, daß Verwerter ausschließliche Nutzungsrechte „auf Eis legen" und er wegen der Ausschließlichkeit der Rechteeinräumung so an der entsprechenden Nutzung des Werkes gehindert ist. Das Gesetz gewährt dem Erwerber des ausschließlichen Nutzungsrechts daher eine Frist, binnen derer das Recht genutzt werden muß und nach deren Ablauf der Rückruf droht, falls es nicht zu einer ausreichenden Nutzung gekommen ist. Selbst wenn der Verwerter sich gegenüber dem Urheber vertraglich nicht zu bestimmten Nutzungen verpflichtet hat, bleibt dem Urheber ein Druckmittel, um den Verwerter zur Nutzung zu bewegen oder aber wenigstens eine anderweitige Nutzung zu ermöglichen. Denn die Bestimmung des § 41 UrhG gilt **zwingend** und ist **nicht vertraglich abdingbar**, § 41 Abs. 4 UrhG. Möglich ist jedoch die Verlängerung der Nutzungsfrist auf höchstens 5 Jahre, § 41 Abs. 4 UrhG, sowie die vertragliche Bestimmung der vom Urheber zu setzenden Nachfrist. Das Rückrufsrecht steht dem Urheber gegen jeden Inhaber eines ausschließlichen Nutzungsrechtes zu, gleich, ob er dieses Nutzungsrecht direkt von ihm oder über Mittler erworben hat. Bei Übertragung mehrerer Nutzungsrechte innerhalb eines Vertrages gilt die Bestimmung für jedes einzelne Nutzungsrecht gesondert (Fromm/Nordemann a.a.O.).

bbb) Nichtausübung

167 Voraussetzung für das Entstehen des Rückrufsrechts aus § 41 UrhG ist die **unzureichende Ausübung** des ausschließlichen Nutzungsrechts. Hierzu zählt immer die Nichtausübung, wie das Gesetz selbst sagt. Sie ist

immer eine Interessenverletzung des Urhebers, es sei denn, die Nutzung unterbleibt auf dessen Wunsch. Welche Nutzungen unzureichend sind, ergibt sich daraus, ob die Nutzungen dem vereinbarten Vertragszweck entsprechen. Dies beurteilt sich aus objektiver Sicht, wobei es neben dem Vertragsinhalt darauf ankommt, welche Nutzungsmöglichkeiten für ein Werk der fraglichen Gattung objektiv gegeben sind. Wirtschaftliche Gesichtspunkte auf Seiten des Verwerters bleiben außer Betracht, da diese nicht dem Interesse des Urhebers an einer anderweitigen Nutzung des Werkes vorgehen können. Die folgenden Beispiele bezeichnen typische Konstellationen für die unzureichende Ausübung von Nutzungsrechten.

Bildende Kunst: Die Nichtausstellung der Werke, an denen die Galerie **168** das Ausstellungsrecht erworben hat.

Die Nichtverwendung des **Designs** z.B. zur Schaffung eines Posters, **169** Stoffmusters oder einer Werbeanzeige.

Die Nichtverwendung von **Auftragsfotografien** z.B. als Illustration für **170** eine Reportage oder als Titelbild.

Das Unterlassen von Bemühungen des **Bühnenverlegers**, nachhaltig **171** und konkret Kontakte zu den Bühnen aufzunehmen, um das bei ihm verlegte Bühnenwerk anzupreisen.

Der **Musikverleger** muß nach der inzwischen üblichen Vertragsgestal- **172** tung zwar bei sogenannter „U-Musik“ keine Notenexemplare mehr fertigen (bei sogenannter „E-Musik“ ist dies wohl unerläßlich), er muß aber das Werk ausreichend propagieren, indem er Ton- und ggf. auch Videoaufzeichnungen („Demos“) hiervon anfertigen läßt und diese nebst weiterem Werbematerial gezielt und fachgerecht wichtigen Verwertern und Medien (Rundfunk, Fernsehen, Zeitschriften, Zeitungen und Redakteuren) anbietet. Der **Auftraggeber von Kompositionen oder Arrangements**, der die Nutzungsrechte zur Aufführung oder Verwendung als Filmmusik erwirbt, muß das Werk aufführen lassen oder für den Film verwenden, wenn er das Entstehen des Rückrufsrechts verhindern will.

Das Unterlassen des **Verlegers von Schriftwerken**, eine ausreichende **173** Zahl von Exemplaren aufzulegen und angemessene Werbung durch Inserate, Kontakte zu Rezensenten, Vertrieben und sonstigen Medien zu betreiben.

Die Nichtverfilmung des Werkes nach Erwerb des **Verfilmungsrechts** **174** hieran. Jedoch unterliegen die Rechte zur Vervielfältigung und Verbreitung, zur öffentlichen Vorführung, zur Funksendung und zur filmischen Bearbeitung und Umgestaltung einschließlich der Übersetzung des Filmwerks selbst **nicht dem Rückruf**, § 90 i.V.m. § 88 Abs. 1 Nr. 2 bis 5 UrhG.

Der **Inhaber des Senderechts** bzw. des Wiederholungssenderechts un- **175** terläßt die Sendung.

Der **Auftraggeber des Architekten** baut das geplante Haus nicht.

ccc) Mißbrauchsverbot

176 Die vom Gesetz geforderte erhebliche Verletzung berechtigter Interessen des Urhebers ist grundsätzlich immer gegeben, wenn ein Nutzungsrecht gar nicht oder objektiv unzureichend ausgeübt wird. Dem Urheber ist es jedoch verwehrt, **willkürlich** oder **mißbräuchlich** sein Rückrufsrecht auszuüben. So gewährt das Gesetz dem Urheber das Rückrufsrecht nicht, wenn Umstände vorliegen, die die Nutzung des Werkes be- oder verhindern und deren Behebung dem Urheber zumutbar ist, § 41 Abs. 1 Satz 2 UrhG. Die Zielsetzung dieser Einschränkung ist etwas unklar; denn geschmacksbedingte Veränderungen seines Werkes sind dem Urheber grundsätzlich unzumutbar. Es wird sich schon um Umstände **objektiver Natur** (vgl. Fromm/Nordemann a.a.O. § 41 Rdnr. 5), z.B. leicht zu behebene mangelnde Aktualität oder Verletzungen von Rechten Dritter, handeln müssen.

ddd) Fristen

177 Das Rückrufsrecht kann nicht vor Ablauf von 2 Jahren seit Einräumung oder Übertragung des Nutzungsrechts oder, wenn das Werk später abgeliefert wird, seit der Ablieferung geltend gemacht werden. Bei einem Beitrag zu einer Zeitung beträgt die Frist 3 Monate, bei einem Beitrag zu einer Zeitschrift, die monatlich oder in kürzeren Abständen erscheint, 6 Monate und bei einem Beitrag zu anderen Zeitschriften 1 Jahr, § 41 Abs. 2 UrhG. Die Nutzungsfrist beginnt bei Einräumung oder Übertragung des Nutzungsrechtes oder bei Ablieferung des Werkes, je nachdem, was später eintritt. Überträgt ein Nutzungsberechtigter das ausschließliche Nutzungsrecht weiter, so steht dem neuen Nutzungsrechtsinhaber die volle Frist zu (Fromm/Nordemann a.a.O. § 41 Rdnr. 8 b).

178 Der Rückruf kann erst erklärt werden, nachdem der Urheber dem Inhaber des Nutzungsrechts unter Ankündigung des Rückrufs eine **angemessene Nachfrist** zur hinreichenden Ausübung des Nutzungsrechts bestimmt hat. Der Bestimmung der Nachfrist bedarf es nicht, wenn die Ausübung des Nutzungsrechts seinem Inhaber unmöglich ist oder von ihm verweigert wird oder wenn durch die Gewährung einer Nachfrist überwiegend Interessen des Urhebers gefährdet werden, § 41 Abs. 3 UrhG. Ob eine Frist angemessen ist, hängt davon ab, ob sie objektiv eine Nutzung ermöglicht. Hierbei ist auf die **objektiven Erfordernisse der Branche** Rücksicht zu nehmen (s. Fromm/Nordemann a.a.O. § 41 Rdnr. 9), nicht jedoch auf das subjektive Vermögen oder Unvermögen des Adressaten. Angemessen ist die kürzeste ausreichende Frist. Im übrigen sind für schnellebigere Werke, z.B. solche der populären Musik oder Literatur, kürzere Nachfristen von 3 bis 6 Monaten angemessen. Bei Werken, deren Nutzung einen höheren Realisierungsaufwand erfordert, wie z.B. Bühnenwerken oder Filmwerken, werden je nach Fallgestaltung Fristsetzungen von 6 bis 12 Monaten angemessen sein.

Eine Nachfrist muß nicht gesetzt werden, wenn dem Inhaber des Nutzungsrechtes jede Nutzungsmöglichkeit abhanden kommt, etwa im Falle der **Zahlungsunfähigkeit** (Konkurs und ähnliches), bei der Aufgabe des entsprechenden Geschäftszweiges oder anderen objektiven Umständen oder wenn der Nutzungsrechtsinhaber eine entsprechende Nutzung ablehnt oder von objektiv unzumutbaren Bedingungen abhängig machen will. Auch sind Nachfristsetzungen nicht erforderlich, wenn es sich um Werke von **flüchtiger Aktualität** handelt. Dies mag im Bereich aktueller Stellungnahmen zu politischen oder anderen Nachrichtenereignissen möglich sein und dem Rundfunkkommentator oder dem Fotografen aktueller Ereignisse das Recht geben, ohne Nachfristsetzung das ausschließliche Nutzungsrecht zurückzurufen. Die Urheber von Beiträgen für periodische Sammelwerke (Zeitungen und Zeitschriften) können aufgrund der besonderen Regelung des § 45 Verlagsgesetz den Verlagsvertrag fristlos kündigen, wenn der Beitrag nicht spätestens innerhalb eines Jahres nach Ablieferung an den Verleger veröffentlicht wird. **179**

eee) Erklärung

Der Rückruf bedarf einer entsprechenden Erklärung, mit deren **Zugang** er wirksam wird. Es empfiehlt sich, den Zugang beweiskräftig, am besten über einen Gerichtsvollzieher per Postzustellungsurkunde zu bewirken und hierbei ausdrücklich „den Rückruf“ zu erklären. Falls die Erklärung sich anderer Worte bedient, muß deren Sinn erforscht werden, § 157 BGB. Eine falsche Bezeichnung etwa als „Kündigung“ wäre dann unschädlich, wenn erkennbar sinngemäß der Rückruf gemeint sein soll. **180**

fff) Entschädigungspflicht

Das Gesetz bestimmt im Absatz 6 des § 41 UrhG, daß der vom Rückruf Betroffene zu **entschädigen** ist, wenn die **Billigkeit** dies erfordert. Die Verwendung des Begriffes der „Billigkeit“ macht deutlich, daß im Gegensatz zur „Angemessenheit“ die Entschädigung nur in besonders begründeten **Ausnahmefällen** (vgl. Fromm/Nordemann a.a.O. § 41 Rdnr. 1; Wenzel a.a.O. S. 107) gewährt werden kann. Der Umstand, daß der Verwerter für das ausschließliche Nutzungsrecht eine Vergütung gezahlt hat, muß hierbei außer Betracht bleiben, da durch diese Vergütung die Nutzungsberechtigung honoriert wird, nicht die Nutzung selbst. Auch scheidet eine Entschädigung des Nutzungsrechtsinhabers immer dann aus, wenn die Nutzung durch sein Verschulden unterbleibt. **181**

cc) Der Rückruf des Nutzungsrechts aus gewandelter Überzeugung

aaa) Überblick und gesetzliche Grundlagen

Der Veränderung der Überzeugung des Urhebers im Hinblick auf sein **182**
früheres Schaffen – etwa im Hinblick auf die eigene Entwicklung oder auf Veränderungen in Wissenschaft, Kunst oder Gesellschaft – will das

Rückrufsrecht wegen gewandelter Überzeugung gerecht werden, das es dem Urheber ermöglicht, bereits erteilte Nutzungsrechte zurückzurufen, wenn das Werk seiner Überzeugung nicht mehr entspricht und ihm deshalb die Verwertung des Werkes nicht mehr zugemutet werden kann, § 42 Abs. 1 Satz 1 UrhG. Auf dieses Recht kann der Urheber vor Eintritt des Überzeugungswandels nicht verzichten, § 42 Abs. 2 UrhG. Das Gesetz stellt für die Ausübung des Rückrufsrechts aus gewandelter Überzeugung strenge Voraussetzungen auf.

bbb) Überzeugungswandel

183 Zunächst muß der Urheber darlegen, daß in ihm im Hinblick auf das betroffene Werk ein Überzeugungswandel eingetreten ist. Das Gesetz geht davon aus, daß Gegenstand eines Überzeugungswandels Werke aller Gattungen sein können, also nicht nur Werke rationaler Aussage, sondern auch Werke der Kunst, Musik u.ä. Dabei genügt nicht die bloße Behauptung, die Überzeugung habe sich gewandelt. Vielmehr muß der Urheber den Überzeugungswandel durch Mitteilung der diesem zugrundeliegenden **inneren oder äußeren Tatsachen** darstellen (vgl. Fromm/Nordemann a.a.O. § 42 Rdnr. 5).

ccc) Ultima ratio-Grundsatz

184 Doch berechtigt nicht jeder Überzeugungswandel zur Ausübung des Rückrufsrechts. Vielmehr gilt hier insoweit das Prinzip der **„ultima ratio“**, so daß der Urheber zunächst prüfen muß, ob sein Werk durch ihm zumutbare Änderungen seiner geltenden Überzeugung angepaßt werden kann. Erst wenn dies nicht möglich ist oder vom Inhaber des Nutzungsrechts abgelehnt wird und zudem die weitere Nutzung des Werkes dem Urheber unzumutbar ist, darf er den Rückruf erklären. Was unzumutbar ist, wird nach objektivierten Kriterien im Streitfall vom Gericht entschieden. Es würde allerdings zu weit gehen, die weitere Nutzung des Werkes nur dann als unzumutbar anzusehen, wenn dem Urheber hieraus eine Rufschädigung droht. Das Urheberpersönlichkeitsrecht verlangt Respekt vor der Entscheidung des Urhebers darüber, mit welchen Werken und in welcher Weise er in der Öffentlichkeit präsent sein will. Die Interessen des Verwerters müssen gegenüber dem Persönlichkeitsrecht des Urhebers zurücktreten. Im übrigen sind die Verwerterinteressen bereits durch die weiteren Voraussetzungen des § 42 UrhG gesichert.

ddd) Sicherheitsleistung

185 Das Gesetz läßt die Rückrufserklärung des Urhebers erst dann wirksam werden, wenn dieser dem Nutzungsberechtigten die durch den Rückruf nutzlos werdenden **Aufwendungen erstattet** oder hierfür **Sicherheit** leistet, § 42 Abs. 3 UrhG. Der Nutzungsberechtigte muß ferner binnen drei Monaten nach Zugang der Rückrufserklärung eine schlüssige Berechnung der seiner Ansicht nach zu erstattenden Aufwendungen dem Urheber gegenüber erstellen. Dafür muß er allerdings Aufwendungen, die auf bereits gezogene Nutzungen entfallen, außer Betracht lassen. Dies bedeutet, daß Aufwendungen, die bereits durch von ihm getätigte Verwertungshandlungen gedeckt sind, nicht nochmals vom Urheber erstattet werden müssen. Den entgangenen Gewinn kann der Verwerter im Rahmen der dem Urheber ferner auferlegten Pflicht zu angemessenem Schadensersatz erstattet verlangen. Damit wird deutlich, daß dem Urheber die Ausübung des Rückrufsrechts wegen gewandelter Überzeugung teuer zu stehen kommen kann.

Der **Rechtsnachfolger** des verstorbenen Urhebers kann ebenfalls das 186
Rückrufsrecht ausüben, sofern ein Überzeugungswandel bereits zu Lebzeiten des Urhebers selbst eingetreten ist und der Urheber die Ausübung des Rückrufsrechts letztwillig verfügt hat oder zu Lebzeiten daran gehindert war, § 42 Abs. 1 Satz 2 UrhG.

eee) Wiederverwertung

Sofern der Urheber sich später entschließen sollte, das zurückgerufene 187
Werk **wieder zu verwerten**, muß er dem Nutzungsberechtigten, der sein Nutzungsrecht durch Rückruf verloren hat, das Werk wieder zur Verwertung anbieten, § 42 Abs. 4 UrhG. Bieten ihm jedoch andere Interessenten bessere Bedingungen, so ist er nicht gehindert, mit diesen einen Nutzungsvertrag zu schließen (Fromm/Nordemann a.a.O. § 42 Rdnr. 10). Die völlige Übergehung des bisherigen Nutzungsberechtigten macht den Urheber jedoch schadensersatzpflichtig.

fff) Sonstiges

Für **Filmwerke** gilt eine **Ausnahmeregelung**. Die Rechte zur Verviel- 188
fältigung und Verbreitung, zur öffentlichen Vorführung, zur Funksendung und zur filmischen Bearbeitung und Umgestaltung einschließlich der Übersetzung des Filmwerks unterliegen nicht dem Rückruf, § 90 i.V.m. § 88 Abs. 1 Nr. 2 bis 5 UrhG. Ist das Filmwerk hergestellt, kann der Urheber des verfilmten Werkes daher die Verwertung des Filmes nicht durch Rückruf verhindern.

11. Schranken des Urheberrechts

a) Überblick

Das Urheberrecht wird zum einen durch Ablauf der Schutzfristen be- 189
schränkt, zum anderen unterliegt es hinsichtlich bestimmter Nutzungen Beschränkungen, zu deren Rechtfertigung Interessen der Allgemeinheit genannt werden. Diese sind in den §§ 45 bis 63 UrhG geregelt. Im folgenden wird auf die für den Urheber und den Interpreten bedeutsamsten Bestimmungen eingegangen.

b) Einzelheiten

(1) Schutzfristen

190 Das Urheberrecht erlischt **siebzig Jahre** nach dem Tode des Urhebers, § 64 Abs. 1 UrhG. Wird ein nachgelassenes Werk nach Ablauf von sechzig aber vor Ablauf von siebzig Jahren nach dem Tode des Urhebers veröffentlicht, so erlischt das Urheberrecht erst zehn Jahre nach der Veröffentlichung, § 64 Abs. 2 UrhG. Das Urheberrecht als geistiges Eigentum steht also schlechter als das Sacheigentum, welches nie erlischt und unbeschränkt weiter vererbt werden kann. Die Rechtsfolge des Schutzfristsablaufs besteht darin, daß die betroffenen Werke **gemeinfrei** werden, d.h. von jedem in beliebiger Weise genutzt, bearbeitet und verändert werden dürfen, ohne daß hierfür an die Rechtsnachfolger der Urheber oder Verwertungsgesellschaften Vergütungen gezahlt werden müssen. Dies hat zur Folge, daß diese Werke gegenüber den Werken lebender Urheber kostengünstiger verwertet werden können und so einen Konkurrenzvorteil auf dem Markt haben, was kulturpolitisch bedenkliche Auswirkungen haben kann. Eine weitere Benachteiligung der Erben von Urheberrechten gegenüber den Erben der Sacheigentümer besteht darin, daß die Erbschaftssteuer ohne Rücksicht auf den Verwandtschaftsgrad nach dem Höchstsatz (25 % auf der Basis der geschätzten fünfjährigen Nutzungserträge) erhoben wird.

191 Rechtspolitisch und -philosophisch wird die Frage, ob Schutzfristen sein müssen, kontrovers diskutiert. Einerseits fragt sich, mit welcher Rechtfertigung die Erben der Urheber schlechter gestellt werden als die Erben von Sacheigentümern. Wenn der Gesetzgeber schon die Notwendigkeit einer Enteignung nach Schutzfristablauf sieht, sollte er aus kulturpolitischen Gründen die Nutzung der gemeinfreien Werke ebenso der Vergütungspflicht unterstellen wie die Nutzung geschützter Werke. Mit den Erträgen könnten z.B. Stiftungen zur Förderung der entsprechenden Schaffensgattungen ausgestattet werden (so auch Hubmann a.a.O. S. 61; a.A. Wenzel a.a.O. Rdnr. 6.72). So könnte z.B. die Nutzung von Mozarts Musik heute lebenden Komponisten zugutekommen.

192 Für **Miturheber** gilt, daß das Urheberrecht siebzig Jahre nach dem Tode des **längstlebenden Miturhebers** erlischt, § 65 UrhG. Die Schutzfristen für **anonyme und pseudonyme Werke** laufen siebzig Jahre nach der Veröffentlichung des Werkes ab, sofern der wahre Name oder ein bekannter Name des Urhebers nicht auf Werk- oder Vervielfältigungsstükken oder bei der öffentlichen Wiedergabe des Werkes angegeben worden ist, § 66 Abs. 1 UrhG.

193 Die Fristen werden jeweils **mit Ablauf des Kalenderjahres** berechnet, in dem die Voraussetzungen für den Fristlauf eingetreten sind, § 69 UrhG.

(2) Weitere Beschränkungen

aa) Das Zitatrecht

aaa) Grundlagen

Die Vervielfältigung, Verbreitung und öffentliche Wiedergabe erlaubt § 51 UrhG, wenn in einem durch den Zweck gebotenen Umfang 194

1. einzelne Werke nach dem Erscheinen in ein selbständiges wissenschaftliches Werk zur Erläuterung des Inhalts aufgenommen werden,
2. Stellen eines Werkes nach der Veröffentlichung in einem selbständigen Sprachwerk angeführt werden,
3. einzelne Stellen eines erschienenen Werkes der Musik in einem selbständigen Werk der Musik angeführt werden.

Von einem Zitat spricht man, wenn ein vorbestehendes Werk oder ein Teil hiervon in einem neuen Werk als Beleg angeführt wird und hierbei die **Quelle** genannt wird. Das zulässige Zitat darf verwertet werden, ohne daß dem Urheber hierfür eine Vergütung gezahlt werden muß. Fehlt die Quellenangabe, so liegt ein Plagiat vor.

Qualitativ wird zwischen **Groß- und Klein-Zitaten** unterschieden. 195
Groß-Zitate nennen vollständige Werke, Klein-Zitate Auszüge daraus. Das Groß-Zitat, also das Zitat eines vollständigen Werkes läßt das Gesetz durch § 51 Ziff. 1 UrhG zu. Die Rechtsprechung erlaubt ferner unter besonderen Voraussetzungen (vgl. hierzu KG UFITA 54, 296; LG Berlin GRUR 1978, 108 ff. [110]; LG München UFITA 77, 289 ff.) auch das Zitat ganzer Bilder, welches ebenfalls als Groß-Zitat gilt. Alle Arten von Zitaten haben gemeinsame Voraussetzungen. Sie müssen in einem **selbständigen Werk** wiedergegeben werden. Das selbständige Werk kann auch in einer Sammlung bestehen, deren schöpferische Eigenart in der Art und Auswahl der Beiträge besteht. Eine Umgehung des Gesetzes wird durch das Erfordernis ausgeschlossen, daß das neue Werk auch ohne das einzelne Zitat als **eigenständiges Werk** Bestand haben muß. Das Zitat ist ferner nur insoweit zulässig, als es erforderlich ist, um eine Aussage des neuen Werkes zu belegen (s. z.B. Wenzel a.a.O. Rdnr. 6.13). Das letztere Erfordernis bereitet jedoch Schwierigkeiten außerhalb der Gattung der Sprachwerke. Um ein Beleg zu sein, muß das Zitat in einem inneren und äußeren **Bezug** zu dem zitierenden Werk stehen. Die Verpflichtung zur Quellenangabe, die Voraussetzung für die Zulässigkeit des Zitats ist, spricht § 63 UrhG aus.

bbb) Lücken

Die Betrachtung der Rechtsprechung und -lehre zum Zitatrecht in den 196
verschiedenen Werkgattungen zeigt, daß nur ein Ausschnitt desselben vom Gesetz geregelt worden ist. So regelt § 51 UrhG nicht das **Bildzitat**, das Zitat der **Bühnendarstellung** (mit Ausnahme des Sprachwerkes

selbst) und das **Filmzitat**. Dennoch wird das Zitat stiller oder bewegter Bilder allgemein, unter den oben genannten engen Voraussetzungen, für zulässig gehalten. Die Rechtsprechung zur Zulässigkeit von Bildzitaten im politischen Meinungskampf sieht als Grundlage hierfür das **Grundrecht aus Art. 5 GG** (vgl. Wenzel a.a.O. S. 129 sowie LG München I UFITA 77, 289 ff.; LG Frankfurt UFITA 94, 338; KG UFITA 54, 296). Da die Freiheit der politischen Meinungsäußerung kaum höheren Rang beanspruchen kann als die **Freiheit der Kunst, Wissenschaft und Lehre**, wird man das Zitatrecht unmittelbar aus den entsprechenden Freiheitsgarantien des Art. 5 GG herleiten müssen, freilich beschränkt insoweit, als die Rechte und Interessen der Urheber an ihrem geistigen Eigentum nicht mehr als unbedingt vermeidbar berührt oder eingeschränkt werden dürfen. Vor diesem Hintergrund kann § 51 UrhG nur als ausschnittweise und insoweit verbindliche Regelung des Bereichs „Zitatrecht" gelten.

ccc) Beispiele

197 Die Bestimmung des § 51 Nr. 1 UrhG erlaubt das Groß-Zitat ausdrücklich nur in **wissenschaftlichen Werken**. Zur Wissenschaft gehören Forschung und Lehre, vgl. Art. 5 Abs. 3 GG. Wissenschaftliche Werke sind daher sowohl solche, die die Wissenschaft bereichern, als auch jene, die sie lediglich vermitteln. Die Werkgattung selbst bestimmt das Gesetz nicht. Es kann sich bei den zitierenden Werken sowohl um Schriftwerke als auch um andere Sprachwerke wie Vorträge, Sendungen u.ä., um Filmwerke oder Computer-Dateien handeln, also um all jene Medien, die geeignet sind, eine rationale Aussage zu vermitteln. Die zitierten Werke können allen Gattungen angehören. Das Groß-Zitat ist zulässig, soweit der Belegzweck es erfordert.

198 Innerhalb der übrigen (nicht-wissenschaftlichen) **Sprachwerke** läßt das Gesetz gemäß § 51 Nr. 2 UrhG nur das Zitat von „Stellen eines Werkes", also Klein-Zitate zu, soweit diese als Beleg erforderlich sind. Zu den Sprachwerken gehören Schriftwerke, Vorträge, Computer-Programme u.ä. Die zitierten Werke können allen Werkgattungen angehören, soweit der Zweck des Zitates dies erfordert, also etwa kurze Notenzitate oder Klangbeispiele beinhalten.

199 Unter einem **Musikzitat** versteht das Gesetz lediglich den in § 51 Nr. 3 UrhG ausdrücklich genannten Fall (s.o. Rdnr. 194), nicht also die Wiedergabe von Notentexten in Sprach- oder wissenschaftlichen Werken, Filmen oder Werken anderer Gattung. Da eine Quellenangabe nicht Gegenstand einer musikalischen Aussage sein kann, muß der Auszug aus dem fremden Werk in anderer, musikalisch sinnvoller Weise mit den Attributen eines Zitats versehen werden. Dies mag dadurch geschehen, daß das zitierte Thema des neuen Werkes nur gelegentlich angeführt wird, nicht aber ein grundlegender Bestandteil desselben ist, wie im Falle des Themas, welches zur Grundlage von Variationen gemacht wird (zum starren Schutz der Melodie s.o. Rdnr. 88). Ferner kommt die Funktion des Musikzitats als Beleg für eine Ansicht des Komponisten nicht in Betracht, da diese eine rationale Aussage in sprachlichen oder mathematischen Kategorien erfordert. Nicht erforderlich ist es, das Musikzitat in der Partitur mit einer Quellenangabe zu versehen, denn diese ginge deshalb ins Leere, weil die wenigsten Zuhörer die Partitur mitzulesen pflegen.

In den Bereichen **bildende Kunst, Design, darstellende Kunst und** 200
Film, aber nicht nur hier, besteht die Problematik des Zitierens stiller oder bewegter Bilder. Analog dem Musikzitat ist unter einem Bildzitat im engeren Sinne nur die Wiedergabe eines vorbestehenden Bildes oder einer Bilderfolge in einem neuen Bild oder Filmwerk zu verstehen. Der Begriff des Bildzitats wird in Rechtsprechung und -lehre auch für das Zitieren von Still-Bildern in Sprachwerken und Filmwerken verwendet. Allen Fallgruppen gemeinsam ist das Problem, daß ein Bild häufig ausschnittweise nicht ohne völligen Sinnverlust wiedergegeben werden kann (die Collage bedient sich dessen als Stilmittel). Es bleibt daher häufig nur die Möglichkeit, das gesamte Bild zu zeigen, um dessen Aussage zu erhalten. Das Bild ist in solchen Fällen nicht weniger reduzierbar als ein kurzer Satz, der kein Wort zuviel enthält. Der Definition nach ist daher ein Bildzitat, obwohl Groß-Zitat, zugleich nicht weiter reduzierbar, also Klein-Zitat. Diese Erkenntnis wird von der Rechtsprechung häufig als Begründung für die Zulässigkeit des Zitates ganzer Bilder, insbesondere in der politischen Auseinandersetzung gesehen. Richtigerweise darf auch das Zitat geschützter Bildwerke nicht zu Lasten des Urhebers einseitig mit der politischen Meinungsfreiheit begründet werden.

Im Gegensatz zum Zitat des stillen Bildes ist das Zitat bewegter Bilder 201
regelmäßig als Groß- oder Klein-Zitat möglich, aber nur als letzteres zulässig. Entsprechendes muß daher für den Fall des Zitats der bühnenmäßigen Darstellung gelten.

cc) Die Privilegierung der aktuellen Berichterstattung

aaa) Berichterstattung über Tagesereignisse

Zur Bild- und Tonberichterstattung über Tagesereignisse durch Funk 202
und Film sowie in Zeitungen oder Zeitschriften, die im wesentlichen den Tagesinteressen Rechnung tragen, dürfen Werke, die im Verlauf der Vorgänge, über die berichtet wird, wahrnehmbar werden, in einem durch den Zweck gebotenen Umfang vervielfältigt, verbreitet und öffentlich wiedergegeben werden, § 50 UrhG. Diese eng auszulegende Sonderregelung geht davon aus, daß bei Gelegenheit der Berichterstattung über Tagesereignisse Werke oder Bruchteile hiervon kurz wahrnehmbar werden, ohne daß hierdurch die Verwertung des Berichtes mangels Zustimmung des Urhebers, der in hinreichend kurzer Zeit meist kaum erreichbar sein dürfte,

vereitelt werden soll. Wird über ein geschütztes Werk selbst berichtet, so müssen in jedem Fall hierfür die entsprechenden Nutzungsrechte erworben werden. Diese klare Abgrenzung weicht der Bundesgerichtshof jedoch auf, indem er die Wiedergabe des Kunstwerkes selbst im Rahmen der Tagesberichterstattung zugelassen hat (BGH NJW 1983, 1199). Sofern der Bericht nicht mehr aktuell über Tagesereignisse berichtet, entfällt die Privilegierung durch § 50 UrhG, und es müssen die erforderlichen Nutzungsrechte erworben werden, es sei denn die Werke sind bloß unwesentliches Beiwerk im Sinne des § 57 UrhG.

bbb) Reden, Rundfunkkommentare und Zeitschriftenartikel

203 Dem Bedürfnis der Öffentlichkeit nach Information über aktuelle Reden, Zeitungsartikel und Rundfunkkommentare entsprechen die Bestimmungen der §§ 48 und 49 UrhG mit der nachfolgend dargestellten Abstufung.

204 **Reden zu Tagesfragen** dürfen in der Tagespresse (Zeitungen und anderen periodisch erscheinenden Druckerzeugnissen der aktuellen Berichterstattung) vervielfältigt und verbreitet sowie öffentlich wiedergegeben werden, ohne daß dies eine Vergütungspflicht auslöst, § 48 Abs. 1 Nr. 1 UrhG.

205 **Rundfunkkommentare und Zeitschriftenartikel**, die politische, wirtschaftliche oder religiöse Tagesfragen betreffen, dürfen in Zeitungen und Tagesinteressen dienenden Informationsblättern o.ä. vervielfältigt und verbreitet sowie öffentlich wiedergegeben werden, es sei denn, sie sind bei Veröffentlichung mit einem **Vorbehalt der Rechte** versehen worden. Der Rechtevorbehalt muß konkret zu jedem einzelnen Artikel oder Kommentar erklärt werden. Ein pauschaler, allgemeiner Vorbehalt reicht nicht aus.

206 Die Vervielfältigung, Verbreitung sowie öffentliche Wiedergabe ist entsprechend dem Tarif der zuständigen Verwertungsgesellschaft (der VG Wort) vergütungspflichtig, § 49 Abs. 1 UrhG. Zu nicht mehr aktuellen Ereignissen sind entsprechende Nutzungen nicht mehr zulässig. Dies gilt z.B. für Jahresübersichten und die spätere Veröffentlichung einst der aktuellen Tagesberichterstattung dienender Fotos zu einem anderen Zweck (vgl. LG Hamburg GRUR 1989, 591 ff. – Neonrevier).

cc) Die Priviligierung der Werknutzung zu Schul-, Kirchen-, behördlichen und Justizzwecken

207 Geschützte Werke dürfen zur Verwendung **vor** Gericht und Behörden oder **durch** Gerichte und Behörden vervielfältigt, verbreitet, ausgestellt oder öffentlich wiedergegeben werden, § 45 UrhG, ohne daß hierfür der Urheber eine Vergütung erhält.

208 Zulässig – wenn auch gegen Vergütung – *„ist die Vervielfältigung und Verbreitung, wenn Teile von Werken, Sprachwerke oder Werke der Musik von geringem Umfang, einzelne Werke der bildenden Künste oder ein-*

zelne Lichtbildwerke nach dem Erscheinen in eine Sammlung aufgenommen werden, die Werke einer größeren Anzahl von Urhebern vereinigt und nach ihrer Beschaffenheit nur für den Kirchen-, Schul- oder Unterrichtsgebrauch bestimmt ist. Auf der Titelseite oder an einer entsprechenden Stelle der Sammlung ist deutlich anzugeben, wozu sie bestimmt ist.", § 46 Abs. 1 UrhG. Dies gilt allerdings „*für Werke der Musik, die in einer für den Musikunterricht bestimmte Sammlung aufgenommen werden, nur, wenn es sich um eine Sammlung für den Musikunterricht in Schulen mit Ausnahme der Musikschulen handelt.*", § 46 Abs. 2 UrhG.

Diese Werkausschnitte oder Werke müssen Teile einer **Sammlung von** 209
Beiträgen einer größeren Anzahl von Urhebern sein. Unter einer größeren Anzahl wird eine mindestens zweistellige Zahl (vgl. Fromm/Nordemann a.a.O. § 46 Rdnr. 3) zu verstehen sein. Dient die Sammlung nicht ausschließlich zu Schulzwecken, erfährt das Verwertungsrecht des Urhebers keine Einschränkung, § 46 UrhG. Interessanterweise privilegiert das Gesetz zwar die allgemeinbildenden Schulen, nicht jedoch Hoch-, Privat- oder Musikschulen (Fromm/Nordemann a.a.O. § 46 Rdnr. 4). Der Verwerter muß den Urhebern vor der Verwendung ihrer Werke eine entsprechende Mitteilung machen, § 46 Abs. 3 UrhG. Für die Vervielfältigung und Verbreitung ist dem Urheber eine angemessene Vergütung zu zahlen, § 46 Abs. 4 UrhG. Angemessen ist in der Regel eine Beteiligungsvergütung, wie sie für entsprechende Werke üblich ist.

Dem Urheber bleibt das Recht, sein Werk wegen gewandelter Über- 210
zeugung **zurückzurufen**, § 42 UrhG (zu den Rückrufsrechten s. Rdnr. 165 ff.). Erklärt er den Rückruf innerhalb der in § 46 Abs. 3 UrhG bestimmten 2-Wochen-Frist nach Absendung der Mitteilung an ihn oder bevor der Verwerter Aufwendungen im Hinblick auf die Werknutzung macht, oder hat er den Rückruf bereits in der Vergangenheit erklärt, so scheidet selbstverständlich mangels eines Schadens eine Schadensersatzpflicht gemäß § 42 Abs. 3 UrhG aus. Entsprechendes gilt für die Aufwendungsersatzpflicht, da der Nutzer dann noch keine Aufwendungen getätigt haben kann.

dd) Vervielfältigung zu privatem oder sonstigem eigenen Gebrauch

Die Regelung des § 53 UrhG erklärt die Herstellung einzelner Verviel- 211
fältigungsstücke eines Werkes zum privaten Gebrauch für zulässig. Im Zeitalter der massenhaften Fotokopien, Ton- und Videokassettenüberspielungen deklariert das Gesetz den ohnehin nicht kontrollierbaren Bereich der privaten Vervielfältigung weitgehend für frei (vgl. Hubmann ZUM 1988, 4 ff. [9]) und versucht, die Urheber durch die in § 54 UrhG geregelte Geräte- und Fotokopierabgabe an der privaten Vervielfältigung zu beteiligen. Ob diese die Verluste der Urheber kompensieren kann, die z.B. durch den Verlust an Bücher- oder Tonträger-Umsätzen entstehen,

ist fraglich, zumal die Geräteabgaben unter dem Einfluß der entsprechenden Lobby eher gering ausfallen.

212 Zum privaten Gebrauch dürfen nicht **Noten** oder im wesentlichen **vollständige Bücher oder Zeitschriften** vervielfältigt werden, es sei denn, sie werden per Hand abgeschrieben, § 53 Abs. 4 UrhG. Übertragungen von Werken auf Bild- oder Tonträger und Vervielfältigungen von Werken der bildenden Künste dürfen von „einem anderen" nur hergestellt werden, wenn dies unentgeltlich erfolgt, § 53 Abs. 1 UrhG. **Kommerzielle Kassetten-, Videoband-, Fotokopier- oder Fotoreproduktionsbetriebe** können sich daher nicht zur Vermeidung von Urheberabgaben darauf berufen, daß ihre Kunden für private Zwecke Kopien anfertigen lassen. Unter **einzelnen** Vervielfältigungsstücken versteht die Rechtsprechung übrigens bis zu **sieben Exemplare** pro Vorlage (BGH GRUR 1978, 474 ff. [476]).

213 Ferner erlaubt § 53 Abs. 2 UrhG den eigenen **wissenschaftlichen Gebrauch**, den Gebrauch zu eigenen **Archivzwecken**, den Gebrauch zur eigenen **Unterrichtung über Tagesfragen**, Vervielfältigungen kurzer Auszüge oder eines mindestens seit zwei Jahren vergriffenen Werkes. Zum „eigenen Gebrauch" zählt nach Ansicht der h.M. beispielsweise auch der **unternehmensinterne Gebrauch**. Druckwerke dürfen auszugsweise zu **Bildungszwecken** oder für **Prüfungszwecke** in der unbedingt erforderlichen Zahl zum eigenen Gebrauch hergestellt werden, § 53 Abs. 3 UrhG. Die Vervielfältigungsstücke dürfen jedoch weder verbreitet noch zu öffentlichen Wiedergaben benutzt werden, § 53 Abs. 5 UrhG. In § 53 Abs. 6 UrhG wird ferner klargestellt, daß die Aufnahme öffentlicher Vorträge, Aufführungen oder Vorführungen eines Werkes auf Bild- oder Tonträger, die Ausführung von Plänen und Entwürfen zu Werken der bildenden Künste und der Nachbau eines Werkes der Baukunst zum privaten oder eigenen Gebrauch nicht zulässig sind.

ee) Ausnahmen für Tonträger und Aufzeichnungen von Funksendungen

214 Gem. § 55 UrhG ist es **Sendeunternehmen** aller Art erlaubt, die Werke, zu deren Funksendung das Unternehmen berechtigt ist, mit eigenen Mitteln auf Bild- oder Tonträger aufzuzeichnen, um diese **zeitversetzt** einmal zu senden. Die Bild- und Tonträger sind spätestens einen Monat nach der ersten Funksendung des Werkes zu löschen, sofern es sich nicht um Aufzeichnungen von außergewöhnlichem dokumentarischen Wert handelt, die in ein amtliches Archiv aufgenommen werden, § 55 Abs. 2 UrhG.

215 Ferner dürfen die **Betriebe**, die Bild- und Tonträgerempfangs- oder Übertragungsgeräte vertreiben oder instandsetzen, Funksendungen über Bild- und Tonträger öffentlich zu **Vorführ- oder Instandhaltungszwekken** wiedergeben, § 56 UrhG.

Der Urheber ist gem. § 61 UrhG verpflichtet, mit dem Erscheinen des Werkes auf einem Tonträger jedem anderen Hersteller von Tonträgern im Geltungsbereich des deutschen Urhebergesetzes ein entsprechendes Nutzungsrecht zu angemessenen Bedingungen einzuräumen (**„Zwangslizenz für Tonträger“**). Gegenüber Urhebern, die der GEMA angehören, kommt es allerdings auf diese Bestimmung nicht an, weil die GEMA kraft des Abschlußzwangs jedem ein entsprechendes Nutzungsrecht einräumen muß, der die tarifliche Vergütung an die GEMA zahlt. **216**

ff) Bildnisse und Werke an öffentlichen Plätzen

Die Bestimmung des § 59 UrhG erklärt es für zulässig, Werke, die sich bleibend an öffentlichen Wegen, Straßen und Plätzen befinden, mit Mitteln der Malerei oder Grafik, durch Lichtbild oder durch Film zu vervielfältigen, zu verbreiten und öffentlich wiederzugeben, wobei dies für **Bauwerke** nur hinsichtlich der Außenansicht zutrifft und die Vervielfältigungen nicht an einem Bauwerk vorgenommen werden dürfen. Grund für diese Bestimmung ist der Umstand, daß die an öffentlichen Plätzen befindlichen Werke der Allgemeinheit gewidmet sind und sich die Vervielfältigung derselben, z.B. durch Fotografien, Zeichnungen oder Videoaufnahmen großer Beliebtheit erfreut. Hiernach sind allerdings nur **zweidimensionale Abbildungen** erlaubt. Die Anfertigung von Skulpturen und Plastiken ist nicht zulässig. Da das Gesetz ausdrücklich auch die Vervielfältigung durch Malerei und Grafik erlaubt, deckt dies auch die individuelle Darstellungsweise, die mit diesen Techniken üblicherweise verbunden ist, ab, so daß das besondere Änderungsverbot des § 62 Abs. 1 UrhG hier nicht gilt, § 62 Abs. 3 UrhG. **217**

gg) Bestellte Bildnisse und Lichtbildwerke

Nach § 60 UrhG gilt, daß der Besteller eines Bildnisses oder sein Rechtsnachfolger dieses Bildnis durch Lichtbild vervielfältigen oder vervielfältigen lassen darf. Handelt es sich bei dem Bildnis um ein Lichtbildwerk (s.o. Rdnr. 24), so ist die Vervielfältigung auch auf andere Weise als durch Lichtbild zulässig. Die Vervielfältigungsstücke dürfen unentgeltlich verbreitet werden. Dies bedeutet, daß der Besteller eines Bildnisses unbegrenzt viele Lichtbildkopien hiervon anfertigen lassen und diese unentgeltlich verbreiten darf, es sei denn, mit dem Urheber des Bildnisses ist etwas anderes ausdrücklich vereinbart worden. Handelt es sich bei dem Bildnis um ein Lichtbildwerk, so darf das Bildnis auch durch zeichnerische Mittel, Videografie oder Fotokopie, z.B. Laserfotokopie, vervielfältigt werden. **218**

12. Urheber im Arbeitsverhältnis

a) Vorbemerkung

219 Schaffen Urheber Werke in Erfüllung von arbeits- oder dienstvertraglichen Verpflichtungen, so gelten für deren Nutzung die gleichen Vorschriften wie für freischaffende Urheber, *„soweit sich aus dem Inhalt oder dem Wesen des Arbeits- oder Dienstverhältnisses nichts anderes ergibt"*, § 43 UrhG. Damit überläßt der Gesetzgeber die Ausgestaltung des Urheberarbeitsrechts insoweit den Arbeits- und auch den Tarifvertragsparteien. Bedenklich ist hierbei, daß das Gesetz es zuläßt, dem Schutz des Urhebers diendende Regelungen abzubedingen, und zwar auch im Wege der richterlichen Rechtsanwendung durch Bestimmung dessen, was das „Wesen" des Arbeitsverhältnisses ist. Somit erhält die richterliche Wertung in der Rechtsanwendung einen besonderen Stellenwert. Die weitgefaßte Vorschrift des § 43 UrhG deckt scheinbar durch seinen Wortlaut fast jede Begründung und damit jedes Prozeßergebnis.

b) Der Arbeitsvertrag im Verhältnis zu anderen arbeitsrechtlichen Rechtsformen

220 Mit der Zunahme kreativer geistiger Arbeitsprozesse in der Gesellschaft, deren Ergebnisse urheberrechtliche Werke der Kunst, Literatur und Wissenschaft darstellen und im Rahmen von Arbeitsverhältnissen erbracht werden, tritt zwangsläufig die für die Urheber in Arbeitsverhältnissen bedeutsame Frage auf, welchen Stellenwert der Arbeitsvertrag als eine Rechtsform zur eigenverantwortlichen Gestaltung der Urheberrechtsbeziehungen einnimmt, um den ökonomisch schwächeren und rechtlich nicht gesicherten Urheber zu stärken. Der Gesetzgeber ist davon ausgegangen, daß zunächst der **Arbeitsvertrag** die bedeutende Rechtsform ist, mit dessen Hilfe die Rechteeinräumung zu erfolgen hat. Diese Orientierung wird auch in der Rechtsprechung (vgl. BGH GRUR 1972, 713 – Dezernent im Musikwesen; BGH GRUR 1978, 244 – Ratgeber für Tierheilkunde; BAG NJW 1984, 1579 – Statikprogramme; OLG Koblenz, BB 1983, 992; OLG Karlsruhe CR 1987, 763 – Anwenderprogramm für Hardware; BGH GRUR 1985, 529 – Happening; OLG Karlsruhe, GRUR 1988, 536 – Hochschullehrer) gegeben. Der Gesetzgeber geht dabei von der Vertragsfreiheit aus. Da die individuellen Arbeitsverträge keine Gewähr dafür bieten, den ökonomisch schwachen Urheber – selbst wenn er durch das Arbeitsrecht sozial für die Zeit des Bestehens des Arbeitsverhältnisses geschützt ist – in seiner Urheberrechtsstellung zu stärken, ist die Entwicklung dahin gegangen, die ursprüngliche individuelle Vereinbarung auf eine andere arbeitsrechtliche Ebene zu heben, nämlich die der Rechteeinräumung und Vergütungsregelung durch **Tarifvertrag**.

Unbeschadet der komplizierten Situation, in der sich die Tarifpartner befinden, ist der Tarifvertrag als Kollektivvertrag für die Verbesserung der Stellung der Urheber im Arbeitsverhältnis stärker zu nutzen. Die Arbeitnehmerverbände können so für die Wahrung der Urheberinteressen in Arbeitsverhältnissen eine Bedeutung erlangen, die derjenigen der Verwertungsgesellschaften für die freischaffenden Künstlerinnen und Künstler ähnelt. Es sind dabei allerdings die Regeln des Kollektivvertrages bedenklich, die vom Gesetz selbst nicht getragen sind, aber von den Tarifvertragsparteien ausgehandelt wurden und den materiellen Interessen des Urhebers widersprechen. Das betrifft vor allem die **Vergütungsregelung** und die Beanspruchung der **Nutzungsrechte** durch Betriebe **nach Beendigung des Arbeitsvertrages**. Soweit die tarifrechtlichen Regelungen Lükken lassen, kommt es im Einzelfall auf die Erforschung des Vertragszwecks an. Entscheidend für die Beurteilung der urheberrechtlichen Stellung des Urhebers im Arbeitsverhältnis ist letztlich der Arbeitsvertrag. Der Tarifvertrag kann den Urheber in seiner Stellung stärken, aber für die Konsequenzen aus dem Urheberrecht sind im Ergebnis die arbeitsvertraglichen Vereinbarungen entscheidend. 221

Dabei geht es im Kern um die Frage, ob das **Werkschaffen** zum **Inhalt des Arbeitsvertrages** gehört. Hierbei spielt der Begriff der **Arbeitsaufgabe** eine Rolle. Denn die vereinbarte Arbeitsaufgabe ist nicht mit den Arbeitspflichten gleichzusetzen. Zur Arbeitsaufgabe z.B. einer Dramaturgin gehört es, für die Programme der Theateraufführung inhaltlich verantwortlich zu sein, eines angestellten Redakteurs, Artikel für die Sendung zu schreiben, einer Werbetexterin, Texte für die Werbung herzustellen etc. Arbeitspflichten haben die Realisierung der Arbeitsaufgaben zum Gegenstand. Die Arbeitspflichten sind darüber hinaus umfassender zu sehen, weil sie auch aus Weisungen des Unternehmers entstehen können. 222

Deshalb ist der Begriff **Erfüllung arbeitsvertraglicher Pflichten** immer im Zusammenhang mit der vereinbarten Arbeitsaufgabe im Arbeitsvertrag zu sehen. Insofern spielt dann die Abgrenzung von Arbeitszeit und Freizeit keine Rolle, um das außervertragliche Werkschaffen zu qualifizieren. Im Interesse des Urhebers muß eine **enge Auslegung** des Begriffs „in Erfüllung arbeitsvertraglicher Pflichten" vorgenommen werden. Das Bundesarbeitsgericht hat dem Abgrenzungsmerkmal Arbeitszeit auch keine Bedeutung beigemessen, als es um die Beurteilung des vorgelegten urheberrechtlichen Werkes eines Statikers ging, der für den Arbeitgeber ein Computerprogramm erstellte, eine Leistung, die nicht zu den vertraglichen Pflichten seines Arbeitsvertrages gehörte (vgl. BAG GRUR 1984, 429 – Statikprogramme). Die Frage, ob das urheberrechtlich bedeutsame Werkschaffen zum Inhalt der Arbeitsaufgabe und insofern zu den Arbeitspflichten gehört, muß aus dem Arbeitsvertrag selbst abgeleitet werden. Weder durch Weisung des Unternehmers noch durch Ableitung 223 aus allgemeinen Pflichten im Rahmen des Arbeitsverhältnisses können produzierte Werke im Nachhinein zum Inhalt der vertraglich vereinbarten Arbeitsaufgabe des Urhebers gemacht werden. Die Vereinbarung der Arbeitsaufgabe ist das Primäre für den Arbeitnehmer-Urheber und den Arbeitgeber, von der die weiteren Fragen des Urheberrechts abhängen.

224 Dies schließt eine **globale und allgemeine Berufs- oder Tätigkeitsbezeichnung** im Arbeitsvertrag in vielen Fällen aus. So wird man davon ausgehen können, wenn im Arbeitsvertrag die Tätigkeitsbezeichnung „Programmierer" vereinbart wurde, daß es zu den Pflichten des Programmierers gehört, Programme herzustellen. Ebenso trifft das auf solche Tätigkeitsbezeichnungen zu wie Fotograf, Bühnenbildnerin, Kostümbildner, Filmregisseurin etc. Bei Streitfällen ist sicherlich aber davon auszugehen, daß dann, wenn aus dem Arbeitsvertrag nicht erkennbar ist, ob das Werkschaffen einen Bestandteil der Arbeitsaufgabe darstellt, eine außerarbeitsvertragliche Leistung vorliegt. Bedenken sind ferner anzumelden, wenn auch noch das Kriterium des **Berufsbildes** oder der **Branchenüblichkeit** eingeführt wird (vgl. Schricker a.a.O. S. 571). Um eine weite Auslegung zu Ungunsten des Urhebers zu verhindern, ist deshalb grundsätzlich eine Orientierung an globalen Berufs- und Tätigkeitsbezeichnungen abzulehnen. Mit dem Berufsbild der Branchenüblichkeit ist fast alles zu begründen. Es sollte daher der Weg gegangen werden, im Zweifelsfalle zu Gunsten des Urhebers zu entscheiden. Dies entspricht auch der Tendenz des Urheberrechtsgesetzes, wie sie z.B. im Zweckübertragungsgrundsatz (s. Rdnr. 132) des § 31 Abs. 5 UrhG zum Ausdruck kommt. Mit der Bestätigung, daß das Werk aus Pflichten entstanden ist, die mit dem Berufsbild oder der Branchenüblichkeit verknüpft werden, ist der Spielraum für eine Nutzungseinräumung für die Unternehmen sehr groß. Wenn also keine klaren Vereinbarungen im Arbeitsvertrag über das Werkschaffen vorliegen, sollte das nur zu Lasten des Unternehmers gehen, der regelmäßig der ökonomisch Stärkere im Rahmen der Vertragsfreiheit ist. Jede andere, weite Auslegung des § 43 UrhG führt zur indirekten Anerkennung, daß nicht dem Schöpfer, sondern dem Arbeitgeber das Urheberrecht erwächst. Es wird dann nicht an die vertraglich vereinbarte Arbeitsaufgabe, sondern an das Arbeitsverhältnis angeknüpft. Das Urheberrecht und das Arbeitsrecht sind aber zwei völlig verschiedene Welten. Aus den oben genannten Gründen ist deshalb der Urheber, der außerhalb seiner arbeitsvertraglich vereinbarten Arbeitsaufgabe ein Werk schafft, nicht verpflichtet, dieses dem Unternehmen anzubieten. Diese **Anbietungspflicht** kann sich erst aus der arbeitsvertraglich vereinbarten Arbeitsaufgabe ergeben.

c) Das Nutzungsrecht des Arbeitgebers

225 Mit der verstärkten ökonomischen Dimension des Urheberrechts, d.h. mit der Verwertung der Kulturprodukte durch die Unternehmen, rückt

die Frage nach einem optimalen rechtlichen Mechanismus immer häufiger in den Mittelpunkt theoretischer und praktischer Überlegungen. Die Rechtsprechung geht beim Umfang der Nutzungseinräumung vom jeweiligen **Betriebszweck** aus, wobei eine „arbeitgeberfreundliche" und damit „urheberfeindliche" Tendenz festzustellen ist (vgl. BGH GRUR 1974, 480 f. – Hummelrechte; OLG Hamburg GRUR 1977, 556 ff. – Zwischen Marx und Rothschild; OLG Karlsruhe GRUR 1984, 522 – Herrensitze in Schleswig Holstein; BAG GRUR 1984, 429 – Statikprogramme.). Eine vollständige Einräumung aller Nutzungsrechte ist entweder im Arbeitsvertrag oder in einer gesonderten Abrede notwendig. Liegt sie nicht vor, sind nur die einzelnen Rechte übertragen worden, die der Arbeitgeber benötigt, um im Rahmen der betrieblichen Zielsetzung das Werk nutzen zu können (vgl. Zweckübertragungsgrundsatz, § 31 Abs. 5 UrhG). Das betrifft auch die Zustimmung zur Weiterübertragung von Nutzungsrechten durch die Unternehmen an Dritte (vgl. § 34 Abs. 1 UrhG), wenn dies von den betrieblichen Aufgaben bzw. vom Betriebszweck erfaßt wird und die Verwertungsform für das Unternehmen typisch ist. Häufig wird das im Zusammenhang mit der Computerindustrie gegeben sein, die Software produziert, um sie an Dritte weiterzugeben. Vergleicht man die Art und Weise der Rechteeinräumung, so kann die Nutzungseinräumung mit Übergabe des Werks oder schon mit Abschluß des Arbeitsvertrages erfolgen. Ausdrückliche Vorausverfügungen über Nutzungsrechte sind im Tarifvertrag möglich.

Zur Ausübung des Nutzungsrechts gehört auch das Problem in der 226
Rechtspraxis, ob nach **Beendigung des Arbeitsvertrages** das eingeräumte Nutzungsrecht zeitlich unbeschränkt durch das Unternehmen ausgeübt werden kann. Der § 43 UrhG gibt darüber keine Auskunft. Es wird die Auffassung vertreten, daß auch nach Beendigung des Arbeitsverhältnisses der Betrieb die Werke ohne Zustimmung der Urheber, aber nicht ohne eine Vergütung im Rahmen der betrieblichen Aufgaben nutzen kann. Im Arbeitsvertrag sind nicht nur die Einzelheiten der Namensnennung des Urhebers, Veränderungen und Umgestaltungen des Werkes, seine Verwendung für Betriebszwecke zu klären, sondern auch für die Zeit nach Beendigung des Arbeitsvertrages. In der Rechtsprechung ist eine widersprüchliche Entwicklung festzustellen. So hat z.B. das Bundesarbeitsgericht im Falle der Statikprogramme dem Arbeitgeber das Recht zugesprochen, auch nach Ausscheiden des Arbeitnehmers aus dem Unternehmen die von diesem geschaffenen Statikprogramme zeitlich unbeschränkt zu nutzen, obwohl eine Herstellung von Statikprogrammen nicht zu den arbeitsvertraglichen Pflichten gehörte (vgl. GRUR 1984, 429).

Zusammenfassend ist davon auszugehen, daß dem Arbeitgeber diejeni- 227
gen Rechte übertragen werden müssen, die er für seine betrieblichen

Zwecke benötigt. Die Regelung des § 43 UrhG geht davon aus, daß ein eingeschränktes Nutzungsrecht dem Betrieb zusteht, d.h., nur soweit es der Lösung der betrieblichen Aufgabe dient. Nicht mehr und nicht weniger. Hierin liegt eine Ausprägung des Zweckübertragungsgrundsatzes. Damit wird zum Ausdruck gebracht, daß dem Urheber durch das Nutzungsrecht des Betriebes nicht Rechte beschnitten werden können, d.h. er kann sein Werk auch nach Beendigung des Arbeitsvertrages nutzen, soweit nichts anderes vereinbart worden ist. Dies setzt aber voraus, daß es sich um Werke handelt, die im Rahmen der arbeitsvertraglich vereinbarten Arbeitsaufgabe geschaffen worden sind. Werke, die nicht in Erfüllung von Arbeitsvertragspflichten entstanden sind, werden nicht vom Nutzungsrecht des § 43 UrhG erfaßt. In solchen Fällen ist ein eigenständiger Urheberrechtsvertrag mit der Festlegung des Umfangs der Nutzungseinräumung und der entsprechenden Vergütung zu vereinbaren.

d) Die Vergütung des Urhebers im Arbeitsverhältnis

228 Im § 43 des UrhG werden keine Aussagen über die Vergütung des Urhebers im Arbeits- bzw. Dienstverhältnis gemacht. Die Frage der urheberrechtlichen Vergütung ist im **Arbeitsvertrag** zu vereinbaren. Damit wird klargestellt, daß der Arbeitnehmer einen Vergütungsanspruch als Urheber hat. Wenn dem Arbeitsvertrag oder dem sonst erkennbaren Willen beider Parteien des Arbeitsverhältnisses nichts anderes zu entnehmen ist, steht dem Urheber auch in diesen Fällen das Recht auf Vergütung zu. Dies bedeutet konzeptionell, daß der Gesetzgeber einen **Unterschied zwischen urheber- und arbeitsrechtlicher Vergütung** machen muß. Deshalb wird der Standpunkt vertreten, daß ein Vergütungsanspruch immer dann ausgeschlossen ist, wenn das geschaffene Werk ausschließlich in Erfüllung arbeitsrechtlicher Verpflichtungen entstanden ist und die Partner dies vereinbart haben. Im Grunde heißt das, daß der urheberrechtliche Vergütungsanspruch entfällt, wenn die Vertragspartner dies ausdrücklich bestimmen, aber auch nur dann.

229 Obwohl im § 43 UrhG kein Hinweis auf andere arbeitsrechtliche Instrumente gegeben worden ist, wird der Ausschluß der Vergütung in **Tarifverträgen** mitunter dadurch geregelt, daß die betriebliche Nutzung der Werke, die im Rahmen der arbeitsvertraglichen Arbeitsaufgabe geschaffen worden sind, durch das Gehalt abgegolten ist (vgl. Manteltarifvertrag für Film- und Fernsehschaffende vom 15. April 1989), eine Rechtsposition, die in der Rechtsprechung ebenfalls vertreten wird. Diese Rechtsposition ist kritisch zu beleuchten, weil zwischen einem arbeitsrechtlichen Lohn- bzw. Gehaltsanspruch und dem urheberrechtlichen Vergütungsanspruch unterschieden werden muß. Der Urheber im Arbeitsverhältnis erhält für die zu erbringende Leistung wie jeder andere Beschäftigte im Austauschverhältnis seinen Lohn bzw. sein Gehalt. Die

Argumentation, mit dem Gehalt bzw. Lohn und Sozial- sowie Nebenleistungen seien grundsätzlich alle vertragsmäßig geschuldeten und erbrachten Arbeitsergebnisse, einschließlich der Einräumung von Nutzungsrechten, abgegolten, verkennt, daß Lohn und Gehalt aus historischer Sicht gar nicht die Nutzung der Werke erfaßt hatten, sondern die Urheber mit den anderen Beschäftigten gleichgestellt wurden. Der entscheidende Unterschied wird daher übersehen. Die Entlohnung erfaßt das **Werkschaffen**, d.h. die unmittelbare Produktion von Werken, nicht aber die **Werknutzung.** Die Werknutzung wollte der Gesetzgeber ausdrücklich besonders honorieren, indem dem Urheber für die Verwertung seiner Werke ein besonderer Vergütungsanspruch zusteht. Hierin drückt sich eine bestimmte gesellschaftliche Anerkennung aus. Soweit der Urheber für das Werkschaffen entlohnt wird, ist er in der Tat mit den anderen Beschäftigten gleichgestellt. Sobald aber die Einräumung der Nutzung und die tatsächliche Verwertung erfolgen, setzt der urheberrechtliche Vergütungsanspruch ein. Es ist also ein Unterschied zu machen, was eigentlich vom Gehalt/Lohn erfaßt wird, die Abgeltung des Werkschaffens oder die der Werknutzung.

Der urheberrechtliche Vergütungsanspruch, wie er ursprünglich ge- **230**
dacht war, sollte vor allem dem freischaffenden Urheber die Gewähr bieten, seine Existenzgrundlagen zu sichern, eine Funktion, die gerade unter den Bedingungen der Marktwirtschaft an Bedeutung gewinnt. Ursprünglich war das Urheberrecht eine Domäne der freischaffenden Künstler und Schriftsteller, was aber durch die technische Entwicklung zunehmend in Frage gestellt werden muß. Seine Funktion muß es sein, die Grundsätze des Schutzes der schöpferischen Arbeit durchzusetzen. Dazu gehört auch die Stimulierung der schöpferischen Arbeit. Die Beteiligung des Urhebers an der Verwertung seiner Werke ist insofern doppelt zu sehen: **Existenzsicherung und Stimulierung.** Beides muß auch durch das Arbeitsrecht gewährleistet werden. Es sind daher die Ansprüche auf Vergütung der eigentlichen Arbeitsleistung einerseits und der Vergabe von Nutzungsrechten andererseits gesondert zu behandeln. Es sollte daher zunächst vom Grundsatz der Vergütung des Urhebers unabhängig von der Entlohnung ausgegangen werden. Spezielle Vereinbarungen sollten entsprechend der Spezifik der Produktionsweise dem Arbeitsvertrag vorbehalten bleiben. Die Rechtsprechung ist in der Frage der Vergütung für Urheber im Arbeits- bzw. Dienstverhältnis nicht einheitlich (vgl. BGH GRUR 1978, 244 – Ratgeber für Tierheilkunde, in diesem Fall wurde ein Vergütungsanspruch bejaht für Arbeiten, die außerhalb der Dienstpflichten lagen.). Selbst dann, wenn das Gericht feststellt, daß das Werkschaffen nicht zu den arbeitsvertraglichen Pflichten gehört, ist ein Vergütungsanspruch ausgeschlossen worden (vgl. BGH GRUR 1984, 432).

231 Nicht geregelt ist in § 43 UrhG, wie zu verfahren ist, wenn der **Arbeitsvertrag beendet** wird. Soweit man unterstellt, daß das Nutzungsrecht schlüssig oder ausdrücklich dem Unternehmer übertragen worden ist, ist ein Vergütungsanspruch auch nach Beendigung des Arbeitsverhältnisses zu bejahen. Die Beendigung des Arbeitsverhältnisses macht in besonderer Weise die Funktion der Entlohnung im Unterschied zum Wesen der urheberrechtlichen Vergütung deutlich. Wenn der Arbeitgeber nunmehr das Werk verwertet, ist der Urheber nicht daran beteiligt. Ein Ergebnis, das nicht befriedigen kann, weil nunmehr das Arbeitsrecht dazu mißbraucht wird, berechtigte Ansprüche aus dem Urheberrecht zu versagen.

232 **Zusammenfassend** kann festgestellt werden, daß im Arbeitsverhältnis bzw. bei damit verbundenen Rechtsbeziehungen ein Vergütungsanspruch in folgenden Fällen begründet werden kann:

1. Wenn die Vertragspartner nichts über die Vergütung vereinbart haben, die über die Entlohnung hinausgeht, und das Werk im Rahmen der arbeitsvertraglich vereinbarten Arbeitsaufgabe geschaffen wurde, unabhängig davon, ob dies innerhalb oder außerhalb der gesetzlichen Arbeitszeit geschehen ist.
2. Wenn der Rahmen der ohne besondere Vergütung vereinbarten Rechteeinräumung der Nutzung durch das Unternehmen überschritten werden soll, selbst wenn das Werk in Erfüllung arbeitsvertraglich verbundener Pflichten entstanden ist.
3. Wenn das vorliegende Werk außerhalb der arbeitsvertraglich vereinbarten Arbeitsaufgabe geschaffen wurde und der Betrieb dieses nutzen will.

Überschreitet das Unternehmen die mit dem Urheber als Arbeitnehmer vereinbarten Nutzungsbefugnisse, so entstehen Ansprüche des Urhebers aus ungerechtfertigter Bereicherung und, bei Verschulden des Unternehmens, Schadensersatzansprüche.

13. Leistungsschutzrechte

a) Überblick

233 Das Gesetz erkennt die Schutzwürdigkeit bestimmter Leistungen an, die nicht schöpferisch im Sinne des urheberrechtlichen Werkbegriffs sind. Derartige Leistungsschutzrechte sind insbesondere den **Interpreten** – das Gesetz spricht von **„ausübenden Künstlern“** – in den §§ 73 ff. UrhG gegeben. Es handelt sich hierbei um **Verbotsrechte** und **Vergütungsansprüche**.

234 Auch **Veranstalter, Tonträgerhersteller** und **Sendeunternehmen** erlangen Leistungsschutzrechte, die im Zusammenhang mit der organisato-

risch-technischen Ermöglichung und Verbreitung schutzfähiger Werke stehen.

b) Die Rechte der Interpreten

(1) Überblick

Interpret, d.h. ausübender Künstler im Sinne dieses Gesetzes ist, wer ein Werk vorträgt oder aufführt, oder bei dem Vortrag oder der Aufführung eines Werkes künstlerisch mitwirkt, § 73 UrhG. Mit dem Erfordernis der **„künstlerischen Mitwirkung"** stellt das Gesetz klar, daß bloße technische, organisatorische oder vorbereitende Mitwirkung an Vorträgen oder Aufführungen keine Leistungsschutzrechte entstehen läßt (BGH GRUR 1974, 672; BGH NJW 1984, 1110). Daß der Vortrag oder die Aufführung öffentlich sein muß, ist nicht erforderlich. Indem § 73 UrhG einen Vortrag oder eine Aufführung voraussetzt, ist das Entstehen eines Leistungsschutzrechtes an Werken der bildenden Kunst begrifflich ausgeschlossen, da diese nicht „aufgeführt" oder „vorgetragen" werden. Im Bereich der Literatur, Tonkunst und darstellenden Kunst haben die künstlerisch Mitwirkenden Leistungsschutzrechte. 235

(2) Zu den Werkgattungen

Ausübender Künstler im Sinne des Gesetzes ist im Bereich der **Literatur** nicht nur der Vortragende, sondern auch der bloß Vorlesende (vgl. Fromm/Nordemann a.a.O. § 73 Rdnr. 2 d), ohne daß der mündliche Vortrag selber künstlerischen Anforderungen genügen muß. 236

In der **darstellenden Kunst** sind ausübende Künstler z.B. Schauspielerinnen, Pantomimen, Tänzerinnen, Clowns, Abendspielleiterinnen, Souffleure und nach einer verbreiteten Meinung auch die Regisseure, die richtigerweise jedoch in der Regel als Urheber anzusehen sind (s.o. Rdnr. 28), und unter Umständen auch Moderatoren, falls kreativ gestaltete Texte wiedergegeben werden (BGH NJW 1981, 2055 ff.). 237

Ausübende Künstler der **Musik** sind z.B. die Musikerinnen und Musiker, die ein Werk aufführen, sowie der Dirigent, der die Aufführung gestaltet. Bleibt dem Musiker oder Dirigenten ein schöpferischer Spielraum, wie bei der selbständigen Aussetzung eines Generalbasses, bei der Interpretation gewisser grafischer Notationen, die vielfältige Deutungsmöglichkeiten zulassen, oder beim freien Spiel, so sind die Interpreten mindestens auch Bearbeiter, möglicherweise aber sogar Urheber, sofern sich ihre Beiträge zu eigenständigen Werken oder gleichberechtigten Werkbestandteilen erheben, wie regelmäßig im Jazz. Der Tonmeister wird regelmäßig als bloß technisch Mitwirkender angesehen, der kein Leistungsschutzrecht erwirbt. Ausnahmen hiervon können in besonderen Fällen gegeben sein. 238

239 Hinsichtlich der Werke, die nicht vorgetragen oder aufgeführt werden können, gibt das Gesetz den bei der künstlerischen Gestaltung Mitwirkenden keine Leistungschutzrechte.

(3) Persönlichkeitsrecht des Interpreten

240 Den Interpreten ist das allgemeine Persönlichkeitsrecht wie auch ein besonderes Persönlichkeitsrecht – **Schutz vor Entstellung** – gegeben. Aus dem allgemeinen, jedem Menschen zustehenden Persönlichkeitsrecht folgt, daß dem Interpreten ein Veröffentlichungsrecht zusteht. Das heißt, ohne seine Einwilligung darf seine Interpretation nicht veröffentlicht werden. Einen Anspruch des Interpreten auf **Nennung seines Namens** verneint die h.M. Vielmehr wird hier in der Regel eine stillschweigende vertragliche Verpflichtung des Verwerters gegenüber dem Interpreten auf Namensnennung gesehen (Fromm/Nordemann a.a.O. § 83 Rdnr. 1; OLG Köln UFITA 93, 203 f.). Diese Konstruktion wäre überflüssig, wenn anerkannt würde, daß die Interpretation von der Persönlichkeit des Interpreten geprägt und von seiner Person nicht zu trennen ist und deshalb unmittelbar aus dem allgemeinen Persönlichkeitsrecht der Anspruch auf Nennung folgt. Der Interpret muß deshalb genannt werden, es sei denn, er hat hierauf verzichtet.

241 Einen besonderen **Schutz gegen Entstellung** enthält § 83 UrhG, wonach der ausübende Künstler das Recht hat, eine Entstellung oder eine andere Beeinträchtigung seiner Darbietung zu verbieten, die geeignet ist, sein Ansehen oder seinen Ruf als ausübender Künstler zu gefährden. Die Begriffe **Entstellung** und **andere Beeinträchtigung** entsprechen den im Bereich des Urheberschutzes geltenden (vgl. o. Rdnr. 60 ff.). Im Unterschied zu § 14 UrhG genügt es jedoch nicht, daß berechtigte Interessen des Betroffenen gefährdet sind, sondern die Entstellung oder Beeinträchtigung muß **geeignet** sein, seinen **Ruf** oder sein **Ansehen zu gefährden** (vgl. LG München I UFITA 87, 342 ff. [345]; Fromm/Nordemann a.a.O. § 83 Rdnr. 2). Daß Ruf und Ansehen tatsächlich gefährdet sind, ist nicht Voraussetzung. Zur Schädigung geeignet ist z.B. die Veröffentlichung oder Verbreitung in einem Zusammenhang, der die Interpretation herabwürdigt, der Lächerlichkeit preisgibt oder sonst erheblich mißachtet. Auch sind Verfremdungen, Verkürzungen und sonstige grobe Veränderungen zur Schädigung des Ansehens oder Rufes geeignet. Dies gilt auch bei kleineren Veränderungen, wenn der Eindruck entsteht, diese seien vom Interpreten zu verantworten. Für die Frage, ob und wann eine Gefährdung des Ansehens oder Rufs gegeben ist, kommt es auch auf den Ruf des Künstlers an. Ist dieser exzellent, so genügen schon kleinere Beeinträchtigungen zur Rufschädigung, ist er jedoch durch eigenes Verschulden des Künstlers ohnehin ruiniert, so muß er sich möglicherweise entsprechende Beeinträchtigungen oder Entstellungen eher gefallen lassen.

Den Mitwirkenden an **Filmwerken** gesteht § 93 UrhG nur einen Schutz vor **gröblichen Entstellungen** zu. 242

(4) Verbotsrechte

Der Hebel zur Durchsetzung von Vergütungen für die Leistungen des ausübenden Künstlers sind die ihm gegebenen Verbotsrechte; denn nur mit Einwilligung des ausübenden Künstlers darf dessen Darbietung auf Bild- oder Tonträger aufgenommen, dürfen die Bild- oder Tonträger vervielfältigt werden, § 75 UrhG, darf dessen Darbietung durch Funk gesendet werden, § 76 Abs. 1 UrhG und außerhalb des Raumes, in dem sie stattfindet, durch Bildschirm, Lautsprecher oder ähnliche technische Einrichtungen öffentlich wahrnehmbar gemacht werden, § 74 UrhG. Der ausübende Künstler hat es also in der Hand, seine Einwilligung zu Aufzeichnung, Vervielfältigung, Funksendung oder Bildschirm- und Lautsprecherübertragung zu versagen, es sei denn, es wird ihm hierfür eine angemessene Vergütung gezahlt. Auch hier gilt der **Zweckübertragungsgrundsatz** (vgl. oben Rdnr. 132). 243

(5) Vergütungsansprüche

Neben den Verbotsansprüchen kennt das Gesetz bloße Vergütungsansprüche. So darf zwar die Darbietung des ausübenden Künstlers, die erlaubterweise auf Bild- oder Tonträger aufgenommen worden ist, ohne seine Einwilligung durch Funk gesendet werden, wenn die Bild- und Tonträger erschienen sind; jedoch ist ihm hierfür eine angemessene Vergütung zu zahlen, § 76 Abs.2 UrhG (zum Begriff des Erscheinens siehe oben Rdnr. 77 ff.). Der Vergütungsanspruch aus § 76 Abs. 2 UrhG wird in der Regel von den **Verwertungsgesellschaften** (s.u. § 4) für die Interpreten aufgrund entsprechender **Wahrnehmungsverträge** geltend gemacht. Trotz der darin erfolgten Rechteabtretung behält der Interpret die Befugnis, die nach den §§ 74 bis 77 UrhG erforderlichen Einwilligungen auch selbst zu erteilen, § 78 UrhG. 244

Wird die Darbietung des ausübenden Künstlers mittels Bild, Tonträger oder Funksendung öffentlich wahrnehmbar gemacht, so ist ihm hierfür eine angemessene Vergütung zu zahlen, § 77 UrhG. Auch dieses **„Zweitwiedergaberecht"** nehmen in der Regel Verwertungsgesellschaften wahr. 245

Die Vergütungsansprüche aus den §§ 75 S. 2, 76 und 77 UrhG stehen den an **Filmwerken** mitwirkenden ausübenden Künstlern hinsichtlich der Verwertung des Filmwerks nicht zu, 92 UrhG. Diese Privilegierung des Filmherstellers gilt jedoch nicht für den, der Ereignisse wie z.B. eine Bühnenaufführung bloß abfilmt („Laufbilder"), § 95 UrhG. 246

(6) Einwilligung und Geltendmachung von Rechten durch Ensembles

aa) Überblick

247 Grundsätzlich bleibt es jedem ausübenden Künstler vorbehalten, selbst die zur Nutzung seiner Leistungen erforderlichen Einwilligungen zu erteilen und die Vergütungsansprüche wahrzunehmen. Eine Ausnahme hiervon macht das Gesetz mit der Bestimmung des § 80 UrhG, soweit die Mitglieder eines **Chores, Orchesters, Balletts oder Bühnenensembles** hinsichtlich ihrer Ensembleleistungen betroffen sind, insoweit, als daß einzelne Mitglieder nicht als Solisten hervortreten. Die Ersetzung der einzelnen Zustimmungen und der Geltendmachung von Rechten der einzelnen Ensemblemitglieder durch den Vorstand oder Leiter ist sinnvoll, um die Interessen des Ensembles im Hinblick auf die Wahrnehmung der Leistungsschutzrechte zu bündeln und so eine Verwertung der Ensembleleistungen zu erleichtern, indem das Ensemble mit „einer Stimme" spricht. Die Interessenbündelung ist nur da sachgerecht, wo nicht individualisierbare Leistungen in Frage stehen. Treten Einzelleistungen hervor, z.B. von Solisten, Dirigenten, Regisseuren u.ä., bedarf es der individuellen Zustimmung; denn hier kann das Gruppeninteresse nicht gegenüber dem Persönlichkeitsrecht und der Entschlußfreiheit des betreffenden Solisten, Dirigenten o.ä. überwiegen.

bb) Einzelfälle

248 Im Bereich der **Musik** werden die Mitglieder eines Orchesters durch den Vorstand vertreten. Musiker, die im Rahmen der Orchesteraufführung solistisch hervortreten, z.B. der Pianist im Klavierkonzert oder die Gesangssolistin, nehmen ihre Rechte selbst wahr. Der Dirigent als musikalischer Gestalter der Aufführung nimmt seine Rechte ebenfalls selbst wahr. Im Gegensatz zum „klassischen Orchester" ist die Jazz-Band dadurch geprägt, daß die einzelnen Mitglieder grundsätzlich Solisten sind. Hier scheidet eine Anwendung des § 80 UrhG aus. Andere Gruppen der populären Musik verbinden häufig das solistisch spontane Spiel mit dem festgelegten Gruppenarrangement. Soweit hier größere Instrumentengruppen, z.B. Streicher oder ein Chor mitwirken, deren Mitglieder nie solistisch auftreten, mag für diese § 80 UrhG gelten. Ersichtlich hat der Gesetzgeber an derartige Ensembles aber wohl kaum gedacht.

249 Im **Theater** und in der **Oper** werden überwiegend solistische Einzelleistungen gezeigt, wenn auch zu einer Ensembleaufführung zusammengefügt. Dennoch behält jeder Interpret die Ausübung seiner eigenen Leistungsschutzrechte. Ausnahmen (reine Gruppenleistung) sind lediglich hinsichtlich der Ensembles im engeren Sinn, etwa von Statisten, Tanzgruppen, Chören, gegeben. Ballettgruppen werden vom Vorstand oder Leiter vertreten, der jedoch nicht die Solisten mitvertritt.

(7) Leistungsschutzrechte im Arbeitsverhältnis

aa) Überblick

Ein Leistungsschutzrecht entsteht stets in der Person des ausübenden Künstlers. Wenn also ein ausübender Künstler eine Darbietung in Erfüllung seiner Verpflichtungen aus einem Arbeits- oder Dienstverhältnis erbringt, so bestimmen sich zwar der Umfang der Benutzung und die Benutzungsbedingungen der Darbietung durch den Arbeitgeber nach dem Wesen des Arbeits- oder Dienstverhältnisses, aber Inhaber des Leistungsschutzrechtes bleibt der ausübende Künstler, § 79 UrhG. Der Regelungsgegenstand des § 79 UrhG entspricht dem des § 43 UrhG (betr. Urheber in Arbeitsverhältnissen s.o. Rdnr. 219 ff.). Auch im Sinne des § 79 gilt der Grundsatz: Wenn keine Vereinbarung über die Ausübung des Leistungsschutzrechts zwischen dem ausübenden Künstler und dem Arbeitgeber vorliegt, muß im Wege des Zweckübertragungsgrundsatzes (vgl. o. Rdnr. 132) der Umfang der Benutzung und die Bedingungen des Rechteerwerbs durch den Arbeitgeber ermittelt werden. Aufgrund der Tatsache, daß künstlerische Leistungen häufig in Arbeitsverhältnissen erbracht werden, wurde es in der Praxis immer notwendiger, neben den individualvertraglichen Regelungen kollektive Vereinbarungen, namentlich Tarifverträge, zu installieren, die für die Ausgestaltung der Leistungsschutzrechte der ausübenden Künstler von Bedeutung sind. Das trifft auf die Tarifvertäge in den Bereichen Theater, Film, Funk, Fernsehen und Orchester zu. Die hier genannten Bereiche verfügen jeweils über Besonderheiten und Eigenarten, die bei der Wahrung der Leistungsschutzrechte zu beachten sind. Hierzu gehört auch der Schutz des Persönlichkeitsrechts des ausübenden Künstlers im Arbeits- oder Dienstverhältnis. 250

bb) Inhalt und Umfang der Nutzungseinräumung

Die Ermittlung des Umfangs der Benutzung der Darbietung durch den Arbeitgeber ist zunächst aus der betrieblichen Aufgabenstellung des Unternehmens abzuleiten, wenn keine individuelle bzw. kollektive Vereinbarung vorliegt. Zunächst gilt der Grundsatz, daß der **Arbeitsvertrag** Vorrang hat vor anderen Regelungen. Aber wie die Praxis zeigt, sind selten in den Arbeitsverträgen Hinweise über die Rechteeinräumung vorhanden, d.h. es muß erkennbar sein, welche Einwilligungsrechte (z.B. die Einwilligung zur öffentlichen Wiedergabe einer Darbietung durch Bildschirm, Lautsprecher oder ähnliche technische Einrichtungen, zur Aufnahme der Darbietung auf Bild- oder Tonträger, zur Funksendung) dem Arbeitgeber abgetreten worden sind. Soweit also keine arbeitsvertraglichen Vereinbarungen vorliegen, muß überprüft werden, ob **Tarifverträge** entsprechende Regelungen enthalten. Haben der ausübende Künstler und der Arbeitgeber die Abtretung der Leistungsschutzrechte nicht ausdrücklich vertraglich geregelt, ist in der Regel gemäß § 79 UrhG von einer Ab- 251 tretung der Rechte an den Arbeitgeber auszugehen, aber nur soweit, als sie dem **betrieblichen Zweck** entspricht. Es erfolgt insofern keine globale Rechteeinräumung, sondern nur eine solche, die sich aus der betrieblichen Aufgabenstellung und aus der arbeitsvertraglich vereinbarten Arbeitsaufgabe ergibt. Welche Arbeitsaufgaben und Dienstpflichten die ausübenden Künstler zu erbringen haben, ergibt sich aus den tarifrechtlichen Vereinbarungen und den Arbeitsverträgen.

252 Für die ausübenden Künstler im **Theaterbereich** besteht eine unterschiedliche Rechtslage. Sie hängt davon ab, welcher **Tarifvertrag** anwendbar ist. Die Mitwirkungspflicht der **Bühnenkünstler** i.S. des § 4 Nr. 3 NV-Solo umfaßt z.B. die Aufnahme auf Bild-, Ton- und/oder Bildtonträger für den „theatereigenen Gebrauch". Dazu gehört z.B. die Verwendung der Bild-, Ton- und/oder Bildtonträger bei Proben, Aufführungen und Übertragungen innerhalb der für Theaterzwecke genutzten Räumlichkeiten sowie die Archivierung. Darüberhinaus **kann** eine Mitwirkungspflicht im Arbeitsvertrag oder durch gesonderte Vereinbarung begründet werden für Veranstaltungen, die z.B. auf Bild-, Ton- und/oder Bildtonträger zum Zweck der Vervielfältigung und/oder Sendung aufgezeichnet werden, § 4 Nr. 4 NV-Solo. Dies entspricht der Forderung der §§ 75, 76 UrhG. Liegt keine individuelle Vereinbarung über die Mitwirkung an Aufzeichnungen von Bühneninszenierungen vor, muß die Einwilligung der Solisten und des Theaterregisseurs durch die Sendeanstalt eingeholt werden (OLG Hamburg GRUR 1976, 708). Die Mitwirkungspflicht ist aber von dem angemessenen Vergütungsanspruch zu trennen. Das Bundesverfassungsgericht hat in einer bedenklichen Entscheidung zum Ausdruck gebracht, daß die Mitwirkungsverpflichtung an über Funk und/oder Fernsehen verbreiteten Bühnenaufführungen nicht davon abhängig gemacht werden kann, ob vorher die Höhe der Vergütung geregelt worden ist (BVerfG, Beschl. v. 5.11.1990 – 1 BvR 24/89 – unveröffentlicht). Den Bühnenmitgliedern ist zu raten, von voreiligen Abreden zur Mitwirkungspflicht in einer Rundfunkklausel im Arbeitsvertrag oder einer gesonderten Vereinbarung abzusehen und abzuwarten, mit welchem Angebot eines Sendeveranstalters die Bühne an den Bühnenkünstler herantritt (vgl. Riepenhausen, Das unberührte Urheber- und Leistungsschutzrecht, Bühnengenossenschaft 3/91, 15). Für die **Tänzer** und **Chormitglieder** wird in ihren Tarifverträgen eine umfassende Regelung im Hinblick auf die Mitwirkungspflichten und die Verwertung der Darbietungen vorgenommen. Danach sind die Tanzmitglieder, § 4 Abs. 4 NV-Tanz, und die Chormitglieder, § 4 Abs. 3 NV-Chor, verpflichtet, in Bühneninszenierungen mitzuwirken, wenn ihre Darbietungen auf Ton- und/oder Bildträger aufgenommen werden. Außerdem haben sie die Pflicht, die Wiedergabe für den theatereigenen Gebrauch zu dulden. Dazu gehören die Verwendung der Ton- und/oder Bildträger bei Proben und

Verständigungen sowie für Aufführungen. Im Interesse der Sicherung der Rechte der Tanz- und Chormitglieder müssen die Aufnahmen für den theatereigenen Gebrauch nach Absetzung des Stückes vom Spielplan, spätestens nach Ablauf von 3 Jahren nach der Aufnahme gelöscht werden. Das Theater darf die Aufnahmen nur für theaterarchivarische Zwecke aufbewahren.

Nach dem Manteltarifvertrag für **Film- und Fernsehschaffende** vom 253
15. April 1989 werden die Urheber und Leistungsschutzberechtigten hinsichtlich der Rechteeinräumung gleich behandelt. So räumt der Filmschaffende mit Abschluß des Arbeitsvertrages alle ihm etwa durch das vertragliche Beschäftigungsverhältnis erwachsenden Nutzungs- und Verwertungsrechte dem Filmhersteller für die Herstellung und Verwertung des Films ausschließlich und ohne inhaltliche, zeitliche oder räumliche Beschränkung ein. Die Rechteeinräumung umfaßt „*...die Nutzung und Verwertung des Films durch den Filmhersteller in unveränderter oder geänderter Gestalt, gleichviel mit welchen technischen Mitteln sie erfolgt, einschließlich Wieder- oder Neuverfilmungen, der Verwertung durch Rundfunk oder Fernsehen und der öffentlichen Wiedergabe von Funksendungen, sowie der Verwertung durch andere zur Zeit bekannte Verfahren, einschließlich AV-Verfahren und -Träger, gleichgültig, ob sie bereits in Benutzung sind oder in Zukunft genutzt werden*“, Manteltarifvertrag, Nr. 3.1.

Bei **Funk und Fernsehen** sind sowohl für die festangestellten Mitarbei- 254
ter als auch für die Mitarbeiter, die nur für bestimmte Produktionen tätig sind, die Tarifverträge bedeutsam, weil sie ebenfalls den Umfang der Rechteeinräumung beinhalten. Dabei ist zu unterscheiden, ob die Rechteeinräumung sich auf „Rundfunkzwecke“ oder auf „andere Zwecke“ (z.B. die Verwertung für Kino- und Schmalfilme) bezieht.

Orchestermusiker gehören unbestritten zu dem Kreis der Leistungs- 255
schutzberechtigten. Im Tarifvertrag für die Musiker in Kulturorchestern (TVK) wird der Geltungsbereich auf diejenigen Orchester festgeschrieben, die regelmäßig Operndienst versehen oder Konzerte ernst zu wertender Musik spielen (Kulturorchester). Diesem Tarifvertrag unterliegen nicht Orchester, die lediglich oder überwiegend Operettendienst versehen. Der TVK umfaßt auch nicht Kapellmeister (für sie gilt NV-Solo), Orchesteraushilfen und angestellte Musiker in beamtenähnlicher Stellung. Die Rechteeinräumung erfolgt ebenfalls im Rahmen der Mitwirkungspflicht, § 7 Abs. 2 b) TVK (vgl. Pkt. 3 der Protokollnotiz zu § 7 TVK, wonach die Verwertung der Einwilligungsrechte durch Sender voraussetzt, daß jeweils vor Beginn einer Sendung oder Aufzeichnung die Sende- oder Vervielfältigungsvergütungen mit den Mitwirkenden vereinbart worden sind). Liegt vor Beginn einer Sendung oder Aufzeichnung eine Vereinbarung über eine Vergütung nicht vor, wurde auch nicht die

Einwilligung erteilt. Die Musiker können dann ihre Vergütungsansprüche gegenüber den Sendeanstalten geltend machen (OLG Frankfurt/M. GRUR 1985,380 – Operneröffnung).

cc) Die Vergütung der ausübenden Künstler

256 Entsprechend dem Anliegen des § 79 UrhG hat der ausübende Künstler in der Praxis zwei Vergütungsformen zu beachten. Zum einen handelt es sich um den Anspruch auf **Entlohnung** (Gage/Gehalt) nach der arbeitsvertraglichen Vereinbarung. Damit sind auch zugleich i.d.R. die Leistungsschutzrechte an den Arbeitgeber abgetreten, soweit die Darbietungen im Rahmen des betrieblichen Zweckes benutzt werden. Dazu gehört z.B. die Verwendung der Ton- und/oder Bildträger bei Proben, § 4 Abs. 4 NV-Tanz. Zum anderen bestehen **zusätzliche Vergütungsansprüche** der ausübenden Künstler, wenn der Arbeitgeber die Leistungsschutzrechte über den betrieblichen Zweck hinaus nutzen will bzw. wenn Darbietungen erbracht werden, die nicht mit der arbeitsvertraglich vereinbarten Arbeitsaufgabe übereinstimmen. Zusatzvergütungen sind insbesondere in den Tarifverträgen geregelt. So hat das Bühnenmitglied einen Anspruch auf Zusatzvergütung, d.h. neben der Gage wird eine Vergütung für die Verwertung der Darbietung gezahlt, wenn die Darbietung durch Rundfunk oder Fernsehen übertragen werden soll, § 4 Abs. 4 NV-Solo. Tanzmitglieder und Chormitglieder erhalten eine Zusatzvergütung bei der Mitwirkung in Ensembledarbietungen, die durch Hörfunk oder Fernsehen aufgezeichnet oder live übertragen werden, § 12 Abs. 2 c) NV-Tanz, § 11 Abs. 2 c) NV-Chor. Wiederholungsvergütungen, auch bei zeitversetzter Verbreitung über Kabel und/oder Satellit, Vergütungen für die Verbreitung der Sendung außerhalb des vertraglich vereinbarten Sendegebietes und Beteiligungen am Erlös an Verkäufen/Überlassungen der Sendung an ausländische Rundfunkunternehmen sind in angemessener Höhe zu zahlen, Protokollnotiz zu § 12 NV-Tanz und zu § 11 NV-Chor. Hier liegen Leistungen vor, die nicht im Rahmen der betrieblichen Aufgaben des Theaters liegen. Ebenso wird die Nutzungseinräumung „zu anderen Zwecken" in den Rundfunkanstalten zusätzlich vergütet. Generell kann also festgestellt werden, daß immer dann ein zusätzlicher Vergütungsanspruch entsteht, wenn die Darbietungen nicht zu betrieblichen Zwecken verwertet werden.

c) Leistungsschutzrechte der Veranstalter

257 Das Gesetz gibt auch denjenigen Personen und Unternehmen, die künstlerische Darbietungen veranstalten, eigene Leistungsschutzrechte. Dies hat zur Folge, daß insoweit dem ausübenden Künstler die Nutzung

seiner Leistungen nicht ohne Einwilligung des Veranstalters zulässig ist. So bestimmt § 81 UrhG für den Fall, daß die Darbietung des ausübenden Künstlers vom einem Unternehmen veranstaltet wird, daß die Darbietung des ausübenden Künstlers nicht ohne **Einwilligung des Veranstalters** aufgezeichnet, vervielfältigt, durch Funk gesendet oder außerhalb des Darbietungsraumes wahrnehmbar gemacht werden darf. Sofern ausübender Künstler und Veranstalter nicht identisch sind, zwingt diese Vorschrift daher Veranstalter und ausübenden Künstler zur Einigung über entsprechende Nutzungen. **Veranstalter** ist jeder, der die Darbietung durch den ausübenden Künstler vor Publikum **organisiert** und hierfür **wirtschaftlich verantwortlich** ist, also z.B. Konzertveranstalter, Theaterunternehmen, Gastwirte, Hotelunternehmen u.a. mehr (vgl. Fromm/Nordemann a.a.O. § 81 Rdnr. 2 c). Da mangels einer Einigung der Veranstalter die Auswertung der Darbietung des ausübenden Künstlers verhindern kann und umgekehrt, empfiehlt sich eine vertragliche Regelung darüber, ob und ggf. welche Auswertungen unter welchen Mindestbedingungen von beiden – Künstler und Veranstalter – gewollt sind.

d) Der Schutz des Tonträgerherstellers

Gemäß § 85 UrhG hat der Hersteller eines Tonträgers das ausschließli- **258**
che Recht, den Tonträger zu vervielfältigen und zu verbreiten. **Tonträgerhersteller** ist der Unternehmer oder das Unternehmen, das **erstmalig** eine **Tonaufnahme fixiert**. Bedient sich der Hersteller zur Tonaufnahme angestellter oder sonstiger Mitarbeiter, so ändert dies nichts daran, daß das Leistungsschutzrecht aus § 85 UrhG dem Herstellerunternehmen zusteht, s. § 85 Abs. 1 S. 2 UrhG. Der Tonträgerhersteller hat ferner einen Anspruch auf Beteiligung an der Vergütung des ausübenden Künstlers. Dies ist die Vergütung, die dem ausübenden Künstler aufgrund der öffentlichen Wiedergabe seiner Darbietung auf einem erschienenen Tonträger zusteht. Dieser Beteiligungsanspruch wird ebenso wie der Vergütungsanspruch aus § 85 in der Regel von der Gesellschaft zur Verwertung von Leistungsschutzrechten (GVL) aufgrund entsprechender Wahrnehmungsverträge geltend gemacht. Sofern ausübender Künstler und Tonträgerhersteller nicht identisch sind, müssen beide daher übereinstimmend die Vervielfältigung und Verbreitung des Tonträgers wollen, um diese zu ermöglichen. Um zu verhindern, daß der Tonträgerhersteller nach erfolgter Aufzeichnung die Aufnahmen weder vervielfältigt noch verbreitet, empfiehlt es sich daher, vertraglich einen Mindestvervielfältigungs- und Verbreitungsumfang zu regeln. Andernfalls kann der Künstler nicht die Veröffentlichung der Tonaufzeichnung gegen den Willen des Tonträgerherstellers erzwingen. Das Gesetz stellt ferner klar, daß die bloße **Vervielfältigung** eines Tonträgers nicht deren **„Herstellung“** ist, § 85 Abs. 1 S. 3 UrhG

e) Der Schutz des Sendeunternehmens

259 Gemäß § 87 UrhG hat das Sendeunternehmen das ausschließliche Recht, seine Funksendung weiterzusenden, seine Funksendung auf Bild- oder Tonträger aufzunehmen, Lichtbilder von seiner Funksendung herzustellen sowie die Bild- oder Tonträger oder Lichtbilder zu vervielfältigen. Ferner steht dem Sendeunternehmen die Befugnis zu, an Stellen, die der Öffentlichkeit nur gegen Zahlung eines Eintrittsgeldes zugänglich sind, seine Fernsehsendung öffentlich wahrnehmbar zu machen. Diese Bestimmung schützt den für Sendeprogramme **organisatorisch und wirtschaftlich Verantwortlichen** vor einer Ausbeutung seiner Leistungen durch Dritte. Ausübende Künstler, die ihre Darbietungen für Sendeunternehmen erbringen, müssen, falls sie darüberhinausgehende Auswertungen beabsichtigen, daher entsprechende Nutzungsrechte vertraglich vom Sendeunternehmen erwerben.

f) Schranken der Leistungsschutzrechte

260 Die **Schutzfrist** für Leistungsschutzrechte ist kürzer als für Urheberrechte, wenngleich die Schutzfristen im Jahre 1990 durch das **Gesetz zur Stärkung des Schutzes des geistigen Eigentums und zur Bekämpfung der Produktpiraterie (PrPG)** teilweise verlängert worden sind. Danach erlöschen die Rechte des ausübenden Künstlers an den auf Bild- oder Tonträger aufgenommenen Darbietungen **fünfzig Jahre**, diejenigen des Veranstalters **fünfundzwanzig Jahre** nach dem Erscheinen des Bild- und Tonträgers bzw. nach der Darbietung, wenn der Bild- oder Tonträger innerhalb dieser Frist nicht erschienen ist, § 82 UrhG. Früher betrugen die Schutzfristen fünfundzwanzig bzw. zehn Jahre. Die längeren Schutzfristen des PrPGs gelten auch für die vor dem 1. 7. 1990 auf Tonträger aufgenommenen Darbietungen, wenn am 1. 1. 1991 seit dem Erscheinen des Bild- und Tonträgers 50 Jahre noch nicht abgelaufen sind, § 137 c) Abs. 1 PrPG, wobei die Schutzdauer insgesamt in keinem Fall mehr als 50 Jahre beträgt, § 137 c) Abs. 2 PrPG. Instruktive Fallbeispiele für die Übergansregelungen zitiert Kreile ZUM 1990, 1 ff. (6 f.). Mit dem PrPG sind Ton- und Bildaufzeichnungen von bedeutendem wirtschaftlichen Wert davor bewahrt worden, zur Verwertung ohne Erlaubnis der Interpreten und Veranstalter frei zu werden. Allerdings wird die Verlängerung der Schutzfristen in der EG dadurch unterlaufen, daß Bild- und Tonträger nach Ablauf der in anderen EG Staaten geltenden kürzeren Schutzfristen nach Deutschland importiert werden. Aufgrund des freien Warenverkehrs zwischen den EG-Staaten kann dies wohl nicht verhindert werden.

261 Der Schutz vor **Entstellung** besteht bis zum Tode des ausübenden Künstlers, § 83 Abs. 3 S. 1 UrhG, jedoch mindestens 25 Jahre. Das Recht des **Tonträgerherstellers** besteht ebenfalls für 25 Jahre nach dem Erschei-

nen des Tonträgers, bei Nicht-Erscheinen desselben für 25 Jahre seit der Herstellung, § 85 Abs. 2 UrhG. Das Recht des **Sendeunternehmens** besteht für 25 Jahre nach der letzten Sendung des vom Sendeunternehmen geschaffenen Programmes, § 87 Abs. 2 S. 1 UrhG. Diese Schutzfristen sind durch das PrPG nicht verlängert worden, was bedauerlich ist (zu den Hintergründen s. Kreile a.a.O. 1).

14. Rechtsverletzungen

a) Überblick

Die Gefahr, daß die Rechte des Urhebers verletzt werden, ist groß. **262**
Dies hängt damit zusammen, daß der Urheber sein Werk der Öffentlichkeit präsentieren muß, um zu wirken, ohne das Ausmaß der Verbreitung immer selbst übersehen zu können. Hieraus ergeben sich vielfältige Möglichkeiten zu versteckten Rechtsverletzungen. Im Zeitalter der Massenmedien hat sich mit den Wirkungsmöglichkeiten auch das Ausmaß der Rechtsverletzungen vervielfacht. Der klassische Fall der Urheberrechtsverletzung, das Plagiat, ist zwar bis heute nicht ausgestorben, spielt aber nur noch eine vergleichsweise unbedeutende Rolle neben der massenhaften, durch moderne Techniken ermöglichten Verletzung der Urheberrechte durch unerlaubtes Fotokopieren, Überspielen und Mitschneiden von Ton- und Bildaufnahmen. In diesem Zusammenhang ist zu beklagen, daß das Gesetz mit den durch neue Techniken ermöglichten „Fortschritten" nicht mithält. Zwar ist das 1990 verkündete Gesetz zur Bekämpfung der Produktpiraterie ein richtiger Schritt auf dem Weg zur Bekämpfung einiger der übelsten Mißstände. Doch die Durchsetzung des bestehenden Rechts blieb bisher weit hinter den Erfordernissen zurück. Hierbei ist nicht zu verkennen, daß sich Vertreter der Industrie immer vehement gegen die Aufbürdung neuer Abgaben, z.B. der Geräteabgabe und der Fotokopierabgabe, gewandt haben, ohne zu bedenken, daß die Ausbeutung der Kultur zu einem kulturellen Kollaps führt, wenn den Urhebern nicht durch angemessene finanzielle Beteiligung an den Erträgen ihrer Werke die finanzielle Lebensgrundlage erhalten bleibt. Ebenso wie der Raubbau an der Natur verhängnisvolle Folgen hat, zerstört auch der Raubbau an der Kultur deren Existenzgrundlagen.

Die Dimension der hier nur angedeuteten Probleme übersteigt bei wei- **263**
tem die Möglichkeiten des einzelnen Urhebers zu deren Lösung. Dennoch verbleibt ein Bereich, in dem der Urheber selbst effektiv seine Rechte wahren kann. Hierzu zählen die Wahrung des Urheberpersönlichkeitsrechts, insbesondere des Rechts auf Anerkennung der Urheberschaft durch Namensnennung, der Schutz vor Änderungen und Entstellungen und das Veröffentlichungsrecht sowie die Kontrolle der erstmaligen Verwertung, z.B. durch Aufzeichnung, Festlegung, Sendung u.ä. Neben den

Urheberrechten sind für den Urheber auch die Bestimmungen des Gesetzes gegen den unlauteren Wettbewerb, insbesondere der Schutz vor Irreführung des Publikums und vor sittenwidriger Werbung, das Namensrecht und das allgemeine Persönlichkeitsrecht von Interesse.

264 Eine typische Urheberrechtsverletzung ist die Verletzung des **Urheberpersönlichkeitsrechts**

- durch **Nichtnennung** des Urhebers oder Miturhebers (es sei denn, der Urheber hat auf seine Nennung verzichtet), **falsche Nennung** durch Unterschieben eines fremden Werkes, etwa infolge einer Verwechslung, oder Vortäuschen der Urheberschaft eines anderen (**Plagiat**) im ganzen oder ausschnittweise,
- durch **unerlaubte Änderung, Bearbeitung und Entstellung,**
- durch **unerlaubte Veröffentlichung.**

Die Verletzung der **Verwertungsrechte** des Urhebers durch **unerlaubte Nutzungen** (vgl. wegen der verschiedenen Nutzungsarten den Katalog o. Rdnr. 144).

265 Ein besonderer Fall ist die **Fälschung.** Diese ist unerlaubte Vervielfältigung, Urkundenfälschung, Täuschung des Erwerbers (Betrug), Irreführung des Publikums (irreführende und sittenwidrige Werbung) und u.U. Verletzung des Urheberpersönlichkeitsrechts durch unerlaubte Änderungen oder Entstellungen. Das Unterschieben eines fremden „geistigen Kindes“ durch einen Fälscher kann auch die Würde und Unantastbarkeit des Malers und damit dessen Individualsphäre verletzen (BGH GRUR 1987, 516 ff. [518] – Emil Nolde).

b) Vermeidung von Rechtsverletzungen

266 Zunächst sollten Urheber und Interpret bestrebt sein, Verletzungen ihrer Rechte zu verhindern. **Vorbeugen** ist auch hier besser, als Schädigern habhaft zu werden, falls es überhaupt gelingt, den Schädiger zu ermitteln. Hierzu sind Vorkehrungen zu treffen, sobald der Urheber sein Werk bzw. der Interpret seine Leistungen in die Welt setzt. Bevor Urheber oder Interpret ihr Werk bzw. ihre Leistung potentiellen Nutzern oder der Öffentlichkeit zugänglich machen, sollten sie zunächst die entsprechenden Exemplare mit dem **Copyright-Vermerk** nach dem Welturheberrechtsabkommen (© gefolgt vom Namen des Autors und dem Jahr der Erstveröffentlichung) versehen. Zusätzlich sollte auf jedem Werkexemplar schriftlich erklärt werden, daß dem Urheber alle **Rechte** zur Nutzung des Werkes **vorbehalten** bleiben. Diese Kennzeichnungen helfen, „Mißverständnisse“ zu vermeiden. Außerdem sollte der Urheber den **Prioritätsbeweis** sichern (vgl. hierzu Rdnr. 52).

267 Beim Anbieten des Werkes an potentielle Verwerter ist sodann darauf zu achten, daß die Vervielfältigungsstücke **kontrolliert** (Adressatenverzeichnis!) versandt und zurückerbeten werden. Bei Präsentationen, Auf-

führungen, Vorträgen vor Publikum ist strikt darauf zu achten, daß **nicht genehmigte Aufzeichnungen** auf Bild- oder Tonträger **unterbleiben**. Ggf. sind Veranstalter auch zu entsprechender Verpflichtung, Ermahnung und Beaufsichtigung des Publikums vertraglich zu verpflichten, wenngleich gerade bei Massenveranstaltungen unerlaubte Mitschnitte mit modernen Kleingeräten („Walkman") nur schwer zu verhindern sind. Ist das Werk erschienen (zum Begriff des Erscheinens s. Rdnr. 81), setzt die Tätigkeit der zuständigen Verwertungsgesellschaft(en) ein (s.u. § 4), die die Werknutzung – in gewissen Grenzen – kontrollieren und erforderlichenfalls gegen Verletzer vorgehen. Dies setzt allerdings voraus, daß der Urheber Mitglied der entsprechenden Verwertungsgesellschaft ist.

Sollte trotz aller Vorsichtsmaßnahmen die Gefahr einer Rechtsverletzung **268** konkret werden, so hat der Urheber oder Interpret einen **vorbeugenden Unterlassunsanspruch** aus entsprechender Anwendung des § 97 UrhG, der sich notfalls im Eilverfahren durch Antrag auf Erlaß einer einstweiligen Verfügung beim zuständigen Landgericht gerichtlich durchsetzen läßt.

c) Folgen der Rechtsverletzungen

(1) Mögliche Ansprüche

Ist eine Rechtsverletzung eingetreten, so hat diese ein Verwertungsver- **269** bot zur Folge, § 96 UrhG. Außerdem hat der Verletzte Anspruch auf Vernichtung der durch die Verletzung geschaffenen Vervielfältigungsstücke und -vorlagen, § 98 UrhG, an dessen Stelle der Verletzte auch Überlassung dieser Stücke, § 99 UrhG, verlangen kann. Ferner besteht ein Anspruch auf Herausgabe der durch die Rechtsverletzung erlangten Bereicherung, §§ 812 ff. BGB. Gegen weitere Verletzungen richtet sich der Unterlassungsanspruch aus § 97 UrhG. Diese Bestimmung gewährt auch einen Schadensersatzanspruch, falls der Verletzer nachweislich schuldhaft gehandelt hat. Schließlich haben fahrlässig oder vorsätzlich begangene Rechtsverletzungen auf Antrag des Verletzten strafrechtliche Konsequenzen, §§ 106 bis 111 UrhG.

(2) Einzelheiten

aa) Verwertungsverbot

Gemäß § 96 UrhG dürfen rechtswidrig hergestellte Vervielfältigungs- **270** stücke weder verbreitet noch zu öffentlichen Wiedergaben benutzt werden, rechtswidrig veranstaltete Funksendungen nicht auf Bild- oder Tonträger aufgenommen oder öffentlich wiedergegeben werden. Hiermit ist klargestellt, daß ohne entsprechende Erlaubnisse Werknutzungen nicht zulässig sind. Dies gilt selbstverständlich auch im Falle der Rechtsverletzungen und der dadurch entstehenden Festlegungen von Werken und Leistungen, aus denen, außer mit Erlaubnis des Verletzten, keine Früchte gezogen werden dürfen.

bb) Vernichtung

271 Der Verletzte hat u.a. gem. § 98 UrhG einen Anspruch auf Vernichtung. Danach kann der Verletzte verlangen, daß alle rechtswidrig hergestellten, rechtswidrig verbreiteten und zur rechtswidrigen Verbreitung bestimmten Vervielfältigungsstücke, die im Besitz oder Eigentum des Verletzers stehen, vernichtet werden. Dasselbe gilt entsprechend für die im Eigentum des Verletzers stehenden, ausschließlich oder nahezu ausschließlich zur rechtswidrigen Herstellung benutzten oder bestimmten Vorrichtungen, § 99 UrhG. Statt der Vernichtung kann der Verletzte verlangen, daß ihm die Vervielfältigungsstücke und Vorrichtungen, die im Eigentum des Verletzers stehen, gegen eine angemessene Vergütung überlassen werden, welche die Herstellungskosten nicht übersteigen darf, § 98 i.V.m. § 99 UrhG.

272 Wer ohne Erlaubnis des Berechtigten Vervielfältigungsstücke herstellt, geht ein hohes Risiko ein, denn er läuft Gefahr, zur Vernichtung der Vervielfältigungsexemplare verurteilt zu werden. Der entsprechende Anspruch des Verletzten kann sich gegen jeden richten, der an der rechtswidrigen Vervielfältigung tatsächlich beteiligt war, **ohne** daß ein **Verschulden** (vgl. Fromm/Nordemann a.a.O. §§ 98/99/100 Rdnr. 6) erforderlich ist. So richtet sich der Anspruch auf Vernichtung z.B. nicht nur gegen den Produzenten, sondern auch gegen die Druckerei, das Press-, oder Kopierwerk bis hin zu den Groß- und Einzelhändlern. Somit ist sichergestellt, daß seitens der Auswerter ein möglichst großes Interesse daran besteht, Rechtsverletzungen zu vermeiden. Der Vernichtung unterliegen die im Besitz oder Eigentum des Verletzers oder des Beteiligten stehenden Gegenstände.

273 In eng begrenzten seltenen **Ausnahmefällen**, z.B. falls unerlaubte Änderungen als nicht vom Urheber herrührend gekennzeichnet werden können, muß sich der Verletzte allerdings an Stelle des Vernichtungsanspruchs auf die Beanspruchung der zur Beseitigung des durch die Rechtsverletzung verursachten Zustands ausreichenden, weniger einschneidenden Maßnahmen verweisen lassen, § 98 Abs. 3 UrhG. Umgekehrt hat der Urheber dementsprechend selbst immer Anspruch auf Kennzeichnung unerlaubter Änderungen, Bearbeitungen etc. als milderes Mittel gegenüber dem Vernichtungsanspruch.

274 Die Ansprüche wegen Verletzung des Urheberrechts verjähren in drei Jahren ab dem Zeitpunkt, in dem der Berechtigte von der Verletzung und der Person des Verpflichteten Kenntnis erlangt, ohne Rücksicht auf diese Kenntnis in dreißig Jahren von der Verletzung an, § 102 UrhG.

cc) Bereicherungsanspruch

275 Vom Verschulden unabhängig und deshalb leichter durchzusetzen als ein Schadensersatzanspruch ist der Anspruch auf Ersatz der durch die

Rechtsverletzung erlangten Bereicherung. So stellt § 97 Abs. 3 UrhG klar, daß Ansprüche aus anderen gesetzlichen Vorschriften – hiermit ist auch der Bereicherungsanspruch aus den §§ 812 ff. BGB gemeint – unberührt und damit anwendbar bleiben.

Der Anspruch auf Herausgabe der Bereicherung geht im Falle der Ver- **276**
letzung von Urheberrechten in der Regel auf Ersatz der **üblichen Lizenzgebühren**; denn um die in dieser Höhe ersparten Aufwendungen ist der Verletzer bereichert (zu den üblichen Lizenzsätzen in den verschiedenen Werkgattungen und -arten s.u. § 10). Lassen sich allgemein übliche Lizenzsätze nicht ermitteln, muß der Verletzte konkret darlegen, welche Lizenzen er selbst üblicherweise erzielt.

Die Geltendmachung des Bereicherungsanspruches schließt nicht da- **277**
rüber hinausgehende Schadensersatzansprüche aus. Der Bereicherungsanspruch verjährt in 30 Jahren nach der Verletzung, § 195 BGB.

dd) Unterlassungsanspruch

Der Anspruch auf Unterlassung einer drohenden Rechtsverletzung und **278**
auf Beseitigung einer Beeinträchtigung des Urheberrechts oder eines verwandten Schutzrechts ergibt sich aus § 97 UrhG. In der Regel begründet die einmalige Verletzung die Wiederholungsgefahr, es sei denn, wegen besonderer Umstände erscheint eine Wiederholung völlig ausgeschlossen. So wird die Wiederholungsgefahr dadurch beseitigt, daß der Verletzer sich gegenüber dem Verletzten zur Unterlassung weiterer Verletzungen verpflichtet und für jeden Fall der Zuwiderhandlung die Zahlung einer angemessenen Vertragsstrafe verspricht.

Von § 97 UrhG nicht direkt geregelt, aber dennoch möglich ist der **vor- 279**
beugende Unterlassungsanspruch, mit dessen Hilfe die erstmalige Rechsverletzung verhindert werden kann. Voraussetzung hierfür ist eine ernsthaft drohende Rechtsverletzung (Fromm/Nordemann a.a.O. § 97 Rdnr. 23 m.w.N.). Sofern der Bedrohte die entsprechenden Umstände glaubhaft macht – dies geschieht u.a. durch eidesstattliche Versicherung –, kann er den vorbeugenden Unterlassungsanspruch im Wege der einstweiligen Verfügung durchsetzen. Sofern Rechtsverletzungen dauerhaft, z.B. durch einen fortbestehenden Zustand verursacht sind, kann der Verletzte die Beseitigung der Verletzung für die Zukunft verlangen.

ee) Auskunftsanspruch

Ebenfalls nicht vom § 97 UrhG erwähnt, dennoch nach allgemeinen **280**
Bestimmungen (§§ 242, 259 BGB) gegeben ist der Auskunftsanspruch (Fromm/Nordemann a.a.O. § 97 Rdnr. 27; BGH GRUR 1974, 53; BGH GRUR 1980, 227 ff. [232]), mit dem der Verletzte von jedem, der eine Rechtsverletzung begangen hat, Auskunft und Rechnungslegung über die zur Berechnung eines möglichen Schadensersatzanspruches erforderlichen Tatsachen (z.B. Auflage, Verbreitungsgebiet, Häufigkeit etc.) verlan-

gen kann. Gegenüber dem gewerbsmäßigen Vervielfältiger und Verbreiter gibt der durch das PrPG neu eingefügte § 101 a) UrhG einen verschuldensunabhägigen Anspruch auf Auskunft über Vertriebsweg und Herkunft der Ware.

ff) Schadensersatzanspruch

281 Wer ein Urheberrecht oder ein verwandtes Schutzrecht **fahrlässig** oder **vorsätzlich** verletzt hat, ist gemäß § 97 Abs. 1 UrhG zum Schadensersatz verpflichtet. Da der Vorsatz als eine lediglich im Bewußtsein des Verletzers gegebene Tatsache schwer beweisbar ist, wird außer in offensichtlichen Fällen des Plagiats, der Fälschung, der kriminellen Vervielfältigung und Verbreitung (Bootlegs, Raubdrucke und -kopien) der Vorsatz nur schwer nachweisbar sein. Dagegen sind die Anforderungen an die Sorgfaltspflicht, deren Mißachtung den Fahrlässigkeitsvorwurf zur Folge hat, nach objektiven Kriterien bestimmt. So handelt fahrlässig, wer die im Verkehr erforderliche Sorgfalt außer acht läßt. Um die gängigsten Ausreden auszuschließen, hat die Rechtsprechung in einer Vielzahl von Urteilen ausgeführt (beispielsweise BGH GRUR 1960, 606 ff. [608]; BGH GRUR 1974, 669 ff. [672]), daß sich der Nutzer über den Bestand des Nutzungsrechtes Gewißheit verschaffen muß. Hierzu sind mitunter aufwendige **Recherchen** notwendig, die die Anforderung an die Sorgfaltspflicht erst dann erfüllen, wenn der Erwerb des entsprechenden Nutzungsrechtes lückenlos dokumentiert ist. Die Prüfungspflichten treffen nicht nur die Initiatoren der Nutzung (z.B. Verleger, Produzenten, Lizenzgeber, Rundfunk- und Fernsehsender), sondern auch die an der Vervielfältigung und Verwaltung mitwirkenden Personen und Unternehmen (z.B. Presswerke, Druckereien u.a.).

282 Sofern der Nachweis einer Sorgfaltspflichtsverletzung möglich ist, kann der Verletzte mit Aussicht auf Erfolg und nach Erteilung entsprechender Auskünfte einen Schadensersatzanspruch geltend machen. Da in der Regel der infolge einer Urheberrechtsverletzung eingetretene Zustand für eine gewisse Zeit bestanden hat und sich deshalb nicht rückgängig machen läßt, kann der Verletzte **Geldersatz** verlangen. Hierbei kann der Schaden nach **drei Arten** berechnet werden. Einmal mit der Vermögenseinbuße und dem **entgangenen Gewinn**, dann mit einer **angemessenen**, d.h. einer üblichen oder vernünftigen **Lizenzgebühr**, und schließlich mit dem vom Schädiger infolge der Rechtsverletzung **erzielten Gewinn**. Der Verletzte kann die Berechnungsmethode frei wählen. Dieses Wahlrecht erlischt erst, wenn ihm der Schaden nach einer der vom ihm gewählten Berechnungsweisen vollständig ersetzt ist. Zur Vermögenseinbuße und damit zum Schaden zu rechnen ist auch der dem Verletzten entstandene Aufwand zur Ermittlung des Schädigers, der z.B. in Detektivkosten bestehen kann. Unter dem Gesichtspunkt der wegen einer umfangreichen

Überwachungstätigkeit erlittenen Vermögenseinbuße pflegten die Gerichte der GEMA bisher einen 100-prozentigen Aufschlag auf die üblichen Lizenzgebühren zuzusprechen, sofern die Überwachung zur Aufklärung der Rechtsverletzung erforderlich war. Nun gilt dieser Grundsatz kraft Gesetzes zu Gunsten aller Verwertungsgesellschaften bei unrichtiger Auskunftserteilung, § 54 Abs. 5 S. 3 UrhG (eingefügt durch PrPG vom 7. 3. 1990). Die übliche Vergütung (Berechnungsmethode Nr. 2) wird sich bei gängigen Verwertungsarten oft mit Hilfe **marktkundiger Personen** ermitteln lassen. Der Anspruch auf Herausgabe des Gewinns setzt die **Rechnungslegung** hierüber voraus. Hierauf hat der Verletzte gemäß § 97 Abs. 2 UrhG Anspruch. Die Nachprüfung anhand der betriebsinternen Kalkulation ist allerdings mitunter schwierig. Welche Berechnungsmethode der Verletzte im einzelnen Fall anwendet, wird davon abhängen, welche konkreten Anhaltspunkte zur Schadensberechnung herangezogen werden können; denn die **Beweislast** für Verschulden und Schadenshöhe trägt der Verletzte.

Sofern der Verletzte ein Urheber oder Interpret ist, vgl. § 97 Abs. 2, **283**
gewährt das Gesetz dem Verletzten den Ersatz des **immateriellen Schadens**. Hierunter ist ein Schaden zu verstehen, der nicht Vermögenseinbußen zur Folge hat, sondern in einer Verletzung des Persönlichkeitsrechtes besteht. Ein Anspruch auf Ersatz des immateriellen Schadens besteht nur bei Verletzung von Rechten, die dem Urheberpersönlichkeitsrecht entspringen, also dem Recht auf Nennung des Urhebers, dem Recht auf Schutz vor Änderungen und Entstellungen und dem Veröffentlichungsrecht. Da Entschädigung nur verlangt werden kann, wenn und soweit es der Billigkeit entspricht, § 97 Abs. 2 UrhG, verlangt die Rechtsprechung besonders schwerwiegende Beeinträchtigungen dieser Rechte (vgl. BGH GRUR 1971, 525 f.; KG UFITA 58, 285 ff. [289]; KG UFITA 59, 279 ff. [284]). Bei leichteren Beeinträchtigungen wird keine Geldentschädigung gewährt. Die Bemessung der Geldentschädigung in solchen Fällen – manche sprechen von „seelischem Schmerzensgeld" – ist außerordentlich problematisch. Im Gegensatz zur sehr umfangreichen Rechtsprechung zum Schmerzensgeld bei Körperverletzungen, die eine Orientierung an ähnlich gelagerten Fällen ermöglicht, ist die Zahl der im Bereich der Urheberrechtsverletzung ergangenen Gerichtsentscheidungen zu gering, und sind die Sachverhalte zu unterschiedlich, um eine entsprechende Schmerzensgeldtabelle aufstellen zu können. Die äußerst restriktive Handhabung des § 97 Abs. 2 S. 1 UrhG durch die Rechtsprechung – Ersatzsummen über DM 50.000,00 sind, soweit ersichtlich noch nicht gewährt worden, und die Voraussetzung für eine Geldentschädigung überhaupt sind äußerst streng – führt leider dazu, daß sich in der Praxis Rechtsverletzungen für den Verletzer noch zu häufig „lohnen" dürften.

284 **Anspruchsinhaber** ist in der Regel der **Verletzte**, der jedoch mitunter aufgrund von Nutzungsverträgen seinen Vertragspartner mit der Wahrnehmung seiner Rechte oder der Geltendmachung von Ansprüchen beauftragt und diesen hierzu bevollmächtigt hat. Der Schadensersatzanspruch gehört nicht zum unveräußerlichen Kern des Urheberrechts und kann deshalb an Dritte abgetreten werden.

285 Die Ansprüche richten sich gegen jede natürliche oder juristische Person, die an der Rechtsverletzung beteiligt ist. Handelt es sich hierbei um Mitarbeiter oder Beauftragte eines Unternehmens, so haftet der Unternehmensinhaber, § 100 UrhG.

286 Der Schadensersatzanspruch **verjährt** in drei Jahren von dem Zeitpunkt an, in welchem der Verletzte von dem Schaden und der Person des Ersatzpflichtigen Kenntnis erlangt, ohne Rücksicht auf diese Kenntnis in dreißig Jahren von der Begehung der Handlung an, § 102 UrhG.

(3) Klage

aa) Antrag

287 Zur Durchsetzung von Schadensersatzansprüchen empfiehlt sich die **Stufenklage**, d.h. dem zunächst unbezifferten Klageantrag auf Geldersatz geht ein Antrag auf Auskunft und Rechnungslegung hinsichtlich der für die Schadensberechnung maßgeblichen Umstände voraus. Der Antrag auf Ersatz des immateriellen Schadens sollte nicht beziffert, sondern der Betrag ins Ermessen des Gerichts gestellt werden. Es genügt, wenn die Klagebegründung Angaben zur Höhe des Anspruchs enthält.

bb) Zuständigkeit

288 Vor Anruf der nach den allgemeinen zivilprozessualen Regeln zuständigen Gerichte ist zu prüfen, ob infolge einer besonderen Zuweisung Spezialkammern oder Abteilungen für Urheberrecht eingerichtet sind, die zu besonderen örtlichen Zuständigkeiten führen können (die Spezialzuweisungen nennt Wenzel a.a.O. Rdnr. 9.4). Vor den Landgerichten ist die anwaltliche Vertretung zwingend vorgeschrieben.

(4) Strafrechtliche Konsequenzen

289 Die unerlaubte Verwertung urheberrechtlich geschützter Werke, die unzulässige Anbringung der Urheberbezeichnung und andere unerlaubte Eingriffe in verwandte Schutzrechte werden von den §§ 106 bis 108 UrhG unter eine Strafandrohung von **Freiheitsstrafe** bis zu drei Jahren, bei gewerbsmäßigem Handeln bis zu fünf Jahren, oder **Geldstrafe** gestellt. Der Versuch ist strafbar. Die Gegenstände, auf die sich eine Straftat bezieht, können eingezogen werden, § 110 UrhG. Die Ermittlungsbehörden werden in der Regel hier nur auf Strafantrag hin, § 109 UrhG, tätig. Die Frist für die Stellung des Strafantrages beträgt drei Monate ab Kenntnis von der Verletzung. Lediglich gewerbsmäßige unerlaubte Verwertung wird

von Amts wegen verfolgt und ist mit Freiheitsstrafe bis zu fünf Jahren oder Geldstrafe bedroht, § 108 a) UrhG. Der Verletzte kann auch Privatklage beim zuständigen Strafgericht gemäß § 374 StPO erheben, ohne die Staatsanwaltschaft einschalten zu müssen.

Die strafrechtliche Verfolgung im Bereich des Urheberrechts war lange 290 Zeit nur schwach ausgeprägt und wird erst in jüngster Zeit zum Teil durch spezielle Dezernate der Staatsanwaltschaften mit mehr Nachdruck betrieben. Die im Jahre 1990 durch das PrPG eingeführten schärferen Strafen zeigen, daß auch der Gesetzgeber diesen Bereich der Wirtschaftskriminalität nun ernst nimmt.

§ 4 Verwertungsgesellschaften

I. Überblick

Die wirtschaftlich schwache Position der Urheber im Verhältnis zu vie- 1 len Verwertern und die dem einzelnen Urheber praktisch unmögliche Kontrolle der Zweitverwertungen führten in der Vergangenheit dazu, daß Urheber an den Erträgen ihrer Leistungen kaum oder nur ungenügend beteiligt waren. Um die effektive Wahrnehmung von Nutzungs- oder Einwilligungsrechten und Vergütungsansprüchen der Urheber zu ermöglichen, wurden von Urhebern und Verlegern Verwertungsgesellschaften geschaffen , die sich die in ihren jeweiligen Wahrnehmungsbereich fallenden Nutzungsrechte zur treuhänderischen Wahrnehmung abtreten lassen, und zwar auch hinsichtlich der künftig vom Urheber geschaffenen Werke (Vorausabtretung, vgl. § 3 Rdnr. 161 ff.; zur historischen Entwicklung s. Wenzel, Urheberrecht für die Praxis, Rdnr. 10.1 ff.). Verwertungsgesellschaften dürfen nur mit Erlaubnis des Deutschen Patentamtes errichtet werden, § 1 Wahrnehmungsgesetz (WahrnG) und stehen unter dessen Aufsicht. Voraussetzung für die Erteilung der Erlaubnis zum Geschäftsbetrieb ist, daß die Satzung dem Wahrnehmungsgesetz entspricht, die vertretungsberechtigten Personen die für die Ausübung ihrer Tätigkeit erforderliche Zuverlässigkeit besitzen und die Verwertungsgesellschaft wirtschaftlich zur wirksamen Wahrnehmung der Rechte und Ansprüche ihrer Mitglieder imstande ist, § 3 WahrnG. Die Verwertungsgesellschaften sind verpflichtet, für die Verteilung ihrer Einnahmen einen Verteilungsplan aufzustellen, der eine willkürliche Verteilung ausschließt, § 7 WahrnG. Der Verteilungsplan soll dem Grundsatz entsprechen, daß kulturell bedeutende Werke und Leistungen zu fördern sind, § 7 Satz 2

WahrnG. Außerdem sollen Vorsorge- und Unterstützungseinrichtungen errichtet werden, § 8 WahrnG.

2 Die Verwertungsgesellschaften unterliegen grundsätzlich dem Wahrnehmungszwang, d.h. sie müssen die Rechte und Ansprüche der deutschen Staatsangehörigen oder in Deutschland lebenden Ausländer zu angemessenen Bedingungen wahrnehmen, sofern die Berechtigten dies beantragen und die Rechte und Ansprüche zum Tätigkeitsbereich der Verwertungsgesellschaft gehören, § 6 WahrnG (zu den Ausnahmen siehe Wenzel a.a.O. Rdnr. 10.19). Gegenüber jedermann, der geschützte Werke nutzen will, sind die Verwertungsgesellschaften zur Einräumung der erforderlichen Nutzungsrechte oder Erteilung der Einwilligungen zu angemessenen Bedingungen verpflichtet (Abschlußzwang), § 11 WahrnG. Umgekehrt sind die Veranstalter öffentlicher Aufführungen, Vorführungen und Vorträge geschützter Werke verpflichtet, die Veranstaltung bei der zuständigen Verwertungsgesellschaft anzumelden und eine Liste der gespielten Werke zu übersenden, § 13 a) WahrnG. Gegenüber Vereinigungen von Verwertern sind die Verwertungsgesellschaften zum Abschluß von Gesamtverträgen verpflichtet, § 12 WahrnG. Ferner müssen die Verwertungsgesellschaften Tarife für die Nutzung von geschützten Werken und Leistungen erstellen, die im Bundesanzeiger zu veröffentlichen sind, § 13 WahrnG. Nutzer, die mit den Tarifen nicht einverstanden sind, können die Nutzungsrechte durch Hinterlegung des geforderten Tarifbetrages erwerben, § 11 Abs. 2 WahrnG, und sodann die Schiedsstelle beim Deutschen Patentamt anrufen, §§ 14 bis 16 WahrnG. Findet das Verfahren hier keinen von beiden Seiten anerkannten Abschluß, so sind die ordentlichen Gerichte zuständig.

3 Aufgrund der innegehaltenen Rechte können die Verwertungsgesellschaften gerichtlich gegen unberechtigte Nutzer vorgehen. Zu ihren Gunsten gilt dabei die Vermutung, daß die Verwertungsgesellschaft die Rechte aller Berechtigten der betreffenden Werke wahrnimmt, § 13 b) Abs. 2 WahrnG.

II. Verwertungsgesellschaften und ihre Wahrnehmungsbereiche

1. Die GEMA

4 Die Nutzungs- und Einwilligungsrechte der Komponisten, Textdichter und Musikverleger nimmt in Deutschland allein die **Gesellschaft für musikalische Aufführungs- und mechanische Vervielfältigungsrechte e.V. (GEMA)** (Anschrift: Herzog-Wilhelm-Str. 26, 8000 München 2 und Bayreuther-Str. 29/30, 1000 Berlin 30) wahr (zur Geschichte der GEMA s. Fromm/Nordemann, Urheberrecht, Rdnr. 1 Einl. Wahrnehmungsgesetz). Die GEMA verwaltet auch die **Zentralstelle für private Überspie-**

lungen (ZPÜ) und kassiert Vergütung auch für die **Gesellschaft zur Verwertung von Leistungsschutzrechten (GVL).**

5 Der GEMA gehören seit je her neben **Komponisten und Dichtern vertonter Texte („Textdichter")** auch die **Musikverleger** an, obwohl letzere selbst nicht Schöpfer sondern Nutzer sind und deshalb streng genommen eigentlich nicht in eine Verwertungsgesellschaft zur Wahrnehmung von Urheberrechten gehören. Die Verleger brachten jedoch ursprünglich bei Gründung der GEMA-Vorgängerin einen reichen Bestand älterer Rechte ein, die sie schon früher erworben hatten und verhalfen der GEMA so zu einem erheblichen Anteil ihres Repertoires. Die **Tantiemen** werden entsprechend zwischen Komponisten, Textdichtern und Verlegern aufgeteilt, sofern die jeweiligen Werke verlegt sind, so daß die Musikverleger einen Teil der vom Gesetz den Urhebern zugedachten Vergütungen für die Nutzung der Werke erhalten. Nachdem Ruzicka dies in einer Beschwerde an das Deutsche Patenamt beanstandet hatte, kam es zu einer Herabsetzung des Verlegeranteils an den Tantiemen, allerdings aber auch zu einem Ausschluß des Beschwerdeführers aus dem deutschen Komponistenverband. Die in der GEMA stimmberechtigten Komponisten und Textdichter möchten offenbar nicht auf die Mitgliedschaft der Verleger in der GEMA und deren geschäftliche Erfahrung in der Musikbranche verzichten.

6 Die GEMA kennt **drei Klassen von Mitgliedern:** Die **ordentlichen, außerordentlichen und angeschlossenen Mitglieder,** § 6 der GEMA-Satzung (abgedruckt in Beck's Urheber und Verlagsrecht unter Nr. 16). Der Erwerb der **außerordentlichen Mitgliedschaft** setzt den Nachweis beruflicher Qualifikation bzw. im Falle der Verleger typischer Geschäftstätigkeit voraus. Die Einzelheiten regelt eine Geschäftsordnung für das Aufnahmeverfahren, § 6 Nr. 3 der GEMA-Satzung. Die außerordentlichen Mitglieder nehmen direkt keinen Einfluß auf die Willensbildung innerhalb der GEMA. Sie sind jedoch mittelbar durch Delegierte in der Versammlung der ordentlichen Mitglieder vertreten, § 12 Nr. 2 GEMA-Satzung, die in Mitgliederversammlungen die Vereinsinterna regeln, insbesondere die Verteilung der Einnahmen , sowie Satzungsänderungen beschließen, § 10 Nr. 6 GEMA-Satzung. **Ordentliches Mitglied** kann nur werden, wer als außerordentliches Mitglied über fünf aufeinanderfolgende Jahre bestimmte Mindesttantiemenaufkommen erzielt hat (wegen der Einzelheiten s. § 7 GEMA-Satzung). Der Erwerb der ordentlichen Mitgliedschaft erfordert also neben der beruflichen Qualifikation auch einen gewissen wirtschaftlichen Erfolg des Mitglieds. Neben dem Stimmrecht haben die ordentlichen Mitglieder auch die Chance, eine **Altersversorgung** durch die **GEMA-Sozialkasse** zu erlangen. Diese setzt allerdings eine mindestens fünfjährige ordentliche Mitgliedschaft voraus und knüpft die Höhe der Versorgunsleistungen an das durchschnittliche Tan-

tiemenaufkommen. Dagegen sind die **angeschlossenen Mitglieder** keine Mitglieder im Sinne des Vereinsrechts, § 6 Nr. 2 der GEMA-Satzung. Vielmehr richten sich die Rechtsbeziehungen der angeschlossenen Mitglieder zur GEMA nur nach dem Berechtigungsvertrag, d.h., es besteht ein bloßes Treuhandverhältnis. Die angeschlossene Mitgliedschaft ist damit eine Konsequenz aus dem Wahrnehmungszwang und dient als **Auffangbecken** für all diejenigen, die die vereinsrechtliche Mitgliedschaft nicht erwerben können oder wollen. Die **Aufnahmeanträge** versendet das Mitgliederreferat der GEMA auf Anfrage. Die GEMA erhebt eine einmalige Aufnahmegebühr und einen jährlichen Beitrag (die Aufnahmegebühr beträgt für Komponisten und Textdichter derzeit 100,-- DM, der Jahresbeitrag 50,-- DM).

7 Die von der GEMA wahrgenommenen Rechte ergeben sich aus den **Berechtigungsverträgen**. Zum Wahrnehmungsbereich der GEMA gehören danach nicht die **„großen Rechte"**. Hierunter versteht man die Rechte zur Nutzung bühnenmäßiger Aufführungen dramatisch-musikalischer Werke, und zwar vollständig, als Querschnitt oder in größeren Teilen. Die Wahrnehmung dieser Rechte bleibt den Komponisten, Librettisten und, bei entsprechender Einräumung durch Verlagsverträge, den Verlagen vorbehalten. Bühnenmusiken, die nicht integrierender Bestandteil von Bühnenwerken sind, und kleinere Teile musikalisch-dramatischer Werke, z.B. einzelne Lieder hieraus, gehören jedoch zu den **„kleinen Rechten"** und damit zum Wahrnehmungsbereich der GEMA. Die kleinen Rechte umfassen insbesondere die Aufführungsrechte, die Rechte der Hörfunk- und Fernseh-Sendung und -Wiedergabe, die Rechte zur Aufnahme, Vervielfältigung, Verbreitung und Wiedergabe von Ton- oder Bildtonträgern und das Recht zur Benutzung von Musikwerken zur Filmherstellung. Allerdings fällt das Filmherstellungsrecht an den Berechtigten zurück, wenn dieser der GEMA mitteilt, die Rechte im eigenen Namen wahrnehmen zu wollen. Nicht der GEMA eingeräumt wird ferner das Musikverlagsrecht, d.h. das Recht, Noten zu drucken.

8 Jeder, der die von der GEMA wahrgenommenen Nutzungsrechte erwerben will, muß hierfür mit der zuständigen GEMA-Bezirksdirektion Nutzungsverträge schließen und die für die jeweilige Nutzung aufgestellten **Tarifbeträge** entrichten. Angesichts einer Fülle von Tarifen (s. Beck's Urheber- und Verlagsrecht, Nr. 16, nach § 19 GEMA-Satzung), die meist die Intensität der Nutzung und die wirtschaftlichen Ertragsmöglichkeiten zu berücksichten trachten, empfiehlt es sich, vor entsprechenden Nutzungen die GEMA hiervon zu informieren und den Tarif berechnen zu lassen. Wenn dies unterbleibt und die GEMA eine unberechtigte Nutzung ermittelt, ist sie nämlich zur Erhebung der **doppelten Tarifgebühr** berechtigt (BGH NJW 1973, 96 – nun auch § 54 Abs. 5 S. 3 UrhG).

Bei der gerichtlichen Durchsetzung von Vergütungsansprüchen gilt zu 9
Gunsten der GEMA die Vermutung, daß diese die Aufführungs- und mechanischen Vervielfältigungs- und Verbreitungsrechte am gesamten Weltrepertoire der Tanz- und Unterhaltungsmusik wahrnimmt (**„GEMA-Vermutung“**, zuletzt bestätigt von BGH NJW 1988, 1847), da die GEMA aufgrund von Verträgen mit allen wichtigen Musikverwertungsgesellschaften der Welt auch die Nutzungsrechte der ausländischen Urheber und Verleger wahrnimmt. Wegen der GEMA-Vermutung kann ein auf Vergütungszahlung in Anspruch genommener Nutzer die Berechtigung der GEMA kaum bestreiten, es sei denn, es wird für jedes einzelne genutzte Musikwerk nachgewiesen, daß der Urheber keiner Verwertungsgesellschaft angehört. Die Nutzer sog. GEMA-freier Musik lassen sich daher von jedem ihrer Komponisten und für jeden Titel eine entsprechende Garantieerklärung geben.

Die GEMA erzielt ihr **Tantiemenaufkommen** aus den vielfältigen, 10
aufgrund des Urheberrechtsgesetzes vergütungspflichtigen Nutzungen musikalischer Werke. Hierzu zählen nicht nur Konzertaufführungen, Tonträgervervielfältigung und Rundfunksendungen, sondern z.B. auch die öffentliche Wiedergabe von Rundfunksendungen etwa in Geschäftsäumen, die Nutzung von Musik in Gottesdiensten, die Vermietung von CD's oder von Videofilmen, die Musikberieselung im Aufzug oder Supermarkt, die Verbreitung importierter Tonträger, die Tonträgerwiedergabe in Ballettschulen u.v.m. Im Jahre 1989 erzielte die GEMA ein Tantiemenaufkommen in Höhe von etwa 672 Mio. DM. Hiervon entfiel ein Anteil von mehr als 90% auf sogenannte Unterhaltungsmusik, der Rest auf sogenannte E-Musik und andere. Die Aufwendungen für Personal und sonstiges machten mehr als 100 Mio. DM aus. Alle Erträge werden nach Deckung der Aufwendungen an die Mitglieder und Berechtigten ausgeschüttet.

Die Verteilung der Einnahmen erfolgt nach einem komplizierten **Ver-** 11
teilungsplan. Dieser regelt zum einen die Aufteilung der auf ein Werk entfallenden Tantiemen im Verhältnis des Komponisten zum Bearbeiter, Textdichter und Verleger. Hierbei wird eine Zwölfteilung der Erträge vorgenommen, wobei der Verleger – sehr vereinfachend gesagt – in der Regel 4/12, der Bearbeiter 1/12 und der Textdichter 3/12 des auf ein Werk entfallenden Aufkommens auf Kosten des Komponistenanteils erhalten. Zum anderen sieht der Verteilungsplan eine unterschiedliche Gewichtung der Werke und ihrer Urheber durch ein Punktsystem vor. Hierbei wird zwischen Werken der sogenannten E-Musik und Werken der sogenannten U-Musik unterschieden. Auf erstere entfallen grundsätzlich höhere Ausschüttungen als auf letzere für gleiche Nutzungen. Sodann wird innerhalb dieser Sparten nach Werkarten und Besetzungen (Stimmenzahl) differenziert. Auch die verschiedenen Nutzungsarten erfahren eine unter-

schiedliche Gewichtung. So werden beispielsweise Konzerte der sogenannten E-Musik oder kirchliche Konzerte und Film- bzw. Fernsehmusik sehr hoch bewertet, Musikaufführungen in Kneipen-, Jazzklubs oder Varietès dagegen sehr gering, praktisch oft gar nicht bewertet. Schließlich läßt ein Wertungsverfahren den wirtschaftlichen und kulturellen Erfolg sowie die Dauer der Mitgliedschaft ausschlaggebend für eine höhere Bewertung sein.

12 Trotz seiner Kompliziertheit enthält das Verteilungsverfahren der GEMA Lücken und Mängel, die mancherlei Mißbrauch und Ungerechtigkeiten zulassen und einen auffälligen Kontrast zu dem theoretisch wohl lückenlosen Tarif- und Inkassosystem bildet. Mitunter geht dies zu Lasten einzelner Mitglieder, manchmal aber beklagt sich die GEMA selbst.

Beispiel:
Im Fall Paul (KG, Urteil vom 27.10.1989 Az. Kart U 3767/89) hatte ein Komponisten-Duo auf geschickte Weise die Bewertungsverfahren für sich ausgenutzt und reihenweise in Kirchenkonzerten eigene Werke sogenannter E-Musik zwar unentgeltich und vor wenig Publikum selbst aufgeführt aber so jährlich fünfstellige Tantiemenbeträge ausgezahlt erhalten. Die GEMA hatte die betreffenden Mitglieder wegen „Verstoßes gegen das Vereinsinteresse" als ordentliche Mitglieder ausgeschlossen, das Kammergericht hat diese Entscheidung auf die Klage der betroffenen Mitglieder hin aufgehoben.

Auch umgekehrte Fälle ungerechter Verteilung sind festzustellen. So wird z.B. die Einzelverrechnung der von privaten Rundfunk- und Fernsehsendern ausgestrahlten Werke von einem bestimmten jährlichen Mindestbetrag der vom Sender erzielten Werbeeinnahmen abhängig gemacht. Wird dieser Mindestbetrag unterschritten, so verrechnet die GEMA die vom Sender an sie gezahlte Vergütung nur pauschal, d.h. ohne Rücksicht auf die tatsächlich dort ausgestrahlten Musikstücke. Dies mag die Verwaltung vereinfachen, ist aber einer gerechten Verteilung abträglich. Ob die Schwächen des Verteilungsverfahrens beseitigt werden können, hängt wohl zuallererst von den ordentlichen Mitgliedern der GEMA ab, die in der Mitgliederversammlung über die Verteilung beschließen. GEMA-Mitglieder können die GEMA-Nachrichten, sowie die GEMA-internen Regelungen (Verteilungsplan, Geschäftsordnungen u.v.m) erhalten.

2. Die GVL

13 **Die Gesellschaft zur Verwertung von Leistungsschutzrechten m.b.H. (GVL)** ist von der Deutschen Orchestervereinigung e.V. (DOV) und der deutschen Landesgruppe der IFPI e.V. (International Federation of Phonogramm and Videogramm Producers) errichtet worden (Anschrift: Heimhuder Straße 5, 2000 Hamburg 13). Sie nimmt aufgrund entsprechender **Wahrnehmungsverträge** die Leistungsschutzrechte der **Interpreten, Bild- und Tonträgerhersteller, Filmhersteller und Veranstalter** wahr, § 2 Abs. 1 der Satzung (abgedruckt in Beck's Urheber und

Verlagsrecht, Nr. 19). Hierzu zählen insbesondere die Rechte auf Einwilligung in die Bild- und Tonaufzeichnung, Vervielfältigung und Sendung, sowie die Ansprüche auf Zahlung angemessener Vergütung für die Funksendung und öffentliche Wiedergabe der Interpretationen. Trotz der Abtretung an die GVL verbleibt den Berechtigten jedoch die Befugnis, die oben genannten Einwilligungen selbst zu erteilen, § 78 UrhG. Der Wahrnehmungsbereich der GVL kann von jedem Berechtigten im Wahrnehmungsvertrag inhaltlich eingeschränkt und auf das Gebiet der Bundesrepublik Deutschland beschränkt werden, § 2 Abs. 2 der Satzung, z.B. kann der Berechtigte sich die Wahrnehmung der Rechte zu und aus der Videoclipauswertung vorbehalten.

Die GVL erhebt keine Beiträge oder Gebühren von den Berechtigten. **14**
Sie bedient sich des Inkassoapparates der GEMA, durch den die Vergütungen für Leistungsschutzrechte mit erhoben werden. Deshalb und wegen eines relativ einfachen Verteilungsverfahrens kommt die GVL mit einem geringen Verwaltungsaufwand aus, der aus den Einnahmen gedeckt wird. Bis zu fünf Prozent der Einnahmen können für kulturelle, kulturpolitische und soziale Zwecke verwendet werden, § 2 Abs. 4 Nr. 7 der Satzung. Hiervon gewährt die GVL z.B. Stipendien zur Fortbildung von Interpreten und Hilfe für Sozialfälle. Die übrigen Einnahmen werden je zur Hälfte an die **Interpreten** und **Hersteller** oder **Veranstalter** verteilt. Ist der Interpret zugleich Hersteller, z.B. eines Tonbandes, das von einem Lizenznehmer vervielfältigt und verbreitet wird („Bandübernahmevertrag"), so muß dieser den auf die technisch-organisatorischen Leistungen entfallenden Anteil der Vergütung für die Bandübernahme der GVL angeben. Denn die **Verteilung** unter den Interpreten erfolgt im Verhältnis der von diesen aus der Erstverwertung erzielten Einkünfte zueinander, § 2 Abs.4 Nr. 6 a) der Satzung. Die Interpreten müssen die Einkünfte für ein Geschäftsjahr bis zum 30. 6. des Folgejahres nachweisen und belegen. Anhand der Nachweise errechnet die GVL jährlich die Verteilschlüssel für Ton- und Bildtonträgernutzungen und für Sendungen neu. Dieses System ist zwar praktikabel aber nicht immer gerecht. Die Anknüpfung an die Einkünfte führt dazu, daß diejenigen Künstler, die die Erstverwertung unentgeltlich gestattet haben, auch bei der Zweitverwertung leer ausgehen. Dem steht das Gesetz entgegen, das ausdrücklich z.B. für die Funksendung oder öffentliche Wiedergabe dem Interpreten eine angemessene Vergütung zuerkennt, unabhängig davon, ob die Erstverwertung, z.B. die Aufzeichnung, gegen Entgelt erfolgte. Die GVL informiert die Berechtigten durch Informationsschreiben alljährlich über aktuelle relevante Entwicklungen, die ihren Tätigkeitsbereich betreffen.

Die **VG Musikedition** (Anschrift: Heinrich-Schütz-Allee 28, 3500 Kas- **15**
sel-Wilhelmshöhe) nimmt die Rechte an wissenschaftlichen Ausgaben und nachgelassenen Werken der Sprache, Pantomime, bildenden Kunst,

des Films sowie sonstiger wissenschaftlicher und technischer Art wahr, prüft und stellt die Schutzfähigkeit musikwissenschaftlicher Ausgaben und nachgelassener Werke fest.

3. Die VG Wort

16 Bestimmte Nutzungsrechte und Vergütungsansprüche der **Autoren, Übersetzer und Verleger von Sprachwerken schöngeistiger, dramatischer, sachlicher, fachlicher oder wissenschaftlicher Art** nimmt die **Verwertungsgesellschaft Wort (VG Wort)** (Anschrift: Goethestr. 49, 8000 München 2) wahr, die zugleich die Geschäfte der **Zentralstelle für Bibliothekstantiemen (ZBT)** führt. Es handelt sich hierbei um das Recht der öffentlichen Wiedergabe von Sprachwerken durch Bild- und Tonträger, der Fernseh- und Hörfunkweitergabe, die Geräteabgabe, das Filvorführungsrecht, die Vergütungsansprüche für Werknutzung im Unterrichtsgebrauch, in Rundfunk und Zeitschriften, die Fotokopierabgabe, Rechte an vertonten Sprachwerken innerhalb des Wahrnehmungsbereichs der GEMA, „kleine Senderechte" und das Vortragsrecht. Die VG Wort teilt Wahrnehmungsberechtigte und Mitglieder in insgesamt sechs Berufsgruppen ein. **Wahrnehmungsberechtigter** kann jeder werden, der nachweislich Urheberrechte an Sprachwerken innehat. **Mitglied** im Sinne des Vereinsrechts kann jedoch nur werden, wer mindestens drei Jahre lang Wahrnehmungsberechtigter ist und einen in der Satzung in Promillesätzen bestimmten Mindestanteil an der Gesamtausschüttung während der letzten drei Jahre vor Antragstellung erhalten hat. Die Höhe des Mindestanteils ist für die verschiedenen Berufsgruppen und einzelne Berufe unterschiedlich festgelegt. Der konkrete Betrag wird jährlich bekanntgegeben, § 2 Abs. 3 Nr. 2 der Satzung (abgedruckt in Beck's Urheber und Verlagsrecht, Nr. 17). Ausnahmen für einzelne Mitglieder kann der Verwaltungsrat beschließen. Die Mitglieder müssen eine Aufnahmegebühr entrichten, Mitgliedergebühren können erhoben werden.

17 Die VG Wort erzielt ihre **Einnahmen** z.B. aus Bibliotheksnutzungen, Funk und Fernsehsendungen literarischer Werke und deren öffentlicher Wiedergabe, Nutzungen von Werken in Sammlungen für den Kirchen- und Unterrichtsgebrauch, Nutzungen durch Lesezirkel, Vermieten und Verleihen von Bildtonträgern, Nutzung in Pressespiegeln u.a. Von den Einnahmen werden zunächst die Verwaltungskosten gedeckt. Danach wird die Hälfte der aus allgemeinen öffentlichen Bibliotheken erzielten Vermiet- und Verleihtantiemen dem **Versorgungswerk der Autoren** zugeführt, § 9 Abs. 2 a) der Satzung. Entsprechend wird aus dem Aufkommen aus wissenschaftlichen und Fachbibliotheken die Hälfte zur Förderung von wissenschaftlichem und Fach-Schrifttum ausgeschüttet. Aus je zehn Prozent des Aufkommens aus den Wahrnehmungsverträgen betref-

fend wissenschaftliche bzw. fachliche und sonstige Literatur werden ein **Beihilfefonds** für Urheber wissenschaftlicher und fachlicher Werke sowie ein **Sozialfonds** gebildet. Die Verteilung der übrigen Einnahmen muß laut Satzung, § 9, „soweit mit angemessenen Mitteln feststellbar" jedem den auf die Nutzung seiner Werke entfallenden Anteil zukommen lassen. Soweit in diesem Sinn der individuelle Nutzungsanteil nicht feststellbar ist, soll in einem pauschalen Näherungsverfahren das Ausmaß der Nutzung und die kulturelle oder künstlerische Bedeutung der Werke berücksichtigt werden.

4. Die VG Bild-Kunst

Einige Nutzungsrechte an Werken der **bildenden Kunst** einschließlich 18
der Werke der **Baukunst**, der **angewandten Kunst, der Designwerke, der Lichtbildwerke und Fotografien** sowie an **Film- und Fernsehwerken** nimmt die **VG Bild-Kunst e.V.** (Anschrift: Poppelsdorfer Allee 43, 5300 Bonn 1) wahr. Es handelt sich hierbei um die Rechte der öffentlichen Wiedergabe durch Bild- oder Bildtonträger und von Fernsehsendungen, den Anspruch auf Vermiet- und Verleihtantiemen, die Vergütungsansprüche für die Aufnahme von Schulfunksendungen, für Herstellung, Verkauf und Betreiben von Bildaufzeichnungs- und Vervielfältigungsgeräten, die Leerkassettenabgabe und Ansprüche aus der zeitgleichen Verbreitung deutscher Fernsehprogramme über Kabel und Satellitensysteme. Die Satzung (s. Beck's Urheber und Verlagsrecht, Nr. 18) unterscheidet zwischen Mitgliedern und Wahrnehmungsberechtigten, § 7. **Mitglieder** können nur Urheber und deren Erben sowie Hersteller werden, sofern diese gewährleisten, daß die ihnen zufließenden Erträge an die Urheber weitergeleitet werden. **Wahrnehmungsberechtigte** können Inhaber von Nutzungsrechten werden, die nicht Urheber oder deren Erben sind, z.B. Verleger, Bildagenturen und Filmhersteller, Vertriebsfirmen und Verleiher. Die Mitglieder bilden drei Berufsgruppen, die bildenden Künstler, die Fotografen, Bildjournalisten, -agenturen, Grafik- und Foto-Designer und die Film- und Fernsehurheber und -hersteller.

Die VG Bild-Kunst erzielt ihre **Einnahmen** aus Veröffentlichung, Ab- 19
druck, Austrahlung und Vervielfältigung, Vermietung und Verleihen von Werken z.B. in oder von Büchern, Programmheften, Postkarten, Großfotos, Videofilmen u.v.m. Die Einnahmen werden nach Abzug der Verwaltungsaufwendungen aufgrund entsprechender Beschlüsse der Mitgliederversammlung zum Teil für Vorsorge- und Unterstützungseinrichtungen verwendet und im übrigen an die Mitglieder und Wahrnehmungsberechtigten ausgeschüttet, § 18 der Satzung. Hiervon soll jeder Berechtigte den auf die Nutzung seiner Werke entfallenden Anteil am Ertrag erhalten, soweit dieser mit angemessenen Mitteln feststellbar ist. Im übrigen sind all-

gemeine Verteilungsregeln zur pauschalen Annäherung unter Berücksichtigung der künstlerischen oder kulturellen Bedeutung der Werke und des Ausmaßes der Nutzung aufzustellen.

5. Weitere Verwertungsgesellschaften im Filmbereich

20 Speziell im Filmbereich sind die **Gesellschaft zur Übernahme und Wahrnehmung von Filmaufführungsrechten mbH (GÜFA)** (Anschrift: Vautierstr. 72, 4000 Düsseldorf 1), die **Verwertungsgesellschaft der Film- und Fernsehproduzenten GmbH (VFF)** (Anschrift: Widenmayerstr. 32, 8000 München 2), die **Gesellschaft zur Wahrnehmung von Film- und Fernsehrechten mbH (GWFF)** (Anschrift: Brienner Str. 1, 8000 München 2) und die **Verwertungsgesellschaft für Nutzungsrechte an Filmwerken mbH (VGF)** (Anschrift: Langenbeckstr. 9, 6200 Wiesbaden) tätig.

§ 5 Gewerblicher Rechtsschutz

I. Das Geschmacksmustergesetz

1. Grundzüge

1 Erzeugnisse, die nicht die nach dem Urheberrechtsgesetz erforderliche Gestaltungshöhe aufweisen, können bei Vorliegen der gesetzlichen Voraussetzungen als Geschmacksmuster geschützt werden. Der Geschmacksmusterschutz ist vor allem für Entwürfe und Erzeugnisse im **Mode- und Textilbereich, für Möbel, Schmuck und Gebrauchsgegenstände** bedeutsam. Das aus dem Jahre 1876 stammende Gesetz gesteht *„das Recht, ein gewerbliches Muster oder Modell ganz oder teilweise nachzubilden, ...“* dem Urheber desselben ausschließlich zu. *„Als Muster oder Modelle im Sinne dieses Gesetzes werden nur neue und eigentümliche Erzeugnisse angesehen,“* § 1 Geschmacksmustergesetz (GeschmMG). Voraussetzung des Schutzes ist die Anmeldung des Musters oder Modells beim Patentamt, § 7 GeschmMG. Neben dem seit dem Jahre 1966 geltenden Urheberrechtsgesetz ist der nur vom Geschmacksmustergesetz geschützte Bereich des Schaffens schmaler geworden, zumal das Urheberrechtsgesetz auch die „kleine Münze“ schützt und die Abgrenzung zum Muster oder Modell nach geringerer Schöpfungshöhe schwerfällt. Das Urheberrechtsgesetz macht die Anmeldung für die seinem Bereich zuzuordnenden Muster oder Modelle als Schutzvoraussetzung überflüssig. Andererseits verbleibt dem Urheber das Recht, Kunstwerke, die zugleich Muster und Mo-

delle im Sinne des Geschmacksmustergesetzes sind, durch Anmeldung auch dem Geschmacksmusterschutz zu unterstellen. Dieser Schutz tritt bereits mit der schriftlichen Anmeldung des Musters oder Modells zur Eintragung und dessen Niederlegung beim Patentamt ein, ohne daß es auf die Veröffentlichung der Anmeldung oder Prüfung der Schutzfähigkeit ankommt. Das Musterregister wird beim Deutschen Patentamt in München geführt. Dort oder bei der Berliner Außenstelle sind Anmeldungen mittels der vom Patentamt zu beziehenden Formulare einzureichen. Das Anmeldeverfahren ist kostenpflichtig. Der Anmelder gilt gemäß § 13 GeschmMG bis zum Beweis des Gegenteils als Urheber. Erfolgen Anmeldung und Eintragung im Musterregister zu Unrecht, muß also der wahre Urheber seine Urheberschaft in einem Urheberrechtsverletzungsprozeß darlegen und beweisen. Die Gerichte haben dann die im folgenden dargelegten Schutzvoraussetzungen zu prüfen.

2. *Schutzgegenstand*

Dem Urheber (Designer) eines gewerblich verwertbaren Musters oder 2
Modells steht nach § 1 Abs. 1 GeschmMG das ausschließliche Recht zu, das Erzeugnis ganz oder teilweise nachzubilden. Gegenstand des Geschmacksmustergesetzes ist der Schutz der individuellen äußeren Formgebung. Sofern die Form flächig ist, wird sie als **„Muster"** bezeichnet. Ihre plastische Ausgestaltung nennt man dagegen **„Modell"**. Mit der Ausrichtung des Schutzes auf Muster und Modelle scheidet sowohl der Schutz der Idee als solches oder eines bestimmten Verfahrens, als auch einer neuen Stil- oder Moderichtung aus. Allein die in einem **konkreten** Muster oder Modell zum Ausdruck kommende gestalterische Leistung ist geschützt.

Beispiel:
Die bloße Idee bedruckter Notizklötze ist nicht schutzfähig. Ein konkret vorgelegtes Muster oder Modell eines Notizklotzes könnte aber bei Vorliegen der weiteren Voraussetzungen schutzfähig sein (vgl. BGH GRUR 1979, 705 f. [706] – Notizklötze).

Leistungen, die ausschließlich auf technischem Gebiet liegen, sind dem 3
Geschmacksmusterschutz nicht zugänglich. Für ausschließlich **technische Leistungen** kommt lediglich der Schutz nach dem **Gebrauchsmuster- oder Patentgesetz** in Betracht (dazu siehe unten Rdnr. 10). Der Abgrenzung von Geschmacksmustern und Modellen zu den technischen Schutzrechten dient die **Definition**, daß nur diejenigen Muster und Modelle Gegenstand des Geschmacksmusterschutzes sein können, die bestimmt und geeignet sind, auf den Form- und Farbensinn einzuwirken und über das Auge den ästhetischen Sinn des Betrachters anregen (vgl. BGH GRUR 1962, 144 ff. [145] – Buntstreifensatin). Bei der hier vorzunehmenden Bestimmung kommt es auf eine zustimmende oder ableh-

nende ästhetische Wertung des Betrachters nicht an. Entscheidend ist allein, daß die Gestaltung geeignet ist, den Geschmackssinn des Betrachters, sei es positiv oder auch nur negativ („Geschmacklosigkeiten"), anzusprechen. Auch als „geschmacklos" empfundene Gestaltungen oder einfachste Formen wie Quadrat, Rechteck oder Kreis können den Schutz des Geschmacksmustergesetzes genießen.

3. Gewerbliche Verwertbarkeit

4 Das Muster oder Modell muß gewerblich verwertbar sein. Dies ist der Fall, wenn es als **Vorlage für eine gewerbliche Nachbildung und Vervielfältigung** dienen kann. Dieses Erfordernis macht deutlich, daß das Geschmacksmustergesetz nicht dem Schutz des rein künstlerischen Schaffens dient.

4. Neuheit und Eigentümlichkeit

5 Gesetzliche Voraussetzung des Geschmacksmusterschutzes ist ferner die Neuheit und Eigentümlichkeit des Erzeugnisses. Als **Neuheit** sieht die Rechtsprechung ein Muster oder Modell an, „wenn die seine Eigentümlichkeit begründenden **Gestaltungselemente** im Zeitpunkt der Anmeldung den inländischen Fachkreisen **weder bekannt** sind **noch** bei zumutbarer Beachtung der auf den einschlägigen oder benachbarten Gewerbegebieten vorhandenen Gestaltungen **bekannt sein könnte"** (BGH GRUR 1969, 90 ff. [94] - Rüschenhaube). Es kommt also für die Feststellung der Neuheit darauf an, daß die die Eigentümlichkeit begründenden Gestaltungselemente noch nicht bekannt sind. Für die Beurteilung dieser Frage wird der Kenntnisstand der inländischen Fachkreise, erforderlichenfalls durch Sachverständigengutachten, ermittelt. Auf die Kenntnis des Urhebers selbst kommt es also nicht an. **Eigentümlich** ist eine persönliche schöpferische Leistung, die über das Können eines durchschnittlichen Gestalters hinausgeht und das **Alltägliche, Handwerksmäßige**, deutlich **überragt**. Hier soll es auf das Urteil des mit entsprechenden Gestaltungen einigermaßen vertrauten „Durchschnittsbeobachters" ankommen.

5. Schutzumfang

6 Der Geschmacksmusterschutz hat zur Folge, daß der Urheber das ausschließliche Recht der Vervielfältigung und Verbreitung des Musters oder Modells hat (**„positives Verbreitungsrecht"**). Damit ist notwendigerweise das Recht verbunden, jede nicht genehmigte Nachbildung eines Musters oder Modells zu untersagen, die mit Verbreitungsabsicht hergestellt wird (**„negatives Verbreitungsrecht"**). Dem Hersteller einer iden-

tisch nachgebildeten Form wird in der Regel der Einwand, diese sei unbewußt und ohne Kenntnis des geschützten Musters oder Modells nachgebildet worden, nichts nützen, es sei denn, das geschützte Muster oder Modell war bis zur Anmeldung der Nachbildung noch nicht bekannt oder verbreitet worden. Zulässig sind dagegen Nachbildungen geschützter Muster und Modelle zum persönlichen Gebrauch. Ferner ist es zulässig, Flächenmuster durch plastische Muster oder umgekehrt nachzubilden.

6. Schutz typografischer Schriftzeichen

Das **Schriftzeichengesetz** vom 6. 7. 1981 verweist im wesentlichen auf 7
das Geschmacksmustergesetz und bezweckt den Schutz **eigenartiger** und **neuartiger** typografischer Schriftzeichen. Damit hat der Gesetzgeber auf die Rechtsprechung des Bundesgerichtshofs reagiert, die Schriftzeichen eine urheberrechtliche Schutzfähigkeit nicht zuerkannt hat (siehe BGHZ 27, 351 ff. – Candidaschrift). Typografische Schriftzeichen sind jeweils die gesamten Sätze von Buchstaben, Ziffern oder Ornamenten, sofern sie zur Herstellung von Texten bestimmt und geeignet sind. Deren Schutz erfolgt durch Hinterlegung von Darstellungen der Zeichen beim Deutschen Patentamt. Die Schutzdauer beträgt 10 Jahre. Eine Verlängerung auf 25 Jahre ist möglich.

7. Abgrenzungen gegenüber anderen Schutzrechten

a) Urheberrecht

Die Abgrenzung zwischen Geschmacksmuster- und Urheberrechts- 8
gesetz kann schwierig sein, da das Urheberrechtsgesetz mit der sogenannten „kleinen Münze" auch die einfacheren Schöpfungen menschlichen Geistes schützt. Mitunter ist es für den Urheber gewerblicher Muster oder Modelle von Interesse, daß ein Schutz seiner Schöpfung nach dem Urheberrechtsgesetz gegeben ist. Grund hierfür kann die **Entstehung des gesetzlichen Schutzes** und die **Schutzdauer** nach dem Urheberrechtsgesetz sein. Denn im Gegensatz zum Geschmacksmusterschutz entsteht der urheberrechtliche Schutz bereits mit der Entstehung des Originalmusters oder -modells. Eine Anmeldung oder Niederlegung beim Patentamt ist daher nicht erforderlich. Hat der Urheber des Musters oder Modells dieses bereits verbreiten lassen, ohne Geschmacksmusterschutz beantragt zu haben, und wird ihm nun das Urheberrecht von einem Dritten, etwa durch Anmeldung des Musters oder Modells als eigenem, beim Patentamt streitig gemacht, so gilt zu Gunsten des Urhebers des Musters oder Modells nach dem Urheberrechtsgesetz, § 10 Abs.1 UrhG, die Vermutung der Urheberschaft (vgl. § 3 Rdnr. 47 ff.). Diese ist stärker als die

Urhebervermutung aus § 13 GeschmMG. Auch die längere Schutzdauer nach dem Urheberrechtsgesetz kann für den Urheber eines Musters oder Modells wichtig werden. Das Urheberrecht erlischt erst 70 Jahre nach dem Tod des Urhebers, wohingegen das Geschmacksmuster nur bis zu 20 Jahre nach der Anmeldung geschützt ist.

9 Es darf aber nicht verkannt werden, daß Gebrauchsgegenständen von der Rechtsprechung nur in **Ausnahmefällen Urheberschutz** zugebilligt wird. Denn die Rechtsprechung verlangt, daß *„der den Formensinn ansprechende Gehalt, der in dem Erzeugnis seine Verwirklichung gefunden hat, ausreicht, daß nach den im Leben herrschenden Anschauungen von Kunst gesprochen werden kann"* (BGH GRUR 1987, 903 ff. – Le Corbusier-Möbel). Berühmte Beispiele hierfür sind Le Corbusiers Möbel oder der sogenannte „Eames-Sessel". Wer die gewerbliche Verwertung seiner Muster und Modelle beabsichtigt, sollte daher vorsorglich immer das Muster oder Modell zum Geschmacksmusterschutz beim Deutschen Patentamt anmelden.

b) Abgrenzung gegenüber dem Patent- und Gebrauchsmusterschutz

10 Auch das Patent- und Gebrauchsmustergesetz dienen dem Schutz des geistigen Eigentums. **Technische Erfindungen**, die gewerblich verwertbar sind, können **patentiert** werden. Ein Schutz des evtl. gegebenen ästhetischen Gehaltes der Erfindungen kann hierdurch jedoch nicht erlangt werden. Das dem Patentgesetz ähnelnde Gebrauchsmustergesetz aus dem Jahre 1936 schützt technische Neuerungen aufweisende **Gebrauchsgegenstände**. Wie beim Patent- und Geschmacksmuster ist auch hier eine Eintragung beim Patentamt erforderlich. Gegenstand des Gebrauchsmusterschutzes können nicht „ästhetische Formschöpfungen" sein, § 1 Abs. 2 Nr. 2 Gebrauchsmustergesetz (GebrMG). Das technisch neuartige Werkzeug kann also hinsichtlich der technisch funktionalen Konstruktion Patent- oder Gebrauchsmusterschutz erlangen, hinsichtlich seiner äußeren Form kommt der Schutz als Geschmacksmuster oder bei überragenden künstlerischen Gestaltungen sogar Schutz nach dem Urheberrechtsgesetz in Betracht. Damit sind sowohl die Abgrenzungen als auch die Überschneidungen zwischen dem Schutz ästhetischer Formen und technischer Erfindungen definiert.

II. Wettbewerbsrechtlicher Schutz

1. Die Anwendung des Gesetzes gegen den unlauteren Wettbewerb auf Werke angewandter Kunst

11 **Ziel** des Gesetzes gegen den unlauteren Wettbewerb (UWG) ist es, im Interesse der Mitbewerber und der Allgemeinheit den **freien Wettbewerb**

vor der Anwendung unlauterer Mittel zu **schützen**. Damit hat dieses Gesetz eine andere Zielrichtung als das Urheberrechts-, Geschmacksmuster- und Gebrauchsmustergesetz, die den Schutz des geistigen Eigentums bezwecken und die mit dem Sacheigentum vergleichbare dingliche Rechte begründen. Ob die Ausnutzung und Nachahmung fremder schöpferischer Leistungen durch Dritte unzulässig ist, beurteilt sich vorrangig nach den Gesetzen zum Schutz des geistigen Eigentums, also z.B. dem Urheberrechtsgesetz. Darüber hinaus kann aber auch das Gesetz gegen den unlauteren Wettbewerb anwendbar sein, sofern es sich um einen wettbewerbsrechtlich relevanten Sachverhalt handelt. Allerdings darf der zeitlich und sachlich begrenzte Sonderrechtsschutz durch das Wettbewerbsrecht nicht erweitert werden. Endet z.B. der Urheberrechtsschutz 70 Jahre nach dem Tod des Schöpfers, können dessen Rechtsnachfolger eine Auswertung des Werkes durch Dritte auch nicht über die Normen des Wettbewerbsrechts verbieten lassen. Dagegen kann die gewerbsmäßige Verbreitung eines Notendruckes als unlauterer Wettbewerb unzulässig sein, selbst wenn das Werk des Komponisten nicht mehr geschützt ist.

Denkbar ist auch, daß Urheber- und Wettbewerbsrecht miteinander in **12**
Konflikt geraten.

Beispiel:

Der experimentelle Komponist und Elektrophysiker K. stellt die Stimme des berühmten Pop-Interpreten J. mit Hilfe der modernsten computergestützten Sampling-Technik künstlich her und läßt diese elektronische Stimme eine seiner eigenen Schlagerkompositionen singen. Diese Aufnahme wird unverhofft ein beliebter Hit. Der berühmte Pop-Star J. möchte ihre weitere Verbreitung untersagen.

Vorab sei bemerkt, daß dieses Beispiel keineswegs der Phantasie entnommen ist, denn gegenwärtig ist es bereits möglich, beispielsweise die Stimme des Operntenors Caruso mit ihren Eigenarten umfassend elektronisch aufzubereiten und diese Stimme mit dem typischen Timbre und Tonfall Kompositionen singen zu lassen, die Caruso nie gesungen hat. Im Eingangsbeispiel treten dann Urheber- und Wettbewerbsrecht miteinander in Konkurrenz: Der berühmte Pop-Star J. hat zwar kein Urheberrecht an dem typischen Klang seiner Stimme oder an seinem Gesangsstil. Das Wettbewerbsrecht schützt aber seine Leistungen z.B. vor fremder Ausbeutung ihres guten Rufes, wie sie das oben beschriebene Verfahren ermöglichen könnte. Der fortschrittliche Komponist K. hat dagegen als Urheber der mit der nachgeahmten Stimme gesungenen Komposition das Recht, diese in beliebiger Weise zu interpretieren, zu veröffentlichen und zu verwerten. Im Konfliktfall müßte also einer der beiden Kontrahenten eine Beschneidung seiner Rechte erfahren. Es spricht einiges dafür, das Urheberrecht am geistigen Eigentum im Konfliktfall höherrangig zu bewerten als den Schutz des freien Wettbewerbs. Ob dies aber auch gegenüber einem Verhalten des Urhebers gilt, das zielstrebig auf Erlangung von

Vorteilen im Wettbewerb durch Rufausbeutung gerichtet ist, muß bezweifelt werden, zumal der technisch mögliche Spielraum für die Neuschöpfung von Stimmen so groß ist, daß nicht unbedingt genaue Imitate bestehender und sehr erfolgreicher Interpretenstimmen verwendet werden müssen, um eine Komposition zu interpretieren. In den zukünftig auftretenden Streitfällen wird die Rechtsprechung daher Wege zur fallbezogenen Interessenabwägung finden müssen. Von dem dargestellten Sachverhalt zu unterscheiden ist die urheberrechtlich zulässige freie Benutzung eines fremden Werkes. Diese ist grundsätzlich auch wettbewerbsrechtlich zulässig.

Beispiel:
Die im Sinne des Urheberrechtsgesetzes gewertete Komödie über eine bekannte Romanfigur kann, da sie urheberrechtlich erlaubt ist, nicht über § 1 UWG verboten werden.

Umgekehrt kann die urheberrechtliche Zuweisung der ausschließlichen Nutzung eines Werkes zum Werkschöpfer nicht entfallen, weil die Verwertung zu Wettbewerbszwecken erfolgt. Das Wettbewerbsrecht bietet insofern einen zusätzlichen Schutz gegen Nachahmung und Ausbeutung einer künstlerischen Leistung für den Fall des Vorliegens besonderer Umstände, die außerhalb des Sonderrechtsschutzes liegen.

2. Grundlagen des wettbewerbsrechtlichen Schutzes

13 Bei der Verwertung ihrer Leistung treten Künstlerinnen und Künstler in den Bereich des wirtschaftlichen Wettbewerbs. Im Sinne des Gesetzes gegen den unlauteren Wettbewerb handeln sie damit im geschäftlichen Verkehr zu Wettbewerbszwecken, solange es sich nicht nur um private oder amtliche Tätigkeiten handelt (vgl. RGZ 128, 98). Damit gewinnt das Gesetz gegen den unlauteren Wettbewerb für Urheber an Bedeutung, die bei Vorliegen der entsprechenden Voraussetzungen Dritten unberechtigte Nachahmungen oder Ausbeutungen ihrer Leistungen untersagen können. Sie selbst müssen allerdings ebenfalls die Regeln des Gesetzes gegen den unlauteren Wettbewerb beachten.

3. Schutzvoraussetzungen nach dem UWG

14 Das Gesetz gegen den unlauteren Wettbewerb enthält eine Vielzahl von Tatbeständen, deren lückenlose Darstellung den Rahmen dieses Werkes sprengen würde. Hierzu sei deshalb auf die umfassende Darstellung im **Handbuch des Wettbewerbsrechts** verwiesen. Im folgenden wird nur auf die Problemkreise eingegangen, die auch speziell im Zusammenhang mit künstlerischen Leistungen bedeutsam sind. Es geht hierbei um Einzelprobleme aus den Bereichen **„Schutz vor irreführendem Wettbewerb"**,

§ 3 UWG und **„Schutz vor sittenwidrigem Wettbewerb“**, § 1 UWG. Die Gliederung erfolgt hier nicht gesetzessystematisch, sondern anhand typischer Lebenssachverhalte.

Wenn der Urheber- oder Geschmacksmusterschutz infolge zu geringer Schöpfungshöhe versagt, wird häufig in dem Bestreben, Nachahmungen zu untersagen, das Wettbewerbsrecht bemüht. Die damit verbundenen Hoffnungen werden jedoch grundsätzlich enttäuscht. Im Wettbewerbsrecht gilt – anders als im Urheberrecht – der **Grundsatz der Nachahmungsfreiheit.** Dem liegt die Annahme zugrunde, daß im Interesse wirtschaftlichen Fortschritts die Möglichkeit bestehen muß, auf früheren Leistungen anderer aufzubauen. Die Nachahmung einer fremden Leistung, die nicht sondergesetzlich geschützt ist, ist daher grundsätzlich erlaubt. So ist auch die identische Nachbildung urheberrechtlich nicht geschützter Figuren zugelassen (siehe BGH GRUR 1966, 503 ff. [507] – Apfelmadonna). Dies ist kein sittenwidriger Wettbewerb, selbst dann nicht, wenn Material, Form oder Farbe genau übereinstimmen (BGH GRUR 1963, 633 ff. [635] – Rechenschieber). Die Annahme unzulässigen **sittenwidrigen Wettbewerbs** gemäß § 1 UWG ist nur dann gerechtfertigt, wenn über die Nachahmung hinaus **unlautere Begleitumstände** hinzutreten. Die Prüfung der Unlauterkeitsmerkmale erfordert eine besondere Beurteilung nach Lage des Einzelfalles. Keinesfalls genügt, daß das nachgeahmte Erzeugnis mit Mühe und Kosten errungen wurde. Die die Sittenwidrigkeit nach § 1 UWG begründenden „besonderen Umstände“ lassen sich in die Fallgruppen der unmittelbaren Leistungsübernahme, der vermeidbaren Herkunftstäuschung, der Ausnutzung des Guten Rufs einer fremden Leistung sowie der Behinderung durch schädigende Umstände einteilen. **15**

Stets setzt die Wettbewerbswidrigkeit der Leistungsübernahme die wettbewerbliche Eigenart der nachgebildeten Erzeugnisse voraus, die für die Bejahung der Wettbewerbswidrigkeit Gegenstand der Leistungsübernahme sein muß. Die wettbewerbliche Eigenart findet ihren Ausdruck in der Eignung des Erzeugnisses, dessen konkreter Ausgestaltung oder einzelner bestimmter Merkmale, auf die betriebliche Herkunft der Ware oder auf die Besonderheiten des Erzeugnisses hinzuweisen (BGH GRUR 1979, 119 – Modeschmuck). **16**

4. Fallgruppen

a) Unmittelbare Leistungsübernahme

Beim wettbewerbsrechtlichen Leistungsschutz wird zwischen der **„unmittelbaren Leistungsübernahme“** und der **„nachschaffenden Leistungsübernahme“** unterschieden. Eine unmittelbare Leistungsübernahme liegt vor, wenn ein fremdes Erzeugnis ohne eigenen ins Gewicht fallenden Schaffensvorgang, meist durch technische Vervielfältigung, **17** unmittelbar angeeignet wird. Von der „nachschaffenden Übernahme" wird bei einem Vorgang gesprochen, bei dem ein Vorbild durch eine eigene Leistung im Wege der Nachschaffung wiederholt wird. Auch die unmittelbare Leistungsübernahme ist nicht von vorneherein wettbewerbswidrig. Es müssen gegenüber der nachschaffenden Übernahme allerdings geringer ins Gewicht fallende besondere Umstände vorliegen, die das Verhalten des Übernehmers unlauter erscheinen lassen. Dieses ist z.B. dann der Fall, wenn der Erbringer der Leistung in mutwilliger Weise durch die Aneignung um die Früchte seiner Arbeit gebracht wird (BGHZ 51, 41).

Beispiel:
Die fotomechanische Vervielfältigung eines von einem anderen Verlag hervorgebrachten Werkes wird in der Regel als unlauter anzusehen sein, da der Nachdruck erheblich billiger ist und der Verlag, der das Werk unter großem Kostenaufwand hervorgebracht hat, diese Leistung nicht mehr verkaufen kann.

Andererseits wurde der fotomechanische Nachdruck von Noten gemeinfreier Musikwerke als zulässig angesehen, deren Drucklegung 50 Jahre zurücklag, da der Erstverlag genügend Zeit hatte, seine Aufwendungen zu decken (BGH GRUR 1986, 895 – Notenstichbilder).

b) Herkunftstäuschung

18 Die Täuschung über die betriebliche Herkunft eines Erzeugnisses kann wettbewerbswidrig sein, wenn der Hersteller des nachgeahmten Erzeugnisses es versäumt hat, die Gefahr einer Herkunftstäuschung zu vermeiden. Bei ästhetisch gestalteten Erzeugnissen, deren Benutzung urheber- bzw. geschmacksmusterrechtlich frei ist, wird eine unzulässige Herkunftstäuschung angenommen, wenn das Erzeugnis wettbewerbliche Eigenart aufweist und die übernommene ästhetische Gestaltung unterscheidungskräftig ist, so daß der Verbraucher hiermit eine bestimmte **Herkunfts-** oder **Gütevorstellung** verbindet (vgl. BGH GRUR 1970, 244 – Spritzguß-Engel). Werden kunstgewerbliche Gegenstände von verschiedenen Herstellern in ähnlicher Weise massenhaft hergestellt, besteht kein Schutz vor Herkunftstäuschung. Unzulässig ist die Herkunftstäuschung ferner nur dann, wenn dem Nachahmer ein deutlicher Abstand zum Vorbild zuzumuten ist (BGH NJW 1961, 2107 – Buntstreifensatin).

c) Rufausbeutung

19 Sittenwidrig ist die Verbreitung nachgeahmter Erzeugnisse, wenn hierdurch in vermeidbarer Weise der gute Ruf eines fremden Erzeugnisses ausgebeutet wird. Im Fall **Tchibo-Rolex** (BGH WRP 1985, 397) hatte die bekannte Kaffee-Rösterei in ihren Geschäften Damen- und Herrenarmbanduhren vertrieben, die in ihren äußeren Merkmalen sehr den Produkten eines Luxusuhrenherstellers entsprachen. Der Bundesgerichtshof er-

kannte, daß das Publikum durch das Image der Original-Luxusuhren zum Kauf der Nachahmungen verleitet werde.

d) Erschleichen – Vertrauensbruch

Sittenwidrig im Sinne des § 1 UWG handelt ebenso, wer seine für die 20
Schaffung einer Nachbildung notwendigen Kenntnisse durch einen Vertrauensbruch oder sonst in unredlicher Weise erlangt hat. In diesem Fall der Ausbeutung fremder Leistung kommt es nicht auf die Verwechslungsgefahr des nachgeschaffenen Produkts mit dem Original an. Jenseits der Nachahmungsfreiheit liegt auch die systematische und zielbewußte Nachahmung einer fremden Leistung mit dem Ziel, den Mitbewerber zu behindern (vgl. z.B. BGH GRUR 1960, 244 ff. [246] – Simili-Schmuck).

e) Der Schutz von Modeneuheiten

Der Schutz von Modeneuheiten gegen Nachahmungen erfolgt oft nur 21
durch das Wettbewerbsrecht, das deshalb in diesem Bereich besondere Bedeutung erlangt. Denn Entwürfe, Schnittmuster und die daraus gefertigten Modelle entsprechen regelmäßig nicht den Anforderungen, die das Urheberrecht an die Gestaltungshöhe und damit die Schutzfähigkeit stellt. Auch der Geschmacksmusterschutz entspricht nicht den besonderen Schutzbedürfnissen der Modebranche, die weniger von objektiven Neuheiten (wie sie der Geschmacksmusterschutz verlangt) als vielmehr „weitgehend von der Wiederkehr des gleichen lebt" (siehe BGHZ 60, 168 ff. [172]). Aber selbst dann, wenn der Geschmacksmusterschutz objektiv zu erlangen wäre, wird die dazu erforderliche Anmeldung nebst der Hinterlegung des Musters oft aus zeitlichen und organisatorischen Gründen als unpraktikabel empfunden, zumal zur Erreichung eines vollständigen, umfassenden Schutzes die Hinterlegung der gesamten Musterkollektionen mit sämtlichen Varianten geboten ist.

Doch auch ein wettbewerbsrechtlicher Leistungsschutz kann angesichts 22
der Nachahmungsfreiheit (siehe oben Rdnr. 15) nicht ohne weiteres angenommen werden. Er erfordert vielmehr besondere Umstände, die eine Leistungsübernahme durch andere unlauter erscheinen lassen (vgl. BGH GRUR 1984, 453 ff. [453]). Lediglich Modeneuheiten, die über den Durchschnitt herausragen und deren Gesamteindruck durch individuelle Gestaltungsmerkmale geprägt ist, schützt das Wettbewerbsrecht vor Nachahmung. Hierzu ist zwar im Gegensatz zum Geschmacksmusterschutz keine objektive Neuheit des Modells erforderlich, denn die Ausgestaltungsmöglichkeiten sind derart begrenzt, daß der wettbewerbsrechtliche Schutz auch solchen Mustern und Modellen zugute kommen soll, die im wesentlichen auf bereits vorbekannte und klassische Grundformen zurückgreifen (BGH GRUR 1973, 478 ff. [480] – Modeneuheit). Eine dem wettbewerbsrechtlichen Schutzbereich unterfallende Leistung kann daher

auch auf einer **Kombination** überkommener und langlebiger Gestaltungsformen beruhen, wenn sie im Ergebnis wegen ihrer ästhetischen Eigenart aus dem Rahmen des Durchschnittlichen herausragt (BGH GRUR 1984, 453ff. [453]; OLG Hamburg GRUR 1989, 122). Die damit für den wettbewerbsrechtlichen Schutz aufgestellten Voraussetzungen ähneln dem Urheber- oder Geschmacksmusterschutz nur scheinbar. Denn es ist danach auch ein Modell schutzwürdig, das **Variationen bestimmter klassischer Elemente** in der betreffenden Saison erstmalig verkörpert und deshalb auf dem Markt als individuelle ästhetische Neuheit empfunden wird.

Beispiel:
Eine sportlich-klassische Bluse im Herrenhemdstil ist aufgrund der Kombination verschiedener, wenn auch überkommener Merkmale (ein umklappbar tragbarer Stehkragen mit verschließbarer Lasche, eine halb verdeckte Knopfleiste, die in Größe und Fixierung auffallenden Schulterklappen, große Beutel-Brusttaschen mit Falten unter dem Knopfverschluß, Bauscharme mit Stehbund und Falten im Rückenteil) als individuelle Gestaltung angesehen worden (OLG Hamburg, GRUR 1984, 83 f.).

23 Darüber hinausgehende Anforderungen stellt der wettbewerbsrechtliche Leistungsschutz bei Modeerzeugnissen nicht. Damit soll dem besonderen Umstand Rechnung getragen werden, daß die Schaffung von derart aus dem Rahmen fallenden Modeneuheiten für den jeweiligen Unternehmer regelmäßig einen besonderen Aufwand darstellt, und das Wettbewerbsrecht soll dem Hersteller die gebührenden Früchte seiner Arbeit erhalten. Sein wettbewerblicher Vorsprung gegenüber den weniger kostenaufwendigen Nachahmungen seiner Mitbewerber soll so gesichert werden (BGHZ 16, 5ff. [10]). Konsequenterweise beschränkt die Rechtsprechung den Schutz von Modeerzeugnissen wegen ihrer Kurzlebigkeit im Regelfall auf die jeweilige **Saison**, in der das Produkt auf dem Markt in Erscheinung tritt (BGH GRUR 1973, 478 ff. [480]; BGH GRUR 1984, 453 ff. [454]). Ausnahmsweise wird neuerdings der Schutz von nicht an die Jahreszeiten gebundenen Modeerzeugnissen, die eine klassische Linie aufweisen und deswegen nicht bereits nach Ablauf der Erscheinungssaison als modisch veraltet gelten, auf eine weitere Saison erstreckt (OLG Hamburg GRUR 1984, 83 ff. [84] – Übergangsbluse; LG Düsseldorf GRUR 1989, 122 ff. [123] – Sweat-Shirt).

f) Schutz geschäftlicher Bezeichnungen

24 Gemäß § 16 UWG kann auf Unterlassung in Anspruch genommen werden, wer *„im geschäftlichen Verkehr einen Namen, eine Firma oder die besondere Bezeichnung eines Gewerbsgeschäfts, eines gewerblichen Unternehmens oder einer Druckschrift in einer Weise benutzt, welche geeignet ist, Verwechslungen mit dem Namen, der Firma oder der besonderen*

Bezeichnung hervorzurufen, deren sich ein anderer befugterweise bedient". Der **Unterlassungsanspruch** wird durch einen **Schadensersatzanspruch** flankiert: Gemäß § 16 Abs. 2 UWG ist der Benutzende *„dem Verletzten zum Ersatze des Schadens verpflichtet, wenn er wußte oder wissen mußte, daß die mißbräuchliche Art der Nutzung geeignet war, Verwechslungen hervorzurufen."* Der Schutz der geschäftlichen Bezeichnung erstreckt sich auch auf **Geschäftsabzeichen** und sonstige unterscheidungskräftige **Kennzeichen,** § 16 Abs. 3 UWG. Der im Verletzungsfalle zu ersetzende Schaden kann konkret oder abstrakt berechnet werden. Im letzteren Fall besteht Anspruch auf Zahlung einer angemessenen Lizenzgebühr, die in einem Prozentsatz vom Jahresumsatz des Verletzer-Unternehmens errechnet wird. Obwohl der wettbewerbsrechtliche Schutz geschäftlicher Bezeichnungen oder Kennzeichen kraft Gesetzes durch die erstmalige Benutzung der Bezeichnungen im geschäftlichen Verkehr entsteht, ohne daß es einer Registrierung oder anderer Formalien bedarf, empfiehlt es sich, zusätzlich Warenzeichenschutz zu beantragen (vgl. unten III.). Der warenzeichenrechtliche Schutz kommt lediglich hinsichtlich der Ausstattung von Produkten, beispielsweise der Verpackungsgestaltung oder Form, nicht in Betracht. Hier hilft allein das Wettbewerbsrecht unter der Voraussetzung, daß sich kennzeichnungskräftige Ausstattungsmerkmale innerhalb der beteiligten Verkehrskreise als Kennzeichen durchgesetzt haben.

III. Kennzeichenschutz nach dem Warenzeichengesetz

Hinsichtlich der **Bild-** oder **Wortzeichen** oder aus beiden **kombinierten Zeichen** kommt der Schutz als Warenzeichen oder Dienstleistungsmarke nach dem **Warenzeichengesetz** in Betracht. Der Schutz erfordert formell die **Eintragung** in die vom Patentamt geführte **Zeichenrolle.** Hier werden die Warenzeichen nach bestimmten Waren- bzw. Dienstleistungsklassen geordnet archiviert. Diese Klassen entsprechen den verschiedenen Branchen. Eintragungsfähig sind nur Zeichen, die in den beantragten Klassen noch nicht eingetragen sind. Dies prüft das Patentamt von Amts wegen bei der Anmeldung. Es folgt dann die **Veröffentlichung** im **Warenzeichenblatt.** Binnen einer Frist von 3 Monaten hiernach können Mitbewerber Einspruch gegen die Anmeldung einlegen, etwa, weil sie bereits ein gleichartiges Zeichen im geschäftlichen Verkehr verwenden. Gegenüber dem wettbewerbsrechtlichen Kennzeichenschutz ist der warenzeichenrechtliche Schutz nachrangig. Das heißt, der prioritätsältere Benutzer eines Zeichens kann die Löschung der erst später erfolgten Eintragung eines identischen Zeichens kraft des wettbewerbsrechtlichen Kennzeichenschutzes durchsetzen. **25**

v. Have

IV. Titel- und Namensschutz

1. Der Schutz der Künstlernamen

26 Eine Vielzahl von Unterhaltungskünstlern, Schriftstellern, Schauspielerinnen oder anderen Künstlern und Künstlerinnen sind der Öffentlichkeit nur unter ihrem Künstlernamen bekannt. Die Regelung des § 12 BGB (Namensrecht) bietet den Künstlern für den von ihnen angenommenen und verwendeten Berufs- und Künstlernamen den notwendigen Schutz gegen unbefugten Gebrauch. Dieser Schutz entspricht dem Schutz des bürgerlichen Namens. **Schutzfähiger Name** ist jede hinreichend **unterscheidungskräftige Bezeichnung**, wie z.B. „Üssems" für einen Meister-Akrobaten (vgl. RGZ 101, 228) sowie, bei entsprechender **Verkehrsgeltung**, der Vorname (GRUR 1960, 394 – Romy: Hiernach konnte die unter ihrem Künstlernamen bekannte Filmschauspielerin Romy Schneider den Gebrauch des Vornamens „Romy" für einen Spielfilm untersagen, da diese Bezeichnung geeignet war, Verwechslungen mit ihrer Person herbeizuführen, und somit ihr Namensrecht verletzte. Siehe auch BGH NJW 1983, 1184ff. – Uwe). Entsprechendes gilt für Abkürzungen, sofern diese Verkehrsgeltung erlangt haben. Der Schutz des Namens erstreckt sich auch auf den **Weitergebrauch des Ehenamens** als Künstlername, wenn die Bekanntheit unter dem Namen des Ehegatten erlangt wurde (OLG München GRUR 1961, 46).

27 Untersagt werden kann nur der **unzulässige Gebrauch**, nicht die bloße Nennung des fremden Namens. Ein unzulässiger Gebrauch ist die Bezeichnung der eigenen Person mit dem fremden Namen. Die Nennung des fremden Namens ohne Zusammenhang mit der eigenen Person ist zulässig. Damit wird deutlich, daß § 12 BGB nicht gegen die **satirische Imitation** und **Parodie** einer Person schützt, solange es für jedermann offenkundig ist, daß der berechtigte Namensträger nur dargestellt wird (LG Düsseldorf NJW 1987, 1413 f. [1414]). Auch bei **Gleichnamigkeit** kann, wenn der eigene Name mit dem Zweck geführt wird, den Ruf eines anderen auszubeuten, der Schutz des § 12 BGB eingreifen. In diesem Fall kommt es für den befugten Gebrauch grundsätzlich auf die zeitliche Priorität der Namensführung an.

2. Titelschutz

a) Urheberrechtlicher Schutz

28 **Titel** einer **Druckschrift** oder **anderer Werke** können selbständig oder als Teil eines Werkes geschützt sein. Hier spielt der urheberrechtliche Schutz nur eine untergeordnete Rolle; denn nach dem Urheberrechtsgesetz ist ein Titel für sich allein betrachtet nur geschützt, wenn er in eigenwilliger, individuell geprägter Form einen eigenständigen Sinngehalt (Ge-

dankeninhalt) repräsentiert. Dieses Erfordernis erfüllen Titel wegen der meist gegebenen schlagwortartigen Kürze nur selten. In der Rechtsprechung sind nur wenige Fälle bekannt, wonach Titeln urheberrechtlicher Schutz gewährt wurde. Hierzu zählt der Filmtitel „Wien, Du Stadt meiner Träume" und der Buchtitel „Der Mensch lebt nicht vom Lohn allein". Daß ausgerechnet diesen Titeln die erforderliche Schöpfungshöhe zuerkannt wurde, die beispielsweise kurzen Werbeslogans in der Regel nie zuerkannt wird, läßt nicht annehmen, daß diese Rechtsprechung von Dauer ist. So hat sich der Bundesgerichtshof bisher in der Frage der Bejahung eines Werkschutzes für Titel noch nicht entschieden (zuletzt BGH NJW 1989, 393 – Verschenktexte)

b) Schutz nach dem Gesetz gegen den unlauteren Wettbewerb

Die überwiegende Anzahl von Titeln genießt, wie eben ausgeführt, **29** nicht den Schutz des Urheberrechtsgesetzes. Für deren Schutz kommt daher im wesentlichen das Gesetz gegen den unlauteren Wettbewerb (UWG) in Frage. Dessen § 16 schützt Titel von Druckschriften sowie deren Neben- und Untertitel gegen die **Gefahr von Verwechslung**. Entsprechend schutzfähig sind aber auch Titel von Bühnen- und Filmwerken, von Kompositionen, Schlagern, Fernseh- oder Hörfunksendungen, Fernseh- oder Buchreihen oder Computerprogrammen. Der Schutz gilt auch für Untertitel von Beilagen einer Zeitung, und auch einzelne Rubriken, Kolumnen und Spalten einer Zeitschrift können schutzfähig sein (BGH GRUR 1990, 218 f. – Verschenk-Texte). Voraussetzung des Schutzes ist zunächst, daß der Titel dazu bestimmt und geeignet ist, das Werk von anderen Werken zu **unterscheiden**. Anderenfalls spricht man von einem „Freititel", der nicht schutzfähig ist. Die Rechtsprechung hat dem Buchtitel „Who's who" für ein bekanntes biographisches Nachschlagewerk mangels Unterscheidungskraft den wettbewerbsrechtlichen Titelschutz untersagt (BGH GRUR 1988, 158 – Who's who). Andererseits wurde dem Zeitschriftentitel „Look" die für das Vorliegen der Unterscheidungskraft erforderliche Eigentümlichkeit zugebilligt (OLG Hamburg AfP 1991, 450). Aber auch die Namen und Bezeichnungen historischer Persönlichkeiten oder Ereignisse sowie geographische Bezeichnungen sind für sich allein genommen nicht als Titel schutzfähig. Das gleiche gilt für Titel gemeinfreier Werke. Letztere dürfen z.B. für die Verfilmung eines gemeinfreien Werkes verwendet werden. Auch freie Titel können aber zu unterscheidungskräftigen Titeln werden, wenn sie mit Zusätzen versehen werden, oder wenn hieraus zusammengesetzte Bezeichnungen gebildet werden. **Unterscheidungskräftig** sind daher Zeitschriftentitel wie „Deutsche Zeitung", „Ärztliche Allgemeine" oder Filmtitel „Die Wirtin vom Wörthersee" und „Die Rose vom Wörthersee". Im übrigen können Gattungsbezeichnungen dann zu unterscheidungskräftigen Titeln werden, wenn sie im übertragenen Sinne benutzt werden, wie z.B. der Titel „Stahlnetz“ für eine Krimi-Serie (LG Hamburg UFITA 38, 81 ff. [85]). Ein Freititel kann auch schutzfähig werden, wenn er sich in Verbindung mit einem Werk im Verkehr durchgesetzt hat, also „Verkehrsgeltung“ erlangt hat (vgl. OLG München, UFITA 20, 225 – Der 20. Juli; RG Ufita 5, 187 – Brand im Opernhaus). Bei Sachbüchern kann auch bloßen Sachangaben Unterscheidungskraft zukommen, sofern sie nur ein zur Unterscheidung von anderen Werken geeignetes Mindestmaß von Unterscheidungskraft aufweisen (BGH AfP 1991, 405 – Pizza & Pasta).

30 Der wettbewerbsrechtliche Schutz des Titels beginnt mit der **öffentlichen Benutzung** des betreffenden Titels, ohne daß es einer Registrierung oder ähnlichem bedarf. Wer einen Titel früher als ein anderer befugterweise benutzt, kann Unterlassung verlangen (**Prioritätsgrundsatz**). Als Benutzung gilt bereits die **Veröffentlichung des Titels** in branchenüblicher Weise. Für Verlagserzeugnisse gilt dies z.B. für die Ankündigung im „Börsenblatt für den deutschen Buchhandel“ bei Spielfilmen für die Eintragung in dem von der Freiwilligen Selbstkontrolle der Filmwirtschaft eingerichteten Titelregister. Dies gilt auch für sogenannte Sammelanmeldungen und auch, wenn die Anmeldung durch einen Rechtsanwalt für einen noch nach außen unbekannt bleibenden Mandanten vorgenommen wird. Diese Vorverlegung des Titelschutzes auf den Zeitpunkt der Ankündigung des öffentlichen Titels entspricht einem bereits in der Entstehungsphase eines Verlags- oder Filmobjekts vorhandenen besonderen Schutzbedürfnis der beteiligten Verkehrskreise (BGH GRUR 1989, 760 ff. – Titelschutzanzeige).

31 Voraussetzung für den wirksamen Eintritt des Schutzes ist aber, daß das Werk in **angemessenem zeitlichen Abstand** zu der Ankündigung unter diesem Titel auch tatsächlich **in den Verkehr gebracht wird**. Damit wird der „Titelhamsterei“ ein Riegel vorgeschoben. Als angemessen gilt der Zeitraum der normalen Herstellungszeit, soweit mit dem Titel bei seiner Ankündigung ein konkretes Vorhaben verbunden ist, mit der ernsthaften Vorbereitung des Werkes begonnen und diese bis zum Erscheinen des Werkes kontinuierlich fortgesetzt wurde. Weiterhin muß das Werk unter dem angekündigten Titel innerhalb einer angemessenen Frist erscheinen. Liegen diese Voraussetzungen nicht vor, genießt der angekündigte Titel keinen Schutz, selbst wenn das Werk tatsächlich zu einem späteren Zeitpunkt in den Verkehr gebracht wird.

32 Voraussetzung für den **Unterlassungsanspruch** ist, daß durch die Benutzung eines Titels Verwechslungsgefahr entsteht. Das Vorliegen der Verwechslungsgefahr wird unterschiedlich danach beurteilt, ob der Titel starke oder schwache **Kennzeichnungskraft** besitzt. Je origineller ein Titel ist, desto stärker ist – abgesehen von der Verkehrsgeltung – die Verwechslungsgefahr.

Beispiel:
So besitzt der Name „Dr. Caligari“ starke Kennzeichnungskraft. Deshalb wurde eine Verwechslungsgefahr des Titels „Das letzte Experiment des Dr. Caligari“ mit dem Titel des Spielfilms „Das Kabinett des Dr. Caligari“ bejaht.

Bei geringer Kennzeichnungskraft geht die Rechtsprechung davon aus, daß das angesprochene Publikum auch Einzelheiten beachtet, so daß kleine Abweichungen die Verwechslungsgefahr entfallen lassen („Du bist die Rose vom Wörthersee“, „Wirtin vom Wörthersee“). Ebenso entfällt nach der Rechtsprechung die Verwechslungsgefahr, wenn sich die Titel in ihren starken, besonders einprägsamen und originellen Bestandteilen unterscheiden („Dr. Mabuse“ – „Im Stahlnetz des Dr.Mabuse“, LG Hamburg, UFITA 38, 81 ff. [88]). Auch Titel unterschiedlicher Medien wie Buch- und Filmtitel oder Titel einer Sendereihe können untereinander verwechselungsfähig sein, wenn die Annahme in Betracht kommt, die Werke seien identisch, oder ein Werk sei die Bearbeitung des anderen.

Die **Beendigung** des Titelschutzes tritt ein, wenn der Titel seine Unter- 33
scheidungskraft verloren hat, der Berechtigte die Nutzung endgültig aufgegeben oder auf den Titelschutz verzichtet hat. Erlischt der urheberrechtliche Schutz eines Werkes, so hat dies zur Folge, daß das Werk einschließlich seines Titels für jedermann frei verwertbar ist. Doch kann die Verwendung des Titels eines gemeinfreien Werkes wettbewerbswidrig sein, wenn z.B. durch Hinzufügen eines Zusatzes der irreführende Eindruck erweckt wird, es handele sich um den Nachdruck einer Ausgabe des alten Verlages.

Als Verstoß gegen § 1 UWG (Verbot des sittenwidrigen Wettbewerbs) 34
wird ferner die **Verwendung eines fremden Werkes** als Vorspann für den wirtschaftlichen Erfolg einer eigenen Leistung angesehen.

Die Benutzung eines wettbewerbsrechtlich geschützten Titels wird mit- 35
unter ohne oder gegen Zahlung einer Vergütung gestattet **(Titellizenz)**. Teilweise sprechen Rechtsprechung und Rechtspraxis hier von einer „Übertragung“ des Rechts am Titel. Dies ist ungenau, denn der wettbewerbsrechtlich geschützte Titel begründet kein dem Sach- oder geistigen Eigentum vergleichbares dingliches Recht am Titel. Die Lizensierung eines Titels ist richtigerweise als bloße Gestattung seiner Benutzung zu sehen, vergleichbar der Einräumung eines einfachen urheberrechtlichen Nutzungsrechts. Die Lizensierung des Titels ist ausgeschlossen, wenn durch die Benutzung desselben seitens des Lizenznehmers das Publikum irregeführt wird. Da das Gesetz gegen den unlauteren Wettbewerb auch dessen Schutz bezweckt, kann der berechtigte Wettbewerber nicht zu Lasten des Verbrauchers auf Einwände gegen irreführende Werbung verzichten. Die Ansprüche aus § 16 UWG stehen auch dem berechtigten Titelnutzer (Lizenznehmer) zu.

3. Kapitel: Erwerbstätigkeit

§ 6 Der rechtliche Status der Künstler

I. Künstler und Arbeitsrecht

1 Wo über Kunst und Kultur gesprochen und geschrieben wird, wo Künstlerinnen und Künstler sich äußern, verbreitet sich zunächst einmal der Hauch von Kreativität, Selbstbestimmung, Freiheit. Niemand kommt – jedenfalls nicht im ersten Schritt – auf den Gedanken, einen Begriff wie Arbeitsrecht damit zu verbinden. Wenn hiervon die Rede ist, denkt man an die Beschäftigten bei Opel Bochum, in der Druckindustrie, im Einzelhandel usw.

2 Schon der Besuch einer Oper verschafft neue Erkenntnisse. Für Techniker, Darstellerinnen und Darsteller, Sänger und Sängerinnen, Chor- und Orchestermitglieder gelten arbeitsrechtliche Bestimmungen und Tarifverträge. Sie bestehen, weil auch und gerade im Bereich Kunst und Kultur allzuviele Abhängigkeiten der Kulturschaffenden gegeben sind, die im grellen Scheinwerferlicht zwar manchmal nicht zu erkennen sind, sich spätestens aber nach der Vorstellung oder Vernissage wiederfinden, wenn man mit der Gagenzahlung mal wieder vertröstet wird oder Rechnungen zu begleichen sind, mit denen man nicht gerechnet hatte. Der Schutzgedanke, der dem Arbeitsrecht zugrundeliegt, ist also auch hier allgegenwärtig. Seit dem **Künstler-Report** (Fohrbeck/Wiesand, Der Künstler-Report, 1975) ist im übrigen die ökonomisch miserable Lage der „freien Bühnendarsteller, Musikerzieher, Musikinterpreten, Journalisten, Bildjournalisten und der ständigen freien Mitarbeiter der Rundfunk- und Fernsehanstalten“ und damit das Feld ihrer wirtschaftlichen Abhängigkeiten dokumentiert.

3 So kann auch das **Bundesverfassungsgericht** in seiner Entscheidung vom 8.4.1987 (NJW 1987, 3115 ff. [3118]) zum **Künstlersozialversicherungsgesetz (KSVG)** nicht umhin auszuführen:

„...Künstler und Publizisten erbringen unvertretbare, d.h. höchstpersönliche Leistungen, die in besonderer Weise der Vermarktung bedürfen, um ihr Publikum und also ihre Abnehmer zu finden. Dieses Verhältnis hat gewisse symbiotische Züge; es stellt einen kulturgeschichtlichen Sonderbereich dar, aus dem eine besondere Verantwortung der Vermarkter für die soziale Sicherung der – typischerweise wirtschaftlich Schwächeren – selbständigen Künstler und Publizisten erwächst, ähnlich der der Arbeitgeber für ihre Arbeitnehmer.“

Das vielfach von den Gewerkschaften erkämpfte Arbeitsrecht bietet Schutz vor Ausbeutung und Willkür und dient der Existenzsicherung z.B. im Falle der Krankheit. Schon diese Aufzählung macht deutlich, daß es für Künstlerinnen und Künstler daher gilt, bei der Begründung jedweder Verpflichtung zu prüfen, ob arbeits- oder tarifrechtliche Bestimmungen Anwendung finden, in Bezug genommen werden können oder als Orientierungshilfe dienen müssen. 4

II. Künstlerinnen und Künstler in der Arbeitnehmerrolle

1. Der Arbeitnehmerbegriff

In der Abhandlung **Arbeitnehmer oder Unternehmer? Zur Rechtssituation der Kulturberufe** aus dem Jahre 1976 widmen die Autoren **Fohrbeck, Wiesand und Woltereck** ein Kapitel dem Thema „Rechtsunsicherheit und ihre Auswirkungen". Sie schildern, wie die Vertragspartner der Künstlerinnen und Künstler immer wieder versuchen, die uneinheitliche Rechtslage zu ihren Gunsten zu nutzen und vielfach auch auszunutzen (Fohrbeck, Wiesand, Woltereck a.a.O. I 3). 5

Die gegenwärtige Situation ist kaum dazu angetan, gegenteilige Feststellungen zu treffen. Begriffe wie „Flexibilisierung" und „Deregulierung", die sich auf die bisher relativ geschützten Bereiche des Arbeits- und Sozialrechts beziehen, lassen erahnen, wie mühsam sich Fortschritte und Vereinheitlichung im Dschungel der Vertragsformen und -inhalte für künstlerisch Tätige erreichen lassen. Für Zweifelsfragen wird es daher unumgänglich sein, sich an den einzelnen **Begriffsdefinitionen** zu orientieren, **Vergleichsgruppen** zu suchen und **Rechtsprechungsfälle** auf ihre konkrete Anwendbarkeit hin zu überprüfen. 6

Nach der **arbeitsrechtlichen Definition** ist derjenige Arbeitnehmer, der sich zur **Leistung fremdbestimmter, abhängiger bzw. unselbständiger Arbeit unter Leitung und nach Weisung auf Grund privatrechtlichen Vertrages verplichtet** (MünchKomm/Söllner, § 611 Rdnr. 117). Dabei ist zunächst von Bedeutung, daß die Vertragsparteien nicht die Möglichkeit haben, lediglich durch eine Bezeichnung – z.B. freies Mitarbeiterverhältnis – entsprechende Rechtsfolgen auszulösen, wenn der Vertragsinhalt ein ganz anderer ist. Es kommt nicht auf die gewählte Überschrift oder die Formulierung an, auch nicht darauf, daß knappe Finanzmittel z.B. Sozialabgabepflichten „eigentlich" ein Arbeitsverhältnis nicht zulassen. **Entscheidend** ist die einverständliche **praktische Durchführung** des Vertrages. Die arbeitsrechtlichen Schutzbestimmungen, die im Sozialstaatsprinzip wurzeln (Art. 20 GG), räumen selbst den **Tarifvertragsparteien** nicht die Befugnis ein, zu bestimmen, wer Arbeitnehmer ist oder nicht (so BAG EzA Nr. 17 zu § 611 BGB Arbeitnehmerbegriff = DB 1978, 1084). 7

a) Erbringung von Arbeit

8 Es bedarf in der Regel keines Eingehens darauf, ob Künstlerinnen und Künstler Arbeit im obigen Sinne erbringen. Die vielfach in der Literatur noch erscheinende Bestätigung, auch das Malermodell oder die Artistin, die über das Seil getragen wird, leisteten Arbeit, kann beruhigt unter der Kategorie juristischer Kuriosika abgelegt werden.

b) Privatrechtlicher Vertrag

9 Auch die Voraussetzung des privatrechtlichen Vertrages kann zumeist unterstellt werden. Eine eindeutige Zuordnung in diesem Sinne gestaltet sich allerdings dann unter Umständen schwierig, wenn Künstlerinnen und Künstler für die **gemeinsam** zu erbringende **Arbeit** Rechtsformen des **Vereins- oder Gesellschaftsrechts** wählen.

Beispiel:
Es wird ein „Theater X e.V." gegründet, dessen Zweck z.B. darin besteht, bestimmte Theaterstücke zur Aufführung zu bringen und spezielle Kunstrichtungen zu fördern. Die Schauspielerinnen und Schauspieler, wie auch alle anderen an den geplanten Theateraufführungen mitwirkenden Personen treten als Mitglieder dem Verein bei. Sie erhalten für einzelne Aufführungen und Proben statt Gagen „Aufwandsentschädigungen" und die Hoffnung, an Überschüssen des Vereins beteiligt zu werden.

Auf der einen Seite könnten die Künstlerinnen/Künstler ihre Arbeitsleistung als **Vereinsmitglieder** in Befolgung des **Satzungsauftrages** erbringen – Rechtsgrundlage wäre somit die Satzung des Vereins –, oder die Vereinsstruktur dient der Umgehung arbeitsrechtlicher Schutzbestimmungen, in Wahrheit erfolgt somit die Arbeitsleistung mit Rücksicht auf ggf. zu unterstellende arbeitsvertragliche Beziehungen.

10 In einer älteren Entscheidung (AP Nr. 1 zu § 5 ArbGG 1953) stellt das Bundesarbeitsgericht zur Problematik Vereinsmitgliedschaft fest, daß für ein Mitglied der **Schwesternschaft** des **Roten Kreuzes** (e.V.), das rein karitative Arbeit im Sinne des Vereinszwecks leiste, nicht ein Arbeitsvertrag die Rechtsgrundlage ihrer Tätigkeit bildet sondern die Vereinssatzung. Allerdings könne auch eine Umgehung der Schutzbestimmungen des Arbeitsrechts vorliegen, wenn in Wirklichkeit der Erwerb Zweck des Vereins sei. In seinem Urteil vom 4. 7. 1979 (AP Nr. 10 zu § 611 BGB Rotes Kreuz m. Anm. Mayer-Maly) relativiert das Bundesarbeitsgericht seine Ausführungen in der vorzitierten Entscheidung insofern, als offengelassen wird, ob auch Mitglieder der **DRK-Schwesternschaft** Dienste auf Grund eines Arbeitsvertrages leisten können. Auf der anderen Seite stellt das Gericht klar, daß der Tätigkeit einer **Gastschwester**, die sie für die DRK-Schwesternschaft (e.V) in einer Unfallklinik leistet, ein Arbeitsvertrag zugrundeliegt.

11 Die Parallele zum Ausgangsfall besteht darin, daß Begriffe wie „karitativ" und „künstlerisch" die Gefahr in sich bergen, die Sicht zu versperren.

Die Sicht z.B. auf das **Stadttheater**, das sich im Zweifel der Verwirklichung gleich hehrer künstlerischer Ziele verschrieben hat, wo aber nicht der Gedanke entstehen kann, hier fehle es an privatrechtlichen Bindungen. Da die Künstler in dem dargelegten Beispiel in der Regel nur für ein bestimmtes Stück und für eine bestimmte Anzahl von Aufführungen verpflichtet werden, fehlt es an dem mit einer Vereinsmitgliedschaft grundsätzlich verbundenen Willen zur längerfristigen Verfolgung des Vereinszwecks, der **Förderpflicht** (vgl. Reichert/Dannecker/Kühr, Handbuch des Vereins- und Verbandsrechts, Rdnr. 489 ff.). Lediglich Vorsitzende/Vorsitzender und Vorstand des Vereins erfüllen in der Regel den Aspekt der **personellen Identität**. Unabhängig von der jeweils notwendigen Detailprüfung spricht daher manches dafür, daß die Vereinskonstruktion einen **Umgehenstatbestand** darstellt, in Wirklichkeit werden also Arbeitnehmerinnen und Arbeitnehmer beschäftigt. Dabei liegen die beabsichtigten Vorteile der Unternehmerseite auf der Hand. Sämtliche arbeitsrechtliche Beschränkungen und sozialversicherungsrechtlichen Abgabepflichten sollen entfallen.

Häufig wird in gleichgelagerten Fällen die Rechtsform der **Gesellschaft** 12
des bürgerlichen Rechts (GbR) gewählt. Auch hier können sich die vorgenannten Zweifel ergeben. Dennoch besteht ein gravierender Unterschied. Abgesehen von Ausnahmen findet sich, auf das Beispiel Theater bezogen, ein Personenkreis zusammen, der sich gesellschaftsrechtlich verpflichtet, eine bestimmte Produktion zu erstellen und zur Aufführung zu bringen. Wenn auch der Wechsel nicht ausgeschlossen ist, bleibt gemeinhin diese Personengemeinschaft zusammen und bewahrt daher innerhalb des Gesellschaftszwecks die personelle Identität im vorgenannten Sinne. Die Rolle von Arbeitgeber und Arbeitnehmer ist daher jedenfalls nicht offensichtlich, so daß im Grundsatz die Bestimmungen der §§ 705 ff. BGB Anwendung finden und damit keine arbeitsrechtlichen Regelungen. Ähnlich verhält es sich häufig beim Zusammenschluß zu einer **Musikgruppe** (vgl. Heinze NJW 85, 2112 ff. [2119]). Eine später zu erörternde Fragestellung betrifft das Rechtsverhältnis einer solchen Gesellschaft zu Auftraggebern.

c) Persönliche Abhängigkeit

Die Leistung fremdbestimmter Arbeit unter Leitung und nach Weisung 13
des Arbeitgebers erfordert eine persönliche Abhängigkeit, die sich als **fremdgeplante Arbeit** und als **Eingliederung in einen fremden Organisationsbereich** darstellt (Schaub, Arbeitsrechtshandbuch, § 8 II 3).

Insbesondere anläßlich entsprechender Klagen von Beschäftigten bei 14
den **Rundfunkanstalten** hat das Bundesarbeitsgericht in einer ausführlichen Rechtsprechung Abgrenzungskriterien zwischen **Arbeitsverhältnis** und dem Dienstvertragsverhältnis **einer freien Mitarbeiterin/eines freien**

Mitarbeiters entwickelt. Danach ist der Personenkreis in eine fremde Arbeitsorganisation eingegliedert und damit persönlich abhängig, der hinsichtlich Zeit, Dauer und Ort der Arbeitsausführung einem umfassenden Weisungsrecht des Arbeitgebers unterliegt (BAG EzA Nr. 26 zu § 611 BGB Arbeitnehmerbegriff = BB 1983, 1855). Eine vergleichbare gesetzliche Wertung findet sich im § 84 Abs. 1 S. 2 HGB. Dort heißt es, daß derjenige selbständig ist, der im wesentlichen frei seine Tätigkeit gestalten und seine Arbeitszeit bestimmen kann (BAG a.a.O.).

15 Auf die Beschwerde des Westdeutschen Rundfunks hinsichtliche einiger BAG-Entscheidungen, die jeweils unbefristete Arbeitsverhältnisse von Rundfunk-Mitarbeiterinnen und -Mitarbeitern festgestellt hatten, hat das **Bundesverfassungsgericht** die Vereinbarkeit dieser Rechtsprechung mit der **Rundfunkfreiheit des Art. 5 Abs. 1 S. 2 GG** geprüft. Vom Verfassungsgericht wurde hierzu ausgeführt, daß dieses Grundrecht das Recht der Rundfunkanstalten umfaßt, frei von fremdem, insbesondere staatlichem Einfluß über die Auswahl, Einstellung und Beschäftigung der Mitarbeiter zu bestimmen, die programmgestaltend mitwirken, wie **Regisseure, Moderatoren, Kommentatoren, Wissenschaftler und Künstler**. Die damit für die Erfüllung des Programmauftrages notwendige Freiheit und Flexibilität wird allerdings nur dann berührt, wenn gerichtlich unbefristete Arbeitsverhältnisse festgestellt werden, hingegen nicht durch befristete Arbeitsverträge (BVerfG EzA Nr. 9 zu Art. 5 GG m. Anm. v. Konzen/Rupp).

16 Die Kriterien des Bundesarbeitsgerichtes können demnach weiterhin Richtschnur für die Bestimmung der persönlichen Abhängigkeit sein. Ebenso begegnet es keinen Bedenken, die von der Rechtsprechung entschiedenen Beispielsfälle heranzuziehen.

2. Beispielsfälle aus den einzelnen Schaffensbereichen

a) Künstlerisch tätige Mitarbeiterinnen und Mitarbeiter bei Rundfunkanstalten

17 Ohne in der Sache selbst schon entscheiden zu können, sieht das Bundesarbeitsgericht gewichtige Anhaltspunkte dafür, daß ein **Musiker (Kontrabassist)**, der in einem **Rundfunkorchester** spielt, in einem Arbeitsverhältnis steht. Diese Auffassung gilt auch vor dem Hintergrund, daß die Arbeit in zeitlich außergewöhnlichen Abständen erbracht wird und sie den Beschäftigten nicht vollständig oder nur nebenberuflich in Anspruch nimmt (BAG AP Nr. 12 zu § 611 BGB Abhängigkeit).

18 Ein bei einer Rundfunkanstalt „frei“ eingesetzter **Bühnenbildner**, der die betriebsübliche Arbeitszeit einhält, seine Arbeit an einem betrieblichen Arbeitsplatz verrichtet und im übrigen wie ein festangestellter Bühnenbildner behandelt wird, ist Arbeitnehmer (BAG AP Nr. 17 zu § 611

BGB Abhängigkeit m. Anm. v. Beuthien/Wehler). Das Bundesarbeitsgericht macht in diesem Zusammenhang darauf aufmerksam, daß bei einer künstlerischen Tätigkeit die fachliche Weisungsgebundenheit kein entscheidendes Kriterium sein kann.

Erbringt ein ebenfalls für eine Rundfunkanstalt tätiger **Außenrequisiteur** eine Arbeitsleistung von bis zu 50 Stunden in der Woche, so daß er keinerlei Nebenbeschäftigung nachgehen, geschweige denn über seine Arbeitskraft wie ein Unternehmer verfügen kann, besitzt er Arbeitnehmerstatus, ggf. in der Form eines Teilzeitarbeitsverhältnisses (BAG EzA Nr. 6 zu § 611 BGB Arbeitnehmerbegriff = DB 1976, 2310 ff.). 19

Eine **Filmautorin** und **Regisseurin** ist Arbeitnehmerin, wenn sie zur Erstellung der Filme auf den technischen Apparat des Senders angewiesen ist, für den sie arbeitet. Dies kann z.B. insofern der Fall sein, daß die Auftraggeberin Dreh- und Schnittage festlegt. Im zu entscheidenden Fall kam hinzu, daß auch bei den Vorarbeiten eng mit der Redaktion der Rundfunkanstalt zusammengearbeitet werden mußte (BAG EzA Nr. 17 zu § 611 BGB Arbeitnehmerbegriff = BB 1978, 760 ff.). 20

Im Ergebnis gleiche Kriterien läßt das Bundesarbeitsgericht für den bei einer Sendeanstalt tätigen **Drehbuchautor, Co-Autor** und **Regisseur** entscheidend sein, der ebenfalls als in die Arbeitsorganisation der Auftraggeberin eingegliedert angesehen werden muß. Auch er ist daher Arbeitnehmer (BAG EzA Nr. 21 zu § 611 BGB Arbeitnehmerbegriff = DB 1980, 1996 ff.). 21

Das Landesarbeitsgericht Berlin führt diese Rechtsprechung fort und stellt fest, daß sich die für eine Rundfunkanstalt arbeitende **Regieassistentin** in einer Arbeitnehmerrolle befindet. Unter Hinweis auf die Möglichkeiten einer nebenberuflichen Tätigkeit oder eines „Doppelarbeitsverhältnisses" nimmt das Gericht keinen Anstoß daran, daß nur eine Teilzeittätigkeit vorliegt, die jeweils befristet wurde (LAG Berlin EzA Nr. 23 zu § 611 BGB Arbeitnehmerbegriff). 22

Die zuvor erörterten Entscheidungsgründe nehmen häufig Bezug auf die vergleichbare künstlerische Tätigkeit **festangestellter** Personen. Deren berufliche Tätigkeiten finden sich in der Regel in den einzelnen **tariflichen Bestimmungen**, die für die bei den Sendern beschäftigten Arbeitnehmerinnen und Arbeitnehmer gelten, wieder. So führen z.B. die Vergütungsordnungen des WDR (abgeschlossen zwischen der IG Medien im DGB, dem Rheinisch Westfälischen Journalistenverband e. V., der Deutschen Angestellten-Gewerkschaft (DAG), Landesverband NW und dem WDR) und des ZDF (abgeschlossen zwischen der IG Medien im DGB, der DAG, dem Deutschen Journalistenverband (DJV), der Vereinigung der Rundfunk-, Film- und Fernsehschaffenden e. V. und dem ZDF) in den unterschiedlichen Vergütungsgruppen u.a. Dramaturginnen, Regisseurinnen, Bühnen- und Kostümbildnerinnen, Tonmeisterinnen, Masken- 23 bildnerinnen und Filmcutterinnen sowie ihre männlichen Berufskollegen auf. Werden Sinfonie-Orchester, Unterhaltungsorchester und/oder Chöre von den Rundfunkanstalten unterhalten, richten sich deren Arbeitsbedingungen ebenfalls nach tariflichen Regelungen einschließlich Vergütungsordnungen und Vergütungstabellen (abgeschlossen z.B. beim WDR zwischen der Deutsche Orchestervereinigung e.V. (DOV) in der DAG und dem WDR).

b) Künstler und Künstlerinnen der bildenden Kunst

24 Rechnet man dem Bereich der bildenden Kunst nicht nur die Berufsgruppen der **Malerinnen/Maler** und **Bildhauerinnen/Bildhauer** zu, sondern auch **Kunsthandwerkerinnen** und **Kulturarbeiterinnen, Fotografen** und **Bildjournalisten**, wird deutlich, daß dieser Kreis der künstlerisch Tätigen zu einem großen Teil dem Arbeitnehmerstatus zuzuordnen ist. Dennoch sind bildende Künstler in der Regel selbständig tätig.

25 Wendet man die bereits erörterten Kriterien zur persönlichen Abhängigkeit (s.o. Rdnr. 13 ff.) auf den jeweiligen Einzelfall an, wird man zwar auch hier eine Reihe von „verkappten" Arbeitnehmer-Rechtsverhältnissen ausmachen, vielfach sind aber auch korrekt vorgenommene Festanstellungen in der Form von Arbeitsverträgen erfolgt. Als Orientierungshilfen können in diesem Zusammenhang wiederum **Tarifverträge** dienen. So sind z.B. bildende Künstler auch als **Kulturarbeiterinnen** und **Kulturarbeiter** innerhalb kommunaler Einrichtungen für Bildung und Kultur tätig, so daß ihre Beschäftigung damit beim öffentlichen Dienst angesiedelt ist. Entsprechend finden in der Regel die dort geltenden tarifvertraglichen Bestimmungen Anwendung, insbesondere der Bundesangestelltentarifvertrag (BAT).

c) Designer

26 Während zum einen zwischen Designerinnen und Designern einerseits und bildenden Künstlern andererseits wesentliche Unterschiede bestehen – Designer sind Schöpfer von Werken der angewandten Kunst, d.h. ihre Arbeiten dienen einem konkreten Gebrauchszweck –, trifft für sie aber auch die Feststellung zu, daß sie überwiegend nicht als Arbeitnehmer ihre Aufträge erledigen.

27 Unabhängig hiervon arbeiten Designerinnen und Designer selbstverständlich auch als Angestellte im Rahmen eines Arbeitsverhältnisses für Unternehmen, Werbeagenturen u.dgl.

28 Hinsichtlich des **Berufsbildes** ist zu unterscheiden zwischen Kommunikationsdesignern und Industrial-Designern. Zum Bereich Kommunikations-Design gehören die Grafik-Designer und Foto-Designer. Dem Bereich Industrial-Design werden die Formgestalter, Textil-Designer und Mode-Designerinnen zugeordnet.

d) Darstellende Künstlerinnen und Künstler

Die Beschäftigten an den **Theatern** sind ganz überwiegend Arbeitnehmer. Es handelt sich hierbei u.a. um 29

- Schauspielerinnen und Schauspieler
- Spielleiter
- Dramaturgen
- Tanzmeisterinnen
- Inspizienten
- Souffleusen
- Tanzgruppenmitglieder
- Operchormitglieder
- Theater- und Kostümmaler
- Maskenbildnerinnen und Maskenbildner
- Technische Angestellte mit künstlerischer oder überwiegend künstlerischer Tätigkeit.

Die vorrangig festzustellende Arbeitnehmereigenschaft dokumentiert 30 sich auch darin, daß die aufgeführten Berufstätigkeiten von **Tarifverträgen** erfaßt sind, so z.B. dem Normalvertrag Solo (abgeschlossen zwischen der Genossenschaft Deutscher Bühnenangehörigen in der DAG (GDBA) und dem Deutschen Bühnenverein), dem Normalvertrag Tanz, dem Bühnentechnikertarifvertrag (alle abgeschlossen von den vorgenannten Tarifvertragsparteien) und dem Normalvertrag Chor (abgeschlossen zwischen der GDBA, der Vereinigung Deutscher Opernchöre und Bühnentänzer e.V. in der DAG (VdO) und dem Deutschen Bühnenverein).

Abgesehen von den geschilderten Ausnahmemöglichkeiten (s.o. Rdnr. 31 12) gilt die obige Feststellung in der Regel ebenso für die Künstlerinnen und Künstler, die an **Freien Theatern** oder **Privattheatern** tätig sind. Auch die Bezeichnung als **Gastspielvertrag** oder **Stückvertrag** hat für sich genommen keine Auswirkungen darauf, daß rechtlich ein Arbeitsverhältnis vorliegt, sofern nicht besondere Fallgestaltungen Voraussetzungen des Arbeitnehmerbegriffes entfallen lassen.

Derartige Fälle können als **Sondertatbestände** charakterisiert werden, 32 insbesondere mit Rücksicht darauf, daß eine Ensemblearbeit (im künstlerischen und technischen Sinne verstanden) grundsätzlich die Eingliederung in die betriebsorganisatorischen Gegebenheiten erfordert. Es kommt hinzu, daß der inhaltlichen künstlerischen Freiheit in dieser Hinsicht kein für den Arbeitnehmerstatus negatives entscheidungserhebliches Gewicht zukommt (s.o. Rdnr. 18). Ohne an dieser Stelle auf die später zu erörternde Möglichkeit der freien Mitarbeit am Theater einzugehen, sei jedenfalls bemerkt, lediglich der Star, um den sich eine Aufführung „rankt“, die von ihm inhaltlich und von den äußeren Bedingungen wie z.B. Ort und Zeit zumindest mitgestaltet wird, dürfte nicht als Arbeitnehmer anzusehen sein. Gleiches könnte für eine Gastregisseurin Geltung beanspruchen.

33 Wenn auch nur am Rande, so hat sich das Bundesarbeitsgericht auch mit der Arbeitnehmerrolle von **Unterhaltungskünstlern** und **Artisten** befaßt. Gegenstand der Entscheidung war die Frage, ob ein anläßlich eines Unternehmensjubiläums für eine Zaubershow verpflichteter **Zauberer** Arbeitnehmer ist. Das BAG verneint dies mit dem Hinweis darauf, daß die Bindung an Ort und Zeit der Veranstaltung keine persönliche Abhängigkeit schaffe. Das Gericht räumt ein, daß auch bei einer solch kurzen, zeitlich befristeten Verpflichtung des Zauberers eine Arbeitnehmereigenschaft möglich ist, sieht dies aber insbesondere deshalb nicht als gegeben an, weil die Verpflichtung des Zauberers nicht zu den Unternehmensaufgaben gehöre. Anders, so führt das BAG weiter aus, sei dies bei einem Engagement durch ein Varieté (BAG AP Nr. 14 zu § 611 BGB Abhängigkeit m. Anm. v. Schnorr von Carolsfeld und Lieb). Letzterem kann sicherlich zugestimmt werden, allerdings nicht der vorhergehenden ablehnenden Begründung im Zusammenhang mit den Unternehmensaufgaben, da im Rahmen eines verfolgten Unternehmenszwecks sowohl Arbeitnehmer als auch freie Mitarbeiter beschäftigt werden können, wie die Darlegungen zu den Rundfunkanstalten zeigen. Wesentlich ist die konkrete Vertragsgestaltung und -durchführung.

34 Die in diesem Bereich wirkenden **Tarifvertragsparteien** gehen jedenfalls davon aus, daß Unterhaltungskünstler und Artisten im Grundsatz Arbeitnehmer sind (so der zwischen der IG Medien im DGB, dem Internationalen Varieté-, Theater und Circus-Direktoren-Verband in der Bundesrepublik Deutschland e.V. und dem Verband Deutscher Theater- und verwandter Unternehmungen e.V. abgeschlossene Tarifvertrag für Unterhaltungskünstler/Artisten). Allerdings ist der Inhalt des Tarifvertrages von der Vorstellung eines zumindest **Monats-** bzw. **Halbmonats-Engagements** geprägt, ohne kürzere Verpflichtungen auszunehmen. Damit wird dem Umstand Rechnung getragen, daß fremdbestimmte Arbeit und Eingliederung in einen fremden betrieblichen Organisationsbereich weniger häufig festzustellen sind, wenn Auftritte von kurzer Dauer oder **Tagesgeschäfte** vereinbart werden. Hier sind die Künstlerinnen und Künstler eher in der Lage, ihre Tätigkeit zu gestalten und Auftritte, damit Arbeitszeiten, eigenständig zu bestimmen. Wie das BAG in der oben zitierten Entscheidung zutreffend bemerkt, wird diese Freiheit erheblich eingeschränkt und gerät zur Abhängigkeit, werden Unterhaltungskünstler und Artisten für Programmpunkte eines Unterhaltungsunternehmens verpflichtet.

35 Zeitmoment und die Weisungsgebundenheit stehen bei der Frage im Vordergrund, ob **Film-** und **Fernsehschaffende** die Voraussetzungen der abhängigen Beschäftigung erfüllen. So sieht eine Entscheidung des LAG

Saarbrücken (AP Nr. 10 zu § 611 BGB Film) einen von einer Rundfunkanstalt für die Titelrolle in einem Fernsehfilm engagierten Schauspieler räumlich-zeitlich und fachlich-künstlerisch so stark weisungsgebunden, daß es die Arbeitnehmereigenschaft feststellt. Als im Ergebnis unbeachtlich stuft das Gericht die Tatsache ein, daß dieser Schauspieler während der Filmaufnahmen weiterhin bei einem Theater im Engagement stand und der Drehplan lediglich 16 Tage vorsah.

Vergleichbar den Beschäftigten am Theater ist in diesem Schaffensbereich die Frage nach der Einbindung und Weisungsgebundenheit und damit der persönlichen Abhängigkeit entscheidend von den tatsächlichen Gegebenheiten her zu beantworten. Generell läßt sich auch hier feststellen, daß der Aufnahmebetrieb nur dem **Filmstar** die Gestaltungsmöglichkeiten läßt, die ihn als nicht abhängig Tätigen klassifizieren. Es kommt hinzu, daß die Filmherstellung von der Dauer her gesehen mehr den betrieblichen Geschehensabläufen zuzuordnen ist, somit die Fremdplanung und Organisationseingliederung überwiegen. 36

Diese Sicht steht in Einklang damit, daß die Existenz eines Mantel- und Gagen**tarifvertrages** für Film- und Fernsehschaffende (abgeschlossen zwischen der IG Medien im DGB, dem Bundesverband Deutscher Fernsehproduzenten e.V., der Arbeitsgemeinschaft Neuer Deutscher Spielfilmproduzenten e.V. und dem Verband Deutscher Spielfilmproduzenten e.V) den Rückschluß zuläßt, daß in diesem Bereich der Arbeitnehmerstatus die Regel darstellt. Unter seinem persönlichen Geltungsbereich führt der Tarifvertrag auf, wer als Film- und Fernsehschaffender im tariflichen Sinne anzusehen ist. Dies sind u.a.: 37

- Szenenbildner
- Aufnahmeleiter
- Ballettmeister
- Cutter
- Schauspieler, Sänger, Tänzer
- Fotografen
- Maskenbildner
- Regisseure
- Tonmeister
- Assistenten
- Kleindarsteller

Bezogen auf das erwähnte Zeitmoment bestimmt der Tarifvertrag, daß Filmschaffende, die vom Filmhersteller für mindestens sechs zusammenhängende Monate beschäftigt werden, als ständig Beschäftigte gelten.

e) Musikerinnen und Musiker

Die Kündigung eines Orchestermusikers im Rahmen des Kündigungs- 38
schutzgesetzes erfordert eine vorherige Abmahnung (BAG NJW 85,

2158 f.). In einem Philharmonischen Orchester ist 1. Schlagzeuger der Stimmführer einer Schlagzeugergruppe (BAG ZUM 87, 342 ff.). Gleichzeitigen Einsatz von mehreren Ersten Konzertmeistern kann der Arbeitgeber über den Weg von Änderungskündigungen erreichen (LAG München NJW 88, 375 f.). Diese beliebig zitierten arbeitsgerichtlichen Entscheidungen belegen, daß **Orchestermusikerinnen** und **-musiker** in der Regel ihre Tätigkeit als Arbeitnehmer verrichten.

39 Für die den Rundfunkanstalten zugeordneten Orchester hatten wir diese Feststellung bereits getroffen (vgl. oben Rdnr. 23). Sie gilt ebenso für die Mitglieder der **Kulturorchester**, die vom **Tarifvertrag** für die Musiker in Kulturorchestern (TVK) erfaßt werden (abgeschlossen zwischen der Deutschen Orchestervereinigung e.V. in der DAG (DOV) und dem Deutschen Bühnenverein). Der Geltungsbereich dieses Tarifvertrages legt fest, daß unter Kulturorchestern Orchester zu verstehen sind, die regelmäßig Operndienst versehen oder Konzerte ernst zu wertender Musik spielen, während Orchester ausgenommen werden, die lediglich oder überwiegend Operetten spielen. Abgesehen von Ausnahmen (Kapellmeister, Orchesteraushilfen) unterliegen somit die Mitglieder der Theaterorchester als Arbeitnehmer tarifvertraglichem Schutz. Gleiches trifft für die Musikerinnen und Musiker der Symphonie- und Staatsorchester zu, deren Träger eine Kommune, eine Stadt oder ein Land ist. Auch hier findet der TVK Anwendung, wird in Bezug genommen oder es besteht eine eigene tarifvertragliche Rahmenregelung (vgl. die Übersicht im Musikalmanach 1990/91, S. 441 ff.).

40 Tauchen hingegen Bezeichnungen wie **Kammerorchester**, **Ensembles für Zeitgenössische** oder **Alte Musik** auf, ist die Schlußfolgerung, daß es sich nicht um abhängig beschäftigte Orchestermitglieder handelt, die Regel-Feststellung. Eher die Ausnahme bildet in diesem Zusammenhang die Existenz eines Arbeitgebers. Üblich ist hingegen, daß sich z.B. Musikerinnen und Musiker eines Symphonieorchesters zusammenfinden, um ein Orchester zu gründen, das sich zur Aufgabe macht, bestimmte Musikrichtungen zu pflegen oder Werke eines Komponisten zur Aufführung zu bringen. Vielfach geschieht dieser Zusammenschluß in der Form einer Gesellschaft bürgerlichen Rechts (GbR), aber auch die Vereinsbildung ist ein oft beschrittener Weg der Realisierung dieser Vorstellungen, so daß zunächst auf die Ausführungen zu dieser Thematik Bezug genommen werden kann (vgl. oben Rdnr. 9 ff.). Insbesondere die in manchen Fällen vorzufindende materielle Solidität derartiger Unternehmungen läßt es allerdings zu, daß ggf. ein eingetragener Verein als Trägerverein wirkt und gegenüber den Orchestermitgliedern eine Arbeitgeber-Stellung besitzt und wahrnimmt. Unter diesen Voraussetzungen sind die Musikerinnen und Musiker als Arbeitnehmer einzuordnen, zumal sie dann grds. diese Tätigkeit als hauptberufliche Beschäftigung ausüben.

Den Arbeitnehmer-Status besitzen ebenfalls die Musiker in **Kurkapellen** und **Kurorchestern**. Die Arbeitsverträge, die zwischen den Kurbetrieben und den Kapellen und Orchestern abgeschlossen werden, richten sich überwiegend nach dem **Tarifvertrag** für Mitglieder von Kurkapellen (abgeschlossen zwischen der IG Medien im DGB und dem Wirtschaftsverband Deutscher Heilbäder und Kurorte e.V.). Die rechtliche Charakterisierung als abhängig Beschäftigte wird dadurch erleichtert, daß eine Betriebssituation gegeben ist und die Verträge zumindest für die Saison vereinbart werden. 41

Schwieriger als im Falle der Kurkapellen gestaltet sich die Zuordnung der Musikerinnen und Musiker, die als **Unterhaltungsmusiker, Rock-Bands, Jazzerinnen, Sänger** und **Sängerinnen, Circus-** und **Varieté-Musiker** arbeiten. Die für einige Monate oder länger bei einem Circus oder Varieté verpflichteten **Kapellenmusiker** sind sicherlich als Arbeitnehmer einzustufen. Weniger eindeutig ist die Statusbestimmung einer Sängerin, die für eine dreiwöchige Kreuzfahrt engagiert wird, oder einer Jazz-Gruppe, die von einem Gaststättenbetrieb oder einem Club für zwei Wochen vertraglich gebunden ist. Entscheidend kommt es hier darauf an, welche Gestaltungsmöglichkeiten den Künstlerinnen und Künstlern ausserhalb der eigentlichen künstlerischen Darbietung verbleiben. Sind sie in das betriebliche Geschehen dahingehend integriert, daß der Vertragspartner jeweils Zeit, Anzahl und ggf. die konkrete Örtlichkeit der Auftritte bestimmt, wobei ein Rahmen u.a. hinsichtlich der Anzahl der Darbietungen pro Abend vertraglich fixiert ist, bestehen vorbehaltlich weiterer Detailprüfung hinreichende Anhaltspunkte für eine abhängige Beschäftigung. Hat die Übereinkunft aber zum Inhalt, daß Programmablauf und ggf. Programminhalt genauestens festgelegt sind oder von der Künstlerin bzw. dem Künstler bestimmt werden, somit kein Raum für Weisungen des Vertragskontrahenten besteht, wird man in der Regel nicht von einer Arbeitnehmer-Tätigkeit sprechen können. 42

In diesem Zusammenhang läßt sich wiederum nicht leugnen, daß auch die Frage der **Dauer** des **Engagements** Einfluß auf die Status-Bewertung hat (s. oben Tagesgeschäft Rdnr. 34). Das einmalige abendliche Auftreten kann kaum persönliche Abhängigkeiten im arbeitsrechtlichen Sinne begründen, da grds. keine Einflußmöglichkeiten der Unternehmerseite bestehen. Ähnlich dem Artisten-Tarifvertrag sind die Bestimmungen des **Bundes-Manteltarifvertrages** für Musiker und Kapellenleiter (abgeschlossen zwischen der IG Medien im DGB (Deutscher Musikerverband), dem Deutschen Hotel- und Gaststättenverband e.V. und dem Internationalen Varieté-, Theater- und Circus-Direktoren-Verband in der Bundesrepublik Deutschland e.V.) an einer längerfristigen Tätigkeit ausgerichtet, vergleicht man u.a. die Regelungen über Urlaub und Krankheit. Dieser Tarifvertrag gilt für die in den Betrieben der Arbeitgeber-Tarifver- 43 tragsparteien beschäftigten Musiker, Kapellenleiter, Diskjockeys und mit der Kapelle arbeitenden Sängerinnen und Sänger.

44 Die überwiegende Zahl (ca. 28000) der **Musikschullehrerinnen** und **Musikschullehrer** erteilt ihren Unterricht an einer der von Städten, Gemeinden, Kreisen oder gemeinnützigen Vereinen getragenen 750 Musikschulen, die im Verband deutscher Musikschulen zusammengeschlossen sind (vgl. Musikalmanach a.a.O. S. 168). Verläßliches Zahlenmaterial darüber, wie groß der Kreis der abhängig Tätigen in den Musikschulen ist, existieren nicht. So helfen insbesondere die häufig verwendeten Bezeichnungen nebenamtlich/nebenberuflich (s. Musikalmanach a.a.O.) insofern nicht weiter, und auch die Tatsache, daß eine Musikschullehrerin oder ein Musikschullehrer von den Regeln des Bundes-Angestelltentarifvertrages (BAT) nicht profitiert, stempelt sie noch nicht zu freien Mitarbeitern. Festzuhalten ist daher lediglich, daß beide Status-Formen vertreten sind.

45 Charakteristisch für die Arbeitnehmer-Rolle von Musikschullehrern ist, daß sie einer umfassenden Einbindung in den Betrieb Musikschule unterliegen. Diese dokumentiert sich z.B. darin, daß u.a. die nachstehend aufgeführten Aufgabenstellungen zu bewältigen sind:

- Vor- und Nachbereitung des Unterrichts (Vorbereitungszeiten)
- Abhaltung von Sprechstunden
- Teilnahme an Schulkonferenzen und Elternabenden
- Teilnahme am Vorspiel der Schüler, soweit dies außerhalb des Unterrichts stattfindet
- Mitwirkung an Veranstaltungen der Musikschule sowie Mitwirkung im Rahmen der Beteiligung der Musikschule an musikalischen Veranstaltungen (z.B. Orchesteraufführungen, Musikwochen und ähnlichen Veranstaltungen), die der Arbeitgeber, einer seiner wirtschaftlichen Träger oder ein Dritter, dessen wirtschaftlicher Träger der Arbeitgeber ist, durchführt
- Mitwirkung an Musikwettbewerben und ähnlichen Veranstaltungen
- Teilnahme an Musikschulfreizeiten an Wochenenden und in den Ferien.

Diese neben dem Unterricht zusätzlichen Arbeitsinhalte sind als Protokollerklärung Bestandteil des **Tarifvertrages** für Musiklehrer (Sonderregelungen für Angestellte als Lehrkräfte an Musikschulen im Bereich der VKA, SR 2 l II BAT).

46 Ferner belegt eine, wenn auch wegen Umgehung des Kündigungs- und Kündigungsschutzrechts rechtlich unwirksame (BAG NJW 85, 2151 ff.), Einräumung einer einseitigen Arbeitszeitbestimmung (bestimmte Spanne einer Wochenstundenzahl) durch die Musikschule die abhängige Beschäftigung. Wird hierdurch doch die Dispositionsfreiheit der Musikschullehrerinnen und Musikschullehrer über die Verwertung ihrer Arbeitskraft massiv eingeschränkt. Die hiervon in der Regel betroffenen Teilzeitbeschäftigten können bei einer derartigen Vertragsgestaltung anderweitige

Tätigkeiten weder ausreichend planen noch in Anspruch nehmen. Daraus folgt, daß auch alle ähnlichen vertraglichen Abmachungen, mögen sie einer gerichtlichen Überprüfung standhalten oder nicht, den Arbeitnehmer-Status indizieren.

Als weiterer Orientierungspunkt kann die tarifvertragliche Regelung dienen, daß der BAT für seine Anwendbarkeit eine wöchentliche Mindeststundenzahl festlegt, um in den Genuß der Arbeitsbedingungen des Tarifvertrages zu gelangen. Entsprechend der jeweils geltenden tariflichen Wochenarbeitszeit des BAT bestimmt sich somit auch die wöchentliche Arbeitszeit der Musikschullehrer. Diese **Anwendung** des **BAT** hat das Bundesarbeitsgericht auch auf den Personenkreis der **teilzeitbeschäftigten Lehrerinnen und Lehrer** ausgedehnt, die ohne sachliche Begründung anteilig eine geringere Vergütung erhalten als die vollzeitbeschäftigt Tätigen, weil sie die oben angeführte Mindeststundenzahl nicht erreichen. Damit wird nach Auffassung des Bundesarbeitsgerichtes gegen das Gleichbehandlungsgebot des § 2 Abs. 1 BeschFG verstoßen (BAG DB 89, 1726 f.). Seine Rechtsprechung gilt auch für die Musikschulen. 47

Nach der Neufassung der landesrechtlichen Hochschulgesetze im Zuge der Novellierung des Hochschulrahmengesetzes (HRG) im Jahre 1987 spielt die Frage des Status von **Lehrbeauftragten** z.B. an Musikhochschulen keine gravierende Rolle mehr. Während zuvor sehr häufig diese Lehrbeauftragten ihre Aufgabenstellung in einem Angestelltenverhältnis wahrnahmen (vgl. Müller, Zur Situation der Lehrbeauftragten an den Musikhochschulen der Bundesrepublik Deutschland und Berlin (West), S. 10 ff.), definiert nunmehr z.B. das Gesetz über die wissenschaftlichen Hochschulen des Landes Nordrhein-Westfalen (WissHG) im § 56 den Lehrauftrag als **öffentlich-rechtliches Rechtsverhältnis eigener Art**. Arbeitsrechtliche Bezüge scheiden damit in diesem Zusammenhang aus. 48

III. Künstlerinnen und Künstler als arbeitnehmerähnliche Personen

1. Einführung

In der alltäglichen Arbeitssituation der Künstlerinnen und Künstler wird die Formulierung „arbeitnehmerähnliche Person“ kaum praktische Relevanz besitzen. Hier stehen eher die Begriffe des „freien Mitarbeiters“ oder die nach jeweiligem Rechtsgebiet unterschiedlichen Definitionen wie „Freiberufler“ (Einkommen- und Gewerbesteuerrecht), „Klein-Unternehmer“ (Umsatzsteuerrecht) und „Selbständige“ (Künstlersozialversicherungsrecht) im Vordergrund. Dennoch handelt es sich bei den arbeitnehmerähnlichen Personen um eine, insbesondere arbeitsrechtlich, abgrenzbare und wichtige Gruppierung, deren Bedeutung dadurch unterstrichen wird, daß vor allem auch Künstlerinnen und Künstler die Ziel- 49 gruppe darstellten, die der Gesetzgeber im Jahre 1974 mit der Schaffung der Regelung des § 12 a) TVG berücksichtigen wollte (s. BT-Drucksache 7/2025 S. 3/6). Diese Bestimmung eröffnete für Arbeitgeber und Gewerkschaften die Möglichkeit, tarifvertragliche Vereinbarungen zu treffen.

50 Nach dem letzten Bericht der Bundesregierung aus dem Jahre 1981 existierten damals bereits einschließlich der Neuabschlüsse und Änderungstarifverträge 89 Tarifverträge, die auf der Basis des § 12 a) TVG für die Bereiche Rundfunkanstalten und deren Werbegesellschaften, Tageszeitungen und Design-Studios abgeschlossen wurden (vgl. BT-Drucksache 9/993). Ihre Zahl liegt nunmehr wesentlich höher.

2. Der Begriff der arbeitnehmerähnlichen Person

a) Der allgemeine Begriff

51 Der Personenkreis, dem die Arbeitnehmerähnlichkeit zugebilligt wird, ist zwischen dem **persönlich abhängigen Arbeitnehmer** und dem **wirtschaftlich selbständigen Erwerbstätigen** angesiedelt (vgl. Wiedemann/Stumpf, TVG, § 12 a) Rdnr. 1). Auf der einen Seite ist diese Gruppe damit nicht persönlich abhängig (s. oben Rdnr. 13 ff.) und zählt damit nicht zu den Arbeitnehmern, andererseits vermag sie die Leistung nicht am Markt, sondern nur gegenüber bestimmten Unternehmen bzw. Personen zu erbringen, so daß sie sich von den selbständigen Erwerbstätigen unterscheidet. Ferner leisten arbeitnehmerähnliche Personen ihre Arbeit in der Regel persönlich, d.h. ohne Hilfe anderer Mitarbeiter. Sie besitzen somit keinen Unternehmerstatus (Schaub a.a.O. § 9 I 1).

b) Die Regelung des § 12 a) TVG

(1) Der Inhalt der Bestimmung

52 Unter dem Titel „Arbeitnehmerähnliche Personen" bestimmt § 12 a) TVG, daß die Vorschriften des Tarifvertragsgesetzes entsprechend anwendbar sind für Personen, die

- von einem Auftraggeber wirtschaftlich abhängig sind, für den sie auf Grund von Dienst- oder Werkverträgen arbeiten,
- wie ein Arbeitnehmer sozial schutzbedürftig sind und
- ihre Leistungen persönlich und im wesentlichen ohne Mitarbeiter erbringen, § 12 a) Abs. 1 Nr. 1 TVG.

Wirtschaftliche Abhängigkeit liegt vor, wenn Künstlerinnen oder Künstler

- entweder zeitlich überwiegend für eine Person tätig sind, § 12 a) Abs. 1 Nr. 1 a) TVG oder
- es sich um Personen handelt, die künstlerische, schriftstellerische oder journalistische Leistungen erbringen oder an der Erbringung der Lei-

stungen, insbesondere der technischen Gestaltung unmittelbar mitwirken (z.B. Kameramann, Cutterin), und von einem Auftraggeber im Durchschnitt mindestens ein Drittel des Entgelts beziehen, das sie für ihre Erwerbstätigkeit insgesamt erhalten, § 12 a) Abs. 3 TVG.

Dabei gelten mehrere Personen, für die arbeitnehmerähnliche Mitarbeiter tätig sind, als ein Auftraggeber, wenn diese nach Art eines Konzerns zusammengefaßt sind oder zu einer zwischen ihnen bestehenden Organisationsgemeinschaft oder nicht nur vorübergehenden Arbeitsgemeinschaft (ARD-Rundfunkanstalten) gehören, § 12 a) Abs. 2 TVG.

(2) Entstehung und Bedeutung der Norm

Insbesondere auf Betreiben der für die freien Mitarbeiter an Rundfunkanstalten zuständigen Gewerkschaft **Rundfunk- Fernseh-Film-Union** in der **Gewerkschaft Kunst im DGB** (RFFU, heute in die Mediengewerkschaft integriert) beschäftigte sich der Gesetzgeber bereits in der 6. Legislaturperiode mit der Vorbereitung einer entsprechenden Bestimmung. Sie trat schließlich mit Wirkung zum 1. 11. 1974 im Rahmen der Änderung des Heimarbeitsgesetzes in Kraft (vgl. Wiedemann/Stumpf a.a.O. Rdnr. 2; Riepenhausen, Film und Recht 1982, 20 ff.). **53**

Die Zielsetzung der Neuregelung bestand darin, die **freien Mitarbeiter** der Medien, von Kunst, Wissenschaft und Forschung, vor allem aber – wie dargelegt – der Rundfunk- und Fernsehanstalten in das **Tarifvertragssystem einzubeziehen** (s. Lund BABl. 74, 682 ff.). Im übrigen hat in diesem Zusammenhang der Ausschuß für Arbeit und Sozialordnung die Bundesregierung ersucht, für die Künstler und Publizisten, die von der neuen Bestimmung erfaßt werden, Regelungen vorzuschlagen, die diesen Personenkreis in die Lage versetzen, mit ihren Auftraggebern bzw. deren Verbänden Richtlinien u.a. über Honorare und Sozialleistungen zu vereinbaren (BT-Drucksache 7/2025 S. 8). Diese Anregung wurde nicht aufgegriffen. **54**

Fußend auf dem allgemeinen Begriff der arbeitnehmerähnlichen Person will die Bestimmung des § 12 a) TVG die oben genannte Zielgruppe erreichen, ohne somit eine allgemeine Begriffsbestimmung für diesen Mitarbeiterkreis zu schaffen (BAG NJW 1991, 1629 f.; s. hierzu auch Lund a.a.O.; Wlotzke DB 1974, 2252 ff. [2255 ff.]). **55**

3. Tatbestandliche Voraussetzungen des § 12 a) TVG

a) Die wirtschaftliche Abhängigkeit

(1) Ausschließliche oder überwiegende Tätigkeit für einen Auftraggeber

Keiner besonderen Erörterung bedarf der Fall, daß Künstlerinnen und Künstler ausschließlich für eine Auftraggeberin bzw. Auftraggeber arbeiten, d.h. ihre gesamte persönliche Arbeitszeit hierfür aufbringen und **56** hieraus ihre Existenzgrundlage herrührt. Hier liegt die wirtschaftliche Abhängigkeit zweifelsfrei vor.

57 Es ist aber auch ausreichend, wenn das Merkmal der überwiegenden Tätigkeit erfüllt ist, wenn also mehr als die Hälfte der insgesamt aufgewendeten Arbeitszeit für einen Auftraggeber eingesetzt wird (vgl. Hagemeier/Kempen/Zachert/Zilius, TVG, § 12 a) Rdnr. 14). Zur Vermeidung von Nachweisproblemen empfiehlt es sich, – nicht nur in diesem Zusammenhang – Aufzeichnungen hierüber vorzunehmen.

(2) Einkommensabhängigkeit bei Künstlern

58 Liegt eine der zuvor genannten Voraussetzungen nicht vor, kann die wirtschaftliche Abhängigkeit dennoch gegeben sein, wenn eine Künstlerin oder ein Künstler mindestens ein **Drittel seines Gesamtverdienstes** von **einem Auftraggeber** bezieht, § 12 a) Abs. 3 TVG. Der im Gesetz enthaltene Begriff Entgelt deutet darauf hin, daß bei der Drittelberechnung lediglich die **unmittelbaren Arbeitseinkünfte** zu berücksichtigen sind, also nicht das Einkommen aus Urheberrechten, Versorgungsleistungen, Versicherungen oder Vermögen (so Hagemeier/Kempen/Zachert/Zilius a.a.O. Rdnr. 14; a.A. z.B. Kunze UFITA 74,1975, 19 ff. [33]). Hierfür spricht auch die Gesetzesbegründung, wenn dort von der Verwendung der Arbeitskraft sowie dem Arbeitsentgelt und der Vergütung auf Grund eines Dienst- oder Werkvertrages die Rede ist (BR-Drucksache 395/73, S. 20).

b) Die soziale Schutzbedürftigkeit

59 Die vom Gesetz geforderte soziale Schutzbedürftigkeit, die einem Arbeitnehmer vergleichbar sein soll, § 12 a) Abs. 1 Nr. 1 TVG, beinhaltet eine **typisierende** Betrachtungsweise. Sie stellt also darauf ab, ob sich der Künstler in einem in seiner Sparte typischen sozialen Abhängigkeitsverhältnis befindet, ohne daß die konkrete Situation des Einzelnen beachtlich ist (so Hagemeier/Kempen/Zachert/Zilius a.a.O. S. 26).

60 Auf der anderen Seite hat das Bundesarbeitsgericht vor Inkrafttreten des § 12 a) TVG die soziale Schutzbedürftigkeit einer arbeitnehmerähnlichen Person aus der wirtschaftlichen Unselbständigkeit hergeleitet (BAG AP Nr. 2 zu § 717 ZPO), während seitens des Gesetzgebers auf die Fixierung bestimmter Einkommenshöhen verzichtet wurde. Vieles spricht daher dafür, daß der Voraussetzung der sozialen Schutzbedürftigkeit keine wesentliche praktische Bedeutung zukommt (so auch Kunze a.a.O. S. 26). Allerdings enthalten **Tarifverträge**, z.B. der Tarifvertrag für arbeitnehmerähnliche Personen des WDR, Regelungen hinsichtlich der sozialen Schutzbedürftigkeit, die im Halbjahreszeitraum eine Mindestarbeitsleistung und eine Höchstvergütung festlegen, bei deren Überschreitung die Tarifvertragsparteien die soziale Schutzbedürftigkeit nicht mehr

als gegeben ansehen. Das Bundesarbeitsgericht hält derartige Regelungen, sofern sie den Begriff der sozialen Schutzbedürftigkeit über die Gesetzesnorm hinaus erweitern, für unwirksam (BAG AiB 1991, 128 f. m.. kritischer Anm. v. Mayer). Dieser Entscheidung kann nicht zugestimmt werden. Folgerichtig ist es hingegen, die typisierende Ausfüllung des unbestimmten Rechtsbegriffes den Tarifparteien zu überlassen.

c) Dienst- oder Werkvertrag

Die Tätigkeiten, die arbeitnehmerähnliche Personen erbringen, müssen **61** auf Dienst- oder Werkverträgen beruhen, § 12 a) Abs. 1 Nr. 1 TVG. Beim **Dienstvertrag**, §§ 611 ff. BGB handelt es sich um den „Arbeitsvertrag" des nicht abhängigen, also selbständigen Künstlers, somit steht die **Dienstleistung** im Vordergrund. Hingegen zielt der **Werkvertrag**, §§ 631 ff. BGB) auf ein **Werk**, ein bestimmtes **Arbeitsergebnis**, einen bestimmten **Arbeitserfolg** ab (vgl. MünchKomm/Söllner, § 611 Rdnr. 22). Da beide Vertragsformen im § 12 a) TVG genannt sind, bedarf es in diesem Zusammenhang keines Eingehens auf die wesentlichen Unterscheidungsmerkmale zwischen Dienst- und Werkvertrag, ob also der Aufführungsvertrag mit einem Orchester der typische Werkvertrag oder die Übereinkunft zwischen der Schauspielerin und dem Theater der typische Dienstvertrag ist (MünchKomm/Söllner a.a.O. Rdnr. 102). Die weitaus überwiegende Zahl der in dieser Hinsicht üblichen Verträge zwischen Künstlern und Auftraggebern läßt sich zwanglos einem der beiden Vertragsarten zuordnen, ob es sich um den Portrait- oder Kompositionsauftrag, die Titelrolle im Film, die Regieübertragung oder die Erstellung des Bühnenbildes handelt.

Der Gesetzeswortlaut allein läßt nicht erkennen, ob auch die **übrigen** **62** **Verträge**, die Künstlerinnen und Künstler abschließen, ebenfalls der Regelung des § 12 a) TVG unterfallen, z.B. der Verlagsvertrag des Autors, die entweder als Verträge eigener Art oder als **gemischte Verträge** (Dienst- und Werkvertragselemente) anzusehen sind. Da die Arbeitsleistung (ob mit einem bestimmten Arbeitserfolg geschuldet oder nicht), also das künstlerische Schaffen, Grundlage sowohl des Dienst- als auch des Werkvertrages ist, folgt hieraus, daß alle Vertragsverhältnisse, die dem **Grundtyp** eines Dienst- oder Werkvertrages entsprechen, erfaßt sein sollen. Gleiches gilt für gemischte Verträge (vgl. Hagemeier/Kempen/Zachert/Zilius a.a.O. Rdnr. 16). Berücksichtigt man ferner, daß der Gesetzgeber den Werkvertrag ausdrücklich in die Bestimmung des § 12 a) TVG aufgenommen hat, um ein Ausweichen der Auftraggeber hierauf auszuschließen (vgl. Wlotzke DB 74, 2252 ff. [2258]), und stellt man die Zielgruppe in Rechnung, die in den Schutz der Neuregelung übernommen werden sollte, kommt in der Praxis kaum ein Vertragstypus vor, der außerhalb des Rahmens des § 12 a) TVG anzusiedeln wäre.

63 Enthalten Tarifverträge gem. § 12 a) TVG keine Vorschriften über **Form und Inhalt** von Dienst-, Werk- oder vergleichbaren Verträgen, sind sie damit auch mündlich und vom Inhalt her frei vereinbar. Folglich ist auch – abgesehen von der Frage der wirtschaftlichen Abhängigkeit – unwesentlich, welcher zeitliche Rahmen zur Erledigung des Auftrages vorgesehen wird, ob eine Befristung vereinbart wurde, die Werkerstellung die Vertragsbeziehungen beendet oder mehrere Verträge in Folge abgeschlossen werden.

d) Persönliche Leistungserbringung

64 Wenn das Gesetz davon ausgeht, daß die geschuldeten Leistungen von seiten der Künstlerinnen und Künstler persönlich und im wesentlichen ohne Mitarbeit von Arbeitnehmern zu erbringen sind, § 12 a) Abs. 1 Nr. 1 TVG, deckt sich dies mit dem Regelfall derartiger Rechtsverhälnisse. Soweit sich **Zweifelsfälle** ergeben, ist zunächst zu berücksichtigen, daß sich die persönliche Leistung auf die zugesagten Dienste bzw. Arbeitsergebnisse bezieht. Daher stellen z.B. Vor- und Zuarbeiten bei der Erstellung einer Plastik, die von der Künstlerin nicht selbst erbracht werden, dieses Tatbestandsmerkmal nicht in Frage. Ihr muß allerdings die gestaltende künstlerische Aufgabe obliegen (vgl. hierzu auch Hagemeier/Kempen/Zachert/Zilius a.a.O. Rdnr. 12).

65 Das Tarifvertragsgesetz verweist selbst einschränkend darauf, daß auch die **Beschäftigung von Arbeitnehmern** zur Schaffung des Kunstwerkes unschädlich ist, sofern ihre Mitarbeit nicht wesentlich ist. Ob eine Mitarbeit wesentlich ist, bestimmt sich ebenso nach der vereinbarten Tätigkeit. So dürfte die gelegentliche Beschäftigung von Familienangehörigen oder Aushilfskräften unbeachtlich sein, solange es sich nicht um ein arbeitsteilig tätiges künstlerisches Team handelt (so Wiedemann/Stumpf a.a.O. Rdnr. 25).

4. Rechtsfolgen

a) Anwendung arbeitsrechtlicher Regelungen

66 **Grundsätzlich** findet das **Arbeitsrecht keine Anwendung** auf die Vertragsverhältnisse arbeitnehmerähnlicher Personen. Ist Grundlage der Vereinbarung aber ein **Dienstvertrag**, sind die Bestimmungen der §§ 611 ff. BGB über das Dienstvertragsrecht zu beachten. Dabei darf allerdings nicht außer Acht bleiben, daß sie vielfach abdingbar sind, d.h. der Auftraggeber wird in der Regel ihre Anwendung im Vertrage ausschließen (vgl. z.B. § 616 Abs. 1 BGB, Fortzahlung der Vergütung im Krankheitsfalle). Geschieht dies nicht, besteht u.a. Anspruch auf Vergütungsfortzahlung bei Krankheit für einen Zeitraum von sechs Wochen, sind Kündigungsfristen zu beachten, wenn keine befristete Tätigkeit vorliegt, § 620

ff. BGB, und ist in entsprechender Anwendung von § 630 BGB nach Abschluß der Tätigkeit auf Anforderung hin ein Zeugnis zu erteilen (vgl. Schaub a.a.O. § 9 II 1).

b) Anspruch auf Urlaub

Nach der Bestimmung des § 2 S. 2 1. Halbsatz BUrlG gelten als Arbeitnehmer im Sinne des Urlaubsgesetzes auch die arbeitnehmerähnlichen Personen. Allen Künstlerinnen und Künstlern, die die zuvor geschilderten Voraussetzungen erfüllen, steht damit das Recht zu, Urlaub entsprechend dem Bundesurlaubsgesetz von ihren Auftraggebern einzufordern. Bei kurzfristigen Beschäftigungen wird es sich dabei um Ansprüche auf Teilurlaub oder Urlaubsabgeltung handeln (vgl. hierzu § 7 Rdnr. 15 ff.). 67

c) Zuständigkeit der Arbeitsgerichtsbarkeit

Die **Rechtsstreitigkeiten**, die in dem Rechtsverhältnis zwischen Künstlerinnen/Künstlern und dem Auftraggeber entstehen, gegenüber dem die wirtschaftliche Abhängigkeit gegeben ist, sind durch die **Arbeitsgerichte** zu entscheiden (vgl. BAG NJW 1991, 1629 f.; Germelmann/Matthes/Prütting, Arbeitsgerichtsgesetz, § 5 Rdnr. 22). Das Arbeitsgerichtsgesetz regelt im § 5 Abs. 1 S. 2, daß die arbeitnehmerähnlichen Personen insoweit als Arbeitnehmer anzusehen sind. Damit können die Vorteile der Arbeitsgerichtsbarkeit (vgl. § 7 Rdnr. 126 ff.) auch von diesem Kreis der Künstlerinnen und Künstler genutzt werden. 68

d) Anwendbarkeit des Betriebsrentengesetzes

Finden betriebliche Regelungen über die **Zusage von Betriebsrenten** (Leistungen der Alters-, Invaliditäts- oder Hinterbliebenenversorgung) auch auf Künstler Anwendung, die als arbeitnehmerähnliche Personen gelten, oder erhalten sie selbst eine unmittelbare Zusage, können sie sich auch auf die gesetzlichen Schutzbestimmungen (z.B. gegen Konkurs des Auftraggebers) des Betriebsrentengesetzes (BetrAVG) berufen. In dieser Hinsicht greift die Bestimmung des § 17 Abs. 1 S. 2 BetrAVG ein, die besagt, daß das Gesetz auch für Personen gilt, die nicht Arbeitnehmer, die aber für ein Unternehmen tätig sind (vgl. Höfer/Abt, BetrAVG, § 17 Rdnr. 39, 53). 69

e) Unfallversicherungsschutz

In der Unfallversicherung sind gem. § 539 Abs. 1 Nr. 3 RVO die **Personen** versichert, die zur **Schaustellung** oder **Vorführung künstlerischer oder artistischer Leistungen** vertraglich verpflichtet sind. Diese Bestimmung schließt auch die arbeitnehmerähnlichen Personen ein und grenzt lediglich die selbständigen Künstler aus (vgl. BGH NJW 85, 2133 f.) 70

5. Inhalte von Tarifverträgen gem. § 12 a) TVG

a) Beispiel Rundfunkanstalten (WDR)

71 In den Tarifverträgen für arbeitnehmerähnliche Personen, die die gewerkschaftlichen Tarifvertragsparteien z.B. mit dem WDR abgeschlossen haben, wird zunächst eine **Trennung** zwischen den **auf Produktionsdauer Beschäftigten** – Beschäftigte, die für datummäßig oder durch die Dauer einer Produktion bestimmte Tätigkeiten verpflichtet wurden – und den **arbeitnehmerähnlichen Personen** vorgenommen, die sich in gesonderten Tarifverträgen niederschlägt. Für die letztgenannte Gruppe sind darüber hinaus weitere Durchführungstarifverträge vereinbart, die sich mit den Themenbereichen Urlaub, Zahlungen bei Schwangerschaft, Altersunterstützung und Urheberrechte befassen. Neben diesen Aspekten sind in den Tarifverträgen u.a. im einzelnen geregelt:

- Vertragsabschluß
- Beschäftigungszeit
- Vergütungen und Zuschläge für Mehrarbeit u.dgl.
- Dienstreisen
- Urlaub
- Urheber- und Leistungsschutzrecht
  (Tarifvertrag für auf Produktionsdauer Beschäftigte des WDR)

sowie

- Beginn und Dauer der Arbeitnehmerähnlichkeit
- Zahlungen im Krankheitsfalle
  (Tarifvertrag für arbeitnehmerähnliche Personen des WDR)

72 Über einen **Tarifvertrag Mindestvergütungen** der arbeitnehmerähnlichen Personen und der auf Produktionsdauer Beschäftigten des WDR in Verbindung mit einem **Honorarrahmen für Hörfunk und Fernsehen** sind für die einzelnen erbrachten Leistungen Honorarsätze festgelegt. So können hieraus der Autor und Arrangeur, die Sängerin und Filmregisseurin, der Schauspieler und Kabarettist, die Tänzerin und die Kostümbildnerin, der Tonmeister und Requisiteur ihre vorgesehenen Mindestvergütungen ersehen. Selbstverständlich bleibt Raum für die Vereinbarung höherer Entgelte.

73 Eine besondere Problematik ergibt sich bei den Rundfunkanstalten in Fragen der **Abgrenzung** von **Arbeitnehmern** und **arbeitnehmerähnlichen Personen**. Nachdem in den 70er Jahren viele „freie Mitarbeiter“ vor den Arbeitsgerichten eine Festanstellung erreicht hatten – die Klagen waren durch versuchte „Entlassungen“ und Beschäftigungsbeschränkungen dieses Personenkreises wegen Knappheit der Mittel für den öffentlich-rechtlichen Rundfunk bedingt –, führten die Rundfunkanstalten **Prognoseverfahren** ein. Diese sollen durch eine vorausplanende Beschränkung der Beschäftigung verhindern, daß neue Festanstellungs-Ansprüche ent-

stehen. Die Gewerkschaften begegnen dieser Situation mit der Forderung nach Abänderung der Tarifverträge gem. § 12 a) TVG. Dabei wollen sie den Interessen der Anstalten insoweit Rechnung tragen, als über einen je nach Beschäftigungszeit vereinbarten erhöhten **Bestands**- sprich **Kündigungsschutz** das Interesse an einer Festanstellung naturgemäß nachläßt, andererseits den arbeitnehmerähnlichen Personen Sicherheit in der Frage des **Beschäftigungsumfanges** und des **Beschäftigungsbestandes** gegeben wird.

b) Beispiel Design-Studios

Der **Rahmentarifvertrag für Design-Leistungen arbeitnehmerähnlicher freier Mitarbeiter als Grafik-Designer** regelt u.a. Fragen der Vertragsgestaltung, des Urheberrechtes sowie der Berechnung und Zusammensetzung der Vergütung. Dieser Rahmentarifvertrag wird durch einen Vergütungstarifvertrag ergänzt, der detaillierte Honorarregelungen für die jeweiligen Design-Leistungen enthält (s. Rahmentarifvertrag und Vergütungstarifvertrag für Design-Leistungen, abgeschlossen zwischen dem Verein „Selbständige Design-Studios e.V." [SDSt] und der „Allianz deutscher Designer e.V." [AGD]). 74

IV. Künstlerinnen und Künstler als Selbständige, freie Mitarbeiter, Freiberufler oder dgl.

1. Der Begriff des selbständigen Künstlers

a) Definitionen

Sind die Voraussetzungen der Definitionen für Arbeitnehmer und arbeitnehmerähnliche Personen nicht gegeben, spricht man – unterschiedlich nach Sprachgebrauch oder Rechtsgebiet – von **selbständigen Künstlerinnen** und **Künstlern** (z.B. im KSVG), **Freiberuflern** (Einkommen- und Gewerbesteuerrecht), **Klein-Unternehmern** (Umsatzsteuerrecht) oder **freien Mitarbeiterinnen** und **Mitarbeitern**. Beschäftigt dieser Personenkreis z.B. zeitweilig eine oder mehrere Aushilfskräfte, kommt noch die Funktion einer **Arbeitgeberin** bzw. eines **Arbeitgebers** hinzu. 75

Im Rahmen der Behandlung der Status-Fragen wird aus Gründen der Übersichtlichkeit der Begriff der **selbständigen Künstlerin/des selbständigen Künstlers** verwendet, da hierdurch die Abgrenzungsproblematik verdeutlicht werden kann. 76

b) Persönliche und wirtschaftliche Unabhängigkeit

In Gegenüberstellung zum Arbeitnehmer und zur arbeitnehmerähnlichen Person läßt sich der Begriff des selbständigen Künstlers zunächst da- 77 hingehend definieren, daß bei ihm die Wesensmerkmale der beiden anderen Gruppen nicht gegeben sind. Der selbständige Künstler kann somit im wesentlichen seine Tätigkeit frei gestalten und seine Arbeitszeit bestimmen (vgl. EzA Nr. 26 zu § 611 BGB Arbeitnehmerbegriff), er ist somit nicht persönlich abhängig. Ebenso fehlt es an der wirtschaftlichen Abhängigkeit, die für arbeitnehmerähnliche Personen kennzeichnend ist, sei es im Umfang der Arbeitsleistung für den Auftraggeber oder im Hinblick auf die Höhe des Vergütungsanteils am Gesamteinkommen (vgl. o. Rdnr. 56 ff.).

2. Rechtsfolgen

78 Sämtliche **arbeits-** und **sozialrechtlichen Schutzgesetze**, die für Arbeitnehmer und in eingeschränktem Umfange für arbeitnehmerähnliche Personen gelten, finden auf selbständige Künstlerinnen und Künstler **keine Anwendung**. Vertragsinhalte können somit „frei“, d.h. entsprechend den konkreten „Marktbedingungen“, vereinbart werden. Dabei sind die gewählten Bezeichnungen für die Vergütung so vielfältig – Honorare, Gagen, Pauschalhonorare, Dienstvergütung usw. – wie sie zumeist umgekehrt proportional niedrig sind. Es sei denn, sie orientieren sich an z.B. für arbeitnehmerähnliche Personen geltenden tarifvertraglichen Vergütungsregelungen (s.o. Rdnr. 72).

79 **Kündigungsschutz** gegenüber der Beendigung der vertraglichen Beziehungen besteht nicht. Anwendbar bleiben lediglich, soweit nicht abbedungen, die Bestimmungen des Dienstvertragsrechtes gem. §§ 611 ff. BGB, wenn es sich um einen Dienstvertrag handelt. Ebenso können keine Ansprüche auf bezahlten **Urlaub** eingefordert werden. Im Rahmen der **Arbeitslosenversicherung** gehören sie nicht zum Kreis der Versicherten, da sie ausschließlich Arbeitnehmer erfaßt. Das Arbeitsförderungsgesetz (AFG) bestimmt im Rahmen der Beitragspflicht, §§ 168, 169 AFG, daß dieses Gesetz nur auf die abhängig Beschäftigten Anwendung findet.

3. Beispielsfälle

a) Künstler als Lehrer oder Dozenten

80 Nicht zuletzt ökonomische Zwänge führen vielfach dazu, neben der Berufsauübung als Künstlerin/Künstler andere, im günstigsten Falle artverwandte Tätigkeiten zu übernehmen. Eine dieser häufig genutzten Möglichkeiten besteht darin, als Lehrer oder Dozentin pädagogisch zu arbeiten. Dies kann bei Schulen im weitesten Sinne, Volkshochschulen (VHS) oder sonstigen Bildungs- und Weiterbildungseinrichtungen der Fall sein.

Die Rechtsprechung des Bundesarbeitsgerichts siedelt diese Aufgabenstellung grundsätzlich im Status-Bereich der selbständigen Künstler an. Nach dieser Auffassung liegt kein Arbeitsverhältnis vor, wenn ein **Steinmetzmeister** und **Bildhauer** nebenberuflich als Lehrkraft an einer weiterführenden Werkkunstschule jeweils 16 Wochen-Stunden Unterricht erteilt (BAG AP Nr. 7 zu § 611 BGB Lehrer, Dozenten m. kritischer Anm. v. Fahrtmann). Das Bundesarbeitsgericht begründet dieses Ergebnis damit, daß die Lehrtätigkeit im wesentlichen frei gestaltet werden könne, keine Einzelanweisungen durch den Vertragspartner in dieser Hinsicht erfolgen und eine Bindung lediglich gegenüber Zeit und Ort der Arbeitsleistung sowie in der Frage des Lehrstoffes bestehe. 81

Fast – in den Entscheidungsgründen – konterkarierend hierzu stellt das Gericht in einem späteren Urteil fest, daß ein **freischaffender Künstler** auf dem Gebiet der **Grafik** ebenfalls in der Regel selbständiger Künstler ist, wenn er nebenberuflich Kurse für Grafik, Design, Fotografie und grafische Drucktechniken an einer Volkhochschule leitet, und dies mit einer Lehrverpflichtung von 8 Wochenstunden (BAG EzA Nr. 8 zu § 611 BGB Arbeitnehmerbegriff = DB 1977, 1323 ff.). Anders als bei einem Lehrer an allgemeinbildenden Schulen könne die geringfügige zeitliche Bindung keine die für ein Arbeitsverhältnis typische Abhängigkeit begründen. Auch sei der Künstler bei der inhaltlichen Gestaltung der Kurse frei, abgesehen von methodischen und didaktischen Anregungen der Volkshochschule. Die sachliche Berechtigung der Wahl der Rechtsform des freien Mitarbeiterverhältnisses ist für das Gericht ein weiteres Kriterium der Entscheidungsfindung. Andernfalls sieht es die notwendige Flexibilität der Weiterbildungseinrichtung im Hinblick auf das jeweilige Hörerangebot gefährdet, die eine Festanstellung nicht gewährleiste. 82

Diese Rechtsprechung hat das Bundesarbeitsgericht fortgesetzt und weiterentwickelt, so daß sie heute grundsätzlich für die Tätigkeit von Künstlerinnen und Künstlern an z.B. Volkshochschulen gilt, während das Gericht bei – auch nebenberuflichen – Lehrern an allgemeinbildenden Schulen in der Regel von Arbeitnehmern ausgeht, da der Arbeitgeber über ihre Arbeitskraft auch außerhalb der Unterrichtszeit – Vertretungen, Nebenarbeiten, Verwaltungsaufgaben – verfügen könne (BAG EzA Nr. 31 zu § 611 BGB Arbeitnehmerbegriff). Plausibilität und Überzeugungskraft der jeweils entscheidungserheblichen Überlegungen halten allerdings einer **kritischen Überprüfung** nicht stand. Beispielhaft sei auf ein Urteil des Bundesarbeitsgericht eingegangen, das sich mit dem Status eines VHS-Dozenten zu befassen hatte, der 14 Wochenstunden Englisch unterrichtete (BAG AP Nr. 32 zu § 611 BGB Lehrer, Dozenten). Die zeitliche Bindung soll in diesem Falle nicht schon die persönliche Abhängikeit begründen können, da die Kurszeit vorher fest vereinbart sei und die VHS außerhalb der Unterrichtszeit über die Arbeitszeit des Dozenten 83 nicht verfügen könne. Diese Feststellung trifft allerdings ebenso auf die Arbeitnehmerin zu, die wöchentlich 37 Stunden lang ihre Arbeitsleistung erbringt. Auch der Hinweis des Gerichts auf den zeitlichen Umfang von Dienstverträgen, die z.B. Rechtsanwälte, Architekten und Steuerberater zu erfüllen haben, ist nicht einleuchtend, da die Darlegung von selbstverständlichen Rechtstatsachen in einem anderen geklärten Rechtsverhältnis kaum Indizwirkung für die Entscheidung von Abgrenzungsproblemen haben dürfte. Selbst die Ausrichtung des Sprachunterrichts an vorgegebenen Lernzielkatalogen, Zertifikatsprogrammen und Lehrbüchern genügt dem Bundesarbeitsgericht nicht zur Feststellung der persönlichen Abhängigkeit. Hinzukommen müßten methodische und didaktische Anweisungen. Hier handelt es sich sicherlich um übersteigerte Anforderungen, zumal in einer vergleichbaren künstlerischen Dozenten-Tätigkeit dieser Aspekt von untergeordneter Bedeutung ist. Der Entscheidung ist auch nicht darin zu folgen, daß die örtliche Bindung unerheblich ist. Abgesehen davon, daß im vorliegenden Falle sogar ein Sprachlabor benutzt werden mußte, gilt generell, daß sich insbesondere die Volkshochschulen zu Betrieben entwickelt haben. Die Dozentinnen und Dozenten sind nicht in der Lage, ihren Unterricht ohne derartige räumliche und naturgemäß auch zeitliche Vorgaben der VHS durchzuführen. Somit sind Zweifel an der Selbständigkeit der Erbringung der Arbeitsleistung begründet.

84 Als **Fazit** ergibt sich, daß Künstlerinnen und Künstler in jedem Einzelfall bei der Übernahme einer Unterrichtsverpflichtung gegenüber einer der geschilderten Bildungs- und Weiterbildungseinrichtungen zu prüfen haben, ob und welche Gestaltungsmöglichkeiten ihnen bei der zeitlich und räumlichen Disposition sowie bei Inhalt und Methodik verbleiben.

b) Künstlerinnen und Künstler in Rundfunkanstalten

85 Die Rechtsprechung stuft einen **Musikbearbeiter (Arrangeur)**, der die Möglichkeit besitzt, innerhalb der ihm vom Sender eingeräumten Bearbeitungsfristen die Arbeitszeit zur Erstellung des Arrangements frei einzuteilen, als selbständigen Künstler/freien Mitarbeiter ein. Dabei mißt das Bundesarbeitsgericht dem Gesichtspunkt, daß er andererseits verpflichtet ist, an Proben und Aufnahmen der Musikwerke teilzunehmen, kein entscheidungserhebliches Gewicht bei (BAG AP Nr. 24 zu § 611 BGB Abhängigkeit m. Anm. v. Riepenhausen).

86 Ebenso hat das Landesarbeitsgericht (LAG) Berlin die Arbeitnehmereigenschaft einer **Bühnenbildnerin verneint**, die beauftragt war, das Bühnenbild für die Fernseh-Sendereihe „Der große Preis" zu erstellen. Das Gericht gelangt zu diesem Ergebnis vor allem mit Rücksicht darauf, daß die Künstlerin nicht die betrieblichen Arbeitszeiten einzuhalten hatte und auch im wesentlichen nicht in die Betriebsorganisation eingebunden war.

Im übrigen können all die künstlerischen Tätigkeiten, die in diesem Zusammenhang unter der Statusbestimmung als Arbeitnehmer oder arbeitnehmerähnliche Person abgehandelt wurden, auch in der Rolle der selbständigen Künstlerin und des selbständigen Künstlers erbracht werden. 87

c) Bildende Künstler

Für die Künstlerinnen und Künstler der bildenden Kunst ist der Selbständigen-Status der Regelfall. Die spezifische Besonderheit in diesem Bereich besteht allerdings darin, daß lediglich ca. 6 Prozent dieser Berufsgruppe von ihrer künstlerischen Arbeit den Lebensunterhalt bestreiten können. Daher ist hier die **Nebentätigkeit** prägend, auch und gerade die **Lehr-** und **Dozentenfunktion**. 88

Zur Verbesserung dieser sozialen Situation könnte der Erfolg einer Kampagne der Künstlergewerkschaft IG Medien beitragen, die für jede öffentliche Präsentation der Werke bildender Künstler ein **Ausstellungshonorar** fordert (Mindesthonorar: DM 100,-). Ausgenommen hiervon sollen Galerien, Kunsthandel und Kunstmessen sein. Über diesen Weg wäre zumindest ein Einkommen pro Ausstellung gesichert, auch wenn es zu keinem Verkauf kommen sollte. 89

d) Darstellende Künstlerinnen und Künstler

Spiegelbildlich zu den Ausführungen hinsichtlich der Arbeitnehmerrolle von Künstlerinnen und Künstlern am Theater (s.o. Rdnr. 29 ff.) stellt sich die Situation der insoweit selbständig Tätigen dar. Auf die dort genannten Tätigkeitsbeispiele kann verwiesen werden. 90

Typisch für die selbständige künstlerische Arbeit der **Unterhaltungskünstlerin** und des **Unterhaltungskünstlers** ist ihre Tätigkeit im Rahmen von **Tagesgeschäftvereinbarungen**. Sie setzen die Künstler in den Stand, Auftritte und damit Arbeitszeiten eigenständig zu planen und zu gestalten. 91

Werden Schauspieler zur **Synchronisation** eines **Films** verpflichtet und erhalten für diese Mitwirkung ein Pauschalhonorar, ohne sich für eine bestimmte Vertragsdauer bereithalten zu müssen, sieht die Rechtsprechung sie als Selbständige an (BAG AP Nr. 4 zu § 611 BGB Film). Anders als bei der unmittelbaren Filmproduktion sind die Künstlerinnen und Künstler nach Einschätzung des Gerichts nicht derart fest in die Betriebsorganisation eingegliedert. 92

e) Musikerinnen und Musiker

Vergleichbar den Unterhaltungskünstlern ist eindeutig, daß der einmalige abendliche Auftritt einer **Musikerin**, einer **Musikgruppe** eine selbständige Tätigkeit darstellt. Gleiches gilt für das **Konzert** einer **Kammer-** 93

sängerin und die **Tournee** eines **Popsängers**, die er vertraglich mit einem Konzertveranstalter abgeschlossen hat (vgl BAG NJW 85, 2133 f.). Ähnlich klar abgrenzbar ist die **Erteilung privaten Musikunterrichts**. Zwar können auch **Musikschullehrerinnen** und **-lehrer** im Selbständigen-Status Unterricht erteilen, angesichts des Betriebes Musikschule gerät diese Konstellation allerdings mehr in die Nähe eines Ausnahmetatbestandes.

f) Autorinnen und Autoren

94 Auch Schriftstellerinnen und Schriftsteller arbeiten in der Regel als Selbständige. Zwischen der **Fachgruppe Literatur (Verband deutscher Schriftsteller (VS) in der IG Medien** und dem **Börsenverein des deutschen Buchhandels e.V.** sind **Normverträge** für den Abschluß von Verlagsverträgen und von Übersetzungsverträgen abgeschlossen worden. Sie enthalten u.a. Regelungen über die gegenseitigen Rechte und Pflichten, Rechteeinräumungen und Honorare.

§ 7 Arbeitsrecht im Überblick

I. Arbeitsvertrag und Arbeitsverhältnis

1. Der Arbeitsvertrag

1 Grundlage des Arbeitsrechts ist der mündlich oder schriftlich abgeschlossene Arbeitsvertrag. Er ist privatrechtlicher Natur und ein gegenseitiger Austauschvertrag zwischen **Arbeitnehmer** und **Arbeitgeber**. Der Arbeitnehmer verpflichtet sich zur Leistung fremdbestimmter, abhängiger bzw. unselbständiger Arbeit unter Leitung und nach Weisung des Arbeitgebers, der sich verpflichtet, das vereinbarte Entgelt zu entrichten (MünchKomm/Söllner, § 611 Rdnr. 117).

2 Der Gesetzgeber hat den arbeitsrechtlichen Vertrag in das **Bürgerliche Gesetzbuch (BGB)** als Unterfall des Dienstvertrages (§§ 611 ff. BGB) zwischen Miete/Pacht und Werkvertrag eingeordnet. Im Gegensatz zum Werkvertrag wird vom Arbeitnehmer nicht ein bestimmter Erfolg/ein bestimmtes Werk geschuldet, sondern die Leistung von Arbeit, also **Wirken**.

3 Im Grundsatz gilt für den Arbeitsvertrag das Prinzip der **Vertragsfreiheit**, das besagt, daß man darin frei ist, ob und mit wem ein Vertrag abschlossen wird, mit welchem Inhalt und in welcher Form. Da dieses Prinzip im wesentlichen nur für den wirtschaftlich stärkeren Arbeitgeber

von Bedeutung ist, bedarf es einer Reihe von Einschränkungen, um einen sozialen Mindestschutz für den Arbeitnehmer zu gewährleisten. Sie bestehen u.a. in zu beachtenden **Gesetzen, Tarifverträgen, Betriebsvereinbarungen und Richterrecht** (Entscheidungen von grundsätzlicher Bedeutung, vgl. Schaub, Arbeitsrechthandbuch, § 31 II 1 ff.). So darf z.B. die Gewährung von Urlaub nicht ausgeschlossen werden, schreiben Tarifverträge vor, daß ein 13. Monatseinkommen zu zahlen ist, und regeln Betriebsvereinbarungen die Lage der Arbeitszeit. Das Recht, das sich mit dem Arbeitskampf befaßt, ist im wesentlichen Richterrecht. Das Bundesarbeitsgericht (BAG) hat die hier zu beachtenden Regeln in mehreren Grundsatzentscheidungen entwickelt.

Sofern nicht Gesetze oder Tarifverträge **Schriftform** vorschreiben, 4
kann der Arbeitsvertrag auch mündlich abgeschlossen werden (aber: Beweisproblem für Streitigkeiten) oder konkludent durch entsprechendes Verhalten (Antreten der Arbeit). Arbeitnehmer und Arbeitgeber müssen sich in jedem Falle darüber einig sein, daß der Arbeitnehmer zur Arbeitsleistung, der Arbeitgeber zur Zahlung der Vergütung verpflichtet sein sollen (Schaub, § 32 I 2).

2. Der befristete Arbeitsvertrag

Obwohl nach wie vor der auf unbestimmte Zeit abgeschlossene Ar- 5
beitsvertrag der Regelfall ist, zeigt die Verabschiedung des **Beschäftigungsförderungsgesetzes (BeschFG)** aus dem Jahre 1985 eine nunmehr staatlich sanktionierte Tendenz der Unternehmer auf, vermehrt befristete Arbeitsverhältnisse zu vereinbaren. Der Vorteil besteht vor allem darin, daß es zur Beendigung der Vertragsbeziehungen nicht einer gerichtlich nachprüfbaren **Kündigung** seitens des Arbeitgebers bedarf. Um dieser aus sozialstaatlichen Gründen unerwünschten Situation entgegenzuwirken, enthalten **Tarifverträge**, insbesondere im öffentlichen Dienst, Einschränkungen, die – wie die Rechtsprechung – die mit der Befristung verbundene Umgehung des Kündigungsschutzes an die Bedingung knüpfen, daß für die Befristung ein **sachlicher Grund** gegeben sein muß, § 620 Abs. 1 BGB. Beispiele hierfür sind:

- Befristung auf Wunsch des Arbeitnehmers
- Probe- und Aushilfsarbeitsverhältnis
- Befristung von Arbeitsverträgen mit wissenschaftlichem Personal
- Befristung von Arbeitsverträgen mit Künstlern, Musikern, Schauspielern und Sängern im Bereich der Rundfunkanstalten (vgl. Übersicht bei Schaub a.a.O. § 39 II).

Das bereits erwähnte Beschäftigungsförderungsgesetz hat, um einen 6
zusätzlichen Anreiz zur Einstellung von Arbeitslosen zu geben, befristete Einstellungen ermöglicht, sofern es sich um eine Neueinstellung handelt

und die Befristung sich über einen Zeitraum von 18 Monaten erstreckt, § 1 BeschFG. Das Beschäftigungsförderungsgesetz verlangt somit nicht, daß ein sachlicher Grund für die Befristung gegeben sein muß.

7 Schreibt hingegen ein auf das Arbeitsverhältnis Anwendung findender **Tarifvertrag** vor, unter welchen Voraussetzungen befristete Einstellungen nur zulässig sind, gilt diese tarifvertragliche Regelung (BAG DB 1988, 1022 f.)

3. Pflichten von Arbeitnehmer und Arbeitgeber aus dem Arbeitsvertrag

8 Die **Hauptpflicht** des Arbeitnehmers besteht – wie bereits dargelegt – darin, die vereinbarte Arbeitsleistung an dem vertraglich geregelten Ort und zu der festgelegten Zeit zu erbringen. Stellen die abhängig Beschäftigten die Arbeitsleitung in dieser Weise dem Unternehmer zur Verfügung, der sie nicht annimmt – aus welchen Gründen auch immer –, greift die Regelung des **Annahmeverzuges**, § 615 BGB, ein. Sie besagt, daß die Arbeitnehmerin/der Arbeitnehmer den Anspruch auf die Vergütung behält. Wird die Arbeitsleistung hingegen nicht ordnungsgemäß erbracht, die Fälle wie Krankheit und dgl. werden an anderer Stelle behandelt, entfällt die Vergütungspflicht des Arbeitgebers bzw. kann er sie reduzieren, ggf. Schadensersatz verlangen oder das Arbeitsverhältnis kündigen.

9 Darüberhinaus obliegt der Arbeitnehmerin und dem Arbeitnehmer die Beachtung einer Reihe von **Nebenpflichten**. So sind sie u.a. gehalten, Dritten keine Geschäfts- und Betriebsgeheimnisse zukommen zu lassen, somit der **Verschwiegenheitspflicht** zu genügen. Während der Dauer des Vertragsverhältnisses haben sie jeden **Wettbewerb** mit dem Arbeitgeber zu unterlassen. Für die Zeit nach dem Arbeitsverhältnis kann für den Zeitraum von 2 Jahren vereinbart werden, daß Arbeitnehmer nicht in eine **Konkurrenz** zum bisherigen Arbeitgeber treten dürfen. Diese Übereinkunft muß schriftlich erfolgen und beinhalten, daß an den Arbeitnehmer eine monatliche Entschädigung gezahlt wird. Ferner ist hierfür Bedingung, daß ein berechtigtes geschäftliches Interesse des Unternehmers an dieser Vereinbarung besteht.

10 Die Zahlung der **Vergütung**, ob auf tarifvertraglicher Grundlage oder einer einzelvertraglichen Zusage, ist zunächst die wesentliche Verpflichtung des Arbeitgebers. Hierzu zählen auch Vergütungszuschläge, 13. Monatseinkommen, Provisionen, Gratifikationen und zugesagtes Ruhegeld. Ebenfalls ist es seine Aufgabe, die **Arbeitspapiere** zu führen und die **Vergütungsabrechnung** vorzunehmen.

4. Die Arbeitsvergütung im Krankheitsfalle

11 Würde man die Regelungen des Bürgerlichen Gesetzbuches auf den Fall der Erkrankung des Arbeitnehmers anwenden, entfiele neben der Ver-

pflichtung des Arbeitnehmers zur Arbeitsleistung, § 275 BGB, auch sein Anspruch auf die Zahlung der Vergütung, § 323 BGB. Um dieses Ergebnis zu vermeiden, hat der Gesetzgeber für die jeweiligen Beschäftigtengruppen, z. B. Arbeiter, Angestellte, in unterschiedlichen Rechtsgrundlagen, z. B. BGB, Lohnfortzahlungsgesetz (LohnFG), Handelsgesetzbuch (HGB), geregelt, daß das **Arbeitsentgelt** bis zum Ende der Erkrankung, höchstens für die Dauer von 6 Wochen **fortgezahlt** wird. Ausgenommen hiervon sind geringfügig oder kurzzeitig Beschäftigte sowie Gelegenheits- und Aushilfsarbeitsverhältnisse.

Der Anspruch auf Fortzahlung der Vergütung im Krankheitsfalle setzt 12
voraus, daß die Arbeitnehmerin/der Arbeitnehmer seine Arbeitsleistung nicht erbringen kann, weil ihn eine auf **Krankheit** beruhende, **unverschuldete Arbeitsunfähigkeit** hieran hindert (vgl. Schaub a.a.O. § 98 II 1).

Die Beschäftigten sind verpflichtet, die Arbeitsverhinderung **unverzüg-** 13
lich im Sinne des § 121 BGB, d. h. ohne schuldhaftes Zögern **anzuzeigen**, in der Regel mittels Telefon-Anrufes, und die Erkrankung durch Vorlage einer **Arbeitsunfähigkeitsbescheinigung** des behandelnden Arztes **nachzuweisen**. Die Nachweispflicht ist gesetzlich nur für Arbeiter geregelt, § 3 LohnFG, zumeist gelten für Angestellte aber entsprechende tarifvertragliche, betriebliche oder vertragliche Bestimmungen. Während die unterbliebene Benachrichtigung des Arbeitgebers eine Abmahnung oder ggf. Kündigung des Arbeitnehmers nach sich ziehen kann, den Entgeltfortzahlungsanspruch aber unberührt läßt, ist dieser für den Arbeiter blockiert, solange nicht die Arbeitsunfähigkeitsbescheinigung vorliegt. Eine vergleichbare Rechtsfolge besteht für Angestellte nicht (s. BAG AP Nr. 12 zu § 63 HGB).

Beantragt die Arbeitnehmerin/der Arbeitnehmer eine **Vorbeugungs-,** 14
Heil- oder Genesungskur und wird sie von einem **Träger der Sozialversicherung** (Kranken-, Unfall- oder Rentenversicherung) – bei Angestellten auch von einem **privaten Sozialleistungsträger** – unter Übernahme der Kosten bewilligt, wird ebenfalls für die Dauer von 6 Wochen die Vergütung fortgezahlt.

5. Der Urlaub

Unabhängig von besseren, insbesondere tarifvertraglichen, Urlaubsre- 15
gelungen gewährt das **Bundesurlaubsgesetz (BUrlG)** allen Arbeitnehmern und den zur Berufsausbildung Beschäftigten einen **Mindesturlaub** von 18 **Werktagen**, § 3 Abs. 1 BUrlG.

Dieser volle Urlaubsanspruch für ein Urlaubsjahr (=Kalenderjahr) ent- 16
steht nach einer **Wartezeit** von 6 Monaten, § 4 BUrlG. Die Wartezeit kann sich auch auf zwei Kalenderjahre erstrecken. **Teilurlaub** (Zwölfte-

lungsprinzip) ergibt sich, wenn die Beschäftigte/der Beschäftigte im Urlaubsjahr keinen vollen Anspruch mehr erwerben kann – Eintritt nach dem 30. 6.-, wenn sie/er vor erfüllter Wartezeit aus dem Arbeitsverhältnis ausscheidet oder nach erfüllter Wartezeit das Vertragsverhältnis in der ersten Hälfte des Jahres beendet (bis einschließlich 30. 6.), § 5 BUrlG.

17 Die **Urlaubserteilung** nimmt der Arbeitgeber unter Berücksichtigung der Urlaubswünsche der Arbeitnehmer vor, bei Teilung des Urlaubs muß ein Block zumindest 12 Werktage umfassen, § 7 BUrlG.

18 Kann der Urlaub aus dringenden betrieblichen oder persönlichen Gründen der Arbeitnehmerseite im Urlaubsjahr nicht verwirklicht werden, wird er auf das Folgejahr, befristet bis zum 31. 3., **übertragen**. Danach verfällt er, § 7 Abs. 3 BUrlG. Liegt die Begründung für die Nichtgewährung des Urlaubs in der Beendigung der Vertragsbeziehungen, ist der Urlaub **abzugelten**, d.h. in Geld auszubezahlen, § 7 Abs. 4 BUrlG.

19 Der Arbeitgeber ist verpflichtet, für die Zeit des Urlaubs den **Durchschnittsverdienst** der letzten 13 Wochen weiterzuzahlen, § 11 BUrlG. Vielfach sehen Tarifverträge oder andere vertragliche Grundlagen die zusätzliche Zahlung von **Urlaubsgeld** vor.

6. Der Erziehungsurlaub

20 Ein Sonderfall zum vorbehandelten Urlaub ist der Erziehungsurlaub. Er dient dazu, Arbeitnehmer und zur Berufsausbildung Beschäftigte von der Arbeit freizustellen, um die Betreuung und Erziehung des Kindes für die Zeit nach der Geburt bis zu seinem 12. Lebensmonat zu fördern. Das Gesetz über die Gewährung von Erziehungsgeld und Erziehungsurlaub (BErzGG) gewährt Erziehungsurlaub, wenn Anspruch auf Erziehungsgeld besteht. Dieser richtet sich danach, daß die Arbeitnehmerin oder der Arbeitnehmer den Wohnsitz in der Bundesrepublik Deutschland bzw. Berlin hat, mit einem Kind in seinem Haushalt lebt, für das ihr/ihm die Personensorge zusteht, dieses Kind selbst betreut und erzieht sowie keine oder keine volle Erwerbstätigkeit ausübt, § 1 BErzGG. Das Erziehungsgeld beträgt **DM 600,– monatlich**, ab dem 7. Lebensmonat des Kindes mindert es sich bei Überschreitung bestimmter Einkommensgrenzen, § 5 BErzGG. **Zuständig** für die Beantragung und Auszahlung des Erziehungsgeldes sind – unterschiedlich in den Bundesländern – z.B. Arbeits-, Jugend- und Versorgungsämter. Die Ausgaben trägt der Bund, § 11 BErzGG.

21 Der Erziehungsurlaub ist gegenüber dem Arbeitgeber spätestens 4 Wochen vor Antritt geltend zu machen, § 16 Abs. 1 BErzGG. Dies kann formlos geschehen. Der Erziehungsurlaub **beginnt** mit dem Tag der Geburt und **dauert** bis zur Vollendung des 18. Lebensmonates des Kindes, § 4 Abs. 1 BErzGG.

Ausgeschlossen ist der Anspruch, wenn der mit der/dem Erziehungsgeldberechtigten im Haushalt lebende Ehegatte **nicht erwerbstätig ist** – er also die Betreuung übernehmen kann –, es sei denn, er ist arbeitslos oder befindet sich in Ausbildung oder solange die Mutter als Wöchnerin bis zum Ablauf von acht Wochen nicht beschäftigt werden darf, § 15 Abs. 2 BErzGG. Die Eltern haben ein **Wahlrecht**, wer den Erziehungsurlaub in Anspruch nimmt. Während seiner Dauer ruhen die Hauptpflichten aus dem Arbeitsverhältnis, darüberhinaus besteht ein **Sonderkündigungsschutz**. Der Erholungsurlaub kann bei Nutzung des Erziehungsurlaubes entsprechend gekürzt werden. Eine vom Bundeskabinett beschlossene Novellierung des Gesetzes sieht u.a. vor, daß der Erziehungsurlaub auf drei Jahre und die Bezugsdauer für Erziehungsgeld auf 24 Monate verlängert wird. 22

7. Arbeitsvergütung an Feiertagen

Fällt **Arbeitszeit** infolge eines **gesetzlichen Feiertages aus**, besteht die Pflicht des Unternehmers zur Weiterzahlung der Vergütung, die ohne den Arbeitsausfall zu zahlen wäre (Lohnausfallprinzip), § 1 FeiertagslohnzahlungsG. Diese Verpflichtung besteht aber nur, wenn der Feiertag die alleinige Ursache des Ausfalls von Arbeit ist (vgl. BAG AP Nr. 34 zu FeiertagslohnzahlungsG). 23

Es muß sich ferner um **gesetzliche** Feiertage handeln, also nicht um nur kirchliche Feiertage, die alle über den Weg von Feiertagsgesetzen durch die Bundesländer festgelegt worden sind. 24

Die Pflicht des Arbeitgebers zur Zahlung der Vergütung **entfällt**, fehlt der Beschäftigte am letzten Arbeitstag vor oder am ersten Arbeitstag nach dem Feiertag unentschuldigt, § 1 Abs. 3 FeiertagslohnzahlungsG. Wird entgegen der grundsätzlich zu beachtenden Freistellung von der Arbeitspflicht dennoch an Feiertagen **gearbeitet**, sehen in der Regel Tarifverträge und Betriebsvereinbarungen vor, daß neben der arbeitstäglichen Vergütung **Zuschläge** zu zahlen sind. 25

8. Der Arbeitsunfall

Erleiden Arbeitnehmer im Zusammenhang mit der Beschäftigung einen Arbeitsunfall, einen Wegeunfall oder ziehen sie sich Berufskrankheiten zu, **haftet** für den Personenschaden – Vorsatz des Unternehmers ausgenommen – nicht der Arbeitgeber, sondern die jeweilige **Berufsgenossenschaft**. Sie wird von den Unternehmen über Beiträge finanziert und übernimmt somit die Funktion einer Haftpflichtversicherung. 26

Die in der Reichsversicherungsordnung (RVO) aufgeführten Tätigkeiten sind gegen Unfall versichert, sofern sich der Unfall bei der versicherten Tätigkeit ereignet. Hingegen besteht kein Versicherungsschutz, wenn 27 es sich um sog. **eigenwirtschaftliche Tätigkeiten** des Versicherten handelt, die also in seinem eigenen Interesse liegen und dem Unternehmer objektiv nicht dienlich sein können (s. Schaub a.a.O. § 109 II 2 m. Nachw.). So liegt z.B. kein Arbeitsunfall vor, wenn ein Versicherter bei der Beschaffung eines Krankenscheins außerhalb der Arbeitszeit verunglückt. Versichert ist hingegen die Arbeitnehmerin, die auf dem Weg zwischen Wohnung und Arbeitsstätte einen Wegeunfall erleidet, sofern der Schutz nicht gerade zu diesem Zeitpunkt durch private Besorgungen unterbrochen ist. Der Haftungsausschluß greift gleichermaßen ein, wenn ein anderer in demselben Betrieb tätiger Betriebsangehöriger den Arbeitsunfall durch eine betriebliche Tätigkeit verursacht hat, § 637 RVO.

II. Die Beendigung des Arbeitsverhältnisses

1. Die Anfechtung

28 Der im Arbeitsleben relativ häufige Fall einer Anfechtung des Arbeitsvertrages – zumeist durch den Arbeitgeber – ist der **Eigenschaftsirrtum** gem. § 119 Abs. 2 BGB. Es ist ein Irrtum über die Personeneigenschaft, die im Rechtsverkehr als **wesentlich** angesehen wird. Dabei müssen sich die Eigenschaften der Arbeitnehmerin oder des Arbeitnehmers auf die vertraglich zugesagte Arbeitsleistung beziehen, z. B. also die Ehrlichkeit eines Kassierers, (vgl. Übersicht bei Schaub a.a.O. § 35 II 4). Nicht hierzu zählt in der Regel das Nichtbestehen einer Schwangerschaft, es sei denn, hierauf kommt es auf Grund der Tätigkeit, z.B. Tänzerin oder Artistin, an. Gleiches gilt für die Erwerbsminderung eines Schwerbehinderten. Auch hier ist die Einschränkung von Bedeutung, daß eine Anfechtung nur dann zulässig ist, wenn die Schwerbehinderung die vorgesehene Arbeitsleistung nicht oder unzureichend ermöglicht.

29 Anfechtbar ist der Arbeitsvertrag darüberhinaus, wenn eine **arglistige Täuschung** vorliegt, § 123 Abs. 1 BGB. Sie ist gegeben, beantwortet die oder der Beschäftigte auf eine – bezogen auf die geschuldete Arbeit – zulässige Frage bewußt falsch oder offenbart sich nicht. Ferner ist notwendig, daß zu erkennen war oder erkannt werden mußte, daß für den Unternehmer diese falsche oder unterbliebene Antwort für die Eingehung des Arbeitsverhältnisses wesentlich war, und die Einstellung auch nur aus diesem Grunde erfolgt ist.

30 Ist ein Arbeitsvertrag rechtswirksam angefochten, gilt er grds. nach den Regeln des Bürgerlichen Gesetzbuches als **von Anfang an nicht bestehend**. Dies würde für das Arbeitsverhältnis, das bereits in Funktion gesetzt ist, bedeuten, daß die gegenseitig erbrachten Leistungen rückabgewickelt werden müßten. Solches ist bei erbrachter Arbeitsleistung nicht möglich. Das Arbeitsrecht hat hierfür den Gedanken des **faktischen**

Arbeitsverhältnisses entwickelt, der besagt, daß durch die wirksame Anfechtung die Vertragsbeziehung mit Abgabe der Anfechtungserklärung für die Zukunft beendet wird (Schaub a.a.O. § 35 III 3).

2. Die Befristung

Ist der Arbeitsvertrag befristet (zur Zulässigkeit einer Befristung s.o. Rdnr. 5 ff.) abgeschlossen worden, endet das Arbeitsverhältnis zum festgelegten **Zeitpunkt** oder mit Erreichen des vertraglich vereinbarten **Zwecks.** Der jeweilige Beendigungszeitpunkt ergibt sich daher einmal z.B. aus dem Kalender – befristeter Arbeitsvertrag für 3 Monate – oder aus der vertraglichen Zweckbestimmung – Aushilfe für die Zeit der Erkrankung einer Mitarbeiterin. Erklärungen der Arbeitsvertragsparteien sind in diesen Fällen nicht erforderlich. **31**

3. Der Aufhebungsvertrag

Die Rechtsordnung stellt es Arbeitnehmer und Arbeitgeber frei, einvernehmlich das Arbeitsverhältnis für die Zukunft aufzulösen. Dieser Aufhebungsvertrag kann **formlos** abgeschlossen werden, wenn nicht Tarifvertrag, Betriebsvereinbarung oder der Arbeitsvertrag selbst Formvorschriften enthalten. Strenge Anforderungen sind demgegenüber an die **Eindeutigkeit** der beiderseitigen Erklärungen zu stellen. So bedeutet die kommentarlose Annahme der Arbeitspapiere durch den Beschäftigten noch nicht seine Einverständniserklärung mit dem Auflösungsbegehren des Arbeitgebers (Schaub a.a.O. § 122 II 2). Ähnlich verhält es sich mit der Reaktion der Arbeitnehmerin auf eine zuvor erklärte Kündigung der Unternehmerseite. Mit der Kündigungserklärung kann das Angebot zur einverständlichen Beendigung des Arbeitsverhältnisses verbunden sein, aber auch hier bedarf es in jedem Falle einer unmißverständlichen Annahmeerklärung der Beschäftigten. **32**

4. Die Kündigung

Jeder Vertragspartner kann das Vertragsverhältnis kündigen. Die Kündigung ist eine **einseitige** und **empfangsbedürftige Willenserklärung**, die **rechtsgestaltende Wirkung** für die **Zukunft** besitzt, indem die gegenseitigen Vertragsbeziehungen ohne oder mit Kündigungsfrist aufgelöst werden. **33**

Zunächst muß also die Kündigung von einer Vertragspartei der anderen gegenüber erklärt werden und dieser **zugehen**, um wirksam zu sein. Unter Abwesenden wird der Zugang unterstellt, wenn das Schriftstück so in den Einflußbereich des Empfängers gelangt ist, daß er jedenfalls die theoretische Möglichkeit zur Kenntnisnahme hat, ohne daß dies im konkreten **34**

Fall auch tatsächlich geschieht. So geht ein an die Heimatanschrift der Arbeitnehmerin oder des Arbeitnehmers gerichtetes Kündigungsschreiben grundsätzlich auch dann zu, wenn der Arbeitgeber weiß, daß sie bzw. er sich in Urlaub befindet und verreist ist (BAG EzA Nr. 16 zu § 130 BGB).

35 Wie beim Aufhebungsvertrag ist auch für die Kündigung der Grundsatz zu beachten, daß sie **deutlich** und **zweifelsfrei** erfolgen muß (Schaub a.a.O. § 123 III 1). Insbesondere muß sich aus der Erklärung selbst oder aus den Umständen ergeben, ob eine ordentliche oder außerordentliche (fristlose) Kündigung gewollt ist. Sie kann nicht mit Bedingungen versehen werden, in dem Sinne wie z. B.: „...wenn Sie dies oder jenes tun, werde ich kündigen."

36 Die **Hauptarten** der Kündigung sind die ordentliche und die außerordentliche. Während die ordentliche Kündigung die jeweils geltende Kündigungsfrist beachtet, erfolgt die außerordentliche Kündigung ohne Einhaltung dieser Frist. Von einer **Änderungskündigung** – ob als ordentliche oder außerordentliche – spricht man, will der Kündigende eine Änderung der Arbeitsbedingungen erreichen.

37 Gesetzliche **Formvorschriften** müssen mit Ausnahme des Berufsausbildungsverhältnisses nicht berücksichtigt werden. Anderes findet sich ggf. in Tarifverträgen, Betriebsvereinbarungen oder im Arbeitsvertrag.

38 Die ordentliche oder fristgerechte Kündigung kann grundsätzlich in allen Arbeitsverhältnissen erklärt werden. Zu beachten sind hierbei die jeweiligen **Kündigungsfristen**, die sich unterschiedlich für Angestellte und Arbeiter im Gesetz (z. B. § 622 BGB) oder in anderen Rechtsquellen (Tarifverträge usw.) finden. Soweit die gesetzlichen Kündigungsfristen für Arbeiter kürzer sind als für Angestellte, hat das Bundesverfassungsgericht die entsprechende Regelung des § 622 Abs. 2 BGB für unvereinbar mit dem Gleichheitsgrundsatz des Art. 3 Abs. 1 GG erklärt (NJW 1990, 2246 ff.).

39 Für die Wirksamkeit einer außerordentlichen – fristlosen – Kündigung ist es zunächst notwendig, daß ein **wichtiger Grund** vorliegt, § 626 Abs. 1 BGB. Der Kündigungsempfänger hat das Recht zu verlangen, daß ihm der oder die Kündigungsgründe unverzüglich schriftlich mitgeteilt werden, damit er prüfen kann, ob ein gerichtliches Vorgehen gegen die Kündigung erfolgversprechend ist, § 626 Abs. 2 S. 3 BGB. Der Ausspruch einer fristlosen Kündigung ist an die Einhaltung einer **Ausschlußfrist** von 2 Wochen gebunden. Die Frist beginnt mit der sicheren Kenntnis der für die Kündigung maßgebenden Tatsachen durch den Kündigungsberechtigten, § 626 Abs. 2 BGB.

40 Um die Anforderungen der Rechtsprechung an den wichtigen Grund, der zur außerordentlichen Auflösung des Arbeitsvertrages durch den Arbeitgeber führen soll, deutlich zu machen, seien die nachfolgenden **Beispiele** genannt. Sie sind allerdings nicht in dem Sinne zu verstehen,

daß eine konkrete Interessenabwägung und die Berücksichtigung aller wesentlichen Gesichtspunkte entbehrlich werden. Wichtige Gründe können sein

- häufige Unpünktlichkeit
- unberechtigte Arbeitsverweigerung
- grobe Beleidigung
- Diebstahl oder
- tätliche Auseinandersetzung im Betrieb (vgl. Übersicht bei Schaub a.a.O. § 125 VII 1 ff.).

III. Kündigungsschutz

1. Der Kündigungsschutz nach dem Kündigungsschutzgesetz

Ist eine Arbeitnehmerin/ein Arbeitnehmer länger als sechs Monate in einem Betrieb tätig, der mehr als fünf Arbeitnehmer (mit einer wöchentlichen Arbeitszeit von mehr als 10 Stunden bzw. einer monatlichen Arbeitszeit von mehr als 45 Stunden) ausschließlich der zur Berufsausbildung Eingestellten beschäftigt, §§ 1, 23 KSchG, findet der Schutz des Kündigungsschutzgesetzes gegenüber ordentlichen Kündigungen Anwendung. Danach ist eine derartige Kündigung **sozial ungerechtfertigt**, wenn sie nicht durch Gründe in der Person, im Verhalten des Arbeitnehmers oder durch dringende betriebliche Erfordernisse bedingt ist, die eine Weiterbeschäftigung im Betrieb nicht zulassen, § 1 Abs. 2 S. 1 KSchG. **41**

Zu den **personenbedingten Gründen** wird z.B. die mangelnde Eignung des Arbeitnehmers für die zu erledigende Arbeit gerechnet. Die weiteren häufigsten Fälle in der Rechtsprechung sind Kündigungen wegen häufiger Erkrankungen oder langandauernder Krankheit. Hierzu hat das Bundesarbeitsgericht Grundsätze entwickelt, die zwar auf der einen Seite dem erhöhten Schutzbedürfnis der erkrankten Beschäftigten Rechnung tragen – die Fehlzeiten müssen sich auf den Betriebsablauf auswirken –, andererseits es aber doch häufig gestatten, daß die soziale Rechtfertigung der Kündigungsmaßnahme attestiert wird (vgl. zur Problematik Kurzerkrankungen BAG AP Nr. 17 zu § 1 KSchG 1969 Krankheit und zum Fall der langandauernden Erkrankung BAG EzA Nr. 16 zu § 1 KSchG Krankheit). **42**

Von **verhaltensbedingten Gründen** im Sinne des Kündigungsschutzgesetzes ist auszugehen, wenn z.B. Vertragsverletzungen vorliegen, die sich auf die Arbeitsleistungen der Arbeitnehmer oder die betriebliche Ordnung beziehen (vgl. Schaub a.a.O. § 130 I 1 c). Wie bei allen anderen Kündigungsgründen bedarf es auch hier zur sozialen Rechtfertigung einer umfassenden Interessenabwägung. Abgesehen von Ausnahmen – Vertrauensbruch – fordert die Rechtsprechung desweiteren, daß vor der **43**

Kündigung der Arbeitnehmer vom Arbeitgeber **abgemahnt** werden muß. Die Abmahnung dient dazu, den Beschäftigten aufzuzeigen, ein bestimmtes Verhalten wird als Vertragsverstoß angesehen und im Falle von Wiederholungen zum Anlaß genommen, die Kündigung des Arbeitsverhältnisses zu erklären (Schaub a.a.O. § 130 I 5).

44 Führt der Unternehmer z.B. Rationalisierungsmaßnahmen durch, die den Abbau von Arbeitsplätzen zur Folge haben, schränkt er den Betrieb ein oder legt ihn still, sind die hiermit verbundenen Entlassungen Fälle der **betriebsbedingten Kündigung**. Werden aus derartigen Gründen nicht alle Arbeitnehmer gekündigt, muß der Arbeitgeber eine **soziale Auswahl** unter den vergleichbaren Arbeitnehmern vornehmen, d.h. aus diesem Kreis kann nur derjenige entlassen werden, den eine Kündigung sozial weniger stark belasten wird, § 1 Abs. 3 S. 1 KSchG.

45 Sozial ungerechtfertigt und damit unwirksam ist eine Kündigung gem. § 1 Abs. 2 S. 2 KSchG ebenfalls, wenn der vor dem Ausspruch jeder Kündigung anzuhörende **Betriebs- oder Personalrat** frist- und formgerecht **Widerspruch** erhoben hat. Nach den im Kündigungsschutzgesetz aufgeführten Gründen kann der Betriebs- oder Personalrat z.B. mit dem Hinweis darauf der Kündigungsabsicht widersprechen, daß die Arbeitnehmerin an einem anderen Arbeitsplatz im Betrieb weiterbeschäftigt werden kann, § 1 Abs. 2 S 2 Ziff. 1 b) KSchG.

46 Erfolgt die Kündigung des Arbeitgebers zusammen mit dem Angebot an den Arbeitnehmer, das Arbeitsverhältnis zu geänderten Bedingungen fortzusetzen – **Änderungskündigung** –, kann die Beschäftigte/der Beschäftigte innerhalb der Kündigungsfrist, spätestens aber 3 Wochen nach der Kündigung, erklären, er nehme das Angebot unter dem **Vorbehalt** an, daß die Änderung der Arbeitsbedingungen nicht sozial ungerechtfertigt ist, § 2 KSchG.

47 Damit die oben dargelegte Unwirksamkeit einer Kündigung, die dem Kündigungsschutzgesetz unterfällt, festgestellt wird, ist die Erhebung einer **Kündigungsschutzklage** beim **Arbeitsgericht** erforderlich, die binnen 3 Wochen seit Zugang der Erklärung erhoben werden muß, § 4 KSchG. Andernfalls ist die Maßnahme des Arbeitgebers wirksam, § 7 KSchG. Ebenso muß der Arbeitnehmer verfahren, will er eine außerordentliche Kündigung – für die die genannten Voraussetzungen des Kündigungsschutzes gegeben sind – nicht gelten lassen, § 13 Abs. 1 KSchG.

48 Im Laufe des Rechtsstreites um die Wirksamkeit der Kündigung können Arbeitgeber und Arbeitnehmer – bei außerordentlicher Kündigung nur der Arbeitnehmer – einen Antrag auf **Auflösung** des Arbeitsverhältnisses gegen Zahlung einer **Abfindung** stellen. Das Gericht wird einem solchen Antrag stattgeben, ist die Kündigung sozial ungerechtfertigt und eine weitere gute Zusammenarbeit nicht zu erwarten oder nicht zumutbar, § 9 Abs. 1 KSchG. Vielfach wird hiervon vor Gericht insofern Ge-

brauch gemacht, als eine Abfindungsregelung im Wege eines Vergleiches vereinbart wird. Als allgemeine Orientierung für die Höhe der Abfindung dient hierbei oft die Formel: Hälfte des Monatseinkommens x Beschäftigungsjahre.

2. Der Kündigungsschutz im Berufsausbildungsverhältnis

Außerhalb der Probezeit, in der jederzeit ohne Einhaltung einer Frist 49
gekündigt werden kann, bestehen lediglich **zwei Ausnahmen** von dem im übrigen geltenden Grundsatz der **Unkündbarkeit**. So können sowohl der ausbildende Unternehmer als auch der Auszubildende selbst das Berufsausbildungsverhältnis fristlos kündigen, wenn ein wichtiger Grund (vgl. hierzu oben Rdnr. 39 f.) vorliegt, § 15 Abs. 2 Ziff. 1 Berufsbildungsgesetz (BBiG). Die weitere Ausnahme besteht darin, daß das Gesetz dem Auszubildenden das Recht einräumt, seinerseits zu kündigen, will er die Berufsausbildung aufgeben oder sich für eine andere Berufstätigkeit ausbilden lassen. Hierbei hat er eine vierwöchige Kündigungsfrist einzuhalten, § 15 Abs. 2 Ziff. 2 BBiG.

Darüberhinaus sind **Formvorschriften** zu beachten. Für die genannten 50
Ausnahmetatbestände gilt, daß die jeweilige Kündigung schriftlich zu erklären ist und die Kündigungsgründe anzugeben sind, andernfalls ist die Kündigungserklärung unwirksam, § 15 Abs. 3 BBiG i.V.m. § 125 BGB.

Um der Bedeutung des Berufsausbildungsverhältnisses für die berufli- 51
che Zukunft der Auszubildenden Rechnung zu tragen, schreibt § 111 Abs. 2 Arbeitsgerichtsgesetz (ArbGG) vor, daß vor einer arbeitsgerichtlichen Verhandlung über die Wirksamkeit einer Kündigung des Arbeitgebers der z.B. bei der jeweiligen Handwerksinnung oder anderen zuständigen Stellen gebildete **Schlichtungsausschuß** eingeschaltet werden muß. Er soll vor allem die Möglichkeiten der Weiterführung des Ausbildungsverhältnisses prüfen und ggf. auch eine Entscheidung treffen, die akzeptiert oder beim Arbeitsgericht angegriffen werden kann.

3. Arbeitsplatzschutz für werdende Mütter und Wöchnerinnen

Alle Arbeitnehmerinnnen – auch die zu ihrer Berufsausbildung be- 52
schäftigten Frauen – sind während der Schwangerschaft und bis zum Ablauf von 4 Monaten nach der Entbindung gegen eine Kündigung des Arbeitsverhältnisses durch den Arbeitgeber geschützt. Dieses **Kündigungsverbot** enthält das Mutterschutzgesetz (MSchG), das darüberhinaus auch die Beschäftigungsverbote vor und nach der Geburt regelt, § 9 Abs. 1. Bei der Kündigungserklärung muß der Arbeitgeber Kenntnis von der Schwangerschaft oder der Entbindung haben. Ausreichend für den Kündigungsschutz ist aber, wenn er hierüber innerhalb von 2 Wochen nach Zugang der Kündigung informiert wird. Schutz vor Entlassung besteht

aber nur – wie der Begriff Kündigungsschutz verdeutlicht – für den Fall, daß zur Beendigung des Arbeitsverhältnisses eine Kündigungserklärung erforderlich ist, hingegen nicht beim Auslaufen der Vertragsbeziehungen infolge einer rechtswirksamen Befristung.

53 Die Arbeitnehmerin ist berechtigt, jederzeit während oder nach der Schwangerschaft den Arbeitsvertrag zu **kündigen**, ggf. auch außerordentlich. Desweiteren besitzt sie die Möglichkeit, in der Schwangerschaft und innerhalb der Schutzfrist nach der Entbindung (8 Wochen, bei Früh- und Mehrlingsgeburten 12 Wochen) den Vertrag ohne Einhaltung einer Frist zum Ende der vorgenannten Schutzfrist zu kündigen, § 10 Abs. 1 MSchG.

4. Der Arbeitsplatzschutz beim Wehr- und Zivildienst

54 Das Arbeitsplatzschutzgesetz (APlSchG) sichert dem Wehrdienstleistenden und dem zur Wehrübung einberufenen Arbeitnehmer während diesen Zeitraumes den Bestand des Arbeitsverhältnisses. Dies geschieht auf der einen Seite dadurch, daß das Gesetz bestimmt, in dieser Zeit besteht das Arbeitsverhältnis als **ruhendes Vertragsverhältnis**, in dem also die Hauptpflichten der Arbeitsleistung und der Vergütungszahlung aufgehoben sind, § 1 Abs. 1 APlSchG.

55 Um andererseits diesen Grundsatz auch praktisch abzusichern, hat der Gesetzgeber im § 2 Abs. 1 APlSchG geregelt, daß der Unternehmer den Arbeitsvertrag von der Zustellung des Einberufungsbescheides an bis zur Beendigung des Wehrdienstes sowie während einer Wehrübung **nicht kündigen** darf.

56 Für die Arbeitnehmer, die sich für nicht mehr als 2 Jahre als **Soldat auf Zeit** verpflichten, gilt der Kündigungsschutz entsprechend, § 16 a) Abs. 1 APlSchG.

57 Über den dargestellten Schutz des Arbeitsplatzes hinaus darf der Arbeitgeber vor oder nach dem Wehrdienst keine Kündigung aus Anlaß des Wehrdienstes aussprechen. Desgleichen ist er gehindert, bei einer Kündigung aus betrieblichen Gründen und der dabei vorzunehmenden sozialen Auswahl den Wehrdienst eines Arbeitnehmers zu dessen Lasten zu berücksichtigen, § 2 Abs. 2 APlSchG.

58 **Anerkannte Kriegsdienstverweigerer** genießen den gleichen Schutz vor Entlassungen. Das Zivildienstgesetz (ZDG) erklärt das Arbeitsplatzschutzgesetz insoweit für entsprechend anwendbar, § 78 Abs. 1 Ziff. 1 ZDG.

59 Das Recht zur **außerordentlichen Kündigung** aus wichtigem Grund bleibt grundsätzlich von dem Arbeitsplatzschutz im Wehr- und Zivildienst unberührt. Allerdings stellt die Einberufung zum Wehrdienst keinen wichtigen Grund dar. Eine Ausnahme gilt für **Kleinbetriebe**, wenn

eine Ersatzkraft eingestellt wird und sodann die Weiterbeschäftigung des Arbeitnehmers nach dem Wehrdienst unzumutbar ist. Unter Wahrung einer Frist von 2 Monaten zum Zeitpunkt der Entlassung aus dem Wehrdienst kann in einem solchen Falle dem Arbeitnehmer gekündigt werden, § 2 Abs. 3 APlSchG.

5. Der Sonderkündigungsschutz für Schwerbehinderte

Nach dem Schwerbehindertengesetz (SchwbG) sind Schwerbehinderte 60
und ihnen gleichgestellte Arbeitnehmer besonders geschützt, dies gilt insbesondere für den Bestandsschutz des Arbeitsverhältnisses. Schwerbehinderte im Sinne dieses Gesetzes sind Personen mit einem Grad der Behinderung von wenigstens 50, § 1 SchwbG, Gleichgestellte sind Personen mit einem Grad der Behinderung von weniger als 50 aber wenigstens 30, § 2 Abs. 1 SchwbG.

Sind schwerbehinderte oder ihnen gleichgestellte Arbeitnehmerinnnen/ 61
Arbeitnehmer länger als 6 Monate beschäftigt, § 20 Abs. 1 Ziff. 1 SchwbG, bedarf eine vom Arbeitgeber beabsichtigte ordentliche, außerordentliche, vorsorgliche Kündigung, Änderungskündigung u.dergl. der **vorherigen Zustimmung** der für den Betrieb zuständigen **Hauptfürsorgestelle**, § 15 SchwbG. Dabei muß bei ordentlichen Kündigungen die Kündigungsfrist mindestens 4 Wochen betragen, § 16 SchwbG. Erst wenn die Zustimmung vorliegt oder im Falle einer außerordentlichen Kündigung die Hauptfürsorgestelle nach Ablauf von 2 Wochen ab Antragseingang keine Entscheidung getroffen hat, so daß die Zustimmung als erteilt gilt, § 21 Abs. 3 SchwbG, kann der Arbeitgeber die Kündigung erklären. Die Regeln der vorherigen Anhörung von Betriebs- oder Personalrat sind selbstverständlich auch hier zu beachten. Um nicht des Kündigungsrechtes verlustig zu gehen, muß der Unternehmer die Kündigung binnen eines Monats nach Zustellung der Zustimmung aussprechen, § 18 Abs. 3 SchwbG.

Der Kündigungsschutz ist nicht davon abhängig, daß der Arbeitgeber 62
Kenntnis von der Schwerbehinderung besitzt (BAG AP Nr. 3, 4, 5 zu § 12 SchwbG). Der Sonderkündigungsschutz ist selbst dann gewährleistet, sofern der Arbeitnehmer zum Zeitpunkt der Kündigung des Unternehmers, der hierüber nicht informiert ist, einen Antrag auf Feststellung der Schwerbehinderteneigenschaft gestellt hat und dieser später positiv beschieden wird (BAG a.a.O.). In diesen Fällen ist es ausreichend, wenn der Arbeitnehmer seine Rechte gegenüber dem Arbeitgeber innerhalb einer Frist von **einem Monat** geltend macht, indem er die Schwerbehinderung oder die Antragstellung mitteilt (BAG a.a.O.).

IV. Arbeitnehmerschutzrecht

1. Arbeitszeitschutz

63 Für die Betriebe und Verwaltungen, die nicht von entsprechenden tarifvertraglichen Arbeitszeitregelungen erfaßt werden, gilt die Arbeitszeitordnung (AZO), die als Gesetz des Jahres 1938 noch ein Relikt aus der Zeit des Nationalsozialismus darstellt. Danach beträgt die tägliche **Höchstarbeitszeit** für Arbeitnehmerinnen und Arbeitnehmer über 18 Jahre – für Jugendliche gilt das Jugendarbeitsschutzgesetz – werktäglich **8 Stunden**, § 3 AZO. Das Bild der AZO von der Arbeitswelt ist also noch von der 48-Stunden-Woche geprägt.

64 Die Arbeitszeitordnung läßt eine anderweitige Verteilung der Wochenarbeitszeit zu, die allerdings grundsätzlich keine Veränderung der Arbeitszeitdauer zur Folge hat. Abgesehen von Ausnahmen durch das Gewerbeaufsichtsamt und in vollkontinuierlichen Betrieben, §§ 8, 10 AZO, darf jedoch eine tägliche Arbeitszeit von 10 Stunden nicht überschritten werden, § 4 Abs. 3 AZO.

65 Dem Arbeitgeber ist es arbeitszeitrechtlich gestattet, an 30 Tagen im Jahr Arbeitnehmer des Betriebes oder einer Betriebsabteilung über die regelmäßige Arbeitszeit bis zu 2 Stunden mit Mehrarbeit – höchstens bis zu 10 Stunden täglich – zu beschäftigen, § 6 AZO.

66 Dem Zweck, Überbeanspruchungen der Arbeitnehmerinnnen und Arbeitnehmer zu minimieren, dienen neben der Festlegung der Höchstarbeitszeiten auch die Regelungen über **Ruhezeiten** und **Pausen**. Die ununterbrochene Ruhezeit – Zeit zwischen Beendigung der Arbeit und dem Wiederbeginn – beträgt 11 Stunden, § 12 Abs. 1 AZO. Eine Verkürzung dieser Ruhezeit auf 10 Stunden gilt z.B. für Gastwirtschaften und das Verkehrsgewerbe. Männlichen Arbeitnehmern muß nach einer Arbeitszeit von mehr als 6 Stunden eine halbstündige oder zwei viertelstündige Ruhepausen gewährt werden, § 12 Abs. 2 S. 1 AZO. Für Frauen ist im § 18 Abs. 1 AZO bestimmt, daß die Pausen früher einsetzen, und zwar nach viereinhalb bis sechs Stunden Arbeitszeit zwanzig Minuten, bei mehr als sechs bis acht Stunden eine halbe Stunde, bei mehr als acht bis neun Stunden dreiviertel Stunden und bei mehr als neun Stunden eine Stunde.

2. Der Jugendarbeitsschutz

67 Das Jugendarbeitsschutzrecht, geregelt im Jugendarbeitsschutzgesetz (JArbSchG) enthält Schutzvorschriften für **Kinder** (bis 14 Jahre) und **Jugendliche** (14 bis 18 Jahre), die von einem Arbeitgeber beschäftigt werden, §§ 1, 2 JArbSchG. Beschäftigt in diesem Sinne ist auch der **Auszubildende**, das Gesetz gewährleistet somit einen möglichst umfassenden Schutz.

So ist die Beschäftigung von Kindern im Grundsatz verboten. **Ausnahmen** sind zugelassen z.B. für die Absolvierung von Betriebspraktika während der Schulpflicht und für über dreizehnjährige Kinder in der Landwirtschaft, § 5 Abs. 1 – 3 JArbSchG. Die Aufsichtsbehörde (Gewerbeaufsichtsamt) kann auf Antrag gestatten, daß Kinder u.a. bei Theatervorstellungen, Musikaufführungen und Aufnahmen beim Rundfunk und Film in festgelegten Zeitgrenzen gestaltend mitwirken, § 6 Abs. 1 JArbSchG. Verboten ist gleichermaßen die Beschäftigung Jugendlicher unter fünfzehn Jahren, es sei denn sie unterliegen nicht mehr der Schulpflicht, § 7 JArbSchG. 68

Die tägliche **Arbeitszeit** Jugendlicher darf 8 Stunden nicht überschreiten und nicht mehr als 40 Stunden/Woche betragen, § 8 Abs. 1 JArbSchG. Ausgeprägt ist im Jugendarbeitsschutz ebenfalls die Pflicht zur Einhaltung der **Pausen** und **Ruhezeiten**. Eine Pause muß mindestens 30 Minuten bei mehr als viereinhalb bis sechs Stunden Arbeitszeit und 60 Minuten bei mehr als 6 Stunden ununterbrochener Arbeit betragen. In allen Fällen dürfen Jugendliche ohne Ruhepausen nicht länger als viereinhalb Stunden beschäftigt werden, § 11 Abs. 1, 2 JArbSchG. Die **ununterbrochene Freizeit** nach Beendigung der täglichen Arbeitszeit muß sich mindestens auf 12 Stunden belaufen, wobei die Tätigkeit in der Regel nur zwischen 6 und 20 Uhr stattzufinden hat, §§ 13, 14 JArbSchG. Wiederum im Grundsatz ist für jugendliche Arbeitnehmerinnnen und Arbeitnehmer die **Samstags- und Sonntagsruhe** gesichert, somit die Fünf-Tage-Woche, vgl. §§ 15 ff. JArbSchG. **Ausnahmen** von diesen Grundsätzen bestehen bzw. können auf Antrag bewilligt werden für z.B. Musikaufführungen, Theatervorstellungen sowie Rundfunk- und Filmtätigkeiten. 69

V. Der Tarifvertrag

1. Abschluß, Inhalt und Kündigung des Tarifvertrages

Das Entstehen und der Abschluß von Tarifverträgen bzw. Gesamtvereinbarungen ist untrennbar mit der Gründung von **Gewerkschaften** verbunden, die der wirtschaftlichen Überlegenheit und evtl. Willkür der Arbeitgeber Einhalt gebieten sollen. Das Grundgesetz (GG) garantiert im Art. 9 Abs. 3 ausdrücklich diese **Koalitionsfreiheit**. Dort ist bestimmt, daß das Recht, zur Wahrung und Förderung der Arbeits- und Wirtschaftsbedingungen Vereinigungen zu bilden, gewährleistet ist. In Ausfüllung dieser Regelung des Grundgesetzes enthält das Tarifvertragsgesetz (TVG) die Vorschriften, die das Zustandekommen, die Geltung und den Inhalt von Tarifverträgen betreffen. 70

Danach finden sich im **schriftlich** abzufassenden Tarifvertrag Rechte und Pflichten der Tarifvertragsparteien sowie Rechtsnormen, die den In- 71 halt, den Abschluß und die Beendigung von Arbeitsverhältnissen ordnen können, wie auch betriebliche und betriebsverfassungsrechtliche Fragen, § 1 TVG. Soweit die Rechte und Pflichten der Tarifvertragsparteien angesprochen sind, kommt diesem Teil eines Tarifvertrages die Wirkung eines **gegenseitigen Vertrages** zu. Der übrige genannte Tarifvertragsinhalt besitzt eine sog. normative Wirkung, d.h., daß dem Tarifvertrag **Gesetzeswirkung** zukommt und somit auf die einzelnen tarifunterworfenen Arbeitsverhältnisse unmittelbar einwirkt (vgl. Schaub a.a.O. § 198 III 1).

72 Insbesondere dieser Charakter des Tarifvertrages läßt es nicht zu, daß Arbeitnehmer und Arbeitgeber, für die die tarifvertraglichen Bestimmungen gelten, im Arbeitsvertrag ungünstigere Abmachungen treffen. Dies ist lediglich dann möglich, wenn der Tarifvertrag es ausdrücklich zuläßt. Hingegen bestehen keine Hindernisse, für die Arbeitnehmer günstigere Regelungen einzelvertraglich festzulegen, § 4 Abs. 3 TVG.

73 Als Vertrag kann der Tarifvertrag unter Beachtung der niedergelegten Fristen und Termine **gekündigt** werden. Um aber für die Parteien des Arbeitsvertrages Rechtssicherheit zu schafffen, gelten die Rechtsnormen des Tarifvertrages weiter, bis sie durch eine andere Abmachung ersetzt sind, § 4 Abs. 5 TVG.

74 Tarifverträge können Gewerkschaften mit einzelnen Arbeitgebern oder Vereinigungen von Arbeitgebern abschließen, sie besitzen damit die **Tariffähigkeit**, § 2 Abs. 1 TVG. Dies kann gleichermaßen auf Zusammenschlüsse von Gewerkschaften und die zuvor zitierten Arbeitgebervereinigungen (Spitzenorganisationen) zutreffen, wenn eine entsprechende Vollmacht vorliegt oder die Satzung die hierfür notwendige Rechtsgrundlage schafft, § 2 Abs. 2, 3 TVG.

2. Geltungsbereich des Tarifvertrages und Tarifbindung

75 Die **normativen** Bestimmungen des Tarifvertrages gelten für alle Arbeitsverhältnisse – sofern Tarifbindung besteht –, die von seinem zeitlichen, räumlichen, betrieblichen, fachlichen und persönlichen Geltungsbereich erfaßt werden (vgl. Schaub a.a.O. § 203 I ff.).

76 In **zeitlicher Hinsicht** gilt ein Tarifvertrag also für alle Arbeitsverhältnisse, die nach seinem Inkrafttreten und vor seiner Beendigung wirksam werden, ferner für alle bestehenden Arbeitsverträge.

77 Im Tarifvertrag selbst wird in der Regel der **räumliche Geltungsbereich** festgelegt. Man unterscheidet z.B. nach Bezirks-, Landes- oder Bundestarifverträgen. Entscheidend für die räumliche Einordnung ist der Betriebssitz (Schaub a.a.O. § 203 III 1).

78 Die **betriebliche Geltung** orientiert sich an dem Wirtschaftszweig, für den der Tarifvertrag abgeschlossen ist. Problematisch kann in diesem Zusammenhang sein, welcher Tarifvertrag für Mischbetriebe gilt. Hier stellt

die Rechtsprechung darauf ab, welche Merkmale dem Betrieb das Gepräge geben (BAG AP Nr. 10 zu § 1 TVG Tarifverträge: Bau). Auch für die Mitarbeiter der Kantine einer Rundfunkanstalt ist somit der jeweilige Rundfunk-Tarifvertrag anzuwenden.

Es ist den Tarifvertagsparteien überlassen zu bestimmen, für welche Arten der Arbeit der Tarifvertrag gelten soll, ob für Arbeiter, Angestellte, ob für kaufmännische und technische Angestellte. Sie können daher den **fachlichen Geltungsbereich** festlegen. Ein weiteres Gliederungselement in dieser Hinsicht stellt die Vereinbarung von Vergütungsgruppen für bestimmte Tätigkeiten dar. 79

Grundsätzlich erfaßt ein Tarifvertrag alle Arbeitnehmer. Häufig werden allerdings von diesem **persönlichen Geltungsbereich** z.B. Auszubildende ausgenommen, indem im Entlohnungsbereich gesonderte Vergütungstarifverträge üblich sind. 80

Aus dem Jahre 1974 stammt eine Einfügung in das Tarifvertragsgesetz, die u.a. die Möglichkeiten des persönlichen Geltungsbereiches erweitert hat. So können nach diesem neuen § 12 a) TVG auch Tarifverträge für **arbeitnehmerähnliche Personen** abgeschlossen werden (vgl. hierzu § 6 Rdnr. 49 ff.). Unabhängig von der grundlegenden Einordnung – Dienstleistende, die mangels persönlicher Abhängigkeit keine Arbeitnehmer, wegen ihrer wirtschaftlichen Abhängigkeit aber keine Unternehmer sind (vgl. Schaub a.a.O. § 9 I) – beschreibt die Bestimmung des § 12 a) TVG, wer als arbeitnehmerähnliche Person anzusehen ist, für den Tarifverträge vereinbart werden können. Es muß sich danach um Mitarbeiter handeln, die *auf Grund von Dienst- oder Werkverträgen für andere Personen tätig sind und die Arbeit persönlich und im wesentlichen ohne Hilfe von Arbeitnehmern erbringen*. Ferner ist erforderlich, daß sie *entweder überwiegend für eine Person tätig sind oder von einer Person im Durchschnitt mehr als die Hälfte ihres Entgelts beziehen*, § 12 a) Abs. 1 Ziff. 1 TVG. Zu den arbeitnehmerähnlichen Personen in diesem Sinne gehören auch **Künstler, Schriftsteller, Journalisten und Mitarbeiter des Ton- und Fernsehrundfunks**, wenn sie mindestens ein Drittel ihrer Einnahmen von einer Person beziehen, § 12 a) Abs. 3 TVG. Nach § 12 a) Abs. 2 TVG gelten z.B. Rundfunkanstalten als eine Person im obigen Sinne. Infolgedessen existieren u.a. für alle öffentlich-rechtlichen Rundfunkanstalten Tarifverträge für arbeitnehmerähnliche Personen. 81

Verpflichtet, die Regelungen in einem Tarifvertrag zu beachten, sind die Mitglieder der Tarifvertragsparteien – Gewerkschaften, Arbeitgeberverband bzw. der Arbeitgeber, sofern er selbst Partei des Tarifvertrages ist –, § 3 Abs. 1 TVG. Die **Tarifbindung** erfordert somit, daß sowohl Arbeitgeber als auch Arbeitnehmer Mitglied der Organisation sind, die den Tarifvertrag abgeschlossen hat. Eine Ausnahme hiervon bilden Tarifregelungen über betriebliche und betriebsverfassungsrechtliche Fragen insofern, als 82 sie in Betrieben gelten, in denen lediglich der Arbeitgeber tarifgebunden ist, § 3 Abs. 2 TVG.

3. Die Allgemeinverbindlichkeitserklärung

83 Um zu verhindern, daß Unternehmer wegen des Konkurrenzvorteils und zur Verdrängung vom Tarifvertrag erfaßter Arbeitnehmer gezielt nicht tarifgebundene Arbeitnehmer einstellen oder sich der Tarifbindung in anderer Weise entziehen, hält das Tarifvertragsgesetz das Instrument der Allgemeinverbindlichkeitserklärung eines Tarifvertrages bereit. Ein solcher Tarifvertrag gilt sodann für sämtliche Arbeitnehmer und Arbeitgeber, die seinem räumlichen, fachlichen und betrieblichen Geltungsbereich unterliegen, § 5 Abs. 4 TVG.

84 5 Der **Bundesminister für Arbeit und Sozialordnung** bzw. die **oberste Arbeitsbehörde eines Landes** kann einen Tarifvertrag für allgemeinverbindlich erklären, wenn ein entsprechender Antrag der Partei eines rechtswirksamen Tarifvertrages vorliegt, die tarifgebundenen Arbeitgeber mindestens 50 Prozent der unter den Geltungsbereich fallenden Arbeitnehmer beschäftigen und ein öffentliches Interesse an der Allgemeinverbindlichkeitserklärung besteht. Sind die beiden zuletzt genannten Voraussetzungen nicht gegeben, ist eine Entscheidung des Ministers für den Fall eines sozialen Notstands möglich, § 5 Abs. 1 TVG.

85 Von den ca. 32.000 gültigen Tarifverträgen waren zum Ende des Jahres 1988 insgesamt 539 für allgemeinverbindlich erklärt worden (vgl. Kittner, Arbeits- und Sozialordnung 1991, S. 1098). Es handelt sich dabei um Tarifverträge zum Beispiel aus dem Baugewerbe, Gebäudereinigerhandwerk, Groß- und Außenhandel, Einzelhandel sowie Hotel- und Gaststättengewerbe (Schaub a.a.O. § 207 I 1 Fußn. 2).

4. Inbezugnahme eines Tarifvertrages

86 Sind Arbeitgeber und Arbeitnehmer nicht tarifgebunden, wollen sie aber, daß Tarifrecht auf das Arbeitsverhältnis Anwendung findet, können sie dies im **Arbeitsvertrag vereinbaren**. Notwendig ist hierbei lediglich, daß zwischen den Parteien Klarheit darüber herrschen muß, auf welchen Tarifvertrag Bezug genommen werden soll, ob insgesamt oder zum Teil. Ist beabsichtigt, den Arbeitsvertrag generell den Bedingungen des einschlägigen Tarifvertrages zu unterwerfen, empfiehlt sich die Verweisung auf die Tarifverträge in ihrer jeweiligen Fassung. Damit sind bei einem neuen Tarifabschluß Änderungen des Arbeitsvertrages entbehrlich.

5. Der Inhalt des Tarifvertrages

87 Die Bestimmungen des Tarifvertrages, die die Rechte und Pflichten der Tarifvertragsparteien selbst betreffen, bezeichnet man als **obligatorische**

Regelungen eines Tarifvertrages. Hierzu rechnet z.B. die Friedenspflicht, d.h. die Pflicht, während des Laufes des Tarifvertrages keine Streikmaßnahmen zur Durchsetzung bereits tariflich geregelter Punkte durchzuführen. Ferner ist unter diese Pflichten die Einwirkungspflicht einzuordnen. Die Einwirkungspflicht weist den Parteien des Tarifvertrages die Aufgabe zu, dafür Sorge zu tragen, daß die einzelnen Bestimmungen des Tarifvertrages eingehalten und durchgeführt werden (Schaub a.a.O. § 201 III 2 u. 3).

Die normativen Tarifbestimmungen, die Regelungen also, die unmittel- 88
bar gegenüber tarifunterworfenen Arbeitgebern und Arbeitnehmern wirken, umfassen zunächst die **Inhaltsnormen**. In Form von Mantel-/Rahmen- sowie Lohn- und Gehaltstarifverträgen sind hier in der Regel alle wesentlichen Rechte und Pflichten der Arbeitsvertragsparteien, zumeist verbunden mit Verbesserungen gegenüber gesetzlichen Mindeststandards, festgehalten.

Ein Beispiel für die Gruppe der **Abschlußnormen** – Bestimmungen, 89
die insbesondere den Abschluß neuer Arbeitsverträge betreffen – sind Formvorschriften für die Vereinbarung eines Arbeitsverhältnisses.

Betriebliche Normen regeln die Lage der Arbeitszeit, die Termine der 90
Lohn- und Gehaltszahlungen u.dgl.

Schließlich können auch **betriebsverfassungsrechtliche Normen** Ge- 91
genstand des Tarifvertrages sein. Für den Bereich des Personalvertretungsrechtes, der hier vom Begriff „betriebsverfassuungsrechtlich" umfaßt wird, hat der Gesetzgeber allerdings eine Einschränkung vorgenommen. Im Bundespersonalvertretungsgesetz bestimmt § 97, daß im Tarifvertrag nicht von den gesetzlichen Vorschriften abgewichen werden darf (vgl. auch BAG DB 87, 283 f.).

VI. Betriebsverfassungsrecht

1. Geltungsbereich des Betriebsverfassungsgesetzes

Das Betriebsverfassungsgesetz (BetrVG) nimmt Verwaltungen und Be- 92
triebe des Bundes, der Länder, der Gemeinden und sonstiger Körperschaften, Anstalten und Stiftungen des öffentlichen Rechts von seinem Geltungsbereich aus, § 130 BetrVG. Für diese Dienststellen gilt das Personalvertretungsrecht. Aus Gründen der strukturellen Vergleichbarkeit und, um nicht auch auf die einzelnen landesrechtlichen Personalvertretungsgesetze eingehen zu müssen, wird die Betriebsvertretung im öffentlichen Dienst im vorliegenden Abschnitt nicht behandelt. Dargestellt werden somit die Grundzüge der für die privatrechtlichen Betriebe geltenden Betriebsverfassung.

93 Keine Anwendung findet das Betriebsverfassungsgesetz ferner auf Religionsgemeinschaften sowie ihre karitativen und erzieherischen Einrichtungen, § 118 Abs. 2 BetrVG.

94 **Betriebsratsfähig** – d.h. ein Betriebsrat kann gewählt werden – ist ein Betrieb, der in der Regel mindestens 5 ständige, wahlberechtigte Arbeitnehmer beschäftigt, von denen 3 wählbar sein müssen, § 1 BetrVG.

95 Die Regeln der Betriebsverfassung erstrecken sich auf alle **Arbeitnehmer** eines Betriebes, einschließlich der zu ihrer **Berufsausbildung Beschäftigten**, § 5 Abs. 1 BetrVG. Folglich zählen hierzu nicht die schon erwähnten arbeitnehmerähnlichen Personen. Ebenso sieht das Betriebsverfassungsgesetz u.a. die gesetzlichen Vertreter juristischer Personen (Vorstandsmitglieder), Vertreter oder Geschäftsführer von Personengesellschaften, Mönche, Ordensschwestern und dgl., Personen, die zu ihrer Heilung, Besserung oder Erziehung beschäftigt werden (z.B. Strafgefangene) nicht als Arbeitnehmer an, § 5 Abs. 2 BetrVG. Soweit das Gesetz nichts anderes bestimmt, trifft es schließlich auch nicht auf leitende Angestellte im Sinne des § 5 Abs. 3, 4 BetrVG zu.

96 Im Verlaufe einer umfangreichen Rechtsprechung haben sich die Kriterien verfestigt, die erfüllt sein müssen, wenn man von einem **leitenden Angestellten** spricht. Diesen Personenkreis werden z.B. zugerechnet: Hauptabteilungsleiter Vertrieb sowie Marketingleiter (BAG AP Nr. 13, 15 zu § 5 BetrVG 1972), Direktionsassistent (BAG AP Nr. 14 zu § 5 BetrVG 1972) und Abteilungsleiter technische Kontrolle (BAG AP Nr. 16 zu § 5 BetrVG 1972). Mit Wirkung zum 1. 1. 1990 hat der Gesetzgeber durch das Gesetz über Sprecherausschüsse der leitenden Angestellten (Sprecherausschußgesetz – SprAuG) eine weitere Zersplitterung der betrieblichen Interessenvertretung bewirkt. Danach können nunmehr die leitenden Angestellten eigene Sprecherausschüsse bilden, denen Anhörungs- und begrenzte Mitwirkungsrechte gegenüber Maßnahmen des Arbeitgebers eingeräumt sind.

97 Das Betriebsverfassungsgesetz differenziert insbesondere bei der Zusammensetzung des Betriebsrats zwischen **Arbeitern** und **Angestellten**, § 6 BetrVG. Diese Gruppenbildung ist also bei der Wahl des Betriebsrats zu beachten.

2. Die Wahl des Betriebsrats

98 Für die Durchführung einer Betriebsratswahl ist zunächst die Bestellung eines **Wahlvorstands** erforderlich. Besteht im Betrieb ein Betriebsrat, so obliegt diesem spätestens 10 Wochen vor Beendigung seiner Amtszeit die Einsetzung des Wahlvorstands, § 16 BetrVG, während in einem Betrieb ohne Betriebsrat dieses Recht der Betriebsversammlung eingeräumt ist, § 17 Abs. 1 BetrVG. Einberufen werden kann sie von 3 wahlbe-

rechtigten Arbeitnehmern oder einer im Betrieb vertretenen Gewerkschaft, § 17 Abs. 2 BetrVG. Hier wird die Aufgabenstellung der Gewerkschaften innerhalb der Betriebsverfassung deutlich, die darin besteht, Hilfs-, Beratungs- und Kontrollfunktionen zu übernehmen. Die Bestimmung des § 2 Abs. 1 BetrVG formuliert dies unzulänglich mit der Floskel der vertrauensvollen Zusammenarbeit von Arbeitgeber, Betriebsrat, Gewerkschaften und Arbeitgebervereinigungen.

Der Wahlvorstand besteht aus **3 wahlberechtigten Arbeitnehmern**, er 99
kann in größeren Betrieben auch erweitert werden, Voraussetzung ist aber immer eine ungerade Zahl an Mitgliedern. Sind Arbeiter und Angestellte im Betrieb beschäftigt, müssen beide Gruppen auch im Wahlvorstand repräsentiert sein, § 16 Abs. 1 BetrVG.

Wahlberechtigt sind alle Arbeitnehmerinnen und Arbeitnehmer, die 100
das 18. Lebensjahr vollendet haben, § 7 BetrVG, **wählbar** alle zuvor Genannten, die 6 Monate dem Betrieb angehören. Letztere Voraussetzung entfällt bei neu gegründeten Betrieben, § 8 BetrVG.

Die **Zahl** der zu wählenden **Betriebsratsmitglieder** orientiert sich an 101
der Größe des Betriebes, wie sie sich in der jeweiligen Beschäftigtenzahl ausdrückt. Das Betriebsverfassungsgesetz differenziert desweiteren nach wahlberechtigten Arbeitnehmern bei kleinen und nach Arbeitnehmern bei größeren Betrieben, § 9 BetrVG. Die gesetzliche Staffelung reicht vom Betriebsobmann (5 - 20 wahlberechtigte Arbeitnehmer) bis zu einem Betriebsrat mit 31 Mitgliedern (7001 - 9000 Arbeitnehmer). Werden noch mehr Arbeitnehmer beschäftigt, kann sich die Mitgliederzahl des Betriebsrats noch erhöhen. Auch in diesem Zusammenhang legt das Gesetz Wert auf die Repräsentation der einzelnen Arbeitnehmergruppen – Arbeiter und Angestellte – im Betriebsrat, indem ab einem Betriebsrat, der aus mindestens 3 Mitgliedern besteht, Arbeiter und Angestellte entsprechend ihrem zahlenmäßigen Verhältnis im Betriebsrat vertreten sein müssen, § 10 BetrVG.

Abgesehen von der Wahl eines Betriebsobmanns wählen Arbeiter und 102
Angestellte ihre Vertreterinnen und Vertreter in getrennten Wahlgängen. Die wahlberechtigten Angehörigen beider Gruppen können diese **Gruppenwahl** durch eine **gemeinsame Wahl ersetzen**, sofern sie dies vor der Neuwahl in getrennten und geheimen Abstimmungen beschließen, § 14 Abs. 2 BetrVG.

Die Betriebsratswahl wird als **Verhältniswahl (Listenwahl)** durchge- 103
führt, wenn 2 oder mehr gültige Wahlvorschläge eingereicht werden, § 14 Abs. 3 BetrVG. Nach der Bestimmung des § 20 Abs. 1 u. 2 BetrVG darf niemand die Wahl des Betriebsrats behindern oder beeinflussen, so daß der **Wahlschutz** gegenüber jedweder Repressalie jedenfalls formal gewährleistet ist.

3. Amtszeit und Geschäftsführung des Betriebsrats

104 Entsprechend dem Wahlrhythmus von 4 Jahren beträgt die regelmäßige Dauer der Amtszeit des Betriebsrats ebenfalls **4 Jahre**, § 21 BetrVG. **Ausnahmen** von dieser Regel ergeben sich z.B. dann, wenn die Wahl des Betriebsrats insgesamt rechtswirksam angefochten wurde, sich die Zahl der Beschäftigten um die Hälfte, mindestens aber um 50 nach oben oder unten verändert hat oder durch Ausscheiden einzelner Mitglieder und Ersatzmitglieder der Betriebsrat nicht mehr der gesetzlichen Größe entspricht, § 13 Abs. 2 BetrVG.

105 Zur Arbeitsfähigkeit des Betriebsrats gehört zunächst die **Wahl der Vorsitzenden/des Vorsitzenden** und **der Stellvertreterin/des Stellvertreters**. Bei dieser Wahl ist wiederum der Gruppenschutz zu beachten, Vorsitzende und Stellvertreter sollen nicht derselben Gruppe angehören, § 26 Abs. 1 BetrVG. Die Vorsitzende vertritt den Betriebsrat im Rahmen der gefaßten Beschlüsse und ist zur Entgegennahme von Erklärungen des Arbeitgebers befugt, § 26 Abs. 3 BetrVG. Darüberhinaus obliegt der Betriebsratsvorsitzenden u.a. die Führung der laufenden Geschäfte, die Einberufung der Betriebsratssitzungen und die Leitung der Betriebsversammlung.

106 Die Geschäftsführungsaufgabe übernimmt bei einem Betriebsrat von 9 oder mehr Mitgliedern ein dann zu bildender **Betriebsausschuß**, § 27 BetrVG. In einem solchen Falle kann der Betriebsrat weitere Ausschüsse für bestimmte Aufgaben bilden, so einen Personalausschuß, § 28 Abs. 1 u. 2 BetrVG.

4. Die Betriebsversammlung

107 Zumindest in jedem **Kalendervierteljahr** hat der Betriebsrat eine Betriebsversammlung einzuberufen, die je nach Notwendigkeit oder Erforderlichkeit auch als Teil- oder Abteilungsversammlungen durchgeführt werden können, § 42 BetrVG. Außerordentliche Betriebsversammlungen können z.B. von einer im Betrieb vertretenen Gewerkschaft beantragt werden.

108 Im Rahmen der ordentlichen Betriebsversammlung hat der Betriebsrat die Aufgabe, seinen **Tätigkeitsbericht** zu erstatten. Der Arbeitgeber ist verpflichtet, mindestens einmal im Kalenderjahr über das Personal- und Sozialwesen sowie über die wirtschaftliche Lage und Entwicklung des Betriebes zu berichten, § 43 Abs. 1 u. 2 BetrVG. Im übrigen ist die Betriebsversammlung der Ort zur Erörterung aller betrieblichen Angelegenheiten. Die dort behandelten Themen können auch tarifpolitischer, sozialpolitischer oder wirtschaftlicher Art sein, sofern sie den Betrieb oder seine Arbeitnehmer unmittelbar betreffen, § 45 BetrVG.

Ein **Teilnahmerecht** besitzen Beauftragte der im Betrieb vertretenen Gewerkschaften und bei Anwesenheit des Arbeitgebers Vertreter der entsprechenden Arbeitgebervereinigung, § 46 Abs. 1 BetrVG. 109

5. Die Beteiligungsrechte des Betriebsrats

Differenziert nach der Stärke der Beteiligungsrechte des Betriebsrats sind sie in **Mitwirkungs-** und **Mitbestimmungsrechte** zu unterteilen (vgl. Schaub a.a.O. § 230 I 1). Mitwirkungsrechte gliedern sich wiederum in die Bereiche Informations-, Anhörungs- und Beratungsrechte. 110

So hat der Arbeitgeber den Betriebsrat rechtzeitig und umfassend zu **unterrichten** und ihm die Unterlagen zur Verfügung zu stellen, damit er seine allgemeinen Überwachungsaufgaben im Sinne des § 80 Abs. 1 BetrVG wahrnehmen kann. Gleiches gilt für Arbeitgeber-Planungen von Änderungen baulicher Art und von Arbeitsverfahren, § 90 BetrVG, für die Personalplanung, § 92 BetrVG, Einstellungen, Ein- und Umgruppierungen sowie Versetzungen, § 99 BetrVG, Entlassungen, § 102 BetrVG, Rationalisierungsmaßnahmen, § 111 BetrVG, usw. 111

Am Beispiel der vom Arbeitgeber beabsichtigten Entlassung eines Arbeitnehmers läßt sich erkennen, daß das **Anhörungsrecht** eine nächste Stufe der Beteiligung des Betriebsrats darstellt. Dem Betriebsrat sind nicht nur die erforderlichen Daten, Unterlagen und Kündigungsgründe mitzuteilen, er ist darüberhinaus anzuhören. Ihm ist also Gelegenheit zur Stellungnahme zu geben, mit der sich wiederum der Arbeitgeber auseinandersetzen muß. Unterbleibt diese Anhörung, ist die **Kündigung rechtsunwirksam**, § 102 Abs. 1 BetrVG. 112

Die Rechte des Betriebsrats erschöpfen sich z.B. bei der Personalplanung nicht darin, die Planungsvorstellungen des Arbeitgebers entgegenzunehmen, die damit verbundenen Maßnahmen sind vielmehr zwischen Betriebsrat und Arbeitgeber zu **beraten**, § 92 Abs. 1 BetrVG. Dies gilt ebenso für den Fall der oben genannten Rationalisierungsvorhaben, § 111 Abs. 1 BetrVG. 113

Teil des Mitbestimmungsrechtes des Betriebsrats sind die ihm vom Betriebsverfassungsgesetz eingeräumten Möglichkeiten, seine **Zustimmung** zu einer Maßnahme des Arbeitgebers zu **verweigern** oder ihr zu **widersprechen**. 114

Stimmt der Betriebsrat in diesem Sinne der vorgesehenen Versetzung eines Arbeitnehmers mit einer der gesetzlich vorgesehenen Begründungen nicht zu, kann der Unternehmer diese personelle Maßnahme nicht durchführen. Hält er dennoch hieran fest, bedarf es eines von ihm einzuleitenden arbeitsgerichtlichen Beschlußverfahrens, um die Ersetzung der Zustimmung durch das Gericht zu erreichen, § 99 Abs. 4 BetrVG. 115

116 Vergleichbar hiermit ist die Situation, wenn der Betriebsrat der beabsichtigten **Kündigung** einer Arbeitnehmerin in der im Gesetz geregelten Form **widerspricht**. Erhebt die Arbeitnehmerin Klage gegen eine dennoch ausgesprochene Kündigung, muß sie auf entsprechendes Verlangen hin weiterbeschäftigt werden, bis der Prozeß rechtskräftig abgeschlossen ist, § 102 ABs. 5 BetrVG. Der Arbeitgeber kann sich hiervon durch eine Gerichtsentscheidung entbinden lassen. Diesem Begehren wird das Arbeitsgericht entsprechen, wenn z.B. die Klage der Beschäftigten aussichtslos sein sollte.

117 Das stärkste Beteiligungsrecht des Betriebsrats ist das Mitbestimmungsrecht, das die Wirksamkeit einer Maßnahme des Arbeitgebers von der **vorherigen Zustimmung** des Betriebsrats abhängig macht. Kommt eine Regelung dieser Art nicht zustande, bedarf es der Einberufung einer **Einigungsstelle** und ihrer verbindlichen Entscheidung, z.B. §§ 87 Abs. 2, 76 BetrVG. Beginn und Ende der täglichen Arbeitszeit, Fragen der betrieblichen Lohngestaltung und Festsetzung der Akkord- und Prämiensätze sind Mitbestimmungsvorgänge der dargelegten Qualität, § 87 Abs. 1 BetrVG. Zur Sicherung der gleichgewichtigen Stellung von Arbeitgeber und Betriebsrat steht dem Betriebsrat das Recht zu, selbst initiativ zu werden, um eine bestimmte Handhabung im Betrieb zu erreichen (Schaub a.a.O. § 230 I 5).

118 Am Beispiel der erwähnten Rationalisierungsabsicht kann dies verdeutlicht werden. Versucht der Unternehmer, die Vereinbarung eines Sozialplans zum Ausgleich der Nachteile für die betroffenen Arbeitnehmer zu umgehen, kann der Betriebsrat über sein **Initiativrecht** und letztlich über die Einigungsstelle den Abschluß des Sozialplans erzwingen, §§ 112 Abs. 4, 112 a) BetrVG.

6. Der Tendenzschutz

119 Einschränkungen der Beteiligungsrechte des Betriebsrats ergeben sich in **Tendenzunternehmen** und **-betrieben**. Hierbei handelt es sich um Unternehmen und Betriebe, die unmittelbar und überwiegend den im § 118 Abs. 1 BetrVG aufgeführten Zwecken dienen, so u.a. wissenschaftlichen, künstlerischen Bestimmungen oder Zwecken der Berichterstattung oder Meinungsäußerung.

120 Auf diese Betriebe findet zwar das Betriebsverfassungsgesetz im Grundsatz Anwendung, aber nicht, soweit die **Eigenart** des Unternehmens oder Betriebes dem **entgegensteht**. Die Bestimmungen der §§ 106 - 110 BetrVG (Wirtschaftsausschuß) sind vom Geltungsbereich gänzlich ausgenommen, die §§ 111 - 113 BetrVG können lediglich dazu dienen, den Ausgleich oder die Milderung wirtschaftlicher Nachteile für die Arbeitnehmer bei Betriebsänderungen herbeizuführen. Zu Lasten der so-

zialstaatlichen Komponente wird hier also den Freiheitsrechten der Unternehmer, die die obigen Zwecke verfolgen, Vorrang eingeräumt.

Da ein **Theater** unmittelbar und überwiegend künstlerischen Bestimmungen dient, gilt es als Tendenzunternehmen. Die Beteiligungsrechte des Betriebsrats treten also insoweit zurück, als die Verwirklichung des künstlerischen Zweckes ernsthaft beeinträchtigt werden kann. Dieser Fall ist aber dann nicht gegeben, wenn z.B. das Theaterunternehmen Maskenbildner oder eine Chefmaskenbildnerin einstellen will. Sie zählen nach Auffassung der Rechtsprechung nicht zum Kreis der **Tendenzträger**, d.h. zu den Personen, die die Möglichkeit der inhaltlichen Einflußnahme auf die Tendenzverwirklichung haben. Hier bestimmt somit der Betriebsrat gem. § 99 BetrVG mit (BAG EzA Nr. 38 zu § 118 BetrVG 1972 = DB 1987, 847). 121

7. Die Jugend- und Auszubildendenvertretung

Zur Vertretung der spezifischen Interessen der Jugendlichen und Auszubildenden im Betrieb kann eine Jugend- und Auszubildendenvertretung gebildet werden. **Voraussetzung** ist, daß in der Regel mindestens 5 Arbeitnehmer beschäftigt werden, die das 18. Lebensjahr oder als Auszubildende das 25. Lebensjahr noch nicht vollendet haben, § 60 Abs. 1 BetrVG. 122

Aus den **Abweichungen** von den Bestimmungen für den Betriebsrat ist hervorzuheben, daß die Amtszeit 2 Jahre beträgt und die Jugend- und Auszubildendenvertretung keine eigenen Beteiligungsrechte gegenüber dem Arbeitgeber besitzt. Die Belange der Jugendlichen und Auszubildenden sind somit über den Betriebsrat zu transportieren. Zu diesem Zwecke hat u.a. die gesamte Jugend- und Auszubildendenvertretung **Teilnahme-** und **Stimmrecht** bei Betriebsratssitzungen und Tagesordnungspunkten, die besonders oder überwiegend die Belange der von ihr Vertretenen betreffen, § 67 BetrVG. 123

8. Der Schutz der Betriebsverfassungsorgane

Das Betriebsverfassungsgesetz räumt den Betriebsratsmitgliedern u.a. einen **Tätigkeitsschutz** – Beschäftigung von Betriebsratsmitgliedern nur mit Tätigkeiten vergleichbarer Arbeitnehmer – sowie einen **Entgeltschutz** – Sicherung der Teilnahme an der Lohn- und Gehaltsentwicklung ebenfalls vergleichbarer Beschäftigter – ein, § 37 Abs. 5 u. 4 BetrVG. 124

Der daneben wichtigste Schutz der Betriebsverfassungsorgane zur Sicherung der Unabhängigkeit und Kontinuität ihrer Arbeit findet sich im **Kündigungsschutz** des § 103 BetrVG i.V.m. § 15 KSchG. Mit Ausnahme der Stillegung des Betriebes oder einer Betriebsabteilung ist die ordentliche Kündigung eines Mitglieds des Betriebsrats, der Jugend- und Auszu- 125 bildendenvertretung, des Wahlvorstands sowie von Wahlbewerbern unzulässig. Möglich ist allerdings der Ausspruch einer fristlosen Kündigung, wenn zuvor der Betriebsrat seine Zustimmung zur Kündigung erklärt hat und – natürlich – ein wichtiger Grund für diese Maßnahme vorliegt, der sich aber in der Regel nicht aus einer Amtshandlung als Betriebsrat ergeben kann. Bei fehlender Zustimmung des Betriebsrats bleibt dem Arbeitgeber der Weg zum Arbeitsgericht zwecks Ersetzung, § 103 Abs. 2 BetrVG.

VII. Rechtsstreitigkeiten im Arbeitsrecht

1. Die Arbeitsgerichtsbarkeit

126 Für Rechtsstreitigkeiten zwischen Tarifvertragsparteien, Betriebsrat und Unternehmer, zwischen Arbeitnehmern untereinander sowie zwischen Arbeitnehmern und Arbeitgebern aus dem Arbeitsverhältnis – um nur die wichtigsten Anwendungsfälle zu nennen – besteht die **ausschließliche Zuständigkeit** der Arbeitsgerichtsbarkeit. Sie ist im Arbeitsgerichtsgesetz (ArbGG) geregelt. Im Rahmen dieses Gesetzes werden auch die **arbeitnehmerähnlichen Personen** den Arbeitnehmern zugerechnet.

127 Gegenüber dem Verfahren vor einem ordentlichen Gericht (z.B. Amtsgericht) ergeben sich einige **Besonderheiten**, die den Gegebenheiten des Arbeitslebens Rechnung tragen sollen. Aus Gründen der Praxis- und Sachnähe sind den Berufsrichtern der jeweiligen Instanzen der Arbeitsgerichte ehrenamtliche Richter aus den Kreisen der Arbeitnehmer und Arbeitgeber zugeordnet, § 6 ArbGG.

128 Vor allem aus Gründen der Kostenminimierung sind die **Gerichtsgebühren** geringer als in der ordentlichen Gerichtsbarkeit. **Kostenvorschüsse** werden nicht erhoben, § 12 Abs. 4 S. 2 ArbGG.

129 Vor den Arbeits- und Landesarbeitsgerichten können sich Arbeitnehmerinnen und Arbeitnehmer, die Gewerkschaftsmitglieder sind, von **Rechtsbeiständen** der Gewerkschaften vertreten lassen, § 11 ArbGG.

130 Die erste mündliche Verhandlung vor dem Arbeitsgericht beginnt mit einem Termin vor der Vorsitzenden der jeweiligen Kammer des Arbeitsgerichts, um den Versuch einer gütlichen Einigung der Parteien zu unternehmen (**Güteverhandlung**), § 54 Abs. 1 ArbGG.

131 Streitigkeiten aus dem Betriebsverfassungsgesetz werden in einem **Beschlußverfahren** entschieden, das nur am Verfahren Beteiligte kennt. Im Rahmen der gestellten Anträge erforscht das Gericht den Sachverhalt von Amts wegen, § 83 Abs. 1 ArbGG.

132 Mit dem Mittel verkürzter Fristen zur Bestimmung des Güteverhandlungstermins und für das Vorbringen der Parteien wird die vorrangige Erledigung von Kündigungsschutzverfahren erreicht, § 61 a) ArbGG (**Pro-**

zeßförderung in Kündigungsverfahren), um möglichst bald Klarheit über den Bestand der Existenzgrundlage Arbeitsverhältnis zu schaffen.

2. Schiedsverfahren

Das Arbeitsgerichtsgesetz gibt den Tarifvertragsparteien die Möglichkeit, in einem **Tarifvertrag** zu vereinbaren, daß Rechtsstreitigkeiten aus dem Arbeitsverhältnis durch ein **Schiedsgericht** entschieden werden, sofern der persönliche Geltungsbereich des Tarifvertrages überwiegend z.B. Bühnenkünstler, Filmschaffende oder Artisten umfaßt, § 101 Abs. 2 ArbGG. **133**

Tarifverträge diesen Inhalts bestehen z.B. für Bühnenmitglieder, Opernchorsänger und Tanzgruppenmitglieder. Danach entscheiden jeweils **Bühnen-** und **Bühnenoberschiedsgerichte** über den Streitgegenstand durch Schiedsspruch. Unter eingeschränkten Voraussetzungen – z.B. der Schiedsspruch verletzt eine Rechtsnorm – kann die Entscheidung eines Schiedsgerichtes mit einer Aufhebungsklage beim Arbeitsgericht angegriffen werden, § 110 ArbGG. **134**

4. Kapitel: Vertragsrecht

§ 8 Rechtsgrundlagen für Verträge und deren inhaltliche Gestaltung

I. Marktbeziehungen und Vertragsfreiheit

1 Auch Kunst – genauer: ihre Erzeugnisse und Darbietungen – drängt auf den Markt. Auch die Künstlerinnen und Künstler sind in der Regel darauf angewiesen, ihre Arbeitskraft bzw. deren Verdinglichungen am Markt zu verkaufen, um die eigenen Reproduktionskosten zu erwirtschaften. Kunst erhält so gleichermaßen **Warencharakter** wie alle Produkte „profanerer" menschlicher Tätigkeit, denen ein Tauschwert zukommt. Somit sind auch für den Kunst-Markt und seine Beziehungen die einschlägigen Regeln des **Bürgerlichen Rechts** zuständig. Diese Regeln werden im folgenden dargestellt.

2 Zentrales Grundprinzip des Rechtsverkehrs der Personen untereinander ist die aus dem Grundrecht der allgemeinen Handlungs- und Entfaltungsfreiheit des Art. 2 GG abgeleitete **Vertragsfreiheit** (Privatautonomie). Dieser Grundsatz der Vertragsfreiheit bedeutet einmal, daß jedermann grundsätzlich frei ist, zu entscheiden, ob und mit wem er einen Vertrag eingeht. Diese **Abschlußfreiheit** erfährt allerdings Einschränkungen überall dort, wo ein Anbieter eine Monopolstellung innehat, der Nachfrager die betreffende Leistung also nur von einem einzigen Unternehmen erhalten kann. Dann besteht für diesen Anbieter nach allgemeiner Meinung (vgl. nur Larenz, Lehrbuch des Schuldrechts, Allgemeiner Teil, § 4 I m.w.Nachw.) ein **Kontrahierungszwang**, d.h., der Anbieter muß den gewünschten Vertrag mit dem Nachfrager schließen, anderenfalls dieser seinen Abschlußanspruch gerichtlich durchsetzen kann.

3 Der Kontrahierungszwang gilt auch für sog. **marktbeherrschende Unternehmen** nach § 26 des Gesetzes gegen Wettbewerbsbeschränkungen (GWB). Marktbeherrschend ist ein Unternehmen nach § 22 Abs. 1 GWB dann, wenn es als Anbieter oder Nachfrager einer bestimmten Art von Waren oder gewerblichen Leistungen auf einem sachlich, räumlich und zeitlich eingegrenzten Markt ohne Wettbewerber ist oder keinem wesentlichen Wettbewerb ausgesetzt ist (vgl. hierzu im einzelnen etwa Rittner, Wirtschaftsrecht, § 19 Rdnr. 13 ff.). Nach § 26 Abs. 2 S. 1 GWB dürfen markbeherrschende Unternehmen andere Unternehmen *in einem Geschäftsverkehr, der gleichartigen Unternehmen üblicherweise zugänglich*

ist, weder unmittelbar noch mittelbar unbillig behindern oder gegenüber gleichartigen Unternehmen ohne sachlich gerechtfertigten Grund unmittelbar oder mittelbar unterschiedlich behandeln. Das gleiche trifft nach Abs. 2 S. 2 dieser Vorschrift auch für Unternehmen zu, *soweit von ihnen Anbieter oder Nachfrager einer bestimmten Art von Waren oder gewerblichen Leistungen in der Weise abhängig sind, daß ausreichende und zumutbare Möglichkeiten, auf andere Unternehmen auszuweichen, nicht bestehen.* Das bedeutet etwa für **kommunale** oder **staatliche kulturelle Einrichtungen**, aber auch für die Veranstalter von **Kunstmessen**, daß sie Künstler zulassen müssen, wenn die vorgenannten Voraussetzungen erfüllt sind. Stehen Kapazitätsgrenzen der Zulassung aller Künstlerinnen und Künstler entgegen, wird der Anbieter geeignete, rational nachprüfbare Auswahlkriterien entwickeln müssen.

Der Grundsatz der Vertragsfreiheit impliziert zum anderen aber auch 4
die Freiheit der **inhaltlichen Gestaltung** des Vertrages (**Inhaltsfreiheit**), d.h. beide Vertragspartner können den Vertragsinhalt – beiderseitiges Einvernehmen vorausgesetzt – nach ihren konkreten Bedürfnissen und Vorstellungen ausgestalten. Soweit es sich hierbei nicht ausnahmsweise um zwingendes Recht handelt, können sie hierbei auch von gesetzlichen Regelungskonzepten abweichen. Eine weitere Schranke der Inhaltsfreiheit ergibt sich durch die „guten Sitten“, d.h. die Freiheit zur inhaltlichen Gestaltung des Vertrages endet dort, wo gegen die in der Gemeinschaft allgemein anerkannten Grundsätze sozialer Moral verstoßen wird. Generell läßt sich sagen, daß das Urteil „sittenwidrig“ von einer Abwägung der im Einzelfall kollidierenden Interessen abhängt. Sittenwidrig und damit nichtig (§ 138 BGB) sind etwa Verträge, durch die der eine Vertragspartner den anderen in seiner wirtschaftlichen Handlungs- und Entscheidungsfreiheit übermäßig einschränkt (sog. **Knebelungsverträge**). Zu nennen sind in diesem Zusammenhang insbesondere Konkurrenzklauseln i.S. von Konkurrenzverboten in Verträgen, durch die die Freiheit der künstlerischen Betätigung von Künstlerinnen und Künstlern in unangemesener Weise eingeschränkt wird.

Beispiel:
Der Bundesgerichtshof (BGHZ 22, 354) hat einen Vertrag, in dem sich ein Schriftsteller einem Verlag gegenüber verpflichtet hatte, diesem zunächst alle seine künfigen Werke anzubieten – ohne daß dieser sie übernehmen mußte – wegen der hierin liegenden übermäßigen Einengung der wirtschaftlichen und persönlichen Freiheit des Schriftstellers für nichtig erklärt.

Neben diesen rechtlichen Schranken der Vertragsfreiheit sind ihre fakti- 5
schen – genauer: **ökonomischen Beschränkungen** unübersehbar. Überall dort, wo sich ein Anbieter, der zur eigenen Reproduktion auf den Verkauf seiner Leistung existentiell angewiesen ist, einem marktmächtigen Nachfrager gegenübersieht, wird er dessen Vertragsdiktat hinnehmen

müssen. Dies gilt vor allem für Künstler, deren Ohnmacht, auf die Vertragsgestaltung Einfluß zu nehmen, in dem Maße wächst, wie sie mit anderen Künstlerinnen und Künstlern konkurrieren. Die Unternehmerseite arbeitet hier vielfach mit vorgefertigten Vertragsformularen, die allen Künstlern gegenüber gleichförmig verwendet werden und in denen durch eine Vielzahl von komplex formulierten Vertragsklauseln (sog. Allgemeine Geschäftsbedingungen, vgl. hierzu unten Rdnr. 22 ff.) – zumeist erfolgreich – versucht wird, das in jeder Vertragsbeziehung steckende ökonomische Risiko auf die wirtschaftlich schwächeren Künstler abzuwälzen.

II. Grundregeln des Vertragsschlusses

1. Die Willenserklärung als Grundlage jeder vertraglichen Bindung

6 Unter der Geltung des Prinzips Vertragsfreiheit kommt es zu vertraglichen Bindungen grundsätzlich nur, wenn und soweit die Vertragspartner dies **wollen**. In diesem privatrechtlichen Bereich (Gegensatz: öffentlichrechtliche Beziehungen, hier ist der Staat kraft hoheitlicher Gewalt beteiligt) gilt der Vorrang des freien Willens. Grundlegendes Element der Vertragsbeziehungen ist dementsprechend die **Willenserklärung**, die auf einen bestimmten Rechtserfolg (vertragliche Bindung) abzielende private Willensäußerung einer Person. Die gewollte vertragliche Bindung tritt allerdings erst dann und in dem Umfang ein, wenn und soweit eine korrespondierende, inhaltlich entsprechende Willenserklärung des Vertragspartners hinzukommt (Vertragsangebot und dessen Annahme, dazu unten Rdnr. 18 ff.). Da Verträge grundsätzlich formfrei sind (Ausnahmen z.B. Grundstücksgeschäfte, § 313 BGB, und Schenkungsversprechen, § 518 BGB), können Willenserklärungen prinzipiell mündlich, schriftlich oder durch sog. **konkludentes Verhalten** wirksam geäußert werden. Im letzteren Falle handelt es sich um Verhaltensweisen, die nach der Verkehrssitte, also typischerweise, den Schluß auf einen Rechtsfolgewillen des sich so Verhaltenden zulassen. Wer daher in der Kunsthandlung aus mehreren ausgestellten Graphiken eine auswählt und dem Händler wortlos auf den Tresen legt, macht damit konkludent das Angebot auf Abschluß eines Kaufvertrages über das Kunstwerk. Vertragsschlüsse durch konkludentes Verhalten sind zwischen Künstlern und Institutionen, die seine Leistung verwerten, eher selten. Eine wichtige Rolle spielen sie indessen dann, wenn sich Künstler und Künstlerinnen ihrerseits zu Gruppen zusammenschließen. Anders als das konkludente Verhalten hat das bloße **Schweigen**, das sich-nicht-verhalten – etwa als Reaktion auf den Zugang eines Angebots – in der Regel niemals die Qualität einer Willenserklärung. Wer hierauf nicht reagiert, lehnt das Angebot ab. Nur in Aus-

nahmefällen wird man aufgrund besonderer Umstände von einer Willenserklärung, das Angebot anzunehmen, ausgehen können, wenn z.B. potentielle Vertragspartner vereinbart haben, daß ein solches Vertragsangebot als angenommen gelten soll, wenn der Adressat schweigt.

2. *Die Auslegung von Willenserklärungen und die ergänzende Vertragsgestaltung*

Je höher der Grad der Verallgemeinerung von sprachlichen Begriffen, desto breiter ist die Palette möglicher inhaltlicher Bedeutungen und damit umso größer das Risiko von Mißverständnissen. Dies gilt auch und gerade für Willenserklärungen und vertragliche Vereinbarungen. Andererseits werden auch an sich eindeutige Erklärungen nicht selten mißverstanden. In allen solchen Fällen wird der Erklärende seinem Verständnis vom Inhalt der Erklärung Geltung verschaffen wollen, während sich der Erklärungsempfänger auf den Vertragsinhalt, wie er ihn verstanden hat, berufen wird. Daß es nach den Vorstellungen des BGB-Gesetzgebers auf das Verständnis des Erklärenden, das er seiner Erklärung beigelegt hat, nicht ankommen kann, belegt die Existenz der Anfechtungsmöglichkeiten des § 119 Abs. 1 BGB wegen Irrtums über den Inhalt der abgegebenen Erklärung (dazu im einzelnen unten Rdnr. 10 ff.). Käme es immer auf den vom Erklärenden gemeinten Inhalt an, wäre eine Anfechtung überflüssig. Aber auch ein einseitiges Abstellen auf das Verständnis des Erklärungsempfängers wäre wenig sinnvoll; er könnte sich unter Berufung auf seine Vorstellungen vom Inhalt der Erklärung einseitig jeder vertraglichen Bindung entziehen. Ziel der Auslegung mißverständlicher und mißverstandener Willenserklärungen bzw. von in ihnen verwendeten Begriffen ist deshalb nach ganz herrschender Meinung (vgl. Larenz, Allgemeiner Teil des Deutschen Bürgerlichen Rechts, § 19 II a) die Ermittlung der vom Empfängerhorizont her zu bestimmenden **objektiven Erklärungsbedeutung.** Es ist also zu fragen, wie ein durchschnittlicher Teilnehmer am Rechtsverkehr bei hinreichender Aufmerksamkeit und unter Berücksichtigung aller ihm bekannten Umstände die Erklärung verstehen konnte und mußte. Die so ermittelte „normative" Erklärungsbedeutung legt den für beide Teile verbindlichen Vertragsinhalt fest. 7

Kein Raum für die Ermittlung der normativen Erklärungsbedeutung ist überall dort, wo Vertragspartner mehrdeutige Begriffe übereinstimmend im gleichen Sinne verstanden haben. Angesichts dieses „Einigseins" (Vertragsfreiheit!) verbietet es sich, ihnen über eine Normierung der Erklärungsbedeutung einen anderen Vertragsinhalt aufzuzwingen. Das geht sogar so weit, daß selbst im Falle einer unrichtigen Bezeichnung des Geschäftsgegenstandes das Gewollte gilt, wenn nur eine diesbezügliche Übereinstimmung der Vertragspartner gegeben ist. 8

Beispiel:
Haben die beiden Vertragsseiten etwa in einem Aufführungsvertrag das Streichquartett opus 16 eines bestimmten Komponisten benannt, hatten aber opus 18 im Sinne, gilt die Einigung für opus 18.

Andererseits kann es vorkommen, daß bei Vertragsausführung offenbar wird, daß keine Übereinstimmung – ein Dissens – über die Tragweite einer zunächst als vereinbart geglaubten Regelung besteht oder aber die Vertragspartner feststellen, daß ein an sich regelungsbedürftiger Punkt nicht geregelt worden war. Hier kann die **ergänzende Vertragsauslegung** eingreifen. Auf der Basis des Gesamtregelungskonzeptes des Vertrages, insbesondere unter Berücksichtigung des Vertragszweckes, ist danach zu fragen, was die Parteien bei Kenntnis der Unvollständigkeit des Vertrages in dem betreffenden Punkt vernünftigerweise gewollt haben würden (sog. hypothetischer Parteiwille). Wenn der für die Vertragsauslegung maßgebliche § 157 BGB hier verlangt, daß Verträge so auszulegen sind, *wie Treu und Glauben mit Rücksicht auf die Verkehrssitte es erfordern*, so bedeutet dies mangels konkreter Anhaltspunkte im Vertrag, aus einer objektivierenden Sicht zu urteilen. Der Inhalt der gesuchten, in den Vertrag hineinzuinterpretierenden Regelung kann sich aus den Usancen ergeben; es wird dann also zu fragen sein, was Vertragspartner in dem konkreten Konfliktfall üblicherweise zu vereinbaren pflegen. Zu beachten ist hierbei immer, daß auch die ergänzende Vertragsauslegung nicht zu einer Ersetzung von eindeutigen Vertragsvereinbarungen führen darf. Der Interpret des Vertrages (in der praktischen Zuspitzung der Richter!) darf „lediglich die von den Parteien zugrundegelegten Wertungen zu Ende denken" (so zutreffend Larenz a.a.O. § 29 I). Führt die ergänzende Vertragsauslegung zu keinem Ergebnis, weil sich die Problemlösung aus dem Vertragszweck auch unter Berücksichtigung der Grundsätze des § 157 BGB nicht herleiten läßt, muß auf das abdingbare Gesetzesrecht zurückgegriffen werden.

3. Die fehlerhafte Willenserklärung

9 Gilt in unserer Privatrechtsordnung der Vorrang des freien Willens, muß es für die gewollte, möglicherweise schon umgesetzte Rechtsfolge Konsequenzen haben, wenn die Willensbildung **unfrei** erfolgte oder der Wille **fehlerhaft** gebildet wurde. Es geht hier also grundsätzlich um das Problem, wann und unter welchen Voraussetzungen sich der Erklärende der Verantwortung für seine Erklärung einseitig entziehen kann. Es liegt auf der Hand, daß bei der Beantwortung dieser Frage der Schutz des Empfängers der Erklärung, der ja auf ihre Gültigkeit vertraut hat, berücksichtigt werden muß. Die Lösung der hier entstehenden Konflikte läuft also letztlich immer auf eine Abwägung der Interessen von Erklärendem und Erklärungsempfänger hinaus.

a) Der einseitige Irrtum

Der neben arglistiger Täuschung und Drohung praktisch zentrale Wil- 10
lensfehler ist der **Irrtum**. Ein Irrtum liegt dann vor, wenn – für den Erklärenden nicht bewußt – der wirkliche Wille und der erklärte Wille nicht übereinstimmen. Nach § 119 BGB steht in diesen Fällen dem Erklärenden ein **Anfechtungsrecht** zu. Er kann somit durch einseitige Erklärung (Anfechtung) seine ursprüngliche Vertragserklärung und letztlich den gesamten Vertrag wieder beseitigen; denn die wirksame Anfechtung führt zur Nichtigkeit der angefochtenen Willenserklärung, § 142 BGB. Die wirksame Anfechtung setzt jedoch als Anfechtungsgrund einen **rechtlich relevanten Irrtum** voraus. Nicht jeder Irrtum also, der dem Erklärenden bei Abgabe der Willenserklärung unterläuft, ist ein Anfechtungsgrund. Aus Gründen des Verkehrsschutzes (= Schutz des Vertrauens des Erklärungsempfängers) muß dem Erklärenden seine Erklärung prinzipiell immer zugerechnet werden. Der rechtlich relevante, zur Anfechtung berechtigende Irrtum hat so gesehen Ausnahmecharakter.

Irrtümer können in den unterschiedlichsten Stadien des Verlaufs der 11
Abgabe einer Willenserklärung angesiedelt sein. So kann man sich schon vor der Entschlußfassung über bestimmte Fakten irren, wobei der Irrtum ursächlich für den gefaßten Entschluß und die dann geäußerte Willenserklärung wird.

Beispiel:
Ein Orchestermanager mietet für den 3. 10. einen Bus, weil er irrig annimmt, am Abend dieses Tages finde das Konzert in München statt. Der Konzerttermin ist indessen der 3. 11.

Dieser Irrtum im Beweggrund, auch **Motivirrtum** genannt, berechtigt grundsätzlich nicht zur Anfechtung. Sonst wäre es jedermann möglich, sich einseitig unter Hinweis auf im übrigen auch gar nicht überprüfbare Vorstellungen über interne Gegebenheiten aus vertraglichen Bindungen lösen zu können. Eine Ausnahme bringt hier § 119 Abs. 2 BGB: Der **Irrtum über verkehrswesentliche Eigenschaften** der Person (insbesondere des Vertragspartners) oder des Geschäftsgegenstandes – an sich typischer Motivirrtum – berechtigt ausnahmsweise zur Anfechtung.

Weiterhin kann sich der Irrtum auf die Erklärung selbst beziehen. Da- 12
bei fallen unbewußt die Erkärungsbedeutung und die subjektiven Vorstellungen des Erklärenden über den Inhalt der Erklärung auseinander. Hier liegt der **Inhaltsirrtum** des § 119 Abs. 1 1. Alt. BGB vor. Die objektive (normative) Erklärungsbedeutung ist jeweils das Ergebnis der bei Unklarheiten notwendig werdenden Auslegung der Willenserklärung (vgl. oben Rdnr. 7 f.). Weicht der Wille des Erklärenden von der durch Auslegung ermittelten Erklärungsbedeutung ab, so kann er seine Willenserklärung mit der Rechtsfolge der Nichtigkeit, § 142 BGB, anfechten.

Beispiel:
Gibt ein Kulturdezernent bei einer bekannten Kunstmalerin ein Triptychon in Auftrag, in der Annahme, es handele sich hierbei um eine Darstellung der Heiligen Dreieinigkeit, dann ist der Vertrag unter Zugrundelegung der objektiven Erklärungsbedeutung „dreiteiliges Bild“ zustandegekommen. Unter Berufung auf seine abweichende subjektive Vorstellung hierüber kann der Kulturdezernent jedoch nach § 119 Abs. 1 BGB seine Willenserklärung anfechten.

13 Schließlich kann sich der Irrtum auch auf die Erklärungshandlung selbst beziehen, somit der **Erklärungsirrtum** des § 119 Abs. 1 2. Alt. BGB gegeben sein. Hier will der Erklärende schon den äußeren Erklärungstatbestand so nicht wie er jetzt vorliegt. Dies betrifft die Fälle des sich Versprechens, Verschreibens und Vergreifens. Nach § 120 BGB sind dem die Fälle der unrichtigen Übermittlung einer an sich richtig aufgegebenen Erklärung des Erklärenden durch einen Boten oder durch die sonst zur Weitergabe der Erklärung eingeschaltete Institution (z.B. Telegrafenamt) gleichgestellt. Auch in diesen Fällen steht dem Erklärenden ein Anfechtungsrecht zu.

Beispiel:
Wird in einem Aufführungsvertrag das mit 12.000 DM vereinbarte Honorar vom Veranstalter durch Verwechslung der beiden ersten Ziffern mit 21.000 DM ausgewiesen, kann der Veranstalter selbstverständlich nach § 119 Abs. 1 BGB anfechten.

Ein Sonderproblem stellt in diesem Zusammenhang der **Kalkulationsirrtum** bei der Angabe von Preisen, Honoraren u.dergl. dar. Hier ist es entweder so, daß der Erklärende zwar richtig gerechnet hat, bei seiner Berechnung aber von einer falschen Kalkulationsgrundlage ausgegangen ist. Er hat z.B. ein falsches Stundenvolumen zugrundegelegt. Oder es ist so, daß er zwar von der richtigen Kalkulationsgrundlage ausgegangen ist, sich aber verrechnet hat und so zu niedrig anbietet. Die Ermittlung der für die Berechnung eines Honorars oder Preises maßgeblichen Daten und die Berechnung selbst sind nun aber Vorgänge, die vor der eigentlichen Abgabe der Willenserklärung liegen, die also dem Motivbereich zuzuordnen sind. Wille und Erklärung stimmen hier regelmäßig überein. Deshalb berechtigt der Kalkulationsirrtum grundsätzlich nicht zur Anfechtung (so ganz h.M., vgl. Medicus, Bürgerliches Recht, Rdnr. 134). Das Reichsgericht (RGZ 64, 266 ff.) hatte eine Anfechtung dann zugelassen, wenn die Kalkulation und ihre Grundlagen in die Vertragsverhandlungen einbezogen worden und dem Vertragspartner deutlich gemacht worden waren. Diese Rechtsprechung wird jedoch in der Literatur mit dem zutreffenden Hinweis auf die Zufälligkeit der Einbeziehung der Kalkulation in die Vertragsverhandlungen ganz überwiegend abgelehnt (vgl. Medicus a.a.O.).

14 Die Irrtumsanfechtung nach §§ 119 BGB ff. hat nach § 121 BGB unverzüglich, d.h. ohne schuldhaftes Zögern zu erfolgen, nachdem der Anfechtungsberechtigte vom Anfechtungsgrund Kenntnis erlangt hat. Das An-

fechtungsrecht verjährt in 30 Jahren, § 121 Abs. 2 BGB. Der Gesetzgeber hat mit der Anfechtungsmöglichkeit der §§ 119, 120 BGB einseitig die Interessen des Erklärenden befördert, der damit unter Berufung auf seinen Willensfehler den Vertrag zu Fall bringen kann. Nun ist aber andererseits nicht zu übersehen, daß der Erklärende mit seiner Erklärung das besondere Vertrauen des Erklärungsempfängers in die Gültigkeit seiner Erklärung veranlaßt hat. Den hier damit notwendig werdenden Vertrauensschutz hat der Gesetzgeber in § 122 BGB realisiert. Der Anfechtende muß dem Erklärungsempfänger den Schaden ersetzen, den dieser dadurch erlitten hat, daß er auf die Gültigkeit des Vertrages vertraut hatte, zu ersetzen ist also der **Vertrauensschaden**. Formelhaft kann dazu gesagt werden, daß der Erklärungsempfänger nach § 122 BGB so zu stellen ist, wie er stehen würde, wenn er von der angefochtenen Erklärung nicht gehört hätte. Der hier zu ersetzende Schaden umfaßt also insbesondere die im Vertrauen auf den Bestand des Vertrages gemachten, nun nutzlosen Aufwendungen, aber auch etwa den Gewinn aus einem anderen Geschäft, das der Erklärungsempfänger nicht tätigen konnte, weil er sich an den angefochtenen Vertrag gebunden glaubte. Dieser Schadensersatzanspruch besteht nach § 122 Abs. 2 BGB allerdings dann nicht, wenn der Erklärungsempfänger den Irrtum des Erklärenden kannte oder doch bei Anwendung der gebotenen Sorgfalt hätte erkennen können.

b) Der beiderseitige Irrtum über die Geschäftsgrundlage

Es wurde oben unter 3 a) klargestellt, daß einseitige irrige Vorstellun- 15
gen einer Vertragspartei über bestimmte Gegebenheiten, Entwicklungen und Risiken grundsätzlich nicht zu einer Lösung des Vertragsverhältnisses berechtigen. Anders ist die Rechtslage indessen dann, wenn beide Parteien übereinstimmend vom Vorhandensein bzw. Nichtvorhandensein oder dem sicheren Eintritt bestimmter Umstände ausgegangen sind und diese Umstände für ihre vertragliche Bindung und/oder den Inhalt des Vertrages maßgebend waren, wenn sie also ausdrücklich oder stillschweigend diese Umstände zur „Geschäftsgrundlage" ihres Vertrages gemacht haben.

Beispiel:

Ein Soloviolinist verpflichtet sich in einem Engagementsvertrag zur Mitwirkung bei der Aufführung des Violinkonzertes Nr. 2 von Mozart. Beide Vertragsteile gehen hierbei davon aus – der Veranstalter hat dies als problemlos dargestellt –, daß ein bekannter Dirigent für die Aufführung gewonnen werden würde. Dieser bekannte Dirigent sagt dann seine ursprünglich zugesagte Mitwirkung wieder ab.

Stellt sich später die Unrichtigkeit dieser Vorstellungen oder Erwartungen heraus und ist anzunehmen, daß ein Vertragspartner bei Kenntnis der Unrichtigkeit den Vertrag nicht geschlossen haben würde, so gilt der Grundsatz der Vertragstreue nicht. Nach den Grundsätzen von Treu und

Glauben kann keinem der Vertragspartner das weitere Festhalten am Vertrag zugemutet werden (vgl. zum ganzen grundlegend Larenz, Geschäftsgrundlage und Vertragserfüllung, sowie ders., Allgemeiner Teil des Deutschen Bürgerlichen Rechts, § 20 III m.w.Nachw.). Bezüglich der Frage, was dann gelten soll, schweigt das Gesetz. Hier ist in der Literatur manches streitig. Weitgehende Einigkeit besteht insofern, als zunächst zu versuchen ist, den Vertrag inhaltlich den tatsächlichen bzw. geänderten (neuen) Umständen anzupassen und so aufrechtzuerhalten (vgl. Larenz, Allgemeiner Teil des Deutschen Bürgerlichen Rechts, § 20 III m.w.Nachw.; BGHZ 47, 52). Im Beispiel wird also versucht werden müssen, einen ähnlich qualifizierten Dirigenten zu gewinnen. Es kann aber sein, daß die Divergenz zwischen dem vorgestellten Umstand und der sich jetzt real ergebenden Situation – im Beispiel: es steht nur ein drittklassiger Dirigent zur Verfügung – gravierend ist. Wenn also einer Vertragspartei eine wie auch immer geartete Anpassung nicht zugemutet werden kann (die Partei hätte den Vertrag bei Kenntnis der Sachlage niemals, auch nicht mit einem der veränderten Situation angepaßten Inhalt geschlossen), so steht dieser Partei ein **Rücktrittsrecht** (bei Dauerschuldverhältnissen ein Kündigungsrecht) zu. Die Frage nach der Zumutbarkeit läuft auch hier im Einzelfall auf eine Abwägung der Interessen der Vertragspartner hinaus, wobei es im Beispiel sicher darauf ankommen wird, wie „gut“ der Violinist ist. In Sonderfällen wird zu erwägen sein, ob dem anderen Vertragsteil ein Anspruch auf Ersatz des Vertrauensschadens in entsprechender Anwendung von § 122 BGB zusteht.

c) Arglistige Täuschung und widerrechtliche Drohung

16 Ein relevanter, zur Anfechtung der Willenserklärung berechtigender Willensfehler liegt nach § 123 BGB ferner auch dann vor, wenn der Erklärende von seinem Vertragspartner – oder mit dessen Wissen von einem Dritten – arglistig getäuscht wurde und diese Täuschung ursächlich für den der Erklärung vorausgehenden Willensentschluß war. Gleiches gilt, wenn der Erklärende die Erklärung unter dem Einfluß einer widerrechtlichen Drohung abgegeben hat. Beiden Fällen ist gemeinsam, daß die von dem Prinzip Vertragsfreiheit vorausgesetzte Freiheit des Willensentschlusses hier nicht gegeben ist. **Täuschung** ist jedes Verhalten, durch das vorsätzlich (mit Wissen und Wollen) in dem anderen eine irrige Vorstellung über Tatsachen hervorgerufen, bestärkt oder erhalten wird, die für den Willensentschluß des Getäuschten maßgeblich waren. Die Täuschung kann sowohl in einer Vorspiegelung falscher als auch in der Nichtmitteilung wahrer Tatsachen liegen. Das Verschweigen wahrer Tatsachen, z.B. verschweigt ein Komponist dem Filmhersteller, daß weite Passagen der von ihm komponierten Filmmusik fremden Ursprungs sind, ist als Täuschung aber nur dann zu qualifizieren, wenn eine Rechtspflicht zur Mit-

teilung bestand. Eine solche Pflicht kann sich einmal aus dem Vertrag selbst ergeben; aber auch im vorvertraglichen Verhandlungsstadium kann eine solche Pflicht nach h.M. (vgl. nur Larenz, a.a.O, § 20 IV a) immer dann angenommen werden, wenn der andere Teil nach Treu und Glauben und den Grundsätzen des redlichen Geschäftsverkehrs eine Aufklärung erwarten durfte (so schon RGZ 111, 234). Generell läßt sich sagen: Je enger die Vertrauensbeziehung zwischen den Beteiligten, um so weitergehend die Verpflichtung zur Aufklärung.

Beispiel:
Der bekannte Schauspieler S wird für die Hauptrolle in „Othello" mit der Zusage gewonnen, ihm stehe ein Star-Ensemble zur Seite, dem auch die B, Siegerin im Nachwuchs-Wettbewerb in M., angehöre. Auf der Probe stellt S fest, daß das Ensemble zu einem Teil aus Laiendarstellern besteht.

Normalerweise wird die Täuschung vom Vertragspartner selbst ausgegangen sein. Hat ein Dritter die Täuschung verübt, so ist nach § 123 Abs. 2 BGB zu unterscheiden: Ist der Dritte als Stellvertreter oder sonstiger „Gehilfe" vom Vertragspartner in die Vertragsverhandlungen eingeschaltet worden, so muß er sich Täuschungshandlungen dieser Hilfspersonen wie eigene zurechnen lassen. Ansonsten berechtigen Täuschungen Dritter zur Anfechtung nur dann, wenn der Vertragspartner hiervon wußte oder sich nur infolge Fahrlässigkeit hierüber in Unkenntnis befand (es also hätte „wissen müssen").

Weiterer Anfechtungsgrund nach § 123 BGB ist die **widerrechtliche** 17
Drohung. Eine Drohung liegt dann vor, wenn jemand von seinem Vertragspartner durch Inaussichtstellung eines Übels, dessen Zufügung als von der Macht des Androhenden abhängig dargestellt wird, zur Abgabe der Willenserklärung bestimmt wird. Widerrechtlich ist die Drohung dann, wenn entweder das angedrohte Mittel oder der erstrebte Zweck für sich alleine von der Rechtsordnung mißbilligt werden oder wenn die Mittel-Zweck-Relation zum Rechtswidrigkeitsurteil führt, wie etwa dann, wenn zwischen dem angedrohten Nachteil und dem erstrebten Vertrag der innere Zusammenhang fehlt. Der Bundesgerichtshof (BGH) (BGHZ 25, 220) will hier geprüft wissen, ob *der Drohende an der Erreichung des von ihm erstrebten Erfolges ein berechtigtes Interesse hat und ob die Drohung nach der Auffassung aller billig und gerecht Denkenden ein angemessenes Mittel darstellt*. Fällt diese Prüfung negativ aus, ergibt sich damit die Widerrechtlichkeit der Drohung.

Beispiel:
Der Manager des Varietés legt der Sängerin einen niedrig dotierten Engagements-Vertrag vor mit dem Hinweis, wenn sie nicht unterschreibe, werde sie „in der Branche kein Bein mehr auf die Erde kriegen."

Nicht widerrechtlich ist hingegen generell die Androhung von Zwangsmaßnahmen, die die Rechtsordnung zur Durchsetzung von Rechten vorsieht (z.B. Androhung von Klage oder Zwangsvollstreckung), sofern nur der innere Zusammenhang zwischen Mittel und erstrebtem Erfolg gegeben ist. Die Anfechtung wegen arglistiger Täuschung oder Drohung muß nach § 124 BGB innerhalb eines Jahres seit Wegfall der Zwangslage bzw. Entdeckung der Täuschung erfolgen. Anders als bei der Irrtumsanfechtung schuldet bei der Anfechtung wegen arglistiger Täuschung oder Drohung der Anfechtende dem Anfechtungsgegner selbstverständlich keinen Schadenersatz. Dieser ist hier nicht schutzwürdig, da er selbst ja rechtswidrig auf die Entschlußfreiheit des Anfechtenden eingewirkt hatte.

4. Das Vertragsangebot und dessen Annahme - der Übereinstimmungstatbestand

18 Verträge kommen als Tatbestände der Übereinstimmung nur bei Vorliegen zweier, beim Gesellschaftsvertrag mehrerer übereinstimmender Willenserklärungen – Vertragsangebot und entsprechende Annahmeerklärung – wirksam zustande. Das Angebot muß alle inhaltlichen Wesensmerkmale des angestrebten Vertrages enthalten, so daß es durch ein einfaches „ja" angenommen werden kann. Das Vertragsangebot bindet den Antragenden bis zur Ablehnung durch den Adressaten (§ 146 BGB) bzw. bis zum Ablauf der Annahmefrist (§ 145 BGB). Nicht die Qualität eines rechtlich relevanten Vertragsangebotes haben die Zusendung von Katalogen, Preislisten, Prospekten und Zeitungsinserate. Hier liegt lediglich die Aufforderung an einen unbestimmten Personenkreis vor, seinerseits ein Angebot zu machen. Eine Qualifizierung dieser Kundmachungen als bindendes Angebot würde die Vertragsfreiheit (als Abschlußfreiheit) ihrer Absender unerträglich einschränken.

Beispiel:
Ein Orchesterleiter inseriert in der Zeitung: „Namhaftes Salonorchester sucht versierten Akkordeonisten mit Notenkenntnissen." Hierin liegt natürlich noch kein Vertragsangebot, dieses ginge erst von interessierten Akkordeonisten aus.

a) Die Zugangsproblematik

19 Vertragsangebot und Annahmeerklärung sind zugangsbedürftige Willenserklärungen, d.h. sie werden erst wirksam, wenn sie dem anderen Teil zugegangen sind, § 130 BGB. Hierbei ist zu unterscheiden, ob die Erklärung unter Anwesenden, d.h. in Gegenwart des Erklärungsempfängers, oder unter Abwesenden abgegeben wird. Ist der Erklärungsempfänger bei der Abgabe der Erklärung gegenwärtig, so ist ihm die Erklärung in dem Moment zugegangen, wo er sie – bei mündlichen Äußerungen – akustisch oder – bei schriftlichen Äußerungen – optisch zur Kenntnis genommen hat. Abwesenden ist die Erklärung dann zugegangen, wenn sie derart in den Empfangsbereich des Adressaten gelangt ist, daß dieser unter nor-

malen Umständen von ihr Kenntnis nehmen kann und die Kenntnisnahme nach den von ihm getroffenen Vorkehrungen oder nach den Gepflogenheiten des Verkehrs auch erwartet werden kann (vgl. Larenz, Allgemeiner Teil, § 21 II). Der Zugang der Willenserklärung liegt also nicht ohne weiteres schon dann vor, wenn das betreffende Schreiben etwa in den Briefkasten des Empfängers gelangt ist; dieser Zeitpunkt ist nur dann maßgebend, wenn Kenntnisnahme möglich war und normalerweise erwartet werden konnte. Ist dies zu bejahen, dann ist es für den Zugang allerdings auch unbeachtlich, wenn sich der Empfänger – ohne Kenntnis des Absenders – zufällig auf Reisen befindet. Andererseits ist es aber auch für den Zugang nicht erforderlich, daß der Empfänger konkret Kenntnis von der Willenserklärung nimmt, also das entsprechende Schreiben auch tatsächlich liest; anderenfalls würde man den Zugang von Zufälligkeiten in der Sphäre des Empfängers abhängig machen, auf die der Absender regelmäßig keinen Einfluß hat.

Beispiel:
Der Veranstalter V macht dem Bandleader B das – näher konkretisierte – Angebot, dessen Band für die „Music Rock Night" am 6. 5. zu engagieren. Das entsprechende Schreiben schließt mit dem Satz: „Ich fühle mich an dieses Angebot bis zum 3. 3. gebunden." Das Annahmeschreiben des B gelangt am 3. 3. (einem Montag) in den Briefkasten des V, der zu diesem Zeitpunkt auf einer Auslandsreise war und das Schreiben des B erst am 5. 3. zur Kenntnis nimmt. Nach dem zuvor gesagten ist das Schreiben des B am 3. 3. wirksam zugegangen.

Vereitelt der Empfänger den Zugang vorsätzlich – der zu Kündigende hält sich während der mündlichen Kündigung die Ohren zu oder verweigert die Entgegennahme des Kündigungsschreibens –, so muß er sich nach den Grundsätzen von Treu und Glauben so behandeln lassen, als sei ihm die betreffende Erklärung zugegangen. Nach § 151 BGB muß eine Annahmeerklärung dem Antragenden dann nicht zugehen, wenn eine Annahmeerklärung nach der Verkehrssitte nicht zu erwarten ist oder der Antragende auf sie verzichtet hat. Bestellt also eine Musikgruppe am Ort des Gastspiels telegrafisch Hotelzimmer, so kommt der Beherbergungsvertrag auch ohne entsprechendes Bestätigungsschreiben des Hotels zustande, weil hier üblicherweise Bestätigungserklärungen nicht abgegeben und dementsprechend auch nicht erwartet werden. 20

b) Bindungswirkung des Vertragsangebotes

Nach § 145 BGB ist derjenige, der einem anderen die Schließung eines Vertrages anträgt, an seinen Antrag gebunden, es sei denn, er hat seine Gebundenheit daran ausgeschlossen. Dieser Ausschluß erfolgt im Geschäftsverkehr durch Formeln wie „Wir bieten an freibleibend" oder „ohne obligo" etc. Die Gebundenheit an den Antrag tritt ferner dann nicht ein, wenn dem Empfänger des Angebots vorher oder gleichzeitig 21 ein Widerruf des Angebots zugeht, § 130 Abs. 2 BGB; denn dann wird das Angebot von vorneherein gar nicht wirksam.

Beispiel:
Wie zuvor. B hatte das Annahmeschreiben am 28. 2. abgeschickt. Am Abend desselben Tages erhält er für den 6. 5. ein weitaus lukrativeres Angebot. Am 1. 3. schreibt er V ein Absageschreiben, das ebenfalls am 3. 3. in den Briefkasten des V gelangt ist. Selbst wenn V die Absage erst nach dem Annahmeschreiben liest, liegt hier ein nach § 130 Abs. 2 BGB wirksamer Widerruf vor.

Der Antragende kann sein Angebot befristen, um dem Empfänger die Möglichkeit zur Prüfung des Angebotes zu geben. Die Gebundenheit dauert dann bis zu Ablauf dieser Frist. Ausnahmsweise wird man in diesen Fällen dem Antragenden dann entsprechend den Grundsätzen von Treu und Glauben ein Widerrufsrecht einräumen müssen, wenn sich zwischenzeitlich wesentliche Voraussetzungen, von denen der Antragende für den Empfänger erkennbar ausgegangen ist, geändert haben (so auch Larenz, Allgemeiner Teil, § 27 I).

III. Vertrag und Allgemeine Geschäftsbedingungen

22 Auch im künstlerischen Bereich – insbesondere in den Tätigkeitsfeldern Film, Theater, Oper – werden vielfach standardisierte Vertragsformulare verwendet, die gleichlautende Vertragsklauseln enthalten, welche entweder die Vertragspflichten der Partner festlegen oder für den Fall von Leistungsstörungen (etwa: Nichtleistung, verspätete Leistung oder Schlechtleistung) bestimmte Rechtsfolgen, insbesondere Vertragsstrafen, anordnen. Diese vorformulierten Vertragsklauseln können dann u.U. als Allgemeine Geschäftsbedingungen (AGB) qualifiziert werden mit der Folge, daß dann das **Gesetz zur Regelung der Allgemeinen Geschäftsbedingungen** vom 9.12.1976 (AGBG) Anwendung findet. Die Grundproblematik bei der Verwendung von Allgemeinen Geschäftsbedingungen liegt darin, daß deren Verwender mit diesen Vertragsklauseln i.d.R. tendenziell das in jeder Vertragsausführung angesiedelte wirtschaftliche Risiko auf den – oft wirtschaftlich schwächeren – Vertragspartner abzuwälzen trachten. Das AGBG soll hier gegensteuernd wirken, indem es die Möglichkeit eröffnet, derartige Vertragsklauseln einer gerichtlichen Inhaltskontrolle – mit dem Ziel der Feststellung der Nichtigkeit von Klauseln im Einzelfall – zuführen zu können.

23 Entsprechend dem Grundgedanken der Generalklausel des § 9 ABGB sind Klauseln in Allgemeinen Geschäftsbedingungen immer dann unwirksam, wenn sie den Vertragspartner des Verwenders entgegen den Geboten von Treu und Glauben unangemessen benachteiligen. Eine **unangemessene Benachteiligung** ist nach Abs. 2 des § 9 AGBG dann anzu-

nehmen, wenn eine Bestimmung in Allgemeinen Geschäftsbedingungen mit wesentlichen Grundgedanken der das betreffende Problem regelnden gesetzlichen Vorschriften (etwa des BGB), von denen in den Allgemeinen Geschäftsbedingungen abgewichen wird, nicht vereinbar ist, oder wenn die Bestimmung in Allgemeinen Geschäftsbedingungen wesentliche Rechte oder Pflichten, die sich aus der Natur des Vertrages ergeben, so einschränkt, daß die Erreichung des Vertragszweckes gefährdet ist. Diesen allgemeinen Grundsatz setzt das AGB-Gesetz so um, daß in den §§ 10 und 11 Kataloge von verkehrstypischen Vertragsklauseln erstellt werden, die als den Vertragspartner unangemessen benachteiligend mit der Rechtsfolge der Unwirksamkeit belegt sind.

Voraussetzung für die Anwendbarkeit dieser Vorschriften des AGBG 24
ist jedoch immer, daß es sich bei den zur Rede stehenden Klauseln überhaupt um Allgemeine Geschäftsbedingungen handelt. Dies ist nach § 1 Abs. 1 AGBG dann der Fall, wenn der Verwender die betreffenden Bestimmungen für eine Vielzahl von Verträgen vorformuliert hat und sie jeweils bei Abschluß eines Vertrages dem Vertragspartner stellt. Keine Allgemeinen Geschäftsbedingungen sind nach § 1 Abs. 2 AGBG dagegen sog. Individualabreden, Vertragsbedingungen also, die zwischen den Vertragspartnern im einzelnen ausgehandelt sind. Für die Qualifizierung von Klauseln als AGBen ist es nach § 1 Abs. 1 AGBG unerheblich, ob die betreffenden Bestimmungen einen äußerlich gesonderten Bestandteil des Vertrags bilden oder in die Vertragsurkunde selbst aufgenommen worden sind, in welcher Schriftart sie verfaßt sind und welche Form der Vertrag hat. Wesentlich ist vielmehr, daß die Vorformulierung für eine Vielzahl von Verträgen vorgenommen worden ist, wobei die Absicht genügen soll, sie für eine Vielzahl von Verträgen zu verwenden (so Wolf/Horn/Lindacher, Komm. zum z. AGBG, § 1 Rdnr. 13). Eine Vielzahl beabsichtigter Verträge wird dann angenommen, wenn die Mehrfachverwendung objektiv als Ausdruck einseitiger Gestaltungsmacht erscheint. Je nach der Gesamtzahl der Verträge ist dann eine drei- bis fünffache tatsächliche Verwendung ein ausreichendes Indiz hierfür (vgl. Wolf/Horn/Lindacher, a.a.O., § 1 Rnr. 14; BGH NJW 1981, 2344).

Die Unwirksamkeit von AGB-Klauseln nach §§ 9 - 11 AGBG ist ge- 25
richtlich geltend zu machen. **Klagebefugt** sind nach § 13 AGBG allerdings nur Verbraucherschutzverbände und ähnliche Institutionen. Dieses Klagemonopol der betreffenden Verbände hat seinen Grund in dem vom Gesetzgeber gesehenen Bedürfnis nach Schutz des Verwenders und des Gerichts vor sachlich unfundierter Inanspruchnahme.

Von besonderer Bedeutung sind in diesem Zusammenhang die in Ver- 26
trägen mit Künstlerinnen und Künstlern vielfach zu findenden **Vertragsstrafenklauseln** (vgl. hierzu auch unten § 9 Rdnr. 17 ff.) Es handelt sich hierbei um die Vereinbarung einer Geldzahlung oder einer anderen Lei-

stung für den Fall, daß die Künstler ihre Verbindlichkeiten schuldhaft nicht oder nicht in gehöriger Weise erfüllen. Nach § 11 Nr. 6 AGBG ist eine Bestimmung in Allgemeinen Geschäftsbedingungen nichtig, *durch die dem Verwender für den Fall der Nichtabnahme oder verspäteten Abnahme der Leistung, des Zahlungsverzugs oder für den Fall, daß der andere Vertragsteil sich vom Vertrag löst, Zahlung einer Vertragsstrafe versprochen wird.* Die Vorschrift geht allerdings von der Fallgestaltung aus, daß der Verwender eine Sachleistung (etwa: Waren-Übereignung), der andere Teil eine Geldleistung zu erbringen hat, eine Konstellation, der im künstlerischen Bereich eher untergeordnete Bedeutung zukommt, so daß hier nur der in § 11 Nr. 6 AGBG benannte Tatbestand der Vertragslösung durch den Künstler relevant werden dürfte. Enthält also ein Vertrag ein Vertragsstrafeversprechen des Künstlers für den Fall der einseitigen Vertragslösung und hat diese Bestimmung die Qualität einer Allgemeinen Geschäftsbedingung, dann dürfte sie unter § 11 Nr. 6 AGBG fallen, mit der Folge ihrer Nichtigkeit. Jenseits von § 11 Nr. 6 AGBG kann selbstverständlich in allen Fällen von Vertragsstrafenklauseln eine Inhaltskontrolle anhand der Generalklausel des § 9 AGBG stattfinden. Also auch in den von § 11 Nr. 6 AGBG nicht erfaßten Fällen von Strafbestimmungen für die Tatbestände von Nicht- bzw. Schlechtleistungen durch den Künstler kann es über § 9 AGBG zu einer Nichtig-Erklärung derartiger Bestimmungen kommen. Eine Unangemessenheit im Sinne von § 9 AGBG kann etwa dann angenommen werden, wenn die für eine Nicht- oder Schlechtleistung vereinbarte Vertragsstrafe auch schon bei leichter Fahrlässigkeit des Schuldners verwirkt sein soll (vgl. hierzu Palandt/Heinrichs, Komm. zum BGB, AGBG § 11 Anm. 6 b).

IV. Die Auflösung des wirksam zustandegekommenen Vertrages

27 Der einmal wirksam zustandegekommene Schuldvertrag bindet beide Parteien. Mit dem Vertragsschluß haben sie sich Verpflichtungen auferlegt, die erfüllt werden müssen und auf deren Erfüllung der je andere Teil einen klagbaren Anspruch hat. Aus dem Prinzip Vertragsfreiheit folgt allerdings, daß sie den geschlossenen Vertrag durch entsprechende übereinstimmende Willenserklärungen jederzeit wieder aufheben, sich also durch Abschluß eines **Aufhebungsvertrages** gegenseitig wieder entpflichten können, § 305 BGB. Ist der aufgehobene Vertrag ein Dauerschuldverhältnis, z.B. Dienstvertrag, Arbeitsvertrag, Mietvertrag, so wirkt die Aufhebung, wenn nicht die Parteien im Einzelfall eine rückwirkende Aufhebung gewollt haben, lediglich in die Zukunft. Von nun an bestehen keinerlei Verpflichtungen mehr. In den übrigen Fällen, beim Werkvertrag, Kaufvertrag u.dergl. bewirkt die Aufhebung des Vertrages dessen Beseiti-

gung von Anfang an mit der Folge, daß bereits empfangene Leistungen nach den Regeln über die Herausgabe einer **ungerechtfertigten Bereicherung,** §§ 812 ff. BGB, zurückzugewähren sind. Hier kann es aber auch so sein, daß die Parteien im Aufhebungsvertrag selbst Rückgewähransprüche festlegen, die dann insofern über Bereicherungsansprüche hinausgehen, als etwa eine Berufung auf den Wegfall der durch die Leistung erlangten Bereicherung (§ 818 Abs. 3 BGB) dann nicht möglich ist. Eine einseitige Lösung des wirksam zustandegekommenen Vertragsverhältnisses durch eine Vertragspartei ist nur ausnahmsweise und dann möglich, wenn man sich auf einen ausdrücklichen gesetzlichen Lösungstatbestand berufen kann, wie ihn etwa die oben Rdnr. 10 ff. behandelte Anfechtung der Vertragserklärung darstellt. Weitere Lösungsmöglichkeiten bestehen in den Fällen der Leistungsstörungen (vgl. dazu unten § 9) in Form insbesondere von **Rücktrittsrechten.** Bei Dauerschuldverhältnissen besteht regelmäßig die Möglichkeit der **Kündigung,** die aber entweder an die Einhaltung von Fristen (ordentliche Kündigung) oder das Vorliegen spezieller Kündigungsgründe, z.B. bei der außerordentlichen Kündigung, gebunden ist.

V. Die im künstlerischen Bereich zentralen Vertragstypen

Bei der ökonomischen Verwertung künstlerischer Schöpfungen spielen in allen Bereichen die Urheberrechtsverwertungs- und -übertragungsverträge sowie die Lizenzverträge – auch zahlenmäßig – eine dominierende Rolle. Diese Vertragstypen werden oben unter § 3 ausführlich behandelt. Es werden deshalb an dieser Stelle nur noch diejenigen Vertragsgestaltungen dargestellt, die die „schlichte" künstlerische Leistungserbringung ohne Beteiligung von Urheberrechtsübertragungen zum Gegenstand haben. Dies betrifft etwa das Engagement von Sängerinnen, Instrumentalisten oder Schauspielern für eine bestimmte Aufführung, aber auch Dauerengagements. In der Bildenden Kunst rechnen hierher Auftragsarbeiten von Malern (das bestellte Portrait) oder Bildhauern (die Skulptur für den Rathausvorplatz) für Privatleute und Kommunen. Die hier in Betracht kommenden Vertragstypen des BGB sind Dienstvertrag/Arbeitsvertrag und der Werkvertrag. Im Verhältnis Bildender Künstler/Galerist regelt der Ausstellungsvertrag die Rechtsbeziehungen der Beteiligten. 28

Bezüglich der drei erstgenannten Vertragstypen ist zunächst das **Abgrenzungsproblem** zu klären: Wann ist ein Vertrag als **Dienstvertrag** bzw. **Arbeitsvertrag,** wann als **Werkvertrag** zu klassifizieren? Ein Dienstvertrag liegt immer dann vor, wenn der Künstler als *Dienstverpflichteter* (so die Terminologie der §§ 611 ff. BGB) lediglich seine Tätigkeit als solche schuldet, sich aber nicht zur Herbeiführung eines bestimm- 29 ten Erfolges als Ergebnis seiner Tätigkeit verpflichtet hat, was gerade das Wesen des Werkvertrages ausmacht. Problematisch und umstritten ist hier insbesondere die Einordnung der **Gastspiel-** und **Engagementsverträge**. Ist also der Vertrag zwischen dem Veranstalter der Aufführung und dem Künstler, dem Ensemble Dienstvertrag oder Werkvertrag? Die heute wohl herrschende Meinung nimmt hier in der Regel Werkvertrag an, dies jedenfalls dann, wenn eine „bestimmte künstlerische Wertschöpfung" geschuldet werde (so Palandt/Thomas, Kommentar zum BGB, Einführung vor § 631, Anm. 5; für Werkvertrag auch MünchKomm/Soergel, § 631 Rdnr. 57). Die ältere Lehre hingegen klassifiziert die zur Rede stehenden Sachverhalte regelmäßig als Dienstvertrag (vgl. Staudinger/Riedel, Kommentar zum BGB, Rdnr. 7 vor § 631 m.w.Nachw.). Dieser Auffassung ist im Grundsatz zuzustimmen. Richtigerweise ist bei der Klassifizierung von Verträgen im Sinne eines bestimmten Vertragstyps vom Willen der Parteien auszugehen, wobei alle Umstände, insbesondere die vertragliche Ausgestaltung ihrer Rechte und Pflichten zu berücksichtigen sind. Die Sängerin, der Schauspieler, die Instrumentalistin werden in der Regel im Engagementsvertrag nicht einen bestimmten Erfolg versprechen, sondern sich lediglich zur Leistung ihres künstlerischen Standards verpflichten wollen. Worin sollte der versprochene Erfolg auch liegen? In der Begeisterung des Publikums, der positiven Rezension des Kritikers? Die von der Gegenmeinung bemühte „künstlerische Wertschöpfung" ist begrifflich zu vage und nicht objektivierbar. Aber auch von der Rechtsfolgeseite im Falle von Schlechtleistungen her „paßt" der Werkvertrag hier nicht. Vorrangiger Anspruch des Bestellers des Werkes im Falle der Schlechtleistung ist beim Werkvertrag nach § 633 Abs. 2 Satz 1 BGB der Anspruch auf Nachbesserung. Es liegt auf der Hand, daß dieser Anspruch bei Schlechterfüllung von Engagementsverträgen ins Leere geht. Wie sollen der Schauspieler, der den Text vergessen hat und bei der Aufführung „einbricht" oder der Instrumentalist, der durch falsche Einsätze „patzt", nachbessern? Es spricht somit alles dafür, Engagementverträge in der Regel als Dienst- oder Arbeitsverträge zu klassifizieren (zur Abgrenzung Dienstvertrag/Arbeitsvertrag siehe unten Rdnr. 30 ff.). Diese Sichtweise schließt allerdings die Annahme eines Werkvertrags im Einzelfall nicht aus: Die Gestaltung eines Solokonzertes durch einen Jazzpianisten in freier Improvisation und ohne festgelegte Zeitstrukturen kann durchaus den Charakter eines „Werkes" annehmen.

1. Der Dienstvertrag

30 Nach § 611 Abs. 2 BGB können Gegenstand des Dienstvertrages **Dienste jeder Art** werden, damit also jedwede künstlerische Tätigkeit Inhalt dienstvertraglicher Verpflichtungen sein. Künstlerische Tätigkeiten wird

man nur dann als „Dienste höherer Art" i.S.v. § 627 BGB (vgl. hierzu die Beispiele bei Palandt/Putzo a.a.O. § 627 Rdnr. 2) qualifizieren können, wenn sie aufgrund eines besonderen Vertrauensverhältnisses übertragen zu werden pflegen; das jederzeitige Kündigungsrecht gem. § 627 BGB wird also nur in Ausnahmefällen gegeben sein. Nach § 613 BGB ist die Dienstleistung im Zweifel (d.h., wenn nichts anderes vereinbart ist) **höchstpersönlich** zu erbringen; es steht dem Gläubiger (Veranstalter) allerdings frei, anstelle des Vertragspartners einen anderen Künstler zu akzeptieren, er muß dies aber nicht. Andererseits ist auch der Dienstberechtigte nicht befugt, seinen Anspruch auf Erbringung der Dienstleistung an einen Dritten abzutreten, § 613 BGB. Für Arbeitsverträge gilt hier allerdings die Sondervorschrift des § 613 a) BGB. Wechselt der Betriebsinhaber infolge Veräußerung des Betriebs oder Betriebsteils, so tritt der neue Betriebsinhaber kraft Gesetzes in die bestehenden Arbeitsverhältnisse ein, hat dann aber selbstverständlich die gleichen Kündigungsmöglichkeiten wie sein Vorgänger. Die aus dem Dienstvertrag resultierende **Hauptpflicht** des Dienstberechtigten ist die zur Zahlung eines Lohnes, eines Honorars, § 611 BGB. Hier ist natürlich in erster Linie die vertragliche Vereinbarung maßgebend. Fehlt die Honorarvereinbarung im Vertrag, so gilt nach § 612 Abs. 1 eine Vergütung als stillschweigend vereinbart, wenn die Dienstleistung den Umständen nach nur gegen eine Vergütung zu erwarten ist. Auch die Höhe des Honorars richtet sich primär nach der im Vertrag getroffenen Vereinbarung; fehlt eine solche, so ist nach § 612 Abs. 2 BGB die *taxmäßige Vergütung* (also etwa die sich aus allgemeingültigen Tarifen ergebende), in Ermangelung einer „Taxe" die übliche Vergütung geschuldet.

Wie in jedem Vertragsverhältnis, können sich auch im Dienstvertrag aus **31**
den Grundsätzen von Treu und Glauben resultierende **Nebenpflichten** ergeben, die neben die Hauptpflichten treten und deren schuldhafte Verletzung Schadenersatzansprüche unter dem Gesichtspunkt der „positiven Forderungsverletzung" auslöst (vgl. hierzu grds. Larenz, Lehrbuch des Schuldrechts, Allgemeiner Teil, § 24). Nach der hier von Lehre und Rechtsprechung entwickelten Typologie existieren diese Nebenpflichten insbesondere als Treue- und Fürsorgepflichten, Verschwiegenheitspflichten, Obhuts- und Auskunftspflichten. Generell läßt sich sagen, daß jeder Vertragspartner alles zu unterlassen hat, was zu einer Schädigung des anderen Teils führen kann. Konkret ist in diesem Zusammenhang auf die Verpflichtung des Veranstalters nach § 618 BGB hinzuweisen, wonach dieser die Räume, Vorrichtungen oder Gerätschaften, die er zur Verrichtung der Dienste beschaffen muß, so einzurichten und zu unterhalten und Dienstleistungen, die unter seiner Anordnung vorzunehmen sind, so zu regeln hat, daß die Künstler gegen Gefahren für Leben und Gesundheit bestmöglich geschützt sind.

2. Der Arbeitsvertrag

32 Ein Arbeitsvertrag und nicht Dienstvertrag liegt dann vor, wenn der Dienstleistende verpflichtet ist, **fremdbestimmte, unselbständige Arbeit** zu verrichten, also eine vom Arbeitgeber abhängige, weisungsgebundene Tätigkeit ausübt (vgl. zum Begriff Palandt-Putzo, Kommentar zum BGB, Einf. 1 g) vor § 611). Arbeitsverträge sind im künstlerischen Bereich dementsprechend überall dort anzunehmen, wo die Art und Ausführung der künstlerischen Tätigkeit von Weisungen des Arbeitgebers oder einer Vertreterperson abhängen. Arbeitsverträge bestehen also etwa in der Regel zwischen festangestellten Musikern, Schauspielern etc. einerseits und ihren Beschäftigern (Kommune, Theater, Orchester) andererseits. Die Unterscheidung Dienstvertrag/Arbeitsvertrag ist deshalb von großer praktischer Bedeutung, weil nur den im Arbeitsverhältnis stehenden Künstlerinnen und Künstlern das gesamte soziale Arbeitnehmerschutzrecht zugute kommt. (Vgl. zum Arbeitsvertrag ausführlich § 6).

3. Der Werkvertrag

33 Im Rahmen eines Werkvertrages (Abgrenzung zum Dienstvertrag siehe oben Rdnr. 29) schuldet der Künstler (das Gesetz nennt ihn *Unternehmer*, den Auftraggeber *Besteller*, vgl. § 631 BGB) einen bestimmten **Erfolg**, das **Werk** also. Dieser Erfolg muß nicht notwendig gegenständlicher Art sein (wie z.B. das Gemälde, der grafische Entwurf, die Komposition), auch unkörperliche Leistungserfolge werden von dem Begriff erfaßt, so die „Performance" u.ä.. Im Gegensatz zum Dienstvertrag gehört es zur **Hauptpflicht des Künstlers** aus dem Werkvertrag, daß das Werk mängelfrei erstellt wird (§ 633 BGB). Hier liegen gerade im künstlerischen Bereich die Probleme. Ist etwa das erstellte Portrait „mangelhaft", weil der Besteller der Meinung ist, es sei ihm nicht ähnlich genug, es karikiere ihn gar? Der Bundesgerichtshof (BGHZ 19, 382) hat hierzu schon recht frühzeitig heute immer noch verbindliche Rechtssätze entwickelt. Künstlerin und Künstler genießen grundsätzlich im Rahmen eines Werkvertrags eine Gestaltungsfreiheit, die ihrer künstlerischen Eigenart entspricht; es ist ihnen deshalb erlaubt, in ihren Werken ihrer individuellen Schöpferkraft und ihrem Schöpferwillen Ausdruck zu verleihen. Wer einen Künstler mit der Herstellung eines Kunstwerks beauftragt, muß sich zuvor mit dessen künstlerischen Eigenarten und Auffassungen vertraut machen. Der Gestaltungsfreiheit des Künstlers entspricht das Risiko des Bestellers, ein den vereinbarten Zweckgedanken und die tragende Idee zum Ausdruck bringendes Kunstwerk auch dann abnehmen zu müssen, wenn es nicht seinem Geschmack entspricht. Auf der anderen Seite muß sich das Werk z.B. der Designerin im Rahmen dessen halten, was der Auftraggeber vorgegeben hat. Ein eigenmächtiges Abweichen hiervon kann die Ver-

pflichtung des Auftraggebers zur Abnahme und Bezahlung des Werkes aufheben.

Der Künstler kann indes seine **Gestaltungsfreiheit vertraglich beschränken** und sich verpflichten, ein Werk nach einem von ihm erstellten und vom Besteller genehmigten Entwurf herzustellen. Auch in diesem Fall aber ist er grundsätzlich nicht zu einer maßstabgetreuen Ausführung verpflichtet. Die Vertragspraxis versucht, soweit ersichtlich, das Problem zu regeln. So finden sich in vielen Verträgen folgende Klauseln (vgl. Münchener Vertragshandbuch, Band 3, Wirtschaftsrecht, S. 1189): *Nach Fertigstellung des Portraits wird es dem Besteller übergeben und zu Eigentum übertragen. Der Besteller ist zur Abnahme nicht verpflichtet, wenn es nicht seinen Wünschen und Vorstellungen entspricht. Im Falle der Nichtabnahme verbleibt es mit allen Rechten dem Maler. Der Besteller ist zur Zahlung eines Betrages von DM ... als Vergütung für die Tätigkeit des Malers verpflichtet. Der Besteller hat nur die Möglichkeiten, das fertige Portrait abzunehmen oder die Abnahme zu verweigern. Ansprüche auf Nachbesserung bestehen nicht. Vorstehende Regelung schließt nicht aus, daß sich die Parteien darüber einigen, daß bestimmte Änderungen vorgenommen werden.* Hier ist der künstlerischen Gestaltungsfreiheit dadurch Rechnung getragen, daß Nachbesserung generell ausgeschlossen ist. Der Besteller kann allerdings die Abnahme verweigern, wenn das Werk seinen Vorstellungen nicht entspricht, muß dann aber die Tätigkeit des Künstlers gleichwohl vergüten. 34

Es ist im Grundsatz davon auszugehen, daß der Künstler verpflichtet ist, das Werk höchstpersönlich herzustellen, er also keinen „Subunternehmer" einschalten darf. Etwas anderes wird man für die Fälle der technischen Zuarbeitung annehmen können, soweit hier kein künstlerisches Gestaltungspotential erforderlich ist. Vergibt also der Bildhauer, der eine Plastik aus Eisenteilen nach einem vorgefertigten und vom Besteller genehmigten Entwurf erstellen soll, Schweißarbeiten nach genauem Plan an einen Handwerksbetrieb, so wird hiergegen nichts einzuwenden sein. **Hauptleistungspflicht des Bestellers** des Werks ist die Zahlung der vereinbarten Vergütung. Ist eine entsprechende Vereinbarung nicht getroffen worden, so gilt § 632 BGB, der eine dem § 612 Abs. 1 und Abs. 2 BGB wortgleiche Bestimmung enthält. Es kann deshalb insofern auf die Ausführungen zum Dienstvertrag verwiesen werden. Auch bezüglich der Nebenpflichtenstruktur kann auf die Darstellung zum Dienstvertrag Bezug genommen werden, es gilt hier nichts anderes. 35

4. Der Ausstellungsvertrag

Im bildnerischen Bereich ist die Ausstellung in einer Galerie gerade für die Künstler mit geringem Bekanntheitsgrad meist die einzige Möglich- 36 keit, das Oeuvre einem größeren Kreis von Interessierten zugänglich zu machen und so Marktbeziehungen herstellen zu können. Zwischen Künstler und Galeristen wird dann regelmäßig ein mündlich oder schriftlich abgeschlossener, mehr oder weniger detailgenau gestalteter Vertrag zustandekommen, der Ausstellungsvertrag (vgl. das Musterformular im Münchener Vertragshandbuch, Band 3, Wirtschaftsrecht, S. 1183 ff.). Dieser Vertragstyp ist als solcher im Gesetz nicht geregelt. Er stellt sich dar als **gemischt-typischer Vertrag**, der also Elemente verschiedener, gesetzlich geregelter Vertragstypen in sich vereinigt. In erster Linie ist der Ausstellungsvertrag **urheberrechtlicher Nutzungsvertrag**, da der Künstler dem Galeristen sein aus § 18 UrhG resultierendes Ausstellungsrecht überträgt (vgl. hierzu § 10 Rdnr. 28 ff.). In diesem Zusammenhang ist das Bestreben von Künstlerinnen und Künstlern zu erwähnen, Ausstellungshonorare zur Ablösung des übertragenen Veröffentlichungsrechts zu erhalten (vgl. Kampagne der IG Medien „Künstler für Ausstellungshonorare"). Hinzu können je nach Vertragsgestaltung Elemente des **Kaufvertrages** nach §§ 433 ff. BGB (dem Galeristen werden Ankaufsrechte zu bestimmten Preisen eingeräumt), des **Kommissionsgeschäfts** nach §§ 383 HGB (der Galerist behält Werke des Künstlers über den Zeitraum der Dauer der Ausstellung im Besitz, um sie im eigenen Namen, aber für Rechnung des Künstlers zu verkaufen) und des **Verwahrungsvertrages** nach §§ 688 ff. BGB treten. Die Klassifizierung der Teilelemente ist für den Fall von Leistungsstörungen praktisch bedeutsam, denn es gilt dann – soweit der Vertrag keine Regelung des Störungsfalles enthält – das Recht desjenigen Teilements, in dessen Bereich die Störung angesiedelt ist.

§ 9 Vertragsstörungen

I. Einführung

1 Soweit vertragliche Leistungen dem vereinbarten Leistungsprogramm und damit den Erwartungen der Vertragspartner entsprechend erbracht werden, sind juristische Konfliktlösungspotentiale naturgemäß nicht gefragt. Dies ist jedoch dann sofort anders, wenn ein Vertragspartner seine Leistung gar nicht, verspätet oder „schlecht" erbringt: Der Künstler erscheint zum vertraglich vereinbarten Auftritt gar nicht, er kommt eine Stunde zu spät oder er erscheint zwar pünktlich, verdirbt aber die Aufführung, weil er ständig falsche Einsätze bläst. Auf Seiten des Veranstalters (allgemein: des Bestellers der künstlerischen Leistung) ergibt sich die Problematik insbesondere dann, wenn der Veranstalter das vereinbarte

Honorar nicht oder mit zeitlicher Verzögerung zahlt. In allen solchen Fällen sogenannter Leistungsstörungen wollen die Beteiligten wissen, welche Rechtsfolgen, insbesondere welche Ansprüche die jeweilige Leistungsstörung auslöst. Hierauf soll im folgenden eingegangen werden, wobei sich die Darstellung nicht an der üblichen juristischen Systematik der Leistungsstörungen orientiert, sondern um eines besseren Verständnisses willen an situativ-typische Fallkonstellationen anknüpft. Dargestellt wird jeweils die Rechtslage, wie sie sich unter Geltung des BGB ergibt. Zu beachten ist immer, daß Regelungen für den Fall des Eintritts von Leistungsstörungen im konkreten Vertrag getroffen sein können. Es sei nochmals betont, daß wegen der hier geltenden Vertragsfreiheit diese vertraglichen Regelungen den gesetzlichen Vorschriften vorgehen, soweit sie nicht etwa wegen Verstoßes gegen das AGB-Gesetz oder die guten Sitten nichtig sind. Insbesondere die Fälle der Nicht- oder Schlechtleistung durch den Künstler werden in der Praxis in den konkreten Verträgen üblicherweise durch die Vereinbarung von Vertragsstrafen sanktioniert.

II. Der Künstler erbringt die von ihm geschuldete Leistung aus in seiner Person respektive in seinem Bereich liegenden Gründen nicht.

1. Die sogenannte „physische" Unerbringbarkeit der vertraglichen Leistung

Beispiel:
Der für den Opernabend engagierte bekannte Tenor T sagt die Aufführung ab, weil er erkrankt ist. Die Rolle wird kurzfristig mit dem unbekannten Nachwuchssänger S besetzt, der vom Publikum ausgebuht wird. Einige Konzertbesucher verlangen wegen der schlechten Leistung des S Rückerstattung des Eintrittsgeldes.

Die durch das Beispiel repräsentierte Fallgruppe der sogenannten **Leistungsunmöglichkeit** ist generell dadurch gekennzeichnet, daß der Leistungspflichtige die geschuldete Leistung nicht erbringt, weil er an ihrer Erbringung – durch welche Gründe auch immer – gehindert war. Hier ist zunächst – wegen der je unterschiedlichen Rechtsfolgen – eine Abgrenzung der endgültig unmöglich gewordenen von derjenigen Leistung vorzunehmen, der nur ein zeitweiliges Hindernis entgegensteht, die also – wenn auch verspätet – doch noch nachholbar und damit „möglich" ist. Für die Abgrenzung ist folgende Erwägung entscheidend: Für nahezu jede vertragliche Leistung ergibt sich aus dem vertraglichen Zweckprogramm eine zeitliche Determinante dahingehend, daß die Leistung sinnvollerweise nur zu einer ganz bestimmten Zeit oder innerhalb eines kurzen Zeitraumes erfolgen kann, weil eine Leistungserbringung zu einer anderen Zeit oder außerhalb des betreffenden Zeitraumes den Vertragszweck nicht (mehr) erfüllen kann, weil der Gläubiger den Gebrauch, für 2 den die Leistung vorgesehen war, nun nicht mehr machen kann (Larenz, Lehrbuch des Schuldrechts, Allgemeiner Teil, § 21 I spricht hier zutreffend vom „Erfüllungszeitraum"; vgl. hierzu auch BGH NJW 1982, 38). M.a.W.: Da die Leistung für den Gläubiger nach dem für beide Vertragsteile erkennbaren Vertragszweck außerhalb des Erfüllungszeitraumes in der Regel ohne jedes Interesse sein wird, ist sie – auch wenn am nächsten Tag nachholbar (im Beispiel: T bietet, da dann wieder genesen, seinen Auftritt für den nächsten Tag an) – als endgültig unmöglich anzusehen. Anders ist es etwa dann, wenn der Komponist einer Filmmusik während deren Fertigstellung für einige Zeit erkrankt: Zwar werden in entsprechenden Verträgen regelmäßig auch Fertigstellungstermine vereinbart werden; soweit jedoch das versprochene Werk auch nach Überschreitung des Fertigstellungstermins für den Besteller verwertbar ist, ist dies kein Fall der endgültigen Unmöglichkeit. Eine andere Frage ist dann aber, ob der Besteller einen infolge der Verzögerung der Fertigstellung entstandenen Schaden vom Künstler unter dem Aspekt des Verzugs (vgl. dazu unten Rdnr. 11) ersetzt verlangen kann.

3 Für die Frage der bei endgültiger Leistungsunmöglichkeit eintretenden Rechtsfolgen kommt es nach den vom BGB getroffenen Regelungen (vgl. §§ 275, 323 ff. BGB) entscheidend darauf an, wer den Grund für die Unmöglichkeit **zu vertreten** hat. Der Begriff des „Vertretenmüssens" ist identisch mit dem Verschuldensbegriff, das heißt, es ist bei der hier zur Rede stehenden Fallgruppe zu prüfen, ob der Künstler, der seine Leistung nicht erbringt, die Leistungsunmöglichkeit verschuldet hat, ob er also entweder vorsätzlich oder fahrlässig seine Leistungsunmöglichkeit herbeigeführt hat, oder ob ihn ein entsprechender Vorwurf nicht trifft. Vorsätzlich handelt der Künstler, der sein Unvermögen zur Leistungserbringung bewußt und gewollt herbeiführt, wie etwa der Pianist, der zum vertraglich vereinbarten Auftritt nicht erscheint, weil er am selben Abend ein wesentlich besser honoriertes Engagement wahrnimmt. Im Falle der Fahrlässigkeit hingegen tritt das Unvermögen ungewollt ein: Die Tatsache, daß der Künstler seine Leistung nicht erbringen kann, ist hier vielmehr das Ergebnis der Verletzung von Sorgfaltspflichten durch den Künstler. Nach § 276 BGB handelt fahrlässig, „wer die im Verkehr erforderliche Sorgfalt außer Acht läßt". Das Fahrlässigkeitsurteil beinhaltet also in diesem Zusammenhang den Vorwurf, daß der Künstler das Unvermögen zur Leistung als mögliche Folge seines Verhaltens hätte voraussehen können, es aber durch Außerachtlassung der gebotenen Sorgfalt, Achtsamkeit und Umsicht gleichwohl dazu hat kommen lassen, sein Unvermögen also nicht vermieden hat.

4 Vielfach wird es so sein, daß die Leistungsunmöglichkeit auf ein Ereignis unmittelbar zurückzuführen ist, für das der Künstler „nichts kann", an dessen Eintritt ihn also kein Verschulden trifft: Der Künstler verpaßt

den Auftritt, weil er in einen Verkehrsstau gerät, er versäumt das Flugzeug, weil er sich auf dem Flugplatz zeitraubenden Kontrollen unterziehen muß. Oder: Der Pianist kann das abendliche Konzert nicht spielen, weil er am Nachmittag Ski gelaufen und auf einer unerkennbar vereisten Stelle des Hanges schwer gestürzt war. Es liegt auf der Hand, daß der Künstler mit der Feststellung, daß er den Eintritt dieser Ereignisse (Stau, Kontrolle, Sturz) als solche nicht verschuldet hat (so hat etwa der Pianist beim Skilaufen alle Sorgfalt aufgewendet), noch nicht entlastet ist. Es ist vielmehr in solchen Fällen immer der Rückgriff auf früheres Verhalten des Künstlers möglich und eine Prüfung dahingehend erforderlich, ob er nicht in einem früheren Stadium den Eintritt der Leistungsunmöglichkeit durch sorgfaltspflichtgemäßes Verhalten hätte vermeiden können. So entspricht es etwa üblicher Sorgfalt, sich vor Reiseantritt über mögliche Behinderungen zu informieren und entsprechende Vermeidungsstrategien durchzuführen. In den durch das Beispiel des Ski laufenden Pianisten angesprochenen Fällen ist die Wertung schwieriger: Hier kann die Statuierung einer adäquaten Sorgfaltspflicht im Extrem sogar auf das Verbot für den Künstler hinauslaufen, derart risikobehaftete Tätigkeiten überhaupt auszuüben. Generelle Aussagen lassen sich hier nicht machen, es wird immer auf die Einzelfallbeurteilung ankommen, wobei die Abwägung der Risiken des zur Rede stehenden Verhaltens (Ski laufen) mit seinem Nutzen für den Künstler eine Rolle spielen wird.

Je nachdem nun, ob den Künstler bezüglich seines Leistungsunvermö- **5**
gens ein Schuldvorwurf (Vorsatz oder Fahrlässigkeit) im dargelegten Sinne trifft, ist bezüglich der **Rechtsfolgen** wie folgt zu unterscheiden: Hat der Künstler sein Unvermögen **nicht zu vertreten** (wie etwa im Eingangsbeispiel im Falle der – unverschuldeten – Erkrankung), dann wird er von seiner Leistungspflicht frei, § 275 BGB, schuldet dann folgerichtig auch keinen Schadensersatz. Das Schicksal der **Gegenleistung** (Honoraranspruch des Künstlers) hängt dann davon ab, ob der Besteller der künstlerischen Leistung das Unvermögen des Künstlers zu vertreten hat oder nicht. Ist dies nicht der Fall – das wird die Regel sein –, läßt das BGB wertungskonsequent auch den Honoraranspruch des Küntlers entfallen, § 323 BGB, beide Vertragspartner sind dann ihrer Leistungspflichten enthoben. Für den Fall, daß das Leistungsunvermögen des Künstlers in den Verantwortungsbereich des Bestellers fällt, vgl. unten unter III.

Hat hingegen der Künstler für sein Unvermögen einzutreten, (Sorg- **6**
faltspflichtverstoß!), gibt § 325 BGB dem Besteller ein mehrfaches Wahlrecht: Er kann vom Künstler Schadensersatz wegen Nichterfüllung verlangen oder vom Vertrag zurücktreten, oder sich gemäß § 323 BGB darauf berufen, daß er von seiner Vergütungspflicht frei geworden ist. Am weitesten gehend ist hier der Schadensersatzanspruch, der allerdings einen konkreten, aus der Nichtleistung des Künstlers resultierenden Scha-

den des Bestellers voraussetzt. Generell gilt hier die Formel: Der Besteller ist so zu stellen, wie er stehen würde, wenn der Künstler den Vertrag ordnungsgemäß erfüllt hätte (vgl. zur Schadensberechnung in diesen Fällen Palandt/Heinrichs, Komm. zum BGB, § 325 Rdnr. 9 ff.). Der Schaden besteht dann nach der hier anzuwendenden Differenzmethode in der Differenz zwischen der Vermögenslage des Bestellers, die eingetreten wäre, wenn der Künstler ordnungsgemäß erfüllt hätte und der infolge der Nichterfüllung nunmehr entstandenen Vermögenslage. Insbesondere kann der Besteller die jetzt nutzlos gewordenen Aufwendungen, die er für die Durchführung des Vertrags gemacht hat (etwa: Saalmiete) geltend machen, da vermutet wird, daß er diese bei ordnungsgemäßer Erfüllung des Vertrages durch den Künstler wieder „verdient" hätte. Hier kann der Künstler aber den Gegenbeweis dahin erbringen, daß der Besteller – etwa mangels Publikums – auch bei Vertragserfüllung Verluste gemacht hätte, das heißt, auf seinen Kosten „sitzengeblieben" wäre.

2. *Die sogenannte „psychische" oder „moralische" Unerbringbarkeit der vertraglichen Leistung*

Beispiele:

1. Sängerin S findet nach der Rückkehr von der Probe den Abschiedsbrief ihres Lebensgefährten vor. Sie sagt daraufhin den abendlichen Auftritt mit der Begründung ab, sie sei zwar bei Stimme, es sei ihr in ihrer gegenwärtigen psychischen Situation aber unmöglich, zu singen.
2. Schlagersänger X war für eine „Wahlveranstaltung" engagiert worden. Am Veranstaltungsort stellt X fest, daß es sich um eine Wahlveranstaltung der Partei der Republikaner handelt. Er verweigert den Auftritt mit der Begründung, er könne es mit seinem politischen Gewissen nicht vereinbaren, für diese Partei aufzutreten.

7 Es geht hier um die Fälle, die in denen die Leistungserbringung dem Künstler zwar physisch möglich wäre, er die Leistung jedoch mit Hinweis auf ihre „Unzumutbarkeit" ablehnt. Nach richtiger Ansicht (vgl. etwa Larenz a.a.O. § 10 II) sind diese Fälle nicht über die Regeln des Unmöglichkeitsrechts (§§ 275, 323 ff. BGB) zu lösen, sondern es ist zu prüfen, ob der Künstler hier den Unzumutbarkeitseinwand nach § 242 BGB (Prinzip von Treu und Glauben), erheben und damit als – ausnahmsweise – von seiner Leistunspflicht befreit angesehen werden kann, weil sich das Bestehen des Bestellers auf der Vertragserfüllung unter Anwendung der Grundsätze von Treu und Glauben als rechtsmißbräuchlich darstellen würde. Nun kann freilich nicht jede Leistungserschwerung zum Anlaß genommen werden, eine Lösung der vertraglichen Bindung herbeizuführen. Dem Einwand der Unzumutbarkeit ist jedoch dann stattzugeben, wenn eine Art psychischer oder moralischer „Opfergrenze" erreicht ist, die das Beharren des Gläubigers auf der Leistungserbringung als anstößig und nicht mehr hinnehmbares Ansinnen erscheinen läßt (vgl. dazu etwa

Esser/Schmidt, Schuldrecht Allgemeiner Teil, § 10 II f. sowie Larenz a.a.O. § 10 II). Wann dies der Fall ist, läßt sich generell nicht sagen, es wird auch hier immer eine Einzelfallwürdigung erforderlich sein, die die Interessen der Vertragspartner gegeneinander abzuwägen hat. Hier ist einmal mehr der „gesunde Menschenverstand" gefragt, das heißt, der Einwand der Unzumutbarkeit wird überall dort greifen, wo jeder „billig und gerecht" Denkende das Beharren des Gläubigers auf der Leistungserbringung als unanständig empfinden würde, wie dies in den Fällen von Partnertod oder -trennung (Beispiel zu 1) angenommen werden muß.

Eine besondere Akzentuierung ergibt sich für die durch das Beispiel zu 8
2 gekennzeichneten Fälle der Glaubens- oder Gewissensnot wegen der hier zu berücksichtigenden grundgesetzlichen Garantie der Freiheit des Gewissens, Artikel 4 Grundgesetz. Der Einwand der Unzumutbarkeit dürfte hier immer dann begründet sein, wenn der Künstler bei Eingehung der vertraglichen Verpflichtungen nicht wußte und auch nicht voraussehen konnte, daß ihn die Vertragserfüllung in eine Gewissensnot bringen würde (so auch Larenz a.a.O.). Wäre hingegen X im Beispiel zu 2 das Engagement in Kenntnis der Tatsache eingegangen, daß Veranstalter die nämliche Partei ist, dann wäre er nicht schutzwürdig: Er hätte dann von vorneherein den Vertragsschluß ablehnen können und müssen.

III. Der Künstler kann seine Leistung aus Gründen nicht erbringen, die in der Sphäre seines Vertragspartners liegen

Beispiele:

1. V hat den Pianisten P für einen Soloabend engagiert. Beim Einspielen stellt P fest, daß der Flügel völlig verstimmt und unbespielbar ist. V bemüht sich, bis zum vorgesehenen Beginn des Konzerts vergeblich, einen Klavierstimmer aufzutreiben. Das Konzert kann nicht stattfinden. V verweigert die Zahlung der vereinbarten Gage mit dem Hinweis „ohne Leistung kein Honorar".
2. Soloviolinist V ist für die Aufführung der „Vier Jahreszeiten" von Vivaldi in der Philharmonie am 10.2. engagiert. Am 8.2. stellt die Bauaufsicht fest, daß die Decke in der Philharmonie in weiten Teilen erheblich einsturzgefährdet ist. Das Konzert wird daraufhin abgesagt. V ist der Auffassung, daß ihm die vereinbarte Gage gleichwohl zustehe, da er ja „spielbereit" sei.

Hier geht es um die Frage, ob und unter welchen Voraussetzungen der 9
Künstler seinen Honoraranspruch in den Fällen behält, in denen er leistungsbereit ist, die Leistung aber aus Gründen nicht erbringen kann, die in der Sphäre des Gläubigers angesiedelt sind. Nach § 324 BGB erhält er seinen Anspruch auf die Gegenleistung immer dann, wenn der Gläubiger die Leistungsunmöglichkeit zu vertreten hat. Zum Vertreten-müssen siehe die Ausführungen oben zu Rdnr. 3. Hier gilt nichts anderes. Darüber hinaus ist nach h.M. (vgl. Larenz a.a.O. § 25 III; BGHZ 38, 187 ff.

[192]) der Gläubiger auch für solches Verhalten verantwortlich, das zwar nicht als Sorgfaltspflichtverstoß qualifiziert werden kann, das aber dennoch geeignet ist, die Durchführung des Vertrages zu vereiteln. Wer also den vom Künstler zu bewirkenden Leistungserfolg durch sein eigenes freies Verhalten selbst unmöglich macht, kann – auch wenn das Verhalten keinen Pflichtverstoß darstellt – die nachteiligen Folgen des eigenen Handelns nicht auf den vertragstreuen, leistungsbereiten Künstler abwälzen. Das bedeutet für P im Beispiel zu 1, daß er seinen Honoraranspruch behält. In dem Nichtüberprüfen des Flügels durch V wird man eine Sorgfaltspflichtverletzung im Sinne des Fahrlässigkeitsvorwurfes sehen können; aber selbst wenn man diese Sichtweise nicht teilt, gelangt man mit der zuvor dargestellten herrschenden Meinung zum selben Ergebnis, da V jedenfalls die Erbringung der künstlerischen Leistung durch sein eigenes Verhalten unmöglich gemacht hat. Der Künstler, der in den zur Rede stehenden Fällen seinen Honoraranspruch nach § 324 Abs. 1 Satz 1 BGB behält, muß sich allerdings nach Satz 2 der Vorschrift dasjenige auf den Anspruch anrechnen lassen, das er infolge der Befreiung der Leistung erspart oder durch anderweitige Verwendung seiner Arbeitskraft erwirbt oder zu erwerben böswillig unterläßt. Das bedeutet insbesondere, daß der Künstler einen ihm für den Zeitraum der nun unmöglich gewordenen Leistung angebotenen anderweitigen Auftrag, soweit dieser ihm zumutbar ist, nicht ablehnen darf.

10 Schwieriger in der Beurteilung sind die durch Beispiel zu 2 charakterisierten Fälle, die dadurch gekennzeichnet sind, daß der leistungsbereite Künstler seinen Leistungserfolg nun nicht mehr bewirken kann aus Gründen, die der Gläubiger nicht zu vertreten hat, die auch nicht auf seinem Verhalten beruhen, die aber doch irgendwie in seiner „Sphäre" angesiedelt sind. Eine unmittelbare, allgemein gültige gesetzliche Regelung dieser Fälle fehlt, weshalb hier vieles streitig ist. Für die hier im Vordergrund stehenden Dienst- und Werkverträge hat sich jedoch mittlerweile in der Grundlinie eine herrschende Sichtweise herausgebildet (vgl. Palandt/Heinrichs a.a.O. § 275 Rdnr. 10, 11; Münchener Kommentar/Emmerich, Kommentar zum BGB, vor § 275 Rdnr. 77): Danach ist aus § 645 Abs. 1 BGB ein allgemeiner Rechtsgedanke dahin zu entnehmen, daß sämtliche Leistungsstörungen, die ihren Grund letztlich in dem vom Gläubiger zu stellenden – im weitesten Sinne aufzufassenden – Leistungssubstrat haben, in seine „Sphäre", seinen Verantwortungsbereich fallen, mit der Folge, daß der Schuldner (Künstler) dann trotz der Unerbringbarkeit seiner Leistung wenigstens eine **Teilvergütung** soll beanspruchen können. Als Leistungssubstrat wird derjenige Gegenstand verstanden, an dem oder mit dem die Leistung zu erbringen ist, also im Beispiel 2 auch der Konzertsaal.

IV. Der Künstler erbringt seine Leistung verspätet

Beispiel:
Bildhauer B hat die Fertigstellung der Plastik für die Vorhalle des neuen Rathauses vertraglich bis spätestens zum 4.2. zugesagt. Die Einweihungsfeierlichkeiten wurden deshalb auf den 23.2. terminiert. Da die Plastik am 20.2. noch immer nicht geliefert ist, wird die Einweihung abgesagt. B verspricht nunmehr Fertigstellung bis zum 1.3.

Leistet der Künstler verspätet, so kann der Besteller der künstlerischen 11 Leistung den ihm durch die Verspätetung entstandenen Schaden ersetzt verlangen, § 286 Abs. 1 BGB; darüber hinaus gibt § 326 Abs. 1 BGB ihm das Recht, nach Setzen einer Frist und gleichzeitiger Androhung der Ablehnung der Leistung dann vom Vertrag zurückzutreten oder Schadensersatz wegen Nichterfüllung zu verlangen. Der Fristsetzung bedarf es nicht, wenn die Vertragserfüllung durch den Künstler infolge der Verspätung für den Besteller kein Interesse mehr hat, § 326 Abs. 2. Den Interessenwegfall muß der Besteller behaupten und beweisen. Diese Rechtsfolgen treten indes nur ein, wenn die Voraussetzungen des **Schuldnerverzugs** nach § 284 ff. BGB gegeben sind. Das bedeutet zunächst, daß die Leistung überhaupt noch nachholbar und trotz der Verspätung für den Gläubiger noch von Wert ist, daß also nicht wegen Ablaufs des „Erfüllungszeitraums" (vgl. dazu oben Rdnr. 2) Leistungsunmöglichkeit eingetreten ist. Weitere Voraussetzungen sind nach § 284 BGB Nichtleistung durch den Künstler trotz Fälligkeit der Leistung und darauf erfolgte Mahnung des Gläubigers; die Mahnung ist nach § 284 Abs. 2 BGB jedoch dann überflüssig, wenn ein Termin für die Leistung vertraglich vereinbart war (vgl. Beispiel): Dann kommt der Künstler automatisch in Verzug, wenn er diesen Leistungstermin nicht einhält. Der Künstler kommt trotz Vorliegens dieser Voraussetzungen dann nicht in Verzug, wenn er die Verspätung seiner Leistung **nicht zu vertreten hat,** § 285 BGB; es gilt also auch für diese Form der Leistungsstörung das Verschuldensprinzip. Als Entschuldigungsgründe, die den Künstler entlasten können, kommen etwa in Betracht: Unverschuldete tatsächliche Leistungshindernisse vorübergehender Natur, wie etwa Krankheit, Schwierigkeiten bei der Beschaffung von Materialien, Naturereignisse oder sonstige höhere Gewalt, aber auch unverschuldete rechtliche Leistungshindernisse, wie etwa Verzögerungen bei der Erteilung von notwendig werdenden behördlichen Genehmigungen. Derartige Entschuldigungsgründe sind vom Künstler geltend zu machen und gegebenenfalls im Prozeß zu beweisen.

V. Die Fälle der „Schlechtleistung" durch den Künstler

Hier ist zunächst zu unterscheiden, ob die Schlechtleistung in einer 12 mangelhaften Erfüllung der vertraglichen **Hauptpflicht** oder in einer Verletzung von **Nebenpflichten** (etwa Sorgfalts- und Rücksichtspflicht) besteht. Zu den Nebenpflichten wurde bereits oben unter § 8 Rdnr. 31 Stellung genommen. Hier gilt generell, das heißt für alle Vertragstypen, daß die schuldhafte, also vorsätzliche oder fahrlässige Verletzung solcher vertraglicher Nebenpflichten eine Schadensersatzpflicht des Vertragspartners auslöst, sogenannte „positive Forderungsverletzung“. Solche Nebenpflichten treffen selbstverständlich nicht nur den Künstler, sondern gleichermaßen seinen Vertragspartner, so daß dieser sich umgekehrt auch Schadensersatzansprüchen des Künstlers ausgesetzt sehen kann.

13 Bezüglich der Schlechterfüllung der vertraglichen Hauptleistung gibt es eine generelle Regelung nicht, hier ist vielmehr nach Vertragstypen zu differenzieren, wobei sich die Darstellung auf die hier zentralen Typen, Dienstvertrag und Werkvertrag, beschränken soll.

1. Schlechterfüllung im Dienstvertrag

Beispiel:

Sänger V wird für die abendliche Opernaufführung als Ersatz für den erkrankten bekannten Tenor T engagiert. V „bekämpft“ sein Lampenfieber mit einer halben Flasche Cognac. Insbesondere bei seinen Solostellen offenbart er erhebliche Intonationsschwächen und wird am Ende der Veranstaltung vom Publikum ausgebuht. Einige Konzertbesucher verlangen und erhalten vom Leiter des Opernhauses eine Minderung ihres Eintrittspreises. Die insoweit ausbezahlten Beträge werden V von der Gage abgezogen.

14 Im Gegensatz zu den anderen, wirtschaftlich wichtigen Vertragstypen wie etwa Kaufvertrag, Werkvertrag, Mietvertrag fehlt im Regelungskonzept der für den Dienstvertrag geltenden §§ 611 ff. BGB eine Vorschrift über mangelhafte Dienstleistung völlig. Die ganz h.M. (vgl. statt vieler Palandt/Putzo, a.a.O. § 611 Rdnr. 33 ff.) wendet deshalb auch hier die Regeln über „positive Forderungsverletzung“ an, das heißt, der Dienstverpflichtete schuldet dem Dienstberechtigten Schadensersatz, wenn und soweit er seine Dienstleistung schuldhaft „schlecht“ erbringt. Hier liegen nun aber gerade im künstlerischen Bereich gleich mehrere Probleme. Zunächst: Wann kann hier überhaupt von einer „mangelhaften“ („Schlecht“-) Leistung die Rede sein? Der Leistungsstandard kann von Künstler zu Künstler völlig unterschiedlich sein (zwischen V und T im Beispiel können „Welten“ liegen), jeder Künstler schuldet aber nur **seinen** Standard, und ob ein Sänger gut oder schlecht war, ist objektiver Beurteilung nur sehr entfernt zugänglich. Zum anderen: Der Schadensersatzanspruch aus positiver Forderungsverletzung erfordert mindestens Fahrlässigkeit, also einen Sorgfaltspflichtverstoß auf seiten des Künstlers; der Pflichtverstoß muß ferner ursächlich für die Schlechtleistung geworden sein. Als insofern in Betracht kommende Verhaltensweisen im Sinne eines Pflichtverstoßes sind allenfalls die Einnahme von Rauschmitteln, die unterlassene Konsultation eines Arztes oder ähnliches ersichtlich. Der Tatbestand

einer schuldhaften Schlechtleistung des Künstlers mit daraus resultierendem Schadensersatzanspruch des Vertragspartners wird also eher Ausnahmecharakter haben: Auch die mit Mängeln behaftete künstlerische Leistung wird in der Regel keinerlei Sanktionen auslösen können. Dies gilt auch für die umstrittene Frage der Kürzung der Vergütung bei schlechter Dienstleistung: Kann also im Beispiel (hier wurde zunächst mit einer Schadensersatzforderung aufgerechnet) auch dann, wenn kein Minderungsbegehren bezüglich des Eintrittspreises seitens der Besucher geltend gemacht worden wäre (vgl. zum entsprechenden Anspruch von Konzertbesuchern jüngst AG Düsseldorf NJW 1990, 2559) die Opernhausleitung die Gage von V wegen seiner schlechten Leistung kürzen? Auch dies wird letztlich zu verneinen sein, da beim Dienstvertrag gerade nicht ein bestimmter Erfolg geschuldet wird, sondern das schlichte Tätigwerden des Künstlers, im übrigen eine die Kürzung legitimierende Rechtsnorm auch fehlt (vgl. in diesem Sinne auch Larenz, Schuldrecht Besonderer Teil, § 52 II a), der den Kürzungsanspruch am fehlenden Maßstab scheitern läßt; ausführlich zum Problem Ullrich NJW 1984, 585). Wer also einen Künstler im Rahmen eines Dienstvertrags engagiert, muß sich im vorhinein über dessen Leistungsstandard informieren.

2. Schlechterfüllung im Werkvertrag

Beispiel:
A hatte bei Kunstmaler K ein Portrait seiner Frau in Auftrag gegeben. A lehnt die Abnahme des fertiggestellten Portraits mit der Begründung ab, die dargestellte Person sähe aus wie eine „ausgemolkene Ziege“, eine Ähnlichkeit mit seiner Frau sei auch nicht im entferntesten gegeben.

Nach § 633 Abs. 1 BGB ist der Künstler verpflichtet, das Werk so her- 15
zustellen, daß es die zugesicherten Eigenschaften hat und nicht mit Fehlern behaftet ist, die den Wert oder die Tauglichkeit zu dem gewöhnlichen oder dem nach dem Vertrag vorausgesetzten Gebrauch aufheben oder mindern. Die Sollbeschaffenheit des Werkes ergibt sich also in erster Linie aus den im Vertrag getroffenen Vereinbarungen. Probleme entstehen aber gerade im künstlerischen Bereich dann, wenn die getroffenen Vereinbarungen unpräzise sind oder solche Vereinbarungen gänzlich fehlen. Welche Kriterien sind dann maßgeblich für die Sollbeschaffenheit eines **Kunst**werkes? Die zuvor zitierten Richtlinien des § 633 Abs. 1 helfen hier wenig weiter, denn was ist „der gewöhnliche Gebrauch“ eines Kunstwerkes? Es wurde bereits oben unter § 8 Rdnr. 33 f. auf die vom BGH (BGHZ 19,382) hier anerkannte weitgehende Gestaltungsfreiheit des Künstlers bei der Erstellung des Werkes eingegangen. Eine „Mangelhaftigkeit“ eines Kunstwerkes wird man deshalb – abgesehen von den Fällen der Abweichung von präzisen vertraglichen Vereinbarungen über die Soll-

beschaffenheit – nur in extremen Ausnahmefällen annehmen dürfen. Im Beispiel kann die fehlende Ähnlichkeit eine Mangelhaftigkeit des Portraits also nur dann begründen, wenn sie im Vertrag zugesichert war oder wenn K das Bild in einem gänzlich anderen als dem von ihm bekannten Stil gemalt hat.

16 Ist ausnahmsweise von einer **Mangelhaftigkeit** des Kunstwerks auszugehen, so löst dies die folgenden Ansprüche des Bestellers aus:
(1) Primäre Rechtsfolge ist der Anspruch des Bestellers auf **Beseitigung des Mangels** (sogenannte Nachbesserung), § 633 Abs. 2 Satz 1 BGB. Dieser Anspruch besteht dann nicht, wenn eine Nachbesserung unmöglich ist, wie etwa im musikalischen oder darstellenden Bereich dann, wenn der „Erfüllungszeitraum" abgelaufen ist (die „Performance" ist beendet). Dann stellt sich indes die Frage, ob der Künstler nicht zu einer „Neuherstellung" des Werkes verpflichtet ist. Dies ist mit der herrschenden Lehre (vgl. etwa Larenz a.a.O. § 53 II) grundsätzlich zu bejahen. Ein Anspruch auf Neuherstellung ist allerdings nach § 633 Abs. 2 Satz 2 BGB dann ausgeschlossen, wenn die Neuherstellung einen unverhältnismäßig großen Aufwand erfordert, für den Künstler also – gemessen am Interesse des Bestellers – ein unverhältnismäßig großes Opfer bedeuten würde.
(2) Sekundäre Rechtsfolge bei Mangelhaftigkeit des Kunstwerkes ist der Anspruch des Bestellers wahlweise auf **Rückgängigmachung des Vertrags** (Wandlung) oder **Herabsetzung des Honorars** (Minderung). Dieser Anspruch setzt voraus, daß der Besteller dem Künstler zuvor eine angemessene Frist zur Nachbesserung mit Ablehnungsandrohung gesetzt hatte, § 634 Abs. 1 BGB. Dieser Fristsetzung bedarf es naturgemäß nicht, wenn die Beseitigung des Mangels unmöglich ist oder vom Künstler verweigert wird – etwa weil er die Mangelhaftigkeit des Kunstwerkes bestreitet – oder weil dem Besteller ein weiteres Zuwarten nicht zugemutet werden kann, § 634 Abs. 2 BGB. Das Wandlungsrecht des Bestellers ist jedoch eingeschränkt: Die Wandlung ist nach § 634 Abs. 3 BGB dann ausgeschlossen, wenn der Mangel „unerheblich" ist. Der Besteller verliert die Ansprüche auf Nachbesserung, Wandlung oder Minderung nach § 640 BGB dann gänzlich, wenn er das Werk in Kenntnis des Mangels abnimmt, ohne sich seine Rechte vorzubehalten.
(3) Statt Wandlung oder Minderung kann der Besteller **Schadensersatz wegen Nichterfüllung** verlangen, wenn der Künstler den Mangel des Kunstwerks zu vertreten hat, § 635 BGB, der Mangel etwa auf einer Sorgfaltspflichtverletzung des Künstlers beruht. Umstritten ist, ob der Anspruch des § 635 BGB nur den eigentlichen Mangelschaden umfaßt, oder sich auch auf sogenannte Mangelfolgeschäden erstreckt, Schäden also, die infolge des Mangels an anderen Rechtsgütern des Bestellers entstanden sind. (Im Beispiel etwa: A regt sich über das Portrait so auf, daß er einen Herzinfarkt erleidet.) Nach h.M. (vgl. Larenz a.a.O. § 53 II; BGH NJW

1979, 1651) bezieht sich § 635 BGB nur auf den eigentlichen Mangelschaden, Mangelfolgeschäden können jedoch unter dem Aspekt der positiven Forderungsverletzung liquidiert werden. Das setzt jedoch immer voraus, daß dem Künstler auch bezüglich des Eintritts des Folgeschadens mindestens der Fahrlässigkeitsvorwurf gemacht werden kann: Der Künstler müßte also im Bewußtsein der Möglichkeit des Schadenseintritts Sorgfaltspflichten verletzt haben. Dieses Bewußtsein wird aber in aller Regel fehlen (vgl. Beispiel), so daß ein Eintreten-müssen des Künstlers für solche Mangelfolgeschäden eher die Ausnahme bilden dürfte.

VI. Die Vereinbarung von Vertragsstrafen oder von pauschaliertem Schadensersatz für die Fälle von Leistungsstörungen seitens des Künstlers

Es ist auch im künstlerischen Bereich weitgehende Vertragspraxis, daß 17
für die Fälle der Nichtleistung, der verspäteten Leistung oder der Schlechtleistung seitens des Künstlers eine Vertragsstrafe („Konventionalstrafe") vereinbart wird. Primärer Zweck dieser Konventionalstrafen ist es, den Künstler zu ordnungsgemäßer Vertragserfüllung zu bewegen; die hier in der Praxis vereinbarten Strafsummen sind deshalb relativ hoch. Daneben bringt die Vertragsstrafe für den Gläubiger des Künstlers den Vorteil, daß er im Falle der Nichterfüllung oder nicht ordnungsgemäßen Erfüllung des Vertrages durch den Künstler zu Schadensersatz gelangen kann, ohne einen konkreten Schadensnachweis führen zu müssen. Eine solche Vertragsstrafenvereinbarung ist nicht nur aus diesem Grunde für den Künstler tendenziell immer nachteilig. Da er jedoch im Verhältnis zum Vertragspartner meist der wirtschaftlich Schwächere sein wird, wird er sie – will er nicht des Auftrags verlustig gehen –, akzeptieren müssen.

Das **Gesetz** läßt ihn hier allerdings nicht gänzlich schutzlos. Hinzuwei- 18
sen ist hier vor allem auf die nach §§ 3, 9 und 11 Nr. 6 AGBG stattfindende Inhaltskontrolle, die dann möglich ist, wenn das Vertragsstrafeversprechen als „allgemeine Geschäftsbedingung" qualifiziert werden kann (vgl. hierzu bereits oben § 8 Rdnr. 22 ff.). Ein Verstoß gegen § 9 AGBG und damit Nichtigkeit der Vertragsstrafenklausel wird insbesondere dann angenommen, wenn die Vertragsstrafe in Abweichung von § 339 BGB auch dann verwirkt sein soll, wenn die Leistung aus einem Grunde unterbleibt, den der Künstler nicht zu vertreten hat (vgl. BGH NJW 1972, 174 ff.).

Eine weitere wichtige Frage ist in diesem Zusammenhang, ob und unter 19
welchen Voraussetzungen der Künstler gegen die **Höhe** der Vertragsstrafe vorgehen kann. Hier bestimmt § 343 BGB, daß eine verwirkte, aber unverhältnismäßig hohe Strafe „auf Antrag des Schuldners durch Urteil auf

den angemessenen Betrag herabgesetzt werden" kann. Welcher Betrag „angemessen" ist, kann nur im Einzelfall durch Abwägung der Interessen beider Vertragsteile ermittelt werden; bei dieser Interessenabwägung wird es darauf ankommen müssen, welcher Schaden dem Gläubiger aus der Vertragsverletzung möglicherweise entstehen kann, ferner auf die Vermögenslage des Künstlers, auf die Schwere seines Verschuldens etc. (vgl. hierzu Larenz a.a.O. § 24 II a); BGHZ 49, 84; BGH NJW 1984, 919). Zu beachten ist, daß die Herabsetzung der Strafe nach § 343 BGB erst möglich ist, wenn sie verwirkt ist. Eine Herabsetzung der Strafe ist natürlich dann nicht erforderlich, wenn die Strafklausel überhaupt nichtig ist, weil sie gegen § 9 AGBG oder – wenn sie nicht den Charakter einer „allgemeinen Geschäftsbedingung" trägt – gegen die guten Sitten verstößt. Sittenwidrig und damit nichtig sind Strafvereinbarungen etwa dann, wenn sie eine hohe Strafe für jede kleine Verfehlung des Schuldners androhen, der Vertrag damit also „Knebelungscharakter" erhält (vgl. hierzu Larenz a.a.O. § 24 II a).

20 Zu klären ist schließlich noch das Verhältnis des Vertragsstrafenanspruchs des Gläubigers des Künstlers zu dessen möglicherweise bestehenden **gesetzlichen** Schadensersatzansprüchen wegen Unmöglichkeit, Verzug oder Schlechtleistung. Hier unterscheidet das Gesetz wie folgt: Erfüllt der Künstler den Vertrag überhaupt nicht, so kann sein Gläubiger statt der Erfüllung die verwirkte Strafe verlangen; mit dem Verlangen der Strafe ist der Erfüllungsanspruch ausgeschlossen, § 340 Abs. 1 BGB. Hat der Gläubiger einen Schadensersatzanspruch wegen Nichterfüllung (etwa nach § 325 BGB), so gilt die verwirkte Strafe nach § 340 Abs. 2 BGB unwiderlegbar als Mindestschaden, das heißt, der Gläubiger muß dann keinen konkreten Schadensnachweis führen, kann zusätzlich aber auch einen weiteren Schaden (mit Nachweis!) geltend machen. Liegen Verzug oder Schlechterfüllung vor, erfüllt der Künstler also den Vertrag „nicht in gehöriger Weise" (§ 341 BGB), so kann der Gläubiger die verwirkte Strafe neben der Erfüllung verlagen; nimmt er die Leistung des Künstlers als Erfüllung an, dann kann er die Strafe nur dann verlangen, wenn er sich das Recht dazu bei der Annahme der Leistung vorbehält, § 341 Abs. 3 BGB.

VII. Ansprüche des Künstlers bei Nichtzahlung respektive verspäteter Zahlung des Vertragshonorars durch seinen Vertragspartner

21 Mangels spezieller Vertragsbestimmungen wird das Künstlerhonorar beim Dienstvertrag nach der Leistung der Dienste fällig, § 614 BGB, beim Werkvertrag nach §§ 641, 646 BGB mit der Abnahme bzw., wenn eine Abnahme wegen der Beschaffenheit des Werkes nicht möglich ist (wie etwa bei Musik- oder darstellenden Aufführungen), mit der Vollendung des

Werkes. Enthält der Vertrag Bestimmungen über die Fälligkeit des Honorars, dann gehen diese den gesetzlichen Regeln vor (Vertragsfreiheit!). Ausnahmsweise steht dem Künstler im Rahmen des Dienstvertrags der Vergütungsanspruch auch dann zu, wenn er seine Dienste nicht geleistet hat: Nach § 615 BGB schuldet der Dienstberechtigte die Vergütung dann, wenn er die ihm ordnungsgemäß angebotene Dienstleistung nicht annimmt, sich also im sogenannten Annahmeverzug, §§ 293 ff. BGB, befindet. Der Dienstverpflichtete muß sich dann allerdings dasjenige anrechnen lassen, was er durch das Unterbleiben seiner Leistung erspart oder zu ersparen böswillig unterläßt, § 615 Satz 2 BGB.

Zahlt der Vertragspartner des Künstlers das geschuldete Honorar trotz **22** Fälligkeit nicht und war ein Zahlungszeitpunkt vertraglich vereinbart, so gerät der Honorarschuldner damit ohne weiteres in Verzug, § 284 Abs. 2 BGB; war hingegen ein Zeitpunkt nicht vereinbart (das dürfte der praktische Regelfall sein), dann bedarf es zum Eintritt der Verzugsfolgen einer **Mahnung** durch den Künstler, § 284 Abs. 1 BGB. Die Mahnung ist eine empfangsbedürftige Erklärung, sie muß also dem Schuldner zugehen. Eine besondere Form ist nicht erforderlich, es empfiehlt sich jedoch aus Beweisgründen, sie schriftlich abzufassen.

Zu den **Verzugsfolgen** wurde bereits oben (s. Rdnr. 16) im Zusammen- **23** hang mit der Verspätung der Leistung des Künstlers Stellung genommen. Die Ausführungen dort gelten entsprechend für die verspätete Honorarzahlung durch den Honorarschuldner des Künstlers. Hier kommt aber folgendes hinzu: Geldschulden sind nach § 288 Abs. 1 BGB mit 4 % p.a. zu verzinsen, dem Künstler steht also ein entsprechender Zinsanspruch als Verzugsmindestschaden zu. Nach § 288 Abs. 2 BGB ist aber die Geltendmachung eines weiteren Schadens nicht ausgeschlossen. Das Ausbleiben des Honorars wird für den Künstler nicht selten zu einem Liquiditätsengpaß führen, den er nur durch Aufnahme eines Bankkredits überwinden kann. Die hierfür aufzuwendenden Kosten kann er dann als „weiteren Schaden" im Sinne von § 288 Abs. 2 BGB von seinem Honorarschuldner ersetzt verlangen. Es sei nochmals darauf hingewiesen, daß sämtliche Verzugsfolgen dann nicht eintreten, wenn den Schuldner an der Verspätung seiner Leistung kein Verschulden trifft, § 285 BGB. Dies gilt selbstverständlich auch für den Honorarschuldner.

Zahlt der Vertragspartner des Künstlers das geschuldete Honorar und **24** etwaige Verzugsschäden nicht, so werden Überlegungen anzustellen sein, ob eine prozessuale Rechtsverfolgung sinnvoll und erfolgversprechend ist. Als Alternativen bieten sich das gerichtliche Mahnverfahren nach §§ 688 ff. ZPO oder das „normale" Klageverfahren an. Hier sollte der Künstler aber anwaltlichen Rat einholen, da der Anwalt in der Regel besser wird einschätzen können, ob das Prozeßkostenrisiko eingegangen werden soll oder nicht. Bei Prozessen vor dem Landgericht – es ist in erster Instanz zuständig für alle vermögensrechtlichen Streitigkeiten mit Streitwerten über DM 5.000,— – und den Instanzgerichten (Oberlandesgericht, Bundesgerichtshof) ist ohnehin anwaltliche Vertretung zwingend vorgeschrieben.

§ 10 Übersicht über ausgewählte Verträge

I. Einleitung

1 Die folgende Übersicht über häufig vorkommende Vertragsgestaltungen in allen künstlerischen Bereichen dient dazu, die jeweils wichtigsten Vertragsbestandteile, die sog. Essentials hervorzuheben, die bei Vertragsverhandlungen zu beachten sind. Vertragsmuster konnten wegen des beschränkten Umfanges des Handbuches nicht aufgenommen werden. Hier wird auf das Münchener Vertragshandbuch, Bd. 3 – Wirtschaftsrecht verwiesen.

II. Vertragsbeziehungen zwischen Künstlern

1. Einführung

2 Die gleichberechtigte Zusammenarbeit von Künstlern und kreativ Schaffenden hat typischerweise urheberrechtliche Aspekte, sofern nämlich Werke einer Gattung gemeinsam geschaffen werden, und gesellschaftsrechtliche Aspekte, soweit der gemeinsam verfolgte Zweck in Rede steht.

2. Urheberrechtliche Regelungen

3 Zwischen den Miturhebern regelt § 8 Urheberrechtsgesetz (UrhG) die Befugnisse zur Veröffentlichung, Verwertung und Erlösverteilung (eingehend dazu oben § 3 Rdnr. 38 ff.). Diese Regelung kann vertraglich ergänzt werden. Damit nicht ein Mitautor willkürlich die eigentlich erstrebte Veröffentlichung und Verwertung oder erforderlich werdende Änderungen und Bearbeitungen durch unbegründete Verweigerung seiner Zustimmung verhindern kann, sollte ein **Begründungszwang** vereinbart und zugleich das Recht zur Verweigerung der Zustimmung auf bestimmte **wichtige Gründe** beschränkt werden. Die **Verteilung der Erträge** aus der Verwertung sollte ebenfalls konkret bestimmt werden, damit Streit über den Umfang der Einzelleistungen am fertigen Werk vermieden wird. Schließlich ist im Interesse einer effektiven Auswertung nach dem Tod

eines Miturhebers eine Zersplitterung von Kompetenzen zu vermeiden. Hierzu dient die Vereinbarung zur **Bestellung von Testamentsvollstrekkern**. Die Verbindung von Werken **verschiedener Gattungen** (z.B. Musik und Text) zu gemeinsamer Verwertung (dazu oben § 3 Rdnr. 46) läßt die Klarstellung der Urheberschaft, der Erlösverteilung (falls die Urheber nicht ohnehin einer Verwertungsgesellschaft angehören, deren Verteilungsplan dann maßgebend wäre, s. § 4 Rdnr. 1 ff.) und der Regelung für den Todesfall sinnvoll erscheinen.

3. Gesellschaftsrechtliche Regelungen

Weiterer Regelungsbedarf besteht auf der Ebene des BGB-Gesell- **4**
schaftsrechts. Aufgrund des gemeinsam erstrebten Zweckes sind die Regelungen der BGB-Gesellschaft (auch Gesellschaft bürgerlichen Rechts – GbR genannt) in den §§ 709 bis 740 BGB auch ohne ausdrückliche Vereinbarung anzuwenden. Die hieraus entstehende Rechtslage führt oft zu ungewollten Ergebnissen, so daß eine **individuelle Regelung** zu empfehlen ist. So trifft das Gesetz keine brauchbare Regelung für die eigentliche **Schaffensphase**, denn daß im Zweifel „gleiche Beiträge" zu erbringen sind (§ 706 Abs. 1 BGB), hilft praktisch nur bedingt weiter. Hier sollte sinnvollerweise vereinbart werden, wer welche Beiträge erbringt und wie bei Unstimmigkeiten Entscheidungen getroffen werden (z.B. durch Stichentscheid). Der Klärung bedarf auch die Anbahnung und Führung von **Vertragverhandlungen** mit Auftraggebern und Werknutzern. Die gesetzlich vorgesehene gemeinsame Pflicht zur Geschäftsführung und Vertretung, §§ 709 und 714 BGB, dient dem Schutz aller Gesellschafter, wird aber während der vertraglichen Vorverhandlungen oft als zu schwerfällig empfunden. Deshalb ist die Bestimmung eines Bevollmächtigten für Vertragsverhandlungen wichtig. Dringend empfohlen wird ferner die vertragliche Regelung von periodisch (z.B. halbjährlich) zu erstellenden Rechnungsabschlüssen über Einnahmen, Ausgaben, Gewinn und Verlust, da sonst wegen § 721 BGB der Rechnungsabschluß erst nach Auflösung der Gesellschaft verlangt werden kann. Hierbei ist auch steuerrechtlichen Bedürfnissen z.B. nach regelmäßiger Anmeldung der Umsatzsteuer und Vorsteuerabzug (s. § 11 Rdnr. 51 ff.) Rechnung zu tragen. Gemäß § 718 BGB werden die Beiträge der Gesellschafter und die von der Geschäftsführung erworbenen Gegenstände (z.B. auch gewerbliche Schutzrechte, Warenzeichen, urheberrechtliche Nutzungs- und Leistungsschutzrechte) gemeinschaftliches Vermögen der Gesellschaft. Dies wirft die Frage auf, wem nach Beendigung der Gesellschaft unteilbare Werte oder Rechte, z.B. ein Gruppenname oder Warenzeichen, zustehen soll. Auch führt die Kündigung der Gesellschaft durch einen Gesellschafter nach § 723 BGB zu deren Auflösung, falls nicht die Fortführung vertraglich vereinbart ist.

Der ausscheidende Gesellschafter ist dann regelmäßig abzufinden, § 738 BGB. Endet die Gesellschaft, so findet die Auseinandersetzung unter den Gesellschaftern gem. den §§ 731 ff. BGB statt. Für diesen Fall sollte der Gesellschaftsvertrag eine den konkreten Bedürfnissen angepaßte Regelung vorsehen, also z.B. bestimmen, wem welche Gegenstände und Rechte zufallen und wer ggf. zum Ausgleich hierfür in Geld abzufinden bzw. von Schulden der Gesellschaft durch Nachschießen von Geldbeiträgen freizustellen ist.

III. Verträge über Auftragswerke

5 Allen Auftragswerken (z.B. dem **Kompositionsauftrag**, dem **Drehbuchauftrag**, dem **Auftrag**, einen **Zeitungs- oder Zeitschriftenartikel** zu schreiben, ein **Porträt zu malen**, eine **Skulptur anzufertigen** oder ein **Plakatdesign zu entwerfen**) ist gemeinsam, daß sich der Künstler verpflichtet, für den Auftraggeber gegen Vergütung ein künstlerisches Werk zu erschaffen. Die hierüber getroffenen Vereinbarungen ähneln dem Vertragstypus des **Werkvertrages** mit gewissen **Besonderheiten**: So kann die Qualität der künstlerischen Aussage kaum zum Inhalt des geschuldeten Ergebnisses des Schaffungsprozesses gemacht werden, da sie sich kaum justitiabel definieren läßt (s. dazu näher oben § 9 Rdnr. 15). Definierbar dagegen sind gewisse Rahmenbedingungen, die das Werk erfüllen muß, z.B. hinsichtlich seiner Gattung, gewisser inhaltlicher Vorgaben und des Umfanges (z.B. durch Bestimmung des Genres, der Sprache, des Materials, der Besetzung von Musikwerken, der Vorlage, der Zeilenzahl, Dauer des Konzerts und vieles mehr). Es bestehen keine Bedenken dagegen, derartige objektiv nachprüfbare Eigenschaften zum Gegenstand der vertraglichen Regelung zu machen. Mitunter wird die Einhaltung von Fertigstellungsfristen oder sogar von Fixterminen vereinbart. Bei Überschreitung der Frist ist der Auftraggeber zur Setzung einer „Nachfrist mit Ablehnungsandrohung“ und nach deren fruchtlosem Ablauf zum Schadensersatz oder Rücktritt berechtigt (s.o. § 9 Rdnr. 11). Beim Fixtermin bedarf es der Nachfristsetzung nicht, § 640 Abs. 1 BGB. Mangels besonderer Vereinbarung ist die **Abnahme** des Werkes Voraussetzung für die Fälligkeit des Vergütungsanspruchs, es sei denn, diese ist nach der Beschaffenheit des Werkes ausgeschlossen (Beispiel: Konzert). Der Künstler hat gegenüber dem Besteller Anspruch auf die Abnahme, sofern er das Werk gemäß den Vertragsbedingungen erstellt hat. Die Abnahme darf grundsätzlich nicht wegen Beanstandungen des künstlerischen Inhalts verweigert werden. Die **Vergütung** sollte die Werkleistung als solche und die eventuell eingeräumten urheberrechtlichen Nutzungsbefugnisse honorieren. Da sich übliche Vergütungssätze in vielen künstlerischen Bereichen

nicht ermitteln lassen und Unklarheiten zu Lasten des Anspruchstellers, also des Künstlers, gehen würden, ist eine konkrete Vergütung zu vereinbaren. Neben der Vergütung kommt ein Anspruch auf Erstattung von **Auslagen** in Betracht, wenn diese auf Wunsch des Auftraggebers getätigt wurden. Fehlt es an einer ausdrücklichen Vereinbarung hierüber, kann ein gesetzlicher Aufwendungserstattungsanspruch aus § 670 BGB bestehen. Hat der Künstler den Auftrag aufgrund eines von ihm erstellten Kostenvoranschlags erhalten, darf er diesen ohne Zustimmung des Auftraggebers um höchstens 15 – 20% überschreiten. Bei darüber hinausgehender wesentlicher Überschreitung darf der Besteller kündigen, § 650 BGB. Der Künstler kann dann nur die Vergütung verlangen, die der bis zum Entstehen des Kündigungsrechts geleisteten Arbeit entspricht. Sofern es dem Auftraggeber auf die urheberrechtlich relevante Verwertung des Werkes ankommt, sind ihm die erforderlichen **Nutzungsrechte** einzuräumen. Je nach Interessenlage ist auch eine Regelung der Nutzungsverpflichtung des Bestellers zu treffen. Hat der Künstler urheberrechtliche Nutzungsrechte einer Verwertungsgesellschaft abgetreten (s. dazu § 4), kann er über diese Nutzungsrechte nicht mehr verfügen. Kommt es dem Besteller nicht bloß auf eine Nutzung des Werkes, sondern auf den Erwerb des Eigentums an einem Werkstück an, so enthält der Vertrag die entsprechende Verpflichtung des Künstlers hierzu.

IV. Verträge mit Vermittlern und Repräsentanten

Aufgabe der im Branchenjargon mitunter als „Manager" oder „Agenten" bezeichneten Vertreter und Repräsentanten der Künstler ist es, ihnen Wirkungsmöglichkeiten zu erschließen. Die Vielfalt der zwischen Künstlern und Repräsentanten möglichen Vertragsgestaltungen ist Ausdruck des allgemeinen Rechtsgrundsatzes der **Vertragsfreiheit**, mit einer wichtigen Einschränkung: Soweit der Repräsentant dem Künstler Dienst- oder Arbeitsverträge vermittelt, bedarf er wegen seiner Funktion als **Arbeitsvermittler** der Erlaubnis der Bundesanstalt für Arbeit. 6

Gemäß § 4 Arbeitsförderungsgesetz (AFG) darf Arbeitsvermittlung ausschließlich von der Bundesanstalt für Arbeit und den in ihrem Auftrag tätigen Vermittlern, die in ihrer Bezeichnung den Hinweis hierauf führen, betrieben werden, § 3 Abs. 3 AFG (**Arbeitsvermittlungsmonopol**). Dies gilt auch für die Arbeitsvermittlung und Anwerbung im Inland für ein Engagament im Ausland sowie umgekehrt, § 18 Abs. 1 AFG. 7

Den Begriff **Arbeitsvermittlung** definiert § 13 AFG *als eine Tätigkeit, die darauf gerichtet ist, Arbeitssuchende mit Arbeitgebern zur Begründung von Arbeitsverhältnissen zusammenzuführen.* Zur Einordnung von Künstlern unter § 13 AFG existiert eine umfangreiche Rechtsprechung. 8

Während sich die Begriffe Arbeitssuchender und Arbeitgeber zur Abgrenzung kaum eignen, läßt sich diese anhand des Begriffes **Arbeitsverhältnis** vornehmen. Für ein solches sprechen – wie im Arbeitsrecht – Abhängigkeit und Weisungsgebundenheit gegenüber dem Arbeitgeber. Dagegen liegt kein Arbeitsverhältnis vor, wenn der Veranstalter kein **prägendes Direktionsrecht** hat (BSG ABA 1974, 307; Knigge, Ketelsen, Marschall, Wittrock, Arbeitsförderungsgesetz, § 13). Es kommt daher entscheidend auf die jeweilige Vertragsgestaltung an. Die Rechtsprechung hat die Arbeitnehmereigenschaft bejaht z.B. bei

- Probenverpflichtung
- Bindung an eine Regie
- Auftritte im Rahmen eines künstlerischen Unterhaltungsunternehmens

und verneint bei

- einmaligen Auftritten bei nicht professionellen Veranstaltern (Betriebsfeste, Vereinsfeste, private Veranstaltungen).

Die Höhe des Honorars ist nicht entscheidend, auch Spitzenstars können Arbeitnehmer sein (vgl. Gagel, Arbeitsförderungsgesetz, § 13 Rdnr. 16 f.).

9 Das Monopol der Bundesanstalt für Arbeit darf auch nicht durch eine Direktbuchung bei ausländischen Agenturen **umgangen** werden. Auch ohne Beauftragung einer ausländischen Agentur (Selbstsuche) dürfen Arbeitgeber grundsätzlich keine Schauspieler, Musiker, Artisten u.ä. sowie Fotomodelle im Ausland anwerben (Ausnahme: Mitgliedsstaaten der EG).

10 Innerhalb des gesetzlichen Rahmens hat die Bundesanstalt weitgehende Freiheit bei der Ausgestaltung der Vermittlung und Beratung. Für Künstlerinnen und Künstler bietet die Bundesanstalt besondere Vermittlungseinrichtungen an. Der Zentralstelle für Arbeitsvermittlung (ZAV) ist die **Zentrale Bühnen-, Fernseh- und Filmvermittlung (ZBF)** angegliedert, die drei regionale Agenturen in Hamburg, Berlin und München unterhält. In sieben Großstädten bestehen für Musiker, Artisten u.ä. **Künstlerdienste**.

11 Strebt ein Repräsentant die Erlaubnis zur Arbeitsvermittlung an, ist ein entsprechender Antrag an die Bundesanstalt für Arbeit erforderlich. Ihm darf nur entsprochen werden, wenn etwa keine ausreichenden eigenen Kapazitäten der Bundesanstalt zur Verfügung stehen. Es sind folgende Fallgestaltungen zu unterscheiden:

1. Antrag auf unentgeltliche Vermittlung
   Beispiele für diesen seltenen Fall sind karitative Organisationen. Es darf nur eine Vergütung zur Deckung der Aufwendungen verlangt werden.
2. Antrag auf entgeltliche Vermittlung
   Hier kann die Bundesanstalt
   - eine allgemeine Erlaubnis erteilen, d.h. es dürfen alle Künstler vermittelt werden, allerdings ist der Vermittelnde an die Arbeitsvermittler-

gebührenverordnung (AVGebV) gebunden. Die Gebühren fallen pro vermittelten Auftrag an und betragen bis zu 10%.

- die Erlaubnis zu einer Management-Vermittlung erteilen. Diese ist auf hauptberufliche Manager beschränkt, die in der Regel nicht mehr als fünf Personen oder Personengruppen gleichzeitig betreuen dürfen, § 2 Abs. 2 S. 2 der Anordnung über die Arbeitsvermittlung im Auftrage der Bundesanstalt für Arbeit. Die Gebührenordnung gilt hier nicht, vielmehr finden die allgemeinen Grundsätze Anwendung. Es sind Provisionen in Höhe von 25 – 30% der Einnahmen üblich. Ohne besondere Rechtfertigung erheblich darüber hinausgehende Verpflichtungen können sittenwidrig oder wegen Wuchers nichtig sein.

Unberechtigte Arbeitsvermittlung und Anwerbung sind Verstöße gegen 12
das AFG und können als **Ordnungswidrigkeit** mit Geldbuße, § 228 Abs. 1 Nr. 2 AFG, geahndet werden, in schweren Fällen liegt sogar eine Straftat vor, § 227 AFG. Zugleich entfällt der Rechtsanspruch auf eine Gebühr gem. § 134 BGB. Zu Unrecht erhobene Gebühren können nach Maßgabe der §§ 812, 817 BGB zurückgefordert werden.

Trotz der Erlaubnispflicht bleibt ein weiter Spielraum für **erlaubnis-** 13
freie Tätigkeiten. So ist die Vermittlung von Werkverträgen nicht erlaubnispflichtig. In der Grauzone zur echten Arbeitsvermittlung und ohne Erlaubnis tätig werden ferner die Vermittler, die sich in der Gestaltung des Vertragsverhältnisses mit dem Künstler gewisser Umgehungskonstruktionen bedienen, wonach deren Aufgabe als „Sekretär", „Werbeagent" oder „Betreuer" definiert wird. Da das Arbeitsförderungsgesetz keine Umgehung duldet, arbeitet ein Teil der Branchenangehörigen ohne tragfähige Rechtsgrundlage.

Sofern ein Repräsentant den Künstler bei der Eingehung von Vertrags- 14
beziehungen wirksam vertreten will, bedarf er einer entsprechenden **Vollmacht** des Künstlers, § 164 BGB. Die Vertretungsvollmacht kann beschränkt (z.B. auf bestimmte Geschäfte) oder unbeschränkt erteilt werden. Überschreitet der Bevollmächtigte seine Vertretungsmacht oder handelt er ohne diese, haftet er selbst, § 179 BGB. Die Vollmacht ist grundsätzlich jederzeit widerruflich. Mitunter wird dem im Außenverhältnis unbeschränkt Bevollmächtigten im Verhältnis zum Künstler (Innenverhältnis) nur eine beschränkte Befugnis zur Ausübung der Vertretungsmacht gegeben. Bei Überschreitung dieser Befugnis wird zwar der Künstler wirksam gegenüber dem Vertragspartner gebunden. Der Bevollmächtigte haftet jedoch ggf. auf Schadensersatz.

Handelt der Repräsentant im eigenen Namen, aber auf Rechnung des 15
Künstlers, ist er ein **Kommissionär** im Sinne des Handelsgesetzbuches (HGB), § 383 ff. HGB. Der Kommissionär schließt Verträge im eigenen Namen. Er unterliegt jedoch den Weisungen des Künstlers, z.B. hinsicht-

lich eines gesetzten Preislimits, muß dessen Interessen mit der Sorgfalt eines ordentlichen Kaufmanns wahren und ist dem Künstler gegenüber zur Rechenschaft verpflichtet. Er erhält für seine Tätigkeit eine Kommission in zu vereinbarender Höhe.

16 Zu unterscheiden ist ferner zwischen der Vermittlung einzelner Aufträge für eine Vielzahl von Künstlern und der mehr oder weniger exklusiven Tätigkeit eines Agenten für einen oder nur wenige Künstler. Im ersteren Fall werden von Fall zu Fall Vermittlungsverträge oft nur mündlich oder durch schlüssiges Verhalten geschlossen, die mit der Vermittlung der Dienste und der Begleichung der hierfür anfallenden Vermittlungsprovision oft kurzfristig eingegangen und erfüllt werden. Hier bestehen für den Künstler selten unüberschaubare Risiken und nur selten Beratungsbedarf. Dagegen birgt die längerfristige Bindung des Künstlers an einen Repräsentanten oft erhebliche Risiken. Mitunter insbesondere in der Unterhaltungsbranche auftretende Vertragsgestaltungen erstreben quasi die geschäftliche Entmündigung des Künstlers. Unbeschränkte Vollmachten zum Vertragsschluß und Inkasso sowie in die persönliche, ja mitunter in die Intimssphäre des Künstlers eingreifende Weisungsbefugnisse kennzeichnen derartige Verträge. Wird der Künstler dann noch exklusiv und für lange Zeit unter Vereinbarung sehr hoher Provisionen an den Repräsentanten gebunden, ohne daß dem entsprechend einschneidende Verpflichtungen gegenüberstehen, so dürften derartige Verträge häufig die Grenze zur sittenwidrigen Knebelung überschreiten und deshalb nichtig sein. Diese Bewertung kann auch bei Interessenkollisionen geboten sein, die sich daraus ergeben können, daß Agenten Künstler einerseits exklusiv an sich binden, andererseits aber den geschäftlichen Kontrahenten (z.B Verlegern, Produzenten, Veranstaltern) verpflichtet sind, so daß eine Wahrung der Interessen des Künstlers nicht möglich erscheint. Im günstigen Fall ermöglicht ein effizienter Agent dem Künstler eine echte Erweiterung der Wirkungsmöglichkeiten. Vertragliche Gestaltungen, die diese erstrebten Ziele sichern helfen, definieren in der Regel eine Vielzahl von Pflichten des Agenten, z.B. zur Werbung, Kontaktpflege, zur gewissenhaften Beratung und zur interessengerechten Führung von Vertragsverhandlungen.

V. Verträge aus den einzelnen Schaffensbereichen

1. Schriftwerke

a) Verlagsvertrag

17 Das **Verlagsgesetz (VerlG)** aus dem Jahre 1901 regelt einen Auschnitt des Urhebervertragsrechts, das im übrigen bis heute einer eigenen gesetzlichen Regelung entbehrt. Mit dem Verlagsvertrag verpflichtet sich der

Verfasser eines Werkes der Literatur oder Tonkunst, „dem Verleger das Werk zur Vervielfältigung und Verbreitung für eigene Rechnung zu überlassen. Der Verleger ist verpflichtet, das Werk zu vervielfältigen und zu verbreiten“. Der Verfasser ist verpflichtet, dem Verleger das ausschließliche Verlagsrecht zu verschaffen. Dies geschieht durch eine entsprechende vertragliche Erklärung und durch die Ablieferung des Werkes. Das Verlagsrecht erlischt mit der Beendigung des Verlagsvertrages. Der Verleger ist verpflichtet, das Werk in der zweckentsprechenden und üblichen Weise zu vervielfältigen und zu verbreiten, § 14 VerlG. Er muß für die Korrektur des Werkes sorgen, § 20 VerlG, und dem Verfasser einen Korrekturabzug vorlegen. Sofern keine besonderen Abreden getroffen sind, darf er eine Auflage bis zu höchstens 1.000 Stück herstellen, § 5 VerlG. Der Verfasser hat Anspruch auf mindestens fünf aber höchtens fünfzehn Freiexemplare, § 25 VerlG, und auf die vereinbarte Vergütung. Ist eine Vergütung nicht vereinbart, schuldet der Verleger eine angemessene Vergütung in Geld, § 22 VerlG. Das Verlagsgesetz regelt ferner Rücktrittsrechte des Verlegers wegen nicht rechtzeitiger Ablieferung und nicht vertragsgemäßer Beschaffenheit des Werkes und gibt dem Verfasser Rücktrittsrechte wegen nicht vertragsgemäßer Vervielfältigung oder Verbreitung und wegen veränderter Umstände. Die Bestimmungen des (jüngeren) Urhebergesetzes über die Rückrufsrechte wegen Nichtausübung, § 41 UrhG, und wegen gewandelter Überzeugung, § 42 UrhG (s. dazu oben § 3 Rdnr. 165), gelten auch für den Verlagsvertrag.

Seit Inkrafttreten des Verlagsgesetzes haben sich die wirtschaftlichen 18
Verhältnisse und entsprechend die Bedürfnisse des Verlagswesens und der Autoren verändert. Anhaltspunkte für die in modernen Verlagsverträgen zutreffenden Regelungen bieten der **Normvertrag für den Abschluß von Verlagsverträgen** zwischen dem Verband Deutscher Schriftsteller (VS) in der IG Medien und dem Börsenverein des Deutschen Buchhandels e.V. (abgedruckt in Beck's Urheber und Verlagsrecht unter Nr. 7) und der **Normvertrag für den Abschluß von Übersetzungsverträgen**, der ebenfalls von den beiden vorgenannten Verbänden ausgehandelt worden ist. Der Börsenverein des Deutschen Buchhandels und der Hochschulverband haben ferner eine Vereinbarung über **Vertragsnormen bei wissenschaftlichen Verlagswerken** getroffen (Nr. 9 der vorb. Textsammlung).

Motiv und Zweck für den Abschluß eines Verlagsvertrages ist für den 19
Verfasser die möglichst **effektive Verbreitung** seines Werkes. Der Verfasser hat hierin erhebliche Leistungen investiert und erwartet nun vom Verleger, daß dieser die zur Vervielfältigung erforderlichen wirtschaftlichen und organisatorischen Leistungen erbringt und über effektive Vertriebskontakte verfügt. Der Verleger seinerseits muß wirtschaftlich und organisatorisch in der Lage sein, das Werk zu vervielfältigen und zu verbreiten.

Nur dann kann er sich trotz der hohen Herstellungskosten eine reale Gewinnchance ausrechnen, sofern er die exklusiven Verlagsrechte innehat, wie dies Verlagsverträge immer vorsehen.

20 Die Vertragsparteien müssen sich über Titel, Ausstattung, Mindesauflage, Termine für die Manuskriptablieferung, Korrektur, Veröffentlichung und über die Vergütung einigen. Üblich sind heutzutage **Absatzbeteiligungen** in verschiedenen Varianten. Angesichts der im Buchhandel bestehenden Preisbindung kann und sollte von dem Netto-Einzelverkaufspreis ausgegangen werden, also vom Ladenpreis abzüglich Mehrwertsteuer. Dieser Preis sollte – soweit möglich – im Verlagsvertrag neben der Mindestauflage auch genannt werden, damit der Verfasser seine voraussichtlichen Einnahmen abschätzen kann. Die Beteiligungen betragen üblicherweise 10% vom Netto-Einzelverkaufspreis. Üblich ist es ferner, für höhere Auflagen stufenweise Erhöhungen der prozentualen Beteiligung zu vereinbaren (Vergütungssprünge). Dem liegt der Gedanke zugrunde, daß sich ab einer gewissen Mindestauflage die Aufwendungen des Verlegers amortisiert haben und der Urheber gerechterweise an den (steigenden) Erträgen aus der Nutzung seines Werkes beteiligt wird. Mitunter sind auch Vorschußvereinbarungen üblich, wonach dem Urheber eine Mindestumsatzbeteiligung gezahlt wird, mit der Folge, daß sie dem Urheber verbleibt, auch wenn eine entsprechende Verkaufszahl nicht erreicht werden sollte. Im beiderseitigen Interesse sollte ein möglichst klarer halbjährlicher Abrechnungsmodus vereinbart werden.

b) Herausgeber-Verlagsvertrag

21 Der Herausgeber-Verlagsvertrag enthält zweckmäßigerweise darüber hinaus einige Regelungen, die der Aufgabe des Herausgebers gerecht werden. Dem Herausgeber obliegt die Koordination der Arbeiten einzelner Autoren untereinander und in Abstimmung mit dem Verlag. Hierbei geht es um die einheitliche formale Gestaltung des Werkes. Der Verlag oder der Herausgeber lassen sich von den Autoren die hierzu erforderlichen Kontroll- und Änderungsbefugnisse einräumen. Die Herausgebertätigkeit wird neben der Autorentätigkeit honoriert. Der angemessene Vergütungssatz beträgt etwa ein Fünftel aller Autorenhonorare.

c) Verträge von Miturhebern untereinander

22 Sofern die Werke mehrer Autoren vom Herausgeber zusammengefügt werden, liegt eine Werkverbindung vor, die dann meist keine vertraglichen Regelungen der Autoren untereinander erforderlich macht. Gibt es keinen Herausgeber, so sind die gesellschafts- und urheberrechtlichen Fragen gem. dem oben Gesagten (vgl. Rdnr. 3 u. § 3 Rdnr. 46) zu regeln. Haben dagegen mehrere Autoren einen Beitrag gemeinsam geschaffen, ohne daß sich deren Beiträge gesondert verwerten lassen, empfiehlt sich

der Abschluß eines Miturhebervertrages. Der Miturhebervertrag regelt die Entscheidungen während der Schaffensphase und nach deren Abschluß die gemeinsame Verwertung des Werkes und ggf. die Vertretung bei Abschluß von Verwertungsverträgen. Essentiell ist die Regelung der Anteile jedes Miturhebers an den Verwertungserträgen (s. detailliert oben Rdnr. 3).

d) Wahrnehmungsvertrag

Mit der **VG Wort** können Autoren einen Wahrnehmungsvertrag schliessen, mit dem dieser die Zweitverwertungsrechte übertragen werden. Die Autoren erhalten von der VG Wort Vergütungen für weitere Nutzungen ihrer Werke, die z.T. nur von einer Verwertungsgesellschaft geltend gemacht werden können, wie z.B. die Vermiet- und Verleihtantieme (Näheres zur VG Wort und ihrem Wahrnehmungsbereich s. § 4 Rdnr. 16 ff.). **23**

2. Bildende Kunst – Design

a) Bestellvertrag über ein Design- oder Kunstwerk

Die **Definition** des vom Künstler (Maler, Bildhauer, Designer) zu schaffenden Werkes verdient bei den bestellten Kunstwerken besondere Aufmerksamkeit. Die Streitigkeiten über die Erkennbarkeit des Porträtierten, die mitunter im Zusammenhang mit bekannten Politikern auftreten, illustrieren die Problematik. Wer z.B. von einer berühmten Malerin porträtiert werden will, die sich kaum jemals eine Einschränkung ihrer Gestaltungsfreiheit gefallen lassen würde, muß deren Werkleistung abnehmen und vergüten, auch wenn das Bild unerwartet, z.B. wenig gegenständlich ausfällt. Das Gegenbeispiel wäre der Auftrag an einen Straßenmaler, der anhand einiger ausgestellter Werke seine Fähigkeit zur gegenständlichen, naturgetreuen Porträtzeichnung unter Beweis stellt. Hier darf der Auftraggeber ein naturgetreues Porträt erwarten, wenn nichts anderes vereinbart ist, und muß das wesentlich von dieser Vorgabe abweichende Bild nicht abnehmen und bezahlen. Grundsätzlich gilt die Regel, daß sich der Auftraggeber vor Auftragserteilung von den künstlerischen Qualitäten des Beauftragten überzeugen muß. Außerdem müssen konkrete Wünsche auch entsprechend konkret vertraglich vereinbart werden, wenn insoweit der Schaffensspielraum des Künstlers eingeengt werden soll. In allen Fällen aber sollte abweichend von der gesetzlichen Regelung des Werkvertragsrechts vereinbart werden, daß der Besteller nicht verpflichtet ist, ein Bild abzunehmen, die **Abnahme** aber auch nicht Voraussetzung für die Fälligkeit des Honorars ist. Es wäre nicht sinnvoll, Streitigkeiten darüber, ob ein künstlerisches Werk gefällt oder „gelungen" ist, vor Gericht auszutragen. Vor Vollendung des Werkes kann der Besteller jederzeit kündigen, er muß aber dennoch die vereinbarte Vergütung zahlen. Anzurechnen ist **24** lediglich der Ertrag, den der Künstler durch anderweitigen Einsatz seiner nun freigewordenen Schaffenskraft erzielt oder zu erzielen böswillig unterläßt, § 649 BGB. Die Beweislast hierfür trägt der Besteller.

25 Vereinbart werden sollten auch die **Mitwirkungspflichten** des Bestellers zur Erreichung des vereinbarten Zwecks, z.B. zum Modell sitzen, Ermöglichen des Zugangs zu dem darzustellenden Objekt u.ä. Kommt der Besteller seiner Mitwirkungspflicht nicht nach, entfällt sein Anspruch auf Fertigstellung des Werkes, die Vergütungspflicht bleibt aber bestehen.

26 Vertraglich geregelt werden sollte auch der **Zeitraum**, innerhalb dessen das Werk fertiggestellt werden soll. Welche Nachfrist im Falle der nicht rechtzeitigen Fertigstellung erforderlich ist, ehe ein Rücktritt vom Vertrag möglich ist, sollte ebenfalls vorab bestimmt werden, da sonst das Gesetz die Setzung einer „angemessenen Nachfrist" vorsieht, die für das künstlerische Schaffen nur unter Schwierigkeiten zu bestimmen wäre.

27 Ist das Werk schließlich fertiggestellt, so ist dem Besteller Zug um Zug gegen Zahlung der Vergütung das **Eigentum** hieran zu übertragen. Dies geschieht gemäß § 929 BGB durch entsprechende Einigung und Besitzübergabe. Die Einräumung umfassender urheberrechtlicher Nutzungsrechte ist hiermit jedoch nicht automatisch verbunden. Der Erwerber ist lediglich zur öffentlichen Ausstellung des Werkes berechtigt, es sei denn, der Künstler hat dies bei Veräußerung des Originals ausdrücklich ausgeschlossen, § 44 Abs. 2 UrhG (Zum Ausstellungsrecht und dem daraus folgenden Recht auf Katalogabbildung s.o. § 3 Rdnr. 132 ff.).

b) Der Ausstellungsvertrag

28 Der Ausstellungsvertrag zwischen Künstler und Galerist bezweckt die **Präsentation** der Werke in der Galerie und den **Verkauf**. Dementsprechend ist sowohl die Ausstellung als auch der Verkauf von Werken Gegenstand vertraglicher Regelungen. Ein Vertragsmuster hat der Berufsverband bildender Künstler Berlin gemeinsam mit der Interessengemeinschaft Berliner Kunsthändler erarbeitet. In urheberrechtlicher Hinsicht enthält die Vereinbarung die Einräumung des Ausstellungsrechts an den auszustellenden Werken für die Dauer der Ausstellung. Eigentum an den Ausstellungsstücken erwirbt der Galerist nicht. Es empfiehlt sich, die Ausstellungsstücke möglichst genau anzugeben und spätestens bei Übergabe an den Galeristen den Empfang der einzelnen Stücke quittieren zu lassen. Der Galerist ist zur Ausstellung der Werke verpflichtet und muß hierfür werben. Insoweit lassen sich detaillierte Vereinbarungen treffen. Die Mitwirkung des Künstlers bei der Vernissage dürfte üblicherweise vereinbart werden.

29 Den Galeristen trifft die Pflicht, die angenommenen Werke sorgfältig zu **verwahren** und insbesondere auch während des Kontakts mit dem

Publikum vor Beschädigung zu schützen. Der Künstler sollte sich ferner die möglichst umfassende **Versicherung** der Werke gegen Diebstahl, Verlust und Beschädigung ausbedingen und den Abschluß eines entsprechenden Versicherungsvertrages vom Galeristen nachweisen lassen. Die Kosten der Präsentation sowie die Nebenkosten für Werbung, Katalog, Versicherungen, Transport zur Galerie etc. trägt üblicherweise der Galerist. Die entsprechende Vorleistung des Künstlers ist insoweit in der Schaffung der Werke zu sehen.

Erträge erzielen beide Seiten durch den Verkauf von Werken. Insoweit 30
handelt der Galerist als **Kommissionär**, der die Werke im eigenen Namen, aber auf Rechnung des Künstlers verkauft und einen Teil des Kaufpreises (etwa 10 bis 50%) als Kommission einbehält. Üblicherweise bestimmt der Künstler den Mindestverkaufspreis, mit der Folge, daß der Galerist nicht unter diesem Limit verkaufen darf. Der Galerist muß den Künstler unverzüglich über jeden Verkauf informieren, hierüber abrechnen und den Kaufpreis abzüglich der Kommission an den Künstler auszahlen. Sofern ein vom Galeristen vermittelter Interessent ein nicht in Kommission befindliches Werk direkt vom Künstler erwirbt, hat der Galerist keinen Anspruch auf Kommission, es sei denn, die Vertragspartner haben hierüber eine andere Regelung getroffen. Vereinbart werden sollte, ob der Galerist berechtigt ist, in Kommission genommene Bilder selbst zu erwerben (vgl. § 400 HGB). Kommt der Galerist seinen Pflichten nicht oder nur ungenügend nach, so stehen dem Künstler je nach Sachlage Handlungs-, Unterlassungs-, Auskunfts- und Rechnungslegungs- sowie Zahlungsklage zu Gebote, in Eilfällen auch der Antrag auf Erlaß einer einstweiligen Handlungs-, Unterlassungs- oder Sicherungsverfügung.

c) Der Kunstverlagsvertrag

Der Kunstverlagsvertrag weist kaum Besonderheiten gegenüber dem 31
Verlagsvertrag für Schriftwerke auf. Die entsprechenden Ausführungen gelten auch hierfür (s.o. Rdnr. 17 ff.); s. auch die „Richtlinien für Abschluß und Auslegung von Verträgen zwischen bildenden Künstlern und Verlegern“). Besonders zu beachten ist, daß die Originale, falls solche zur Reproduktion dem Verlag übergeben werden, im Eigentum des Künstlers verbleiben und diesem nach Anfertigung der Druckvorlagen zurückzugeben sind. Ob neben dem Verlagsrecht noch andere Rechte („Nebenrechte“) übertragen werden, richtet sich nach dem Vertragszweck, der auch für die Dauer der Rechteeinräumung beachtlich ist: Da Kunstreproduktionen sehr aufwendig sind und oft nur eine begrenzte Auflage hergestellt wird, beschränkt sich die Übertragung des Verlagsrechts meist hierauf, wie auch im Verlagsgesetz vorgesehen, zumal die Begrenztheit der Auflage ein erwünschter wertbildender Faktor sein kann.

d) Der Illustratoren-Verlagsvertrag

32 Der Illustrator schafft und wählt seine Werke i.d.R. im Hinblick auf das zu illustrierende Schriftwerk aus. Diese bilden dann eine **Werkverbindung** (s. § 3 Rdnr. 46) mit dem Schriftwerk. Der Verlag muß die vertragsgemäß erstellten Illustrationen verwenden (vgl. BGH UFITA 25, 232 „Synchronoptische Weltgeschichte"; Münchener Vertragshandbuch, Band 3, Vinck, Anm. 5 zu Form. IX 57). Die **Verwendungspflicht** kann aber vertraglich ausgeschlossen werden. In diesem Fall aber müssen dem Illustrator seine Werkleistung und Aufwendungen vergütet werden. Lediglich eine Umsatzbeteiligung unterbleibt, da der Verlag dann ein Verlagsrecht an den Illustrationen nicht erwirbt. Formularklauseln, die die berechtigten Interessen des Illustrators nicht mindestens insoweit berücksichtigen, sind wegen dessen unangemessener Benachteiligung nichtig, da hier vom gesetzlichen Typus des Verlagsvertrages in einer Weise abgewichen wird, die gegen Treu und Glauben verstößt, § 9 AGBG. Anhaltspunkte für übliche Vertragsgestaltungen und Honorare geben die „Honorarempfehlungen der Mittelstandsgemeinschaft Foto-Marketing". Im übrigen gelten die allgemeinen Ausführungen zum Verlagsgesetz und zum Verlagsvertrag über Schriftwerke (s.o. Rdnr. 17 ff.).

e) Der Bildagenturvertrag

33 Im Bereich der journalistischen Fotografie und des Fotodesigns sind die Bildagenturen bedeutsam, die **urheberrechtliche Nutzungsrechte** an den vorgenannten Werken **vermitteln**. Da die Vermittlung von urheberrechtlichen Lizenzverträgen nicht Arbeitsvermittlung im Sinne des Arbeitsförderungsgesetzes ist, sind die Betätigungsmöglichkeiten der Bildagenturen im Gegensatz zu anderen Agenturen (vgl. oben Rdnr. 6 ff.) nicht beschränkt. Die Grundlage für die **Geschäftsbesorgungstätigkeit** der Bildagenturen sind die von Fotografen und Fotodesignern überlassenen Fotografien und Lichtbildwerke nebst der hieran bestehenden Nutzungsrechte. Aufgrund der Einräumung der Nutzungsrechte sind die Agenturen in der Lage, Interessenten die Nutzung der Abbildungen für die verschiedensten Zwecke (z.B. für Werbung und Berichterstattung) zu gestatten.

34 Die von der Bildagentur erzielten **Lizenzhonorare** werden üblicherweise im Verhältnis 50 zu 50 mit dem Bildautor geteilt. Da die Bildagenturen in den Verträgen mit den Nutzern den Bestand der Nutzungsrechte und die Berechtigung zum Abdruck dargestellter Personen garantieren müssen, muß auch der Bildautor eine entsprechende **Garantie** gegenüber der Bildagentur geben können. Nach dem (unverbindlichen) **Mustervertrag** zwischen dem Bundesverband der Pressebildagenturen und dem Fachausschuß Bildjournalismus des Deutschen Journalistenverbandes

(DJV) ist auch eine weitgehende **Bearbeitungsbefugnis** der Bildnutzer vorgesehen. Hier lauern allerdings angesichts der modernen Bildsynthesizer Gefahren für die Bildautoren dergestalt, daß deren Werke ganz oder ausschnittweise insgesamt verfremdet oder in völlig anderen Zusammenhängen so wiedergegeben werden, daß der Betrachter dies nicht bemerken kann. Hier droht aufgrund der modernen Technik potentiell immer eine Verfälschung oder Entstellung, die das Urheberpersönlichkeitsrecht des Bildautoren verletzt.

Die Verträge mit der Bildagentur sind gewöhnlich **Dauerschuldverhältnisse**, die in der vereinbarten Frist von beiden Seiten gekündigt werden können. Regelmäßig verlangt die Bildagentur, daß der Bildautor ihr seine Werke zum **Exklusivverkauf** anbietet. Aufgrund der damit verbundenen besonderen Verantwortung der Agentur ist sie verpflichtet, das ihr überlassene Material mit besonderer Sorgfalt zu behandeln und bei der Lizenzerteilung die Interessen des Urhebers zu wahren. Verstöße hiergegen können einen wichtigen Grund zur außerordentlichen Kündigung des Bildagenturvertrages durch die Künstlerin oder den Künstler darstellen. **35**

3. Musik

a) Wahrnehmungsverträge

Komponisten, Textdichter und Musikverleger gehören in der Regel der **GEMA** an, der mit dem „Berechtigungsvertrag“ die „kleinen Rechte“ an Musikwerken zur Wahrnehmung übertragen werden. Interpreten und Tonträgerproduzenten gehören der **GVL** an und schließen mit dieser einen entsprechenden Wahrnehmungsvertrag (Näheres zu den Wahrnehmungsbereichen beider Verwertungsgesellschaften s. § 4 Rdnr. 4 ff.). **36**

b) Miturheberverträge

Wenn Komponisten oder Textdichter ein Werk gemeinsam schaffen und deren Beiträge nicht gesondert verwertbar sind, empfiehlt sich der Abschluß eines Miturhebervertrages. Der Miturhebervertrag regelt die Entscheidungen während der Schaffensphase und nach Abschluß derselben die gemeinsame Verwertung des Werkes und ggf. die Vertretung bei Abschluß von Verwertungsverträgen. **Essentiell** ist die Regelung der Anteile jedes Miturhebers an den Verwertungserträgen (s. oben Rdnr. 3). **37**

c) Gesellschaftsvertrag einer Musikgruppe

Häufig verbinden sich mehrere freischaffende Musiker zu einer Gruppe, um gemeinsam ein Repertoire zu erarbeiten, aufzuführen und diese Darbietungen auswerten zu lassen. Die Erträge sollen dabei allen Musikern zugutekommen. Auch ohne ausdrückliche Regelung bilden die Mitglieder der Musikgruppe eine **Gesellschaft bürgerlichen Rechts**, auf **38** die mangels besonderer Vereinbarung das Gesellschaftsrecht des BGB (§ 709 ff. BGB) Anwendung findet (s. hierzu generell oben Rdnr. 4). Um den Besonderheiten einer Musikgruppe gerecht zu werden, empfiehlt sich eine **individuelle, schriftliche Vereinbarung.** Hiernach ist zu bestimmen, welche Leistungen und Einlagen jedes Gruppenmitglied mindestens erbringen muß und wie die Einnahmen aus Konzerttätigkeit u.a. Auswertungen untereinander aufgeteilt werden. Wichtig sind auch Regelungen der Willensbildung (Gesellschafterbeschlüsse), der rechtsgeschäftlichen Vertretung nach außen, der ordentlichen Kündigung, der außerordentlichen Kündigung aus wichtigem Grund und im Zusammenhang damit die Regelung dessen, was als wichtiger Kündigungsgrund gilt, sowie die Abfindung beim Ausscheiden oder beim Ausschluß von Gesellschaftern. Ferner ist zu klären, wie der Gruppenname lautet und ob dieser beim Ausscheiden einzelner Gesellschafter bei der Gruppe verbleibt und wem er bei Auflösung der Gesellschaft zusteht. Entsprechendes gilt für die Verwendung von Gruppenkennzeichen. Sinnvoll ist auch eine Konkurrenzschutzvereinbarung und die Regelung der solistischen Betätigung und des anderweitigen Engagements einzelner Gruppenmitglieder außerhalb der Gruppe.

d) Konzertvertrag

39 Die Mitwirkung eines Musikers an einem Konzert kann **werk-, dienst- oder arbeitsvertragliche Pflicht** sein (zur Abgrenzung s.o. § 8 Rdnr. 28 ff.; zu den Pflichten aus dem Arbeitsverhältnis s.o. § 7 Rdnr. 8 ff.). Der Arbeitsvertrag setzt zusätzlich zu einem Dienstverhältnis die arbeitsorganisatorische Eingliederung in den Betrieb des Arbeitgebers voraus. Ein Indiz hierfür ist die Weisungsgebundenheit. Der Musiker ist weisungsgebunden, wenn er sich vertraglich verpflichtet hat, nach Weisung zu agieren, z.B. das ihm vorgelegte Repertoire aufzuführen oder nach Anweisungen des musikalischen Leiters zu spielen. Die arbeitsorganisatorische Eingliederung erfordert außerdem eine gewisse Intensität und Regelmäßigkeit der vertraglichen Verpflichtungen. Typischerweise wird der Aushilfsmusiker im Orchester mit Dienstvertrag verpflichtet, der ständige Orchestermusiker pflegt in einem Arbeitsverhältnis zu stehen. Ob der Musiker Teil einer Band oder eines Orchesters in Form einer Gesellschaft bürgerlichen Rechts (GbR) ist, ist für die Qualifizierung unerheblich, auch die GbR-Musiker können als betriebliche Eigengruppe Arbeitnehmer sein und haften dann jeder für die Erfüllung der arbeits- oder dienstvertraglichen Verpflichtungen durch alle Gruppenmitglieder. Sofern die Rechtsbeziehungen von Veranstalter und Musiker als Werkvertrag gestaltet sind, schuldet der Musiker bzw. die Musikgruppe als „Erfolg“ im Sinne des Werkvertragsrechts nicht den künstlerischen Erfolg, sondern lediglich die Konzertaufführung als solche. Der Werkvertrag sieht grund-

sätzlich keine Haftung für künstlerische Qualität vor. Sofern im Vertrag die auftretenden Musiker durch namentliche Nennung konkretisiert sind, wird grundsätzlich die höchstpersönliche Erbringung der Leistungen geschuldet. Beim Dienst- und Arbeitsverhältnis ist dies ohnehin der Regelfall.

Den **Veranstalter** trifft die Verpflichtung, die Konzertdarbietung zu er- 40
möglichen und die dafür erforderlichen technischen und organisatorischen Vorkehrungen zu treffen. Der bloße Vermieter des Konzertsaals ist nicht Veranstalter. Zu den Veranstalterpflichten gehören ferner die Pflichten zur Werbung, zur Obhut über eingebrachte Gegenstände des Orchesters, zur Wahrung der gesetzlichen und etwaigen behördlichen Auflagen, z.B. hinsichtlich der Feuersicherheit, zum Verkauf der Karten und zur ordnungsgemäßen Auskunft und Abrechnung der Kartenverkäufe bei Verträgen, die eine Beteiligung des Musikers oder Orchesters an den Einnahmen vorsehen. Der Veranstalter haftet ferner für die Zahlung der GEMA-Gebühren gemäß den einschlägigen Tarifen. Grundsätzlich ist der Veranstalter zur Zahlung der Gage bei Konzertausfall verpflichtet, wenn sich das Veranstalterrisiko konkretisiert hat, z.B. bei der Freiluftveranstaltung, wenn die Witterungsbedingungen eine Aufführung nicht zulassen oder das Publikum ausbleibt. Dagegen trägt das **Orchester** das Risiko, zu spät am Veranstaltungsort zu erscheinen (da es sich um ein Fixgeschäft handelt), sowie das Risiko des Ausfalls von Mitwirkenden, deren höchstpersönliche Leistung geschuldet ist. Im übrigen haften die **Vertragspartner** für die von ihnen zu vertretenden (d.h. fahrlässig oder vorsätzlich herbeigeführten) Vertragsstörungen. Voraussetzung für die Zahlungsverpflichtung ist auch beim Werkvertrag lediglich die Durchführung des Konzertes. Eine Abnahme ist nach der Beschaffenheit desselben nicht möglich und deshalb nicht erforderlich, § 646 BGB. In der Praxis werden ferner häufig bis ins kleinste technische und organisatorische Detail hinein Nebenpflichten festgelegt, z.B. die Bestandteile des bei Ankunft bereitzustellenden „kalten Buffets“ betreffend, und Vertragsstrafen für den Fall der Nicht- oder Schlechterfüllung vereinbart.

e) Tonträgerproduktionsvertrag

(1) Überblick

Gegenstand des Tonträgerproduktionsvertrages ist die **Herstellung** 41
und Auswertung von Schallaufnahmen mit Darbietungen des Musikers oder Ensembles. Hiernach verpflichtet sich der Tonträgerproduzent, die Tonaufnahmen herzustellen und die dafür erforderlichen organisatorischen und finanziellen Leistungen zu erbringen. Der Musiker bzw. das Ensemble verpflichten sich, die erforderlichen Darbietungen zu erbringen und die Leistungsschutzrechte hieran dem Produzenten zu übertragen. Mitunter werden die einzuspielenden Werke bei Vertragsschluß noch

nicht näher konkretisiert, sondern lediglich Rahmenvereinbarungen über Zahl, Art und Dauer der innerhalb der Vertragszeit zu produzierenden Werke getroffen. Nicht selten besteht zwischen den Vertragspartnern ein erhebliches wirtschaftliches Ungleichgewicht, wobei oft die Produzenten die stärkere Position einnehmen. Sofern eine Seite der anderen unangemessene Bedingungen, etwa im Wege eines Formularvertrages diktiert, ist zu prüfen, ob allgemeine Bestimmungen (des BGB oder des AGBG) verletzt werden und im Einzelfall unangemessene Bedingungen unwirksam sind (dazu s.o. § 8 Rdnr. 22 ff.).

(2) Vergütung

42 Üblich ist die Beteiligung des Musikers oder Ensembles am Umsatz der verkauften Tonträger. Hierbei sind folgende Definitionen der Berechnungsgrundlagen üblich:

Detailpreis: Der Preis, zu dem der Endverbraucher den Tonträger erwirbt.

Netto-Detailpreis: Der vom Einzelhändler erzielte Preis ohne Mehrwertsteuer (Brutto-Detailpreis entsprechend mit Mehrwertsteuer).

Großhandelspreis: Der Preis, zu dem der Einzelhändler den Tonträger erwirbt (meist die Hälfte des Netto-Detailpreises).

(Höchster) Fabrikabgabepreis: Der Preis, zu dem der Großhändler beliefert wird, ohne Rabatte und Boni.

Die für Tonträgerproduktionsverträge üblichen Vergütungen reichen von etwa fünf bis fünfzehn Prozent vom Netto- Detailpreis. Eine Staffelung der prozentualen Beteiligung mit Zuschlägen ab bestimmten Absatzmengen ist üblich. Üblich sind auch verringerte Vergütungssätze für Verkäufe über Lizenznehmer im Ausland sowie für den Vertrieb in sog. Billigpreisangeboten. Obwohl hier bereits durch den reduzierten Detailverkaufspreis eine proportionale Reduzierung der Erträge des Interpreten oder des Ensembles eintreten würde, wird der Beteiligungsfaktor oft nochmals vertraglich um die Hälfte reduziert. Von den abzurechnenden Umsätzen werden die „Retouren", d.h. die nicht verkauften und dem Tonträgerhersteller zurückgesandten Exemplare in Abrechnung gebracht. Häufig sieht der Vertrag die Bildung entsprechender „Retourenreserven" vor. Der Vertrag sollte eine Überprüfung der Abrechnung durch einen zur Verschwiegenheit verpflichteten Dritten (z.B. Wirtschaftsprüfer) vorsehen, konkrete, mindestens halbjährliche Abrechnungstermine vorsehen und – bei Verträgen mit ausländischen Produzenten – die Währung, in der zu zahlen ist, nennen. Vertraglich zu regeln sind auch der Mindestproduktionsumfang (Anzahl der Titel und Art und Anzahl der Tonträger sowie Mindestauflage), das späteste Veröffentlichungsdatum und die Produktionsbedingungen. Es empfiehlt sich ferner, die vorgesehenen Werbemaßnahmen zu klären und den Produzenten zu verpflichten, hierüber regelmäßig zu berichten. Für den Fall, daß der Produzent nicht die nötigen Werbe- und Vertriebsbemühungen unternimmt, sollten sich der Interpret oder das Ensemble ein Kündigungsrecht ausbedingen.

(3) Ausschließlichkeit

Häufig wünschen die Produzenten eine **exklusive Bindung** des Interpreten oder des Ensembles über längere Zeit. Man spricht dann im Branchenjargon von einem „Künstlervertrag". Hierbei ist seitens der Musiker Vorsicht geboten. Die entsprechenden Verträge sehen nämlich meistens vor, daß der Interpret während der Vertragsdauer keinerlei anderweitige Aufnahmen seiner Darbietungen gestatten oder durchführen darf. Dies kann insbesondere bei Studio-Musikern dazu führen, daß die Grundlage für deren Lebensunterhalt verloren geht, es sei denn, der exklusiv produzierte Tonträger ist derart erfolgreich, daß das Tantiemenaufkommen für den Lebensunterhalt des Interpreten ausreicht. Dies dürfte jedoch nur selten der Fall sein. Es empfiehlt sich daher, die Exklusivität auf die in dem Tonträgerproduktionsvertrag genannten Titel zu beschränken **(Titelexklusivität)** oder zumindest anonyme Studio- und Ensembleaufzeichnungen für andere Tonträgerhersteller, Rundfunk- oder Fernsehsender von der Exklusivität auszunehmen. Außerdem sollte die Dauer der Exklusivitätsbindung auf höchstens drei Jahre beschränkt werden (einschließlich der Verlängerungsoptionen). Bindungen von mehr als fünf Jahren sind als **Knebelungsverträge** gemäß § 138 BGB sittenwidrig und nichtig. **43**

Von der Vertragsdauer, also dem Zeitraum, innerhalb dessen der Interpret oder das Ensemble zur Erbringung von Leistungen gegenüber dem Produzenten verpflichtet ist, bleibt die Dauer der **Rechteübertragung** zu unterscheiden. Diese wird oft für die Dauer der gesetzlichen Schutzfrist (50 Jahre nach dem Erscheinen des Tonträgers) vereinbart. Häufig ist der Produzent mit einem Verlagsunternehmen wirtschaftlich verbunden. Dementsprechend findet sich häufig in Vertragsformularen der Produzenten eine Bedingung, wonach der Interpret, falls dieser zugleich Urheber der interpretierten Werke ist, sich verpflichtet, einem vom Produzenten bestimmten Verleger die **Verlagsrechte** zu übertragen. Sofern der Inhalt des Verlagsvertrages hierbei allerdings nicht näher bestimmt ist, kann der Urheber nicht zum Abschluß eines Verlagsvertrages gezwungen werden. (Zur Schmälerung der Urhebertantiemen, da der Verleger zu einem erheblichen Anteil an den GEMA-Ausschüttungen beteiligt wird, s. § 4 Rdnr. 11). Entsprechende Verpflichtungen sollte der Interpret, der zugleich Urheber ist, nicht eingehen. **44**

f) Tonträgerlizenzvertrag (Bandübernahmevertrag)

Der Tonträgerlizenzvertrag wird im Verhältnis vom Tonträgerhersteller zum Vertriebspartner oder zwischen einem Lizenzinhaber und dem wei- **45** teren Lizenznehmer vereinbart. Sinn des Vertrages ist es, die **Verbreitung von Tonaufnahmen**, die der Lizenzgeber zur Verfügung stellt, durch den Lizenznehmer zu bewirken. Dementsprechend verpflichtet sich der Lizenzgeber, bestimmte Tonaufnahmen dem Lizenznehmer zur Verfügung zu stellen. Der Lizenznehmer verpflichtet sich zur Vervielfältigung, Veröffentlichung und Verbreitung der Aufnahmen. Im Interesse des Lizenzgebers sollten das späteste Veröffentlichungsdatum, die Mindestauflage, das Label und die vogesehenen Werbemaßnahmen innerhalb des Vertriebs- (Lizenz-) Gebietes möglichst konkret bestimmt werden. Um die Vervielfältigung und Verbreitung zu ermöglichen, bedarf es der Übertragung entsprechender **Leistungsschutzrechte**. Hierzu zählen die Leistungsschutzrechte der Interpreten und das Leistungsschutzrecht des Tonträgerherstellers, bei Live-Aufzeichnungen auch des Veranstalters des Konzertes. Der Lizenzgeber muß diese Rechte innehaben und hierüber verfügen dürfen.

46 Der Lizenznehmer verlangt in der Regel, daß ihm eine **ausschließliche Lizenz** an den Tonaufzeichnungen eingeräumt wird. Dem kann soweit entsprochen werden wie das Vertriebsgebiet des Lizenznehmers reicht. Häufig wird auch verlangt, daß die aufgenommenen Titel innerhalb einer gewissen Frist von einigen Jahren nach Vertragsschluß nicht anderweitig von den mitwirkenden Künstlern oder dem Tonträgerhersteller aufgezeichnet und Lizenzen hieran an Dritte vergeben werden. Die **Vergütung** wird entweder als einmalige Pauschal-Zahlung oder in Form einer Umsatzbeteiligung vereinbart. Mischformen sind möglich. Umsatzbeteiligungssätze in Höhe von 10 bis 30% vom Netto-Detailverkaufspreis (s.o. Rdnr. 42) gelten als üblich. Hinsichtlich der Abrechnung sind Stichdaten und die üblichen Auskunfts- und Kontrollpflichten zu vereinbaren. Die Dauer der Auswertungsbefugnis kann beschränkt werden. Hiervon zu unterscheiden ist eine etwaige Dauerlieferverpflichtung, die zur Folge hat, daß der Lizenzgeber auch in Zukunft zu vereinbarenden Stichtagen Tonaufnahmen bestimmten zu vereinbarenden Umfanges zur Verbreitung durch den Lizenznehmer zu liefern hat.

g) Musikverlagsvertrag

47 Der Musikverlagsvertrag entsprach eigentlich noch nie genau dem Idealtyp des Verlagsvertrages, wie ihn das Verlagsgesetz (hierzu s.o. Rdnr. 17 ff.) beschreibt. Denn den Musikerverlegern ging es nie ausschließlich um das sog. Papiergeschäft, d.h. den Druck und den Verkauf von Noten, sondern wesentlich auch um eine Verwertung der verlegten Werke zunächst durch Aufführungen, später auch auf Ton- und Bild-Tonträgern und durch Funksendungen. In Deutschland waren die Verleger die Mitbegründer der alten GEMA, die seinerzeit nur Aufführungsrechte wahrnahm, und der Gesellschaft für mechanische Vervielfältigungsrechte

(AMRY), in deren Verteilungsplänen sichergestellt war, daß die Verleger etwa zu gleichen Teilen wie die Urheber an den Erträgen der Werknutzung beteiligt waren. Heutzutage ist das Papiergeschäft auf dem Gebiet der sog. Unterhaltungsmusik nur noch insoweit relevant, als daß lediglich Hits in Noten gedruckt und verkauft werden. Im übrigen werden keine Noten mehr gedruckt, bis auf relativ wenige Künstlerexemplare, die der Verlag Interpreten zur Verfügung stellt, die er für eine Verbreitung des Werkes gewinnen will.

Der U-Musikverlag betätigt sich heutzutage, sofern es um neue Werke **48**
geht, als **Produzent von Tonträgern** oder ist zumindest mit Tonträgerproduzenten wirtschaftlich eng verbunden. Diese Produktionen werden durch Vergabe von **Lizenzen** zur Tonträger- oder Filmherstellung oder durch Gestattung von Rundfunk- und Fernsehsendungen ausgewertet. Die Einnahmen des Verlages bestehen hierbei im wesentlichen aus den von der Verwertungsgesellschaft (in Deutschland: der GEMA) gezahlten **Tantiemen**, an denen der Verleger mit etwa einem Drittel bis vierzig Prozent beteiligt ist. Eine weitere Einnahmequelle sind die Lizenzerlöse und die Erlöse aus dem Verkauf von gedruckten Noten.

Die Beteiligung der Verleger an den für die Werknutzung gezahlten **49**
Tantiemen wird im Urheberrechtsgesetz nirgendwo erwähnt und erscheint systemwidrig, weil die Verleger nicht selbst Werke erschaffen, sondern an der Verbreitung der Werke anderer beteiligt sind. Das Urheberrechtsgesetz hat den Verlegern auch kein Leistungsschutzrecht, wie z.B. den Tonträgerherstellern oder Veranstaltern oder Sendeunternehmen, zuerkannt. Es stellt sich daher die Frage, ob die Beteiligung der Verleger an den Verwertungsgesellschaften und an den von Gesetzes wegen eigentlich voll und ganz den Urhebern zustehenden Tantiemen gesetzeswidrig ist (vgl. hierzu Dt. Pat. Amt UFITA 81, 348). Diese Frage scheinen zumindest die Verwertungsgesellschaften selbst zu verneinen, die offenbar auf die geschäftliche Erfahrung der Verleger zu Gunsten der Urheber nicht verzichten wollen. Es wird gesagt, die Schmälerung des Urheberanteils durch den Verlagsanteil der Tantiemen sei im Ergebnis nicht gegeben, weil ein Urheber mit Hilfe eines Verlages einen wesentlich höheren Verbreitungsgrad erreichen könne und dadurch höhere Einnahmen erziele als ohne die Hilfe eines Verlegers. Es kommt auch vor, daß die Urheber wiederum an den Tantiemen beteiligt werden, die dem Verlag von der Verwertungsgesellschaft zufließen. Dies kann geschehen durch im Verlagsvertrag vereinbarte „Refundierung“ oder durch Beteiligung des Urhebers an dem Verlag in Gestalt einer Edition. Regelmäßig lassen sich Musikverleger auch umfassende „Nebenrechte“ zur Nutzung der verlegten Werke einräumen. Sofern Komponist bzw. Textdichter Rechte der GEMA abgetreten haben, sind die Nebenrechtseinräumungen gegenstandslos.

50 Dies vorausgeschickt ist bei einem Musikverlagsvertrag insbesondere auf die folgenden **essentiellen Regelungen** zu achten. Hauptleistungspflichten des Musikverlagsvertrages alter Art sind auf Seiten des Urhebers die Verpflichtung zur Ablieferung des Werkes und die Übertragung des grafischen Vervielfältigungsrechts (Verlagsrechts). Der Verleger verpflichtet sich, Noten zu drucken und dem Urheber eine im Verlagsvertrag genannte Beteiligung an den Verkaufserlösen zu zahlen. Diese Hauptleistungspflicht des Verlages wird im modernen Musikverlagsvertrag häufig durch entsprechende Formulierungen (z.B. „Notendruck und Verbreitung nur nach Ermessen des Verlegers") auf „Null" reduziert. Mitunter wird ein Verzicht des Urhebers auf den Notendruck vereinbart. Damit rückt die Einräumung der Verlagsrechte seitens des Urhebers in die Nähe einer Schenkung, sofern dieser nicht darauf achtet, daß der Verleger sich vertraglich zur Propagierung des Werkes entsprechend dem modernen Verlegerbild verpflichtet. Eine entsprechende Vertragsklausel sollte durch eine Berichtspflicht des Verlegers über dessen Aktivitäten ergänzt werden. Das Rückrufsrecht des Urhebers wegen Nichtausübung gemäß § 41 UrhG kann sonst die Interessen des Urhebers nur unzureichend schützen, zumal die Musikverleger sich gerne Nachfristen für die Ausübung des Rückrufsrechts bis an die Grenze des Zulässigen (s. § 3 Rdnr. 165 ff.) ausbedingen. Dies gilt insbesondere für den dem Zeitgeschmack entsprechende Werke, die oft zu dem Zeitpunkt, zu dem das Rückrufsrecht ausgeübt werden kann, keine weite Verbreitung mehr finden können.

h) Subverlagsvertrag

51 Komponist und Textdichter pflegen dem Verlag, mit dem sie direkt einen Verlagsvertrag schließen, häufig die **weltweiten Verlagsrechte** einzuräumen. Hingegen sind die Verleger in der Regel nicht imstande, selbst weltweit tätig zu werden. Für ausländische Vertriebsgebiete bedienen sie sich daher dort ansässiger Geschäftspartner, denen sie die erforderlichen Rechte über Subverlagsverträge einräumen. Der Subverleger erhält vom Originalverleger die von diesem **abgeleiteten Verlagsrechte**, beschränkt auf das Vertriebsgebiet des Subverlegers. Der Originalverleger kann dem Subverleger hierbei nicht mehr Rechte einräumen als er selbst innehat. Abhängig vom Genre werden dem Subverleger ferner bestimmte **Bearbeitungsbefugnisse** eingeräumt, z.B. zur Übersetzung von Liedtexten in die Landessprache, zur Anfertigung von Arrangements, die dem dortigen Geschmack entgegenkommen und ähnlichem. Die Pflichten des Subverlegers entsprechen denen des Originalverlegers (siehe Erläuterungen zum Musikverlagsvertrag oben). Die Einnahmen, die der Subverleger erzielt, teilt dieser meist hälftig mit dem Originalverleger. Der Originalverleger seinerseits trifft meist mit den Urhebern Regelungen, die eine geringere Einnahmenbeteiligung an den Erträgen und Subverlagsrechten vorsieht.

Auf solche Regelungen sollten sich Urheber nicht einlassen, da der Urheberanteil ohnehin dadurch erheblich geschmälert wird, daß dem Subverlag ein hälftiger Anteil der Einnahmen verbleibt. In keinem Fall sollte der Urheber die Einräumung von Rechten seitens des Originalverlages an mehr als einen Subverlag pro Vertriebsgebiet gestatten, da sonst mittels einer geschickt konstruierten Subverlagskette der Urheber um eine angemessene Beteiligung an den Einnahmen gebracht werden könnte. Die Dauer des dem Subverlag eingeräumten Rechtes sollte begrenzt und als Folge des Zeitablaufs ein automatischer Rückfall der Rechte an den Originalverlag vereinbart werden.

4. Darstellende Kunst

a) Ausgewählte Probleme des Bühnenarbeitsvertragsrechts

(1) Rechtsgrundlagen

Die Rechtsverhältnisse zwischen Bühnenkünstlern (Schauspieler, Sän- **52**
ger, Tänzer, Solisten etc.) und den Theatern sind durch Arbeitsverträge geregelt. Die Regelungen der §§ 611 ff. BGB bilden die allgemeinen Grundlagen des Arbeitsverhältnisses des Bühnenkünstlers. Neben den allgemeinen Regelungen – hierzu gehören auch die allgemeinen Grundsätze des Arbeitsrechts – sind die **Tarifverträge** zu beachten. Für die Arbeitsverhältnisse der Bühnenkünstler sind vor allem die **Normalverträge** (NV) für **Solo** (Einzeldarsteller, Kapellmeister, Spielleiter, Dramaturen, Tanzmeister, Repetitoren, Inspizienten und Souffleure sowie Personen in ähnlicher Stellung), **Tanz** (Tanzgruppenmitglied), **Chor** (Opernchormitglieder an stehenden Bühnen) von Bedeutung. Die Arbeitsverhältnisse der Bühnenkünstler beruhen auf diesen Normalverträgen, sofern Tarifbindung besteht oder der Arbeitsvertrag auf den Tarifvertrag Bezug nimmt. Sie sind gegenüber den allgemeinen Regeln des BGB die speziellen Regelungen, aus denen Rechte und Pflichten für die Bühnenkünstler und Theaterleitungen entstehen. Die Normalverträge werden durch spezielle **Hausordnungen**, die Bestandteil des Tarifvertrages sind, ergänzt, in denen die innerbetrieblichen Fragen, wie die Residenzpflicht, das Verhalten bei Erkrankung etc. geregelt sind. Für die einzelnen Künstlergruppen existieren also unterschiedliche Tarifverträge, die zwischen dem **Deutschen Bühnenverein (DBV)** und der **Genossenschaft Deutscher Bühnen-Angehörigen (GDBA)** abgeschlossen worden sind. Sie beruhen im wesentlichen auf den Tarifverträgen aus dem Jahre 1924, die im Laufe der Entwicklung mehrfach ergänzt und geändert worden sind.

Das **Bühnenarbeitsrecht** der **ehemaligen DDR** ist einen anderen Weg **53**
der Ausgestaltung der Arbeitsverhältnisse der Bühnenkünstler gegangen. Während das Bühnenarbeitsrecht der Bundesrepublik eine Fülle von Tarifverträgen für die einzelnen Künstlergruppen und das Bühnenperso-

nal (z.B. Gagentarifverträge) aufweist, wurde in der ehemaligen DDR nur ein Tarifvertrag in Kraft gesetzt, der Fragen der Vertragsgestaltung, der Entlohnung, des Urlaubs etc. einheitlich geregelt hat. Mit dem 2. Staatsvertrag zwischen der BRD und der DDR wurde der **„Rahmenkollektivvertrag Theater/Orchester“**, (Reg. Nov.90/1987) nicht außer Kraft gesetzt, d.h. bis zur Neugestaltung der Tarifverträge bzw. bis zur Anwendung der Normalverträge Solo, Tanz und Chor bleibt der Rahmenkollektivvertrag für die Bühnenkünstler der neuen Bundesländer, die einen unbefristeten Arbeitsvertrag in der Regel mit der Bühne abgeschlossen haben, in Kraft. So sind z.B. bisher abgeschlossene unbefristete Arbeitsverträge nicht automatisch in befristete Arbeitsverträge umzudeuten. Änderungen der Arbeitsverträge bedürfen der Willensübereinstimmung zwischen dem Bühnenkünstler und dem Intendanten. Eine Besonderheit der Anwendung des bundesdeutschen Rechts auf Rechtsverhältnisse der ehemaligen DDR besteht z.B. darin, daß auf die unbefristeten Arbeitsverträge der Bühnenkünstler nicht die Normalverträge Solo, Tanz und Chor erstreckt werden können, sondern, sollte eine außerordentliche Kündigung notwendig sein, das Kündigungsschutzgesetz der Bundesrepublik berücksichtigt werden muß.

(2) Abschluß des Arbeitsvertrages

54 Häufig werden Verträge zwischen der Bühne und dem Bühnenkünstler für eine **Spielzeit** geschlossen. Das Arbeitsrecht kennt neben dem unbefristeten den befristeten Arbeitsvertrag, d.h. das befristete Arbeitsverhältnis wird durch Zeitablauf beendet, ohne daß es einer Kündigung bedarf. Um Kündigungsvorschriften durch Arbeitgeberseite nicht zu umgehen, muß ein sachlicher Grund für die Befristung vorliegen. Als befristete Arbeitsverträge mit sachlichem Grund nennt das Bundesarbeitsgericht in einer Entscheidung von 1960 Arbeitsverträge zur Probe, Aushilfsarbeitsverträge, Arbeitsverträge im Saisongewerbe, Arbeitsverträge im Baugewerbe sowie Verträge mit Künstlern, Musikern, Schauspielern, Sängern usw. (BAG AP Nr. 16 zu § 620 BGB Befristeter Arbeitsvertrag). Der sachliche Grund in der Theaterproduktion liegt im Abwechslungsbedürfnis der Bühne, das nicht nur Konsequenzen für die Spielplangestaltung hat, sondern auch für die Personalpolitik. Die Tarifverträge für die Bühnenkünstler sehen die befristeten Arbeitsverträge ausdrücklich vor.

55 Um Streitigkeiten zu vermeiden, sollte der Arbeitsvertrag grundsätzlich **schriftlich** abgeschlossen werden. Nach ständiger Rechtsprechung des Bühnenoberschiedsgerichts haben Intendanten grundsätzlich Vollmacht zum Abschluß von Engagementverträgen. Da mündlich abgeschlossene Verträge nach § 2 Abs. 2 NV-Solo wirksam sind, kann in Telegrammen auf die vorausgegangene Besprechung Bezug genommen werden. Zu dieser muß jedoch die Vertragsdauer in genügend bestimmter Weise festgelegt worden sein (BOSchG 28/49, 23.3.1950). Bei Vertragsanbahnungen und Vertragsverhandlungen haben sowohl der Intendant als auch der Bühnenkünstler pflichtgemäß zu handeln und die erforderliche Sorgfalt zu beachten. So ist der Intendant aufgrund der Fürsorgepflicht verpflichtet, daß er eindeutige Erklärungen abgibt, ob er das Bühnenmitgliled engagieren will oder nicht. Häufig ist die Grenze zwischen Verpflichtung, In-Aussicht-Stellen und Hoffnung-Machen nicht klar. Wurden keine klaren Abreden getroffen und wird der Verhandlungspartner in den Glauben versetzt, daß er mit einem Engagement rechnen könne, kann dies einen **Schadensersatzanspruch** begründen (§§ 276, 278 BGB; BOSchG 20/52, 19.2.1953).

(3) Beschäftigungsanspruch des Bühnenmitgliedes

Im Arbeitsvertrag müssen die **Leistungsart** (die Kunstgattung z.B. **56**
Oper, Schauspiel usw. und das Fach, z.B. Tenor, Alt, das durch die Vereinbarung eines Rollengebietes näher gekennzeichnet ist), der **Leistungsort** (das Theater, an dem das Mitglied die Dienste zu erbringen hat) und die **Leistungszeit** (Dauer des Arbeitsvertrages, Beginn und Ende), vereinbart werden. Diese drei Elemente sind tarifrechtlich vorgeschrieben. Sie bilden den notwendigen Mindesttatbestand des Vertrages, § 2 NV-Solo, § 2 Abs. 1 NV-Tanz, § 2 Abs. 1 NV-Chor. Die Ausgestaltung des Arbeitsvertrages hat für die Beschäftigung des Bühnenkünstlers eine enorme Bedeutung. Je konkreter der Umfang und die Art der künstlerischen Aufgabe vereinbart worden sind, desto eindeutiger sind die Rechtsbeziehungen zwischen dem Künstler und der Bühne.

Zunächst wird davon ausgegangen, daß der Bühnenkünstler hinsicht- **57**
lich der Art und des Umfangs seiner Dienste nur im Rahmen seines Vertrages beschäftigt werden darf. Ist aus dem Arbeitsvertrag keine klare vertragliche Abmachung erkennbar, ist für die Frage der **angemessenen Beschäftigung** das Kunstfach, in dem der Künstler tätig werden soll, als Ausgangspunkt zu nehmen. Das Bühnenmitglied hat grundsätzlich keinen Anspruch auf Übertragung einer bestimmten Rolle, es sei denn, dies ist ausdrücklich im Arbeitsvertrag vereinbart worden. Nach der ständigen Rechtsprechung des Bühnenoberschiedsgerichts ist es Sache der Bühnenleitung, den Spielplan so zu gestalten, daß die von der Bühnenleitung angestellten künstlerischen Kräfte angemessen beschäftigt werden können; dabei kommt es nicht auf die Anzahl der Vorstellungen, sondern auf die **Art der Rollen an** (BOSchG 30/49, 23.2.1950). Die Bezeichnung „Rollen nach Individualität" ohne Anhängung an ein bestimmtes Kunstfach ist nach ständiger Rechtsprechung des Bühnenoberschiedsgerichts unzulässig (BOSchG 12/74, 17.1.1975). Die Angemessenheit der Beschäftigung bestimmt sich nach etwaigen Zusatzvereinbarungen zum Arbeitsvertrag, nach der Individualität, der bisherigen Tätigkeit, dem gesamten Verhalten

des Mitglieds sowie der Personallage und etwaiger Übungen der Bühne. Seine Beschäftigung in fachfremden Partien ist dem Mitglied so lange unzumutbar, als ihm zustehende Dienstbeschäftigung in seinem vertraglichen Dienstfach – nach feststehendem Bühnenbrauch grundsätzlich zwei Fachpartien mit Premiere – nicht gewährleistet ist (BOSchG 11/64, 26.10.1965; BOSchG 1/85, 29.4.1985).

58 Wird durch die Nichtbeschäftigung oder die unzulängliche Beschäftigung eines Bühnenkünstlers eine **Minderung** seines künstlerischen **Marktwertes** verursacht, kann er, soweit ein tatsächlicher Schaden eingetreten und nachgewiesen werden kann, **Schadenersatz** verlangen. Der Berufsschaden kann bei der Berechnung bis zu sechs Monatsgagen angesetzt werden (BAG, Urteil vom 12.11.1985 – 3 AZR 576/83). Das Recht auf angemessene Beschäftigung des Bühnenmitgliedes ist in den § 6 NV-Solo, § 4 Abs. 5 NV-Tanz und § 4 Abs. 4 NV-Chor geregelt. Wird vom Bühnenmitglied angenommen, daß er zur Erfüllung einer ihm zugeteilten Aufgabe nicht verpflichtet ist, so kann er das **Schiedsgericht** anrufen. Bis zur Entscheidung hat das Mitglied die Aufgabe durchzuführen, vorbehaltlich aller Ansprüche, die ihm aus einer unberechtigten Zuteilung einer Aufgabe gegen den Unternehmer erwachsen, § 5 Abs. 3 NV-Solo. Der Sinn der Regelung besteht darin, daß selbst dann, wenn Streitigkeiten zwischen dem Bühnenmitglied und dem Theater auftreten, eine ordnungsgemäße Absicherung der Theatervorstellungen den Vorrang hat vor eventuellen Rechtsansprüchen des Bühnenmitgliedes.

(4) Verlängerung und Nichtverlängerung des Arbeitsvertrages des Bühnenmitgliedes

59 Es wurde bereits darauf hingewiesen, daß der befristete Arbeitsvertrag durch Zeitablauf endet, d.h. eine Vertragsverlängerung muß erneut zwischen den Parteien durch einen Vertragsabschluß getätigt werden. Aus diesem Grunde hat sich ein langjähriger **Bühnenbrauch** herausgebildet, um den Vertragspartnern rechtzeitig vor Beendigung eines befristeten Arbeitsvertrages die Möglichkeit einzuräumen, ein neues Engagement aufzunehmen bzw. neue Bühnenmitglieder zu engagieren. Der Bühnenbrauch besteht darin, daß ein für ein Jahr (Spielzeit) abgeschlossener Arbeitsvertrag verlängert wird um ein Jahr zu den gleichen Bedingungen, wenn eine Vertragspartei bis zum 31. Oktober der Spielzeit keine schriftliche Nichtverlängerungsmitteilung erhält. In diesem Fall liegt eine stillschweigende Übereinstimmung vor, den befristeten Arbeitsvertrag erneut abzuschließen. Dieser Bühnenbrauch ist im **Tarifvertrag über die Mitteilungspflicht** vom 23.11.1977 i.d.F. des TV vom 22.1.1991 enthalten, wobei vor allem die rechtlichen Konsequenzen geregelt sind, die sich aus der Nichtverlängerungsmitteilung ergeben. Ähnliche Regelungen sind im TV-Tanz (§ 24 i.V.m. § 28) und TV-Chor (§ 22) zu finden.

Zunächst ist von Bedeutung, daß der **soziale Schutz** bei der Nichtverlängerung von Arbeitsverträgen differenziert ausgestaltet worden ist. So muß die Nichtverlängerungsmitteilung bis zum 31. Juli dem Bühnenmitglied schriftlich zugegangen sein, wenn es acht Jahre ununterbrochen im Arbeitsverhältnis steht. Besteht das Arbeitsverhältnis 15 Jahre ununterbrochen, dann kann der Arbeitgeber eine Nichtverlängerung nur aussprechen, wenn das Arbeitsverhältnis – auch außerhalb des im Arbeitsvertrag genannten Theaters – unter anderen Vertragsbedingungen fortgesetzt wird. Hier existiert eine Rechtspflicht für den Arbeitgeber, den sozialen Schutz des Bühnenmitgliedes zu gewährleisten, insbesondere dann, wenn die Bühnenmitglieder das 58. Lebensjahr (männliches Bühnenmitglied) bzw. 55. Lebensjahr (weibliches Bühnenmitglied) vollendet haben. In diesen Fällen – wenn sie 15 Jahre ununterbrochen im Arbeitsverhältnis stehen – ist die Fortsetzung des Arbeitsverhältnisses zwar unter anderen Vertragsbedingungen möglich, aber nur bei dem im Arbeitsvertrag angegebenen Theater. **60**

Bevor der Arbeitgeber eine Nichtverlängerungsmitteilung ausspricht, hat er das Mitglied **anzuhören**. Die Nichtanhörung bzw. die nicht ordnungsgemäße Anhörung des Bühnenmitgliedes hat – wie das Bundesarbeitsgericht festgestellt hat (BAG, Urteil vom 11.3.1982 – 2 AZR 233/81) – die Unwirksamkeit der Nichtverlängerungsmitteilung zur Folge. Außerdem muß eine Frist von spätestens zwei Wochen eingehalten werden durch den Arbeitgeber, d.h. z.B., wenn die Nichtverlängerungsmitteilung bis zum 31. Oktober oder 31. Juli erfolgen soll, muß vor diesen genannten Zeitpunkten das Bühnenmitglied mindestens zwei Wochen vorher gehört werden, es sei denn, das Mitglied verzichtet schriftlich darauf, gehört zu werden. Für die Wirksamkeit der Nichtverlängerungsmitteilung ist nicht nur die fristgerechte Anhörung rechtlich bedeutsam, sondern es gehören auch dazu die zu nennenden Gründe, die eine Fortsetzung des Arbeitsverhältnisses aus der Sicht des Arbeitgebers für unmöglich erscheinen lassen. Das Bundesarbeitsgericht hat dies ausdrücklich bestätigt, wobei die Gründe erst in der vorgesehenen Anhörung durch den Arbeitgeber genannt zu werden brauchen (BAG, Urteil vom 18.4.1986 – 7 AZR 114/85). **61**

Wird die Nichtverlängerungsmitteilung aus Anlaß eines **Intendantenwechsels** ausgesprochen, hat das Mitglied Anspruch auf eine **Abfindung**. Voraussetzung für diesen Anspruch ist, daß das Mitglied innerhalb von drei Monaten nach Beendigung des Arbeitsverhältnisses kein unter dem NV- Solo oder NV-Chor fallendes Arbeitsverhältnis oder kein anderes Arbeitsverhältnis begründen konnte, § 2 Abs. 7 des Tarifvertrages über die Mitteilungspflicht. Die Abfindung beträgt bei einer ununterbrochenen Beschäftigung bei demselben Arbeitgeber von 4 Jahren (Spielzeit) 3 feste monatliche Gehälter, von 6 Jahren 4 feste monatliche Gehälter, **62** von 9 Jahren 5 feste monatliche Gehälter, von 12 Jahren 6 feste monatliche Gehälter. Eine ähnliche Regelung liegt für die unter die NV-Tanz fallenden Anspruchsberechtigten, § 28, vor.

(5) Kündigung des Arbeitsvertrages

63 Obwohl für befristete Arbeitsverträge der Kündigungsschutz nicht zur Anwendung kommt, selbst dann nicht, wenn ein wiederholter Abschluß von Jahresverträgen vorliegt, wirft die Bühnenpraxis das Problem der Kündigung auf. Da die Nichtverlängerungsmitteilung ihrem Wesen nach keine Kündigung darstellt (BOSchG 2/53, 11.6.1953), müssen das Bühnenmitglied und das Theater dennoch die Möglichkeit haben, vor Ablauf der Frist das Arbeitsverhältnis gegen den Willen des anderen Vertragspartners aufzulösen. Sowohl der NV-Solo, §§ 10 – 15, als auch der NV-Tanz, §§ 25, 26, und der NV-Chor, §§ 23, 24 sehen das Rechtsinstitut der ordentlichen und außerordentlichen Kündigung vor. Für die **ordentliche Kündigung** gilt der Grundsatz, daß eine Vereinbarung, wonach der Arbeitsvertrag durch Kündigung gelöst werden soll, nur wirksam ist, wenn beiden Teilen das gleiche Recht eingeräumt wird. Die Kündigung kann dabei nur für den **Schluß eines Vertragsjahres** oder einer **Spielzeit** vereinbart werden. Sie muß auf jeden Fall in **schriftlicher Form** abgefaßt sein. Für die ordentlichen Kündigungen, sofern keine Kündigungsfristen vereinbart worden sind, gelten die allgemeinen Bestimmungen des § 622 BGB. In der Bühnenpraxis spielt die ordentliche Kündigung eine untergeordnete Rolle, weil durch die Nichtverlängerungsmitteilung beide Partner die Möglichkeit haben, den befristeten Arbeitsvertrag nicht fortzusetzen bzw. neu abzuschließen. Weitaus brisanter und häufiger in der Anwendung sind die **außerordentlichen Kündigungen**, d.h. der Vertrag kann von jedem Teil ohne Einhaltung einer Frist gekündigt werden, wenn ein wichtiger Grund vorliegt. Zu den wichtigen Gründen gehören insbesondere Tätlichkeiten, erhebliche Beleidigungen, unsittliche Zumutungen, beharrliche Verweigerung oder schwere Vernachlässigung der Dienstleistungen, wiederholt unpünktliche Zahlung der Vertragsvergütungen, § 15 Nr. 2 NV-Solo. Das Bühnenoberschiedsgericht hat in mehreren Entscheidungen auf die Anwendungsmöglichkeit der außerordentlichen Kündigung hingewiesen. Da beim Zeitvertrag ein Kündigungsschutz nicht in Frage kommt, können auch die Vorschriften des Kündigungsschutzgesetzes über die Geltendmachung der Rechtsunwirksamkeit einer außerordentlichen Kündigung vor den Arbeitsgerichten, §§ 11, 3 KSchG, keine Anwendung finden (BOSchG 5/62, 25.10.1967).

64 So kann es ein Grund für eine außerordentliche Kündigung sein, wenn ein Schauspieler sich vorsätzlich und beharrlich weigert, in einer bestimmten Aufführung seines Theaters, an welchem er fest engagiert ist, mitzuwirken, weil er sich gegenüber einer Fernsehanstalt verpflichtet hat,

zur selben Zeit an Fernsehaufnahmen zu arbeiten (BOSchG 28/821, 16.1.1984). Nach dem Tarifvertrag (NV-Solo, § 7 Nr. 2 und 4) ist es zulässig, daß der Intendant oder dessen Beauftragter die Genehmigung für **Nebentätigkeiten** unter dem Vorbehalt erteilt, daß die Theaterleitung berechtigt ist, bei Spielplanänderungen die Freistellung von der Arbeit (Urlaub) zu widerrufen. Eine außerordentliche Kündigung kann auch gerechtfertigt sein, wenn beharrlich gegen die Residenzpflicht verstoßen wird und das Mitglied sich mit unbekanntem Aufenthaltsort zwei Wochen entfernt hat (BOSchG 20/85, 17.3.1986). Andererseits weist das Bühnenoberschiedsgericht darauf hin, daß grobe Verstöße solange kein wichtiger Kündigungsgrund sind, als nicht zunächst durch eine Ordnungsstrafe diese geahndet worden sind und dabei für den Wiederholungsfall die außerordentliche Kündigung angedroht wurde (BOSchG 18/53, 18.9.1954).

b) Stückvertrag für Bühnendarsteller

Bühnendarsteller werden, sofern sie nicht fest oder relativ fest durch **65**
Spielzeitverträge angestellt sind, häufig für ein bestimmtes Stück engagiert. Es handelt sich hierbei jedoch nur dann um Arbeitsverhältnisse, sofern eine entsprechend intensive Einbindung in das Bühnenunternehmen erfolgt. Dies ist dann nicht der Fall, wenn die Beschäftigung des Schauspielers nur von geringem Umfang ist. Dann handelt es sich um bloße Dienstvertragsverhältnisse im Sinne von „Honorarverträgen“. (zur Abgrenzung von Dienst- zu Arbeitsverträgen s. § 8 Rdnr. 28 ff.). Die Stückverträge werden für die Dauer der Inszenierung in einer Saison oder für die Dauer einer Tournee geschlossen.

Sofern der NV-Solo nicht Vertragsgegenstand ist (etwa weil die **66**
Vertragspartner nicht den Tarifvertragsparteien angehören oder die Anwendung des NV-Solo nicht vereinbart haben), bedarf es **detaillierter Regelungen**. So sind Optionen für Wiederaufnahmen möglich und üblich. Nebentätigkeiten sind zulässig, sofern die vertragsgemäßen Leistungen des Schauspielers dadurch nicht beeinträchtigt werden und nichts anderes vereinbart ist. Die Mitwirkung an Sendungen, Bild- und Tonträgeraufzeichnungen und die Gestattung von deren Auswertung schuldet der Schauspieler nur, wenn dies gegen angemessenes Entgelt vereinbart ist (zu den Leistungsschutzrechten s. § 3 Rdnr. 250 ff.). Der Schauspieler unterliegt den Weisungen der Bühnen- und der künstlerischen Leitung (Regie). Ein weisungsunabhängiges selbständiges Agieren von Schauspielern ist unüblich. Die Gagenregelung ist oft in mehrfacher Hinsicht problematisch: Grundsätzlich wollen Bühnen nur tatsächlich geleistete Vorstellungen honorieren. Demgegenüber steht die Übung, daß Arbeitnehmer grundsätzlich ein monatlich gleiches Gehalt erhalten und die Lohnnebenkosten und Abgaben auf dieser Basis berechnet werden. Außerdem müs-

sen in jedem Fall bezahlte Urlaubstage nach dem Bundesurlaubsgesetz gewährt werden. Deren Anzahl richtet sich nach der gesamten Vertragsdauer, nicht nach der Zahl der Vorstellungen. Bei Vereinbarung einer Gage pro Vorstellung ohne zusätzliche Urlaubsgage sind die Urlaubstage gesondert zu entlohnen, und zwar auf der Basis der Gesamtvertragszeit im Verhältnis zur Urlaubszeit. Eine Gesamtgagenvereinbarung enthält oft auch die Probengage. Mitunter werden so Probengagen und Urlaubsansprüche bloß fingiert, ohne daß dahinter reale Leistungen der Bühne stehen. Auch die Gagenfortzahlung für sechs Wochen bei unverschuldeter Krankheit des Schauspielers ist zwingend, wobei der Schauspieler in besonderem Maße bereit, aber auch verpflichtet ist, sich vor vermeidbaren Krankheiten zu schützen, die seine Spielfähigkeit beeinträchtigen. Bei Mitwirkung an Tourneen sind Spesen und Reiseregelungen zu treffen. Der arbeitsrechtliche Beschäftigungsanspruch und der Anspruch auf Darstellung der vereinbarten Rolle werden häufig abbedungen. Zulässig ist dies jedoch nur, wenn der Schauspieler dennoch die vereinbarte Vergütung erhält. So erkauft sich die Bühne mitunter künstlerische Freiheit beim Einsatz von Schauspielern.

67 Stückverträge unterliegen nicht der ordentlichen („fristgemäßen") **Kündigung**. Die außerordentliche Kündigung ist dagegen jeder Vertragspartei aus wichtigem Grund, z.B. groben Pflichtverletzungen der anderen Partei, möglich. Ihr muß regelmäßig zunächst eine qualifizierte Abmahnung vorausgehen. Grobe Pflichtverletzungen sind z.B. erhebliche Verzögerungen der Gagenzahlung durch die Bühne, ungenügende Vorbereitung des Schauspielers, gefährliches Verhalten, z.B. unsichere Bühnenbauten, Rauchen in den Kulissen u.ä. (Wegen weiterer Einzelheiten s.o. Rdnr. 64).

68 Schuldhafte **Vertragsverstöße** werden oft durch Vertragsstrafenversprechen sanktioniert (wegen der Problematik siehe § 9 Rdnr. 17 ff.). Die Zuständigkeit des **Bühnenschiedsgerichts** für Rechtsstreitigkeiten wird häufig vereinbart.

c) Bühnen-Regievertrag

69 Ein besonderer, stückbezogener Regievertrag wird lediglich mit **Gastregisseuren** erforderlich sein, nicht mit angestellten Regisseuren. Die Hauptpflicht des Regisseurs ist die aufführungsreife Inszenierung des Bühnenstückes. Hierzu wird ein bestimmter zeitlicher Rahmen (Probenzeitraum, Premierendatum) und ein Budget, mitunter auch die Besetzung, von der Bühne vorgegeben. Die Bühne hat entsprechende Mitwirkungspflichten, durch deren Erfüllung die Inszenierung zu ermöglichen ist. Grundsätzlich unterliegt der Regisseur keinen Weisungen (z.B. zur künstlerischen Gestaltung) der Bühne, es sei denn, etwas anderes ist vereinbart. Der Vertragstyp des Werkvertrages, §§ 631 ff. BGB, der grundsätzlich die

Abnahme des Werkes vor Fälligkeit der Vergütung voraussetzt, stößt bei der Frage, ob eine Inszenierung vertragsgemäß ist, leicht an die Grenzen des Justitiablen. Richtigerweise darf die Abnahme kein Mittel zur Einflußnahme auf künstlerische Gestaltung werden, es sei denn, es wird von ganz konkreten Bestimmungen des Vertrages abgewichen. Um Rechtsunsicherheit zu vermeiden, sollten klare Regelungen darüber getroffen werden, ob eine Abnahme erforderlich ist und welche Voraussetzungen hieran geknüpft werden. Für den Fall der Nichtabnahme sollte dennoch die Pflicht der Bühne zur Zahlung der Gage vereinbart werden. Lediglich die Aufführungspflicht sollte dann entfallen.

Die Streitfrage, ob der Bühnenregisseur anders als ein Filmregisseur 70
kein **Regiewerk** schafft, sondern lediglich **Interpret** ist (s. § 3 Rdnr. 28), wirkt sich hier insoweit aus, als daß im letzteren Fall die Einräumung des Bühnenaufführungsrechts durch den Regisseur an die Bühne unterbleiben kann. Andererseits werden von Regisseuren oft eigene Bearbeitungen oder Übersetzungen des Bühnenwerkes vorgenommen. Sofern die Aufführung mit Einverständnis des Bühnenautors bzw. dessen Verlegers erfolgt, ist der Regisseur als Bearbeiter regelmäßig angemessen an den Tantiemen zu beteiligen. In diesem Fall werden entsprechende Regelungen im Lizenzvertrag getroffen. Hat der Regisseur dagegen ein gemeinfreies Werk, z.B. ein Werk Goethes, bearbeitet und an der Bearbeitung keine Bühnenverlagsrechte vergeben, muß sich die Bühne direkt vom Regisseur das Aufführungsrecht einräumen lassen. In jedem Fall aber erwirbt der Regisseur Leistungsschutzrechte (s. hierzu § 3 Rdnr. 237) an seiner Inszenierung mit der Folge, daß deren Sendung, Aufzeichnung auf Bild- und Tonträger, sowie deren Vervielfältigung und Verbreitung die Zustimmung des Regisseurs erfordern, der hierfür Anspruch auf eine angemessene besondere Vergütung (neben der Regiegage) hat.

5. *Film*

a) Drehbuchvertrag

Dem Filmdrehbuchvertrag liegt der Auftrag des Filmherstellers zu- 71
grunde, entweder auf Grundlage eines vorbestehenden literarischen Werkes oder einer eigenen Idee die Vorlage für einen Film zu schaffen. Im Falle der Beauftragung hat der Drehbuchvertrag **werkvertraglichen Charakter**. Zu regeln sind daher Abnahme, Herstellungszeitpunkt und Folgen der verspäteten Herstellung. In der Regel behält sich der Filmhersteller die Entscheidung über die Abnahme vor. Üblicherweise ist vorgesehen, daß der Autor dem Filmhersteller einen bestimmten Zeitraum ab Ablieferung bzw. Ablauf einer vereinbarten Überprüfungszeit für die Vornahme von Änderungen und Ergänzungen des Drehbuches zur Verfügung steht. Es ist eine Regelung üblich, nach der ein Teil der Vergütung

vor, der Rest erst bei Abnahme des Drehbuches fällig ist. Es wird dem Interesse des Filmherstellers entsprechen, sich sehr weitgehende **Auswertungsbefugnisse** einräumen zu lassen. Hier gelten die gleichen Voraussetzungen wie für den Verfilmungsvertrag (siehe unten Rdnr. 75 ff.). Selbstverständlich muß sich der Autor hierauf nicht einlassen und kann einzelne Rechte zurückhalten. Da der Filmhersteller ein Interesse daran hat, seine Rechte erforderlichenfalls auf einen anderen Produzenten übertragen zu können, wird er sich eine weitgehende Weiterübertragungsbefugnis einräumen lassen. Der Filmhersteller wird auch darauf achten, daß ihm das Recht zur Umgestaltung des Drehbuches eingeräumt wird, da sich Änderungen häufig erst bei der tatsächlichen Umsetzung des Drehbuches bei den Dreharbeiten oder dem Schnitt ergeben. Auch ohne ausdrückliche vertragliche Regelung **haftet der Autor** dafür, daß er über die übertragenen Rechte noch nicht anderweitig verfügt hat. Darüber hinaus wird der Filmhersteller sich im einzelnen von dem Autor versichern lassen, daß dieser weder in Urheberrechte noch in Persönlichkeitsrechte anderer eingegriffen hat und daß an dem Drehbuch kein Dritter mitgearbeitet hat. Dennoch haftet der Filmhersteller gegenüber dem verletzten Dritten selbständig, so daß er von sich aus prüfen sollte, ob in dem Drehbuch Stoffrechte Dritter berührt werden. Der Anspruch auf **Namensnennung** sollte im Interesse einer Rechtsklarheit ausdrücklich geregelt werden. Auch ohne ausdrückliche Festlegung hat der Autor ein Recht, im Vor- und Nachspann genannt zu werden.

b) Filmregievertrag

72 Die Beschäftigung des Filmregisseurs verdient eine besondere Würdigung. So ist der Filmregisseur der Urheber des Filmwerkes in seiner Gesamtheit. Er trägt die künstlerische Verantwortung für das Gelingen des oft sehr aufwendigen Filmvorhabens und ist weisungsbefugt gegenüber den übrigen Filmschaffenden. Mitunter werden Regisseure für besondere Aufgaben, z.B. für Aktionszenen oder Trickdarstellungen, herangezogen.

73 Arbeitsrechtlich gesehen ist der Regisseur in der Regel ein **leitender Angestellter** des Filmherstellers. Die Aufgabe des Filmregisseurs besteht in der Leitung der Vorproduktion, der Dreharbeiten und der Nachproduktion bis hin zur Fertigstellung des Films. Mitunter läßt sich die Dauer der Filmproduktion wegen gewisser Unwägbarkeiten nicht im vorhinein festlegen. Vom Regisseur wird eine entsprechende Flexibilität erwartet. So läßt sich der Beginn seiner Anstellung zwar meist noch kalendarisch festlegen, doch bleibt oft die Ungewißheit, wann genau das Filmvorhaben beendet ist. Die Vertragslaufzeit wird daher in der Regel unter der Zweckbefristung stehen, daß der Film fertigzustellen ist. Während der Filmherstellung schuldet der Regisseur in der Regel seine volle Arbeitskraft. Ar-

beitszeitregelungen unterbleiben meist. Die Arbeitszeitordnung ist auf die Tätigkeit des Filmregisseurs in der Regel nicht anzuwenden (vgl. § 1 Abs. 1 Nr. 2 AZO – „leitende Angestellte"). Die Gage kann als Pauschale für die gesamte Vertragszeit, oder in Monats-, Wochen- oder Tagessätzen vereinbart werden. Zumindest die nicht ständig bei einem Unternehmen oder einer Rundfunk- oder Fernsehanstalt angestellten Regisseure pflegen während der Filmherstellung keinen Urlaub zu nehmen. Daher wird in der Regel wegen der Urlaubsansprüche eine pauschale Abgeltung fingiert. Aufgrund der besonders hohen Kosten eines Filmvorhabens (mitunter kostet ein Drehtag mehrere hunderttausend DM), kann eine krankheitsbedingte Arbeitsverhinderung des Regisseurs Grund zur außerordentlichen Kündigung oder unbezahlten Aussetzung des Filmvorhabens sein. Diese Risiken lassen sich nur begrenzt durch Ausfallversicherungen dekken.

Als **Urheber des Filmwerkes** genießt der Filmregisseur Schutz nach **74** Maßgabe des Urheberrechtsgesetzes. Aufgrund der gesetzlichen Privilegierung des Filmherstellers wird jedoch im gesetzlichen Regelfall bestimmt (siehe § 89 UrhG), daß der Regisseur dem Filmhersteller im Zweifel das ausschließliche Recht einräumt, das Filmwerk auf alle bekannten Nutzungsarten zu nutzen. Die Rechtseinräumung ist dem Regisseur z.B. durch ein Sende- und Wiederholungshonorar zu honorieren. Regieverträge enthalten oft genau definierte Regelungen hierzu. Ein Regisseur, dessen Marktwert hoch ist, wird sich zusätzlich zu seiner Regiegage eine Erfolgsbeteiligung, z.B. eine Beteiligung an den Erträgen des Filmvorhabens, ausbedingen. Sofern nicht ausdrücklich ausgeschlossen, hat der Filmhersteller das Recht, das vom Regisseur geschaffene Filmwerk umzugestalten oder bearbeiten zu lassen. Der Filmregisseur sollte sich jedoch zur Abmilderung der etwas zu weit gehenden gesetzlichen Regelung in § 93 UrhG, die nur gröbliche Einstellungen seines Werkes verbietet, ein Zustimmungsrecht zur Änderung oder einen ausdrücklichen Schutz auch vor sonstigen Entstellungen ausbedingen. Dem Filmhersteller wird das Recht zuerkannt, die Leistungen des Regisseurs ganz oder teilweise nicht zu verwerten. Das Urheberpersönlichkeitsrecht gibt dem Filmregisseur Anspruch auf Nennung an üblicher Stelle (Vorspann, Abspann). Wegen weiterer Einzelheiten, zu den Verträgen mit den Filmschaffenden, zum geltenden Tarifwerk und zur Rechtsprechung siehe im einzelnen: von Hartlieb, Handbuch des Film-, Fernseh- und Videorechts, Kapitel 82.

c) Verfilmungsvertrag

Filmhersteller und Fernsehanstalten greifen in großem Umfang auf be- **75** stehende literarische Stoffe wie Erzählungen, Romane, Novellen, Theaterstücke und dergleichen zurück. Die Rechte zur filmischen Bearbeitung dieser Werke und zur Nutzung des Filmwerkes müssen vom Autor oder dem aktuellen Rechtsinhaber erworben werden. Da die Verfilmung als **Bearbeitung** des vorbestehenden Werkes gilt, ist die Einwilligung des Urhebers bereits für die Herstellung des Films und nicht erst für die Verbreitung notwendig. Erwirbt der Filmhersteller die Lizenz nicht vom Autor selbst, sondern von einem Erben oder Dritten, wie z.B. einem Verlag, sollte er einen Nachweis der Rechtsinhaberschaft verlangen.

76 Selbst wenn zwischen Urheber und Filmhersteller nichts Näheres vereinbart ist, erwirbt der Filmhersteller nach der gesetzlichen Auslegungsregel des § 88 UrhG mit der Gestattung der Verfilmung des Werkes das ausschließliche, räumlich unbegrenzte Recht, das Werk für die Herstellung des Filmwerkes zu benutzen und dem Vertragszweck entsprechend auszuwerten. Die Befugnis zur ausschließlichen Nutzung ist nach der gesetzlichen Regelung auf 10 Jahre begrenzt und erlaubt nur die einmalige Verfilmung.

77 Die **Auswertungsbefugnis** richtet sich nach dem Zweck der Vereinbarung. Liegt dem Vertrag ein für das Kino bestimmter Spielfilm zugrunde, ist der Filmhersteller nur zur Herstellung und Verbreitung von Kopien, sowie zur Vorführung des Films im Kino berechtigt. Soll ein Fernsehspiel hergestellt werden, ist ausschließlich das Fernsehsenderecht eingeräumt. Jede weitere Nutzung, z.B. für die audiovisuelle Verwertung oder die Sendung über Pay-TV bedarf der ausdrücklichen Vereinbarung.

78 Sowohl für den Filmhersteller, der an einer möglichst umfassenden Auswertungsbefugnis interessiert ist, als auch für den Autor, der unter Umständen bestimmte Rechte anderweitig vergeben möchte, empfiehlt es sich daher, sowohl die zeitliche und räumliche Geltung der eingeräumten Rechte als auch den Umfang der Rechteübertragung möglichst **eingehend** zu **regeln**. In der Regel wird das als Theaterrecht bezeichnete Recht zur Vorführung des Filmwerkes umfassend übertragen und bezieht auch die Nutzung für Werbezwecke mit ein. Das Senderecht wird oft nur für im einzelnen genannte Länder oder Sendeanstalten bzw. Unternehmen vergeben und auf eine bestimmte Anzahl von Ausstrahlungen beschränkt. Die vom Gesetz vorgesehene Begrenzung auf 10 Jahre für das ausschließlich Nutzungsrecht kann vertraglich abgekürzt oder verlängert werden. Nach Ablauf der Frist ist der Autor berechtigt, das Recht zur Verfilmung anderweitig zu vergeben. Vergibt der Autor nur das Theaterrecht, kann er über das Senderecht weiterhin verfügen, ist aber unter Umständen unter allgemeinen vertragsrechtlichen Gesichtspunkten verpflichtet, eine Störung der Kinoauswertung für die Dauer der vereinbarten Ausschließlichkeit zu verhindern. Da das zu den unverzichtbaren Urheberpersönlichkeitsrechten gehörende allgemeine Entstellungsverbot zu Gunsten des Filmherstellers auf gröbliche Beeinträchtigungen beschränkt ist, sollte der Autor dies zum Anlaß nehmen, sich Zustimmungsrechte vertraglich einräumen zu lassen.

Die üblicherweise verwendeten Formularverträge sehen in ihren allgemeinen Bedingungen eine **Garantie des Rechtebestandes** durch den Autor vor. Dies hat zur Folge, daß er auch dann zum Schadensersatz verpflichtet ist, wenn er seine vertraglichen Verpflichtungen ohne eigenes Verschulden nicht erfüllen kann. Unter dem Gesichtspunkt der Schadensersatzpflicht hat der Autor z.B. zu beachten, daß die den Gegenstand des Verfilmungsvertrages bildenden Rechte nicht bereits an eine Verwertungsgesellschaft übertragen wurden. 79

d) Anstellungsvertrag für Filmschaffende

Zur Realisierung von Filmvorhaben werden die künstlerisch Mitwir- 80
kenden hieran, also insbesondere die Schauspieler, aber auch die Regieassistenten, Kameramann oder -frau, Lichtdesigner, Filmarchitekten, Maskenbildner und Kostümbildner vorübergehend eingestellt. Während der Produktion erfolgt eine dann meist sehr intensive Einbindung in den Herstellungsbetrieb. Die Filmschaffenden unterliegen den Weisungen des Herstellers und des Regisseurs. Die Arbeitsaufgaben werden in der Regel durch die entsprechenden Berufsbezeichnungen und durch besondere Abmachungen definiert. Abweichend von der üblichen arbeitsrechtlichen Regel besteht kein Beschäftigungsanspruch des Filmschaffenden, der aber auch im Falle der Nichtbeschäftigung Anspruch auf die volle Vergütung hat. Die den Filmschaffenden in der freien Produktion abgeforderten Arbeitszeiten entziehen sich gewöhnlichen oder schematischen Regelungen und müssen sich den Erfordernissen der Produktion unterordnen. Eine Mindest- oder Höchstarbeitszeit wird daher vertraglich oft nicht vereinbart. Der Arbeitseinsatz muß jedoch die Grenzen, die die Arbeitszeitordnung setzt, respektieren. Die Vertragszeit wird in der Regel bezogen auf das der Anstellung zugrundeliegende Filmvorhaben begrenzt. Meist ist es möglich, den Beginn der Arbeitstätigkeit kalendarisch festzulegen. Dennoch behalten sich Produktionsfirmen oft vor, Filmschaffende für zeitlich davor liegende Vorbereitungsarbeiten heranzuziehen, falls dies nötig ist. Um das Ende der Beschäftigung festzulegen, kann ein kalendarischer Termin gewählt werden, ggf. mit Verlängerungsoptionen. Auch die Zweckbefristung ist zulässig, erfordert allerdings eine entsprechend genaue Beschreibung des Arbeitszweckes. Das Arbeitsverhältnis endet dann mit der Erfüllung der Arbeitsaufgabe im Hinblick auf das konkrete Vorhaben. Bei unbestimmter Vertragsdauer kann die Möglichkeit einer fristgemäßen Kündigung vereinbart werden. Sofern die Fertigstellung des Filmvorhabens mit zur Voraussetzung für eine Kündigung gemacht wird, bestehen keine Bedenken gegen kurze Kündigungsfristen (Kombination von Zweckbefristung und Kündigungsrecht). Üblicherweise treffen den Filmschaffenden auch nachwirkende Vertragspflichten, falls z.B. nach Beendigung der Dreharbeiten noch

Nachbesserungsarbeiten oder eine Mitwirkung an der Nachproduktion erforderlich sind.

81 Die **Vergütung** wird oft als Gesamtpauschale oder als Wochen- oder Monatsgehalt vereinbart. Gesamtpauschalvergütungen pflegen die „Urlaubsabgeltung" mitzubeinhalten. Dies dürfte nicht ganz unproblematisch sein (vgl. Schaub, Arbeitsrechtshandbuch, § 102 VII 1), wenn auch die Filmschaffenden oft keinen Wert darauf legen, während kürzerer Filmproduktionen Urlaub zu machen. Die Vereinbarungen von Wochen- oder Monatsgehältern wird meist mit der Vereinbarung gekoppelt, daß der Urlaub gemäß dem Bundesurlaubsgesetz durch Gewährung von arbeitsfreien Tagen nach Beendigung der für das Filmvorhaben erforderlichen Arbeiten genommen wird. Die Anstellungszeit wird dann entsprechend verlängert, bei Fortzahlung der Vergütung. Neben der Vergütungsregelung ist an Spesen, Diäten und Reisekostenregelungen zu denken.

82 Für Filmschaffende gelten besondere Regelungen des **Urheberrechtsgesetzes.** Ausübende Künstler (z.B. Schauspieler), die bei der Herstellung eines Filmwerkes mitwirken oder deren Darbietung erlaubterweise zur Herstellung eines Filmwerkes benutzt werden, stehen hinsichtlich der Verwertung des Filmwerkes die Leistungsschutzrechte nicht zu, § 92 UrhG. Urheber, die bei der Herstellung eines Filmes mitwirken, räumen dem Filmhersteller im Zweifel das ausschließliche Recht ein, das Filmwerk auf alle bekannten Nutzungsarten zu nutzen, § 89 UrhG. Die mit den Filmschaffenden vereinbarten Verträge sehen oft noch weitergehende Nutzungsbefugnisse des Filmherstellers vor, z.B. zur Auswertung von Tonaufnahmen. Eine Beteiligung von ausübenden Künstlern an den Erträgen des Filmwerkes ist nach der gesetzlichen Regelung nicht vorgesehen. Lediglich Star-Schauspieler pflegen diese Regel zu durchbrechen und eine Ertragsbeteiligung auszuhandeln. Entsprechendes gilt für die Filmurheber, z.B. den Kameramann oder die Kamerafrau und den Regisseur.

83 Hinsichtlich der Arbeitsbedingungen der Filmschaffenden ist im übrigen auf den **Manteltarifvertrag** und den **Gagentarifvertrag für Film- und Fernsehschaffende** hinzuweisen, der von der IG Medien im DGB mit dem Bundesverband Deutscher Fernsehproduzenten e.V., der Arbeitsgemeinschaft Neuer Deutscher Spielfilmproduzenten e.V. und dem Verband Deutscher Spielfilmproduzenten e.V. abgeschlossen ist.

e) Filmmusikvertrag

84 Musik wird in vielfältiger Weise für filmische Zwecke verwendet, z.B für Werbejingles, Fernseh- oder Spielfilme. Hierbei richtet sich die Komposition in der Regel nach den künstlerischen Vorgaben des Filmregisseurs. Der Filmmusikkomponist versucht, dessen Vorstellung zu erahnen und entsprechende Musik zu schaffen, um diese dem Regisseur „anzubie-

ten". In der Regel ist der Filmmusikkomponist an der Realisierung seiner Kompositionen intensiv beteiligt, sei es, daß er selbst die gängigen Computermusiksysteme bedient, das Orchester dirigiert oder selbst eine Interpretenrolle wahrnimmt.

Je nach Ausgestaltung des Einzelfalles vereint der Filmmusikvertrag die Regelungen verschiedener Vertragstypen, z.B. des Werkvertrages, des Dienstvertrages und des Lizenzvertrages in sich. Der Deutsche Komponistenverband e.V. und der Verband Deutscher Filmproduzenten e.V. haben **Allgemeine Bedingungen zum Filmmusikvertrag** entworfen. Diese können Anregungen für einen Filmmusikvertrag bieten. **85**

Durch den Filmmusikvertrag verpflichtet sich der Komponist, für einen vertraglich genau bestimmten Film, gemäß den Anweisungen der Regie, Musikstücke zu komponieren, und ggf. selbst im Studio zu realisieren oder deren Aufführung zu dirigieren. Hierbei lassen sich gewisse Rahmenbedingungen, etwa der zeitliche Umfang der zu schaffenden Musik und der Zeitraum, innerhalb dessen der Komponist zur Verfügung steht, konkretisieren. Qualitative Kriterien, die der Komponist gewährleisten muß, sind auf technische Aspekte zu beschränken. Das künstlerische Schaffen entzieht sich im übrigen der gesetzlichen Normierung und Gewährleistung. Der Filmhersteller muß ferner das Filmherstellungsrecht, sowie die für die konkrete filmische Nutzung erforderlichen Nutzungsrechte erwerben, z.B. die Vorführungsrechte in Filmtheatern, das Senderecht, Videorecht und sonstige Rechte. Sofern der Filmkomponist der GEMA angehört, nimmt diese das Filmherstellungsrecht und die Nutzungsrechte des Komponisten kraft des Wahrnehmungsvertrages wahr, mit der Folge, daß der Filmkomponist hierüber in dem Vertrag mit dem Filmhersteller nicht verfügen kann. Sofern der Komponist mit dem Filmhersteller einen Filmmusikvertrag schließt, der dem oben erwähnten Muster nicht nachsteht, kann er die Rückübertragung der für die Filmherstellung und filmische Nutzung erforderlichen Rechte von der GEMA erbitten. Nur dann kann er selbst über die Nutzungsrechte verfügen. Sofern der Filmmusikkomponist sich der schöpferischen oder interpretatorischen Leistungen anderer bedient, muß er dem Filmhersteller gewährleisten, daß er die entsprechenden Nutzungsrechte innehat und dem Filmhersteller überträgt. **86**

Das **Honorar** des Filmmusikkomponisten sollte seine Werkleistung (das kompositorische Schaffen), etwaige Dienstleistungen (z.B. bei der Interpretation und Ausführung der Filmmusikkomposition) und, falls die GEMA dem Komponisten die ihr übertragenen Rechte zurückübertragen hat, auch die Einräumung der Nutzungsrechte honorieren. Verbleiben die Rechte bei der GEMA, so trifft den Filmhersteller die Pflicht, nach den entsprechenden GEMA-Tarifen Gebühren an die GEMA zu entrichten. Die Fälligkeit des Vergütungsanspruchs wird in der Regel an die Fertig- **87** stellung der Filmmusik geknüpft. Die Ausbedingung eines Vorschusses ist – insbesondere bei Vorleistungen und Aufwendungen größeren Umfangs – ratsam.

5. Kapitel: Steuer- und Sozialversicherungsrecht

§ 11 Steuerrecht

I. Einkommensteuer

1. Einführung

Im Jahre 1986 hat der Deutsche Kulturrat seine **Steuerpolitischen Vorschläge** veröffentlicht. Sie wurden unter der Überschrift „Für ein kulturfreundliches Steuerrecht" wie folgt eingeleitet: *Kunst und Kultur können sich nur entwickeln, wenn die gesellschaftlichen Rahmenbedingungen dies zulassen. Diese Bedingungen reichen weit über die Kulturpolitik im engeren Sinne hinaus. Gerade die Ausgestaltung des Steuerrechts spielt in diesem Zusammenhang eine wichtige Rolle, die jedoch in Deutschland vom Gesetzgeber und von der Verwaltung bisher nur unzureichend erkannt und genutzt worden ist.* Betrachtet man lediglich einige der Forderungen des Kulturrates: 1

- Keine Umsatzsteuerpflicht für Künstler und Autoren, die nicht unternehmerisch tätig sind, sowie Erleichterung des Kulturaustausches durch Abbau der Einfuhrumsatzsteuern in Europa
- Generell ermäßigter Steuersatz für freiberufliche Leistungen von Künstlern und Autoren
- Keine Disqualifizierung künstlerischer Arbeit als steuerlich nicht wirksame „Hobby-Tätigkeit"
- Begünstigung der künstlerischen und schriftstellerischen Nebentätigkeit mit Höchstgrenzen zur Vermeidung von Mißbrauch im Sinne der Regelungen vor 1982
- Generelle Freistellung von Kunstpreisen und Stipendien von der Einkommensteuer,

wird bei einem Vergleich mit der nachstehend dargestellten gegenwärtigen Rechtslage sehr schnell deutlich, daß die Eingangsbemerkung des Kulturrates weiterhin Gültigkeit besitzt. Auch das am 22. 12. 1990 in Kraft getretene **Gesetz zur steuerlichen Förderung von Kunst, Kultur und Stiftung sowie zur Änderung steuerlicher Vorschriften** führt nicht zu einer grundlegend anderen Bewertung, da es nur in geringem Umfange oder unzureichend die oben angesprochenen Rahmenbedingungen verbessert (vgl. Thiel/Eversberg DB 1991, 118 ff.)

2. *Steuertechnik*

a) *Steuersubjekt*

2 Steuersubjekt und damit **Steuerschuldner** der Einkommensteuer ist gem. § 1 Einkommensteuergesetz (EStG) die **natürliche Person**. Je nachdem, ob sie ihren gewöhnlichen Aufenthalt oder ihren Wohnsitz im Inland hat oder nicht, ist zwischen der unbeschränkten und beschränkten Steuerpflicht zu unterscheiden. **Unbeschränkt einkommensteuerpflichtig** heißt dabei, daß sämtliche Einkünfte, egal, ob sie im Inland oder im Ausland bezogen wurden, prinzipiell zunächst einmal dem deutschen Steuerrecht unterfallen. Zu den unbeschränkt Steuerpflichtigen zählen auch Personen mit deutscher Staatsangehörigkeit, die im Inland weder einen Wohnsitz noch ihren gewöhnlichen Aufenthalt haben, aber zu einer inländischen juristischen Person des öffentlichen Rechts in einem Dienstverhältnis stehen und dafür Arbeitslohn aus einer inländischen öffentlichen Kasse beziehen. Dies gilt nicht, wenn sie in dem Staat, in dem sie ihren gewöhnlichen Aufenthalt haben, einer der beschränkten Einkommensteuerpflicht vergleichbaren Steuerpflicht unterfallen.

Beispiel:
Der sich ständig im Ausland aufhaltende Journalist, der in einem Dienstverhältnis zu einer deutschen öffentlich-rechtlichen Rundfunkanstalt steht, fällt unter die Regelungen für die unbeschränkt Steuerpflichtigen.

Sonstige natürliche Personen, die im Inland weder einen Wohnsitz noch ihren gewöhnlichen Aufenthalt haben, sind **beschränkt einkommensteuerpflichtig**, wenn sie inländische Einkünfte im Sinne von § 49 EStG haben. Dies sind Einkünfte aus Gewerbebetrieb, selbständiger Arbeit, die im Inland ausgeübt oder verwertet worden ist, aus nichtselbständiger Arbeit, aus Kapitalvermögen etc. Beschränkt einkommensteuerpflichtig bedeutet hierbei, daß nur die in § 49 EStG (unter Berücksichtigung der Sondervorschriften für beschränkt steuerpflichtige Einkünfte der §§ 50 – 50 d EStG) genannten Einkünfte für die deutsche Steuer von Belang sind, während die von dieser Person im Ausland erzielten Einkünfte dem dortigen Steuerrecht unterfallen.

3 Hat ein unbeschränkt Steuerpflichtiger **Einkünfte im Ausland** bezogen und sie dort auch versteuert, die eigentlich nach dem System des Steuerrechts der vollen Versteuerung im Inland unterliegen, z.B. Einkünfte aus Konzertauftritten einer Musikerin im Ausland, erfolgt gemäß § 34 c EStG eine Steuerermäßigung. Dabei ist ein eventuell vorhandenes **Doppelbesteuerungsabkommen** mit dem Land, in dem die ausländischen Einkünfte erzielt wurden, zu berücksichtigen. Dies geschieht, indem, vereinfacht dargestellt, entweder die im Ausland gezahlte Steuer auf die deutsche Einkommensteuer, soweit sie ihr entspricht, angerechnet oder auf

Antrag die ausländische Steuer bei der Ermittlung des Gesamtbetrages der Einkünfte abgezogen wird.

b) Steuerobjekt und Ermittlung der Einkommensteuer

Das Einkommensteuergesetz knüpft die Besteuerung an die von einer Person erzielten **Einkünfte,** wobei die Art der Einkünfte Konsequenzen für die Ermittlung der Einkünfte hat. Gemäß § 2 Abs. 2 EStG sind die Einkünfte je nach ihrer Art entweder der **Gewinn** oder der **Überschuß** der Einnahmen über die Werbungskosten. So ist bei Einkünften aus Gewerbebetrieb oder selbständiger Tätigkeit der Gewinn die Grundlage des Umfangs der Besteuerung; bei Einkünften aus nichtselbständiger Tätigkeit der Überschuß der Einnahmen über die Werbungskosten. **4**

Vom Gewinn bzw. dem Überschuß der Einnahmen über die Werbungskosten wird der Altersentlastungsbetrag, der Ausbildungsplatzabzugsbetrag und die eventuell gezahlte ausländische Steuer abgezogen. Daraus bildet sich dann der **Gesamtbetrag der Einkünfte,** § 2 Abs. 3 EStG. Von diesem Gesamtbetrag der Einkünfte werden die Sonderausgaben und die außergewöhnlichen Belastungen abgezogen. Der verbleibende Betrag bildet das **Einkommen im Sinne des § 2 Abs. 4 EStG**. Für das zu versteuernde Einkommen gem. § 2 Abs. 5 EStG ergibt sich die Bemessungsgrundlage für die Einkommensteuer aus dem ermittelten Einkommen, vermindert um den Kinderfreibetrag, den Haushaltsfreibetrag und sonstige vom Einkommen abzuziehende Beträge. Aus der entsprechend der Bemessungsgrundlage ermittelten Einkommensteuer berechnet sich nach Abzug der Steuerermäßigungen die **festzusetzende Einkommensteuer**. **5**

3. Die Künstler als Steuerschuldner und ihre Einkünfte

a) Künstlerinnen und Künstler als selbständig Tätige

(1) Selbständige Arbeit

Nach § 18 Abs. 1 Nr. 1 EStG sind Einkünfte aus selbständiger Tätigkeit die Einkünfte aus freiberuflicher Tätigkeit. Hierunter fallen auch die selbständig ausgeübte künstlerische oder schriftstellerische Tätigkeit sowie die der Journalisten, Bildberichterstatter und Übersetzer. **6**

Voraussetzung für die Annahme einer solchen Tätigkeit ist zunächst die Selbständigkeit der Tätigkeit. **Selbständig** tätig ist, wer den **Weisungen** eines Dritten **nicht zu folgen verpflichtet** ist, und wer auf **eigene Rechnung und Gefahr** arbeitet. Derjenige, der demnach seine Arbeitskraft einem anderen schuldet, in den Betrieb eines anderen eingegliedert ist, an Weisungen gebunden ist, geregelte Arbeits- und Urlaubszeit hat, kein Unternehmerrisiko trägt u.ä., ist nicht selbständig tätig (vgl. § 1 LStDV). Eine Schauspielerin, die in einem Ensemble fest engagiert ist, ist demnach nicht selbständig tätig; ein Schriftsteller ist in der Regel selbständig tätig (vgl. im übrigen hierzu und zu den folgenden Ausführungen § 6).

aa) Abgrenzung zur nichtselbständigen Arbeit

7 Das Einkommensteuergesetz enthält keine Definition zum Begriff der nichtselbständigen Arbeit. Die Regelung des § 19 EStG stellt darauf ab, typische Einnahmequellen beispielhaft aufzuzählen, so Gehälter, Löhne, Gratifikationen, Tantiemen sowie u.a. Ruhegelder aus früheren Dienstleistungen. Daraus geht hervor, daß, obwohl nicht ausdrücklich erwähnt, das **Dienstverhältnis** in diesem Zusammenhang der zentrale Begriff ist (vgl. Giloy, Die Steuern des Künstlers, A 2.1.2.1). Das Dienstverhältnis im steuerlichen Sinne unterscheidet nicht danach, ob ihm ein Dienstvertrag oder Arbeitsvertrag zugrundeliegt, oder das Sozialversicherungsrecht die Quelle darstellt. Zur Bewältigung der oft schwierigen Abgrenzung bei z.B. freien Mitarbeitern hat die Finanzverwaltung Kriterien entwickelt, die sich auf Tätigkeiten bei u.a. Theaterunternehmen, Rundfunkanstalten, Film- und Fernsehproduzenten, Konzertunternehmen und Kapellenagenturen beziehen (s. Giloy a.a.O.)

bb) Mischtätigkeit

8 Für den häufigen Fall, daß die Künstlerin oder der Künstler teils selbständige Tätigkeiten verrichtet und teils unselbständig arbeitet, ist zunächst zu prüfen, ob zwischen beiden Bereichen ein enger **Zusammenhang** besteht. Dann ist auf die **überwiegende Tätigkeit** abzustellen. Dabei kann ein Anhaltspunkt die jeweilige Höhe der Entgelte sein. Trifft dies nicht zu, ist eine getrennte Besteuerung vorzunehmen.

(2) Künstlerische Tätigkeit

9 Ist die selbständige Tätigkeit insoweit festgestellt, stellt sich die Frage, ob die Tätigkeit **künstlerisch** im Sinne des Einkommensteuerrechts ist. Die Beantwortung dieser Frage gestaltet sich notwendigerweise ausgesprochen schwierig, um nicht zu sagen, daß eine klare Definition eigentlich unmöglich ist. Das **Bundesverfassungsgericht (BVerfG)** führt hierzu aus, *das Wesentliche der künstlerischen Betätigung ... ist die freie schöpferische Gestaltung, in der Eindrücke, Erfahrungen, Erlebnisse des Künstlers durch das Medium einer bestimmten Formensprache zu unmittelbarer Anschauung gebracht werden* (BVerfGE 30, 173 ff. [188 f.]). Der **Bundesfinanzhof (BFH)** versteht unter künstlerischer Tätigkeit eine eigenschöpferische Tätigkeit mit gewisser Gestaltungshöhe. In ihr muß die individuelle Anschauungsweise und Gestaltungskraft des Künstlers zum Ausdruck kommen, und sie muß, über eine hinreichende Beherrschung der Technik hinaus, eine künstlerische Gestaltungshöhe erreichen (BFH BStBl. II 1981, 170 ff. [172]). In dem Bestreben, diese Umschreibung mit Leben zu füllen, hat die Rechtsprechung eine **Dreiteilung** vor-

genommen in: **freie Kunst, Kunstgewerbe und Kunsthandwerk**. Der Begriff der freien Kunst meint dabei, daß die Arbeitsergebnisse keinen Gebrauchszweck haben, wie z.B. diejenigen der Maler, Musiker, Komponisten. Hier kann von der Feststellung einer ausreichenden künstlerischen Gestaltungshöhe abgesehen werden, wenn den Werken nach allgemeiner Auffassung das Prädikat des Künstlerischen nicht abgesprochen werden kann. Dabei kann als verstärkender Umstand hinzukommen, daß die Arbeitsergebnisse einen nicht nur kleinen Käuferkreis gefunden haben, wie etwa bei Schlagern oder Bildern. Anders ist dies schon bei dem Begriff des Kunstgewerbes und Kunsthandwerks, die auch als sog. Gebrauchskunst bezeichnet werden. Als solche gelten Arbeitsergebnisse, die einen praktischen Gebrauchswert haben, wie z.B. die der Gebrauchsgrafiker, Werbefotografen. Künstlerische Betätigung liegt hier vor, wenn sie auf einer eigenschöpferischen Leistung beruht und der Kunstwert den Gebrauchswert erheblich übersteigt. Gibt der Auftraggeber allerdings bis in die Details Anweisungen, so liegt keine künstlerische Tätigkeit mehr vor, weil nicht mehr genügend Raum für eine eigenschöpferische Tätigkeit gegeben ist. Im Gegensatz zur freien Kunst muß hier die künstlerische Gestaltungshöhe im Einzelfall aufgrund besonderer Sachkunde beurteilt und festgestellt werden. Für eine Klage vor dem Finanzgericht heißt das, daß ein Sachverständigengutachten eingeholt werden muß, wobei hier der Steuerpflichtige die Beweislast trägt.

aa) Abgrenzung zur gewerblichen Tätigkeit

Einkünfte aus selbständiger Arbeit und Einkünfte aus Gewerbebetrieb, 10
§ 15 EStG, schließen sich als nebeneinanderstehende Einkunftsarten gegenseitig aus, so daß die Finanzverwaltung eine Entscheidung treffen muß, die sich nach der Trennlinie der künstlerischen Tätigkeit richtet. Der Künstler, dessen Tätigkeit als künstlerische Arbeit zu qualifizieren ist, zahlt z.B. keine Gewerbesteuer und braucht dem Finanzamt keine Bilanzen vorzulegen, sondern kann seinen Gewinn in einem vereinfachten Verfahren, der Einnahmenüberschußrechnung, ermitteln. Die gewerbliche Verwendung des Kunstwerkes ist unschädlich. So kann die künstlerische Arbeit in der Erstellung eines Entwurfes oder Planes bestehen (vgl. Giloy, a.a.O. A 2.1.1.1.). Grundsätzlich zur Abgrenzung siehe Maaßen in: Kunst oder Gewerbe?, hier insbesondere Anhang B (Dokumentation der Rechtsprechung) und Anhang C (Übersicht zum Begutachtungsverfahren).

bb) Mischtätigkeit

Insbesondere bei einer **Serienproduktion** verzahnen sich künstlerische 11
Entwurferstellung und gewerbliche Verwendung in einem Maße, daß eine Trennung nicht mehr möglich erscheint, somit ggfls. eine gewerbliche Tätigkeit anzunehmen ist. Vielfach ist zwischen den verschiedenen Aufga-

benfeldern aber auch eine klare Trennung herzustellen, die dann steuerrechtlich beachtlich ist. Dies ist der Fall bei Künstlerinnen und Künstlern, die z.B. Kunst- und Gebrauchsgegenstände restaurieren, oder bei Schriftstellern, die ihr Buch im Selbstverlag herausgeben, also auch eine verlegerische Tätigkeit ausüben.

cc) Einzelne Berufe

12 Der Beruf der **Artisten** wird nicht als künstlerische Tätigkeit angesehen. Im Bereich der **Darstellenden Kunst** sind Schauspielerinnen und Schauspieler grundsätzlich Künstler, ebenso Regisseure. Die Sprecherin von Werbetexten übt allerdings keine künstlerische Betätigung aus (BFH BStBl. III 1962, 385). Ballettänzer und Pantomimen fallen ebenfalls unter den Begriff der Schauspieler, nicht aber Turniertänzer und Eiskunstläufer. Mannequins und Berufsfotomodelle betätigen sich nach Auffassung der Rechtsprechung nicht künstlerisch im Sinne des Steuerrechts. Die Rechtsprechung der Finanzgerichte erkennt die Arbeit der **Designer** nur dann als künstlerisch an, wenn sie nicht lediglich das Produkt einer handwerksmäßig erlernten oder erlernbaren Tätigkeit darstellt, sondern darüber hinaus auch etwas Eigenschöpferisches enthält und eine gewisse künstlerische Gestaltungshöhe erreicht. So ist die Arbeit des Foto-Designers nach ständiger Rechtsprechung des Bundesfinanzhofes grundsätzlich keine künstlerische Tätigkeit, sondern ein Gewerbe. Nur, wo die Fotografie über die Wiedergabe der Wirklichkeit hinausgeht – etwa bei eigenschöpferischer Motivgestaltung oder Nutzbarmachung der fotografischen Technik zum Zweck einer eigenschöpferischen Bildaussage – kommt eine Bewertung als künstlerische Betätigung in Betracht (BFH BStBl. II 1977, 474 ff. [476]). Die gleiche Problematik dürfte für Grafik- und Industrial-Designer bestehen. Weder ein abgeschlossenes Hochschulstudium in einem künstlerischen Fach noch die Zugehörigkeit zu einem Künstlerverband reichen aus. Entscheidend ist, ob diese Befähigung beruflich auch in künstlerische Leistungen umgesetzt wird. Wo Finanzbehörden Zweifel hegen, erfolgen Prüfungen durch Gutachterausschüsse, die bei fast allen Oberfinanzdirektionen eingerichtet sind. Ein **Film-** oder **Fernsehkameramann** kann künstlerisch tätig sein (BFH BStBl. II 1974, 383 ff. [385]). Eine **Filmproduzentin** ist nur dann Künstlerin, „**...wenn sie (er) an allen Tätigkeiten, die für den einzelnen Film bestimmend sind (z. B. Drehbuch, Regie, Kameraführung, Schnitt, Vertonung), selbst mitwirkt und dabei den entscheidenden Einfluß auf die Gestaltung des Films ausübt.**" (BFH BStBl. II 1981, 170 ff. [172]). **Künstleragenten** sind in der Regel wie ein Makler tätig und üben daher keine künstlerische Tätigkeit aus. Für **Musikschaffende** gilt, daß, je nachdem, ob es sich um die Tätigkeit einer Komponistin, eines Arrangeurs bzw. Bearbeiters einerseits oder um die Tätigkeit eines Solisten, einer Konzertmeisterin oder Ensemble-

musikerin handelt, von der Rechtsprechung unterschiedliche Kriterien angewendet werden. Komposition ist grundsätzlich als künstlerische Tätigkeit anzusehen. Bei der Beurteilung eines Ensembles im ganzen kommt es darauf an, wie der Vortrag und das Niveau insgesamt zu bewerten sind. Dabei spielen Präzision im Zusammenspiel, spezifische Artikulationen, Phantasie und Prägnanz bei der Darbietung improvisierter Teile, und eigene Arrangements eine große Rolle (BFH BStBl. II 1983, 7 ff. [9]). Die Tätigkeit eines Tontechnikers kann eine künstlerische sein, wenn seine Aufgabe darin besteht, aus den Darbietungen der einzelnen Musiker ein bestimmtes Gesamtklangbild herzustellen (Nieland in Littmann/Bitz/Meincke, EStG, § 18 Rdnr. 100).

(3) Schriftstellerische Tätigkeit

Nach der Definition durch die Rechtsprechung liegt eine schriftstelleri- **13**
sche Tätigkeit vor, wenn eigene Gedanken mit den Mitteln der Sprache schriftlich für die Öffentlichkeit niedergelegt werden (BFH BStBl. III 1958, 316). Anders als bei der künstlerischen Tätigkeit kommt es hier nicht auf eine bestimmte Qualität der Darlegungen an. Schriftstellerisch tätig ist allerdings nicht, wer ein Gutachten für einen Auftraggeber erstellt. Unter den Begriff der Schriftstellerinnen und Schriftsteller fallen auch die Übersetzer von Texten der Weltliteratur (BFH BStBl. II 1976, 192 f. [193]), nicht dagegen die Übersetzer von Werbefilmbüchern (BFH BStBl. II 1971, 703 f. [704]). Anders ist dies bei Werbetextern, die Firmenzeitschriften und Informationsbroschüren textlich gestalten (FG Nürnberg EFG 1980, 599; Nieland in Littmann/Bitz/Meincke, EStG, § 18 Rdnr. 108).

(4) Abgrenzung zur Liebhaberei

Einkünfte beruhen nach der Struktur des Steuerrechts auf zielgerichte- **14**
ten Handlungen, d.h. in objektiver Hinsicht auf einer Beteiligung am wirtschaftlichen Verkehr (sie ist nicht gegeben bei Erbschaften und Schenkungen – hier greifen Erbschafts- und Schenkungssteuer ein) und subjektiv in der Absicht, während der Erwerbstätigkeit einen Überschuß der Bezüge über die Aufwendungen zu erzielen, also in der Einkünfteerzielungsabsicht (BFH BStBl. II 1984, 751 ff. [765]). Davon abzugrenzen ist die Liebhaberei, die eine **Beschäftigung ohne Einkünfteerzielungsabsicht** ist, d.h. die aus im privaten Bereich liegenden Gründen betrieben wird. Für die Beurteilung, ob eine Gewinnerzielungsabsicht vorliegt, kommt es darauf an, welchen **Plan** der Steuerpflichtige für die gesamte Dauer der Erwerbstätigkeit verfolgt (im Laufe seines Arbeitslebens). Bei der künstlerischen Tätigkeit ist die Abgrenzung besonders schwierig, weil ein Gewinn häufig erst nach längerer Anlaufphase erzielt wird. Für die Finanzverwaltung ist es häufig schwer nachvollziehbar bzw. beweisbar, ob diese Gewinnerzielungsabsicht vorliegt. Deshalb wird auf äußere

Merkmale abgestellt. Dabei wird geprüft, ob ein **Totalüberschuß** der Erwerbsbezüge über die Erwerbsaufwendungen zu erwarten ist. Wird dies nach Auffassung der Finanzverwaltung verneint, stellen Verluste in diesem Bereich keine negativen Einkünfte dar, mit der Folge, daß sie steuerrechtlich nicht beachtet werden können (und bei Einkommensteuerbescheiden, die unter dem Vorbehalt der Nachprüfung ergangen sind, dies auch rückwirkend gilt). Gerade im Bereich der Kunst wird diese Vorgehensweise zum Teil heftig kritisiert, denn nach dieser Beurteilung hätte van Gogh, der zu Lebzeiten nur eines seiner Bilder verkaufte, Liebhaberei im steuerrechtlichen Sinne betrieben. Nach Auffassung der Oberfinanzdirektion Köln (FR 1984, 561) ist das erkennbare Bemühen des Künstlers, nicht notwendige Kosten zu vermeiden, ein Indiz für Gewinnerzielungsabsicht! Der Bundesfinanzhof hat allerdings annerkannt, daß bei künstlerischer Tätigkeit positive Einkünfte erst nach längerer Anlaufzeit – acht bis zehn Jahre – erzielt werden (BFH BStBl. II 1985, 515 ff. [517]).

(5) Steuerfreie Einnahmen

15 Von den Einkünften müssen zunächst die steuerfreien Einnahmen abgegrenzt werden. § 3 EStG enthält einen ganzen Katalog steuerfreier Einnahmen. Hierunter fallen:

- Leistungen aus einer Krankenversicherung und aus der gesetzlichen Unfallversicherung, § 3 Nr. 1 a EStG
- Sachleistungen und Kinderzuschüsse aus den gesetzlichen Rentenversicherungen, § 3 Nr. 1 b EStG
- Mutterschaftsgeld nach dem Mutterschutzgesetz, § 3 Nr. 1 d EStG
- Arbeitslosengeld, Arbeitslosenhilfe, § 3 Nrn. 2 u. 2 a EStG
- Bezüge aus öffentlichen Mitteln oder Mitteln einer öffentlichen Stiftung, die wegen Hilfsbedürftigkeit oder als Beihilfe zu dem Zweck bewilligt werden, die Erziehung oder Ausbildung, die Wissenschaft oder Kunst unmittelbar zu fördern. Hierbei ist Voraussetzung, daß der Empfänger nicht zu einer bestimmten wissenschaftlichen oder künstlerischen Gegenleistung oder zu einer Arbeitnehmertätigkeit verpflichtet wird, § 3 Nr. 11 EStG. Neben der Steuerfreiheit von z.B. BAföG werden hier Bezüge von der Steuerpflicht befreit, wenn sie unmittelbar dem Zweck dienen, zu dessen Förderung sie bestimmt sind, d.h. der Aufwand an Büchern, Reisekosten, Bezahlung von Hilfsmitteln, die geeignet sind, die Kunst oder Wissenschaft unmittelbar zu fördern. Nicht darunter fallen Bezüge zur Deckung des Lebensunterhalts des Empfängers. Als solche gelten Preise aus öffentlichen Mitteln, die für Kulturfilme gewährt werden (nicht bei Preisen für Spielfilme (!), (OFD Frankfurt v. 29.3.84 StEK, EStG, § 3 Nr. 353). Auch Prämien, die der Bund dem Besitzer eines Filmtheaters für ein gutes Filmprogramm gewährt,

sind nicht steuerfrei, weil sie der Förderung der Kunst nicht unmittelbar dienen (BFH BStBl. II 1975, 378 f. [379])

- Abfindungen wegen einer vom Arbeitgeber veranlaßten oder gerichtlich verfügten Auflösung des Dienstverhältnisses (höchstens 24.000 DM; bei Arbeitnehmern, die über 50 Jahre alt sind, bis 30.000 DM; bei solchen, die über 55 Jahre alt sind und bei denen das Dienstverhältnis mindestens 20 Jahre bestanden hat, bis 36.000 DM), § 3 Nr. 9 EStG
- Aus öffentlichen Kassen gezahlte Reisekostenvergütungen, Umzugskostenvergütungen und Trennungsgelder, § 3 Nr. 13 EStG (für Verpflegungsmehraufwendungsvergütungen siehe § 9 Abs. 4 EStG)
- Leistungen aufgrund des Bundeskinderhilfegesetz, § 3 Nr. 24 EStG
- in Höhe von 2.400 DM Aufwandsentschädigung für nebenberufliche künstlerische Tätigkeiten, die im Dienst oder Auftrag einer inländischen juristischen Person des öffentlichen Rechts oder gemeinnützigen Vereinigungen im Sinne von § 5 Abs. 1 und 9 KStG ausgeübt werden, § 3 Nr. 26 EStG. Beispiel: Honorar einer Opernsängerin, die nebenberuflich bei der kulturellen Veranstaltung eines gemeinnützigen Vereins auftritt (Thiel/Eversberg DB 1991, 118, 120)
- Ehrensold für Künstler sowie Zuwendungen aus Mitteln der Deutschen Künstlerhilfe, wenn es sich um Bezüge aus öffentlichen Mitteln handelt, die wegen der Bedürftigkeit des Künstlers gezahlt werden, § 3 Nr. 43 EStG
- Stipendien, die unmittelbar aus öffentlichen Mitteln oder von zwischenstaatlichen oder überstaatlichen Einrichtungen, denen die Bundesrepublik Deutschland als Mitglied angehört, zur Förderung der künstlerischen Ausbildung oder Fortbildung gewährt werden (oder von Körperschaften, Personenvereinigungen und Vermögensmassen, die ausschließlich und unmittelbar gemeinnützigen, mildtätigen oder kirchlichen Zwecken dienen). Voraussetzung hierfür ist, daß die Stipendien den für die Bestreitung des Lebensunterhalts und die Deckung des Ausbildungsbedarfs erforderlichen Betrag nicht übersteigen und nach den vom Geber erlassenen Richtlinien vergeben werden. Desweiteren darf der Empfänger im Zusammenhang mit dem Stipendium nicht zu einer bestimmten wissenschaftlichen oder künstlerischen Gegenleistung oder zu einer Arbeitnehmertätigkeit verpflichtet werden und der Abschluß der Berufsausbildung des Empfängers im Zeitpunkt der erstmaligen Gewährung eines solchen Stipendiums darf nicht länger als 10 Jahre zurückliegen, § 3 Nr. 44 EStG. Anders als bei § 3 Nr. 11 EStG wird hier die Förderung des Lebensbedarfes ausdrücklich anerkannt
- Die Beträge, die die Künstlersozialkasse zu Gunsten des nach dem Künstlersozialversicherungsgesetz Versicherten aus dem Aufkommen von Künstlersozialabgabe und Bundeszuschuß an einen Träger der Sozialversicherung oder an den Versicherten zahlt, § 3 Nr. 57 EStG

- Wohngeld nach dem Wohngeldgesetz und sonstige sonstige Leistungen zur Senkung der Miete, § 3 Nr. 58 EStG
- Ausgaben des Arbeitgebers für die Zukunftsicherung des Arbeitnehmers, soweit sie aufgrund gesetzlicher Verpflichtung geleistet werden, § 3 Nr. 62 EStG – Erziehungsgeld, § 3 Nr. 67 EStG.

(6) Einkünfteermittlung

16 Bei der selbständigen Tätigkeit sind die Einkünfte der Gewinn, § 2 Abs. 2 Nr. 1 EStG. Gem. § 4 Abs. 1 EStG ist der Gewinn der Unterschiedsbetrag zwischen dem Betriebsvermögen am Ende des Jahres und dem des vorigen Jahres, abzüglich der Einlagen und vermehrt um die Entnahmen. Dies setzt jedoch eine Buchführung voraus, zu der die steuerpflichtigen Künstlerinnen und Künstler, die Einkünfte aus selbständiger Tätigkeit erzielen, nicht verpflichtet sind; dennoch sind Aufzeichnungen über Einnahmen und Ausgaben erforderlich, um eine Schätzung bei der Veranlagung zur Einkommensteuer zu vermeiden. Für diese Einkunftsart gibt es eine **vereinfachte Gewinnermittlung** gem. § 4 Abs. 3 EStG. Danach ermittelt sich der Gewinn aus dem Überschuß der Betriebseinnahmen über die Betriebsausgaben.

aa) Betriebseinnahmen

aaa) Der Begriff der Betriebseinnahmen

17 Betriebseinnahmen sind betrieblich veranlaßte Zuflüsse von Wirtschaftsgütern, §§ 4 Abs. 4, 8 Abs. 1 EStG analog (h.M.). Darunter sind zunächst **Geldzuwendungen** in Form von laufenden Einnahmen und Vorschüssen zu verstehen. Einnahmen sind demnach also Honorare, Vorschüsse für Manuskriptarbeiten oder Plattenaufnahmen u.ä. Keine Betriebseinnahmen sind sog. **durchlaufende Posten**, bei denen der Steuerpflichtige im Namen und für Rechnung eines anderen Gelder vereinnahmt und verausgabt, sein eigenes Vermögen also nicht betroffen wird. Weiter zählen zu den Betriebseinnahmen sonstige **Zuwendungen in Geldeswert** wie **Sachzuwendungen** als Gegenleistung für betriebliche Leistungen.

Beispiel:
Ein Künstler erhält anstelle eines Honorars für seinen Auftritt ein Sachgeschenk.

Nicht darunter fallen Leistungen eines Dritten, die dieser dem Steuerpflichtigen unentgeltlich zuführt, so ein Gedicht, das einem Künstler geschenkt wird. Bei einem **Verzicht** einer Künstlerin oder eines Künstlers auf Einnahmen gilt: Wird der Künstler von vornherein unentgeltlich tätig, so liegt hierin keine Betriebseinnahme. Verzichtet der Künstler im Nachhinein auf die Forderung, so kommt es auf sein Motiv an. Bei betrieblicher Veranlassung (etwa weil der Schuldner zahlungsunfähig ist) liegt keine Einnahme vor, bei privater Veranlassung liegt eine Entnahme vor, die dem Gewinn hinzugerechnet werden muß (BFH BStBl. 1975 II, 526 ff. [527 f.]).

bbb) Der für die Betriebseinnahmen maßgebliche Zeitraum

Betriebseinnahmen sind in dem Kalenderjahr anzusetzen, in dem sie dem Steuerpflichtigen zugeflossen sind, § 11 Abs. 1 EStG. Unbeachtlich sind danach die Fälligkeit einer Leistung und der Zeitraum, für den die Leistung erbracht wird. 18

Beispiel:
Die Honorarforderung, die erst im Februar des darauffolgenden Jahres fällig ist, wird im November diesen Jahres überwiesen.

Regelmäßig wiederkehrende Einnahmen gelten auch dann noch im Kalenderjahr als bezogen, wenn sie erst kurz nach Ende dieses Kalenderjahres zufließen.

bb) Betriebsausgaben

aaa) Der Begriff der Betriebsausgaben

Betriebsausgaben sind **Aufwendungen**, die **durch den Betrieb veranlaßt** sind, § 4 Abs. 4 EStG. Aufwendungen sind zunächst gezahlte Ausgaben in **Geld** oder **Geldeswert**, so der Kauf eines Instruments. Desweiteren fallen darunter sog. Wertabgänge ohne Zahlung, wie die **Absetzung für Abnutzung von Wirtschaftsgütern**, deren Verwendung oder gewöhnliche Nutzungsdauer sich auf mehrere Jahre erstreckt. Dies gilt z.B. für die Abschreibung der Anschaffungskosten für einen rein beruflich genutzten Pkw. Zu den Betriebsausgaben zählen ebenfalls Betriebseinnahmen, die **zurückgezahlt** werden mußten und betriebliche **Sachaufwendungen** wie der Verlust eines Instruments, das nicht versichert war. Ausnahmen hiervon sind, wie oben ausgeführt, **durchlaufende Posten** und die Hingabe eines **Darlehens**, weil der Darlehensgeber eine Forderung gegen den Darlehensnehmer erhält. 19

bbb) Die betriebliche Veranlassung

Um die betriebliche (berufliche) Sphäre von der Privatsphäre zu trennen, ist es erforderlich, daß die Betriebsausgaben betrieblich veranlaßt sind, d.h. sie müssen **objektiv mit dem Betrieb/der beruflichen Tätigkeit zusammenhängen** und der Betriebsinhaber/Tätige muß sie auch **für den Betrieb/Beruf verwenden** wollen (BFH BStBl. II 1984, 160 ff. [163]). 20

Beispiel:
Der Musiker, der sich ein Instrument kauft, muß dieses auch für die Ausübung seines Berufes nutzen wollen.

ccc) Absetzung für Abnutzung (AfA)

21 Nach dem Grundgedanken des § 4 Abs. 3 EStG müßten alle angeschafften Gegenstände sofort in voller Höhe als Betriebsausgaben absetzbar sein. § 4 Abs. 3 S. 3 EStG schreibt jedoch vor, daß die Vorschriften über die Absetzung für Abnutzung (AfA) oder Substanzverringerung anzuwenden sind. Man wollte damit eine übermäßige Verzerrung des Periodenergebnisses verhindern. Die AfA findet nach § 7 Abs. 1 EStG auf Wirtschaftsgüter Anwendung, deren **Verwendung** oder **Nutzung** erfahrungsgemäß **länger als ein Jahr** möglich ist. Die Abnutzung bemißt sich dabei nach der **betriebsgewöhnlichen Nutzungsdauer** des Wirtschaftsgutes. So wird für einen betrieblich genutzten Pkw eine Nutzungsdauer von vier bis fünf Jahren angesetzt. Dabei kann **linear** oder **degressiv** abgeschrieben werden. Das bedeutet, daß ein Pkw, der bei Neuanschaffung 20.000 DM gekostet hat, linear jährlich mit 4.000 DM bzw. 5.000 DM abgeschrieben werden kann, wobei zu beachten ist, daß die Anschaffung im ersten Halbjahr erfolgt sein muß, weil sonst nur der halbe AfA-Betrag abgeschrieben werden kann. Bei der degressiven Methode wird jedes Jahr ein bestimmter Prozentsatz (höchstens 30%) vom verbleibenden Buchwert abgeschrieben.

Beispiel:
Bei Anschaffung eines Wagens im Wert von 20.000 DM können im ersten Jahr 30% abgesetzt werden, demnach 6.000 DM, so daß ein Buchwert von 14.000 DM verbleibt, von dem im nächsten Jahr ebenfalls 30% abgesetzt werden, was einen Betrag von 4.200 DM und damit einen verbleibenden Buchwert von 9.800 DM ergibt, der für das kommende Jahr dann wieder die Bemessungsgrundlage für die Abschreibung ist.

Für Gebäude gelten Sondervorschriften, § 7 Abs. 4 u. 5 EStG. Aus Vereinfachungsgründen läßt es das Gesetz in § 6 Abs. 2 EStG zu, daß Wirtschaftsgüter, die einer selbständigen Nutzung fähig sind, sofort abschreibbar sind, wenn die Anschaffungs- oder Herstellungskosten 800 DM netto nicht überschreiten, obwohl sonst eine AfA vorgenommen werden müßte. Desweiteren gibt es noch Vorschriften über erhöhte Absetzungen und Sonderabschreibungen, die aus wirtschaftspolitischen Gründen gewährt werden, so für Wirtschaftsgüter, die dem Umweltschutz dienen oder für Ein-, Zweifamilienhäuser oder Eigentumswohnungen, §§ 7 a ff. EStG.

ddd) Höhe der Betriebsausgaben

22 Wirtschaftsgüter können entweder nur **Betriebsvermögen** sein, wenn die betriebliche Nutzung mehr als 50% beträgt, oder **Privatvermögen** bei einer privaten Nutzung von mehr als 90%. Das **gewillkürte Betriebsvermögen** – betriebliche Nutzung zwischen 10 und 50% – kann nach herrschender Meinung nur bei einem Betriebsvermögensvergleich nach § 4 Abs. 1 EStG Betriebsvermögen sein (Heinicke in Schmidt, EStG, § 4

Anm. 34 d aa). Gehört ein Wirtschaftsgut zum Betriebsvermögen, so können Aufwendungen (Reparaturen, AfA etc.), soweit die betriebliche Nutzung reicht, Betriebsausgaben sein. Gehört ein Wirtschaftsgut zum Privatvermögen, so kann der Anteil der Ausgaben, der auf die betriebliche Nutzung fällt, als Betriebsausgabe angesehen werden. So wird ein Instrument, das ein Musiker zu mehr als 50% betrieblich benutzt, zum notwendigen Betriebsvermögen gezählt. Liegt die betriebliche Nutzung bei 80%, so kann er 80% der AfA, Reparaturkosten, Versicherungskosten u.dergl. als Betriebsausgaben absetzen. Wird ein sowohl betrieblich wie privat genutzter Pkw auf einer Privatfahrt zerstört, so dürfen die daraus entstehenden Kosten den Betriebsgewinn nicht mindern. Anders ist dies, wenn der Künstler auf einer betrieblichen Fahrt einen Unfall erleidet. Die nicht durch etwaige Schadensersatzansprüche gedeckten Kosten sind hier Betriebsausgaben. Die Frage, ob ein Wirtschaftsgut Betriebs- oder Privatvermögen ist, ist zum einen von Bedeutung, wenn ein Wirtschaftsgut entnommen wird, das zum Betriebsvermögen gehört. In Höhe des Teilwertes liegt dann eine **Entnahme** vor, die den Einkünften hinzugerechnet werden muß. Zum anderen ist diese **Entnahme umsatzsteuerpflichtig**. Die Betriebsausgaben sind in der Höhe der tatsächlich verursachten Kosten absetzbar, die die Künstler zu belegen haben. Gelingt ihnen das nicht, obwohl die betriebliche Veranlassung und der Anfall feststehen, muß das Finanzamt die Höhe der tatsächlichen Aufwendungen **schätzen**, § 162 Abs. 2 Abgabenordnung (AO). Einschränkungen in der Höhe oder als Abzugsverbot ergeben sich aus dem Gesetz. Pauschalabzüge werden von der Verwaltung teilweise zugelassen (siehe unten eee).

eee) Einzelfälle

- Als Anschaffungskosten gelten alle Erwerbskosten, zu denen neben dem eigentlichen Preis auch die Nebenkosten, z.B. Transportkosten, gehören **23**
- Arbeitsmittel sind Gegenstände, die die Künstler nach ihrer Art, ihrem Verwendungszweck und ihrer tatsächlichen Nutzung für ihre berufliche Tätigkeit benötigen. Die Rechtsprechung pflegt die Art der Nutzung typisierend festzustellen, wenn die Arbeitsmittel in der Privatwohnung genutzt werden. So wurde der Konzertflügel einer Musiklehrerin nicht als Arbeitsmittel anerkannt (BFH BStBl. II 1978, 459 f. [460])! Unter Arbeitsmittel fallen u.a. Musikinstrumente, Tonbandgeräte, Noten, Malutensilien, Schreibmaschine, Computer u.dergl.
- Aufwendungen für Arbeitszimmer wie Miete, Strom, Heizung, Sachversicherungen usw. sind im Verhältnis zum Gesamtverbrauch entsprechend der anteiligen Wohnfläche nur dann abzugsfähig, wenn das Zimmer nahezu ausschließlich betrieblich oder beruflich genutzt wird, BFH BStBl. II 1984, 110 f. [111])

- Beiträge für Berufsverbände sind absetzbar, wenn der Berufsverband nach seiner Satzung Ziele verfolgt, welche die Erhaltung und Fortentwicklung des Betriebes betreffen
- Ausgaben für die Berufsausbildung sind keine Betriebsausgaben aber evtl. Sonderausgaben
- Hingegen sind Ausgaben für die Berufsfortbildung Betriebsausgaben, wenn sie durch eine konkret ausgeübte Erwerbstätigkeit veranlaßt sind. Hierunter fallen der Besuch von Lehrgängen und die damit verbundenen Kosten
- Bewirtungskosten sind Betriebsausgaben, wenn sie betrieblich veranlaßt sind, so bei Kunden, Arbeitnehmern, Geschäftsfreunden. Nach § 4 Abs. 5 Nr. 2 EStG sind diese nur noch in Höhe von 80% abziehbar, soweit sie nach allgemeiner Verkehrsauffassung angemessen sind und die betriebliche Veranlassung nachgewiesen wird. Dabei reicht es nicht aus, wenn als Grund der Bewirtung lediglich „Geschäftsessen" oder „Geschäftsbesprechung" angegeben wird. Es muß vielmehr der Anlaß des Essens genau angegeben werden, z.B. „Besprechung des Konzerts vom 3. 4.". Dieser Nachweis ist auf einem amtlichen Vordruck zu führen, der sich meist auf der Rückseite der Rechnung befindet
- Eine doppelte Haushaltsführung muß betrieblich veranlaßt sein, und es sind Mehraufwendungen nur im Rahmen des § 9 Abs. 1 Nr. 5 EStG absetzbar
- Einrichtungsgegenstände sind, soweit sie der betrieblichen Nutzung dienen, z.B. Einrichtung eines Büros, als Betriebsausgaben absetzbar. Bei sehr teuren Einrichtungsgegenständen wird die Angemessenheit überprüft. Bei dieser Entscheidung spielt der Lebensstandard und die gesellschaftliche Stellung des Steuerpflichtigen eine Rolle
- Kosten für Fachliteratur zählen zu den Betriebsausgaben, wenn die betriebliche Veranlassung der Anschaffung und der Ausschluß einer privaten Mitveranlassung nach Art des Werkes und Art der Tätigkeit objektiv feststehen. Bei Künstlern kann dies durchaus auch schöngeistige Literatur sein. Der Künstler muß zum Nachweis ein auf seinen Namen lautenden Beleg mit Titel- und Autorenangabe neben dem Preis vorlegen. Allein die Bezeichnung „Fachliteratur" genügt nicht. Die Anschaffung von allgemein informierenden Tages- oder Wochenzeitschriften u.ä. ist in der Regel nicht ausschließlich betrieblich veranlaßt. Ausnahmen sind hier jedoch möglich
- Bei Fahrten zwischen Wohnung und Erwerbsstätte, §§ 4 Abs. 5 Nr. 6; 9 Abs. 1 Nr. 4, Abs. 3 EStG ist aus verkehrspolitischen Gründen der Abzug begrenzt auf 0,50 DM bei Pkw bzw. 0,22 DM beim Motorrad pro Entfernungskilometer. Für Fahrten zwischen Wohnung und Erwerbsstätte dürfen also pro Entfernungskilometer nicht mehr als 0,50 DM/0,22 DM in den Betriebsausgaben enthalten sein

- Eine Geschäftsreise liegt vor, wenn der Steuerpflichtige vorübergehend aus betrieblichen, beruflichen Gründen in einer Entfernung von mindestens 15 km von seiner regelmäßigen Betriebsstätte oder Stätte der Berufsausübung tätig wird. Die Durchführung der Geschäftsreise muß sich aus den Unterlagen ergeben. Die Fahrtkosten sind in Höhe der tatsächlichen Aufwendungen (Bahn, Flugzeug, Taxi) Betriebsausgaben
- Bei Mehraufwendungen für Verpflegung können die Künstlerinnen und Künstler wählen, ob sie die tatsächlichen Aufwendungen unter Abzug der Haushaltsersparnis in den Grenzen des § 4 Abs. 5 Nr. 5 EStG; § 8 EStDV nachweisen, oder ob sie die Pauschbeträge des Abschn. 119 Abs. 3 S. 3 Einkommensteuerrichtlinien (EStR) geltend machen wollen. Die Pauschbeträge sind nach Dauer der Reise und Höhe der Gesamteinkünfte gestaffelt. Die Übernachtungskosten können bei Inlandsreisen nicht pauschal abgerechnet werden, hier ist die Hotelrechnung erforderlich; bei Auslandsreisen sind Pauschalbeträge möglich
- Ein Geschäftsgang liegt bei einer Entfernung unter 15 km vor. Für die Fahrtkosten gilt oben Gesagtes. Der Verpflegungsmehraufwand kann entweder mit einer Pauschale von 3 DM abgegolten werden oder mit Nachweis, wobei die Grenze hier bei 19 DM liegt, § 8 Abs. 6 EStDV
- Die Absetzungsmöglichkeit von Geschenken ist nach § 4 Abs. 5 Nr. 1 EStG eingeschränkt. Danach sind Aufwendungen für Geschenke an Personen, die nicht Arbeitnehmer des Steuerpflichtigen sind, nur in Höhe von 75 DM/Jahr abziehbar. Desweiteren ist erforderlich, daß aus dem Geschenk ersichtlich ist, von wem es geschenkt wurde (z.B. durch einen Aufkleber). Kosten für Kleidung sind nur dann Betriebsausgaben, wenn die private Mitbenutzung beruflich benötigter Kleidung nach Menge, Art und Verwendung praktisch ausgeschlossen ist (so angenommen bei Arztkitteln (BFH DStR 1991, 347) oder schwarzem Frack des Kellners). Selbst bei vorgeschriebener oder für die Berufsausübung erforderlicher Kleidung wird eine private Mitbenutzung angenommen (so bei der Garderobe einer Sängerin), so daß ein Betriebsausgabenabzug wegen § 12 Nr. 1 EStG in der Regel entfällt
- Pauschalbeträge für hauptberufliche schriftstellerische oder journalistische Tätigkeit sind 30% der Betriebseinnahmen, sofern dies nicht den Betrag von 4.800 DM überschreitet; bei nebenberuflicher schriftstellerischer Tätigkeit 25% der Betriebseinnahmen, höchstens jedoch 1.200 DM. Weitere Betriebsausgaben entfallen dann allerdings
- Je nach Höhe der betrieblichen Nutzung können die Kosten für den Pkw abgesetzt werden
- Beratungs-, Vertretungs- und Prozeßkosten sind bei betrieblicher Veranlassung Betriebsausgaben. Steuerberatungs- und Steuerprozeßkosten sind Betriebsausgaben, wenn sie im Zusammenhang mit der Gewinnermittlung stehen

- Schuldzinsen sind Betriebsausgaben, wenn die Zahlung betrieblich veranlaßt ist
- Betriebssteuern sind betriebliche Aufwendungen, so Umsatzsteuer, Gewerbesteuer, Kfz-Steuer; nicht hierzu zählen private Steuern, wie Einkommensteuer, Vermögensteuer u.ä.
- Bei Unfallkosten gilt, daß, je nachdem, ob der Unfall sich auf einer Privatfahrt oder betrieblich veranlaßten Fahrt ereignete, Betriebsausgaben vorliegen oder nicht.

fff) Nicht abzugsfähige Ausgaben

24 Die Regelung des § 12 EStG schließt Ausgaben als Abzüge aus, die nach Auffassung des Steuergesetzgebers zur privaten Lebensführung gehören. Dazu zählen

- die für den Haushalt der Künstlerin/des Künstlers und für den Unterhalt seiner Familienangehörigen aufgewendeten Beträge
- freiwillige Zuwendungen
- Einkommensteuer und sonstige Personensteuern, sowie die Umsatzsteuer für den Eigenverbrauch und für Lieferungen und Leistungen, die Entnahmen sind
- in einem Strafverfahren festgesetzte Geldstrafen, sonstige Rechtsfolgen vermögensrechtlicher Art, bei denen der Strafcharakter überwiegt (Strafzettel).

b) Einkünfte aus nichtselbständiger Tätigkeit

(1) Einkünfteermittlung

25 Hinsichtlich der **steuerfreien Einnahmen** gelten die obigen Ausführungen zur selbständigen Tätigkeit entsprechend (s.o. Rdnr. 15). Bezieht die Künstlerin oder der Künstler **Arbeitslohn**, ist sie/er somit also nicht selbständig tätig im Sinne von § 18 EStG (s.o. Rdnr. 6), so werden diese Einkünfte als Einkünfte aus nichtselbständiger Tätigkeit bezeichnet. Diese sind nach § 19 Abs. 1 EStG Gehälter, Löhne, Gratifikationen (wie z.B. Weihnachtsgeld, Urlaubsgeld) und Tantiemen. Desweiteren zählen hierzu auch die Ruhegehälter sprich Pensionen (Renten sind gem. § 22 EStG sonstige Einkünfte). Die Einkommensteuer wird hier durch Quellenabzug vom Arbeitslohn erhoben, die dann als „Lohnsteuer" bezeichnet wird. Grundlage der Besteuerung ist hier, anders als bei der selbständigen Tätigkeit, der **Überschuß der Einnahmen über die sogenannten „Werbungskosten"**, § 2 Abs. 2 Nr. 2 EStG, die, wenn auch nur sehr grob, den Betriebsausgaben ähnlich sind. Durch den Quellenabzug wird die Steuer direkt vom Arbeitgeber an das Finanzamt abgeführt. Der einzelne Arbeitnehmer muß nun zur Geltendmachung seiner Werbungskosten einen Lohnsteuerjahresausgleich durchführen bzw. eine Einkommensteuererklärung abgeben. Die Werbungskosten werden entweder pauschal mit einem Betrag von 2000 DM/Jahr abgegolten oder müssen vom Arbeitnehmer gesondert aufgeführt und belegt werden. Die Werbungskostenpauschale ist in der Lohnsteuertabelle enthalten und wird somit schon beim Abzug der Lohnsteuer vom Arbeitslohn berücksichtigt.

(2) Arbeitslohn

Der Arbeitslohn umfaßt gem. § 2 LStDV alle **Einnahmen**, die dem 26
Künstler als Arbeitnehmer aus dem **Dienstverhältnis** zufließen. Darunter fallen nicht nur der Arbeitslohn im Sinne von Geld, sondern auch **Sachbezüge** wie Wohnung, Kost, Waren usw., § 8 Abs. 2 EStG. Die Sachbezüge sind nach § 8 Abs. 2 S. 1 EStG mit den üblichen Endpreisen am Abgabeort anzusetzen.

Beispiel:
Überläßt der Arbeitgeber dem Arbeitnehmer einen Pkw unentgeltlich zur privaten Nutzung, so ist der darin liegende Sachbezug mit dem Betrag zu bewerten, der dem Arbeitnehmer für die Haltung und den Betrieb eines eigenen Kraftwagens des gleichen Typs an Aufwendungen entstanden wäre. Dabei sind die dienstlich veranlaßten Fahrten davon abzuziehen.

Die genauere Berechnung läßt sich den EStR Abschn. 31 Abs. 7 entnehmen. Bezüge sind auch **Gratifikationen** (Weihnachtsgeld, Urlaubsgeld), **Tantiemen, Zukunftssicherungen** (z.B. Unfallversicherung), **besondere Vergütungen** für Überstunden, Sonntagsarbeit, Gefahrenzulagen usw. Jubiläumszuwendungen sind nach § 3 LStDV bei einem 10-jährigen Arbeitnehmerjubiläum bis zur Höhe von 600 DM, bei einem 25-jährigen Jubiläum bis zu 1.200 DM und bei einem 40-, 50- oder 60-jährigem Jubiläum bis 2.400 DM steuerfrei. Nicht zu den Bezügen rechnen zum einen Ausgestaltungen des Arbeitsplatzes, wozu Arbeitskleidung gehört und die Gestattung von Annehmlichkeiten, wie Sporteinrichtungen, übliche Betriebsveranstaltungen, Aufmerksamkeiten, die ein Arbeitgeber dem Arbeitnehmer zu einem besonderen Ereignis zuwendet, bis zu einem Wert von 30 DM (Blumen), betriebliche Fort- und Weiterbildung, Betriebskindergärten (strittig) etc. Bei den Bezügen ist es gleichgültig, ob es sich um laufende oder um einmalige Beträge handelt und ob ein Rechtsanspruch auf sie besteht.

(3) Werbungskosten

aa) Überblick

Von diesen Einnahmen sind die Werbungskosten abzuziehen. Diese 27
sind nach der gesetzlichen Definition des § 9 Abs. 1 EStG die **Aufwendungen zur Erwerbung, Sicherung und Erhaltung der Einnahmen**. Sie müssen demnach durch den Beruf veranlaßt sein, d.h., wie bei den Betriebsausgaben (s.o. Rdnr. 20), im objektiven Zusammenhang mit dem Beruf getätigt und subjektiv zu seiner Förderung ausgegeben worden

sein. Aufwendungen für Ernährung, Kleidung und Wohnung sowie Repräsentationsaufwendungen sind in der Regel Aufwendungen zur privaten Lebensführung im Sinne von § 12 Nr. 1 EStG und damit nicht abzugsfähig.

bb) Einzelne Werbungskosten

28 – Arbeitsmittel sind abzugsfähig, wenn die Wirtschaftsgüter ausschließlich oder überwiegend der Berufsausübung dienen (typische Berufskleidung, Fachbücher), wobei auch hier eine Absetzung für Abnutzung (AfA) unter den oben genannten Voraussetzungen vorgenommen werden muß, LStR Abschn. 44 Abs. 1 u. 3
– Arbeitszimmer: s.o. Rdnr. 23
– Beiträge zu Berufsverbänden: s.o. a.a.O.
– Bewirtung: s.o. a.a.O.
– Dienstreise, Dienstgang: s.o. a.a.O.
– Kosten der doppelten Haushaltsführung sind für Künstlerinnen und Künstler als Arbeitnehmer, die beruflich außerhalb des Ortes, an dem sie einen eigenen Hausstand unterhalten, beschäftigt sind und am Beschäftigungsort eine Zweitwohnung haben (sie muß durch die berufliche Beschäftigung veranlaßt sein, z.B. bei Wechsel des Beschäftigungsortes aufgrund einer Versetzung oder bei Aufnahme einer Berufstätigkeit durch den Ehegatten und Verlegung des Hausstandes an dessen Beschäftigungsort), abzugsfähig. Als Mehraufwendungen werden hierbei Fahrtkosten aus Anlaß des Wohnungswechsels zu Beginn und am Ende der doppelten Haushaltsführung, sowie für eine wöchentliche Familienheimfahrt oder ein wöchentliches Familienferngespräch, Verpflegungsmehraufwendungen und Aufwendungen für die Zweitwohnung anerkannt. Die Fahrtkosten berechnen sich bei Durchführung mit dem Pkw nach § 9 Abs. 1 Nr. 4 S. 2 EStG und betragen pro Entfernungskilometer 0,50 DM. Kosten für Familienferngespräche an Stelle einer Familienheimfahrt werden nach Abschn. 43 Abs. 7 LStR für ein 15-minütiges Ferngespräch anerkannt. Verpflegungsmehraufwendungen werden mit einem Pauschbetrag von 16 DM/Kalendertag ohne Einzelnachweis bei einem im Inland liegenden Beschäftigungsort, bei einem im Ausland liegenden Beschäftigungsort in Höhe von 40 % des für Reisekosten ins Ausland vorgesehenen Verpflegungsmehraufwendungen angerechnet. Die Pauschalbeträge sind bei zeitlich beschränkter doppelter Haushaltsführung nicht anzusetzen, Abschn. 43 Abs. 8 Nr. 2 b LStR
– Fahrten zwischen Wohnung und Arbeitsstätte sind nach § 9 Abs. 1 Nr. 4 EStG grundsätzlich als Werbungskosten mit der Pauschale von 0,50 DM bei Benutzung des Pkw und 0,22 DM bei Benutzung eines Motorrades pro Entfernungskilometer absetzbar. Damit ist die tägliche Hin- und Rückfahrt abgegolten. Mehrere Fahrten zwischen Wohnung und

Arbeitsstätte an einem Tag werden nur anerkannt, wenn der Arbeitnehmer seine Arbeitsstätte wegen eines zusätzlichen Arbeitseinsatzes außerhalb seiner regelmäßigen Arbeitszeit, z.B. abends oder an einem arbeitsfreien Wochenende, oder wegen einer Unterbrechung der Arbeitszeit von mindestens 4 Stunden aufsuchen muß, Abschn. 42 Abs. 2 LStR. Ausgangspunkt für die Fahrten ist die Wohnung, die der Arbeitnehmer regelmäßig zur Übernachtung nutzt und von der aus er seine Arbeitsstätte aufsucht. Für Fahrten mit anderen Verkehrsmitteln können für die Benutzung eines Fahrrades 0,12 DM pro Entfernungskilometer angesetzt werden und bei öffentlichen Verkehrsmitteln die tatsächlichen Aufwendungen. Außergewöhnliche Kosten eines Kraftfahrzeugs können neben dem gesetzlichen Kilometer-Pauschalbetrag berücksichtigt werden. Zu den außergewöhnlichen Kosten gehören insbesondere Aufwendungen für die Beseitigung von Unfallschäden bei einem Verkehrsunfall auf der Fahrt zwischen Wohnung und Arbeitsstätte. Nicht zu diesen Kosten gehören die durch die Versicherungsleistung verursachten höheren Beiträge für die Haftpflichtversicherung für die Folgejahre, wohl aber, wenn der Arbeitnehmer unter Verzicht auf die Inanspruchnahme der Versicherung den Schaden selbst begleicht, Abschn. 42 Abs. 5 LStR. Behinderte Arbeitnehmer können ab einem gewissen Grad der Behinderung sämtliche Kosten absetzen, § 9 Abs. 2 EStG
- Kontoführungsgebühren: pauschal 30 DM/Jahr
- Aufwendungen einer Musiklehrerin für Konzertbesuche sind keine Werbungskosten (BFH BStBl. 1971 II, 368)
- Rundfunkgebühren: keine Werbungskosten.

cc) Pauschalbeträge

Bei bestimmten Berufsgruppen (s. u.) können die mit der beruflichen Tätigkeit zusammenhängenden Umzugskosten, Aufwendungen für Fahrten zwischen Wohnung und Arbeitsstätte sowie Mehraufwendungen bei doppelter Haushaltsführung als Werbungskosten neben dem Arbeitnehmer-Pauschbetrag, § 9 a Nr. 1 EStG, anerkannt werden. Dies dient der Vereinfachung der Verwaltungsarbeit. Folgende Pauschbeträge werden zugelassen: 29
- bei Artisten: 265 DM monatlich. Zu den Artisten gehören Akrobaten, Jongleure und Universalartisten, Zauberkünstler und Dressurkünstler, Schnellmaler und Musikartisten, Bauchredner und Imitatoren, Komiker, Humoristen, Ansager/innen und Diskjockeys, Sänger und Tänzer/innen, soweit sie nicht unter darstellende Künstler fallen
- darstellende Künstlerinnen und Künstler: 365 DM monatlich, soweit sie solistische Leistungen erbringen, 265 DM monatlich, wenn sie Leistungen innerhalb einer Gruppe, z.B. in einem Chor oder einem Ballett erbringen oder als Inspizienten oder Regieassistenten tätig sind.

Zu den darstellenden Künstlern gehören ebenfalls Schauspieler und Puppenspieler/innen, Opernsänger, Operettensängerinnen, Musicalsänger, Lied- und Oratoriensänger/innen, sowie Sänger der Unterhaltungsmusik, Ballettänzer/innen, Ballettmeister, Ballettrepetitoren, Solorepetitoren und Choreographen, Regisseure. Nicht dazu gehören die künstlerisch-technischen Mitarbeiter im Bereich der darstellenden Kunst, z.B. Kostüm- und Maskenbildner/innen, Film- und Fernsehcutter

– Journalisten: 115 DM monatlich. Zu den Journalisten gehören nur diejenigen Personen, die in einem Dienstverhältnis journalistische Arbeit hauptberuflich für Zeitungen oder Zeitschriften, bei Nachrichtenagenturen, Korrespondenzbüros oder Rundfunkunternehmen ausüben. Eine journalistische Tätigkeit übt nicht aus, wer nicht auf redaktionellem Gebiet, sondern z.B. auf dem der Werbung oder des Anzeigengeschäfts tätig ist. Die hauptberufliche journalistische Tätigkeit kann von Mitgliedern eines journalistischen Fachverbandes durch eine Bescheinigung ihres Verbandes und sonst in jeder geeigneten Form nachgewiesen werden, Abschn. 47 LStR.

Als Vereinfachung für die Verwaltung ist in § 9 a EStG ein Pauschalbetrag für alle Werbungskosten vorgesehen. Er beträgt bei Einkünften aus nichtselbständiger Tätigkeit 2.000 DM pro Jahr. Dies beinhaltet die bisher geltenden Pauschalbeträge für die Werbungskosten (564 DM), Weihnachtsfreibetrag (600 DM) und Arbeitnehmerfreibetrag (480 DM).

c) Mehrere Künstler als BGB-Gesellschaft

30 Schließen sich mehrere Künstlerinnen und Künstler, die für sich genommen Einkünfte aus selbständiger Tätigkeit im Sinne von § 18 EStG haben, zu einer BGB-Gesellschaft zusammen, so sind die Einkünfte der Gesellschaft anteilmäßig auf die einzelnen Gesellschafter zu verteilen und dort zu versteuern, z.B. wenn ein Konzertveranstalter die Gage an die aufgetretene Musikgruppe zahlt. Abzugrenzen sind diese Einkünfte insbesondere von den Einkünften aus Gewerbebetrieb im Sinne von § 15 I 1 Nr. 2 EStG.

d) Einkünfte aus Vermietung und Verpachtung

31 Gem. § 21 Abs. 1 Nr. 3 EStG fallen die Einkünfte aus zeitlich begrenzter Überlassung von Rechten, insbesondere von schriftstellerischen, künstlerischen und gewerblichen Urheberrechten, siehe § 73 a Abs. 2, 3 EStDV, unter die Einkünfte aus Vermietung und Verpachtung. Dies gilt jedoch nur bei **erworbenen Urheberrechten**; erzielt der Schriftsteller, der Künstler oder Erfinder selbst Einkünfte aus der Überlassung seiner Werke, so unterfällt dies den Einkünften aus selbständiger Tätigkeit (Drenseck in Schmidt, EStG, § 21 Anm. 9). Nach § 2 Abs. 2 Nr. 2 EStG

ermitteln sich die Einkünfte hier, wie bei den Einkünften aus nichtselbständiger Tätigkeit, aus dem Überschuß der Einnahmen über die Werbungskosten.

4. Weitere Abzüge

Wurde nach der jeweiligen Einkunftsart die Summe der Einkünfte ermittelt, werden von dieser noch weitere Beträge abgezogen, um zur **Bemessungsgrundlage** für die Einkommensteuer zu gelangen. 32

a) Gesamtbetrag der Einkünfte

Der Gesamtbetrag der Einkünfte ermittelt sich gem. § 2 Abs. 3 EStG, wie oben ausgeführt, aus der Summe der Einkünfte abzüglich des Altersentlastungsbetrages, des Ausbildungsplatzabzugsbetrages und der nach § 34 c Abs. 2, 3 EStG abgezogenen Steuer. 33

(1) Altersentlastungsbetrag

Der Altersentlastungsbetrag gilt nur für Steuerpflichtige, die vor dem Beginn des Kalenderjahres, in dem sie ihr Einkommen bezogen haben, das 64. Lebensjahr vollendet haben, und nur bei Einkünften aus nichtselbständiger Tätigkeit. Bemessungsgrundlage für diesen Betrag ist der Arbeitslohn zzgl. der positiven Summe der Einkünfte, die noch zu den Einkünften aus nichtselbständiger Arbeit gehören. Er beträgt 40 % dieses Einkommens, höchstens jedoch 3.720 DM. Er wird automatisch beim Abzug der Lohnsteuer vom Arbeitslohn mitberücksichtigt. 34

(2) Ausbildungsplatzabzugsbetrag

Der Ausbildungsplatzabzugsbetrag gilt für Steuerpflichtige, die bis zum 31.12.90 finanzielle Hilfe aufgrund einer Rechtsverordnung nach § 2 Abs. 1 Ausbildungsplatzförderungsgesetz erhalten haben und bei denen die finanziellen Hilfen zu den Betriebseinnahmen aus Gewerbebetrieb oder selbständiger Arbeit gehören. Dieser Abzugsbetrag wird in Höhe der finanziellen Hilfen gewährt. 35

(3) Steuerabzug nach § 34 c Abs. 2, 3 EStG

Auf Antrag wird die im Ausland gezahlte Steuer statt einer Anrechnung auf die deutsche Einkommensteuer vom Gesamtbetrag der Einkünfte abgezogen. Ist eine Anrechnung nicht möglich, weil die im Ausland gezahlte Steuer der deutschen Einkommensteuer nicht entspricht oder nicht in dem Staat erhoben wird, aus dem die Einkünfte stammen, oder weil keine ausländischen Einkünfte vorliegen, so wird die gezahlte Steuer vom Gesamtbetrag der Einkünfte abgezogen, soweit sie auf Einkünfte entfällt, die der deutschen Einkommensteuer unterliegen. 36

b) Einkommen gem. § 2 Abs. 4 EStG

37 Von dem so ermittelten Gesamtbetrag der Einkünfte sind die Sonderausgaben und die außergewöhnlichen Belastungen abzuziehen.

(1) Sonderausgaben

38 Die Sonderausgaben gem. §§ 10, 10 b, 10 c EStG gehören eigentlich zu den Ausgaben für die Lebensführung, die ihrem Wesen nach wegen § 12 EStG nicht von den Einkünften abziehbar sein dürften. Aus gesellschaftspolitischen Gründen werden folgende abschließend aufgezählte Abzüge jedoch zugelassen:

- **Unterhaltsleistungen** an den geschiedenen oder getrennt lebenden Ehegatten unter bestimmten Voraussetzungen, § 10 Abs. 1 Nr. 1 EStG
- Auf besonderen Verpflichtungsgründen beruhende **Renten** oder **dauernde Lasten**, die nicht zu den Betriebsausgaben oder Werbungskosten gehören, § 10 Abs. 1 Nr. 1 a EStG
- **Vorsorgeaufwendungen** für Kranken-, Unfall-, Haftpflichtversicherungen, Rentenversicherung, Krankentagegeldversicherung usw., siehe § 10 Abs. 1 Nrn. 2, 3 EStG. Darunter fallen nicht Hausrat-, Feuer-, Kaskoversicherung für Pkw u.ä. als Sachversicherungen. Nach § 10 Abs. 2 EStG dürfen sie nicht in unmittelbarem wirtschaftlichen Zusammenhang mit steuerfreien Einnahmen stehen. Der **Grundhöchstbetrag** beläuft sich auf 2.340 DM (4.680 DM bei zusammen veranlagten Ehegatten) zusätzlich eines Vorwegabzugs von 4.000 DM (8.000 DM bei Ehegatten). Die hierbei sich ergebenden Kürzungen dieser Beträge richten sich nach der jeweiligen Versicherung und ergeben sich aus § 10 Abs. 3 EStG
- Gezahlte **Kirchensteuer**, § 10 Abs. 1 Nr. 4 EStG
- Zinsen nach den §§ 233 a (Verzinsung von Steuernachforderungen und Steuererstattungen), 234 (Stundungszinsen), 237 AO (Zinsen bei Aussetzung der Vollziehung), § 10 Abs. 1 Nr. 5 EStG
- **Steuerberatungskosten** (soweit sie nicht Betriebsausgaben oder Werbungskosten sind), § 10 Abs. 1 Nr. 6 EStG
- Aufwendungen für eine **Berufsausbildung** oder **Weiterbildung** des Steuerpflichtigen oder seines Ehegatten in einem nicht ausgeübten Beruf bis 900 DM bzw. 1.200 DM p.a., wenn der Steuerpflichtige wegen der Ausbildung oder Weiterbildung außerhalb des Ortes untergebracht ist, an dem er seinen eigenen Hausstand unterhält
- Aufwendungen bis zu 12.000 DM für **Haushaltshilfen**, wenn für diese Rentenversicherungsbeiträge entrichtet werden und zum Haushalt zwei Kinder, bei Alleinstehenden ein Kind, das zu Beginn des Kalenderjahres das 10. Lebensjahr noch nicht vollendet haben, gehören. Dasselbe gilt für einen Hilflosen im Sinne von § 33 b Abs. 6 EStG

- Ausgaben zur **Förderung gemeinnütziger Zwecke** und **Beiträge/Spenden** an politische Parteien in bestimmter Höhe, § 10 b EStG
- Höchstgrenzen und Einschränkungen für den Abzug enthält § 10 Abs. 2 – 5 EStG; Pauschsätze zur Vereinfachung sieht § 10 c EStG vor.

(2) Außergewöhnliche Belastungen

Erwachsen dem Künstler **größere Aufwendungen als der überwiegenden Mehrzahl der Steuerpflichtigen** gleicher Einkommensverhältnisse, gleicher Vermögensverhältnisse und gleichen Familienstands und konnte er sich diesen Aufwendungen aus rechtlichen, tatsächlichen oder sittlichen Gründen nicht entziehen, so kann der Betrag, der die zumutbare Belastung übersteigt, auf Antrag vom Gesamtbetrag der Einkünfte abgezogen werden, § 33 EStG. Die Aufwendungen müssen zwangsläufig, notwendig und angemessen sein. In Betracht kommen hier etwa nicht ersetzte Aufwendungen bei der Wiederbeschaffung unentbehrlicher Güter nach Brand, Diebstahl, Unwetterkatastrophen, bei Krankheit, Kuraufenthalten, Geburt. 39

aa) Außergewöhnliche Belastung in besonderen Fällen

Ausgaben für Unterhalt oder Berufsausbildung von Personen, für die kein Kinderfreibetraganspruch besteht, werden nach § 33 a EStG mit Pauschbeträgen berücksichtigt. Wenn diese unter 18 Jahre alt sind, ist ein Pauschalbetrag bis zu 3.024 DM, über 18 Jahre bis zu 5.400 DM möglich. Voraussetzung ist allerdings, daß die unterhaltene Person kein oder nur ein geringes Vermögen besitzt. Besteht ein Kinderfreibetraganspruch und erwachsen dem Steuerpflichtigen Aufwendungen für die Berufsausbildung eines Kindes, so kann er einen Antrag stellen, daß der Ausbildungsfreibetrag vom Gesamtbetrag der Einkünfte abgezogen wird. In diesem Zusammenhang sind zwei Entscheidungen des Bundesverfassungsgerichts (BVerfG NJW 1990, 2869 ff. u. NJW 1990, 2876 f.) zu berücksichtigen, in denen konkrete Regelungen im Zusammenhang mit dem Haushaltsbegleitgesetz 1983 für verfassungswidrig erklärt werden. Unabhängig von der dort festgestellten Verfassungswidrigkeit befristet geltender Regelungen führt das Bundesverfassungsgericht grundsätzlich aus, daß dem Steuerpflichtigen das **Existenzminimum** steuerfrei belassen werden muß. Erwachsen dem Steuerpflichtigen Aufwendungen durch die Beschäftigung einer **Haushaltshilfe** bei Alter, Krankheit oder Heimunterbringung, so ist ein Betrag bis zu 1.000 DM/Jahr, bei hilflosen Personen oder bei Unterbringung zur dauernder Pflege bis zu 1.800 DM/Jahr abziehbar. 40

bb) Pauschbeträge für Behinderte, Hinterbliebene und Pflegepersonen

Nach § 33 b EStG kann ein Körperbehinderter außergewöhnliche Aufwendungen, die ihm infolge seiner Behinderung erwachsen, je nach Grad der Behinderung nach Pauschbeträgen zwischen 600 DM und 2.760 DM von den Einkünften abziehen. 41

cc) Kinderbetreuungskosten

42 Die Regelung des § 33 c EStG gewährt einen Abzug wegen außergewöhnlicher Belastungen für **Kinderbetreuungskosten Alleinstehender**, soweit dem Steuerpflichtigen Aufwendungen wegen Erwerbstätigkeit erwachsen. Desweiteren sind Kinderbetreuungskosten Alleinstehender bei körperlicher, geistiger oder seelischer Behinderung oder Krankheit des Steuerpflichtigen abzugsfähig, auch wenn er nicht erwerbstätig ist. Die Aufwendungen müssen notwendig und angemessen sein. Es ist ein Abzug bei einem Kind bis zu 4.000 DM, bei jedem weiteren Kind von weiteren 2.000 DM/Kind möglich. Bei Ehegatten, die beide unbeschränkt einkommensteuerpflichtig sind und nicht dauernd getrennt leben, gilt dies entsprechend, soweit die Aufwendungen wegen körperlicher, geistiger oder seelischer Behinderung oder Krankheit eines Ehegatten erwachsen, wenn der andere Ehegatte erwerbstätig oder ebenfalls krank oder behindert ist.

c) Zu versteuerndes Einkommen

43 Das zu versteuerende Einkommen ergibt sich aus dem Einkommen abzüglich der in § 2 Abs. 5 EStG vorgesehenen Freibeträge.

(1) Kinderfreibetrag

44 Der Kinderfreibetrag beträgt gem. § 32 Abs. 6 EStG 1.512 DM für jedes zu berücksichtigende Kind des Steuerpflichtigen; bei Ehegatten, die nach §§ 26, 26 b EStG zusammen zur Einkommensteuer veranlagt werden, 3.024 DM.

(2) Haushaltsfreibetrag

45 Der Haushaltsfreibetrag beläuft sich für einen Steuerpflichtigen gem. § 32 Abs. 7 EStG auf 5.616 DM, wenn er einen Kinderfreibetrag für mindestens ein Kind erhält, das in seiner Wohnung gemeldet ist und für den das Splitting-Verfahren nicht anzuwenden und er auch nicht als Ehegatte getrennt zur Einkommensteuer zu veranlagen ist.

d) Steuerermäßigung

46 Das zu versteuernde Einkommen bildet die Bemessungsgrundlage für die tarifliche Einkommensteuer. Davon werden die Steuerermäßigungen im Sinne des § 2 Abs. 6 EStG abgezogen und ergeben dann die festzusetzende Einkommensteuer. Interessant sind in diesem Rahmen die Steuerermäßigungen für die Einkünfte, die die Vergütung für eine **mehrjährige Tätigkeit** sind (außerordentliche Einkünfte gem. § 34 Abs. 3 EStG), d.h. einer Tätigkeit, die sich über den Zeitraum von mehr als 12 Monaten erstreckt. Um die Progression auszugleichen, wird bei der Berechnung der Steuer zunächst die Einkommensteuerschuld ermittelt, ohne daß die außerordentlichen Einkünfte miteinbezogen werden. Dann wird die Ein-

kommensteuerschuld errechnet, die sich ergibt, wenn ein Drittel dieser außerordentlichen Einkünfte zu den anderen Einkünften hinzugerechnet wird. Der Unterschiedsbetrag zwischen beiden Steuerbeträgen ist zu verdreifachen und dem Steuerbetrag, der sich bei der Berechnung ohne die außerordentlichen Einkünfte ergeben hat, hinzuzurechnen.

5. Ehegattenbesteuerung

Für die Veranlagung von Ehegatten kommen drei Möglichkeiten in Betracht, § 26 Abs. 1 EStG – die **getrennte Veranlagung** unter Anwendung des Grundtarifes, §§ 26 a, 32 a Abs. 1 – 4 EStG, – die **Zusammenveranlagung** unter Anwendung des Splittingtarifes, §§ 26 b , 32 a Abs. 5 – oder die **besondere Veranlagung** nach § 26 c EStG unter Anwendung des Grundtarifs bei Gewährung von Tarifermäßigungen (Seeger in Schmidt, EStG, § 26 Anm. 1). Voraussetzung ist hierfür zunächst, daß die Ehegatten beide unbeschränkt einkommensteuerpflichtig sind und nicht dauernd getrennt leben. **47**

a) Getrennte Veranlagung

Bei dieser Veranlagung wird das **Einkommen jedes Ehegatten** nach dem Grundtarif besteuert, § 26 a EStG. Außergewöhnliche Belastungen werden nach Zusammenveranlagungsregeln ermittelt und jedem Ehegatten zur Hälfte abgezogen, unabhängig davon, wer die Belastungen getragen hat. Eine andere Aufteilung ist jedoch auf Antrag möglich. Weitere Besonderheiten siehe §§ 62 c, d EStDV. **48**

b) Zusammenveranlagung

Hierbei werden die **Einkünfte der Ehegatten zusammengerechnet** und die Ehegatten, soweit nichts anderes vorgeschrieben ist, als ein Steuerpflichtiger behandelt, § 26 b EStG. Es wird hierbei der Gesamtbetrag der Einkünfte, § 2 Abs. 3 EStG, zusammengerechnet, so daß Freibeträge und Pauschbeträge, die die Einkünfteermittlung betreffen, von jedem Ehegatten in Anspruch genommen werden können (BFH BStBl. II 1980, 645). Ist die Bemessungsgrundlage für die Einkommensteuer ermittelt, wird auf diese der Splittingtarif gem. § 32 a Abs. 5 EStG angewendet. Dieser soll gewährleisten, daß die Ehegatten nach der Eheschließung keine höhere Einkommmensteuer zahlen als davor. **49**

c) Besondere Veranlagung für den Veranlagungszeitraum der Eheschließung gem. § 26 c EStG

Hiermit sollen die **Nachteile**, die durch die Zusammenveranlagung der Ehegatten nach der Eheschließung im Veranlagungszeitraum entstehen, **ausgeglichen** werden. Das zu versteuernde Einkommen, § 2 Abs. 5 **50**

EStG, ist danach für jeden Ehegatten so zu ermitteln, als wäre er noch unverheiratet. Sonderausgaben und außergewöhnliche Belastungen, die gemeinsam getragen wurden, sind jeweils nach den tatsächlichen Zahlungen jedes Ehegatten aufzuteilen. Für die Kinderbetreuungskosten nach § 33 c EStG ist der Tag der Eheschließung maßgebend. Nur bis zu diesem können diese abgezogen werden.

II. Umsatzsteuer

1. Systematik

51 Während die Einkommensteuer eine Steuer auf das Einkommen ist, ist die Umsatzsteuer eine Steuer auf die **Verwendung von Einkommen und Vermögen**, d.h. das Einkommen wird also zweimal besteuert, einmal durch die Einkommensteuer und bei Verwendung des Einkommens durch die Umsatzsteuer. Nach Ansicht des Bundesfinanzhofes hat „*...die Umsatzsteuer keinen tieferen Sinn als den, dem Staat Geld zu bringen.*" (BFH BStBl. II 1973, 94 ff. [96]). Das System muß sich demnach denklogisch von dem der Einkommensteuer unterscheiden. Es wird nicht das Einkommen des Einzelnen besteuert, sondern die Lieferungen und Leistungen des täglichen Verkehrs beim Endverbraucher.

2. Steuersubjekt

52 Aus Gründen der Praktikabilität ist hier Steuersubjekt der **Unternehmer**, während der Steuerbelastete der Verbraucher ist. Demnach wird auf den Unternehmer die Steuererhebung abgewälzt. Unternehmer ist nach § 2 Abs. 1 Umsatzsteuergesetz (UStG), wer eine **gewerbliche oder berufliche Tätigkeit selbständig ausübt**, d.h. wer einer nachhaltigen Tätigkeit zur Erzielung von Einnahmen nachgeht, wobei eine Gewinnerzielungsabsicht, anders als im Einkommensteuerrecht, nicht erforderlich ist. Es kommt hierbei nicht auf die Unternehmensform an (eine Ausnahme bildet insoweit die juristische Person des öffentlichen Rechts, § 2 Abs. 3 UStG). Als nachhaltig gilt eine Tätigkeit, wenn sie nicht nur gelegentlich vorgenommen wird, sondern entweder mit Wiederholungsabsicht oder bei Vornahme mehrerer gleichartiger Handlungen unter Ausnutzung derselben Gelegenheit. Die Anforderungen an die selbständige Ausübung sind dieselben wie im Einkommensteuerrecht, so daß insoweit darauf verwiesen werden kann. Ein Nichtunternehmer ist nur dann Steuersubjekt der Umsatzsteuer, wenn er Waren aus dem Ausland einführt (Einfuhrumsatzsteuer) oder wenn er unberechtigt in einer Rechnung gesondert Umsatzsteuer ausweist, vgl. § 14 Abs. 3 UStG.

3. Steuerobjekt

Besteuert wird gem. § 1 Abs. 1 UStG die **Lieferung** oder **sonstige Leistung**, die ein Unternehmer gegen Entgelt im Rahmen seines Unternehmens ausführt (soweit dies im Raum der Bundesrepublik Deutschland geschieht; auf die Staatsangehörigkeit oder den Wohnsitz des Unternehmers kommt es dabei nicht an), der Eigenverbrauch und die Einfuhr von Gegenständen in das Zollgebiet. 53

a) Lieferung

Eine Lieferung bedeutet gem. § 3 Abs. 1 UStG, daß dem Abnehmer (Leistungsempfänger) durch den Unternehmer oder durch den von ihm beauftragten Dritten die **Verfügungsmacht** verschafft wird, er also in die Lage versetzt wird, wie ein wirtschaftlicher Eigentümer zu agieren. Dies erfolgt beim Kauf eines Buches ebenso wie beim Kauf eines Autos unter Eigentumsvorbehalt. 54

b) Sonstige Leistungen

Sonstige Leistungen liegen vor, wenn das Verhalten des Unternehmers nicht in der Verschaffung der Verfügungsmacht über einen Gegenstand liegt, sondern aus **Dienst- und Werkleistungen, Vermittlungsleistungen, Übertragung von Rechten und anderen wirtschaftlichen Vorteilen**. Hierunter fallen z.B. auch die Veräußerung von Modellskizzen, die Fertigung von Modellskizzen als Verkörperung von Modellideen, die Erlaubnis der Benutzung eines Warenzeichens, die Übertragung von Verlagsrechten, die Herstellung und Übertragung sendefertiger Filme an die Fernsehanstalt durch einen Hersteller im Sinne von § 94 UrhG usw. Tritt demnach eine Musikerin, die als Unternehmerin im Sinne des Umsatzsteuergesetzes angesehen werden kann, in einem Konzert auf, so unterliegt das Entgelt für ihre Leistung (die Gage) der Umsatzsteuer. Bei der Vereinbarung der Gage muß demnach klar sein, ob diese zuzüglich der „Mehrwertsteuer" zu zahlen ist oder nicht. 55

c) Leistungsaustausch

Es muß sich bei der Lieferung oder sonstigen Leistung um einen Leistungsaustausch handeln, es müssen also Leistung und Gegenleistung in einer **Wechselbeziehung** zueinander stehen. Eine Schadensersatzleistung wird demnach nicht besteuert, da hier die Einkommensverwendung keinen willentlichen Verbrauch darstellt. Beim **Tausch** (Lieferung gegen Lieferung) oder tauschähnlichem Umsatz (Lieferung gegen sonstige Leistung oder umgekehrt oder sonstige Leistung gegen sonstige Leistung) liegen zwei steuerbare Umsätze vor, deren Wert als Entgelt angesehen werden muß. Die Lieferung oder sonstige Leistung muß im **Rahmen des Unter-** 56

nehmens stattfinden. Dies liegt bei Eigenverbrauch des Unternehmers im Sinne von § 1 Abs. 1 Nr. 2 UStG nicht vor.

d) Leistungsort

57 Der Ort der Lieferung, der wichtig ist, weil nur Umsätze im Inland nach dem Umsatzsteuergesetz besteuert werden, bestimmt sich gem. § 3 Abs. 6 UStG grundsätzlich nach dem Ort, an dem sich der zu liefernde **Gegenstand** zur Zeit der Verschaffung der Verfügungsmacht **befindet**; der Ort der sonstigen Leistung ist gem. § 3 a Abs. 1 UStG grundsätzlich an dem **Ort**, von dem aus der Unternehmer sein **Unternehmen betreibt**. Die Ausnahmen regeln §§ 3 Abs. 7 u. 8; 3 a Abs. 2 - 4 UStG

e) Eigenverbrauch

58 Eigenverbrauch liegt vor, wenn der Unternehmer einen Liefergegenstand, der vor der Entnahme zum Unternehmen des Unternehmers gehört hat, zu **außerunternehmerischen Zwecken** entnimmt oder wenn er Leistungen im oben genannten Sinne für Zwecke, die außerhalb des Unternehmens liegen, ausführt (z.B. Einsatz von Arbeitskräften des Unternehmens im privaten Bereich). Ein Eigenverbrauch wird bei einem betrieblich genutzten Pkw regelmäßig in Höhe von 35% angenommen. Desweiteren liegt auch beim sog. Aufwendungseigenverbrauch ein Eigenverbrauch in diesem Sinne vor. Dies sind Aufwendungen im Bereich der privaten Lebensführung oder solche, die unter das Abzugsverbot des § 4 Abs. 5 Nr. 1-7 EStG fallen (z.B. Geschenke an Geschäftsfreunde). Die Bemessungsgrundlage für den Eigenverbrauch richtet sich je nach seiner Art gem. § 10 Abs. 4 UStG nach dem Einkaufspreis, nach den entstandenen Kosten oder nach den Aufwendungen.

f) Einfuhrumsatzsteuer

59 Die Einfuhrumsatzsteuer ist die Umsatzsteuer, die bei **Einfuhr von Gegenständen** in das Zollgebiet erhoben wird. Sie dient dazu, Auslandswaren und Inlandswaren gleich zu belasten. Bei Ausfuhr von Gegenständen aus dem Zollgebiet, wird die im Erhebungsgebiet geleistete Steuer zurückerstattet und mit der Umsatzsteuer des Ausfuhrlandes an der Grenze belastet. Führt ein nicht im Erhebungsgebiet ansässiger Unternehmer eine steuerpflichtige Werkleistung oder sonstige Leistung aus, so hat der Leistungsempfänger die Steuer von der Gegenleistung einzubehalten und an das für ihn zuständige Finanzamt abzuführen, § 51 Abs. 1 Umsatzsteuerdurchführungsverordnung (UStDV). Sinn dieser Regelung ist es, die Lücke des § 1 Abs. 1 Nr. 4 UStG zu schließen, der nur auf die Einfuhr von Gegenständen abzielt. Ausnahmen hierzu bestehen, wenn die Gegenleistung des Leistungsempfängers ausschließlich in einer Lieferung oder sonstigen Leistung besteht (bei Tausch), der Unternehmer keine

Rechnung mit gesondertem Steuerausweis erteilt hat oder der Leistungsempfänger einen Vorsteuerabzug voll in Anspruchnehmen könnte, § 53 UStDV. Bild- und Tonmaterial erzieherischen, wissenschaftlichen oder kulturellen Charakters, das von den Vereinten Nationen oder einer ihrer Sonderorganisationen hergestellt worden ist, ist unabhängigvon seinem Verwendungszweck gem. § 9 Einfuhrumsatzsteuerbefreiungsverordnung v. 17.11.88 von der Einfuhrumsatzsteuer befreit. Dasselbe gilt für Sammlungsgegenstände und Kunstgegenstände erzieherischen, wissenschaftlichen und kulturellen Charakters, die nicht zum Verkauf bestimmt sind und von Museen, Galerien und anderen Einrichtungen eingeführt werden.

g) Steuerbefreiungen

(1) Einrichtungen des Staates

Ist insoweit die Umsatzsteuerpflicht festgestellt, regelt § 4 UStG die 60 Steuerbefreiungen in einem Katalog. Unter anderem werden hier gem. § 4 Nr. 20 UStG die Umsätze von Einrichtungen des Bundes, der Länder, der Gemeinden oder der Gemeindeverbände von der Umsatzsteuerpflicht befreit, sofern dies **Theater, Orchester, Kammermusikensembles und Chöre** betrifft (möglich ist hier auch eine Befreiung von der Umsatzsteuerpflicht mittels Bescheinigung durch die Landeskulturbehörde, daß eine kulturelle Einrichtung im oben genannten Sinne vorliegt) oder die Veranstaltung von Theateraufführungen und Konzerten durch andere Unternehmen, wenn die Darbietungen von eben diesen Einrichtungen vorgenommen werden. Eine Einrichtung ist Theater in diesem Sinne, wenn so viele künstlerische und technische Kräfte vorhanden sind, daß die Durchführung eines Spielplans aus eigenen Kräften möglich ist (BFH BStBl. II 1969, 274 f. [275]). Darunter fallen auch Puppen-, Marionetten-, Schattenspiel- und Pantomimetheater oder literarische Kabaretts, nicht aber Zirkusdarbietungen oder Varietéaufführungen. Die Steuerbefreiung gilt nur für die Umsätze, die mit dem Betrieb eines Theaters üblicherweise verbunden sind. Andere Unternehmen in diesem Sinne sind Theater-, Gastspiel- und Konzertdirektionen, nicht aber Agenturen.

(2) Schul- und Bildungszwecken dienende Einrichtungen

Desweiteren werden gem. § 4 Nr. 21 UStG die unmittelbar dem Schul- 61 und Bildungszweck dienenden Leistungen privater Schulen und anderer allgemeinbildender oder berufsbildender Einrichtungen von der Umsatzsteuerpflicht befreit, wenn sie staatlich genehmigt sind oder ihnen bescheinigt wurde, daß sie auf einen Beruf oder eine vor einer **juristischen Person des öffentlichen Rechts abzulegende Prüfung** ordnungsgemäß vorbereiten, § 4 Nr. 21 UStG. In Frage kommen kann dies für Privatmusiklehrer. Praktisch wird dies aber kaum relevant werden, da sicherlich der geringste Anteil an Honorareinnahmen von Privatmusiklehrern auf Musikschüler entfällt, die sich um die Aufnahme in einer staatlichen Hochschule bemühen.

4. Steuersatz

62 Das für die Lieferungen und sonstigen Leistungen vereinbarte Entgelt, § 16 Abs. 1 S. 1 UStG, das nicht unter die steuerfreien Umsätze fällt, ist die Bemessungsgrundlage für die Umsatzsteuer, vgl. § 10 UStG. Der Steuersatz beträgt zur Zeit 7 bzw. 14% des Nettoentgelts gem. § 12 UStG.

a) Der niedrigere Steuersatz von 7%

(1) Künstlerische Leistungen

63 Umsatzsteuer von 7% wird für Leistungen der **Theater, Orchester, Kammermusikensembles, Chöre** sowie die **Veranstaltungen von Theatervorführungen und Konzerten** durch andere Unternehmer erhoben (wenn nicht die Voraussetzungen des § 4 Nr. 20 UStG vorliegen), ebenso wie für die **Überlassung von Filmen** zur Auswertung und Vorführung, sowie **Filmvorführungen**, die **Einräumung, Übertragung und Wahrnehmung von Rechten**, die sich aus dem **Urheberrechtsgesetz** ergeben, **Zirkusvorführungen** und die Leistungen aus der Tätigkeit als **Schausteller**.

(2) Leistungen der Filmwirtschaft

64 Die Regelung des § 12 Abs. 2 Nr. 7 b UStG begünstigt die **Leistungen der Filmwirtschaft auf allen Stufen** (Produktion, Verleih, Filmtheater). Entgelte für Filmvorführungen sind Eintrittsgelder, Programmverkauf und Garderobenverwahrung, nicht aber der Verkauf von Getränken und Süßwaren.

(3) Umsätze aus der Einräumung, Übertragung und Wahrnehmung von Rechten

65 Werden durch die Einräumung, Übertragung und Wahrnehmung von Rechten, die sich aus dem Urheberrechtsgesetz ergeben, Umsätze getätigt, so fallen diese ebenfalls unter den ermäßigten Steuersatz, § 12 Abs. 2 Nr. 7 c UStG. Darunter fallen auch die Leistung von **Journalisten**, es sei denn, es handelt sich um Tatsachennachrichten oder Tagesneuigkeiten. Aus Vereinfachungsgründen läßt die Verwaltung es zu, daß die Journalisten grundsätzlich auf ihre Leistungen insgesamt den ermäßigten Steuersatz anwenden, wenn es sich nicht um journalistische Leistungen handelt, die ausschließlich die Sammlung von Daten ohne redaktionelle Bearbeitung beinhalten, Abschn. 168 Abs. 10 Umsatzsteuerrichtlinien (UStR). Auf **ausübende Künstler** ist diese Vorschrift insoweit anzuwenden, als sie die ihnen aus §§ 74 – 77 UrhG gewährten Rechte an Dritte abtreten oder

sie die Einwilligung zur Bilschirm- u. Lautsprecherübertragung, zur Vervielfältigung und zur Funksendung selbst erteilen, soweit die Abtretung oder die Einwilligung das Wesentliche ihrer Leistung ist (Burhoff in Peter/Burhoff, UStG, § 12 Abs. 2 Nr. 7 Rz. 29).

b) Der Steuersatz von 14%

Für alle anderen Lieferungen und Leistungen in diesem Bereich gilt der **66**
Steuersatz von 14%.

5. Vorsteuerabzug

Da die Umsatzsteuer nur den Endverbraucher belasten soll, der Unter- **67**
nehmer aber Steuersubjekt ist, muß für ihn die Möglichkeit bestehen, die von ihm bei Leistung eines anderen Unternehmers an diesen gezahlte Umsatzsteuer zurückzuerhalten. Dies wird als Vorsteuerabzug bezeichnet, der ein **Steuervergütungsanspruch** ist.

Beispiel:
Verkauft der Musikhändler A dem Musiker B ein Instrument für 1.000 DM netto, so zahlt B an A 1.140 DM (1.000 DM Nettopreis plus 140 DM Umsatzsteuer). A muß die von B erhaltene Umsatzsteuer an das Finanzamt abführen. B hat, wenn er Unternehmer im Sinne von § 2 UStG ist, einen Anspruch gegen das Finanzamt in Höhe von 140 DM (Vorsteuerabzug).

Einsichtig wird dieses System erst dann, wenn man bedenkt, daß auch der Musikhändler A das Instrument von dem Großhändler bezogen hat und somit auch Umsatzsteuer an den Großhändler zahlen mußte, die dieser an sein Finanzamt abzuführen hatte, und A einen Steuererstattungsanspruch dadurch erhielt. Vereinfachungen beim Vorsteuerabzug enthalten die §§ 35 – 43 UStDV.

a) Voraussetzung

Voraussetzung für den Vorsteuerabzug ist, daß der Unternehmer eine **68**
Lieferung oder sonstige Leistung von einem anderen Unternehmer empfängt, diese Lieferung oder sonstige Leistung für das Unternehmen des Empfängers ausgeführt wird und eine Rechnung mit Steuerausweis im Sinne von § 14 UStG, §§ 31 ff. UStDV vorliegt. Der Vorsteuerabzug ist ausgeschlossen, wenn der Unternehmer die Lieferung oder sonstige Leistung zur Ausführung steuerfreier Umsätze verwendet oder in Anspruch nimmt, § 15 Abs. 2 Nr. 1 UStG. Der Vorsteuerabzug muß gem. § 15 a UStG berichtigt werden (innerhalb von 5 Jahren), wenn sich die Verhältnisse ändern, die für den Vorsteuerabzug maßgebend waren, wie etwa bei Rückgabe einer gekauften Sache.

b) Verfahren

69 Die Vorsteuer kann der Unternehmer von der Umsatzsteuer **abziehen,** so daß er im Endeffekt nur noch den Unterschiedsbetrag an das Finanzamt abführen muß oder sogar einen Erstattungsanspruch hat.

c) Eigenverbrauch

70 Liegt ein Eigenverbrauch im Sinne von § 1 Abs. 1 Nr. 2 UStG vor, so ist ein Vorsteuerabzug zwar möglich, er muß aber in Höhe des Eigenverbrauchs durch Abführung von Umsatzsteuer korrigiert werden.

Beispiel:
Wird ein für das Unternehmen gekaufter Pkw, bei dem ein Vorsteuerabzug zunächst einmal möglich ist, zu einem Teil privat genutzt, so liegt hierin ein liegt hierin ein Eigenverbrauch (Leistungseigenverbrauch), der insoweit, d.h. in Höhe der privaten Nutzung vom Unternehmer versteuert werden muß.

6. Besteuerung von Kleinunternehmern

71 Bei Umsätzen, die im vergangenen Kalenderjahr unter 25.000 DM lagen und im laufenden Kalenderjahr 100.000 DM voraussichtlich nicht überschreiten, wird die Umsatzsteuer gem. § 19 Abs. 1 UStG nicht erhoben. Diese sog. Besteuerung der Kleinunternehmer hat allerdings zur Folge, daß dieser auch keinen Vorsteuerabzug geltend machen kann. Nach § 19 Abs. 2 UStG kann jedoch der Kleinunternehmer darauf verzichten, so daß er umsatzsteuerpflichtig aber auch vorsteuerabzugsberechtigt wird. An diese Wahl, die gegenüber dem Finanzamt erklärt werden muß, ist er für die Dauer von fünf Jahren gebunden.

III. Gewerbesteuer

72 Während im Grundsatz die selbständige Ausübung eines Berufes gewerbesteuerpflichtig ist, sind hiervon neben der Land- und Forstwirtschaft die **freien Berufe ausgenommen,** § 2 Abs. 1 GewStG, § 15 Abs. 2 EStG. Zu den freien Berufen ist auch die selbständig ausgeübte künstlerische Tätigkeit zu rechnen, § 18 Abs. 1 Nr. 1 EStG (vgl. hierzu oben I. 3 a).

IV. Verfahren

1. Einkommensteuer

73 Die Einkommensteuer ist eine Jahressteuer, ihr Veranlagungszeitraum ist das Kalenderjahr.

a) Einkommensteuererklärung

(1) Frist

Die Einkommensteuererklärung ist bis zum 31.5. des folgenden Jahres abzugeben. Diese Frist kann **auf Antrag verlängert** werden, § 109 Abs. 1 AO. Die Verwaltung läßt eine generelle Verlängerung der Erklärungsfrist bis zum 30.9. zu, wenn die Erklärungen von Angehörigen der steuerberatenden Berufe angefertigt werden. 74

(2) Erklärungspflicht

Zunächst ist nach § 149 Abs. 1 S. 2 AO derjenige zur Abgabe einer Steuererklärung verpflichtet, den das Finanzamt dazu auffordert. Diese Aufforderung kann durch öffentliche Bekanntmachung, § 149 Abs. 1 S. 3 AO, oder stillschweigend durch die Zusendung von Erklärungsunterlagen erfolgen. Desweiteren gelten für die Einkommensteuererklärung bestimmte Einkommensgrenzen, ab denen eine Erklärung abzugeben ist, vgl. § 56 EStDV. 75

aa) Unbeschränkt Steuerpflichtige

Unbeschränkt Steuerpflichtige, die nicht verheiratet sind oder verheiratet sind, aber getrennt leben, sind zur Steuererklärung verpflichtet, wenn 76

- der Gesamtbetrag der Einkünfte mehr als 5.375 DM betragen hat und darin keine Einkünfte aus nichtselbständiger Arbeit, von denen ein Steuerabzug vorgenommen worden ist, enthalten sind
- in dem Gesamtbetrag der Einkünfte Einkünfte aus nichtselbständiger Arbeit, von denen ein Steuerabzug vorgenommen worden ist, enthalten sind und der Gesamtbetrag der Einkünfte mehr als 24.570 DM betragen hat oder eine Veranlagung nach § 46 Abs. 2 Nr. 1 – 6 EStG in Betracht kommt.

Unbeschränkt Steuerpflichtige, die verheiratet sind und nicht getrennt leben, und von denen keiner die getrennte Veranlagung nach § 26 a EStG oder die besondere Veranlagung nach § 26 c EStG gewählt hat, sind zur Abgabe einer Steuererklärung verpflichtet, wenn

- keiner der Ehegatten Einkünfte aus nichtselbständiger Arbeit, von denen ein Steuerabzug vorgenommen worden ist, bezogen und der Gesamtbetrag der Einkünfte mehr als 10.751 DM betragen hat
- wenn mindestens einer der Ehegatten Einkünfte aus nichtselbständiger Arbeit, von denen ein Steuerabzug vorgenommen worden ist, bezogen hat und der Gesamtbetrag der Einkünfte mehr als 49.140 DM betragen hat oder eine Veranlagung nach § 46 Abs. 2 Nr. 1 - 6 EStG in Betracht kommt.

bb) Beschränkt Steuerpflichtige

Beschränkt Steuerpflichtige haben, ohne daß es auf eine bestimmte Höhe der Einkünfte ankommt, eine Steuererklärung über die inländischen Einkünfte im Sinne von § 49 EStG abzugeben. 77

(3) Form

78 Gem. § 150 Abs. 1 AO ist die Steuererklärung nach amtlich vorgeschriebenem Vordruck abzugeben.

(4) Einkommensteuervorauszahlung

79 Das Finanzamt setzt gem. § 37 EStG die Vorauszahlung der Einkommensteuer durch den sog. Vorauszahlungsbescheid fest. Die Vorauszahlungen sind am 10.3., 10.6., 10.9. und 10.12 zu entrichten. Vorauszahlungen sind nur festzusetzen, wenn sie mindestens 400 DM/Jahr und mindestens 100 DM für einen Vorauszahlungszeitpunkt betragen. Die Höhe der Vorauszahlung richtet sich, wenn nicht andere Anhaltspunkte vorliegen, nach der letzten aus der Veranlagung resultierenden Steuerschuld; Bemessungsgrundlage ist aber eigentlich die für den laufenden Veranlagungszeitraum voraussichtlich anfallende Einkommensteuerschuld.

b) Lohnsteuerjahresausgleich

80 Bei Einkünften aus nichtselbständiger Tätigkeit wird, wie oben ausgeführt, vom Arbeitslohn die Lohnsteuer durch den Arbeitgeber an das Finanzamt abgeführt. Um die Jahressteuerschuld zu ermitteln und eventuell zuviel gezahlte Steuer zu erstatten, erhält der Arbeitnehmer die Möglichkeit, einen Lohnsteuerjahresausgleich zu beantragen.

(1) Frist

81 Der Antrag kann innerhalb von zwei Jahren nach dem Ausgleichsjahr gestellt werden. Eine Fristverlängerung ist dann jedoch nicht mehr möglich.

(2) Durchführung durch den Arbeitgeber

82 Der Arbeitgeber ist unter bestimmten Voraussetzungen, § 42 b Abs. 1 EStG, berechtigt, einen Lohnsteuerjahresausgleich durchzuführen. Der Arbeitnehmer kann dennoch einen Lohnsteuerjahresausgleich durchführen, da der vom Arbeitgeber vorgenommenen Lohnsteuerjahresausgleich keine Bindungswirkung für den durch das Finanzamt durchgeführten Lohnsteuerjahresausgleich hat (Drenseck in Schmidt, EStG, § 42 Anm. 5 b).

(3) Veranlagung nach § 46 EStG

83 Diese für Arbeitnehmer geltende Sondervorschrift begründet bei Vorliegen der Voraussetzungen, siehe § 46 Abs. 1 – 3 EStG, eine Pflicht zur Steuererklärung. Ansonsten gilt die Einkommensteuer durch die Lohnsteuer als abgegolten, § 46 Abs. 4 EStG.

(4) Lohnsteuerkarte, Lohnsteuerklassen

84 Nach § 39 EStG sind die Gemeinden verpflichtet, unbeschränkt steuerpflichtigen Arbeitnehmern unentgeltlich jedes Jahr eine Lohnsteuerkarte

zu übermitteln. Sie oder das Finanzamt sind auch für etwaige Änderungen (Heirat, Kinder usw.) zuständig. Die Lohnsteuerklasse richtet sich nach Familienstand oder Anzahl der Tätigkeiten. Es ist möglich, sich auf Antrag einen Freibetrag auf der Lohnsteuerkarte eintragen zu lassen, der dann bei Einbehaltung der Lohnsteuer durch den Arbeitgeber berücksichtigt wird. Dies gilt insbesondere für Werbungskosten, die bei den Einkünften aus nichtselbständiger Tätigkeit den Arbeitnehmer-Pauschbetrag überschreiten, oder bei bestimmten Sonderausgaben, siehe § 39 a EStG.

c) Rechtsbehelfe

Ein Rechtsbehelf gegen den Steuerbescheid ist gem. § 348 Abs. 1 Nr. 1 **85**
AO der **Einspruch**, der gem. § 357 Abs. 2 AO bei der Finanzbehörde einzulegen ist, die den Steuerbescheid erlassen hat. Die Frist beträgt gem. § 355 Abs. 1 AO ein Monat nach Bekanntgabe, sofern eine Rechtsbehelfsbelehrung erfolgt ist und bei Fehlen dieser ein Jahr, § 356 AO. Gegen die einen Einspruch zurückweisende Entscheidung der Finanzbehörde ist sodann der **Klageweg zu den Finanzgerichten** eröffnet.

2. Umsatzsteuer

Besteuerungszeitraum ist auch hier das Kalenderjahr, § 16 Abs. 1 S. 1 **86**
UStG.

a) Besteuerungsverfahren

Nach § 18 Abs. 1 UStG hat der Unternehmer bis zum **10. Tag nach Ab-** **87**
lauf jedes Kalandermonats (Voranmeldungszeitraum) eine Voranmeldung nach amtlich vorgeschriebenem Vordruck abzugeben, in der er die Steuer für den Voranmeldungszeitraum selbst zu berechnen hat. Beträgt die Steuer für das vorangegangene Kalenderjahr weniger als 6.000 DM, so ist das **Kalendervierteljahr** Voranmeldungszeitraum. Bei einer Steuer für das vorangegangen Kalenderjahr von unter 600 DM kann das Finanzamt den Unternehmer von der Verpflichtung zur Abgabe der Voranmeldungen und Entrichtung der Vorauszahlungen befreien.

b) Umsatzsteuererklärung

Gem. § 18 Abs. 3 UStG hat der Unternehmer für das Kalenderjahr eine **88**
Steuererklärung nach amtlich vorgeschriebenem Vordruck abzugeben, in der er die zu entrichtende Steuer oder den Überschuß, der sich zu seinen Gunsten ergibt, selbst zu berechnen hat. Die Steuererklärung ist bis zum **31. 5.** des folgenden Kalenderjahres abzugeben. Für evtl. Fristverlängerungen gelten die Ausführungen zur Einkommensteuererklärung entsprechend.

§ 12 Das Künstlersozialversicherungsgesetz

I. Grundzüge

1 Das Prinzip der Künstlersozialversicherung ist dem Grundkonzept der Sozialversicherung der abhängig Beschäftigten angenähert. Nach dem Künstlersozialversicherungsgesetz (KSVG) sind **selbständige Künstlerinnen und Künstler sowie Publizistinnen und Publizisten** in der **gesetzlichen Kranken- und Rentenversicherung versicherungspflichtig**, die Arbeitslosenversicherung bleibt für sie ausgespart. Sie zahlen ähnlich den Arbeitnehmerinnen und Arbeitnehmern nur den **halben Beitrag**, die andere Beitragshälfte wird durch eine **Künstlersozialabgabe**, die von den Auftraggebern der selbständigen Künstler und Publizisten zu zahlen ist, und durch einen **Bundeszuschuß** aufgebracht. Der Bundeszuschuß dient dazu, die fehlenden Abgaben der Vermarkter zu ersetzen, die darauf zurückzuführen sind, daß z.B. bei bildenden Künstlern die Werke unmittelbar an die Interessenten verkauft werden. Hinsichtlich dieses „Selbstvermarkteranteils" ist der Gesetzgeber ursprünglich von etwa einem Drittel ausgegangen und hat deshalb den Bundeszuschuß auf 17% der Ausgaben der Künstlersozialkasse festgesetzt. Mit dem Gesetz zur finanziellen Sicherung der Künstlersozialversicherung vom 18.12.1987 wurde dieser Anteil auf 25% erhöht, da die Erfahrung gezeigt hat, daß der Selbstvermarktungsanteil rund 50% beträgt.

2 Die **Beitragsanteile** der Versicherten richten sich in ihrer Höhe nach den Prozentsätzen der Rentenversicherung bzw. der örtlichen Krankenkasse und der Höhe des von den Versicherten bis zum 01.12. eines Jahres mitgeteilten voraussichtlichen Arbeitseinkommens für das darauffolgende Jahr. Die Künstlersozialabgabe – Beitragsanteil der Unternehmer, deren Unternehmenszweck darin besteht, Werke und Leistungen selbständiger Künstler und Publizisten zu vermarkten und daraus Einnahmen zu erzielen – richtet sich nach der Summe aller Entgelte, die der Abgabepflichtige in einem Kalenderjahr an selbständig schaffende, ausübende oder lehrende Musiker, darstellende oder bildende Künstlerinnen oder auch Schriftsteller, Journalistinnen oder in anderer Weise publizistisch Tätige zahlt. Die Abgabe beschränkt sich daher nicht auf Honorare und Entgelte, die an nach dem Künstlersozialversicherungsgesetz Versicherte entrichtet werden.

3 Nachdem zunächst ein einheitlicher Abgabesatz von 5% für die Bereiche Wort, bildende Kunst, Musik und darstellende Kunst galt, hat der Gesetzgeber mit Wirkung seit dem 01.01.1989 **bereichsspezifische Vomhundertsätze** eingeführt. Durch die Künstlersozialabgabe-Verordnung sind sie für das Kalenderjahr 1991 wie folgt festgesetzt worden:

Bereich Wort: 1,7 v.H.
Bereich bildende Kunst: 7,0 v.H.
Bereich Musik: 3,3 v.H.
Bereich darstellende Kunst: 6,9 v.H. (s. Figge DB 1990, 2419 ff. [2428]). Da mit dieser Regelung aber das unterschiedliche Beitragssoll in den jeweiligen Bereichen nicht ausgeglichen werden kann – für den Bereich bildende Kunst müßte z.B. ein wesentlich höherer Abgabesatz festgesetzt werden – hat die Novellierung des Künstlersozialversicherungsgesetzes die Möglichkeit geschaffen, daß der Teil des Umlagesolls, der durch den entsprechenden Vomhundertsatz nicht gedeckt wird, von den anderen Bereichen ausgeglichen wird, deren Vomhundertsatz die jeweils maßgebende Zahl nicht übersteigt. Für diesen **Lastenausgleich** ist ab dem Jahre 1991 eine Belastungsobergrenze von 7% vorgesehen.

Da das Künstlersozialversicherungsgesetz von der **Landesversicherungsanstalt Oldenburg-Bremen-Künstlersozialkasse** durchgeführt wird, sind nach dort die Beitragsanteile der Versicherten, die Künstlersozialabgabe und der Bundeszuschuß zu überweisen. Die Künstlersozialkasse wird dabei quasi als Inkassostelle tätig, die den jeweiligen Versicherungsträgern den individuellen Beitrag des Künstlers und Publizisten zahlt. **Versicherungsträger** sind demnach die **Bundesversicherungsanstalt für Angestellte** und die **zuständigen Krankenkassen**, von denen die Versicherten sodann auch die entsprechenden Leistungen erhalten. 4

II. Die einzelnen Bestimmungen des Künstlersozialversicherungsgesetzes

1. Der Kreis der Versicherten

a) Einführung

Nach der Bestimmung des § 1 KSVG werden selbständige Künstler und Publizisten in der Rentenversicherung der Angestellten und in der gesetzlichen Krankenversicherung versichert, wenn sie 5

1. die künstlerische oder publizistische Tätigkeit erwerbsmäßig und nicht nur vorübergehend ausüben und
2. im Zusammenhang mit der künstlerischen oder publizistischen Tätigkeit nicht mehr als einen Arbeitnehmer beschäftigen, es sei denn, die Beschäftigung erfolgt zur Berufsausbildung oder ist geringfügig im Sinne des § 8 des Vierten Buches Sozialgesetzbuch (SGB).

b) Künstler und Publizist

Schon der Künstlerbericht der Bundesregierung aus dem Jahre 1975 verzichtete darauf, den Versuch zu unternehmen, eine Definition dahingehend vorzunehmen, wer als Künstlerin oder Künstler anzusehen ist. Viel- 6 mehr wurde schon dort ein möglichst **umfassender Begriff** zugrunde gelegt, der nicht nur eindeutig künstlerische, sondern auch damit verwandte Tätigkeitsbereiche umfaßt. Diesen Gedanken trägt auch das Gesetz Rechnung, indem im § 2 KSVG niedergelegt ist, daß Künstler im Sinne dieses Gesetzes ist, wer Musik, darstellende oder bildende Kunst schafft, ausübt oder lehrt. Als Publizist im Sinne dieses Gesetzes wird angesehen, wer als Schriftsteller, Journalist oder in anderer Weise publizistisch tätig ist. Damit liegt keine gesetzliche Definition vor, die daher auch die Möglichkeit eröffnet, neuen Entwicklungen Rechnung zu tragen. Es empfiehlt sich daher, sich zunächst an dem **Berufsgruppenkatalog** zu orientieren, den die Künstlersozialkasse (KSK) in ihrem Fragebogen zur Feststellung über die Versicherungspflicht aufführt. Besteht Streit darüber, ob eine künstlerische und/oder publizistische Tätigkeit vorliegt, ist im Ergebnis eine Klärung nur über den Rechtsweg möglich. Gegen einen negativen Feststellungsbescheid der KSK muß Widerspruch eingelegt und ggf. Klage vor den Sozialgerichten erhoben werden.

c) Selbständige Künstler und Publizisten

7 Der Begriff der selbständigen Tätigkeit erschließt sich im wesentlichen aus der **Abgrenzung zur Arbeitnehmereigenschaft**. Da es aber insoweit an einem einheitlichen Rechtsbegriff „Arbeitnehmer" für alle Rechtsgebiete fehlt, ist von der gesetzesspezifischen Sicht der Sozialversicherung auszugehen (s. Ziebeil, Künstlersozialversicherungsgesetz, 4.6), die sich an der arbeitsrechtlichen Begriffsbestimmung orientiert. Danach zeichnet sich die nichtselbständige Tätigkeit als Arbeitnehmer dadurch aus, daß das Beschäftigungsverhältnis durch die persönliche und wirtschaftliche Abhängigkeit von einem Arbeitgeber geprägt ist, insbesondere kommt es auf die persönliche Abhängigkeit an, die sich in der Weisungsbefugnis des Arbeitgebers hinsichtlich Zeit, Ort und Art der Arbeitsleistung ausdrückt. Demgegenüber ist für eine selbständige Tätigkeit wesentlich, daß das Unternehmerrisiko beim Selbständigen verbleibt, der die Verfügungsmöglichkeit über die eigene Arbeitskraft besitzt und Tätigkeit und Arbeitszeit im wesentlichen selbst gestaltet. Für die häufigen Definitionsprobleme innerhalb der Grauzone zwischen den beiden genannten Polen gilt, daß es entscheidend auf die **tatsächliche Abwicklung der Tätigkeit** ankommt. Weder vertraglich fixierte Deklarationen noch Wunschvorstellungen können im Ergebnis eine Statusbestimmung vornehmen (vgl. hierzu die Ausführungen in § 6).

d) Erwerbungsmäßige und nicht nur vorübergehende Ausübung der Tätigkeit

8 Erwerbsmäßige Tätigkeit setzt voraus, daß es sich um eine berufsmäßige, selbständige Tätigkeit handelt, die auf Dauer angelegt ist und darauf abzielt, Einnahmen zu erzielen (vgl. Brandmüller, Künstlersozialversicherungsgesetz, § 1 II 1). Der Gegensatzbegriff ist die Hobby-Tätigkeit. Ähnlich dem Steuerrecht sollen also künstlerische Liebhabereien nicht vom Gesetz erfaßt werden. Andererseits steht in diesem Zusammenhang nicht der unmittelbare wirtschaftliche Erfolg der beruflich ausgeübten Tätigkeit im Vordergrund. Erforderlich ist also die **berufsmäßige Erwerbstätigkeit**. Erwerbstätig in diesem Sinne ist nach dem Künstlersozialversicherungsgesetzes nur derjenige, der mit dieser Arbeit seinen Lebensunterhalt überwiegend bestreitet oder dies jedenfalls versucht. Was unter einer vorübergehenden Erwerbungstätigkeit zu verstehen ist, ergibt sich aus § 8 Abs. 1 Nr. 2 SGB IV. Danach muß es sich um eine Tätigkeit von **nicht mehr als zwei Monaten** oder insgesamt **50 Arbeitstagen** im Laufe eines Jahres handeln. Diese Grenzen müssen also von den Künstlern und Publizisten überschritten sein, um die Voraussetzungen der Versicherungspflicht zu erfüllen.

e) Das erforderliche Mindestarbeitseinkommen

Die Versicherungspflicht setzt ferner voraus, daß im Kalenderjahr ent- 9
weder voraussichtlich ein Arbeitseinkommen erzielt wird, das **ein Siebtel der Bezugsgröße nach § 18 SGB IV** übersteigt oder bei höherem Einkommen **ein Sechstel des Gesamteinkommens**. Diese Grenzen sind entsprechend herabzusetzen, wenn Künstler und Publizisten nur zeitweilig tätig sind bzw. für Zeiten des Bezuges von Erziehungsgeld. Für das Kalenderjahr 1991 bedeutet dies, daß das Einkommen aus der künstlerischen oder publizistischen Tätigkeit mehr als **DM 5.760,–** ausmachen muß. Haben Künstler und Publizisten neben ihren Einkommen aus dieser Tätigkeit weitere Einnahmen, ob als Taxifahrer, als Bürogehilfin usw., greift die Künstlerversicherung nur ein, wenn die Einnahmen aus künstlerischer oder publizistischer Tätigkeit mehr als ein Sechstel des Gesamteinkommens ausmachen. In beiden Fällen ist aber zunächst Voraussetzung, daß aus der selbständigen künstlerischen oder publizistischen Tätigkeit ein Einkommen von mehr als DM 5.760,– im Kalenderjahr zu verzeichnen ist.

Beispiel:

Einkünfte	**jährlich**
Selbständige, künstlerische publizistische Tätigkeit	DM 5.800,–
sonstige nichtselbständige Arbeit	DM 15.000,–
Gesamteinkommen	DM 20.800,–
ein Sechstel des Gesamteink.	DM 3.466,–

In diesem Beispiel besteht Versicherungspflicht nach dem KSVG, da das Arbeitseinkommen aus künstlerischer/publizistischer Erwerbstätigkeit ein Sechstel des Gesamteinkommens übersteigt. Erfolgt die künstlerische/publizistische Tätigkeit nur während eines Teils des Kalenderjahres oder fallen Zeiten des Bezuges von Erziehungsgeld an, sind Bezugsgröße und Gesamteinkommen mit entsprechender Zwölftelung zu berücksichtigen.

10 Der Begriff des **Arbeitseinkommens** wird in den Gemeinsamen Vorschriften für die Sozialversicherung, § 15 SGB IV definiert. Danach ist Arbeitseinkommen der nach den allgemeinen Gewinnermittlungsvorschriften des Einkommenssteuerrechts ermittelte **Gewinn aus einer selbständigen Tätigkeit**, wobei steuerliche Vergünstigungen unberücksichtigt zu lassen und Veräußerungsgewinne abzuziehen sind. Für den Versichertenkreis nach dem KSVG bedeutet dies im allgemeinen, daß der Gewinn den Überschuß der Betriebseinnahmen über die Betriebsausgaben darstellt, § 4 Abs. 3 EStG. Insoweit sind also die allgemeinen Regelungen des **Einkommenssteuerrechts** zu berücksichtigen, die u.a. insbesondere auf einer strikten Trennung zwischen beruflich bedingten und Kosten der privaten Lebensführung beruhen (s. hierzu ausführlich § 11 Rdnr. 17 ff.).

11 Nach der Bestimmung des § 8 Abs. 1. EStG sind **Betriebseinnahmen** alle Güter, die in Geld oder Geldeswert bestehen und dem Steuerpflichtigen im Rahmen seiner selbständigen künstlerischen/publizistischen Tätigkeit zufließen. Dies sind insbesondere:

- Honorare, Vergütungen und Provisionen
- Einnahmen aus Dienst- und Werkverträgen
- Tantiemen von Verwertungsgesellschaften, Einnahmen aus der sonstigen Verwertung von Urheberrechten
- Einkünfte aus Gesellschaftsverträgen
- Aufwandsentschädigungen (Entgelt für Zeitaufwand, Arbeitseinsatz und Materialaufwand) und Aufwendungserstattungen (Fahrt- und Übernachtungskosten)
- Preisgelder aus Wettbewerben
- Arbeitsstipendien, die für mehrere Monate gezahlt werden.

Als **Betriebsausgaben** kommen alle Aufwendungen in Betracht, die durch die selbständige künstlerische oder publizistische Tätigkeit veranlaßt sind, § 4 Abs. 4 EStG, so z.B. Kosten für Ateliers, Anschaffung von Instrumenten, Reise- und Telefonkosten sowie Aufwendungen für Arbeitsmittel, Bücher u.dergl. (s. hierzu § 11 Rdnr. 19 ff.).

12 In die auf dieser Basis vorzunehmende Gewinnermittlung bzw. Überschußberechnung sind gemäß § 15 Abs. 2 SGB IV steuerliche Vergünstigungen nicht einzubeziehen. Gleiches gilt für Veräußerungsgewinne. **Steuerliche Vergünstigungen** sind z.B.:

- Sonderausgaben (Beiträge zur Sozialversicherung, sonstigen Versicherungen, Kirchensteuer, Steuerberatungskosten, Berufsausbildungskosten, Spenden u.dergl.)
- Außergewöhnliche Belastungen (nicht ersetzte Krankheitskosten u. dergl.)

- Sonderfreibeträge (z.B. Kinderfreibetrag, allgemeiner Tariffreibetrag)
- Sonstige vom Einkommen abzuziehende Beträge im Sinne des § 2 Abs 5 EstG.

Den Begriff **Veräußerungsgewinn** definiert § 165 Abs 2 EstG. Danach ist Veräußerungsgewinn der Betrag, um den der Veräußerungspreis nach Abzug der Veräußerungskosten den Wert des Betriebsvermögens übersteigt. Wird z.B. eine Schreibmaschine oder ein Instrument u.dergl. verkauft, fallen keine besonderen Veräußerungskosten an und ist der jeweilige Gegenstand bereits abgeschrieben, ist der Verkaufserlös nicht dem Arbeitseinkommen zuzurechnen.

Wenn das Künstlersozialversicherungsgesetz den Begriff **Gesamteinkommen** verwendet, nimmt es damit Bezug auf § 16 SGB IV. Dort heißt es: *Gesamteinkommen ist die Summe der Einkünfte im Sinne des Einkommenssteuerrechts; es umfaßt insbesondere das Arbeitsentgelt und das Arbeitseinkommen.* Die Einkunftsarten ergeben sich daher aus § 2 Abs. 2 EstG. Somit zählen hierzu Einnahmen aus: 13

- Land- und Forstwirtschaft
- Gewerbebetrieb
- Selbständiger Arbeit
- Nichtselbständiger Arbeit
- Kapitalvermögen
- Vermietung und Verpachtung
- Sonstigen Einnahmen (u.a. Leibrenten).

Einkünfte des **Ehegatten und der Kinder** sind bei der Ermittlung des Gesamteinkommens nicht zu berücksichtigen, auch wenn eine Zusammenveranlagung zur Einkommenssteuer vorgenommen wird. Um die jeweiligen Angaben sowohl in diesem Zusammenhang als auch bei der Steuererklärung ggf. nachweisen zu können, ist es unumgänglich, alle hierfür wesentlichen Belege zu sammeln.

f) Beschäftigung von Arbeitnehmern

Das Künstlersozialversicherungsgesetz macht die Versicherungspflicht 14 auch davon abhängig, daß im Zusammenhang mit der künstlerischen oder publizistischen Tätigkeit nicht mehr als ein Arbeitnehmer beschäftigt wird, es sei denn, die Beschäftigung erfolgt zur Berufsausbildung oder ist geringfügig im Sinne des § 8 des Vierten Buches Sozialgesetzbuch. Diese zum 1. 1. 1989 in Kraft getretene Neuregelung ist nicht unproblematisch, da sie den Bedürfnissen der Künstlerinnen und Künstler nicht gerecht wird. So ist bei der Erstellung kollektiver Werke (z.B. bei der Herstellung von Filmen) die „vorübergehende", d.h. projektbezogene Beschäftigung von künstlerischen und publizistischen Mitarbeitern unumgänglich – dies konnte nach der alten Regelung, die die Versicherungspflicht nur bei einer „ständigen" Beschäftigung entfallen ließ, bewerkstelligt werden –, auf der anderen Seite wird der künstlerisch/publizistisch Tätige bei derartigen Notwendigkeiten auf das Gebiet der ungeschützten Arbeitsverhältnisse verwiesen. Zudem läßt in der Praxis die Novellierungsregelung, insbesondere im zuletzt genannten Falle, die notwendige Abgrenzung zum Vermarkter vermissen. Die Gesetzesformulierung läßt schließlich eine Reihe von „Manipulationsmöglichkeiten" im positiven wie im negativen Sinne zu. Die Versicherungspflicht entfällt nicht, wenn die Beschäftigung von mehr als einem Arbeitnehmer nicht im Zusammenhang mit der künstlerisch/publizistischen Tätigkeit erfolgt. Ist diese Beschäftigung einem anderen beruflichen Arbeitsfeld oder dem privaten Bereich zuzuordnen, ist das vorgenannte Tatbestandsmerkmal nicht erfüllt. Da die Beschäftigung von Arbeitnehmerinnen und Arbeitnehmern „versicherungsschädlich" ist, sind alle anderen Gestaltungsmöglichkeiten zulässig. Dies gilt zum einen für die Vertragsformen, z.B. Werkvertrag, als auch für den nicht unter den Arbeitnehmerbegriff einzuordnenden Personenkreis, z.B. Freie Mitarbeiterinnen und Mitarbeiter.

15 Auch die Künstlerin oder Publizistin scheidet nicht aus dem Kreis der Versicherten aus, die Personen zur Berufsausbildung beschäftigt. Die Zahl der Auszubildenden ist dabei ohne Bedeutung. Der Begriff **Berufsausbildung** ist ein Begriff aus dem Berufsbildungsgesetz (BBiG), § 1 BBiG, so daß auch Volontäre und Praktikanten hier zuzuordnen sind, § 19 BBiG. Schließlich spielt die Beschäftigtenzahl keine Rolle, wenn es sich um Personen handelt, die als **geringfügig Beschäftigte** im Sinne des § 8 SGB IV gelten. Danach liegt eine geringfügige Beschäftigung vor, wennn die Beschäftigung regelmäßig weniger als 15 Stunden in der Woche ausgeübt wird und das Arbeitsentgelt regelmäßig im Monat 1/7 der monatlichen Bezugsgröße (1991: DM 480,–), bei höherem Arbeitsentgelt des Gesamteinkommens, nicht übersteigt, oder die Beschäftigung innerhalb eines Jahres seit ihrem Beginn auf längstens 2 Monate oder 50 Arbeitstage nach ihrer Eigenart begrenzt zu sein pflegt oder im voraus vertraglich begrenzt ist, es sei denn, daß die Beschäftigung berufsmäßig ausgeübt wird und ihr Entgelt die zuvor genannten Grenzen übersteigt.

g) Tätigkeit im Inland

16 Schließlich setzt die Versicherungspflicht nach dem Künstlersozialversicherungsgesetz voraus, daß die Tätigkeit im wesentlichen im Inland ausgeübt wird. Dabei sind berufliche Tätigkeiten im Ausland unbeachtlich, wenn im voraus die zeitliche Begrenzung feststeht und somit lediglich eine sogenannte **Ausstrahlungs-Tätigkeit** vorliegt §§ 3, 4 SGB IV.

2. Versicherungsfreiheit in der Rentenversicherung

17 Die Bestimmung des § 4 KSVG nimmt den Personenkreis von der Rentenversicherungspflicht aus, der bereits **anderweitig** kraft Gesetzes für

das Alter **abgesichert** und damit nicht als schutzbedürftig anzusehen ist. Es handelt sich hierbei um einen abschließenden Katalog. Hierzu rechnen insbesondere:

- die Personen, die gemäß §§ 6, 7 Angestelltenversicherungsgesetz (AVG) versicherungsfrei bzw. von der Versicherungspflicht befreit sind, z.B. Beamte, Richter, Versorgungsempfänger
- Selbständige Künstler und Publizisten, die aus einer abhängigen Beschäftigung oder einer anderen Tätigkeit ein Arbeitseinkommen erzielen, das voraussichtlich in jedem Kalenderjahr mindestens die Hälfte der für dieses Jahr geltenden Beitragsbemessungsgrenze (1991: Hälfte von DM 78.000 = DM 39.000) in der Rentenversicherung beträgt. Wird die Beschäftigung oder selbständige andere Tätigkeit nur während eines Teils des Kalenderjahres ausgeübt, ist die vorgenannte Grenze entsprechend herabzusetzen.
- Handwerker, die in die Handwerksrolle eingetragen sind
- landwirtschaftliche Unternehmer bzw. Altersruhegeldbezieher nach dem Gesetz über eine Altershilfe für Landwirte
- Bezieher von Altersruhegeld aus der gesetzlichen Rentenversicherung
- Wehr- oder Zivildienstleistende
- Ordentliche Studierende einer Hochschule oder sonstigen der wissenschaftlichen oder fachlichen Ausbildung dienenden Schule.

Studentinnen und Studenten haben zu beachten, daß die grundsätzli- 18
che Rentenversicherungsfreiheit nur dann gegeben ist, wenn die selbständige Tätigkeit nur als **Nebentätigkeit** ausgeübt wird, somit Zeit und Arbeitskraft im wesentlichen dem Studium gewidmet werden. Als Anhaltspunkt kann dienen, daß eine Beschäftigung von 20 oder weniger Stunden pro Woche während der Semester dem Begriff der Nebentätigkeit noch zugeordnet werden kann. Dann ist es auch unschädlich, wenn während der vorlesungsfreien Zeit dieser Zeitaufwand ausgedehnt wird.

Für die in **Kulturorchestern** oder **Theatern** Tätigen gilt, daß sich die 19
Mitgliedschaft in der Versorgungsanstalt der deutschen Kulturorchester oder der deutschen Bühnen und die Versicherungspflicht nach dem Künstlersozialversicherungsgesetz grundsätzlich ausschließen, da in die zuvor genannten Versorgungsanstalten nur abhängig Beschäftigte aufgenommen werden. Bezogen auf eine weitere selbständige Tätigkeit führt eine derartige Mitgliedschaft somit nicht zu einem Befreiungstatbestand in der Künstlersozialversicherung.

3. Versicherungsfreiheit in der Krankenversicherung

a) Versicherungfreiheit gemäß § 5 KSVG

Auch für die Befreiung von der Krankenversicherungspflicht gilt der 20
vorgenannte Grundsatz, daß die Künstlerinnen und Künstler sowie Publi-

zistinnen und Publizisten von der Versicherungspflicht auszunehmen sind, die entweder **anderweitig** aufgrund Gesetzes **abgesichert** oder nach den allgemeinen Vorschriften der **Krankenversicherungspflicht nicht unterliegen** und deshalb des Schutzes nach dem KSVG nicht bedürfen. Es handelt sich hierbei um:

- Arbeiter, Angestellte sowie die zu ihrer Berufsausbildung Beschäftigte, die gegen Arbeitsentgelt beschäftigt sind, § 5 Abs. 1 Nr. 1 SGB V
- Leistungsgempfänger nach dem Arbeitsförderungsgesetz (Arbeitslosengeld, Arbeitslosenhilfe oder Unterhaltsgeld)
- landwirtschaftliche Unternehmer
- Personen, die nach den allgemeinen Vorschriften über die Krankenversicherung, vgl. §§ 6, 8 SGB V, versicherungsfrei sind, z.B. wegen Überschreitens der Jahresarbeitsentgeltgrenze, als Beamter, Soldat, oder Personen, die durch besonderen Bescheid von der Versicherungspflicht befreit sind
- Künstler und Publizisten, die eine andere, nicht künstlerische oder nicht publizistische selbständige Tätigkeit nicht nur vorübergehend erwerbsmäßig ausüben (z.B. Steuerberater, Ärztin), es sei denn, es handelt sich um eine geringfügige Tätigkeit im Sinne von § 8 SGB IV.
- Wehr- oder Zivildienstleistende. Diese Regelung wurde mit der Novellierung des Künstlersozialversicherungsgesetzes 1988 aufgenommen, da der Personenkreis, der seine künstlerische oder publizistische Tätigkeit während der Wehr- oder Zivildienstzeit aufnimmt, mit Rücksicht auf die dortige Heilfürsorge nicht als schützenswert angesehen wird.
- Für Künstler und Publizisten, die bereits vor der Dienstzeit versicherungspflichtig waren, bleibt der Versicherungsschutz nach § 209 a) RVO aufrechterhalten.
- Die im Vollzug von Untersuchungshaft, Freiheitsstrafen oder freiheitsentziehenden Maßregeln der Besserung und Sicherung oder einstweilig nach § 126 a) Abs. 1 der Strafprozeßordnung Untergebrachten. Ähnliche Überlegungen wie zum Wehr- oder Zivildienst haben zu dieser ebenfalls beschlossenen Neuregelung geführt, da nach dem Strafvollzugsgesetz Anspruch auf Gesundheitsfürsorge besteht.

b) Befreiung von der Krankenversicherungspflicht auf Antrag

21 Erzielt ein Künstler oder Publizist in drei aufeinanderfolgenden Kalenderjahren insgesamt ein Arbeitseinkommen, das über der Summe der Beträge liegt, die für diese Jahre nach § 6 Abs. 1 Nr. 1 SGB V als **Jahresarbeitsentgeltgrenze** in der Krankenversicherung festgelegt waren, wird er auf seinen Antrag hin von der Krankenversicherungspflicht befreit. Dieser Antrag ist bis zum 31. März des auf den Dreijahreszeitraum folgenden Kalenderjahres bei der Künstlersozialkasse zu stellen.

Beispiel:

Jahresentgeltgrenze:	1989	DM 54.900,–
	1990	DM 56.700,–
	1991	DM 58.500,–
	insgesamt:	DM 170.100,–

Erzielt der Künstler/Publizist in der Zeit von 1989 bis 1991 ein Arbeitseinkommen in Höhe von: DM 171.000,–, kann er bis zum 31. 03. 1992 einen Antrag auf Befreiung von der Krankenversicherungspflicht stellen. Dem Antrag auf Befreiung von der Krankenversicherungspflicht im obigen Beispiel ist sodann seitens der Künstlersozialkasse stattzugeben, da die maßgebenden Jahresentgeltgrenzen überschritten werden. Die Befreiung beginnt vom Beginn des Monats an, der auf die Antragsstellung folgt, § 7 a) Abs. 2 KSVG. In diesem Zusammenhang ist zu beachten, daß die einmal vorgenommene Befreiung **unwiderruflich** ist.

c) Beitragszuschuß der Künstlersozialkasse für Privatversicherte und freiwillig Versicherte

Künstlerinnen und Künstler sowie Publizistinnen und Publizisten, die nicht krankenversicherungspflichtig sind, erhalten auf entsprechenden Antrag hin einen Beitragszuschuß zu einer bestehenden **privaten Krankenversicherung** und auch zu einer **freiwilligen gesetzlichen Krankenversicherung,** § 10 KSVG. Mit diesen Regelungen will der Gesetzgeber eine **Gleichstellung** von Pflichtversicherten und nicht versicherungspflichtigen Künstlern und Publizisten herstellen. Die Höhe des Zuschusses orientiert sich nach dem Beitrag, der im Falle der Versicherungspflicht zu zahlen wäre, sie wird begrenzt durch die Hälfte des Beitrages, den der Versicherte tätsächlich aufzubringen hat. Zunächst richtet sich die Festsetzung des Beitragszuschusses nach dem zum 01. 12. eines Kalenderjahres gemeldeten voraussichtlichen Jahresarbeitseinkommens. Dies ist aber eine nur vorläufige Regelung, da der endgültige Zuschuß erst dann berechnet wird, wenn die Künstlerin/der Künstler, die Publizistin/der Publizist das tatsächlich erzielte Jahreseinkommen bis zum 30. 04. des folgenden Jahres gemeldet und die Höhe der Aufwendungen für die Krankenversicherung innerhalb derselben Frist nachgewiesen hat. 22

Bei den selbständigen Künstlern und Publizisten, die nach § 7 KSVG auf Antrag von der Krankenversicherungspflicht befreit sind (**Höherverdienende**) und bei einem privaten Krankenversicherungsunternehmen versichert sind, ist weitere Voraussetzung, daß eine **ausreichende Privatkrankenversicherung** besteht. Diese muß so gestaltet sein, daß Vertragsleistungen beansprucht werden können, die der Art nach den Leistungen der gesetzlichen Krankenversicherung bei Krankheit entsprechen, und zwar auch für die Familienangehörigen, wenn eine entsprechende Unter- 23

haltspflicht besteht. Derartige Leistungen sind nach den Bestimmungen der §§ 27 bis 52 SGB V:
- Ärztliche Behandlung
- Zahnärztliche Behandlung einschließlich der Versorgung mit Zahnersatz
- Versorgung mit Arznei-, Verband-, Heil- und Hilfsmitteln
- Häusliche Krankenpflege und Haushaltshilfe
- Krankenhausbehandlung
- Medizinische und ergänzende Leistungen zur Rehabilitation sowie Belastungserprobung und Arbeitstherapie
- Krankengeld.

4. Regelungen für Berufsanfänger

a) Kein Mindestarbeitseinkommen in Anlaufphase

24 Um den Berufsanfängern in der häufig recht schwierigen Anlaufzeit nicht den Versicherungsschutz zu versagen, bestimmt § 3 Abs. 2 KSVG, daß die im Abs. 1 des § 3 KSVG niedergelegten Mindestarbeitseinkommen für diesen Personenkreis während einer Zeit von **fünf Jahren nach erstmaliger Aufnahme der Tätigkeit** nicht gilt. Die Fünfjahresfrist beginnt mit der erstmaligen Berufsausübung und wird nicht durch Unterbrechungen, z.B. infolge Krankheit, gehemmt.

b) Befreiung von der Krankenversicherungspflicht auf Antrag

25 Die Berufsanfänger besitzen ein **Wahlrecht** zwischen gesetzlicher und privater Krankenversicherung. Sie können sich mittels Antrag, der spätestens drei Monate nach Feststellung der Versicherungspflicht bei der Künstlersozialkasse zu stellen ist, von der Krankenversicherungspflicht befreien lassen, wenn der Künstlersozialkasse gegenüber eine private Krankenversicherung nachgewiesen wird, die Vertragsleistungen vorsieht, die der Art nach den Leistungen bei Krankheit in der gesetzlichen Krankenversicherung entsprechen. Hinsichtlich des Leistungskataloges kann auf die Ausführungen oben zu 3 c) verwiesen werden. Die Befreiung von der Krankenversicherungspflicht für Berufsanfänger wirkt vom Beginn der Versicherungspflicht an. Eine Ausnahme gilt lediglich für den Fall, daß beim Bezug von Leistungen der Beginn der Befreiung hinausgeschoben wird, um nach dem Willen des Gesetzgebers verwaltungsaufwendige Rückerstattungsverfahren zu vermeiden, § 7 a) Abs. 2 KSVG.

26 Seit der Novellierung des Künstlersozialversicherungsgesetzes zum 01. 01. 1989 haben die Berufsanfänger eine **zweite Wahlmöglichkeit** insofern, als sie bis zum Ablauf von fünf Jahren nach der erstmaligen Aufnahme der beruflichen Tätigkeit gegenüber der Künstlersozialkasse schriftlich erklären können, daß die Befreiung von der Versicherungspflicht enden soll. Dann beginnt diese gesetzliche Versicherungspflicht nach Ablauf der Fünfjahresfrist. Im anderen Falle bleibt die Berufsanfängerin/der Berufsanfänger von der Krankenversicherungspflicht befreit. Die Entscheidung, die zu treffen ist, ist allerdings unwiderruflich. Besteht also die Befreiung von der Versicherungspflicht auch nach Ablauf der Fünfjahresfrist fort, ist eine Rückkehr in die gesetzliche Krankenversicherung nicht mehr möglich.

c) Beitragszuschuß der Künstlersozialkasse für Privatversicherte

Auch für Berufsanfänger, die antragsgemäß von der Krankenversiche- 27
rungspflicht befreit und bei einem privaten Krankenversicherungsunternehmen versichert sind, erhalten, sofern sie einen entsprechenden Antrag stellen, von der Künstlersozialkasse einen Beitragszuschuß. Zu den weiteren Voraussetzungen und zur Höhe des Beitragszuschusses kann auf die Darlegungen zu 3 c) Bezug genommen werden.

d) Zahlung eines Mindestbeitrages

Mußten vor dem 1. Januar 1989 Berufsanfängerinnen und Berufsan- 28
fänger, die kein Arbeitseinkommen erzielten, keine Beiträge zahlen, gilt dies ab diesem Zeitpunkt nicht mehr. Nunmehr sind auch bei geringfügigem Arbeitseinkommen oder fehlendem Arbeitseinkommen von den Berufsanfängern Mindestbeiträge in der Renten- und Krankenversicherung zu zahlen, §§ 15, 16 KSVG. Für 1991 berechnet sich der Mindestbeitrag in der Rentenversicherung (ab 1. 4. 1991) aus dem Siebtel der monatlichen Bezugsgröße, DM 480,–, und dem Versichertenanteil von 8,85 v.H. = DM 42,48. Für den Bereich der Krankenversicherung beträgt der zu beachtende Mindestausgangswert 1991 (monatliche Bezugsgröße) DM 3.360,– : 180 = DM 18,67. Geht man von einem anteiligen Krankenkassenbeitrag des Versicherten von 6,3% aus, ergibt sich ein Monatsbeitrag von (DM 18,67 x 30 Tage = DM 560,10) DM 35,29.

5. Kündigungsrecht gegenüber privaten Krankenversicherungsunternehmen bei Eintritt in die Künstlersozialversicherung

Die Bestimmung des § 9 KSVG räumt all den Künstlerinnen und 29
Künstlern, Publizistinnen und Publizisten, die nach dem Künstlersozialversicherungsgesetz in der gesetzlichen Krankenversicherung versicherungspflichtig werden und von den Befreiungsmöglichkeiten nach §§ 6, 7 KSVG keinen Gebrauch machen, ein **Recht zur außerordentlichen Kündigung** ihres Versicherungsvertrages mit einem privaten Krankenversicherungsunternehmen ein, um eine sonst zumindest teilweise bestehende doppelte Belastung zu vermeiden.

6. Beginn und Dauer der Versicherungspflicht

a) Beginn der Versicherungspflicht

30 In Anlehnung an die entsprechenden Bestimmungen der Reichsversicherungsordnung (RVO) für die Krankenversicherung und des Angestelltenversicherungsgesetzes (AVG) für die Rentenversicherung sind Beginn und Ende der Versicherungspflicht einheitlich festgelegt. Danach beginnt die Versicherungspflicht grundsätzlich mit dem **Eingang der Meldung** des Versicherten bei der Künstlersozialkasse, § 8 KSVG. **Ausnahmen** hiervon gibt es zum einen in dem Fall, daß eine Meldung der Versicherten oder des Versicherten fehlt, die Künstlersozialkasse aber aus anderen Informationsquellen Kenntnis von der Versicherungspflicht hat und demzufolge eine Feststellung der Versicherungspflicht trifft. Dann gilt das Datum dieses Feststellungsbescheides der Künstlersozialkasse. Dieser Fall dürfte aber wenig wahrscheinlich sein. Ferner ist zum anderen zu beachten, daß eine „Verdachtsmeldung" seitens der Versicherten solange keine Rechtsfolgen nach sich zieht, solange die künstlerische oder publizistische Tätigkeit nicht tatsächlich ausgeübt wird und die übrigen erforderlichen Voraussetzungen der Versicherungspflicht bestehen.

31 Schließlich bestimmt § 8 Abs. 1 Satz 3 KSVG, daß „Kranke warten müssen". Ist der selbständige Künstler oder Publizist zu dem Zeitpunkt, zu dem die Versicherungspflicht im Grundsatz beginnen würde, **arbeitsunfähig**, beginnt die Versicherungspflicht an dem auf das Ende der Arbeitsunfähigkeit folgenden Tage. Nach dem Willen des Gesetzgebers soll damit verhindert werden, daß die Versicherungspflicht bzw. die damit verbundene Beitragszahlung durch bewußte Nichtanmeldung bis zum Eintritt der Arbeitsunfähigkeit hinausgezögert wird. Angesichts der nach wie vor kontinuierlich steigenden Zahl von Anmeldungen muß der vom Gesetzgeber unterstellte „Mißbrauchstatbestand" in einem zweifelhaften Licht erscheinen, zum anderen ist die Regelung gesetzessystematisch verfehlt und zeigt keine Lösungswege für vorstellbare „Normalfälle" auf. Lediglich die Tatsache, daß es bei der Künstlersozialversicherung an dem „Arbeitgeber" fehlt, der im Arbeitsverhältnis die erforderlichen Meldungen vornimmt, legt den Versicherten die zuvor genannte Meldepflicht auf. Dies hat aber keinen Einfluß darauf, daß es sich nach wie vor um eine Pflichtversicherung handelt. Die Versicherungspflicht besteht dann, wenn die gesetzlichen Voraussetzungen gegeben sind. Die im § 8 Abs. 1 Satz 3 KSVG durchgeschlagene Kostendämpfungsmentalität führt dazu, daß ein ordnungsgemäß handelnder Versicherter den im Krankheitsfall notwendigen Versicherungsschutz nicht erhält, wenn man die üblichen Postlaufzeiten seiner Meldung berücksichtigt und den Fall, daß zwischen Absendung des Antrages und dem Eingang bei der Künstlersozialkasse Arbeitsunfähigkeit eintritt. Ein weiteres praktisches Problem kommt insofern

hinzu, als häufig nicht sicherzustellen ist, daß der Informationsfluß zwischen Versicherten, Krankenkasse und Künstlersozialkasse gewährleistet ist. Dies führt zu Verwaltungsaufwand, u.a. durch Aufheben von Bescheiden. Die derzeitige Bearbeitungsdauer der Meldung gem. § 8 Abs. 1 KSVG von etwa 6/7 Monaten macht den Rat an die Versicherten notwendig, bei Arbeitsunfähigkeit, die nach der Meldung und im Laufe der Bearbeitungsfrist auftritt, diese unmittelbar auch der Künstlersozialkasse anzuzeigen, um hierdurch ggf. eine vorrangige Bearbeitung zu bewirken, die den reibungslosen Leistungsbezug erleichtern kann.

b) Ende der Versicherungspflicht

Nach § 8 Abs. 2 KSVG endet die Mitgliedschaft in der Künstlerso- 32
zialversicherung mit dem Tage, an dem die Versicherungspflicht aufgrund der **Feststellung der Künstlersozialkasse** endet, § 190 Abs. 5 SGB V. Sie bleibt hingegen erhalten, solange Anspruch auf Krankengeld oder Mutterschaftsgeld besteht, eine dieser Leistungen oder Erziehungsgeld bezogen wird oder von einem Rehabilitationsträger während einer medizinischen Maßnahme zur Rehabilitation Verletztengeld, Versorgungskrankengeld oder Übergangsgeld gezahlt wird, § 192 Abs. 1 Nr. 2, 3 SGB V. In den Fällen der **Versicherungsfreiheit** von der Rentenversicherung und der Krankenversicherung gemäß § 4 Nr. 1 oder 3 – 8 oder § 5 KSVG (vgl. die Ausführungen zu 2, 3) ist die Versicherungspflicht vom Zeitpunkt der **Änderung der Verhältnisse** an aufzuheben. In den übrigen Fällen bestimmt das Gesetz mit Rücksicht auf die Eigenart der künstlerischen/publizistischen Tätigkeit und aus Gründen der Klarheit und Rechtssicherheit, daß die Versicherungspflicht nur mit **Wirkung für die Zukunft** aufgehoben wird. Als fixes Datum gilt hierbei der Erste des folgenden Monats, in dem die Künstlersozialkasse von der Änderung Kenntnis erhält. Eine Ausnahme tritt dann ein, wenn der Künstler oder Publizist vorsätzlich oder grob fahrlässig falsche Angaben gemacht oder die gesetzlich vorgeschriebenen Mitteilungspflichten verletzt hat. Dann ist wiederum die Änderung der Verhältnisse entscheidend. Auch bei einer verspäteten Mitteilung der Versicherten oder des Versicherten darüber, daß er nicht mehr künstlerisch tätig ist, löst das vorgenannte Prüfungsverfahren aus. Schätzen Versicherte ihr voraussichtliches Jahresarbeitseinkommen so ein, daß das im § 3 Abs. 1 festgelegte Mindesteinkommen nicht erreicht wird (vgl. die Ausführungen zu 1 b), ist eine bestehende Versicherung zu beenden. Eine Versicherungspflicht tritt erst dann wieder ein, wenn mittels Änderungsmitteilung oder einer erneuten Jahresmeldung des erwarteten Arbeitseinkommens die Mindestbeträge des § 3 Abs. 1 KSVG als überschritten anzeigen.

7. Auskunfts- und Meldepflichten der Versicherten

a) „Anmeldung" zur Künstlersozialkasse

33 Die Künstlersozialversicherung ist eine Pflichtversicherung. Dementsprechend deutlich formuliert das Gesetz, daß es sich bei den Auskunfts- und Meldepflichten um **Muß-Vorschriften** handelt, die somit zu beachten sind. Die Frage der „Anmeldung" ist also nicht in das Belieben der Künstlerin/des Künstlers oder der Publizistin/des Publizisten gestellt, sofern die Voraussetzungen der Versicherungspflicht gegeben sind. So gilt es zunächst, den **Meldevordruck** von der Künstlersozialkasse anzufordern, und ihn vollständig ausgefüllt sowie mit den erforderlichen Unterlagen versehen nach dort zu senden, § 11 Abs. 1 – 3 KSVG. Nimmt der Versicherte irrtümlich oder aus anderen Gründen die Meldung gegenüber einem Sozialleistungsträger (Krankenversicherung, Rentenversicherung) oder einer Gemeindeverwaltung vor, ist dies unschädlich, da nach § 16 SGB I eine Weiterleitungspflicht an die zuständige Stelle besteht und der jeweilige Antrag als zu dem Zeitpunkt gestellt gilt, in dem er bei den vorgenannten Adressaten eingegangen ist. In den Anmeldevordruck ist auch die dem Versicherten zugeteilte **Versicherungsnummer** der Rentenversicherung einzutragen. Sofern eine solche noch nicht zugeteilt worden ist, erfolgt dies von der Bundesversicherungsanstalt für Angestellte über die Künstlersozialkasse, § 11 Abs. 4 KSVG.

34 Wie bereits dargelegt, ist für den Versichertenkreis nach dem Künstlersozialversicherungsgesetz der zuständige Rentenversicherungsträger die **Bundesversicherungsanstalt für Angestellte (BfA)**. Die Krankenversicherung ist bei der **Ortskrankenkasse des Tätigkeitsortes** des Künstlers oder Publizisten abzuschließen. Fehlt es an einem festen Tätigkeitsort und erfolgt die Ausübung der künstlerischenTätigkeit an verschiedenen Arbeitsstätten, wird als Tätigkeitsort der Wohnsitz oder der gewöhnliche Aufenthaltsort angesehen. Die nach dem Künstlersozialversicherungsgesetz Versicherten haben auch die Möglichkeit, einer **Ersatzkasse** beizutreten, sofern die Ersatzkasse für den Wohnort zugelassen ist und die Ersatzkasse per Bescheinigung erklärt, daß sie bereit ist, die Pflichtversicherung nach dem Künstlersozialversicherungsgesetz durchzuführen.

b) Die Jahresmeldung

(1) Meldung des voraussichtlichen Arbeitseinkommens

35 Bis zum **1. Dezember eines Jahres** haben Versicherte und Zuschußberechtigte der Künstlersozialkasse das voraussichtliche Arbeitseinkommen bis zur Höhe der Beitragsbemessungsgrenze in der Rentenversicherung der Angestellten (1991: DM 78.000,–) für das folgende Kalenderjahr zu melden, § 12 Abs. 1 Satz 1 KSVG. Bis zum 1. Dezember 1991 ist daher das voraussichtliche Arbeitseinkommen für das Kalenderjahr 1992 anzu-

geben. Auf die Erläuterungen zur Ermittlung des Arbeitseinkommens (s.o. Rdnr. 9 ff.) wird verwiesen.

Dabei ist Folgendes zu bedenken: Die Angabe eines niedrigeren 36
Arbeitseinkommens als insgeheim erwartet, führt zu niedrigeren Beiträgen, folglich aber auch zu niedrigeren Leistungen. Das Krankengeld bemißt sich nach dem der Beitragsberechnung zugrunde liegenden Arbeitseinkommen der letzten 12 Monate. Dies mag zwar im Ergebnis nicht sehr häufig eintreten. Gravierender sind die Auswirkungen allerdings für die Rentenversicherung, da niedrigere Beiträge natürlich nur zu einer sehr geringen Rentenzahlung führen. Abgesehen von z.B. dem Versorgungswerk der Presse, Autorenversorgungswerk der Verwertungsgesellschaft Wort und der Pensionskasse für Freie Mitarbeiter der deutschen Rundfunkanstalten ist die Überlegung, die Altersversorgung mittels einer zusätzlichen Lebensversicherung zu sichern, allzu häufig keine sinnvolle Lösung. Ohne an dieser Stelle auf die allgemeine Problematik von insbesondere Kapital-Lebensversicherungen einzugehen, verlangen diese Versicherungen in jedem Falle feste Prämiensätze, die bei unterschiedlichen Arbeitseinkommen ggf. nur unter Erschwernissen gezahlt werden können. Schließlich nochmals: Unterschreitet das geschätzte Arbeitseinkommen das Mindestarbeitseinkommen (1991: DM 5.760,–), endet die Versicherungspflicht in der Künstlersozialversicherung. Ist die umgekehrte Vorstellung maßgebend, Angabe eines höheren Arbeitseinkommens als erwartet, wobei die Obergrenze der Beitragsbemessungsgrenze der Rentenversicherung zu beachten ist, ergeben sich neben den Vorteilen wiederum auch Nachteile. Neben der Frage der Finanzierbarkeit der höheren Beiträge wird das Rentenkonto zwar aufgefüllt, für die Krankenversicherung ergeben sich allerdings lediglich für den Fall der Krankengeldzahlung Vorteile. Die übrigen Leistungen der Krankenversicherung werden mit einem „überhöhten" Beitrag finanziert. Es kann daher nur die Empfehlung abgegeben werden, die Schätzung des kalenderjährlichen Arbeitseinkommens möglichst realistisch vorzunehmen, eingedenk der Schwierigkeiten, die hiermit verbunden sind.

(2) Schätzung des Arbeitseinkommens

Nimmt die Künstlerin/der Künstler oder die Publizistin oder der Publi- 37
zist trotz entsprechender Aufforderung die Meldung des Jahreseinkommens nicht vor, hat die Künstlersozialkasse die Möglichkeit, die Höhe des Arbeitseinkommens zu schätzen. Ein gewisser Zwang hierzu besteht insofern, als die Künstlersozialkasse zum Januar des jeweils folgenden Kalenderjahres die Beiträge des Versicherten festzulegen und der jeweiligen Krankenkasse das voraussichtliche Jahresarbeitseinkommen anzugeben hat.

(3) Änderungsanträge für die Zukunft

38 Erkennen Künstler oder Publizisten im Laufe des Kalenderjahres, daß sich das Jahresarbeitseinkommen verändern wird, steht ihnen die Möglichkeit offen, dies der Künstlersozialkasse mitzuteilen, mit der Wirkung, daß ab dem Ersten des folgenden Monats die Beiträge nach dem veränderten Arbeitseinkommen zu zahlen sind. Änderungsmitteilungen wirken daher nur für die Zukunft. „Unzutreffend" geleistete Beitragszahlungen werden weder erstattet bzw. verrechnet noch nachgefordert. Über den Weg der Änderungsanträge läßt sich die Schwierigkeit des Schätzverfahrens relativieren, da hierdurch in jedem Falle eine Annäherung an das tatsächliche Jahreseinkommen erreicht werden kann.

c) Weitere Auskunftspflichten der Versicherten

39 Die Künstlersozialkasse kann von den Versicherten und den Zuschußberechtigten Angaben darüber verlangen, in welchem der Bereiche selbständiger künstlerischer und publizistischer Tätigkeiten das Arbeitseinkommen jeweils erzielt wurde, in welchem Umfang das Arbeitseinkommen auf Geschäften mit zur Künstlersozialabgabe Verpflichteten beruhte und von welchen zur Künstlersozialabgabe Verpflichteten Arbeitseinkommen bezogen wurde. Die Begründung dieses Novellierungsteils verheimlicht nicht, daß auf diesem Wege die Erfassung von Abgabepflichtigen und die Ermittlung der abgabepflichtigen Entgelte erleichtert werden soll. Dies ist allerdings eine originäre Aufgabe der Künstlersozialkasse, deren personelle Situation allerdings die notwendigen Recherchen nicht zuläßt.

d) Verletzung der Auskunfts- und Meldepflichten

40 Eine Sanktion der unterbliebenen Meldung des Arbeitseinkommens wurde bereits genannt. Die Künstlersozialkasse kann das Einkommen nach den dort vorliegenden Unterlagen schätzen. Für den Zuschußberechtigten führt eine unterbliebene Meldung dazu, daß der Anspruch auf den Beitragszuschuß bis zum Ablauf des auf die Meldung folgenden Monats entfällt. Gleiches gilt für die Verletzung der Melde- und Nachweispflichten nach § 19 KSVG. Weiterhin bleibt für diesen Personenkreis die Rückforderung vorläufig gezahlter Beitragszuschüsse möglich, § 12 Abs. 2 KSVG. Liegt eine schuldhafte Verletzung der Auskunfts- und Meldepflichten seitens des Versicherten vor, kann die Künstlersozialkasse **Buß- oder Zwangsgelder** verhängen, §§ 66 SGB X, 36 a) KSVG.

8. Die Beiträge

a) Grundsatz der Finanzierung der Künstlersozialversicherung

41 Die Künstlersozialversicherung wird finanziert durch die **Beitragsanteile der Versicherten** zur einen Hälfte, durch die **Künstlersozialabgabe**

und einen **Zuschuß des Bundes** zur anderen Hälfte, § 14 KSVG. Damit erfüllt die Künstlersozialversicherung das Prinzip der allgemeinen Sozialversicherung, daß die Beiträge hälftig von Versicherten und „Arbeitgebern“ aufgebracht werden.

b) Beiträge der Versicherten zur Renten- und Krankenversicherung

Der Beitrag des Künstlers oder Publizisten zur **Rentenversicherung** beträgt für das Jahr 1991 8,85% (ab 1. 4. 1991) eines Zwölftels des Jahresarbeitseinkommens. Dabei sind die schon genannten Höchst- und Mindestbeitragsbemessungsgrenzen zu berücksichtigen – DM 78.000,– bzw. DM 5.760,– Jahresarbeitseinkommen –, so daß sich monatliche Beitragsanteile der Versicherten zwischen DM 575,25 und DM 42,48 ergeben. Für nachgewiesene **Ausfallzeiten** hat der Künstler oder Publizist keine Beitragsanteile zur Rentenversicherung zu zahlen, § 15 Abs. 2 KSVG. Hierzu zählen z.B. Zeiten der Arbeitsunfähigkeit, Rehabilitationsmaßnahmen oder Schwangerschaftszeiten, wenn vom jeweiligen Sozialversicherungsträger Leistungen bezogen werden. Ferner ist für die Anerkennung einer Ausfallzeit erforderlich, daß die versicherungspflichtige künstlerische oder publizistische Tätigkeit unterbrochen wurde. 42

Vergleichbar der Rentenversicherung sind die Beitragsanteile zur **Krankenversicherung** zu zahlen. Der Krankenkassenbeitrag bestimmt sich nach dem Beitragssatz der jeweils für den Versicherten zuständigen Krankenkasse. Bei der „Wahl“ der Krankenkasse, die ja nur zwischen einer für den Tätigkeitsort zuständigen Ortskrankenkasse oder Ersatzkasse vorgenommen werden kann, ist daher insbesondere auch auf den satzungsgemäßen Beitragssatz zu achten. Wie bei der Rentenversicherung sind wiederum Höchst- bzw. Mindestbemessungsgrundlagen in Ansatz zu bringen. Für den Bereich der Krankenversicherung betragen sie: DM 58.500,– bzw. DM 40.320,– im Jahr. (DM 3.360,– im Monat). Unter Berücksichtigung der Berechnungsmethode (DM 58.500,– : 360 Tage bzw. DM 3.150,– : 180) ergeben sich bei einem angenommenen Beitragssatz von 12,6% ein monatlicher Höchstbeitrag in der Krankenversicherung von DM 307,13 und ein monatlicher Mindestbeitrag von DM 35.29. Wird Kranken-, Mutterschafts- oder Erziehungsgeld bezogen, sind keine Beitragsanteile zur Krankenversicherung zu entrichten. 43

Für das **Erziehungsgeld** gilt die Besonderheit, daß der Künstler oder Publizist beantragen kann, daß während des Erziehungsgeldbezuges seiner Voraussicht nach erzieltes Arbeitseinkommen der Beitragsbemessung zugrundegelegt wird, sofern es im Durchschnitt ein Siebtel der monatlichen Bezugsgröße des § 18 SGB IV (DM 480,–) übersteigt. Dann sind Mindestbeiträge aus dem vorgenannten Satz von DM 480,– zu entrichten. 44

c) Beiträge bei vorgezogenem Krankengeld

45 Einer seit vielen Jahren von Gewerkschaftsseite für die Versicherten erhobenen Forderung, eine **Krankengeldzahlung vor der 7. Woche** der Arbeitsunfähigkeit in das Gesetz aufzunehmen, ist der Gesetzgeber bisher lediglich formal, nicht aber inhaltich nachgekommen. Gemäß § 36 Abs. 2 SGB V kann der Versicherte vorzeitige Krankengeldzahlungen, spätestens ab der 3. Woche der Arbeitsunfähigkeit, bei der Künstlersozialkasse „beantragen", indem er dort eine entsprechende **Erklärung** abgibt. Die Erklärung wird zum Beginn des auf den Eingang folgenden Monats wirksam und kann auch nur zum Ende eines Monats widerrufen werden. Krankengeldzahlungen sind nicht für Versicherungsfälle zu erbringen, die vor dem Eingang der Erklärung bei der Künstlersozialkasse eingetreten sind. Die Künstlersozialkasse erteilt aufgrund des Antrages einen Bescheid, der auch der zuständigen Krankenkasse zur Kenntnis zu bringen ist. Ab welchem Zeitpunkt nunmehr konkret der Bezug des vorgezogenen Krankengeldes einsetzt, ergibt sich aus der Satzung der jeweils zuständigen Krankenkasse. Dies gilt auch für die Höhe des Beitrages. Denn in jedem Falle ist eine höhere Beitragsleistung erforderlich.

46 Nach der Bestimmung des § 16 Abs. 1 Satz 2 KSVG hat der Versicherte die **Mehrbelastung** alleine zu tragen, die sich konkret wie folgt darstellen kann.

Beispiel:

Voraussichtliches Arbeitseinkommen 1991:	DM 8.600,–
Kalendertägliches Arbeitseinkommen 8.600,– : 360 Tage):	DM 23,89
Beitragssatz der Krankenkasse:	12,6 v.H.
Erhöhter Beitragssatz:	15,6 v.H.
Beitragsanteil des Versicherten:	
Berechnungsgrundlage	**Versichertenanteil**
DM 716,70 (DM 23,89 x 30 Tage)	DM 45,15 (6,3 v.H.)
Mehrbelastung durch erhöhten Beitragssatz (3 v.H. von DM 716,70)	DM 21,50
Beitragsanteile insgesamt:	DM 66,65.

Bei einer jährlichen Mehrbelastung von DM 258,01 im Jahr auf der Basis eines relativ geringen Arbeitseinkommens wird deutlich, daß die Inanspruchnahme der Möglichkeit des vorgezogenen Krankengeldbezuges sorgfältig zu prüfen ist.

d) Fälligkeit der Beiträge

47 Die Beitragsanteile der Künstlerinnen und Künstler sowie Publizistinnen und Publizisten, die sie zur Renten- und Krankenversicherung an die

Künstlersozialkasse zu zahlen haben, werden für einen Kalendermonat am **Ersten des folgenden Monats** fällig. Somit müssen die Beiträge für z.B. den Monat September am 01.10. bei der Künstlersozialkasse gutgeschrieben worden sein. Zwecks Einhaltung der Fälligkeitsdaten empfiehlt es sich, einen Dauerauftrag zu erteilen.

e) Rückständige Beiträge

Die Künstlersozialkasse, die sowohl für die Renten- als auch für die **48**
Krankenversicherung Beitragsschuldnerin ist, führt an die Bundesversicherungsanstalt nur Beiträge für die Versicherten ab, die ihre Beitragsanteile gezahlt haben. Erfolgen keine Zahlungen an die Rentenversicherung, sind versicherungspflichtige Tätigkeiten oder Beschäftigungen nicht anrechnungsfähig bzw. ergeben sich bei verminderten Beitragsanteilen verminderte Beitragszeiten. Dies ist insbesondere deshalb von Bedeutung, weil bei teilweiser Beitragszahlung diese vorrangig zur Erfüllung der Verpflichtung gegenüber der Krankenkasse verwandt wird, § 17 KSVG.

Gerät eine Versicherte/ein Versicherter mit mindestens zwei Monatsbei- **49**
trägen für die Krankenversicherung in **Rückstand** und wird dieser Rückstand trotz Mahnung und ausdrücklichen Hinweises durch die Künstlersozialkasse auf die Rechtsfolgen zwei Wochen nach Zugang der Mahnung nicht auf einen Monatsbeitrag verringert, hat die Künstlersozialkasse das **Ruhen der Leistungen** festzustellen. Das Ruhen tritt drei Tage nach Zugang des Bescheides beim Versicherten ein. Das Ruhen endet erst, wenn alle rückständigen und die auf die Zeit des Ruhens entfallenden Beitragsanteile gezahlt sind. Die zuständige Krankenkasse ist von der Mahnung, dem Eintritt und dem Ende des Ruhens zu unterrichten, § 16 Abs. 2 KSVG. Das in dieser Vorschrift genannte Ruhen hat zur Folge, daß der Anspruch auf Leistungen wegfällt und auch die Leistungsdauer um die Ruhenszeit gekürzt wird. Diese unübliche und rigorose Gesetzesregelung zu Lasten der Versicherten wird nur unwesentlich dadurch gemildert, daß die Künstlersozialkasse auf Antrag hin eine **Stundung** bewilligen kann und ein Wiederaufleben des Versichertenschutzes auch schon vor Zahlung aller rückständigen Beiträge eintreten kann, wenn der Versicherte mit der Künstlersozialkasse **Ratenzahlungen** vereinbart. Für rückständige Beitragsanteile ist es darüberhinaus in das Ermessen der Künstlersozialkasse gestellt, **Säumniszuschläge** zu erheben und darüber zu entscheiden, ob die im Gesetz vorgegebenen Höchstgrenzen für Säumniszuschläge in Anspruch genommen werden. Für Beitragsanteile, die eine Woche nach Fälligkeit noch nicht entrichtet sind, kann die Künstlersozialkasse einen einmaligen Säumniszuschlag bis zur Höhe von 2% der rückständigen Beiträge erheben. Für längerfristige Rückstände, die länger als drei Monate fällig sind, kann die Künstlersozialkasse für jeden angefange-

nen Monat einen Säumniszuschlag in Höhe von 1% der rückständigen Beiträge erheben, § 18 KSVG.

f) Beitragserstattungen

50 Die von Künstlern und Publizisten **ohne Rechtsgrund** gezahlten Beitragsanteile zur Renten- und Krankenversicherung sind diesen zu erstatten. Voraussetzung ist der Wegfall der Versicherungspflicht und die auf Anfrage der Künstlersozialkasse hin zu treffende Feststellung, daß weder seitens der Bundesversicherungsanstalt für Angestellte noch der zuständigen Krankenkasse für den Zeitraum der Beitragserstattung Leistungen gewährt worden sind. Mit Einverständnis des Versicherten kann auch eine Verrechnung des Erstattungsanspruchs mit künftigen Ansprüchen auf Beitragsanteile vorgenommen werden. **Verzinsung** und **Verjährung** des Beitragserstattungsanspruches richten sich nach § 21 Abs. 3 KSVG. Danach beträgt der Zinssatz 4%, die Verjährungsfrist beläuft sich auf 4 Jahre. Dabei beginnt die Frist nach Ablauf des Kalenderjahres, in dem die Beiträge entrichtet worden sind.

g) Jahresabrechnung der Künstlersozialkasse

51 Die Künstlersozialkasse ist verpflichtet, den Versicherten und Zuschußberechtigten jährlich eine Abrechnung zu erteilen, aus der die Berechnung der von diesen und für diese erbrachten Beitragsleistungen ersichtlich ist, um sicherzustellen, daß Künstler und Publizisten über die notwendigen Informationen verfügen und ggf. Korrekturen vorgenommen werden können.

9. Das Zusammentreffen unterschiedlicher Beschäftigungsverhältnisse

a) Selbständige künstlerische oder publizistische Tätigkeit und abhängige Beschäftigung

(1) Geringfügige Beschäftigungen

52 Eine geringfügige Beschäftigung ist dann festzustellen, wenn

- die Beschäftigung regelmäßig weniger als 15 Stundenin der Woche ausgeübt wird und das Arbeitsentgelt regelmäßig im Monat DM 480,– (1991) nicht übersteigt oder
- die Beschäftigung innerhalb eines Jahres seit ihrem Beginn auf längstens zwei Monate oder 50 Arbeitstage nach ihrer Eigenart begrenzt zu sein pflegt oder im voraus vertraglich begrenzt ist, es sei denn, daß die Beschäftigung berufsmäßig ausgeübt wird und ihr Entgelt die in dem ersten Spiegelstrich genannten Grenzen übersteigt.

Bei der Anwendung dieser Alternativen sind mehrere geringfügige Beschäftigungen zusammenzurechnen. Treffen geringfügige Beschäftigungen in diesem Sinne mit der gleichzeitig ausgeübten selbständigen künstlerischen oder publizistischen Tätigkeit zusammen, hat dies keine Auswirkungen auf die Versicherungspflicht nach dem Künstlersozialversicherungsgesetz, da geringfügige Beschäftigungen nicht sozialversicherungspflichtig sind.

(2) Unständige Beschäftigungen

Von einer unständigen Beschäftigung ist dann zu sprechen, wenn sie auf 53
weniger als eine Woche entweder nach der Natur der Sache befristet zu sein pflegt oder im voraus durch den Arbeitsvertrag befristet ist, § 179 Abs. 2 SGB V. Werden die Grenzen dieser geringfügigen Beschäftigungen, wie dies in der Regel im Film- und Rundfunkbereich der Fall ist, überschritten, besteht Versicherungspflicht in der Kranken- und Rentenversicherung. Wird eine derartige unständige Beschäftigung neben der selbständigen Tätigkeit als Künstlerin/Künstler bzw. Publizistin/Publizist ausgeübt, ergibt sich für den Bereich der **Krankenversicherung** die nachstehende Problematik. Die Krankenversicherungspflicht nach dem Künstlersozialversicherungsgesetz wird für die Zeit der unständigen Beschäftigung unterbrochen und beginnt erst wieder nach dem Ende der unständigen Beschäftigung, § 186 Abs. 3 Satz 2 SGB V. Da bei unständig Beschäftigten die Versicherungspflicht drei Wochen nach Beendigung der jeweiligen unständigen Beschäftigung endet, § 190 Abs. 4 SGB V, kann eine häufige unständige Beschäftigung dazu führen, daß eine Versicherungspflicht zur Krankenversicherung nach dem Künstlersozialversicherungsgesetz über längere Zeit nicht in Betracht kommt. Es bedarf keiner besonderen Erwähnung, daß die jeweiligen An- und Abmeldungen, sofern sie überhaupt geschehen oder zeitnah geschehen, zu einem erheblichen Verwaltungsaufwand und einer ausgeprägten Unübersichtigkeit führen.

(3) Ständige abhängige Beschäftigungen

Arbeitet der Künstler oder Publizist neben dieser Tätigkeit auch als ab- 54
hängig Beschäftigter, ist diese zuletzt genannte Tätigkeit zunächst nach den für Arbeitnehmerinnen und Arbeitnehmer geltenden Regelungen sozialversicherungspflichtig. Für die Künstlersozialversicherung ergeben sich nachstehende Auswirkungen: Es besteht **Versicherungsfreiheit** in der **Rentenversicherung**, wenn aus der abhängigen Beschäftigung ein beitragspflichtiges Arbeitsentgelt erzielt wird, das voraussichtlich mindestens die Hälfte der für das betreffende Jahr geltenden Beitragsbemessungsgrenze in der Rentenversicherung der Angestellten beträgt (für 1991: DM 39.000,–), § 4 Nr. 2 KSVG. Insbesondere bei den Mitarbeiterinnen und Mitarbeitern von Rundfunk und Fernsehen tritt dieser Fall recht häufig auf, z.B. realisiert der Autor (selbständig) seine Arbeit als Regisseur oder ähnliches (unselbständig), so daß auch hier die Problematik der Unübersichtlichkeit, das Nebeneinander und der Nichtversicherung bestimmter Einkommensbestandteile auf der Hand liegt. Nach dem

Künstlersozialversicherungsgesetz ist er in der gesetzlichen **Krankenversicherung frei,** § 5 Nr. 1 KSVG.

b) Selbständige künstlerische oder publizistische Tätigkeit und anderweitige selbständige Erwerbstätigkeit

55 Ist die Künstlerin/der Künstler oder die Publizistin/der Publizist auch noch anderweitig selbständig erwerbstätig, ergeben sich wiederum unterschiedliche Auswirkungen bezogen auf die Renten- und Krankenversicherung. Für die **Rentenversicherung** gilt wiederum der zuvor genannte Betrag – Hälfte der Beitragsbemessungsgrenze (1991: DM 39.000,–) –, so daß Versicherungsfreiheit besteht, sofern diese Grenze erreicht bzw. überschritten wird. Liegt das anderweitige Arbeitseinkommen unterhalb dieser Grenze, bleibt die Rentenversicherungspflicht nach dem Künstlersozialversicherungsgesetz erhalten. Die weitere selbständige Tätigkeit führt zur **Krankenversicherungsfreiheit** nach dem Künstlersozialversicherungsgesetz, § 5 Nr. 5 KSVG, es sei denn, die vorgenannte Tätigkeit ist geringfügig im Sinne des bereits zitierten § 8 SGB IV.

10. Die zur Künstlersozialabgabe verpflichteten Unternehmer

56 Häufig erheben sich Zweifelsfragen dahingehend, ob ein selbständiger Künstler oder Publizist gleichzeitig abgabepflichtiger Unternehmer ist oder dies für den z.B. in einer Gesellschaft des Bürgerlichen Rechts zusammengeschlossenen Personenkreis gilt. Aus diesem Grunde bedarf es einiger Ausführungen, insbesondere zum **Unternehmerbegriff** des Künstlersozialversicherungsgesetzes, § 24 KSVG. Danach sind Unternehmer zur Künstlersozialabgabe verpflichtet, die nicht nur gelegentlich Aufträge an selbständige Künstler oder Publizisten erteilen, um deren Werke oder Leistungen für Zwecke ihres Unternehmens zu nutzen, wenn im Zusammenhang mit dieser Nutzung Einnahmen erzielt werden sollen. Unternehmer ist derjenige, der eine gewerbliche oder berufliche Tätigkeit selbständig ausübt, die auf einen einheitlichen Zweck gerichtet und auf eine gewisse Dauer angelegt ist. Gewerblich oder beruflich ist jede nachhaltige Tätigkeit zur Erzielung von Einnahmen. Der Inhalt der jeweiligen Tätigkeit wird vom § 24 KSVG bestimmt. Hierauf braucht aber in diesem Zusammenhang nicht eingegangen zu werden, da für die zu behandelnde Thematik unterstellt werden kann, daß die Voraussetzungen gegeben sind. Nicht wesentlich für den Unternehmensbegriff ist die Absicht, Gewinn zu erzielen. Ebenfalls ist nicht entscheidend, ob es sich um natürliche Personen, juristische Personen, Personenhandelsgesellschaften oder Gesellschaften Bürgerlichen Rechts handelt. Nicht strittig ist, daß die **Selbstvermarkter** nicht der Künstlersozialabgabepflicht unterliegen. In diesem Falle liegen zwar Künstlereigenschaft und Unternehmerstatus for-

mal in einer Person vor, z.B. die Theatermacherin, es wird aber ausschließlich die eigene künstlerische Leistung verwertet. Hier kann eben nicht von dem „symbiotischen" Verhältnis zwischen Verwertern und Künstlern oder Publizisten gesprochen werden, das das Bundesverfassungsgericht (Urteil v. 8. 4. 1987, s. Brandmüller a.a.O. 1/1 S. 41) konstatiert hat und das zumindest fehlende Personenidentität verlangt. Zudem ist die Selbstvermarktung struktureller Bestandteil des Künstlersozialversicherungsgesetzes.

Als problematisch kann sich der Zusammenschluß einer Personengemeinschaft, vorrangig im Falle der **Gesellschaft Bürgerlichen Rechts** darstellen. Die Tatsache, daß es sich um selbständige Künstlerinnen und Künstler sowie Publizistinnen oder Publizisten handelt, die nach dem Künstlersozialversicherungsgesetz versicherungspflichtig sind, schließt nicht aus, daß sie auch Vermarkter im Sinne des § 24 KSVG sein können. Entscheidend ist allein, ob sie Unternehmer sind. Vielfach wird es an dem Merkmal der auf Dauer angelegten Erwerbstätigkeit scheitern, wenn sich z.B. Künstlerinnen und Künstler zur Realisierung eines bestimmten Theaterprojektes zusammenschließen. Unabhängig hiervon ist im Grundsatz immer danach zu verfahren, daß Gesellschaftsvertrag und Praktizierung der vertraglichen Abmachungen so gestaltet sein müssen, daß die gleichberechtigte Gestaltung und Durchführung des Gesellschaftszwecks sichergestellt sein muß, um die Nähe zur Selbstvermarktung zu gewährleisten. Als Beispiel kann die Musikgruppe genannt werden, die sich auf einer derartigen Basis zusammenfindet und ihre vertraglichen Auftrittsverpflichtungen abwickelt. Anderenfalls besteht die Gefahr, daß einzelne Gesellschafter in die Unternehmerrolle geraten. An dieser Stelle sind Versicherte und die „Arbeitgeber"-Seite darauf hinzuweisen, daß insbesondere bei dem Betrieb „Freier Theater" der Wunsch nach „Abgabefreiheit" ausgeprägt ist, so daß es in der Regel nur die Alternative zwischen dem Arbeitnehmerstatus und der Versicherungspflicht nach dem Künstlersozialversicherungsgesetz gibt, folglich auf der Vermarkter-Seite ebenso nur die Möglichkeit, entweder die Abgabe nach dem Künstlersozialversicherungsgesetz zu leisten oder die Sozialversicherungs-Anteile wie bei Arbeitnehmern abzuführen. Dabei können im Ergebnis die jeweils gewählten Rechtsformen (ob eingetragener Verein, Gesellschaft des Bürgerlichen Rechts und dergleichen) unbeachtlich bleiben. 57

11. Die Künstlersozialkasse

Durchgeführt wird die Künstlersozialversicherung von der **Landesversicherungsanstalt Oldenburg-Bremen** unter der Bezeichnung Künstlersozialkasse. Sie hat die Aufgabe, die Feststellung zu treffen, wer nach dem Künstlersozialversicherungsgesetz als Künstler oder Publizist in der 58

Kranken- und Rentenversicherung versicherungspflichtig ist und wer als Verwerter künstlerischer/publizistischer Leistungen abgabepflichtig ist. Die Versicherungspflichtigen werden von der Künstlersozialkasse bei der Bundesversicherungsanstalt für Angestellte und bei der zuständigen Krankenkasse angemeldet. Die Künstlersozialkasse führt die Versicherungsbeiträge für diese ab. Hierzu zieht sie die Beitragsanteile der Versicherten, die Künstlersozialabgabe und den Bundeszuschuß ein. Ähnlich den Sozialleistungsträgern ist auch die Künstlersozialkasse zur Information und Beratung gegenüber den von der Künstlersozialversicherung Betroffenen verpflichtet. Für diese Aufgabe stehen auch die Krankenkassen und Auskunfts- und Beratungsstellen der Bundesversicherungsanstalt für Angestellte zur Verfügung.

59 Um sicherzustellen, daß Sachkunde und -nähe bei der Durchführung der Künstlersozialversicherung Berücksichtigung finden, ist bei der Künstlersozialkasse ein **Beirat** eingerichtet, der aus Persönlichkeiten aus dem Kreise der Versicherten und der zur Künstlersozialabgabe Verpflichteten gebildet ist. Dabei sind die Bereiche Wort, Musik, darstellende und bildende Kunst angemessen vertreten. Die Aufgabe dieses Beirats ist es, die Künstlersozialkasse zu beraten, § 38 KSVG. Berufen werden die Beiratsmitglieder auf Vorschlag von Verbänden, die die Interessen der Versicherten oder der zur Künstlersozialabgabe Verpflichteten vertreten, vom Bundesminister für Arbeit und Sozialordnung. Ebenso wirken Beiratsmitglieder bei der Entscheidung über Widersprüche mit. Hierzu sind bei der Künstlersozialkasse **Widerspruchsausschüsse**, ebenfalls getrennt für die Bereiche Wort, Musik, darstellende Kunst und bildende Kunst, eingerichtet. Jeder Widerspruchsausschuß setzt sich aus zwei Beiratsmitgliedern – Versicherten- und Abgabepflichtigen- Vertretern und einem Vertreter der Künstlersozialkasse zusammen, § 39 KSVG.

12. *Verfahrensvorschriften*

60 Da die Künstlersozialkasse Teil der Sozialversicherung ist, richten sich die Rechtsbeziehungen zwischen ihr und den Versicherten, Zuschußberechtigten und Abgabepflichtigen nach den Regeln des Sozialgesetzbuches. Wesentliche Entscheidungen der Kasse, z.B. Feststellung über den Beginn und das Ende der Pflichtversicherung, den Beitragszuschuß oder Mitteilungen über die zu zahlenden Beiträge erfolgen in Form von **Verwaltungsakten**, gegen die seitens der Künstler und Publizisten der **Widerspruch** möglich ist, sofern die Entscheidungen rechtsfehlerhaft sind. Gibt der Widerspruchsausschuß dem Begehren der Versicherten/des Versicherten nicht statt, bleibt die Möglichkeit, das **Sozialgericht** mit den entsprechenden Instanzenzügen anzurufen. Zuständig ist das Sozialgericht, in dessen Bezirk die klagende Partei ihren Wohnsitz hat. Desweite-

ren besteht die Möglichkeit, daß bei rechtsfehlerhaften Widerspruchsbescheiden die Künstlersozialkasse selbst diese Entscheidung beanstanden und, sofern der Ausschuß bei seiner Entscheidung bleibt, die **Aufsichtsbehörde**, das Bundesversicherungsamt, einzuschalten. Dies dürfte aber der Ausnahmefall, das Klageverfahren hingegen der Normalfall sein.

III. Regelungen für die Künstler und Publizisten in den neuen Bundesländern

Für selbständige Künstler und Publizisten, die ihren Wohnsitz oder ge- **61**
wöhnlichen Auenthalt in den neuen Bundesländern einschließlich des östlichen Teils der Stadt Berlin haben, besteht eine Pflichtversicherung in der gesetzlichen Sozialversicherung. Der Einigungsvertrag sieht vor, daß für eine Übergangszeit bis zum **31. 12. 1991** das „Gesetz über Sozialversicherung (SVG)“ in der seit dem 1. 7. 1990 geltenden Fassung fortbesteht. Das Künstlersozialversicherungsgesetz (KSVG) tritt in den neuen Bundesländern zum **1. 1. 1992** in Kraft.

6. Kapitel: Europarecht und Rechtslage in den Gebieten der ehemaligen DDR

§ 13 Europarechtliche Aspekte

I. Europa und Kultur

1 Europa und Kultur, diese Verbindung erzeugt ganz unterschiedliche Assoziationen. Die einen, insbesondere diejenigen, die für und mit der Europäischen Gemeinschaft arbeiten, sehen darin eine Notwendigkeit auf dem Weg zur Europäischen Union. Andere, viele Künstler, aber auch Länderpolitiker, befürchten – oft aus unterschiedlichen Motiven – den Einfluß einer übermächtigen, harmoniesüchtigen EG-Bürokratie. Was immer an Assoziation sich einstellt, die Europäische Gemeinschaft, ihre Kulturpolitik, und nicht zuletzt der für das Jahr 1992 geplante, zum Teil schon umgesetzte europäische Binnenmarkt sind Fakten, die auch den Kulturbereich betreffen. Man sollte sie kennen und wenn möglich für sich nutzbar machen.

II. Der Waren- und Dienstleistungsverkehr zwischen den Mitgliedsstaaten der Europäischen Gemeinschaft (EG)

2 Der freie Waren- und Dienstleistungsverkehr gehört zu den wesentlichen Freiheiten des EWG-Vertrages und hat den entscheidenden Impuls für das Zusammenwachsen des europäischen Marktes gegeben. Der **Freie Warenverkehr**, unter den grundsätzlich auch Kulturgüter fallen, wird in den Artikeln 30 ff. EWG-Vertrag geregelt, die ausdrücklich jede Form von mengenmäßigen Ein- und Ausfuhrbeschränkungen, aber auch Maßnahmen gleicher Wirkung wie finanzielle Belastungen beim Grenzübertritt verbieten. Diese Freiheit findet jedoch gerade im Hinblick auf Kulturgüter ihre Schranke in Artikel 36 EWG-Vertrag, der unter anderem solche Beschränkungen rechtfertigt, die das nationale Kulturgut schützen sollen. Da in den Ländern der Gemeinschaft recht unterschiedliche Vorstellungen über das – nationale – Kulturgut bestehen, entsprechende Harmonisierungsbestrebungen auf den heftigen Widerstand vor allem Italiens und Frankreichs gestoßen sind, verbleibt den Staaten hier zur Zeit noch ein beträchtlicher Handlungsspielraum. Es bleibt abzuwarten, ob der Wegfall der Grenzkontrollen diesen Harmonisierungsbestrebungen

neuen Auftrieb geben wird. Bis dahin werden wohl noch weiter überforderte Zollbeamte umständliche Zollformalitäten beim Transport von Kunstwerken über Ländergrenzen verlangen. Diese Situation ist umso unbefriedigender, als bereits seit 1950 mit dem von der UNESCO-Generalkonferenz verabschiedeten Florenzabkommen (1976 erweitert), dem bis heute 75 Länder, darunter alle EG-Staaten beigetreten sind, eine Vereinbarung existiert, die den Abbau von langwierigen Zollkontrollen von Kulturgütern zum Ziel hat. Dieses Abkommen ist jedoch, wie Dr. Andreas Wiesand in seiner empfehlenswerten Studie „Kunst ohne Grenzen" anschaulich beschreibt, bei so gut wie allen EG-Zöllnern unbekannt. Bis zum Abbau der Grenzkontrollen ist daher vor allem den auf eigene Kosten reisenden Künstlern zu empfehlen, vor Reisebeginn sich bei einschlägigen Spediteuren über die Formalitäten für mitgebrachte Kunstwerke zu informieren, um unliebsame, vor allem auch zeitraubende Überraschungen an der Grenze zu vermeiden.

Die **Freiheit des Dienstleistungsverkehrs** im Sinne der Artikel 59 ff. 3
EWG-Vertrag gewährt grundsätzlich Inländergleichbehandlung, d.h. sie ermöglicht einer Person oder Gesellschaft, die ihren Wohnort oder Niederlassung in einem Mitgliedsstaat hat, ihre Dienstleistungen zu den gleichen Bedingungen anzubieten wie auch inländischen Personen. Nach der Rechtsprechung des Europäischen Gerichtshofs darf der freie Dienstleistungsverkehr nur durch solche Regelungen beschränkt werden, die durch das Allgemeininteresse, etwa bei der Anerkennung von Diplomen, Examina, etc., gerechtfertigt sind. Anknüpfungspunkt darf dabei nicht die Staatsangehörigkeit sein, sondern die Gleich- bzw. Ungleichwertigkeit des jeweiligen Abschlusses. Im Kulturbereich ist die Anerkennung von derartigen Abschlüssen von geringerer Bedeutung als beispielsweise bei Ärzten und Rechtsanwälten.

III. Das Leben und Arbeiten im anderen Mitgliedsstaat der EG

1. Freizügigkeit und Niederlassungsfreiheit

Diese Freiheit umfaßt die in den Artikeln 48 ff. EWG- Vertrag geregelte 4
Freizügigkeit der **Arbeitnehmer** als auch das Niederlassungsrecht der **Freiberufler** und Unternehmen, Artikel 52 ff. EWG-Vertrag. Ziel dieser Bestimmungen ist es, Arbeitnehmern wie Freiberuflern mit EG-Staatsangehörigkeit die Berufsausübung in grundsätzlich allen Staaten der Gemeinschaft zu ermöglichen. Ferner erhalten Unternehmen mit Sitz in einem EG-Staat das Recht, in einem anderen Mitgliedsstaat Agenturen, Zweigniederlassungen und Tochtergesellschaften zu gründen, Artikel 52 Abs. 2 EWG-Vertrag. Gemeinsames Merkmal dieser Vorschriften ist die Gewährung der **Inländergleichbehandlung**, die jedoch für den Bereich

der Niederlassungsfreiheit bei Tätigkeiten in Ausübung öffentlicher Gewalt (z.B. öffentlicher Dienst), Artikel 55 EWG-Vertrag, und durch Vorschriften betreffend die öffentliche Ordnung und Sicherheit beschränkt werden kann, Artikel 56 EWG-Vertrag. Die für die Arbeitnehmereigenschaft typische abhängige Erwerbstätigkeit setzt nach der Rechtsprechung des Europäischen Gerichtshofes nicht voraus, daß das Dienstverhältnis einen Lohn vorsieht, der nach Auffassung des jeweiligen Aufenthaltsstaates dem dort verlangten Existenzminimum entspricht. Auch die Motive für die Aufnahme der Tätigkeit und die Dauer der Tätigkeit spielen keine Rolle. Entscheidend ist allein, daß diese zum Bestreiten des Lebensunterhaltes beiträgt. Eine freiwillige, vergütungsfreie Tätigkeit fällt dagegen unter das Aufenthaltsrecht für Touristen, das für den EG-Bürger grundsätzlich visafrei und unbegrenzt ist, solange keine Sozialleistungen (Sozialhilfe, Wohnungsgeld etc.) des Aufenthaltsstaates in Anspruch genommen werden und sich der Aufenthalt im Rahmen des rechtlich Erlaubten hält.

5 Die **Niederlassungsfreiheit**, d.h. die unabhängige Erwerbstätigkeit umfaßt **Freiberufler** wie Ärzte, Rechtsanwälte, Galeristen, Maler etc., die ihrem – selbständigen – Beruf im anderen Mitgliedsstaat nachgehen wollen. Entscheidend ist wiederum, daß die Tätigkeit dem Erwerb von Einkünften dient, ein Gewinn muß dabei nicht nachweisbar sein. Die bereits erwähnte Einschränkung der Niederlassungsfreiheit dürfte allerdings im Kulturbereich kaum eine Rolle spielen, da die hier relevanten Tätigkeiten nichts mit der Ausübung öffentlicher Gewalt zu tun haben oder Sonderregeln für Ausländer bedürfen und aus Gründen der öffentlichen Ordnung und Sicherheit gerechtfertigt sind, Artikel 55 Abs. 1 EWG-Vertrag. Damit läßt sich feststellen, daß die Künstler mit EG-Staatsbürgerschaft grundsätzlich in allen Mitgliedsstaaten ihrem Beruf nachgehen können.

2. Die Auswirkungen der europäischen Einigung auf das Steuerrecht

6 Im EWG-Vertrag finden sich steuerrechtliche Vorschriften nur in den Art. 95 – 99 EWGV. Sie dienen in erster Linie der Sicherung des freien Warenverkehrs innerhalb der Gemeinschaft. Besonders im Hinblick auf die angestrebte Vollendung des europäischen Binnenmarktes am 31.12.1992 ist die Diskussion um ein einheitliches europäisches Steuerrecht in den letzten Jahren in Gang gekommen. Aufgrund der zum Teil sehr unterschiedlichen Steuerstruktur der Mitgliedsländer, politischen Empfindlichkeiten (Finanzhoheit als besonderes Symbol staatlicher Souveränität), kommt der Einigungsprozeß in diesem Bereich nur sehr schleppend voran. Gemäß der immer noch vorwiegend wirtschaftlichen Zielsetzung des Gemeinschaftsrechts wird vor allem bei der Harmonisierung der indirekten Steuern (Mehrwertsteuer) angesetzt. So sollen die

Grenzformalitäten, die durch die bisherige Erstattung der Mehrwertsteuer bei der Ausfuhr entstehen, überflüssig werden. Bei den direkten Steuern gibt es bisher kaum europarechtliche Regelungen, obwohl z.B. die direkte Unternehmensbesteuerung durchaus wettbewerbsverzerrende Wirkungen auslöst. Diese Wirkung spielt bei der hier besonders interessierenden Besteuerung von Privatpersonen eine untergeordnete Rolle, so daß sich die Mitgliedsstaaten bisher noch nicht zu einer Harmonisierung dieser Steuern durchringen konnten.

Jedoch haben alle Einzelstaaten, schon aus dem Gesichtspunkt der Steuergerechtigkeit, untereinander **Doppelbesteuerungsabkommen** abgeschlossen. Diese Abkommen knüpfen die unbeschränkte Steuerpflicht an den Wohnsitz des Steuerpflichtigen. Falls Einkommen in anderen Ländern als dem Wohnsitzstaat erzielt worden ist (sog. Quellenstaaten), so regeln die Abkommen, in welchem Land das Einkommen zu versteuern ist. Dabei werden grundsätzlich zwei Methoden verwendet. Nach der Anrechnungsmethode rechnet der Wohnsitzstaat die gemäß Abkommen im Quellenstaat abgeführte Steuer auf das gesamte Einkommen (einschließlich des im Ausland erzielten) an. Mit der Freistellungsmethode werden die ausländischen Einkünfte bei der Festsetzung des Progressionsvorbehaltes (in der BRD § 32 b ESTG) berücksichtigt. Daneben enthalten die Abkommen Grenzgängerklauseln für Arbeitnehmer in der Privatwirtschaft, deren Arbeitsstätte und Wohnsitz sich im Grenzbereich befinden. Angesichts der schwierigen und komplexen Materie (unterschiedliche Einkommens- und Steuerarten, Berufsgruppen und Doppelbesteuerungsabkommen) ist dem Laien zu raten, sich an Steuerexperten zu wenden. 7

3. Der Anspruch auf staatliche Unterstützung

a) Stipendien und Förderungsprogramme

Gemäß dem oben genannten Grundsatz der Inländergleichbehandlung hat grundsätzlich der in einem anderen Mitgliedsstaat tätige EG-Bürger den gleichen Anspruch auf staatliche Unterstützung als auch der Inländer. Bereits die Inländergleichbehandlung gebietet jedoch „nur“ **Willkürfreiheit**, d.h. das Gebot Gleiches gleich und Ungleiches ungleich zu behandeln. Dieser Grundsatz findet seine besondere ezuroparechtliche Ausprägung im **Diskriminierungsverbot** des Artikels 7 EWG-Vertrages, der jede Diskriminierung aus Gründen der Staatsangehörigkeit verbietet. Eine Ungleichbehandlung ist somit nur dann gerechtfertigt, wenn die Differenzierung nach objektiven Gründen und ohne Rücksicht auf die Staatsangehörigkeit vorgenommen wird. So verstößt beispielsweise eine an den Wohnort anknüpfende regionale Kulturförderung dann nicht gegen Artikel 7 EWG-Vertrag, wenn auch der in der Region ansässige 8

Künstler aus einem anderen EG-Staat davon – bei Erfüllung der angelegten Kriterien – profitieren kann. Gleiches gilt für Stipendien von Kunsthochschulen etc. Der EWG-Vertrag enthält in Artikel 92 eine spezielle Bestimmung über staatliche Beihilfen. Da deren Adressat jedoch Unternehmen oder Produktionszweige sein müssen, fällt der einzelne Künstler aus dem Anwendungsbereich dieser Vorschrift heraus.

b) Sozialversicherung

9 Ganz wesentlich für die Aufnahme einer Tätigkeit im europäischen Ausland ist die Frage, ob man seine im Heimatstaat erworbenen Ansprüche hinsichtlich Kranken-, Renten- und anderer Versicherungen behält, oder ob man im Ausland gleichwertige Ansprüche erwerben und diese sich auch im Heimatstaat auszahlen lassen kann. Es handelt sich damit um eine unverzichtbare Komponente der oben beschriebenen Freiheit des Personenverkehrs. Der EWG-Vertrag trägt dem Rechnung, indem er in Artikel 51 den Rat, das Rechtsetzungsorgan der Gemeinschaft, verpflichtet, „auf dem Gebiet der sozialen Sicherheit die für die Herstellung der Freizügigkeit notwendigen Maßnahmen zu ergreifen". Da der EWG-Vertrag kein eigenes System von Sozialrechtsansprüchen enthält, hat der Rat demgemäß durch verschiedene Verordnungen bestimmt, welche nationale Sozialrechtsordnung im Einzelfall zur Anwendung kommt. Im Regelfall sind dies die **Vorschriften des Beschäftigungsstaates** (Art. 13 Abs. 2 VO 1408/71). Hinsichtlich des personalen Geltungsbereichs ist zu beachten, daß sich Art. 51 EWG-Vertrag trotz seines Wortlauts nach der Rechtsprechung des Europäischen Gerichtshofs auch auf **Selbständige** bezieht. Auch der sachliche Geltungsbereich, das heißt die Frage, welche Leistungen sich der Leistungsberechtigte in welchem Land und in welchem Umfang erwerben und auszahlen lassen kann, ist in verschiedenen Verordnungen geregelt. So werden gemäß Art. 44 – 61 VO 1408/71 – trotz entgegenlautenden deutschen Rechts – Versicherungszeiten aus anderen Mitgliedsländern bei der Berechnung der Rentenhöhe mit angerechnet. Entsprechend dem Wortlaut des Art. 51 b EWG-Vertrag ordnet Art. 10 Abs. 1 VO 1408/71 an, daß sich der Leistungsberechtigte die Rente auch in einem anderen Mitgliedsstaat als dem Beschäftigungsstaat auszahlen lassen darf. Eine weitgehend unbekannte Tatsache ist, daß sich arbeitslose Arbeitnehmer in einem anderen Mitgliedsstaat auf Arbeitssuche begeben können und trotzdem ihren Anspruch auf Arbeitslosenunterstützung – für höchstens drei Monate – behalten können. Voraussetzung dafür ist, daß sich der Arbeitsuchende beim zuständigen Arbeitsamt des anderen Mitgliedsstaates umgehend anmeldet. Zusammenfassend läßt sich feststellen, daß das Europarecht bereits heute sozialrechtliche Nachteile durch Arbeitsaufnahme im EG-Ausland weitgehend ausgeglichen hat.

IV. Urheberrecht und Europarecht

Ein rechtsverbindliches, einheitliches, europaweites Urheberrecht existiert noch nicht, obwohl dessen wirtschaftliche Bedeutung für die im Bereich der Kultur Tätigen kaum überschätzt werden kann. So werden mit Urheberrechten und verwandten Schutzrechten jährlich ein Umsatz von 150–250 Milliarden ECU (ca. 300–500 Milliarden DM) erzielt. Im Zeitalter modernster Verbreitungs- und Vervielfältigungstechniken, die es dem Urheber erlauben, über nationale Grenzen hinaus in kürzester Zeit ein internationales Millionenpublikum zu erreichen, wird die Unzulänglichkeit eines rein auf den Einzelstaat beschränkten Urheberrechts rasch deutlich. Insbesondere können im bevorstehenden Binnenmarkt, in dem Waren und Dienstleistungen ohne Grenzkontrollen frei zirkulieren sollen, die ohnehin recht unterschiedlichen Schutz gewährenden nationalen Urheberrechte leicht umgangen werden. Der Europäische Gerichtshof hat in diesem Zusammenhang ausdrücklich darauf hingewiesen, daß, falls Waren in einem Mitgliedsstaat rechtmäßig in den Verkehr gebracht worden sind, das nationale Urheberrecht den freien Verkehr mit diesen Waren in andere Mitgliedsstaaten nicht behindern darf. Der somit offensichtlich bestehende Handlungsbedarf hat das Europäische Parlament bereits 1974 veranlaßt, die Kommission zur Vorlage von Maßnahmen zur Harmonisierung der nationalen Urheberrechte aufzufordern. Die Kommission kann sich dabei auf Art. 100 EWG-Vertrag stützen, der dem Europäischen Rat die Befugnis und die Pflicht zuweist, auf Vorschlag der Kommission einstimmig Richtlinien für die Angleichung derjenigen Rechts- und Verwaltungsvorschriften der Mitgliedsstaaten zu erlassen, die sich unmittelbar auf die Errichtung oder das Funktionieren des Gemeinsamen Marktes auswirken. Die Richtlinien, die lediglich verbindliche Ziele festsetzen, sind sodann von den Mitgliedsstaaten in innerstaatliches Recht umzusetzen. Nach Inkrafttreten der **Einheitlichen Europäischen Akte** können derartige Maßnahmen auch auf Art. 100 a EWG-Vertrag gestützt werden, wonach bereits eine qualifizierte Mehrheit im Rat für die Verabschiedung einer Richtlinie ausreicht. 10

Nach einer Reihe von Initiativen legte die Kommission schließlich 1988 das **„Grünbuch über Urheberrecht und technologische Herausforderung“** vor, das als Grundlage für eine ausführliche Beratung der interessierten Kreise dienen soll und zu diesem Zweck eine rechtliche und wirtschaftliche Analyse der einzelnen Urheberrechte enthält. Das Grünbuch sieht nicht die Harmonisierung der gesamten Urheber- und Leistungsschutzrechte vor, sondern lediglich eine Harmonisierung der Bereiche, die das Funktionieren des Gemeinsamen Marktes unmittelbar berühren. So werden etwa die Themen Piraterie (Kap. 2), das Verbreitungsrecht, dessen Erschöpfung und das Vermietungsrecht (Kap. 4) behandelt. Dem 11

Grünbuch folgt seit Dezember 1990 ein bis Ende 1992 durchzuführendes **Arbeitsprogramm der Kommission**, das sich mit den verschiedenen Bereichen des Urheberrechts und der verwandten Schutzrechte befaßt. Im Rahmen dieses Programms veranstaltet die Kommission regelmäßige Hearings, in denen die jeweiligen Interessenvertreter ihre Standpunkte darlegen können. Hervorgegangen ist aus diesem Programm bereits ein Vorschlag (der Kommission) für eine Richtlinie des Rates zum Vermietrecht, Verleihrecht und zu bestimmten verwandten Schutzrechten, KOM (90)586 endg. – SYN 319 – vorgelegt am 13. Dezember 1990. Mit dieser Richtlinie nimmt sich die Kommission eines Bereichs an (Verleihung/Vermietung von Videocompaktcassetten/Schallplatten), der bisher in den Mitgliedsstaaten kaum oder gar nicht urheberrechtlich erfaßt ist. Angesichts der weitverbreiteten Kopiermöglichkeiten sind die Einkommensverluste durch Raubkopien hier besonders drastisch. Im wesentlichen schlägt die Kommission vor, den „Urhebern, ausübenden Künstlern und Produzenten" das Recht einzuräumen, die Vermietung und den Verleih von Originalwerken und Vervielfältigungsstücken urheberrechtlich geschützter Werke zu genehmigen oder zu verbieten, Art. 2 des Richtlinienvorschlags. Damit wird der notwendige rechtliche Rahmen geschaffen, um in Zukunft gegen Raubkopien europaweit vorgehen zu können.

12 Weitere von der Kommission im Rahmen ihres Arbeitsprogramms vorgesehene Maßnahmen sind u.a.: Bis Ende 1991 die Erarbeitung eines Vorschlags für eine Richtlinie zur Harmonisierung der nationalen Vergütungsregeln für das private Kopieren von Ton- und audiovisuellen Trägern. Ein Vorschlag für eine Richtlinie zur Harmonisierung der Schutzfristen des Urheberrechts und der Leistungsschutzrechte. Bis Ende 1992 weitere Analysen und Untersuchungen über das Urheberpersönlichkeitsrecht, das Folgerecht und die Verwertungsgesellschaften. Nach Wirksamwerden dieser Maßnahmen werden schließlich europaweit einheitliche Rechtsvorschriften zum Schutz des Urhebers vorliegen. Ob diese den von der Kommission angestrebten effektiven, „auf hohem Niveau stehenden" Rechtsschutz gewähren werden, bleibt allerdings abzuwarten. Es gibt bereits Befürchtungen, daß im Urheberbereich, wie in anderen Bereichen auch (man denke an den Umweltschutz), der Zwang der Harmonisierung zu einer Nivellierung zum Nachteil der zur Zeit bereits weitergehenden nationalen Urheberrechte führen wird. Alle am Urheberrecht Interessierte sind daher aufgefordert, die von der Kommission angebotenen Mitwirkungsmöglichkeiten (etwa die o.g. Hearings) wahrzunehmen.

V. Rechtsschutz

1. Europäischer Gerichtshof

Dem einzelnen gewährt das Europarecht – im Gegensatz zu den Mitgliedsstaaten und der EG-Kommission – nur sehr eingeschränkte Klagemöglichkeiten. Der Europäische Gerichtshof (mit Sitz in Luxemburg) kann durch die sog. **Nichtigkeitsklage** gemäß Art. 173 Abs. 2 und mit der **Untätigkeitsklage** gemäß Art. 175 Abs. 3 EWG-Vertrag angerufen werden. Mit der Nichtigkeitsklage kann sich der Einzelne gegen Entscheidungen – im Gegensatz zu Verordnungen und Richtlinien – wenden, die entweder an ihn adressiert sind oder ihn „unmittelbar und individuell" betreffen. Diese unmittelbare und individuelle Betroffenheit wird vom EuGH sehr restriktiv gehandhabt, so daß der Kreis der „Klageberechtigten" sehr eingeschränkt ist. Allgemein läßt sich sagen, daß der Kläger wegen besonderer Umstände von der Entscheidung fast wie ein „Adressat" betroffen sein muß. In ähnlicher Weise wird auch die „Untätigkeitsklage" eingeschränkt, mit der der Kläger die Untätigkeit eines Gemeinschaftsorgans rügt, an ihn einen anderen „Akt" als eine bloße Empfehlung oder Stellungnahme zu richten. Auch dieser Akt muß entweder an den Kläger – mit rechtlicher Wirkung – adressiert sein oder ihn unmittelbar betreffen. 13

2. Gerichte der Mitgliedsstaaten der EG

Weit größere Bedeutung hat das sog. **Vorlageverfahren** gemäß Art. 177 EWG-Vertrag erlangt, indem nationale Gerichte dem EuGH Fragen zur Auslegung und Gültigkeit des EG-Rechts vorlegen können. Somit kann der Einzelne auch vor den nationalen Gerichten die Ungültigkeit von Gesetzen und Verordnungen wegen Verstoßes gegen EG-Recht geltend machen. Allerdings können die Gerichte nicht zur Vorlage gezwungen werden, jedoch werden sie in aller Regel froh sein, schwierige europarechtliche Fragen dem Fachgericht vorlegen zu können. 14

VI. Europäische Kulturpolitik und Förderungsprogramme

Eine europäische Kulturpolitik hat sich erst in den letzten Jahren gewissermaßen als Annex zu dem ganz auf wirtschaftliche Integration ausgerichteten EWG-Vertrag entwickelt. Daher halten sich die Beihilfen, Zuschüsse und andere Förderungsmittel im Vergleich zu anderen „Politiken" in einem bescheideneren Rahmen als beispielsweise in der Agrar- oder Verkehrspolitik, aber das ist ja – leider – auf nationaler Ebene auch nicht anders. Trotzdem sollte sich der Künstler, der glaubt, mit einem 15

Projekt einen länderübergreifenden – europäischen – Bezug herstellen zu können (kann das die Kunst nicht fast immer ?), nicht scheuen, auch die Förderungsmöglichkeiten der Europäischen Gemeinschaft auszuschöpfen. Problematisch ist, daß für den Laien die dann doch recht große Zahl von kulturbezogenen Förderungsprogrammen nicht ohne weiteres überschaubar und eine komprimierte Zusammenstellung hierüber noch nicht herausgegeben worden ist. Es ist deshalb zu empfehlen, sich mit seinem Vorhaben an eine der Vertretungen der EG- Kommission (z.B. in Berlin, München und Bonn) oder direkt an die Generaldirektion 10 bei der Europäischen Gemeinschaft in Brüssel, die sich mit Kulturfragen befaßt, zu wenden.

16 Ein ganz neues Programm soll jedoch schon wegen seines richtungweisenden Charakters kurz vorgestellt werden. Im Bereich der Film- und Fernsehförderung hat der Europäische Rat mit Beschluß vom 21. Dezember 1990 das **Aktionsprogramm zur Förderung der Entwicklung der europäischen audiovisuellen Industrie (MEDIA)** beschlossen, das 1991 anläuft und auf fünf Jahre ausgelegt ist. Erklärtes Ziel ist die Steigerung der Wettbewerbsfähigkeit, gerade auch der kleineren und mittleren europäischen Unternehmen im audiovisuellen Bereich, um ihnen die Chance zu eröffnen, sich nicht nur auf dem heimischen europäischen Markt, sondern auch auf den hart umkämpften Weltmärkten behaupten zu können. Dazu soll die Zusammenarbeit in allen Bereichen – von der Kreation über Produktion bis hin zum Vertrieb – verstärkt werden. Durch den Aufbau leistungsfähiger Vertriebsnetze und gezielter Förderung der Management- und Marketingkenntnisse der Fachkräfte des Mediensektors sollen Absatz und Ertrag gesteigert werden. Dabei dienen die bereitgestellten Mittel (in der Pilotphase 1988–1990 250 Millionen ECU) in erster Linie der Anschubfinanzierung, so daß die Zuschüsse in der Regel auf 30% der Kosten pro Vorhaben beschränkt werden. Es ist zu hoffen, daß dieses Programm Schule macht, damit die im Kulturbereich so wichtige und immer wieder beschworene Vielfalt nicht durch wirtschaftlich bedingte Konzentrationsprozesse verloren geht.

§ 14 Der rechtliche Status der Künstlerinnen und Künstler in den Gebieten der ehemaligen DDR

I. Vorbemerkung

1 Mit dem Beitritt der DDR zur Bundesrepublik ist zwar deren staatliche Eigenständigkeit aufgehoben und überwiegend das juristische Regelwerk der Bundesrepublik übernommen worden, aber dennoch bleiben rechtliche Fragen offen, die auch die Berufsgruppe der Künstlerinnen und

Künstler betreffen. Die Frage nach möglichen Rechtsansprüchen aus dem DDR-Recht bewegt Juristen und Künstler gleichermaßen. Es ist für das Verständnis der konkreten rechtlichen Situation der Künstler in der ehemaligen DDR erforderlich, die Widersprüchlichkeit in der Kunstpolitik eines historisch überlebten Sozialismusmodell zu sehen. Bezeichnend ist deshalb, daß der Ruf der Künstler nicht nur nach einem Rechts- und Sozialstaat immer lauter wurde, sondern auch nach einem Kulturstaat, d.h. daß der Staat die freie Entwicklung der Kultur garantiert bzw. die Kultur im weitesten Sinne des Wortes als untrennbaren Bestandteil seiner Gesamtpolitik im Interesse der Selbstbestimmung der Bürger macht. Der Rückzug des Staates aus kultureller Machtausübung darf nicht zum Rückzug aus der Kulturverantwortung führen. Diese sinngemäß wiedergegebene Aussage des in der DDR am 11. Januar 1990 gebildeten Schutzverbandes der Künstler der DDR, in dem sich die Künstlerverbände und die Akademie der Künste zusammengeschlossen haben, zeigt den neuen Stellenwert des Verhältnisses zwischen Staat und Künstler. Kultur- bzw. Kunstförderung sowie soziale Sicherheit für die Berufskünstler ist zu einer Grundfrage der Entwicklung der Kunst geworden. Hieraus lassen sich die Konsequenzen für eine Veränderung des rechtlichen Status der Berufskünstler ableiten. Rechtliche Regelungen, die auf eine Reglementierung der Künstler zielen und die Freiheit der Kunst einschränken, sind aufgehoben (z.B. die Zulassungen des Staates für die Berufsausübung freiberuflicher Künstler). Die nachfolgenden Schwerpunkte zur Charakterisierung der rechtlichen Situation beziehen sich nur auf ausgesuchte Problemfelder, die für den Leser einen Überblick geben sollen. Da die gesellschaftlichen Verhältnisse, die die Berufskünstler eingehen, komplexer Natur sind, spiegelt sich dies auch in der Vielfalt der Regelungbereiche wider. Es sollen insbesondere die sozialrechtlichen Regelungen dargelegt werden. Zunächst scheint es aber wichtig zu sein, auf einige Rechtsgrundsätze hinzuweisen, die bei der Anwendung des noch geltenden DDR-Rechts zu berücksichtigen sind.

II. Die Rechtslage nach dem Einigungsvertrag

1. Ersatz durch bundesdeutsches Recht

Das Problem, vor dem viele Künstler stehen, besteht darin, daß mögli- 2
che Verträge, die abgeschlossen wurden, als die DDR noch existierte, erst im vereinten Deutschland wirksam bzw. beendet werden. In dem Labyrinth von rechtlichen Regelungen, die sowohl das Recht der ehemaligen BRD und das der ehemaligen DDR berühren, kommt zwangsläufig das Problem der Weitergeltung rechtlicher Regelungen der ehemaligen DDR zur Sprache. Wegen der unterschiedlichen Sachverhalte und der historisch

nicht vergleichbaren Rechtsangleichung zwischen zwei unterschiedlichen Rechtssystemen ist eine einheitliche Aussage über die Rechtsanwendung im vereinten Deutschland schwer möglich. Der Einzelfall kann dort klar entschieden werden, wo die geltenden Regelungen ausdrücklich Hinweise enthalten, wie zu verfahren ist, wenn Bundesrecht übernommen bzw. erstreckt wird oder das Recht der ehemaligen DDR weitergelten soll. Es ist davon auszugehen, daß dann, wenn das Recht der Bundesrepublik auf das Gebiet der ehemaligen DDR erstreckt wird, mit Inkraftsetzen der übernommenen Regelungen das bundesdeutsche Recht gilt. In der Regel ist aber damit keine rückwirkende Geltung verbunden, sondern der Inhalt der Regelungen bezieht sich auf die Gestaltung künftiger Rechtsverhältnisse bzw. Rechtsansprüche.

3 Für die Künstler, die sich z.B. im **Arbeitsverhältnis** befinden und von einer **Kündigung** bedroht sind, gilt nicht mehr der arbeitsrechtliche Grundsatz des Arbeitsgesetzbuches der DDR, wonach bei jeder Beendigung des Arbeitsverhältnisses, die vom Betrieb ausgeht, ein Änderungsvertrag oder ein Überleitungsvertrag über eine zumutbare andere Arbeit anzubieten (vgl. § 51 AGB/DDR) ist, sondern seit Einführung der Währungsunion am 1. Juli 1990 und seit des Beitritts der DDR am 3.10.1990 sind die modifizierten Regelungen des Kündigungsschutzes der BRD anzuwenden.

2. Einigungsvertrag und Urheberrecht

4 Mit dem Beitritt der DDR zur Bundesrepublik am 3. Oktober 1990 wurde die Urheberrechtsordnung des Bundes auf die neuen Bundesländer erstreckt. Damit wurde zugleich das Urheberrechtsgesetz der ehemaligen DDR abgelöst. Allgemein kann dazu festgestellt werden, daß mit der Erstreckung des bundesdeutschen Urheberrechts auf die neuen Bundesländer eine Verbesserung des Schutzes und der Vergütung der Leistung der Urheber und Leistungsschutzberechtigten verbunden ist. Auf einige urheberrechtliche Aspekte im Zusammenhang mit dem Einigungsvertrag soll nachfolgend näher eingegangen werden.

a) Schutzfristen

(1) Urheberrechte

5 Der Einigungsvertrag folgt der Konzeption, daß das Urheberrechtsgesetz der Bundesrepulik auch auf die vor dem Wirksamwerden des Beitritts geschaffenen Werke anzuwenden ist, selbst dann, wenn die Schutzfristen nach dem Urheberrecht der bisherigen DDR schon abgelaufen waren. Diese Regelung hat mehrere urheberrechtliche Konsequenzen. Zum einen sei darauf hingewiesen, daß das bundesdeutsche Urheberrechtsgesetz eine rückwirkende positive Erfassung der Werke impliziert,

die noch nach dem Urheberrecht der DDR geschützt waren. So sind die Werke Brechts im Rahmen der 50-jährigen Schutzfrist post mortem auctoris zum Zeitpunkt des Wirksamwerdens des Beitritts der DDR zur Bundesrepublik geschützt gewesen. Nunmehr bedeutet die Einführung des Urheberrechtes der Bundesrepublik für die neuen Bundesländer, daß die Werke Brechts mit dem Wirksamwerden des Beitritt auch dort 70 Jahre geschützt sind, d.h. seine Werke sind bis zum Ablauf des Jahres 2026 geschützt. Die Verlängerung der Schutzfrist von 50 auf 70 Jahre bedeutet somit für den Rechtsnachfolger, daß er länger an der wirtschaftlichen Verwertung des Werkes beteiligt ist und Einfluß auf die Art und Form einer Präsentation nehmen kann. Zun anderen bewirkt die im Einigungsvertrag getroffene Regelung, daß nicht nur bisher schon geschützte Werke verlängerten Urheberrechtsschutz genießen, sondern daß auch die bisher gemeinfreien Werke in der ehemaligen DDR seit dem 3. Oktober 1990 geschützt sind, wenn die 70 Jahre noch nicht abgelaufen sind. Dieses Wiederaufleben des Urheberrechtsschutzes folgt dem Grundgedanken des Art. 18 RBÜ und ist die allein mögliche Konsequenz aus der Eigentumsgarnatie des Art. 14 Grundgesetz.

Probleme entstehen, wenn schon vor dem Zeitpunkt des Beitritts der **6**
DDR zur Bundesrepublik **Nutzungshandlungen** eingeleitet worden sind, die über den 3. Oktober 1990 hinaus wirken und wegen der Verlängerung der Schutzfrist untersagt werden könnten. Für diese Fälle hat der Einigungsvertrag einen Kompromiß gefunden, der die Interessen der Rechtsnachfolger und der gutgläubigen Nutzer berücksichtigt. Er sieht im Abschnitt E § 2 Abs. 1 vor, daß eine Nutzung, die bisher zulässig war (also etwa die Vervielfältigung eines gemeinfreien Werkes), nach dem Urheberrechtsgesetz aber unzulässig ist (nunmehr geschütztes Werk), im vorgesehenen Rahmen fortgesetzt werden darf, wenn sie vor dem 1. Juli 1990 begonnen wurde. Für die Nutzung ist ab dem 3. Oktober 1990 eine angemessene Vergütung zu zahlen. Damit wird der Vertrauensschutz festgeschrieben. Der Sinn dieser Regelung besteht darin, daß z.B. Verlage ihre Produktion und die damit entsandenen Kosten amortisieren können, die sie im Vertrauen auf die Rechtmäßigkeit ihres Handelns investiert haben. Während § 2 des Einigungsvertrages zum Urheberrecht die Werke im Auge hat, die bisher nach DDR-Recht gemeinfrei waren, regelt § 3 des Einigungsvertrages die Fälle, in denen Nutzungsrechte noch vor Ablauf der bislang in der DDR geltenden Schutzfrist übertragen worden sind, d.h. es tritt die Frage auf, wie mit den Verträgen zu verfahren ist, die im Rahmen der Schutzfrist von 50 Jahren abgeschlossen wurden. Nutzungsrechte, die vor dem Wirksamwerden des Beitritts ganz oder teilweise einem anderen „für die Dauer der gesetzlichen Schutzfrist“ übertragen worden sind, gelten im Zweifel auch für den Zeitraum, der sich durch die Anwendung des Urheberrechtsgesetzes ergibt. Der Nutzungsberechtigte

hat nach dem 3. Oktober 1990 eine angemessene Vergütung zu zahlen, wenn sich die Nutzungszeit verlängern soll, § 3 Abs. 2 des Einigungsvertrags, Anlage 1, Kapitel III. Der Nutzungsberechtigte kann dem Urheber bzw. dessen Rechtsnachfolger das Nutzungsrecht mit der Folge rückübertragen, daß ein Vergütungsanspruch entfällt.

(2) Verwandte Schutzrechte

7 Nach dem Einigungsvertrag gelten die Grundsätze der Anwendung des Urheberrechts für verwandte Schutzrechte entsprechend. Die Schutzfristen für verwandte Schutzrechte in der ehemaligen DDR betrugen 10 Jahre mit Ablauf des Kalenderjahres, in dem die Leistung erfolgte bzw. von der ersten Veröffentlichung bis längstens 10 Jahre nach dem Tod des Fotografen, d.h. unabhängig davon, ob es sich um Leistungen der ausübenden Künstler oder um die Rechte der Tonträgerhersteller handelte. Hinzu kam, daß die Urheberrechte an Landkarten, Plänen, Skizzen, Abbildungen und plastischen Darstellungen – anders als im Urheberrechtsgesetz – im Urheberrecht der DDR den Leistungsschutzrechten zugeordnet wurden. Soweit es nun die Verlängerung der Schutzfristen der Leistungsschutzrechte betrifft, ist festzustellen, daß die Diskrepanz zwischen den Fristen des Urheberrechtes der DDR und des Urheberrechtsgesetzes sehr groß ist. Nach dem Urheberrechtsgesetz heißt dies, daß z.B. das Schutzrecht 25 Jahre nach Erscheinen einer wissenschaftlichen Ausgabe bzw. eines nachgelassenen Werkes oder 50 Jahre ab Erscheinen bzw. nach Erbringung der Darbietung des ausübenden Künstlers erlischt. Bei anderen Leistungsschutzrechten beträgt die Frist ebenfalls 25 Jahre, z.B. die Schutzfrist der Tonträgerhersteller und des Sendeunternehmens (s. hierzu § 3 Rdnr. 260f.). Hinsichtlich des Schutzes der Lichtbilder galt im Urheberrecht der DDR, soweit es sich nicht um Lichtbildwerke handelte, eine 10-jährige Schutzfrist. Demgegenüber ist bei den sog. einfachen Fotografien nach § 72 Abs. 3 Urheberrechtsgesetz eine 25-jährige Schutzfrist vorgesehen, dagegen 50 Jahre, wenn es sich um Lichtbilder handelt, die Dokumente der Zeitgeschichte sind. Für Lichtbildwerke ist in der Bundesrepublik erst seit 1985 der volle Schutz von 70 Jahren post mortem auctoris anerkannt. Vor 1985 galt auch für sie die 25-Jahres-Frist. Da in dem Urheberrecht der DDR schon seit dem 1.1.1966 auch für Lichtbildwerke die 50-jährige Schutzfrist post mortem auctoris galt, tritt die Frage auf, wie zu verfahren ist, wenn die frühere Schutzfrist von 25 Jahren in der Bundesrepublik abgelaufen ist, der Schutz aber in der ehemaligen DDR noch besteht. Hier liegt der einzige Fall vor, in dem die Schutzfrist des Urheberrechtes der DDR (50 Jahre) einen besseren Urheberschutz für Urheber von älteren Fotografien bedeutete. Da die fraglichen Lichtbildwerke am 2.10.1990 in den fünf neuen Bundesländern noch geschützt waren, bleiben sie auch nach Bundesrecht weiterhin gechützt, bis die Schutzfrist des § 64 UrhG abläuft.

b) Urhebervertragsrecht

Aus dem Einigungsvertrag ergeben sich folgende grundsätzlichen Probleme, die das Urhebervertragsrecht betreffen. Mit dem 3. Oktober 1990 sind in den neuen Bundesländern die vertragsrechtlichen Regelungen des Urheberrechtsgesetzes und der übrigen urheberrechtlichen Vorschriften zu beachten. Für früher abgeschlossene Verträge gilt allerdings § 132 UrhG. Werknutzungsverträge (z.B. Aufführungsverträge, Verlagsverträge, Sendeverträge, Filmverträge), die vor dem 3. Oktober 1990 auf der Grundlage des Urheberrechtes der DDR abgeschlossen wurden, sind nach dem zur Zeit ihres Abschlusses geltenden Recht, also nach dem Urheberrecht der ehemaligen DDR zu beurteilen. Problematisch sind die Werknutzungsverträge, in denen nicht einzeln bezeichnete Nutzungsrechte eingeräumt wurden, sondern die eine **globale Rechteeinräumung** enthalten. Der Einigungsvertrag erlaubt nach dem 3. Oktober 1990 die Nutzung nur solcher Rechte, die üblicherweise vertraglich übertragen wurden, § 2 Abs. 2 Anlage 1, Kapitel III. Andere Nutzungsrechte verbleiben dem Rechteinhaber. In der ehemaligen DDR war es nicht üblich, daß **Videorechte** vertraglich übertragen wurden, weil solche Rechte dem Gesetzgeber von 1965 noch nicht bekannt waren und überdies eine Nutzung von Videorechten mangels Vorhandensein entsprechender technischer Möglichkeiten in der Bevölkerung nicht in Betracht kam. Als freilich außerhalb der DDR die Videoauswertung auch wirtschaftlich interessant wurde, ist man – auf Veranlassung der daran interessierten staatlichen Film- und Fernsehproduktion – einen Weg gegangen, der in einem Rechtsstaat undenkbar wäre, für die ehemalige DDR aber typisch war: Man praktizierte eine dirigistische „Rechtsbereinigung". In der Erklärung „Gemeinsamer Rechtsstandpunkt des Ministeriums für Kultur und des Staatlichen Komitees für Fernsehen beim Ministerrat der DDR zur Übertragung von Nutzungsbefugnissen für Film- und Fernsehwerke vom 12. Juni 1984" wurde durch staatliche Organe festgelegt, wie die Werknutzungsverträge – auch längst abgeschlossene – auszulegen seien. Danach wurde den staatlichen DEFA-Studios und Studios des Fernsehens der DDR das „Recht" zugestanden, auch ohne vertragliche Rechteeinräumung Film- und Fernsehwerke auf Videokassetten zu vervielfältigen und zu verbreiten. Die Konsequenz dieses „Rechtsstandpunktes" bestand darin, daß die gesetzliche oder vertragliche Rechteeinräumung – die entweder im Rahmenkollektivvertrag für angestellte Filmurheber oder in den Werknutzungsverträgen für freischaffende Filmurheber erfolgt war – auch eine zur Zeit des Vertragsabschlusses noch nicht bekannte Nutzungsart einschloß, obwohl das Urheberrecht der DDR, das den Urhebern einschränkungslos, also bezogen auch auf noch unbekannte Nutzungsarten, das ausschließliche Recht vorbehielt, darüber zu entscheiden, 8 ob und wie sein Wek genutzt wurde. Bei der Lösung dieses Problems wird man für derartige Fälle den **Zweckübertragungsgrundsatz** (s. § 3 Rdnr. 132 ff.) anzuwenden haben, der auch in den Urheberrechtsregelungen der DDR seinen Niederschlag gefunden hatte. Das heißt, daß sich ein Vertragspartner nicht auf die globale Rechteeinräumung vor dem 3. Oktober 1990 berufen kann. Sie widerspricht sowohl dem Urheberrecht der ehemaligen DDR als auch dem Urheberrechtsgesetz. Verwerter, die Urheberverträge vor dem 3. Oktober 1990 abgeschlossen haben, müssen also in Fällen, in denen sie Rechte nutzen wollen, obwohl sie üblicherweise nicht vertraglich eingeräumt worden sind, z.B. Videorechte, erneut Urheberverträge abschließen bzw. die bestehenden vertraglich ändern.

9 Im Einigungsvertrag wird keine Auskunft darüber gegeben, wie zu verfahren ist, wenn die Urheberverträge oder Verträge mit urheberrechtlichen Elementen (z.B. Lizenzverträge) **territorial** auf die ehemalige DDR oder Bundesrepublik **beschränkt** blieben (Vertriebs- bzw. Sendegebiet). Mit dem Beitritt der DDR zur Bundesrepublik am 3. Oktober 1990 hat die DDR als souveräner Staat aufgehört zu existieren. Damit ist das Staats- und Rechtsgebiet verschwunden, nicht aber das Vertriebs- und Sendegebiet, worauf sich vor allem die Urheberverträge bzw. Lizenzverträge beziehen. Die territoriale Beschränkung von Nutzungsrechten zum Zeitpunkt des Vertragsabschlusses in der ehemaligen DDR und der Bundesrepublik fällt nicht mit dem Beitritt der DDR zum Bund fort. Dieser Grundsatz sollte generell gelten, soweit es sich um Verträge handelt, die vor dem 3. Oktober 1990 abgeschlossen wurden und eine räumliche Beschränkung beinhalten. Zunächst ist davon auszugehen, daß die Urheber ihre Rechte unter Bedingungen des Urheberrechtsgesetzes der ehemaligen DDR vergeben haben. Wenn der Vertragswille des Urhebers die räumliche Beschränkung der Nutzungsrechte einschließt, kann nicht im nachhinein der Sinn und Zweck des Vertrages anders interpretiert werden. Diese Rechtsposition wird auch durch das einheitliche Urheberrechtsgesetz des vereinigten Deutschlands gestützt. Schon das Reichsgericht hat im Falle des Wegfalls der staatlichen Hoheit im Bezug auf das vertraglich vereinbarte Gebiet die Fortgeltung der räumlichen Beschränkung der Urheberrechte bestätigt (RGZ 42, 301, 304 und RGZ 49, 174, 178). Das trifft z.B. auf die Kinoaufführngsrechte und Senderechte ebenso zu wie auf die Vervielfältigungs- und Verbreitungsrechte. Der Hinweis, daß hinsichtlich des Verbreitungsrechts für die Inhaber von Videorechten eine räumliche Beschränkung mit dinglicher Wirkung im Sinne des § 32 Urheberrechtsgesetz insoweit unzulässig ist, als hierdurch ein einheitliches Rechts- und Staatsgebiet aufgespalten wird (Schwarz, Altlizenzen und Wiedervereinigung, ZUM 1990, 469), geht an dem Faktum vorbei, daß der Erschöpfungsgrundsatz des § 17 Abs. 2 Urheberrechtsgesetz auf das Staats- und Rechtsgebiet der ehemaligen DDR nicht anwendbar war.

Verträge, die vor dem 3. Oktober 1990 das Verbreitungsrecht nur für die DDR oder nur für die Bundesrepublik enthielten, können nicht auf Gesamtdeutschland ausgedehnt werden. Denn die dinglich beschränkte Einräumung des Verbreitungsrechtes – und die räumliche Beschränkung gehört gem. § 32 Urheberrechtsgesetz dazu – hat zur Folge, daß eine Erschöpfung des Verbreitungsrechtes nach § 17 Abs. 2 Urheberrechtsgesetz nur bei Verbreitungshandlungen eintreten kann, die sich im Rahmen dieser Beschränkungen halten. Richtig ist, daß eine räumliche Beschränkung des Verbreitungsrechtes dann zulässig ist, soweit es nicht zur Aufspaltung eines einheitlichen Rechts- und Staatsgebietes führt. Dies gilt z.B. für Verträge, die nach dem 3. Oktober 1990 abgeschlossen wurden, weil das Urheberrechtsgesetz nunmehr auf das vereinte Deutschland insgesamt erstreckt wurde. Besonders auf dem Gebiet des Verlagswesens muß die Frage urheberrechtlich beantwortet werden, ob durch die Erweiterung des Staatsgebietes auch das Vertriebsgebiet erweitert worden ist. M.E. sind hier die vertraglichen Abreden entscheidend. Enthält ein Lizenzvertrag, der zwischen einem Verlag der DDR und einem Verlag der Bundesrepublik abgeschlossen worden ist, das Lizenzgebiet der Bundesrepublik, kann nicht die örtliche Beschränkung durch den Beitritt der DDR zum Bund wegfallen. Hierbei ist der konkrete Umfang der Rechteeinräumung durch den Urheber zu ermitteln. Ist örtlich das Territorium der DDR als Vertriebsgebiet vereinbart worden, bleibt dieser Vertragsinhalt auch nach dem Beitritt bestehen. Eine andere Rechtskonstruktion würde den Willen des Urhebers bzw. des Rechteinhabers unberücksichtigt lassen bzw. das Urheberrecht verletzen. Im Kern geht es darum, die bestehenden Verträge zu ändern, wenn das Vertriebsgebiet örtlich verändert werden soll. Denn die Herstellung der staatlichen Einheit führte zwar zum Verlust der Völkerrechtssubjektivität der DDR, nicht aber zum Verlust der Geschäftsgrundlage des Vertrages.

3. Weitergeltung rechtlicher Regelungen der ehemaligen DDR

Nach dem 2. Staatsvertrag (vgl. Kapitel VIII, S. 503 ff.) gelten folgende 10
rechtliche Regelungen der ehemaligen DDR fort, die vor allem für die Künstler als **Festangestellte** von Bedeutung sind:

1. **Rahmenkollektivverträge**, soweit sie nicht in der Zwischenzeit von der Arbeitgeber- und Arbeitnehmerorganisation geändert oder aufgehoben worden sind, gelten weiter.
2. **Arbeitsrechtliche Regelungen**, die im Arbeitsgesetzbuch der DDR enthalten sind, müssen beachtet werden (BGl I Nr. 35, 1990, S. 371). Das betrifft solche Sachgebiete wie Kündigungsfristen, § 55 AGB, Kündigungsschutz für bestimmte Personengruppen, § 58 Abs.1, Buchst. a und Abs. 2, § 59 Abs. 2 AGB, Fortzahlung des Arbeitsentgelts im

Krankheitsfalle, §§ 115 a, 115 c bis e AGB, materielle Verantwortlichkeit des Arbeitnehmers, §§ 260 bis 265 a AGB, gilt bis 31.12.1991.

3. Für die **freiberuflichen Künstler** sind folgende Regelungen nicht aufgehoben worden:
   a) Bis zum 31.12.1991 gelten die §§ 10, 15 bis 17, 35 bis 38 und 70 des Gesetzes über die Sozialversicherung – SVG – vom 28. Juni 1990 (GBl. I Nr.38, S. 486) für Künstler und Publizisten fort, wobei für die Leistungen der Krankenversicherung, unbeschadet der Maßgabe unter Sachgebiet G Abschnitt III Nr. 1, bereits ab 1.1.1991 das Fünfte Buch (Soziales Entschädigungrecht) Sozialgesetzbuch gilt.
   b) Die VO und die 1. DB zur VO über die Sozialpflichtversicherung der in eigener Praxis tätigen Ärzte, Zahnärzte, Tierärzte und der freiberuflich tätigen Kultur- und Kunstschaffenden vom 9. Dezember 1977 (Sonderdruck des GBl. Nr. 942), zuletzt geändert vom 28. Juni 1990 (GBl. I Nr. 38, S. 509), bleiben bis zum 31.12.1991 in Kraft, wobei die §§ 1 bis 5, 7, 10, 20 Abs. 5 und 7, §§ 27 bis 29 mit der Maßgabe gelten, daß diese VO nur für die Versicherungszweige Renten- und Unfallversicherung anzuwenden ist. Bei selbständigen Künstlern und Publizisten sind die §§ 1 bis 8, 10, 11 und 18 sowohl für die Versicherungszweige Renten- und Unfallversicherung als auch für die Krankenversicherung bedeutsam.
4. Zu beachten sind ferner folgende **rentenrechtliche Regelungen**:
   a) Die Verordnung über die freiwillige Zusatzrentenversicherung – FZR-VO – vom 17.11.1977 (GBl. I Nr. 35, S. 395), zuletzt geändert durch die VO vom 28.6.1990 (GBl. I Nr. 38, S. 509) wird i.V. mit den §§ 13, 14, 16, 17 und 20 der 1. DB zur FZR-VO vom 17.11.1977 (GBl. Nr. 35, S. 400) bis zum 31.12.1991 angewandt. Generell ist festzustellen, daß die Sonder- und Zusatzversorgungssysteme bis zum 31.12.1991 zu schließen sind, d.h. bis zur Schließung sind die versicherungs- und beitragsrechtlichen Regelungen der jeweiligen Versorgungssysteme weiter anzuwenden.

III. Weiter anzuwendende Versorgungsregelungen

1. Gewährung einer berufsbezogenen Zuwendung an Ballettmitglieder

11 Mit dem Gesetz über die **Rentenangleichung** von 1990 (GBL I, Nr. 38, S. 495) wurde in § 33 die Rechtsgrundlage für Ballettmitglieder der ehemaligen DDR bestätigt, wenn diese ihre Tätigkeit aus alters-, berufsbedingten oder gesundheitlichen Gründen nicht mehr ausüben können. Sie stellt eine Sonderregelung gegenüber anderen Künstlern dar. Die AO über die Gewährung einer berufsbezogenen Zuwendung an Ballettmitglieder in der ehemaligen DDR von 1983 ist entsprechend dem 2. Staats-

vertrag nur noch bis zum 31.12.1991 anzuwenden, d.h. denjenigen, die bisher diese Zuwendung erhalten haben, wird diese weitergewährt. Unabhängig von diesem Faktum enthält die Regelung soziale Grundsätze, die für die soziale Sicherheit der Ballettschaffenden beispielhaft ist.

12 Die berufsbezogene Zuwendung kann dann beansprucht werden, wenn das Ballettmitglied (Tänzerinnen und Tänzer) das 35. Lebensjahr vollendet hat und den Tänzerberuf mindestens 15 Jahre auf der Grundlage eines Arbeitsverhältnisses als Ballettmitglied in einem Theater, staatlichen Ensemble bzw. Fernsehen ausgeübt hat. In der Vergangenheit ist es vorgekommen, daß ehemalige Tänzer, die ihren Beruf früher beendet haben, erneut in einem Theater als Ballettmitglied arbeitsrechtlich engagiert waren und die berufsbezogene Zuwendung beanspruchen wollten. Rechtlich relevant ist nur die Tatsache, daß das Ballettmitglied 15 Jahre getanzt hat, d.h. diese 15 Jahre sind insgesamt zu betrachten. Eine Unterbrechung der tänzerischen Tätigkeit ist also möglich, wenn er das 35. Lebensjahr beendet hat und seinen Tänzerberuf auf der Grundlage eines Arbeitsverhältnisses ausgeübt hat. Anders ausgedrückt heißt das, daß diese Regelung nicht für „Freiberufliche" Ballettmitglieder zutrifft. Sollte ein Ballettmitglied die berufsbezogene Zuwendung bereits erhalten und erneut einen Vertragsabschluß als Ballettmitglied (Arbeits- oder Honorarvertrag) vornehmen, ist dieses verpflichtet, der Einrichtung davon Kenntnis zu geben, die die berufsbezogene Zuwendung zahlt. Während der Dauer dieses Vertrages wird die Zahlung der berufsbezogenen Zuwendung ausgesetzt, sofern die monatliche Vergütung die Höhe der berufsbezogenen Zuwendung im Vertragsmonat überschreitet, § 2 Abs. 2.

13 Die berufsbezogene Zuwendung beträgt 50% der arbeitsvertraglich festgelegten monatlichen Brutto-Gage als Ballettmitglied auf der Grundlage der Gagentabelle des jeweils zutreffenden Rahmenkollektivvertrages (RKV) der fünf zusammenhängenden verdienstgünstigsten Jahre, höchstens jedoch 800,– DM monatlich. Die berufsbezogene Zuwendung wird auch bei Ausübung einer anderen Tätigkeit, unabhängig von der Höhe des Einkommens gewährt, d.h. wenn ein Ballettmitglied aus dem Tänzerberuf ausgeschieden ist und nunmehr, z.B. im Abenddienst tätig ist oder in einem anderen Beruf arbeitet, dann erhält er jeweils monatlich zusätzlich seine berufsbezogene Zuwendung. Auch wenn das Ballettmitglied im Arbeitsvertrag eine zweite Arbeitsaufgabe vereinbart hat, ist bei der Berechnung der berufsbezogenen Zuwendung die Entlohnung für diese zweite Arbeitsaufgabe nicht zu berücksichtigen, § 2 Abs. 4.

14 Die berufsbezogene Zuwendung kann auch vor Vollendung einer 15jährigen Berufsausübung gewährt werden, wenn aus medizinischen Gründen, die durch ein fachärztliches Gutachten einer staatlichen Gesundheitseinrichtung zu bestätigen sind, der Tänzerberuf nicht mehr ausgeübt werden kann. Bei Zahlung der Rente nach den Bestimmungen der Sozial-

versicherung wegen Erreichen der Altersgrenze oder Eintritt der Invalidität wird die berufsbezogene Zuwendung weitergewährt, d.h. das ehemalige Ballettmitglied erhält neben seiner Altersrente eine berufsbezogene Zuwendung. Sie beträgt 60% der arbeitsvertraglich festgelegten monatlichen Brutto-Gage als Ballettmitglied der fünf zusammenhängenden verdienstgünstigsten Jahre, höchstens jedoch 800,– DM monatlich. Die berufsbezogene Zuwendung wird von der Einrichtung gezahlt, in der das Ballettmitglied bei Ausscheiden aus dem Tänzerberuf im Arbeitshältnis stand. Ausgeschiedene Ballettmitglieder haben bis zum 5. Dezember jeden Kalenderjahres der zahlenden Einrichtung eine formlose handschriftliche Erklärung zu übersenden, daß sie im laufenden Jahr nicht als Tänzer gearbeitet haben. Künftig wird es darauf ankommen, daß die Tarifparteien Übergangsregelungen vereinbaren.

2. *Gewährung zusätzlicher Versorgungen für künstlerisch Beschäftigte in Theatern, Orchestern und staatlichen Ensembles bei Erreichen des Rentenalters, bei Invalidität und Berufsunfähigkeit*

15 Die AO über die zusätzliche Versorgung der künstlerisch Beschäftigten in Theatern, Orchestern und statlichen Ensembles vom 3. September 1985 gewährt mit Ausnahme von Ballettmitgliedern künstlerisch Beschäftigten eine zusätzliche Alters- und Invalidenversorgung sowie eine Versorgung wegen Berufsunfähigkeit. Mit dem **Rentenangleichungsgesetz** vom 28. Juni 1990 (GBL I, Nr. 38) ist diese Regelung nur für Ansprüche der künstlerisch Beschäftigten von Bedeutung. Mit Wirkung vom 30. Juni 1990 ist dieses Zusatzversorgungssystem geschlossen worden, d.h. es erfolgt keine Neueinbeziehung mehr. In der Anlage der AO werden folgende künstlerisch Beschäftigte genannt, die Anspruchsberechtigte sind:

1. Leiter der Einrichtung
2. Stellv. des Leiters der Einrichtung
3. Chefdramaturg
4. Oberspielleiter/Chefregisseur
5. Direktor für künstlerische Produktion
6. Musikalischer Oberleiter/Chefdirigent
7. Leiter des Ballettensembles /Ballettdirektor/ Ballettmeister
8. Leiter der Ausstattung /Chefbühnenbildner
9. Dramaturg
10. Regisseur
11. Dirigent
12. Choreograph
13. Bühnen- und Kostümbildner (Szenograf)
14. Ausstatter am Puppentheater (Bühnenbildner / Puppengestalter)
15. Leiter des Chores/Chordirektor

16. Leiter der Schauspielmusik
17. Studienleiter
18. Trainingsmeister
19. Pädagoge für künstlerische Weiterbildung
20. Pädagoge für Kinder- und Jugendtheaterarbeit
21. Assistent
22. Repetitor
23. Schauspieler
24. Sänger
25. Chorsänger
26. Musiker
27. Puppenspieler
28. Kabarettist
29. Pantomime
30. Autor
31. Komponist
32. Programmgestalter/Programmredakteur
33. Maskenbildner
34. Kostümgestalter
35. Theaterplastiker
36. Grafiker
37. Modellbauer
38. Spezialist
39. Inspizient
40. Souffleur
41. Abendspielleiter
42. Fotograf
43. Leiter des künstlerischen Betriebsbüros
44. Tonmeister
45. Beleuchtungsmeister
46. Gewandmeister
47. Ingenieur für Licht, Bild, Ton
48. Kinderbetreuer (künstlerisch-pädagogische Vorbereitung auf Inszenierungsprozeß).

Vergleicht man die hier genannten künstlerisch Beschäftigten, dann fällt **16**
auf, daß nicht alle Künstler im traditionellen Sinne sind. Für den Anspruch auf zusätzliche Versorgung sind folgende **Voraussetzungen** erforderlich: Der künstlerisch Beschäftigte muß in einem Arbeitsverhältnis stehen und

a) der freiwilligen Zusatzrentenversicherung der SV (FZR genannt) bereits vor Inkrafttreten dieser AO beigetreten sein oder
b) bei Ausübung einer künstlerischen Tätigkeit zum Zeitpunkt des Inkrafttretens dieser AO spätestens bis 31. Dezember 1986 beigetreten sein oder

c) bei der ersten Aufnahme eines Arbeitsverhältnisses zu einer in der AO genannten künstlerischen Einrichtung nach dem 31. Dezember 1985 bereits der FZR angehört oder mit Beginn der Aufnahme dieser Tätigkeit der FZR beigetreten sein und die Zugehörigkeit zur FZR bis zum Eintritt des Versorgungsfalles nicht durch Austritt beendet haben, § 3 der AO. Anders ausgedrückt heißt das, daß die Inanspruchnahme von der Zugehörigkeit der FZR abhängig ist, d.h. neben der Pflichtversicherung existierte eine Zusatzversicherung, die die Werktätigen selbst finanzierten (VO über die freiwillige Zusatzversicherung der Sozialversicherung – FZR VO – vom 17. November 1977, SBC, Teil I, Nr. 35, S. 395). Anspruch auf zusätzliche Versorgung haben die künstlerisch Beschäftigten ab Erreichen des für die Rente aus der Sozialversicherung maßgebenden Rentenalters (Frauen ab 60 Jahre und Männer ab 65 Jahre). Grundlage für die Berechnung der zusätzlichen Altersversorgung ist der durchschnittliche monatliche Bruttoverdienst der 10 günstigsten zusammenhängenden Jahre der künstlerischen Tätigkeit vor Erreichen des Rentenaltes. Wenn es für den Anspruchsberechtigten günstiger ist, wird der Berechnung der zusätzlichen Altersversorgung der durchschnittliche monatliche Bruttoverdienst der letzten 12 Monate vor Erreichen des Rentenalters zugrunde gelegt, § 6 Abs. 2. Die zusätzliche Altersversorgung beträgt 60% des Bruttoverdienstes, höchstens jedoch 800,– DM monatlich.

Sachverzeichnis

Die Zahlen in halbfett verweisen auf die Paragraphen des Handbuches, die mageren Zahlen auf die Randnummern.

Aktuelle Berichterstattung **1** 202 ff.
- Reden, Rundfunkkommentare, Zeitschriftenartikel **1** 203 ff.
- Tagesereignisse **1** 202

Allgemeine Geschäftsbedingungen **8** 22 ff.
- unangemessene Benachteiligung **8** 23
- Vertragsstrafen **8** 26

Anerkennung der Urheberschaft **1** 59

Anfechtung des Arbeitsvertrages **7** 28 ff.
- Arglistige Täuschung **7** 29
- Eigenschaftsirrtum **7** 28
- Faktisches Arbeitsverhältnis **7** 30

Ansprüche des Künstlers bei fehlender oder verspäteter Honorarzahlung **9** 21 ff.

Arbeitnehmer, einzelne Schaffensbereiche **6** 17 ff.
- Bildende Kunst **6** 24 f.
- Darstellende Kunst **6** 29 ff.
- Designer **6** 26 ff.
- Musik **6** 38 ff.
- Rundfunkanstalten **6** 17 ff.

Arbeitnehmerähnliche Personen **6** 29 ff.
- Allgemeiner Begriff **6** 51
- Anwendung Arbeitsrecht **6** 66
- Betriebsrenten **6** 69
- Dienst- oder Werkvertrag **6** 61 ff.
- Persönliche Leistungserbringung **6** 64 f.
- Rechtsweg Arbeitsgerichtsbarkeit **6** 68
- Regelung des § 12 a) TVG **6** 52 ff.
- Soziale Schutzbedürftigkeit **6** 59 f.
- Tarifvertragsinhalte **6** 71 ff.
- Unfallversicherung **6** 70
- Urlaub **6** 67
- Wirtschaftliche Abhängigkeit **6** 56 ff.

Arbeitnehmerbegriff **6** 5 ff.
- Arbeitsleistung **6** 8
- Definition **6** 7
- Gesellschaft bürgerlichen Rechts **6** 12
- Persönliche Abhängigkeit **6** 13 ff.
- Privatrechtlicher Vertrag **6** 9 ff.
- Rundfunkfreiheit **6** 15

Arbeitsgerichtsbarkeit **7** 126 ff.
- Beschlußverfahren **7** 131
- Ehrenamtliche Richter **7** 127
- Gerichtsgebühren/Kostenvorschüsse **7** 128
- Güteverhandlung **7** 130
- Prozeßförderung in Kündigungsverfahren **7** 132
- Prozeßvertretung **7** 129

Arbeitsplatzschutz beim Wehr- und Zivildienst **7** 54 ff.

Arbeitsunfall **7** 26 f.
- Berufsgenossenschaft **7** 26
- Wegeunfall **7** 27

Arbeitsvermittlung **10** 8 ff.
- Arbeitsvermittlergebührenverordnung **10** 11
- Arbeitsvermittlungsmonopol der Bundesanstalt für Arbeit **10** 7 ff.
- Arbeitsvermittlungsverträge **10** 6 ff.
- Ausländische Agenturen **10** 9
- Kommissionär **10** 15
- Künstlerdienste **10** 10
- Managementvermittlung **10** 11
- Umgehung des Arbeitsvermittlungsmonopols **10** 12 f.
- Unerlaubte Arbeitsvermittlung **10** 12
- Vermittlungsvollmacht **10** 14
- Zentrale Bühnen-, Fernseh- und Filmvermittlung (ZBF) **10** 10

Arbeitsvertrag 7 1 ff.

Arbeitsvertragliche Pflichten 7 8 ff.
– Annahmeverzug 7 8
– Hauptpflicht des Arbeitnehmers 7 8
– Nebenpflichten des Arbeitnehmers 7 9
– Pflichten des Arbeitgebers 7 10

Arbeitszeitschutz 7 63 ff.
– Höchstarbeitszeit 7 63
– Pausen und Ruhezeiten 7 66

Aufhebungsvertrag 7 32

Auftragswerke 10 5

Aufzeichnungen von Funksendungen 3 214

Ausstellungsvertrag 10 28 ff.
– Galeristen-Pflichten 10 28 ff.
– Kommissionsanspruch 10 30

Bearbeitungen von Werken 3 6
– Übersetzungen 3 6

Befristeter Arbeitsvertrag 7 5 ff., 31
– Beschäftigungsförderungsgesetz 7 5 f.
– Sachlicher Grund 7 5 f.

Benutzung von Werken 3 69 ff.
– Änderung 3 71 f.
– Bearbeitung 3 71 f.
– Fälschung 3 76
– Freie Benutzung 3 73
– Nachahmung in der bildenden Kunst 3 82
– Parodien 3 76
– Plagiat 3 76
– Produktpiraterie im Industrie-Design 3 83
– Umgestaltung 3 71 f.

Bestellte Bildnisse und Lichtbildwerke 3 218

Bestellvertrag 10 24
– Abnahme von bestellten Werken 10 24
– Eigentumsübertragung an bestellten Werken 10 27
– Mitwirkungspflicht des Bestellers 10 25

Beteiligung am Kunsthandelerlös 3 121 ff.

Beteiligung an außergewöhnlichen Erfolgen 3 154 ff.
– Angemessenheit der Beteiligung 3 157
– Anspruchsgegner 3 155
– Auskunftsanspruch 3 159
– Filmwerke 3 160
– Grobes Mißverhältnis 3 156
– Verjährung 3 158

Betriebsverfassungsrecht 7 92 ff.
– Amtszeit des Betriebsrats 7 104
– Betriebsversammlung 7 107 ff.
– Einigungsstelle 7 117
– Geltungsbereich 7 92 ff.
– Geschäftsführung des Betriebsrats 7 105 f.
– Initiativrecht des Betriebsrats 7 118
– Jugend- und Auszubildendenvertretung 7 122 f.
– Leitende Angestellte 7 96
– Mitbestimmungsrechte des Betriebsrats 7 114 ff.
– Mitwirkungsrechte des Betriebsrats 7 110 ff.
– Schutz der Mitglieder der Betriebsverfassungsorgane 7 124 f.
– Sprecherausschußgesetz 7 96
– Tendenzschutz 7 119 ff.
– Wahlrecht 7 100
– Wahlverfahren 7 102 f.
– Wahlvorstand 7 98 f.
– Zahl der Betriebsratsmitglieder 7 101

Beweis der Urheberschaft 3 52 f.
– Notarielle Prioritätsverhandlung 3 52

Bildagenturvertrag 10 33 ff.

Bildnisse und Werke an öffentlichen Plätzen 3 217

Bühnenarbeitsverträge 10 52 ff.
– Abfindung bei Intendantenwechsel 10 62
– Anhörung des Bühnenmitglieds 10 61
– Befristete Bühnenarbeitsverträge 10 54
– Beschäftigungsanspruch des Bühnenmitglieds 10 56 ff.
– Kündigung des Bühnenarbeitsvertrages, außerordentliche und ordentliche 10 63 f.
– Nichtverlängerungsmitteilung 10 59 ff.

– Normalverträge **10** 52 ff.
– Rahmenkollektivverträge **10** 53
– Spielzeitverträge **10** 54
– Stückvertrag für Bühnendarsteller **10** 65 ff.

Bühnenregievertrag **10** 69 f.

Designwerke **3** 22 f.

Einkommensteuer **11** 1 ff.
– Altersentlastungsbetrag **11** 34
– Arbeitslohn **11** 26
– Ausbildungsplatzabzugsbetrag **11** 35
– Auslandssteuer **11** 36
– Außergewöhnliche Belastungen **11** 39 ff.
– BGB-Gesellschaft **11** 30
– Betriebsausgaben **11** 19 ff.
  – Absetzung für Abnutzung (AfA) **11** 21
  – Begriff **11** 19
  – Betriebliche Veranlassung **11** 20
  – Betriebsvermögen **11** 22
  – Einzelfälle **11** 23
  – Nicht abzugsfähige Ausgaben **11** 24
  – Privatvermögen **11** 22
– Betriebseinnahmen **11** 17 f.
  – Begriff **11** 17
  – Zeitraum **11** 18
– Ehegattenbesteuerung **11** 47 ff.
  – Besondere Veranlagung **11** 50
  – Getrennte Veranlagung **11** 48
  – Zusammenveranlagung **11** 49
– Einkommensteuererklärung **11** 74 ff.
– Einkünfte aus der Übertragung von Urheberrechten **11** 31
– Einkünfte aus nichtselbständiger Tätigkeit **11** 25
– Gewinn **11** 16
– Gewinnermittlung **11** 16
– Haushaltsfreibetrag **11** 45
– Kinderbetreuungskosten **11** 42
– Kinderfreibetrag **11** 44
– Künstlerische Tätigkeit **11** 9
  – Abgrenzung zur gewerblichen Tätigkeit **11** 10
  – Einzelne Berufe **11** 12
  – Mischtätigkeit **11** 11
– Liebhaberei **11** 14
– Lohnsteuerjahresausgleich **11** 80 ff.
– Lohnsteuerkarte **11** 84
– Lohnsteuerklassen **11** 84
– Rechtsbehelfe gegen Steuerbescheid **11** 85
– Schriftstellerische Tätigkeit **11** 13
– Selbständige Tätigkeit **11** 6
  – Abgrenzung zur nichtselbständigen Arbeit **11** 7
  – Mischtätigkeit **11** 8
– Sonderausgaben **11** 38
– Steuerermäßigung **11** 46
– Steuerfreie Einnahmen **11** 15, 25
– Werbungskosten **11** 27
  – Begriff **11** 27
  – Einzelfälle **11** 28
  – Pauschalbeträge **11** 29

Entstellungsverbot **3** 60 ff.
– Beispiele **3** 63 ff.
– Interessenabwägung **3** 61 f.
– Verfälschung **3** 61
– Verzerrung **3** 61

Erscheinen des Werkes **3** 77 ff.
– Bildende Kunst **3** 81

Erziehungsurlaub **7** 20 ff.

Europa **13** 1ff.
– Förderungsprogramme **13** 15 f.
– Freier Dienstleistungsverkehr **13** 3
– Freier Warenverkehr **13** 2
– Freizügigkeit **13** 4
– Niederlassungsfreiheit **13** 4 f.
– Rechtsschutz **13** 13 f.
  – Europäischer Gerichtshof **13** 13
  – Vorlageverfahren **13** 14
– Sozialversicherung **13** 9
– Steuerrecht **13** 6 f.
  – Doppelbesteuerungsabkommen **13** 7
– Stipendien **13** 8
– Urheberrecht **13** 10 ff.
  – Arbeitsprogramm der Kommission **13** 11 f.
  – Grünbuch **13** 11

Feiertagsvergütung **7** 23 ff.

Filmverträge **10** 71 ff.
– Anstellungsvertrag für Filmschaffende **10** 80 ff.
– Film-Drehbuchvertrag **10** 71

– Film-Musikvertrag **10** 84 ff.
– Film-Regievertrag **10** 72 ff.
– Verfilmungsvertrag **10** 75 ff.

– Filmwerke **3** 31

GEMA **4** 4 ff.
– Berechtigungsverträge **4** 7
– GEMA-Vermutung **4** 9
– Große Rechte **4** 7
– Kleine Rechte **4** 7
– Mitglieder **4** 6
– Tantiemen **4** 5
– Tantiemenaufkommen **4** 10
– Tarifgebühr **4** 8
– Verteilungsplan **4** 11 f.

Gemeinsame Werkschöpfung **3** 39 ff.
– Einheitliches Werk **3** 40 ff.
– Einwilligung **3** 41 f.
– Erträgnisse **3** 45
– Fristlose Kündigung des Verwertungsvertrages **3** 43
– Geltendmachung von Urheberrechtsverletzungen **3** 44
– Gesamthandsgemeinschaft **3** 41
– Miturheber **3** 39

Geschmacksmusterschutz **5** 1 ff.
– Abgrenzung zum Gebrauchsmusterschutz **5** 10
– Abgrenzung zum Patentschutz **5** 10
– Abgrenzung zum Urheberrecht **5** 8 f.
– Eigentümlichkeit **5** 5
– Gewerbliche Verwertbarkeit **5** 4
– Modell **5** 2
– Muster **5** 2
– Negatives Verbreitungsrecht **5** 6
– Neuheit **5** 5
– Positives Verbreitungsrecht **5** 6
– Technische Leistungen **5** 3
– Typografische Schriftzeichen **5** 7

Gesellschaftsverträge **10** 4
– Musikgruppenverträge **10** 38

Gesetzliche Vermutung der Urheberschaft **3** 47 ff.
– Bezeichnung als Urheber **3** 47
– Deckname **3** 50
– Erschienenes Werk **3** 49
– Künstlerzeichen **3** 50
– Kürzel **3** 48
– Pseudonym **3** 48

Gewerbesteuer **11** 72

GVL **4** 13 ff.
– Verteilung **4** 14
– VG Musikedition **4** 15
– Wahrnehmungsverträge **4** 13

Inhaltsfreiheit, vertragliche **8** 4

Irrtum **8** 10 ff.
– Anfechtungsrecht **8** 10 ff.
– Arglistige Täuschung **8** 16
– Eigenschaftsirrtum **8** 11
– Erklärungsirrtum **8** 13
– Inhaltsirrtum **8** 12
– Kalkulationsirrtum **8** 13
– Motivirrtum **8** 11
– Über die Geschäftsgrundlage **8** 15
– Vertrauensschaden **8** 14
– widerrechtliche Drohung **8** 17

Jugendarbeitsschutz **7** 67 ff.
– Arbeitszeit **7** 69
– Beschäftigungsverbote **7** 68
– Pausen und Ruhezeiten **7** 69

Katalog der urheberrechtlichen Nutzungsarten **3** 144 ff.

Kennzeichenschutz nach dem Warenzeichengesetz **5** 25

Knebelungsverträge **8** 4

Kontrahierungszwang **8** 2 f.

Konzertvertrag **10** 39 f.
– Fixgeschäft **10** 40
– GEMA-Gebühren **10** 40
– Konzertveranstalter **10** 40

Krankheit **7** 11 ff.
– Anzeige- und Nachweispflicht **7** 13
– Arbeitsunfähigkeit **7** 12

– Arbeitsunfähigkeitsbescheinigung **7** 13
– Arbeitsvergütung **7** 11
– Kuren **7** 14

Kündigung **7** 33 ff.
– Änderungskündigung **7** 36
– Außerordentliche Kündigung **7** 36
– Erklärung **7** 33
– Form **7** 37
– Fristen **7** 38
– Ordentliche Kündigung **7** 36
– Wichtiger Grund für außerordentliche Kündigung **7** 39 f.
– Zugang **7** 34

Kündigungsschutz im Berufsausbildungsverhältnis **7** 49 ff.
– Außerordentliche Kündigung **7** 49
– Formvorschriften **7** 50
– Kündigung seitens des Auszubildenden **7** 49
– Schlichtungsausschuß **7** 51

Kündigungsschutz nach dem Kündigungsschutzgesetz **7** 41 ff.
– Abfindung **7** 48
– Abmahnung **7** 43
– Änderungskündigung **7** 46
– Betriebsbedingte Kündigung **7** 44
– Kündigungsschutzklage **7** 47
– Personenbedingte Kündigung **7** 42
– Soziale Auswahl **7** 44
– Verhaltensbedingte Kündigung **7** 43
– Voraussetzungen **7** 41

Kündigungsschutz Schwerbehinderter **7** 60 ff.
– Kenntnis des Arbeitgebers **7** 62
– Zustimmung der Hauptfürsorgestelle **7** 61

Künstler und Arbeitsrecht **6** 1

Künstler-Report **6** 2

Künstlersozialversicherungsgesetz **12** 1 ff.
– Abgabepflichtige Unternehmen **12** 56 f.
– Anmeldung zur Künstlersozialkasse **12** 33
– Arbeitseinkommen **12** 9 ff.
  – Betriebseinnahmen **12** 11
  – Betriebsausgaben **12** 11
  – Gesamteinkommen **12** 13
  – Mindestarbeitseinkommen **12** 9
  – Steuerliche Vergünstigungen **12** 12
– Auskunftspflichten **12** 39 f.
– Beiträge **12** 41 ff.
  – Beitragserstattungen **12** 50
  – Erziehungsgeld **12** 44
  – Fälligkeit **12** 47
  – Jahresabrechnung **12** 51
  – Krankenversicherung **12** 43
  – Rentenversicherung **12** 42
  – Rückständige Beiträge **12** 48 f.
– Beitragszuschuß Krankenversicherung **12** 22 f.
– Berufsanfänger **12** 24 ff.
  – Beitragszuschuß **12** 27
  – Krankenversicherungsfreiheit **12** 25 f.
  – Mindestarbeitseinkommen **12** 24
  – Mindestbeitrag **12** 28
– Beschäftigung von Arbeitnehmern **12** 14 f.
– Erwerbsmäßige Tätigkeit **12** 8
– Grundzüge **12** 1 ff.
– Inlandstätigkeit **12** 16
– Jahresmeldung **12** 35 ff.
  – Änderungsanträge **12** 38
  – Schätzung **12** 37
  – Voraussichtliches Arbeitseinkommen **12** 35 f.
– Künstler **12** 6
– Künstlersozialkasse **12** 58 f.
– Mehrere Beschäftigungsverhältnisse **12** 52 ff.
  – Selbständige und abhängige Beschäftigung **12** 52 ff.
  – Selbständige und andere selbständige Beschäftigung **12** 55
– Neue Bundesländer **12** 61
– Publizist **12** 6
– Selbständige Tätigkeit **12** 7
– Verfahrensvorschriften **12** 60
– Versicherte **12** 5 ff.
– Versicherungsfreiheit **12** 17 ff.
  – Krankenversicherung **12** 20 ff.
  – Rentenversicherung **12** 17 ff.
– Versicherungspflicht **12** 30 ff.
  – Beginn **12** 30 f.
  – Ende **12** 32

Kunstbegriff **2** 3 ff.
– Pornographie **2** 7
– Satire **2** 8

Kunstfreiheit **2** 1 ff.
– Persönlicher Geltungsbereich **2** 11 ff.

– Sachlicher Geltungsbereich 2 9 f.
  – Werk- und Wirkbereich 2 9
– Schranken des Grundrechts 2 13 ff.
  – Freiraum der Kunst 2 14
  – Güterabwägung 2 16 ff.

Kunstverlagsvertrag 10 32

Lärmschutz 2 29 ff.
– Grundrechte des Musikers 2 36 f.
– Grundrechte des Nachbarn 2 38
– Musizieren in der Mietwohnung 2 40 ff.
– Musizieren im Wohneigentum 2 46
– Öffentlich-rechtliche Vorschriften 2 30
– Ordnungsrecht 2 31 ff.
– Rechte des Musikers aus Mietvertrag 2 47 ff.
– Rechte von Vermieter und Nachbarn aus Mietvertrag 2 49
– Rechte bei Wohnungseigentümergemeinschaften 2 50 ff.
– Vertragliche Vereinbarungen 2 43 ff.
– Zivilrechtliche Vorschriften 2 35

Leistungsschutzrechte 3 233 ff.

Leistungsschutzrechte der Interpreten 3 235 ff.
– Ensembles 3 247 ff.
– Interpreten der einzelnen Werkgattungen 3 236 ff.
– Persönlichkeitsrecht 3 240 ff.
– Verbotsrechte 3 243
– Vergütungsansprüche 3 244 ff.

Leistungsschutzrechte der Veranstalter 3 257

Leistungsschutzrecht des Sendeunternehmens 3 259

Leistungschutzrecht des Tonträgerherstellers 3 258

Leistungsschutzrechte im Arbeitsverhältnis 3 250 ff.
– Funk, Film und Fernsehen 3 253 f.
– Inhalt und Umfang der Nutzungseinräumung 3 251
– Orchestermusiker 3 255
– Theaterbereich 3 252
– Vergütung 3 256

Lichtbildwerke 3 24

Miturheberverträge 10 3
– Autoren 10 22
– Komponisten und Textdichter 10 37

Musikverlagsvertrag 10 47 ff.
– Musikverlegertätigkeit 10 47
– Subverlagsvertrag 10 51

Mutterschutz 7 52 f.
– Kündigung der Arbeitnehmerin 7 53
– Verbot der Arbeitgeber-Kündigung 7 52

Neue Bundesländer 14 1 ff.
– Anwendung Bundesrecht 14 2 f.
– Berufsbezogene Zuwendung an Ballettmitglieder 14 11 ff.
– Urheberrecht 14 4 ff.
  – Schutzfristen 14 5 ff.
  – Urhebervertragsrecht 14 8 f.
– Weitergeltung von DDR-Regelungen 14 10
– Zusätzliche Versorgungen für Künstler 14 15 f.

Nutzungsrechte im Urheberrecht 3 127 ff.
– Ausschließliche Nutzungsrechte 3 130
– Beispiele 3 133 ff.
– Einfache Nutzungsrechte 3 129
– Unbekannte Nutzungsarten 3 131
– Zweckübertragungsgrundsatz 3 132 ff.

Rechtsverletzungen im Urheberrecht 3 262 ff.
– Auskunftsanspruch 3 280
– Bereicherungsanspruch 3 275 ff.
– Klageverfahren 3 287 f.
– Schadensersatzanspruch 3 281 ff.
– Strafverfahren 3 289 f.
– Unterlassungsanspruch 3 278 f.
– Vermeidung 3 266 ff.
– Vernichtungsanspruch 3 271 ff.
– Verwertungsverbot 3 270

Rückrufsrecht wegen gewandelter Überzeugung 3 182 ff.
– Ausnahmeregelung für Filmwerke 3 188

– Rückrufsrecht des Rechtsnachfolgers **3** 186
– Sicherheitsleistung **3** 185
– Überzeugungswandel **3** 183
– Ultima ratio – Grundsatz **3** 184
– Wiederverwertung **3** 187

Rückrufsrecht wegen Nichtausübung des Nutzungsrechts **3** 166 ff.
– Angemessene Nachfrist **3** 178 f.
– Beispiele von Nichtausübung **3** 168 ff.
– Entschädigungspflicht des Urhebers **3** 181
– Erklärung **3** 180
– Fristen **3** 177 ff.
– Mißbrauchsverbot des Urhebers **3** 176

Schiedsverfahren im Arbeitsrecht **7** 133 f.

Schlechtleistung durch Künstler **9** 12 ff.
– Beim Dienstvertrag **9** 14
– Beim Werkvertrag **9** 15 f.

Schutzfristen im Urheberrecht **3** 190 ff.
– Gemeinfreiheit **3** 190
– Miturheber **3** 192

Schutzfristen für Leistungsschutzrechte **3** 260 f.

Selbständige Künstler **6** 75 ff.
– Anwendung arbeits- und sozialrechtlicher Bestimmungen **6** 78 f.
– Autoren **6** 94
– Bildende Künstler **6** 88 f.
– Darstellende Künstler **6** 90 ff.
– Definitionen **6** 75 f.
– Lehrer/Dozenten **6** 80 ff.
– Musiker **6** 93
– Persönliche und wirtschaftliche Unabhängigkeit **6** 77
– Rundfunkanstalten **6** 85 ff.

Sprachwerke **3** 26 ff.
– Berichte **3** 27
– Briefe **3** 27
– Bühnenwerke **3** 27
– Computerprogramme **3** 27
– Filmdrehbücher **3** 27
– Geschichten **3** 27
– Hörspiele **3** 27
– Juristische Texte **3** 27
– Kurze Werkbestandteile **3** 27
– Liedtexte **3** 27
– Nachrichten **3** 27
– Programme **3** 27
– Romane **3** 27
– Improvisierte und spontane Äußerungen **3** 27
– Verträge **3** 27
– Werbe-Slogans **3** 27
– Werktitel **3** 27
– Wissenschaftliche Schriftwerke **3** 27

Straßenkunst **2** 18 ff.
– Erlaubnispflicht **2** 26 f.
– Gemeingebrauch **2** 21
– Kommunikativer Verkehr **2** 22 ff.
– Sondernutzung **2** 21
– Spontan-, Aktionskunst **2** 28

Tarifvertrag **7** 70 ff.
– Allgemeinverbindlichkeitserklärung **7** 83 ff.
– Arbeitnehmerähnliche Personen **7** 81
– Bezugnahme auf Tarifvertrag **7** 86
– Gegenseitiger Vertrag **7** 71
– Geltungsbereich **7** 75 ff.
– Gesetzeswirkung **7** 71
– Inhalte **7** 87 ff.
– Koalitionsfreiheit **7** 70
– Kündigung **7** 73
– Tarifbindung **7** 82
– Tariffähigkeit **7** 74
– Unabdingbarkeit **7** 72

Titel- und Namensschutz **5** 26 ff.
– Beendigung des Titelschutzes **5** 33
– Künstlername **5** 26 f.
– Prioritätsgrundsatz **5** 30
– Titellizenz **5** 34
– Titelschutz nach dem Urheberrecht **5** 28
– Titelschutz nach dem UWG **5** 29 ff.

Tonträgerlizenzvertrag **10** 43 ff.
– Bandübernahmevertrag **10** 43

Tonträgerproduktionsvertrag **10** 41 ff.
– Künstlervertrag **10** 43
– Titelexklusivität **10** 43

Umsatzsteuer **11** 86 ff.
– Besteuerungsverfahren **11** 87

– Eigenverbrauch **11** 58
– Einfuhrumsatzsteuer **11** 59
– Kleinunternehmer **11** 71
– Leistungsaustausch **11** 56
– Leistungsort **11** 57
– Lieferung **11** 54
– Sonstige Leistungen **11** 55
– Steuerbefreiungen **11** 60 f.
– Steuersatz **11** 62 ff.
  – Steuersatz von 7% **11** 63 ff.
  – Steuersatz von 14% **11** 66
– Vorsteuerabzug **11** 67
– Umsatzsteuererklärung **11** 88
– Unternehmer **11** 52

Unmöglichkeit der Leistungserbringung aus Gründen im Bereich des Künstlers **9** 2 ff.
– Rechtsfolgen **9** 5 f.
– Verschulden **9** 3 f.
– Unzumutbarkeit **9** 7 f.

Unmöglichkeit der Leistungserbringung aus Gründen in der Sphäre des Vertragspartners des Künstlers **9** 9 f.

Urheber im Arbeitsverhältnis **3** 219 ff.
– Arbeitsaufgabe **3** 222 ff.
– Beendigung des Arbeitsvertrages **3** 226 f., 231
– Betriebszweck **3** 225
– Nutzungsrecht des Arbeitgebers **3** 225 ff.
– Tarifvertrag **3** 220 f.

Urheberpersönlichkeitsrecht **3** 54 ff.
– "Droit moral" **3** 56

Urlaub **7** 15 ff.
– Teilurlaub **7** 16
– Wartezeit **7** 16

Vererbung des Urheberrechts **3** 126 f.

Verlagsvertrag über Schriftwerke **10** 17 ff.
– Absatzbeteiligung **10** 20
– Freiexemplare **10** 17
– Herausgeberverlagsvertrag **10** 21
– Ilustratorenverlagsvertrag **10** 32
– Kunstverlagsvertrag **10** 31
– Verlagsgesetz **10** 17 ff.
– Verlagsrecht **10** 17 ff.

Vermiet- und Verleihtantieme **3** 124
– "Bibliothekgroschen" **3** 124

Veröffentlichung des Werkes **3** 77 ff.
– Nichtöffentliche Veranstaltung **3** 78
– Verbrauch des Veröffentlichungsrechts **3** 80
– Zustimmung des Berechtigten **3** 79

Veröffentlichungsrecht **3** 57 f.
– Schlüssiges Verhalten **3** 58
– Verbrauch des Veröffentlichungsrechts **3** 57

Verspätete Leistungserbringung durch Künstler **9** 11

Verträge über künftige Werke **3** 161 ff.
– Fallgruppen **3** 163
– Schriftform **3** 164
– Kündigung **3** 164

Vertragsauflösung **8** 27
– Aufhebungsvertrag **8** 27
– Kündigung **8** 27
– Rücktrittsrecht **8** 27

Vertragsfreiheit **8** 2

Vertragsstrafen **9** 17 ff.

Vertragstypen **8** 28 ff.
– Abgrenzungen **8** 29
– Arbeitsvertrag **8** 32
– Ausstellungsvertrag **8** 36
– Dienstvertrag **8** 30 f.
– Werkvertrag **8** 33 ff.

Vervielfältigung zu privatem Gebrauch **3** 211 ff.

Verwertungsgesellschaften im Filmbereich **4** 20
– GÜFA **4** 20
– GWFF **4** 20
– VFF **4** 20
– VGF **4** 20

Verwertungsrechte **3** 90 ff.
– Aufführungsrecht **3** 105 f.
– Ausstellungsrecht **3** 103
– Erschöpfungsgrundsatz **3** 102
– Großes Recht **3** 106
– Kleines Recht **3** 106
– Öffentliche Wahrnehmbarmachung **3** 111

– Senderecht **3** 108 ff.
– Verbreitungsrecht **3** 101 ff.
– Vervielfältigungsbeispiele **3** 93 ff.
– Vervielfältigungsrecht **3** 92 ff.
– Vorführungsrecht **3** 107
– Vortragsrecht **3** 104
– Weitersendung **3** 109 f.
– Weiterverbreitung **3** 102

VG Bild-Kunst **4** 18 f.
– Einnahmen **4** 18
– Mitglieder **4** 18
– Verteilungsregeln **4** 18
– Wahrnehmungsberechtigte **4** 18

VG Wort **4** 16 f.
– Beihilfefonds **4** 17
– Einnahmen **4** 17
– Mitglieder **4** 16
– Sozialfonds **4** 17
– Versorgungswerk der Autoren **4** 17
– Verteilung **4** 17
– Wahrnehmungsberechtigte **4** 16
– ZBT **4** 16

Wahrnehmungsverträge **10** 23, 36

Weiterübertragung von Nutzungsrechten **3** 141 ff.
– Erwerbsketten **3** 143

Werke **3** 2 ff.
– Computer **3** 2
– Kleine Münze **3** 5
– Persönliche geistige Schöpfung **3** 2 ff.
– Schöpfungen der Natur **3** 2
– Schöpfungshöhe **3** 5
– Werke der Technik **3** 3
– Zufälle **3** 4

Werke der bildenden Kunst **3** 10 ff.
– Alltägliche Gegenstände **3** 16
– Beispiele **3** 14
– Definition **3** 10 f.
– Doppelschöpfung **3** 14
– Gebrauchsgegenstände **3** 20 f.
– Geometrische Formen **3** 15
– Happening **3** 19
– Kopie **3** 13
– Logos **3** 12
– Natur nachgebildete Objekte **3** 17
– Zeichen **3** 12

Werke der darstellenden Kunst **3** 28 ff.
– Bühnenbilder **3** 29
– Bühnenwerke **3** 28
– Bühnenmusik **3** 29
– Choreographie **3** 29
– Einzeldarstellung **3** 29
– Masken **3** 29
– Regiewerk **3** 28
– Sportliche, akrobatische Leistungen **3** 30

Werke der Musik **3** 32 ff.
– Arrangement **3** 37
– Computer **3** 35
– Jazz-Improvisation **3** 37
– Klang- und Geräuschkombinationen **3** 32
– Live-Improvisation **3** 34
– Orchestration **3** 37
– Programmierte Bestandteile **3** 37
– Sequenzer **3** 35
– Sound **3** 37
– Soundsampler **3** 35
– Synthesizer **3** 35
– Transposition **3** 37
– Variation **3** 37

Werknutzung zu Schul-, Kirchen-, behördlichen und Justizzwecken **3** 207 ff.

Werkverbindung **3** 46
– Gesellschaft bürgerlichen Rechts **3** 46

Werkvertrag **10** 5

Wettbewerbsrechtlicher Schutz **5** 11 ff.
– Geschäftliche Bezeichnungen **5** 24
– Herkunftstäuschung **5** 18
– Konflikt mit dem Urheberrecht **5** 12
– Modeneuheiten **5** 21 ff.
– Nachahmungsfreiheit **5** 15
– Nachschaffende Leistungsübernahme **5** 17
– Rufausbeutung **5** 19
– Sittenwidriger Wettbewerb **5** 15
– Unmittelbare Leistungsübernahme **5** 17
– Vertrauensbruch **5** 20
– Zielsetzung **5** 11

Wiedergaberecht für Tonträgerbetriebe **3** 215

Willenserklärung **8** 6 ff.
– Bindung an das Vertragsangebot **8** 21
– Konkludentes Verhalten **8** 6

– Objektive Erklärungsbedeutung **8** 7
– Schweigen **8** 6
– Zugang **8** 19 f.

Zitatrecht **3** 194 ff.
– Bildende Kunst **3** 200 f.
– Darstellende Kunst **3** 200 f.
– Design **3** 200 f.
– Film **3** 200 f.
– Groß- und Kleinzitate **3** 195 ff.
– Musikzitat **3** 199
– Sprachwerke **3** 198
– Wissenschaftliche Werke **3** 197

Zugangsrecht im Urheberrecht **3** 113 ff.
– Autoren **3** 117
– Baukunst **3** 120
– Bildende Kunst **3** 114
– Darstellende Kunst **3** 118
– Design **3** 115
– Filmwerk **3** 119
– Musik **3** 116

Zusammenstellungen von Werken **3** 6

Zwangslizenz für Tonträger **3** 216